KORONA ŚNIEGU I KRWI

ELŻBIETA CHEREZIŃSKA

KORONA ŚNIEGU I KRWI

ZYSK I S-KA
WYDAWNICTWO

Redaktor prowadzący
Tomasz Zysk

Redakcja
Jan Grzegorczyk
Tadeusz Zysk

Ilustracja oraz projekt graficzny okładki
Adam Szczepański
www.szczepanart.pl

Projekt pieczęci Przemysła II
prof. Józef Stasiński

Ilustracje herbów oraz mapy
Maciej Szajkowski

Opracowanie graficzne i techniczne
Barbara i Przemysław Kida

Wydanie I poprawione

ISBN 978-83-8116-134-3

Zysk i S-ka Wydawnictwo
ul. Wielka 10, 61-774 Poznań
tel. 61 853 27 51, 61 853 27 67, faks 61 852 63 26
Dział handlowy, tel./faks 61 855 06 90
sklep@zysk.com.pl
www.zysk.com.pl

Pierścień, który zmyje klątwę...
Miecz, który skłóci śmiertelnych...
Orzeł, który przebudzi królestwo.

PIASTOWIE W OKRESIE

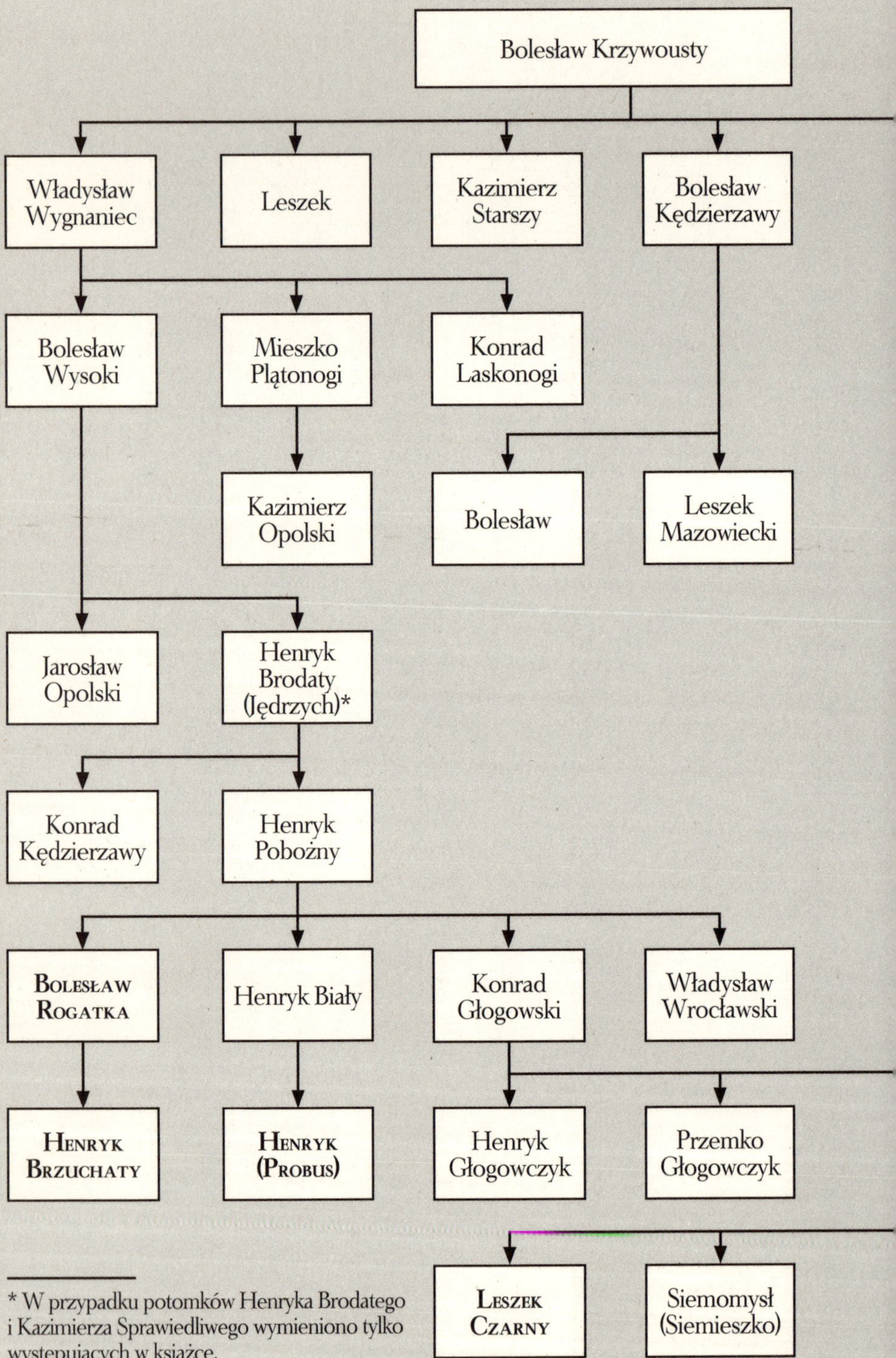

* W przypadku potomków Henryka Brodatego i Kazimierza Sprawiedliwego wymieniono tylko występujących w książce.

WIELKIEGO ROZBICIA

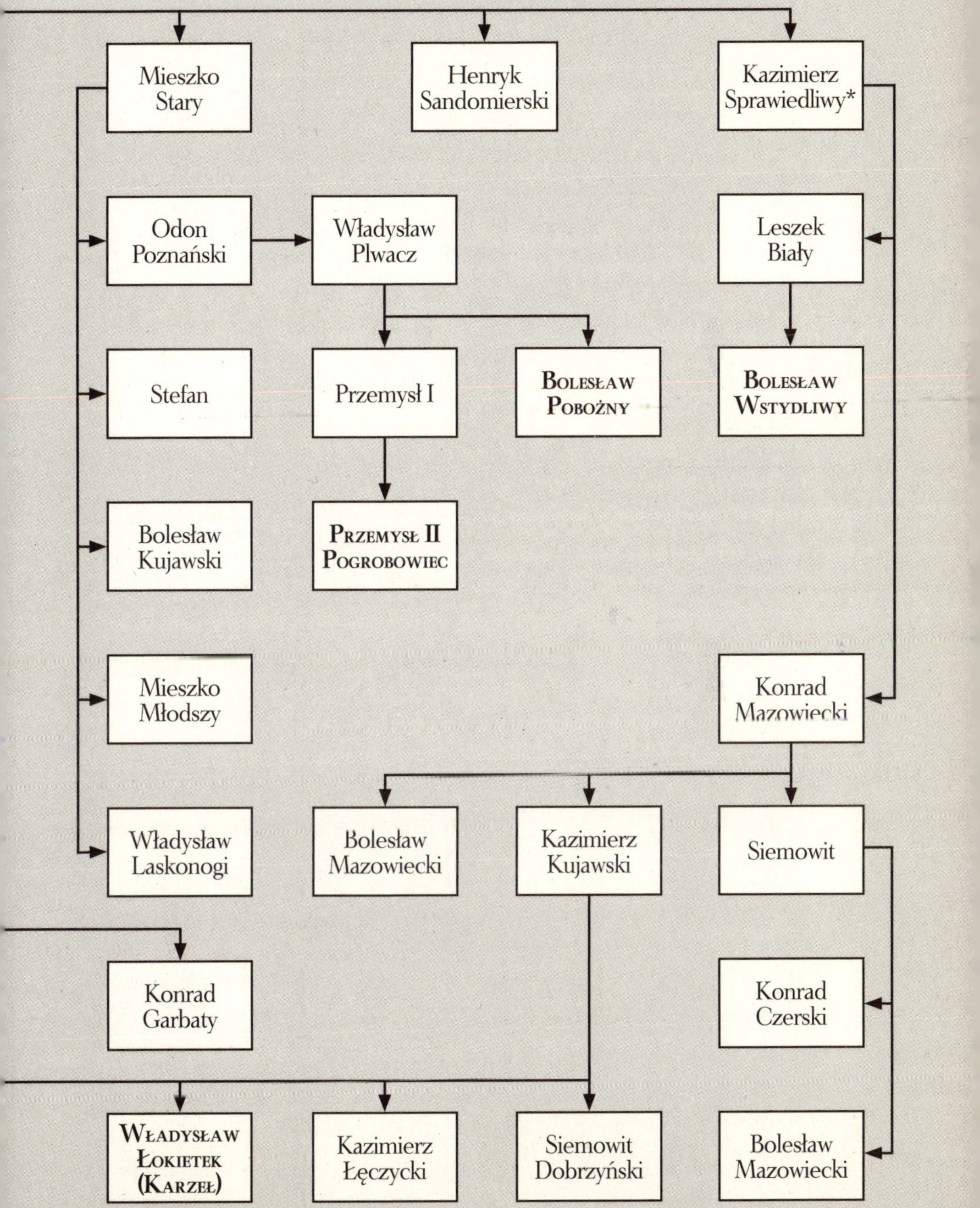

1253

maj

Nad rozległymi błoniami wokół Pogorzelicy zachodziło słońce, ale wielki obóz rycerstwa Starszej Polski nie kładł się do snu. Przeciwnie. Po burzliwym dniu nadchodziła nie mniej burzliwa noc.

Przeprawy przez Wartę strzegli rycerze Świętego Jana z białym krzyżem na czerwonych tarczach. Teren należał do nich, komandoria była ziemią zakonu, wolną od książęcego prawa, tu więc rycerstwo Starszej Polski postanowiło zwołać swój wiec.

Rzeka, niczym fosa, znaczyła granicę obozowiska. Purpurowa kula zachodzącego słońca odbijała się w ciemnozielonej wodzie; nurt kołysał się łagodnie, usypiając czujność słońca. Pochyliło się nisko, jakby rzeka była łożem, w którym spocznie po ciężkim dniu. Warta, dotychczas łagodna i zapraszająca, posłała falę, która cichym chlupnięciem przykryła światło, porywając je w głąb nurtu. Zaszeleściły trzciny, złowieszcze niczym suchy chichot.

Nikt nie zwrócił uwagi na porwanie słońca, bo w tej samej chwili potężne obozowisko rozjarzyło się setką świateł. Ogniska i pochodnie jedne po drugich rozświetliły mrok. W czarnych brzuchach kociołków bulgotały polewki. Na długich rusztach giermkowie obracali kuropatwy i zające, odganiając węszące za strawą psy. Słudzy przemykali między taborami a namiotami swych panów, ściskając w objęciach beczułki piwa i zamknięte woskiem dzbany wina. Tu i tam, przy ogniu, w każdej części wielkiego obozu zaczynały pobrzmiewać pieśni. Jeszcze nieśmiałe, jeszcze zbyt trzeźwo trzymające się głosy.

Niekończące się pole jasnych płacht namiotów, choć z dala wydawać się mogło jednym obozowiskiem, w istocie było podzielone, jak kraj.

Wielkie rody Nałęczów, Grzymałów, Łodziów i Zarembów, Porajów i Leszczyców, skupione wokół własnych chorągwi, zajęły centrum obozowiska, spychając na jego obrzeża chorągwie panów z Pałuk, Odrowążów, Godziembów i Okszów. Korabici i Doliwowie trzymali się z boku. Tak więc nie był to jeden obóz, lecz wiele mniejszych, pilnie strzeżonych przy granicach, tak że nawet słudzy poszczególnych rodowców nie pożyczali sobie łyżek do mieszania w kotłach ani soli do doprawienia polewki.

Między wysokimi namiotami głów rodzin, baronów księstwa, krążyli ludzie joannitów, przepuszczani przez straże na znak białego krzyża. Tylko im rodowcy skłonni byli powierzyć swe układane w gorących naradach poselstwa zmierzające do ponadrodowego przymierza.

— Grzymałowie do Nałęczów!

— Droga wolna.

— Nałęczowie do Łodziów!

— Przejście! Przejście!

— Poraje do Leszczyców!

— Tędy, panie.

Żadne wiadomości nie wychodziły jedynie z wielkiego okrągłego namiotu z chorągwią Zarembów — Czarnym Półlwem. Wewnątrz, wokół masywnego stołu, siedzieli bracia: Janek, Arkenbold, Szymon i Marcin. Na zasłanym mapą Starszej Polski stole grali w kości. Milczący płomiennowłosy giermek nalewał swym panom wino do prostych, choć lśniących srebrem kielichów. Szkarłatna kropla oderwała się od dzbana, spłynęła po krzywiźnie brzucha i kapnęła na kości. Janek uniósł głowę. Giermek skurczył się i oddalił w mrok.

W tym samym czasie nieopodal, w strzegącej przeprawy przez rzekę warowni joannitów, dwaj bracia, książęta Przemysł i Bolesław, czekając na nastanie świtu, pod maltańskim krzyżem rycerzy Świętego Jana czuwali, czytając psalmy. Między nimi leżał wyjęty z pochwy miecz. Starszy brat od lat nazywał go Gladius Dei, miecz boży. Młodszy, Bolesław, nadał mu tej nocy własne imię: Agnus Dei, Baranek Boży. Na książęcych płaszczach obu braci stały majestatyczne lwy, rodowy znak książąt Starszej Polski. Bracia maltańscy oddali im do dyspozycji najwystawniejsze pomieszczenie w swej skromnej warowni, kaplicę. Ława z polerowanego drewna, na niej ciężki krzyż jerozolimski z ciemnego żelaza. Kilka skrzyń okutych, w których rycerze zakonu trzymali swe najcenniejsze skarby. Stojący świecznik, wysmukły niczym wieże Jeruzalem, którego ongiś strzegli. I zetlały gobelin na ścianie, przedstawiający ich świętego patrona, Jana Chrzciciela. W istocie zaś tylko jego głowę odciętą, podaną Herodowi na tacy.

Czas nadwątlił jedwabne nici i tkanina pruła się miejscami. Czyjaś niewprawna ręka próbowała naprawić zniszczoną materię, lecz gruba szara fastryga przyszyła jedynie głowę świętego do srebrnego otoku tacy, dokonując tego, co w naturze niemożliwe.

Na skraju lasu, po drugiej stronie Warty, w olbrzymim orlim gnieździe, jak co roku w maju, samica pilnowała nowo wyklutych piskląt. Samiec wracał już z polowania. Lądując na obrzeżu, spojrzał w złote oko swej orlicy. Krzyknęła do niego smutno i uniosła się na potężnych łapach. Przestępując z jednej na drugą, pokazała mu lęg. Orzeł zajrzał do gniazda i zamilkł. Dwa z czterech piskląt nie żyły. Młode, pokryte ciemnym puchem ptaki kończyły zjadać swych braci. Samiec rzucił im upolowaną przez siebie srebrzystołuską rybę. Pisklęta rozerwały ją w mgnieniu oka i wróciły do dziobania wyklutej z jednej matki padliny. Orlica i orzeł wzbiły się w powietrze, a cień ich potężnych skrzydeł przysłonił gniazdo. Dopiero teraz młode uniosły głowy. Strzęp padliny wypadł z rozwartego dzioba jednego z piskląt. Drugie natychmiast go pochwyciło i przełknęło, krztusząc się, lecz nie spuszczając z oczu krążących nad gniazdem rodziców. Cień ich skrzydeł wyglądał drapieżnie i orlęta zakwiliły, wyciągając szyje.

Z nastaniem świtu starszy z braci, Przemysł, wstał sprzed ołtarza i zgasił świecę. W szarej smudze budzącego się dnia czekał, aż skończy się modlić młodszy. Bolesław jednak wciąż jeszcze rytmicznie powtarzał psalmy. Dopiero gdy słońce wpadło przez wąskie okno warownej wieży joannitów, podniósł się z kolan, przeżegnał i potarł zmęczone czuwaniem powieki. Przemysł podał mu kosztownie zdobioną pochwę, a Bolesław włożył do niej — swój od tej chwili — miecz. Agnus Dei. Starszy brat przypasał go młodszemu. Lwy na ich płaszczach zaryczały, wyprężając piersi. Puścił jeden splot szwu starego gobelinu i głowa Jana Chrzciciela zakołysała się na tacy.

W obozowisku rycerstwa Starszej Polski dogasały ogniska. Straże czuwały, psy niepilnowane przez śpiącą służbę ogryzały kości i wylizywały miski po nocnej uczcie. Było bezwietrznie, chorągwie na szczytach namiotów zwisały, sennie owijając się wokół drzewców.

Ludzie joannitów, którzy całą noc nosili poselstwa między głowami rodów, wracali do komandorii. Słudzy zakonu i bracia dowódcy zaczynali poranną wartę przy przeprawie. Na rzekę wypływały pierwsze łodzie i tratwy. Na nich beczki pełne piwa i miodu, kosze chleba i cebuli, stosy mięsa, by rycerstwo mogło obradować kolejną noc.

Tylko w namiocie Zarembów nie zmieniło się prawie nic. Bracia siedzieli przy tym samym stole, płomiennowłosy giermek lał im wino do tych samych srebrnych kielichów. Dziób dzbana troskliwie osłaniał jasną szmatką. Jednak przy bliższym przyjrzeniu widać było, iż już zakończyli grę, a kości ułożyli na mapie starannie. Janek Zaremba wstał pierwszy. Uścisnął prawicę braciom, po starszeństwie, kolejno.

— I tego będziemy strzegli!

Po raz ostatni wznieśli w górę kielichy i wypili, jak zawsze zgodni.

Czarny półlew, rodowy znak Zarembów, uderzył ostrym ogonem w wyhaftowany na proporcu mur, który skrywał dolną część jego masywnego cielska. Chorągiew się zachwiała. Półlew odbił się potężnymi łapami od muru i jednym skokiem znalazł przy swych panach, poświadczając składaną przez nich przysięgę.

1257

listopad

W dawnym palatium pierwszego króla, na Ostrowie Tumskim, wrzało. Słudzy potykali się o własne nogi, starając się nadążyć za rozkazami kasztelana, a nie było to łatwe, bo starego palatium nie używano od dawana. Mur kruszył się tu i ówdzie, ze schodów przy każdym kroku leciały kamienie, a drewniane okiennice niebezpiecznie skrzypiały. Mieli ledwie parę dni, by doprowadzić dawną siedzibę króla do stanu, w którym mogłaby przyjąć księcia Bolesława i jego baronów, i doprawdy nie mogli się nadziwić, dlaczego tu właśnie zechciał gościć najjaśniejszy pan Starszej Polski, a nie we właśnie budowanym, wygodnym zamku na wzgórzu. Udało się uprzątnąć i przygotować jedynie parter świetnej kiedyś budowli, a i tak drżeli, że goście dostrzegą niedostatki. W sali zwanej przed wiekami ottońską było najcieplej. Ogień, palony od trzech dni bez ustanku, zdążył nieco nagrzać kamienne ściany, choć i tak przy każdym oddechu z ust wydobywały się obłoczki pary.

Książę Bolesław, trzydziestoletni mężczyzna, w ciepłym, podbitym gronostajami płaszczu i złotem wyszywanym kołpaku siedział na obszernej ławie, której rzeźbione w orle głowy oparcie pamiętało jeszcze czasy pierwszego króla. Lewą dłoń grzał, opierając na grzywie herbowego lwa, prawą trzymał na głowni nagiego miecza.

W głębi obszernej sali zgromadziło się kilkudziesięciu możnych, ale przy księciu stali tylko świadkowie: wojewoda poznański, Przedpełk Łodzia i podkomorzy Wincenty Nałęcz, a przed władcą klęczał wojewoda kaliski, Janek Zaremba.

— Agnus Dei... — wyszeptał drżącymi ustami Janek. — Ślubuję...

— Wierne ręce, wierne służby — powiedział zadowolony książę. — Mateuszu! — przywołał pisarza. — Odczytaj akt darowizny.

— Ośmielę się zwrócić uwagę — rzekł wojewoda poznański z ledwie wyczuwalnym cieniem dezaprobaty — że brakuje ważnego świadka...

W chwili gdy Janek Zaremba uniósł głowę i rozglądał się niespokojnie, dowódca książęcej straży otworzył drzwi, zapowiadając:

— Kasztelan Beniamin Zaremba.

Janek odetchnął z ulgą, a przed księciem uklęknął młody, jasnowłosy mężczyzna w kaftanie z czarnym półlwem.

— Wybacz książę — powiedział głosem niezdradzającym żadnych uczuć — syn mi się narodził.

— Gratuluję! — Książę Bolesław wyciągnął ramię, by Beniamin wstał. — To będziemy mieli dwa powody do radości! Nadanie dla Janka i twój syn! Stawaj przy mnie!

Beniamin stanął przy księciu, po stronie świadków, a Mateusz rozwinął przygotowany pergamin i odczytał:

— Im ważniejsza jest osoba, tym przezorniej winna uważać na to, by sprawy przez nią zdziałane uzyskały moc przez uroczyste potwierdzenie. Zwykło się bowiem często zdarzać, że oszczerstwo usiłuje szkodzić dziełom ludzkim...

Janek klęczał z opuszczoną w szacunku głową, wpatrując się w stopy księcia lub ostrze jego nagiego miecza oparte przy nich. Książę potakiwał głową, słuchając słów pisarza.

— ...dlatego my, Bolesław, z bożej łaski książę Starszej Polski — czytając to, Mateusz skłonił się panu — chcemy, aby było wiadome współczesnym i potomnym, że zważywszy wierne służby szlachetnie urodzonego komesa Janka oraz jego rycerskie względem nas zasługi...

Wincenty i Przedpełk wymienili się spojrzeniami. Możliwe, że przez policzek wojewody poznańskiego przebiegł skurcz, ale mógł być to tylko chwiejny blask ognia, bo pochodnie oświetlające salę ottońską raz po raz łapały powiewy listopadowego wiatru zza nieszczelnych okiennic.

— ...z okazji chrztu syna jego, Sędziwoja Zaremby, któregośmy we własnej osobie do sakramentu trzymali...

Beniamin drgnął i wyprostował się, patrząc na pochyloną u stóp księcia głowę Janka.

— ...nadajemy mu oraz jego prawowicie urodzonemu potomstwu czternaście wsi ze wszelkimi prawami, zwalniając je ze wszystkich powinności książęcych...

Przez zgromadzonych niżej wielmożów przeszedł szmer.

Janek westchnął i uniósł głowę. Patrzył na swego księcia z miłością.

— Tak jest! — przerwał czytanie książę. — Wierne służby, wierne ręce, książęca wdzięczność. Janku, wstań! Baronowie moi, radujmy się!

Mateusz odsunął się i dalej czytał akt darowizny. Zgromadzeni u dołu goście słuchali go z zapartym tchem, podczas gdy książę schował miecz z dźwięcznym stukiem stali o pochwę. Słudzy podali kielichy, świadkowie, Nałęcz i Łodzia, sztywno gratulowali po książęcemu obdarowanemu Jankowi.

Tylko Beniamin patrzył nieruchomo przed siebie. Książę Bolesław wzniósł toast:

— Wieczny odpoczynek dla duszy brata mego, Przemysła!

— Racz mu dać, Panie! — powtórzyli.

— ...i zdrowie jego syna, Przemysła II!

— Zdrowie!...

— Młody książę urodził się po śmierci swego ojca... — szepnęła starsza dwórka do młodszej, podając jej dzban, by zaniosła księciu. — Uważaj na płaszcz, tylko się nie potknij, to twój pierwszy dzień na dworze...

Dziewczyna blada ze strachu podeszła do pijących i skłoniła się. Nikt nie zwrócił na nią uwagi, kielichy mieli jeszcze pełne. Usunęła się więc w cień.

— Jak się czuje księżna wdowa matka i nowo narodzony książę? — zapytał Wincenty, na co dzień przebywający z księciem Bolesławem w Kaliszu. — Słyszałem, że słabują?

— Przeciwnie! — wesoło powiedział książę Bolesław. — Z radością znalazłem ich w dobrym zdrowiu. Przemysł to jeszcze osesek, ale gdy wziąłem go na ręce, darł się tak, że kółka w kolczudze mi pękały! Będzie z niego dzielny Piast! Jak ojciec!

— Szkoda, że go nigdy nie pozna — rzekł wojewoda poznański, Przedpełk. — Syn bez ojca...

— ...ale za to z jakim stryjem! — przepił do księcia Janek Zaremba.

— Szkoda! — Książę wzniósł kielich i wypił. — Mój brat tak na niego czekał...

— Janku — powiedział wojewoda poznański — stałeś się pierwszym komesem w księstwie!

Służba roznosiła kielichy pomniejszym gościom, nalewając im wino i mówiąc z ukłonem:

— Komes Janek Zaremba częstuje.

— Nic dziwnego, że częstuje. Obłowił się dzisiaj jak pan! — mruknął drobny rycerz w końcu sali, biorąc do ust wino. — Dobre!

— Czy ja dobrze zrozumiałem, że to jest czternaście wolnych wsi? — dopytał go starszy, najwyraźniej słabo słyszący mężczyzna w płaszczu z Brogiem, prostym herbem Leszczyców.

— I jedno miasto! Jarocin! — odpowiedział czerwonolicy młodzieniec w znacznym, podbitym lisem surcocie.

— A wsie jakie? — dopytywał starzec.

— Tłuste! — zaśmiał się cicho rycerz. — Brzostków, Żerków i inne. Całe dobra! — Przełknął wino i, choć chwalił je wcześniej, minę miał, jakby pił kwaśne.

Młodzieniec zbliżył się do nich i patrząc, by nikt nie słuchał, szepnął:

— To się nie zdarzało! Wsie mu książę zwolnił ze wszelkich podatków i posług i prawo mu oddał sądu książęcego nad nimi!...

— Jak to? — Starzec jednak dobrze słyszał, skoro szept młodzieńca wpadł mu w ucho. — To Zaremba będzie sam sędzią?

— Tak! I sądzić może, i karać — młodzieniec wyrzucał z siebie słowa, jakby pluł. — I ma prawo pojedynku sądowego, i gorącego żelaza, panisko psiamać!...

— Ciii... — Rycerz powstrzymał go gestem i wskazał na przewijających się wśród gości Zarembów z czarnymi półlwami na płaszczach. — Ciii...

Oni jednak nie zwracali na nich uwagi. Nawet jeśli nie byli poproszeni na podwyższenie, to wzrok utkwili w księciu, Janku i jego gościach, starając się usłyszeć, o czym mówią najwięksi.

— Zasłużył na to, słyszałeś, wojewodo! — Beniamin odezwał się po raz pierwszy, stając między wojewodą poznańskim a swym rodowcem.

— Zasłużył. — Książę otoczył ramieniem Janka. — A ty, Beniaminie Zarembo? Dlaczego nie chwalisz się synem? Zdrów?

— Zdrów.

— Będzie równolatkiem młodego księcia! Może się zaprzyjaźnią jak Janek i ja? — Książę klepnął Janka w ramię i rozejrzał się, bo kielich miał pusty.

Z cienia wyszła młoda dwórka z dzbanem. Lękając się, by kropla wina nie pochlapała księcia, owinęła dzban połą swego jedwabnego płaszcza. Książę nie zwracał na nią uwagi, mówiąc dalej:

— W jakimś sensie mamy potrójne narodziny. Mój bratanek, książę Przemysł II, mój chrześniak Sędziwój Zaremba i twój syn, Beniaminie! Jak dostanie na imię?

— Żona chciała nazwać go Michał.

— Beniaminie — Janek miękko zwrócił się do rodowca — mamy nowego Zarembę, dlaczego się nie cieszysz? Świętuj! — Podsunął dwórce kielich Beniamina.

— Żona moja… — Beniamin zmarszczył brwi i opanował się natychmiast — nie wytrzymała porodu.

— Och!… — wyrwało się z piersi dziewczyny i polało się wino z upuszczonego przez nią dzbana.

1272

maj

— Otwierać bramy! — krzyknął herold po raz pierwszy.

Odpowiedział mu śmiech obrońców i przemieszane z przekleństwami rady:

— Jak chcecie wejść, sami sobie otwórzcie!

— Tylko pazurków nie połamcie, panienki!

— W imieniu obu książąt Starszej Polski żądam wydania grodu! — Herold, tak jak stojące za nim wojsko, nie oczekiwał od obrońców uprzejmości. Robił, co do niego należało.

— A my w imieniu margrabiego brandenburskiego żądamy, byście odstąpili! — odkrzyknął zgodnie z zasadami dowódca obrony, by natychmiast dopuścić do głosu swoich ludzi.

— I oddali nam zapasy miodu, który macie na wozach!...

— I wasze hoże, cycate dziewki!...

— Jak będziecie uciekać, zostawcie miecze, będziemy sobie nimi dłubać w zębach!...

— I płaszcze, to sobie nimi podetrzemy tyłki!...

— Po raz ostatni wołam: otwórzcie bramy! Gdy zdobędziemy gród, nie będzie litości ani dla obrońców, ani dla mieszkańców!

Jasne majowe słońce mieli za plecami; załodze grodu świeciło prosto w oczy.

Na znak herolda zadęły rogi. Sześć niskich, przejmujących jak urwany jęk dźwięków; nim umilkły, z piersi setki zbrojnych wydobył się skandowany krzyk:

— O-two-rzyć bra-my! O-two-rzyć bra-my! O-two-rzyć bramy! — lecz to już nie była prośba, nie było nawet żądanie. To był dla rycerstwa Starszej Polski okrzyk bojowy. Nastąpił tak szybko po ostatnim wezwaniu herolda, że dopiero teraz obrońcy zorientowali się, iż pertraktacje były fałszem, fikcją dążącego do starcia wojska. Odwróciły ich uwagę od czterech wielkich trebuszy, które w tym czasie podciągnięto pod obwarowania grodu. Zamaskowane gałęziami sosen i brzóz przesuwały się, bela po beli, wyrżniętymi w otaczającym gród lesie przecinkami. Miotacze uzbrajali je w wielkie, przygotowane wcześniej kamienie, a w tym czasie na oniemiałych obrońców spadł grad strzał. Nie mogły im zrobić wielkiej krzywdy, wystarczyło, że skryją się za potężną palisadą, ale skutecznie odciągały ich uwagę od trebuszy i uniemożliwiały reakcję.

— Wal! Waaal!

Miotacze zwolnili krótsze ramię dźwigni i trebusz stęknął, a wielki, ciężki kamień przeleciał przez wał obronny grodu i głucho padł pod palisadą, nie robiąc jej żadnej krzywdy.

Z środka dobiegł gromki śmiech obrońców, jakiś śmiałek bez hełmu wychylił się zza palisady i krzyknął:

— Załadujcie go dzbanem z miodem, ale miotajcie celniej, do środka!

— Jak ci na imię? — zawołał do niego ktoś z nieruchomego szeregu wojska.

— Arnold i bardzo lubię miód!...

Bełt z kuszy trafił go prosto w gardło, z którego trysnął nie trunek, lecz krew. Nieostrożny Arnold zniknął w czeluściach grodziska, a w ślad za nim pomknęło kilkadziesiąt pocisków.

— Kusznicy! Strzał!

— Waaal!

Drugi trebusz wypuścił kamień prosto w palisadę. Usłyszeli trzask łamanego drewna.

— Celuj w to samo miejsce! — krzyknął Janek Zaremba do miotacza trzeciego trebusza i w tej samej chwili drugi kamień przebił osłabione poprzednim uderzeniem drewno.

— Pierwszy wyłom!

Piechurzy zaciskali w dłoniach drabiny, czekając na znak wojewody Przedpełka. Ich zardzewiałe haki wyglądały, jakby już pokryły się przyschniętą krwią.

— Waaal! Wal! Wal!

Trebusze raz za razem wypuszczały kamienie, a kusznicy nie dawali obrońcom szans na jakikolwiek ruch. Wydawało się, że obrona zamarła, kto na chwilę wychylił się ponad palisadę, znikał trafiony bełtem.

— Osłona tarana! Taran! — krzyczał zachrypnięty Janek Zaremba i na jego rozkaz dziesięciu ludzi za zbitą z desek osłoną podprowadziło taran pod bramę grodu. To była szansa obrońców, bo trebusze przestały miotać kamienie. Z góry na zbliżający się taran poleciały gary wrzącej smoły i kilkanaście pochodni.

— Jezuuu! — Dwóch skrajnych ludzi niosących osłonę trebusza padło upieczonych żywcem, ale pozostali szli, szli, nie oglądając się na czarne, osmalone trupy towarzyszy.

— Taraaan! — Janek przekrzyczał zgiełk i taran uderzył w bramę z łoskotem. Żelazne okucia nie puściły.

— Taraaan! — darł się Janek, kusznicy wypuszczali chmury bełtów z obu stron, obrońcy zarzucali prowadzących taran kamieniami, a trebusze na rozkaz Przedpełka próbowały złamać palisadę w dwóch innych miejscach. Piechurzy równym krokiem biegli na stanowiska, starając się trzymaną ponad głowami drabiną osłonić od pocisków. Kilku padło, drabiny ponieśli inni.

Młody książę spojrzał na swych czterech druhów.

— Przemyśle? — zapytał go Michał Zaremba.

— Teraz! — odpowiedział książę.

Taran uderzył w miazgę drewna i żelazne sztaby puściły. Krzyk tryumfu niczym nie różnił się od wycia rannych, bo w tej samej chwili obrońcy spuścili na nich gar smoły, która zamieniała ludzi w czarne, potworne zjawy padające na ziemię w konwulsjach. Przemysł był na moście, poślizgnął się na niezastygłej smole, ktoś go podtrzymał z boku i już wdzierali się do grodu. Przejście było wąskie, usłane trupami jednych i drugich, więc biegli po zwłokach. Książę osłonił się tarczą, kamień odbił się od niej i uderzył jego rycerza w głowę. Przez wąską wizurę hełmu widział niewiele, tylko tych, którzy byli przed nim. Rzucił się w ich stronę, wpadając na niewielki dziedziniec grodziska.

„Coś jest nie tak" — pomyślał, ale nie widział co, i mógł tylko w duchu przekląć wojewodę, który zmusił go, by założył wielki hełm. Nie miał czasu się zastanawiać, bo ruszyło na niego trzech ludzi z obnażonymi mieczami. „Poznali mnie, skurwysyny". Kasztelan Zaremba prosił, by nie zakładał do oblężenia tuniki herbowej ze stojącym lwem. „Będziesz się prosił o atak, książę". Ale Przemysł był uparty i odpowiadał: „Idę zdobywać!". Sparował uderzenie z prawej i skoczył w bok, robiąc unik przed tym z lewej, trzeci z nacierających zniknął. Przemysł odwrócił się nerwowo, szukając go. Dostał w ramię, ale sztych był zbyt lekki, odbił się od kolczugi. „Nie oglądaj się na boki. W ciżbie jesteś drwalem, który rąbie drogę w lesie". Słyszał za sobą szczęk żelaza i okrzyki ludzi. Jeszcze widział Michała Zarembę, ale ruszył w drugą stronę. Zobaczył przed sobą spoconą twarz rycerza bez hełmu, tylko w czepcu kolczym osłaniającym głowę. Był bez tarczy i właśnie kończył dobijać chłopaka, który nawet nie był giermkiem. Już dojrzał Przemysła, już w jego zamglonych oczach pojawił się błysk na widok książęcego lwa.

— Poznańskie paniątko! — wycharczał, wyciągając miecz z piersi chłopaka. Głowa głucho stuknęła o klepisko.

Przemysł widział krew kapiącą z jego klingi, gęstą jak smoła.

— Mówią, żeś ładny jak dziewczyna! — Brandenburczyk podchodził do niego sprężystym, kocim krokiem. — Zdejmiesz hełm i pokażesz liczko, czy sam mam ci go zdjąć?

Nie mógł mieć więcej niż trzydzieści lat. To i tak dwa razy więcej niż Przemysł. Pod kolczugą prężyły się bary jak u wołu. Przemysł zaatakował pierwszy, ale aż zdrętwiało mu ramię, gdy rycerz odbiciem sparował cięcie. Opanował drżenie kolan. Przeciwnik uderzył go z góry. Przemysł odbił płasko i krew z miecza Brandenburczyka przeszła na jego głownię, jakby tamten wycierał miecz o jego ostrze. To było jak iskra, która podpaliła księcia. Krew chłopca, który mógł być młodszy od niego. Poszedł na oślep, zapomniał o wszelkich zasadach, o eleganckich, wyszukanych sztychach, których uczył się, odkąd wziął do ręki miecz. Ciął, ciął i ciął, a Brandenburczyk odparowywał i zasłaniał się. „Ty knurze — myślał Przemysł. — Ty wieprzu, zarżnę cię!". Był szybszy, bo był młodszy, i oczy zasnuła mu furia, której nigdy w życiu nie zaznał. „Krwawa mgła". Dostał, dostał przynajmniej trzy razy, ale nie czuł bólu, lecz wściekłość, żywą wściekłość. Napierał tak szybko i ostro, że doświadczony rycerz zaczął się cofać na oślep. Z prawej, z lewej, z lewej, z lewej. Potknął się. Potknął o sztywne i wyciągnięte nogi chłopca, którego wcześniej zaszlachtował. To wystarczyło. Przemysł skoczył i wepchnął leżącemu ostrze w szyję, w to nagie miejsce między kolczugą a kapturem, które odsłoniło się przed nim czerwoną, odparzoną od kolczugi linią, gdy Brandenburczyk upadł na plecy. Chlusnęła krew i przez wąską szparę wizury chlapnęła w oczy księcia. Oślepiła go. Zachwiał się i utrzymał równowagę tylko dzięki wsparciu się na mieczu wbitym w gardło Brandenburczyka. Lewą ręką szybko, chaotycznie rozpinał hełm. Nic nie widział. Szarpnął sprzączkę, puściła, zrzucił go. Grubą, skórzaną rękawicą nie mógł wytrzeć oczu, ale udało mu się otworzyć je na tyle, by zobaczyć, że przeciwnik nie żyje.

— Z tyłu! — usłyszał krzyk Michała i z jakiegoś powodu zrozumiał, że to do niego.

Odwrócił się, wyciągając miecz, czuł, jak jego ostrze pociągnęło gardło leżącego, a gdy je uniósł, dojrzał krwawy strzęp skóry; strząsnął go. Miał już dwóch napastników przed sobą, jakieś pięć kroków. Nie czekał, ruszył na nich. Tego z prawej ciął, tego z lewej staranował dobiegający do niego Michał. Nagle wyrósł przed nim olbrzym z toporem. Był przynajmniej dwie stopy wyższy od księcia, ale nie miał kolczugi, tylko skórzany kaftan wykładany płytkami. Przemysł widział, jak napastnik unosi topór w górę, wyczekał, choć na placu ćwiczeń nigdy nie umiał być cierpliwy, teraz wyczekał i w tej chwili, w której olbrzym miał ramiona u góry, gdy brał zamach, książę wsadził mu miecz w rozcięcie kaftana pod potężną pachą i natychmiast uskoczył w tył. Topór spadł w miejsce, w którym młodzieniec stał jeden krok temu, przeciął powietrze, olbrzym się zwalił, a spod pachy krew tryskała konwulsyjnym źródłem. Przemysł ruszył w ciżbę. Poślizgnął się i upadł, lądując nieokrytą hełmem twarzą w czymś ciepłym i miękkim. „Jezu, ale śmierdzi" — nigdy wcześniej nie widział rozprutych jelit. Fioletowe zwoje wyglądały jak żywe, wydawały się poruszać jakimś własnym wężowym ruchem. Mogły należeć do każdego z leżących. Już się podnosił. Słyszał jęki z ziemi, jęki rannych, po których deptano, którym miażdżono dłonie i twarze niechcący, idąc po nich, po tych żywych trupach do celu. Rozejrzał się. Coraz mniej walczących, cztery rozproszone grupki. „Dożynanie?". Rzucił się w stronę najbliższej. Trzech Brandenburczyków, na każdego z nich przypadało dwóch jego rycerzy. „Już wygraliśmy?". Zdał sobie sprawę, że nie ma pojęcia o przebiegu bitwy. Nigdzie nie widział ani kasztelana Janka, ani wojewody Przedpełka. Szarpnęło nim. Ktoś go chwycił za goleń. Leżący, zraniony w nogę, ciągnął go na ziemię. Przemysł ciął go przez rękę, choć przecież mógł uderzyć w pierś. Tamten puścił i jęknął:

— Litości, książę!

Przemysł zamierzył się w jego usta, jakby to słowa były orężem leżącego. Słyszał własny, chrapliwy oddech i jego jęk:

— Litości, książę...

Cofnął miecz i zostawił go, ruszył ku tamtym. I wtedy poczuł ostry ból w barku. „Dostałem".

Odwrócił się i zobaczył nóż, którym rzucił go w plecy leżący. Wrócił do niego i nie patrząc mu w oczy, tylko w to jedno miejsce na piersi, dobił. Już tylko trzy grupki walczyły ze sobą. Skoczył w ich stronę, ranił rycerza, z którego i tak krew lała się niczym wino z dzbana.

— Poddajemy gród! — krzyczeli ostatni obrońcy, klękając na ziemi. — Poddajemy gród. Litości, książę!

Dopiero teraz usłyszał, że umilkł szczęk stali. Nie słyszał jej, gdy grała, jakby jego zmysły odbierały tylko szczęk własnego miecza. Zobaczył, że walka ustała i oczy wszystkich kierują się na niego. W głębi mignęła mu zakrwawiona twarz wojewody Przedpełka, on i kasztelan Janek Zaremba szli do niego z opuszczonymi mieczami.

— Co każesz, książę? — zapytał Janek zdyszany. Miał rozciętą brew i rozerwaną tunikę.

— Nie bierzemy jeńców — powiedział Przemysł. — Książę Starszej Polski zawsze dotrzymuje słowa.

— Wedle rozkazu. — W oczach Janka dojrzał niezadowolenie. Kasztelan ściszył głos, by nie słyszało ich wojsko, i zapytał: — Może darować...

— Wypuścić sześciu, nie więcej, ale tylko takich, którzy mogą iść o własnych siłach — uprzedził go Przemysł. — Niech zaniosą wiadomość margrabiom, że gród w Strzelcach wrócił do Starszej Polski.

Dotarło do niego, co było tutaj nie tak: „W grodzie nie było mieszkańców, tylko załoga i służba. Ani jednej kobiety. Spodziewali się ataku. Wiedzieli, że mój stryj nie daruje zniewagi, jaką było pobudowanie nowego obronnego grodziska. Czekali na nas".

— Tak jest. — Wojewoda przymknął powieki, co mogło znaczyć: „Dobrze, książę. Tak postępuje wódz", ale mogło być tylko strząśnięciem krwi płynącej mu do oka.

— Resztę wyciąć! — krzyknął Przemysł, a jego ludzie dokończyli rzezi.

— Panie! — wojewoda Przedpełk starał się mówić cicho, ale gardło miał tak suche, że nie mówił, lecz charczał. — Panie! Jak mogłeś zrzucić hełm w takiej jatce? Każdy, ale nie ty! Jedyny dziedzic księstwa!...

Przemysł skinął mu głową, słyszał słowa wojewody, ale nie docierało do niego, co mówi.

— Książę! — Najbliższy druh, Michał, szedł ku niemu z bukłakiem wina. Oczy mu lśniły, zrzucił kaptur i przecierał palcami posklejane włosy. Nagle stanął i spojrzał na Przemysła, zamarł z wyciągniętą ręką.

— Co ci? — spytał książę.

— Twoja głowa... — wyszeptał Michał. — Co ci się stało?

Przemysł dotknął ręką czoła. Nic nie poczuł. Zrzucił rękawicę i przejechał palcami po kolczym kapturze. Gdy zrozumiał, co się stało, poczuł zimno. Kółka kolczugi wokół głowy były pęknięte, jakby ktoś rozciął ją dookoła. Na palcach miał gęstą, ciemną juchę. Złapał przerażone, pobladłe spojrzenie wojewody.

Nie pamięta takiego cięcia, nie pamięta takiego uderzenia. Potoczył wzrokiem wokół. Bezładne stosy trupów, żaden z nich nie ma zamkniętych oczu, wszystkie wykrzywione, jakby chciały wykrzyczeć życie, które wyciekło z nich, które wyrżnięto z nich ostrzami toporów i mieczy. Poskręcane, sine, białe, czerwone, brudne. Psy, duże myśliwskie psy z podkulonymi ogonami oblizywały krew swych niedawnych panów, jakby wstydziły się, że mają ochotę spróbować ich ścierwa. Ile ich jest? Sto? Dwieście trupów? Więcej? Nie umiał ich policzyć. Nie pamiętał nawet, ilu sam zabił. Tylko tego pierwszego, tego knura, który dorzynał chłopca.

— Przemysł, Przemyśle, słyszysz mnie? — Głos Michała dochodził do niego z daleka, choć widział twarz druha przed sobą. — Książę! Wyglądasz, jakbyś miał koronę z krwi.

LUKARDIS czesała swoje złote loki, spoglądając na zalany światłem dziedziniec.

Obok niej stała taca z nietkniętym śniadaniem. Na powierzchni mleka krzywiła się gruba zmarszczka kożucha. Lukardis była głodna, ale wciąż nie na tyle, by się złamać. Dopóki Olcha nie wróci do niej, a spod drzwi komnaty nie znikną pilnujący jej strażnicy, nic nie przełknie, nawet gdyby miała się zamorzyć głodem. Tak powiedziała i tak będzie. Ta wiedźma Mechtylda powinna się już przyzwyczaić, że Lukardis zawsze dotrzymuje słowa.

Nagle zobaczyła ją na dziedzińcu. Błękitny płaszcz księżnej załopotał na wietrze. Dlaczego idzie w stronę stajni, skoro nie ma stroju do konnej jazdy? Mechtylda uniosła głowę, a Lukardis odruchowo cofnęła się w głąb izby. Co knuje askańska wiedźma? Bo, że knuje,

Lukardis była pewna. Ach, gdyby Olcha była teraz przy niej, dowiedziałaby się wszystkiego. Olcha, Olcha... bliska jej jak ciału dusza, przyjaciółka, choć tylko służka...

Ale Mechtylda zamknęła ją gdzieś, żeby ukarać Lukardis i zmusić do uległości.

Askańska wiedźma szybko się uczy. Gdy zaczęła swe rządy na zamku dziadka, próbowała obłaskawić ją podarkami. Szybko się przekonała, że Lukardis jest nieczuła na błyskotki. Nie, nie dlatego, by nie lubiła się stroić. Przeciwnie. Dwunastoletnia księżniczka kochała złoto, srebro i połyskliwe kamienie. Ale miała ich tyle, że nowa księżna mogłaby się ubierać z jej skrzyń, nie na odwrót. Po odrzuconych prezentach przyszła pora na drobne złośliwości. Na przykład pomijanie Lukardis przy witaniu gości. Mechtylda zamiatała długim ogonem sukni i uśmiechała się olśniewająco, strojną w pierścienie dłonią wskazując:

„Oto moja maleńka córka Beatrycze, oczko w głowie swego księcia ojca. A to Domasława, moja piękna pasierbica, i Bogusław, jej przyrodni brat. Prawdziwe książątka! Kocham je wszystkie jak własne".

I nic więcej, jakby Lukardis była powietrzem wypełniającym pustą przestrzeń między dzieckiem Mechtyldy a dziećmi dziadka Barnima, które miał z poprzednią żoną. Oczywiście, nigdy nie ważyła się tego zrobić w jego obecności. Bo gdy Barnim był na zamku, to Lukardis stała przy nim. Nazywał ją swoją obodrycką księżniczką, a gdy sobie popił na ucztach, stawiał wnuczkę na stole i oddawał jej pokłon. „Wszyscy zegnijcie kolana przed prawdziwą panią tej ziemi! Przed Starszą Krwią! Przed krwią Niklota!", a potem podrywał ją w górę lekko niczym kielich i dodawał z radosnym śmiechem: „I przed moją krwią!". A jego drużynnicy pili ich zdrowie, wykrzykując: „Krew! Starsza Krew! Prawdziwa krew!".

Od urodzenia otaczana była szacunkiem, który od czasu do czasu, zwłaszcza gdy dziadek popił ze starymi druhami, przechodził w jakąś szaloną poddańczość. Tak samo odnosiła się do niej prosta służba, zdarzało się, że patrzyli jej w oczy jak psy, które czekają, aż pani pogłaszcze je po łbie.

I wszystko mogło tak trwać, gdyby nie zjawiła się trzecia żona dziadka. Szybko wywąchała, że dla nikogo tutaj nie jest prawdziwą panią, że służą jej, bo służą Barnimowi, ale prawdziwym szacunkiem otaczają dwunastoletnią księżniczkę — Lukardis.

Gdy nie udało się jej pozyskać podarkami, Mechtylda przystąpiła do radykalnych kroków. Jedną ręką zmieniała wystrój komnat, a drugą służbę, zastępując ją własnymi ludźmi, Brandenburczykami. Czy Barnim był ślepy, że tego nie widział? Prawda, robiła to zawsze, gdy go nie było, a wyjeżdżał ostatnio coraz częściej i na coraz dłużej. Za jednym razem podziękowała wszystkim damom dworu i na ich miejsce przyjechały nowe. To jeszcze można zrozumieć, dwór księżnej należy do niej. Ale wymieniła też służbę dziadka, zaczynając od dołu, od stajni do komnat. Lukardis przejrzała jej taktykę: każdy wyjazd Barnima i znika kilku ludzi, by na ich miejsce pojawili się nowi, oddani tylko księżnej.

— Kopniesz w ławę, to śpiący spadnie i się ocknie, ale jak będziesz ją spod niego wysuwać po kawałeczku, to łagodnie opadnie na ziemię i się nie obudzi — tak skwitował to Bożymir, dawny podczaszy dziadka, gdy przyszła kolej na niego.

Lukardis obiecała mu, że jak tylko Barnim wróci, wszystko mu powie, pokaże mu, co robi askańska wiedźma, jak oplata zamek pajęczyną swych sług. Bożymir pokręcił głową.

— Nasz książę ma teraz większe kłopoty, jasna panienko. Nie trzeba mu zawracać głowy starą służbą.

Lukardis chciała się dowiedzieć, jakie to kłopoty, co takiego może dręczyć dziadka, ale Bożymir zaciął się i nic nie chciał mówić, a Barnim wyjeżdżał coraz częściej i na coraz dłużej. I zabierał ze sobą Bogusława, co dla niej było prawdziwą rozpaczą. Bogusław był przecież jak brat, choć nie byli rodzeństwem.

On, starszy od niej o pięć lat, był synem dziadka z drugiej żony. Ona jego wnuczką z pierwszej. Wychowywali się razem od dzieciństwa, krążąc między Szczecinem a Dąbiem. Była jeszcze Domasława, córka Barnima z poprzedniej żony, ale tak naprawdę liczyli się tylko oni dwoje.

„Przyjaźń na śmierć i życie" — mówili, składając na swych czołach pocałunki. Bogusław uczył ją jeździć konno i polować z sokołem. Mówił, że gdy Lukardis się śmieje, milkną skowronki. Byli ze sobą tak blisko aż do czasu, gdy Barnim uznał, iż musi syna wdrożyć w przyszłe książęce obowiązki. Z początku Lukardis się śmiała, że Bogusław włoży brązowy płaszcz konfratra jak dziadek, ale po pierwsze nie nałożył, a po drugie coraz mniej bawiły go jej żarty.

— Templariusze to nie powód do śmiechu, siostrzyczko — mówił i marszczył nos.

— Ale twoja broda tak! — śmiała się, dotykając paluszkiem rzadkiego zarostu na jego chłopięcej twarzy.

Uchylił się przed jej dotykiem raz i drugi i zrozumiała, że Bogusław woli być teraz synem księcia Barnima niż bratem małej Lukardis. Dziedzic Pomorza.

— A ja jestem Starszą Krwią! — mruknęła gniewnie, zaciskając pięści na samolubność Bogusława, który zostawiał ją sam na sam z księżną i wyjeżdżał z dziadkiem na tak długo.

— Starszą Krwią! Prawdziwą panią tej ziemi... — powtarzała to, co kiedyś mówił o niej Barnim, choć sama nie wiedziała, co to znaczy. Ale podobało jej się gniewne wrzenie tych słów.

— On też, pani. On też ma w sobie Starszą Krew, choć nie tak gęstą jak twoja... — wyszeptała siedząca u jej stóp Olcha.

— Skąd wiesz? Olcho, skąd to wiesz? I co to jest ta Starsza Krew?

— To bzdury i bajdy, w które wierzą źle wychowane dzieci i nieokrzesana służba! — Głos Mechtyldy był jak bicz.

„Skąd ona się tu wzięła? Podsłuchiwała pod drzwiami?" — zdążyła gorączkowo pomyśleć Lukardis, ale ze strachu nie mogła sobie przypomnieć, o czym mówiły z Olchą wcześniej i czy przypadkiem w gniewie nie padło „askańska wiedźma".

Olcha wstała szybko i pokłoniła się przed księżną, jakby chciała jednocześnie osłonić Lukardis przed Mechtyldą. Lukardis jednak delikatnie przesunęła wierną służkę na bok i przybierając najłagodniejszy wyraz twarzy, na jaki mogła się zdobyć, powiedziała:

— Witam księżną w mojej skromnej samotni. Czym mogę ci służyć, pani?

Mechtylda nie zwracała uwagi na jej uprzejmą minę. Wyciągnęła oskarżycielsko palec, kierując go w pierś dziewczynki, a fałdy jej sukni zafalowały i stanęły na baczność.

— Opuściłaś lekcje tańca, Lukardis. Za karę zabieram twoją służącą do siebie. Skoro pogaduszki z Olchą są dla ciebie ważniejsze niż nauka, Olcha musi zniknąć. Nie toleruję nieposłuszeństwa.

— Nie możesz!... — Lukardis siłą powstrzymywała łzy, tak bardzo nie chciała teraz okazać słabości.

Mechtylda uśmiechnęła się samymi ustami, pokazując szereg białych, równych zębów.

— Mogę.

I odwracając się do cisnących się w drzwiach swoich ludzi, powiedziała tonem pełnym wzgardy:

— Zabierzcie tę dziką dziewkę do pokojów mojej służby. Zajmę się nią później. A panienkę Lukardis zaprowadźcie na lekcje.

— Księżniczkę! — poprawiła ją gniewnie Lukardis.

Mechtylda uniosła w górę spiczasty palec i zaśmiała się okropnie:

— Panienkę. Księżniczką będziesz, gdy wróci twój dziadek.

Lęk w jednej chwili wyparował z Lukardis. Skrzydełka jej nosa poruszyły się, bo poczuła czysty, gorący gniew. I to jej gniew przemówił:

— Mylisz się, Mechtyldo Askańska, więc muszę ci przypomnieć, że ja urodziłam się księżniczką, a mój ród panował tu w czasach, gdy twoi przodkowie ganiali owce. Wasz wielki przodek, Albrecht Niedźwiedź, na którego się tak powołujecie, był zwykłym zabójcą. Nawet jako żona mego dziadka jesteś tu obca. Ty i twój brandenburski ród.

Syk Olchy przeciął powietrze. Mechtylda zakręciła się między nimi tak szybko, iż Lukardis nie wiedziała, co było najpierw: czy służąca chciała ją ostrzec, by nie mówiła nic więcej, czy też zareagowała na uderzenie Mechtyldy wymierzone prosto w jej policzek.

Księżniczka zamarła z otwartymi ustami. Jakże mogłaby powiedzieć coś jeszcze, skoro znów za jej słowa mogła oberwać ukochana służka?

Została sama. Olchę zabrano, przed jej komnatą księżna ustawiła straże i zostało jej tylko to wąskie okno, przez które mogła patrzeć na zalany światłem dziedziniec. Trzeci dzień odmawia jedzenia. Dziecinne? Być może. Lecz nie ma innego sposobu, by sprzeciwić się Mechtyldzie. Zagłodzi się i pierwsze, co zrobi książę Barnim, gdy wróci, to zapyta, dlaczego jego ukochana wnuczka wygląda tak źle.

A ona mu wtedy powie. Wszystko mu powie, nie zastanawiając się, czy dziadek kocha Mechtyldę, czy nie; może w końcu przejrzy na oczy i dostrzeże, że jego żona jest wiedźmą, która wokół nich wszystkich tka pajęczynę intryg. Wokół niego też.

Dlaczego akurat teraz wyjechał? Dlaczego na tak długo? Niech wraca, niech krzyknie na żonę i niech askańska wiedźma odda jej Olchę.

PRZEMYSŁ, młodszy książę Starszej Polski, odłączył się od grupy jeźdźców, chociaż stryj prosił go przed wyjazdem, by tego pod żadnym pozorem nie czynił. Przypomniał sobie przestrogi starego księcia i zaśmiał się w duchu. Teraz dowodzi tu on i nie ma przy nim ani wojewody Przedpełka Łodzi, ani kasztelana Janka Zaremby, jak rok temu. Stryj Bolesław został w Gnieźnie i to Przemysł prowadzi oddział, więc chyba wolno mu podejmować decyzje. Chciał przez chwilę pobyć w tym lesie sam, popatrzeć na to miejsce, poczuć... No właśnie, co takiego chciał poczuć? Tę samą euforię co rok temu po niespodziewanym zwycięstwie? A jeśli nawet, to co w tym złego?

Już słyszał za sobą nawoływania swoich ludzi, pewnie też przyspieszyli, by nie zostawiać młodego księcia samego, nawet jeżeli sobie ich obecności nie życzył.

Pociągnął konia w lewo i gwałtownie zjechał z traktu. Uchylając się przed gałęziami, pędził między drzewami rzedniejącej już nadnoteckiej puszczy. Zza wielkiego krzaka głogu wyskoczyły psy i ujadając, rzuciły się za nim. Koń spłoszył się, ale tylko na chwilę, a Przemysł zobaczył przed sobą niedużą polanę. Najwyraźniej jazgot psów wystraszył jakichś ludzi, bo gałęzie z lewej strony poruszały się jeszcze i zdawało mu się, że widzi czyjeś pochylone plecy.

— Kto tam jest?! — krzyknął.

Psy ujadały wokół końskich kopyt. Jednego odpędził kopniakiem, drugi na ten widok sam uciekł w krzaki. Zarośla po lewej poruszyły się znowu, a za sobą usłyszał nadjeżdżających jeźdźców. Odwrócił się, zobaczył swych przybocznych: Michała, Boguszę, Nawoja i Lasotę, a za nimi jeszcze swego giermka, Płatka. Dał im znak, by byli cicho, i jechali za nim. Sam ruszył w krzaki. Ktokolwiek tam był, właśnie zaczął uciekać. Przemysł widział śmigające między pniakami jasne portki, troje albo czworo ludzi, którzy usiłowali rozpierzchnąć się we wszystkie strony. Ale jego uwagę przykuły psy, które wcześniej pogonił, a które teraz biegły przez las w zupełnie inną stronę niż ludzie. To nie były wiejskie kundle, lecz dobre myśliwskie ogary. Takie psy nie mogły należeć do wiejskich kłusowników.

— Nawoj, Płatek, za mną! Wy zatrzymajcie tych tutaj.

— Książę! — usłyszał za sobą Boguszę. — Nie możesz...

— Mogę! — odkrzyknął i był już daleko.

Pochylił się nisko, bo gałęzie drzew cięły niemiłosiernie. Znał ten las, wydawało mu się, że znał go dobrze. Tędy rok temu poprowadził uderzenie na Drezdenko i odbił kasztelanię z rąk Brandenburczyków. To było zwycięstwo nagłe i niespodziewane. Najpierw oblegał gród w Strzelcach i zdobył go brawurowo. A potem, kiedy wracali do domu, pijani zwycięstwem, odurzeni sławą, dostał wiadomość od cichych ludzi, wywiadowców, że w Drezdenku jest tylko niewielka załoga. Nie pytając o radę swoich komesów, zawrócił wojsko i z marszu zdobył Drezdenko. Nie musieli się nawet specjalnie wysilać, wyprzedziła ich sława i ranni, których puścił z pokonanych Strzelec. Wyrżnęli kilku rycerzy i kasztelan sam poddał miasto.

Ogary nagle skręciły i odbiły po łuku w lewo.

„Co u licha? — pomyślał Przemysł. — Dlaczego gonią w stronę bagien? Psy unikają mokradeł, w każdym razie normalne psy. Może chcą nas zagnać w pułapkę?".

Zdał sobie sprawę, że są spory kawał od traktu i na tyle daleko od Michała i reszty, że od dłuższej chwili nie słyszy ich nawoływań. Obejrzał się. Płatek był tuż za nim, Nawoj też nie odstawał.

„Jest nas tylko trzech. A jeśli to zasadzka?".

I wtedy usłyszał daleki, stłumiony dźwięk myśliwskiego rogu.

„Kto poluje w tych lasach? A może to Sławko, kasztelan Drezdenka? W życiu, przecież wie, że jadę do niego. Nie ruszyłby na łowy, gdy miał czekać na swojego księcia".

Ktokolwiek dął w róg w lesie, na odwrót było już za późno. Byli we trzech w głębi puszczy, przy samej granicy z Brandenburgią.

„Stryj ma rację, gdy mówi, że jestem gówniarzem" — pomyślał kwaśno i sięgnął po miecz. Płatek i Nawoj, widząc to, musieli zrobić tak samo, nie potrzebował się nawet oglądać. Usłyszał szczekanie sfory i zobaczył pierwszych myśliwych. Naliczył pięciu konnych i drugie tyle pieszych. Zwolnił. Ilu jeszcze jest ich w głębi lasu? Ubrani w proste skórzane kaftany, nie mieli żadnych znaków. Nawoj chciał wyjechać przed niego, ale Przemysł go nie przepuścił.

„Nawarzyłem piwa, muszę je wypić, nie będę się zasłaniał swymi ludźmi".

Myśliwi stanęli i jeden z nich wyjechał mu naprzeciw. Miał długi łuk przerzucony przez plecy i krótką włócznię w dłoni. Puginał przy pasie i chyba topór przy siodle. Skłonił głowę.

— Witam cię, książę. Jestem Jakub, łowczy twojej siostry Konstancji.

„Skąd on wie, kim jestem? — pomyślał odruchowo Przemysł

i zaraz skonstatował: — Jestem głupcem. Mam na piersi stojącego lwa, to tak jakbym miał imię wypisane na czole".

Ściągnął wodze i jego ogier parsknął. Obrócił się dookoła, chciał dać sobie chwilę.

— To dlaczego nie masz jej znaku? Wyglądacie, jakbyście chcieli być nierozpoznani.

Łowczy, był nim czy nie, nie okazał zaskoczenia pytaniem. Raczej rozbawienie i to właśnie zirytowało Przemysła. Miał świadomość, że za nim stoi tylko dwóch uzbrojonych ludzi, że zapuścił się w głąb puszczy przez własną nieodpowiedzialność, że ci tutaj, gdyby chcieli, mogliby ich zabić i zakopać w lesie.

— Jesteśmy na łowach, książę, nie na turnieju i nie z wizytą na dworze. Chcemy upodobnić się do lasu, w którym polujemy, a nie płoszyć sobie zwierzynę...

— Skąd mogę mieć pewność, że jesteś człowiekiem Konstancji? Poza tym kasztelania mojej siostry leży po drugiej stronie rzeki. Jesteś na terenie kasztelanii Sławka.

— Moja pani i kasztelan Drezdenka są przyjaciółmi, umówili się, że możemy nawzajem polować na swych ziemiach.

— Zatem polujesz na mojej ziemi — powiedział z naciskiem Przemysł.

Łowczy skłonił się z uśmiechem.

— Ale w imieniu twojej siostry, panie.

„Kpi ze mnie. Powinienem zedrzeć mu ten bezczelny uśmiech" pomyślał Przemysł i powiedział:

— Skoro tak, jedź ze mną do Drezdenka. Niech Sławko potwierdzi twoje słowa.

— Jak sobie życzysz, książę. Czy mam zabrać ze sobą myśliwych, czy wystarczę ci sam?

„Jeszcze jedna uprzejmość i mu przywalę".

— Sam. Jedziemy — odpowiedział Przemysł i zawrócił konia, wymieniając spojrzenie z Nawojem.

Nie chciał okazać słabości, nie mógł się więc odwrócić, by sprawdzić, czy łowczy ruszył za nim. Oczywiście, że brał pod uwagę, iż w chwili, w której zwróci się do nich plecami, może dostać w nie strzałą. Cały ten wypad do lasu był gówniarstwem i z każdą chwilą przekonywał się o tym coraz bardziej. Ale teraz nie mógł już wypaść z roli. Pod kaftanem miał kolczugę i porządną przeszywalnicę, ale jechał z gołą głową. Kolczy kaptur zrzucił na plecy jeszcze na trakcie. Kolejny powód, za który stryj nie darowałby mu cierpkich uwag.

„Tak bardzo chcę się uwolnić od jego opieki, na każdym kroku chcę mu udowodnić, że jestem dorosły, i im bardziej mi na tym zależy, tym większego robię z siebie głupca".

Przemysł wyobraził sobie, iż ma oczy z tyłu głowy, że widzi, co się dzieje za nim. Na razie wszystko musiało być w porządku, bo słyszał kopyta dwóch koni. Łowczy, Płatek.

„Dlaczego Nawoj jeszcze nie ruszył? Jest. Dobrze".

Jadą jeden za drugim, inaczej między drzewami się nie da.

„Teraz mogę przyspieszyć — pomyślał Przemysł. — Tamci mają łuki i oszczepy. Wciąż jesteśmy w ich zasięgu. I najpierw trafią w plecy Nawoja".

Ta myśl ścisnęła go za gardło niczym łapa drapieżnego ptaka. Przywołała wspomnienie, którego nienawidził, a które potrafiło budzić go w środku nocy: ludzie umierający zamiast niego.

To było rok temu, w czasie oblężenia Strzelec. Jego wielka chwała. Temat co najmniej trzech pieśni o odwadze młodego księcia. A przecież pamięta, jak było. I wie, że to nie odwaga nim kierowała, lecz krwawa mgła. Po raz pierwszy w życiu przekonał się, że ona istnieje naprawdę i nie jest tylko opowieścią starych, wysłużonych rycerzy. Najpierw był podniecony, gdy trebusze zaczęły miotać pociski. Dźwięk pękającej palisady jak kruszenie kości. Osłaniani przez tarczowników podchodzili coraz bliżej, wykorzystując tę chwilę popłochu wśród obrońców, która nastawała tuż po uderzeniu głazu w częstokół. Taran wśród miarowych stęknięć łamiący bramę. Smoła lejąca się z góry na piechurów. Aż przedarli się przez połamane pale i wpadli do środka. Wtedy krwawa mgła objęła jego głowę i wdychał jej trujące opary. Było ciasno. Siekł mieczem na prawo i lewo, zdawało się, że krew przesiąka przez kolczugę i kaftan, oblepia go niczym druga skóra, a on nie czuł ani bólu, ani zmęczenia, tylko zew, by zabić kolejnego i kolejnego. Parł naprzód, nie patrząc na boki, cały był przedłużeniem miecza, cięciem, sztychem, uderzeniem, pchnięciem. Parował ciosy kierowany wyłącznie wyuczonym odruchem, jakby nie obchodziło go, czy ktoś mu zada ból. A gdy rzeź obrońców dobiegła końca, gdy stał po kostki w ludzkich odchodach i wnętrznościach, nie pamiętał niczego poza mgłą. Dzwoniło mu w uszach i wirowało przed oczami. Dopiero wieczorem, gdy pozbierali trupy, dowiedział się, ilu jego dzielnych rycerzy zginęło, bo osłaniali swego księcia. Jego własne oczy, przysłonięte krwawą mgłą, nie widziały tego.

Koń parsknął, czując przed sobą jeźdźców. Otrząsnął się z niemiłych wspomnień. Już są. Michał macha do niego. Lasota i Bogusza trzymają na postronkach czterech uwiązanych chłopów.

— To moi naganiacze, książę. Uwolnisz ich? — Po raz pierwszy w głosie łowczego zadrgała nuta niepokoju.

Przemysł zmierzył wzrokiem chłopów. Byli skromnie ubrani w proste portki i ciemne bluzy, a jednak coś mu się nie spodobało w ich twarzach.

— Uwolnię. Jak Sławko potwierdzi to, co powiedziałeś w lesie.

— Oczywiście, książę. — Łowczy skinął głową i przywołał na twarz ten irytujący Przemysła uprzejmy uśmiech.

— Jedziemy! — powiedział Przemysł i ruszył, nie oglądając się za siebie.

Sławko i Konstancja znali się dobrze, to była prawda. Ślub jego siostry odbywał się w przygranicznym Santoku, tu wszyscy kasztelani się znają. A jednak trudno mu było uwierzyć, że Sławko mógł się w obecnej sytuacji zgodzić, by ludzie z brandenburskiego dworu jego siostry polowali w przygranicznych lasach. Poza tym, z tego, co mu wiadomo, Konstancja dawno nie była w Santoku. Odkąd między askańską rodziną jej męża a Przemysłem i jego stryjem panowała wojna podjazdowa, nie wypuszczali jej z twierdzy Stendal. Coś tu nie pasowało i chyba musi to wyjaśnić, nim wjadą do Drezdenka. W tej samej chwili, w której obracał się, by przywołać do siebie łowczego, usłyszał zduszony krzyk. Płatek!

Łowczy trzymał jedną ręką wodze jego konia, a drugą przykładał długi bojowy nóż do gardła giermka. Płatek miał śmiertelnie wystraszone oczy, próbował odciągnąć ręce napastnika od siebie.

— Jeden wasz ruch i poderżnę mu gardło! — zagroził łowczy.

Nawoj był już za nim z obnażonym mieczem. Przemysł wstrzymał przyjaciela ruchem dłoni.

— Czego chcesz?

— Odjechać wolno.

— Więc jesteś kłusownikiem?

— Można to tak nazwać.

— I sądzisz, że cię puszczę? Widzisz, ilu mam ludzi. A tam, na trakcie czeka zbrojny oddział. Jesteś głupcem.

— Być może. — Przyciągnął mocniej Płatka do siebie. Na szyi giermka zalśniła krwawa kropla. — Być może ja jestem głupcem, ale ty, książę, na pewno nie jesteś okrutnikiem. Nie chcesz, żeby ten chłopiec zginął.

Michał naciągnął łuk i czekał tylko na dogodną chwilę. Ale łowczy tak się odwracał, że wciąż zasłaniało go ciało Płatka.

— Puść go! — rozkazał Przemysł.

— Daj słowo, że odjadę wolno. — Łowczy nie spuszczał Przemysła z oczu.

Na szyi Płatka znaczyła się już krwawa pręga. Nóż musiał być diabelnie ostry. Jeden fałszywy krok i desperat poderżnie chłopakowi gardło.

— Puść go i zjeżdżaj stąd. Michale, opuść łuk.

Łowczy wpatrywał się w Przemysła tak mocno, jakby chciał z niego wyssać życie. Jakby chciał z niego zadrwić i zabić Płatka kosztem własnej śmierci. Nagle oderwał ostrze od szyi chłopca, puścił wodze jego konia i jednocześnie kopnął go w bok, gwałtownie odpychając. Zwierzę z kwikiem rzuciło się do ucieczki, oszołomiony Płatek spadł z jego grzbietu, a łowczy nisko położył się na szyi swojego wierzchowca, który ruszył, obrzucając mchem i igliwiem Przemysła.

— Czemu myślisz, że daruję ci życie?! — krzyknął za odjeżdżającym Przemysł.

Łowczy się odwrócił.

— Bo książęta Starszej Polski nie strzelają w plecy!

I skrył go las.

LUKARDIS była zaniepokojona, bo Bogusław unikał jej wzroku, patrzył w bok. Przyszedł prosto do niej, nawet nie przebrał się, nie umył.

— Przyjechałeś sam? Dlaczego książę Barnim nie wrócił? Co się stało?

Zdejmował rękawice, rozglądając się po komnacie nieobecnym wzrokiem.

— Poproś Olchę, niech przyniesie mi wina. Musimy pomówić, siostrzyczko, i to nie może czekać do kolacji.

Lukardis rozpłakała się nagle.

— Zabrała mi ją... uwięziła Olchę, jak tylko pojechaliście... Och, Bogusławie, jak ja jej nienawidzę.

Młody książę zerwał się z krzesła, na które ledwie opadł.

— Co mówisz? Olchę zabrała? Nie daruję askańskiej jędzy!

Otworzył drzwi jednym szarpnięciem usłyszała tylko jego gwałtowne kroki. To był Bogusław, którego Lukardis kochała. Jej brat, nieujarzmiony Gryfita. W jednej chwili wyschły jej łzy. Pomyślała, że mogłaby pobiec za nim i być świadkiem upokorzenia, jakiego za chwilę dozna księżna. Mogła sobie być żoną dziadka, brandenburską Mechtyldą z rodu Askańczyków, z Czerwonym Orłem w herbie. Ale Bogusław i Barnim noszą Czerwonego Gryfa na srebrnym polu, a gryf to orzeł i lew w jednym. I pod nieobecność dziadka księciem na Dąbiu jest zawsze Bogusław. Lukardis nigdy nie była mściwa, a jednak z całego serca chciała to zobaczyć. Już stała w drzwiach, gdy usłyszała dźwięk rogu z bramy zamkowej. Cofnęła się do okna, by sprawdzić kto przyjechał. „Dziadek?".

Był późny majowy wieczór, pochodnie na dziedzińcu; w ich migotliwym świetle zobaczyła trzech mężczyzn w zniszczonych białych płaszczach z wypłowiałymi krzyżami. Oddech uwiązł jej w gardle, a serce zaczęło bić jak oszalałe.

— Ojciec!... — wyszeptała i bez sił opadła na krzesło.

Nie pamiętała go naprawdę, ale wyobrażenie o nim rosło w niej przez te wszystkie lata. Była małą dziewczynką, gdy Henryk, książę Meklemburgii, wyruszył do Ziemi Świętej na wyprawę krzyżową. Jej matka Anastazja, córka Barnima, płakała nocami, by za dnia pokazywać poddanym twarz spokojną i pewną. Mówiła: „To wielki zaszczyt walczyć w imię Pana" i Lukardis rosła w przekonaniu, iż jej ojciec jest legendarnym rycerzem, który wśród gorących pustkowi walczy z siedmiogłowym smokiem. Listy przychodziły z początku często. Anastazja czytała je na głos, siedząc na książęcym krześle męża, a rycerze, damy i księża ronili łzy wzruszenia nad bohaterstwem swego pana. Potem były coraz rzadsze i czasami nie nadawały się do tego, by słyszeli je poddani. Wtedy matka czytała je tylko jej i jej młodszemu bratu. Nawet stryjom ich nie pokazywała. Płakali we troje i zasypiali w małżeńskim łożu księcia Meklemburgii, ogrzewając miejsce, które należało do niego, swymi rozedrganymi ciałami. A rankiem matka siadała przy oknie i pisała list, który opiewał bohaterskie czyny Henryka i potem odczytywała je przed całym dworem. Sprzedawała bojowe ogiery ze stajni ojca, potem swoje klejnoty, a jak ich zabrakło, dzierżawy jezior i rzek. Srebro zbierała dla Henryka, bo z jego listów wynikało jasno, że jakkolwiek Bóg potrzebuje Jerozolimy, to jednak życie pod jej murami jest ciężkie. Dziadek Barnim został konfratrem templariuszy i dzięki temu, jako ich świecki brat, mógł za pośrednictwem rozrzuconych po całym świecie komandorii bezpiecznie przekazywać srebro zięciowi. Inaczej nawet nie mieliby pewności, czy ich wyrzeczenia na coś się ojcu zdadzą. Wtedy też Barnim postanowił, iż zabierze Lukardis na swój dwór. Wiedział, że musi zadbać o jej przyszłość, bo dorastająca bez ojca księżniczka jest zbyt łatwym kąskiem dla łakomych sąsiadów Meklemburgii. Od dwóch lat nie nadszedł żaden list od Henryka i nawet templariusze Barnima nie mogli trafić na jego ślad. Matka siłą powstrzymywała się od włożenia wdowiego welonu i tylko świadomość, iż to oznaczałoby wojnę o ich rodowe ziemie, trzymała ją jeszcze.

„Czy go poznam?" — zapytała sama siebie Lukardis.

— Mamy gości, pani. Księżna Mechtylda prosi do sali przyjęć.

Wolałaby spotkać się z ojcem tutaj, w swojej samotni, bez świadków. Przygładziła ręką złote loki, wzięła głęboki wdech i ruszyła przed siebie.

PRZEMYSŁ był tak wściekły, że nie mógł usiedzieć na przygotowanym dla niego paradnym krześle.

— Jesteś komesem nadgranicznej kasztelanii, Sławko! Każdy, ale nie ty! To się nie powinno było zdarzyć!

Chodził po komnacie od ściany do ściany, a Sławko stał blady i spocony.

— Książę... Nie wiem, jak mogli się prześlizgnąć. Mam rozstawionych ludzi wzdłuż całej granicy, mam gotowość bojową, odkąd twój stryj przysłał gońca, że zaczynacie wojnę...

— Nie my zaczęliśmy wojnę, tylko Brandenburczycy. Trzymaj się faktów.

— Wybacz, książę.

— Wybacz, wybacz. Czy o wybaczenie byś mnie prosił, gdyby wdarli się pod Poznań?

— To się nie zdarzy. Przysięgam.

— Ale dziesiątkę konnych pod własnym grodem puściłeś!

Przemysł czuł, że gniew przysłania mu oczy. Nie mógł spokojnie myśleć. Wejście Michała w porę przerwało jego wściekłe odbijanie się od ścian. Jego przyboczny rzucił okiem na Sławka i powiedział do Przemysła:

— Chłopi kręcą. Raz gadają, że ten Jakub jest z Pomorza, raz, że od Askańczyków.

— To ich przypal, żeby się zdecydowali.

— Tak jest, książę.

Michał zamknął za sobą drzwi, a Sławko wydał się Przemysłowi jeszcze bledszy.

„Co stryj zrobiłby na moim miejscu? — gorączkowo myślał młody książę. — A co ja mam ochotę zrobić? Udusić Sławka tu i teraz. Skoro ja chcę go zabić, stryj oddałby go pod sąd. I to właśnie muszę uczynić, by chociaż raz nie okazać się smarkaczem".

Zawołał Nawoja.

— Wybierz jedenastu ludzi i niech jeszcze dzisiejszej nocy ruszają ze Sławkiem do Kalisza. Ty będziesz dowodził, byłeś naocznym świadkiem całego zajścia.

Nawoj skinął głową, a Przemysł odwrócił się do kasztelana.

— Jesteś rycerzem. Pojedziesz z nimi jako wolny człowiek. Twoje słowo jest dla mnie wciąż tyle samo warte co rok temu, gdy powierzyliśmy ci z moim księciem stryjem kasztelanię. I wierz mi, Sławko, niczego bardziej nie pragnę, niż po książęcym sądzie zobaczyć cię w tym miejscu z powrotem.

Sławko chciał coś powiedzieć, ale się rozmyślił. Przyklęknął przed Przemysłem.

— Jedźcie już. Drezdenko nie może być zbyt długo pozbawione kasztelana.

Gdy Nawoj ze Sławkiem wyszli, Przemysł opadł na krzesło. Wypił duszkiem kielich wina i poprosił do siebie Lasotę.

— Siadaj, druhu, i pij ze mną.

— Tak jest.

— To nie rozkaz, tylko prośba.

— Będzie mi bardziej smakowało — powiedział Lasota, wychylając kielich.

A jednak się skrzywił.

— Kwaśnawe.

— Myślałem, że to ja mam jakiś niesmak w ustach!

— Nie, książę. To nic osobistego, po prostu wino kiepskie.

— Jak sądzisz, zdradził?

Lasota wzruszył ramionami.

— Nie wiem. Zdradził, nie zdradził, nie znam się na takich sprawach. Szpiegów miał pod samym, kurwa, nosem i to mi się nie podoba.

— Najgorsze, że ten Jakub niby-łowczy spodziewał się nas. Kto wie, od jak dawna ciągnęliśmy za sobą ogon?

— Niby-Jakub i niby-łowczy nie lazł za nami. Ja, w przeciwieństwie do tutejszego kasztelana, jestem pewien swoich straży tylnych. On na nas czekał tutaj. — Lasota stukał pustym kubkiem w stół. — Tamci pojechali, wiedząc, że książę w Drezdenku i w każdej chwili mogą tu ściągnąć i zrobić nam Strzelce Krajeńskie, i taki, kurwa, będzie finał zeszłorocznej ballady o nas. To się nazywa refren czy druga zwrotka...

— Przestań bluźnić, synu, bo wrócisz na dwór mojego stryja Bolesława i świątobliwej księżnej Jolenty.

— Nie, nie... aleś mi książę... litości, litości... — Lasota przewracał oczami, każdym w inną stronę. Przemysł parsknął śmiechem.

— Wybaczam, łaski pełen. Oddałem dwunastu ludzi. Zostaje mi pięćdziesiątka. Ile załogi jest tutaj?

— Trzydziestu.

— Zatem zostaniesz dowódcą grodu i tych trzydziestu do mojego powrotu. Oprócz was nikt nie wiedział, po co jest ta wyprawa?

— Jeśli Płatek się nie wygadał przy winie innym giermkom, to nikt.

— Płatek ma język na miarę. Ufam mu.

— Język na miarę? Co to znaczy? To jakieś świństwo?

— Przestań błaznować, jesteś tu kasztelanem.

— Tak jest, jaśnie książę!

— Po naszym wyjeździe rozpuść plotkę, że pojechałem do Konstancji, dowiedzieć się wprost od siostry, co to wszystko ma znaczyć. Jeśli Askańczycy mają swoich szpiegów wśród mieszkańców grodu, raz dwa wszystko się wyda. Od rana weź się za sprawdzanie najgłębszych kątów. Jeśli Sławko miał tu jakieś nieporządki, znajdziesz je szybko i naprawisz. Ale nie rób mu przed ludźmi gęby zdrajcy, póki spod sądu księcia Bolesława nie wróci.

— Książę stryj zrobi to za mnie, jak sądzę.
— Nie wiem. Zobaczymy.
Przemysł wstał od stołu i przeciągnął się.
— Ruszam od razu.
— Ruszaj, książę. Cel przed tobą piękny.
Przemysł spojrzał na przyjaciela i nagle spoważniał.
— To się jeszcze okaże.

MECHTYLDA ASKAŃSKA nie po raz pierwszy w życiu czuła się jak w potrzasku.

Zaplanowała wszystko spokojnie i skrupulatnie, krok po kroku dążyła do celu i dzisiaj miał nastąpić ten dzień. Nie ma ludzi doskonałych, to jasne. Ale są tacy, którzy nie popełniają błędów. I ona do nich należy. Dzisiaj jednym zręcznym ruchem miała usunąć ze swej drogi dwie przeszkody.

— Skończy się to głupie gadanie, kto jest prawdziwym panem tej ziemi! Też mi coś! Panem jest ten, kto ma władzę!

„Wielkie plany wymagają ofiar" — ach, jakże miło brzmiały w jej uszach te słowa. Miło aż do chwili, gdy właśnie dzisiaj zjechali na zamek niespodziewani goście, zawalidrogi, których obecność wszystko burzy! Niech szlag trafi krucjaty! Ona miała swoją własną i ci brudni przybysze, posępni niczym wrony z połamanymi skrzydłami, wchodzą jej w drogę. Miało być cicho i bez świadków. Diabli ich nadali. Obgryzała paznokcie do krwi. To ją uspokajało. Zaraz, zaraz, może nie wszystko stracone? Jutro przyjedzie książę mąż i wtedy z pewnością będzie za późno, ale może wykorzystać obecność krzyżowców?

Ssała krew spod płytki małego palca. Tak... że też nie pobłogosławiła ich przyjazdu szczerzej! Będą winni! Jej pradziad z wyprawy krzyżowej przywiózł morową gorączkę, która wybiła połowę jego służby w trzy dni od powrotu pana. Bardzo ładnie. Oblizała paznokcie i ruszyła do drzwi ukrytych za zasłoną w głębi komnaty. Jej poprzedniczka, druga żona Barnima, trzymała tam swoje stroje. Mechtylda zaś urządziła w niewielkim pomieszczeniu pracownię.

W pół kroku zatrzymało ją pukanie. Nauczyła swych przybocznych, zaufanych ludzi, całego systemu znaków. Dzięki temu z góry wiedziała, kogo będzie witać. Cztery rytmiczne uderzenia oznaczały gości sekretnych misji, zwykle takich, którzy wpuszczani są do zamku po zmroku, wprost przez stajnie.

Była zaskoczona, że tak szybko wrócił, ale wyszła na spotkanie Jakuba de Guntersberg. Przywitała go pięknym, ale uważnym uśmiechem.

— Nikt cię nie widział, mój łowczy?

— Nikt, pani.

Jeśli dziś ma, z udziałem krzyżowców, dokonać swego dzieła, to nawet dla Jakuba de Guntersberg nie miała zbyt wiele czasu.

— Mów.

— Poznańskie lwiątko błąka się po nadnoteckiej puszczy.

Mechtylda się skrzywiła. Tego jej jeszcze brakowało!

— Z wojskiem?

— Nie, sześćdziesiątka ludzi.

Wzruszyła ramionami.

— Wysłali dziedzica do patrolowania granic? Czego tu szuka?

— Nie wiem, ale obsadził Drezdenko.

W sercu Mechtyldy czerwony askański orzeł gwałtownie poruszył skrzydłami. Jakkolwiek nie podobało jej się to, co mówi Jakub, nie zapomniała o czarującym uśmiechu dla niego samego.

— Zawieziesz mojemu księciu bratu na Salzwedel list. Zaproszę w nim drogiego Ottona na Zielone Świątki do Dąbia.

— Czy powiadomić też drugiego księcia, ze Stendal? I jego żonę, siostrę poznańskiego lwiątka?

— O tym niech zdecyduje mój brat.

Podeszła do niego, wyciągając wąską dłoń, by mógł ucałować pierścień i zapamiętać jej woń. Łowczy na czele sfory jej szpiegów.

Jakubowi zadrżały nozdrza i czegokolwiek w tej chwili pragnął, nie trzeba mu było tłumaczyć, że ma natychmiast zniknąć. Gdy zamknęły się za nim drzwi, Mechtylda kazała sobie nie przeszkadzać i ruszyła do pracowni.

OLCHA oddychała coraz wolniej i głębiej. Zamknięta w pozbawionej okna izbie mogła stracić swą moc w każdej chwili. Wyjęła z rękawa ostatni kawałątek kory brzozowej i wsadziła do ust. To, że askańska wiedźma uwięziła ją akurat dzisiaj, w przeddzień nadchodzącego święta Stado, znaczyło tylko jedno: wiedziała.

Kora powoli oddawała jej swój sok i Olcha od razu poczuła, jak wzbiera w niej życie. Może jej siostry i bracia rozpalili już w lasach ognie? Może śpiewają przy nich cicho na cześć Matki Ziemi? Matko, Matko, oby nie było za późno...

Olchę zgubiła miłość do Lukardis. Pokochała złote loki księżniczki, a to wystarczyło, by służąc jej, zapomniała tylko na chwilę, iż służy ważniejszej sprawie. Chciała przygotować, oswoić Lukardis z jej przeznaczeniem. Nie chciała jej ponaglać ani do niczego zmuszać, zbyt gorzko pamiętała smak własnego wstydu, własnej nieświadomości.

Poza tym na przeszkodzie jej planom stanęła Matka Natura. Lukardis wciąż jeszcze była dziewczynką, nie kobietą i na to nic nie można było poradzić. Owszem, wszystkie znaki natury mówiły, iż zakwitnie teraz, w święto Stado, ale to były tylko znaki, a czas naglił, bo sprawy zaczęły wymykać się spod kontroli, odkąd tylko w zamku zjawiła się askańska wiedźma.

Olcha skarciła się: nie możesz wszystkiego zrzucać na Mechtyldę. Ona robi swoje, a ty nie zrobiłaś nic. Mimo słodkiego soku brzozy poczuła dobrze sobie znaną cierpkość porażki. A może od początku nie wierzyła, że to może się udać? Nieprawda. Nieprawda. Po prostu los po setce lat zawiązuje się w ten sam węzeł.

Niklot... Gdy Olcha powtarza jego imię, twardnieją jej sutki. Niklot. Ostatni wolny książę Obodrytów. Był wysoki jak dąb i jak on silny. Pod skórą jego ramion prężyły się włókna mięśni niczym gałęzie oplatające... Gdy Niklot odprawiał obrzędy przed walką, posąg Trzygłowa lśnił od krwi, która wypływała ze wszystkich trzech twarzy boga. A wojska to widziały i szły w bój ogarnięte krwawą mgłą. I choć niemiecki cesarz wysyłał kolejne setki zakutych w stal zbrojnych, nikt nie mógł Niklota pokonać. Taka była w nim siła Starszej Krwi. Wolnych pierwszych panów tej ziemi przed czasami zimnego, umarłego Chrysta. I nie pomogło cesarzowi nawet to, że jego najwyższy kapłan, zwany papieżem, ogłosił wojnę z Niklotem krucjatą. Obodrycki książę Niklot pokonał i krucjatę. Aż zjawił się tamten, rycerz Albrecht, przezywany Niedźwiedziem, i podłożył ogień. Każda z wojen, jakie toczył Niklot o prawo do wolności swej ziemi, była krwawa. Ale gdy stanął naprzeciw niego Albrecht Niedźwiedź, zaczęła się rzeź. Niedźwiedź otaczał wioski kordonem zbrojnych i podpalał. Dzieci, kobiety, starcy żywcem ginęli w płomieniach, a ci, którzy uciekli, wpadali pod siekące miecze zbrojnych. Systematycznie, wieś za wsią.

Ciałem Olchy wstrząsnął dreszcz na wspomnienie pożogi. Niklota nie opuścili nawet ci, którzy widzieli śmierć swoich żon i dzieci. Stali przy nim, z przygaszonego łzami dymu czerpiąc siłę do pomsty. A cesarz rzucał do walki kolejne tysiące zbrojnych. Wolni ludzie walczyli do końca. Ale gdy spłonęły ostatnie świątynie, gdy w kraju nie pozostało ani jedno drzewo, do którego mogliby się modlić, stało się. Albrecht zabił Niklota. Lecz cesarz bał się już tej ziemi, bo pożary zabiły życie i jednocześnie obudziły widma, które nie pozwalały zasnąć krwawym zdobywcom. Duchów nie bał się tylko gruboskóry Niedźwiedź, więc cesarz dał mu zdobytą ziemię na własność. I Albrecht Niedźwiedź został panem Brandenburgii, pierwszym w dynastii askańskiej. Jego wnuczką jest wiedźma Mechtylda.

W ostatniej chwili cesarzowi coś jednak szepnęło do zakutej koroną głowy, by nie wydziedziczać synów Niklota. Jedni mówili, że cesarz okazał szacunek dla męstwa Obodrytów. Inni, że czuł strach przed widmami. Synom bohaterskiego obrońcy nadał księstwo Meklemburgii. Ojciec Lukardis, Henryk Pielgrzym wojujący w Ziemi Świętej, jest w prostej linii dziedzicem księcia Niklota. Książę Barnim z obodrycką księżniczką spłodził Bogusława.

Los znów plótł węzeł z tych samych lin co przed laty.

Skryci w lasach kapłani Starszej Krwi, potomkowie wolnych ludzi, usłyszeli wśród szumu liści szept pierwszych bogów: „Wzmocnić krew i zbroić się...", a w płomieniach nocnych ogni zamajaczyły złączone ze sobą sylwetki Lukardis i Bogusława.

„Wzmocnić krew".

Jedna z twarzy Trzygłowa otworzyła oczy. Trzeba zrobić wszystko, by obudziły się dwie pozostałe.

I do tego zadania wysłano Olchę.

LUKARDIS westchnęła, patrząc w oczy przybysza. Stary rycerz miał twarz niczym zaciągnięta pierwszą skórą rana. Czułą, brzydką i niezdolną do fałszu.

— Jak myślisz, Zygfrydzie, czy niewierni wypuszczą mego ojca z niewoli, gdy zapłacimy za niego okup?

— Nie wiem, księżniczko. Saraceni zmieniają zdanie co chwila. Po wybrzeżu grasują grupy zbrojnych, wyjętych spod prawa rycerzy i żadna przesyłka, a tym bardziej okup, nie jest już bezpieczna.

— Posyłaliśmy ojcu srebro, korzystając z komandorii.

— Odkąd straciliśmy Jerozolimę, nawet templariusze nie są w stanie zapewnić ludziom spokoju. Przegrywamy świętą wojnę, księżniczko.

Lukardis zacisnęła palce na zaponie w kształcie różanego wieńca. Złote kolce lekko ukuły opuszki jej palców. Co miała zrobić? Jak pomóc ojcu? Barnim, niech wróci Barnim i pomoże jej coś wymyślić. Ma przecież swoje kosztowności. Gdy matka wyprzedawała własne klejnoty, nie pozwoliła córce ruszyć jej skrzyń. Teraz nie będzie się sprzeciwiać, bo nie zostało im nic innego. Pierścienie, diademy, dwa pasy nabijane złotymi guzami, siatka na włosy z cienkich złotych nici, na łączeniu każdej różowy ametyst, perły... Czy to wystarczy?

— Księżniczko Lukardis — przerwał tok jej myśli stary rycerz — mój pan, twój ojciec Henryk nie wysłał mnie do ciebie po twoje klejnoty.

Spojrzała na Zygfryda i zacisnęła palce na złotej róży jeszcze mocniej.

Oczy rycerza były zmęczone i pozbawione blasku. Oczy pokonanego.

— Twój pan ojciec kazał ci przekazać, że zbłądził.

Zbłądził? Och... matka tyle razy we łzach krzyczała, że cała ta wyprawa to błąd, to pomyłka, a Lukardis nie pozwalała jej nawet tak myśleć. Jeśli krucjata, która zawisła na życiu całej ich rodziny, była pomyłką, to znaczy, że ich życie i wyrzeczenia też...

— Nie, księżniczko Lukardis. Twój ojciec nie chce, byś płakała. Za jego przesłaniem, nawet jeśli jest boleśnie szczere, płynie nadzieja, iż odmieni przynajmniej twoje życie.

Lukardis przestała się wstydzić łez. Nawet jeśli Zygfryd mówi jej teraz, że ojciec by sobie tego nie życzył, jest dwunastoletnią dziewczynką i może płakać, gdy zechce! Przynajmniej to jej wolno, przynajmniej to...

— Ale tylko dzisiaj, księżniczko Lukardis. Opłacz swe dzieciństwo, bo być może w Zielone Świątki będziesz już kobietą.

„O czym on mówi?" — przemknęło jej przez głowę, ale szloch, który tłumiła latami, był mocniejszy niż myśli.

— Henryk Meklemburski wyruszył na krucjatę do Ziemi Świętej, tak jak przed stu laty zakuci w zbroje rycerze ruszyli z krucjatą na jego dziada, Niklota. Myślał, że krwią niewiernych zmaże grzech swego pogańskiego przodka i na zawsze da waszej dynastii miejsce pośród wielkich rodów Rzeszy. Ale im więcej przelewał krwi saraceńskiej, tym mocniej przekonywał się, że krew wszystkich ludzi, pogan czy chrześcijan, ma tę samą barwę, a zgon przynosi równie bolesną żałobę każdej ze stron. Bohaterstwo to tylko śmierć odświętnie ubrana do pieśni.

Lukardis przestała szlochać, bo Zygfryd mówił coraz ciszej, a ona nagle zrozumiała, iż nie chce uronić ani słowa.

— Jedynym sposobem, by skończyć te krwawe wyścigi, jest nowe życie. I ty, księżniczko Lukardis, możesz je dać. Ale musisz przeciąć więzy, które łączą twój ród z Askańczykami, oderwać się od nich raz na zawsze, stawiając nie na nową, lecz na Starszą Krew.

Starszą Krew? Boże Wszechmogący, ileż to ostatnio razy przeplata się wokół niej... i gdyby chociaż ktokolwiek zdołał jej wyjaśnić, o co w istocie chodzi...

— Nie powiedział ci książę Barnim? A Bogusław, czy z nim także jeszcze nie mówiłaś? On przede wszystkim powinien... musisz im zaufać, Lukardis...

— Tak jak sądziłam! Księżniczka więzi gościa w swej samotni! — Głos Mechtyldy pod ułudą serdeczności był chłodny jak stal.

Ona sama stała w drzwiach i tak jak zawsze Lukardis nie wiedziała nawet, kiedy je otworzyła.

— Uczta gotowa, goście głodni czekają przy stole, a was, moi drodzy, nie ma! Lukardis, uśmiechnij się, moja mała, wszak szlachetny Zygfryd przywiózł ci dobre wieści! Twój ojciec żyje i to jest najważniejsze.

Mówiła cały czas, gdy schodzili do głównej sali, a jej służba otoczyła Zygfryda i Lukardis uprzejmym kordonem, tak że dziewczynka o nic więcej nie mogła go spytać. Mechtylda posadziła ją po swej prawej ręce, obok malutkiej Beatrycze, a Zygfrydowi wskazała krzesło po swej lewej stronie. Krzesło księcia Barnima pozostawało puste.

— Twój dziadek wróci jutro, sama z nim pomówię, by otworzył skarbiec w intencji twego ojca. A jeśli i to będzie mało, to może mój brat, szlachetny książę Otto z Salzwedel, wesprze waszą rodzinę. My, Askańczycy, nosimy znak Czerwonego Orła i jesteśmy czuli na ludzką krzywdę, zwłaszcza krzywdę twojej rodziny.

Bogusław wkroczył do sali w samą porę. Szedł prosto na Mechtyldę, aż jej ludzie stanęli wokół księżnej.

— Daliście tego dowód w przeszłości, dobra księżno macocho! Imię Albrechta Niedźwiedzia do dziś kojarzy się w naszej ziemi ze śmiercią. Więc daruj sobie te lukrowane fałszem słowa, bo dzisiaj ja tu jestem gospodarzem.

Usiadł na krześle Barnima, powyżej niej, a gryf na jego piersi poruszył łapami lwa. Lukardis spojrzała na niego, jakby zobaczyła Bogusława po raz pierwszy. Była w niej wdzięczność, że przyszedł w porę, pytanie o Olchę i pytanie o tajemnicę, której nie zdążył wyjawić jej Zygfryd.

Mechtylda dała znak swym ludziom, by się cofnęli.

— Wybacz, książę, wybacz Lukardis, jeśli was uraziłam, przepraszam. Nie zwlekajmy z ucztą.

Klasnęła w dłonie i jednymi drzwiami weszła do sali służba z półmiskami, a drugimi bard z harfą.

Bard, uprzedzony, iż mają gości z Ziemi Świętej, zaczął smętną balladę o krzyżowcach. Towarzysze Zygfryda słuchali jej, a wyraz ich twarzy wskazywał, iż doświadczyli zupełnie innej pieśni. Bogusław nie słuchał wcale, a Lukardis popłynęły łzy. Widząc to, Mechtylda klasnęła w dłonie i przepędziła barda.

— Wybaczcie mu, to zwykły śpiewak. Poza Pomorzem świata nie widział. — Wzruszyła ramionami lekceważąco. — Na Zielone Świątki zjedzie do nas w gości mój brat Otto ze swym dworem, zawsze zabiera ze sobą minezingera, więc mam nadzieję, że posłuchamy prawdziwych pieśni.

Bogusław uderzył kielichem w stół, aż piękne zielone szkło pękło. Lukardis zadrżała ze strachu.

— Zaprosiłaś swojego brata do Dąbia bez zgody księcia Barnima?!

Mechtylda była prawdziwie zaskoczona jego wybuchem.

— Książę, przecież to mój brat, przyjaciel mego męża i twój... nic mi nie wiadomo, by nagle zmieniły się sojusze...

Bogusław pohamował się w jednej chwili.

— Sojusze się nie zmieniły, pani. Ale zaproszenie dla brata wysłałaś pochopnie. Mój ojciec miał inne plany na te święta. Muszę go powiadomić o twojej samowoli.

Służąca zbierała okruchy szkła ze stołu, a Mechtylda na znak zgody oddała mu swój kielich. Skinęła, by zadbano o naczynia gości, a Bogusławowi i Lukardis nalała wino osobiście. Wzniosła toast:

— Za wieści o twoim ojcu, Lukardis. Za rychłą wolność!

Lukardis uniosła kielich i w tej samej chwili gwałtownie podniósł się z miejsca Zygfryd. Stary rycerz jednym skokiem znalazł się przy dziewczynce. Lewą ręką wyrwał jej kielich, a prawą zabrał kielich Bogusława. Uderzył jednym o drugi, aż ulało się nieco wina, i duszkiem wypił oba. Otarł usta dłonią i krzyknął:

— Za rychłą wolność Starszej Krwi!

Na jego twarz wystąpiły zielone plamy i martwy padł na ziemię.

PRZEMYSŁ miał być pierwszy raz w komandorii templariuszy w Rurce. Miejsce rokowań wybrał jego stryj, książę Bolesław, a Przemysł przystał na nie chętnie, bo ciekaw był słynnego obronnego dworu Rycerzy Świątyni. Dziad Przemysła, ojciec jego ojca i stryja, Władysław Odonic, też był dobrodziejem templariuszy, choć nigdy nie został ich konfratrem jak książę Zachodniego Pomorza.

Barnima i jego syna Bogusława Przemysł znał. Znał, to za dużo powiedziane. Poznał ich. Stary książę podobał mu się bardzo, ale młody nie budził zaufania. Byli w podobnym wieku, a książęta rówieśnicy zawsze patrzą na siebie jak na potencjalnych wrogów. Przynajmniej w rodzie Piastów, gdzie od czasów Wielkiego Rozbicia jest ich zawsze przynajmniej o trzech za dużo! No, ale Bogusław nie jest Piastem, jest Gryfitą, potomkiem namiestników Zachodniego Pomorza.

Dawne czasy. Po Wielkim Rozbiciu Pomorze odpadło od kraju i na zachodzie, i na wschodzie, odcinając Starszą Polskę od morza. O ile książęta Wschodniego Pomorza, butni i waleczni, wciąż pamiętali o swych dawnych panach, tytułując się nawet „namiestnikami nieistniejącego królestwa", o tyle książęta Gryfici, władcy zachodniego wybrzeża, ciążyli ku Brandenburgii. Jednak ostatnio wszystko zaczęło się zmieniać i to było powodem jego misji.

Rok temu stryj wysłał go na chrzest bojowy. Miał wtedy piętnaście lat i został wodzem wyprawy skierowanej przeciw brandenburczykom. Sławetne oblężenie Strzelec Krajeńskich i niespodziewany drugi sukces, zdobycie Drezdenka. Gdy wrócił do Gniezna w chwale, stryj poprowadził go do katedry i u stóp ołtarza, mieczem jego ojca, Przemysła I, pasował na rycerza. Młody książę był pijany ze szczęścia, poczuł się dorosły i, dzięki Bogu, w uniesieniu tamtych chwil, nie opowiedział stryjowi o krwawej mgle. Przy uczcie, która nastąpiła potem, książę Bolesław dużo mówił o ideałach rycerskich i Bogu i Przemysł zrozumiał, że nie ma to nic wspólnego z cięciem mieczem na oślep i rozkoszą zadawania śmierci, czyli tym wszystkim, co on naprawdę czuł, zdobywając Strzelce. Zostawił swoje uczucia dla siebie, a stryjowi przysiągł, że będzie bronił słabszych w imię Boga. Gdy uczta dobiegała końca, stryj powiedział mu cicho:

— Pokazałeś Brandenburczykom, że będziemy im odcinać palce, gdy wsadzą je za głęboko w naszą ziemię. Czas, byśmy dali im dowód, że potrafimy im odrąbać i rękę.

Po czym zostawił Przemysła, by sprawował rządy w jego imieniu w całej Starszej Polsce, a sam, na czele wojsk, ruszył na pomoc Mściwojowi, namiestnikowi Wschodniego Pomorza. Dołączyły do nich oddziały księcia Barnima i we trzech wspólnie wyparli Brandenburczyków z Gdańska. I choć Przemysł powinien być dumny, że stryj zostawił go na czas wyprawy jako jedynego władcę w całej Starszej Polsce, to zamiast dumy czuł wściekłość. Stary pokazał mu, że mimo sukcesu w Strzelcach i Drezdenku nie traktuje go jako prawdziwego wodza.

I nie uspokajały go tłumaczenia Janka Zaremby, że za postępkiem stryja kryje się szacunek i wojenny spryt.

— Przemyśle, książę Bolesław jest pewien, że Brandenburczycy teraz patrzą na ciebie. I tylko wiedząc, iż zostałeś na miejscu, nie zwietrzą wojny. Doceń to, proszę.

Janek Zaremba, najwierniejszy z wiernych, był przy Przemyśle w Strzelcach i Drezdenku. Doświadczony w dziesiątkach wojen, wtedy kasztelan, dzisiaj wojewoda, zaufany powiernik jego ojca i stryja, pozwolił mu wtedy na szaleńcze zdobycie Drezdenka. Jednym uniesieniem dłoni stłumił wątpiące w młodego księcia pomruki rycerstwa i wszyscy poszli za Przemysłem w bój. Młody książę nie miał żadnych powodów, by Jankowi Zarembie nie ufać, przeciwnie.

Jednak młodemu lwu trudno zrozumieć starego lwa. Zwłaszcza gdy to stary zajmuje książęcy tron. Po powrocie stryja z wyprawy na Gdańsk Przemysł co chwilę przypominał, iż jest już dorosły i powinien dostać księstwo po ojcu, lecz Bolesław wciąż mu powtarzał, że dewizą Starszej Polski jest niepodzielność.

— Ty i mój ojciec mieliście osobne księstwa!

— Ale prowadziliśmy wspólną politykę, Przemyśle. Niepodzielność. To nas odróżnia od reszty Piastów. To jest naszą siłą.

Nagle głos mu złagodniał. Położył dłoń na ramieniu Przemysła i popatrzył mu w oczy.

— Jesteś dla mnie synem i wiesz o tym. Nie mam własnych. Będziesz dziedzicem całej Starszej Polski. Nigdy w to nie wątp. Ale chcę dla ciebie więcej, niż mieliśmy z twoim ojcem. Więc słuchaj mnie, proszę, i rób, co ci mówię.

Przemysł chciał wtedy strącić jego dłoń z ramienia, ale nie zrobił tego. Nie spuścił też wzroku i mierzyli się niczym stojące lwy na ich tarczach. W końcu stryj pierwszy go puścił. Uśmiechnął się i razem pojechali na rozmowy z książętami Zachodniego Pomorza.

W czasie debat Przemysł nie odzywał się, słuchał. Nie dlatego, by nagle spokorniał wobec stryja, ale dlatego, że Barnim i Bolesław rozmawiali o sojuszu w sposób, w jaki Przemysł jeszcze nie potrafił mówić. Zatem słuchał, chłonął i uczył się. I nawet był rad, że zmienił front wobec stryja, bo ten w rozmowie wciąż nazywał go swym synem i jedynym dziedzicem. Gdy pertraktacje zbliżały się do końca, Przemysł uwierzył już, że nim jest.

Lew na jego piersi usnął na chwilę w słońcu przyszłej chwały.

I wtedy stryj zadał mu cios, jakiego się nie spodziewał. Wzniósł kielich do Barnima i powiedział:

— Najlepszą gwarancją sojuszu Zachodniego Pomorza i Starszej Polski będzie małżeństwo Przemysła.

„Wydał mnie jak dziewkę za mąż! Cholerny stary Piast!" — zaklął wtedy w duchu Przemysł i odparował cios:

— Przyszły książę całej Starszej Polski, Przemysł II, z przyjemnością pojmie za żonę księżniczkę Pomorza. Pod warunkiem że mu się spodoba.

Stryj powiedział mu później, gdy zostali sami, że poczuł się wtedy, jakby dostał od bratanka w twarz. Stary książę Barnim uśmiechnął się tylko szeroko, a młody książę Bogusław zacisnął dłoń na głowicy miecza.

Słowo się rzekło i Przemysł dzisiaj był w drodze do stajni, w której miała czekać jego klacz.

OLCHA słabła z chwili na chwilę. Zamknięta w ciemnicy, pozbawiona kontaktu ze wszystkim, co żyje, z rozmysłem oderwana od Matki Ziemi, była bezradna. Strażnicy zostawili jej kubek wody, ale ta woda była martwa. Poza tym kapłani w przededniu święta Stado przepędzali duchy wody, więc nawet z tych kilku kropel, jakie jej tu dali, nie wyciągnie nic. Oddychała coraz wolniej i płyciej, dla niej samej niewiele było potrzeba, a może uda się z tych ostatków energii, jakie jej zostały, zatrzymać coś dla Lukardis.

Jej mała słodka dziewczynka. Księżniczka o twarzy rusałki i sercu żbika. Olcha pomyślała o niej, o cieple jej drobnych, ozdobionych ostrymi pazurkami dłoni, złocistym meszku na policzku, zielonych oczach...

Daleko za drzwiami lochu usłyszała kroki. Raz, dwa... tylko dwoje ludzi. Mężczyzna bez zbroi, z żelazem, ale tępym, z czymś drewnianym i... sznurem, tak, ale nie konopnym... Olcha poruszyła nozdrzami, to nie sznur, to siatka, ale nie na ryby, i rzemień z dawno wyprawionej skóry, używany od lat, pokryty potem i krwią wielu ludzi, których zapachy mieszały się ze sobą i zwodziły jej nos. Druga będzie kobieta, kobieta pozbawiona swojej prawdziwej woni, natarta czymś... a więc askańska wiedźma...

Byli jeszcze daleko. Miała więc chwilę by się przygotować na ich wejście. Olcha usłyszała ich, gdy tylko skierowali się w stronę zejścia do lochu pod zamkiem. Zgrzyt żelaza o żelazo, to klucz.

„Otworzyli klapę".

W lochach były tylko dwie maleńkie osobne cele, cała reszta wilgotnej, mrocznej przestrzeni pozostawała otwarta, tworząc miejsce do przetrzymywania nawet i czterdziestu ludzi naraz. W kamiennym murze tkwiły żelazne okowy pustych dzisiaj łańcuchów. Olchę zamknęli w jednej z osobnych cel. Zimny szczęk zasuwy.

W drzwiach stanęli Mechtylda i Notger, wierny pies askańskiej wiedźmy. Przez chwilę oślepiła ją pochodnia.

— Nie będę się nad tobą pastwić, dzika dziewko. — Głos Mechtyldy był chłodny, ale zaskakująco uprzejmy. — Powiedz krótko, chcesz zobaczyć jeszcze swoją Lukardis czy nie?

— Chcę — wyszeptała Olcha, wiedząc, że będzie musiała czymś za to zapłacić.

— W sali przyjęć mam trupa, rozhisteryzowaną księżniczkę i nerwowego młodego księcia. Myślą, że wypił zatrute wino. Obejrzysz zwłoki i powiesz to, co mój Magister, że umarł na zarazę przywleczoną z Ziemi Świętej.

„Potrzebuje mojego kłamstwa, żeby Lukardis uwierzyła. Jeśli to ma być ceną za możliwość bycia przy niej...".

— Zgoda.

Mechtylda najwyraźniej nie spodziewała się innej odpowiedzi.

— Rozbieraj się — powiedziała do Olchy obojętnym tonem — byle szybko.

„A więc po to mają ze sobą siatkę...". Ciałem Olchy wstrząsnął dreszcz, gdy pojęła, że nie doceniła księżnej. „Wie, jak działają moje moce, wie to, co znane jest tylko garstce ludzi — myślała gorączkowo Olcha, bez protestu nakładając koszulę z siatki utkanej z włókien martwego drzewa. — Ktoś jej to zdradził, ktoś jej powiedział, ale nie ma mocy podsłuchiwania myśli. Nie słyszy ich szumu. Jeśli zdarzało się, iż wchodziła do komnaty w pół zdania, to dlatego, że podsłuchiwała to, co mówimy głośno, nie to, co szepcemy w duszy, prawda, Mechtyldo? Mechtyldo!...".

Mechtylda przyglądała się jej ciekawie, ale po jej twarzy nie było znać, by słyszała.

Koszula z siatki opinała skórę Olchy jak pajęczyna pszczołę. Olcha czuła każde jej włókienko, każdy splot. Kręciło jej się w głowie. Nim przyszła Mechtylda, była już tak słaba, że askańska wiedźma nie potrzebowała nawet tej broni, by całkowicie odebrać jej moc. Ale jej użyła i Olcha była teraz na jej smyczy. Musi znaleźć w sobie siłę, by poruszać nogami, by wyjść. A już wie, że nawet to nie będzie łatwe.

W komnacie panowała cisza. Wszyscy siedzieli na swoich miejscach, damy dworu Mechtyldy z pobladłymi twarzami, panowie możni, giermkowie. Służba stała za krzesłami gości z dzbanami w ręku, ale nikt nie odważył się już niczego pić. Na stołach zimne pieczenie, misy dawno ostygłej kaszy. Nawet wielki dąb wyobrażony na wiszącym na ścianie arrasie wydawał się martwy.

„Jak w pieśni o śpiącym zamku" — pomyślała Olcha, mrużąc oczy.

Tylko dwóch starych rycerzy, w poszarpanych płaszczach krzyżowców, klęczało przy zwłokach trzeciego. Książę Bogusław uniósł się na krześle na widok Olchy i zdawało się, że gryf na jego piersi westchnął. Lukardis zerwała się z miejsca i, nie patrząc na Mechtyldę, podbiegła do swej ukochanej służki. Olcha omal nie upadła, gdy

Lukardis zarzuciła jej ramiona na szyję i przytuliła mokry policzek do jej policzka.

Mogłaby spróbować szepnąć jej coś do ucha, ale askańska wiedźma czuwała.

— Lukardis, dziecko drogie, Olcha nie zdążyła się przebrać, więc zachowaj swe czułości na później, gdy twoja służąca trochę się ogarnie.

Naprzeciw nim wyszedł Magister Mechtyldy, którego szara powłóczysta szata czyniła podobnym do starej kobiety.

— A zatem to jest twoja znachorka, księżniczko Lukardis! — powiedział bezbarwnym głosem człowieka, który nie ma nic do powiedzenia. — Moje studia w Bolonii naprzeciw wiedzy ludu! Ale jak widzisz, droga księżniczko, wiedza poddaje się i takiej próbie! Bo prawdziwa wiedza krytyki się nie boi!

Lukardis była tak blisko, że Olcha czuła ciepło jej oddechu, ale siatka z martwego drewna nie pozwalała jej czerpać z niego siły. Była tak słaba jak w lochu. Była niczym. Mogła patrzeć na swą panią i nic więcej. Podeszła do zwłok, a rycerze cofnęli się, by zrobić jej miejsce. Damy wstały od stołów, otaczając ich szerokim kręgiem. Olcha odwróciła się do Lukardis.

— Odsuń się, księżniczko, bo jeśli to zaraza, to nie wolno się zbliżać do zwłok.

Twarz trupa była pokryta zielonymi plamami i Olcha nie musiała widzieć nic więcej, by poznać szpony zatrutego wina.

— Jak doszło do śmierci? — zapytała cicho, zastanawiając się, co będzie, jeśli nie usłucha Mechtyldy i za chwilę powie prawdę o zgonie rycerza.

— Wypił wino z mojego i Lukardis kielicha — głos Bogusława siedzącego na wysokim krześle przebił się ponad szmerem dworaków.

Olcha poczuła ostre dotknięcie metalu na wysokości serca. Magister Mechtyldy klęczał przy jej lewym boku, płaszczem osłaniając wyciągnięty z szerokiego rękawa sztylet.

— Moim zdaniem gorączka pustynna trawiła go od wielu dni. Chciał ugasić pragnienie i zamiast je stłumić, wywołał atak choroby. — Magister mówił głosem matowym i drętwym, który miał znamionować oddanego nauce starca; ostry dotyk jego sztyletu przeczył jednak roli, którą odgrywał tak dobrze.

„Jeśli mnie teraz zabije, dla wszystkich będzie jasne, że rycerz też nie zginął od gorączki. Ale co to da Lukardis? Martwa nie pomogę jej w niczym. Nie poprowadzę ani nawet nie wskażę drogi. A jaką mam gwarancję, że gdy zrobię to, czego askańska wiedźma sobie życzy, dopuści mnie do księżniczki? Żadnej...".

Olcha wpatrywała się w martwą twarz starego krzyżowca i nie potrafiła wyczytać z niej odpowiedzi na pytanie: co robić. Na dodatek siły opuszczały ją coraz bardziej. Zachwiała się, opadając na nogi rycerza. Musiała podeprzeć się ręką.

— Zatem, co o tym myśli mądrość znachorki? — zapytał Magister, pochylając się nad nią, by jego sztylet nie stracił kontaktu z jej sercem. — Czy dobrze się czuje nasza badaczka sił natury? Czy aby sama nie osłabła?

Olcha wzięła wdech i podniosła się wolno z powrotem na kolana.

— To gorączka go zabiła, nie wino.

— Jesteś pewna? — zapytała drżącym głosem Lukardis.

— Jestem pewna, księżniczko.

Księżna Mechtylda klasnęła w dłonie.

— A zatem gorączka! Sprawiłaś mi ból, Lukardis, wątpiąc w mojego Magistra i czystość wina, którym raczę gości. Ale dorastającym pannom można wybaczyć ich nadmiernie wybujałą wyobraźnię. Młodym książętom również. — W głosie Mechtyldy nie brzmiała nuta tryumfu, w każdym razie nie aż taka, na jaką mogłaby sobie już pozwolić.

— Czy teraz oddasz mi moją służącą? — zapytała Lukardis.

— Oczywiście, moja droga panno!

Olcha nie zdążyła wziąć oddechu, gdy zaprotestował Magister:

— Obawiam się, że z powodu śmierci tego nieszczęśnika, którym jest pustynna zaraźliwa gorączka, jak stwierdziłem ja i potwierdziła obecna tu znachorka, musimy zachować środki ostrożności w zamku, by zaraza nie rozprzestrzeniła się bardziej.

Olcha już wiedziała, co knują, i była wobec nich bezbronna jak suka na sznurku.

Magister obejmował ją ramieniem i siłą podnosił z kolan, perorując:

— Wszyscy, którzy mieli osobisty kontakt ze zmarłym, którzy go dotykali, muszą przejść kwarantannę. A więc wy dwaj, panowie pielgrzymi, służba, która wam usługiwała, ja, oczywiście, i znachorka, bo dotknęła jego zwłok. Czy ktoś jeszcze z obecnych dotykał szlachetnego Zygfryda?

— Lukardis rozmawiała z nim na osobności — wystrzelił w górę głos askańskiej wiedźmy.

— Zatem księżniczka również.

Olcha spojrzała na Bogusława, gdy wyprowadzali ją z sali. Skinął jej głową, tak się przynajmniej Olsze wydawało. Odwróciła się, by jeszcze raz zobaczyć Lukardis. Służący nalewali gościom wina, częstowali zimnym mięsem i jak na zawołanie zagrał bard.

Zaiste, jady pustyni,
sączą w rany krzyżowych rycerzy śmierć.
O Pani! Czy zdołam ujrzeć cię
Nim oczy me zasłoni bielmo
Bezkresnego piasku?

Miał wysoki, piskliwy głos, szatę barwną, jak przystało na śpiewaka, ale poplamioną. Zajął miejsce pod arrasem, jakby chciał schronić się w cieniu wyobrażonego na nim dębu, przed słońcem wyśpiewanej przez siebie pustyni. Olcha odwróciła od niego głowę z niesmakiem.

W drzwiach minęła się z kucharzem, który przy pomocy kuchcików wnosił świeżo wyjęty z pieca pasztet. Uczta przerwana śmiercią ożyła, zwłoki rycerza wynoszono przez boczne drzwi.

Ledwie za Olchą zamknęły się drzwi celi, zjawiła się księżna. W ręku miała krótki bicz, a jej jasne, przejrzyste oczy zrobiły się wąskie niczym szparki.

— Myślisz, że nie wiem, co knułaś? Jesteście śmieszni z tą waszą wiarą w bajki o Starszej Krwi! Śmieszni! I zostawiłabym was w spokoju, mogłabyś czesać swojej pani te jej złote loki w nieskończoność, ale odważyłaś się, dzika dziewko, mącić w głowie mojemu mężowi. I to cię zgubiło. Na tym zamku nie padnie żadne słowo bez mojej wiedzy! Rozumiesz, głupia?

Siatka z martwego drewna zaciskała się na ciele Olchy, jakby Askanka trzymała w ręku włókna, z których była zrobiona. Brakowało jej tchu, na czoło wystąpił pot. Mechtylda roześmiała się, widząc to.

— No to ci powiem, nie mam nic do stracenia, a chwila tryumfu, nawet nad tak podłym przeciwnikiem jak ty, jest tego warta. Domasława się już nie liczy, właśnie jedzie po nią narzeczony i znikną razem za granicą. Bogusław zginie na polowaniu, Lukardis udusi się własną wstążką, a książę Barnim, mój biedny mąż, jest już tak stary, że nikt nie zwróci uwagi na jego śmierć. Zostanę ja, regentka, i syn, którego noszę w łonie. Jedyny dziedzic Pomorza! Ha! Mój brat, Otto, którego lud słusznie nazywa Długim, pomoże mi rządzić tu sprawiedliwie, na chwałę wielkiej Brandenburgii!

Olcha próbowała rozerwać swą zieloną suknię i dostać się do włókien, które zaciskały się na jej szyi, łapała powietrze ostatkiem sił, charczała od śliny zatykającej jej przełyk.

Mechtylda uniosła trzonkiem bicza jej podbródek.

— I wiesz co, nie wiem, czy bardziej śmieszą mnie, czy brzydzą wasze knowania. Nie wstyd ci, dzika dziewko? Wsadziłabyś swoją ukochaną panią do łóżka najbliższego krewnego, byleby zagęścić tę waszą Starszą Krew? Przecież Bogusław jest dla niej jak brat. Nawet mój głupi mąż nie zgodziłby się na takie szaleństwo, żaden ksiądz nie dałby zgody na tak bluźnierczy ślub!

„Ksiądz? Ha, ha, ha!... Może i jestem dziką dziewką, ale w takim razie ty, Mechtyldo, jesteś głupią dziewką. Wolnym ludziom ślubu nie udziela żaden ksiądz. Ha, ha, ha! Gdy krew Lukardis i Bogusława się połączy, narodzi się Dziedzic. Z puszcz, lasów i świętych gajów wyjdą wolni ludzie. Pokłonią się wodzie, pokłonią się ziemi i powietrzu. Z ognia wezmą siłę, by pod dowództwem Dziedzica zrzucić z tronów takich jak wy — Askańczyków, Piastów, Przemyślidów... panowie z łaski zimnego Chrysta, umarłego boga. Boga obcych. Możecie zabijać nasze ciała, ale nie umiecie wydrzeć z naszych serc tęsknoty za naszymi bogami ziemi! Zwyciężymy. Kiedyś jeszcze zwyciężymy".

Olcha zwijała się w kłębek na kamiennej posadzce lochu. Była już niczym. Suką na smyczy Mechtyldy. Strzępkiem ciała uduszonym w drewnianej siatce. Ostatnią myślą poszybowała do Trzygłowego, prosząc, by bóg uwolnił Lukardis z rąk askańskiej wiedźmy.

I druga twarz Trzygłowa otworzyła oczy.

1273

lipiec

PRZEMYSŁ nie krył zaskoczenia. Spodziewał się obronnej twierdzy, garnizonu i świątyni w stylu wschodnim. Zobaczył obronny dwór, czterech rycerzy zakonnych i mały kościół z kamienia. A nade wszystko gospodarstwo rolne. Ale jakie! Równe kwadraty pól, na każdym inne zboże. Porządek, czystość, maszyny nie wojenne, a rolnicze. Woły i krowy w oborze stały jak wojsko i nawet kury wydawały się chodzić w regularnych kolumnach. Stodoły, stajnie, spichrze. Pomieszczenia, których roli nie odgadywał, bo się na tym nie znał. Słyszał o gospodarności templariuszy i o zyskach, jakie potrafią wyciągnąć ze swych majątków, ale nie spodziewał się, że zobaczy coś takiego. Owiani legendą wypraw krzyżowych Rycerze Świątyni wydawali mu się stworzeni do rzeczy wyższych niż pilnowanie chłopów i stad. Oglądał wszystko szeroko otwartymi oczyma. I słuchał. Bo kolejnym, co zaskakiwało w komandorii, była wszechobecna cisza. Służba milcząco wykonywała swoje obowiązki, a na dziedzińcu nie kręcił się żaden zbędny człowiek. No i nie było widać jakiejkolwiek kobiety. Gdy zwrócił na to uwagę, zaśmiał się w duszy, że może to jest przyczyną owej ciszy.

Barnim, książę Zachodniego Pomorza, czekał już na niego. Miał na sobie brązowy habit konfratra zakonu i taki sam płaszcz z czerwonym krzyżem. Przemysła zaskoczył ten widok, bo gdy spotkali się po raz pierwszy, na rozmowach zaczętych przez jego stryja, Barnim ubrany był normalnie, a na jego potężnej piersi pysznił się czerwony gryf. Nie raz w czasie pertraktacji Przemysł widział, jak gryf skubie złotym dziobem pióra. Najwyraźniej układ z książętami Starszej Polski niepokoił stróża Gryfity. Trudno. Kto chce układów, musi mieć kark giętki — tak mawiał jego stryj i chociaż Przemysł z całej duszy nienawidził takiego gadania, to rozumiał, że polityka wymaga poświęceń. On sam jest w tej chwili tego przykładem. Czy chciał żony? Nie. Nikogo nie prosił o układanie mu życia. A jednak za chwilę wpuści do łoża córkę Gryfity, czy mu się to podoba, czy nie. Bo tego wymaga dobro księstwa.

Bracia zakonni bez słowa powiedli ich do kościoła, by przed rozmowami wspólnie pomodlić się za ich wynik. Stanęli we wnętrzu: Barnim, obok niego Przemysł. Za nimi, niczym straż, czterej bracia. Nie było kapłana, nie było mszy. Templariusze modlili się na głos, w rytmie ciężkozbrojnego piechura, krocząc z wersetu na werset: *Gloria — Patri, et — Filio, et — Spiritui — Sancto, sicut — erat in — principio, et — nunc, et — semper, et in — saecula — saeculorum — amen.* Skończyli i Przemysł westchnął w duchu: spocznij! Dopiero teraz rozejrzał się po wnętrzu. I został na kolanach. To nie był kościół Dziewicy Marii, nie Chrystusa Pana, nie żadnego świętego. To było kościół Światła Świątyni. Równe bloki kamienia tak spasowane ze sobą, że nie było granicy, gdzie kończyły się ściany, a zaczynała kopuła. Nie wiedział, czy wąskie regularne wloty światła znajdują się jeszcze na płaszczyźnie ścian czy sklepienia. Jasność smugami wpadała do wnętrza, a wszystkie one padały na krzyż. Wielki krucyfiks z litego złota ustawiony na surowym kamiennym ołtarzu. I więcej nic. Żadnych ozdób, malowideł, tkanin czy rzeźb. Ani jednej ławy. W tej świątyni albo się stało przed krzyżem na baczność, albo padało przed nim na kolana.

Gdy wyszli z powrotem na podwórzec komandorii, Przemysł obejrzał się za siebie. Kościół znów wyglądał jak jedno z zabudowań gospodarczych: obora, stajnia, kościół, spichlerz. I coś jeszcze: dwa olbrzymie psy przysiadły po obu stronach wejścia. Strażnicy świątyni.

— Wnuk naszego dobrodzieja fundatora jest naszym miłym gościem. — Bracia skłonili się przed nim. — Władysław Odonic, dziad twój, jest obecny w naszych modlitwach codziennych.

Sala przyjęć we dworze templariuszy nie była obszerna i, podobnie jak ich świątynia, pozbawiona ozdób. Za to wino, jakie bracia podali do stołu, było najwyższej jakości.

— Jak rozumiem, książę Przemysł nie kwestionuje sojuszu z księciem Barnimem, a jedynie zastrzega sobie prawo do samodzielnego wybrania żony, gwarantki tegoż? — bardziej stwierdził, niż spytał brat, gdy zasiedli przy stole.

— Tak jest — potwierdził Przemysł, ciekaw, co będzie dalej.

Po tamtym spotkaniu stryj był na niego tak wściekły, iż nie zamienili słowa. Przekazał mu przez wojewodę wiadomość, która brzmiała: nawarzyłeś, synku, piwa, to je wypij. Przemysł przyjechał zatem je pić.

— Co książę Barnim na to? — kontynuował brat.

Barnim uśmiechnął się do Przemysła i westchnął:

— Nie mam żalu. Rozumiem młodość, sam niedawno poślubiłem trzecią żonę... Mam dla księcia Starszej Polski dwie propozycje. Pierwszą jest moja córka z poprzedniego małżeństwa, Domasława, piękna dziewczyna. A drugą moja wnuczka z pierwszego małżeństwa, Lukardis. Dwanaście, no prawie trzynaście lat. Sprawuję nad nią osobistą opiekę, bo jej ojciec, mój zięć, Henryk z Meklemburgii, jest na wyprawie krzyżowej. Lukardis jest, po ojcu, nieco lepiej urodzona od Domasławy. Lecz młodsza i, obawiam się, jeszcze nie całkiem gotowa do małżeństwa. Ale wybór zostawiam tobie, książę.

Przemysł przełknął kolejny łyk wina. Nie chciał urazić Barnima, od pierwszego spotkania czuł do niego sympatię, ale nie przyjechał tu przecież posłuchać, tylko wybrać.

— Nie posądziłbym cię, książę Zachodniego Pomorza, byś mnie źle zrozumiał, nawet jeśli moja propozycja była niestosowna.

Barnim westchnął jeszcze głębiej, sam sobie dolał wina, wypił, spojrzał na Przemysła i powiedział głosem kogoś, kto nie chce wstać, a musi:

— Dobrze cię zrozumiałem, młody książę. Ruszymy na małą przejażdżkę.

BOGUSŁAW zdołał zamienić z ojcem ledwie kilka słów. Czas naglił, wydarzenia ostatnich dni były gwałtowne i niespodziewane. Pokłócili się i tkwiło to zadrą w jego sercu, bo przyznawał ojcu rację, choć się z nim nie zgadzał. Ale w tych dniach nie zgadzał się też z samym sobą, był jedną wielką sprzecznością, raną, w której sam grzebał palcem. Zadanie, które ojciec wyznaczył mu do wykonania wydawało mu się podłe i niegodne.

„Dlaczego ja?!" — krzyczał, gdy Barnim powiedział mu, co ma zrobić. „Bo jesteś moim synem! Ty będziesz egzekwował sojusz, który ja podpiszę, a one zagwarantują!".

Przełknął i to, choć wolałby sobie odgryźć język. Dopiero ta gorączkowa wymiana zdań z ojcem uświadomiła mu, co czuje do małej Lukardis.

A teraz jedzie z nią i Domasławą, wiezie je niczym jałówki na targ. Jedno, co wymógł na ojcu, to to, że ten zarozumiały gówniarz, pyszny książę Starszej Polski, nie będzie mógł dziewcząt ani tknąć, ani oglądać z bliska. I Barnim się zgodził. Bogusław ma po prostu jechać z Domasławą i Lukardis traktem, a ojciec i Przemysł przetną im drogę. Musi mu wystarczyć ta chwila, gdy się będą mijali. Domasława wie, o co chodzi. Jest dorosła, a przy Mechtyldzie szybko się traci niewinność. Ubrała się starannie, na jej ciemnych włosach lśni siatka zdobiona perłami, jasny płaszcz podkreśla błękit jej oczu.

„Jesteś głupcem, Bogusławie — zaklął sam do siebie. — Przemysł zobaczy jej płaszcz, ale nie zdoła odgadnąć koloru jej oczu!".

A oczy Domasławy to jej największy skarb. Kolejna porażka utknęła mu niczym włókno mięsa między zębami.

Lukardis patrzy na niego, szuka bliskości, chwili rozmowy sam na sam. Ale boi się mówić przy Domasławie. Oboje już nie mają pewności, czy askańska wiedźma nie przeciągnęła jej do swego obozu. Widzieli dobrze, że gdy jej pies, Notger, wyprowadzał Olchę, przez twarz Domasławy przemknął uśmiech.

Więc jadą konno, po lewej jego stronie siostra, po prawej Lukardis. Może do woli patrzeć na słońce majowego popołudnia odbijające się w jej złotych lokach zwiniętych niczym śpiące kocięta nad karkiem. Widzi jej chmurne zielone oczy i ślad niedawnych łez na policzku. Może zachwycać się, ile zechce, widokiem dziewczyny, wiedząc, iż jej uroda może za chwilę odebrać mu ją na wieki.

„Dlaczego nie posłuchasz wezwania Starszej Krwi?!" — krzyczał do ojca wczoraj w nocy. „Bo potrzebujemy sojuszu twardszego niż legenda powtarzana po lasach. Jeśli tego nie potrafisz pojąć, nie nadajesz się na mojego dziedzica, synu!".

Rzucał mu tym dziedzictwem w twarz coraz częściej, bo askańska księżna była znowu ciężarna i wmówiła wszystkim, że urodzi syna. Jeśli tak się stanie, Bogusław będzie się musiał nieźle starać, by utrzymać rządy w ręku. I stary szafował go tym argumentem bez umiaru.

Jak dziwnie wyglądała straszna czarna głowa tura na piersi Lukardis. Delikatny profil dziecka, dłonie w jasnych rękawiczkach, płaszcz w zielonym odcieniu oczu i czarny łeb rogatej bestii na piersi. Jest uległa jak każda dziewczynka. Barnim kazał założyć znaki rodowe, więc założyła. „Jak wyglądałby łeb tura i gryf na jednym herbie?" —

spytał sam siebie i odpędził tę myśl, bo wystarczyła, by poczuł falę gorąca.

— Źle się czujesz, braciszku? — zapytała Lukardis i spojrzała na niego, od czego poczuł się jeszcze gorzej i lepiej zarazem. — Zobacz, naprzeciw nam ktoś jedzie.

Domasława poprawiła się w siodle. Przygryzła wargi i oblizała usta.

— Lukardis, nie mówiłem ci, bo nie chciałem ci dokładać zmartwień...

— Co się stało? — Przyłożyła drobną dłoń do oczu. — Bogusławie, czy to nie Barnim?

— Masz dobry wzrok, Skowronku. Posłuchaj mnie uważnie: jedziemy przed siebie, nie oglądamy się i nie zatrzymujemy. Barnim jedzie naprzeciw nas z pewnym człowiekiem, który chce się ożenić z Domasławą. I chce ją zobaczyć przed ślubem. Ale nie będziemy się zatrzymywać i z nimi rozmawiać, nic, tylko się miniemy. Pomyśl, że to taka zabawa, taka gra...

— Jak się chce ożenić z Domasławą, to po co ja tu jestem?

— Dla towarzystwa, Skowronku, nic więcej. Żeby Domasława się lepiej czuła, żeby...

„Jestem tchórzem. Nie umiem jej powiedzieć prawdy. Nawet tego nie potrafię jej dać".

I wtedy Lukardis zapytała wprost:

— A kim jest ten człowiek?

Domasława uniosła ramię, poprawiając zaponę płaszcza wystudiowanym, choć wciąż wdzięcznym gestem, i wyręczyła brata.

— Księciem Starszej Polski.

Bogusław spojrzał w bok. A tur na piersi Lukardis odwrócił od niego oczy.

PRZEMYSŁ nie mógł ustać w miejscu. Koń, poddając się nerwowości jeźdźca, tańczył i parskał. Paradne dzwoneczki wplecione w jego ogłowie wydawały przy każdym ruchu dziesiątki dźwięków, które podkreślały tylko rosnący niepokój księcia. Lipcowe, nagrzane słońcem powietrze zdawało się falować, a brak wiatru podkreślał atmosferę oczekiwania. Chorągwie Starszej Polski nie unosiły się na wietrze, tylko zwisały, aż zdawało się, że ze złotych frędzli kapie pot.

— Powinni już być! — powiedział po raz kolejny ochrypłym od upału głosem.

Uniósł się w strzemionach, wpatrując w przestrzeń. Opadł z powrotem na siodło, odwrócił w stronę stryja i dodał:

— Może jednak wyskoczę naprzód?

Bolesław, spocony pod jedwabnym książęcym kołpakiem, westchnął ciężko:

— Zostań, synku. Mąż czeka na żonę na granicy księstwa. Ona ci nigdzie nie ucieknie i nikt ci jej nie odbierze.

Księżna Jolenta weszła mężowi w słowo:

— Jesteś zbyt surowy, mój książę. Ty miałeś ponad trzydzieści lat, gdy mnie brałeś. Przemysł ma szesnaście, to wielka różnica.

— Jak ja miałem szesnaście, to ciebie na świecie nie było, aniele — odpowiedział jej stryj. — Musiałem się zestarzeć, czekając, żebyś się dla mnie urodziła i choć trochę podrosła.

Jolenta roześmiała się, a stryj podjechał do księżnej. Zady ich koni okrywały długie poły książęcych płaszczy, kobyłka i ogier otarli się o siebie, aż świątobliwa księżna zawstydziła się, okrywając rękawem twarz.

Przemysł, patrząc na stryjostwo, przez chwilę zatęsknił za swoimi rodzicami. Jak to by było, gdyby żyli? Gdyby to oni, zamiast stryja i Jolenty, wyjechali z nim na powitanie żony? Matka zmarła, nim skończył osiem lat, a ojciec cztery miesiące przed jego narodzeniem. Przyszedł na świat w żałobie po jego śmierci i wychowywał się w odbitym świetle jego chwały. Póki matka żyła, dzień zaczynali od modlitwy za duszę ojca i kończyli na nim. Nawet ochrzczono go jego imieniem, więc odkąd nauczył się pisać i proszono go do sygnowania dokumentów, podpisywał się „Przemysł II". Drugi. Jedyny syn, jedyny dziedzic, a drugi. Drugi, bo wciąż po stryju. Zawołanie książąt Starszej Polski „Niepodzielni", zasada tyle razy łamana w przeszłości, dzisiaj żelazną ręką stryja wiedzie do tego, że księstwa nie będą dzielić.

„Dam ci należne po ojcu ziemie, ty będziesz miał Poznań, ja Kalisz. Ale będziemy jak jedna dłoń, jedna pięść, jeden uścisk. Jak jeden zamek, co ma dwie wieże. Jak dwa konary tego samego drzewa. Jestem stary i mądry, a ty młody i silny. Jak umrę, weźmiesz wszystko i nie będzie w całej Polsce większego niż ty. Ale słuchaj mnie i rób, co każę. Nie wyłamuj się. Nigdy nie uchybię ci publicznie. Będziemy nosić ten sam herb i tytuł. Ale polityki muszę cię nauczyć ja. Lekcja pierwsza: łączymy to, co zostało rozbite".

Tak powiedział stryj Bolesław i dzisiaj był dzień dopełnienia obietnicy. Gdy w uroczystym orszaku w końcu wprowadzi swą żonę do poznańskiej katedry, stryj ma mu zostawić w ręku władzę nad jego częścią kraju.

I powinien być mu wdzięczny za szczerość, za prawość. A jego żonie, Jolencie, za to, że rodziła mu same córki. A ich dziadowi, Władysławowi, że miał tylko dwóch synów do podziału księstwa. Ale co z tego, skoro gdy tylko stawali obok siebie, lwy na ich piersiach obnażały kły?

— Nie uchybię wam, książęta drodzy, jeśli spocznę w cieniu? — słabym głosem zapytał Mikołaj. Fioletowy jedwab płaszcza przylgnął mu do spoconego karku, stary biskup wyglądał, jakby polano go stopionym masłem.

— Zsiadaj, przyjacielu — powiedział stryj Bolesław.

Przemysł widział, że stryj sam chętnie poszedłby w ślady biskupa, gdyby nie to, że świeża kontuzja utrudniała mu wsiadanie na konia. Jak już raz dobrze usadził się w siodle, wolał się z niego nie ruszać. Bolesław sugerował, by rozbili obóz pod Drezdenkiem i w spokoju, wypoczywając, czekali na orszak Barnima. Ale Przemysł się nie zgodził. Nie chciał rozciągać tego marszu na kolejne postoje, popasy, przyjęcia. Wiedział, iż orszak z jego żoną rano ruszy z obozu po drugiej stronie Noteci; tylko przeprawią się brodem przez rzekę, nie będą zmęczeni. Na uczty, przemowy i ceremonialne przyjęcia będzie czas w Poznaniu. Jeszcze dużo go upłynie, nim pozwolą im zostać sam na sam. Poprzedni wieczór, gdy pił z Michałem, zostawił w nim pragnienie tak silne, że ugasić je może już tylko ona.

Jest jego żoną, a mimo to nie spędził z nią ani chwili na osobności. Od dnia, gdy wybrał ją na trakcie pod komandorią templariuszy, minęły niespełna dwa miesiące. Tęsknota, oczekiwanie, pożądanie, lęk. To jego towarzysze. Druhowie poranka i zmory bezsennych nocy. Ślub wzięli natychmiast, w Szczecinie. Zobaczył ją, wybrał, powiedział „tak" i podpisał sojusz z Barnimem. Książę Zachodniego Pomorza, zaskoczony jego gwałtownością, nie miał co protestować. Tchu jedynie, z wściekłości, nie mogła złapać jego brandenburska żona, Mechtylda. Najwyraźniej nic nie wyczuła wcześniej i nie zdążyła donieść swym braciom, którym się wysługiwała na pomorskim dworze.

Tym lepiej — wiedzieli o tym i Barnim, i on. Sojusz zawarty, potwierdzony małżeństwem, i Askańczycy mogą co najwyżej kląć. Ale ich gwałtowne ruchy wokół ślubu Przemysła spowodowały, iż natychmiast po jego zawarciu musiał ruszyć do stryja i przygotować się na brandenburski kontratak. Nie spędził z żoną nocy i to dręczyło go, bo nieskonsumowane małżeństwo ktoś jeszcze mógłby chcieć podważyć. Dręczyło go wszystko: oczekiwanie na przekazanie władzy, oczekiwanie na atak Brandenburczyków, oczekiwanie na dziewczynę, której pragnął. I kac, szum w głowie, wspomnienie po nocy z Michałem, pełnej mglistych strzępów rozmowy, która obracała się wyłącznie wokół kobiecych piersi, pośladków i ud.

Ledwie słudzy biskupa Mikołaja pomogli mu zsiąść, ledwie podali mu kubek wina, zabrzmiały rogi. A więc jadą! Przemysł potarł czoło dłonią, poprawił czerwony płaszcz, na którego połach pyszniły się białe piastowskie orły, a lew na jego piersi wyprostował potężne zadnie łapy, wbijając się pazurami w jego rycerski pas. Zawsze, gdy Przemysł zakładał znaki Piastów, jego lew robił, co mógł, by przebić się pomiędzy orły. A orły rozkładały szeroko skrzydła i nie robiły sobie z tego nic.

LUKARDIS przygryzała wargi za każdym razem, gdy biskup tytułował ją księżną. Stali z Przemysłem u stóp ołtarza, a msza ciągnęła się w nieskończoność, zwielokrotniona responsoriami psalmów. Czuła na sobie spojrzenia kobiet i mężczyzn, rycerzy i dam. Katedrę poznańską otaczał szpaler zbrojnych, ale nie po to, by zabronić maluczkim spoglądania na nią, lecz by ochronić uroczystość przed prowokacją ze strony brandenburskich najemników. Od dnia ich pospiesznego, niespodziewanego ślubu wciąż otaczała ją ochrona i, jak pokazała podróż, środki ostrożności wcale nie były na wyrost. Ledwie wyjechali z Dąbia i jej orszak zagłębił się w las, drogę przecięli im zbóje, których Bogusław rozpędził szybko, lecz nie obyło się przy tym bez ofiar. W Lukardis rósł niepokój, całe jej życie w tych ostatnich dniach zmieniało się z chwili na chwilę. Wiadomość o niewoli ojca, śmierć Zygfryda na uczcie, uwięzienie Olchy, której Mechtylda jej, koniec końców, nie oddała. Potem ta nieszczęsna wycieczka z Bogusławem i Domasławą, gdy spotkali Barnima i Przemysła. Nazajutrz była już jego żoną, a Domasława zacięła się w gniewie i nie odezwała do niej ani razu. Lukardis po wielokroć rozpatrywała wszystko i nie mogła znaleźć w sobie żadnej winy za to, co się stało. Zachowała się, jak kazał Bogusław, nie odezwała ani słowem. To Domasława złamała jego polecenie, zwracając się do Przemysła, kiedy się mijali. Nie ona.

Czasami budziła się w nocy i pytała, czy to wszystko prawda i czy, gdyby wiedziała, czym skończy się ta przejażdżka, wsiadłaby na konia. Odpowiedź zawsze jest ta sama: wsiadłaby, bo tak kazał Barnim. Do tamtych dni nie zastanawiała się nad swoim życiem, a tym bardziej nad przyszłością. A potem wszystko pogmatwało się, nagle zaczęły otaczać ją niedokończone zdania, tajemnice, oczekiwania wobec niej, których nie potrafiła odgadnąć, a tym bardziej spełnić. Olcha i Starsza Krew, Zygfryd i posłanie ojca, w którym powtarzało się mniej więcej to samo. I nowe życie, które ona ma zacząć, i Przemysł, co się pojawił tak nagle. Jak to wszystko połączyć ze sobą? Ojciec kazał jej odciąć się od Askańczyków. Czy ślub z Przemysłem to jest już to? Wymknęła się dzięki niemu z rąk Mechtyldy. Ale czy Starsza Polska i Starsza Krew to jest to samo? Olcha i Zygfryd mówili o tej krwi i stary rycerz umarł, spełniając toast za jej wolność, a Olchy nie zobaczyła więcej.

„Mario Panno, poprowadź mnie, bo ginę w domysłach!". Lukardis lekko odwróciła głowę. Nie widać tu posągu Marii... Może skryty jest w bocznych nawach katedry, które teraz szczelnie wypełniają ludzie? Matka nauczyła ją modlić się do Dziewicy Marii, bo w licznych pocztach świętych Lukardis nie czuła się dobrze. Jak tylko skończą się uroczystości, odnajdzie tu jakiś ołtarz, przed którym będzie mogła otwierać serce.

Tamtego dnia, po pamiętnej przejażdżce, gdy spotkała po raz pierwszy Przemysła, zaczęła krwawić. Wrócili do Dąbia; Bogusław pomagał jej zsiąść z siodła, zestawił na ziemię i krzyknął, bo po siodle i siwych bokach jej klaczy płynęły cieniutkie strużki krwi. Przez chwilę myślała, że się skaleczyła, ale lepkość pomiędzy nogami szybko wyprowadziła ją z błędu. Chciała uciec do swych komnat, schować się ze wstydu, ukryć, lecz Bogusław wziął ją na ręce i sam zaniósł na górę. Chowała twarz pod jego ramię, nie chciała patrzeć na służbę, na stajennych, którzy byli świadkami jej poniżenia, Bogusław tulił ją do piersi jak dziecko i mówił, że wszystko się jakoś ułoży. I Olchy nie było przy niej, musiała zdać się na pomoc panien, które służyły przecież Mechtyldzie. Stała w cebrzyku po kolana w wodzie, zasłaniając piersi rękami, a one ją obmywały. Przyniosły potem całe naręcze równo przyciętych płócien i pokazały, jak ma je założyć, ale Lukardis wciąż bała się, że gdy będzie szła, zostawi za sobą krwawą smugę. A potem okazało się, że o jej krwi miesięcznej mówią wszyscy, cały dwór! Dziadek pytał, czy to prawda, Mechtylda pytała, ksiądz nawet! Gdy po zaślubinach rozdawali z Przemysłem pod kościołem jałmużnę, usłyszała, jak szepcą o tym przekupki w tłumie! Jedna drugiej mówiła, wskazując palcem na nią, że czeka ją krwawe wesele. Lukardis miała nadzieję, że przynajmniej Przemysł tego nie usłyszał... Krwawe wesele, Starsza Krew, wolność krwi... okropne to wszystko.

I tak nagle stała się żoną księcia, którego nie znała. Z dnia na dzień otoczyła ją gorączkowa krzątanina, a przed drzwiami jej komnaty Bogusław ustawił straż. Mechtylda chodziła wściekła i to jej bali się najbardziej. Że zrobi wszystko, by nie dopuścić do sfinalizowania tego nieoczekiwanego małżeństwa. A najgorsze ze wszystkiego było to, iż w tym zgiełku Lukardis poczuła się nagle okropnie osamotniona i bezradna. Z dnia na dzień straciła wszystko, co było bliskie: Olchę, Barnima, nadzieję na spotkanie z ojcem i Bogusława. W zamian dostała młodego księcia Starszej Polski, swój własny dwór, komnaty na wielkim poznańskim zamku, tytuł księżnej i niepokój, który przyspieszał jej oddech.

Nowe służące miały delikatne palce i suknie tak strojne, jak te, które Lukardis nosiła na dworze dziadka. Gdy dzień dobiegał końca, pomogły jej się rozebrać. Z ulgą pozbywała się kolejnych warstw jedwabiu. Ciężki, zdobiony girlandami haftów surkot, spod niego suknia szyta naprędce, przed wyjazdem i tak dopasowana w rękawach, że służące musiały je rozpruć, by wyswobodzić Lukardis. Odpięły sprzączki i zdjęły jej nogawiczki, delikatnie rozmasowując obolałe od długiego stania łydki. Zawstydził ją ten czuły, niewymuszony gest. Spokój bijący z rytuału jej rozbierania koił rozedrgane nerwy. Jakże inne były te kobiety od oschłych służebnic, którymi po zabraniu Olchy otoczyła ją Mechtylda. Bielutkim, nasączonym wonną wodą płótnem, łagodnie i cierpliwie wycierały jej szyję, ramiona, plecy. Ciepły, wilgotny dotyk, strużka wody kapiąca z czubka piersi. Jedna czesała jej złote loki, a druga opuszkami palców masowała twarz. Lukardis zamknęła oczy.

Przemysł rozchylał jej uda powoli, klęcząc między nimi, wpatrując się w jej nagość. Jego dłonie były spocone, wilgotne, gorące. Starał się tłumić własną natarczywość, raz po raz przerywając dotykanie jej ciała, patrząc na nią, biorąc ją w posiadanie szeroko otwartymi oczami. Ale nie potrafił wytrwać w oddaleniu, już wracał do jej piersi, brzucha i ud. Wciąż jeszcze nie wszedł w nią i Lukardis nie była pewna powodu. Czy celowo przeciąga ten moment w czasie, czy wcale się do niego nie spieszy? Ona sama chciała, aby już się stało, pragnęła mieć to już za sobą, poczuć, wiedzieć, jak to jest. Przymykała i otwierała oczy, wstydząc się patrzeć na Przemysła i jednocześnie chcąc go widzieć. Więc kiedy on patrzył na jej ciało, ona patrzyła na niego, gdy podnosił wzrok na jej twarz, spuszczała powieki. Ile razy już spojrzeli sobie prosto w oczy? Dwa razy. Pierwszy raz, gdy brał ją w Szczecinie za żonę. Drugi, gdy dzisiaj biskup nazwał ją w katedrze księżną Starszej Polski, a mąż włożył jej na skronie książęcy diadem. Poczuła ciężar na skroni, jakby opaska diademu była z rozgrzanego, miękkiego złota, które zacisnęło się wokół jej głowy.

Ach! Syknęła mimo woli. Wtedy i teraz, gdy ciężar męża, nie diademu, przytłoczył jej ciało.

Mocno zacisnęła powieki. Zamieniła się w czucie i węch. Była świecą zgaszoną w pokoju, księżycem w nowiu, ciemną kroplą na dnie jeziora. Rozchylił palcami wejście do niej niczym łódź ostrożnie manewrująca wśród trzciny i zaczął wpływać powoli, torując sobie drogę. Nie ułatwiała mu tego, zaciskając uda, ale przecież nie chciała utrudniać, więc po chwili, która mogła być nawet szamotaniną, po chwili, której potrzebowała, by oswoić się z tym czymś, co było w nią wsunięte, twarde ale nie obce, puściła tamy. Jego skóra pachniała lipowym drewnem i miętą, choć w woniach, które opadły na nią, wyczuwała coś znacznie ostrzejszego, coś jak mokra, natarta świeżym łojem skóra nowego siodła. Oddychał głośno, w tym samym rytmie, w którym wpływał i wypływał z niej, za każdym razem posuwając się dalej i mocniej. Czasem chybił, gubił rytm, lecz nie wyślizgiwał się z niej, przyspieszał, tylko przyspieszał, nie zwalniał. To bolało, jego ciężar wtłaczał jej oddech z powrotem do gardła, aż czuła tarcie powietrza na wyschniętym podniebieniu. Ale przecież spodziewała się tego, nie oczekiwała, że przejdzie tę próbę bez łez i bez krwi, nie bólu się bała, tylko niewiadomego. Przemysł wbił się w nią jeszcze mocniej i jednocześnie jęknął głęboko i przejmująco, tak iż wystraszyła się, że zrobił sobie coś złego. Złapał powietrze głośno i chrapliwie i zamarł w bezruchu. Lukardis odruchowo zacisnęła uda i uniosła powieki. I spojrzeli sobie w oczy po raz trzeci.

PRZEMYSŁ I LUKARDIS zajęli swoje miejsca. Obok nich, na podwyższeniu siedzieli już Bolesław z Jolentą. „Dwie pary książąt Starszej Polski" — mruknął w duchu Przemysł i skłonił się stryjowi i jego żonie. Chorągwie piastowskie powiewały za ich plecami, nieco dalej stojące lwy, po jednym za każdym z książąt.

„Stary i młody lew ze swymi lwiczkami. Cóż za zgodne stado".

Przemysł ucałował czubki palców swej damy i żony, i rozejrzał się po proporcach gości. Czarne orły Piastów śląskich, półorzeł półlew Piastów kujawskich, złote orły na błękicie — więc są i Piastowie z Głogowa. Jest i zielony smok księcia Czerska. Poza drużynami głównych książąt piastowskich sporo znaków wolnych rycerzy i barwne proporce możnowładczych rodów. Turniej z okazji jego zaślubin z Lukardis ściągnął do Poznania więcej gości, niż się spodziewali. Metaliczny dźwięk rogu wywołał pierwszych walczących. Stojący za plecami Przemysła Płatek westchnął.

— Słyszysz, książę stryju? Mój giermek jest pierwszym, który płacze z powodu twojego zakazu.

Bolesław uśmiechnął się do bratanka.

— Jeśli łzy tych, którym dzięki mnie nic się dzisiaj nie stanie, mają być jedynym smutkiem z tej uroczystości, to biorę rolę winowajcy chętnie.

Przemysł zagryzł wargi, by nie powiedzieć tego, co cisnęło mu się na usta. Nie widział już zresztą większego sensu w walce ze stryjem o turniej. Bolesław stanowczo zabraniał osobistego udziału w zmaganiach nie tylko jemu, ale wszystkim swoim najważniejszym rycerzom. Jedynym, który parę lat temu się wyłamał, był Boguwit z rodu Zarembów, ukochany wówczas rycerz stryja. Gdy Bolesław nie pozwalał mu stawać w szranki, wyjechał na turniej do Magdeburga. I zginął jak dwudziestu innych śmiałków, którzy wówczas stawali na ubitej ziemi. Od tamtej pory nakaz stryja Bolesława stał się prawem w księstwie Starszej Polski.

Michał, którego Przemysł mianował heroldem turnieju, wywołał imiona walczących. Ponieważ były to turniejowe płotki, ot, mało znani rycerze, w sam raz na przetarcie placu, więc na trybunie książęcej nikt nie zwrócił większej uwagi na pierwsze starcie. Tylko Jolenta chwyciła w dwa palce zdobiony rubinami krzyż, który nosiła na szyi. Uniosła go do czoła i przeżegnała się. Wuj Bolesław odwrócił się do niej.

— Pamiętasz, księżno moja, turniej w Budzie?

Jolenta uśmiechnęła się, a Przemysł szybko dopytał:

— Dobrze usłyszałem? Mój stryj walczył na turnieju o swą żonę?

— Dobrze usłyszałeś, ale nie zrozumiałeś, Przemyśle — zaśmiał się starszy książę. — Król Bela IV zaprosił nas do Budy. To był ślub twego brata, najdroższa? — zwrócił się do Jolenty. — Albo uroczystości po podpisaniu Złotej Bulli, nie pamiętam — księżna Jolenta rozpromieniła się jak zawsze, gdy wspominano jej węgierską rodzinę — wielki splendor. A te diademy!

— Ach, diademy turniejowe, takie same dla obu par. — Patrzyli sobie w oczy jak zakochani.

— Obu par? Nie rozumiem — przerwał im miłosną sielankę Przemysł.

— Pojechaliśmy razem, w dwie pary: Bolesław, książę Krakowa i Małej Polski, ze swą żoną Kingą i ja, Bolesław, książę Kalisza i Starszej Polski, z moją piękną Jolentą.

— Jolenta i Kinga, królewny węgierskie, są rodzonymi siostrami, córkami wielkiego Beli IV — wyjaśnił biskup Lukardis, która chłonęła rozmowę z szeroko otwartymi oczami.

— W tamtych czasach byliśmy tak blisko, Kraków i Kalisz, Bolesław i Bolesław, moja siostra i ja... Mój ojciec, w Budzie, podejmował nas z przepychem, a obu Bolesławów, zięciów, tytułował królewskimi przyjaciółmi.

Płatek znów jęknął, bo na placu turniejowym szczęknęła złamana kopia i ryk tłumu na chwilę zagłuszył rozmowę.

Przemysł odwrócił się w stronę stryja.

— No właśnie, nie ma nikogo z Krakowa. Czyżby książę Małej Polski odrzucił twoje zaproszenie, stryju?

Jolenta oderwała wzrok od pojedynku i rzuciła Przemysłowi chłodne spojrzenie ciemnych madziarskich oczu.

Trafił w czuły punkt. W pięknym wspomnieniu z Budy, które roztoczyli przed chwilą stryj i księżna, pominęli ten drobny szczegół, iż przyjaźń króla Węgier oraz małżeństwa z jego córkami wprowadziły obu piastowskich książąt, obu Bolesławów, w krąg nieustającej wojny z Czechami, głównym wrogiem węgierskiej dynastii Arpadów.

— W Krakowie mają ważniejsze sprawy na głowie niż świętowanie twego ślubu — odpowiedział powoli Bolesław i Przemysł czuł, iż zwykle opanowany stryj walczy z gniewem.

— Czy mogę o coś spytać, książę? — Lukardis przerwała zapasy książęcych lwów.

— Pytaj, moja damo!

Odwrócił się ku niej i mimowolnie poruszył nozdrzami. Lukardis wyglądała doskonale i pachniała tak niepokojąco. Wiatr delikatnie poruszał przejrzystym welonem, który osłaniał jej złote włosy. Warkocze, zwinięte w węzły, odsłaniały jasną szyję, a oczy jego małej księżnej były zieleńsze od szmaragdów na jej złotym diademie.

— Dlaczego nie zaprosiłeś na nasze uroczystości samych książąt piastowskich, a tylko rycerzy pod ich barwami?

Przemysł, Bolesław i Jolenta roześmiali się jednocześnie. Lukardis nieświadomie zdjęła z nich napięcie.

— Żeby się nie pozabijali! — odpowiedział jej wesoło Przemysł.

— Więcej niż dwoje Piastowiczów w jednym miejscu to zapowiedź wojny! — wtrąciła Jolenta.

— Przesadzasz, moja pani — wszedł jej w zdanie Bolesław — ale rzeczywiście, rozsądniej jest nie ryzykować.

Lukardis zamrugała i Przemysł widział, iż starała się zrozumieć. Włączył się biskup Mikołaj, siedzący tuż przy nich:

— O tak, młoda księżno! U nas zwykło się mawiać: nie daj Boże, zjazd piastowski! — Przewrócił oczami i zrobił znak krzyża.

— Chcesz powiedzieć, ojcze biskupie, że nawet uroczystości ślubnych by nie uszanowano? — dopytywała coraz bardziej zdumiona Lukardis.

— Och, śluby Piastów! Jesteś młoda, moja pani, pewnie na dworze Barnima o Piastach nie plotkowano...

Lukardis chciała zgodnie z prawdą zaprzeczyć, ale biskup Mikołaj już wyliczał:

— Porwanie narzeczonych jadących na ślub, uprowadzenia księżniczek z klasztorów prosto pod ołtarz, gdy zaszła nagła potrzeba dynastycznych mariaży, odsyłanie tychże do ojców, gdy nie spełniły pokładanych w nich nadziei, oraz trucicielstwo na weselnej uczcie, tyle w kwestii ślubów. Co tam jeszcze: uprowadzania wdów z małymi dziećmi, rozboje na tychże, porwania na ucztach, to zresztą najczęstsza przypadłość, gdy dwóch Piastów walczy o jedno księstwo. Otrucia, zwane niewyjaśnionymi zgonami, no i perła w koronie: mord w łaźni!

Bolesław przerwał biskupowi ze śmiechem:

— A ja do tej pory sądziłem, że to uwięzienie brata przez brata w czasie powrotu z uroczystości kanonizacji świętego Stanisława jest twoim ulubionym piastowskim występkiem!

Biskup zatrzepotał fioletowymi rękawami.

— Nie mieszaj, książę, świętego do tych niecnych spraw!

— Przestańcie, proszę, wystraszyliście moją księżną żonę! — przerwał im Przemysł, widząc, że Lukardis zbladła.

— Nie chciałem cię zlęknić, pani! — Biskup skłonił się w jej stronę. — Ale warto, byś trochę historię Polski poznała.

— Mam nadzieję, że to już dawne dzieje... — cicho odpowiedziała Lukardis.

— No, nie tak całkiem. Popytaj kiedyś księcia męża o jego świętej pamięci matkę.

Przemysłowi żal się zrobiło swej małej damy i żony, postanowił skończyć już te wspominki, zwłaszcza że w stronę podwyższenia kroczyli rycerze.

— I dlatego ja nie ożeniłem się z Piastówną! — Ucałował ją w czubki schowanych pod jedwabną rękawiczką palców.

— Przyzwyczaisz się, moje dziecko — westchnęła serdecznie księżna Jolenta, choć ton jej głosu nie powinien dawać Lukardis nadziei.

— Rycerz Aldebard w imieniu księcia Wrocławia Henryka i rycerz Piotr w barwach księcia juniora Władysława, pana brzeskokujawskiego i dobrzyńskiego! — zapowiedział głośno rozkręcający się w roli herolda Michał. — Czarny orzeł kontra półorzeł półlew.

Przemysł pochylił się do ucha Lukardis:

— Ciebie, moja pani, poprosi o wstążkę Aldebard. Daj mu ją i uśmiechnij się tak pięknie, by chciał dla ciebie wygrać.

Lukardis była gotowa. Przemysł otoczył ją w Poznaniu przepychem i troską. Obszerne komnaty, własna służba, skrzynie pełne prezentów, klejnoty i suknie. Ale najczulszym z prezentów czy też tym, który Lukardis potrafiła docenić najbardziej, był jej dwór. Po brutalnym wyrwaniu jej Olchy przez Mechtyldę na zamku w Dąbiu osaczali ją ludzie nieprzychylnej jej askańskiej wiedźmy. Teraz, dzięki mężowi, otaczały ją córki najważniejszych rodów Starszej Polski. Anna, Zbysława, Eufemia, Jadwiga, niewiele starsze od niej, pogodne i przyjazne. W niczym nie musiały z nią rywalizować, ich ojcowie, baronowie Starszej Polski, zaufani urzędnicy Przemysła, mieli na jego dworze miejsca mocne i pewne. Jedynym zadaniem dziewcząt było zabawianie Lukardis, umilanie jej tych chwil, których nie spędzała z Przemysłem. Pokazywały jej wszystko, o co poprosiła, uprzedzały o przebiegu każdej uroczystości i, co dla Lukardis było największą ulgą, z niczego nie czyniły tajemnic. Do tego zastęp panien służebnych, ślicznych, chętnych do pomocy i zręcznych. Teraz więc sięgnęła po wstążkę, którą wcześniej przygotowała dla niej Zbysława, i podała rycerzowi tak, jak nauczyła ją Anna. Przez wizurę hełmu spojrzały na nią jasnoniebieskie oczy.

— To dla mnie zaszczyt, pani! — powiedział po niemiecku, zniekształconym przez metal głosem Aldebard i przycisnął jej wstążkę do serca.

— Wygrywaj pod moimi barwami, panie! — odpowiedziała mu po polsku.

Książę Bolesław usłyszał to i z zadowoleniem skinął głową, choć w tej samej chwili jego żona dawała wstęgę rycerzowi z Kujaw.

To Jadwiga zwróciła jej uwagę, by w obecności starego księcia nie mówiła po niemiecku. „Pan Bolesław nie znosi niemieckich rycerzy", uprzedzały ją dwórki. „Ja też!" — odpowiadała im Lukardis, mając w pamięci tak samo jasnookich jak ten, który za chwilę w jej imieniu wyciągnie miecz. Kilka lat panowania Mechtyldy Askańskiej zaludniło dwór jej dziadka niemiecką szlachtą, brandenburskimi rycerzami jej braci, których Lukardis bała się i nienawidziła w duchu.

Rycerze stanęli w szrankach. Grupy ich stronników skandowały jednocześnie zawołania bojowe Piastów kujawskich: „Pod wiatr!" i Piastów śląskich: „Czerń i złoto".

— Opuścić kopie! — krzyknął Michał.

Ruszyli. W jednej chwili konie szkolone do walki przeszły w galop.

— Rycerz Małego Księcia, świetny jeździec! Ale nie opanował kopii — trafnie zauważył biskup Mikołaj, gdy Aldebard skruszył kopię na tarczy przeciwnika.

— Na dworze Karła preferuje się walki konne, bo z siodła Mały Książę wydaje się sobie wyższy — dodał Przemysł, a stojący wokół dworzanie ryknęli śmiechem.

— Jesteś niesprawiedliwy, synu. Władek ponoć pilnie ćwiczy fechtunek.

— Ale ma rację Przemysł, że wzrostu mu od tego nie przybędzie — skwitowała księżna Jolenta, żałując pewnie, że to rycerz Władka walczy w jej imieniu.

Przemysł był myślami gdzie indziej, walki, w których nie mógł wziąć udziału osobiście, nużyły go. Nie mógł się doczekać wieczoru...

Wygrał Aldebard i całując wstążkę Lukardis, na kolanach przyjął z jej rąk różany wieniec. Przemysłowi nie podobało się, jak spocony zwycięzca wpatruje się w jego żonę wodnistymi oczami, więc z ulgą powitał pojawienie się kolejnych zawodników na placu. Zaczęły się już następne walki, gdy do jego ucha pochylił się Nawoj.

— Panie, wydaje mi się, że wśród gości turnieju kręci się ten Jakub, który udawał łowczego pod Drezdenkiem.

— Jesteś pewien?

— Gdybym był pewien, już bym kazał go pojmać. Mignął mi kilka razy, ale twarz miał zakrytą kapturem.

— Poszukaj go i nawet jeśli nie masz pewności, zatrzymaj. Najwyżej przeprosimy.

— Jakieś kłopoty, synu? — spytał Bolesław, gdy Nawoj zniknął w tłumie.

— Nie. Wszystko w porządku, stryju — odpowiedział Przemysł.

Liczyli się z jakąś reakcją ze strony Brandenburczyków, ale nie spodziewał się, by ten Jakub, kimkolwiek był, osobiście odważył się zjawić w jego pobliżu.

Walka skończyła się szybko, bo rycerz pod Zielonym Smokiem księcia czerskiego pokonał człowieka księcia głogowskiego.

— To mamy jeden do jednego! — skwitował Bolesław, wstając i pozdrawiając walczących.

— Dlaczego jeden do jednego? — spytała go Lukardis, gdy zasiedli do wielkiej uczty. — Wcześniej zrozumiałam, że tu walczy każdy z każdym.

— Dobrze zrozumiałaś, księżno żono — pochwalił ją Przemysł. — Każdy z każdym i przeciw każdemu, niepisana reguła Piastów. Ale wśród zasadniczych przeciwieństw łączą nas pewne stronnictwa, które dla własnego bezpieczeństwa moi zacni poprzednicy książęta przywykli realizować za pomocą obcych wojen. Spróbuj dzikich kaczek pieczonych w jałowcowych jagodach. — Wskazał jej półmisek, z którym zatrzymał się przed nimi sługa.

Gdy napełniono talerz Lukardis, kontynuował:

— Księżna Jolenta wciągnęła mojego stryja do stronnictwa Arpadów. Królowie Węgier, w tym jej ojciec, toczą nieustanne wojny z Czechami. Mój stryj zaangażował się po ich stronie i dołączył do stronnictwa węgierskiego wszystkich zależnych od niego Piastów kujawskich. Książę krakowski też ma na imię Bolesław, jak mój stryj, i jest w tym samym obozie, ze względu na swą żonę, słyszałaś to na turnieju. A z kolei Piastowie śląscy walczą po stronie Czechów. Ot i co. Smakuje?

— Smakuje, panie. To nie dość macie własnych wojen? Tych między Piastami? Po co tracić siły na walkę o nie swoje sprawy?

— Czasami lepiej niszczyć własnego przeciwnika na nie swoim terenie, pani. Wina?

— Ale tego lżejszego, proszę. A ty, książę mężu, po której jesteś stronie? Czechów czy Węgrów? Ślązaków czy reszty Polski?

— Ja wolę to mocniejsze wino, czerwone. Stryj mówi, iż najlepsze jest wino węgierskie. Mój ojciec, ponoć całe życie nie pił wcale... Obiecałem stryjowi, że póki nie dopniemy swych planów względem całego naszego księstwa, nie będę prowadził innej niż on polityki. Ale to nie znaczy, że się z nim zgadzam, pani.

— Zatem jeden do jednego przekładało wynik walk rycerzy na walkę ich panów i stronnictw, dobrze zrozumiałam, mój panie?

Ucałował czubki jej drobnych palców.

— Doskonale. Piję twoje zdrowie. Podoba ci się prezent?

— Jest piękna. Jeszcze nie miałam szansy wsiąść na nią. Ale wygląda na wspaniałą klacz.

Przemysł pochylił się mocno do jej ucha, bo wielkie krzesła książęce sprawiały, iż siedzieli naprawdę daleko od siebie.

— Ty jesteś moją klaczą, Lukardis, i nie mów tak do mnie przy ludziach, bo mam ochotę natychmiast cię dosiąść...

Jego mała księżna zadrżała i musiało jej się zrobić gorąco, jak jemu przed chwilą, bo poczuł, jak uderzyła od niej ta cudowna i niepokojąca zarazem woń. Spuściła oczy i lekko ścisnęła czubki jego palców.

— Żałuję, moja pani, że dzisiejszej nocy nie spędzimy razem — Przemysł szeptał wprost do jej ucha, a niesforne pasma jej loków drażniły jego nos. — Ciii... nic nie mów. Mam do ciebie prośbę, żebyś mnie kryła przed stryjem.

Zwróciła ku niemu twarz. W zielonych oczach dojrzał niepokój. Pocałowałby ją, gdyby nie to, iż takie okazywanie uczuć nie przystawało księciu. A patrzyli na nich wszyscy. Pięćdziesięciu gości w Okrągłej Sali poznańskiego zamku.

— Nie przypuszczam, by ktokolwiek zechciał to sprawdzać. Odprowadzę cię po uczcie do twych komnat, a potem wymknę się cicho i niezauważalnie. Jeśli jutro stryj zapyta, powiesz, że noc spędziłem z tobą. Pamiętaj.

Lukardis stanęło serce. Jak ma to rozumieć? Przed chwilą namiętne wyznanie, a zaraz potem takie coś? Gdzie będzie? Z inną? Wiedziała przecież, że wierność nie jest cnotą książąt, ale nie spodziewała się, że tak szybko może do tego dojść.

— Zrobisz to dla mnie? — zapytał Przemysł i przez chwilę chciała powiedzieć „nie".

Zamiast tego skinęła głową. I próbując kaczki z jałowcem, ze smutkiem przypomniała sobie słowa biskupa Mikołaja o odsyłanych do domu książęcych żonach. Na myśl, że znów miałaby znaleźć się pod bokiem askańskiej wiedźmy, zrobiło jej się słabo.

„Szybko przyzwyczaiłam się do swego pana męża — pomyślała — do nowego dworu, prezentów. I proszę, może okazać się, że to wszystko stracę".

Ale jeszcze bardziej bolała ją myśl, iż mogłaby utracić miłość Przemysła. „A może się mylę? Może to nie jest miłość, tylko gra?". Nie chciała w to uwierzyć, ale już do końca uczty nie wrócił jej apetyt.

Gdy Przemysł, tak jak zapowiedział, sprowadzał ją w dół, do jej komnat, otaczał ich szereg jej dwórek. Nie chciała przy nich zadawać pytań, nie, nie dlatego, by im nie ufała, lecz ponieważ to było zbyt osobiste, zbyt bolesne. Patrzyła na profil męża w migotliwym blasku pochodni i nigdy wcześniej Przemysł nie wydawał jej się tak piękny, tak pociągający. Drgały mu skrzydełka nosa niczym gończemu psu. Gdy doszli do drzwi jej sypialni, Przemysł odwrócił się do jej dwórek.

— Zostawcie nas samych, drogie panie. Moja żona dzisiejszej nocy będzie miała towarzystwo.

Anna, Zbysława i Jadwiga zaśmiały się leciutko, zarumieniły i skłoniły im.

„A więc to jednak gra. Przygotował wszystko, by nawet moje dwórki nie wiedziały...".

Weszli. Służące krzątające się przy przygotowaniach do snu zastygły w ukłonach na widok swojej pani i księcia. Przemysł odprawił i je. Lukardis stała i patrzyła na niego.

„Kim on jest?".

A Przemysł odpiął i zrzucił płaszcz i, nie rozbierając się, jednym susem dopadł do niej i zaczął całować. W twarz, usta, szyję, włosy. Lukardis jęknęła, bo nie spodziewała się tego. Popchnął ją w stronę łoża, już mocowała się z zaponą płaszcza, była mu uległą. W niekończących się fałdach jej sukien szukał do niej dojścia. Nie mógł go znaleźć, szarpał niecierpliwą dłonią jedwabie. Pociągnął Lukardis z łoża i postawił na ziemi. Była od niego dużo niższa. Odwrócił ją tyłem do siebie i lekko pchnął, by oparła się rękoma o łoże. Teraz zagarnął jej suknie na bok i po ostatniej szamotaninie z giezłem wtargnął w nią od tyłu. Pokrył jak ogier klacz. Widziała to kiedyś w stadach Bogusława. Tyle że konie gryzły się i kopały, spółkując, a Przemysł, choć wchodził w nią gwałtownie, całował jej szyję delikatnie i czule. Szarpnął ją za biodra i upadli oboje. Przez chwilę nie ruszał się, drżał.

— Muszę iść, Lukardis moja... — szepnął jej wprost do ucha.

— Dokąd? Czy to tajemnica tylko przed stryjem, czy też przede mną? — odważyła się na pytanie.

— Powiem ci, ale nie dzisiaj. Zgoda? Dzisiaj bądź wierną żoną i mnie kryj.

Złapał płaszcz pod ramię i cicho wymknął się, zamykając za sobą drzwi.

Czekali na niego, jak było umówione. Pojechali w lasy, w stronę Owińsk, wystarczająco daleko od Poznania i wystarczająco blisko jak na szybki wypad. Wybrali miejsce oddalone od klasztoru świątobliwych sióstr cysterek, ufundowanego przez jego ojca i stryja. Polana w lesie, straże, pochodni mało. O ile Michał był heroldem na turnieju, o tyle za bohurt odpowiadał Bogusza. Dwie grupy zbrojnych naprzeciw siebie. Razem trzydziestka ludzi, nie więcej. Bez kolczug, tylko sekretne hełmy i przeszywalnice. Na oznaczenie drużyn białe przepaski na hełmach tamtych, nic ponadto, żadnych znaków. Był pewien, że Bogusza zadbał o to, by nikt z przeciwnej drużyny nie wiedział, kim jest. Ciemność dopełni reszty. Trzech sędziów. Jeden dał znak do ataku i rzucili się na siebie, jak stali. Bez taktyki, bez układów. Walka na pałki owinięte rzemieniami i małe tarcze, każdy z każdym, niemal wręcz. Taranowali się wzajem, decydowała szybkość i siła. Polanę wypełniło sapanie i głuchy odgłos uderzeń. Reguła: nikt nie krzyczy. Cisza. Zdawało się, że słyszy zgrzyt zębów i pękanie kości. Bohurt. To może się zdarzyć. Umówiona walka. Ustawka. Stryj nie mógł o niczym wiedzieć. Okazja była wspaniała, tylu rycerzy, którzy zjechali na jego turniej! Tylu mężczyzn, którzy chcą się ze sobą zmierzyć! I surowy zakaz stryja walk do krwi. Czy był lekkomyślny? Być może. Ale po całym dniu gapienia się na cudze zabawy wrzała w nim krew niczym niezaspokojona żądza. Piersi Lukardis są słodkie, jej łono gorące, ale ugasić pożądanie może tylko walka, krew. Tu nie ma być żadnej krwi, tu spotkali się tylko, by spuścić z siebie powietrze, które nie mogło ujść na wygładzonej zabawie dworskiej pod okiem nazbyt ostrożnego stryja. Dostał tarczą w bark. Ktoś staranował go z siłą niedźwiedzia. Poczuł ból, jakby ramię wyskoczyło ze stawu, i nim upadł, prawą ręką odparował cios, prosto w nieosłonięty podbródek tamtego. Kimkolwiek był, jęknął, chwycił się za usta i wypluł ząb w różowej pianie krwi. Przemysł przetoczył się po trawie miękko, wprost pod czyjeś nogi i podciął wysokiego, chudego mężczyznę. Ten upadł na niego, okręcił się wściekły i nim książę zdążył się poderwać na nogi, chudy rzucił się na niego z pałką. „Gdzie moja tarcza?" — pomyślał Przemysł, kopniakiem odpychając napastnika. Chudy poleciał w tłum walczących, książę zerwał się i skoczył za nim. Sędzia gwizdnął na finał. Usłyszeli go dopiero za trzecim razem, jakby nie mogli oderwać się od siebie, od okładania się pałkami, tarczami i gołymi pięściami. W końcu zaczęli rzucać uzbrojenie na murawę i na polanie wybuchł śmiech. Ktoś cicho syknął z boku, umilkli w jednej chwili. Szkoda tak udanego bohurtu, by teraz ściągnęli na siebie uwagę. Spod drzew wybiegli słudzy z dzbanami wina i miodu. Pomagali swoim panom ściągać hełmy i przeszywalnice. Za chwilę na polanie zacznie się pijatyka. Przemysł odszedł kilka kroków, w cień. Chciał pozbyć się nakrycia głowy, ale nie mógł sobie pozwolić, by ktoś, poza jego ludźmi, go rozpoznał. Rozglądał się za Płatkiem.

— Powinniśmy już wracać. — Bogusza dotknął jego ramienia, a Przemysł syknął z bólu. — Za chwilę wszyscy będą pijani i zrobi się gorąco. Nic ci nie jest?

— Nie wiem, chyba mam wybite ramię. Gdzie, u diabła, jest Płatek?! — Skrzywił się z bólu.

— Gdzieś tam. — Bogusza wskazał ręką na popijających wspólnie na polanie niedawnych przeciwników.

Przemysł zaklął. Zapomniał, że w czasie bohurtu on nie jest księciem, a Płatek przestaje być giermkiem.

— Pomóż mi. Muszę zdjąć przeszywalnicę, a nie mogę unieść ramienia.

— Niedobrze... mam nadzieję, że to nic groźnego... — wystraszył się Bogusza.

Ale gdy tylko Przemysł się uwolnił, ulżyło mu. W ich stronę szło czterech ludzi, na wszelki wypadek odwrócił się tyłem.

— To my — usłyszał głos Lasoty. — Musimy odjechać, książę, bo nie uda się ukryć twojej obecności.

Nim wsiadł na konia, Nawoj dodał:

— Jestem pewien, że wśród walczących był Jakub de Guntersberg.

WŁADYSŁAW wiedział, że nazywają go Małym Księciem albo po prostu Karłem. Udawał, że tego nie słyszy. Miał trzynaście lat i naprawdę mógł liczyć na to, że jeszcze urośnie. To, że jego młodsi bracia już teraz byli od niego więksi, tłumaczył sobie ciężką chorobą, którą przeszedł w dzieciństwie. Kazio miał jedenaście lat, Siemowit osiem i każdy z nich był od niego dużo wyższy. Eufemia, najmłodsza z czwórki rodzeństwa, nie skończyła jeszcze sześciu lat i była dokładnie jego wzrostu. Ale ich matka jest postawną, wysoką kobietą i to, że siostra jest taka duża, z pewnością odziedziczyła po matce. Niski wzrost Władysław nadrabiał ruchliwością. W Łęczycy nie było kąta, którego nie znał. Potrafił wspinać się na drzewa jak wiewiórka, zeskakiwać z nich niczym kot i przeciskać przez dziury, w które weszłaby tylko mysz. Na lekcje fechtunku z komesem Wilkiem stawiał się zawsze przed czasem i nigdy nie pozwolił, by dano mu do ćwiczeń lżejszy miecz. Wierzył, że jeśli będzie sam siebie traktował poważnie, jeśli zmusi się do takiej samej pracy, jaką wykonują dorośli rycerze, jego ciało to zapamięta i odpowie. Miał to przemyślane w najdrobniejszych szczegółach: otóż nastaje taki dzień, niby jak każdy inny, świt, poranek, on budzi się rano i jego nogi są tak długie, że koszula sięga mu ledwie do kolan. Wstaje i patrzy, a potężna pierś rozerwała mu giezło na strzępy, tak że rękawy sięgają ledwie do łokcia! A jego bracia truchleją i bledną, i z krzykiem uciekają do matki. A matka mówi: Widzicie chłopcy? Nie trzeba się było z Władzia śmiać!

Powtarza sobie to jak modlitwę przed snem i co rano budzi się z nadzieją i wstaje z irytacją. To jeszcze nie dziś, nie dziś, ale może jutro? W ćwiczeniach z komesem Wilkiem rozładowuje złość, w bieganiu z psami wyszczekuje swój zawód, w jeździe konnej się zapomina. Z końskiego grzbietu jest Władysławem Wielkim, dumnym Piastem kujawskim, który, unosząc wysoko głowę, krzyczy rodowe zawołanie: „Pod wiatr!".

Tak jak teraz! Teraz jest nawet księciem Władysławem Wielkim, bo jadą całym orszakiem, a matce towarzyszy tylko on. Jakby był jedynym księciem całych Kujaw, tylko on, nikt więcej. To nad jego głową powiewają chorągwie z półorłem i półlwem. Bracia dzieciaki zostali w domu, a na ważne rozmowy matka zabrała jego! Księcia Władysława Wielkiego! Będą podpisywać pokój z Krzyżakami, których on w duchu nazywa chrząszczami, bo nie znosi ich czarnych krzyży na płaszczach i okropnych gęb. Władysław ucieka z lekcji pisania i czytania, ale gdy Magister uczy ich dziejów Piastów, jest zawsze pierwszy. Z otwartymi ustami słucha opowieści o czynach ojca, dziada, kuzynów, wujów, stryjów. Ojca, Kazimierza, pamięta nieźle, miał siedem lat, gdy ten zmarł. I zawsze bił się z Krzyżakami, których na ziemię chełmińską sprowadził ich dziad, zwany szalonym Konradem z Mazowsza. Władysław uwielbiał opowieści o nim, nienawidził go tylko za tych Krzyżaków. Nienawidziła ich także jego matka, Eufrozyna, i gdy została wdową, żelazną ręką pilnowała swych ziem. On i jego bracia wciąż byli zbyt młodzi, by mogli objąć dziedzictwo po ojcu, ziemi zresztą nie mieli wiele, a dziedziców do obdzielenia dużo. A tu jeszcze wredni bracia zakonni brali się do jej rozdrapywania chętnie. Eufrozyna niczym orlica w pazurach trzymała wszystko. Władysław uwielbiał matkę, choć była tylko kobietą. Podziwiał jej lisi spryt, jej odwagę. „Byłaby świetnym wodzem" — mówił o niej komes Wilk i to wystarczyło, by Władysław patrzył na Eufrozynę z podziwem. Tak jak teraz: nie stać ich było na wojnę z Krzyżakami, to matka zrobiła wojnę rękoma mieszczan. Napuściła Nyrfryda na Hildebranda, który sprzyjał Krzyżakom i wcale się z tym nie krył. Nyrfryd zabił Hildebranda i po sprawie. To lubił! Szybkie załatwianie problemów! Tego się chętnie uczył. Nie rozumiał, dlaczego jego starsi bracia przyrodni, Leszek Czarny i Siemomysł, tak uciekali od niej. Chyba nie wierzyli w te podłe plotki, że Eufrozyna ich truła? Niemożliwe, by dali się nabrać głupiemu gadaniu dworskich bab!

Do Inowrocławia zjechali późnym wieczorem. Przybyli pierwsi. Ich adwersarza, mistrza krzyżackiego Dietricha von Gaterslebena jeszcze na zamku nie było, tak jak i książąt Starszej Polski, Bolesława i Przemysła, którzy mieli być arbitrami w sporze. Powitał ich za to Wolimir, biskup włocławski, i natychmiast zagarnął matkę na jakieś poufne rozmowy. Władysław nie myślał nawet o tym, by pójść spać. Nie po to przyjechał tu jako przyszły książę, dziedzic Kazimierza z Kujaw, jako Półorzeł i Półlew, by iść spać jak dzieciak z pierwszym zmierzchem! Wymknął się na dziedziniec i postanowił obejrzeć sobie zamek. Na podwórcu kręciło się sporo ludzi, służba szykowała komnaty dla mających zjechać gości, w stajniach robiono miejsce na dziesiątki koni, a z kuchni dochodziły zapachy pieczeni i wędzonych ryb. Zgłodniał, bo uciekając z sypialni, pozbawił się kolacji. Porwał więc kawał chleba i kilka młodych jabłek z koszy stojących w sieni. Jadł, patrząc ze szczytu bramy na trakt, pusty o tej porze. Już słyszał w stajniach, że mistrz krzyżacki przyjedzie nazajutrz w południe, a książąt Starszej Polski spodziewają się rano. A gdyby tak dostał się do komnaty przeznaczonej dla Dietricha von Gaterslebena i zostawił mu tam jakiś prezent? Cokolwiek, nie musi mu od razu sikać do łóżka, wystarczy, że napluje do dzbana z wodą. Ten pomysł tak mu się spodobał, że od razu wbiegł w wąską gardziel korytarza. Zaczepił chudą dziewczynę, która, podwinąwszy suknię pod pasek, szorowała drewniane schody.

— Panienko, w którym pokoju będzie spać mistrz krzyżacki?

Spojrzała na niego poczerwieniałymi z wysiłku oczami.

— A tobie co do tego, pędraku? Co tu robisz? Zmykaj mi stąd!

Władysław zawrzał gniewem, ale się opanował. To nawet lepiej, że dziewucha nie wie, iż ma do czynienia z wielkim księciem Kujaw.

— Mam do jego komnaty przynieść świeżej mięty. Dietrich von Gatersleben nie lubi smrodu.

„Chyba zrobiłem na niej wrażenie tym von Gaterslebenem — pomyślał, bo dziewczyna wskazała mu drzwi w ciemnym końcu korytarza. — Chyba nawet wielkie wrażenie, bo nie zapytała mnie, gdzie mam miętę!" — zachichotał w duchu.

Dla pewności jednak pobiegł tam na tyle szybko, by nie zdążyła zadać kompromitującego jego misję pytania. W środku nie było dzbana z wodą, więc plucie do niego odpadło. Właściwie nic tam nie było prócz szerokiego prostego łoża, ławy i kilku stołków. Rozglądał się po pomieszczeniu stropiony. I wtedy usłyszał ściszony głos:

— Myślisz, biskupie, że to wystarczy?

Dochodził zza ściany, ale był dość wyraźny. Władysław podszedł do tego miejsca.

— Może powinniśmy sprawdzić? Idź tam i coś powiedz, a ja posłucham.

To był głos jego matki, Eufrozyny.

— Nie ma co chodzić, pani. Jest otwór, będzie słychać.

A to z kolei chyba biskup Wolimir.

Teraz Władysław zobaczył szczelinę w ścianie, między nachodzącymi na siebie deskami, w której niczym żelazny kornik rytmicznie poruszał się pręt. A niech to! Jego matka i biskup urządzili pułapkę na wielkiego mistrza! Będą mogli podsłuchiwać, co knuje! To było lepsze niż jego pomysł z nasikaniem mu do łóżka, dużo lepsze! Szkoda tylko, że go nie wtajemniczyli, że odcięli go od tak wielkich spraw! Z korytarza dobiegło nawoływanie służby, więc schował się we wnęce przy drzwiach. W każdej chwili ktoś mógł tu wejść. Póki rozmowy nie ucichną, poczeka. Drgnął na dźwięk swego imienia, zaczął znów nadsłuchiwać.

— Naprawdę nie ma dla niego nadziei? — pytał biskup.

Nadziei? Dla mnie? O czym oni mówią?

— Nadzieja matką głupich, biskupie. Mój syn nie urośnie.

Niemożliwe. Ta ściana zniekształca dźwięki. Na pewno powiedziała „mój syn urośnie".

— Od zeszłego roku jednak trochę przybrał, nie zaprzeczysz, pani.

— Trochę tak, ale niewiele. Dobrze, że to nie jedyne moje dziecko. Mam jeszcze dwóch młodszych...

— Mówią, że to od choroby, którą przeszedł w dzieciństwie...

— Bo coś muszą gadać! Kazimierz był dobrej postury, jego synowie z pierwszego małżeństwa postawni, moi młodsi też normalni, tylko ten jeden się wyrodził! Na wstyd i hańbę mego łona! Półorzełek, karzełek... — Głos matki był gniewny, a jego ostrze było wymierzone w niego.

Władysław osunął się na kolana. Słyszał i nie wierzył.

— Choroba, choroba! Zwykła gorączka jak u każdego z mych dzieci! Nic takiego, co by mogło zatrzymać wzrost! To po prostu będzie karzeł i tyle!

— Trzeba się modlić, pani, niezbadane są wyroki boskie...

Na korytarzu zapanowała cisza. Równie śmiertelna jak ta w sercu Władysława. Wychodząc z komnaty wielkiego mistrza, zatrzymał się na chwilę pod drzwiami obok. Powoli rozwiązywał tasiemkę. Ręce trzęsły mu się i były zimne. Nasikał na sam środek wejścia do komnaty matki.

BOLESŁAW, książę Starszej Polski, wracał z Inowrocławia zadowolony. Załatwił wszystko, co miał do ugrania. Eufrozyna podpisała ugodę z mistrzem Dietrichem von Gaterslebenem. Ciężką ugodę, bo musiała przyjąć na siebie potężnie wyliczoną główszczyznę. Dla ułagodzenia jej przekonał mistrza, by przyjął okup w ratach, które nawet dla kujawskiej wdowy powinny być do zniesienia. Znał ją dobrze, wiedział, że próbowałaby uniknąć zasądzonej zapłaty, więc gwarantem ugody został jej najstarszy syn, Władysław, zwany Małym Księciem, z wiadomego wszystkim powodu. Jeśli nie zapłaci w terminie, dzieciak będzie zakładnikiem Krzyżaków, oczywiście tylko przy aprobacie Bolesława, co ma ją zabezpieczyć przed knowaniami rycerzy zakonnych, a jemu dać ciągły wpływ na sprawę. Zmusił obie strony do podpisania nowego pokoju i poszanowania jego zasad. No, to się jeszcze okaże, bo Eufrozyna i Krzyżacy są dla siebie oliwą i ogniem. Sam się otrząsnął na myśl o kujawskiej wdowie. Kobieta z piekła rodem. Miała niemal trzydziestkę na karku, gdy wychodziła za mąż za Kazimierza. Inne w tym wieku zamknęłyby się już w klasztorze, a Eufrozyna raz za razem, niemal rok po roku, urodziła mu czwórkę dzieci. Tak się pieklиła, że mąż faworyzuje synów z pierwszego małżeństwa, synów siostry Bolesława zresztą, że ci, Leszek i Siemomysł, zbuntowali się przeciw ojcu, ale głównie przeciw macosze, i uciekli przed nią do Krakowa.

Spojrzał w niebo. Chmury przetaczały się nisko i zerwał się wiatr. Skinął na dowódcę straży.

— Pogoń tabory. Będzie lało.

— Tak jest, książę!

Ze swym imiennikiem Bolesławem, księciem krakowskim, żył dobrze, choć Starsza Polska i Mała Polska, pod skórą nawet najlepszych sojuszy, zawsze przyglądały się sobie z dystansem. Gdy zbuntowani przeciw Eufrozynie młodzi książęta, Leszek i Siemomysł, uciekli do Krakowa, dwaj Bolesławowie porozumieli się przez cichych ludzi i książę krakowski adoptował Leszka. Był bezdzietny i takim miał pozostać, bo wraz z żoną Kingą ślubowali czystość. Tak więc Leszek źle na konflikcie z macochą nie wyszedł. Bolesław krakowski szykuje go na sukcesora tronu Małej Polski.

Leszek jest świetnym wodzem, strategiem, nie ma bitwy, w której by nie zwyciężył. Ale jego młodszy brat, Siemomysł, zwany tu Siemaszką, odziedziczył kłótliwość po dziadku Konradzie, szalonym Piaście z Mazowsza. Gdy objął po zmarłym ojcu Inowrocław, tak skonfliktował się z ludźmi, że możni wypędzili go z dzielnicy i zwrócili się do Starszej Polski o pomoc. Poszło o Niemców, a jakże. Siemaszko poobsadzał nimi urzędy i w starym rycerstwie zawrzała krew. To, że Bolesław od lat pełnił nieformalną rolę seniora wobec licznych książąt kujawskich, to jedno; a drugie, że zawsze był najlepszą instancją, jeśli konflikt dotyczył Niemców. Jego niechęć do sąsiadów zza Odry była wręcz legendarna.

„Pięć lat rządziłem w Inowrocławiu i w końcu pozbyłem się dwóch kłopotów za jednym zamachem" — pogratulował sobie książę Bolesław i obejrzał się sprawdzić, gdzie jego bratanek. Przemysł jechał tuż za nim. Książę przywołał go z uśmiechem.

— I co? Miałem rację z Eufrozyną, synu?

Przemysł skinął głową.

— Miałeś: półwica, półorlica. Myślałem, że rzuci się na ciebie z pazurami, gdy oznajmiłeś, że zwracasz Inowrocław Leszkowi Czarnemu.

Bolesław zaśmiał się głęboko i poklepał swego konia po szyi.

— Tak! Liczyła, że księstwo inowrocławskie wróci, zgodnie z testamentem, do Siemomysła. Gdyby tak się stało, wystarczyłby Eufrozynie rok, by znów zbuntować możnych przeciw młodszemu pasierbowi, wygnać go ich rękami z księstwa i jeszcze winę przypisać mnie, bo to ja byłbym tym, który go osadził. Poza tym nie spodziewała się, że dam prezent Leszkowi Czarnemu, bo myślała, że jestem z nim w konflikcie.

— A nie jesteś?

— Nie, a ona jest tylko półorlicą, skoro na to nie wpadła. Ty zaś, synu, zapamiętaj całą tę sprawę dobrze, bo prędzej czy później, gdy mnie zabraknie, na ciebie spadnie kolejny arbitraż.

— Sugerujesz, że mam utrzymywać na inowrocławskim księstwie Leszka przeciw jego bratu?

— Nie. Siemomysł kiedyś wydorośleje, tylko najwyraźniej idzie mu to wolniej. Leszek zostanie dziedzicem Krakowa, wtedy będzie czas, by jego brat wrócił do Inowrocławia.

— Dlaczego chciałeś już teraz zrezygnować z opieki nad ich księstwem? To przecież od ciebie zależało, mogłeś zostać.

— Nie chcę mieć już nawet kawałka granicy z Krzyżakami. Przejście od wroga za miedzą do wroga za dwoma miedzami to najlepsze rozwiązanie. Nie ufam im. Mają potężne poparcie w Rzymie.

— Leszek opowiadał, że jak żył ich ojciec, Kazimierz, to załatwił raz u papieża klątwę na zakon. Prawda to?

Bolesław westchnął:

— Dawne, szalone czasy. Załatwił, wiesz gdzie? Na zjeździe piastowskim w Krakowie, z okazji kanonizacji Stanisława. Rozumiesz? Wielkie święto, wyjęcie z grobu relikwii, obmywanie winem, modlitwy, procesje, a nade wszystko rodzący się mit. Wszyscy zajęci świętym, a Kazio jedną ręką się modlił, a drugą ubił interes. Nikt nie wiedział, jak mu się udało przekonać legata papieskiego. Fakt, że klątwę z zakonu szybko zdjęto. Za szybko.

— Stryju, a czy prawdą jest, że mój ojciec też był ekskomunikowany?

Bolesław nie lubił tego wspominać. Przemysł I, ojciec Przemysła II, był jego starszym bratem i Bolesław kochał go aż do samych trzewi głęboko. A jednak Przemysł chciał rządzić sam jak udzielny książę i robił wiele, by usunąć go w cień. Porwał go, uwięził, trzymał w zamknięciu. Mimo to Bolesław nigdy nie przestał go szanować i gdy w ostatnich latach życia brat wpadł w religijny szał umartwień, modłów i postów, Bolesław był przy nim. A kiedy umierającemu obiecywał, iż wychowa jego dzieci jak własne i prędzej sobie odbierze, niż im odmówi, wiedział, że tak właśnie będzie. Przemysł umierał z nadzieją, że Elżbieta, ciężarna już wówczas, urodzi po jego śmierci syna. I przeczucia go nie zwiodły. A teraz ten syn jedzie obok niego i Bolesław wydał mu już poznańską dzielnicę, choć w głębi duszy czuje, że chłopak jeszcze do niej nie dorósł. Może, gdyby opowiedział mu o prawdziwych marzeniach jego ojca, Przemysł zrozumiałby? A może przeciwnie, nabiłby sobie głowę mrzonkami, które jego bratu...

— Stryju? Słyszysz mnie?

Głos bratanka wyrwał go z zamyślenia, z podróży w czasy dawno przebrzmiałe.

— O co pytałeś?

— Czy mój ojciec był ekskomunikowany, czy to prawda?

— A, tak.

— A za co?

— Za splądrowanie dóbr biskupa wrocławskiego.

„Przecież mu nie powiem, że także i za to, iż mnie, młodszego brata, uwięził i trzymał pod kluczem. Nie chcę rozsiewać takich morałów. Było, minęło".

— Kiedy to było?

— Wtedy. Parę miesięcy przed uroczystościami w Krakowie. Twój ojciec musiał się spieszyć z naprawianiem szkód, bo był zaproszony na kanonizację, a wiesz, z ekskomuniką to nie bardzo w gości... — Bolesław roześmiał się, bo dzisiaj, z perspektywy lat, naprawdę go już to śmieszyło.

— Matka opowiadała o ojcu jak o świętym — teraz zanosił się śmiechem jego bratanek — a ty opowiadasz mi o prawdziwym Piaście!

— Matka też miała rację, synu. On... przez ostatnie lata życia naprawdę był jak święty...

— No, ja wiem, słyszałem, że nie pił wina, że się nie mył. Jak ona mogła z nim wytrzymać? Przecież nawet mnie spłodzili wtedy. Naprawdę się nie mył?

— Tego nie wiem, ja z nim w łożnicy nie bywałem. Ale nie śmierdział, jeśli o to pytasz. Chodził we włosiennicy pod suknią. Wiesz, żeby ludzie nie widzieli, nie gadali. Robił to z prawdziwej potrzeby serca.

Bratanek wykrzywił usta.

— Ja bym tak nie mógł.

— Młodość jest daleka od świętości, Przemyśle. Twój ojciec jako młody chłopak był tak samo wyrywny jak ty. Kochałem go bardzo i dzisiaj kocham go w tobie.

— Ja nie jestem nim, stryju — powiedział Przemysł i w jednej chwili przestał się śmiać.

Zaciął konia i, nawet nie obejrzawszy się na Bolesława, odjechał na czoło orszaku.

„Jest nim bardziej, niż tego chce. Tak samo dumny, tak samo łatwo go urazić" — pomyślał Bolesław.

Do Gniezna dojechali wieczorem, w strugach deszczu, i książę widział, że załamanie pogody wyraźnie jest bratankowi nie na rękę.

— Długi postój planujesz, stryju? Ja chcę już wracać do Poznania.

— Tak ci spieszno?

Przemysł roześmiał się nerwowo. W jego oczach Bolesław ciągle widział ślad urazy.

— Mam młodą żonę. Czeka na mnie.

— Tak samo jak w noc po turnieju?

Przemysł zamarł w bezruchu. Bolesław pohamował uśmiech.

— Jak ramię? Już nie boli?

Mimo strug deszczu Zarembowie wyszli naprzeciw nich na dziedziniec zamkowy i huczne powitanie skryło zmieszanie bratanka. Bolesław chciał mu tylko powiedzieć, że wie, nic więcej. Książę machnął ręką, by baronowie nie klękali w deszczu i błocie, i weszli do wnętrza. Słudzy wzięli od księcia Bolesława mokry płaszcz.

Arkenbold, wojewoda gnieźnieński, Szymon kasztelan, jego syn Andrzej sędzia. Bolesław cenił ich wszystkich. Bogumił Zaremba, młody stolnik, nie krył żalu.

— Gdy popołudniu przybył goniec od ciebie, książę, że uczty sobie dzisiaj nie życzysz, moi kucharze kończyli opiekać sarnie udźce. Jest gulasz z dzika w piwie, a do niego białe kluski, są zające w sosie z żurawin, kaczki na mleku i miodzie i placuszki z wiśniami! A ty nie chcesz jeść, książę?!

Bolesław klepnął Bogumiła w ramię.

— Dawaj, ale tylko te zające. Zjem sam z bratankiem, mamy coś do omówienia, a uczta jutro.

— A...?

Książę się roześmiał.

— Placuszki z wiśniami zanieś swojej żonie. Ponoć spodziewa się dziecka.

Bogumił pokłonił się księciu z uśmiechem. Bolesław położył ręce na ramionach Arkenbolda i Szymona. Pokiwał głową.

— Nie mogę uwierzyć, że Janek Zaremba nie żyje. To był wasz brat, ale i dla mnie bliski, jak rodzony — westchnął. — Kogo po Janku wybraliście głową rodu?

— Beniamina, książę.

— Wojewodę poznańskiego? To stateczny człowiek. Na Janku nigdy się nie zawiodłem...

— Na żadnym Zarembie nie zawiedziesz się, nasz książę!

Szymon i Arkenbold przyklękli przed nim. Bolesław dał im znak, by wstali.

— Modlimy się z księżną za jego duszę.

Zarembowie odpowiedzieli jednocześnie:

— Wieczny odpoczynek!

Książę ich uścisnął.

Gdy został sam z bratankiem, Przemysł uciekał wzrokiem.

— Kończ, chłopcze, jedzenie, wybieramy się w pewne miejsce.

Bolesław przyspieszał, bo czuł, że to powinno być dziś. Był zmęczony po całym dniu jazdy, bolały go plecy i noga, ślad po odnowionym urazie z wyprawy na Brandenburczyków w Gdańsku, ale nie chciał już czekać dłużej.

— Dokąd? — spytał bratanek, siląc się na obojętny ton.

— Do katedry.

— Nie chcesz przeczekać deszczu, stryju? Ciągle leje. — Przemysł odsunął od siebie półmisek i podszedł do okna.

— Założymy kaptury, chodź już.

W drodze towarzyszyło im tylko dziesięciu ludzi. Bolesław chciał uniknąć szumu. U drzwi katedry przywitał ich niewysoki człowieczek, który na widok Bolesława zsunął na chwilę ciemny kaptur.

— Jestem Jakub, kantor kapituły. Prepozyt, ojciec Mikołaj, nie wstaje już z łóżka. Bardzo źle z nim, książę. Ale przekazuje ci wyrazy szacunku, panie, za inowrocławskie ugody. I mnie, na twe usługi. Mam wszystkie klucze.

„Wieści szybko krążą, biskup Wolimir był tu przed nami. Nie szkodzi, może nawet lepiej".

— To prowadź, nie będziemy dłużej moknąć.

— Poświećcie, panowie — poprosił służbę książęcą kantor Jakub i kluczem wielkim jak hak otworzył potężne spiżowe gnieźnieńskie drzwi. — Tu wsadźcie pochodnie, proszę. — Wskazał miejsce w sieni. Sam wszedł do środka i poruszał się w ciemności jak kot. — Znam tu każdy kąt, więc jeśli tak wolisz, książę, możemy zostawić twoich ludzi, ja wezmę jedną pochodnię i poprowadzę sam — powiedział, otrząsając kaptur z wody.

— Niech tak będzie.

Jakub drobnymi kroczkami szedł przodem, oświetlając drogę do podziemi katedry. Bolesław widział, że Przemysł wciąż był na niego zły, i zachowywał ostentacyjną obojętność.

— Musimy zejść pod północną kruchtę. — Kantor odwrócił się i im poświecił. — Proszę za mną, tu jest stromo i wąsko.

— No, i jesteśmy.

Zatrzymał się przed niskimi, ciężkimi drzwiami. Zaskrzypiał klucz.

— Nie wchodzę tu z pochodnią, książę. Tyle pergaminów... Chwilkę, tylko zapalę knoty.

Kantor zakręcił się szybko, wprawnie. Widać, że często tu bywał. Chybotliwe płomienie lamp oliwnych stopniowo rozjaśniały niewysokie pomieszczenie katedralnego skarbca. Pochodnia została przed wejściem. Bolesław się rozejrzał.

— Nic się nie zmieniło, odkąd byłem tu po raz ostatni, z bratem.

Dostrzegł na twarzy Przemysła ślad irytacji.

„Pewnie myśli, że chcę go dzisiaj dobić wspominkami o jego ojcu. Trudno, niech myśli, co chce, byleby dobrze słuchał".

— Staram się, książę, nie zadeptywać śladów, tylko je zabezpieczać — powiedział z westchnieniem kantor Jakub i uśmiechnął się smutno. — Ile to lat, panie, nie przychodziłeś tu?

— Siedemnaście. A ty, od kiedy pracujesz?

— Od trzech lat. Wcześniej studiowałem w Italii, potem w Anglii. Ale dopiero od trzech lat prepozyt powierzył mi opiekę nad skarbcem i, jak mi wiadomo, panie, na twe życzenie, nakazał poufność mojej misji.

— Rozgłos szkodzi dziełom nieukończonym.

— Tak jak mówisz, książę.

— Chcę, abyś zapoznał mojego bratanka ze stanem badań. Gdzie jest skrzynia mojego brata?

Kantor zakręcił się i z ukrytej we wnęce półki zdjął niewielką, okutą brązem skrzynkę.

— Proszę, książę.

Bolesław pogładził dłonią wypukłe wieko, przejechał palcem po zamku. Na rękawicy został mu ślad kurzu i rdzy. Podał skrzynkę Przemysłowi.

— Zabierzesz ją ze sobą, synu. Później ci wytłumaczę, co w niej jest.

W oczach bratanka zalśniła ciekawość, ale gdy tylko kantor Jakub zaczął mówić, zgasła. Zastąpił ją ten irytujący Bolesława do głębi wyraz wyniosłej obojętności.

— Arcybiskup Pełka, który konsekrował uroczystości kanonizacji Stanisława, nie dopuszczał jakiejkolwiek dyskusji na temat cudów. Ale jego następca, świętej pamięci arcybiskup Janusz, który w czasie tejże kanonizacji był kanclerzem swego poprzednika, pierwszy zasiał ziarno niepokoju. On to zlecił prepozytowi katedry dyskretne, ale szczegółowe badanie. Sprawdzano każdy zapis, każde zdarzenie. I tak, na ponad pięćdziesiąt przypadków cudownych uzdrowień, czterdzieści nosi, w świetle dzisiejszej wiedzy, znamiona chorób o samoistnym wyleczeniu. Czyli takich, z których przebiegu wynika, że mijają w określonej porze. Nadto niepokojący jest dobór świadków rzekomych cudów i ich beneficjentów, bo w wielu przypadkach są to całe rodziny, których członkowie jakoby doświadczali cudów uzdrowień na coraz to inne choroby. U Hipokratesa zwie się to hipochondrią, czyli urojonymi chorobami, zaburzeniami duszy, nie ciała, ale...

Przemysł nie wytrzymał i wybuchnął:

— Wybacz, stryju! Ale po co ja tu jestem? Po co słucham tych wywodów o chorobach? Czuję się świetnie, nie mam kłopotów ze zdrowiem. Chcę wracać do Poznania. Natychmiast!

— Opanuj się, synu. Właśnie dałeś dowód, że nie słuchasz. To nie o chorobach mówi nam Jakub, tylko o cudach. Kantorze, kontynuuj, ale jeśli mogę prosić w imieniu bratanka, przejdź do wniosków.

— Jeszcze nie ma wniosków, książę, nikt bowiem nie ma odwagi ich sformułować. Jest hipoteza, szereg potwierdzeń do niej i...

Bolesław się zdenerwował. Tym się różnią uczeni od rycerzy: brakiem odwagi.

— Mów — krzyknął na Jakuba, choć nie chciał tego czynić.

Chyba udzieliła mu się nerwowość bratanka.

Kantor kapituły zamrugał oczami jak człowiek, który gubi wątek. Po czym zacisnął powieki i powiedział jednym tchem:

— Książę Bolesławie, książę Przemyśle, cuda są naciągane, a zrośnięcie członków nie nastąpiło. Jednym słowem, mamy fałszywego świętego w Krakowie i na dodatek kanonizowaliśmy zdrajcę króla. Niech Bóg raczy mi wybaczyć, jeśli się mylę.

Bolesław zerwał się i zaczął chodzić po skarbcu, uderzając się dłonią po udzie. Tego się właśnie spodziewał i niech mu Bóg raczy wybaczyć, że zlecił badanie tej sprawy. Papież jest nieomylny i książę Starszej Polski nie powinien nawet dopuścić do siebie myśli o tym, by sprawdzać proces kanonizacyjny. A jednak odważył się, pchnięty przeczuciami nieżyjącego arcybiskupa Janusza. Obaj uważali, że w tej kanonizacji więcej było polityki biskupów i władców Krakowa niż rzeczywistej świętości.

— Dziękuję ci, kanoniku Jakubie, za odwagę. Kto jeszcze zna stan twoich badań?

Jakub chrząknął.

— Kantorze, hmm... tylko kantorze. Ojciec Mikołaj, prepozyt, mój przełożony.

— A zatem, Przemyśle i Jakubie! Zapamiętajmy tę lekcję i nigdy więcej do niej nie wracajmy. Ty, kantorze, przerwij już swe badania, bo wystarczy wiedzy, która wszystkich nas poprowadzi do ognia piekielnego. Cokolwiek się stało w tej kwestii, to się nie odstanie. Zapomnijmy raz na zawsze to, co powiedziałeś, a zapamiętajmy morał z tego. Teraz otwórz Skrzynię Królów. Chcę, by mój bratanek zobaczył, co wynika z tej bolesnej lekcji.

Bolesławowi zaschło w gardle. Z twarzy Przemysła zniknął ten okropny uśmiech. Młody książę był skupiony i uważny. Kantor Jakub niewielkim złotym kluczem, którego główka ukształtowana była na podobieństwo orła, otworzył skrzynię stojącą pod jedyną wolną od półek ścianą skarbca. Bolesław zrobił trzy kroki w jej kierunku, Przemysł postąpił za nim. Ich oczom ukazało się wybite purpurą puste wnętrze skrzyni. Przemysł podniósł na niego oczy, w których czaiło się pytanie.

— Tak, synu. To nam pozostało po wszystkich koronowanych w Gnieźnie polskich królach. Po Bolesławach i Mieszku.

Na niewyblakłej, wciąż purpurowej poduszce znać było odcisk leżącej tu niegdyś korony. Korony wywiezionej na Wawel.

Nagle Przemysł upadł na kolana. Lew na jego piersi wbił mu się czterema łapami w serce.

BOLESŁAW, książę krakowski, patrzył z wawelskiego wzgórza na Wisłę. Rzeka parowała. Po burzy, która odchodziła gdzieś na zachód, w powietrzu pozostała ciężka ziemista woń i echo grzmotów przetaczających się w oddali. Mgła zalegała poniżej, jakby nie chciało jej się wspiąć i sięgnąć ziemnych wałów otaczających książęce wzgórze.

Do nieszporów zostało mu jeszcze sporo czasu, ale nie zgodził się przyjąć biskupa krakowskiego, Pawła, swojego niegdysiejszego kanclerza. Książę otrząsnął się, pamiętając, że po śmierci świątobliwego biskupa Prandoty on sam, nie kto inny, wprowadził Pawła na stolec biskupi; tego Pawła, który był mu dzisiaj tak obmierzłym, że książę wolał na niego nawet nie patrzeć, bo śluby czystości i pokory mógłby trafić szlag. Po pierwsze, potwierdziły się obrzydliwe pogłoski, którym przez tyle czasu nie dawał wiary, że biskup Paweł utrzymuje nie jedną, lecz wiele kobiet, które służą zaspokajaniu jego lubieżnych żądz. A po drugie, biskup patrzący mu w oczy i nieustająco żądający wciąż nowych przywilejów, za jego plecami poparł buntowników, którzy wpuścili do Krakowa wojska opolskie, które omal nie splądrowały mu miasta.

„Otaczają mnie zdrajcy" — pomyślał z goryczą książę krakowski i jednocześnie mocno pociągnął metalowy pas, tak aby poczuć, jak ostro zakończone ogniwa wbijają mu się w ciało.

— Umartwianie to jedyny sposób, by uniknąć krakowskiego obłędu — syknął i znakiem krzyża ofiarował swe cierpienie Bogu.

Natura obdarzyła go ciałem odpornym na ból, włosiennica, którą nosił od dwudziestu lat, zamiast ranić, przyzwyczaiła jego skórę do niewygody, przez co zmuszony był szukać coraz to nowych sposobów na pozostanie otwartą raną w chrystusowym boku. Pas z metalowych ogniw był wciąż skuteczny. Zakończony łańcuchem, łatwym do uchwycenia przez surkot, stawał się dla Bolesława smyczą, na której mógł sam siebie trzymać.

Biskup Paweł z półkozicem w herbie. Lubieżny stary satyr, który kiedyś na uczcie powiedział, że skoro książę wyparł się męskości, on musi przejąć na siebie brzemię zaspokajania panien krakowskich. Wtedy Bolesław nie uwierzył, by takie słowa mogły paść z ust biskupa, dzisiaj sam siebie uznał za naiwnego głupca. A ponieważ głupota jest grzechem, ukarał się na jego wspomnienie, wbijając ogniwa pasa w ciało jeszcze mocniej.

Przez wiele lat wydawało mu się, że śluby czystości, które złożyli z żoną, stały się źródłem powszechnego szacunku. Dzisiaj wie, że wykorzystano to przeciw niemu jako powód do kpiny i buntu. Krakowscy możni, a nawet mieszczaństwo, rozpieszczani przywilejami od czasów Wielkiego Rozbicia, zapatrzeni w godność senioratu, jaką Małej Polsce dano, zapomnieli, że senior to książę, nie oni. Rycerstwo małopolskie wciąż wołało się „Tron Seniora", choć ostatni senior, jego ojciec, nie żył od tylu lat. Czasem z zazdrością patrzył na swego imiennika, księcia Starszej Polski, który trzymał swe rycerstwo w garści, nie na odwrót.

A on? Każdy dzień sprawowania władzy w Krakowie przekonywał Bolesława, że ten tron obciążony jest klątwą.

Tron ostatniego z królów, najpotężniejszego z Piastów, Bolesława Śmiałego. Jeden krok dzieli odwagę od okrucieństwa, chwałę od pychy i miłość od nienawiści. I potęgę od rozpadu. Ostatni z królów był u szczytu sławy, gdy zrobił ten krok i pociągnął za sobą dynastię w przepaść. Nie posłuchał rad swego biskupa Stanisława. Przyjaciela wziął za wroga, bo ten ośmielił się mówić mu prawdę w oczy. Targnięty gniewem skazał biskupa na śmierć jak pospolitego zdrajcę, przez obcięcie członków. Krew biskupa płynęła tu, po wawelskim dziedzińcu dwieście lat temu, a jej krople zbroczyły nawet płody w łonach matek i od tamtej pory nie ma Piasta wolnego od tego pierworodnego grzechu. Każdy kolejny jest już zbrukany i żyje tak, jakby ze wszech sił starał się zasłużyć na kolejną klątwę.

Bolesław słyszał w oddali nawoływania straży, rżenie koni w stajni, daleki stuk młota w zamkowej kuźni. Wszędzie wokół toczyło się normalne życie, a jednak dla niego ten krąg powszedniości był ułudą, oszustwem zmysłów, które zrobią wszystko, by przywiązać człowieka do powtarzalnej nicości.

Bolesław Śmiały, skazując biskupa na śmierć, był królem i nie liczył się z nikim. A jednak ciężar decyzji, waga tej jednej niewidzialnej myśli, która pchnęła go do zabójstwa, przeciążyła szalę. Nie minął rok, a potężny król był banitą wygnanym z własnej ziemi, pozbawionym królestwa, które rozpadło się na części i obróciło w pył. Zgasł blask korony i zapanował mrok Wielkiego Rozbicia, w którym dziesiątki piastowskich synów kąsają się niczym szczenięta, bo brak między nimi tego jednego, który godzien będzie przywrócenia królestwa.

Wobec siebie książę krakowski był pełen pokory. Owszem, nadano mu dynastyczne imię Bolesław, jak połowie Piastów, ale przez całe życie traktował je z dystansem, niczym szydercze przypomnienie, iż jest jedynie prawnukiem dawno przebrzmiałego złotego wieku jedynowładców. Tron krakowski odziedziczył po ojcu, Leszku Białym, w czasie najgłębszych lechickich wojen Wielkiego Rozbicia. Jego ojciec był ostatnim księciem seniorem uznawanych przez resztę Piastów, ale to właśnie stało się przyczyną jego upadku. „Wszystko, co jest nam dane, będzie odebrane" — powtórzył w duchu Bolesław, pociągając łańcuch, na którym sam siebie trzymał, by ogniwa wbijające się w ciało przypomniały mu, iż gniew jest grzechem, a on sam wszystko, co pamięta, dawno zaniósł Bogu i złożył na ołtarzu w darze ofiarowania cierpień. Chrystus Umęczony spojrzał na niego spod zakrwawionych powiek i książę natychmiast poczuł, jak opuszcza go nienawiść. Zostały tylko cienie: ojciec nagi uciekający konno w mgłę listopadowego poranka. Opary łaźni, co miała skryć zabójców, którzy przyszli znienacka, mokre pukle włosów ojca przyklejone do twarzy i jego krzyk, uniesienie w siodle, zatrzymanie, gdy strzała mordercy dosięgła jego nagich pleców, upadek na koński kark. Kto tak zabija księcia seniora, nie potrafiąc spojrzeć mu w twarz? „Chryste, wybacz im, choć wiedzieli, co czynią, i niech przeklęta będzie zbrodnia w Gąsawie, ale nie jej sprawcy".

Gdy książę unosił rękę, by zrobić znak krzyża, ostre ogniwa pasa jak ostrogi wbijały się w jego boki.

Całe życie Bolesława, naznaczone u zarania zabójstwem ojca, wiodło go do tego, by odsuwać się od spraw ziemskich. Dzieciństwo było pasmem niekończących się ucieczek, tułania po dworach kolejnych Piastów, poniżeń i więzień. Jego matka, Grzymisława, jednego dnia krakowska księżna pani, gdy tylko owdowiała, stała się księżną żebraczką. Konrad Mazowiecki spoliczkował ją w obecności dworu, odarł z klejnotów i zamknął pod kluczem. Patrzył na to wszystko, na swych stryjów, wujów, kuzynów i dziadów, prawowitych dziedziców Wielkiego Rozbicia, mordujących się wzajem książąt udzielnych kilku piędzi ziemi, Piastów mnożących się jak króliki nie na chwałę Boga niestety. Patrzył i widział, że pęd samozagłady dynastii jest nie w jej wyginięciu, ale w rozmnożeniu. Złoto nie miało dla niego wartości, klejnoty były tylko maskowaniem pustych oczodołów czaszek. Odkąd pamięta, zastanawiał się, czy ciało ludzkie jest na pewno dziełem boskiego stworzenia? Czy też do Boga należy tylko nasza dusza, a cielesność jest tworem sił ciemnych, które wyszły z mroku i do niego wiodą? Bolesław był prawym synem Kościoła i nie kwestionował prawd wiary, ale w dzieciństwie, podczas licznych tułaczek z matką, poznał franciszkanina, który tak gorliwie przestrzegał młodego księcia przed herezjami, że wbrew swym intencjom głęboko zafrapował go ideą katarską. Od tamtego czasu, wystrzegając się wszakże wszelkich politycznych niuansów, Bolesław zmierzał prostym szlakiem do unicestwienia tego wszystkiego, co w nim samym było ziemskie, na rzecz uwolnienia swej duszy. Katarzy spłonęli w ruinach Montségur, inkwizycja tropiła niedobitki heretyków po wsiach Langwedocji i Lombardii, a on, patrząc z wawelskiego wzgórza na pogrążoną we mgle Wisłę, dziękował Bogu w duszy, że skutkiem dynastycznych mariaży postawił przy nim Kingę z rodu Arpadów. Jego żona była najdoskonalszym prezentem, jaki dostał w życiu, duszą mu pokrewną, lecz odważniejszą od niego, która ciągnęła go w górę w chwilach największych zwątpień. Kinga ciału powiedziała „nie" i miała dość siły, by powieść go na tę samą drogę.

Wspólnie ślubowali czystość, podwójne dziewictwo poświęcili Bogu i dzięki temu zatrzymają nieszczęsny pęd dynastii do samowyniszczenia. Czy, gdyby nie ona, miałby tę siłę? By oprzeć się całemu światu, który w łożnicy władcy upatruje zbawienia, opacznie je rozumiejąc, jako mnożenie kolejnych nieszczęśliwych bytów? On, pozbawiony własnych ambicji, wybawienie widzi w końcu, nie w początku. I dzięki niej, dzięki swej świetlej żonie, Bolesław, książę krakowski, mając w głębokim poważaniu to, iż nazywają go Czystym, a przezywają Wstydliwym, zamknie na swoim życiu linię nieszczęsnych Piastów Małej Polski. Nie spłodzi syna, nie przekaże mu z krwią zatrutego dziedzictwa. Tak jak nie je mięsa, by nie zabijać, nie pije mocnego wina, by nie usypiać umysłu, nie hołduje zmysłom, a przez pokuty przypomina ciału, iż nie ono panuje nad duszą, lecz Bóg. Tak samo jak jest wierny swym zasadom w jednym, tak będzie i w drugim: nie musi płodzić.

A księstwo przekaże Leszkowi Czarnemu, którego wybrał na syna, adoptował, by oszczędzić mu poniżeń, które młodym Piastom niesie zbyt wczesne sieroctwo.

I nie pozwoli, by fochy mieszczan i bunty możnych nawet z biskupem herbu Półkozic na czele stanęły jego woli na drodze. A dzisiejszą wizytę biskupa Pawła, który, mając ręce splamione pomocą buntownikom, miał czelność zabiegać o spotkanie w sprawie jubileuszu kanonizacji świętego Stanisława, potraktował jak rękawicę rzuconą sobie w twarz.

„Chce mi przypomnieć, że był tu przede mną Bolesław, ostatni król. Ten, który posądził biskupa o zdradę i ściągnął na nas wszystkich klątwę Wielkiego Rozbicia. Chce mi przekazać, bym nie ważył się go sądzić. Myli się. Nie ja go będę sądził, ale Bóg. Jedyne insygnia władzy, które znam ja, to korona cierniowa i podana na włóczni gąbka nasączona octem".

Bolesław głęboko wciągnął wilgotne powietrze płynące znad Wisły. I przez woń mokrej ziemi przebił się słodki aromat lilii. Rozpromienił się.

— Moja księżna żona stoi u drzwi!

Kinga od kilku lat nie panowała nad wonią świętych kwiatów, która rozchodziła się wokół niej. Zawstydzało ją to, ale nie potrafiła powstrzymać subtelnego aromatu, który unosił się wokół jej postaci. Umiała pohamować jasność wokół palców; błękitne światło bijące pomiędzy jej prostymi ciemnymi włosami łapała w siatkę i gęsty woal, a dźwięk anielskich głosów, który potrafił odezwać się w najmniej odpowiednim momencie, zagłuszała, udając kaszel. Dopiero gdy byli sam na sam, mogła czuć się swobodnie. Odprawiali służbę, Kinga zdejmowała welon i buty. Nie zapalali światła, bo od niej biło go tyle, iż wystarczało, by oboje mogli czytać Pismo długo w noc. Bolesław uśmiechał się, gdy zamiast chodzić, przesuwała się w powietrzu, albo kiedy zaczynała wrzeć woda w kielichu, który wzięła do ręki. Zasypiali ukołysani śpiewem jej aniołów, a na jutrznię budził ich srebrny pocałunek schodzącego z firmamentu księżyca. Śmieszyło go, gdy z kątów wawelskiego zamku słyszał zatroskane szepty; współczucie, jakim obdarzali ich dziewictwo poddani.

Jakże mógłby przełożyć spółkowanie z Kingą nad rozkosz płynącą z obcowania z nią? Jeżeli biczował się wieczorami, a ona leżała na łożu, piękna niczym rozkwitający kwiat, z włosami uniesionymi światłem głęboko niebieskim, a ich anioły śpiewały im psalm? Czegóż więcej mógł chcieć?

— Bolesławie, książę mężu. — Skłoniła się przed nim w ceremonialnym ukłonie, czekając, aż on powie:

— Kingo, dziewico żono, świątobliwości moich dni.

I dalej:

— Panny służebne, dziękuję wam za posługę. Pragniemy z żoną pomówić w spokoju.

Potem domknięcie drzwi. Kinga prostuje się z ukłonu, przesyła mu pozdrowienie swoich ciemnych jak drzewo krzyża oczu. Unosi palec do ust. Jeszcze słyszy, że panny służebne podsłuchują. Trwają tak w bezruchu, ile trzeba, tak długo, aż płochym dziewczętom zdrętwieją łydki i karki od pochylania się pod drzwiami. I gdy odejdą, szepcząc, Kinga prostuje plecy, przeciąga się, a spod jej kaptura płyną jasne iskry.

— Bolesławie, nie pozwól Leszkowi jechać w odwecie na Litwę. Nie teraz.

— Świątobliwości moja. Teraz jest najlepszy czas. Litwini najechali moje ziemie miesiąc temu. Zdążyli wrócić do domu, rozpuścić wojsko i zajęli się żniwami.

— Nie, mój mężny. Nie zajęli się żniwami, lecz przyczaili w lasach, czekając twego odwetu.

— Jesteś pewna?

Spojrzała na niego rozbawiona.

— Dziewica Maria jest pewna. Ja ci tylko przekazuję jej słowa. Przecież ja, mój mężny, nie znam Litwy, nie byłam tam nigdy.

Bolesław ucałował powietrze, w którym przed chwilą była jej dłoń. Zamyślił się. Przesłanie Dziewicy Marii było całkowicie wbrew sztuce wojennej. Kinga zakręciła się po jego komnacie, zapalając świece czubkami palców.

— Ach, widzisz, ta burza wytrąciła mnie z równowagi. Zapomniałam ci dodać, żebyś wstrzymał się też z odwetem na tego swego brata, Władka...

— To nie mój brat, Kingo.

Kaptur Kingi podnosi się sam, okrywając jej głowę.

— Ten Władysław, co nam walił do bram, gdy były takie upały — Kinga tłumaczy mu cierpliwie, choć przecież on wie, że chodzi o opolskiego księcia i bunt możnych, który właśnie stłumił. — Ten, którego strzeże złoty orzeł na błękicie.

— Tak, umiłowana, Władysław, Piast opolski.

— No przecież mówię. — Kinga złości się pięknie, włosy proste i gładkie skręcają jej się w loki niczym sprężynki. — Na Władysława pojedź, gdy będą ścierniska. Ugnie się od razu i podpisze ugodę, krwi nie będziesz musiał przelewać. A to miasto, coś go pokonał w upale... Holkusz, tak?

— Olkusz.

— No mówię przecież, Holkusz. Możesz przenieść kopalnie srebra na drugą stronę wody. Ale jak już się dokopiecie, to daj coś klaryskom. Obiecujesz?

— Przyrzekam, moja święta!

— Nie mów tak na mnie! Nie wypada! — Kindze płoną oczy jak dwa ciemne ogniska. — Leszka wypraw w odwecie nie na Litwę, a na Jaćwierz. I zimą, gdy zalegną śniegi.

— Dziewica Maria?

— Tak, mężny mój, Dziewica Maria.

I cóż zrobić, skoro tak?... Bolesławowi jednak przeszło przez głowę, iż następujące po sobie tego lata ataki Litwinów i księcia opolskiego mogły nie być przypadkowe. Zwłaszcza że ten drugi uderzał w Kraków i miał tu poparcie w możnych, którzy nie chcieli uznać, jako jego dziedzica, Leszka Czarnego, którego usynowił. Jeśli tak było, jeśli Władek opolski spiskował z Litwinami i celowo rozciągali jego siły na dwa fronty, to rzeczywiście odwetowy plan Dziewicy Marii, skupiony między późną jesienią a zimą, miał wytłumaczenie w zaskoczeniu wrogów, którzy spodziewaliby się pomsty w każdej porze, ale nie w miesiącach niesprzyjających wojnie. Tylko jak uda mu się wytłumaczyć to Leszkowi, w którym płynęła gorąca krew Piastów?

Kinga korzystała z jego cebrzyka na wodę i obmywała twarz, a krople, które dotknęły jej policzków, miały barwę soczystych malin, i na dodatek każda, która spływała z powrotem, wydawała lekki dźwięk.

— Leszek Czarny, który będzie twoim dziedzicem, mężny mój, gotów jest do poświęceń.

— Co ty mówisz, świątobliwości moja?

— To, co słyszysz — powiedziała Kinga, choć prócz jej głosu wyraźnie słyszał śpiew serafinów.

— Chcesz powiedzieć...

— Chcę powiedzieć, że Leszek nie jest impotentem — odrzekła Kinga głośno i wyraźnie.

Bolesław się uradował. Od początku czuł, że to tylko pomówienie.

— Więc jego żona kłamie? Gryfina wywołała ten skandal wbrew dynastii?

Kinga otrzepała się z wody jak gołębica.

— Gryfina jest prostą dziewczyną. Ona rozumie dynastię w jasnych prawach poczęcia dziedzica. Grzeje się niczym kotka w rui i trudno jej się dziwić, bo Leszek jest pięknym mężczyzną i sztywnieją jej przy nim sutki na darmo! — Spod kaptura Kingi uleciał zapach gęstego wina. — Ale Leszek nie jest impotentem, wbrew temu, co ogłosiła na wiecu i co wywołało taki popłoch wśród twoich możnych. Leszka miecz staje, ale nie w jej pochwie.

Bolesław zacisnął smycz z metalowych kółek wokół swego pasa.

— A gdzie, świątobliwości moja?!

Kinga wzruszyła ramionami, aż uniosły się wokół niej złote iskry, i wystawiła mokrą po myciu twarz do podmuchu, który zakręcił się dla niej po komnacie. Osuszyła policzki i dokończyła:

— Dziewica Maria oszczędziła mi takich szczegółów. Ale dała do zrozumienia, że jeśli powiesz Leszkowi o klątwie krakowskiego tronu, może się wyzbyć chęci posiadania dziedzica. A sam wiesz, mój mężny, że prawdziwe wyrzeczenie jest wtedy, gdy ofiarujemy Bogu coś, co jest nam dane, a nie to, czego nie posiadamy.

Bolesław zadumał się głęboko nad słowami żony. A potem, używając jedynie siły swej woli, by nie kalać dotykiem jej dziewictwa, uniósł Kingę ponad podłogę i łagodnie położył na szerokim, dziewiczym, małżeńskim łożu. Żona roześmiała się zaskoczona, a Anioły Pańskie zaśpiewały im na zmierzchające światło dnia.

HENRYK, czwarty książę śląski, wziął do ręki fidel i ułożył instrument pod obojczykiem. Przeciągnął po strunach smyczkiem i zaklął:

— Jasna cholera! Ależ boli!

Klara zaśmiała się i zsunęła na twarz wianek z liliowych róż.

— Jeśli będziesz klął jak szewc, może uszyjesz buty, ale nie ułożysz pieśni, mój panie! Czy naprawdę każdy rym tak mocno cię rani?

Henryk nie opuścił instrumentu, zawziął się.

— Nie rym mnie boli, jasnowłosa, ale obojczyk. Na turnieju w Pradze, który, jak wiesz, wygrałem, dostałem kopią pod obojczyk. Dobrze, że jej szczyt ześlizgnął się nieco, dzięki temu mam siniaka wielkości dłoni, ale nie strzaskaną kość.

Klara nałożyła z powrotem wianek, wyciągnęła się na łóżku Henryka na brzuchu i zrobiła nadąsaną minę.

— Jak mam nie wiedzieć o turnieju, skoro o niczym innym nie mówi się we Wrocławiu! Ale znam go tylko z opowieści, boś nie wpadł na to, książę, że chciałabym ujrzeć go na własne oczy.

Henryk, zaciskając zęby, przekładał na smyczek i struny wizję melodii, którą nosił od kilku dni. Zamknął oczy i zamiast leżącej w swym łóżku Klary zobaczył Kunegundis. Na samo jej wspomnienie z fideli popłynęły dźwięki czyste i głębokie. Kunegundis... była smukła i wysoka, fałdy jej sukien, na przemian purpurowych, szmaragdowych i błękitnych, budziły w Henryku pragnienie bycia wiatrem letnim, któremu wolno będzie nimi targać. Miała szyję jak łabędź, stworzoną do tego, by przywoływać skojarzenia ptaków lub łodyg kwiatów. Włosy w barwie ciemnego złota, długie, wijące się w lekkich lokach, których ujarzmić nie mógł ani diadem, ani ciężar osadzonych w nim kamieni. Oczy żywe, płonące uczuciem, niebieskie z głębokim odcieniem zieleni, usta drobne i pełne, namiętne w uśmiechu i gniewie. Ach, Kunegundis była doskonała... miała tylko jedną wadę: była żoną Přemysla Ottokara, króla Czech i wielkiego protektora Henryka. To, że on miał lat szesnaście, a ona dwadzieścia siedem, już dla niego przeszkodą nie było, bo Kunegundis czas się nie imał.

Dla niej stanął w szranki. Z jej wstążką na sercu kruszył kopię na piersiach dużo bardziej doświadczonych od siebie rycerzy. Uderzenie w obojczyk dostał już w trzeciej gonitwie. W czwartej któryś z Babenbergów trafił go w łokieć i Bogu dzięki, że kopia ześlizgnęła się po gładkiej blasze nałokietnika. Potem jeszcze nadwyrężył ramię zbyt mocno przyłożoną siłą, lecz mimo to on właśnie, zaciskając zęby, utrzymał się w siodle i skruszył dwadzieścia dwie kopie, zostając zwycięzcą turnieju. Wszystko po to, by palce Kunegundis musnęły jego skroń, gdy wkładała mu wieniec zwycięzcy na głowę. By podarowała mu uśmiech miększy od lewantyńskiego jedwabiu, by w jej oczach zapaliła się iskra podziwu i by mógł na uczcie siedzieć blisko niej, łowiąc w nozdrza woń złożoną z piżma, róży i cedru.

Czy piękna królowa Czech świadoma była miłości, jaką ją darzy? Mówiła do niego: „Mein Herzog Heinrich", ale widział przecież, iż zawsze i do wszystkich zwracała się z ujmującą grzecznością. Siedziała wraz z mężem na królewskich krzesłach, patrząc z góry, jak podjeżdża, za ich plecami furkotały na wietrze Płomieniste Orlice, herb Przemyślidów. Stanął wraz ze wszystkimi zawodnikami pod trybuną. Konie bojowe parskały, słońce odbijało się w klejnotach hełmów, płaszcze herbowe łopotały, a nad wszystkim unosił się wysoki dźwięk rogu. Królowa Kunegundis pochyliła głowę do siedzącej obok niej Gryfiny, księżnej krakowskiej, jej siostry. Gryfina, młodsza od niej, piękna, ale nie piękniejsza przecież i nie tak wyniośle doskonała. Kręcili się przy niej rycerze, bo plotki niosły, że uciekła do Pragi, by dopiec swemu mężowi, Leszkowi Czarnemu, który ponoć nie spisywał się w alkowie. Siostry szeptały, patrząc na niego. Rycerze w szeregu po prawej i lewej prężyli piersi, by wydać się wyższymi, i każdy marzył, że to on właśnie dostanie wstążkę królowej. Kunegundis wstała i powiedziała głosem czystym i dźwięcznym: „Mein Herzog Heinrich", jego czarny orzeł uniósł skrzydła i Kunegundis dała wstążkę jemu, a Gryfina obdarzyła go soczystym spojrzeniem spod długich rzęs.

Może w tym upatrywać mu wolno nadziei? A może raczej powinien być realistą i przyjąć do wiadomości, iż Kunegundis traktuje go niemal jak syna, odkąd jej mąż wychowywał go na praskim dworze, otaczając naprawdę serdecznym uczuciem. Ach... gdyby była żoną innego, poszedłby z nim na wojnę, zabił i rzucił świat do stóp pięknej wdowie.

Zajechał smyczkiem głęboko w struny, za głęboko i jęknęły fałszywym tonem. Klara roześmiała się głośno. Henryk otworzył oczy.

— Idź sobie, moja droga. Wezwę po ciebie, gdy będziesz potrzebna.

Drażniła go obecność dziewczyny, która nie umiała zachować się godnie. Dla niego była tylko ciałem, owszem, najładniejszym na wrocławskim dworze, ale niczym więcej. Niech wie, gdzie jest jej miejsce, skoro on tak boleśnie musi znać swoje.

Na dworze Přemysla Ottokara, króla Czech i męża Kunegundis, Henryk znalazł się, mając lat niespełna dziesięć. Rok wcześniej stracił ojca, matki nawet nie pamiętał. Odziedziczył księstwo wrocławskie, najbardziej pożądaną z ziem śląskich. Od początku miał szczęście do opiekunów, gdy kuratelę nad nim przejął stryj Władysław, biskup salzburski. Równie dobrze już wtedy łapy mógł wyciągnąć po niego Bolek Rogatka, najbardziej nieobliczalny z braci jego ojca. Władysław był światły, wykształcony i przedkładał świetnie rozpoczętą karierę kościelną nad użeranie się z rodziną o kawałki ziemi. Nie mógł zajmować się dziesięcioletnim Henrykiem osobiście, więc skierował go na dwór praski, do Přemysla, z którym byli po kądzieli spokrewnieni. A Přemysl zawsze chętnie roztaczał kuratelę nad Śląskiem. We krwi Przemyślidów płyną żyły złota, a kruszec ciągnie do kruszcu. Henryk wie, iż opieka nad nim nie była dla Přemysla bezinteresownym odruchem serca, ale woli uczciwe wyrachowanie Przemyślidy od zakłamania stryjów Piastów, którzy za tron wrocławski wyłupiliby mu oczy bez najmniejszych skrupułów.

Na dworze czeskim, otwartym dla najsławniejszych minezingerów i najlepiej wyszkolonych rycerzy, oddychał powietrzem, w którym splatały się wonie z całej Europy. Přemysl zadbał o jego wykształcenie i wychowanie. Ściągnął z Bawarii Klemensa, słynnego mistrza południowoniemieckiej szkoły fechtunku, by wyszlifował w ciężkim i bolesnym treningu talent Henryka. Do dzisiaj śni mu się po niemiecku „Rechts, links, rechts, links, vom Dach! Schnell, schneller, langsam, langsamer und der Pflug!" i Mistrz Klemens okładający go ćwiczebnym fiszbinowym mieczem z okrzykiem: „Ten, kto stoi, już umarł! Ruszaj się, to żyć będziesz!". Prosto z placu biegł na lekcje śpiewu. Potem czytanie, pisanie i gdy opanował je szybko, składanie wierszy. Oczywiście, w dwornym języku niemieckim, znaku ludzi wykształconych.

Pamięta pewien wieczór, gdy obolały po zajęciach z Klemensem nie mógł utrzymać kielicha, a starał się nie rozlać wina. Jedli kolację w małym gronie, choć w złotym zamku hradczańskim nawet najskromniejsza wieczerza była ucztą. Król Přemysl, jego kanclerz, dwóch biskupów i Kunegundis. Powiedziała cicho, patrząc na niego: „Chciałabym, by mój syn był do ciebie podobny". Uśmiechnął się do niej wtedy, choć nawet poruszenie ustami sprawiało mu ból. Kunegundis zaś oparła się o wysoki zagłówek krzesła i przymknęła oczy, kładąc wąską dłoń na brzuchu. Była wtedy w ciąży i na całym dworze nie mówiono o niczym innym niż o tym, czy tym razem uszczęśliwi Přemysla Ottokara synem. Tak też się stało, lecz w czasie narodzin Václava Henryka nie było już na praskim dworze. Přemysl uznał, iż skoro Henryk skończył czternaście lat, czas mu zaczynać samodzielne rządy we Wrocławiu. Więc nie widział Kunegundis ledwie dwa lata. W tym czasie borykał się z podjazdami swego stryja, Bolka Rogatki, i walczył dla Přemysla z wojskiem Arpadów. Bolka powstrzymał na granicy, ale nie udało mu się ustrzec księstwa wrocławskiego przed dwoma innymi Bolesławami: książęta Starszej Polski i Małej Polski najechali mu księstwo ramię w ramię. Jeden i drugi żonaci z węgierskim siostrami, Jolentą i Kingą, byli ostoją Arpadów w Polsce. I tak Henryk dostał bolesną lekcję odwetu. A niech tam, nie pierwszy i nie ostatni raz. W nagrodę za lojalność Přemysl zaprosił go do Pragi na turniej rycerski, a on, Henryk herbu Czarny Orzeł, wygrał go i przyjął wieniec z rąk damy swego serca. I jeśli będzie trzeba pójdzie na kolejną wojnę z jej imieniem na ustach. To zresztą będzie prędzej niż później, bo Přemysl przesłał mu właśnie wiadomość, żeby zbierał dla niego wojska dużo większe niż dotąd. Świeży wakat na niemieckim tronie, do którego król Czech zamierza konkurować. Więc walka o głosy książąt elektorów Rzeszy, więc podkopanie konkurenta, Rudolfa z Habsburga. W tajemnym posłaniu Přemysl prosi go, by użył swego rozumu i taktu, szukając wśród piastowskich książąt takich, którzy do tej pory byli w stronnictwach mu nieprzychylnych. „Sugeruje zatem, bym spojrzał na sojuszników Arpadów i znalazł tych, którzy mogą chcieć zmienić barwy...". Co jeszcze napisał mu Przemyślida? „Szukaj młodych, którzy chcą wyłamać się spod rządów starych...". Sprytny czeski złoty lis. Henryk wie już, kogo ma na myśli jego protektor, i choć pomysł wydaje się brawurowy, czemu nie? Kochając się w żonie swego pana, kocha też ryzyko.

— *Serce me się rozweseliło...* — znienacka złapał pierwszy wers pieśni, którą chciał ułożyć dla Kunegundis. Oczywiście, zaraz zamienił go na język poezji i dwornej miłości, na górnoniemiecki, łączący w swej barwie twardy ton rycerskiego oręża i jedwabną miękkość barwnych niczym tęcza sukien dam.

Mir ist das herze worden fro
umbe ein vil reine selig wib
des gat uf min gemuote ho
si ist mir lieb also der lib
ich wil michs fröuwen offenbar
an ir ist alles wandels niht
das nim ich für ein krispes har...

— Och, Henryku. Ja nie mam kręconych włosów... — Głos Klary wyrwał go z tak sprawnie złożonych rymów.

— Co ty tu robisz? Kazałem ci wyjść!

Patrzył na nią, jakby się zbudził ze snu. Był wściekły, że go nie usłuchała, ale nie aż tak wściekły, by nie dostrzec, że choć to tylko Klara, to jednak policzki ma gładkie, nosek kształtny i obiecujące piersi. Wzruszyła ramionami, przez co oba delikatne wzgórki się zakołysały.

— Na zamku są przeciągi. Raz chcesz, żebym była, raz, żebym sobie poszła, szkoda mojego biegania. Zwłaszcza gdy jestem w samej koszuli. — Odchyliła jedwabne prześcieradło, by pokazać mu, że nie kłamie.

„Do twarzy jej z tym dąsem" — pomyślał Henryk, jedną ręką odkładając fidel, a drugą rozpinając pas.

Po chwili jego czarny orzeł skubnął Klarę złotym dziobem w sam czubek różowego sutka.

MECHTYLDA ASKAŃSKA z pomocą służek przymierzała suknię. Barnim, książę mąż, dogadzając jej błogosławionemu stanowi, sprowadził belę kosztownego wzorzystego samitu, z którego teraz kazała uszyć sobie surkot. Materiał był ciężki, ale na jej wydatnym brzuchu pionowe fałdy układały się dobrze. Oczywiście, nie stać było starego sknery, by zamówić samit tkany specjalnie dla niej, ale wzór przypominał jej rodowe orły, niestety zielone, nie czerwone. Suknie spodnie kazała już poszerzyć, by sznurowanie po bokach zanadto nie uciskało brzucha.

— Na wzór moich ulubionych trzewiczków każ zrobić nowe — rzekła do służki — z czerwonej skóry i koniecznie z haftem.

— Orzeł, najjaśniejsza pani?

— Orzeł. Dziób niech wyszyją złotem. Możecie odejść.

Jeszcze tylko diadem na nałęczkę i jest gotowa na przyjęcie brata.

Otto Długi, książę na Salzwedel, nie kazał na siebie długo czekać. Oczy Mechtyldy rozpromieniły się na widok ukochanego mężczyzny. Wracał z Pragi, a ona ciekawa była nowin. Ucałował dłoń księżnej, spojrzał jej w oczy radośnie, lecz nie przygryzł, jak zwykł to czynić, jej rodowego pierścienia. Zmarszczyła gniewnie brwi.

— Cóż to? Nie jestem już pierwsza w sercu brata mego?

Otto roześmiał się, choć nerwowo. Dłonią przejechał po pięknych jasnych lokach.

— Ciebie, Mechtyldo, żadna nie może zdetronizować!

— Żadna? A więc ktoś jednak próbował? Mów szybko, chętnie posłucham.

Otto usiadł przy niej i położył głowę na jej kolanach. Zanurzyła palce we włosach brata.

— Jestem zmęczony, Mechtyldo. Přemysl wydawał turniej za turniejem, a ja brałem udział we wszystkich. Na dodatek nasz kuzyn ze Stendal, mój imiennik Otto, koniecznie chciał ze mną wygrać...

— Cóż się dziwisz, braciszku! — Nawet się nie zarumieniła na wspomnienie kuzyna. — Nie udaje mu się pozyskać przewagi nad tobą w księstwie, chciał spróbować chociaż na turnieju. Przegrał, mam nadzieję?

— Przegrał, ale nie ze mną. Nasz wuj, cwany Przemyślida, potrzebuje go teraz równie mocno jak mnie, nie dopuścił więc do tego, byśmy rywalizowali w szrankach. Jak widzisz, moja droga, nawet na plac turniejowy wdziera się polityka!

Mechtylda przebierała długimi palcami w jego miękkich włosach.

— A co na trybunach? Jak się ma Kunegundis? Wydobrzała po ciężkim porodzie?

— Och, droga moja, w ogóle nie znać po niej, że rodziła! Smukła jak łania, piękna jak zorza! A Václav ma już dwa lata. Paskudny malec.

Palce Mechtyldy nie przestawały gładzić włosów brata.

— Trudno, żeby był grzeczny, skoro rozpuszczają go od urodzenia jako następcę tronu... Na dodatek, biedne dziecko... pewnie mu przykro, że jego piękna matka chętniej obdarza wdziękami byle rycerza niż własnego synka...

Otto najpierw znieruchomiał pod palcami Mechtyldy, by po chwili gwałtownie unieść głowę.

— Auuu!... Co robisz, siostro?! — krzyknął.

Trzymała go za włosy przy samej skórze, wbijając w nią paznokcie.

— Przestań...

— Jesteś ślepy jak szczenię, bracie — syknęła do niego. — Uganiasz się za Kunegundis jak za kotką w rui i nie widzisz, że ona się grzeje dla innego. Lecz ludzie patrzą na nią, a co gorsza na ciebie. Jeśli podpadniesz wielkiemu Přemyslowi, zapomnij o jego pomocy. A bez jego wojsk nie sforsujesz Odry, nie pokonasz książąt Starszej Polski. I zostaniesz całe życie panem na Salzwedel, który musi dzielić księstwo i głos elektorski z kuzynem ze Stendal.

— Puść...

— Najpierw obiecaj, że się opamiętasz.

— Obiecuję.

— Przysięgnij na głowę naszego ojca.

— Przysięgam...

— I na dziada Albrechta Niedźwiedzia.

— Przysięgam...

— Grzeczny chłopczyk. — Puściła jego głowę i strzepnęła palcami, by wypadły spomiędzy nich jego włosy.

Otto Długi odskoczył, potrząsnął głową i zaśmiał się.

— Zawsze taka sama! Stworzona na królową! — Przyklęknął przed siostrą i ucałował jej bucik.

Nie umiała się długo gniewać, nie na niego. Wyciągnęła rękę na zgodę. Tym razem, całując ją, przygryzł pierścień.

— Jak sprawy na Pomorzu? — Otto przejął rozmowę.

— Dobrze. Mój książę mąż gania całymi dniami Bogusława. Od kancelarii do templariuszy, przejął się nauką syna. Zbroją się, ale to mam pod kontrolą. Wiem, że próbują się dogadać we trzech: książę Starszej Polski, Mściwój, namiestnik Wschodniego Pomorza, i mój mąż. Ale nawet talent dyplomatyczny księcia Bolesława nie wystarczy, by dwóch książąt Pomorza połączyć. Każdy z nich ma swoje za uszami...

— Mnie bardziej interesuje młodszy książę z Poznania. Co zrobi jego stryj, łatwo przewidzieć, ale jak się zachowa wobec zmian sojuszy Przemysł, to już gorzej. Jest nieobliczalny jak każdy szczeniak.

Mechtylda wsunęła dłoń pod surkot i bawiła się sznurkiem sakiewki. Przekrzywiła głowę, patrząc na brata.

— Nie powiesz chyba, że się boisz Lwiątka?

— Przeciwnie. Mam ochotę przetrącić mu kark za to, co zrobił w Strzelcach Krajeńskich. Wciąż się nie zemściłem za masakrę, którą tam urządził! I mam ochotę wziąć na nim odwet za ślub z waszą Lukardis! Nawet nie wiesz, jak bardzo mnie tym zranił. Próbowałaś się z nią porozumieć?

— Próbowałam. Mój łowczy rozpuścił sforę pośród ich poznańskiego dworu. Sam zresztą był blisko Lwiątka...

Ottonowi zadrżały nozdrza.

— I co?

— I nic. Trudno dobrać się do wielkiego księcia Przemysła...

Otto opadł na krzesło zniechęcony, a Mechtylda wyjęła z sakiewki maleńkie ujęte w srebrny otok krzesiwko. Podała je bratu, kończąc:

— ...trudno się dobrać do niego osobiście, ale to nie znaczy, że nie ma innych sposobów, by przekazać mu ostrzeżenie.

Otto obracał krzesiwko w dłoniach, a jego oczy błądziły po orłach tkanych na jej sukni.

— Dobrze, siostro — powiedział, wstając wolno — ostrzeżenie...

Obrócił się do niej spod okna.

— Jeśli możesz, staraj się dotrzeć do Lukardis. Może ta jej służąca?

— Olcha? Nie żyje. — Wzruszyła ramionami.

— To może jakiś prezent jej prześlij, niby od Bogusława?...

Mechtylda uśmiechnęła się leciutko.

— Te sprawy zostaw mnie i bądź spokojny, jeśli jest jakakolwiek szansa na to, by dostać się do małej Lukardis, ja ją wykorzystam.

— Nie wątpię w ciebie nigdy, siostro. Chciałbym jednak mieć pewność, że wnuczka Barnima nie urodzi Przemysłowi dziedzica...

Tego Mechtyldzie było za wiele. Jej własny syn, skryty wciąż w napiętych powłokach brzucha, obrócił się na drugi bok, boleśnie ją kopiąc. Nawet ukochany brat nie może traktować jej jak czarodziejki spełniającej każde jego życzenie. Zapomina, iż w jej stanie nie powinna się nadmiernie przeciążać? Chciałby wszystkiego, a nic jej ostatnio nie daje w zamian. Otto chyba się zreflektował, bo klasnął w ręce, przywołując czekającego pod drzwiami giermka.

— Johannesie, przynieś prezent, który przywiozłem mojej siostrze z Pragi!

Młodzieniec wrócił po chwili, niosąc olbrzymią klatkę. Zamknięty za srebrnymi prętami rajski ptak spojrzał na Mechtyldę szmaragdowymi oczami. Na piersi miał leciutki, misternej roboty łańcuszek zakończony maleńką złotą różą.

— Podoba ci się?

— Podoba... — odpowiedziała Mechtylda, starając się, by jej głos nie wyrażał niepokoju, jaki poczuła na widok ptaka. — Podoba mi się tak bardzo, że w podzięce zdradzę ci sekret, który pragniesz poznać...

Zadowoliło ją, że Otto się wystraszył i natychmiast odprawił Johannesa za drzwi.

— Mów, siostro.

— Kochanek Kunegundis to rycerz jej męża Přemysla, Zawisza z Falkensteinu.

Otto otworzył usta, ale zamknął je szybko, przełykając zniewagę. Tak, Mechtylda wiedziała, że Zawisza pokonał jej brata na turnieju w Pradze. Margrabia Brandenburgii, książę na Salzwedel, Otto V Długi pokłonił się siostrze i wyszedł.

A ona jeszcze raz pochyliła się nad klatką. W szmaragdowym oku rajskiego ptaka zobaczyła siebie. Bez brzucha.

PRZEMYSŁ mocował się z własną koszulą. Musiał urwać spory kawał. W izbie, w której na polecenie stryja go zamknięto, nie było żadnego ostrego narzędzia. Nic. Na szczęście płótno rozerwało się gładko. „Chwała Bogu, lepiej pisać list na koszuli, niż sięgać do gaci!" — odetchnął z ulgą. Oczywiście ani inkaustu, ani pióra mu przezornie nie zostawiono, ale od dwóch dni odkładał twarde kawałki wypalonego drewna z pieca. Chował je pod łożem, by służba sprzątająca co rano nie wymiotła ich razem z resztą popielnika. Rozłożył dość równy kawał lnianej koszuli na stole, wygładził go ręką i wziął się do pisania. Jeśli chce stąd wyjść, już nie ma na co czekać; musi działać, bo stryj sam z siebie nie zmieni raz wydanych rozkazów, a on z kolei się nie podda. Dwa, trzy zdania, więcej nie trzeba. Prośba i obietnica muszą wystarczyć. Gdy rano przyszły służące i przyniosły mu wodę do mycia, wyczekał, aż zostanie tylko jedna. Upatrzył ją już tydzień temu, hardooka, ciemnowłosa, silna i śmiała.

— Jak ci na imię?

— Kalina, panie.

— Wiesz, gdzie mieszka wójt Winiarczyk?

— Wiem, panie.

— Zrobisz coś dla mnie?

Spojrzała spod oka, ale się nie zarumieniła.

— Jeśli to jest coś, co mogę spełnić w tym pokoju, to zrobię.

Podszedł do drzwi, które zostały uchylone. Nie musi za nie wyglądać, by wiedzieć, że stoi tam straż stryja. Domknął je tylko, by Kalina poczuła się swobodniej.

— Komu służysz?

— Nikomu — roześmiała się dziewczyna. — Jestem wolna.

— Dobrze, więc dla kogo pracujesz?

Ukłoniła się.

— Dla kasztelana Zaremby. I księcia Bolesława.

Była równie wysoka jak on. Stanął za nią i powąchał jej włosy. Poczuł zapach żywicy i czegoś znajomego, czego nie mógł w tej chwili skojarzyć. Odwróciła głowę i spojrzała mu w oczy. Wyczytał w nich ciekawość. I brak lęku.

— A chciałabyś służyć mnie?

— Usługuję ci, panie.

— W tej komnacie, tak?

— Tak.

Położył dłonie na jej biodrach i łagodnie odwrócił ją przodem do siebie. Wciąż przyglądała mu się, zaróżowiły jej się policzki. Przesunął dłońmi w górę, do jej piersi. Czekała. Wsunął place w sznurowania zielonej sukni. Nawet nie zamrugała. Przyciągnął ją do siebie. Rozchyliła usta. Pocałował ją i oblizała go ciepłym językiem.

— Kalino — powiedział wprost do jej warg, podciągając jednocześnie jedną ręką jej wierzchnią suknię — daję ci moją koszulę — włożył zapisaną szmatkę za pasek ukryty pod suknią — a ty zanieś ją Winiarczykowi — nie mógł się powstrzymać od uchwycenia jej pośladka — najszybciej, jak potrafisz.

— Książę — odpowiedziała wprost do jego ucha — jeśli ktoś

odkryje twój podstęp — sięgając ręką do paska i wyjmując zza niego szmatkę — karę za ciebie poniosę ja — schowała ją do rękawa.

— Kalino — był pewien, że pod koszulą nie miała bielizny — dlatego ciebie proszę o pomoc, bo sądzę, że umiesz tak postąpić — ale wszystkie jej suknie były za szerokie, by mógł się od razu przez nie przedostać do nagiego ciała — że nikt się o niczym nie dowie.

— A jeśli mi się uda, to co? — szepcząc, wargami musnęła jego ucho, aż poczuł dreszcz w lędźwiach.

— Sama sobie wybierzesz nagrodę. — Przyciągnął jej pośladki do siebie.

— Dobrze — powiedziała, odsuwając się od niego twardo.

Omal nie stracił równowagi. Spojrzała mu w oczy i złożyła ukłon.

— Na mnie czas. Bądź zdrów, książę.

Sam musiał sobie poradzić z obudzonym przez dziewczynę pragnieniem. Tęsknił za Lukardis, swoją złotowłosą, małą panią. Trzeci tydzień jest poza domem, w tym już prawie dwa w zamknięciu.

Przepełnia go złość na stryja. Moralizator! Co innego mówi, co innego robi! Przy ludziach, przy książęcej radzie, obiecuje, że da mu pełnię władzy, a jak przychodzi co do czego, na każdym kroku poucza i mówi mu, co ma robić i jak. Żadnej wolności! „Traktuje mnie jak szczeniaka, którego musi ułożyć do swojej ręki. Wciąż słucha podszeptów świątobliwej, węgierskiej żony, o Czechach rozmawiać nie chce i nie pamięta, że te jego arpadzko-przemyślidzkie wojny kosztowały nas już najazd na południowe ziemie. Moje ziemie!".

Nic tak nie rozwścieczało Przemysła, jak ciągłe powtarzanie przez stryja motta Starszej Polski: „Jesteśmy niepodzielni!".

„Niepodzielni to znaczy, że wydzielił mi księstwo poznańskie, bo musiał, ale władzy nie dał mi żadnej! Pilnuje mnie na każdym kroku, nic nie mogę zrobić bez jego zgody. Taki ze mnie książę! A on? Chce uchodzić za ideał władcy. Sprawiedliwy, uczciwy. Gdy mu dali w zarząd Inowrocław, to rządził, gdy zechcieli, to grzecznie oddał. Jak sądy piastowskie to do niego, bo wiadomo, bezstronny! Tylko we własnym domu pokazuje prawdziwą twarz — tyrana!".

Przemysł chodził po zamkniętej komnacie jak lew po klatce. Odruchowo sięgał do pasa, którego nie miał. Gdy go zamykali, rozbroili go jak więźnia. Czuł, że jego ludzie, Michał, Bogusza, Lasota i Nawoj, krążą gdzieś wokół Gniezna i czekają na sposobność, by go stąd wydostać. Ale sprawa jest trudna. Nawet gdyby ściągnęli z Poznania oddział zbrojny, to wojsko musiałoby stanąć przeciw wojsku Bolesława. A to już wojna domowa i rycerstwo Starszej Polski nie pójdzie na to za żadną cenę. W tym względzie długoletnie rządy stryja przyniosły mu pełen sukces. Jedyną szansą dla niego jest pozyskanie stronników w samym Gnieźnie i wymknięcie się stąd bez walki. Liczy na wójta, Piotra Winiarczyka, bo to krewny jego giermka, Płatka.

„Stryj dawno musiał mieć mnie na oku, skoro przechwycił wiadomość od księcia Henryka. Zresztą, całkiem sprytną, całkiem niewinną, ot, zaproszenie na turniej rycerski do Wrocławia".

Przemysł miotał się, choć wiedział przecież, że w polityce nie ma niewinnych wiadomości i że zaproszenie Henryka też takim nie było. Ale nie umiał się pogodzić z porażką, z tym, że stryj wciąż był o krok przed nim, że miał oczy i uszy wszędzie. Czary goryczy dopełniało to, że nim przybyli niezręczni posłowie Henryka, między nim a stryjem zaczynało się układać. Ta wyprawa do podziemi katedry... Przecież Bolesław zrobił ją dla niego, nie dla siebie. To jemu chciał pokazać Skrzynię Królów, pustą jak klatka piersiowa, z której wyjęto serce. Tamta noc rozbudziła w Przemyśle lwa i tego przecież chciał stryj, a mimo to nie cofnął się przed zamknięciem go w klatce tej komnaty. Przychodził tu na początku, raz, drugi. Żądał, by raz na zawsze wyrzekł się układów z Henrykiem wrocławskim. A Przemysł nie ugiął się, bo po pierwsze, jeszcze żadnych układów nie miał, po drugie, raz obudzony w nim lew nie umiał schylić karku.

Ktoś zapukał do drzwi. Kalina? Tak szybko?

Nie. To ten mały człowieczek z katedry. Kantor kapituły.

— Mogę wejść, książę?

Przemysł wzruszył ramionami.

— Każdy może tu wejść, a tylko ja nie mogę stąd wyjść. Proszę, kantorze.

— Pomyślałem, że może będziesz chciał z kimś pomówić, książę...

— Stryj cię przysłał? Przekaż mu, że nie mam mu nic do powiedzenia.

— Nie, książę Bolesław nie wydawał mi żadnych poleceń w twej sprawie.

— Wybacz, kantorze. Jestem nieuprzejmy. Wejdź, usiądź, mogę poczęstować cię winem, bo tego mi nie oszczędzają.

Gość zsunął kaptur i bez słowa usiadł przy stole. Przemysł spoczął naprzeciw niego, tak jednak, by mieć na oku drzwi.

— Przypomnij mi swoje imię.

— Jakub, książę.

— Jakub?... A nazwisko?

— Świnka.

Przemysł roześmiał się i polał wina.

— Wybacz, Jakubie. Nie panuję nad nerwami w zamknięciu. Świnka... to jednak dość zabawne nazwisko.

— Dla tych, którzy szukają powodów, by się ze mnie śmiać, owszem. Dla mnie jest raczej jak piętno.

— Twój ród jest stary, Jakubie Świnko? Na tyle ważny, byś nie mógł zmienić nazwiska? Pomów z moim stryjem, zrobi to dla ciebie, i zamkniesz usta takim jak ja, co parskają śmiechem, kiedy się przedstawiasz.

Kantor popatrzył na Przemysła uważnymi ciemnymi oczami.

— Skoro Bóg napiętnował mnie tym nazwiskiem, noszę je z dumą, książę. O czymś mi przypomina. A mój ród? Masz rację, jest bardzo stary. Tak stary, że wśród rodowców zapomniano o niejednej niewygodnej historii.

Przemysł skupił się na kubku z winem, bo nie bardzo wiedział, co ma odpowiedzieć Jakubowi Śwince. Kantor kapituły chwilę milczał, a potem sam wybawił go z kłopotu.

— Oglądałeś, książę, to, co zostawił ci w skrzynce twój ojciec?

— Nie, zapomniałem o niej w całym tym zamieszaniu po moim zamknięciu. Zajrzę do niej wieczorem.

Przemysł skupił się na chwilę, bo zdawało mu się, iż słyszy jakieś głosy pod drzwiami. Jednak nie, to złudzenie. Wrócił myślą do gościa.

— A dlaczego mówisz, że ojciec mi ją zostawił, skoro stryj twierdził, że złożyli tę skrzynkę w krypcie jeszcze przed moim narodzeniem? Wiesz przecież, że ojciec nie doczekał mego przyjścia na świat.

— Wiem, panie. Ale Bolesław i Przemysł zamknęli ją i złożyli, gdy już jasnym stało się, że księżna Elżbieta spodziewa się dziecka.

— Równie dobrze mogła urodzić piątą córkę.

Jakub Świnka skinął głową z powagą.

— Ale urodziła ciebie, książę. Zajrzyj do tego, co chciał przekazać ci ojciec. Znasz, panie, pieśni o Lancelocie?

Przemysł się roześmiał. Kantor Świnka podobał mu się coraz bardziej.

— Znam, a co? Chcesz, żebyśmy sobie pośpiewali?

— Nie, książę. Chcę, abyś przypomniał je sobie, gdy otworzysz skrzynkę.

— Możemy to zrobić razem, teraz. I tak nie mam tu lepszego zajęcia. — Przemysł wstał, by ją przynieść.

W tej samej chwili usłyszał jednak dziewczęcy śmiech przed drzwiami i zmienił zdanie natychmiast.

— Choć, jeśli się nie pogniewasz, to może przełóżmy to na jutro...

— Czekała siedemnaście lat, może poczekać jeszcze jeden dzień — spokojnym głosem powiedział Jakub Świnka i zrozumiał w lot, że za pukaniem do drzwi, które właśnie się rozległo, stoi coś więcej niż wieczerza, którą wyjątkowo ładne panny służebne wniosły do izby. — Pozwolisz zatem, książę, że odwiedzę cię jutro raz jeszcze?

— Zapraszam! — odrzekł Przemysł, z napięciem wpatrując się w twarz Kaliny, która niosła spory pakunek wyglądający jak równo poskładane koce.

Weszła pierwsza, a za nią dziewczyna z tacą i jeszcze jedna z dzbanem. Jakub Świnka ukłonił się mu, spojrzał na dziewczęta, uśmiechnął się pod nosem i wyszedł.

— Przyniosłam świeżą pościel, książę, ale poczekam, aż zjesz, by nie przeszkadzać ci w kolacji. — Głos Kaliny był tak spokojny, iż Przemysł uwierzył, że poza kocami nie ma dla niego nic więcej. Jednak gdy pozostałe służebne wyszły, dziewczyna, nie czekając, podniosła pierwszy koc z góry. Pod nim, równiutko złożona, była jego szata herbowa. Odłożyła ją na bok. Pod spodem jego pas rycerski i... pęk kluczy.

Za to, co zobaczył, miał ochotę ją uściskać.

— Wyczekaj, książę, trzeciej zmiany straży. Długi klucz jest od tych drzwi, krótki od zewnętrznych, ten z okrągłą główką od bramy. W domu Winiarczyka będą na ciebie czekać.

Rozłożyła koc, którym nakryte były wszystkie te skarby. Okazał się płaszczem.

— Zakryj mocno twarz kapturem i zamknij z powrotem wszystkie drzwi, które będziesz otwierał. Dzisiejszej nocy twoi wartownicy nie powinni być zbyt uważni.

— Wiedziałem, że na ciebie można liczyć.

Uśmiechnęła się leciutko.

— Zrobiłam, co w mojej mocy. Reszta już na twojej głowie, książę.

Chciał ją pocałować, ale się uchyliła.

— Kiedyś przypomnę ci się, panie. I poproszę o nagrodę.

— Co zechcesz, dziewczyno!

— To też ci przypomnę, książę... ale nie obawiaj się, to będzie tylko jedno życzenie.

Spojrzał na nią uważniej, ale Kalina już stała przy drzwiach. Posłała mu uśmiech, a za nim głęboki ukłon. Lew z jego szaty herbowej wyciągnął się na potężnych łapach, by wyjrzeć za nią.

BOLESŁAW, książę Starszej Polski, w pierwszej chwili nie uwierzył. W drugiej wpadł w gniew.

— Pięciu zbrojnych pod drzwiami nie upilnowało mojego bratanka? Nawet jeśli zasnęli na służbie, o czym nie chcę słyszeć, to jak książę wyszedł przez drzwi, które były zamknięte na klucz?

Arkenbold Zaremba, wojewoda gnieźnieński, był blady jak płótno koszuli, Szymon Zaremba, kasztelan, sztywny jak drewno, a jego syn, Andrzej Zaremba, sędzia, mokry jak szczur.

Czarny półlew zastygł na piersiach Zarembów w pokorze przed ryczącym stojącym lwem księcia.

Bolesław postawił ich wszystkich niczym skazańców pod ścianą, by uniknąć rozmów z każdym z osobna. I by pokazać Zarembom, jak bardzo się na nich zawiódł. Nie, w głębi duszy nie wierzył, by mogli mieć coś wspólnego z ucieczką Przemysła z Gniezna. Ale przecież tak to wyglądało! Najwyższy urzędem z rodowców, Arkenbold, wystąpił do przodu.

— Książę, jesteśmy do twojej dyspozycji.

A najbardziej wyrywny, młody Andrzej, dodał:

— Panie, daj tylko swą zgodę, a oddział zbrojnych puszczę w trop za księciem i w trzy dni będziesz miał bratanka z powrotem.

Bolesław szybkim ruchem kazał wyjść służbie, co ta uczyniła gorliwie, przepychając się nawet w drzwiach. Gdy został z Zarembami sam na sam, ryknął na Andrzeja:

— Mój synowiec nie jest zwierzyną, którą można tropić! I nie zapominaj, że to on będzie twoim księciem, kiedy mnie zabraknie! — Odsunął się od nich na krok i spojrzał uważnie. — Czy wy nie przekładacie niechęci, jaką darzyliście mego świętej pamięci brata, na jego syna?

Szymon, kasztelan, ujął się za Andrzejem i pokłonił głęboko przed Bolesławem.

— Książę, wybacz. Mój syn nie to miał na myśli, by uchybić godności księcia Przemysła, lecz by tobie dogodzić.

Arkenbold poszedł mu w sukurs.

— Panie, wiesz, że Zarembowie od zawsze stoją przy książętach Starszej Polski. Czy masz miecze lojalniejsze od naszych? Bolejemy, że to się zdarzyło u nas, i bierzemy odpowiedzialność za czyn młodego księcia.

Gniew Bolesława był zawsze rykiem lwa i zawsze trwał krótko. Miał dobrą pamięć, ale nawet urazy nie umiał chować długo. Wybaczał, zawsze mówiąc tak samo:

— Wszyscy uczymy się na własnych błędach.

Teraz jednak dodał:

— A odpowiedzialnością za ucieczkę mojego bratanka nie mogę was obarczyć. Prędzej siebie, bo to moja krew...

Widział, jak wszyscy trzej Zarembowie oddychają z ulgą. Ich wierności nigdy nie podważał i choć zwracał uwagę, iż nawet pysznili się nią, przyjmując znak półlwa na tarczę, to jednak, gdyby obudzono go w środku nocy z okrzykiem „wojna", pierwsze, o co by spytał, to, czy Zarembowie już jadą.

— Skoro nie chcesz, książę, wysyłać oddziału za Przemysłem, to pozwól chociaż puścić zwiadowców albo i cichych ludzi — zaproponował Szymon.

— Tak, chcę najlepszych cichych ludzi. Ale, cokolwiek by ustalili, czegokolwiek by byli świadkami, nie życzę sobie, by interweniowali. Mają mi tylko przynieść wiadomość, gdzie jest.

— Zgodnie z wolą. — Kasztelan pokłonił się i wyszedł przygotować zwiadowców.

W drzwiach zderzył się z Bogumiłem Zarembą. Pogodne, okrągłe oblicze młodego stolnika było tak różne od surowych twarzy wszystkich Zarembów, że kiedyś przy uczcie Arkenbold, podpiwszy sobie grubo, wyraził wątpliwość, czy Bogumił aby na pewno jest ich. Pozostali zakrzyczeli go szybko, bo czego jak czego, ale wylęgańca, bękarta, nie mogło być w rodzie Zarembów, a Bolesław w dowód uznania jego prawego pochodzenia mianował go stolnikiem gnieźnieńskim. Do tego zajęcia Bogumił miał tak wielkie serce i zamiłowanie jak jego rodowcy do wojny, i książę zawsze mówił, iż tak dobrze jak w Gnieźnie nie dają jeść ani w Poznaniu, ani w Kaliszu. Teraz też stolnik Bogumił wkroczył do komnaty niczym księżyc w pełni.

— Książę, na zmartwienia najlepiej coś przekąsić. O pustym żołądku nie znajdzie się owocnej rady. Byleby tu miejsca na stole trochę zrobić, jeśli pozwolisz? — Już klaskał na służbę. — A mój kucharz, jak raz, zapiekł szczupaki w śmietanie, na przekąskę oczywiście, bo są i żeberka sarnie na wrzosowym miodzie i przepióreczki z jajkami, i danie główne, po raz pierwszy mój książę na twoim stole, pozwól, że ci przedstawię... — Na każde jego słowo wchodziło pięciu służących z półmiskami, które pachniały tak, że nawet pustelnik mógłby popuścić ślubów. Potrawy jedna za drugą znajdowały się na stole, do niedawna zasłanym mapami, a teraz już przykrytym czystą kapą, która — Bolesław nie wiedział jak i kiedy — wylądowała pod półmiskami. Dwóch kuchcików wniosło olbrzymi gliniany gar z przykrywką. Ustawili go na trójnogu pośrodku stołu, odkryli i zapach, który się z niego uniósł, sprawił, iż półlwy na piersiach wszystkich obecnych Zarembów miauknęły jak pogłaskane za uchem koty.

Bogumił kontynuował, zauważając wielkie skupienie księcia na garze.

— Gulasz nazwany przeze mnie „dzikim ostępem"! Oto garnek niczym drużyna zbrojna, a w nim wojownicy: na czele karkówka z niedźwiedzia, w poczcie udziec dziczy i comber sarni, a w ogonie, ogon! Bobrowy, proszę bardzo! Wszystko to w sosie zaprawianym jałowcem, ziołem leśnym i przełożone grzybami. Książę Bolesławie! Bogumił Zaremba, stolnik gnieźnieński, do usług!

— Bobry? Skąd?

— Nasze, najjaśniejszy książę! Z Brzostkowa. Sędziwój Zaremba, najstarszy syn Janka, po jego śmierci objął dobra. Dostarcza nam najlepsze bobry, w sam raz na stół książęcy.

Kasztelan posłał zwiadowców za Przemysłem, na dworze wciąż lało, cóż innego mieli do roboty, niż ulec Bogumiłowi Zarembie i garncowi „dzikiego ostępu". Ulegli, zaprawili go miodem, jak podkreślał podczaszy „równie leśnym", i polegli.

Nazajutrz Bolesław pościł i pracował od świtu. Gdy tylko skończył posłuchania komesów, udał się do podziemi katedry na spotkanie z kantorem Świnką.

Książę lubił zapach kurzu i suchych pergaminów, który unosił się w pracowni kantora. Przed Jakubem pracowało tu już dwóch innych i obaj, tak jak Jakub Świnka, byli kantorami.

„To musi być ktoś, kto się nie rzuca w oczy, żeby naturalnym i nikomu niepodejrzanym było jego zainteresowanie starymi zapiskami" — pomysł wyszedł od Przemysła, ale Bolesław, zapatrzony wówczas w starszego brata, zapalił się do niego szybko. I tak obaj doszli do wniosku, że kantor ma pełne prawo szukać tekstów starych pieśni, porządkować je, przepisywać i nie wzbudzać niczyjej nieufności. Oczywiście wtajemniczonym w sprawę był zawsze prepozyt katedry, ale prawdziwa wiedza spoczywała w głowach kantorów, tych, którzy szukali.

„To już niemal dwadzieścia lat! Boże Wszechobecny, jak ten czas płynie!" — westchnął Bolesław, wspominając, jak jechali z bratem do Krakowa na kanonizację Stanisława. Byli świeżo ze sobą pogodzeni, a zgoda ta, jakkolwiek w drodze do Małej Polski krucha jeszcze, w podróży powrotnej przerodziła się w prawdziwe braterstwo. Przemysł był od niego sześć lat starszy i pełnoletni w chwili śmierci ich ojca. Od razu przejął pełnię władzy i opiekę nad młodszym bratem. Władcą był dobrym, a jak na trudne czasy, na które przypadła ich młodość, nawet bardzo dobrym, tyle że nie chciał zauważyć, iż Bolesław szybko dorósł do własnego księstwa. Powtarzał mu z uporem: „Starsza Polska jest niepodzielna!" i robił, co mógł, by brata nie dopuścić do władzy. Ale robił to z miłości, Bolesław dzisiaj ma tego pewność, a i wtedy nie wątpił, z miłości do idei zjednoczonego państwa, którą nosił w sercu i którą zaszczepił młodszemu bratu. Mieli tyle na barkach! Czasy Wielkiego Rozbicia, dawne królestwo rozpadło się na księstwa, którymi rządzili skłóceni ze sobą Piastowie. Śląskie, mazowieckie, kujawskie, małopolskie i ich dziedziczna Starsza Polska.

Po ojcu dostali ziemie tak uszczuplone, tak pogryzione, zwłaszcza na południowych krańcach, że były lata, kiedy Przemysł niemal nie zdejmował zbroi. A zaczynali od tego, że nawet Poznań i Kalisz musieli odzyskać! Wszystkie swe wysiłki podporządkował temu, by wróciła do nich ojcowizna. Kanonizacja Stanisława ich zaskoczyła. Zajęci wojną ze śląskim Bolkiem Rogatką, ze Świętopełkiem, namiestnikiem Gdańska, z Władkiem opolskim, z Brandenburczykami, spuścili z oka Kraków zupełnie. I tu nagle wiadomość z Małej Polski, z biciem w dzwony: papież kanonizował Stanisława ze Szczepanowa, biskupa krakowskiego. Byli zdumieni, bo ojciec, kiedy jeszcze żył, uczył ich historii, w której ten sam biskup był zdrajcą, nie świętym. Ale z głosem papieża się nie dyskutuje. Przemysł wyjednał sobie szybko zdjęcie ekskomuniki i pojechali. To, co zobaczyli, zdumiało ich jeszcze bardziej. Oni, wychowani na kulcie Gniazda — Gniezna, początku Polski, Mieszku, Bolesławach, świętym Wojciechu i historii starszej niż czasy Wielkiego Rozbicia, nagle zobaczyli splendor wawelskiego zamku, zwanego tam z atencją „siedzibą królów".

— Jakich, kurwa, królów?! — klął starszy brat, gdy wracali, nie zważając, że jedzie z kanonizacji i że ledwie dwa miesiące wcześniej zdjęto z niego ekskomunikę.

— Ostatni król, Bolesław Śmiały, mieszkał na Wawelu...

— Mieszkał? Śmiały miał z Krakowa bliżej na Ruś, ot co. A większość życia mieszkał w namiocie, na wojnie. Bolesławie, królowie Polski koronowali się w Gnieźnie! Nie w Krakowie! Tu jest Starsza Polska, a tam Mała Polska! To dlatego, że na Gniezno spadł najazd Przemyślidów, że spalili i ograbili królewskie groby, dlatego na jakiś czas przenieśli siedzibę na południe. Na czas budowy, rozumiesz?

— Ale nie wrócili do Starszej Polski, Przemyśle. Mogli, a nie wrócili...

— Bo nie zdążyli! Nie zdążyli! Śmiały umarł wygnany z kraju, jego syna otruli, jak wrócił, Krzywousty zamiast budować, całe życie wojował, zresztą nie był królem, a potem już tylko Wielkie Rozbicie...

— I nikt nie wie, kiedy Kraków stał się „siedzibą królów"...

Po powrocie z kanonizacji nie odpuścili. Najpierw sami próbowali szukać w kryptach i archiwach, ale okazało się, że dokumenty w Poznaniu są w wielkim nieładzie. Już sam ten fakt pokazywał, jak nierówno i słabo biło serce Starszej Polski. Potem znaleźli godnych zaufania współpracowników, którym powierzyli misję zbierania pergaminów od Kalisza przez Poznań. Koniec końców wszystkie trafiały do gnieźnieńskich archiwów i tam po uporządkowaniu kantorzy próbowali ułożyć z nich historię do czasów Wielkiego Rozbicia. Znacznie więcej, niestety, znajdowali pergaminów późniejszych, odprysków z kancelarii kolejnych dzielnicowych książąt, ale od tamtej pory zbierano wszystko i starannie katalogowano. Z czasem, ku przerażeniu Bolesława, Przemysła zaczęła opętywać idea, którą, by została nierozpoznana, nazywał szukaniem świętego Graala. Co najdziwniejsze, Przemysł potrafił jednocześnie pozostać sprawnym na umyśle, zarządzał zręcznie, lokował wsie, miasta, porządkował kasztelanie, dbał o skarb księstwa, zaczął dzieło swego życia: budowę zamku w Poznaniu. Tylko duszę mu zatruły te poszukiwania. Odebrały radość życia, bo więcej obcował z duchami niż z żywymi. W jednym się jednak nie pomylił: Elżbieta po jego śmierci urodziła syna.

— Co nowego, Jakubie Świnko? — zapytał Bolesław kantora, zamykając ciężkie drzwi krypty i zostawiając za sobą wspomnienia.

— Nic nowego nie dzieje się na świecie, książę, choć to, co odkryłem, jest nader ciekawe.

„Nic nowego — powtórzył w duchu Bolesław. — Ciągle drepczemy po własnych tropach, nawet jeśli zmieniamy kierunek marszu. Dwadzieścia trzy lata temu uwięził mnie mój ukochany brat, bym nie wyrywał się do rządzenia, na którym się wtedy nie znałem. Teraz ja uwięziłem bratanka z tego samego powodu. Tyle że mi przyszło czekać, aż Przemysł mnie uwolni, a jego syn nie chciał czekać i potrafił mi uciec".

PRZEMYSŁ I HENRYK pili złote styryjskie wino, które w wysmukłych dzbanach przynosiły młode i pełne wdzięku służebne dziewczyny. Siedzieli w ośmiobocznej sali wrocławskiego zamku i zanosili się śmiechem, wspominając swoje spotkanie dwa dni temu w lesie. Omal się nie pozabijali i to, co dzisiaj było przyczyną wesołej uczty, jeszcze przedwczoraj mogło skończyć się tragedią.

Przemysł po ucieczce z Gniezna skierował się z niewielkim oddziałem wprost do Wrocławia. Chciał spotkać się z księciem Henrykiem, jak byli umówieni, ale na skutek wiadomych okoliczności nie mógł mu wcześniej puścić gońca, że jedzie. Aby zaś zmylić oddziały stryja, których posłania za sobą się spodziewał, przebrał się wraz ze swoimi ludźmi w stroje, które sugerowały nie orszak księcia Starszej Polski, lecz bandę wolnych najemników. Herbową szatę, pas rycerski, wszystko to schował głęboko w przytroczonych do siodła torbach. Michał, Lasota, Nawoj i Bogusza, a dalej dziesięciu jeszcze zbrojnych, jak tylko zdjęli barwy księcia, sami z siebie wyglądali na zbójów. Henryk zaś, nie spodziewając się gościa, wyprawił się także z niewielką obstawą aż za Trzebnicę, w odwiedziny do pewnej młodziutkiej wdowy. A że, z racji porywczych braci pięknej pani, także nie założył znaków herbowych, więc spotkanie dwóch zbrojnych oddziałów na leśnym trakcie omal nie zakończyło się krwawo. Dzisiaj pili za to, że na obu piastowskich dworach nie będzie żałoby.

— Nie daj Boże zjazd piastowski! — wzniósł toast Przemysł do Henryka. — Tak mówi biskup poznański!

— Niewiele brakowało, by twój biskup okazał się nieomylny! — Henryk spełnił kielich. — A mój stryj, ten nieżyjący, Władysław, powtarzał, że gdzie dwóch Piastów, tam wojna, a gdzie trzech, tam apokalipsa! Napijmy się!

— Ale tylko za spotkanie!

Przemysłowi styryjskie wino Henryka smakowało jak wolność. Wciąż czuł smak zwycięstwa nad stryjem, brawurę swej ucieczki z Gniezna i dreszcz samodzielności. Z Henrykiem rozumieli się w pół słowa. Szybko więc uzgodnili, że najpierw trzy dni ucztują beztrosko, potem porozmawiają o poważnych sprawach, a na koniec, na dobry finał spotkania, Henryk urządzi turniej rycerski na cześć Przemysła.

— A znasz historię, jak nasza prababka Jadwiga poszła boso do szalonego Konrada z Mazowsza?

Siedzieli rozparci na dwóch równych sobie książęcych krzesłach, tylko oni dwaj i dolewające wina dziewczęta.

— Mówisz o świętej Jadwidze, Przemyśle? — Henryk, mówiąc „świętej", zrobił niewinną minę.

— O świętej! Zwracaj się do mnie „kuzynie", co?

— Co, kuzynie?

— Skoro moja matka i twój ojciec byli braćmi...

— Siostrami... nie, czekaj, jak to się mówi? — Henryk w kielichu szukał słowa i znalazł: — Rodzeństwem byli... kuzynie!

— Tak! No to babka Jadwiga, jak Konrad Mazowiecki uwięził jej męża...

— Gdzie?

— Jak gdzie? Na Mazowszu chyba... nie przerywaj mi. Henryka Brodatego uwięził Konrad...

— U nas, na Śląsku mówi się „Jędrzycha".

— Jak wiesz lepiej, to sam opowiedz! — zirytował się Przemysł.

— Nie, nie, ja właśnie nie znam tej historii, gadaj!

— Nie było mocnych, którzy by odbili Hen... Jędrzycha. Wszyscy bali się Konrada. I nasza prababka, Jadwiga, sama, bez żadnego zbrojnego, bez żadnej obstawy, kazała się wieźć wozem do Płocka, pod miastem zlazła z wozu...

— Koniom lżej!...

— Tak jakbyś tam był, i boso, bo jak wiesz, butów nawet zimą nie nosiła, poszła na zamek. A wpuścili ją, bo najpierw myśleli, że to jakaś żebraczka albo inna biczowniczka, nie domyślili się, że to księżna śląska, i ona, rozumiesz, prosto do sali książęcej idzie, a jak stanęła przed Konradem, jak na niego spojrzała, to on, rozumiesz, najpierw zdębiał, potem go sparaliżowało, a potem sam Jędrzycha z lochu puścił!

— Ja mu się nie dziwię, Konradowi. Tu u mnie, we Wrocławiu, jest dużo ludzi, którzy znali prababkę Jadwigę, oni mówią, że jak się na człowieka spojrzała tymi białymi oczami, to mogiła! Ponoć zamiast „bądź pozdrowiona, księżno" na jej widok co drugi zaczynał głośną spowiedź!...

Przemysł, zanosząc się śmiechem, uniósł kielich i stuknęli się. Henryk otarł usta i dając znak dziewczętom, żeby nie zostawiały ich kielichów suchymi, zrewanżował się.

— A mojego piekielnego stryja widziałeś kiedyś na własne oczy?

— Słynnego Bolesława Rogatkę? Nie!... — Przemysł się zaśmiał. — Ale znam go z opowiadań swojego stryja, też Bolesława zresztą!

— No to napijmy się za stryjów! A słyszałeś o kąpielach małego Rogatki? Nie? — ucieszył się Henryk. — To ci opowiem! Prababka Jadwiga wszystkie swoje wnuki zabierała ich matce do siebie, do klasztoru w Trzebnicy i tam wychowywała. Twoją matkę i mojego ojca też. Ale Rogatka był jej oczkiem w głowie, bo to wnuk pierworodny, rozumiesz, jak to u nas w rodzinie, kult pierworodnego Piastowicza...

— Ja jestem jedynym synem, ty też. To jakbyśmy byli podwójnie pierworodni!...

— Taaak! Ale o Rogatce: słuchaj, ona chciała go nauczyć pokory, rozumiesz... Piasta nauczyć pokory! I najpierw sama własnymi książęcymi rękoma myła nogi trzebnickim starym, omszałym mniszkom, a potem, wyobraź sobie, do tej brudnej wody wkładała małego Rogatkę i robiła mu pokutną kąpiel!

Przemysł wyobraził sobie Bolka Rogatkę, słynnego awanturniczego księcia, jako małego, nagiego chłopca w balii pełnej nóg starych mniszek i parsknął śmiechem, aż wino poszło mu nosem.

— Henryku! Jeden zero dla ciebie! Twoja opowieść o Rogatce lepsza od Jadwigi i Konrada. Czekaj, teraz moja kolej. I też będzie o Rogatce. O tym, jak moja matka wyszła za mąż, słyszałeś?

— Tak, ale mgliście. Zdaje się, że za bardzo się tym w rodzinie chwalić nie chcieli...

— Twój dziadek Jędrzych...

— Wybacz, że ci przerwę, kuzynie! Ale to jest nasz pradziadek! Nasz.

— Przepraszam, ale nie masz racji, bo rzecz, którą opowiadam, dzieje się w czasach, kiedy Jędrzych nie był jeszcze naszym pradziadkiem, bo nie miał wnuków...

— A, to wybacz, wyrwałem się. Zwracam honor i podnoszę kielich!

— Wracając: Jędrzych mojemu dziadkowi, Odonicowi...

— Temu, co nosił wdzięczny przydomek „Plwacz"?

— Temu samemu. A ty nie zapominaj, że twój kuzyn ma przydomek „Tłusty" albo łagodniej „Brzuchaty", i nie przerywaj mi.

— Jeszcze tylko jedno pytanie: a „Laskonogi" to był twój przodek czy mój?

— Kurwa, nasz! Więc jak Jędrzych zabrał mojemu Odonicowi kawał ziemi na południu, to mój ojciec musiał ją odebrać Rogatce. Bili się ponoć dzielnie, ale Rogatka nie płacił wojsku i czuł, że musi szybko wojnę kończyć, bo niedługo jego rycerze ściągną mu kolczugę z grzbietu na poczet długu. Postanowił się szybko dogadać z moim ojcem i w czasie zaimprowizowanego małego zjazdu piastowskiego zaproponował mu rękę swej siostry. Mój ojciec się zgodził, ale Rogatka rano wytrzeźwiał i zdał sobie sprawę, że on już, kurwa, nie ma żadnej wolnej siostry na wydaniu!

Panny służebne zachichotały i rozlały wino. Wypychały tę najmłodszą, by poszła po ceber z wodą i szmatę, same nie chciały stracić opowieści. Przemysł nie zwracał na nie uwagi, poza tym, że były gładkie, i kontynuował:

— I co zrobił Rogatka? Poprosił mojego ojca, by wezwał księdza i poczekał na niego dwa dni, sam pojechał do Trzebnicy i wyrwał z klasztoru prababki naszej świętej Jadwigi... — Przemysł parsknął śmiechem, bo na wspomnienie prababki Henryk przewrócił oczami, udając świątobliwe omdlewanie — ...mniszkę już wyświęconą, w welonie, moją przyszłą matkę, Elżbietę, swoją trzynastoletnią siostrę...

— Amen! — skwitował Henryk i uniósł w górę kielich. — Moja kolej! A wiesz, jak zginął Laskonogi, wspomniany wcześniej nasz wybitnej urody przodek?

— Wiem! Zadźgała go nożem niemiecka dziwka, do której się dobierał w kuchni!

Na tych słowach weszło dziewczątko kuchenne z cebrem czystej wody i zamarło w drzwiach.

— Zgadłeś! A wiesz, kto dziwkę tę mu podsunął i uzbroił? Twój dziad! Odonic Władysław, zwany Plwaczem, napijmy się!

— Za dziadów, wujów i stryjów!

— I za nas!

— Za nas, Henryku!

Nagle obaj spoważnieli, w jednej chwili. Spojrzeli sobie w oczy przez długość stołu. Henryk niecierpliwym ruchem ręki odtrącił jasnowłosą dziewczynę, która dbała o jego kielich.

— Wody! — krzyknął.

Dziewczątko z cebrzykiem podeszło do księcia nieśmiało. Henryk wyrwał jej ceber i postawił na stole, przewracając kielichy.

— Goście mają pierwszeństwo!

Przemysł wsadził głowę do cebra i trzymał chwilę pod wodą. Wynurzył się, otrząsając włosy.

— Teraz gospodarze!

Henryk zrobił to samo. Resztę wody wylali sobie na głowy, chlapiąc dziewczęta, które nie były pewne, co mają robić dalej.

Lew na piersi Przemysła wspiął się i poruszył potężnymi łapami.

— Za to, byśmy uniknęli losu naszych dziadów...

— ...wujów i stryjów...

— Byśmy nie walczyli ze sobą...

— ...tylko za siebie...

— ...równy z równym.

Czarny orzeł na piersi Henryka krzyknął. Wyciągnęli do siebie ręce. Uścisnęli je. Długo i mocno. Chwilę panowało milczenie. Byli pijani, fakt, ale obaj czuli, że powiedzieli sobie coś więcej niż błahe pijackie toasty, których intencje znikają wraz z kacem.

A jednak ta powaga nie utrzymała się długo, bo daleka była od radosnego nastroju biesiady dwóch młodych książąt. Pierwszy zaczął Henryk:

— Słuchaj, kuzynie! Nie masz jakiejś siostry na wydaniu? Ładnej, młodej, posażnej... takiej w sam raz dla mnie.

Jasnowłosa dziewczyna, nalewając mu wino, zacięła usta i wysoko podniosła okolony podwiką podbródek.

Przemysł przybrał wyraz powagi i dostojeństwa.

— Siostry moje, księżniczki Starszej Polski: Eufrozyna, cysterka z Trzebnicy, więc kontynuatorka linii mojej matki. I bliźniaczki, klaryska Eufemia i, także cysterka, Anna. Wszystkie trzy, niestety, grubo po dwudziestce. Jest jeszcze Konstancja, księżna brandenburska, ale aby dostać jej szacowną rączkę, musiałbyś ją najpierw uwdowić, za co zresztą, kuzynie Henryku, miałbyś moją dozgonną wdzięczność!...

— ...i brandenburskich margrabiów pod bramami Wrocławia! Nie, dziękuję! Poza tym zapomniałem: dzięki stryjowi Rogatce i jego porwaniu zostaliśmy tak blisko spokrewnieni, że dyspensa papieska kosztowałaby fortunę! Podwójne szwagrostwo też nam nie grozi, bo ty już jesteś żonaty...

— Podwójne?

— Tak jak twój ojciec był podwójnym szwagrem z moim — bo wziął za żonę jego siostrę, a swoją siostrę wydał za Konrada, jej brata. Pogubić się można, nie?

— Ach, plan połączenia Śląska ze Starszą Polską w łeb wziął!

— I przez kogo? Przez Rogatkę! Mówiłem ci, że z moim stryjem same utrapienia! Jak jego żona boso, pieszo i w koszuli uciekła do ojca, słyszałeś?

Przemysł kiwnął głową.

— Jak więził braci, każdego kolejno, razem i osobno? Jak biskupa najechał we własnym zamku, porwał i aresztował? Jak papież zwołał przeciw niemu krucjatę za biskupa?

— Ty, a ile razy go ekskomunikowali?

— Cztery na pewno. Ale mogło być i więcej. Słuchaj, on ma żelazne śląskie zdrowie, pożyje jeszcze ze dwadzieścia lat, to mu się klątw kościelnych nazbiera, może nawet sięgnie po apostolską dwunastkę...

— Chyba że ktoś mu jakąś dziewkę z nożem podstawi...

Henryk wyciągnął się wygodnie i wzruszył ramionami:

— Nie wiem, wydaje mi się, że dzisiaj już jakieś spokojniejsze czasy, że upiorna fantazja piastowska trochę się utemperowała. Nawet porwania, zobacz, jak Konrad z Mazowsza porwał Jędrzycha Brodatego, to z fantazją: ze zjazdu piastowskiego, który sam Jędrzych zwołał, i nie czaił się po lasach, tylko wyrwał go spod ołtarza w czasie mszy. To było widowiskowe! Albo książęta kujawscy — wracali sobie z kanonizacji świętego Stanisława, z Krakowa, z żonami, z dziećmi, proszę, jaka sielanka. I Kazio, syn Konrada, co? Porwał brata z żoną i zamknął, żeby mu się młodszy do polityki nie wtrącał choć przez chwilę. A wcześniej też go porywał i też z fasonem — na pogrzebie ojca!

— Tobie się chyba ckni za takimi porwaniami, co? Tak często je wspominasz.

Henryk pokręcił głową i chciał uścisnąć dziewczynę, która przyszła z kolejnym dzbanem, ale jasnowłosa zwinnie się odsunęła i Henryk stracił równowagę, upadając nisko.

— Upiłem się... — powiedział, podnosząc się.

— To jest nas dwóch — dodał Przemysł, kładąc głowę na stole.

— Albo trzech — podniósł głowę Henryk i zawirowało mu przed oczami. — Wody...

Jasnowłosa z mściwą satysfakcją polała mu twarz. Otrzeźwiał na chwilę.

— Wiesz co, kuzynie poznański? Szkoda, że my się tak rzadko spotykamy... Zobacz, twój stryj Bolesław i Bolesław świątobliwy, książę Krakowa, wzięli sobie za żony węgierskie siostry i trzymają sztamę...

— Siostry nie wchodzą w grę, to już ustaliliśmy — wymamrotał sennym głosem Przemysł.

— To kogo by tu pożenić? — Henryk, przymykając oczy, mościł się na krześle. — Może dzieci...

— Ja jeszcze nie mam dzieci... a ty jeszcze nie masz żony... — Przemysł ziewnął — ...i jak dalej tyle będę jeździł, to nie wiem, kiedy zdążę je spłodzić...

— Ty zdążysz i ja zdążę, będziemy mieli synów...

— ...pierworodnych...

— ...i ich ze sobą ożenimy...

Chrapnęli niemal jednocześnie. Lew Przemysła zlizał ze stołu plamę rozlanego styryjskiego wina, a orzeł Henryka przykrył swojego pana czarnym jak noc skrzydłem.

BOLESŁAW, książę krakowski, uległ swej radzie i zgodził się na uroczystości rocznicowe ku czci świętego Stanisława. Nie bardzo miał wyjście; jego osobisty spór z biskupem herbu Półkozic nie mógł się przekładać na uchybienie świętemu patronowi. Zamek wawelski wrzał przygotowaniami, gdy bramę przekroczyli niespodziewani goście.

— Karzeł? Sam, bez matki?

— Tak, panie. Eufrozyna i biskup Wolimir przesłali list na ręce twoje i księżnej Kingi. No i Małego Księcia, w załączniku.

Zawisza z Zielonej Dąbrowy był zaufanym rycerzem Bolesława. Jednym z niewielu, których towarzystwo było mu jeszcze miłe. Bolesław kazał mu otworzyć pieczęć i czytać.

„Prosi o opiekę nad synem... mnie, a nie księcia Starszej Polski... a więc nabroiła wdowa Eufrozyna... Krzyżacy? Odszkodowanie? Zakładnik...".

— Jak sądzisz, Zawiszo, czy Eufrozyna podrzuca nam kukułcze jajo?

— Raczej gorący kamień, mój książę. Skoro już dzisiaj obawia się o syna, to znak, że pewnie nie będzie chciała Krzyżakom zapłacić. Liczy na to, że ty obronisz Karła, a ona zyska sojusznika w walce z Zakonem.

— Wrobiła mnie w dziecko? — zaśmiał się Bolesław.

— Może spodziewa się, że tak, jak adoptowałeś jej pasierba, Leszka Czarnego, tak wspaniałomyślnie zachowasz się wobec Karła.

— Nie, Zawiszo. To zbyt proste, zbyt czytelne, a Eufrozyna lubi zacierać ślady. Na razie niech Mały Książę zostanie, weź go pod opiekę. Przyglądaj się mu, a potem pomyślimy, co dalej zrobić z dzieciakiem.

Zawisza z Zielonej Dąbrowy skłonił się swemu panu i wyszedł, a Bolesław skierował kroki do wielkiej sali o dwudziestu czterech słupach, bo czas już był na sądy. Stłumił niechęć, jaką poczuł na widok tłumu szczelnie wypełniającego wielką kamienną komnatę.

— Bolesław V, z bożej łaski książę krakowski i sandomierski! — krzyknął Wojan, dowódca jego osobistej straży, i tłum rozstąpił się, pochylając nisko.

Zawsze gdy szedł między kornie schylonymi ludźmi, zastanawiał się, czy tak się czuli Izraelici, gdy rozstąpiło się przed nimi Morze Czerwone. Widział, jak wyciągają ręce, by chwycić kraj jego płaszcza, i widział, jak straż z wyczuciem stara się te ręce cofnąć. Zakazał używania siły wobec tych desperatów, którym wydawało się, że płaszcz lub suknia księcia może mieć moc czynienia cudów. Zasiadł na tronie, pozdrowił przybyłych i dał swemu kanclerzowi znak, by zaczęli bez zwłoki.

— Cystersi ze Szczyrzyc ze skargą na komesa Jarosława z Szaflar!

Dwaj mnisi w szarych wełnianych habitach skłonili głowy przed księciem i starszy z nich głosem przerywanym nerwowym wzruszeniem zaczął składać skargę.

Bolesław starał się skupić, ale jego myśli wędrowały ku Leszkowi Czarnemu. Nie wątpił w oddanie synowca, w Leszku była prawość jakaś, zupełnie obca większości potomków Piastów mazowieckich. A jednak ostatnimi czasy czuł, iż Leszek oddala się od niego, unika rozmów, ucieka.

— ...i prosimy cię, książę krakowski, o to, byś raczył zrekompensować klasztorowi naszemu krzywdy doznane od komesa i wziął nasze zgromadzenie w opiekę na przyszłość — skończył szary mnich.

— Zrekompensować straty musi ten, który je poczynił. Zapisz, mój sędzio, by wezwać komesa Jarosława przed nasze oblicze, niech wytłumaczy się ze swoich czynów. Jeśli wina jego będzie tak jawna, jak przedstawiają to bracia ze Szczyrzyc, nałożymy na niego karę, która pokryje wasze straty. Jeśli nie, poddamy go pod Sąd Boży albo próbę żelaza czy wody.

Widział kwaśne miny cystersów i ze zniecierpliwieniem pomyślał o tym, iż sądy książęce to przeżytek. „Każdy może przyjść i skarżyć się przede mną w nieskończoność, a ja, póki nie wysłucham drugiej strony, jestem bezradny. I tak oto marnujemy nawzajem swój czas w imię zwyczajowego prawa". Skinął kanclerzowi głową.

— Wdowa Roszka z Wadowic. Ze skargą na sąsiadkę swą, Agnieszkę Grzymalitkę.

Bolesław przymknął oczy, by nie widziała wdowa Roszka i cały lud zgromadzony, że przewraca nimi znudzony. „Jak je otworzę, stać przede mną będzie korpulentna kłótliwa niewiasta o policzkach czerwonych, zadartym nosie i ustach wydętych w serduszko. Mylę się?" — pomyślał, podnosząc powieki.

Stała przed nim smukła, młoda dziewczyna, blada we wdowiej czerni i trupiej bieli nałęczki. Szeroka podwika ujmowała jej drobną brodę niczym bandaż. A jednak w oczach dziewczyny płonął ogień, kłócąc się z jej oddanym wdowieństwu strojem.

— Roszka, wdowa po twym rycerzu Krystynie z Wadowic. — Złożyła ukłon, a Bolesław wytężył pamięć, choć nie pomogło to, by przypomniał sobie Krystyna z Wadowic.

Mówiła głosem dźwięcznym i opanowanym, któremu siły dodawało morze łez, jakby odbijał się od tafli głębokiej wody.

— Książę panie, do ciebie przychodzę podzielić się swą krzywdą, albowiem gdy skargi składam twym urzędnikom, każdy kolejno odsyła mnie, mówiąc, żem obłąkana. Niewiele zaznałam szczęścia w życiu małżeńskim, ale tylko dlatego, że trwało ono krótko. Mąż mój i ja darzyliśmy się uczuciem głębokim i gorącym. Szczęście nasze stało się solą w oku Agnieszki Grzymalitki, wdowy gospodarującej w sąsiednim naszemu majątku. Agnieszka ta, nie szanując swego wdowiego stanu, poczyniła sobie przysięgę, iż uwiedzie mego męża, i starała się dokonać tego na wiele sposobów. Zwabiała Krystyna do swego dworu pod pozorem ważnych spraw sąsiedzkich. Raz, drugi i trzeci, aż doszło do tego, iż wezwała go przez sługi swoje w środku nocy, mówiąc, iż umiera i chce mu swój testament powierzyć do wykonania. Gdy Krystyn, mąż mój, w pośpiechu nad jej nieszczęściem udał się do niej, zastał ją — głos Roszki zadrżał — w łożu, z rozpuszczonymi włosami, w koszuli haftowanej tylko. Choroba była pretekstem, a Agnieszka chciała męża mego przywieść do wstąpienia do jej łoża. Krystyn nie uległ jej i po kilku dniach zaczął chorować. W oczach sechł, zniknęła jego siła męska... — Roszka zamiast spuścić oczy, podniosła je na księcia — ...nie stracił do mnie serca i ochoty, ale zrozum, książę, najzwyczajniej w świecie nie mógł już mi być mężem... Wśród stad naszych w tym samym czasie zaczął się pomór, ale chorowały i zdychały tylko samce: woły, ogiery, kozły, barany, koguty... nawet psy mego męża padały jeden po drugim, podczas gdy sukom nie działa się żadna szkoda. Krystyn zmarł w męczarniach w ciągu dziewięciu dni. A po jego śmierci służka wdowy Agnieszki, która uciekła od swej pani, bo znieść nie mogła tortur, jakimi ta ją dręczyła, wyznała mi, iż Grzymalitka para się magią... odwary straszne gotuje, maści ubija... ropuchy, ślimaki, węże, krucze i jaskółcze serca, pajęcze nogi i wiele innych, oto składniki, z których Agnieszka warzy swe zabójcze napary...

Bolesław szepnął do ucha Wojanowi, by dyskretnie zatrzymał tę wdowę po zakończeniu sądów. Przyszło mu bowiem do głowy, iż dziwaczne zachowanie Leszka może być także przyczyną tych dziwacznych leków, które daje mu Magister Mikołaj. Jeśli tak jest, trzeba skończyć z tą praktyką leczenia, bo Leszek może się wykończyć! Zwłaszcza że ukochana Kinga mówiła mu, iż synowiec wcale impotentem nie jest! Na cóż więc leczyć chorobę, której nie ma? Musi się z nim rozmówić po męsku... szkoda by było chłopaka!

— Nie pozwolimy, wdowo Roszko, by ktokolwiek bez uzasadnienia nazywał cię obłąkaną. Zbadamy twą sprawę wnikliwie i możesz polegać na naszej bezstronności!

Oczy Roszki zalśniły łzami, których wcześniej starała się nie pokazać. Skłoniła się głęboko, zachwiała i upadła na kamienną posadzkę jak kwiat ścięty nagle.

— Ostrożnie! Podnieść kobietę, wynieść, zadbać, by doszła do siebie!...

Bolesław żachnął się w duchu na swą ugodowość. Od początku leczenie Leszka przez Magistra Mikołaja wydawało mu się bezsensowne. Uczony nacierał jego synowca jakimiś gadzimi maściami, po których woń otaczająca Leszka robiła się aż gęsta od śluzowatego smrodu. A Gryfina? Wywołała skandal na wiecu rycerstwa, publicznie zarzucając Leszkowi impotencję, po czym zdjęła z głowy nałęczkę, rozpuściła włosy i ustroiła się wiankiem jako nietknięta dziewica. Spakowała kufry i pojechała do siostry, Kunegundis, na dwór praski. Bolesław czuł, iż Gryfina coś knuje, że nie małżeńskie kłopoty są przyczyną tej demonstracji, lecz...

— Mieszczanie z Koprzywnicy ze skargą na bandę rozbójnika, zwanego „Krwawą Kiszką".

„Cokolwiek za chwilę usłyszę, widzę, iż rozbój nie był aż tak dotkliwy, skoro panowie mieszczanie w surkotach z godnego sukna, podbijanych futerkiem wiewiórczym... Wracając do Gryfiny. A jeśli dziewka działała z polecenia swej siostry, królowej Czech, i chciała przeciągnąć Leszka do stronnictwa Przemyślidów? A oskarżenie o impotencję to zemsta za jego wierność wobec mnie i Arpadów?...".

— Książę najjaśniejszy! Słów nam już brakuje na rozpasanie band raubritterów, ktore upodobały sobie polowanie na bezbronnych kupców i w dni targowe prawdziwe zasadzki na nas robią po gościńcach!...

„Jeśli tak, jeśli Gryfina pod moim bokiem knuła zdradziecką misję, czemu Leszek na wiecu zachował milczenie? Czemu jej nie wydał? Czemu nie oddalił obelg, jakie na niego rzuciła, i pozwolił, by w dziewiczym wianku na jego hańbę pojechała z wizytą na praski dwór?".

— Rozbójników ścigać będziemy bezwzględnie, bo ład na gościńcach to nasza książęca troska. Czy jednak przysiąc możecie wobec mego majestatu, iż z bandą „Krwawej Kiszki" nie macie jakiegoś prywatnego zatargu?

Mieszczanin, spocony w swych wiewiórczych futrach, już podnosił w górę dwa palce, by przysiąc. Ale w tej samej chwili drzwi sali otwarto i wkroczyła jego księżna, Kinga. Bolesław uniósł się z tronu i wyszedł żonie na spotkanie.

— Nie przerywaj pracy, mężny mój! Przybyłam jedynie na chwilę, zasiąść przy twym boku, wspomóc cię w sądach i gościa naszego, księcia kujawskiego Władysława, ze sprawami dworu zaznajamiać.

Bolesław dopiero teraz zobaczył, że za szeroką suknią Kingi kryje się Karzeł.

— Władysławie! Witaj w Krakowie i usiądź przy nas, sądy książęce sprawujemy. Przyda ci się nauka.

Kinga miała na włosach gęsty welon przytrzymany książęcym diademem, a mimo to Bolesław dojrzał, iż warkocze splecione nad karkiem żony poruszają się lekko. Woń lilii rozeszła się już po sali i co niektórzy przyklękli. Trzymała Władysława za rękę, sięgał jej poniżej piersi. Choć to miała skryte w fałdach sukni, Bolesław widział przecież, gdzie bije jej serce. Rozejrzał się po zgromadzonych: „Czy tylko ja dostrzegam purpurowy zarys serca żony pod ciemnym granatem jej sukni? Czy ktoś widzi to jeszcze?".

Zasiedli na swych miejscach, Władysław przycupnął u stóp jego żony dziewicy, jakby bał się od niej odłączyć.

— Kontynuujmy. Złóż przysięgę — zwrócił się książę do mieszczanina, z rozkoszą wdychając jasny zapach żony.

— Ja, Paweł... — położył dłoń na piersi, ale zaczął drżeć na całym ciele — ja, Paweł... — czapka jedwabna wypadła mu z rąk, pochylił się, jakby chciał ją podnieść, ale został na kolanach — przysięgam więcej nie oszukiwać na wadze... przysięgam nie psuć wina wodą... przysięgam nie puszczać w obieg sfałszowanych grzywien... przysięgam... — wstrząsnął nim szloch — wypuścić z piwnicy żonę „Krwawej Kiszki" i córki jego...

Mieszczanin leżał u ich stóp, płacząc w posadzkę. Jego stronnicy wycofywali się przerażeni. Lud zgromadzony szemrał, a pierwsze szeregi przyklękły przed Kingą. Mały Książę u jej stóp patrzył na to widowisko oczyma wielkimi jak szklane paciorki.

„Szkoda, że miłość moja nie przyszła wcześniej, na tej wdowie... ciekaw jestem jej zdania. Bo ten tu od razu mi podpadł" — westchnął w duchu Bolesław.

Straż książęca i Wojan, jej dowódca, pod maską powagi kryli rozbawienie. Księżna Kinga nie raz robiła „wejście na sąd" i zawsze kończyło się tak samo.

Tymczasem ona uniosła białą wąziutką dłoń ozdobioną owalnym ametystem i głosem delikatnym niczym szmer wody zapytała:

— Czy coś jeszcze dręczy cię, Pawle z Koprzywnicy?

Jego plecy poruszyły się i uniósł zapłakaną twarz.

— Pani Świątobliwa, zdarzyło się, żem rzucił fałszywe oskarżenie...

Kinga i Bolesław pokiwali głowami jednocześnie i tak samo, sugerując, iż ma mówić dalej.

— ...na Żydów... że do macy wlewają krew niemowląt chrześcijańskich...

Bolesław machnął ręką i zniesmaczony parsknął śmiechem.

— Toś się zbłaźnił, człowieku, albowiem wiadomo ci, że zgodnie z prawem nie wolno takich oskarżeń rzucać, a Żydzi są pod moim sądem. Zbrukałeś swe usta i tyle.

Kinga zakaszlała zawstydzona, Bolesław usłyszał jednak lekki anielski refren. Spojrzał w dół, na ludzi. I tak patrzyli na jego żonę niczym na święty obraz. Kontynuował:

— Jak sądzę, ów Izaak albo Mosze był ci konkurentem w handlu? Nie odpowiadaj, nie chcę tego słuchać. Koniec na dzisiaj! Kanclerzu, zamknij posłuchania. Spiszcie skargi, zażalenia, przedłóżcie mi to w końcu tygodnia. Żono... — Podał Kindze dłoń, a ona jak zawsze wyciągnęła do niego swoją tak, aby nie stykali się palcami. Wyszli, mijając płaczącego Pawła w wiewiórczym futrze. Władek pospieszył za nimi, jakby się bał oddalić.

— Chcę pomówić na osobności, mój mężny — rzekła do Bolesława, nie odwracając głowy. — Władku, idź do swych pokojów.

Karzeł stał niezdecydowany. Mrugał ciemnymi oczami, co nadawało jego nieładnej chłopięcej twarzy wyraz ptasi. Ukłonił się niezgrabnie i poszedł. Gdy zamknęły się za nimi drzwi i Kinga odsłuchała, że służebne poszły sobie, odpięła zaponę płaszcza i pozwoliła, by swobodnie uniósł się z jej ramion i odpłynął na ławę.

— Napój mnie, mój książę, upał dzisiaj, jestem spragniona chłodnej wody...

Bolesław wziął kielich i delikatnie przystawił do warg Kingi. Piła drobnymi łyczkami, przymykając swe piękne, ciemne oczy.

— Jeszcze?

— Jeszcze — odpowiedział słodki głos spod jej welonu.

Gdy w ciepłe dni potrzebowała ochłody, on ją poił, bo gdy Kinga brała kielich w palce, wszystko, co w nim było, zaczynało wrzeć. Owszem, to było przyjemne w dni jesiennej szarugi, w zimowe wieczory, gdy grzali sobie wino, siedząc w łożu i czytając psalmy, ale w czasie upałów stawało się nieznośne.

— Władek jest zastraszony — powiedziała do niego, gdy już ugasiła pragnienie. — Jest zaszczuty jak dzikie zwierzę. Nie chce mówić, co takiego się stało, ale dusza szarpie się w nim, jakby chciała wyskoczyć. Nie odsyłaj go do matki, zostaw. Zajmę się nim trochę, choć nie obiecuję, iż uda mi się dociec prawdy, bo to, co szamoce się w tym małym ciele, wydaje się przerastać nawet mnie.

Nie zadał jej pytania: „Skąd wiesz, że chciałem go odesłać?", bo skoro myśl ta przeszła mu przez głowę, widzialną była dla jego żony. Zmartwił się jednak bardzo, bo nieczęsto się zdarzało, by Kinga z czymś sobie nie radziła.

— Sądzisz, świątobliwości moja, że coś mu może grozić? Że polują na Małego Księcia?

— Dzisiaj, mój mężny, widzę, że największym zagrożeniem dla Władka jest on sam. Jego półorzeł i półlew gryzą się ze sobą tak, że czuję swąd...

— Swąd?...

— Tak, Bolesławie. Dusza Władka płonie. A on dorzuca do ognia pióra i pazury...

PRZEMYSŁ czuł mrowienie w czubkach palców, więc wciąż odruchowo nimi poruszał. Płatek kończył go ubierać i było mu już naprawdę gorąco. Grube pikowane nogawice, na nich nogawice kolcze.

— Porusz nogą, panie. — Płatek starał się kryć swoje zdenerwowanie, tłumić je przez skrupulatne wykonywanie obowiązków.

Przemysł poruszył nogą, by kolcza ułożyła się na niej dobrze. Podskoczył kilka razy, sprawdzając mocowanie nogawic do pasa.

— Dociągnij prawą — powiedział, choć wcale nie wydawało mu się to konieczne.

Płatek sięgnął pod kaftan kolczy i naciągał go na przeszywalnicę Przemysła. Gdy tylko zbroja z cieniutkich nitowanych kółek pokryła go, Przemysł poczuł się lepiej. Jeszcze tunika herbowa. Pazury stojącego lwa błyszczą złoto, jakby zwierz naostrzył je przed pojedynkiem. Czepiec, hełm sekretny. Już mu było gorąco. Ostrogi. Pas rycerski. Płatek zawsze klękał, gdy go Przemysłowi zakładał. Pas z mieczem i puginałem. Rękawice skórzane. Rękawice kolcze i na końcu hełm wielki, zdobiony lwim klejnotem.

Giermek klęknął przed swym księciem.

— Z Bogiem, mój panie.

Przemysł mrugnął do niego zza wąskiej wizury, bo żal mu było chłopaka, który nie umiał ukryć przerażenia.

„Gdyby stryj nie był tak surowy, gdyby choć parę razy w roku pozwalał organizować u nas turnieje, Płatek oswoiłby się. A tak? Ma piętnaście lat i choć stworzony jest, by asystować mi w walce, na turnieju mnie nie widział nigdy".

Serce księcia biło głośno i radośnie.

Oto turniej rycerski na jego cześć, który wyprawił Henryk.

Już ich drużyny starły się w wielkim młynie. Rycerze Starszej Polski naprzeciw Śląska. Oni krzyczeli: „Niepodzielni", gospodarze darli się: „Czerń i złoto". Wynik nieoczekiwany, choć przyjęty entuzjastycznie — remis! Strącili sobie wzajem tyle samo barwnych witek z hełmów. Wielka radość, trybuny szalały, a ślicznotki z dworu Henryka aż rumieniły się na widok potężnych piersi Michała i Lasoty. Krótka przerwa i oto przed nimi korona turnieju: gonitwa!

Płatek już był przy nim, wraz z Boguszą pomogli mu dosiąść konia. Nawoj podał mu tarczę. Przemysł wsunął kopię w tulejkę przy prawym strzemieniu. Był gotów.

Jeszcze nim herold dał sygnał rozpoczęcia walki, odwrócił się w stronę trybun i pozdrowił siedzących. Zobaczył Henryka, jak podjeżdża pod trybunę, jak bierze z ręki jakiejś damy wstęgę. Coś na zbroi kuzyna zalśniło.

„Ma płytowe naramienniki! — zauważył Przemysł. — Muszę go potem spytać, czy są warte swej sławy. I ceny...".

Pomyślał przez chwilę, że chciałby wziąć wstążkę od Lukardis, ale jego mała dama była daleko.

„Najchętniej przypiąłbym sobie tę różową jedwabną, którą przytrzymuje nogawiczki".

Na wspomnienie żony i jej zgrabnych łydek poczuł dreszcz na plecach. Herold dał sygnał, by się przygotowali, więc podjechał na kraniec turniejowego placu. Ziemia, skopana końskimi kopytami wcześniej, w trakcie wielkiego młyna, została wygrabiona i uklepana dość równo. Choć z boku widać pas świeżo wyrwanej trawy.

„Noga mnie swędzi. Niepotrzebnie kazałem Płatkowi dociągać nogawice".

Hełm ciążył mu, opierając się na ramionach. Nagle lew na jego tunice ostro zaparł się zadnimi łapami o pas Przemysła i książę opanował bezładne myśli w jednej chwili.

Sygnał: „Opuścić kopie". Sygnał: „Gonitwa".

Uderzył ostrogami w boki ogiera. Ruszył. Skupił się na wąskim obrazie widocznym w szczelinie wizury. Pędzili na siebie i Henryk już przeprowadził kopię nad końskim grzbietem. Przemysł zrobił to samo, o jedno mgnienie za późno. Nim jego kopia wymierzyła koroną w zbliżającą się ku niemu tarczę z czarnym orłem, poczuł uderzenie i złamana przednia część lancy Henryka przeleciała mu ponad głową. Usłyszał z trybun oklaski i skandowanie imienia kuzyna.

„Dobra, to dopiero pierwsza gonitwa. Umówiliśmy się na sześć". Mimo to zacisnął szczęki. Porażka miała smak kwaśnego wina. Chciał odruchowo splunąć, ale przypomniał sobie, że ma na głowie hełm. „Skup się!" — syknął sam do siebie i w drugiej gonitwie, na sygnał „Opuścić kopie" od razu skierował swoją na lewy bok. I uderzył o jeden koński krok szybciej, niż zrobił to poprzednio. Jest! Trafił! Wprawdzie korona kopii zbyt lekko zaryła w tarczę przeciwnika i ześlizgnęła się z jej krawędzi, ale mimo to skruszył ją i wygrał. Galopując do końca toru, poczuł ku swemu zaskoczeniu jakąś mściwą satysfakcję na myśl, że zostawił głęboką rysę na eleganckiej tarczy, raniąc „czerń i złoto" Henryka.

W trzeciej gonitwie Henryk był gotów od początku i gdy najeżdżali na siebie, zaatakował pierwszy, podbijając kopię Przemysła w górę. Przemysł przekręcił swoją i lance, pchnięte biegiem rozpędzonych koni, pękły nad ich głowami bez trafienia w tarcze.

Remis. Słyszał zniekształcone przez żelazo wiwaty tłumu. Oczy pod wielkim hełmem zalewał mu pot, którego nie miał jak otrzeć, bo herold trąbił na czwartą gonitwę; dźwięk rogu wezwał ich do ataku tak szybko, że poczuł zmęczenie swoje i ogiera.

Czuł, że Henryk zaatakuje podobnie, dlatego gdy ruszyli, pochylił swoją kopię znacznie niżej, celując w dół jego tarczy. Kiedy się mijali, przeciwnik znów podbił mu kopię i chciał ją odepchnąć w bok. Nic z tego. Konie przebiegły obok siebie w tak ciężkim galopie, że ani jego, ani Henryka kopia nie pękły.

Zaklął. I stało się.

Lew zeskoczył z jego piersi, odpychając się łapami od lęku, aż ogier zarżał spłoszony. Sprężyste płowe cielsko wylądowało na zoranej kopytami ziemi. Zaryczał. Przemysł z trudem zatrzymał i odwrócił konia. Zobaczył czarnego orła Henryka kołującego nad lwem. Herold dął w róg, tłum wiwatował, panny dworskie piszczały.

„Co, u licha?" — wydyszał Przemysł. Lew w starciu z orłem był bez szans, ptak mógł go bezkarnie atakować z powietrza, a potężny drapieżnik stał na tylnych łapach, opędzając się od niego i tracąc siły. Wzrokiem poszukał Henryka.

Kuzyn spokojnie stał na końcu turniejowego pola, jakby nie zwracał uwagi na walkę herbowych. Herold zatrąbił na piątą gonitwę.

„Jak? Przecież lew z orłem stoją między nami. Stratujemy ich!".

Ale Henryk już ruszył. Przemysł nie miał wyjścia, zrobił to samo. Gwizdnął na lwa, wątpiąc, iż przekrzyczy tłum. Ogier rozpędzał się powoli, orzeł wzbił się w powietrze, umykając przed konnymi, a lew wyprężył łapy, jakby szykował się do skoku na księcia wrocławskiego. „Tylko nie to! — pomyślał Przemysł. — Ośmieszy mnie". Wszystko zwolniło.

Widział, jak czarny orzeł przysiada na klejnocie hełmu Henryka, osłaniając jego głowę skrzydłami; widział, że masywne kopyta jego konia biegną wprost na lwa; widział, iż lew nie zamierza ustąpić i czuł, że za chwilę może być po nim. Wydawało mu się, że słyszy bicie serca lwa, choć to pewnie waliło jego własne. Nabrał powietrza do płuc, tyle, ile zdołał w ciasnej klatce hełmu, i krzyknął, pochylając się w siodle:

— Poszedł!

Lew usłyszał i choć Przemysł nie spodziewał się po nim posłuszeństwa, w ostatniej chwili uskoczył w bok, a książę wrocławski dokonał sztuki, na którą mierzył się od początku: swoją kopią odtrącił kopię Przemysła w bok i z całej siły uderzył go w tarczę. Zrobił to tak szybko, jakby odbicie jego broni i trafienie było jednym płynnym ruchem. Złamana lanca wyleciała w górę ponad końskim łbem. Orzeł krzyknął. Urażona duma Przemysła zawyła jak zraniony lew, który w tej samej chwili z impetem wskoczył mu na tarczę. Dwór wiwatował, skandując:

— Czerń i złoto! Czerń i złoto!

A on miał ostatnią szansę. Szóstą walkę.

I wtedy przypłynęła mu do głowy najkrótsza formuła jego mistrza, Dragomira z Poznania herbu Białoskrzydły Smok: „Nie myśl, tylko rób". Opanował się w jednej chwili.

Pochylił się w siodle, ostrogi wbił w końskie boki, a gdy herold zadął „Gonitwa", wbił je ponownie z całych sił. Ogier uniósł się i rzucił do biegu. Przemysł widział już poczwórną koronę kopii Henryka skierowaną w swoją pierś. Widział czarnego orła z zagiętym dziobem wyciągniętym naprzód. Słyszał krzyk ptaka. Jeszcze raz uderzył konia ostrogami. Rumak zarżał i uniósł się na zadnich kopytach, a Przemysł, wyrzutem spod pachy, z góry uderzył tarczę Henryka, przebijając czerń i złoto na wylot, krusząc kopię i sprawiając ból przeciwnikowi, którego ramię niebezpiecznie wygięło się w tył. Ale był już za nim, musiał zawrócić konia, by sprawdzić, czy nie wysadził Henryka z siodła. Nie, choć w powietrzu wirowały czarne pióra.

Nagle uświadomił sobie, że przez tę jedną gonitwę zapomniał, że to tylko turniej, i życzył Henrykowi śmierci.

Kuzyn zachwiał się, pochylił na końską szyję, ale nie spadł. Przez wiwaty tłumu przebił się ryk jego lwa. Wielki, zwycięski ryk.

LUKARDIS niespokojnie chodziła od okna do okna. Sama myśl, iż na poznańskim zamku jest człowiek askańskiej wiedźmy, budziła w niej lęk. Odciągała chwilę spotkania z wysłannikiem Mechtyldy, jakby chciała dać sobie czas. Na co? Przecież nic nie mogą jej zrobić. Jest tu panią...

— Pani? — Jadwiga weszła do jej komnaty cicho. — Mogę skończyć cię ubierać?

— Tak, tak... — Lukardis wyciągnęła ramiona do szmaragdowej sukni, którą przyniosła jej dwórka. Zwykle uspokajał ją miękki i delikatny dotyk. Jadwiga sprawnie zapinała maleńkie, wypukłe guziki rękawów.

— Złoty surkot, jedwabny w róże! — pogodnie podśpiewywała Jadwiga, a do komnaty weszły Zbysława i Anna. Ta ostatnia klasnęła lekko.

— Jak kwiat! — I przyklęknęła, by ułożyć pionowe fałdy jedwabiu.

Na rozpuszczonych włosach Lukardis upięły połyskliwą nałęczkę. Zbysława podała jej diadem, bo wiedziały już, że księżna woli zakładać go sama.

— Lustereczko, powiedz przecie, kto jest najpiękniejszy w świecie — zanuciła Jadwiga, podając jej małe, srebrne lustro.

— Przestań, nie lubię, jak... — żachnęła się Lukardis.

— Ale to prawda, pani moja! — Jadwiga nie odrywała od swej księżnej zachwyconych oczu.

Zbysława otworzyła szkatułę z pierścieniami. Lukardis chwilę się zastanawiała, co wybrać.

— Jeśli wyraźnie nie poproszę was, byście wyszły, nie opuszczajcie sali, nawet jeśli zażądałby tego posłaniec. Dobrze? — Wskazała dziewczętom swój rodowy pierścień, srebrny z wielką głową czarnego tura, i drugi, z okrągłą perłą, który dostała od Przemysła.

— Tak, księżno Lukardis! — powiedziały jednym głosem, a Anna dopytała:

— Boisz się czegoś, pani? Nie lubiłaś macochy?

— Ona nie jest moją macochą. To żona mego dziadka. Ale... tak, nie lubiłam jej. I gdybyście ją znały, zrozumiałybyście, że miałam powody. — Lukardis wyciągnęła przed siebie dłonie, a Anna i Jadwiga delikatnie wsunęły na jej palce pierścienie.

— Pani — w głosie Zbysławy zabrzmiała jakaś odrobinę uroczysta radość — masz teraz nas, swój dwór. A za nami miecze naszych ojców i braci. Jesteś żoną księcia Starszej Polski, panią na Poznaniu! Co ci tam jakaś askańska Mechtylda!

Dziewczęta przyklęknęły przed nią jak giermkowie przed rycerzem. Lukardis poczuła się zawstydzona.

— Wstańcie już, proszę... A czy od mego księcia męża są jakieś wieści?

Pokręciły głowami, nie patrząc na nią. Westchnęła.

— Chodźmy już.

Lubiła wąskie schody zamkowej wieży. Mogłaby po nich wchodzić i schodzić ot tak, tylko dla zabawy. Podobał jej się widok z maleńkich okien, gdy świat przybliżał się do niej w miarę, jak schodów ubywało. Połyskliwa toń rzeki niczym jedwab na wietrze, ruchliwa i zmienna. Warta nie miała nigdy dwa razy tej samej barwy i czasem, w mroku wieczoru, gdy Lukardis zmrużyła oczy, wydawało jej się, że to morze. A morze niosło pamięć domu, pamięć dziadka i Bogusława. Piskliwy skrzek mew przecinających białymi skrzydłami niebo. Skrzek? Na kamiennej krawędzi wąskiego okna przysiadła wrona. Lukardis zatrzymała się, a ptak uniósł skrzydła tym pokracznym gestem, jakby chciał atakować i bronić się jednocześnie.

— Kra — powiedziała wrona.

— Kra — odpowiedziała Lukardis, a dziewczęta za jej plecami roześmiały się skonsternowane.

Okrągła Sala była zajęta, kanclerz poznański pod nieobecność Przemysła sprawował w niej sądy. Lukardis nie chciała przyjąć posła w swoich pokojach, kazała więc wprowadzić go do gabinetu księcia męża. Najbardziej bała się, że Mechtylda przyśle do niej Notgera, swego psa, kata i powiernika. Dziewczęta służebne w Dąbiu mówiły, że i kochanka, ale choć Lukardis skora była wierzyć we wszystkie bezeceństwa na jej temat, w to akurat wątpiła.

— Księżna Starszej Polski, pani Lukardis! — Dowódca straży zamkowej miał głos chropowaty, choć nośny. Gdy mówił „Lukardis", brzmiało to jak „Luchardis" i sprawiało, że czuła się kimś innym, starszym, mocniejszym.

— Bożymir?! — Wszystkiego się spodziewała, ale nie starego podczaszego dziadka.

— Panienko! — Klęknął przed nią jak za dawnych lat na ucztach, gdy Barnim stawiał ją na stole. — Księżno Lukardis... — poprawił się, a w bladych oczach błysnęły łzy.

— Wstań, proszę!

— Pani... — zwrócił na siebie uwagę smukły mężczyzna o ptasiej twarzy i przedwcześnie posiwiałych włosach. Musiał być człowiekiem Mechtyldy, bo na jego tunice czerwony orzeł askańskiej wiedźmy niespokojnie obracał łeb. Nie odezwała się do niego, spojrzała jedynie, czekając, co powie.

— Jestem Gunter, sługa księcia Barnima i księżnej pani. Mam dla ciebie list od książąt Pomorza i podarek od jaśnie pani Mechtyldy.

Skinęła głową i odwróciła się w stronę Bożymira.

— Jak czuje się książę Barnim? Zdrów?

— Zdrów pani, przesyła ci gorące uściski. Kazał mówić, że tęskno mu za Skowronkiem...

Lukardis przygryzła usta z całych sił i zamrugała, by powstrzymać łzy. Zbysława jakby wyczuła emocje swej pani i podając jej rękę, poprowadziła do książęcego krzesła. Szły wolno, akurat tyle, ile trzeba, by wziąć głęboki oddech i ukryć wzruszenie. Usiadła. Do Zbysławy powiedziała:

— Podaj mi, pani, list.

Dwórka uśmiechnęła się do Guntera, biorąc zwinięty pergamin, ale tylko tyle, by nie uchybić zasadom, ani trochę więcej.

— Przeczytać?

— Nie. — Lukardis złamała pieczęć dziadka. Przebiegła list wzrokiem. Donosili, że templariusze ustalili miejsce pobytu jej ojca, Henryka i negocjują z saracenami cenę jego wykupu; że warunki więzienia ojca są znośne, jest zdrów, krzywda mu się nie dzieje. I tyle. Westchnęła, oddając pergamin Zbysławie.

— Dziękuję, panie Gunterze. To dobre wiadomości. Proszę, odpocznijcie w Poznaniu, a ja przygotuję list dla dziadka i jego żony. Moja służba się wami zajmie. Bożymirze? Zechcesz zjeść ze mną obiad? — Wstała, by nie pozostawać w towarzystwie Guntera ani chwili dłużej.

Stary podczaszy znów padł na kolana. Lukardis podała mu rękę, by wstał.

— Chodź ze mną, Bożymirze. Żegnam i jeszcze raz dziękuję za twoje posłanie. — Odwróciła głowę w stronę Guntera lekko, tak aby nie patrzeć na niego nawet.

— Pani! Mam jeszcze podarek od księżnej Mechtyldy!

— Ach tak! Zapomniałam. Podziękuj ode mnie żonie dziadka. Anno, odbierz, proszę, to, co przywiózł pan Gunter, i zanieś do moich komnat.

Poprosiła, by posiłek podano w jej pokojach, chciała być z Bożymirem sama. Nie, nie dlatego, by przeszkadzały jej dwórki, ale po to, by poczuć się na chwilę sobą. Tamtą Lukardis, którą znała. Nie księżną Starszej Polski, księżną z zamkowej wieży...

Bożymir opowiadał jej o Bogusławie, jak wydoroślał i jak bardzo staje się podobny do Barnima.

— On i stary pan to teraz jedno. Dusza i ciało.

— A ona?

— Kto? A, wiedźma... nosiła głowę wysoko, dopóki była ciężarna. Ale poroniła i spokorniała.

— Nie wiedziałam, że spodziewa się dziecka...

— Ha, panienko kochana! Za to w Dąbiu wiedzieli wszyscy, bo zatruwała nam życie podwójnie, za siebie i za dzieciaka w łonie. Zachcianki od rana do nocy, służki biła do krwi, jeśli nie zdążyły przybiec na jej zawołanie. Księcia Barnima przekonała, że urodzi mu syna, i nosiła się tak, jakby już go miała!

— A co się stało, że straciła dziecko?

Bożymir wzruszył ramionami.

— A bo ja wiem? Nie znam się na tych sprawach, panienko! Wiem tylko tyle, że póki dziecko nie dorośnie do wieku pacholęcego, nie ma się co nim chwalić. A ona brzuch przed sobą nosiła jak tarczę... Zapeszyła, mówią baby, zapeszyła.

Lukardis się zamyśliła. Nie żal jej było żony Barnima, bo przecież wiedziała, że ten syn, którego się spodziewała, miał być konkurentem dla Bogusława. Ale nagle złapała się na tym, że chyba zanadto uwierzyła w moc Mechtyldy. W jej wyobraźni urosła do rangi wszechmocnej złej wiedźmy, która wszystkiego dokona, wszystko może. A tu takie coś... Skoro dziecka w łonie nie upilnowała, to żadna z niej czarownica... Roześmiała się nagle. Bożymir klepnął się w kolano.

— Zapomniałem! Starzec ze mnie!... Jest u nas dziewczyna, przyszła do pracy na zamku niedawno, to młodsza siostra Olchy... Pamiętasz swą Olchę?

Uśmiech zniknął z policzków Lukardis w jednej chwili. Prędzej matkę zapomni niż Olchę.

— Pamiętam, Bożymirze, najlepiej ze wszystkich — powiedziała, przełykając ślinę.

— Tak... tak... co się stało, to się nie odstanie... Czeremcha zjawiła się na zamku za chlebem, pracy szukała. Książę Bogusław od razu poznał, że to siostra Olchy i kazał ją z zamku zabrać, sprzed oczu Mechtyldy. Bał się, by księżna nie skrzywdziła dziewczyny, jak... no, wiadomo. I młody pan Gryfita powiedział, że najlepiej by było, jakbyś ty ją do Poznania na służbę wzięła. Tu jej Mechtylda nie sięgnie, a wiadomo to, co w takiej zaciętej babie siedzi? I miałabyś kogoś swojego, blisko. No, nie taka ona dworna, jak te piękne panny, co przy tobie służą, ale choćby do kuchni się nada. A i jak sama będziesz miała dzieciątko, to ci będzie je piastować jak Olcha ciebie...

Lukardis z żalem pomyślała, że jej życie dzisiaj zaszło tak daleko, iż jak przyjdzie co do czego, nie wybierze na piastunkę Czeremchy, bo z góry jest ustalone, które córki baronów Przemysła będą miały szczęście kołysać jej dziecko. Ale to nic, to nieważne, to bez znaczenia. Siostra Olchy... Rozpłakała się nagle jak dziewczynka, którą znów się poczuła.

— Tak, tak... nie masz, o co pytać, przyślij dziewczynę do mnie... Zadbam o nią, niczego jej nie zabraknie... Podobna do siostry?

— Podobna. Jak dwa liście tego samego drzewa. Tylko wrócę,

przysposobimy ją do drogi. A twój mąż nie będzie się krzywił, że prostą dziewczynę sobie bierzesz z domu?

— Przemysł? Nie, nie...

Bożymir chciał jeszcze wypytać o to wszystko, co polecił mu Barnim i Bogusław, ale nie śmiał. Lukardis tak była wzruszona, że po prostu nie mógł. Zresztą, co to za pomysły, żeby jego, starego dziada, z takimi kobiecymi sprawami wiązać?

Lukardis przygotowała listy, do dziadka i Mechtyldy, do Bogusława. Zajęło jej to całe popołudnie. Żałowała, że nie przysłali tej Czeremchy od razu, że Bożymir jej nie przywiózł ze sobą. Pomyślała jednak, że nie mógł jechać z nią i z Gunterem Mechtyldy.

Służebne rozpaliły świece i wrzuciły garść suszonych poziomek na polana w piecu. Komnatę wypełniła słodka, tak lubiana przez Lukardis woń. Wyciągnęła ręce. Anna i Jadwiga zsunęły z jej palców pierścienie i ułożyły w podsuniętej przez Zbysławę szkatule. Sama zdjęła diadem. Zbysława odłożyła go i pomogła odpiąć nałęczkę. Rozmasowała skronie. Anna i Jadwiga zdejmowały jej suknie. Róże na złotym jedwabiu. Potem wypukłe guziczki wąskich rękawów, koszula haftowana w wijące się liście. To one, jej kochane dwórki, nauczyły ją cieszyć się każdym początkiem i końcem dnia. Z jej ubierania i rozbierania uczyniły rytuał, w którym najprzyjemniejsze było to, iż trwał. Lubiła patrzeć, jak robią wszystko z namaszczeniem niemal i radosną powagą. To Anna wymyśliła, iż ranek musi się przeglądać w wieczorze, więc zgodnie z tym ta, która zapinała jej guziki o świcie, musi je odpiąć po zmierzchu. Pilnowały swych ról i nigdy jeszcze się nie pomyliły. Pamiętały nawet, która z nich zakładała jej prawą, a która lewą nogawiczkę i tak samo klękały przy jej kolanach wieczorem. Na końcu Jadwiga podała jej srebrne lustro, Lukardis mogła zobaczyć w nim zaróżowione policzki i złocisty skręt loków.

— Ach, pani! Zapomniałam! Prezent od księżnej Mechtyldy!

— Co to takiego? — Lukardis była jednak trochę ciekawa.

— Zobacz sama! — Anna z nieobjętej blaskiem świec części komnaty przyniosła coś dużego i ustawiła na stole.

— Klatka?

— Tak, pani! Ptaszek rajski!...

Zdjęły pospiesznie grubą materię okrywającą szkielet srebrnej, jak się okazało, klatki. Niewiarygodnie piękny, duży rajski ptak, z długimi, zawiniętymi piórami w ogonie delikatnie skłonił łepek i rozłożył lśniące skrzydła.

— Och, jaki śliczny...

— Nigdy takiego nie widziałam!...

— Spójrzcie! On ma coś na szyi...

— Złoty łańcuszek z różą! Ależ to ładne...

Lukardis pochyliła się nad klatką. A rajski ptak spojrzał na nią idealnie szmaragdowym okiem.

MŚCIWÓJ, książę Pomorza, kochał Gdańsk, ale nienawidził jego mieszczan. Nie, to nieprawda. Podziwiał ich. Byli jak on sam, niepokorni i niezależni, ale mieli też nad nim jedną niepodważalną przewagę: byli bogaci. Dorobili się na handlu z Lubeką fortun! I to dzięki jego ojcu, Świętopełkowi, o czym dzisiaj tak chętnie zapominają! Psubraty! Żałował, tak bardzo żałował, że musiał puścić z dymem ich składy z importowanym suknem. Ale nie mógł inaczej! Musiał pokazać swą siłę! Resztę majątków buntowniczych mieszczan skonfiskował. Zajął drewno i zboże przeznaczone dla Lubeki. Zajął beczki soli sprowadzone stamtąd. Zajął i największy ich skarb — łodzie. Musiał być Mściwojem okrutnym, Mszczujem, Mestwinem Strasznym. Musiał stać na rynku miejskim i karać, kazać ich żonom i dzieciom patrzeć na to, by lali łzy, bo nic tak dobrze nie konserwuje jak sól. Sól ich oczu. A skoro gdańszczanie nie chcieli pamiętać, że tyle zawdzięczają jego ojcu, to niech zapadnie im w serca, że jemu są winni życie, które mógł im odebrać, a zostawił, zabierając tylko majątki.

— Woran! — krzyknął na swego nowego giermka. — Kolczuga, pas, miecz! W okamgnieniu!

Młody był bystry, ale wciąż niewprowadzony w tajniki wszystkich humorów swego księcia. Mściwój zaś wziął go po ojcowsku w karby, gdy rodzic Worana zginął przy jego boku w czasie oblężenia Gdańska. Po prawdzie, to zginął od strzały przeznaczonej dla Mściwoja, zasłonił go ciałem przed zdradliwym żelastwem bełta wypuszczonego z kuszy.

— Woran! Uwijaj się szybciej! Nie mówili ci moi słudzy, że jak się nie pospieszysz, to zmienię zdanie?

Młodzieniec naciągał kolczugę na potężne ciało księcia.

— Mówili, panie. Mówili też, że będziesz mnie bił.

Mściwój wystawił głowę w czepcu spod kolczugi i przewrócił oczami.

— Bił cię nie będę! Ale będę się wściekał i darł, obiecuję.

— Nie trzeba, panie, nie trzeba... — Woran opasywał go z trudem.

— To ja decyduję, co trzeba, czego nie trzeba! Nie trzeba, żebyś mi pas na brzuchu chciał dopinać, bo się nie da. Niżej opuść. O, pod brzuchem jestem zgrabniejszy. Do Gdańska ze mną pojedziesz.

— Jak każesz, książę. Gdzie ty, tam ja, sługa twój.

— To się rozumie. Tarcza.

— Hełm podać?

— Tylko sekretny, nie jadę na paradę, żeby ten ślepy garnek pakować sobie na głowę. Upoci się człowiek, zasapie, a jak dostanie w łeb z bliska, to gówno się i tak rozpadnie. Czepiec mi zawiąż, bo wyglądam, jakbym spać szedł.

A najchętniej by poszedł. Wcale mu się ta wyprawa do Gdańska nie podobała, ani trochę nie była mu na rękę. Ale co zaczął, musi skończyć. Musi wrócić do Gdańska i znów im pokazać twardą rękę księcia. To samo sobie powtórzył, gdy pod sztandarem z Czarnym Gryfem, z wysokości grzbietu swego karego ogiera patrzył na stłoczonych na rynku mieszczan. Odchrząknął i ryknął do nich:

— Tak jak biskup obłożyć może klątwą nie tylko pojedynczego człowieka, ale miasto, kraj czy miejsce, tak ja obejmuję wspólną karą was, mieszczan gdańskich. Majątki wasze, które przejąłem w zeszłym roku, były rekompensatą za wojnę, którą mi wydaliście, stając zdradziecko ramię w ramię po stronie mego wroga, margrabiego Brandenburgii Konrada! A dzisiaj, z mego rozkazu, rozbite w proch zostaną mury miejskie buntowniczego Gdańska. Jako kara dla was, że mnie, swego pana pod nimi trzymaliście i że z tych murów przeciw mnie skierowaliście strzały! Kto waży się podnieść rękę na swego księcia, ten musi pamiętać, że książę mu tę rękę utrąci!

Zaschło mu w gardle. Widział struchlałe twarze. Widział i butne, wrogie sobie, ale od dziecka zwyczajny do obcowania z wrogami nie robił sobie z tego wiele.

— Ja, książę Wschodniego Pomorza, książę Gdańska i Świecia, Mściwój, syn Świętopełka Wielkiego, z rodu Czarnego Gryfa będę waszym murem przed nieprzyjaciółmi. Do mnie przychodzić będziecie po pomoc i ja was będę chronił!

„I skończy się mieszczańskie sobiepaństwo, ważne, bo tchórzliwie skryte za murami twierdzy. Skończone bogactwo wasze, jeśli nie będziecie pokorni. A jak nie, to do morza powrzucam z kamieniami u szyi!".

— A jak nie, to znów przyjadę tu ze swym wojskiem, a przy mnie druh mój i przyjaciel, książę Starszej Polski, Piast Bolesław!...

„Bogu chwała, że zdążył na czas. Bogu chwała, że zgodził mi się pomóc. Swoją drogą, pokazał mi, żem malutki, skoro oblegałem Gdańsk trzy dni, a on ledwie przybył i w pierwszym szturmie go zdobył".

Na wspomnienie imienia księcia Bolesława tłum przestał szemrać.

„Boją się go. Dobrze. Teraz tak samo będą się bali i mnie".

Rzucił im jeszcze kilka gniewnych słów, spojrzeń jak gromy, a był w tym naprawdę dobry. Zakręcił się karym ogierem wokół siebie, pozwolił, by czarny gryf załopotał na wietrze, i odjechał z ulgą: „Uff. Zrobiłem to". Nie przyszło mu do głowy, że jego czarny gryf nieoczekiwanie wystawi ludziom długi czerwony język, że wyglądać będzie jak żagiel pirackiej kogi. A nawet gdyby to wiedział, pewnie byłby z siebie i gryfa jeszcze bardziej dumny.

Wieczerzał w samym Gdańsku. Nie popuścił do końca. Przez otwarte okna chciał słyszeć stuk siekier tnących częstokół. Przy tych dźwiękach chciał tej nocy pić. Oczywiście nie był głupcem i otoczyć kazał dwór zdwojonym kordonem uzbrojonej po zęby straży, a w miasto wypuścił konnych pancernych.

— Woran! Kto, mówisz, chce się ze mną widzieć?

Giermek w przeciwieństwie do swego pana zachowywał spokój w każdych okolicznościach.

— Wysłannik margrabiego Konrada stoi u bram.

Mściwój poderwał się z ławy, rozlewając wino. Na szczęście nie na siebie, ale na siedzących obok druhów.

— U jakich, kurwa, bram? To jeszcze nie rozsiekali bram?

Woran skłonił głowę wdzięcznie jak dziewczyna.

— Nie, książę, bramy zostawili na koniec. Rozsiekali za to połowę wału.

Mściwój uspokoił się i opadł na ławę.

— Wolno im idzie, ale to i lepiej. Dłużej mieszczanie będą patrzeć na swą hańbę. — Książę szukał swego kielicha, ale ten, zrzucony poprzednio, leżał na podłodze. Sięgnął więc po kielich siedzącego obok komesa Żelibora. Coś mu się przypomniało i odsunął go od ust. — Ale kto, mówisz, chce się ze mną spotkać?

— Wysłannik margrabiego Konrada ze Stendal.

Mściwój się zapowietrzył.

— O jasna kurwa. I dopiero teraz mi to mówisz?! — Zamachnął się kielichem komesa na swego giermka. Woran zręcznie uchylił się i frankońskie szkło rozbiło się na ścianie drobnym gradem kruszonego lodu.

„Konrada ze Stendal? Zdradzieckiego askańczyka, który wydarł mu Gdańsk?".

Żelibor wstał, bo nie wypada siedzieć nawet komesowi, gdy książę jego stoi. Odchrząknął i powiedział powoli, porządkując myśli:

— Konrada ze Stendal? Zdradzieckiego askańczyka, który wydarł nam Gdańsk?

Mściwój z całej siły przywalił mu pięścią w plecy:

— Podsłuchujesz mnie, komesie?! Nawet ty?!

Żelibor zakasłał, bo wino poszło mu nosem, otarł twarz i zaprzeczył. Ale trwało to wszystko pewną chwilę, wystarczająco długą, by Mściwój zmienił zdanie.

— Dobrze, że jesteś przy mnie, druhu. Przy tobie się jakoś uspokajam. — Poklepał go po ramieniu, nie zauważając, że komes odchylił się przezornie, nie wiedząc, czy znów nie oberwie od porywczego księcia. — Powiedział, czego chce?

Woran potaknął.

— Widzieć się z tobą, panie, rozmawiać w cztery oczy.

— A co to, kurwa, w cztery oczy?! Weź mu powiedz, że sam na sam to ja chodzę z dziewczyną do łozka, a nie na spotkania. Z moimi komesami i rycerzami go przyjmę, tutaj. Przyprowadź go, może z nami mówić.

Woran skłonił się i odszedł spokojnie. Służba księcia szybko uwijała się wokół rozbitego kielicha, rozlanego wina. Mściwój masował sobie spocone czoło i patrzył niepewnym wzrokiem po swych towarzyszach.

— Co, posłuchamy i nic nie odpowiemy, tak? Na spokojnie, bez pośpiechu, bez nerwów...

Oni zaś patrzyli na niego i trudno powiedzieć, o czym myśleli, bo twarze mieli niewyraźne.

Może o tym, że wybuchowy i zmienny jest ich pan? Że cierpliwość nie jest jego mocną stroną? Że porywczy, myśl zmieni, zanim zdąży ją dokończyć? Tak czy inaczej, poseł od Konrada ze Stendal to była gruba i niezrozumiała sprawa. Bo nie dalej jak dwa lata temu

Mściwój, zduszony przez wojska swego brata Warcisława i stryja Sambora, wydzierżawił Gdańsk temu właśnie Konradowi, w zamian za pomoc Brandenburczyków w wojnie z bratem. A potem, gdy śmierć Warcisława i sojusz z Bolesławem, księciem Starszej Polski, zmieniły układ sił i wyniosły Mściwoja spod fali na jej grzbiet, książę Pomorza dzierżawę Konradowi wypowiedział. Oczywiście Brandenburczyk nie byłby sobą, gdyby od niej pokojowo ustąpił. Więcej, chciał skorzystać z okazji i oderwać znaczny kawał Pomorza, włączając go do Brandenburgii. Mściwój z pomocą księcia Bolesława wyparł go z ziemi krwawo, stłumił bunt zdradzieckich gdańszczan i dzisiaj kończy dzieło, rozbijając mury miejskie miasta. Czego więc przegrany i wygnany Konrad może od niego chcieć?

Komesi przygryzali wąsy i dlatego, że nikt nie mógł w przeszłości nadążyć za myślą polityczną Mściwoja, o ile takowa była, i jego pomysłami na temat Brandenburgii. Książę raz ich bił, raz składał im hołdy lenne, to znów bił, to ustępował. Jedno było dla nich pewne, a dla Żelibora szczególnie: nie zamierza księciu doradzać. Dawno już sobie przysiągł: być mu wiernym i nie zadawać pytań. Bo odpowiedzi na nie mogą po prostu nie istnieć, a powtarzanie księciu: „A nie mówiłem?" było zarówno niegodne wobec jego koniec końców majestatu, jak i po prostu pozbawione sensu.

Posłaniec skłonił się nisko i wyrecytował:

— Margrabia Brandenburgii Konrad I z dynastii askańskiej, linii stendalskiej w imieniu własnym, jak i swych szacownych braci, książąt Ottona IV i Jana II, zasyła najjaśniejszemu księciu Pomorza, Mściwojowi pozdrowienia i wyrazy szacunku.

— I czego chce? — zapytał Mściwój uprzejmie.

— Pragnie zapytać, czy Wasza Miłość stracił zainteresowanie ziemią sławieńską.

Mściwój szepnął tubalnie do Żelibora:

— Czyli chce mnie wkurwić!

A posłowi odpowiedział dyplomatycznie:

— Nic nie straciłem, tylko teraz, jak słyszysz, ciekawię się Gdańskiem!

— A zatem, tracisz książę, albowiem Barnim w ziemi sławieńskiej ciekawi się wszystkim. Wsie lokuje, grody buduje, o lud dba jak o własny.

— Niech buduje, wrócę tam, na moją ojcowiznę, jak się tu obrobię, odbiorę Barnimowi, co mi ukradł, i będę już miał i te wsie polokowane, i grody pobudowane, i lud, jak mówisz, zadbany jak własny.

Po chwili jednak Mściwój uznał, iż odpowiedział zbyt polubownie, i dodał, unosząc lekko głos:

— A ty i twój książę nie będziecie mnie pouczać, czym się mam interesować, a czym nie! Moja ziemia, moje sprawy! Nie będziesz mi tu węszył i lekcji rządzenia udzielał!

— Może i twoja była ziemia sławieńska, ale teraz jest Barnima. A jak Barnima, to i jego możnego protektora, brata jego żony, margrabiego Ottona Długiego.

— Chcesz powiedzieć, że na sławieńską ziemię wchodzą osadnicy Ottona?

— Chcę powiedzieć, że Mechtylda kontroluje każde posunięcie swego męża na korzyść rodzimej dynastii.

Żelibor delikatnie dotknął kolana Mściwoja, ale wzburzony książę nie czuł ostrzeżenia swego komesa.

— I chcę powiedzieć, że mój pan gotów jest do zapomnienia tego, co zaszło między wami tu, w Gdańsku, w imię zjednoczenia sił na rzecz ziemi sławieńskiej.

Mściwój zamrugał, chrząknął i zaprosił posła do stołu, a jego służba napełniła kielichy. Och, nie był pierwszym naiwnym i zęby zjadł na pertraktacjach i łupieniu skóry Brandenburczykom, i na byciu przez nich łupionym; wiedział, że za tym stoi jakiś chytry brandenburski plan. Ale momentalnie wyczuł, iż mógłby i coś dla siebie ugrać. Margrabia Konrad ze Stendal wraz z szacownymi braćmi to jedna banda, a margrabia Otto Długi z równie szacownymi braćmi to druga. Razem dzierżą Marchię Brandenburską i, jak to między kuzynami, zgody między nimi nie ma, jest za to wielka rywalizacja. „Zapominając — myślał gorączkowo Mściwój — zapominając, powiedzmy, że z Konradem źle się dogadałem ostatnio i musiałem siłą się jego pomocy pozbywać, skoro przyłazi do mnie teraz i proponuje jakiś układ przeciw Barnimowi, to znaczy, że gra przeciw swoim kuzynom. A to mi pasuje. Pomyślmy, pomyślmy...".

Żelibor znów lekko dotknął jego kolana pod stołem, a wyrwany z toku gorączkowych myśli Mściwój zapomniał, że mają gościa, i ryknął:

— Co mnie żgasz?!

Poseł uważnie zmierzył komesa i w jego głosie zabrzmiała ledwie wyczuwalna nuta nacisku:

— Proponowałem, jaśnie wielmożny książę, byśmy mówili w cztery oczy, w spokoju...

Mściwój jednak nie znosił, gdy mu coś przypominano dwa razy.

— Ja jestem spokojny! Co? Nie widać?! Konkrety mi powiedz, co proponuje twój pan?

Poseł skupił się na księciu, bo spojrzenia jego komesów były mu wyraźnie nieprzychylne.

— Pomoc w sprawach ziemi sławieńskiej, umowę o współpracy na tym terenie.

Mściwój przewrócił oczami i krzyknął do Worana, choć giermek stał tuż za jego krzesłem.

— Słyszysz chłopcze! To są konkrety po brandenbursku! Ha, ha, ha! Bla, bla, bla! Dobre, nie? Coś jeszcze, pośle, czy zmarnowałeś mój wieczór?

— To proste, książę: wszyscy wiedzą, że byliśmy w stanie wojny, i sądzą, iż jest tak nadal. Jeśli zawrzemy pokój, nazwijmy to „pokój obronny" przeciw nim właśnie skierowany, to zaskoczymy naszych wspólnych wrogów. Zadziałamy szybko jak jastrzębie spadające z góry, które nie dają ofierze szans na ucieczkę...

— ...mówisz, panie, o ataku, nie o pokoju, jak to nazwałeś, obronnym — wszedł w zdanie posłowi komes Żelibor, który nie wytrzymał w spokoju.

— A czymże jest pokój w naszych szalonych czasach, jeśli nie gotowością na wojnę? — zripostował poseł.

— Czekaj — powiedział książę do Żelibora. — Barnim wstrzyma się w swoich działaniach na ziemi sławieńskiej, jeśli będzie wiedział, iż margrabiowie stoją za nami.

— Ale twój sojusznik, Bolesław, nie będzie zadowolony, jeśli dowie się, że układasz się z nimi. — Żelibor odpuścił sobie niedające efektów szturchanie księcia pod stołem i głośno i wyraźnie mówił, co myśli.

Mściwój odwrócił się w stronę posła:

— Masz to spisane? Pokaż.

Oczywiście pewien był, że Konrad wysłał człowieka przygotowanego do działań. Przebiegł wzrokiem proponowane warunki umowy. Wyjął z zimnej pieczeni nóż i, przecinając pergamin na słowach, z którymi się nie zgadzał, poprawiał askańską propozycję. Na koniec zrobił czubkiem noża dużą dziurę.

— W tym miejscu ma być dopisane, że jedyną osobą, przeciw której ten pokój nie jest zawarty, jest Bolesław, książę Starszej Polski. Amen.

Poseł brandenburski stężał na twarzy, lekko skinął głową i wstał.

— Pozwolisz, panie, iż się oddalę przekazać twe propozycje margrabiemu.

— Pozwolę — powiedział wielce z siebie zadowolony Mściwój.

A gdy gość wychodził, krzyknął za nim:

— Tylko nie kieruj się do bramy, bo słyszę, że moi ludzie kończą ją rąbać! Poseł u nas rzecz święta, nie chciałbym, żeby ci jakaś belka na głowę spadła, panie!

PRZEMYSŁ odkładał powrót do Poznania z dnia na dzień. Najpierw były uczty z Henrykiem, potem rozmowy i uczty, a na koniec turniej. I uczty. Czas mijał mu szybko, barwnie, Henryk był świetnym kompanem i szczodrym gospodarzem. Przemysł zaś świętował swą siłą wziętą od stryja wolność. Brawurowa ucieczka z Gniezna to był tylko początek. Niezależność udowodnił sobie podpisaniem z Henrykiem przymierza. Dla nich obu było to pierwsze w życiu samodzielnie wypracowane przymierze. Nazwali je „układem wrocławskim" i świętowali długo. Turniej. Prawdziwy turniej, dla niego. I żadnego stryja czy biskupa, który zabraniałby mu startować. Ha! Henryk, który staje w szranki często, powiedział, ze to rzecz rzadka, by takie zmagania zakończyły się podwójnym remisem — drużyn i książąt. I obaj wiedzieli, że to najlepsze potwierdzenie partnerstwa ich przymierza.

— Jak równy z równym...

— ...nigdy przeciw sobie...

— ...ale zawsze za siebie...

Przemysł czuł, że on i Henryk przełamują kompleksy starych Piastów, którzy truli się, wybijali, spiskowali i wydzierali sobie ziemię. Idzie nowe! A młodość to oni!

Siedzieli w ośmiobocznej sali wrocławskiego zamku. Piękne kamienne ściany przysłaniały proporce z czarnymi orłami Piastów śląskich. Stojące lwy i orły na tunikach rycerzy. Zieleń, karmazyn, głębokie róże i błękity mieniące się dziesiątkami odcieni na fałdzistych sukniach dam. Maleńkie białe pieski trzymane przez panie. Pomyślał, by sprawić takiego Lukardis.

Niemieccy poeci wędrowni, szlachetni minezingerzy, jeden po drugim śpiewali im rycerskie pieśni. Henryk na kolanach trzymał fidel, bo obiecał, że i on zagra dzisiaj dla Przemysła. Przez cały czas gościny siadali obok siebie, tron w tron, podkreślając na każdym kroku swą przyjaźń. Gotfryd z Bambergu śpiewał o królu Arturze i Rycerzach Okrągłego Stołu, a gdy kończył, damy spierały się, czy Ginewra była mu wierną, czy nie, kiedy zaczynał kolejną strofę, milkły, by posłuchać o sir Lancelocie...

Henryk pochylił głowę do Przemysła.

— Kochają się w nim wszystkie, widzisz? Wcale nie w królu Arturze, ale w jego pierwszym rycerzu.

— Oprócz tych, które kochają się w Galahadzie, zauważ.

— I tych, co kochają się w obu naraz, a w sir Borsie, i w sir Persivalu na dokładkę...

Parsknęli śmiechem, a damy zmierzyły ich karcącymi spojrzeniami, niebaczne na to, że krzywią się na swego pana i księcia. Przemysł powiódł po nich wzrokiem i spytał:

— Jaka z tego nauka?

— Żeby pozyskać względy kobiet, nie trzeba być królem. Wystarczy okryć się sławą dzielnego rycerza.

Przemysł uniósł pełen wina kielich w stronę Henryka.

— A ja myślę, że trzeba zdobyć świętego Graala! — I wypił.

Gotfryd z Bambergu skończył pieśń, w sali zaległa cisza, a po niej runął szloch. Wszystkie damy dworu łkały. Nawet te stare. Henryk szepnął, osłaniając usta dłonią:

— Ja, Persival, pocieszę te ślicznotki z lewej, a ty, Galahadzie, bierz te z prawej. Podzielimy się równo, jak przystało na Rycerzy Okrągłego Stołu.

— Równo, owszem — odszepnął, siląc się na powagę Przemysł — ale czy sprawiedliwie? Zważ, sir Persivalu, że po prawej przeważają mężatki i damy o twarzach skrytych w woalu, a ja nie gustuję w przekwitłych różach... Poza tym one płaczą po Lancelocie z Jeziora, więc czy zechcą jego syna, tego, który go na dodatek pokonał?

— Zechcą, zechcą. Wezmą każdego, kto będzie miał pierś potężną, skrytą zbroją, miecz okrwawiony w dłoni i spojrzenie zamglone miłością...

— Miecz to one wolałyby we własnej pochwie, sir Persivalu...

Umilkli, bo pokłonił się trzeci z poetów i zaczął:

Gdy Artur król wraz z dworem swym do uczty wnet zasiada
Drzwi nagle otworzyły się i panna przed nim pada
Na złotych włosach wianek z róż
Na jasnych licach łzy
A w ręku panny wielki miecz i on przyczyną jest jej łez.

Henryk pokiwał głową tak poważnie, że Przemysł szybko zakrył twarz rękawem.

Królu! — dziewica łka — ten miecz dała mi Pani z Avalon
A w ostrzu tym tkwi straszny czar, a w broni tej tkwi wielka moc!
Czy wśród rycerzy słynnych twych jest ten, co mnie uwolni?
Co siły swej użyje, by wyciągnąć klingę z pochwy?

Pierwszy nie wytrzymał Henryk. Parsknął trzy razy i chciał udawać, że to kaszel, ale gdy spojrzał na krztuszącego się Przemysła, po prostu zaczął się śmiać. Poeta zawiesił głos na chwilę, ale wziął uśmiechnięte twarze obu książąt za aprobatę, i kontynuował:

Zapasy trwały dzień i noc i nikt dotąd nie wygrał
Dziewica łka, miecz w pochwie tkwi, opuszcza mężów ikra
Aż z tylnych ław wstał pan na schwał
— Nazywam się sir Balin! Wyciągnę miecz,
uwolnię cię i pójdę sobie dalej
Król Artur skinął na Balina: pokaż nam, co potrafisz!
A rycerz skoczył do dziewicy i nim zdołała krzyknąć
Wyrwał miecz z pochwy jedną ręką, drugą jej zerwał wianek
Zawirowały płatki róż, brzęknęła stal zaklęta
Sir Balin w dłoni trzymał miecz, dziewica była nietknięta.

— Co za szkoda! — jęknął Przemysł.

— Nietknięta... choć sir Balin wyjął miecz z jej pochwy! Może to był tylko kordzik? — Henrykowi łzy płynęły po twarzy.

Poeta zaciął się, zaczynając trzecią strofę.

— Oddaj mi go! wybawco mój — skłoniła się dziewica
Lecz Balin uznał, iż ten miecz dla niego jest nagrodą
I nie pomogły już
ni prośby, panny łkania
Bo dzielny Balin dzierżył miecz, był nie do pokonania...

Przemysł zerknął na Henryka i natychmiast odwrócił głowę. Kuzyn poruszał fidelą trzymaną na kolanach, dwuznacznie pokazując, czym mógł być oręż Balina.

Piękna dziewica otarła łzy, pierś wyprężyła dumnie
— Przeklinam cię i klnę ten miecz, przywiedzie cię do zguby
Przyniesie śmierć, ukrytą śmierć
Zabójstwo, krew i łzy.
Balinie, ach, Balinie, ich winnym będziesz ty!

— Balinie, ach, Balinie, ich winnym będziesz ty! — Henryk zaśpiewał jeszcze raz, rytmicznie poruszając fidelą.

Poeta umilkł, damy zobaczyły, co wyprawia ich książę, i jęknęły z oburzenia. Przemysł nie mógł się powstrzymać i zakrył twarz dłońmi, ale gdy słyszał duszącego się Henryka, jego własny śmiech wciąż od nowa wybuchał i nie dawał się stłumić. Trwało to długo, tak długo, aż obaj posłyszeli ciszę zalegającą ośmioboczną salę. Rozejrzeli się wokół. Uniesione wysoko podbródki dam wyraźnie pokazywały pogardę dla ich nierycerskiego zachowania. Omal znów nie parsknęli śmiechem. Henryk uratował sytuację, unosząc w górę fidel i zaczynając grać. Głos miał niezwykle czysty i choć, gdy zaczynał:

O mieczu, co kieruje dłonią
Na błędną wiedzie drogę...

Brzmiało to tak, jakby przedrzeźniał poetę, ale gdy kończył, był już głęboki i poważny:

Sprowadza na rycerzy czar
Przeklina ich, pcha wprost do mar.

Damy, słysząc swego księcia, natychmiast przestały się dąsać i patrzyły na niego z uwielbieniem.

„Każda zgodziłaby się być zaczarowaną dziewicą, byleby on był sir Balinem" — pomyślał Przemysł i przez chwilę zastanawiał się, czy nauka gry na fideli jest bardzo trudna.

To był ich ostatni wieczór, nazajutrz kuzyn odprowadził go spory kawał w stronę północnych granic księstwa. Rozstali się, pijąc strzemiennego za „układ wrocławski" i przyjaźń. Rzucili kielichy na ziemię, ale szkła upadły na mech i nie chciały się stłuc. Skwitowali to śmiechem i Henryk szczytem lancy rozbił kielichy.

— Do zobaczenia, Przemyśle!

— Do zobaczenia, sir Persivalu!

Czarny orzeł Henryka pomachał skrzydłami, jakby sam zrywał się do lotu.

Ruszyli stępa. Owiewał go wiatr, wino we krwi wciąż krążyło gęste. Myślał teraz o Lukardis, swojej małej damie. O jej złotych lokach, o różowych paznokciach u jej drobnych stóp. Wyjeżdżał z Poznania tak dawno!... Wyjeżdżał jako chłopak, bratanek, wychowanek. Poddany stryja, książątko bez zdania i władzy. Wraca jako prawdziwy pan. A na nieuniknione pretensje stryja ma „układ wrocławski". Ma Henryka za sobą i stronnictwo Przemyślidów, do którego wstąpił. Tak. Tego się po nim Bolesław nie spodziewa! A on odważył się zmienić sojusze zewnętrzne. Koniec z Arpadami. Koniec z wysługiwaniem się Węgrom. Dzisiaj siła stoi po stronie Pragi, bo jej król może zostać królem Niemiec. A stryj, taki mądry, taki zmyślny, a trzyma z przegranymi. Kim są dzisiaj Węgrzy? Kim? Idzie młodość. Idą nowe czasy. A na przedzie on i Henryk, ramię w ramię, jak równy z równym, jak Rycerze Okrągłego Stołu. Czyści, nieskalani knowaniami. Głęboko wciągnął żywiczne leśne powietrze. Gdzieś w dali poczuł nutę dymu. Jesień idzie. A wyjeżdżał z domu latem. Ale ona tam jest, jego księżna, jego mała dama, Lukardis o lokach złotych i oczach zielonych, przejrzystych. Czeka na niego strojna, piękna. Czeka z kwiatami we włosach, wygląda z zamkowej wieży...

— Michał!... — przywołał druha. — Puść ludzi przodem z wiadomością dla mojej żony, że wracam. Chcę, żeby spodziewała się mnie.

— Tak jest, mój książę!

I on, i Henryk mieli pewność, że obaj ich stryjowie wściekną się na „układ wrocławski". Sojusz bratanków bił w nich. Ale obaj chcieli uwolnić się od nieustannej kurateli starych Piastów, która tłamsiła poczucie niezależności. Niemniej jednak postanowili nie informować ich o swym przymierzu, bo ono prędzej niż później samo wyjdzie na jaw. I, jeśli stryjowie będą chcieli zaatakować, poczują, czym jest ich przymierze. Ich „układ wrocławski".

Zatrzymali się na popas, pewnie już ostatni przed Poznaniem. Słoneczna polana nadawała się idealnie. Nie, żadnych ognisk, tylko chwila odpoczynku, napoić konie, rozprostować kości. Gdy się przeciągał, znów pomyślał o niej. Im bliżej domu, tym częściej. Owszem, ślicznotki otaczające Henryka wabiły jego oko, ale w jego pamięci Lukardis wciąż była pierwsza. Na dworze kuzyna panowała młodość, zew dalekiego świata. Rycerze z Pragi, od Přemysla, wiele słynnych, niemieckich imion. Inny obyczaj. Ach, musi otworzyć Poznań, przewietrzyć. Zamówił u płatnerza Henryka nagolenniki i nałokietniki, takie same, jakie Henryk miał na turnieju. Tyle ma do roboty, gdy wróci.

— Ruszamy! — krzyknął, bo czuł zew, już chciał działać.

Dosiadali koni, gdy na polanę galopem wjechali ludzie, których Michał wysłał przodem z wiadomością do Lukardis. Piana przy końskich pyskach, przestrach w oczach jeźdźców. Zeskoczyli przed nim.

— Książę! Poznań płonie!...

— Co?!

— Brandenburczycy najechali kraj... Podpalali wsie i grody, jadąc prosto na twoją siedzibę... Ponoć nie walczyli, tylko nocami, raz za razem podkładali ogień... Nim nadgraniczni kasztelani zdołali zawiadomić Poznań, pożar już wybuchł u jego bram.

JAKUB ŚWINKA, kantor kapituły katedralnej, przecierał zmęczone powieki. Łój w lampkach się kończył, powinien więc pozbierać pergaminy, uporządkować półki i zamknąć skarbiec. Wrócić do swoich zajęć tam, u góry. Dwa dni zostały do spotkania wielkiej kapituły gnieźnieńskiej, ma sporo roboty. Do niedawna jednakowo poważnie traktował oba swe zajęcia, to u góry i to na dole. Jednak od ostatnich wydarzeń coraz bardziej ciągnęło go na dół, do krypty. Roszady w stronnictwach kanoników nie ciekawiły go tak jak wcześniej. To tutaj, w skarbcu, biło prawdziwe serce Gniezna i odkąd to odkrył, mógłby kosztem snu i wypoczynku śledzić chwiejne szeregi dawno zapisanych liter. A przecież tam, na górze, też dzieje się historia, tyle że współczesna. Gniezno nie ma arcybiskupa od ponad trzech lat. Gniezno? Polska cała nie ma pasterza zwierzchniego! Każdy z biskupów dzielnicowych prowadzi własną politykę, niczym ich książęta, mieszając w garncu, każdy w inną stronę. A kapituła gnieźnieńska nie może dojść do porozumienia w sprawie kandydata. Gdy był u góry, patrzył na to przez pryzmat stronnictw, doraźnych interesów, naprędce podpisywanych przymierzy, sojuszy mniej trwałych niż jesienny śnieg. A kiedy schodził na dół, gdy pogrążał się w czeluściach dawno przebrzmiałych historii, widział ten spór wokół arcybiskupstwa jak kolejny akord tragedii Wielkiego Rozbicia. Historia *magistra vitae est!*

Ta sprawa Stanisława ze Szczepanowa kosztowała go masę nerwów. Zły był na siebie, że dał się księciu podpuścić i wypowiedział sąd tak ostry i dramatyczny. Ale rację ma książę: co się stało, to się nie odstanie. Skupił się na dalszej pracy.

Intrygującym odkryciem, po poskładaniu wszelkich faktów, było, iż książę krakowski w żaden sposób nie wykorzystał politycznie tego mitu, który mu biskup Prandota dał do rąk. Więcej, wiadomym już jest, iż dziedzicem swoim naznaczył Leszka Czarnego, herbu Półorzeł Półlew, syna kujawskiego Piasta. Sławnego jako rycerz, niesławnego jako mąż. Wniosek: Bolesław krakowski nie stawia na przedłużanie dynastii. A jakby się głębiej zastanowić i założyć — a Jakub w swej pracy wiele musiał jedynie zakładać — że robi to z rozmysłem, to co pcha słynnego ze świątobliwości księcia do takiego czynu? Ha, Jakub Świnka, kreśląc drzewa genealogiczne dynastii, dochodził do wniosku, iż od czasu Wielkiego Rozbicia najlepsi z Piastów, ci, którzy nieśli w sobie prawość i myśl ponaddzielnicową, byli przez los okrutny karani brakiem synów. Brakiem następców... Nie. Z tej pochopnie zakreślonej reguły były dwa wyjątki, oba nieszczęśliwe: ojciec i syn, Henrykowie śląscy, Brodaty, zwany Jędrzychem, i dziedzic jego, po przedwczesnej śmierci nazwany Pobożnym. Pierwszy, mąż świętej Jadwigi, zjednoczył ziemie śląskie i wyraźnie zmierzał do jedynowładztwa. Syn kontynuował jego politykę, póki mu Mongołowie głowy z karku nie zdjęli pod Legnicą. A może to sygnał, iż obaj, choć dobrzy władcy, nie powinni być w poczet tych „najlepszych" brani? Jeden i drugi mieli prócz czynów chwalebnych ręce splamione do łokci...

— Ach!... Zginę w tym gąszczu, zanim regułę wyłuskam! — westchnął Świnka. — Wracając do domniemanej klątwy... — mówił do siebie na głos, co pomagało mu w chwilach znużenia utrzymać koncentrację — jeśli przyjąć, jak sugeruje legenda, że początkiem klątwy jest śmierć Stanisława ze Szczepanowa, rozsiekanie na członki biskupa przez króla, to w świetle moich badań kupy się nic nie trzyma. Skoro bowiem król zgładził nie świętego, a zdrajcę, to dlaczegóż królestwo spotkała za to kara?

Wstał, by rozprostować kości. Poczuł głód i rozejrzał się za kawałkiem chleba, który przyniósł ze sobą.

— Gdzie ja go położyłem — obracał się niezdarnie wokół własnej osi — pamięć mnie zawodzi... Nie! Jednak to nie kiepska pamięć! To szczury! — krzyknął radośnie, widząc niedużego gryzonia, który z połową jego chleba uciekał po zakurzonej kamiennej posadzce.

— Oddawaj! Dość się na moim obiedzie wypasłeś!... — Kantor rzucił się na kolana i w ostatniej chwili uchronił swój chleb przed wciągnięciem przez szczura w dziurę w ścianie krypty.

Wstał, otrzepał wełnianą suknię, dmuchnął na chleb i ugryzł kawałek. Ale w tej samej chwili wzrok jego z powrotem powędrował do kryjówki szczura. Przezornie schował chleb do rękawa, wziął słabo już płonącą lampkę i przykucnął z nią przy dziurze. Poświecił. Musiał położyć się na posadzce, by cokolwiek dojrzeć. Tak... zdawało się, iż tam coś jest, drugie pomieszczenie, choć zgodnie z planem powinna być tylko pogrubiona ściana. Bał się wsunąć tam rękę, bo szczury mogłyby na niej powetować sobie stracony posiłek. Kij, laska, cokolwiek. Jest, ta, na której nosi latarnię. Słusznie się obawiał, bo gdy wsunął ją do otworu, szczury zaczęły piszczeć.

„Młode gryzonie. A więc gniazdo". Wystraszył się, bo skoro tak blisko jego skarbnicy pełnej pergaminów jest gniazdo, to szczury mogą zeżreć wszystko, co on i jego poprzednicy tak skrupulatnie gromadzili tu przez lata. Otwór w ścianie był wielkości ludzkiej głowy, zobaczyć nic się nie dało, ale laską wymacał, że wolna przestrzeń w środku jest spora, bo dotknąć mógł tylko dwóch z jej ścian, a trzeciej nie sięgał.

— Za duża jak na dziurę po wykruszonym przez gryzonie kamieniu. Zresztą, nawet jeżeli zżarły zaprawę, to co zrobiły z głazem? Wykurzyć je ogniem... strach — mówił głośno, pospiesznie porządkując obrabiane tego dnia dokumenty — bo nawet jeśli w tej niszy nic nie ma, to ogień może się przenieść do skarbca, do pergaminów. Nie ma rady, muszę iść do ojca prepozyta i prosić go o dwóch robotników i zgodę na rozbicie ściany. Nie ma rady...

A jednak inaczej potoczyły się dzieje tego zapoczątkowanego przez porwanie chleba odkrycia.

— Sam musisz, Jakubie, to zrobić... — powiedział drżącym z choroby głosem prepozyt Mikołaj. — Nie wolno nam pozwolić, by ktoś postronny wiedział o naszym dziele...

— Ojcze, jestem prawnikiem z wykształcenia, kantorem z waszego nadania. Znam się na prawie, znam na pieśniach, ale, na Boga, nie znam się na rozbijaniu ścian! A co będzie, jeśli mur cały runie? Jeśli niewprawna ręka Jakuba Świnki spowoduje zawalenie się katedry?

— Nie bój się, synu, będę się modlił za ciebie... a wiesz przecie, że modły chorego, gdy wznosząc się ponad osobiste cierpienie, dotyczą spraw od niego różnych, mają moc szczególną. Weź kilof, zmów *Ojcze nasz* i wal, w imię Boże!

„I jeszcze nie narób wokół tego szumu" — powtórzył za prepozytem Jakub Świnka, schodząc w podziemia kruchty. Aby to polecenie wypełnić, zwołał próbę chóru i o jej poprowadzenie poprosił swego zastępcę. Liczył, iż niewprawne, mutujące głosy kleryków gnieźnieńskich wystarczająco zburzą ciszę katedry, by ukryć jego podziemne roboty. Zaopatrzył się w dobry olej do lamp, w cebry na gruz, w dwa kilofy, jeden z wąskim, drugi z szerszym dziobem. Zmówił *Ojcze nasz* trzy razy, w tym dwa na zapas, i uderzył w kamień.

Nic. Próbował na leżąco. Siła uderzenia równa stąpaniu muchy. Wstał więc i pochylony łupał w kamień. Kaptur wciąż spadał mu na oczy. Zdjął go. Po chwili zdjął i suknię, i drugą suknię. Podpasał koszulę, jak robią to chłopi w polu. O, znacznie wygodniej, jednak taki prosty człowiek, a niegłupi! Oczyścił znajdujące się ponad otworem półki z ksiąg i zwojów. Nadal ciężko było dotrzeć do właściwego miejsca.

— Ach, trudno, dla celów wyższych to robię! — powiedział, zaciskając zęby, i uderzył w najniższą z półek. Drewno łatwo złamało się pod kilofem. I jeszcze ta, co jest wyżej. Znów poszło dobrze. Wyjął rozłupane deski, odrzucił w kąt. Na posadzce poustawiał lampy, żeby lepiej widzieć.

— No, teraz to wiem, że gdybym dalej walił w ten kamień, to prędzej drzwi spiżowe bym rozłupał niż taki wielki głaz. Tu mi trzeba z drugiego boku, po zaprawie uderzyć.

Rzeczywiście, po zdjęciu zasłaniających ścianę półek, w mocnym świetle lamp widać było wyraźnie, iż drugi z kamieni jest znacznie mniejszy od tego, z którym zaczął. A na dodatek okolony jest grubą warstwą starej zaprawy murarskiej.

I poszło łatwiej, ale nie całkiem łatwo. Od uderzania kilofem pościerał skórę dłoni, urwał więc skraj własnej koszuli, owinął nią ręce, bo to też mu się przypomniało, że widział, jak w ten sposób prości ludzie coś rąbią. Znów pomogło, trochę ulżyło w bólu. Pierwsza z lamp całkiem przygasła, gdy do końca wydłubał zwietrzałą zaprawę okalającą kamień. Bał się okropnie i trzy razy powiedział *Chwała Ojcu i Synowi*, zanim zaparł się, by go ze ściany wyjąć. I oczy zamknął z przestrachu, że wraz z wyjmowaniem kamiennego bloku usłyszy rumor walącej się od fundamentów katedry. Nic takiego się jednak nie stało, a Jakub pod ciężarem wyciągniętego głazu upadł na plecy.

— Dzięki ci, Panie!... — wyszeptał, zalewając się potem.

Odsunął kamień spod nóg. Dziura jak po wyrwanym u kowala zębie ziała wilgotnym mrokiem. Przysunął do niej światło i wtedy zdał sobie sprawę, że...

— A gdzie są szczury?

Poświecił do środka. Cisza. Ani jednego pisku. To go ośmieliło i z lampą w ręku podczołgał się na brzuchu. Najpierw wsunął lampę do środka. Albo szczury oniemiały przed jego męstwem, albo ich tam po prostu nie ma. Czuł jednak zabobonny lęk przed gryzoniami, wstał więc, wziął kij i w niego uzbrojony ponownie na leżąco zbliżył się do dziury. Wsadził go do środka i na ślepo pomachał nim w prawo i lewo. Nic. Żadnych odgłosów.

— Hmm... a jeśli mi się przywidziało i na darmo, ze zwykłego lęku przed gryzoniami, rozbiłem katedrę?

Zaraz się jednak uspokoił, że nie na darmo, bo przecież odkrył tu jakąś niszę, wnękę, której w planach katedry nie było. Przeżegnał się, ale w myśli tylko, bo ręce miał uzbrojone w kij i lampę, po czym podczołgał się jeszcze głębiej. I jeszcze głębiej. Już po pas był w środku.

— O rany, Jakubie Świnko... — zaszeptał głośno.

Leżał na dnie wąskiego, ale za to wysokiego pomieszczenia. W jego ścianach były nisze, jakby wgłębienia w kamieniu. Z niektórych wystawały końcówki zwiniętych pergaminów. Z innych tylko zwieszały się sznurki z kawałkami dawno rozkruszonych pieczęci.

Przełknął ślinę. Tajemna biblioteka?...

HENRYK, książę wrocławski, odróżniał damy od kobiet. Miał to we krwi, jego czarny orzeł robił to samo. Gdy spotykali damę, orzeł kłaniał się dwornie, prawym skrzydłem. Gdy zaś widzieli kobietę, orzeł machał dwoma skrzydłami, przestępował z nogi na nogę i rozkładał ogon. Zdarzało się, że w czasie miłosnego spełnienia księcia orzeł krzyczał, ale to akurat nie było aż tak częste. Zwykle, gdy korzystali z tego czy innego domu schadzek, orzeł tylko sobie podziobał i dawał spokój.

Henryk mógłby mieć własny sekretny dom dla kobiet, ale tego nie chciał. Bardzo dbał o swój wizerunek prawego, rycerskiego księcia. Poza tym, czy podniecałoby go wejście do takiego miejsca? To jak zamówić piwo i dostać piwo. Wszystko z góry wiadome, żadnych niespodzianek. A wizyta w przygodnym domu schadzek zawsze była niespodzianką. Była niczym znaleziona w piwnicy beczka wina o niewiadomym smaku.

Zwykle wybierał się tam w towarzystwie kilku zaufanych zbrojnych, dzisiaj jednak postanowił oprócz nich wziąć ze sobą swego giermka, Fulka. Zauważył, jak chłopak ogląda się za dwórkami, które, rzecz jasna, nawet spojrzeniem nie chciały go jeszcze obdarzyć. Miał czternaście lat i nie był nadto wyrośnięty jak na swój wiek. W każdym razie Henryk pamiętał, że on w jego wieku był wyższy.

— Do „Rozkosznej Stokrotki" czy „Czerwonego Jabłuszka"? — spytał księcia Manfred, dowódca jego straży przybocznej.

— W „Czerwonym Jabłuszku" ostatnio były jabłuszka całkiem zielone... — przypomniał sobie Henryk.

— A w „Rozkosznej Stokrotce" kilka zawiędłych kwiatków — dodał Bruno z lekkim wyrzutem w głosie, bo jemu właśnie trafił się ten najbardziej przekwitły.

— Jeśli pozwolisz, książę — wtrącił się Bohous, melancholijny, niezwykle przystojny rycerz z niebieską różą w herbie — odkryłem całkiem przypadkiem nowy przybytek.

Henryk cenił u swego czeskiego przyjaciela nie tylko odwagę, ale i wyjątkowo rycerskie obyczaje.

— Pozwalam, a nawet proszę grzecznie, żebyś się odkryciem podzielił.

— Jest nieco dalej, na południe od Wrocławia, w stronę Świdnicy, przy gościńcu. Zwie się „Zielona Grota" i, za wybaczeniem księcia, zawartość ma równie świeżą...

— Do kogo należy?

— Wdowa Ludwina ze Świdnicy zarządza tym ogrodem.

— Ludwina? — Henryk pierwszy raz słyszał to imię, spojrzał więc po swych przyjaciołach, z których i Manfred, i Bruno byli od niego znacznie starsi.

Dowódca jego straży rozpromienił się, jakby zobaczył kogoś dawno niewidzianego, a miłego!

— Ludwina „Złote Świdnickie"...

— Ludwina „Ciemne Świdnickie"!... — dołożył Bruno z radością. — Książę! Jeśli Ludwina warzy takie piwo, jak jej świętej pamięci mąż, to nie wyjdziemy z „Zielonej Groty" do Wielkanocy!

— Jej mąż, Pietrek, był najlepszym piwowarem w Świdnicy, a Ludwina pomagała mu prowadzić piwnicę z wyszynkiem. Książę! Cóż to był za napój! A jakie legendy o nim krążyły!

Manfred i Bruno oczy mieli błyszczące, a twarze tak rozanielone, jakby już rozkosz stała się ich udziałem. Prześcigali się w objaśnianiu księcia.

— Pietrek odziedziczył piwnice świdnickie, fach i rękę Ludwiny po teściu, u którego wcześniej terminował. Ale najważniejszą częścią spadku był tajemny przepis na piwo.

— A właśnie to piwo, nie inne, było bohaterem spisku twego pradziada, Jędrzycha, męża świątobliwej Jadwigi.

— Księciem krakowskim był wtedy ojciec dzisiejszego księcia, Leszek Biały...

— ...ofiara krwawej łaźni w Gąsawie.

— ...Jędrzych toczył z nim boje, a ponieważ miał i innych Piastowiczów na karku, więc postanowił Leszka pozyskać dla Śląska, a w każdym razie zawrzeć z nim rozejm. Aby go dobrze do sprawy usposobić, posłał mu beczkę „Złotego Świdnickiego" i drugą, dla pewności, „Ciemnego". Leszek oczywiście uległ.

— Ale, książę drogi, sprawy nabrały rumieńców, bo w tym samym czasie papież upomniał się u Leszka o wypełnienie złożonej kiedyś przysięgi, że książę krakowski weźmie udział w krucjacie. Leszkowi nie uśmiechało się jechać na Saracenów. Posłał do papieża Honoriusza posła z pytaniem, czy w Ziemi Świętej jest napój zbliżony smakiem do „Złotego Świdnickiego". I, żeby nie być gołosłownym, beczułkę piwa dołączył do poselstwa.

— Nie wierzę. — Kręcił głową Henryk, a Bohous herbu Niebieska Róża otwierał oczy coraz szerzej. — Nie chcecie powiedzieć, że...

— Ależ tak! — Bruno i Manfred śmiali się jednym głosem. — Ależ tak! Papież spróbował piwa, zadumał się i zwolnił Leszka z przysięgi. Ze smutkiem potwierdził, że takiego napoju w Ziemi Świętej nie ma, więc jeśli książę żyć bez niego nie może, to wyprawy nie przetrwa.

— A Leszek i Jędrzych urządzili wspólną krucjatę przeciw Prusom...

— ...oczywiście suto zakrapianą „Świdnickim"...

— Ale tylko w jedną stronę, bo nim dotarli na miejsce, zapasy się wyczerpały...

— I, jak pamiętasz, książę, krucjata pruska zakończyła się sromotną porażką rycerstwa małopolskiego!...

— Ośmielę się powiedzieć — wtrącił Bohous — że gdy odkryłem „Zieloną Grotę", znalazłem w niej panny nadobne, panią Ludwinę, świetną gospodynię, gościnną, serdeczną, ale piwa, o którym mówicie, nie było...

Manfred i Bruno na samo wspomnienie „Złotego Świdnickiego" mieli pragnienie i kaca jednocześnie oraz jakąś wewnętrzną pewność, że ich czeski przyjaciel nie umiał tak szukać, by znaleźć. Książę Henryk zaś po prostu pragnął nowości, czy to będzie piwo, czy dziewczyna, było mu już w tej chwili wszystko jedno.

Gdy dotarli na miejsce, okazało się, że w „Zielonej Grocie" można dostać i jedno, i drugie. Puszczony przodem niewielki oddział pod przewodnictwem Bohousa zdążył wyprosić gości, nim nadjechał książę. Ludwina, uprzedzona przez rycerza Niebieskiej Róży, grzecznie czekała wraz z pannami. Henryk spokojnie robił przegląd jej wojsk, a Manfred i Bruno wypytywali gospodynię o zawartość piwnic.

— Panowie piękni! Gdybym ja miała swoje piwnice, nie wyniosłabym się tutaj, daleko od ludzi, na gościniec, na poniewierkę, dolę niepewną! W Świdnicy miałam poważanie ludzkie, klientelę, radość życia!... Wszystko przepadło po śmierci mego Pietrka! Los wdowy ciężki, znaczony łzami... Uwziął się na mnie jeden możny pan. — Urwała, zacinając wydatne usta.

— Może żenić się chciał z piękną piwowarką, a Ludwina była mu niechętna? — Bruno chciał pomóc jej w wyznaniu tego, co kobiecie przychodzi trudno.

— Ach, żeby jeszcze żenić! — drwiąco zaprzeczyła właścicielka „Zielonej Groty". — Żenić to on się ze mną nie mógł, bo to był biskup!

— Tomasz, biskup wrocławski? — Henryk przerwał przegląd panien na rudowłosej, piegowatej młódce.

— Tak, jaśnie książę, ten sam. — I nie czekając na zachętę, wylała swe skargi: — Oskarżył mnie, że dom nierządnic prowadzę w piwnej piwnicy!

Henryk wymienił z druhami spojrzenia, bo wyznanie Ludwiny tu, w tym miejscu, rozbawiło ich. Bystra piwowarka w lot to złapała i zaprzeczyła namiętnie:

— Nie, nie prowadziłam! Jeno po śmierci męża, jako wdowie otaczać się młodą męską służbą było mi nieprzystojnie, więc dziewcząt nieco najęłam do obsługi gości. Wiadomo, piwo podane w ładnym kubku smakuje lepiej... Ale żadnych bezeceństw nie było... Biskup odwiedził nas kiedyś, latem, znienacka, a upał był niemożliwy. Dziewczęta może i były nieco podkasane, ale to z gorąca, uwijały się, kwiatuszki moje, bo gości było tyle, że ledwie się przecisnąć... Zdarzyć się mogło, jak to w tłumie, że ten i ów niechcący panienkę służebną dotknął, gdy z tacą do szynku zmierzała... Młody panicz jeden świętował u nas swe zaręczyny, „Świdnickie Ciemne" wszystkim gościom stawiał, tak ładnie prosił, żeby mu dziewczęta zatańczyły na to święto, na szczęście... Gość nasz pan, jak to mówią... Biskup zobaczył, wpadł w gniew i piwnice mi, jako dom rozpusty, zamknąć kazał. Co robić, myślałam, co robić? I jak już raz tym niesłusznym oskarżeniem zostałam przed ludźmi napiętnowana, tak zostałam na drodze, na którą mnie wbrew woli wepchnięto. Wyniosłam się z miasta i otworzyłam „Zieloną Grotę" przy gościńcu.

— A co z tradycją? — z niedowierzaniem dopytywał Bruno. — Co z piwem „Świdnickim"?

Ludwina zrobiła słodką minę.

— Nasz gość, nasz pan! Co raz się w życiu człowiek nauczy, zapamięta na zawsze... Warzę odrobinkę, na potrzeby domu, bo zgody na wyszynk piwa nie mam, ale dzisiaj, gdy tacy goście... podzielę się po prostu swym domowym zapasem, w końcu nie co dzień człowiek księcia gości, można sobie od ust odjąć...

— Nie pożałujesz, pani, jeśli to piwo tak dobre, jak zaręczali moi ludzie. Godnie ci za nie zapłacę — zapewnił Henryk.

— Och, nie! Co to to nie, jaśnie książę! Ja piwa nie sprzedam, bo wyszynku nie mam. Ja księcia i jego gości poczęstuję! A jeśli, jaśnie książę, będzie łaskaw, to mi co nieco górką do dziewcząt dołoży...

Henryk uśmiechnął się w duchu. Jasnym było, że taka kobieta nie mogła doprowadzić żadnego interesu do upadku, a biskupa Tomasza w roli obrońcy cnót z łatwością mógł sobie wyobrazić. Jednak sprawę piwa zostawił swym kompanom, a sam przeszedł do dziewczyn. Orzeł wskazał dziobem tę rudą, na której skończyli.

Była niezła, ale dzisiaj Henryk miał ochotę na coś szczególnego. Gdyby byli w „Czerwonym Jabłuszku", wybrałby już dawno, a ruda piegowata mogłaby tam być pierwszą panną. Ale nie mylił się Bohous, mówiąc, iż w „Zielonej Grocie" dziewczyny są świeże. Świeże, ale nie za młode. Pociągające, a nie wyuzdane. Piękne, lecz urodą jakąś szczególną, niespotykaną po karczmach. „Dziwne, niespotykaną nawet na dworach" — zauważył Henryk, choć wciąż nie potrafił określić, na czym polega różnica. Może to, iż wszystkie ubrane były jednakowo? Miały takie same zielone suknie i zdawało się, identyczne, żółte koszule wystające nieco spod nich. „Ludwina sprytnie sobie poradziła z obowiązkiem znaczenia nierządnic żółtą barwą". Sprawiały wrażenie czystych, zadbanych, co było przyjemne, bo zdarzyło się już księciu, że kiedyś wybrał sobie pannę, ale kazał jej najpierw wziąć kąpiel, nim ją do łoża wpuścił. Na tle innych przybytków dziewczęta z „Zielonej Groty" wydawały się nawet skromne. Różniły się między sobą jedynie kwiatami, jakie miały wplecione we włosy. Ruda piegowata miała jasne, drobne róże. Wysoka blondynka u jej boku — wianek z polnych rumianków. Kolejna, o włosach kręconych i ciemnych, wplotła w loki warkocze uplecione z kłosów zboża. Nierządnice, które książę znał, miały dziesiątki sposobów na przyciągnięcie do siebie oka mężczyzny. Uśmiechały się lubieżnie, wyginały ciała, prężyły piersi lub przeciwnie, spuszczały oczy, by wabić nimi spod rzęs niczym dziewice. Te tutaj nie robiły nic z tych rzeczy. Stały pod ścianą, jedna obok drugiej, niektóre oparte, wręcz wtulone w siebie. I patrzyły w oczy księcia bez kokieterii, ale i bez wstydu, ze śmiałością. I to właśnie wzbudziło żądzę Henryka. Jego orzeł zaczął przebierać łapami i wyciągał dziób w stronę stojącej najdalej, wabiącej oko czerwienią jarzębinowych korali. Była drobna, niewysoka, ale piersi pod dopasowaną suknią miała wyjątkowo bujne. Proste włosy w odcieniu orzechów buczyny i usta wypukłe. Gdy podniosła na Henryka oczy zielone jak liście, był pewien.

— Jak ci na imię?

— Jemioła. — Jej głos brzmiał przyjemnie, nisko.

— Myślałem, że Jarzębina. — Uśmiechnął się, dotykając wianka z czerwonych owoców.

— Kobiety lubią być kimś, na kogo nie wyglądają, panie.

— Wiesz, kim jestem?

— Jesteś mężczyzną szukającym radości. A ja kobietą, która chce ci ją dać.

— Ludwino! — Książę w nierządnicach zawsze wysoko cenił dyskrecję. — Czy Jemioła to właściwy wybór, bym z „Zielonej Groty" wywiózł dobre wspomnienia?

— Jestem tu jak matka, jaśnie książę, a matka jednakowo kocha wszystkie swoje córki. — Ludwina złożyła mu ukłon z wdziękiem. — Jeśli weźmiesz Irgę — wskazała na wysoką blondynkę w wianku z rumianków — poznasz miłość w porze sianokosów, ciepłą jak miękkie zboże. Jeśli Jeżynę — wskazała na rudą piegowatą — doznasz rozkosznych ukłuć i słodyczy soku. Trzmielina da ci czułość przedłużaną od zmierzchu do świtu, bez ustanku. A od Jemioły dostaniesz zawsze jakąś niespodziankę.

Orzeł skubał Henryka w pierś, jakby bał się, że jego pan zmieni zdanie, ale książę już raz wybrał, a Ludwina potwierdziła tylko, że wskazał słusznie. Skinął na Jemiołę, by prowadziła do alkowy, i ruszył za nią. Za plecami usłyszał Bohousa:

— Pani, a która z pięknych rusałek to panna Trzmielina?

Byli już na szczycie schodów, gdy księciu przypomniało się, że miał być dzisiaj mentorem swego giermka. Odwrócił się i krzyknął:

— Fulko, dla ciebie panna Irga! Panno Irgo, w twoje ręce oddaję giermka mego!

Zobaczył, jak Fulko cofa się, zawstydzony, a wysoka blondynka wyciąga do niego rękę, łagodnie i czule jak siostra do młodszego brata. „Będzie dobrze" — uspokoił się książę i zwolnił z obowiązku osobistego wprowadzania młodzieńca w arkany miłości. Przed sobą widział korale jarzębiny poruszające się w rytmie kroków dziewczyny. Chciał już być tylko mężczyzną szukającym radości, skoro ta, która kroczyła przed nim, chciała mu ją dać.

— Wina? — spytała, gdy zamknęła drzwi.

— A nie piwa? Twoja przełożona słynie ponoć z piwa...

Jemioła się uśmiechnęła.

— Piwem chce cię sama napoić, mój gościu. Ja mogę nalać ci tylko wina...

— Nalej i sobie. — Henryk zrzucił płaszcz i pas.

— Nie piję w pracy.

— A po pracy?

— To zależy.

— Od czego?

— Od gościa. Chcesz mi pomóc, panie, przy sukni, czy poprosić służkę?

— Nie wiem, czy potrafię, ale szybko się uczę. — Henryk był tak spragniony dziewczyny, że przemknęło mu przez głowę, iż może nie doczekać zbyt skomplikowanego rozbierania. Ale już za nic nie chciał, by ktoś jeszcze rozpraszał ich i odciągał od spełnienia.

Jemioła podeszła do niego, delikatnie wyjęła mu kielich z dłoni i odstawiła na podłogę. Stanęła bokiem do niego i podniosła ramiona w górę ruchem tak zmysłowym, jakby to był taniec.

— Połóż dłoń na moim boku. Przesuń nią w górę... Tak... Czujesz sznurowanie? Znajdź koniec wstążkę i rozwiąż ją...

Orzeł pomagał mu, zręcznym dziobem rozplątując węzeł. Jemioła powolnym,tanecznym ruchem okręciła się wokół swej osi kilka razy i stanęła, zwracając do niego drugim bokiem. Wiedział, co robić, i poradził sobie z wiązaniem szybko. Jemioła odsunęła się kilka kroków od księcia i, nie przestając swego zmysłowego tańca, sama rozsznurowała suknię, gubiąc na chwilę w jej nagle uwolnionych fałdach ponętne kształty kobiecej sylwetki. Pochyliła się lekko do przodu, wyciągając ku niemu ramiona, i choć Henryk zapatrzony w dziewczynę w pierwszej chwili nie wiedział, że powinien teraz pociągnąć suknię i zdjąć ją z niej, to orzeł w lot pojął, co trzeba robić. Razem z suknią spadł jarzębinowy wianek z włosów dziewczyny, a kilka dojrzałych czerwonych jagód potoczyło się po podłodze. Orzeł rzucił się na nie z gardłowym krzykiem. Wirowała wokół księcia coraz szybciej, przez żółtą koszulę z cieniutkiego płótna raz po raz prześwitywała biel łydki. On, nie odrywając wzroku od jej tańca, zrzucał z siebie surkot i suknię, odpinał nogawice. Oboje zostali tylko w koszulach, lecz niedługo, bo wirująca Jemioła, sam nie wiedział kiedy, rozebrała go między jednym obrotem a drugim. Potem dostrzegł spadający żółty obłok jej koszuli i dziewczyna zatrzymała się przed nim tak nagle, że jej włosy musnęły mu twarz.

— Co to za taniec? Nigdy takiego nie widziałem — powiedział, kładąc jej dłonie na ramionach.

— Bo tam, gdzie bywasz, panie, już się tak nie tańczy — odpowiedziała śpiewnie.

Jej pot pachniał żywicą, a piersi falowały od przyspieszonego oddechu.

— A gdzie się tak tańczy oprócz „Zielonej Groty"? — Wpatrywał się w jej sutki w odcieniu orzechów buczyny, barwie jej włosów.

— W gaju, na polanie...

„Las... Ona cała jest lasem pachnącym, gęstwiną, dzikim ostępem". Henryk nie czekał ani chwili dłużej. Wziął Jemiołę natychmiast, kładąc ją wprost na ziemi, na jej zielonej sukni. Zamknął oczy i czuł woń żywicy, mchu, traw. Gdy dawała mu spełnienie, słyszał szum drzew, strumieni leśnych, szum skrzydeł...

To jego czarny orzeł zerwał się do lotu.

WŁADYSŁAW przez pierwsze tygodnie od swego przyjazdu do Krakowa nie opuszczał księżnej Kingi ani na krok. Sam nie wiedział dlaczego, bo przecież zwykle nie znosił bab.

Wuj Bolesław dał mu nauczyciela fechtunku, rycerza Zawiszę z Zielonej Dąbrowy, dał nauczyciela łaciny, historii i Magistra Mikołaja, który miał mu wykładać o liczbach. A jednak Władysław wciąż szukał księżnej i każdą wolną od zajęć chwilę spędzał przy niej. Dopiero w jej obecności opuszczały go złe wizje, ssanie w żołądku ustępowało i okropny skowyt, który wciąż słyszał pod czaszką, milkł. Jego największym ukrytym marzeniem było, by księżna pozwoliła mu spać w swej komnacie, ale oczywiście, że o to nie poprosi.

Dobrze traktowali go w Krakowie, dość dobrze. Na początku parę razy usłyszał w zakamarkach korytarzy „Karzeł", potem już tylko „Mały Książę", aż nastał dzień, że wszyscy mówili i szeptali „Władysław". Tak, budził się co noc. Przez pierwsze dni w ogóle nie spał, czuwał. Bał się, że to coś, co spotkało go w domu, znowu się powtórzy. Nie chciał tego wspominać, ale samo przychodziło, stawało przed oczami, a nade wszystko, jak wtedy, dotykało jego szyi. Zimne, wilgotne, martwe. Wstrząsał się. Tylko przy Kindze jego lęk i czujność usypiały. Tylko przy niej nie prześladowały go zwielokrotniane echem słowa „Półorzełek karzełek".

Ciotka używała jakichś babskich pachnideł, które sprawiały, że pachniała jak prawdziwe kwiaty. Co dzień siadywała z jakąś robótką przy świetle, pozwalała mu wtedy przycupnąć u swych stóp. Ona haftowała, czy coś tam innego robiła igłą, on znużony zamykał oczy, usypiał. Przez sen słyszał jej śpiew. Miała bardzo ładny głos, nawet umiała sama jedna tak śpiewać na kilka głosów, cieniutko, wysoko i nisko. Śnił o tym, że nie obudzi się nigdy, że ciotka będzie śpiewała aż po kresów kres. I to był szczęśliwy sen. Niestety przychodził po niego Zawisza albo Magister i wzywali na lekcje. Tak kochał kiedyś fechtunek, teraz nie umiał się bić. Zawisza raz po raz wytrącał mu pałkę z ręki i Władysław wiedział, jak obronić ten cios, ale jego głowa nie przekazywała wiedzy do ramienia. Przegrywał raz za razem, aż jego nauczyciel odebrał mu pałkę i zaczął uczyć go zapasów. Po pierwszej lekcji, obolały, z tuzin razy rzucony jak worek na ziemię, pobiegł do ciotki Kingi.

Nie mógł jej znaleźć, nikt nie wiedział, gdzie jest. Lubił ją za to, że często się urywała swojej straży i służbie. „Jak ja kiedyś, za dawnych czasów" — pomyślał ze smutkiem. I pobiegł jej szukać. Obiegł dwa razy dziedziniec i bezradnie stanął. Wtedy usłyszał ujadanie ciągniętych przez psiarczyka psów. „Ja będę jak pies! Znajdę ją na węch!" — wciągnął nosem chłodne jesienne powietrze. Nic. Wbiegł na schody, poniuchał. Nic. Dopiero przed kościołem złapał w nozdrza trop. „Kwiaty! Mam ją!". Przeżegnał się pospiesznie i zagłębił w czeluść katedry. Woń wosku, kurzu, kamienia i... kwiatów. I czegoś mokrego, jakby szmat? Każdy jego krok odbijał się echem od kamiennych sklepień, więc stąpał wolno, dłonią przesuwając po murze. Nierówna ściana i podpierające ją filary, poczuł się jak Jonasz w brzuchu wieloryba. Jaskrawe malowidła świętych, których chyba nie znał. Poznawał tylko Marię Pannę po niebieskiej sukience i kółku nad głową. Poczuł łaskotanie w brzuchu, podobne do tego, które kiedyś towarzyszyło jego wyprawom po zakamarkach płockiego zamku.

— Czego szukasz, chłopcze? — Mnich w brązowym habicie położył mu dłoń na ramieniu tak niespodziewanie, że Władysław podskoczył ze strachu.

— Ja? Cioci... — powiedział prawdę, zaskoczony własnymi słowami.

Mnich się uśmiechnął.

— Jesteś Władysław, książę kujawski, tak?

Poczuł, że się rumieni:

— Widać, co?

I sam odpowiedział, wzruszając ramionami:

— Widać... nawet moja matka powiedziała, że nigdy nie urosnę — wypowiedział na głos to, co dusił w sobie tyle miesięcy.

Mnich wciąż się uśmiechał.

— Tylko pan Bóg jest nieomylny.

Władek łypnął na niego niepewnie. Klecha z niego kpi czy jak?

— A ty, książę, nosisz na piersi znak Półorła i Półlwa...

— Chcesz powiedzieć, że powinienem nosić pół-człowieka? Żeby nie kalać herbu?

— Przeciwnie. Chcę przypomnieć ci, jak wielkie są w tobie możliwości. Dzisiaj jeszcze uśpione, ale kiedyś, kto wie. Jesteś Piastem, potomkiem królów. Czy wiesz, że w tej katedrze spoczywają ich insygnia?

— Naprawdę? Korona? Miecz?

— Miecz nie, ale korona i święta włócznia. Chciałbyś je zobaczyć?

— Tak! A mógłbym? Naprawdę mógłbym?

— Pomów z księciem krakowskim. Może ci pozwoli.

Władysław zniechęcił się od razu. Czuł, że klecha go podpuszcza.

— Muszę już iść — powiedział tonem, który miał zabrzmieć władczo. — Muszę już iść na lekcje.

Rozejrzał się dookoła, ale mnicha w brązowym habicie nie było. Wzruszył ramionami i wrócił do wyjścia. Znów uderzył go zapach kwiatów, więc ruszył za nim w nadziei, że spotka Kingę. Przymknął oczy i kierował się na węch. Dziedziniec, w stronę furty prowadzącej do wyjścia z zamku. Skała pod stopami, ciągle w dół i w dół... więc idzie wąwozem prowadzącym z wawelskiego wzgórza do położonego niżej miasta. Owionęło go powietrze, ale był jak ogar, który nie potrzebuje oczu, by wiedzieć, dokąd iść, unosił głowę i węszył. Jakiś korytarz długi, wilgotny. Schody w górę, powiew powietrza na policzkach. Zapach uciekał mu na boki, więc co chwilę zmieniał kierunek marszu, potem już tylko biegł. Nagle pod stopami poczuł zdeptaną słomę, a woń, która go otoczyła, wydała mu się wstrętna.

„Gdzie jestem?". Otworzył oczy.

— Gdzie ja jestem? — zapytał ubranej w prostą szarą suknię dziewczyny, która szła z koszem pełnym mokrych i brudnych szmat.

— W przytułku dla chorych i bezdomnych — odpowiedziała, mierząc go zmęczonym i uważnym wzrokiem. — Szukasz kogoś, chłopcze?

— Nie... nie... zabłądziłem...

— Aha, tu masz wyjście. — Wskazała ręką jaśniejszy punkt po lewej stronie.

Ruszył tam, klucząc między leżącymi na ziemi nędzarzami. Brud i smród, ciemne wykrzywione w grymasie twarze, mocz, ropa, śluz, guzy pod oczami, gęby zakutane w grube chusty. Szedł coraz prędzej, bojąc się, że ktoś z nich wyciągnie po niego chudą, kościstą rękę. A jednak nad tym wszystkim unosił się zapach jego ciotki. Czuł go, ale bał się jej szukać w tym ludzkim ciemnym mokradle. Był już blisko drzwi, już powiew świeżego powietrza dobiegał do jego nosa, gdy nagle, jak spod ziemi wyrósł przed nim on. Karzeł. Prawdziwy karzeł. Był od niego niższy o głowę albo i więcej. Miał twarz starca, wielką, łysą głowę na krótkiej szyi, kabłąkowate nogi i oczy wyłupiaste jak u ropuchy. Otworzył usta, ukazując bezzębną czeluść i wyjęczał do niego:

— Uhheh uhheeeeh...

Władek nie mógł złapać tchu. Oddech karła wionął ropą, bagnem, czymś strasznym. Zrobił krok do tyłu, a potworny człowieczek krok do przodu.

— Uhheh... uhheeeh... heh... he...

Władek, niewiele myśląc, odepchnął go, karzeł zamachał rękami bezładnie, łapiąc równowagę, i upadł w bok, na jakąś starowinę skrytą pod burym kocem. Nie patrzył za nim, słyszał, jak tamten goni go złowieszczym:

— Uhheh... heh...

Wypadł na dwór, biegł, biegł przed siebie, nie patrząc, dokąd gna. Psy rzucały mu się do łydek, szarpały nogawice, z każdego zaułka dobiegało go:

— Uheheh... heh...

Ktoś podstawił mu nogę, upadł, uderzył czołem w bruk, poczuł jeszcze smród rynsztoka i potem już nic. Ciemność.

Płynął w ciemności długo. Jakby czas biegł wstecz. Znów Inowrocław, komnata wielkiego mistrza... Słowa matki i mocz, który oddał pod jej drzwiami. Potem Płock, pierwsza noc po powrocie do domu.

Widział siebie, jak śpi, jak naciąga we śnie na głowę koc. Jak otwierają się drzwi jego komnaty. W smudze światła sylwetka w kapturze. Postać podchodzi do jego łóżka, tak, wie, co będzie dalej, ale chce to zobaczyć, choć boi się, znów się boi. Nocny gość odsuwa koc z jego głowy, porusza palcami, przymierza się. Cofa rękę. Wyjmuje zza pazuchy mokrą szmatę. Kładzie mu ją na ustach. Tak, widzi z góry, widzi siebie śpiącego, jak broni się, rzuca głową, by pozbyć się szmaty. Wtedy ten ktoś zaciska palce wokół jego szyi. Ach, płoszy go coś. Coś zastukało w okno jak dziobem ptak? Ruch za drzwiami. Gość zabiera szmatę, szybko chowa w rękawie. Idzie do drzwi. Otwiera je i zdejmuje kaptur. Nie... Nie! Nie!...

Poznaje Eufrozynę, poznaje, że to jego matka, ale nie! Nie! Nie!...

Chroni się w ciemności przed wykrzywioną twarzą łysego karła z przytułku. Przed gardłowym „Uhheh". Ucieka w woń kwiatów, gęstą jak nagrzane upałem letnie powietrze. Lilie. Białe lilie, już to wie. Kinga stoi nad nim martwym. Gładzi jedną dłonią półorła, a drugą półlwa na jego piersi. Wraca mu oddech? Nie może otworzyć oczu, powieki ma jak ołów, ale po co mu patrzeć, skoro z góry widzi wszystko lepiej? Kinga chwyta go za ręce i ciągnie je. Raz, drugi, trzeci. Chwyta go za stopy i pociąga. Władek, ten u góry, czuje, jak ten na dole budzi się z bólu. Jakby mu rozrywało kolana. Ach, nie!...

Ból był tak silny, że się ocknął. Ściągnął tego, który unosił się pod sklepieniem, i wtłoczył prosto we własne obolałe ciało. Poruszył się i znów zemdlał.

— Co mu jest?

— Chciał uciec od siebie, od swoich wspomnień, mój mężny. Chciał zapomnieć.

— Biedny dzieciak wiele przecierpiał, prawda?

— Wiele, ale nie używaj przesady. Nie wolno się nad nim rozczulać, drogi mój. To młody lew i orzeł. Nie karmi się drapieżników współczuciem. Ach...

— Co ci, świątobliwości moja?

— Nic, nic takiego, mój mężny. Barki mnie bolą, zmęczona dziś jestem. Ponaciągałam go trochę, a okazało się, że żylasty jest.

— Co zrobiłaś? Słodka moja...

— Ach, nie mogłam patrzeć, że się tak tym swoim wzrostem przejmuje...

— Urośnie od tego, pani moja?

— Dziewica Maria mówi, że będzie z niego tęgi chłop. Tylko musisz go trochę w walce podszkolić, przyda mu się ponoć. A wiesz, że ja się na tym nie znam.

— Zrobię, jak mówisz, świątobliwości moja. Słyszysz? Dzwonią na nieszpory, chodźmy już.

— Uhm. Taka jestem zmęczona, że chyba nie mam siły iść...

— No to podlećmy sobie, chociaż ten kawałek, krużgankiem.

— Ach, może masz rację. Trochę wygody to jeszcze nie grzech.

HENRYK jechał do Pragi, do swego protektora Přemysla Ottokara, choć tak naprawdę myślał tylko o jego żonie, Kunegundis. Ledwie zdążył na wyznaczone przez Přemysla spotkanie, bo kupcy zbyt późno dostarczyli zamówiony na tę okazję hexamition. Krawcy dzień i noc szyli z niego suknię, kuśnierze podbijali ją delikatnym futrem czarnych wiewiórek i była gotowa, choć w ostatniej chwili. Ale przedstawiała się imponująco! Romby w ramach o kolorze jasnego złota i wypełnieniu w dokładnie takiej barwie, jakiej pragnął — ciemnego, nasyconego kruszcu, barwie włosów Kunegundis. Pośrodku każdego rombu jego czarny orzeł ze złotą przepaską na piersiach. Od spodu suknia podbita czerwonym jedwabiem i delikatnym futrem czarnych wiewiórek. A więc: złoto, czerń i czerwień. Doskonałe połączenie! Konie parskały raźno w chłodnym zimowym powietrzu; po ubitym śniegu orszak poruszał się szybko.

W Pradze powitano go jak w domu, od stajennych po podczaszego znali go tu wszyscy. Na spotkanie wyszedł mu Zawisza z Falkensteinu, jeden z pierwszych rycerzy Přemysla. Ciemnowłosy, wysoki, o pociągłej twarzy i melancholijnych oczach. Szeroko otworzył ramiona i uściskał Henryka.

— Herzog Heinrich! Wypatrujemy cię od kilku dni! Witaj! — Zawisza odsunął go od swej szerokiej piersi na długość ramion, przyjrzał mu się i pokręcił głową z uznaniem. — Damy oszaleją dla ciebie!

Henryk odwzajemniał mu serdeczność, ale w duchu pomyślał, że wystarczyłoby, żeby oszalała ta jedna. Poszedł się szybko przebrać. Jego komnata, ta sama, w której mieszkał jako młodzik, niczym drugi dom. Kiedyś, nie mogąc spać w nocy, na wezgłowiu łoża wydrapał nożem zdobne „K" ujęte w nieco pękate serce. Ilekroć wraca do Pragi, odsuwa poduszki, by sprawdzić, czy wciąż tam jest. No i jest!

— Mlada?

— To ja, książę! Ja! — zaśmiała się służebna, którą ledwie poznał.

Ostatnio była dziewczynką do noszenia wody, dzisiaj, ubrana starannie, w zieloną suknię, wygląda prawie jak panna. „Kogoś mi teraz przypomina...". Jakby się dobrze przyjrzeć, to pod fałdami wełny chyba kryją się prawdziwe piersi? Niezbyt duże, ale są. „Ach, Jemiołę z przybytku Ludwiny, ale to tylko przez kolor sukni, nie ma w niej tego żaru".

Henryk w takiej bliskości Kunegundis innym mógł poświęcić najwyżej przelotną myśl.

W sali jadalnej jasno, gorąco od świec, półmisków, ognia z dwóch wielkich kominków i od tłumu cisnących się przy stołach króla gości. Na podwyższeniu Přemysl Ottokar, Kunegundis, Boże, jaka ona piękna, mały Václav, kanclerz, dwóch biskupów. I miejsce dla niego, po prawicy króla.

Gdy witał się z nimi, przemknęło mu przez głowę, że Przemysł niedawno nazwał go sir Persivalem. „Powinien raczej tytułować mnie Lancelotem z racji na miłość, jaką darzę żonę przyjaciela i króla".

Přemysl Ottokar był panem dobrego smaku, ale nie umiaru. Mawiał, iż złoto najlepiej przegląda się w złocie i nie można było na jego zamku spotkać tego surowego obyczaju właściwego północy, gdzie powściągliwość w okazywaniu bogactwa nazywano cnotą. Zapona na płaszczu Přemysla była ciężka i wielka jak dłoń potężnego mężczyzny. Lew odlany z litego złota z rubinami w oczach. „Mojego poznańskiego kuzyna łączy z Přemyslem nie tylko imię, ale i ten lew w osobistym herbie" — skonstatował Henryk ze zdziwieniem, bo wcześniej nie łączył tych zbieżności, myśląc o czeskim królu zwykle przez pryzmat płomienistej orlicy. Ona sama, wyhaftowana jedwabną nicią na tunice króla, lśniła przy każdym jego ruchu. Zdawało się, że nie tylko płonie, ale i porusza piórami skrzydeł.

Siedząc po jego prawicy, Henryk nie mógł patrzeć na Kunegundis i ona nie mogła go widzieć, zakładając, że w ogóle miałaby na to ochotę. A przecież dla niej ta złocista suknia, dla niej to wszystko. Přemysl przepijał do niego, nazywał go „Liebling Heinrich" i nie wypytywał o to, co dla niego przywiózł. To kolejna z właściwości gospodarza: powściągliwość, której nie posiadał wobec bogactw, towarzyszyła mu w królewskiej godności. Żadnych ważnych rozmów przy stole, ani słowa podczas uczty. Nie widać było na jego twarzy, że czeka, że chce wiedzieć, że targają nim namiętności przypisane władzy. Teraz był tylko gospodarzem swych gości! Wolfram, jeden z dwóch hołubionych przez niego minezingerów, śpiewał o miłości do damy, która podobna jest róży. Henryk nie był głodny, nie umiał się cieszyć ucztą ani spojrzeniami pań, które raz po raz wędrowały ku górze, ku niemu siedzącemu po prawicy Přemysla.

A przeciwności tylko służą miłości
Albowiem, co łatwe,
we wzgardzie pogrążone będzie.

Wolfram skończył i ukłonił się Kunegundis. Rzecz jasna, jej tę pieśń dedykował.

„Czy jest na tym dworze ktokolwiek, kto nie kocha się w damie mego serca?" — ponuro pomyślał Henryk. Goście oklaskiwali Wolframa, a jego miejsce zajął Gwidon.

— Czym uradujesz nasze serca, miły mój Gwidonie? — Přemysl okazywał szacunek minezingerom, nawet jeśli równie hojnie ich opłacał. — Może znajdziesz dla nas pieśń nie tylko o samej miłości, bo ta drobina miodu zebranego pośród cierni może nie wystarczyć na resztę wieczoru.

Gwidon, w tunice w skośne pasy, to zielone, to niebieskie, z trzema liliami na piersi, skłonił się swemu panu i dobrodziejowi.

— Czy opowieści o czynach króla Artura znajdą dzisiaj uznanie w twych oczach, panie?

Přemysl klasnął w ręce.

— A jakie role nam wyznaczasz, pocto?

— Jeśli ty, mój panie, będziesz uosabiał najlepszego z królów, Artura, to małżonka twoja, piękna Kunegundis, będzie królową Ginewrą.

Přemysl się zaśmiał.

— Dobrze, ale znajdź jakąś opowieść z czasów, nim u boku króla Artura i jego żony pojawił się Lancelot z Jeziora!

Henryk zbladł. Nie raz tu, na tym dworze, śpiewano o królu Arturze, nie raz o miłości Lancelota i Ginewry. Ale nigdy przy tej okazji wśród słuchaczy nie zapanowała tak śmiertelna cisza, jak w tej chwili.

Z góry widział, jak goście niespokojnie patrzą to na śpiewaka, to na króla i królową. I w tej ciszy usłyszał jej melodyjny głos:

— Nie chcesz powiedzieć, mój królu, że dajesz wiarę pieśniom? Że przekładasz losy ich bohaterów na własne?

„Kunegundis musi być wzburzona. Tylko w gniewie w jej głosie brzmi ruski akcent".

Żona Přemysla Ottokara była z pochodzenia księżniczką halicką, choć nikt tego nie pamiętał, jakby urodziła się na królową Czech.

— Nie, królowo moja, ale jakoś nie lubię słuchać o dobrym królu, który był rogaczem — roześmiał się Přemysl, a za nim dwór.

„Dziwne" — pomyślał Henryk, ale nawet jeśli cokolwiek Přemysl miał na myśli, to nie mogło chodzić o niego. Chyba nie...

Gwidon wybrał pieśń o sir Balinie, ale książę wrocławski słuchał jej ledwie jednym uchem.

Uczta na zamku trwa, król Artur gości bawi
Dziewica znikła, został cień, który przywołał Balin
Wtem pojaśniało w drzwiach, gość niezapowiedziany
Już herold spieszy, już w róg swój dmie na powitanie damy
— Pani z Jeziora! Witam cię, cóż do mnie cię sprowadza?
— Przysięga twa, Arturze mój, za dawnych czasów dana!

Henryk poruszył się, bo wydawało mu się, że ze strony Kunegundis usłyszał głębokie westchnienie.

Król Artur wstał, powitał ją i już do stołu prosi
Pani z Jeziora nie chce jeść, od wejścia głos unosi:
— Dajże mi jego głowę! — wskazuje w pierś Balina.
— On złamał słowo, wszystko wiem, wyznała mi dziewczyna.
— To jest mój gość! — zakrzyknął król.
— Pod moim dachem jada!
— Przysiągłeś mi, przypomnę ci, za słowo odpowiadasz!

„Każdy z nas składa przysięgi, które potem stoją mu ością w gardle". Sięgnął po kielich, ale wino wydało mu się przesłodzone.

— O Pani, tak! Lecz nie chciej, bym zaprzeczał gościnności.
I trwała tak za razem raz gorąca zdań wymiana

Aż Balin wstał, zamachnął się i rzecz to niesłychana!
Pani z Jeziora głowę ściął mieczem już raz przeklętym!
— Rycerzu smutku, rycerzu łez, cóżeś ty nam uczynił?
Wygnany bądź, po kresów kres, odejdź w pokuty ciemność
Nie może być już miłym mi, kto złamał mą gościnność.
I odszedł Balin, pojechał w mrok, zabrał ze sobą miecz
Nie wiedział już, nie słyszał już, gdy go nazwano Boleść.

„Boleść. Ja jestem zbolały. A minezinger Přemysla Ottokara niewiele lepszy od mojego Gotfryda. Robi za długie przerwy, jakby czekał na oklaski. Małość".

Z ulgą przyjął zakończenie uczty. Królowa z małym Václavem, w orszaku swego dworu, udała się na spoczynek, posyłając mu ujmujący, choć wyraźnie zmęczony uśmiech.

„Boleść" — pomyślał, patrząc na oddalającą się smukłą sylwetkę. Gdy tylko królowa zniknęła, Přemysl zagarnął Henryka do swych prywatnych pokojów. Tam dopiero, gdy zostali sami, Henryk zobaczył, że czoło Přemysla przecina głęboka bruzda. Czy to za sprawą światła, którego było tu nieporównanie mniej niż w sali jadalnej? Chyba nie, lecz w jednej chwili z pogodnego króla — lwa Přemysl stał się w jego oczach wychudzonym drapieżnikiem.

— Mów. Mów, co dla mnie masz!

„Gdyby miał pazury, przytrzymałby mnie teraz nimi za gardło" — pomyślał Henryk i poczuł niesmak. Ale to nie Przemyślida był jego powodem, lecz on sam. „Przyniosłem mu zdobycz, na którą nie zasługuje". Ale stało się, zrobił to i nie pozostawało mu nic innego, niż powiedzieć:

— Mam to, czego pragnąłeś. Przemysł, książę poznański, wyłamał się z sojuszu stryja i jest po naszej stronie.

Jeszcze parę miesięcy temu Henryk dałby wiele za szansę położenia tej perły przed swym protektorem. Dzisiaj czuł, że pochopnie złożył mu taki dar.

Přemysl pokiwał głową i z zadowoleniem pogłaskał się po równo przystrzyżonej brodzie.

— Dobrze. Lew poznański. Mój imiennik! — dodał z dumą. — Dobrze się spisałeś. Bardzo dobrze. Ale... — westchnął ciężko — ale dzisiaj to mało. Wybacz. Wczoraj bym się z twego tryumfu cieszył jak z wygranej wojny, a dzisiaj to już kropla w morzu... Słuchaj: książęta elektorzy wybrali na króla Rzeszy Niemieckiej Rudolfa.

„Co? Postawiłem najwyższą stawkę, a mój król nie wygrywa?".

— Rudolfa Habsburga? Przecież był nieporównanie słabszym kandydatem od ciebie! Tyś był faworytem, wielki Przemyślido!

Henryk nigdy wcześniej nie powiedziałby tak. Ale był zaskoczony i wzburzony. Ciemnozłote oczy Přemysla zalśniły gniewem.

— I dlatego wygrał! Panowie Rzeszy bali się mnie. Bali się, że będę rządził nimi twardo, a oni przecież chcą króla, którym sami będą rządzili. To nie wszystko... — Okrążył stół, nie mógł usiedzieć. — Wzywają mnie na Reichstag do Frankfurtu. Wiesz po co? Rudolf ich głosami przeforsuje prawo, które nakaże zwrot ziem po zmarłym cesarzu Fryderyku.

— Chcą cię pozbawić Styrii?

— Styrii, Karyntii i Austrii, mój drogi Heinrichu.

Henryk nagle popatrzył na niego z podziwem. „Powinienem się od niego uczyć, jak przegrywać. Chwilę temu bawił gości na wydanej przez siebie uczcie i nie dał poznać, że dostał cios, od którego pękła mu zbroja".

— Co uczynisz, panie?

— To, co należy, Heinrichu. Nie oddam.

— Wojna?

Přemysl się roześmiał.

— Dawno nie walczyliśmy razem, prawda?

„Wojna, w którą chce i mnie wciągnąć" — gorzko pomyślał Henryk i jego dar dla Přemysla nabrał gorzkiego znaczenia.

— Nie od razu, jeszcze nie dzisiaj... — Król uśmiechnął się smutno. — Odmówiłem uznania Rudolfa królem, odmówię i zwrotu ziem, gdy zażądają. Będę zbierał siły, mój Henryku. I liczę, że mi w tym pomożesz. Lwa poznańskiego już masz. Kogo jeszcze?

— Władysława, księcia opolskiego.

— Dobrze. Ale miej na niego oko, on zmienia sojusze częściej niż ja koszule. A Głogów?

— Pracuję nad stryjecznym bratem.

— Pracuj, drogi mój. Interesują mnie wszyscy twoi kuzyni, wujowie, stryjowie. Wszyscy jak jeden mąż. Po śmierci króla Stefana stronnictwa węgierskie nie są tak skore do współpracy, możesz więc szukać także i wśród dawnych sprzymierzeńców Arpadów. To dobry trop.

— Dobry, ale nie bardzo dobry. Nawet jeśli nie wiążą się mocniej z Węgrami, to nie znaczy, że mają ochotę wiązać się z nami.

— A mój imiennik, Přemysl poznański? Wyrwałeś go Arpadom!

— To inna sprawa, królu. Bardziej osobista. — Henryk poczuł, że nie chce przed swym protektorem uchylać tajemnic ich rozmów. Zaciążyło mu, że Przemyślida miał być głównym beneficjentem „układu wrocławskiego".

Přemysl jakby wyczuł wahanie Henryka. Stanął przed nim, położył mu dłonie na ramionach i swymi ciemnozłotymi oczami spojrzał wprost w niebieskie źrenice Henryka. Tak samo jak wtedy, gdy Henryk był chłopcem, a król przyjmował go na swój dwór. Tyle że wtedy praski lew pochylał się, a teraz byli równi wzrostem.

— Doceniam tym bardziej, drogi mój.

Tak samo jak wtedy Henryk zmiękł. Přemysl umiał trafić prosto w jego serce. Nawet jeśli dzisiaj waliły się jego polityczne plany, wciąż był potężnym władcą. Wciąż był wielkim Przemyślidą.

— I pamiętaj, czego cię uczyłem: Polska i Czechy to dwie ściany budowli złączonej wspólnym kamieniem węgielnym! Tak im mów, wpajaj im to. — Přemysl wpatrywał się w oczy Henryka. — Moja potęga to wasza potęga, Heinrichu!

Ciążyła mu dłoń Przemyślidy na ramieniu. Ciążyła dzisiaj z wielu powodów. Wymówił się zmęczeniem po podróży i pożegnał. Klęknął na jedno kolano przed królem.

Chciał zostać sam.

W drodze do swej sypialni usłyszał podkomorzego pokrzykującego na służbę.

„Aha, nowi goście. Ciekawe kto taki?". Na odpowiedź nie czekał długo. Jego czarny orzeł niemal zderzył się w wąskim korytarzu z czerwonym orłem.

— Margrabia Otto Długi! Jak miło cię widzieć, panie! — Ukłonił się Brandenburczykowi.

— Herzog Heinrich, przyjemność spotkania po mojej leży stronie! — Otto odkłonił mu się zgrabnie. — Wracasz od króla?

— Tak. A ty do niego zmierzasz?

— Owszem. Mam sprawy, które nie cierpią zwłoki.

— Polityka, zdaniem naszego Přemysla, kocha cierpliwość.

— I rację ma król. Jednak to nie polityka, Heinrichu. To honor domu Przemyślidów. Honor króla, którego kocham ponad wszystko, przygnał mnie tu.

Jasne oczy Ottona, zwykle zimne, były wzburzone niczym wrząca woda.

— Honor króla? Chcesz powiedzieć, że ktoś mu uchybił?

— Tak, mój prawy Heinrichu. Ale pozwól, że najpierw dowie się o tym on. — Otto skłonił mu się dwornie i odszedł w stronę królewskich pokoi długim krokiem swych wysmukłych nóg.

Henryk dość miał zagadek na dzisiaj. Udał się do siebie i przywołał służbę, by pospieszyła się z rozbieraniem. Gdy został sam, znużony padł na łoże.

„To on uczył mnie zasad rycerskich. To on dał mi pas i miecz. To jemu ślubowałem wierność, która dzisiaj poddana zostaje próbie. Do diabła! Dlaczego ja?!".

Zapadał w sen, wpatrując się w swoją szatę z kosztownego hexamitionu. Orły zdawały się przeskakiwać z rombu na romb, ale złoto, zamiast przywoływać odcień włosów Kunegundis, w nikłym świetle świecy wyglądało jak przybrudzony len.

CZEREMCHA drżała z zimna. Uciekła napastnikom tak, jak stała, w sukni, zostawiając w garści zbója płaszcz, za który ciągnął. Biegła na oślep, w noc, oddalając się przezornie od rozwartych niczym gardziel drzwi karczmy i jasnej linii ubitego traktu.

„Las kocha swe dzieci" — myślała i nogi niosły ją same w stronę gęstych drzew. Wpadła między nie i zielone sukno sukienki wtopiło Czeremchę w las.

W lesie śniegu było mniej niż przy drodze, ale mimo to zapadała się w zaspy po kolana. Serce biło jej gorączkowo, zagłuszając w pierwszej chwili myśli. Dopiero gdy przestała słyszeć krzyki, gdy umilkło rżenie koni i nawoływania zbójców, stanęła, by złapać oddech. Wtedy poczuła chłód.

Minęli Rogoźno, byli już ledwie dzień drogi od Poznania. Zatrzymali się na ostatni nocleg w karczmie przy rozstajnych drogach. Od początku czuła, że to zły pomysł, że wydarzyć się może coś niespodziewanego. Zbyt pewny siebie był Dalegor jak na swój młody wiek. Książę czerwony gryf mianował go dowódcą ich małej kompanii, w której skład weszło trzech handlarzy ryb, pięciu rybaków, dwóch wędrownych najemników i on, Dalegor, były rozbójnik morski, kiedyś wyjęty spod prawa banita. Za męstwo i bliżej nieznane Czeremsze zasługi Bogusław przywrócił mu imię i wysługiwał się Dalegorem w sprawach, które wymagały sprytu i nieużywania imienia księcia. Jak tylko ruszyli z Dąbia, Czeremcha zwietrzyła, że ten człowiek sprowadzi na nich kłopoty. Był butny, głośny i zbyt pewny siebie. I nie pomyliła się. Mogli zatrzymać się w Rokietnicy, poprosić o nocleg w wiejskiej chałupie. Gdy przejeżdżali tamtędy, chłopi zapraszali. Za dwie miski śledzi mieliby ciepły kąt i gorącą kaszę. Ale Dalegorowi śmierdziały chałupy i koniecznie chciał do karczmy. Napić się chciał, ot co. Nie zdążyli nawet wejść do środka, ledwie zsiedli z koni, kiedy na podwórze zajechała dwudziestka uzbrojonych jeźdźców bez barw herbowych. Karczmarz zbladł, gdy ich zobaczył, i zaczął od ryglowania drzwi. Czeremcha próbowała się cofnąć do stajni, ale drogę zajechał jej brodaty, rosły mężczyzna, od którego biła woń spalenizny przykrywająca świeży zapach krwi i spermy. Nie musiała patrzeć na niego, by wiedzieć, że tacy jak on nie zostawiają świadków. A jednak spojrzała w górę, zobaczyła twarz z nosem długim i wąskim niczym piszczel obleczony skórą, oczy jasne i zimne, i rudą brodę, która nie przykrywała paskudnej blizny biegnącej od podbródka do ucha. Skoczyła w bok w chwili, w której on pochylał się, by wciągnąć ją na koński grzbiet. Uchwycił jej płaszcz, a Czeremcha błyskawicznie odpięła zaponę, zostawiając swe okrycie w jego garści, i rzuciła się w kierunku bramy. Drogę zagrodziło jej dwóch innych, za plecami usłyszała pewny siebie głos Dalegora:

— Łapy precz od mojej ślicznotki!

Świsnęło w powietrzu i ten z lewej zawył, chwytając się za głowę. Czeremcha domyśliła się, że Dalegor uderzył go kiścieniem, którym chwalił się na każdym popasie, pokazując, jak celnie potrafi nim rzucać. Pamiętała, że ma dwa takie kiścienie, każdy zaczepiony na owiniętym rzemieniem przedramieniu. Przez głowę przemknęło jej, że zaraz wyrzuci drugi i, nie czekając, czmychnęła między konie chwilowo zdezorientowanych napastników. Potem usłyszała drugi jęk i wrzask Dalegora, który mógłby być wzięty za okropny śmiech, gdyby nie to, że wiedziała, ilu zbrojnych wjechało na dziedziniec. Biegła, biegła w las, słysząc za plecami okrzyki i jęki. Dobiegł do niej wysoki wrzask kobiety, wszystko jedno: albo córki, albo żony karczmarza. Odwróciła się tylko raz, wpadając między pierwsze drzewa, zobaczyła łunę płonącego dachu karczmy i czerwoną czeluść bramy.

Co dalej? Nikt jej nie goni, to pewne. Ale jeśli wróci na trakt, może spotkać napastników w każdej chwili. A jeśli wpadnie w ich ręce, najpierw ją zgwałcą, potem zabiją, a potem znów zgwałcą, nim ostygnie. Musi przeczekać do rana, do południa nawet, bo tacy jak oni znikną z miejsca zbrodni wraz z brzaskiem i cała sztuka w tym, by nie wpadła im pod kopyta, gdy będą wracali. Nie miała wątpliwości: to najemnicy brandenburscy. Nos Czeremchy w tym względzie nie mylił się nigdy. Co robili tak blisko Poznania? Dlaczego nieśli na płaszczach zapach pożogi, zanim podpalili karczmę? Wolała nie odpowiadać na takie pytania. Jedno było pewne: teraz jest pozbawiona ochrony, sama w nocy w lesie, pod bokiem najemnych zbójów. I idzie ostry mróz. „Las kocha swe dzieci". Wzrok przyzwyczaił się już do ciemności. Rozejrzała się wokół. Miała dwa wyjścia: wspiąć się na drzewo i przenocować na konarze, do którego nie doskoczy żadne zwierzę, lub zagrzebać się w stercie suchych liści, przykrywając je śniegiem, i liczyć na to, że nie podejdą wilki. Gdyby miała płaszcz, wybrałaby drzewo. Ale w samej sukni może nie wytrzymać na konarze, a jeśli zimno odbierze jej czucie w ramionach i tak spadnie prosto w szpony drapieżników. Zaczęła szukać wystarczająco dużgo stosu liści. Księżyc był ledwie sierpem i lśnił, złowieszczo przypominając puginał u boku wąskonosego zbója. Ale nawet w tym nikłym świetle zauważyła kilka większych ośnieżonych pagórków. Na wszelki wypadek wsadziła najpierw gałąź w pierwszy z nich. Wydawał się pusty, wypełniony pod śnieżną czapą tylko liśćmi. Sprawdziła z każdej strony, po czym wpełzła w jego środek, starając się nie zrzucić okrywającej go białej pokrywy. Pokręciła kilka razy głową, by liście nie wchodziły jej do nosa, i umościła się, zwijając w kłębek. Przy każdym poruszeniu chrzęściła cała jej kryjówka. Czy Dalegor przeżył? A ten gruby rybak, co wciąż opowiadał o żonie i córkach? Wolała nie myśleć. Ona i tak im już nie pomoże, a ma swoją misję do spełnienia i na niej musi się skupić. Czy Lukardis naprawdę jest taka piękna, jak opowiadała Olcha? Czeremcha nie widziała Pani nigdy, ale nasłuchała się o niej od siostry. Dzisiaj już wie, że Olcha od dawna szykowała ją na swą następczynię, jakby przeczuwając własną śmierć. „Gdy będziesz blisko niej, twoja moc zacznie wzrastać. Zaskoczy cię, zobaczysz. Uważaj, byś zamiast służyć Starszej Krwi, nie zaczęła służyć wyłącznie jej". Czeremcha czuła, iż to właśnie zgubiło Olchę, że przestroga siostry płynęła z serca. Zapytała wtedy: „A to nie jest to samo?". „Nie — odpowiedziała Olcha. — Lukardis nie zna swego przeznaczenia, to naszym zadaniem jest doprowadzić ją do niego".

Zrobiło się zimno. Dziewczyna czuła, jak sztywnieją jej palce dłoni i stóp, jak bok, na którym leży, przenika chłód. Chuchnęła. Nawet para wydobywająca się z jej ust była mroźna. Niedobrze.

Dla Czeremchy w tej historii były punkty niejasne. Olcha odeszła, nim zdążyła wyjawić jej wszystko. Bogusław. Książę czerwony gryf. On przecież wie. Dlaczego sam nie połączył się z Panią Lukardis? Bogusław był pięknym mężczyzną i pociągał Czeremchę od chwili, gdy go ujrzała. Oddała mu się bez cienia wahania, choć w głębi duszy nie miała pewności, czy także swoim ciałem powinna mu służyć. Ale zrobiła to, bo on tego pragnął, i nie żałowała, choć miłość, jaką ją obdarzył, była bolesna i Czeremcha długo pamiętała ból, jaki jej zadał. Nic to. To przecież książę Starszej Krwi. Służyć mu to jej powinność, tak jak służyć Pani Lukardis. Czy Olcha także oddawała się Bogusławowi? Tego jej nie powiedziała.

Czeremcha poczuła ostrą woń wilczej sierści, zanim usłyszała kroki zwierza po zmarzniętych liściach. „Las kocha swoje dzieci" — zamruczała zaklęcie i wstrzymała oddech. Wilk zatrzymał się tak blisko jej kopca, że poczuła oblewającą ją falę ciepła. „Las kocha swe dzieci". Zwierzę szczeknęło krótko, gardłowo, nisko. Usłyszała, że delikatnie grzebie łapą w liściach. W okrywających ją liściach. Pazury zahaczyły o zielony rękaw jej sukni. Łapa wilka znieruchomiała. Po chwili cofnął ją delikatnie i zaczął wygrzebywać liście dwiema łapami. Wczołgał się w stertę i przylgnął do boku dziewczyny. Ciepło. Ciepło gęstego futra, serce bijące pod nim i słodka woń sierści. Złote oko, oko w oko z nią. Krótki, łagodny skowyt i łeb oparty na przednich łapach. Czeremcha odetchnęła z ulgą. Wracało do niej ciepło, wracało życie. To nie wilk. To wilczyca. „Las kocha swe dzieci". Gdzieś nad nimi zahukała sowa. Czeremcha pomyślała: „Ktoś umarł". I zapadła w sen.

PRZEMYSŁ osobiście objeżdżał gród za grodem, wieś za wsią. Chciał to wszystko zobaczyć na własne oczy. Chciał skatować się ludzkim płaczem, wyliczaniem strat i krzywd. I nade wszystko pragnął wpaść na trop sprawców spustoszenia kraju.

Tak, czuł się winny. On bawił się na turniejach, ucztował z Henrykiem, śpiewał z nim pieśni, a w tym czasie Brandenburczycy nagłym wypadem spalili mu zachodnią połać kraju.

— Michał! Oni wiedzieli, że księcia nie ma! Może nawet wiedzieli, gdzie jestem i kiedy wrócę! Przygotowali to widowisko dla mnie, żebym jechał do domu po zgliszczach! A niech to!...

— Ciekawe tylko, czy Poznania nie ruszyli dlatego, że nie chcieli, czy dlatego, że nie zdążyli? — Michał jak zwykle nie bawił się w sentymenty. — Gdyby podpalili Poznań, byłaby wojna.

— Nie sądzisz, książę, że ślady zbyt jednoznacznie wskazują na Brandenburczyków? — wtrącił się Nawoj. — Nie podpada ci to?

Przemysł się żachnął.

— Od początku o tym myślę! Nie śpię przez to po nocach! Albo Brandenburczycy chcieli demonstracji, aby pokazać mi, że nie mam się czuć pewnie we własnym kraju, albo ktoś, i nie wiem kto, woli, abyśmy myśleli, że to oni.

Lasota się skrzywił.

— Chcecie powiedzieć, że jakiś inny wróg celowo próbuje nas wepchnąć w wojnę z Brandenburgią? Kto taki? To niepoważne, wybacz, książę.

— W polityce rzeczy niepoważne trzeba brać serio — zakończył dyskusję Przemysł.

— Tak mówi twój stryj — basowym chórem wyrecytowali jego czterej przyjaciele i ruszyli za swym księciem.

Byli w drodze drugi tydzień. Od rana do zmierzchu objeżdżali kraj. Oprócz drużyny zbrojnej zabrał ze sobą sztab urzędników, by móc od ręki załatwiać najpilniejsze sprawy. Tylona, swego notariusza, trzymał zawsze przy sobie, bo w przeciwieństwie do jego najbliższych towarzyszy umiał patrzeć na świat nie tylko przez pryzmat wojny.

— Nie wydaje ci się, książę, że podpalenia sprawiają wrażenie chaotycznych? — zagadnął Tylon, gdy dojeżdżali do kolejnych zgliszczy. Osłaniał dłonią oczy od słońca odbijającego się od śniegu i wpatrywał w dal. — Przy tym trakcie jest pięć wsi, z czego spłonęły dwie, a trzy zostały nietknięte.

„Słusznie — pomyślał Przemysł. — Straty są znaczne, ale nie aż takie, jakich się spodziewałem".

Zza zakrętu dobiegł ich głos pieśni zawodzonej przez wiele głosów. Koń Przemysła szarpnął.

Michał, który jechał w straży przedniej, już był koło swego księcia.

— Biczownicy, panie. Dwie, trzy dziesiątki ludzi. Przegnać z traktu?

— Idą za krzyżem?

Michał się skrzywił.

— Tak, ale to krzyż naprędce z gałęzi zbity, duchownego wśród nich nie ma.

— Tylonie, jedź z Michałem, zobacz, co to za jedni. Jeśli uznasz, że pobożni, to ich puścimy, a jak nie, to niech Bogusza przegna ich precz.

Tylon skłonił się księciu, ale wyraził wątpliwość:

— Panie, kościół nie ma jednolitej wykładni dla biczowników. Niektórzy z nich wiodą życie cnotliwe, inni zaś...

— Dlatego rozkazuję ci zobaczyć, którzy to!

— Wybacz, książę, ale w takiej sprawie wypowiedzieć winien się biskup, nie prosty kapłan...

— Tylonie! Jedź z Michałem! — zakończył Przemysł.

Wszystkie zalety, dla których lubił i cenił Tylona, były jednocześnie jego wadami. Rozsądek i prawość notariusza powodowały, że czasami, tak jak teraz, dłużej gadał, niż podejmował decyzję. W tym względzie towarzystwo Michała mogło mu tylko posłużyć. Miał rację książę, bo po chwili Tylon był z powrotem. Minę miał nieszczególną.

— Dziwni jacyś, mój książę... Kazałem, zgodnie z twą wolą, zejść im z traktu, ale przypuszczam, iż dobrze by było ich w ogóle zatrzymać, w kraj nie puszczać.

— Mówiłem: przegnać precz!

Tylon pokręcił głową.

— Sam zobacz na nich, panie... Ja to bym nawet nie przegnał, tylko gdzieś przymknął... żeby złych nastrojów wśród ludzi nie siali.

— Co to za pieśń? Co to za język? — Przemysł przerwał Tylonowi, bo dojechali już do pobocza, na którym spędzeni z traktu biczownicy skupili się w ciasną grupkę i, kiwając się na wszystkie strony, zawodzili.

— Ciężko słowa rozpoznać.

— Właśnie, mój książę. To nie jest chrześcijański język — z pogardą wtrącił się Bogusza, który podjechał do Przemysła i Tylona.

— Mylisz się, szlachetny Boguszo — wszedł mu, choć nieśmiało, w zdanie Tylon. — To są chrześcijańskie słowa pomieszanych ze sobą języków. Saksoński, łacina, kataloński, a nawet frankijski i angielski. A jak się dobrze wsłuchasz, znajdziesz i nasze, słowiańskie... o teraz... — Tylon podniósł palec w górę i przekrzywił głowę jak ptak.

Przemysł wzruszył ramionami.

— Ja nic normalnego nie słyszę.

Bogusza skrzywił się i, przedrzeźniając biczowników, zawył:

— Boooouuuu pooooyyyyuuuu...

A Tylon z miną skupioną przetłumaczył:

— „Bogu pomyłuj".

Przemysł zatrzymał konia na wprost grupki. Mimo siarczystego mrozu mężczyźni byli rozebrani do pasa. Ich ciała były chude, pokryte strupami, sine od mrozu i czarne od dawno zaschłej krwi. Niektórzy mieli głowy okutane brudnymi szmatami, inni kaptury spadające na nagie ramiona. W dłoniach trzymali swe narzędzia pokuty i tortur, bicze cztero- i trójdzielne. Przemysł wyraźnie widział na zaostrzonych ćwiekach nabitych pośrodku rzemieni strzępki zaschniętej brunatnej skóry. Chciał odwrócić głowę z niesmakiem, ale nagle zdał sobie sprawę, że ludzie ci na jego widok ani nie zaprzestali swej dzikiej pieśni, ani nie pokłonili się mu. Michał w tej samej chwili zwrócił na to uwagę, bo krzyknął:

— Kimkolwiek jesteście, karki zgiąć przed księciem Przemysłem, panem Starszej Polski!

Zbita grupka zafalowała, ale nie przerwała pieśni. Na czoło wysunął się niski i, sądząc po stanie jego ciała, starszy chyba mężczyzna.

— Wybacz, szlachetny książę, ale my, bracia biczownicy, ślubowaliśmy oddawać pokłon jedynie Bogu — odezwał się z obcym akcentem, głosem suchym i nieprzyjemnym jak szelest zamarzniętych liści.

— Jesteście więc wichrzycielami podważającymi władzę księcia? — krzyknął Michał, który dość miał już najwyraźniej przestoju spowodowanego przez tę dziwaczną zgraję.

— Nie, szlachetny książę — mężczyzna zwracał się do Michała, co Tylon skwitował uniesieniem oczu ku górze, a Przemysł wzruszeniem ramion. — Jesteśmy szarymi ludźmi, którzy chcą tylko oddać swe marne życie Bogu. Idziemy z pokutą od wsi do wsi, by wybłagać u Pana przebaczenie grzechów i uwolnić ten piękny kraj od wilkołaka, który jak kara zesłana przez niebiosa dręczy poczciwych, acz grzesznych ludzi.

— Wilkołak. To nowe imię Brandenburczyków... — westchnął Przemysł nad ciemnotą ludzką. A do Tylona szepnął: — A może to są szpiedzy?

— Nie wiem, panie, ale teraz, po tych pożogach, nie potrzeba ci wśród ludu zamętu.

Bogusza tylko czekał na jego przyzwolenie. Gdy je dostał, słudzy w mgnieniu oka wzięli się do pętania biczowników. Ci zaś nie bronili się wcale, śpiewali swą pieśń, jakby nie wiedzieli, co się z nimi dzieje. Zareagowali dopiero, gdy wydzierano im z rąk bicze. Ale było już za późno i nikt nie zwracał na to uwagi.

— Popędzę ich do Nawojki, tej wsi, którą minęliśmy rano! — krzyknął Bogusza na odjezdnym. — Dogonimy was na popasie, książę!

— *Gottes Fluch*... — biczownicy powiązani pętami w czwórki zaintonowali inną pieśń. — *Dei maledictio*...

— Boża klątwa? — Przemysł nie był pewien, czy dobrze zrozumiał, ale Tylon potwierdził skinieniem głowy. Ponad intonujących wzniósł się głos małego starca, który, odwracając się w stronę Przemysła, krzyknął:

— *Cave ogre Dominum! Diffidare di orco Signore! Vosicht... Oger*...

Tylon zmrużył oczy:

— „Strzeż się wilkołaka, panie".

Przemysł wzruszył ramionami.

— Dobrze mówił po polsku. Dlaczego teraz wykrzykuje we wszystkich językach? To pomyleniec jakiś... Jedźmy!

W południe stanęli we wsi Jeziorna. Pogorzelcy, widząc swego księcia osobiście pochylającego się nad ich nieszczęściem, płakali ze wzruszenia i brali się do odbudowy z animuszem. On przyznał im, jak wcześniej każdej z odwiedzanych wsi, odpowiadającą zniszczeniom ilość drewna ze swych lasów. Strat w ludziach nie było wiele, ot, kilku starców, którym serce nie wytrzymało, trochę poparzonych przy ratowaniu dobytku.

Właściwie po raz pierwszy tak skrupulatnie oglądał swe ziemie. Znał zachodnią granicę od strony Obry i bagnistej Noteci, znał przeprawy, brody, miejsca dobre na zasadzki. Znał sieć kasztelanii z jej słabymi i mocnymi stronami. Wiedział, na ilu zbrojnych, z którego grodu będzie mógł liczyć. Ale nie wiedział, ile dokładnie ma wsi, ilu chłopów, ile łanów. Szczerze? Nie interesowało go to za bardzo. Czuł się rycerzem, nie gospodarzem.

„Teraz, gdy zawiodłem jako obrońca, pokutę odbywam jako gospodarz" — pomyślał Przemysł i otrząsnął się na to porównanie przypominające o spotkaniu z biczownikami. „A jeśli naprawdę te pożary to klątwa?".

Grzany miód podany księciu przez sołtysa szybko odsunął od niego niepotrzebne myśli. Kończyli wizytę, gdy dołączył do nich Bogusza. Po jego minie Przemysł widział, że nie wszystko poszło dobrze.

— Książę. Wieśniacy w Nawojce bali się biczowników. Błagali mnie na kolanach, żebym ich tam nie zostawiał. Nie mam odporności na babskie łzy... i to gadanie o wilkołakach... — Jego przyboczny rozłożył ręce.

— Co zrobiłeś?

— Zostawiłem dwóch swoich ludzi, by ich pilnowali. I kazałem im o świcie wziąć chłopów do pomocy, ilu będzie trzeba, i odstawić tych dziwaków pod eskortą do Rogoźna. Tam mój rodowiec, Grzymała, jest komesem, on będzie widział, co z nimi zrobić.

— I dobrze — powiedział Przemysł — my też zaraz ruszamy do Rogoźna.

— Teraz, panie? — wtrącił się zaskoczony Tylon. — Przecież zaraz będzie zmierzchać...

— A co? Ksiądz notariusz boi się wilków? — przyciął mu Nawoj.

Sołtys, trzymający się na uboczu zażywny mężczyzna, ośmielił się odezwać:

— Książę panie! Prawda to, że wilki pojawiły się w okolicy. Nie co noc je słyszymy, ale czasami podchodzą naprawdę blisko wsi... U nas skromnie, ale moja chata obszerna, przyjmij gościnę swych sług uniżonych...

— Dziękuję ci, twoja gościna jest mi miłą. Ale gdybym co wieś zatrzymywał się na noc, nie objechałbym kraju i w rok. Lasota? Ludzie gotowi do drogi?

— Jeszcze chwila, panie. Pochodni musimy dorobić.

Widząc, iż książę jeszcze chwilę zostaje, sołtys kiwnął na kobiety. Podeszły w pokłonach z glinianymi garnkami i Przemysł, nie chcąc urazić gospodarzy, spróbował jadła, które mu podano. Kaszę prażoną znał, jego matka, poszcząc, wyrzekła się jedzenia mięsa, i pamiętał z dzieciństwa, iż jadła tylko suche, nieomaszczone kasze. Płatek przyskoczył do swego pana, podając mu srebrną łyżkę, lecz Przemysł zatrzymał giermka i wziął od usługującej mu kobiety prostą łychę drewnianą.

— A to co? — spytał, zaglądając do drugiego, większego garnka.

— Polewka, jaśnie książę — odpowiedziała niewiasta z dumą — z suszonej lebiody.

— Bardzo dobra — skłamał Przemysł i przełknął kilka łyżek. — Niech i moi ludzie popróbują. — Przekazał szybko łyżkę Boguszy.

Ruszali z pierwszym zmierzchem, ale pochodnie oświetlające im drogę sprawiały, iż było niemal jasno. Mimo to Tylon przeżegnał się na sygnał do odjazdu. Trzymał się blisko księcia.

— Panie, te twoje cztery wichry mają chociaż jakąś wprawę w odpędzaniu wilków? Bo ja te potwory znam tylko z opowieści piastunki i, wierz mi, nie miałbym dzisiaj odwagi żadnej z nich ci powtórzyć.

— Cztery wichry? Co masz na myśli?

— Tych twoich zabijaków, Lasotę, Michała, Boguszę i Nawoja, choć on, przyznać muszę, najspokojniejszy z nich wszystkich.

— Cztery Wichry! Dobre! Tylonie! Masz duszę barda! Moi druhowie będą cię chwalić za ten przydomek!

— Obym miał okazję kiedyś to usłyszeć — szepnął Tylon, owijając się ściślej płaszczem, bo jakby mu na złość zaczął zacinać lekki, ale wbijający się pod kaptur śnieg.

Wbrew lękom notariusza dotarli do Rogoźna cali. Komes Mikołaj Grzymała z synem, Domaradzicem, wyszedł po nich z pochodniami sporo przed gród, w którym i tak nikt nie spał, bo wszyscy czekali na księcia. A na stole parowały żeberka wołowe, pieczone kaczki z brzuchami pełnymi grzybów, kuropatwy na długich rusztach, przetykane słoniną, i gorący gulasz barani w chlebie.

— Polewki z lebiody nie masz? — spytał rodowca Bogusza.

— Z suszonej lebiody! — dodał Nawoj, oblizując się i przewracając oczami.

Mikołaj i Domaradzic szeroko otworzyli oczy i komes chciał już wydawać polecenia służbie, gdy książę wstrzymał go ze śmiechem.

— Nie słuchaj ich, panie. Jeżdżą ze swym księciem po wsiach i chcieli się pochwalić, czego się nauczyli ostatnio.

Grzymała odetchnął z ulgą. Widać było, iż to człowiek o dowcipie raczej ciężkim, ale za to dobry gospodarz i dobry wojak. Gdy już nasycili pierwszy głód, powiedział do Przemysła:

— Książę panie, mam ja dla ciebie podarunek skromny, ale ufam, że przydatny. W loszku go trzymam...

— To i lochy opróżnij, bo książę Starszej Polski także i dla ciebie coś do nich przywiózł. — Bogusza najwyraźniej lubił dokuczać rodowcom.

Mikołaj Grzymała zamrugał, patrząc to na księcia, to na swego krewnego. Przemysł się roześmiał.

— Nie książę, ale ty, Boguszo, zadbałeś o rogozińskie lochy! Miałeś wolę je zapełnić, miej odwagę przyznać, co do nich chcesz włożyć! Ale to później. Książę najpierw przyjmie prezent, a potem da swój. Co masz dla mnie, Mikołaju?

Grzymała niepewnie spojrzał na Boguszę i pokręcił głową. Wziął wdech dla przywrócenia przerwanego mu składu myśli.

— Mam panie ludzi złapanych na rabunku przy spalonej karczmie. Mówią, iż nie tylko widzieli podpalaczy, ale i słyszeli ich rozmowy.

— Tak? I co powiedzieli? — Przemysł pomyślał, iż może po to jechał do Rogoźna, by się w końcu dowiedzieć prawdy.

— Zarzekają się, iż słyszeli, jak tamci mówili, że ich dowódca mówił, że jemu powiedział...

Bogusza przewrócił oczami, ale Przemysł powstrzymał jego wygłupy zniecierpliwionym ruchem dłoni. Na szczęście Mikołaj, skupiony na tym, co ma powiedzieć, nie zauważył i ciągnął dalej:

— ...że zapłatę dostaną od grafa Gotfryda...

— Gotfryd jest komesem Ottona Długiego! To pewne?

Mikołaj z powagą potaknął:

— Tak, książę. Gotfryd jest komesem Ottona.

— Nie o to pytam, Mikołaju. Pytam, czy pewien jesteś zeznań swoich jeńców.

— Tak, książę. Męczyłem każdego osobno, nie mogli podsłuchiwać zeznań.

— Wierzę ci. Ale dobrze będzie, jeśli Michał ich jeszcze jutro sam przebada. Jeśli cię to nie urazi, komesie.

Grzymała zamrugał i Przemysł pojął, że to dobry pomysł.

A o tym, jak dobry, przekonał się nazajutrz, gdy Michał z Lasotą wrócili ze słuchania jeńców.

— Panie — skłonił mu się Michał — jeden z tych ludzi z pewnością nie jest zwykłym złodziejem. Ma gębę zbójecką, nie wiem, gdzie ją widziałem, ale Lasota też mówi, iż to pysk, którego się nie zapomina. Szrama pod brodą do samego ucha... I odzienie ma znaczne. Wygląda na najemnika.

— Myślisz, że to są nasi podpalacze?

— Pewności nie mam, ale nos mi podpowiada, że tak.

— Coś powiedzieli nowego?

W oku Michała zalśniła iskra, którą chował przed swym księciem na koniec.

— Mechtylda.

Przemysł poczuł mrowienie w palcach.

— Mamy ich! Teraz wszystko jest jasne!

Od początku chodziło mu po głowie, że niespodziewany atak Brandenburczyków to jedynie odwleczona w czasie reakcja na jego ślub z Lukardis. Czy też, dokładniej rzecz ujmując, na sojusz z księciem Zachodniego Pomorza. Spodziewali się go zeszłego roku, trzymali ze stryjem zdwojone straże, a ci przyczaili się i dali pokaz swych możliwości, gdy Przemysł przestał się już pilnować. Sięgnął po kubek z grzanym piwem.

— Coś jeszcze można z nich wyciągnąć?

Michał pokręcił głową:

— Niestety, książę. Staraliśmy się tak bardzo, że straciliśmy świadków...

Tylon zakrył oczy dłonią i przeżegnał się. Przemysł tylko machnął ręką.

— Nie szkodzi. I tak nie moglibyśmy ich użyć w żadnym sądzie.

Kazał jedynie dokładnie obszukać więźniów, co, jak się okazało, przezorny Lasota i tak już uczynił. Nic zresztą, jak można się było spodziewać, nie znalazł. Trupy książę polecił Mikołajowi wystawić na widok publiczny przy wiodącym do Rogoźna gościńcu.

Wyjeżdżając z Rogoźna, obiecał komesowi za nich sowitą nagrodę. I nieopatrznie dodał, iż komes sam może ją sobie wybrać. Grzymała jąkał się tak długo, aż Przemysł, lękając się, że słońce zajdzie, nim kasztelan coś powie, wyręczył go.

— Wiesz co, Mikołaju? Dostaniesz zgodę na wycinkę modrzewia. Chciałbym, abyś w Rogoźnie wybudował nowy dwór, wielki jak zamek. Zgoda?

— Panie! Ja tylko jeńców pojmałem, zrobiłem, co do mnie należało...

— Ale zrobiłeś dobrze. Jak wybudujesz zamek, przyjadę do ciebie na święta. Zgoda?

Mikołaj przełykał ślinę, bo zaschło mu w gardle, wyręczył ojca Domaradzic:

— To będzie największy dla nas zaszczyt, książę!

Syn był najwyraźniej mniej oporny w słowach, bo stary jeszcze nie doszedł do siebie, gdy młody ośmielił się zapytać:

— Wspominałeś, panie, o zapełnianiu lochów.

— A tak. Bogusza, nie wyjaśniłeś jeszcze?

— Mówiłem, książę!

Mikołaj doszedł już do siebie i przejął inicjatywę:

— My wiemy, jaśnie książę, że to ci... biczownicy... my tylko chcemy zapytać, czy trzeba ich trzymać przez zimę w lochu, czy można dla przykładu ukarać?

— Tyś tu, jako kasztelan, moim zastępcą, Grzymało. Jeśli znajdziesz w nich winę, to bierzesz na siebie wymierzenie kary.

„No tak, wykarmić trzydziestu, nawet poszczących, więźniów przez całą zimę to kłopot. Niech robi z nimi, co chce".

Przemysł nie zawracał już sobie głowy biczownikami. Miał ją zajętą czym innym i chciał jak najprędzej wrócić do Poznania. Jechali cały dzień, z krótkim popasem. Jechali w nocy, z pochodniami. Nie zrobili przystanku nawet wtedy, gdy nad ranem wystraszone ogniem wilki porzuciły pod kopytami ich koni nadjedzone zwłoki dziewczyny w zielonej jak liście sukni.

JAKUB ŚWINKA niemal zamieszkał w krypcie katedry. Gdy zdał sprawę swemu przełożonemu z wagi odkrycia, prepozyt zwolnił go, rzecz jasna nieoficjalnie, z obowiązków kantora i nakazał jak najszybsze uporządkowanie zbiorów. Świnka był niemal pewien, iż sam nie zdoła spełnić tego zadania, ale ani on, ani jego zwierzchnik nie widzieli nikogo, kto mógłby mu w tym pomóc. Poza tym przysięga złożona księciu Starszej Polski nie zezwalała im na wprowadzenie w prace kogokolwiek nowego. Owszem, spodziewali się wizyty księcia Bolesława i mieli zamiar podzielić się z nim odkryciem i swymi kłopotami, ale póki to nie nastąpi, musieli działać w sekrecie, co w praktyce oznaczało, że Jakub Świnka pozostał z pergaminami sam na sam.

Podniósł głowę w górę na wykute w kamieniu półki i dziesiątki wystających z nich zwojów pergaminów. Rozłożył ramiona bezradnie, jak co dnia, gdy zagłębiał się w odkrytą przez siebie w podziemiach niszę.

— Jezusie Nazareński, od czego mam zacząć? — jęknął cicho.

— Od trzeciej po prawej — odpowiedział mu głęboki głos.

Jakub Świnka upadł na kolana, jak zawsze, kiedy miał szczęście usłyszeć odpowiedź.

— Dzięki ci, Zbawicielu. — Pochylił głowę przed krucyfiksem, który przyniósł do krypty na drugi dzień po odkryciu niszy.

„Nie ma co. Trzeba brać się do roboty, skoro Pan na mnie patrzy". Wstał, zdjął suknię i podpasał koszulę, co było jedynym wyjściem, by w wąskim pomieszczeniu poruszać się sprawnie. Świnka nauczył się tu wielu fachów, o których wcześniej nie miał bladego nawet pojęcia. Zaczął od kilofa, potem był murarzem, gdy trzeba było zabezpieczyć wyłupane wejście, a wczoraj sam złożył drabinę. Tak, tak! Przejście do niszy było zbyt wąskie, by wsadzić przez nie drabinę tak długą, jakiej potrzebował, aby dobrać się do wyżej położonych zwojów. Zamówił więc u cieśli szkielet, wniósł po kawałku i złożył, osadzając szczeble w zaciosanej ramie.

— Trzecia po prawej — mruknął i przystawił drabinę. Ale trzecia wnęka po prawej stronie była pusta. Poświecił do jej wnętrza. Nic. Kurz jedynie. Pytająco spojrzał na wiszący na wprost siebie krucyfiks.

— Wybacz mi, Panie! — Jakub Świnka uderzył się w czoło. — Po Twojej prawej, nie po mojej!

Zlazł z drabiny i przestawił ją we właściwe miejsce. Zaschło mu w gardle, bo jeden z dwóch zwojów opatrzony był nienaruszoną pieczęcią. Wyjął oba, zszedł z nimi na dół i ostrożnie przeczołgał się do krypty skarbca. Zanim otworzył pieczęć, sięgnął po inkaust i drobnymi, równiutkimi literami zapisał na swym kwitariuszu: „Półka trzecia po prawej. Dwa zwoje. Jeden bez pieczęci, drugi opieczętowany znakiem...".

Pochylił się, by rozszyfrować pieczęć. Przełknął ślinę.

— ...księcia Mieszka III.

„Syn Krzywoustego. Ostatni książę senior, którego władza nad całością Polski nie podlegała dyskusji..." — pomyślał Świnka i tym bardziej zawahał się, czy wolno mu przełamać pieczęć. Żeby zyskać na czasie, rozwinął ten nieopieczętowany zwój i przebiegł wzrokiem.

„Fundacja spiżowych Drzwi Gnieźnieńskich... *Porta Regia*... Drzwi Królewskie... na cześć Świętego Wojciecha Męczennika... w intencji zjednoczenia kraju... w intencji powrotu korony na skronie jednego Piastowicza... i data wystawienia, rok śmierci starego, prawie osiemdziesięcioletniego księcia".

— Ach! — Świnka szukał ręką koszyczka z jedzeniem, bo gdy się denerwował, robił się głodny. Rozgryzł grudkę suchego koziego sera i od razu rozjaśniło mu myśli. — Ach, więc nieprawdą jest, że Mieszko III chciał korony dla siebie! No, no... a taką pazerną gębę mu dorobili następcy! A co tu jest takie nieczytelne? — Pochylił się nad dokumentem raz jeszcze, czytając go uważniej.

„W intencji zmazania klątwy... Klątwy? Tak, to może *maledicta*, a może *maledictionem*, jedno i to samo... i dalej dość wyraźnie: w intencji zjednoczenia kraju, powrotu korony na skronie jednego Piastowicza".

Znów sięgnął do koszyczka i w okruchu sera poszukał natchnienia.

— Mieszko III skończył odbudowę katedry po splądrowaniu jej przez dzikiego Brzetysława, świętokradcę Przemyślidę. Ale że drzwi spiżowe są darem wotywnym, tom tego nie wiedział... I intencja jaka! — Jakub w zamyśleniu odłożył pergamin i znów wziął w rękę zalakowany zwój. Dotknął nabożnie znaku księcia Mieszka III i już chciał odłożyć pergamin, gdy mimowolnie westchnął: — Jezusie Nazareński...

— Złam to! — Głos dobiegł do niego wyraźnie, nieprzytłumiony kamienną ścianą, choć Świnka był teraz w pracowni, nie w niszy. Kantor tak się przestraszył, że podskoczył w miejscu i zaciskając palce na laku, skruszył pieczęć.

— W imię Twoje, Panie! — głosem suchym z nerwów powiedział i rozwinął zwój. — Och! Je... — Powstrzymał się od kolejnego wymawiania imienia Pana swego nadaremno. Przebiegł wzorkiem zapis i odłożył pergamin, niepewnie patrząc w stronę niszy i nasłuchując, czy nie rozlegnie się stamtąd przygana. Pogasił knoty w lampkach i czym prędzej pobiegł do swego przełożonego.

Preceptora Mikołaja zastał w łożu, bo reumatyzm tak wykręcił zacnemu starcowi stawy, że ten już w ogóle nie mógł wstawać. Ale umysł pracował mu biegle jak zawsze.

— Co żeś odkrył, Jakubie Świnko? Bo z pajęczyn na skraju twego płaszcza wnoszę, że biegniesz do mnie prosto z krypty, a z wypieków na twarzy, że to sprawa, która nie może czekać do jutrzni.

— Wybacz, ojcze Mikołaju, nie może! — Jakub Świnka uznał skinienie głowy preceptora za przyzwolenie i usiadł na małym stołeczku u jego boku. — Mamy testament księcia Bolesława!

— Którego? — Mikołaj aż podniósł się z poduszek.

Świnka, wpatrując się rozgorączkowanymi oczami w twarz preceptora, pokiwał głową.

— Tego!

— Statuty Wielkiego Rozbicia?

— Tak, ojcze!

— Synu! — Mikołaj wyciągnął chude ramiona i Jakub wpadł w nie, przykładając płonącą głowę do wątłej piersi przełożonego.

— Oryginał?

— Nie, ojcze. Ale oryginalny odpis z pieczęcią Mieszka III.

— Starego?

— Tak. Starego. Musiałem... musiałem złamać pieczęć...

— Miałeś moje pozwolenie. Mów!

— Co?

— Mów, co jest w testamencie!

Świnka zamrugał.

— To, co wiemy... podział dzielnic między synów.

Ojciec Mikołaj nie dowierzał.

— I nic więcej? Żadnej ukrytej wiadomości, nic nowego? — Nie umiał ukryć swojego rozczarowania, liczył jeszcze, że Świnka zaraz poda jakiś dramatycznie zmieniający obraz przeszłości szczegół.

— Nic. Nic nowego...

— Nie wierzę! — krzyknął ojciec Mikołaj zaskakująco głośno jak na swoje opłakane zdrowie. — Nie po to Pan Bóg cię pokierował, synu, byś miał znaleźć to, co już wiemy...

Jakub Świnka niepewnie spojrzał na preceptora gnieźnieńskiej kapituły.

„Oj! Czyżby on wiedział, że drogę do tej niszy wskazał mi sam Pan? Ale przecież krzyżem leżąc, przysięgałem, że nigdy nikomu nie wyjawię źródła moich inspiracji. Skąd się dowiedział wielebny Mikołaj? Może mówię przez sen, a w mojej celi ukryty jest jakiś kanał, którym moje słowa... Jakubie Świnko! Opanujże się! Nie popadaj w histerię!" — strofował sam siebie i jednocześnie zadumał się nad prawdziwym sensem swego odkrycia.

— Wracaj do krypty, spakuj pergamin i przynieś do mnie. — Preceptor kapituły uspokoił także tok własnych myśli. — Może musimy przeczytać go raz jeszcze, razem, a znajdziemy jakiś drobiazg, dopisek, szczegół, który umknął twej uwadze.

— Jak każesz, ojcze. — Świnka, nie zwlekając, pożegnał się i ruszył do katedry.

Chłód zimowego wieczoru, płatki śniegu topniejące na twarzy, spiżowe monumentalne drzwi katedry, klucz w zamku...

— Klucz? *Porta regia* z pergaminu... Drzwi są kluczem do tego, co pokazał mi Pan? — Jakub położył dłonie na zimnych kasetonach. Spojrzał w górę i wzrok zatrzymał mu się na reliefie. — Lew? — Widział go setki razy, piękny, stojący lew w obramowaniu sceny modlitwy świętego Wojciecha. Spojrzał niżej, czując już, że oczami jego prowadzi Pan. — Znów lew? — Spuścił wzrok. — Lew depczący smoka, połykający węża? Lew zwycięski? Boże Wszechmocny, jaśniej już nie można... — Oparł głowę o drzwi i odskoczył jak oparzony. — Kołatki, dwa wielkie lwy!... Chryste Panie! Toż to są Drzwi do Królestwa!... — Jakub Świnka padł na kolana przed spiżowym poselstwem z przeszłości.

— Panie?... Co ci? — wyrwał go z adoracji chłopięcy głosik.

Sługa jakiś biegł z koszem pełnym prania w stronę zamku.

— Nic, nic, dziecko drogie, nic mi nie jest. — Jakub Świnka podnosił się z kolan i przekręcał w zamku klucz. Schodził do swej krypty, nie zapalając pochodni. Szedł po ciemku, bo drogę oświetlał mu nagle odkryty cel. Gdy zamknął za sobą drzwi skarbca, nie potrzebował sięgać po pergaminy. Chciał tylko chwilkę posiedzieć sam na sam z nimi.

„Drzwi to wota księcia Mieszka, prapradziada Przemysła, to wołanie o zmazanie klątwy i koronę na skroniach Piastowicza. Szukałem źródła klątwy Wielkiego Rozbicia w Bolesławie, co posiekał biskupa, a on wskazał mi po prostu testament... I potem lew, po trzykroć lew na drzwiach ukryty... Drzwi Królewskie otwierają lwy!... I znów książę Mieszko, wystawca dokumentów... ostatni Piastowicz, którego zwierzchność uznawali wszyscy... Czy to już klucz? Czy to wystarczy, że młody Przemysł niesie w żyłach jego krew? Krew Piastów... wzburzona, zmącona, odkąd Bolesław Śmiały polał krew biskupa po krakowskim rynku... Potem nic już nie było takie samo... wygnali go, swego króla skazali na banicję... Syn Bolesława, królewicz Mieszko, wezwany z obczyzny przez stryja i osadzony na księstwie krakowskim, zginął otruty na własnym weselu, nim zdążył pomyśleć o założeniu korony ojca. Bratanka ostatniego króla, Bolesława Krzywoustego, panowanie w Krakowie poprowadziło do aktu szaleństwa — oślepienia i zamordowania brata, i nic nie było w stanie zmazać plamy zbrodni. Świetne rządy, sukcesy, darowizny, fundacje, pokuty na nic się zdały, odmówiono mu prawa do królewskiej godności, więc nie mógł jej przekazać synom. A tych miał w nadmiarze. Aby zapobiec klątwie bratobójczych wojen, podzielił kraj na dzielnice.

Starsza Polska, Mazowsze, Śląsk i Sandomierszczyzna. A między nimi, niczym pień łączący gałęzie piastowskiego drzewa, dzielnica senioralna. Na północy sięgała Bałtyku, w sercu miała Gniezno i korzeniami wrastała w Małą Polskę z Krakowem. Władać miał nią najstarszy syn, sprawujący zwierzchność nad dzielnicami braci. I co? Podział nie wytrzymał próby czasu nawet na długość jednego pokolenia. Synom Krzywoustego nie podobała się godność namiestników, nie odpowiadała im podległość wobec najstarszego i nie uszanowali woli ojca, który zakładał, że dzielnice są władztwem danym im w zarząd, a nie w dziedzictwo. Hardzi Piastowicze bili się między sobą o dziedziny i płodzili synów, jakby chcieli z własnych lędźwi wystawić wojska, dające każdemu z nich większe prawa do tronu. Została pamięć Krakowa, uczynionego przez ojca centrum władzy zwierzchniej, i brak poszanowania jakichkolwiek reguł. Od Małej Polski odpadały kolejne ziemie, jakby ktoś to drzewo, zasadzone ręką Krzywoustego, ścinał po kawałku. Wschodnie i Zachodnie Pomorze wybiły się na niepodległość, arcybiskupstwo gnieźnieńskie, stolica polskiego Kościoła, przylgnęło do Starszej Polski, bo zawsze było bliżej Poznania, bliżej polskiego gniazda... a seniorowi została tylko Mała Polska. A do tego gwałty, zabójstwa, rozboje i krojenie dzielnic między kolejnych synów. I haniebne wciąganie do polskiej wojny sąsiadów, od cesarza, przez kniaziów ruskich, brat przeciw bratu, stryj przeciw bratankom, sojusze i stronnictwa. Piękne i łagodne Piastówny, swoje siostry, córki i świeżo owdowiałe matki wydawali za mąż, niczym zakładniczki, parząc je, jak wymagała potrzeba chwili. Testament ojca, który miał być gwarancją pokoju w rodzinie, stał się początkiem Wielkiego Rozbicia, chaosu, burzy, po której wciąż nie chciała nastąpić cisza. Lechickie orły, krzycząc, wyfrunęły z Gniazda... A przecież Gniazdo jest tu, za tymi drzwiami... siedzę w jego trzewiach, czytając znaki z przeszłości... Jest Gniazdo i jest pusta klatka... skarbiec koronny bez korony... Czy dzisiaj to był znak? Czy ułuda zmęczonego umysłu? Nerwowy poryw zmysłów... Gdzież tam! Pan z Krzyża wskazał mi tę półkę, tę, żadną inną, gdy spytałem Go, gdzie jest początek, gdzie zacząć mam... Ale dlaczego mnie? Dlaczego prosty Jakub Świnka, taki nikt jak ja, bękart, wylęganiec podły, ma dostać do ręki klucz do zagadki Królestwa?".

— Bo tak mi się podobało — powiedział głośno Pan, a zobaczywszy, że sługa jego śpi, ściszył szybko głos i zaszeptał mu wprost do otwartego niczym Księga Rodzaju snu ulubiony swój fragment z tejże: „We śnie Jakub ujrzał drabinę opartą na ziemi, sięgającą swym wierzchołkiem nieba, oraz aniołów Bożych, którzy wchodzili w górę i schodzili na dół. A oto Pan stał na jej szczycie i mówił: «Ja jestem Pan, Bóg Abrahama i Bóg Izaaka. Ziemię, na której leżysz, oddaję tobie i twemu potomstwu. A potomstwo twe będzie tak liczne jak proch ziemi, ty zaś rozprzestrzenisz się na zachód i na wschód, na północ i na południe; wszystkie plemiona ziemi otrzymają błogosławieństwo przez ciebie i przez twych potomków. Ja jestem z tobą i będę cię strzegł, gdziekolwiek się udasz; a potem sprowadzę cię do tego kraju. Bo nie opuszczę cię, dopóki nie spełnię tego, co ci obiecuję»". — Pan mówił cicho, nie chcąc budzić śpiącego. — Rozdział dwudziesty ósmy; ale mam nadzieję, że to wiesz, że czegoś cię w tych szkołach nauczyli, synu. Nie uważasz, że udał mi się ten przytyk do twych umiejętności ciesielskich? Wchodź na drabinę, szukaj, czytaj, nie przeocz w Literze Ducha. Ale, na Boga mego Ojca, dzieci potraktuj wyłącznie symbolicznie!

BOLESŁAW, książę Starszej Polski, w tajemnicy przed żoną planował dla niej niespodziankę. Jolenta, zapatrzona w swą siostrę Kingę, pragnęła mieć w Gnieźnie i Kaliszu klaryski. Bo Kinga miała klaryski! W Skale pod Krakowem, w Sandomierzu, no i w Zawichoście, Klasztor o Dwunastu Basztach, po swej bratowej, świątobliwej Salomei. I piękna jego węgierska żona, księżna, wierciła mu dziurę w brzuchu o swoje własne klaryski.

Bolesław nic przeciw temu nie miał, więcej, podobał mu się pomysł.

— Ale gdzie miejsce znaleźć? W Gnieźnie już się nic nie wciśnie, w Kaliszu też się pobudowało!...

Poza tym książę wiedział, iż Jolenta jest wymagająca i aby ją zachwycić, trzeba czegoś specjalnego, czegoś... hmm... jakby to ująć?

— Innego, niż mają w Krakowie? — podpowiedział usłużnie mistrz budowniczy, który wraz z księciem siedział nad pergaminami.

— Jakbyś zgadł, Piotrze mój, jakbyś zgadł! Księżna jest oryginalna, lubi zaskakujące rozwiązania, symbol, zagadkę, no, sam zresztą wiesz...

Mistrz budowniczy nie do końca wiedział, ale ponieważ sam miał w domu pięć córek, więc mógł się co nieco domyślić. W kwestii zaś wiercenia dziur w brzuchu rozumiał swego księcia aż nadto. Jego córeczki wprawdzie nie księżne, ale potrafiły mu dać w kość i to zdrowo. A żona! Nic tylko pchała go w coraz to nowe roboty, zlecenia, byle zarobił na czas, byle uzbierał dla swych pięciu nadobnych córeczek posagi!

— Mam pewien pomysł, książę. Minimalistyczny, z racji szczupłości miejsca w Gnieźnie, ale i, jak tego pragniesz, panie, symboliczny zarazem.

— Mów, mów szybko, bo straciliśmy już cały poranek, a na mnie czekają inne sprawy.

— Co byś powiedział, książę, gdyby do klasztoru braci franciszkanów, który już mamy, dobudować klasztor dla klarysek i połączyć je częścią wspólną, symbolizującą...

Księciu nie trzeba było więcej, aż się uniósł.

— Braci i siostry ramię w ramię, w służbie bożej! Doskonale! Ale? Czy my na to zgodę kościelną dostaniemy? Ktoś już tak na świecie pobudował? Jest jakiś precedens? Żeby nam tu herezji na głowę nie posypano!

— Nie wiem, książę, czy jest już taki obiekt, sam na to wpadłem dzisiejszej nocy i długo myślałem. Wyobraziłem sobie kościół, do którego wchodzą siostry z jednej, a bracia z drugiej strony. To mi się wydało uduchowione...

— Tak! Moja żona, księżna, stanowczo lubi rzeczy uduchowione. Idź i pracuj! Zrób rozeznanie, pierwszy szkic i pójdziemy z tym do... No właśnie. Dokąd? Na stanowisku arcybiskupa znów wakans, kapituła nie doszła do porozumienia... Wolimir, biskup kujawski, z woli papieża sprawuje nadzór nad dobrami arcybiskupstwa. On będzie rozstrzygał, a ma wobec mnie pewne zobowiązania! Dobrze. Idź, Piotrze, działaj, bardzo mi się twój pomysł podoba!

Bolesław ukontentowany mógł jechać na kolejne spotkanie.

Lubił Nakło. Lubił gród nad rzeką Kolczatką, założony przez swego brata Przemysła. Nie lubił tylko powodu, dla którego musiał tam teraz jechać. A powód ten na imię miał Mściwój.

— Książę Wschodniego Pomorza, książę Gdańska i Świecia, Mściwój, syn Świętopełka Wielkiego, z rodu Czarnego Gryfa składa pokłon księciu Starszej Polski! — zaanonsował wejście Mściwoja Zaremba.

Pokłon był. Mimo swej tuszy Mściwój ruszał się z lekkością. Był jak tłusty kocur, lśniący, lecz pełen swoistej gracji. Bolesław go obserwował. Patrzył w ciemne oczy pomorskiego księcia. Widział w nich niepokój, ale nie zdradę. Przytrzymał go, stojącego na wprost siebie, o jedną chwilę dłużej, niż nakazywał obyczaj, jakby chciał w wyprostowanej postawie Mściwoja odnaleźć ślad rozchwiania. Zobaczył niepewność i pozwolił mu usiąść. I kazał służbie lać wino, niezawodne we wszelkich kontaktach z Mściwojem.

— Co w Gdańsku?

— Mieszczanie piszczą, ale mury rozebrane. Radę miejską rozpędziłem, zdrajców ukarałem.

— Masz otwarte miasto, swobodnie może wejść każdy gość.

Mściwój sapnął. Chciał pociągnąć wina, ale widząc, iż Bolesław tylko trzyma kielich, nie odważył się tego zrobić. Spojrzał na księcia spode łba i rzekł:

— Donieśli ci, książę?

— Donieśli. — Książę skinął głową, wciąż patrząc w oczy Mściwoja.

— I co ty na to?

Bolesław roześmiał się szczerze.

— Co ja na to? Mnie pytasz, co powiem na twoje tajne przymierze z Brandenburgią?

— Nie takie ono tajne, skoro o nim wiesz, mój książę — rozbrajająco wtrącił Mściwój. — I mam nadzieję, że jak donosili, to szczegółowo. Jest tam zapis na twoją rzecz, panie!

Bolesław mógłby przysiąc, że w głosie Mściwoja zabrzmiała nuta dumy. Owszem, wiedział, iż w sojuszu przeciw wszystkim wrogom zawarto zwrot „prócz Bolesława, księcia Starszej Polski", ale nie zmieniało to faktu, iż był na niego tak wściekły o ponowne zbratanie się z Brandenburczykami, że gdyby nie interesy księstwa, mógłby go w tej chwili...

Zamiast tego wziął głęboki oddech. I łyk wina, w akcie miłosierdzia wobec swego gościa, który sprawiał wrażenie usychającego z pragnienia.

— Po coś to zrobił? Powiedz mi krótko. Chcę cię zrozumieć, Mściwoju, synu Świętopełka.

Mściwój otarł wilgotne usta.

— Wino rozjaśnia umysł! Tak mówi mój Magister. Zaleca mi picie wina, oprócz miodu, oczywiście. Piwa nie pochwala, bo mówi, że od tego brzuch rośnie, a sam widzisz, książę, że w sprawie brzucha jestem najpierwszym z książąt.

„Jeśli ta przemowa jest tylko po to, by mógł bez mej obrazy napić się więcej, niech pije. Tylko niech zacznie mówić!". Skinął głową, by służba dbała o kielich pomorskiego księcia. Poskutkowało.

— Ziemia sławieńska, mój książę. Ukochana ziemia mego ojca. Barnim mi ją zabrał i panoszy się na niej, jakby się tam urodził! Ramię w ramię z Brandenburczykami, braćmi swojej żony!

— Więc ty, w odwecie, związałeś się z drugą linią Brandenburczyków? Przeciw lisom w kurniku wilk w zagrodzie? Słyszysz, Mściwoju, własne słowa?

— Słyszę... — wysapał Mściwój do wnętrza pustego kielicha — ...ale co ja miałem zrobić? Muszę się jakoś bronić! Twoje interesy zabezpieczyłem zapisem...

— Czy ja całe życie będę wychowywał dzieci?! Ty i Barnim powinniście być jak rodzeni bracia! Zapominacie, że matką waszą była Polska?!

— O nie, książę! Barnim zapomina, ale ja nie! Kto prócz mnie nazywa się z własnej woli Namiestnikiem Nieistniejącego Królestwa?! Nikt poza mną już nie pamięta, że Królestwo było, a ja tak! I wierny jestem tobie, dziedzicowi Starszej Polski!

Bolesław musiał przyznać, że to prawda. Różne rzeczy można powiedzieć o Mściwoju, ale tego nigdy nie kwestionował. No, a z tymi braćmi przesadził. Może lepiej, by Mściwój i Barnim nie brali przykładu z braci Piastów.

— Mściwoju, zaproponowałem tobie i Barnimowi nowe otwarcie. Obaj książęta Pomorza i książę Starszej Polski razem. To jest siła, której oprze się Brandenburgia. Ale wy nie potraficie wytrwać w przymierzu dłużej niż jedną bitwę! Tak nie możemy pracować! Co byś zrobił, gdybym nie nadciągnął z wojskami pod Gdańsk? Pozwoliłbyś, by was wystrzelali z murów jak kaczki?

Mściwój chciał powiedzieć coś o Barnimie, ale przygryzł wargi. Wypił kolejne dwa kielichy i, oddychając ciężko, zapytał:

— Mam zerwać przymierze z Konradem?

— Nie. Masz je podtrzymać.

Książę Wschodniego Pomorza zakrztusił się winem. Żelibor, jego komes, z wprawą uderzył go między łopatki.

— Za wybaczeniem księcia!

Mściwój beknął potężnie.

— Wybaczam. — I zwracając się do Bolesława, bezradnie rozłożył szerokie dłonie. — Jak mam to rozumieć, mój książę?

— Ponieważ ty i Barnim nie potraficie się dogadać, więc ja będę pośredniczył między wami w zamian za niepisane, a honorowe przymierze obu książąt Pomorza z księciem Starszej Polski.

— Układ ponad układami? — bystrze pojął Mściwój.

— Tak. Pozornie zachowasz przymierze z Brandenburczykami. Wyślesz na ich dwór swoich najsprytniejszych ludzi, niech śledzą poczynania twych sojuszników. Jeśli u panów na Stendal zrodzi się pomysł, by wciągnąć cię do otwartej wojny z Barnimem, będziemy o tym wiedzieli wcześniej i zdążymy zareagować.

— Podsumowując: udaję przymierze, a jakby co, to je złamię w ostatniej chwili.

— Cenię twą lotność.

— Wino mi tak pomaga, Magister zapisał — skromnie powiedział Mściwój. — A gdyby moi zwąchali coś przeciw tobie, panie, to wiadomo, w trzy dni masz wieści.

— Świetnie. Ale z jednym istotnym dodatkiem: nie tylko przeciw mnie, ale i przeciw memu bratankowi. My, książęta Starszej Polski, jesteśmy niepodzielni.

— Nawet po ostatnich wydarzeniach? Przepraszam, że dopytuję, ale gada się po dworach to i tamto...

— Jakie ostatnie wydarzenia masz na myśli? Spalenie kraju Przemysła przez Brandenburczyków?

— W czasie gdy młody książę spiskował przeciw tobie ze śląskim Henrykiem — uzupełnił Mściwój.

Bolesław nie uniósł głosu. Nie okazał gniewu. Spokojnie i powoli wypił kielich goryczy, jakiej nawarzył mu bratanek.

— Książę Przemysł działał we własnym imieniu. Ale ja, jako starszy, działam zawsze w imieniu nas obu. On będzie moim dziedzicem i oczekuję od ciebie, że gdy pomyślisz o mnie, będziesz miał na uwadze także jego dobro.

Mściwój zamarł z kielichem w uniesionej dłoni. Nie wypił, odstawił go i smutno spojrzał Bolesławowi w oczy.

— Rozumiem cię, książę. Ja także nie mam syna.

PRZEMYSŁ I LUKARDIS leżeli w półmroku osłoniętego ciężkimi kotarami łoża. W kominku płonął ogień, dookoła łoża stały kute żelazne misy wypełnione żarem, a za murami zamkowej wieży sypał śnieg. Było im ciepło, choć z ust unosiły się obłoczki pary. Przemysł trzymał stopę Lukardis w dłoni i kciukiem gładził jej drobne, podobne do pereł palce. Ona przyglądała się jego włosom. Pozbawione hełmu, diademu, przepaski wydały jej się bezbronne i nagie. W luźnych splotach sięgały ramion i raz po raz opadały na twarz Przemysła. Nagi książę mąż był piękny i łagodny. Donikąd się tej nocy nie spieszył. Kochali się z przerwą na kielich wina, z przystankiem na patrzenie w oczy lub, co ją zawstydzało, z postojem w trakcie jazdy, gdy unosił się nad nią wysoko, opierał na ramionach i oglądał Lukardis, jakby to był pierwszy raz.

— Mógłbym kazać złotnikowi odlać twą stopę w złocie. Nosiłbym ją jako zapinkę na płaszczu.

— A twój lew wspinałby się, żeby mnie skubnąć w piętę! Albo odgryźć mi palec.

— W miejsce straconych palców złotnik wstawiałby perły... — Pocałował ją w wypukłe niczym łuk katedry sklepienie stopy. — Wiesz, że mój dziad miał sześć palców u lewej nogi?

Oczy Lukardis zrobiły się okrągłe.

— Nie... to niemożliwe... żartujesz ze mnie? — upewniła się.

— Mówię prawdę. — Uśmiechnął się, unosząc brwi.

Lukardis lekko wysunęła stopę z ręki Przemysła, jakby to wyznanie ją wystraszyło.

— Matka mi opowiadała. Była mała, gdy kraj najechali Dzicy. Spustoszyli Ruś i jak pustynny wiatr szli od wschodu, niszcząc, zabijając i grabiąc. Przez Sandomierz i Kraków przemknęli jak piekielna łuna, zostawiając za sobą dopalające się zgliszcza. Babka matki, święta Jadwiga, zgarnęła wszystkie książęce wnuki do klasztoru, zabiła bramę krzyżem i modliła się wraz z mniszkami nie o wygraną śląskiego rycerstwa, lecz o cofnięcie mongolskiej zarazy. Wcześniej pobłogosławiła swego syna, a mego dziada, Henryka, księcia śląskiego, jadącego naprzeciw hordy. Ale ponoć już wtedy wiedziała, że zginie, bo modliła się dla niego o lekką śmierć.

Lukardis się otrząsnęła.

— Okropne...

Przemysł wzruszył ramionami, bo nie mógł sięgnąć z powrotem do jej stopy. Podwinęła ją pod siebie.

— Okropnym było dla matki wspomnienie, jak klęczą w kaplicy, ona, dwaj jej bracia, dwie młodsze siostry, wszystko dzieci, a babka każe im się modlić za śmierć ojca, którego przecież ledwie dzień wcześniej żegnali żywego, gdy pod złotym krzyżem i czarnym orłem opuszczał Legnicę.

— Modlić się za śmierć żywego... okrutna kobieta.

— Matka nie pozwalała na nią powiedzieć złego słowa, wiadomo, święta... Ale kiedyś powiedziała coś takiego, że „świętość jest bezwzględna i nie uznaje słabości", i wiem, że to było o Jadwidze. Matka nie, ale moja piastunka, też Ślązaczka, mówiła, że babka Jadwiga miała widzenie, w którym głowa jej syna, przytroczona do mongolskiego siodła, wywabia Dzikich z kraju. Jak stado wron lecą za nią, by wydłubać jej oczy, lecą, odlatują, skąd przybyli, na wschód. Dlatego Jadwiga modliła się o lekką śmierć dla Henryka, bo wiedziała, że gdy on zginie, Mongołowie odjadą.

— A te palce? Mówiłeś, że miał sześć palców. To był jakiś znak?

— Gdyby nie sześć palców u stopy, grób księcia wrocławskiego stałby pusty. Dzikich było po wielokroć więcej niż polskiego rycerstwa. Z pola walki zrobili masowy grób. Krwawa mogiła ludzi i koni. Gdy Mongołowie odjechali, babka Anna i prababka Jadwiga szukały zwłok Henryka między stosami trupów. Wszyscy znaczniejsi rycerze byli odarci z szat, bo Dzicy zwożą swemu chanowi herby poległych. Jadwiga wskazała miejsce, a Anna w bezgłowym zmasakrowanym trupie rozpoznała męża. Właśnie po sześciu palcach u stopy.

— Więc jednak znak. Myślisz, że dlatego urodził się taki, by...

— Może.

— A Dzicy? Naprawdę odjechali?

— Tak. Zabrali głowę mego dziada i wrócili, skąd ich przywiało.

Lukardis przysunęła się do Przemysła. Wpatrywała się w ciche, ciemne cienie służby dokładającej drew do paleniska. Uśmiechnęła się, widząc smukłą sylwetkę Czeremchy, zdawało się jej, że siostra Olchy widziała to i skinęła jej głową. Przez ciężkie brokatowe zasłony rozdmuchiwany w misach żar wyglądał jak łuna krwawego gwiazdozbioru.

— Myślisz, że oni się kochali? Ci wszyscy przed nami? Księżne i książęta...

— Anna i Henryk na pewno. Matka mówiła, że jej rodzice otaczali się czułością. Ponoć święta Jadwiga i jej mąż, Henryk Brodaty, też byli sobie bardzo bliscy, nawet gdy po przyjściu na świat dziewiątki dzieci oboje przyjęli celibat.

Pocałowała jego ciepłe nagie ramię.

— A twoi rodzice?

— Nie wiem. Ojciec zmarł, zanim się urodziłem. Matka mówiła o nim jak o świętym, nie jak o mężczyźnie.

Objął Lukardis i położył dłoń na jej piersi. Westchnęła cicho i wyprężyła się.

— Ja właściwie nie pamiętam ojca. Wyjechał do Ziemi Świętej i jest w niewoli u Saracenów. Na początku matka często płakała. Spaliśmy wszyscy razem, mój mały brat, ona i ja, w ich małżeńskim łożu. Barnim, mój dziadek, mówi, że panującym miłość trafia się przypadkiem, ale nie jest do niczego potrzebna.

Przemysł lekko zacisnął palce na różowym sutku jej drobnej piersi.

— Patrząc na niego i Mechtyldę Askańską nie sposób mu odmówić racji.

Ciałem Lukardis wstrząsnął lekki dreszcz.

— To prawda, co mówią moje dwórki, że za najazdem podpalaczy stoi właśnie ona?

— Tak. Ona i jej brat, Otto Długi. Przeklęte nasienie Brandenburczyków.

Lukardis uniosła głowę i spojrzała na Przemysła uważnie.

— Więc to przeze mnie...

— Nie, moja mała księżno, to przeze mnie. Powinienem lepiej pilnować granic.

Położył ją sobie na kolanach. Zawijał na palce złote loki Lukardis i patrzyli sobie w oczy.

— To się już więcej nie powtórzy, obiecuję ci. Jesteś tu bezpieczna. A niedługo będziesz jak ptak w gnieździe na czubku najwyższego drzewa. Poza zasięgiem strzał, kusz i ognia. Zaczynamy przygotowania do wielkiej budowy.

— Przecież budowa zamku trwa cały czas. Robotnicy nie przerywają pracy nawet na jeden dzień. Ciągle stukają: puk, puk, puk. A moje dwórki narzekają, że mają suknie wciąż uwalane pyłem i zaprawą.

— Zamek to jedno. Teraz chcę otoczyć Poznań murem obronnym. Jeszcze kilka lat i uczynię miasto twierdzą nie do zdobycia. Zobaczysz.

— Myślisz o wojnie?

— Nie, słodka moja. Myślę o pokoju. Dlatego chcę, aby Poznań był tak potężny, by sama jego sława zniechęcała najeźdźców. Mój kuzyn Henryk rozbudowuje Wrocław, zaczął przebudowę swej rezydencji na Ostrowie Tumskim, to już nie będzie zamek, to pałac! No i ma mury miejskie! Zresztą, sam widziałem, co mocny trebusz potrafi zrobić z drewnianym wałem. Miazga. Od kamiennych pocisków częstokół i palisada pękają w drzazgi. Poza tym drewniane wały można podpalić i wziąć miasto ogniem. Moja stolica ma być najpiękniejsza w kraju i musi być nie do zdobycia. Nigdy więcej nie chcę się martwić, że ktoś może zagrozić miastu i tobie.

Lukardis chciała mu powiedzieć, że gdy on jest przy niej, niczego się nie lęka, ale przygryzła język. Wiedziała, że Przemysł wciąż nie darował sobie, że go tu wtedy nie było. Nie chciała zwielokrotniać jego wyrzutów sumienia, nawet jeśli się z nim zgadzała.

— Słyszałeś o Starszej Krwi, Przemyśle?

— Nie. Ale skoro ja jestem księciem Starszej Polski, to pewnie moja krew. — Pocałował złocisty skręt jej włosów.

— Nie wiem... mam nadzieję... nie zdążyli mi tego wytłumaczyć...

— Kto?

— Dziadek, Olcha, Bogusław... Od dziecka powtarzali, że jestem księżniczką Starszej Krwi, wnuczką Niklota. Twój dziad walczył z Dzikimi pod Legnicą, a mój bronił starej wiary przed Albrechtem Niedźwiedziem i całym wojskiem Rzeszy...

— Niklot był rycerzem. Przyjął chrzest. Nie zadręczaj się takim wspomnieniem, nikt nigdy ci nie wypominał pochodzenia.

„Przeciwnie, ukochany książę. Właśnie przez tę krew Niklota czczono mnie niczym pogańską księżniczkę".

— Czasami próbuję odczytać znaki, połączyć je w jakąś całość. Gdy wydaje mi się, że coś rozumiem, wszystko pryska. — Chwyciła go za rękę, chciała, żeby na chwilę przestał głaskać jej piersi. — Ten stary krzyżowiec, który wypił toast za wolność Starszej Krwi i padł martwy na ziemię. A potem, dwa dni później, zobaczyłam ciebie na tamtym trakcie. I ty wybrałeś mnie, choć wiem, że oni chcieli, byś wybrał Mirę. Powiedzieli mi, że jesteś księciem Starszej Polski i popłynęła ze mnie krew. Rozumiesz, kochany? Stałam się kobietą w dniu, w którym na mnie wskazałeś. Uwolniłeś mnie, zabrałeś z zamku w Dąbiu, nie wiedząc pewnie, że wiedźma askańska czyha na moje życie. Odkąd porwała mi Olchę, moją piastunkę i służkę, nie jadłam. Bałam się, że mnie otruje. Gdy byłam naprawdę głodna, zabierałam jedzenie mojemu psu, bo wiedziałam, że zwierzę nie tknie trucizny. Gdy ona dowiedziała się o naszym pospiesznym ślubie, krzyczała tak głośno, że pękały kielichy. Dopadłaby mnie, gdyby nie to, że już należałam do ciebie. Bogusław ustawił swoje straże przed moimi drzwiami i od twego wyjazdu z Dąbia aż do naszego spotkania dzień i noc pilnowali mnie uzbrojeni ludzie. Więc wybawiłeś mnie, byłeś moim rycerzem, co w białym płaszczu ukrył swą księżniczkę. Ale to wszystko działo się tak szybko, że nie zdążyłam nikogo zapytać.

— O co, o co chcesz zapytać, moja mała żono?

— O tę Starszą Krew, o wszystkie te tajemnice...

— Lukardis... — Przemysł pochylił się i dotknął nosem jej czoła — już nie ma tajemnic. Już jest tylko jasność. Ty i ja. Nasza krew się wymiesza w dzieciach, które ja spłodzę, a ty urodzisz. W naszych dziedzicach. — Wsunął rękę głęboko między jej nogi. — Najpierw wejdę tu ja — rozchylał jej uda — a potem tędy wyjdzie mój syn. Pierwszy, drugi i trzeci.

WŁADYSŁAW był w Krakowie szczęśliwy. Niech mówią na niego Karzeł, niech sobie gadają, co chcą, widać wyraźnie, że urósł. Po nogawicach, po rękawach kaftana, po butach. Po koszuli nie, bo koszule zawsze dostawał za duże. Jest wyższy o długość dłoni, a to przecież dużo. A w jego szczególnym przypadku bardzo nawet dużo.

Zawisza z Zielonej Dąbrowy z Siedmiu Szlachetnych Sztuk Rycerskich wybrał dla niego zapasy. Obejrzał go przedtem dokładnie, nawet pomacał łydki i barki i powiedział:

— W tym będziesz dobry.

A Władek dołożył do nauk mistrza Zawiszy pot, krew i łzy, całego siebie zostawiał na placu ćwiczeń. Byleby mu tylko nie zaczął już grubieć głos, bo słyszał, jak giermkowie mówili, że jak się głos zmieni, to koniec. Nic się więcej nie rośnie. Na wszelki wypadek mało mówił. Zresztą, gdy wieczorami ciotka Kinga i wuj Bolesław sadzali go naprzeciw siebie na uczcie i tak nikt go o nic nie pytał. Mógł się po prostu na nich gapić bez końca.

W życiu nie widział ładniejszych ludzi niż książę i księżna Krakowa. Książę był wysoki i wysmukły i chociaż był już stary, bo miał ponoć z pięćdziesiąt lat jak nic, to wyglądał jak młodzieniec. Miał białe, długie włosy. Nie, nie siwe. Białe. Całkiem proste, gęste, pięknie błyszczące. Władek nie wiedział, dlaczego nie nazywano wuja „Bolesławem Białym", skoro jego ojca nazywano „Leszkiem Białym". A może dlatego, że ten ojciec źle skończył? Możliwe. Miał też wielkie, bardzo niebieskie oczy. Ubierał się skromnie, a złoto nosił chyba pod suknią, żeby pokazać, że nie ma się czym chwalić, albo że „wszystko marność". Bo, że coś nosił, to Władek wiedział na pewno, nie raz słyszał taki dźwięk, jak łańcuch czy coś, a nic nie było na ubraniu wuja księcia widać.

Ciotka też ładna, naprawdę ładna. Cała taka na czarno. Miała czarne oczy i czarne włosy kręcone, ale włosy zawsze zakrywała. I nosiła bardzo ciemne suknie, ciemny fiolet czy ciemny zielony, czy inne takie kolory, których Władek nie znał z nazwy, bo jego matka to się ubierała, jak to mówią, krzykliwie, modnie. Zresztą ciotka Kinga to miała wszystkie suknie identyczne, tylko po parę razy na dzień zmieniała te kolory. Raz patrzy, ma suknię jakby ciemna śliwka, znów patrzy, a to ciemne jak woda. Pewnie materiał taki, bogaty, krakowski. Na Wawelu wszystko było bogate, a nikt się tym nie przejmował. To znaczy wuj i ciotka się nie przejmowali, więc i ich dworzanie też udawali, że się nie przejmują.

Władek pokochał Wawel całym sercem, chodził po nim i nucił pod nosem zawołanie małopolskich rycerzy: „Tron Seniora!".

Pamiętał, co się stało, wyrył sobie to w pamięci dobrze, jakby nożem w drewnie. Pamięta mnicha w katedrze, rozmowę, szukanie ciotki, przytułek i Prawdziwego Karła, który go gonił. A potem nic, sen, z którego obudził się zdrowy. Przy jego łóżku siedzieli książę i księżna. Trzymali go za ręce. W życiu nie był tak szczęśliwy. Co wieczór, zasypiając, przywołuje pokraczną sylwetkę Prawdziwego Karła. I mówi do siebie: „Władek, walcz, bo inaczej skończysz jak ten dziad, w przytułku". I to działa. Budzi się pełen sił, połyka śniadanie, biegnie na plac, do rycerza Zawiszy.

Dzisiaj jednak Zawisza z Zielonej Dąbrowy nie przyszedł. I nikt nie umie powiedzieć, gdzie jest. Władek stał na dziedzińcu i czekał. Służba biegała we wszystkie strony, jak w ukropie. „Co tu się dzieje, u licha? — pomyślał i usłyszał dźwięk srebrnych dzwoneczków. — Oho, ciotka się zbliża, ona tak zawsze dzwoni! I wuj razem z nią, bo słychać też jego łańcuchy!". Rozejrzał się w poszukiwaniu białej i czarnej sylwetki. „Są!". Zobaczył ich, jak suną krużgankiem. Oni czasami potrafili tak ładnie chodzić, jakby płynęli. Władek był pewien, że to jakiś dworski taniec, znany tylko w Krakowie. Książę Bolesław skinął mu dłonią, więc pobiegł za nimi. Księżna trzymała w ręku białą lilię, pomachała nią lekko.

— Dzisiaj nie będzie lekcji, Władysławie. Pojedziesz ze mną odwiedzić ksienię klarysek. Chodź z nami, poczekasz chwilę, omówimy z wujem ważne sprawy i zabiorę cię ze sobą.

— Tak jest, księżno. — Władek ukłonił się, tak jak go uczył Zawisza, i pomyślał, że wołałby jednak zapasy niż klasztor.

— W zapasach już jesteś dość dobry, a w modlitwie jeszcze nie, mój Mały Książę — przyganiła mu Kinga, choć nic wcześniej nie powiedział na głos.

Skręcili w boczny korytarz, otworzyły się przed nimi małe drzwi i weszli do sali nieznanej wcześniej Władkowi. Księstwo odeszli kawałek dalej, w głąb pomieszczenia, a on przycupnął we wnęce, patrzył przez wąski otwór w murze na dół, na Wisłę niebieską jak jedwabna wstęga i czekał na ciotkę.

— Żadnych szans, moja świątobliwości?

— Najmniejszych, mój mężny. Trzeba jasno i wyraźnie pokazać, że cofamy Węgrom poparcie tak długo, póki Władysław jest królem.

Mały Książę zastrzygł uszami. „Władysław królem! Uch!... Ależ to brzmi!".

— Mój mały, to nie o tobie! I lepiej, żebyś przykładu z Władysława Kumańczyka nie brał! — Ciotka wychyliła się w jego stronę, aż spadł jej z głowy kaptur i rozsypały się jej ciemne loki.

„Nakręciła je czy jak? Włosy ma przecież proste!".

— To syn mojego brata Stefana, króla Węgier, niech Dziewica Maria wybaczy mu, że umarł tak szybko i zostawił królestwo w rękach najgorszego z Dzikich!

— Dzikich? Księżno Kingo? Dzikich?

— Chodź tu, mój drogi. — Wyciągnęła w jego stronę rękę z lilią, a Władek zdumiał się, że tak szybko znalazł się przy niej. Uśmiechnęła się do niego ładnie. — Nauczysz się czegoś przy nas. Z jakiego rodu pochodzę?

Władziu przybrał postawę wyprostowaną i wyrecytował:

— Z prastarego węgierskiego rodu Arpadów, rodu świętego Stefana, herbu Trzy Rzeki.

Kinga go pochwaliła:

— Bardzo ładnie. W naszych żyłach płynie krew świętych i błogosławionych. Moja malutka siostrzyczka, Małgorzata, była świętą za życia, mistyczką, stygmatyczką... Wiesz, co to stygmatyczka? — Spojrzała na niego uważnie i surowo swymi ciemnymi, podłużnymi oczyma.

Władek przełknął ślinę.

— ...odznaczona... za męstwo?

— Głuptas — westchnęła w stronę księcia Bolesława. — Może zostawię go trochę u klarysek? Nie powinien tylko wojowania się uczyć.

— Moja świątobliwości, w jakimś sensie Mały Książę ma rację — wziął go w obronę Bolesław. — Tylko mężne istoty Pan odznacza stygmatami — i szybko wyjaśnił Władkowi: — Nosiła rany Chrystusa na zdrowym ciele, rozumiesz?

Władek nie rozumiał, ale przytaknął z zapałem. Przeszło.

— Jestem wnuczką świętych Arpadów po ojcu, a po matce cesarzy Nicei i Bizancjum. Mój ojciec popełnił wielki błąd, żeniąc swego syna, a mego brata, z Kumanką. Myślał, że ich schrystianizuje, a tymczasem Dzicy wdarli się do naszej pobożnej rodziny. — Kinga zrobiła wąską dłonią gest, jakby chciała odpędzić złe myśli. — Zepsuł krew! Urodził się z tego haniebnego związku syn, László, po polsku Władysław, pożal się Boże, dzisiejszy król świętych Węgier.

— Dzika krew jest zawsze silniejsza od krwi czystej — wszedł jej w słowo Bolesław.

Władek dopiero teraz zauważył, że książę siedzi we wnęce wysokiego okna, z głową opartą na kolanach. „Jak on tam wszedł?!".

— Dlaczego? — zapytał Władysław, zadzierając głowę wysoko i patrząc na księcia z dołu.

Kinga wzruszyła ramionami.

— A jeśli do beczki wonnego leśnego miodu wpuścisz jedną choćby miarkę gówna, to czym będzie pachnieć?

— Gównem? — dopytał nieśmiało Władysław, dziwiąc się, że mu to słowo przeszło przez usta w obecności księżnej.

— Gównem — odpowiedział Bolesław, który stanął przy nich.

„Jezu! Jak on zszedł?" — pomyślał Władek, a Kinga natychmiast lekko trzepnęła go lilią w ucho.

— Nie wzywaj imienia Pana Boga swego nadaremnie!

Wujostwo zwrócili się ku sobie i nie poświęcali mu już uwagi.

— Zatem, skoro jak mówisz, moja świątobliwości, nie ma dla Władysława ratunku i zginie od swych kumańskich pobratymców, to wypowiadamy sojusz.

— Tak. Jednoznacznie, mój mężny. Zginie z ręki jednej ze swych ladacznic, ale, jak mówisz, to będzie sprawa Kumanów.

— Czyli co? Czechy? Stawiamy na Przemyślidów?

— Nie spieszmy się, mój mężny. Czy Přemysl Ottokar przyjął zaproszenie na uroczystości dwudziestolecia kanonizacji świętego Stanisława?

— Podziękował, przysłał dary, przyśle kogoś ze swego dworu, ale osobiście nie przybędzie.

— Ano tak. On ma wojnę z Habsburgiem.

— Ma wojnę.

— No to niech sobie walczy. A ten jego synek, następca, jak mu tam?

— Václav, moja piękności, małe dziecko.

Kinga westchnęła lekceważąco:

— Imię po świętym jeszcze nic nie znaczy! Ale coś mi mówi ten Václav, gdzieś go widzę...

Bolesław roześmiał się, przeciągnął się i odgarnął białe włosy do tyłu.

— Może lepiej nie tutaj, moja droga, nie tutaj!

Kinga śmiała się razem z nim srebrzyście, a Władek zastygł z rozdziawioną buzią. Książę Bolesław zobaczył to i błyskawicznie poprawił sobie włosy. Ale i tak Władek mógłby przysiąc, że widział jego ucho... spiczaste ucho?

— No dobrze, mężny mój, cudownie z tobą rozmawiać, ale obowiązki wzywają. Taki tu zgiełk przed tym jubileuszem, że skupić się ciężko. Pojedziemy z Władziem do klarysek, pomodlimy się spokojnie przy ksieni...

— Siostry ustaliły już datę pogrzebu?

— Dowiem się. Pewnie nie, jak byłam miesiąc temu, ciało wciąż było świeże, jakby spała tylko. Dziewica Maria chce pewnie, by jeszcze trochę uzdrowień przyniosły te doczesne szczątki. Władziu, zbierajmy się do drogi!

Mały Książę był blady, aż się bał pomyśleć. Modlitwy przy nie wiadomo jak już dawno zmarłej mniszce... Wolałaby, żeby go Zawisza na placu okładał fiszbinowym mieczem po gołych plecach... albo łydkach. Albo jedno i drugie...

— Świątobliwości moja, wybacz, że pytam. A nie widziałaś gdzieś, w swych modlitwach nabożnych, świętego Stanisława? Przypuszczać by można, że z tej okazji, no wiesz, na jubileusz, pojawi się gdzieś...

Kinga chowała swe piękne, lśniące loki pod nałęczką okalającą jej szczupłą twarz. Zakrywała głowę kapturem i wyciągała już rękę po Władka. Odwróciła się spod drzwi w stronę księcia męża i odpowiedziała lekko zaskoczonym głosem:

— Nie. Dziewica Maria nigdy mi o nim nie wspominała...

MŚCIWÓJ, książę Pomorza, miał kilka wad, z których istnienia zdawał sobie sprawę. Był gwałtowny, szybko zmieniał zdanie, lubił jeść i pić ponad miarę, i do tego uwielbiał kobiety. A wszystko to często nachodziło go jednocześnie. Niestety!

Od dzieciaka wciąż musiał walczyć o swoje. Był najstarszym synem, fakt, ale ojciec nie wiedzieć czemu wolał Warcisława, jego młodszego brata, i nie bardzo się z tym krył. Gdy przyszło do godzenia się z Krzyżakami, też jego, Mściwoja, wysunął jako zakładnika, choć krzyżowi bracia wcale nie mówili, że to ma być pierworodny.

Pięć lat spędził w komturii zakonnej, w Styrii, daleko od rodziny. A nie był już wtedy dzieckiem, był mężczyzną! Całe pięć lat bił się z myślami, że ojciec go zdradzi, wyda dziedzictwo Warcisławowi, a on zgnije między Krzyżakami. Nie stało się tak, ale przecież i tak po śmierci ojca musiał walczyć z bratem o każdą piędź ziemi. A Barnim, szczeciński lis, skorzystał na tym i wygryzł go z ziemi sławieńskiej. Do tego ciągłe podjazdy z Krzyżakami i dwóch stryjów, nawiedzonych krzyżowców na karku! Pełne ręce roboty...

Niektórzy nie mogą mu wybaczyć, że podobnie jak ojciec wspierał pogańskich Prusów. A co miał robić? Prusowie skutecznie wiązali siły Krzyżaków, zajmowali ich tak dzielnie, że krzyżowi bracia nie mieli tyle sił, by walczyć z Mściwojem. Jego nie było stać na otwartą wojnę z nimi, nie po tym, na co się napatrzył w Styrii. Wiedział, co go czeka, jeśli przegra. Więc, aby nie przegrać, przemycał Prusom broń, żeby mieli czym walczyć z jego wrogami. Całe życie z szaleńcami! I jak tu nie pić? Nie brać dziewek do łoża? Nie podjadać do syta, skoro każda noc może być ostatnią?

Fakt, dzisiaj sprawy wyglądają znacznie lepiej. Młodszy brat zmarł; z dalekiej wyspy Rodos przyszła druga dobra wiadomość o śmierci stryja Racibora, Brandenburczycy dzięki pomocy księcia Starszej Polski przegnani i opanowani. Nie jest źle. Ale do dobrego brakuje dużo.

Syna nie ma. Ma za to głupiego zięcia, Przybysława, pod bokiem, już z nim są same kłopoty, doprawdy pochopnie go wybrał. Drugą córkę wydał do Holsztynu, pożytek z tego jak z zeszłorocznego śniegu. I co? I koniec. Więcej dzieci nie ma, pięćdziesiątka na karku, z okładem, a Judyta, jego żona, właśnie wzięła i zmarła.

A Barnim? Proszę bardzo: Bogusław chłop na schwał, dziedzic jak się patrzy i aż się rwie do objęcia rządów. Do tego siedem córek, które ulokował jak kwoki na jajach po całej zachodniej rubieży. Trzy ostatnie to jeszcze dzieciaki, ale już zmówione. I na dodatek askańska Mechtylda właśnie urodziła mu małego, kurwa, Barnimka. Tak! Tak go nazwali: Barnim II. I do tego Brandenburka wszem i wobec ogłasza, że będą kolejni synowie, a wiadomo, jak Niemka coś powie, to tak będzie, choćby miała sama Barnimowi pomóc tego dzieciaka począć. Przykład? Poroniła niedawno i tego samego dnia oświadczyła, że to nic nie znaczy i będzie miała syna. I co? I urodziła Barnimowi Barnimka! A książę Zachodniego Pomorza jest po sześćdziesiątce i to grubo! I synów, i córki płodzi! Żal Judytki, dobra była z niej kobieta, ale płodna o tyle, o ile. Średnio. Słabo nawet. Dwie córki na dwadzieścia pięć lat pożycia to wynik mizerny. A przecież z dziewek, wieśniaczek i mieszczek ma synów! No ma! Tyle że to w sensie dynastycznym pomiot. Wylęgańcy, bękarty. Ale dowód przynajmniej, że nie jest bezpłodny. Co mu po takim dowodzie? Na czyją pierś przejdzie czarny gryf po jego śmierci?

— Książę panie! Magister zabronił ci pić samemu...

Giermek Woran stanął przy nim cicho jak duch. Mściwój spojrzał na chłopaka spode łba.

— To napij się ze mną... Ty sierota, ja sierota, siadaj i pij, książę pan ci każe.

Woran uśmiechnął się ładnie jak dziewczyna i przeprosił:

— Książę pan wie, że jego giermek nie pije. I książę pan już raz mu tę słabość wybaczył.

— To idź do diabła i głowy mi nie zawracaj! I Żelibora mi tu przyślij, i Janisa, i Sobiesława! I grajka! I... kogo tam znajdziesz!...

Woran zapobiegawczo nie znalazł nikogo więcej, bo tyle się już na swej krótkiej służbie nauczył, że im mniej do picia z księciem, tym lepiej. Zwłaszcza gdy Mściwój upija się na smutno. Żelibor pierwszy uniósł kielich:

— Wieczny odpoczynek księżnej Judycie!

— Racz jej dać Panie!

— Racz jej dać Panie!

Otarli usta.

Janis:

— Wieczny odpoczynek dla Racibora krzyżowca!

— Racz mu dać Panie!

— Racz mu dać Panie!

Sobiesław:

— Za dobry testament stryja!

— Racz nam dać Panie!

— Racz nam dać Panie!

Żelibor:

— Za wyspę Rodos, która go pochłonęła, gdziekolwiek to jest, i dobrze, że daleko!

Janis:

— Za księcia Mściwoja!

Żelibor:

— Woran! Szybciej z drugim dzbanem! Książę pan w żałobie o suchym siedzi!

Grajek przejechał smyczkiem po strunach i zapytał nieśmiało:

— Czy mam grać, książę?

— Graj, tylko tak, żeby nam muzyka nie przeszkadzała!

Król Artur pogrążony w smutku siedzi wśród swych rycerzy
Nad krajem zapanował mrok głębszy niż lochy wieży...

— Jezu, to o mnie! — jęknął Mściwój. — Co tak cicho śpiewasz? Dawaj głośniej!

Zbrodniczy to Balina gest uczynił życie strasznym
I nie wie nikt, czy klątwa ta zostanie tu na zawsze
Czarodziej Merlin, magów pan zjawia się wnet przed królem
— Arturze mój, nie frasuj się, jest ktoś, kto cię ratuje!

— No to się napijmy! Skoro mnie ktoś z tego smutku wykaraska...

Lecz najpierw miecz, Balina miecz, musi wypełnić klątwę
Do końca niech wypali się przekleństwo w nim zamknięte...

— Prawda, jeszcze się nie wypaliła żałoba, ciągle mnie jakoś tak trzepie...

— Kto taki, mędrcu mój? Uczony mój Merlinie?
Gdzie szukać go, gdzie znaleźć go, nim klątwa miecza minie?
— Rycerz bez skazy, rycerz czysty jeszcze się nie narodził
A klątwa miecza jeszcze trwa, jeszcze po ziemi chodzi.

— Dobra — Mściwój przerwał grajkowi — skończ już z tymi klątwami, Merlinami i mieczami. To o mnie było lepsze, zaśpiewaj o mnie, a potem już możesz tylko nucić.

Grajek skinął głową i spełnił życzenie księcia:

Król Artur pogrążony w smutku siedzi wśród swych rycerzy
Nad krajem zapanował mrok głębszy niż lochy wieży
La la la la...

— Panowie moi! Rycerze! Kanclerze! Druhy! — zaczął Mściwój. — Co ja mam robić? Radźcie!

Żelibor wiedział, że tylko nie to. Tylko nie rady dla księcia. Ani na trzeźwo, ani po pijaku radzenie mu się nie sprawdza. Trzeba go tylko pocieszyć troszkę.

— Napijmy się, książę, za wieczny odpoczynek dla księżnej Judyty...

Mściwój nie tego oczekiwał. Uderzył dzbanem w stół, na szczęście tym pustym.

— Już raz się napiliśmy! Nie pamiętasz, że moja żona była świętej pamięci za życia i nienawidziła pijaków?! Nie będę więcej za nią pił!

— O to mi właśnie chodziło, książę — uzupełnił Żelibor — że napijmy się, bo już nikt więcej głowy ci nie będzie suszył...

— A, za to możemy! Ale kiepska to pociecha! Syna nie mam!... — ryknął do drugiego pustego dzbana.

— Ale możesz mieć, panie... — zaczął nieśmiało Janis. — Tylko żonę sobie upatrz.

— No właśnie. Kiedy nic a nic nie widzę. Politycznie najlepiej by było wyjść za Krzyżaków...

Woran potknął się, idąc z dwoma tym razem dzbanami. Sobiesław i Janis ryknęli śmiechem, a Żelibor uspokoił giermka:

— Książę pan żartuje... — i wrócił do rozmowy z Mściwojem: — A jakąś córkę Barnima? To mogłoby was zbratać...

Mściwój pokręcił smutno głową.

— Myślałem o tym. Ale wolne ma tylko kilkuletnie dzieci i to z askańskiej żony. Ja muszę mieć kobietę od razu do małżeństwa gotową. Poza tym za bardzo go nienawidzę. Nie dałbym rady.

Janis nie miał mocnej głowy, w każdym razie nie na tyle, by być przydatnym księciu w dłuższym smutku. Odbiło mu się i wyrecytował śpiewnie:

— U wdowy chleb gotowy!...

Żelibor zamknął oczy, bo był pewien, że książę zdzieli Janisa. Mylił się.

— Wdowa? Może to jest myśl, przyjacielu. Młoda, a sprawdzona, najlepiej, żeby już miała jakieś dzieci na potwierdzenie swej przydatności... Kto wie, Janisie, kto wie, może to jest trop dobry... Napijmy się!

Janis spełnił wolę księcia, ale w jego przypadku to była już ostatnia wola. Nim otarł usta, leżał na ławie. Wszedł Woran i chrząknął. Tylko Żelibor zwrócił na to uwagę i dał chłopcu znak, by mówił, co ma powiedzieć.

— Jaśnie książę! Kasztelan słupski Święca prosi o przyjęcie.

— Głośniej, chłopcze! — zachęcił go Żelibor, bo Mściwój nie usłyszał.

— Książę! Kasztelan słupski prosi o przyjęcie!!!

— Czego się drzesz! — skarcił go Mściwój. — Głuchy nie jestem! Wołaj Święcę.

Wysoki, przystojny mężczyzna skłonił się przed księciem. Biały rybogryf na jego piersi pozdrowił czarnego gryfa. Mściwój serdecznie zaprosił go do stołu:

— Siadaj z nami, kasztelanie! Siadaj! Nie znasz może jakiejś miłej wdowy?

Święca potoczył wzrokiem po stole i kompanach księcia.

— Miłej nie znam. Ale wpływową, owszem.

— Młoda?

— Nie.

— Miła dla oka?

— Hmm... ma ładne... suknie...

— Dzieci ma?

— Synów. Trzech i jedną córkę.

— Ciekawi mnie. Znam ją?

— Córkę? Nie. Ale wdowę znasz, panie.

— Woran! Polej nam ładnie! Zaraz kasztelan rozwiąże zagadkę!

Święca nagle poczuł się niepewnie:

— Książę, ja ci nie doradzam, pytałeś tylko, tom odpowiedział, nie traktuj tego jak podpowiedzi, broń Boże...

Żelibor i Sobiesław śmiali się cicho w rękawy, szczęśliwi, że Święca ich wybawił z kłopotu. Janis, który wpadł na wdowi pomysł, spał na ławie, pochrapując z cicha. Mściwój stuknął się z kasztelanem i przypuścił szturm:

— Imię i herb!

Święca zrobił kielichem znak krzyża i wypalił:

— Eufrozyna, półorlica półlwica.

Mściwój zatrzymał kielich w powietrzu. Żelibor się odsunął. Książę ryknął:

— To jest stara baba!...

— Pytałeś o wdowę. Wojen ostatnio nie było, nikt młodej żony nie owdowił, co ja poradzę, książę! Posłałeś mnie do księcia Starszej Polski? Posłałeś. Byłem z nim w Inowrocławiu, jak mediował pokój między Eufrozyną i Krzyżakami. No to, jak książę spytał o wdowę, to ona mi przyszła świeżo z pamięci... Uraziłem cię — uniósł kielich — to wybacz. — Stuknął się z księciem.

Wypili. Wbrew przewidywaniom Żelibora Mściwój nie wybuchł tak, jak potrafił. Zmienił szybko temat, ot co. Znudziło mu się rozprawianie o kobietach.

— Z czym przyjechałeś, Święco?

Kasztelan pokręcił głową, a rybogryf ogonem.

— Książę, prawie dziesięć lat mija od śmierci twego ojca, księcia Świętopełka...

— Wieczny odpoczynek!

— Wieczny odpoczynek!

— Amen. Pamiętasz, książę, pierścień ojca? Krzyż z kotwicą?

Mściwój zmarkotniał.

— Pamiętam.

— Byłem podstolim w Sławnie, gdy Świętopełk umierał. Powiedział mi wtedy, że były dwa pierścienie... że jeden wyrzucił...

Mściwój przerwał mu gwałtownie:

— Wiem! Mi też kazał szukać tego pierwszego! Ale to były przedśmiertne zwidy starca, który chciał wszystkie grzechy odkupić na jednej spowiedzi!

Czarny gryf na piersi księcia krzyknął krótko, jak lew. Rybogryf na piersi Święcy odpowiedział mu niskim, gardłowym głosem. Woran z niedowierzaniem spojrzał na oba herby. Miały się ku sobie?

— Nie mnie sądzić, książę. Ja wiem tylko, żeśmy do trumny kładli go z pierścieniem.

— Tak było — przytaknęli Sobiesław i Żelibor.

— Tak — potwierdził Mściwój.

Święca rozłożył ręce, a jego rybogryf zafalował wielkim, rybim ogonem z gracją kota.

— Książę... na zamku w Słupsku od jakiegoś czasu znajdujemy pierścień Świętopełka odciśnięty na murze... Wiem, wiem, że to niedorzeczne, ale nie ja jeden to widzę. Ludzie gadają... nie, nie na krwawo, na czarno. Pojawia się znak i znika. Kotwica z krzyżem i podpis twego ojca...

— Psiakrew! — Mściwój wstał od stołu, potrącając dzban. Woran złapał go zręcznie.

— Może jest jakieś wytłumaczenie? — Żelibor nie znosił takich historii. — Złotnik, który robił pierścień dla twego ojca, mógł zostawić formę...

— Złotnika nie było przy śmierci Świętopełka — fuknął Mściwój — a ja byłem i Warcisław był! Nam obu powierzył swą ostatnią wolę, ale żaden z nas jej nie wypełnił! Warcisław nie żyje, a stary zza grobu daje mi piekielne znaki, że jego dusza płonie! Kurwa mać! Dlaczego ja? Dlaczego to na mnie spadło?!

Jego druhowie spojrzeli na pierś Mściwoja. Czarny gryf zasyczał, wyciągając długi język.

Książę wzruszył ramionami. Żelibor wolałby, żeby krzyczał. W gniewie był przynajmniej dość przewidywalny.

Janis obudził się chwilę wcześniej. Nieprzytomnym wzrokiem wpatrywał się w Mściwoja. Podstawił Woranowi kielich i spytał szeptem:

— Co mnie ominęło?

— Wdowa Eufrozyna i ostatnia wola Świętopełka.

— Eufrozyna? Matka Karła?!

Woran cicho potaknął.

— No dobra. Jeden jej się nie udał, dwóch następnych urodziła dorodnych. Ale to stara baba... A ta ostatnia wola? O co chodzi, chłopcze?

Giermek rozłożył ręce i pokręcił głową. Żelibor i Sobiesław wymienili z Janisem bezradne spojrzenia; oni także nie wiedzieli, o co chodzi. Mściwój to zobaczył. Syknął na Święcę:

— Powiedz im, kasztelanie! To przecież dotyczy nas wszystkich! Wasi ojcowie byli przy moim, gdy popełnił to świętokradztwo!... Wszyscy mamy sumienia skalane ich zbrodnią...

Święca nie musiał nic mówić. Już zrozumieli. Wśród wielu czynów niechwalebnych, jakie były udziałem ich ojców, tylko jeden można nazwać świętokradczym: mord seniora. Krwawą łaźnię w Gąsawie. Świętopełk godność namiestnika Pomorza dostał z rąk księcia seniora Polski, Leszka Białego. A siedem lat później zamordował go w Gąsawie. I nie tłumaczy starego namiestnika, że polował wtedy na innego Piasta. Zabił. Był winny. Czego pragnie jego dusza?

— Zadośćuczynienia — ponuro powiedział Mściwój — odkupienia winy. Ale, na Boga, jak można odkupić tamtą śmierć? Rękę przyłożoną do Wielkiego Rozbicia?

JEMIOŁA szybkim krokiem zmierzała w stronę Raduni. Jej siostry ruszyły na świętą górę już z samego rana, Ludwina zamknęła „Zieloną Grotę" wraz z wyjściem ostatniego z wczorajszych gości, ale w ostatniej chwili nakazała Jemiole zostać.

— Swędzi mnie czubek nosa, córuchno, a wiesz, co to może znaczyć?

— Wiem, matuchno, wiem. Ostatnio swędział cię na wizytę wrocławskiego księcia.

— Otóż to, dziecko drogie, otóż to! Nie możemy sobie pozwolić, by taki gość jak on zastał drzwi zamknięte i nie spotkał swojej ulubionej tancerki! Jest na ciebie napalony jak buhaj na jałówkę, zaraz by zaczął węszyć, szukać i byłoby nieszczęście! Dziewczęta wytłumaczą cię przed Matkami, a one, dla dobra nas wszystkich, zrozumieją i wybaczą.

Nos jednak swędział Ludwinę na pieniądze księcia, a nie na niego samego, bo w południe do drzwi zapukał Fulko, nieśmiały giermek Henryka, i przyniósł dar dla Jemioły i Ludwiny: mieszek srebrnych czeskich groszy. Owszem, zaglądał do środka, rozglądając się, rzecz jasna, za Irgą, ale był zbyt skromny, by pytać o nią, gdy sam nie zobaczył dziewczyny.

Ludwina podziękowała pięknie, kazała też i Jemiole pokazać się i osobiście pokłonić.

— Przekaż swemu panu, nadobny rycerzu, że panna Jemioła czekała dzisiaj na niego! Wolna!

Fulko spłonił się jak dziewica i cicho wybąkał:

— Jam jeszcze nie rycerz, jam giermek...

Ludwina wzięła się pod boki.

— Tak? A moja córuchna Irga mówiła co innego... nazwała cię rycerzem walecznym, w boju szybkim, co ugodzić umie, nim oręż wyjmie...

— Panie wybaczą... — Fulko był czerwony jak burak, nawet czupryna zdawała mu się płonąć — nie wolno mi czasu tracić... muszę wracać do mego księcia...

— Cóżeś mu, matuchna, tak przygryzła, że mało drzwi nie strzaskał, uciekając? — spytała Jemioła, bo nie znała opowieści Irgi ze spotkania z giermkiem.

— A co? Chciałaś, żeby tu do wieczora siedział? Ubieraj się szybko i leć na Ślężę!

— Na Radunię. Dębina kazała przyjść na Radunię.

— Ach tak, prawda. Na Księżycowej Górze dzisiaj ognie, bo na Słonecznej ponoć pałętają się jacyś zbrojni. No już, zbieraj się!

Dziewczyna bez skrępowania rozbierała się przy Ludwinie. Nim wyjdzie, musi się pozbyć żółtej koszuli, znaku kurtyzany. Haftowaną w gałązki jemioły, bielutką jak śnieg koszulę włożyła na nagie ciało. Na wierzch Ludwina pomogła wciągnąć jej zwykłą, zieloną suknię. Sznurując ją z boku, wyjaśniła krótko:

— Irga nie zdążyła go rozebrać, a giermek wystrzelił strumieniem prosto w jej twarz...

— Fe!

— No, fe! Odpinała mu nogawice od pasa, klęknęła przed nim i trach! Stało się!

— Ale jak, przez koszulę?

— No właśnie! Młody i twardy! Jak mu oręż stanął, to koszulę przebił!

— Mateczko! Zbereźności jakieś opowiadasz! — wstrząsnęła się z obrzydzeniem Jemioła.

Ludwina dowiązała suknię i klepnęła dziewczynę pieszczotliwie w pośladek.

— Ach, ty moja zawsze dziewico! W zawodzie trzeci rok, książęta, księża, możni rycerze, bardowie, same podboje, a wstydliwa jesteś jak pierwiastka! Idź już, czasu szkoda! A, czekaj, jeszcze piwo dla Matek! — Założyła jej na ramiona spory kosz. Jemioła cmoknęła Ludwinę w nadstawiony przez nią policzek i pobiegła.

Słońce stało wysoko, jeśli nikt jej nie zatrzyma, jeśli pospieszy się, przed zmierzchem powinna być na szczycie góry. Kosz ciążył jej, bo Ludwina nigdy nie szczędziła Matkom piwa, warząc specjalnie dla nich takie, które nazwała „Zielonym Ogniem". Miało w głębi smak świeżej goryczki i przyjemnie piekło na języku. Na szczególne okazje dawała swym „córuchnom" posmakować, odrobinę, nie za dużo, bo to w końcu piwo dla wybranych. Teraz, odkąd zaczął je odwiedzać książę Henryk, szczególne okazje zdarzały się zresztą częściej. Jemioła przyspieszyła kroku, tak jej zależało, by Matki dowiedziały się o księciu od niej, nie od dziewcząt. Wyznaczyły ją do tego zadania poprzedniej wiosny i bardzo, bardzo chciała pochwalić się, że jest na dobrej drodze.

Kochała ten czas budzącej się po zimie ziemi. Zapach korzeni, w których już krążyły nowe soki, woń najmłodszej zieleni, słodycz soku z brzozy, nim zrodzą się liście. Pięła się po zboczu Raduni szybko jak kozica. Minęła polanę, na której latem wyrośnie kokoryczka, ziele jak miecz ostre, o wąskich i szorstkich brzegach liści. A po przeciwległej stronie, jeszcze niewidoczne, ale już gotowe do boju wilcze łyko. Dwie czerwone jagody mogą otruć dziecko, pięć kobietę, a dziesięć powali tęgiego mężczyznę. Za to kruszczyk już wybił ponad mech swe jasne delikatne łodygi. Gdy zakwitnie, uwiedzie wszystkie owady, które zbliżą się do niego. Ludwina zaś wyśle dziewczęta, by nazbierały całe naręcza i wyciąg z niego doda do piwa, które pić będą ich goście. Smaku trunku nie zmienia, daje lekką kwiatową woń, którą oni biorą za zapach dziewcząt i przywiązują się do nich mocniej. Jeszcze tylko musi przebiec Świetlistą Dąbrowę, o tej porze bezlistną, lecz już muśniętą zielenią pąków.

— Witaj, siostro! — Naprzeciw niej wyrosła jak spod ziemi wysoka dziewczyna uzbrojona w łuk.

— Jemioła — przedstawiła się strażniczce.

— Leszczyna — odpowiedziała dziewczyna, przyglądając się jej z uznaniem. — Czekają na ciebie.

Srebrnik, źródło, co nie zamarza zimą, szemrało gościnnie. Jemioła stanęła przed nim, zdjęła z ramion kosz, potem buty i weszła w zimne wody Srebrnika.

— Wodo, wodo, obmyj mnie. Wodo, wodo, oczyść mnie. Wodo, wodo, uzdrów mnie — wyszeptała i uspokoiła bicie serca. Stała i czekała, aż odpłyną od niej troski, znoje, sprawy świata, który musi zostawić, jeśli chce wejść między święte Matki. Postąpiła krok do przodu, uważając, by się nie poślizgnąć na gładkich kamieniach. — Wodo, wodo otwórz me oczy. Wodo, wodo, otwórz me serce.

Lęk o rodziców, o bliźniaczego brata spłynął w dół z nurtem strumienia. Zmęczenie ostatnich dni i nocy, czerwone twarze gości, ich oddechy przesiąknięte piwem, wszystko to rozbijało się gdzieś na kamieniach, po których płynął Srebrnik. Została tylko cisza, szum wody jak pieśń piękny, chłód przenikający ciało od czubka głowy po pięty. Wtedy usłyszała głos Dębiny:

— Jemioło, wystąp z wody!

Otworzyła oczy i poszła w stronę ognia. Jeżyna, Irga, Trzmielina siedziały razem z innymi siostrami wokół ogniska. Trzy Matki górowały nad nimi, a ponad Matkami siedziała Dębina. Dostrzegła, że sióstr jest dużo więcej niż zwykle, a wśród nich także takie, których nigdy nie widziała. Wyglądały jak cudzoziemki, choć suknie miały zielone jak one wszystkie. Pokłoniła się Matkom, pokłoniła Dębinie, pokłoniła siostrom.

Dębina była wyjątkową kobietą. Jemioła nie znała piękniejszej od niej. Nikt nie wiedział, ile ma lat, i nikt o to nie pytał. Wysoka, barczysta, potężnie zbudowana. Zawsze ubrana starannie, w zieloną suknię i płaszcz z orlich piór. Jej bujne, długie włosy były siwe, choć zawsze wyglądały niczym żywe srebro, bo przecież widywały Dębinę tylko nocą, tylko podczas pełni. Miała jasne, świetliste oczy, szlachetny długi nos i podbródek idealnie pośrodku przecięty wgłębieniem. Palce Dębiny, smukłe i długie, znaczyły piękne węzły stawów, jej stopy, zawsze bose, wydawały się parą śpiących gołębi. Czasami używała cisowej laski, zakończonej wianuszkiem żołędzi dębu, latem bukietu traw, zimą kościanego piszczela, tak długiego, iż nie mógł należeć do żadnego ze znanych Jemiole zwierząt. Dzisiaj na jej zgiętym nadgarstku siedziała sowa, uważnie przypatrująca się wszystkim dziewczętom.

— Twoje siostry nic nam nie powiedziały, więc pochwal się sama.

„Pochwal... Dębina zatem wie".

— Jak sobie życzyłyście, Matki, książę śląski, Henryk został moim gościem. Był rad z mojej pracy i przybył do mnie jeszcze dwukrotnie. Wszystko wskazuje na to, iż nie zamierza przestać mnie odwiedzać.

Przez wianuszek dziewcząt przebiegł szmer. Jedna czy druga zachichotały. Trzy Matki skinęły drewnianymi głowami i przez ciało Jemioły przebiegł dreszcz. Dębina wypuściła sowę, a ptak wzbił się ponad ich głowy i odleciał w mrok.

— Dobrze. Jeśli sam nie powie ci, że chciałby cię zabrać na swój zamek, ty mu to zaproponuj — powiedziała Dębina, patrząc w górę, za sową.

Jemioła poczuła w sercu zimny skurcz. Odważyła się zapytać:

— Czy to konieczne? Jestem pewna, iż mogę dobrze nam służyć, przyjmując go w „Zielonej Grocie", będzie do mnie przyjeżdżał, na pewno... Nie chciałabym opuszczać sióstr... — Poczuła, że zaraz może się rozpłakać jak dziecko.

— Nie jesteś dzieckiem, Jemioło — zaprzeczyła Dębina. — Jesteś dorosła i jesteś naszą nadzieją. Straciliśmy ostatnio dwie siostry, które były blisko celu, nie możemy sobie pozwolić na zbaczanie z drogi.

Dębina odwróciła wzrok od Jemioły i dziewczyna wiedziała, że sprawa nie podlega dalszej dyskusji. Usiadła. Jeżyna otoczyła ją ramieniem.

— Siostry z południa proszą posłuchania Matek! — krzyknęła wysoka kobieta po prawej ręce Dębiny.

Jemioła spojrzała na nią. Chyba wcześniej jej tu nie widziała.

— To Kląża, wnuczka Dębiny — szepnęła jej do ucha Jeżyna. — Zastępuje swoją matkę, którą uwięził biskup wrocławski.

„Wiele z nas jest narażonych w każdej chwili życia. Nie mogę myśleć tylko o sobie".

W krąg światła weszła smukła, ciemnowłosa kobieta.

— Ałycza z Czarnogóry kłania się Matkom. Ałycza z Czarnogóry kłania się Dębinie. Ałycza z Czarnogóry kłania się dobrym siostrom.

Złożyła piękne, głębokie ukłony.

Sowa wylądowała u jej stóp i chwiejnym krokiem poprowadziła kobietę do Dębiny. Teraz mogły się jej lepiej przyjrzeć. Miała zieloną suknię, jak one wszystkie, a na niej zapaskę haftowaną w ptaki i kwiaty. Na prostych, ciemnych włosach wzorzystą tkaną przepaskę, a przy niej srebrne księżycowe kabłączki.

„Jeszcze moja babka nosiła takie, tyle że okrągłe" — z czułością pomyślała Jemioła.

— Co przynosisz? — spytała Dębina.

— Wieści z mojego kraju. Bogomilcy proszą nas o wsparcie, chcą łączyć się z nami przeciw chrześcijanom.

— Kto im przewodzi?

— Bazyli Bułgar.

— Bazyli Bułgar spłonął na stosie sto lat temu. — Dębina wzruszyła ramionami. Sowa zaskrzeczała. — Przepraszam, sto sześćdziesiąt lat temu, w Konstantynopolu. Wtedy bogomilcy nie chcieli być nam braćmi, bo odrzucili nas jako poganki.

— Prawda. To nowy Bazyli Bułgar. Zwie się następcą tamtego i prosi nas na swoje siostry, choć jego poglądy są podobne do Bogu miłych.

Dębina cierpliwie spojrzała na Morwę swymi świetlistozielonymi oczami.

— Że świat stworzył starszy syn Boga, Szatan? A młodszy, Jezus, go zbawi? Znamy to, Ałyczo.

— Bazyli Bułgar pozyskał dusze kilku naszych książąt i pewien jest, że jeśli my zawładniemy ludem, on będzie na siłach opanować możnych. Chce powstania.

Sowa wzbiła się w powietrze niemal pionowo. Chwilę biła skrzydłami, przysłaniając szlachetną twarz Dębiny. Przysiadła na jej wyciągniętej ręce. Oblicze Dębiny było smutne i surowe zarazem.

— My już mieliśmy takie powstanie, Ałyczo. I stanął za nami nie jeden książę, lecz sam król. Zabiorę cię jutro na Ślężę, to nasza braterska, słoneczna góra. Zobaczysz ruiny świątyni, którą wówczas stawialiśmy. Byliśmy młodzi, szczęśliwi, pełni wiary. I wszystko skończyło się źle.

— Dlaczego, siostro? — zapytała śpiewnym głosem Ałycza.

— Dlatego, że Starsza Krew musi być czysta. — Głos Dębiny uniósł się wysoko ponad ogniem. — Nie może mieszać się z krwią i nasieniem nowych panów, wszystko jedno, jak się nazywają: Piastowie, Przemyslidzi, Askańczycy czy jak ci wasi, Predimirowicze. Gdy tylko dopuści się tych nowych do władzy, zawsze będzie to samo: prędzej czy później rządzić zacznie król i wojsko. A na czele staną mężczyźni, którzy wierzą tylko w miecz, ogień i krew. Od wieków to samo, siostro. Nic nowego. Świat nie potrafi się już zmienić. Wybacz, że to mówię, ale myślę o siostrach z południa z czułością. Wasz Bazyli Bułgar poprosi was o pomoc. Wy mu jej udzielicie, włożycie w to całe serce. Za wami pójdzie lud. Ale większość prostych ludzi zginie w walce, możnych zaś zginie niewielu, bo ich żelazne suknie nie przepuszczają strzał i są odporne na wasze zaklęcia. Gdy wygracie dla nich ich wojnę, wasz Bazyli Bułgar przestanie im być potrzebny i zniszczą go. A wy zostaniecie w spalonych lasach, na wyjałowionej ziemi, z umarłymi z głodu dziećmi na ręku. Opuszczone i same. I wtedy przyjdą pachołcy waszych nowych panów i wykarbują wam na plecach daniny, jakich jeszcze nie płaciłyście. Będziecie piły łzy i jadły strach. Oto, co was czeka, siostry z południa!

Dziewczęta wokół ogniska struchlały. Słychać było tylko trzaskanie gałązek w ogniu. Sowa huknęła głucho, siedząc na ramieniu Dębiny. Kobieta uśmiechnęła się smutno do ptaka i dopowiedziała do wszystkich:

— Nie wolno wam zapomnieć, siostry, że jesteśmy starsze niż ci, którym się wydaje, iż nami rządzą. Ale najstarsza jest Matka Ziemia i jej winniśmy posłuszeństwo. A ona jest pokojem, nie wojną.

Ałycza pokłoniła się Dębinie, choć nie tak głęboko jak na powitanie.

— Pozwól sobie powiedzieć: nasz Bazyli głosi pokój, nie wojnę.

Dębina zaśmiała się strasznie, a orle pióra na jej płaszczu nastroszyły się.

— Oni zawsze głoszą pokój, gdy myślą o wojnie!

Wstała. Była tak wysoka, że jej cień przekroczył strumień Srebrnika i padł aż na Świetlistą Dąbrowę.

— Pytasz, to odpowiadam: Matki są przeciwne. Nie udzielę wam pomocy, bo musiałabym wysyłać moje siostry na zmarnowaną śmierć. I to dzisiaj, kiedy my same potrzebujemy każdej pary rąk, bo nasza chwila jest już bliska. Chcę was powstrzymać, ale nie mogę wam nic nakazać. Zrobicie, jak podpowie wam serce. Ałyczo, zostań z nami do jutra. Chcę, byś w świetle słońca zobaczyła, jak popadła w ruinę świątynia zbudowana z naszych płonnych nadziei. Trzymamy rozrzucone głazy na Ślęży na wypadek, gdyby którąś z nas zawiodła pamięć!

Dębina usiadła, a na strumień padły cienie trzech świętych Matek.

Jemioła w pierwszej z nich zawsze widziała siebie, małą dziewczynkę z płaczem wychodzącą z domu. W drugiej swoją matkę z rozdartym sercem żegnającą córkę. W trzeciej babkę patrzącą już z uśmiechem w stronę Nawi. I na odwrót: pierwsza była babką, która jako dziewczynka biegła do świętego gaju; druga matką, młodą i pogodną, pieszczotliwym ruchem kołyszącą bliźnięta w łonie; trzecia nią samą, Jemiołą bez wieku, w której krążą soki wszystkich pokoleń dzieci lasu, ludzi Starszej Krwi. Trzy takie same twarze zamkniętych w drewnie i kamieniu Matek. Bo jednej matki nie starczy, by unieść całe życie.

Usłyszała stukot kołowrotka.

— Mokosz! Mokosz idzie! — zaszemrały siostry i zerwały się na równe nogi.

„Zaiste! Wielka to noc, skoro i Matki ruszyły drewnianymi głowami, i sama bogini Mokosz do nas idzie".

Dębina stanęła za posągami Matek. Obok niej Klęża, jej wnuczka. Siostry ustawiły się za nimi półkolem, otwarte w stronę Srebrnika, skąd dochodził stuk kołowrotka. Jemioła poczuła na twarzy lekki, drobny deszcz, znak, że Mokosz jest blisko. Pierwsze pojawiły się z wiatru utkane Wiły, za nimi Wieszczyce o oczach widzących przyszłość. Dola, złocista, srebrzysta, co sto razy na dzień potrafi zmienić wygląd, Narecznice trójkami, trzymając się za ręce, którymi na czołach noworodków kreślić będą przyszłość; roztargnione, nieobliczalne Strzygi, Południce senne przy świetle księżyca. I Mokosz, Matka Matek.

„Ach, jaka ona podobna do Dębiny! — jęknęła w duchu Jemioła i poprawiła się od razu: — To Dębina jest do niej podobna". Gdyby nie widziała przed sobą wysokich i szerokich pleców Dębiny górującej nad gromadą kobiet, mogłaby przysiąc, że to ona jest Mokoszą. Orszak Matki Matek wolno przesuwał się wokół nich, nie zatrzymując się ani na chwilę. Trzy posągi złożyły drewniany pokłon, a siostry poszły w ich ślad. Jemioła wiedziała, że Dębina o nic nie będzie prosić, że w jej zwyczaju jest czekać, aż Mokosz sama da znak. I że bywało i tak, że znaków żadnych nie było. A pamięta też, choć jak przez mgłę, że na Jare Święto, dawno, dawno temu, Mokosz zatrzymała orszak i długo mówiła do nich. Ale Jemioła była zbyt mała, żeby zrozumieć tamte słowa, jedyne, co zapamiętała, to to, że to było ważne, ważne, najważniejsze. Trwały pochylone w ukłonie, czuła powiew biegnący od Wił, zmienny blask Doli, ciepłą wilgoć Mokoszy. Stuk kołowrotka cichł, orszak się oddalał. Dębina wyprostowała swe potężne plecy, siostry zrobiły to samo. Jak dobrze zobaczyć jeszcze raz znikające już między drzewami sylwetki Wieszczyc, dostojny profil Mokoszy! Dziesiątki drobnych ogników, jasny deszcz światła niknie już w Świetlistej Dąbrowie. Przez tłum przebiegło tęskne westchnienie. Znów czekać będą długo, by ujrzeć słodką Mokosz! Nagle, między szeptami i westchnieniami, rozległ się krzyk i szloch. Kobiety zafalowały, rozstąpiły się, robiąc przejście Dębinie idącej do tej, która łkała. Jemioła złapała Jeżynę za rękę, rozejrzała się za Irgą i Trzmieliną, przez chwilę wystraszyła się, że może one? Nie. Dzięki ci, Matko, nie!

Piękna ciemnowłosa Ałycza z Czarnogóry, urzekająca urodą nawet we łzach, stała, trzymając w obu dłoniach kłębek mokrej wełny. Siostry westchnęły. Dębina pokiwała głową i przygarnęła Ałyczę do szerokiej piersi.

— Nawet ja chciałabym się mylić, gdy chodzi o moje dzieci. Ale Mokosz nie myli się nigdy i ty o tym wiesz. Zanieś swoim siostrom ten kłębek, może zmienią zdanie, gdy zobaczą, że jest utkany z łez.

JAKUB ŚWINKA wiedział, co ma zrobić, i tylko czekał, aż nadarzy się okazja, by z jakimś oficjalnym posłaniem ruszyć z Gniezna do Poznania. A ta przyszła sama, gdy tylko kantor poczuł, że jest gotowy. Prepozyt Mikołaj w ostatniej chwili to jemu, nie bratu Janowi, powierzył do załatwienia pilną sprawę w poznańskiej kurii. Wystarczyło tylko załadować wiadomą rzecz na wóz i jechać. Nawet nie zadawał sobie pytania, czy książę będzie w Poznaniu, bo uznał to za oczywiste wobec tego, z jaką sprawą jechał. Przesłanie w jego sercu było tak silne, że przeszkody nie istniały. Nie takie.

Pamiętał, jak Przemysł padł na kolana przed pustą skrzynią królów.

„Wysłucha mnie".

Jakub był obowiązkowy, więc zgodnie z poleceniem przełożonego najpierw załatwił sprawy w kurii. Starannie pozbierał i zapakował pergaminy, omówił z kanclerzem biskupa Mikołaja sprawy najbliższego posiedzenia kapituły i jedynie wymówił się od wspólnego posiłku. Wsiadł z powrotem na wóz, sprawdził, czy wiadoma rzecz jest na swoim miejscu, i kazał się wieźć z Ostrowa Tumskiego na zamek.

— Jakub Świnka, kantor kapituły gnieźnieńskiej, do księcia Przemysła — oznajmił straży przy bramie zamkowej i poczuł, że pocą mu się dłonie.

Koła zaturkotały na bruku. Z krytych dachówką stajni wyszli ludzie, by zająć się koniem. Po długiej chwili przyszedł sługa w barwach księcia, mówiąc, iż Jakub proszony jest do Okrągłej Sali. Poczuł się niepewnie, bo za nic w świecie nie chciał się rozstawać z tym, co przywiózł. Po chwili wahania zdjął z wozu wielki skórzany wór i zarzucił sobie na plecy. Przygięło go.

— Pozwól, panie, że wezmę twój bagaż. — Sługa wyciągał po wór ręce, ale Jakub zaprotestował:

— Nie, nie. Ja sam. To nie takie ciężkie — skłamał.

— Ależ, panie, idziemy na samą górę...

— Nie szkodzi, dam radę.

Sługa rozłożył ręce.

— Książę pan zruga mnie...

— A, no skoro tak, to trudno. Weź, synu, ale ostrożnie!

Chłopak podniósł skórzany wór, jęknął, zawołał drugiego i wspólnie go nieśli. Jakub pilnie patrzył im na ręce. Nie zasapał się na wąskich schodach, bo miał wprawę, katedra gnieźnieńska kryła w sobie niejedno wejście i zejście. Przypilnował, by ustawili wór delikatnie, właściwą stroną.

— Książę pan przyjdzie niebawem — oznajmił inny sługa, przypatrując mu się ciekawie.

Jakub skinął i rozejrzał się po słynnej Okrągłej Sali. Właściwie była kwadratowa. Olbrzymia, bo zajmowała całą najwyższą kondygnację zamkowej wieży, a nazwę swą zawdzięczała tkaninom zawieszonym na ścianach tak, że ukrywały kanciastości i kąty, tworząc przestrzeń rzeczywiście kolistą. W wąskich pasach muru nieprzykrytych zasłonami na przemian były okna i uchwyty na pochodnie. Słudzy krzątali się po sali, zapalając je, sprzątając ze stołu na podwyższeniu po, jak domyślił się Jakub, niedawnej uczcie. Zaburczało mu w żołądku na wspomnienie wieczerzy, której odmówił w kurii. Chrząknął, chcąc to przykryć, bo wydawało mu się, że słychać to było bardziej, niż by chciał. Na lewo, za zasłonę z wizerunkiem lwa wynosili brudne naczynia. Ale z prawej, na której widniały orły Piastów, przynieśli dzban, tacę i dwa piękne wysmukłe kielichy. Kantor obracał się mimowolnie wokół, chcąc nadążyć za ruchem służby, który wydał mu się nagle uporządkowany i składny niczym wymyślny taniec. „Stąd — dotąd, stąd — dotąd". Zakręciło mu się w głowie.

— Jakubie Świnko!

Przemysł wszedł do sali sprężystym krokiem, a za nim kilku ludzi jego osobistej straży.

— Książę!

Wydał mu się starszym niż wtedy, w krypcie. A może tylko brak stryja dodawał mu lat?

— Co cię sprowadza do Poznania, Jakubie?

— To, książę. — Wskazał na skórzany wór ustawiony przez sługi na podwyższeniu. — Zostawiłeś to, panie, opuszczając Gniezno.

Przemysł ściągnął brwi, jakby usiłował sobie przypomnieć.

— Skrzynia mojego ojca?

— Tak — powiedział z namaszczeniem Jakub.

— Naprawdę przebyłeś taką drogę, by mi to dostarczyć? Mogłeś przez kogoś posłać...

— Nie mogłem — odpowiedział z dumą — chciałem sam, osobiście.

Przemysł zrobił krok w jej stronę, ale się rozmyślił. Ruchem ręki zaprosił Jakuba do stołu na podwyższeniu.

— Wina?

— Wina.

„Czekała tak długo, poczeka jeszcze tę jedną chwilę".

Gdy słudzy napełnili kielichy, odprawił ich. Straż też. Jakub odetchnął. W życiu władców niewiele rzeczy dzieje się na osobności, ale to, co miało zdarzyć się dzisiaj, powinno. Przemysł sączył wino powoli, nie patrząc na Jakuba.

— Po moim ojcu dostałem imię i przydomek „drugi". Jestem jedynym jego synem, jedynym spadkobiercą całej Starszej Polski, po nim i po stryju, a od urodzenia nazywają mnie „drugim".

— Otwórz skrzynię, książę — powiedział Jakub i sam zdumiał się kategorycznym brzmieniem swego głosu.

— Ty wiesz, co jest w środku?

— Wiem. Chociaż tego nie widziałem. Nikt jej nie otwierał, jest zapieczętowana.

— To skąd wiesz?

— Książę Bolesław mi powiedział.

Przemysł odstawił kielich, wstał i ruszył do worka.

— Dobrze, miejmy to za sobą!

Jakub pospieszył za nim.

— Ciężka — stwierdził książę, wyjmując ją i stawiając na stole.

Rzucił okiem na pieczęć.

— Klucz.

Jakub się zmieszał.

— Nie ma klucza. Był depozyt, ale nie ma klucza, książę Bolesław też nie wie, co się z nim mogło stać. Ale nieruszana, sam zobacz.

Przemysł wydawał mu się zniecierpliwiony, niechętny.

— Odeślę ją do kuźni, do rozkucia.

— Nie! — Jakub wstrzymał go. — Nie trzeba...

Z sakwy wyjął żelazny pręt zakończony trzema różnymi hakami. Podał go księciu.

— To powinno wystarczyć.

— To... wytrych?

Jakub odważnie spojrzał mu w oczy.

— Była skrzynka, nie było klucza. Cóż poradzić! Wytrych, proszę księcia, wytrych...

Przemysł spróbował włożyć go w zamek i przekręcić, ale bez rezultatu. Świnka odezwał się nieśmiało:

— Może ja pomogę, ostatnimi czasy nabrałem niejakiej wprawy w otwieraniu tajemnic...

Przemysł oddał mu go i kiwnął głową. Świnka wprawnie manewrował hakami. W końcu trafił na ten, który pasował do zamka. Gdy go przekręcił, usłyszeli syk, jakby z środka uciekło powietrze. Jakub delikatnie wyjął wytrych i zrobił miejsce księciu. Przemysł, nie namyślając się długo, otworzył skrzynię.

Wyjął z niej trzy herbowe tuniki. Nie rozkładał ich, odłożył na bok, najwyraźniej szukał czegoś pod spodem. Ale to było wszystko i Jakub o tym wiedział. Pozwolił jednak Przemysłowi ostukać dno i ścianki. Rozczarowany i zniechęcony książę z trzaskiem opuścił wieko. Spojrzał na Jakuba pytająco i ponuro.

— Obejrzyj je, panie — zachęcił kantor spokojnie.

Przemysł rozłożył jedną po drugiej na stole i mruknął:

— Dzisiaj się już takich nie nosi. Za długie i materia zetlała... To mojego ojca?

— Tak, książę.

— Zaraz... — Przemysł położył dłoń na pierwszej i Jakub widział, że już dostrzegł przesłanie. — Trzy srebrne lilie. — Wygładził je i przeszedł do drugiej. — Trzy czerwone pasy... — Nie mógł oderwać od nich wzroku i rękę położył na trzeciej. — Stojący lew... Niemożliwe!

— Ależ możliwe, książę — spokojnie odpowiedział Jakub. — To właśnie Przemysł I zostawił Przemysłowi II, wiedząc, iż jego śmierć może wyprzedzić narodziny syna.

— Zostawił mi legendę? Znaki Lancelota z Jeziora? Rozumiesz coś z tego, Jakubie? — Książę spojrzał na kantora bezbrzeżnie zdumiony.

— Czerwone pasy znaczą: męstwo, ofiara, władza. Trzy lilie: czystość, niewinność, królewskość. I lew stojący: zwycięstwo, duma, majestat. Łączy je jedno, wszystkie trzy symbolizują królewskie przeznaczenie i powstanie z martwych.

— To wiem! — przerwał mu gorączkowo młody książę. — Ale po co?

— Znasz legendę Lancelota i jego syna? O niej musiał myśleć ojciec, skoro zostawiał to jako przesłanie dla ciebie.

Przemysł nie mógł oderwać oczu i dłoni od znaków na tunikach. Wciąż ich dotykał. Trzy lilie, trzy pasy, lew.

— Znam. Jeśli on uważał się za Lancelota z Jeziora, to co? Ja mam być Galahadem?

— Tak! — radośnie wykrzyknął Jakub Świnka, a w duszy wyszeptał: „Dzięki ci, Panie!". — Nie! — poprawił się. — To znaczy nie „być Galahadem", ale wypełnić jego misję...

— Znaleźć Graala? Jakubie Świnko... — książę stanął przed kantorem i spojrzał na niego z góry — ...bardzo cię cenię i cenię pamięć mego ojca, znam pieśni Rycerzy Okrągłego Stołu, ale czy nie uważasz, że wszystko razem to jakaś niedorzeczność?

Jakub Świnka zaprzeczył w uniesieniu:

— Nie, panie. Jeśli spojrzysz na to symbolicznie. Jeżeli twój ojciec czuł się jak Lancelot, to znaczy czuł w sobie jakąś nieczystość, która nie pozwoliła mu znaleźć Graala. Nie był godnym. Nie wiem, co to mogło być... może miłość niczym uczucie Lancelota do Ginewry, wielkie, a jednak skalane? Może uważał, że porwanie twej matki Elżbiety, wyświęconej Bogu mniszki, to był grzech nie do odkupienia? Zważ na koniec jego życia, mistyczne ekstazy, pokuty, modły... i na to, że w tym samym czasie ty zostałeś poczęty. Fakt pozostaje faktem. Twój ojciec używał tych trzech znaków w swym herbie i pieczęci. Żeby nie być gołosłownym, bo wiem, że wszyscy przyzwyczaili się tylko do stojącego lwa, sprawdziłem. Trzy lilie widnieją na dwudziestu pergaminach z lat...

— Przestań, Jakubie. Ufam ci w tej kwestii. Sam zresztą widziałem i trzy lilie, i trzy pasy, no i lwa, tyle że nigdy nie połączyłem ich w całość.

Przemysł nie mógł oderwać oczu od herbów. Na przemian dotykał ich i swego czoła.

— To dodaj do tego jeszcze, mój książę, i to, że ojciec twój w tym samym czasie zaczął wznosić swój zamek tu, gdzie dzisiaj stoimy. Zamek z tą majestatyczną Okrągłą Salą. I to on zapoczątkował zbieranie dokumentów po przodkach w całym księstwie, to on zaczynał osobiste rządy w kraju odartym z ziem, nawet Poznania, Kalisza, Gniezna nie miał. Wszystko odzyskał, kawałek po kawałku, porządkował... Dojrzyj w tym plan realizowany z rozmysłem i uporem. I spójrz w przyszłość jego oczyma.

Oczy Przemysła lśniły gorączkowo. Jakuba też.

— Tak, zrób krok naprzód. Ty, jako jego syn, masz wypełnić tę misję. Galahad osiąga to, czego nie osiągnął Lancelot.

Przemysł chwycił go za ramiona.

— Zaraz, zaraz. O czym ty mówisz? Czym jest, według ciebie, Graal?!

— Utraconą na skutek grzechu koroną Królestwa Polskiego — powiedział Jakub Świnka jednym tchem.

I stało się. Lew na piersi Przemysła zaryczał tak głośno, że zbudził piastowskiego orła śpiącego na wiszącej na ścianie zasłonie. Orzeł uwolnił się z jedwabnej płachty, wzbił w powietrze i jednym płynnym ruchem przysiadł na ramieniu lwa.

HENRYK, książę wrocławski, z niepokojem wypatrywał gońców z Pragi. To mogło być dzisiaj, jutro, pojutrze. Każdego dnia.

„Wierność okazuje się gorzką cnotą. Oby nie stała się bolesną nauczką!".

Posłał wojska śląskie na pomoc swemu protektorowi, Přemyslowi Ottokarowi, królowi Czech. Obiecał i musiał rycerskiego słowa dotrzymać, oddziały pod Czarnym Orłem ruszyły na wojnę Přemysla z Rudolfem Habsburgiem. Henryk czuł, że ta wojna jest przegrana, więcej, domyślał się, że tak samo sądzi Přemysl. Ale znał złotego Przemyślidę dobrze i wiedział, że król — lew pod skrzydłami płomienistej orlicy — może zmienić zdanie, ale nie cofnie słowa. Powiedział Habsburgowi, że nie uznaje go za króla Rzeszy i że ziem Karyntii i Styrii nie odda. I nie odda, choćby musiał za nie zapłacić krwią. Bolało Henryka tylko to, że on sam dopłaca do tej wojny swym wojskiem i swymi ludźmi.

I to teraz, gdy Rogatka, jego szalony i pozbawiony skrupułów stryj, naciska na jego zachodnią granicę!

— Książę, mówiłem: zróbmy wypad małej grupy, dorwijmy Rogatkę i skończmy z nim! — Manfred, dowódca straży, od dawna był zwolennikiem siłowego załatwienia sprawy z księciem legnickim. — Możemy się przebrać za raubritterów, nawet straż Rogatki nie odróżni nas od tych band, które włóczą się po całym jego księstewku! A ludzie? Ludzie będą wznosić dziękczynne modły za tych, co uwolnili ich ziemie od awanturnika księcia. Pan Bóg zaś będzie dobrze wiedział, komu przypisać zasługę.

— Nie. Nie. Nie. Nie będę taki jak on!

— Ale nie oczekuj, książę, że Rogatka będzie taki jak ty. On nie zachowa się rycersko. Wierz mi, gdyby tylko mógł, pozbyłby się ciebie bez skrupułów, tak jak nie miał ich nigdy wobec nikogo.

— Rogatka wyznaczył następcę. Ma synów. Już podzielił księstwo na części. Jeśli usuniemy starego, młodzi nie będą lepsi.

— Ty tu rządzisz. — Manfred skłonił mu się, niezadowolony.

Manfred miał rację. Stryj był bezwzględny i nieobliczalny. Od dawna wnosił pretensje do spadku po swym bracie Władysławie, biskupie salzburskim, który całe swoje dobra zapisał Henrykowi. A teraz, gdy wie, że rycerstwo śląskie pociągnęło pod wodzą Přemysla na wojnę z Habsburgiem, kiedy spodziewa się, że Henryk nie ma dostatecznej obrony, unosi miecz i staje mu nad granicą.

„To takie piastowskie!" — westchnął z niesmakiem Henryk i kazał sobie przynieść fidel. Myśl, że muzyka ukoi jego nerwy albo da choć krótką chwilę wytchnienia, była mu miłą. Jeszcze milszą byłaby noc spędzona z dziewczyną, taką jak strojna w korale jarzębiny Jemioła. Na samo jej wspomnienie poczuł dreszcz i przez chwilę wahał się, czy nie jechać do „Zielonej Groty", ale rozsądek szybko przeważył. Wyjazd z Wrocławia był w tej chwili ostatnią rzeczą, której mu było trzeba. Nawet jeśli ma ochotę na dziewczynę, to, po pierwsze, jest księciem i nie może przedkładać swych żądz ponad dobro księstwa. Po drugie zaś, powinien nieco zapanować nad sobą, bo dając swe wojska Přemyslowi, łagodził ból myślą, że robi to dla świetlistej Kunegundis. I co? W czasie gdy jego ludzie przelewają krew za damę jego serca, on ma oddawać swe ciało w ręce zwykłej dziewki w burdelu? To nie po rycersku...

Jeszcze nie chciało mu się brać fideli do ręki, dał więc znak śpiewakowi, by coś mu zanucił. A ten spośród wielu pieśni wybrał tę o sir Lancelocie, który oddaje się miłości z piękną Elein, odurzony czarami, ziołami i winem, biorąc ją za swą ukochaną Ginewrę.

Przez chwilę, słuchając, dał upust swym miłosnym fantazjom, w których obdarzająca go namiętnością Jemioła w istocie jest piękną

Kunegundis ujawniającą swe prawdziwe oblicze w chwili miłosnego spełnienia.

„Marzę o jednej, pieszczot chcę od drugiej, a skończy się na Klarze!". Westchnął i zniecierpliwionym ruchem dłoni przywołał najpiękniejszą ze swych dwórek. Jej piersi były dzisiaj dla niego za małe, sutki zbyt różowe, włosy za jasne. Ale tak często korzystał z jej zawsze radosnych usług, jego strzała tak dobrze pasowała do jej kołczanu, że znalazł chwilową pociechę w obecności Klary. Tyle że wszystko razem było tak pospieszne i szybkie, że orzeł nie zdążył nawet dobrze rozłożyć skrzydeł. I dobrze, bo ledwie skończyli, gdy Fulko dał znać, że są do księcia posłańcy.

— Od Přemysla? — spytał Manfreda, gdy szybkim krokiem szli do sali przyjęć.

Giermek biegł przy nim i poprawiał naprędce narzucony przez Henryka płaszcz.

— Nie, książę — dowódca straży spojrzał na niego poważnie — od Rudolfa Habsburga.

Henryk wciągnął powietrze i zatrzymał je w płucach. To był zły znak, ale wciąż pozostawała nadzieja.

Gdy weszli, czarny orzeł Henryka krzyknął. Odpowiedział mu czarny orzeł na piersi posła Habsburga.

— Król Niemiec, Rudolf I Habsburg, zasyła pozdrowienia dla Herzoga Heinricha.

Orły przypatrywały się sobie nieufnie. Orzeł posła miał wyżej uniesioną głowę, ale dziób mniejszy i czerwony, tak zresztą jak nogi. Orzeł Henryka uzbrojony był złoto. Zasyczał, pokazując herbowi Rudolfa długi, lśniący język.

— Czemu zawdzięczam to poselstwo? Czyżby Rudolf Habsburg przeoczył udział mych rycerzy we wrogiej mu armii króla Přemysla Ottokara?

— Przeciwnie. Król Rudolf I Habsburg — z naciskiem poprawił poseł — docenia każdego z nich i wie, że na polu bitwy liczyć ich powinien podwójnie.

„Więc jeszcze nie doszło do bitwy... Będzie mnie nakłaniał do zmiany stronnictwa?".

— Dobrze jest szanować i doceniać przeciwnika. Niedoceniony zawsze się mści. — Henryk postanowił być w tej rozmowie opanowanym jak Přemysl Ottokar, a grzeczny jak Bohous herbu Niebieska Róża, którego zresztą posłał na tę wojnę wraz z częścią rodu Porajów.

— Tym bardziej uradować cię powinno, książę, posłanie, z którym przybywam. Król Rudolf I Habsburg postanowił bowiem obdarować cię szczególnym wyróżnieniem.

— Obdarować znaczy docenić podarunkiem.

— W istocie, książę.

— Zatem nie kupić za obietnicę odstąpienia od króla Přemysla Ottokara, tylko obdarować bezwarunkowo, czy dobrze pojąłem twe poselstwo?

Gość zacisnął szczęki, aż naprężona skóra zadrgała mu na policzkach. Henryk był pewien, że teraz przejdzie do sedna sprawy i nie mylił się.

— Takie podarunki, o jakich mówisz, książę, możliwe są tylko między zakochanymi. W polityce zaś wygląda to nieco inaczej. A w wielkiej polityce, z którą do ciebie przybywam, sprawy rozstrzyga się przez równie wielkie i odważne decyzje.

— Zatem?...

Poseł wyprostował się, jego orzeł łypnął czerwonym okiem.

— Król Rudolf I Habsburg życzyłby sobie widzieć Herzoga Heinricha, księcia wrocławskiego, w elitarnym gronie książąt Rzeszy — powiedział i skłonił się przed Henrykiem.

Po obecnych przeszedł szmer. Książę jęknąłby, gdyby nie to, że nie mógł. Wiedział też, że nie może milczeć zbyt długo, by poseł nie domyślił się, jak połechtała i zaskoczyła go ta propozycja. Jeszcze przez chwilę nie chciał się z nią rozstawać.

— Co Rudolf Habsburg życzy sobie w zamian?

— Król Rudolf I Habsburg — poprawił go twardym głosem poseł — od książąt Rzeszy oczekuje wierności. I obecności przy swym boku na wojnie.

„Nie miałem złudzeń, chciałem się tylko upewnić. Chytry, widział już moje wojska, ma je gdzieś tam, na polu bitwy, przed sobą. Chce, bym wydał im rozkaz przejścia na drugą stronę. Nawet nie pozwoliłby mi ich rozpuścić do domu. Bierze mnie na tego czarnego orła? Że moje rycerstwo biłoby się pod znakiem tak podobnym do mego? Płomienista orlica Přemysla Ottokara też jest czarna jak noc. Książę Rzeszy... głos w kolegium elektorów, które wybiera króla. Reichstag co roku. Które miejsce miałbym zająć? Koło margrabiego Brandenburgii, Ottona Długiego? Burgrabiego Norymbergi, Hohenzollerna? Czy koło palatyna reńskiego, Ludwika?".

— Jesteś dla mnie, szlachetny pośle, posłańcem dobrej nowiny...

Widział, że na nieruchomą twarz gościa wystąpił lekki uśmiech. Zresztą, może tylko przestał zaciskać szczęki?

— ...której miło mi słuchać, a nie mogę przyjąć. Ja, Henryk, książę wrocławski, sławę swą zawdzięczam bogactwu mej ziemi, a nie jej wielkości. A charakter mój kształtują cnoty rycerskie, spośród których pierwszą jest wierność. Nie mogę jej złamać dla zaszczytu, nawet jeśli zaszczyt jest wielki. Przekaż, proszę, swemu królowi, Rudolfowi, że przesyłam mu podziękowania i wyrazy szacunku, ale tytułu nie mogę przyjąć, bo wojskom swoim nie wydam rozkazu, by zmieniły barwy, pod którymi kazałem im walczyć.

Poseł niemiecki zmrużył oczy i zachowując takt, powtórzył za Henrykiem słowo w słowo:

— Dobrze jest szanować i doceniać przeciwnika. Niedoceniony zawsze się mści.

Oba czarne orły syknęły na siebie wrogo.

Dwór i urzędnicy Henryka milczeli, gdy poseł wychodził. Książę czuł ich rozczarowanie, ich przez chwilę połechtaną próżność i niepewność przyszłości. Czyż sam nie rozkoszował się tym tytułem, nim odmówił?

— Henryk, książę prawy! — krzyknął jego kanclerz.

Jeden po drugim podchwycili następni. Szukali w „prawości" pocieszenia.

— Henryk Prawy! Henryk Wierny!

Uciszył ich i odesłał do zajęć, zostając sam na sam z Manfredem i kanclerzem.

— Panie — zaczął Manfred — taka okazja może się nie powtórzyć. Wypuściłeś złotego ptaka z ręki.

Kanclerz milczał, wpatrując się tylko w Henryka.

— Přemysl Ottokar będzie ci bardzo wdzięczny — zaczął po chwili — ale cóż ci po jego wdzięczności, jeśli przegra z Rudolfem?

— Jeszcze nie przegrał. I nie zwolnił mnie z układu, który z nim zawarłem — odburknął Henryk. — Nie będę łamał przysiąg.

— Uznałeś go swym protektorem, nie będąc pełnoletnim. Nie miałeś innego wyjścia. Ale dzisiaj sprawy przybierają inny obrót.

— Dlatego pewien jestem, że postąpiłem słusznie.

Widział, że Manfred nie rozumiał, ale sądził, iż jego kanclerz jest domyślniejszy.

— Myślisz, mój panie, że jako książę Rzeszy przekreśliłbyś swe szanse na zostanie księciem seniorem Polski?

— Tak, kanclerzu. Jasnym jest, że dynastia krakowska chyli się ku bezpotomnemu końcowi. Będę najsilniejszym z Piastów, jeśli po nią sięgnę. Ale muszę wejść na tron krakowski jako książę wrocławski, bo księcia Rzeszy ani lud, ani możni nie wpuszczą na Wawel.

BOLESŁAW, książę Starszej Polski, nie czuł bólu w nodze. Nie czuł sztywności barków i zapomniał, że ostatnimi miesiącami łamanie w krzyżu utrudniało mu wejście na koński grzbiet. Po prostu wskoczył na siodło, jakby miał znów dwadzieścia lat. Musiał, musiał wyjechać z kaliskiego zamku natychmiast, pomknąć gdzieś, w świat, w zielone łąki. Oszaleć albo ochłonąć.

„Boże Wszechmogący! Jak to możliwe?!".

Kasztelan kaliski posłał za nim ludzi, widział wzburzenie księcia; zresztą w zamku wiedzieli już wszyscy, od stajennych po stolnika. Książę odwrócił się, jechali za nim, trzymając dystans, by nie przeszkadzać swemu panu, i dobrze.

„Stary, cieszysz się?" — pytał sam siebie.

„Nie jestem jeszcze taki stary, jak widać! — odpowiadał sam sobie. — W kościach mnie nie łamie, a cóż to dla zdrowego Piasta pięćdziesiąt lat!".

Popędził konia, galopem wjechał między pierwsze drzewa zielonego już zagajnika. Rozsądek kazał mu zwolnić, ale dzisiaj, dzisiaj rozsądny książę Bolesław zniknął, rozwiał się jak wiatr. Śmiał się, śmiał w głos.

— Znaki! Tyle znaków! A jam ich nie widział, nie czytał!...

Wyswatał wdowę Eufrozynę Mściwojowi, jeszcze w tym roku czeka ich ślub. Jak to powiedział stary kocur Mściwój? „Barnim może, to czemu nie możemy my?". Bolesław poprawił go wtedy: „Ty się żenić będziesz, ty!". Ten ślub go cieszył, wierzył, że półorlica półlwica poskromi popędliwego księcia Gdańska, a związek ich obojga oddzielał go od Krzyżaków i jeszcze bardziej zabezpieczał jego granice. Poza tym zajęta nowym mężem może da trochę spokoju swym pasierbom i synom, a tych Bolesław lubił, nawet tego niewydarzonego Władka Karła.

„Klaryski! Wszystko to zasługa klarysek! — odkrył nagle. — Przecież to się stało, jak znaleźliśmy z mistrzem Piotrem miejsce, jak uzgodniłem z biskupem sprowadzenie sióstr. Jolenta... jaka ona była szczęśliwa, jak się cieszyła...".

Bolesław schylił się w ostatniej chwili. Wielki złamany konar dębu omal nie pozbawił go głowy. Rozpędzony ogier księcia nie był w stanie się zatrzymać. Teraz parsknął raźno, jakby chciał powiedzieć swemu panu: Co, udało się nam! Książę roześmiał się głośno, po raz kolejny tego dnia. I zarumienił na wspomnienie tego, jak cieszyła się Jolenta. Jak dziewczyna... Całowała go po twarzy, po szyi, podskakiwała, śpiewając: „Będę miała swoje własne klaryski!". Zaplątała się w długi ogon swej sukni, omal nie upadła. On złapał żonę i wtedy jej długie, madziarskie oczy zalśniły. Zarzuciła mu ramiona na szyję, a on zachował się jak mężczyzna, odruchowo. Zapragnął jej, a Jolenta zapragnęła jego. Ile to lat minęło? Elżbieta ma piętnaście, Jadwiga dziesięć i od narodzin młodszej córki nie byli ze sobą. Więc dziesięć... I poczuł to wtedy, dziesięć lat bez kobiety... Oddali się miłości, jakby chcieli te dziesięć lat nadrobić. Ani słowem nie wspominali o ślubach, ani jednym szeptem, zresztą nie złożyli ich przecież, tylko rozważali. Owszem, raz czy drugi Jolenta powiedziała, że mogliby to wyrzeczenie ofiarować Bogu, ale nie zrobili tego wcześniej. Oboje chyba nie chcieli, by porównywano ich do Bolesława i Kingi, do krakowskiego księstwa. Jolenta darzyła swą siostrę czcią niemal boską, aż nieprzyzwoicie była w nią zapatrzona. A on w pamięci i szacunku miał ostatnie lata życia swego starszego brata, ojca Przemysła. Jego wyrzeczenia, posty, modlitwy, jego mistyczne szaleństwo. Więc nie złożyli ślubów, a żyli w celibacie aż do tamtego dnia, gdy złapał Jolentę w ramiona i pożarł jak ociekającą sokiem dojrzałą gruszkę. A ona oddawała mu się z rozkoszą, jakiej nigdy wcześniej nie okazywała, namiętna, gorąca i chętna. Ale tylko raz. Tamten jeden raz, bo gdy spojrzeli na siebie o poranku, oboje spuścili oczy i nie mieli już śmiałości odwiedzać się w swych alkowach. Czasami, gdy przypadkowo spotkały się ich dłonie albo usiedli zbyt blisko i poczuli ciepło bijące od siebie... ale wtedy odsuwali się zawstydzeni. Raz czy drugi, gdy całując jej dłoń na powitanie, podniósł oczy, napotkał jej wzrok, wydawało mu się, że widział w ciemnym oku Jolenty błysk podobny do tamtego, ale to było wśród ludzi i trwało mniej niż mgnienie.

„Jesteśmy niepodzielni" — powtarzał testament Przemysła i pracował dla jego syna. Cierpliwie i misternie budował dla niego sojusze, których ten, jako młody, nie mógł jeszcze ani widzieć, ani zrozumieć. Czasami czuł się jak szwaczka, która z drobnych fragmentów nadszarpniętej materii chce uszyć płaszcz. Nie raz i nie dwa rozłaziło mu się to wszystko w rękach, ale składał i szył. Bo oczyma duszy widział ten płaszcz i wiedział, że musi być królewski. I nawet gdy czuł na bratanka gniew, jak wtedy, gdy Przemysł uciekł mu z Gniezna do Henryka, to był cierpliwy, bo wiedział, że nastanie dzień, w którym syn jego brata zrozumie, że wszystko to z myślą o nim i dla jego dobra.

I jedyne, jedyne czego nie przewidział, to to, że Jolenta znów stanie się brzemienna, a on, Bolesław, książę Starszej Polski, po raz trzeci będzie ojcem. I tym razem może stać się tak, że Jolenta urodzi syna. Jego dziedzica i syna.

PRZEMYSŁ wraz z wojewodą poznańskim, Beniaminem Zarembą, pieszo obchodził miasto. A z nimi Tylon, notariusz, sztab kancelistów, mierniczych, pomocników i oczywiście Cztery Wichry: Lasota, Bogusza, Nawoj i Michał. Tego ostatniego najchętniej nie wziąłby ze sobą z racji tego, iż Michał przy swym ojcu zachowywał się zawsze okropnie. Beniamin Zaremba i Michał Zaremba byli jak lód i ogień, przy czym ogniem był, rzecz jasna, jego przyboczny. Stary Zaremba to była lodowa skała. Człowiek o nerwach z żelaza i twarzy nieruchomej niczym maska. Ale pod tą maską chował rozum, którego Przemysł potrzebował, czy to się Michałowi podobało, czy nie; ścisnął więc swego przybocznego za ramię mocno i szepnął mu do ucha:

— Jesteś w pracy. Pokłócisz się z ojcem w domu, a teraz daj spokój. Potrzebuję was obu, jego rozumu i twojego sprytu, jasne?

— Rozkaz, książę — mruknął Michał i ruszył za swym księciem.

— Kraków ma wawelskie wzgórze, które jest twierdzą wykutą przez naturę — powiedział Beniamin, mijając syna i podchodząc do Przemysła.

— Wiem, wojewodo. Mówi się, że można zdobyć Kraków, ale nie można sięgnąć zamku. Dlatego jestem wdzięczny memu ojcu, że przeniósł siedzibę z wyspy na to wzgórze.

— Gród na Ostrowie też potrafił się bronić — Beniamin wzruszył ramionami — przypomnę ci, książę, że nie zdobył go cesarz Henryk i nie zdobył książę Władysław, za czasów Mieszka Starego...

— Ale zmiażdżył go najazd Brzetysława — wszedł ojcu w zdanie Michał. — Poza tym na Ostrowie nie ma miejsca — dodał lekceważąco.

Wojewoda nie obdarzył syna nawet spojrzeniem, rozmawiał tylko z księciem i udawał, że Michała z nimi nie ma.

— Mój ojciec podjął ważną decyzję, przenosząc centrum miasta z prawego brzegu rzeki na lewy. Wybrał wzgórze na swoją siedzibę, tu zaczął budowę zamku, jakiego miasto nigdy nie miało. A ja dokończę jego dzieła.

Beniamin skłonił się księciu lekko, ale dopowiedział chłodno:

— Twój ojciec, panie, nie dokończył budowy i tak naprawdę nie wiemy, jakie miał plany względem miasta. Poza tym, choć lokacja była posunięciem ze wszech miar słusznym, to jak widzisz, książę, osadników wcale nie przybywa w takim tempie, jak, na przykład, na Śląsku.

— Gdy dowiedzą się, że Poznań buduje mury, które osłonią miasto, przybędą — wtrącił się idący za Przemysłem Tylon.

— Wrocław chroni swych mieszczan murami — dodał Przemysł. — Obejrzeliśmy je sobie dokładnie.

— Nie chciałbym cię urazić, książę, ale czy nie zanadto zapatrzony jesteś we wrocławskiego księcia?

Przemysł przełknął tę uwagę wojewody, odczekał, aż przejdą kilka kroków, minie mu chęć złapania go za gardło, i odpowiedział:

— Świat się zmienił, Beniaminie Zarembo, nawet jeśli ty nie chcesz tego zauważyć. Mury staną i to nie podlega dyskusji.

— Skoro już podjąłeś decyzję, książę — Zaremba nadal był nienagannie grzeczny, a ton jego głosu nie zdradzał poruszenia — to po co ci moja rada?

— Bo ty jesteś moim wojewodą, Beniaminie. Jesteś doświadczonym rycerzem, który nigdy nie poniósł w boju klęski. Dlatego chcę, abyś pomógł mi zaprojektować te mury tak, jak podpowiada ci twój instynkt wojenny. Pomyśl, Beniaminie — Przemysł zatrzymał się i położył wojewodzie rękę na ramieniu — pomyśl, by były takie, abyś nawet ty nie mógł ich zdobyć.

Coś w oku starego Zaremby zalśniło i skinął głową.

„Mam go" — w duchu odetchnął książę, a do wszystkich, którzy szli z nimi, powiedział:

— Mają być obronne, lecz nieprzytłaczające miasta. Mocne, ale i zachwycające. Nie do zdobycia, nie do podpalenia i nie do sforsowania.

— W takim razie kluczem obronnym niech będzie twój zamek na wzgórzu — rzekł Beniamin.

— Jak klamra w pasie! — dodał Michał z uśmiechem.

I jego ojciec, o dziwo, skinął głową do syna.

— Nie chcę dodatkowej bramy przy zamku — przeszedł do konkretów Przemysł, a Tylon wyjął zza ucha stylus, otworzył wypełniane woskiem tabliczki i zaczął notować. — Skoro zamek ma być klamrą, niech będzie pośrodku zachodniej linii murów. I żadnych bram wjazdowych po tej stronie.

— To zgodne ze sztuką wojenną — zgdodził się Beniamin — wieża ostatecznej obrony. Jeśli napastnicy nawet wedrą się do miasta którąś z bram na południu, północy czy wschodzie, to i tak, nim dotrą do zamku, minie dłuższy czas, by przygotować obronę.

— Tak, i aby uczynić ją skuteczną, zamek musi dostać drugie mury. Dopiero wtedy cała konstrukcja ma sens. Sama wieża to za mało, by się skutecznie bronić. Na najeźdźców musi czekać kolejny mur do sforsowania.

— No, wawelskiego wzgórza z tego nie zrobimy — mruknął Beniamin, oglądając się na wzgórze zamkowe, które minęli, i zwalistą sylwetę zamku.

— Dlatego musimy postawić na dobre, wysokie i mocne mury.

— Ile bram? — spytał Tylon, unosząc wzrok znad tabliczek.

— Im mniej, tym lepiej. Brama to zawsze dziura w murze. — Michał nie miał zamiaru oddać ojcu pola.

— Ale brama, synu, to też osobna forteca. Owszem, skupia na sobie atak, ale i potęguje obronę.

— Bramy muszą być tam, gdzie biegnie naturalny ruch miasta. Jedna na Ostrów, na wschodzie. Na południu, na Wrocław, i północna na Wronki.

— Tak, to stare szlaki wlotowe. Przypominam, że jest jeszcze droga z grobli.

Michał się skrzywił.

— To by ustawiało dwie bramy bardzo blisko siebie, tę z Ostrowa i tę z grobli. Nie lepiej zbudować drogę i skierować ruch do jednej wspólnej bramy?

— Nie, synu. To teren podmokły. Wybudowanie nowej drogi pociągnie koszty większe, niż umiesz to sobie wyobrazić. A poza tym dwie bramy, nawet położone blisko siebie, mogą być niezwykle pomocne przy obronie miasta.

— Zgadzam się z wojewodą — potwierdził Przemysł. — Poza tym to te bramy wezmą na siebie główny ruch w czasach pokoju.

— Cztery bramy — zanotował Tylon. — A baszty?

— Baszty wynikną z długości odcinków — zbył go Beniamin. — Skoro życzysz sobie, książę, by mury biegły od zamku, przez wylot na Wronki, drogę z Ostrowa, Grobli i trakt na Wrocław, to będzie... — Zaremba stanął i liczył coś w głowie — jakieś trzy tysiące kroków! — powiedział i po raz pierwszy uniósł głos: — Trzy tysiące!

Tylon wychylił się, spoglądając pilnie na tyły orszaku.

— Jaśku! — zawołał do wysokiego chłopca, który szedł na samym końcu.

Chłopak patrzył pod nogi, nie unosząc głowy, podniósł ramię i doszedł do nich. W ręku miał takie same tabliczki jak Tylon i coś na nich skrobał.

— Mój brat, Jasiek — powiedział notariusz, a chłopak skłonił się nisko księciu i wojewodzie. — Policzyłeś?

— Tak. Dwa tysiące dwieście kroków.

Beniamin zacisnął szczęki i dopiero teraz zorientował się, że książę odbywał tę drogę nie po raz pierwszy ani pewnie i drugi. Przemysł zaś modlił się w duchu, by Michał za jego plecami nie zrobił nic głupiego, by nie dał ojcu powodu do obrazy jakąś durną miną. Wojewoda pokiwał głową.

— A zatem chcesz, by mury biegły dokładnie tak, jak wytyczył je przed laty twój ojciec, książę?

— Tak, wojewodo. Tyle że ojciec mój nie zdążył ich wybudować, to raz. A dwa, że świat się zmienił przez ten czas gwałtownie. Mury, które my postawimy, muszą sprostać dzisiejszym czasom. Choć kto wie, może i takie właśnie było marzenie mego ojca? Był wizjonerem.

— Dwa tysiące dwieście — powtórzył Beniamin za Jaśkiem — dodaj do tego dwieście, bo pewnie liczyłeś po wewnętrznej. To powinno być koło dziesięciu baszt. I trzy razy tyle wykuszy. Do tego przedmurze między fosą a murem, nie zapomnij i tego policzyć, chłopcze.

„Chłopcze. Powiedział to do Jaśka, ale mógłbym przysiąc, że mnie też tak nazywa w myślach".

— Ile to będzie kosztowało? — spytał Przemysł.

— Drogo — powiedział wojewoda — podskarbi wyliczy w tydzień, może dwa, ale nie miejmy złudzeń, książę, to będzie majątek.

— Dlatego wystąpię do rady miejskiej. Mieszczanie, kupcy, rzemieślnicy, chcę, by wszyscy dołożyli się do budowy murów.

— To się nie uda, książę. Tak sądzę... — Beniamin Zaremba poprawił się, bo zobaczył, iż Przemysł spojrzał na niego krzywo. — Mieszczanie są bogaci i skąpi i nie kwapią się do przykładania ręki na rzecz księstwa. To my, baronowie, wzywamy swe wojska dla księcia, to my płacimy krwią...

— Ośmielę się zaprzeczyć, wojewodo — nieśmiało odezwał się Tylon. — Mieszczanie są bogaci, bo potrafią dobrze rachować zyski i straty. Nie nazwałbym ich skąpymi, raczej oszczędnymi... lecz mieszczańska, poznańska oszczędność bierze się wyłącznie z doceniania wartości każdego denara.

— Nie chciałem cię urazić, Tylonie. — Zaremba przyjął wyniosły wyraz twarzy. — Wiem, że twój ojciec dorobił się fortuny na handlu suknem...

— Tak jak twój ród, panie, na służbie księcia. — Tylon odpowiedział mu ukłonem. — Po wiecu rycerskim w Pogorzelicy książę Bolesław jednym nadaniem podarował Zarembom czternaście wolnych wsi. Na wiecu, na którym, jeśli dobrze pamiętam, baronowie zatwierdzili pomysł księcia Przemysła związany z lokacją miasta.

Beniamin zacisnął mocne szczęki i świdrując Tylona wzrokiem, odrzekł:

— Darowizna była dla Janka Zaremby, gwoli ścisłości, nie dla mnie. Za to świętej pamięci książę, ojciec naszego księcia Przemysła, z upodobaniem sprzyjał mieszczanom. To od jego czasów twoja rodzina, Tylonie, trzyma w ręku handel suknem i dzierżawi jatki.

— I płaci od tego sowity podatek do kasy księstwa, wojewodo.

— Dosyć, idziemy dalej! — Przemysł przerwał utarczki między Tylonem a Beniaminem, myśląc kwaśno, że jak nie ojciec z synem, to jego urzędnicy kłócić się będą między sobą.

Trzymał stronę Tylona, bo to on naprowadził go na pomysł, by mieszczanie dołożyli się do budowy murów.

„Po najeździe Brandenburczyków boją się o swoje składy. Nie będą szczęśliwi, że muszą za to płacić, ale zapłacą, bo to w ich interesie" — powiedział jego notariusz i książę trzymał się tej myśli mocno.

Poza tym widział, jak życie tętniło we Wrocławiu i nie miał wątpliwości, że osłonięty murami Poznań przyciągnie kupców, rzemieślników i nowych mieszkańców. Tego właśnie pragnął.

Bogate miasto to dla księcia czyste srebro płynące do skarbca. Aby spełnić swe marzenia, Przemysł potrzebował rzeki srebra i przekraczającego chłodne kalkulacje ryzyka.

MECHTYLDA ASKAŃSKA jedną piersią karmiła małego Barnima, a do drugiej przystawiła swego czerwonego orła. Orzeł właściwie tylko trzymał w dziobie jej sutek. To ją koiło; po stracie pierwszego syna wciąż czuła się niezaspokojona, niepełna. Maści, które kręciła dla męża, były skuteczne, owszem, lecz by zadziałały i sprowadziły w jej łono kolejne życie, powinien jeszcze stać się mały cud — Barnim, książę Zachodniego Pomorza musiał z nią sypiać. A on więcej czasu spędzał u templariuszy niż na zamku w Dąbiu.

— Przyprowadź moje córki — warknęła do służącej, która bała się podnieść głowę, by spojrzeć na swą panią.

Po urodzeniu Beatrycze była na tyle młoda i głupia, że, zgodnie ze zwyczajem, pozwoliła odebrać sobie dziecko i dać je do karmienia mamce. Pewnie dlatego Bea jest płaczliwa i miękka. Dwie następne to co innego, Hildegarda i Małgorzata to już krew z jej krwi, prawdziwe dziedziczki askańczyków. A Barnima będzie karmić swym mlekiem tak długo, jak zechce. Jest tu panią i nikt niczego nie może jej zabronić.

— Pani, księżniczki córki składają ci pokłon.

Córki, każda trzymana za rękę przez piastunkę, skłoniły się przed matką. Najstarsza, jak zwykle, wydała jej się najbrzydsza. A niech tam! Już jest zaręczona. Dwie młodsze, sześcio- i czteroletnia, choć można by się dopatrzeć w ich rysach podobieństwa do Barnima, miały jednak jej mocny askański profil.

— Słyszałam, że płaczecie w nocy. — Poprawiła główkę małego Barnima przy piersi. — Przyznać się, która to!

Dziewczynki spuściły oczy. Beatrycze mocniej zacisnęła dłoń na ręce piastunki.

— Słyszałam też, jak jedna drugiej podbierała orzechy. A przecież wiecie, że wam nie wolno jeść żadnych orzechów!

Hildegarda westchnęła przerażona. Małgorzata przełknęła ślinę i jeszcze niżej opuściła głowę. Mechtylda delikatnie osłoniła maleńką główkę Barnima i krzyknęła z całych sił:

— Skąd miałyście orzechy?! Gadać, ale już!

— Bogusław nam dał... — wyszeptała przerażona Hildegarda. — Powiedział, że to dla nas...

— Gówno mnie obchodzi, co wam powiedział Bogusław! Mnie macie słuchać, nikogo innego! — Trzepnęła czubkami palców w skrzydło swego orła, a ten, choć niechętnie, wypuścił jej sutek i podfrunął do dziewczynek. Wylądował przed najmniejszą i dziobem złapał za jedwabną sakiewkę przy pasku jej sukienki. Małgorzata rączkami zakryła oczy, a orzeł pociągnął sakiewkę i przez rozprutą materię posypały się na posadzkę orzechy leszczyny. Beatrycze złapała się za brzuch.

— Teraz się boisz? — drwiąco powiedziała Mechtylda. — Już za późno.

Orzeł był przy najstarszej, już i z jej sakiewki toczyły się orzechy. Stojąca w środku sześcioletnia Hildegarda uniosła jasne oczy na matkę i nieco drżącym głosem powiedziała:

— Bogusław powiedział nam, że jeśli będziemy grzeczne, częściej będzie nam dawał prezenty.

— Kiedy to było?

— Dwa dni temu, pani matko.

— Gdzie?

— Na podwórcu. Szłyśmy z piastunkami do kościoła, a on wyjeżdżał z jakimś sługą z zamku.

— Jak wyglądał ten sługa?

— Był stary, pani matko.

„Bożymir" — stwierdziła w duchu Mechtylda. Wiedziała, co knuł Bogusław, chciała tylko sprawdzić, jak dalece rozumne są dzisiaj jej córki. Nie zdały egzaminu i to ją nie tyle smuciło, ile złościło. Widać krew ich ojca była w nich dość silna...

— Odejść. Następnym razem ta, która szybciej mi powie o prezentach od Bogusława, dostanie nagrodę.

Dziewczynki skłoniły się jednocześnie.

— ...a ta, która przyjdzie do mnie ostatnia, będzie ukarana, tak jak dzisiaj wszystkie. Zapamiętajcie sobie: Bogusław to syn waszego ojca, ale nie wasz brat!

Nie zająknęły się, nie zaszlochały, choć wyraźnie widziała, że Beatrycze zatrzęsła się broda. Gdy wyszły, Mechtylda oddała Barnima piastunkom i odesłała służbę do wszystkich diabłów. Potrzebowała się skupić. Zawiązała koszulę pod szyją, bo poczuła chłód na piersi, wilgotnej jeszcze od śliny dziecka. Narzuciła na ramiona lekki wełniany płaszcz i weszła do swojej, ukrytej za alkową, pracowni. Na stole leżały listy z ostatnich dni. Od jej ukochanego brata, Ottona Długiego, z Pragi. „Přemysl Ottokar przegra tę wojnę, módl się, ukochana siostro, bym nie poległ wraz z nim...". Wzruszyła ramionami i pocałowała pieczęć brata.

— Nic ci nie będzie, mój piękny i silny...

Skreśliła do niego kilka słów w odpowiedzi. Właśnie dlatego, że wielki Przemyślida mógł przegrać tę wojnę, jej brat musi tam być. Nic tak nie podnieca, jak długie podchody pod tron. A tron czeski jest złoty, jak cała Praga... A kolejka do niego nie aż taka szeroka, by nie było w ich mocy się przez nią przecisnąć... W końcu oboje mają w żyłach krew Przemyślidów, po matce. Nie będzie dogodniejszego momentu do skoku na Pragę niż teraz, gdy syn Přemysla Ottokara, Václav, wciąż jest dzieciakiem, bezbronnym i niegroźnym. Mechtylda polizała swój podpis pod listem do Ottona Długiego. Niech ma.

Przepłukała usta winem i sięgnęła po kolejny pergamin.

Kuzyn Otto ze Stendal. Ten to jest wariat! Właśnie próbuje usadzić młodszego z braci na biskupim stolcu w Magdeburgu. Świetny pomysł, szalony, niemożliwy wręcz, ale kuzyn Otto kocha takie perwersje, a Mechtylda kocha go za umysł nieznający granic. Owszem, ich ród poróżnił się mocno, żyją ze sobą w niezgodzie i askańczycy z Salzwedel chętnie pozabijaliby askańczyków ze Stendal. Gdyby jej brat, Otto Długi, wiedział, że Mechtylda utrzymuje bliskie kontakty z kuzynami, wpadłby w szał. Ale nie wie! A Mechtylda jest zbyt dużą dziewczynką, by całe swe nadzieje pokładać tylko w nim. Umoczyła pióro w inkauście i napisała kilka ciepłych, dobrych słów do kuzyna Ottona. Wspomniała przy tym o zabawie w ryby, by poczuł, iż wciąż o nim pamięta. Roześmiała się nawet na to wspomnienie. Byli dziećmi, ale przecież nie byli ani niewinni, ani tym bardziej naiwni!

Zalakowała pergaminy i przeciągnęła się.

— Dobrze. Czas się przygotować do przyjęcia bratanic!

Sięgnęła po zamknięty woskiem dzban. Odetkała go, sprawdziła zawartość.

— Trochę zbyt gęste — mruknęła do siebie i ostrożnie napluła do środka.

Ogrzała dno dzbana nad płomykiem lampy i zamieszała lekko. „Powinno im smakować". — Rozlała nieco gęstej, brunatnej cieczy do dwóch czarek i dołożyła wrzosowego miodu. Maleńką kościaną łyżeczką delikatnie rozprowadziła całość. Była gotowa.

Wieczorem, ubrana we wspaniałą suknię z rodowym czerwonym orłem, witała swoje obie ukochane bratanice. Z miłością przycisnęła do piersi swą imienniczkę, Matyldę, ośmioletnią i śliczną córeczkę ukochanego brata Ottona Długiego. Równie serdecznie uściskała pięcioletnią Małgosię, córkę młodszego brata, Albrechta. A one, jej dwie kochane Orliczki, przytuliły się do niej i gdy tylko pozwoliła, siadły jej na kolanach, kładąc jasnowłose główki na jej piersi. Głaskała je po spiralach warkoczy, mrużąc oczy. Wierne i oddane. Pilne i pojętne. Jakże wspaniałą przyszłość Mechtylda buduje dla tych dwóch swoich dziewczynek.

— Jeszcze trochę, już niedługo, moje piękne...

One przytuliły się do niej jeszcze mocniej, oplatając Mechtyldę ramionami. Odesłała służbę. Małgosia i Matylda od razu znalazły pod suknią drogę do jej piersi. Każda wzięła w usta jedną. Nigdy się o miejsce nie kłóciły. Trzeba przyznać, iż obie udały jej się bardzo. Z nasienia braci i jej mleka wyrosnąć mogą najczerwieńsze brandenburskie Orlice. Potrzeba jeszcze tylko kilku kropli miesięcznej krwi.

HENRYK, książę wrocławski, leżał na słomie z rękoma i nogami skrępowanymi jak wieprz. Raubritterzy jego stryja, Rogatki, zabrali mu broń i pas. Co się stało z jego ludźmi? Nie wie. Ostatnie, co pamięta, to zakrwawiona twarz giermka, który próbował zasłonić go przed ciosem. Manfred?... Zdążył wyjąć miecz, krzyknął, upadł... Bruno?... Nie pamięta. W każdym razie tu, w zamkowej stajni, jest sam. Nie ma nikogo z jego ludzi. Są oczywiście siepacze stryja, pilnują go jak oka w głowie, uzbrojeni po zęby. Kordy, tasaki i puklerze, choć tylko pozują na plebejów. Z goryczą patrzył na czarne, śląskie orły na piersiach zbójów.

„Nawet się nie kryją — pomyślał. — Jak się tu dostali? Zdrada? Przekupstwo? Jedno i drugie...".

Do zamku w Jelczu przyjechał ledwie dwa dni wcześniej. Nieduża, ale solidna budowla dobrze położona na wyspie Odry. Umówił się tu z biskupem Tomaszem, chcieli w spokoju porozmawiać o pogłębiającym się konflikcie. Szczerze mówiąc, chciał pozyskać biskupa przeciw stryjowi. I proszę, nie zdążył!

Okoliczne wsie to dobra biskupie, ale zamek i jego obsada należą do niego. Dzisiaj mieli spotkać się przy wieczerzy. Jak inaczej ma traktować to, co się stało, niż jak zdradę biskupa Tomasza? Ktoś musiał przepuścić wojsko Rogatki do Jelcza. Kto? Właściciel ziem!

Henryk upokorzony kopnął w brudne koryto. Niemal natychmiast stanął przy nim przysadzisty żołdak, jeden z wielu, jakimi wysługiwał się jego stryj.

— Wyjeżdżamy, książę — powiedział po niemiecku głosem zachrypłym i grubym.

Przykucnął przy Henryku i rozwiązał mu nogi. Wyprowadził na podwórzec. Henryk zmrużył oczy, ostre światło odbiło się od śniegu. Zobaczył Fulka, swego giermka, z twarzą owiniętą krwawą szmatą. Manfreda z podwiązaną ręką i ciemnogranatowym sińcem pod okiem. Pod murem dziesięciu swoich ludzi, martwych, rzuconych byle jak.

— Gdzie Bruno? — spytał zbira.

— Nie wiem, panie — przysadzisty odpowiedział grzecznie — kto żyw, opatrzyliśmy, kto zginął, pod ścianą. — Wskazał głową stos trupów, który Henryk już widział.

— Pochowajcie ich. Dobrze zapłacę.

— Jak sobie życzysz, panie.

Henryk czuł ból w karku. Zapytał:

— Dokąd nas wieziecie?

Przysadzisty pokręcił głową, jednocześnie nakładając kolczy kaptur:

— Wybacz, książę, nie mogę powiedzieć. Tyle tylko, że książę stryj na ciebie czeka.

— Wobec tego dbajcie o nas w drodze, bo rozumiem, że Rogatka potrzebuje żywego bratanka, nie martwego.

— Tak, panie. Będziemy was strzegli — skwapliwie potwierdził zbir.

Henryk nie dopytywał, po co ich porwano, czego chce stryj. Po pierwsze, od takich ludzi niczego się nie dowie, po drugie, sam się domyśla. A po trzecie, szkoda gadać z prostakami. Złapał jeszcze podbite sińcem spojrzenie Manfreda, które oznaczać mogło tylko: „A nie mówiłem?". W duchu przyznał mu rację. Dowódca książęcej straży zawsze stał za porwaniem i cichym zabójstwem stryja, on go nie słuchał i teraz ma za swoje. Jest więźniem najbardziej nieobliczalnego z Piastów. Rozwiązali mu ręce, gdy wsiadał na koń. Przez wąską, ułożoną z bloków piaskowca bramę Jelcza konie musiały iść pojedynczo. Wyjechali na trakt. O ucieczce nie było mowy, otaczali go ze wszystkich stron. Ciągnęli na zachód, pewnie do Legnicy, siedziby Rogatki. Nie stanęli nawet, gdy zapadł szybki lutowy zmierzch. Henryk mimo zimna poczuł pot na czole.

„Gdy poprzednio biskup Tomasz zbratał się z Rogatką, mój ojciec zmarł otruty znienacka". Dobrze, mógł sobie przysiąc, że nic nie tknie, nie będzie na zamku stryja jadł ani pił, ale kto wie, jak długo zamierza trzymać go Rogatka? Jak nie otruje, to zamorzy głodem? Henryk odpędził od siebie tę myśl: „Są inne czasy..." — pocieszał się nieskutecznie.

Porywacze nie kryli się po lasach, jechali gościńcem. A przecież jeszcze byli na terenie jego księstwa! Był naiwny. Przecież jeśli nawet natkną się na oddział zbrojny, to przyłożą mu sztylet do boku i przejadą bezpiecznie. „Czy we Wrocławiu już wiedzą? Czy rusza odsiecz? Wątpliwe... Jak przekazać wiadomość?".

W oddali zamajaczyło nikłe światełko. Zwolnili. Usłyszał, jak ktoś z czoła jazdy zawołał:

— To gospoda!

W odpowiedzi zaśmiał się inny:

— Nie gospoda, a burdel! „Zielona Dziurka".

W tej samej chwili z tyłu rozległ się hałas. Henryk odwrócił się i zobaczył, że Fulko spadł z konia.

— Zatrzymać się! — krzyknął tonem nieznoszącym sprzeciwu. — To mój giermek! Jeśli stanie mu się krzywda, zapłacicie za nią rodowi Porajów i mnie!

Poskutkowało natychmiast. Przysadzisty zatrzymał oddział, ktoś podniósł z ziemi bladego Fulkę. Chłopak sprawiał wrażenie tracącego przytomność.

— Zatrzymać się w tej gospodzie. Giermek musi odpocząć, jest ciężko ranny! — Henryk nie tracił raz przejętej inicjatywy.

— Książę, wybacz. Nie możemy, mamy rozkazy...

— W dupie mam wasze rozkazy, a Porajowie zedrą z was skórę

pasami, jeśli młodemu włos z głowy spadnie! Waszym żonom, córkom i dziwkom wytną krwawe róże na tyłkach!

Raubritterzy przez chwilę się naradzali. Podszedł do niego przysadzisty.

— Książę, zostawię twego giermka z jednym strażnikiem w gospodzie. Jak wydobrzeje, dołączą do nas. My musimy ruszać dalej.

Henryk skinął na znak, że się zgadza. Ponad głowami porywaczy wymienił spojrzenie z Manfredem. Poczuł dobry, znajomy zapach „Świdnickiego", gdy mijali „Zieloną Grotę". Wokół karczmy stopniał śnieg, jakby gorąco bijące od dziewcząt grzało ją niczym piec. Wyobraził sobie je wszystkie, jak stoją, jedna przy drugiej, w zielonych sukniach i żółtych koszulach, strojne w jarzębinę, trawy, kwietne wianki. Co noszą na głowach zimą? Ileż by dał, by móc się o tym przekonać. Cokolwiek z tego wyniknie, mógł polegać i na Fulku, i na Ludwinie.

Nie spał w siodle, choć był wyczerpany. Tam, w Jelczu, raubritterzy Rogatki zaskoczyli ich we śnie. Wciąż próbował dojść, kto go zdradził. Nielojalności biskupa mógł być niemal pewien, od dawna mieli ze sobą na pieńku. Ale musieli przekupić też ludzi z jego straży, z zamku. W ustach czuł niesmak. Wypite w nadmiarze poprzedniej nocy wino, krew z rozciętej wargi, smród stajni, w której leżał. Gorycz porażki i zdrady. Jeśli dzięki giermkowi i Ludwinie wiadomość o jego porwaniu dotrze do Wrocławia, jak długo będzie czekał na odsiecz? Czy zawiadomią Přemysla Ottokara? Kogo wezwą na pomoc? A kto na wezwanie odpowie...

Wciąż przeliczał zbrojnych i każdego, którego dodał, odliczał. Po nocnej zdradzie nie powinien być pewien niczego i nikogo.

„I to akurat teraz, gdy byłem tak blisko celu! Do diabła!" — zaklął.

Jego koń stanął dęba. Henryk w ostatniej chwili przytrzymał się grzywy i nie spadł.

— Co, u licha?!

Ogier zarżał i potrząsnął łbem.

— Co się stało, książę? — zapytał przysadzisty, stając obok. — Dlaczego nie jedziesz?

— Mój koń... — Henryk był bez ostróg, ale piętami mocno zakłuł końskie boki. Spojrzał na pobocze, w miejsce, gdzie koń wyciągał szyję. Jakiś kształt ciemną bryłą odcinał się od brudnego śniegu.

— Poświeć tam! — nakazał chłopakowi z pochodnią.

Nim ten zbliżył się do pobocza, Henryk zobaczył, jak to coś pionowo wzbiło się w powietrze i zniknęło w ciemnościach.

— Chy...chy...chy...ba sowa...wa...wa, jaśnie panie...nie...nie... — wyjąkał chłopak.

— Sowa? Jeśli tak, to wielka jak owca... — odburknął Henryk.

— Tu Ślęża niedaleko, panie. I Radunia. Tu, w imię Ojca i Syna, Strzygi się ludziom pojawiają... — dodał drugi.

— Głupoty gadasz, chłopcze — skarcił go niepewnym głosem przysadzisty. — Jedźmy!

Ogier Henryka ruszył, ale jeszcze dwa razy wyciągnął szyję w tamtą stronę. Książę widział, że niektórzy z porywaczy się przeżegnali. Wzruszył ramionami. „Zabobony".

Nad ranem było zimno, musiał mocno naciągnąć kaptur, a i tak lodowaty wiatr wciskał się pod podbite futrem sukno. Gdy zaczęło widnieć, zorientował się, że nie jadą do Legnicy. Zamiast pofałdowanych płaszczyzn lasów Sudeckiego Przedgórza zagłębiali się w coraz wyższe góry. Dwa razy przeprawiali się przez niewielkie rzeki; widząc zamglone, wysokie szczyty na horyzoncie, zaczął modlić się, by nie szli w Karkonosze. Pamiętał z dzieciństwa opowieści o górskich kryjówkach, jaskiniach, jamach skalnych i nieznanych ludziom, zagubionych między szczytami twierdzach.

„Nikt mnie tam nie znajdzie".

Po raz pierwszy od porwania poczuł strach. Oto jego wspaniale rozpoczęte życie może zakończyć się nagle, niespodziewanie i podle.

„Nie mam żony, nie spłodziłem syna, nie naznaczyłem dziedzica... to ostatnie pewnie jest najbardziej lube memu piekielnemu stryjowi...".

Zatrzymywali się na krótkie popasy, nie palili ognia, nie zostawiali śladów. Henryk i Manfred wymieniali coraz bardziej zaniepokojone spojrzenia. Po kolejnych trzech dniach górskiej wędrówki zobaczyli przed sobą skaliste wzgórze, a na nim zamek otoczony murem z dwoma wysokimi wieżami.

— Wleń! — krzyknął Henryk niemal radośnie. W końcu wiedział, gdzie był.

— Zamek Wleń — spokojnie potwierdził przysadzisty.

Na bramie stali zbrojni w barwach Rogatki. Mur, w kilku miejscach nadżarty, sypał się. Tu i ówdzie wyrastały z niego drobne, rachityczne drzewka.

„Mój stryj kiepsko dba o rodową schedę" — pomyślał książę, choć tym razem działać to mogło na jego korzyść. Naliczył dziewięciu zbrojnych na murach, nie więcej. Wewnątrz kręciło się nieco czeladzi, trzy lub cztery dziewki służebne. Nie, Henryk nie był tu nigdy, ale o Wleniu krążyły legendy. Jędrzych Brodaty i Jadwiga, święta, lubili tu przyjeżdżać. To za ich rządów dobudowano mieszkalną, ceglaną wieżę. Podniósł głowę, gdy wjechali na dziedziniec.

„Jędrzych żył długo. Zdążył pobudować tyle zamków" — pomyślał z podziwem o swym pradziadzie. Nagle za gardło złapał go strach, jakby on już w życiu nie miał z niczym zdążyć.

— Tędy, panie — powiedział twardo przysadzisty swoim zachrypniętym głosem.

„Nawet nie wiążą mi z powrotem rąk. Wiedzą, że stąd nie ma ucieczki".

Skierowali się do starszej wieży. Wchodziło się do niej po drewnianych, podobnych drabinie schodach ustawionych wprost na dziedzińcu. Takich, które w razie potrzeby można spalić lub porąbać, by odciąć drogę do wieży.

— Bergfried! — krzyknął Manfred i splunął, gdy Henryk prowadzony przez przysadzistego postawił nogę na stopniu.

„Wieża ostatecznej obrony" — zawtórował mu Henryk w myślach i próbował sobie przypomnieć, czy jego pradziad toczył tu jakieś walki.

— Ty, szlachetny panie, nie idziesz z księciem — powiedział drugi z raubritterów do Manfreda. — Książę sam...

Manfred się żachnął:

— Jestem tarczą i mieczem księcia. Nie pozwolę zamknąć go w wieży samego!

— Pozwolisz — powiedział wolno porywacz i zdzielił Manfreda trzonkiem krótkiego topora w pierś.

Henryk widział, jak jego druh pada. Zacisnął szczęki.

— Wybacz, książę — powiedział przysadzisty. — Chodźmy już.

Cofnął się, gdy owionął go zapach stęchlizny. Woń starego moczu, wyschniętego kału, zbutwiałej słomy. Niewiele widział w świetle jednej pochodni niesionej przez idącego przodem sługę. Przysadzisty łagodnie położył mu dłoń na ramieniu.

— Tędy, książę.

Poprowadził wąskim chodnikiem biegnącym wzdłuż grubego muru do drabiny. Henryk czuł, że za chwilę zwymiotuje z obrzydzenia.

„Zerzygaj się na dole, jak będziesz sam. Nie przy nich" — powiedział do siebie i to, że ma coś do zrobienia, na chwilę go uspokoiło. Sługa z pochodnią stał przy zejściu, świecąc na oślizgłe stopnie drabiny. Przysadzisty powiedział:

— Zejdź na dół, książę. Będziemy co dzień przynosić ci jedzenie i wodę.

Wydawało mu się, że usłyszał w jego głosie współczucie, a może tylko chciał je słyszeć? Schodził ostrożnie, bo szczeble były śliskie. Liczył je. „Dwa, cztery, osiem, dwanaście...". W końcu dotknął stopą ziemi.

— Po lewej stronie jest świeża słoma! — krzyknął z góry przysadzisty, a sługa poświecił, żeby mógł rozejrzeć się po swym więzieniu. Niewiele dojrzał, ale spora górka słomy jaśniała i, o ile to słowo w ogóle można było wypowiedzieć w tym miejscu, pachniała. Usłyszał, jak wciągają drabinę na górę. Potem — oddalające się kroki przysadzistego i sługi. Zapadła całkowita ciemność.

„Tutaj Rogatka więził biskupa Tomasza, kiedy toczył z nim wojnę. Dwadzieścia lat temu? Jakoś tak". Biskup przeżył i to dodało Henrykowi otuchy. Brzydził się usiąść. Ale jak długo można stać? W końcu dotarło do niego, że prędzej czy później będzie musiał się położyć i przespać, więc co to za różnica, czy zrobi to teraz, czy później. O dziwo, przestało mu się chcieć rzygać. Nie, nie dlatego, że przyzwyczaił się do paskudnego smrodu. Przeciwnie, pomyślał, że jeśli zwymiotuje, to dołączy ten zapach do tego, co i tak zapełnia zgniłym obłokiem zatęchłe powietrze wieży. Jeszcze gdy byli na górze, nim zszedł po drabinie, widział drewniany, solidny strop, który był jednocześnie podłogą znajdującej się nad nim twierdzy.

„Gdy wjechaliśmy na dziedziniec, zaczęło się zmierzchać" — pomyślał, ale po chwili zorientował się, że to nic nie zmienia, bo w lochu nie ma okien, nie będzie jaśniej.

Gdy się obudził, był skostniały, bolały go barki i głowa. Jak długo spał? Nie wiedział. Wydawało mu się, że wieczność. Śniło mu się... co to było? Śniło mu się, że szczury obgryzały jedwabną nić wokół czarnych agatów, które miał wszyte w kraj sukni, a gdy poluzowały mocowanie kamienia, brały go w łapy i niosły na kupkę pod przeciwległą ścianą. Jeszcze w uchu ma ten dźwięk, stukanie agatu o agat... Otrząsnął się z obrzydzenia na wspomnienie snu i odruchowo przejechał dłonią po sukni. W jednej chwili poczuł gorącą i wilgotną woń własnego potu. Pod palcami miał puste miejsca, wyraźne wgłębienia po agatach. Usiadł i zaczął badać dotykiem całą długość sukni. Nigdzie ani jednego. „Może straciłem je w szamotaninie, jak napadli na nas w Jelczu? Nie. W czasie jazdy widziałem je na pewno. Jeszcze poprawiałem rozcięcie sukni, bo zahaczyło o siodło. Kamienie były na swoim miejscu". Chwycił się za serce. Nie, za szatę herbową na piersi. Na chwilę zabrakło mu tchu. Była pusta. Pusta. Pusta. Zaśmiał się głucho i gorzko.

„Jeszcze niedawno Rudolf I Habsburg prosił mnie do grona książąt Rzeszy! Czy propozycja byłaby aktualna, gdyby zobaczył mnie teraz? Kurwa mać!".

Nie wierzył, że to dzieje się naprawdę. Może ciemność, może smród, zimno i wilgoć powodowały, że wariował? Z całej siły ugryzł się w nadgarstek. Poczuł przenikliwy ból, jakby trafił zębami w żyłę i słoną, ciepłą krew na wargach. Wypluł ją.

— Do diabła! — krzyknął z całych sił.

— Do usług — powiedział Czarny Pan.

JEMIOŁA dawno nie biegała. A przecież kiedyś zaczynała służbę dla Matek jako nosząca wiadomości. Ćwiczyły się w szybkim marszu i biegu od dziecka. Uczono je, jak nie tracić oddechu, jak odpoczywać, przekładając ciężar ciała to na jedną, to na drugą nogę.

„Ostatnimi laty pracuję głównie na leżąco" — śmiała się z siebie, gdy w końcu dotarła na małą Łysą Górę. Widok był tak dostatni, że zrekompensował jej ból łydek i odciski na piętach.

„Zobaczysz zaczarowaną rzeczkę Lutynię, jak wpada do wielkiej Warty" — powiedziała Dębina, gdy wysyłała ją w tę podróż do starszopolskich sióstr.

— No i widzę! — Jemioła pokłoniła się Topoli, która tu była matką.

Siostry przyjęły ją serdecznie, a nazajutrz po jej przybyciu spadł pierwszy, cieniutki śnieg. Dębina posłała ją, by Jemioła dobrze obejrzała stare lasy w dorzeczu rzeki.

„Kto wie, córko, czy nie przeniosę siedziby z Raduni. Kto wie, czy nie tam. Idź, zobacz i opowiedz mi wszystko".

Łysogórskie siostry, przeczuwając cel jej wizyty, oprowadzały Jemiołę po okolicy, skrupulatnie pokazując wszystkie zakątki.

— Łysa Góra stracona dla nas, niestety — powiedziała Topola.

— Jeszcze trzydzieści lat temu to było nasze sanktuarium, ale spójrz, co nam pod samym nosem pobudowali!

Rzeczywiście, dwa pagórki dalej niebo drapała drewniana wieżyca kościoła.

— Niech Licho porwie wszystkich tych Zarembów! Rozsiedli się na naszej ziemi niczym udzielni książęta, a tfu! — Topola splunęła w stronę kościoła i majaczącym w jego cieniu domostwom. — A tfu! Chodź, córko. Pokażę ci jary nasze, pokażę ci dzikie lasy nad Wartą!

I poprowadziła Jemiołę na południe; po niedługim, szybkim marszu wpadły w okrytą głębokim lasem okolicę. Nad szerokim rozlewiskiem rzeki wznosiły się pagórki przecinane głębokimi jarami, porośnięte, dzikie i niedostępne.

— Las kocha swoje dzieci! — roześmiała się do nich Jemioła.

— Dzieci kochają swój las! — odpowiedziała jej Topola. — Zobacz: rzeka rozlewa się szeroko, wiosną oprze się o ten mały pagórek. Nikt tu się nie zapuszcza. Chodź za mną!

Pokryte szronem liście chrupały im pod stopami, kiedy wspinały się na wzgórza, oddalając od nurtu rzeki. Drogę raz po raz przegradzały powalone drzewa i las sprawiał wrażenie opuszczonego. Gdy weszły na górę, z piersi Jemioły wydobył się jęk.

— Matecznik!...

Cztery niemal równej wielkości pagórki ustawiły się w krąg, tworząc pośrodku niewielką kotlinę. Porośnięta drobnymi krzewami, zamknięta z każdej strony zapraszała, by schronić się w niej jak w kołysce. Na dnie stał szałas kryty trzciną, a przed nim płonęło małe ognisko, przy którym krzątały się trzy dziewczęta.

— Ano, matecznik — potwierdziła z dumą Topola.

— Dębina się ucieszy. Opowiem jej wszystko.

— Opowiedz, córko. I dodaj, że miejsce jest bezpieczne. Najbliższa wieś albo za rzeką, albo kawał drogi marszem i to naszym marszem, szybkim. — Uśmiechnęła się do dziewczyny. — Nikt możny tam na razie nie mieszka. Jakieś mało znaczące rycerzyki, Doliwy czy jak im tam. Nikt ważny.

— A jak ta wieś się nazywa?

— Dębno.

Jemioła się zaśmiała.

— To tym bardziej spodoba się Dębinie.

Zeszły w dół. Dziewczyny gospodarzące przy szałasie pokłoniły się matce Topoli i zaprosiły do schronienia. Wygrzane w ognisku kamienie dawały sporo ciepła, a i od środka szałas wymoszczony był trzciną, słomą i mchem. Wypiły grzane piwo i zasnęły wtulone w siebie. Nazajutrz wróciły na Łysą Górę, a Jemioła raz jeszcze mogła się pokłonić Lutyni.

— Moja matka śpiewała mi o zaczarowanej wodzie. Mówiła, że Lutynia to źródło wody wiecznie żywej — usłyszała za swoimi plecami.

Odwróciła się. Wysoka, płomiennowłosa dziewczyna uśmiechała się do niej.

— Ty jesteś Jemioła? Od Dębiny?

— Ja.

— Na mnie mówią Tarnina — roześmiała się, dotykając swych ognistych włosów. — Dziewczyny mówią, że pracujesz w „Zielonej Grocie"?

Jemioła przyjrzała się Tarninie. I przytaknęła.

— Chcesz jeszcze popatrzeć, czy idziemy się wygrzać?

— Lutynia... dobra, idziemy się wygrzać.

W chacie mieszkało dwanaście kobiet, a panowała taka cisza, jak w „Zielonej" nigdy. Jemioła położyła się na posłaniu, które jej wskazały, i leżała, patrząc w ogień. Nazajutrz pożegna się i ruszy na południe. Przez głowę przemknęło wspomnienie tak dawne, że prawie nierzeczywiste. Zobaczyła w nim swą babkę, piękną i starą, jak stoi przy ogniu z rozłożonymi ramionami i zbiera ciepło pod chustę. Zawsze tak robiła, nim wyszła na mróz. Uśmiechnęła się do babki przez mgłę czasu, która je rozdzieliła.

— Tarnino, pokaż plecy! — powiedziała cicho Topola i Jemioła zobaczyła, jak rudowłosa ściąga suknię. Miała piękny mleczny odcień skóry i na jego tle sino odcinały się długie pręgi.

Jemioła mimowolnie syknęła z bólu. Topola smarowała rany dziewczyny jakimś wonnym mazidłem. „Nagietek i coś jeszcze. Ciekawe co?".

Tarnina odczekała, aż plecy same wyschną przy ogniu, i narzuciła koszulę. Napotkała wzrok Jemioły. Przysiadła się do niej.

— Tu, niedaleko, w Brzostkowie jest obronne dworzysko. Na co dzień prawie nikt w nim nie mieszka, ale należy do pewnych możnych panów, którym wydaje się, że są najważniejsi w całej Starszej Polsce. Na ich podmokłych łąkach rośnie najpiękniejszy kurdybanek w okolicy. Mówię ci, nic tak nie leczy kaszlu, jak odwar z kurdybanka. Poszłam nazbierać go trochę, zdybali mnie ich słudzy i, nie pytając o nic, wychłostali jak złodziejkę. To było latem i jeszcze nie wygoiłam się po ich batach.

W oczach Tarniny zalśnił gniew. Uśmiechnęła się krzywo.

— Nie, właściwie wychłostali mnie, myśląc, że szpieguję. O złodziejstwo posądzili dopiero potem. Rozumiesz, siostro? Szpiegowałam ich łąki!

— To tam, gdzie jest ten kościół?

Dziewczyna kiwnęła głową.

— Topola mi pokazywała. — Jemioła nie wiedziała, co więcej może powiedzieć. Położyła palce na jej mlecznobiałej dłoni. Rudowłosa westchnęła i wsunęła się obok niej pod koc.

— Śpij, siostro z daleka! U nas jesteś bezpieczna. Na małą Łysą Górę nie zaglądają panowie.

Przytuliły się do siebie i zasnęły.

Rankiem, gdy Jemioła zbierała się do drogi, do chaty wbiegła dziewczyna okutana w chusty.

— Jest u was Jemioła z „Zielonej Groty"?

— To ja.

Dziewczyna spojrzała w bok na Topolę, gdy matka skinęła głową, powiedziała jednym tchem:

— Pani Ludwina każe ci biec do miasta Poznania. Masz tam dotrzeć do księcia. Powiedzieć mu tak: Książę Henryk porwany przez stryja. Uwieźli go w góry. Życie jego w niebezpieczeństwie...

Jemiole stanęło serce. Wyszeptała:

— Mój książę...

I usłyszały to wyznanie wszystkie obecne przy ogniu dziewczyny.

BOLESŁAW, książę Starszej Polski, całował Jolentę po rękach i czuł gorycz porażki. Dławiła go niczym rybia ość. Odwracał wzrok, by księżna żona nie dostrzegła jej, tym bardziej że widział, iż ona cieszy się bardzo.

— Anna! Ochrzcijmy ją „Anna", dobrze, mężu mój?

— Dobrze, księżno żono.

Jolenta przycisnęła noworodka do ukrytej pod białą, wyszywaną w złote lilie koszulą piersi.

— Anna... Anuszka.... Księżniczka Starszej Polski, Anna Bolesławówna. Ładnie. Ładnie, prawda?

— Prawda.

Dziewczynka zakwiliła. Piastunka gotowa nieść pomoc nachyliła się nad łożem księżnej Jolenty, ale ta uśmiechnęła się tylko i pogładziła córkę.

— Ukołyszemy cię, prawda?

— Prawda — odruchowo odpowiedział Bolesław, bo jego myśli były gdzie indziej.

Jolenta się roześmiała.

— Co taki zamyślony mój książę mąż? Widzisz, Anno Bolesławówno, ojciec duma nad twą przyszłością, może już ci męża szuka? — Wpatrzona w dziecko nie widziała na szczęście jego oczu, jego niemęskich łez.

Wstał szybko i podszedł do miski z wodą. Ochlapał twarz.

„Dziecko żywe, zdrowe, matka poród przeżyła, dziękuj Bogu, nie maż się!" — skarcił się ostro w duchu.

„To niegodne".

Nie powinien był się wtedy cieszyć, a dzisiaj nie powinien lać łez. A jednak. Czyżby tak mocno w jego żyłach zawrzała krew? Nie sądził, że to jeszcze możliwe, a jednak oswoił się z myślą, z nadzieją, że może mieć syna. Już widział, jak uczy go trzymać miecz, jak pasuje na rycerza, jak patrzy, gdy biskup wkłada na jego skronie książęcy diadem...

„A niech to!".

Zgiął kolana, by się pomodlić. Z goryczą poczuł, że znów go bolą. Nawet bark. Oparł łokcie na wyściełanym suknem klęczniku swej żony. Pochylił głowę przed obrazem Przenajświętszej.

„Nawet modlę się do Matki, nie do Ojca" — pomyślał beznadziejnie i natychmiast uderzył się w pierś. Modlitwę zaczął od litanii przeprosin. Przepraszał Przenajświętszą, że skalał ją przed chwilą. Boga, że go obraził swym rozczarowaniem. Jolentę, że nie dość uradowało go dziecko. Dziecko, że nie umiał się z niego ucieszyć. A przede wszystkim pamięć swego brata, że przez tych kilka miesięcy tyle radości przyniosło mu wyczekiwanie, które w całości było zaprzeczeniem złożonych mu przed śmiercią przysiąg. I przepraszał bratanka, że w myślach go wydziedziczał, pozbawiał ojcowizny, przeganiał i wyklinał.

łkał. Leżał z głową opartą o klęcznik i szlochał nad swą słabością, próżnością i męską urażoną dumą. Nad niezaspokojeniem, którego wcześniej nie znał. Przez chwilę pomyślał, co powie, gdy Jolenta zapyta go, dlaczego płakał. Przez chwilę pomyślał, że skłamie, by jej nie urazić. Potem przepraszał za swoje grzechy, za obłudę, za strach. Zapadł się w jakąś pustkę, ciężką z początku jak kamień u szyi tonącego. Ocknął się, słysząc śpiew Jolenty. Nuciła niemowlęciu jakąś madziarską pieśń, tęskną i słodką. Usłyszał w jej głosie tyle tkliwości, tyle szczęścia, że zatopił się w melodii, którą nuciła, zapomniał się w niej. Nagle poczuł, że ma pod sobą konia, że jedzie z księżną żoną bujnym, zielonym stepem, jak wtedy, gdy wyprawili się w wielką podróż do Budy, na ślub jej brata. Byli tacy szczęśliwi! Siedzieli na trybunie w lśniących, złotych diademach i patrzyli raz na siebie, raz na turniej toczący się u ich stóp. Dotykali się tylko czubkami palców, ona była tak młoda i tak olśniewająco piękna, że nie śmiał więcej... Klaskała w dłonie, gdy rycerz w jej barwach wygrywał, miała policzki różowe i kwiaty wplecione we włosy. Tyle lat... Takie dobre mieli życie, tak byli sobie bliscy. Wrócił. Poczuł ból w krzyżu, w barku, sztywność kolan.

Przysiągł przed Przenajświętszą, że wynagrodzi pamięci brata wszystko, co w myślach skalał; że dla Przemysła zrobi, co będzie mógł, nie licząc na jego wdzięczność, nawet jej nie oczekując. Drętwiało mu ramię, gdy kreślił znak krzyża. Wstał i z czystym sercem podszedł do dziecka i żony. Pocałował niemowlę w czoło. Jolenta podniosła na niego swe podłużne, ciemne oczy.

— Tak sobie pomyślałam, mój książę, że skoro Anna poczęta została wraz z fundacją klarysek, to pewnie znak. Niech to będzie jej klasztor. Oddajmy ją na służbę bożą. Czyż to nie piękna przyszłość dla tej słodkiej istotki?

— Piękna — potwierdził Bolesław, książę mąż.

JEMIOŁA miała wrażenie, że zaraz utopi się w ludzkiej rzece. Woły, kozy, krowy i skrzypiące wozy. Kwik i zgiełk.

— Jarmark zapustny w Śródce! Jarmark zapustny!

Tarnina podprowadziła ją cały kawał drogi, aż wyszła na ten trakt.

— Jak będziesz wracała, zajdź do nas. Tylko pamiętaj, omijaj łukiem Brzostków! A teraz niech cię Matki mają w opiece! Prosty trakt, dalej już ludzie cię poprowadzą! Nie zginiesz! — Uściskały się na pożegnanie, choć tego ostatniego Jemioła przestała być pewna, gdy tylko zobaczyła ten tłum. Wiedziała, że ma minąć osadę targową, mostem wejść na Ostrów, jak najszybciej przemknąć tamtędy i wyjść na drugi most, stamtąd drogą do bramy miejskiej.

Od dziewczyny, która przyniosła jej wiadomość, dowiedziała się, że Ludwina rozesłała siostry na wszystkie strony świata. Jeżyna i Trzmielina to dziewczyny gór, poniosły ją na południe. Wierzbkę, Ślązaczkę, posłała do Głogowa. Irgę do Wrocławia. I, widząc, że Jemioła jest tak blisko Poznania, posłała do niej.

„Fulko mówił, że książę Przemysł musi się szybko dowiedzieć. Henryk na niego liczy".

Nie spodziewała się, że zadrży jej serce na straszne wieści o jego porwaniu.

„Mój książę!" — jęknęła wtedy w głos, aż siostry zamilkły. Łajała się potem po wielokroć. Jak mogła?! To nie był jej książę, to był jej klient i jej zdanie do wykonania. To był pewny siebie, bogaty, zarozumiały mężczyzna, który płacił za to, że ją rżnął. Dopłacał za jej uśmiech, dopłacał za taniec i za dyskrecję. Nic więcej. A jednak... Stało się. Tłumaczyła przed siostrami i sobą, że skoro musi wypełnić zadanie, które złożyły na jej ręce Matki, musi pomóc w uwolnieniu Henryka, inaczej to na nic. Ale widziała kpiący wzrok dziewcząt i smutne oczy Tarniny, gdy brnęła w kłamstwo, które nawet jej samej nie mogło przekonać.

— A niech myślą, co chcą! — zamruczała gniewnie.

Zacinające ostre igły śniegu smagały jej policzki. Z początku nie było źle, szła raźno, szybko, a gdy było na trakcie pusto, biegła.

Ale im bliżej miasta, tym się robiło ludniej. Na rzece rybacy, stojąc na chybotliwej krze, wyciągali raz po raz kosze ryb. Kilku wieśniaków pędziło owce na targ. Mijały ją wozy kupców. A teraz, gdy weszła w tę ludzką rzekę, nagle zaczęła się zastanawiać, jakim sposobem dostanie się przed oblicze wielkiego księcia. Wcześniej nawet przez chwilę o tym nie pomyślała. Przeszło jej przez głowę, by zwabić jakiegoś paniczyka na przygodną miłość do przydrożnej karczmy, uśpić między swymi udami, a potem przebrać się w jego nogawice i suknię i, udając mężczyznę, stawić się przed księciem. Ale wydało jej się to wstrętne i było stratą tak cennego dla życia Henryka czasu. Zdała się na swój instynkt i na szczęście, które prowadziło ją tak szybko do bram miasta. Zadarła głowę wysoko, patrząc na pachnące świeżą zaprawą mury. Strażnik przy bramie zatrzymał ją z miną równie znudzoną jak przy poprzednich przyjezdnych.

— Od kobiety kupczącej ciałem jeden denar — podał cenę za wjazd, a ona się zarumieniła. Zapomniała nawet o tym, że spod sukni wystaje jej żółta koszula, oznaka kurewskiej profesji. Zapłaciła, nie patrząc mu w oczy, w duchu oddychając z ulgą, że o nic więcej nie pytał.

— Od starozakonnego dwa denary — usłyszała za swymi plecami i odwróciła się ciekawie.

Młody Żyd w żółtym jak jej koszula surcocie regulował opłatę.

„Oznaczeni i napiętnowani! Kurwy i Żydzi" — pomyślała i roześmiała się na głos. Natychmiast odpowiedział jej tłusty człowieczek w pięknym wełnianym płaszczu:

— Za ile dajesz, śliczna?

— Nie stać cię, wieprzu! — odpowiedziała wulgarnie, by się go pozbyć. Podziałało.

Wiedziona powinowactwem żółtego znaku zaczepiła Żyda.

— Gdzie tu szukać spokojnej gospody?

Uśmiechnął się.

— W zapusty to spokojnej panna nie znajdzie. Karczmy z wyszynkiem i... — zarumienił się — i... pannami nierządnymi są na lewo, na ulicy, co nazywa się Woźna.

Fuknęła na niego:

— Głupiś! Nie przyszłam tu się puszczać! — I odwróciła się na prawo, zostawiając go.

„Gospoda" — ta myśl wydała się najodpowiedniejsza nie dlatego, by chciała odpocząć, ale z racji tego, że potrzebowała się przebrać. W stroju nierządnicy z pewnością nie trafi przed oblicze księcia. Ruszyła w tłum kłębiący się w wąskich uliczkach. Wystarczyło mu się poddać niczym nurtowi rzeki, a sam zaniósł ją do kramów sukiennych. Nigdy tu nie była, ale nie raz sprzedawała swe wdzięki poznańskim kupcom, więc czuła się, jakby weszła w sam środek ich sennych opowieści.

„Drogo..." — pomyślała, przeliczając to, co miała w sakiewce, na białą, porządną koszulę i prostą, choć dobrą suknię.

„Trudno, odbiję sobie później. Jak mi się jeszcze raz trafi poznaniak, poproszę Ludwinę, by doliczyła mu za te zakupy podwójnie".

Zapytała ślepego starca, jak trafić do uczciwej gospody, i kazał iść jej na ulicę Wroniecką, przy północnej bramie do miasta. „Nie widzi we mnie dziwki, do burdelu mnie nie pokieruje" — pomyślała i, jak się okazało, słusznie. Zapłaciła za łóżko i też wydało jej się za drogo. Ale przynajmniej mogła wejść i spokojnie się przebrać w poznańskie, porządne suknie. Gdy wychodziła z gospody, natknęła się na tego samego co przy bramie młodego Żyda. Cmoknął na jej widok.

— Piękna panna może iść i na zamek!

— Zgadłeś! — Uśmiechnęła się do niego. — Tylko czy mnie wpuszczą?

Przyjrzał jej się, mrużąc ciemne oczy, i pogładził brodę.

— To zależy.

Ktoś musiał jej pomóc, mając do wyboru ulicznych rycerzyków i jego, postanowiła dać mu drugą szansę. Pociągnęła go za łokieć w kąt.

— Dobry człowieku, muszę dostać się na zamek i to szybko. Mam wiadomość dla księcia pana, która nie może czekać. Pomożesz mi?

— Księcia pana nie ma w Poznaniu.

— Do licha! — syknęła.

— Ale jest księżna pani.

— Nie, dobry człowieku. Ja muszę do księcia.

Znów się jej przyjrzał, ze smutkiem.

— Niejedna piękna dziewczyna przyjeżdża do miasta, bo liczy, że przy dworze księcia świat sam skłoni się do jej stóp. — Pokręcił głową. — Niektóre wypływają w rzece, inne znajduje się po zaułkach.

— Chcesz powiedzieć, że książę pan morduje dziewki?

— Nie, piękna panno. Książę dobry, bardzo dobry. Ale świat okrutny. Dziewczęta nie trafiają na dwór, a gdy kończą im się pieniądze, lądują w zaułkach i sprzedają swe wdzięki za dzban piwa. Aż któregoś dnia trafiają na złego człowieka, który zapłacić za miłość nie chce i by uwolnić się od płaczącej dziewczyny, w serce wbija jej nóż.

Jemioła się roześmiała.

— Znam to! To *Pieśń o smutnej dziwce*! — Poklepała go po rękawie. — Każda dziewczyna w moim fachu zna tę opowieść, ale nie bój się, ja nie przyjechałam tu kupczyć ciałem ani szukać szczęścia na dworze. A poza tym, skąd się tak dobrze orientujesz, skoro też jesteś tu obcy?

— Żyd jest wszędzie obcy, pani — odpowiedział wymijająco. — Mam tu szwagra, odwiedzam go często.

— Słuchaj, dobry obcy człowieku. Ja naprawdę muszę przekazać księciu wiadomość i to jeszcze dzisiaj. Potem zniknę i wierz mi, nie w nurcie rzeki. Pomożesz?

Jego oczy pytały: „A co będę z tego miał?", ale Jemioła wiedziała, że starozakonni nie korzystają z usług dziwek. Przynajmniej rzadko. Sięgnęła po swoją sakiewkę i wyciągnęła z niej mały skórzany woreczek.

— Dam ci to. W środku są zioła. Ty ich zapewne nie potrzebujesz, ale wielu mężczyzn zapłaciłoby złotem za ich moc. Wystarczą dwa łyki naparu, a każde, nawet najbardziej ospałe panisko zrobi się po nich kochankiem, buhajem i ogierem. Rozumiesz? To, co jest w tym woreczku, wystarczy na cały dzban. Niektórzy mówią na to...

— ...kurwie ziele.

Wsadził czubek długiego nosa do woreczka i powąchał. Oczy mu zalśniły.

— Nie kłamiesz, piękna panno. To najprawdziwsze kurwie ziele!

„O Matki! A wyglądał tak niewinnie!".

— Posłuchaj, panno. Pójdziesz do jatek. Miniesz je, miniesz śledziowe budy i skręcisz w lewo. Pytaj o ulicę Wodną. Odszukasz gospodę „Dwie Pieczenie". Idź tam za dnia, bo wieczorem miejsca nie znajdziesz, by się wepchnąć. Po zmroku zaroi się tam od rycerzyków i giermków dobrze urodzonych panów. Będą pić i przechwalać się. Odszukasz między nimi Płatka, to giermek księcia pana.

Jemioła się skrzywiła.

— Skoro księcia nie ma w Poznaniu, to dlaczego będzie jego giermek?

— Słuchaj Żyda, Żyd wie. A jakby panna wiedziała, czego słuchać, to też by usłyszała. — Wzruszył ramionami i roześmiał się nagle: — Cały Poznań o tym gada, giermek naraził się swemu księciu i ten nie zabrał go ze sobą. Ale to dobry chłopak i jeśli wiadomość, którą masz dla księcia, jest naprawdę ważna, to zrobi wszystko, by dostarczyć ją bez zwłoki. To będzie jego szansa. Rozumiesz?

— Skąd to wszystko wiesz? — Przyjrzała mu się nieufnie.

— Żyd obcy, ale wie, co trzeba i kogo trzeba zna — odpowiedział wyniośle.

— Rozumiem. Giermek Płatek. No to biegnę.

Teraz on ją złapał za rękaw.

— Uważaj na siebie, piękna panno. Są zapusty. Nie wystarczy wyglądać jak porządna mieszczka, by obronić się przed brudnymi łapskami pijanych panów. I pilnuj się, by nie skręcić za szybko. Miń jatki, miń ratusz. Jak wejdziesz na Woźną, trafisz do domów nierządnych!

— Będę uważać! — szepnęła i wybiegła z gospody.

Dość już wiedziała i choć była mu wdzięczna za pomoc, zaczął ją drażnić jego ton. „Słuchaj Żyda, Żyd wie" — przedrzeźniała go w duchu.

— Giermek Płatek, gospoda „Dwie Pieczenie". Ale najpierw jatki!

Nim doszła do rynku, po prawej stronie zobaczyła zamek na wzgórzu. Na jego bramie powiewały chorągwie ze stojącym na tylnych łapach lwem.

„Szkoda, że nie ma księcia. Może w tej poznańskiej sukni wpuściliby mnie przed jego oblicze?". Mury napawały ją lekkim przestrachem.

„Jak można mieszkać w takim zamknięciu?".

Od strony zamku wydawały się wielkie jak stary dębowy las. Ale dalej zobaczyła robotników i dostrzegła, że w wielu miejscach są ledwie zarysowaną podmurówką. Wszędzie tam kręcili się ludzie, budowniczy, pomocnicy, służba; gdyby nie to, można by się tamtędy spróbować prześlizgnąć i nie płacić za wejście. „Zapamiętam na drugi raz".

Zemdlił ją zapach zwierzęcej krwi. Jatki. Rzeźnik wielkim tasakiem dzielił wołu, którego wcześniej sam zarąbał. I to wcale nie dzisiaj. Mimo lekkiego mrozu mięso niosło zapach zgnilizny.

— Świeżutki udziec, tłusty, dobry!

— Zdzierstwo! — darła się gospodyni okutana wełnianą chustą. — Za starego, żylastego wołu trzy denary? Zdzierstwo!

— Nie za wołu, ino za jeden udziec! — Żona rzeźnika wzięła się pod boki. — A jak gospodyni nie pasuje, to sobie gospodyni sama wołu od cielaka uchowa. Ha, ha, ha! Ciekawe, gdzie będzie go pasała, co? W rynsztoku czy w chałupie! Się cieszyć powinna, że może kupić! Dziękować powinna nam i księciu panu, co pobudował jatki, ha!

— Kuropatwy i zające! Kuropatwy i zające! — krzyczał wędrowny handlarz, niosąc na plecach powiązane w pęczki ptaki. Ich martwe, bure skrzydła rozłożyły się bezbronnie i obijały o jego plecy.

Jemioła odwróciła głowę. W głębi zamajaczył duży budynek. „Ratusz". Potem w nozdrza uderzył zapach śledzi. Zakręciło jej się w głowie. Ryby w beczkach śmierdziały tak, jakby były starsze od kobiet, które je sprzedają.

„Na lewo. Byle dalej stąd".

Skręciła w wąski przesmyk między drewnianymi domami. Z otwartych okiennic piekarni zapachniało chlebem. Kosze bochnów wystawione w oknie były równie obfite co biust piekarzowej, która strzegła ich niczym kwoka kurcząt.

— Chlebki poznańskie! Chlebki zapustne! Bułki, bułeczki jak panieneczki! — krzyczała w tłum, leniwie pogryzając rogala.

Rozszczebiotana gromadka dzieci w szarych wełnianych kapturkach wbiegła jej pod nogi.

„Wróbelki!" — pomyślała o nich ze śmiechem i czułością, ale tłusta piekarzowa miała inne zdanie.

— Poszły stąd! Sio! Sio! — krzyknęła na dzieciarnię, a wielkim biustem niemal przykryła kosze bułek. — Złodziejskie nasienie!

Dzieci, śmiejąc się, zagrały jej na nosie i pobiegły dalej.

— Nic ci nie ukradły, Pawłowo! — rzucił przechodzący mleczarz.

— Piotrowo! Pawłowa to moja siostra! — Piekarzowa leniwie przegryzła rogal i odsłoniła kosze. — Nie ukradły, ale mogły ukraść.

— Gdzie tu karczma „Dwie Pieczenie", pani Piotrowo? — zapytała Jemioła piekarzowej.

Kobieta zmierzyła ją od stóp do głowy.

— Głodna? Chlebka zapustnego sobie kupi.

— Zapustnego?

— A jak! Z farszem baranim, ze słoninką. — Piekarzowa omiotła językiem okruchy rogala, które wypadały jej z ust.

Jemioła się skrzywiła. „Co to za barbarzyńskie zwyczaje, by nawet chleb wypychać." Dla niej to ich zapustne pożegnanie z mięsem było bzdurą, obsesją ludzi jedzących zwierzęta.

— Karcma jest tam — zaseplenił jej ktoś do ucha.

Jemioła odskoczyła. Stał za nią mały, chudy człowiek w płaszczu zszytym z kawałków wielobarwnej materii. Jego twarz zasłaniał wysuszony świński ryj, śmiertelna maska dawno zjedzonego knura. W ręku trzymał zwierzęcą racicę i nią wskazywał Jemiole drogę. Nie umiała nawet odpowiedzieć „dziękuję". Uciekła, chwytając się za usta z obrzydzenia. Gonił ją śmiech człowieczka i piekarzowej.

— Jak to się spieszy!

— Z lasu czy ze wsi, panieneczko? Gdzie takiej do miasta!

Wpadła na ulicznych grajków, którzy podskakując, podzwaniali dzwoneczkami na oślich uszach czapek.

— Mięso-pusty! Za-pusty! — ryczeli piskliwie, a przebijał ich tylko wysoki świst piszczałki.

Próbowała się spomiędzy nich wydostać, popychali ją jeden drugiemu w ramiona, ośle uszy trzęsły się, dzwoniąc.

— Za-pusty! Brzuch pełen, będzie pusty! Za-pusty!

Nagle puścili ją i rozpierzchli się na boki. W ostatniej chwili zrobiła to co oni, uskoczyła. Z góry, z otwartego okna polały się pomyje.

— Ja wam dam zapusty, grajki piekielne, drapichrusty! — krzyknęła kobieta i zatrzasnęła nowiutkie drewniane okiennice.

Jemioła obejrzała suknię. Na szczęście śmierdząca fala z okna nie uczyniła szkody jej nowiutkiemu poznańskiemu ubraniu. Drzwi obok otworzyły się i z wnętrza dobiegło przyjemne ciepło.

„Karczma «Dwie Pieczenie». To tutaj". Weszła.

Gości było niewielu, jak powiedział Żyd. Zajęła miejsce przy ławie, z której mogła obserwować drzwi, i zamówiła grzane piwo. Z kominka biło przyjemne ciepło. Zdjęła więc płaszcz, ale nałożyła kaptur, by nasunąć go na oczy i odgrodzić się choć na chwilę od otaczających ją ludzi.

„Jak można mieszkać w tak ludnym mieście? Tłok, zgiełk i smród. Ani chwili ciszy".

Jemioła nie znosiła bliskości ludzi, których nie znała. Drażnił ją dotyk, a tym bardziej zbyt bliski oddech obcych. Tu każdy gdzieś się spieszył, ludzie byli w nieustannym ruchu, a nad wszystkim panował pieniądz. Sukiennice, jatki, kramy i kramiki. Każdy coś kupował, każdy chciał sprzedać. Nim przeszła ze swojej gospody do karczmy, czuła się już brudna błotem ulicy, setką przypadkowych dotknięć i popchnięć. „Zielona Grota" przy drodze wydała jej się spokojna niczym sen niewinnego dziecka.

Pod wieczór drzwi otwierały się raz za razem. Przez zapach piwa przebijać zaczęła się woń grzanego miodu, który goście zamawiali całymi parującymi dzbanami. Na stołach lądowały deski pełne wędzonego w jodłowym dymie twarogu. Wędzone półgęski, pieczona rzepa i cebula. Zwoje czerwonych kiełbas baranich i bobrowych. Kosze bułek takich samych jak te, których wielkim biustem broniła Piotrowa. Karczmarz, Żyd, tyle że starszy od tego jej, uwijał się między gośćmi, a przy nim trzech drobnych ciemnowłosych chłopców, jeden podobny do drugiego niczym krople wina. Witał po imieniu wszystkich wchodzących, co dało jej nadzieję, że nie przeoczy książęcego giermka. Rzeczywiście. Gdy do środka wszedł wysoki jasnowłosy młodzieniec, karczmarz powitał go:

— Pan Płatek! Jakże miło! Miód czy wino dla ulubionego gościa?

— Miód — powiedział smutno chłopiec i rozejrzał się — i miejsce.

— Tutaj, proszę tutaj, koło ładnej pani. — Żyd poprowadził go do ławy Jemioły, choć w karczmie były jeszcze inne, wolne miejsca. A kiedy spojrzała na niego, zaskoczona, puścił jej oko. Uśmiechnęła się w duchu, myśląc z zadowoleniem, że „kurwie ziele" oddała w dobre i lojalne ręce. I ze zdziwieniem, że wieści tak szybko się rozchodzą. Gospodarz przejechał ławę szmatą, którą miał zatkniętą za pasek, ale zrobił to tylko tak, z nawyku czy gościnności, bo miejsce było czyste.

— Pani pozwoli? — zapytał młodzieniec, a Jemioła, nie zdejmując kaptura, kiwnęła głową.

Przyglądała mu się, a on patrzył w stół.

„Żyd miał rację. Dręczy go kłopot".

Na skórzany kaftan narzuconą miał porządną sukienną tunikę z niewielkim stojącym lwem. Poczekała, aż weźmie dwa łyki miodu i lekko zsunęła kaptur z głowy.

— Panie?

Podniósł głowę gwałtownie jak oparzony. „Jak chłopiec, którego nieśmiałość wzmaga pragnienie kobiety — pomyślała odruchowo, a potem skarciła się: — Nie jesteś w «Zielonej Grocie»".

— Czy to prawda, że jesteś giermkiem księcia Starszej Polski?

— Jestem giermkiem w niełasce swego pana — odpowiedział, czerwieniąc się aż po uszy. — Nie słyszałaś? Całe miasto kpi ze mnie.

— Ale czy niełaska ta nie przeszkodzi ci, panie, zawieźć swemu księciu wiadomość? Wiadomość, która warta będzie wiele, jeśli dostarczona zostanie dziś jeszcze?

Zmarszczył brwi.

— Kim jesteś, pani? I dlaczego szukasz dojścia do księcia w takim miejscu?

— Szukam tam, gdzie mogę sięgnąć, panie. Do rzeczy: przekażesz wiadomość poufną czy nie?

Widziała, jak walczy z sobą, z tym, by zaufać obcej.

— Wielu ludzi szuka dojścia do księcia przez jego sługi, nawet tak podłe jak ja... — odpowiedział po namyśle. — Skąd mogę wiedzieć, że nie jesteś kimś, kto poszukuje nagrody?

— Panie, powiem ci, co mam do powiedzenia, i znikam stąd. Nagrodę od swego pana dostaniesz ty, o ile się pospieszysz — powiedziała do niego ostro — bo dzisiaj mam wiadomość o uwięzieniu przyjaciela księcia. Ale jutro albo pojutrze więzień może zostać uwolniony przez kogoś innego, przez kogoś, kto nie będzie zadawał tylu pytań co ty, tylko pospieszy z odsieczą.

Giermek zrobił okrągłe oczy i odstawił kubek. Widać, że był chłopcem przyzwyczajonym do posłuchu.

„Ciekawe, co przeskrobał?".

— Kto, pani?

— Książę wrocławski Henryk został pojmany na zamku w Jelczu przez ludzi swego stryja, księcia Rogatki. Uwieźli go na zachód, w góry. Nie wiadomo dokąd. Życiu jego grozi niebezpieczeństwo.

Chłopak zerwał się na równe nogi.

— To pewne? Skąd to wiesz, pani?

— Od Fulka, giermka księcia. Jest ciężko ranny, bo zasłonił swego pana przed raubritterami. Książę wymógł na porywaczach, by zostawili Fulka w gospodzie „Zielona Grota" przy trakcie świdnickim.

— Kiedy?

— Trzy dni temu.

— Na rany Chrystusa! Muszę pędzić do mojego księcia!

— Musisz. — Złapała go za rękę z całej siły. — Przysięgasz, że przekażesz wiadomość?

— Przysięgam — odpowiedział chłopak i sięgnął po swój płaszcz. — Jeszcze dzisiaj książę Przemysł dowie się o tym.

Widziała w jego oczach determinację i była pewna, że giermek zrobi to, co należy. Już był w drzwiach, gdy cofnął się i zapytał:

Komu mam podziękować?

Roześmiała się.

— Sobie i swojemu rumakowi, jeśli zdążycie na czas!

— Pani! Dziękuję tobie!... — Skłonił się przed nią tak nisko, jak przed jakąś księżną, aż w karczmie na chwilę umilkł gwar i wszystkie oczy zwróciły się na nich. Jemioła, choć tego nie chciała, zarumieniła się i natychmiast naciągnęła kaptur. Płatek już wybiegł. Chciała zapłacić za swoje piwo, ale Żyd się uśmiechnął.

— Rachunek uregulował mój szwagier.

Podziękowała i wyszła.

Na dworze panował wczesny zimowy mrok. W niczym nie przeszkadzało to tłumowi, który wciąż gęsto wypełniał zaułki i place. Wzięła głęboki wdech, aż para poszła jej z ust, i ruszyła między tę ludzką ciżbę.

Słudzy z pochodniami poprzedzali swe panie i panów, więc co chwilę w blasku światła czyjaś roześmiana lub wykrzywiona twarz migała jej jak w jakimś nieprzyjemnym śnie. Okiennice piekarni były zamknięte, ale przed jej drzwiami stał niewielki, wypełniony ciastkami wózek. Zaprzęgał się do niego człowieczek ubrany w zielony płaszcz i choć jeszcze nie ruszył, już pokrzykiwał dla rozgrzewki w mrok:

— Ciastka, ciasteczka jak jaśnie panieneczka! Rogaliki jak pierniki! Chlebki zapustne chrupiące i tłuste!

Z dala dobiegło ją znajome podzwanianie oślich uszu, łagodny dźwięk lutni i tęskny tym razem głos:

— *Pani, pani moja, wyjrzyj, serce wyśpiewam ci u stóp...*

Ktoś roześmiał się i fałszywie dośpiewał:

— *Pani, pani moja, ściągaj kieckę, bo dawno nie miałem żadnych dup...*

Sama parsknęła śmiechem i rozejrzała się, czy nie ma innej drogi niż ta obok mięsnych jatek. Nie było. Piekarz ruszył, wózek zaskrzypiał, chlapnęło błoto.

— Z masełkiem i makiem, z miodem i orzechami! — sapnął, a ona poczuła, że jest głodna. Zaburczało jej w brzuchu, choć nie chciała tracić czasu na jedzenie.

Zerknęła na kosze piekarza. Małe miodowe placki z makiem wabiły ją zapachem tak mocno, że już nie mogła oderwać od nich oczu. Przełykając ślinę, zaczęła szukać w sakiewce ostatnich miedziaków. W górze uliczki pojawili się grajkowie, a za nimi wpłynął tłum, który w jednej chwili oddzielił ją od piekarza i wózka.

I nagle do jej rozdrażnionych zapachem placków nozdrzy wdarła się przemocą inna woń, która niemal sparaliżowała Jemiołę. Nie mogła ruszyć się z miejsca, wzdłuż krzyża poczuła krople zimnego jak ziarna gradu potu. Woń starej śmierci, woń, której nie sposób pomylić z czymkolwiek innym. Znała ją. Raz jedyny w życiu czuła ten zapach i nie zapomni go, póki żyje. Zaschło jej w gardle. Zapach przebijał się wprost do niej, wilkołak, który go rozsiewał, musiał iść w tłumie przed Jemiołą, prosto w jej stronę. Twarze kobiet okolone nałęczkami, okutane chustami, nobliwie skryte w zdobnych futrem kapturach. Jedna dziwka z żółtą wstążką we włosach, uwieszona na ramieniu rzeźnika w skórzanym fartuchu umazanym krwią. Nie, nie mogła się mylić. Gdzieś przez tę falującą w chwiejnym blasku pochodni ludzką rzekę przedzierał się w jej stronę wilkołak, który pachniał wilgotną sierścią, zaschniętą na czarnym podniebieniu krwią, krzykiem swych ofiar, bólem, flegmą, starą śmiercią, która sama nie potrafi odejść... Ach!... Jemioła dostrzegła dziewczynę w zielonej sukni, skrytą pod obszernym wełnianym kapturem.

„To nie on. To ona...".

Wilkołaczyca bezszelestnie przemykała przez tłum, z przymkniętymi powiekami, z bladymi, wychudłymi policzkami...

„Matki, ratujcie! To jest jedna z sióstr...".

PRZEMYSŁ wyszedł z katedry. Od wielu dni chodził jak lunatyk. Jakub Świnka obudził w nim bestię, obudził i orła, i lwa. Miotał się. Wizja kantora rozżarzyła jego wyobraźnię, którą teraz musiał okiełznać. Musiał. Ale czy tego chciał?

W dzieciństwie rozpalonymi oczami chłonął w poznańskiej katedrze monumentalne nagrobki królów. Wyobrażał sobie, że będzie jak Bolesław Chrobry, przed którego płytą stał. Albo jak Bolesław Śmiały, król bez grobu. Nie chciał być tylko Mieszkiem II, królem wykastrowanym, za to ciągnęło go do pięknego szarego kamienia, pod którym spoczywać miał książę Mieszko I, legendarny, na wpół pogański Piast. Matka kazała mu palić świecę przed nagrobkiem dziada, Władysława Odonica, i modlić się u płyty ojca, Przemysła I, i w ten sposób nawracała syna, sprowadzając z marzeń na ziemię. Naocznie pokazywała mu, że owszem, jest potomkiem królów, ale przede wszystkim jest dzieckiem Wielkiego Rozbicia. I powtarzała mu w kółko, jak psalm: „Synu, każdemu z Piastów wydaje się, że to jego głowa pasuje do korony. Nie daj sobie zatruć duszy mrzonkami".

A on od początku rwał się do miecza, do konia, uciekał piastunkom i, raniąc dłonie, wdrapywał się na mur przy wieży zbudowanej przez ojca. Wspinał się na palce, podciągał i wskakiwał na ceglane, wciąż niewykończone zwieńczenie. Z góry widział wszystko! Wstęgę Warty, jej meandrujące odnogi niczym włosy dziewczyny rozpuszczone na wietrze, podmokłe łąki i małe wysepki, wieże katedry na

Ostrowie, równy kwadrat rynku z drewnianą bryłą ratusza, maleńkie domy wokół, i drogi wiodące z miasta we wszystkie świata strony. Czasami mgła osiadała na krańcach pola widzenia i wtedy wyobrażał sobie, że jego wzrok sięga Bałtyku, że widzi jego siwe fale. I był wtedy Bolesławem Chrobrym, który zbrojnie zdobył niezmierzony kraj. Nie trwało to nigdy dłużej niż kilka chwil. Zasapane piastunki stały pod murem, krzycząc: „Książę, zejdź!", a po niego biegły już straże. Kochał matkę, ale nienawidził tego babskiego wychowania, zaborczej, lękliwej miłości, jaką go otaczała. Nie miał jeszcze ośmiu lat, gdy zmarła. Płakał przy jej zimnej, jakby pociągniętej woskiem twarzy, ale gdy księżną matkę pochowano, z radością wpadł w ręce swych nauczycieli. Białoskrzydły Smok Dragomira i Płynąca Łódź Przybysława wiedziały, jak zająć się młodym Stojącym Lwem. Stryj, sprawując nad nim opiekę, a nad księstwem regencję, pilnował jego postępów w nauce. I po równo traktował znajomość łacińskich psalmów i sztukę władania bronią. A Dragomir i Przybysław nie oszczędzali go, przeciwnie, uważali, iż od księcia na polu bitwy wymagać się będzie więcej. Więc wymagali. Przemysł zawsze z czcią wspomina imię matki, pali jej świecę, modli się za jej duszę w każdą rocznicę śmierci. Ale dziękuje Bogu, że go uwolnił od jej miłości, która, gdyby potrwała dłużej, zdolna była w nim zabić mężczyznę.

Teraz, gdy sam jest mężem, gdy ma swoją małą żonę, zachwycającą złotowłosą Lukardis, zastanawia się, jak jego ojciec mógł sypiać z matką — chudą, surową, kościstopalcą.

„Może i księżna matka nie była pociągająca, ale spłodzili czworo dzieci. Moja Lukardis jest jak zorza, a nie mamy żadnego" — skonstatował ponuro i wstrząsnął nim dreszcz.

Wszyscy, od wojewody do jego spowiednika, uspokajali go tak samo: „Jesteście młodzi, macie czas". A przecież nie tak dawno ten czas na chwilę stanął w miejscu. Księżna Jolenta była brzemienna i chociaż nikt tego nie mówił, wszyscy wpatrywali się w jej brzuch. Przemysł przesłał stryjowi i stryjence gratulacje, ale nie odwiedzał ich wtedy. Nie chciał, by w jego oczach wyczytali napiętą oczekiwaniem groźbę. Wszystko skończyło się dobrze, Jolenta, tak jak wcześniej, urodziła córkę, nic nie zachwiało dynastią Starszej Polski. Ale właśnie wtedy Przemysł uświadomił sobie, że życie biegnie nieprzewidywalnym rytmem, a on, choć ma żonę, nie ma następcy. Zaczął odwiedzać Lukardis w jej sypialni jeszcze częściej, zostawać z nią jeszcze dłużej. Chociaż, tak jak kochał jej drobne, jasne uda, tak nienawidził myśli, że wchodzi między nie z dynastycznym przesłaniem. Czasami chciałby po prostu kochać się z małą księżną, całować jej złote loki tylko dla zabawy, dla przyjemności obcowania z ciałem kobiety, lekkim, wonnym i pełnym tajemnic. A jednak ciężar bycia księciem umiał odebrać miłości radość.

— Książę? — Lasota potrafił chodzić bezszelestnie jak duch. — Wszystko gotowe do drogi.

— Spójrz. — Przemysł pokazał przyjacielowi wielki płaski głaz wmurowany w kaplicę starego, nieużywanego już palatium pierwszego króla. — Wiesz, co to jest?

— Kamień — odpowiedział Lasota, podciągając futrzane rękawice, bo zadął jeszcze zimniejszy wiatr.

— To tron. Kamienny tron Mieszka i Chrobrego.

— To? Taki zwykły głaz? Dziwne...

— Nie, wcale nie dziwne. Nasi najwięksi władcy byli jak skała, na której siadali, by podejmować decyzje i ogłaszać swe wyroki. A my jesteśmy jak kupa kamieni rozrzuconych na wszystkie strony...

— No nie, książę, znowu zaczynasz! — Lasota nie znosił, gdy Przemysł wpadał w swoją piastowską melancholię.

— Mylisz się, druhu. Nie zaczynam, kończę. — Klepnął Lasotę z całej siły w plecy. — Jedźmy już. Sir Lancelot nie może bez końca gnić w śląskiej wieży! Szkoda jego kosztownej sukni!

BOLESŁAW, książę Starszej Polski, wiedział, że teraz wszystko zależy od szybkości. Stary piastowski nos podpowiadał mu, że nie on jeden sięgnie po swoje, korzystając z uwięzienia Henryka. Trzymał zbrojnych w gotowości i czekał już tylko na poufnych posłów od Mściwoja, bo jego pomorski wspólnik dawał znaki, że będzie miał nowiny z pierwszej ręki. Jednak sprawy wojskowe to jedno, a mariaże drugie. Księżna żona, Jolenta, zajęta małą Anną, dała mu wolną rękę w sprawie Elżbiety.

— Piękna pierworodna! — przywitał najstarszą córkę.

Elżbieta miała ciemne oczy swej matki i jej silną wolę.

— Wzywałeś, książę ojcze. — Skłoniła się z gracją i bez pokory.

Tylko ona wchodziła w grę. Siedemnastoletnia, już od dawna gotowa do małżeństwa. Młodsza, Jadwiga, miała lat dwanaście, co też nie byłoby wiekiem zbyt młodym w przypadku innych dziewcząt. Ale Jadwinia dorastała wolniej, chorowała częściej i zawsze wyglądała na dziecko młodsze, niż była w istocie.

— Podejdź, córko.

Ciemnoniebieska suknia wydobywała głębię jej oczu. Elżbieta umiała głowę trzymać wysoko, od urodzenia była taka pańska! Nawet gdy uczyła się chodzić, diadem nigdy nie spadł jej z głowy. Trzymali ją z Jolentą jak skarb, szukając dla niej odpowiedniej oprawy. Marzyły im się królewskie mariaże, bo Elżbieta była do nich stworzona. Czy coś zaniedbali? Nie, prawda jest taka, że sieć dynastycznych małżeństw miała zbyt wąskie oka. Ich pierworodna nie trafiła na dobry czas... Ci, którzy byli jej godni, byli albo kilkuletnimi dziećmi, albo po wielokroć owdowiałymi starcami. Albo jej zbyt bliskimi kuzynami. Takie czasy! Przychodzi moment, że człowiek powinien mieć pięć córek w jednym wieku albo znów wcale... Westchnął zbyt głośno, bo Elżbieta przyjrzała się ojcu uważnie i pokiwała głową.

— Bardzo źle?

— Nie, nie bardzo, moja droga.

— Ale szczęśliwy nie jesteś, książę ojcze.

Spojrzał na nią, chyba zbyt wymownie, bo spytała:

— Kto taki?

— Książę śląski.

— Który? Tych akurat mamy pod dostatkiem.

Roześmiał się. „Poczucie humoru ma po matce".

— Usiądź przy mnie, Elżbieto.

— Boisz się, że zemdleję, ojcze? Nie zasłabłam, gdy Jadwinia spadła z konia i rozkrwawiła sobie nos, więc nie obawiaj się, nie jestem słaba.

— Wiem, wiem, moja droga. Będę z tobą szczery: chcieliśmy dla ciebie lepszej partii, ale sama wiesz, nie było. Tym małżeństwem postawimy na pierwszego konia w drugiej śląskiej stajni.

— Książę legnicki?

Bolesław pomyślał z uznaniem, że jego córka jest nadzwyczaj opanowana.

— Tak, ale nie bój się, młody.

— O starego cię nie podejrzewałam. Ma kochankę, a z żoną nie dostał rozwodu.

— Elżbieto! W twoich ustach takie słowa?

Córka wzruszyła ramionami, wyniośle, jak królewna.

— Ojcze. Mieliśmy być ze sobą szczerzy. Nazywajmy więc rzeczy takimi, jakimi są w istocie. Stary legnicki książę, Bolesław Rogatka, byłby nie do przyjęcia. Mam tylko nadzieję, że myślisz o jego synu numer jeden.

— Zaczynam się ciebie bać, córko. Tak, myślę o Henryku...

— O Henryku V, zwanym już dziś w wielkiej piastowskiej rodzinie „Grubym", „Tłustym", „Brzuchatym" albo łaskawiej: „Otyłym".

Bolesław, książę Starszej Polski, przełknął ślinę i pomyślał, że nie doceniał Elżbiety. Ach, gdyby prawo dynastyczne dopuściło kiedyś kobiety do władzy, kto wie, czy to nie byłoby z zyskiem dla kraju!...

— Pomińmy epitety, są przesadzone. Po piastowsku złośliwe. Wiesz przecież, że mojego ojca przezywano „Plwacz"...

— Jak mniemam bez powodu? — Przekrzywiła swą kształtną głowę i spojrzała na niego z lekkim uśmiechem. — Dobrze, nie kłóćmy się o fakty. Z dwojga złego wolę dobrze rokującego Grubego niż nic nieznaczącego Karła.

Księcia Bolesława złapał za gardło lekki skurcz. Skąd ona wie, że i to rozważał? Myśl ta była o tyle absurdalną, że nie dzielił się nią nawet z księżną żoną.

— Mamy małą piastowską wojnę, córko. Rogatka porwał Henryka wrocławskiego.

— Przepraszam, że ci przerwę, ojcze. Czy to nie dowód, że mój wybranek nie rządzi samodzielnie? Że księstwem legnickim wciąż kieruje jego szalony ojciec? Czy wypada nam wtrącać się w takie lokalne waśnie?

— Nie, to porwanie tylko wygląda na sprawę rodzinną. W istocie to walka o wpływy na Śląsku, kierowana przez obce dwory. Rogatka porwał Henryka za czyimś cichym pozwoleniem.

Elżbieta odwróciła głowę. Ciemnokasztanowe włosy zalśniły w plamie słońca. „Jaka ona podobna do matki!" — zachwycił się książę.

— Król niemiecki? — zapytała, odwracając się.

— Tak sądzę.

— A zatem król czeski ujmie się za Henrykiem?

— Należy przypuszczać, iż tak będzie. Ale... nikt nie wie, jaką siłą naprawdę dysponuje dzisiaj Přemysl Ottokar. Złoty Przemyślida nie jest już tak potężny jak niegdyś. Konflikt z królem Niemiec kosztował go fortunę...

— Ale miał z czego ją wydać. I znając zapobiegliwość Złotego Lwa, pewnie nadal ma pełen skarbiec.

Książę Bolesław znowu z podziwem przyjrzał się córce. Ona, widząc to, wzruszyła ramionami:

— Dziwisz się? Odkąd skończyłam osiem lat, zastanawiałam się, za kogo mnie wydacie. Miałam dość czasu, by się uczyć, robiąc przeglądy okolicznych królów i książąt.

— Szkoda cię dla księcia legnickiego. Masz kanclerską główkę, córko.

— Główkę? A dlaczego nie głowę, ojcze?

Wstała gwałtownie i przeszła się wokół stołu. Ciemnoniebieska suknia, haftowana w złote lwy, ciągnęła się za nią niczym tren królewskiego płaszcza.

„Szkoda jej" — pomyślał książę po raz kolejny tego dnia.

Równie nagle, jak wstała, usiadła. Była z powrotem spokojna.

— Dobrze, ojcze. Nie kruszmy kopii o sprawy, które są poza naszą władzą. Czego się po mnie spodziewasz?

— Zgody.

— Masz ją, bo ja już nie mam wyboru. Pytam o konkrety, jak mam pracować u boku pana męża?

— Podsycać jego niechęć do Henryka wrocławskiego i działać na rzecz Starszej Polski.

— Czy to nie jest wbrew woli księcia Przemysła?

Ujął ją za ręce. Pogładził delikatne smukłe palce Elżbiety.

— Jest, kochanie. Jest wbrew jego woli, ale w zgodzie z jego interesem, z racją stanu całego naszego księstwa. Przemysł skorzysta na tym, choć dzisiaj nie chciałby w to uwierzyć.

— Przemysł otwarcie stoi za Henrykiem wrocławskim. A ty nie możesz mu tego wybaczyć, ojcze. Nie możesz pogodzić się z tym, że wymknął się twojej woli.

— Lubisz Przemysła? — zapytał nieco zaskoczony Bolesław.

Elżbieta odwróciła głowę, nie odpowiedziała. Za to zapowiedziano tak wyczekiwanych posłów od Mściwoja.

— Prosić tutaj!

Przed córką w tej sprawie nie miał już żadnych sekretów.

Komes Żelibor skłonił się Bolesławowi i książę odetchnął z ulgą, bo miał do niego zaufanie. Szare oczy starego druha Mściwoja lśniły, gdy oznajmił:

— Książę. Hufiec brandenburski pod wodzą Ottona Długiego ciągnie w stronę Wrocławia.

Bolesław z satysfakcją uderzył w stół.

— Więc jednak!

Elżbieta się ożywiła.

— Otto Długi tak jak Henryk wrocławski służy królowi Czech! Może idzie na pomoc Henrykowi?

— Przeciwnie, córko. Jedzie go osłabić.

Żelibor, zdezorientowany, przyglądał się księżniczce Starszej Polski. Elżbieta skrzywiła się pogardliwie.

— Książę jeszcze żyje, a na jego ciele już żerują wrony!

Teraz zmieszał się Bolesław. Odchrząknął.

— Nie nazywałbym tego tak... dosłownie. Ile potrzeba ci czasu, by być gotową do drogi?

Elżbieta zamrugała szybko i książę nie był pewien, czy nie dojrzał na jej rzęsach łzy. Jeśli nawet, to otrząsnęła się szybko.

— Ślub będzie od razu?

— Nie ma na co czekać. Ruszamy... — zająknął się — ruszamy zbrojnie... Potem będzie czas, by służba dowiozła twoje rzeczy. Nie chciałbym spowalniać marszu zbyt dużą ilością wozów... Rozumiesz, Otto Długi jest już w drodze, a my chcemy być na miejscu pierwsi...

Elżbieta wstała. Była blada, podbródek, który zwykle z tak naturalną gracją unosiła wysoko, wydawał się ojcu teraz niemal spiczasty.

— Rozumiem. Wrony zlatują się stadami.

Zrobiło mu się nieprzyjemnie. Złożyła ukłon, a gdy wstała, spojrzała księciu prosto w oczy.

— Książę ojcze. Przyjmuję do wykonania zadanie, które mi wyznaczyłeś. Dołożę wszelkich starań, by wywiązać się tak, jakbyś sobie tego życzył. Nawet, jeśli moje uczucia będą po przeciwnej stronie.

— Co masz na myśli, córko?

— Pytałeś, czy lubię syna twego brata, księcia Przemysła. Więc odpowiem ci tak szczerze, jak szczerą była cała nasza rozmowa: nie tylko lubię Przemysła. Kocham go tak, jak kobieta może kochać mężczyznę. Ale nie lękaj się, nigdy nie żyłam złudzeniami, choć nie raz żałowałam, że prawo zabrania małżeństw wewnątrz rodziny. A teraz wybacz, ojcze. Idę przygotować się do ślubu z księciem legnickim. I mam tylko nadzieję, że nie okaże się takim samym szaleńcem jak jego ojciec i że nie będzie aż tak gruby, jak go opisują. Żegnam.

Żelibor osłupiałym wzrokiem odprowadził smukłą sylwetkę księżniczki Elżbiety. A książę Bolesław potarł spocone czoło i pomyślał, że na tak daleko posuniętą szczerość córki nie był jednak gotowy.

PRZEMYSŁ wyjechał konno przed hufce.

Na lewym skrzydle rycerstwo wrocławskie, pod czarnym orłem, a wśród nich panowie z Wilczyc, panowie ze Strzelina i niemały oddział ludzi Szymona Galla pod dowództwem jego brata Eberharda.

„Nie stawili się Pogorzelowie, więc to raczej pewne, że oni stali za uprowadzeniem Henryka. Zdrajcy".

Prawy, wielki hufiec pod czarnym orłem to rycerstwo głogowskie. Na jego czele trzej bracia książęta: Henryk, zwany przez wszystkich Głogowczykiem, Garbaty Konrad i młody Przemko.

„Łączy mnie z nimi pokrewieństwo bliższe niż z Henrykiem. To dzieci podwójnego szwagrostwa mojego dziada, Odonica. Dziwne, że poznaję kuzynów dopiero teraz".

Przemysł pozdrowił ich uniesioną dłonią i zawrócił do korpusu wojsk. Jego ludzie. Rycerstwo poznańskie. Trzon to Zarembowie, przy nich Nałęcze, Grzymalici i Łodzie.

— Dwa czarne orły pod dowództwem lwa! — powiedział wczorajszego popołudnia Głogowczyk i całe rycerstwo jednomyślnie oddało się pod jego rozkazy.

Mieli łącznie trzy setki ciężko zbrojnych i dwa razy tyle piechoty. Tabory, służba i zrobiła się wielka grupa, trudna do wyżywienia i utrzymania w karności. Obóz rozłożyli za wsią Stolec, byli blisko drogi biegnącej do Pragi, bo do wczoraj liczyli na to, że Przemyślida wyśle posiłki. Zamiast wojska przysłał list z wyrazami gorącego poparcia, a jakże! Mimo to Przemysł odetchnął z ulgą. W głębi duszy nie wyobrażał sobie, by mógł dowodzić Czechami, zaprawionym w tylu bojach rycerstwem.

Nie spał tej nocy. O ileż łatwiej było przerzucać się z Henrykiem pieśniami o Rycerzach Okrągłego Stołu, pijąc styryjskie wino, obiecywać sobie wierność i prawość przy porywających dźwiękach fideli, niż teraz wziąć na barki tę próbę. Lojalnie posłał wiadomość stryjowi, ale nie czekał na jego odpowiedź i nie miał wobec niej złudzeń. Pewien był, że książę Bolesław nie pochwali jego wystąpienia w obronie honoru Henryka. Ale musiał to zrobić ze względu na swoje własne imię. Jak ludzie patrzyliby na władcę, który nie dotrzymał swego pierwszego przymierza?

Skinął na Cztery Wichry, a jego druhowie wiedzieli, co robić. Wyjechali z szeregu, trzymając zwinięte chorągwie.

Przemysł jechał wolno wzdłuż szeregu rycerstwa.

— Trzy armie połączyły się w jedno, by bronić księcia wrocławskiego Henryka! Naprzeciw nas staną dzisiaj hufce legnickiego rycerstwa, pod śląskim czarnym orłem, takim samym jak wasze, rycerze Głogowa i Wrocławia! — Patrzył w ich skupione, poważne twarze. — Żeby czarne orły nie musiały zabijać siebie nawzajem, chcę, byśmy do tej bitwy ruszyli pod jednym sztandarem! Pod znakiem, który powiewał nad głową pierwszego króla!... — Szereg zafalował. Konie przestąpiły z nogi na nogę. — ...Bolesława Chrobrego, który podbijał świat! Niech do tej bitwy zjednoczy nas najświętszy z piastowskich, biały orzeł, na czerwonym polu chwały! Jeden dla wszystkich!

Cztery Wichry rozwinęły trzymane chorągwie i cztery białe orły zerwały się z nich do lotu.

Rycerstwo odpowiedziało radosnym:

— Wszyscy dla jednego!

I:

— Sława!... Sławaaa!!!

Głogowczyk ze swym chorążym wyjechał z prawego skrzydła, Eberhard z lewego i wzięli chorągwie z rąk Lasoty i Nawoja. Wracali w szeregi swoich w zgiełku radosnych okrzyków.

— Kiedy na to wpadłeś, książę? — spytał stojący przy nim Michał, nie odwracając głowy.

Przemysł w odpowiedzi uśmiechnął się do druha.

— Po spotkaniu z kantorem Jakubem, który tak cię rozśmiesza.

— Zwrócę honor temu Śwince, jak to się uda.

— Już się udało. Przyjęli białe orły.

— Nie mieli wyjścia. Jakby się skłębili na polu bitwy, czarni z czarnymi, to nawet diabeł nie rozpoznałby, czy bije swojego, czy obcego.

Przemysł nagle spoważniał.

— Nie wzywaj Czarnego Pana, kiedy śmierć krąży nad polem.

— Wybacz, książę, wyrwało mi się.

Ruszyli na niewielki pagórek, z którego miał dowodzić Przemysł.

Naprzeciw nich barwny wąż oderwał się od linii lasu. Usłyszeli daleki dźwięk rogów. Gdy zbliżyli się na tyle, że można było rozpoznać chorągwie, Przemysł, nie czekając na ich ruch, pierwszy wypuścił konnych łuczników. Mokra ziemia spod końskich kopyt wzleciała w powietrze.

Michał z napięciem wpatrywał się w szeregi Rogatki:

— Nie ma więcej ludzi niż my... Książę?

— Wypuść kuszników.

— Już?

— Już!

Przemysł widział, że rozciągnięty łuk jego jazdy już zawraca. W szeregach legnickich posypało się kilkunastu konnych, nie więcej. „Strzały niosły daleko. Może chociaż w trzecim, czwartym szeregu mają rannych".

Nadzieja drugiego natarcia w kusznikach, w bełtach, co przebijają kolczugi. Ale już, w tej chwili, powinien dać sygnał ciężkiej jeździe.

— Nie za szybko, książę? — Michał był nie mniej napięty od niego.

— A na co będziemy czekać? Aż zdążą się przegrupować?

Poszli! Rogatka z opóźnieniem wypuścił swoich kopijników. Zbrojni, zbliżając się do siebie, mijali i tratowali trupy tych, którzy padli od bełtów i strzał. Kilkanaście koni z kwikiem miotało się bez jeźdźców. Nawet tutaj, na pagórku, dobrze słyszeli krzyk rannych.

— Jezu! — jęknął Przemysł, widząc, że na ziemię pada dwóch Nałęczów. — Nasi!...

Starcie było krótkie, oba szeregi wycofały się po skruszeniu kopii. Pocztowi byli w pogotowiu, podawali rycerzom nowe kopie. Kilku jeźdźców zjechało w stronę taborów. „Ranni, ale żywi".

Chwilę zawahał się, nim dał sygnał do drugiego starcia.

„Idź za ciosem — usłyszał w głowie głos Drogomira, swego mistrza — idź za ciosem. Kto stoi, już jest martwy!".

Ruszyli. Tym razem ugiął się przed nimi czarny orzeł. Kilku kopijników przerwało linię księcia Legnicy i wdarło się w głąb. Przemysł widział niebieską tunikę Głogowczyka, a przy nim jego brata, Przemka, jak wbili się klinem między legnickich. Rycerstwo wrocławskie szło wolniej, ale było skuteczne. Odwrót. Nowe kopie. Starcie.

Zachrypł. Nie krzyczał, darł się. Michał podawał mu bukłak z winem, nie widział. Odwrót. Kolejne starcie. Czuł na sobie ciężar wszystkich hełmów, które szły do walki, w ręku czuł ciężar każdej jednej kopii. Wyrwał Michałowi wino, wypił duszkiem.

— Ooodwrót!

Widział, że jeźdźcy coraz wolniej wracają do bitwy, niemal czuł woń potu i nawozu. Mokre kropierze przylgnęły do końskich boków. Giermkowie podawali im i wodę, i nowe kopie jednocześnie.

— Przemysł! — Michał niemal nigdy nie zwracał się do niego po imieniu. — Spójrz tam, na lewe skrzydło Legnicy! To Rogatka?!...

Zwalisty olbrzym zrzucał hełm z głowy. Podjechał do niego jeździec jeszcze grubszy niż on. Kłócili się, a ich wojsko na chwilę stanęło. „To możliwe tylko wśród Piastów. Ojciec i syn kłócą się na polu bitwy".

— To Bolek Rogatka i jego syn, Henryk Tłusty.

— Widzisz to samo? Za chwilę może być po bitwie. Według zwiadowców jedna trzecia wojska to siły Rogatki.

— Natarcieee! — krzyknął Przemysł, chcąc wykorzystać konsternację wojsk przeciwnych.

Rycerstwo poznańskie i głogowskie było szybsze, ale wrocławianie już doganiali linię. Henryk Tłusty zostawił ojca i zwrócił się w stronę swych ludzi.

— Jego ogier musi mieć pęciny ze stali — wyszeptał Michał, widząc, jak przechodzi w galop.

W biegu złapał kopię podaną mu przez giermka. Gdy uderzył w szereg wrocławski, przeszedł przez ludzi jak taran.

— Jak nóż w masło...

Ale rycerstwo zjednoczone pod białymi orłami widziało, co się dzieje na lewej flance; widzieli, że wojska Rogatki odłączają się i wycofują na bok. To dodało ludziom Przemysła sił. Przemko, książę głogowski, zwalił z konia chorążego i śląski czarny orzeł padł w rozkopane kopytami błoto.

— Auuuu! — wydobyło się z piersi po obu stronach.

— Kurwa! To ich orzeł!... — jęknął Michał.

Przemko zawrócił konia w biegu, dojechał do miejsca, gdzie na ziemi zwijał się śmiertelnie ugodzony chorąży legnicki. Zeskoczył z siodła niemal w biegu, jak Dziki. Przewrócił się, wstał i biegł. Otoczyli go przeciwnicy, ale on był zwinny jak młody żbik. Złapał zgnojoną chorągiew i wskoczył z nią na konia. Gonili go, on uciekał ze zdobyczą w stronę taborów.

— Patrz! Rogatka ucieka!

Odwrócił się z prawej na lewą. Rzeczywiście! Bolek Rogatka, stary książę legnicki, na widok straconej chorągwi, na widok przewagi wojsk Przemysła rzucił się do odwrotu. Za nim odrywali się od bitwy pojedynczy rycerze. Inni, widząc to, skonsternowani, nie wiedzieli, czy się bronić, czy uciekać za wodzem. Rycerstwo wrocławskie, najbliższe ich pozycji, rozbijało kolejne szeregi, lance kruszyły się z trzaskiem o kolczugi, konie kwiczały przerażone. Poznań i Głogów ze zdwojoną siłą natarły na olbrzyma, Henryka Tłustego. Lewa strona zrobiła odwrót i kto żyw galopem uciekał za księciem Rogatką.

Przemysł włożył hełm i wyjął miecz.

— Ruszamy!

Wiedział, że teraz albo nigdy nie posmakuje tej bitwy. Henryk Tłusty, rozwścieczony dezercją ojca, zgromadził wokół siebie rycerzy i jechał z nimi w wojsko Przemysła, siejąc śmierć. Dosłownie wycinał sobie drogę przez zbrojnych.

Ogier księcia, zjeżdżając z pagórka, rozpędził się jak taran. Były przy nim dwa Wichry, Michał po prawej, Lasota po lewej. Wojsko robiło odwrót, kierowane już nie jego rozkazem, lecz naturalnym rytmem walki. Widząc, że książę jedzie do bitwy z mieczem, ci, którzy mieli jeszcze w taborach kopie, odrzucili je i sięgnęli do boków. Teraz zacznie się rzeź!

— Oskrzydlamy! — krzyknął Przemysł.

Mignęła mu z prawej niebieska tunika Głogowczyka, przecięta na barku. Poczuł gorąco w dłoni. Poczuł krwawą mgłę.

— Dobijamy! — krzyczał głosem zdartym do krtani.

— Dobijamy! — powtarzały za nim echem Wichry.

Zobaczył Nawoja i Boguszę pędzących ku sobie i pomyślał, że koniec świata mógłby wyglądać tak. Zamach, sztych. Zamach, sztych. Unik, unik, unik.

Jego ogier tak samo chciał walki jak on, gdy atakował z prawej, on gryzł konia z lewej. Kwik. Kwik. Rżenie. Poślizgnął się, spojrzał w dół. Siny fiolet jelit, żółtawa purpura płuc.

Nie widział nic z boku, tylko ścieżkę przed sobą. Nie mógł się zatrzymać, ciął na oślep. Powietrze obok jego głowy przeciął topór, życie uratował mu koń, który szarpnął w bok, odsuwając Przemysła od napastnika. Spod rozpędzonych kopyt chlusnęło, ogier, odskakując, trafił kopytami w otwarty brzuch leżącego na ziemi. Przemysł nie wiedział, czy strzęp czarnego orła na tunice rannego należał do jego, czy przeciwnych wojsk. Widział tylko jego oczy, które nie zdążyły umrzeć. Wyjechał wprost na rycerza legnickiego, który odrzucił miecz i ściskał w dłoni topór. Na szczęście na krótkim, przeznaczonym do bezpośredniego zwarcia drzewcu i Przemysł zdołał mu wsadzić ostrze miecza dokładnie pod uniesione do ciosu ramię. Legnicki zamarł na jedną chwilę i zwalił się z grzbietu, przewracając konia. Przemysł się rozejrzał. Czuł, że tam, w kłębiącym się przed nim tłumie walczy Tłusty i pragnął tam być. Nie. To nie on. To nieduży, zwinny rycerz, którego cięło trzech ludzi Eberharda Galla. Zatrzymał konia, okręcił się. Szukał Henryka Tłustego. Słyszał świst własnego oddechu.

Jest! I jest sam! Wbił ostrogi w boki ogiera, kierując go w tę stronę. Henryk też go dostrzegł, odrzucił kopię i sięgnął po miecz. Jechali ku sobie wolno, Przemysł widział zwaliste cielsko młodego pana Legnicy. Henryk nie miał hełmu na głowie. Kolczy kaptur okalał okrągłą, spoconą krwawym potem twarz. Przemysł mocniej ścisnął udami boki ogiera, a lew na jego piersi ryknął na czarnego orła:

— Giń!

Szczęk mieczy zagłuszył lwa. Henryk miał siłę wołu. Odepchnął Przemysła. Książę ubódł konia, by w jego pędzie odzyskać utracony uderzeniem impet. Zatoczyli koło.

„Chcę go zabić" — usłyszał swe myśli Przemysł i natarł na Henryka.

Podbił miecz Tłustego i stal wyleciała w górę z metalicznym szczękiem.

— Trafiony! — usłyszał krzyk nadjeżdżającego Lasoty.

— Uważaj z lewej!... — wrzasnął w tej samej chwili Bogusza, ale było za późno.

Przemysł, skupiony na jednym przeciwniku, nie zauważył, że z boku zajeżdża go drugi. Nie przyszło mu do głowy, że mogą walczyć jak raubritterzy, po zbójecku, nie po rycersku.

Dostał kopią w nieosłonięty bok. Nie spadł z konia tylko dlatego, że rumak, ćwiczony do walki, sam złapał równowagę. Opadł na jego kark. Pomyślał:

„Boże... to już koniec? Nie wierzę...".

I jego głowę owionęła krwawa mgła.

BOLESŁAW, książę krakowski, klęczał przed Ukrzyżowanym i ranił swe ciało łańcuchem z ostrogami w imię Jego. Jak zwykle szukał ukojenia w okaleczeniu, zapomnienia w rozkosznym bólu. Zaiste, ciężki miał dzisiaj dzień!

Jak długo jeszcze będzie się musiał męczyć na tym tronie? Jak długo? Małopolskie zawołanie „Tron Seniora" brzmiało w jego uszach szyderczo, nawet jeśli rycerstwo pyszniło się nim niczym klejnotem.

Odszedłby sobie do klasztoru, do franciszkanów najchętniej, do tego w Nowym Korczynie, który tak pięknie ufundowali z Kingą, ukochaną jego świątobliwością... albo jeszcze lepiej, założyliby erem. Tylko Kinga i on w pustelni na uboczu. Na chwilę oddał się marzeniom, puścił wodze wyobraźni: oto kwietna łąka w leśnej głuszy, skalna jaskinia, która służy im za dom. Siedzą wieczorem przy ognisku, śpiewają sobie na głosy psalmy, on ciągnie ten wyższy ton, nie musi się wstydzić. Kinga lubi, jak śpiewa, mówi nawet, że jak śpiewa wysoko, to nie fałszuje. Jedzą korzonki zbierane w lesie, piją wodę ze źródła, którą jego ukochana raz na jakiś czas zamienia w wino. Wiodą życie proste, oddane tylko Bogu, będące zaprzeczeniem wszelkiego przymusu. Zwierzęta nie wiedzą, że oni są księciem i księżną, nie chcą od nich nic, nie wymagają wydawania sądów, wyroków, decyzji. Las nie ma kancelarii. I jedyną odpowiedzialnością, która na nich ciąży, jest ta, czy wystarczająco dobrze oddają cześć Najwyższemu! Ach, żyć nie umierać!...

Ale niestety! To tylko marzenie, nierealna, acz tak upragniona mrzonka. Rzeczywistość jest rażąco inna. Możni krakowscy wciąż mruczą na jego testament, na Leszka Czarnego, którego ogłosił swym dziedzicem. O co im chodzi?

Chłopak gospodarny, w lichym księstewku sieradzkim tyle się narobił! Osadników na te byle jakie ziemie nasprowadzał, wsie, miasta polokował. Inowrocławskie parę lat temu dostał i to samo: robota mu się w rękach pali. A waleczny! Dawno takiego księcia nie było. Małą Polskę już traktuje jak własną, jak tylko jakieś niebezpieczeństwo ze strony Dzikich, to Leszek do obrony pierwszy. Mało to się Jaćwingów, Litwinów i Prusów natłukł?

A ci tutaj, w Krakowie, wciąż gadają na niego. Że włosy nosi za długie, suknie za krótkie albo za obcisłe, albo znów za pstrokate... Co to kogo obchodzi? Kołtuneria krakowska i tyle.

Książę Bolesław serdecznie dość miał gier i zabaw dworskich.

I tylko dlatego, że swe umęczenie władzą przeznaczył Ukrzyżowanemu na ofiarę, znosił je jeszcze, choć z coraz większą odrazą. Przepychanki możnych panów Krakowa, Toporów, Pobogów i Lisów, ciągłe jazgoty wypasionych mieszczan, niemoralne wybryki kleru. Patrzył na to ze szczytu wawelskiego wzgórza i powtarzał za Magistrem Wincentym: „Królestwo podzielone w sobie skazane jest na zagładę". *Żywot Świętego Stanisława*, dzieło profetyczne i ekstatyczne, mistyczne i pełne zagadek. Ale, na Boga! Kto oprócz niego je czyta?! Mieszczanie studiują ceny srebra i soli, rycerstwo liczy, ile może wyciągnąć z kolejnego książęcego nadania, a biskup Półkozic liczy dziewki. A przecież tam jest wszystko zapisane. I klątwa Wielkiego Rozbicia i droga do odrodzenia królestwa. I słowa tam nie ma o konieczności płodzenia dziedziców! Jest wielka duchowa odnowa narodu pod skrzydłami świętego Stanisława, jest zapowiedź nadejścia króla, który niczym Aaron powołany jest od samego Boga.

Nie, nie, książę krakowski sam nigdy nie czuł się Aaronem i nigdy nie miał pociągu ani do tronu, ani do korony. Traktował swą ziemską misję jako nieznośny obowiązek, który trzeba wypełnić na chwałę Boga, nie własną. Król to jednak władza, a Bolesław w głębi duszy nie znosił wszelkiej władzy. Więcej, był jej przeciwny. Widział ludzi niczym zgromadzenie wolnych duchów, równych sobie, podległych tylko władzy boskiej, nie ziemskiej. A że jednocześnie z urodzenia był Piastem, a ojciec jego, zamordowany w Gąsawie Leszek Biały, był ostatnim poważanym księciem seniorem, Bolesław ciągnąć musiał ten wóz dynastyczny niczym wół pług przez pełną kamieni ziemię. Obowiązek wypełniał, ale nie zamierzał nic ponadto dokładać do piekielnego piastowskiego kotła. Wydawało mu się wielce udanym, że swym dziedzicem wyznaczył Leszka Czarnego, na pamiątkę tego, iż jego ojciec był Leszkiem Białym. Pochwalał bezdzietność swego następcy, bo mierziło go nadmierne mnożenie ludzkich bytów. A skoro kiedyś, w przyszłości, król miał nadejść, to czym się przejmować? Jak ma nadejść, to nadejdzie, a nie „się narodzi".

— Ojojoj... mój mężny znów fantazjuje na klęczkach! — Głos Kingi go zaskoczył. Bolesław pewien był, że jego ukochana modli się u klarysek.

— No już, wstawaj, mężny mój, czas do pracy.

— Modliłem się za Leszka... — Poczuł, że powinien się wytłumaczyć.

— Słyszałam. — Kinga okręciła się wdzięcznie, a płaszcz spłynął z niej i odleciał na wieszak. — Możesz podziękować Dziewicy, Leszek rozgromi pogan. Pod Łukowem.

— Skąd wiesz? Ach, przepraszam...

— Wzywają cię na rozjemcę do Legnicy.

— Śląska wojenka? — Bolesław skrzywił się z niechęcią.

— Już nie taka śląska. Syn Rogatki, wiesz, ten gruby, rozgromił wojska pod Stolcem i... — Bolesław mógłby przysiąc, że jego Kinga zachichotała jak dziewczynka, choć twarz miała skupioną i nieruchomą — ...i wziął w niewolę zacnych jeńców.

— Co mówisz? Dziewica Maria?...

— Nie, mężny — spojrzała na niego surowo — daj spokój Przenajświętszej. Kasztelan legnicki mi powiedział. Przyjechali po ciebie, będziesz rozsądzał spory.

Książę poczuł się zakłopotany. Głowę miał pełną fantazji o eremie i psalmach na głosy, a Kinga wyraźnie pchała go do ziemskich obowiązków. Wstał z klęczek, pociągnął pokutny pas, by przywołać się do porządku, jęknął, bo ostroga przebiła się przez jakiś świeżo zabliźniony strup, odchrząknął i przeczesał dłonią lśniące białe włosy.

— Jestem gotów, rozkazuj pani!

Kinga wachlowała się białą lilią, siedząc przy stole. Wskazała mu miejsce naprzeciw siebie.

— Książęta legniccy wygrali. Trzymają pod kluczem dowódców — księcia poznańskiego, Przemysła, dwóch głogowskich i kogoś z Wrocławia.

— Co z trzecim głogowskim?

— Garbaty się uratował. Pan czuwa nad kalekami.

— A co z księciem wrocławskim, Henrykiem? Nadal siedzi w tej strasznej wieży we Wleniu?

— Nie, drogi mój. W takim lochu trzymać można człowieka tydzień, dłużej by nie przeżył. Wszyscy szlachetni więźniowie są już w Legnicy. Ale to nie wszystko.

— Přemysl Ottokar interweniował? — Bolesław chciał błysnąć przed żoną.

Pokręciła głową i puściła mu oko:

— Nie. Śle listy...

Książę zamrugał, z trudem zbierając myśli. Kinga nagle poczerwieniała i strzeliła palcami, aż poszły gniewne iskry.

— No, obudź się, mój mężny! Sam mi mówiłeś, że Přemysl tyłka z Pragi nie ruszy, bo mu Rudolf Habsburg grozi wielką wojną. Skup się!

— Wybacz, ukochana... — W wielkich oczach księcia zalśniły łzy. — Coraz trudniej mi myśleć o sprawach ziemskich... Wiesz, że nie tego pragnę...

Kinga złagodniała.

— Wiem, Bolli, wiem... wszyscy jesteśmy tylko gośćmi na tej ziemi, ale póki trwa nasza wizyta pośród ludzi, musimy pracę swą wypełnić godnie, bo inaczej jakże zasłużymy na łaskę Pana?

Pogłaskała go z oddali, kreśląc w powietrzu faliste linie. Spiczaste uszy Bolesława się zaczerwieniły.

— Dobrze. Śle listy... — powtórzył za żoną i skupił się. — Nawet jeśli to tylko pergamin, to słowa króla Czech wciąż mają wielką władzę. Rogatka i jego syn ugną się i wypuszczą Henryka.

— To nie wszystko. Gdy młodzi książęta walczyli za niego pod Stolcem, margrabia brandenburski, Otto Długi zbrojnie zajął mu Krosno Odrzańskie.

— Ojoj.

— A mój szwagier, książę Starszej Polski, wystąpił do Henryka z poważnym roszczeniem za straty z poprzednich wojen. I wydał najstarszą córkę, siostrzeniczkę moją, Elżbietę za syna Rogatki.

— Za tego grubego? — ożywił się książę.

Kinga nadęła policzki i kiwnęła głową.

— Ojoj. Ona taka ładna dziewczyna. Szkoda jej, co?

— Szkoda — potwierdziła Kinga. — Zwłaszcza że do celibatu go nie namówi, niestety. Nos mi podpowiada, że tryumfator spod Stolca raz-dwa rozprawiczył dziewczynę. Wiesz, jak to jest.

— Wiem... — odpowiedział Bolesław i skonstatował, że nie wie, ale się domyśla.

Jego piękna żona napoiła lilię z kielicha, bo kwiat zdawał się być spragniony.

— A teraz spójrz na wszystko z oddali, mój mężny. Wojenka śląska zamieniła się w wojenkę polską, a Přemysl Ottokar, wielki król Czech, niczym idealny władca będzie pokój między książętami zaprowadzał? Niczym senior wasali rozsądzał? Czy to nam się podoba, książę krakowski? Czyż nie za bardzo nam tu wchodzi w paradę Przemyślida? I wiesz przecież, że nie chodzi mi o nas, nam tronem klęcznik, a koroną cierń. Ale tak dla zasady.

Książę krakowski schylił głowę przed przenikliwością żony.

— Bolli, pojedziesz teraz do Legnicy, jak cię o to proszą. Zajmiesz się rozsądzeniem roszczeń mego szwagra i Ottona wobec Henryka. Co do Ottona, to rób, jak uważasz. Co do mego szwagra, to chciałabym ci zasugerować, że jakaś dobra rekompensata w srebrze byłaby wskazana. Książę wrocławski bogaty, ma z czego płacić. A moja siostra, Jolenta, buduje klasztor klarysek w Gnieźnie, przydałoby się jej trochę gotówki...

— Rozumiem, moja świątobliwości. A co z uwolnieniem książąt?

Kinga przeciągnęła się i machnęła ręką.

— Tym się nie kłopocz. To jest sprawa Přemysla Ottokara. Młodzi, stając w obronie Henryka, walczyli pośrednio na rzecz czeskiego króla. Niech ich teraz wyciągnie z opałów. Dzwonią na nieszpory?

— Tak? A tak...

— Idziemy. — Płaszcz okrył Kingę w chwili, gdy wstawała. Już była przy drzwiach. Dogonił ją i podał jej lilię. Uśmiechnęła się do niego pięknie.

— Ach, jaka ze mnie gapa, zapomniałam.

— Musisz ją nosić, świątobliwości moja, żeby nie gadali, że roznosi się wokół ciebie woń, a kwiatów nie widać — powiedział czule.

— A ty zakryj uszy — szepnęła do niego równie troskliwie Kinga.

PRZEMYSŁ chwiejnie podał Przemkowi dzban z winem i krzyknął bełkotliwie:

— Nie daj Boże zjazd piastowski!

— Ale była jatka... Mój giermek się porzygał krwią, ręce i nogi w strzępach... — ponuro burknął Głogowczyk.

— Książęta głogowscy — przerwał starszemu bratu Przemko — piją zdrowie księcia Starszej Polski!

— Zdrowie! — dołączył do toastu Głogowczyk.

Zamknęli ich razem w niedużej, ciemnej, ale czystej izbie na zamku w Legnicy. Otoczyli strażą, służbą i na niczym im nie zbywało. Głogowczyk żałował tylko, że fideli nie ma, bo uczył się gry. Przemysł nie umiał wyobrazić sobie posępnego księcia Głogowa w roli minezingera, lecz nim zdążył wysilić wyobraźnię, Głogowczyk go wyręczył.

— Pośpiewam bez instrumentu!

— Bracie drogi, pośpiewaj — wymamrotał Przemko i poszedł się wysikać do stojącego w rogu wiadra.

— Wolicie o mieczu przeklętym czy o śmierci?

— A to nie jest to samo?

— Nie — burknął Głogowczyk. — O śmierci to tylko o umieraniu, a o mieczu to o umieraniu, śmierci i mieczu.

— Dawaj, co chcesz.

W tym mieczu jakaś klątwa tkwi,
Starsza niż jego dzieje.
Kto weźmie miecz, ten wpada w mgłę,
I nie wie, co się dzieje...

Przemysł miał ciemne plamy w pamięci. Pamiętał krwawą mgłę, jak walczył z Tłustym, i potem nic.

Czarodziej Merlin, magów król,
Co zna zaklęcia wszystkie.
Powiedział, że nadejdzie dzień,
Gdy klątwa miecza pryśnie.

Bolał go lewy bok, miał wrażenie, że serce nie mieści mu się w klatce z obrzmiałych żeber. Ale ran nie miał poważnych, nabiegły krwią i żółcią siniak rozlany na pół pleców.

— Bracie, przestań — zajęczał Przemko. — Albo zaśpiewaj coś o dziewczynach.

Przemysł polał im i siłą wsadził kielich w dłoń ponurego śpiewaka.

— Jak Rogatka uciekł z pola bitwy, byłem pewien, że wygramy — powiedział Głogowczyk, wycierając wino, które pociekło mu po brodzie. — Dopiero jak zobaczyłem, że jedziesz do walki, poczułem, że coś niedobrego się święci.

— Potem to już była rzeźnia — wtrącił Przemko.

— Widziałem z góry, że Tłusty był wściekły jak knur, gdy ojciec go opuścił. — Przemysł miał wrażenie, że gdy pije, trzeźwieje. — A wcześniej dało się zauważyć, że kłócą się o dowództwo. Wiesz, jak jest: jak się młody uwolni spod starego, zrobi wszystko, by pokazać, że jest od niego lepszy.

— Wiadomo. — Przemko spojrzał na brata.

— Wiadomo. — A Głogowczyk w głąb kubka.

Stuknęli się po raz kolejny.

— Jak Przemko zdobył ich chorągiew, to było dobre, co?

— Dobre było!

— Dobre!

Coraz mniej smakowało mu wino, coraz mocniej ciążyła porażka. Jak się młody uwolni spod władzy starego. Właśnie się uwolnił. I co udowodnił? Jakim okazał się dowódcą?

— Ciebie wzięli pierwszego, jak cię ten Niemiec strącił z konia...

— Niemiec? To był Niemiec? — Przemysł poczuł się z tym jeszcze gorzej.

— Uhm. Zwykły raubritter, nie przejmuj się, kuzynie. — Przemko, młodszy z głogowskich książąt, był pogodny i ujmujący.

— Miałeś szansę zwalić Tłustego z konia. Byłeś blisko. — Starszy Głogowczyk był zaprzeczeniem młodszego. — Wszyscy wstrzymaliśmy oddech, jak mu wytrąciłeś miecz. — Pokiwał głową i sięgnął do kubka. Jego wydłużona, jakby ściągnięta nieustannym grymasem twarz wyrażała ból.

— Ten Niemiec... ten Niemiec nie widział, że to pojedynek? — zapytał Przemysł.

— Wydaje mi się, że widział.

— To jakim prawem się wtrącił, to było niegodne rycerza! — Przemysł wciąż nie mógł zrozumieć, jak mogło do tego dojść.

— Wojna — ponuro mruknął Głogowczyk.

— Napijmy się za spotkanie! — Młodszy brat nie chciał dopuścić, by kolejny dzień spędzili na gorzkich żalach.

Grube, wzmacniane żelaznymi sztabami drzwi otworzyły się z nieprzyjemnym chrzęstem. Stanął w nich strażnik, a za nim wysoka postać szczelnie spowita płaszczem, z kapturem głęboko nasuniętym na oczy.

— Gość do księcia Starszej Polski.

Przemysł wstał i dopiero teraz poczuł, że wypił sporo. Zachwiał się lekko.

— Kto?

— Dama.

Młody Przemko zagwizdał z podziwem. Nie dalej jak rano utyskiwał, że brak mu niewieściego towarzystwa. Przemysł potoczył wzrokiem po izbie i zwrócił się do strażnika:

— Macie tu jakiś pokój przyjęć? Nie chciałbym tak...

Sylwetka w płaszczu się poruszyła. Jasne, delikatne dłonie powędrowały do kaptura i odchyliły go lekko. Przemysł nie wierzył własnym oczom. Elżbieta? Jego siostra stryjeczna? Zrobiło mu się wstyd za tę głupią uwagę. Elżbieta przyłożyła wąski palec do ust i wskazała wzrokiem mroczny kąt sali. Przemysł kiwnął głową i powiedział do strażnika:

— Wpuść damę i zamknij drzwi.

Odwrócił się do obu więziennych towarzyszy:

— Pozwolicie, że zajmę się moim gościem sam. Może mógłbyś pośpiewać?

Głogowczyk kiwnął nieruchomą niczym maska twarzą. Przemko odprowadził ich tęsknym wzrokiem. Stanęli za załomem muru, do połowy tylko ukryci przed wzrokiem braci.

Głogowczyk mimo próśb brata wziął się za tę upiorną pieśń o mieczu:

W tym mieczu jakaś klątwa tkwi
Starsza niż jego dzieje...

Elżbieta pochyliła się do ucha Przemysła.

— Nikt nie może wiedzieć, że tu byłam, nawet oni. Udawaj, że jestem... — zawahała się chwilę — ...dziewką.

Przemysł czuł się pijany, a to wszystko było jak sen. Wyciągnął ręce i położył je na biodrach Elżbiety, przyciągając ją do siebie. Jęknęła, aż młodszy z braci wychylił się, by lepiej widzieć. Dziewczyna zbliżyła twarz do jego twarzy tak, że jej kaptur zakrył ich oboje.

— Mój ojciec jest tutaj... Jutro, najdalej pojutrze uwolnią cię i wrócisz do Poznania.

— Stryj?... Przyjechał wstawić się za mną?...

— Tak, ale załatwia też inne sprawy...

Czuł ciepło jej oddechu i czuł też, że jego własny oddech ma woń kwaśnego wina.

— A ty, co tu robisz?

Elżbieta przygryzła wargi.

— Mieszkam... Wydali mnie za Henryka dzień przed tym, jak ruszył pod Stolec...

— Za Tłustego? Nie wierzę...

— Stało się. Chcę ci powiedzieć, że możesz na mnie liczyć... w przyszłości...

„O czym ona mówi?".

— ...i jeszcze, byś pogodził się z moim ojcem...

„Jasne. Przyszła w jego imieniu!".

— Co? Mam pójść na kolanach do stryja, żeby mnie uwolnił? Nigdy. Nawarzyłem piwa, to je wypiję sam.

Kto weźmie miecz, ten wpada w mgłę
I nie wie, co się dzieje...

— Dość już wypiłeś — przerwała mu ostro i ściszyła głos — nie bądź głupi, Przemyśle. Wiesz, ile ryzykuję, przychodząc tu? Pan mąż obdarłby mnie ze skóry, a pan ojciec...

— Wybacz. Źle znoszę zamknięcie.

— Wyjdziesz. Król czeski wszystko załatwił.

— A Henryk?

— Jest tutaj, w drugiej wieży. W tym zamku dzisiaj jest więcej Piastów niż na kanonizacji świętego Stanisława w Krakowie. Henryka też puszczą, ale zapłaci ziemią i srebrem. Słuchaj uważnie: mój teść i mąż będą próbowali wymusić na tobie to i owo, nim cię puszczą. Nie ulegnij im, to tylko zagranie... Obaj przyrzekli Přemyslowi, że będziesz wolny ty i twoje wojsko. Bez żadnych warunków...

— Dziękuję.

— Słuchaj jeszcze, choć tego w ogóle nie powinnam mówić: mój mąż stracił w tej bitwie niemal całe rycerstwo... Wygrał, ale wygrał za cenę ludzkiego życia, straszną... Rozumiesz?

— Rozumiem.

— Muszę już iść... Nie wiem, kiedy się spotkamy, Przemyśle... Niech nikt nigdy nie dowie się, że tu byłam... Zrób coś, żeby ci dwaj myśleli, że jestem... no wiesz...

Odprowadził ją do drzwi. Nim zapukał, wzywając strażnika, wymierzył jej klapsa w pośladek.

— Żegnaj, słodka!

Odpiął złotą zapinkę z płaszcza i podał jej.

— Pani, zapłata za twą miłość!

LUKARDIS miała mdłości. Nie pierwszy to już raz. Zbysława, Jadwiga, Eufrozyna i Anna kiwały głowami i ściskały swą panią za jasne drobne dłonie.

— Może?...

— Na pewno!

— Tak! Tak! Tak!

— Nie wiem... — odpowiadała ona, choć oczy jej lśniły radością i przeczuciem życia.

— A?...

— Właśnie nie...

— Jak długo?

— Ostatnio dwa miesiące temu...

— Nie, więcej — szepnęła Anna. — Ostatnio krwawiłaś pani, gdy uciekł nam piesek nad rzekę, pamiętasz? Wtedy, gdy książę mąż pokazywał nam budowę murów. Płakałaś za pieskiem i wtedy... a później już nie.

— Racja! To jeszcze dłużej... Och!

— Dobrze się czujesz? — Wszystkie pochyliły się wokół niej.

— Dobrze... tylko senna jestem, wciąż senna...

— To śpij, pani, śpij. Książę mąż wróci i nie da ci pospać. — Zachichotały wszystkie. — On bardzo dzielnie zdobywa twą łożnicę...

— Przestańcie!... — Uśmiechnęła się zawstydzona i zasnęła w pół zdania.

Dwórki pochyliły się nad nią i z ich twarzy zniknęły uśmiechy. Anna delikatnie odkryła jedwabną narzutę. Zbysława powolutku podciągnęła koszulę Lukardis. Wpatrywały się w jej drobne ciało. Ledwie widoczna krągłość brzucha uspokoiła je. Wyraźnie zaróżowione, pełniejsze niż niegdyś piersi budziły zaufanie.

— A to? — niemal przezroczystym szeptem zapytała Jadwiga, wskazując na ciemniejszą linię biegnącą wokoło okrągłego niczym usteczka dziecka pępka. — Co to?

Rajski ptak Lukardis zaskrzeczał nagle w klatce, a dwórki podskoczyły w miejscu przerażone. Zbysława puściła koszulę małej księżnej, a Anna szybko ją nakryła.

Odwróciły się. Czuły, że ktoś czai się w mroku komnaty.

— Kto tam? — zapytała wystraszona Jadwiga.

— Kto tam jest? — Eufrozyna stanęła za nią, opanowując drżenie rąk.

Z półmroku bezszelestnie wyszła służka w zielonej sukni. Na głowie miała kaptur.

— Ja... jaśnie panienki, ja...

— Co ty tu robisz?

— Klatkę ptaszka czyszczę — odpowiedziała z opuszczoną głową, zawstydzona.

— Teraz? Gdy księżna śpi? Idź sobie, nie przeszkadzaj pani!

Dziewczyna skłoniła się i wyszła równie cicho, jak weszła. Dwórki odwróciły się, sprawdzić, czy nie zbudziła Lukardis. Mała księżna spała niespokojnie. Rozrzucone na poduszce złote loki miała spocone i mokre. Łapała powietrze otwartymi ustami.

Anna otarła jej czoło cieniutką chustą.

— Nie miała wcześniej tego kręgu wokół pępka — powiedziała Zbysława.

— Martwię się o nią, tak ciężko śpi, jak w gorączce. — Anna zamoczyła chustę w misie z chłodną wodą.

— Nie możemy czekać. Książę Przemysł na wojnie, a ona, słodka ptaszyna, cierpi. Wezwijmy Magistra. — Jadwiga szukała w oczach przyjaciółek potwierdzenia.

Eufrozyna zaprzeczyła:

— Nie. To byłby zły znak, gdyby pierwszy miał się dowiedzieć medyk, nie mąż. Poczekajmy jeszcze...

— Na co? A jeśli jest chora? Wolisz być przesądna jak stara panna, czy chcesz pomóc naszej pani? — Anna nie uznawała tych wszystkich zabobonów. — Idę po Magistra — powiedziała twardo, ale nie ruszyła się z miejsca, czekając na decyzję dziewcząt. Zawsze wszystko robiły wspólnie, były drużyną księżnej, do tej pory jednogłośną.

Eufrozyna odwróciła się w stronę łoża pani. Lukardis rzuciła się przez sen.

— Zgadzam się. Idź.

Jadwiga i Zbysława kiwnęły głowami. Anna wróciła po długiej chwili. W jej oczach wyczytały lęk.

— Magister wyjechał. Nie ma go w Poznaniu.

— Dokąd?

— Służba mówi, że do Daszewic, ma tam posiadłości...

— Poślijmy po niego! — Eufrozyna, która pod nieobecność Anny zbierała pot z czoła Lukardis, całkowicie zmieniła podejście.

— Zdrowie pani jest najważniejsze, a jeśli jest brzemienna, stało się sprawą całego księstwa. Poślijmy po niego natychmiast! A póki nie przyjedzie, będziemy czuwać przy niej na zmianę.

Przy drzwiach kręciła się ta dziewczyna w zielonej sukni. Anna wydała jej polecenie i służka bez zwłoki pobiegła je wykonać. Nie wracała długo, ale Lukardis spała coraz mocniej i spokojniej, coraz ciszej. Wieczorem nawet gorączka zaczęła spadać. Została przy jej łożu Zbysława, pozostałe dwórki poszły odpocząć.

Lukardis miała sen. Szła lasem w stronę polany. Ptaki prowadziły ją śpiewem, sarny smukłe i płochliwe otoczyły ją, położyła dłoń na szyi najwyższej z nich. Polana jaśniała światłem, rozzłoconą zielenią. Lukardis zbliżała się do niej, a leśny trakt zdawał się nie mieć końca. Lecz w drodze tej najprzyjemniejsze było, że szła i wciąż widziała rozświetlony krąg polany przed sobą. Nie spieszyła się. Nagle sarna pod jej dłonią zadrżała. Stanęła. Odwróciła smukły łeb w stronę Lukardis i spojrzała na nią wilgotnym, bezgranicznie smutnym okiem. Patrzyły na siebie chwilę i Lukardis wiedziała, że sarna mówi do niej, a ona nie mogła jej zrozumieć. Ptaki umilkły, jakby ktoś wyrwał im serca. Sarna potrząsnęła łbem i szepnęła głosem kogoś bliskiego, kogoś znanego: „Uciekaj!". Po czym zerwała się do biegu, a jej towarzyszki rozpierzchły się po lesie. Lukardis stała zdumiona, sama na trakcie. Między nią a polaną zamajaczył wielki, ciemny cień. Jakieś zwierzę zbliżało się do Lukardis, lecz światło bijące zza niego sprawiało, że nie mogła dostrzec, kim jest. Niedźwiedź? Stąpa tak cicho, a cień jego coraz większy i większy... Zrywa się do biegu, długimi susami mknie w stronę Lukardis, skacze... Wilk?

W ciemności słyszała czyjś oddech. Ktoś spał? Spał, pochrapując lekko, delikatnie, znajomo. Dlaczego jest tak ciemno? Gdzie polana? Coś trzasnęło w głębi. Gałązka? Tak, gałązka w ogniu. Ogień w lesie? Strach złapał ją za gardło, poczuła gorąco, gorąco w głębi brzucha. Coś ciężkiego miała na brzuchu. Nie! Wyciągnęła rękę, by to zrzucić, i natrafiła dłonią na mokre wilcze futro. Nie!...

— Nie!...

— Pani? Lukardis? Co ci? — Zbysława wyrwana ze snu pochyliła się nad nią.

Lukardis nieprzytomnym wzrokiem toczyła wokół siebie. Gdzie jest? W lesie? Zbysława? To nie drzewa, to ciężkie kotary jej łoża, ogień trzaska w kominku, więc sen?

Odetchnęła niepewnie. A brzuch? Wciąż czuje ciężar, ciepło w brzuchu. Sięgnęła dłonią do niego. Wilgoć.

— Poświeć — wyszeptała do dwórki. — Poświeć tu.

Zbysława zerwała się, lampka dogasła. Gdzie druga?

— Służba! — krzyknęła. — Służba! Lampę dać!

Spod drzwi wychynął cień. Służąca zapaliła lampkę i podała Zbysławie. Zielona suknia mignęła w wątłym świetle. Dwórka pochyliła się nad Lukardis, oświetlając jej bladą, spoconą twarz.

— Już dobrze, pani moja, jestem przy tobie. Gdzie poświecić?

— Mój brzuch... — Lukardis trzęsła się cała. Bała się odchylić narzutę.

Zbysława odwróciła się, szukając służącej.

— Dziewczyno! Gdzie jesteś? Chodź tu, poświeć mi!

Zaskrzeczał rajski ptak. Służka wzięła lampę od Zbysławy, odchyliła kotarę osłaniającą łoże. Światło chwiejnym blaskiem zadrgało na białych i mokrych policzkach Lukardis. Koszula przylgnęła jej do spoconych piersi.

— Już dobrze, pani — głos drżał Zbysławie, gdy odkrywała narzutę — już...

— Po wszystkim — powiedziała cichym, szeleszczącym głosem służąca, gdy zobaczyły, że spomiędzy ud księżnej płynie krew.

JAKUB ŚWINKA dostał zgodę obydwu książąt Starszej Polski, by do krypty wprowadzić pomocnika. Siwy jak gołąbek prepozyt Mikołaj zdecydował, że nie ma sensu szukać daleko, gdy rozwiązanie jest blisko, i wybór padł na kustosza katedralnego, Filipa. Filip z racji stanowiska i tak odpowiadał i za archiwa, i za skarbiec; więcej, wiedział też o pracy Świnki, tyle że sądził, iż w archiwach kantor poszukuje wzorów pierwszych pieśni o świętym Wojciechu. Jakubowi Śwince ulżyło. Nie znosił sekretów. I dzięki decyzji prepozyta nie będzie musiał już ich mieć przed przełożonym archiwów. Nadto brat Filip miał wszelkie, właściwe temu poufnemu zajęciu, zdolności i Jakub nie mógł się już doczekać dnia, kiedy wprowadzi go w tajniki swej pracy.

Tymczasem siedział w krypcie sam i pergamin za pergaminem czytał, notował, badał. Od kurzu miał spierzchnięte usta i opuchnięte powieki, ale nie zwracał uwagi na nic, co nie było jego pracą. Dzisiaj postanowił przejrzeć na wpół zniszczone zwoje, które nieopatrzny archiwista umieścił w wiklinowym koszu. Wiklina musiała dostać gdzieś wilgoci i zaczęła butwieć, a gnilna zaraza przeniosła się na pergamin w miejscu, gdzie stykał się z koszem. Najwyższe półki odpuścił sobie na wieść, że w jego prace włączy się brat Filip.

„Filip wysoki jak topola, łatwiej mu będzie sięgnąć" — pomyślał i wyciągnął z dolnej półki kosz.

— Co my tu mamy... — mruczał sobie dla towarzystwa pod nosem — trzy zwoje... pierwszy przegniły w połowie, drugi nieco mniej. Trzeci... — poskrobał paznokciem brunatną plamę — jakby nad nim popracować, może by i dało się co odzyskać...

Delikatnie rozłożył zwój na stole, przycisnął górną krawędź brzegiem lampy, żeby mu się nie zwijał.

— Pismo nierówne, niestaranne — zauważył — ale nie twoja rzecz sądzić, Jakubie Świnko.

Kroniki Czasu Przebrzmiałego — odczytał całkiem wyraźny nagłówek.

— Ho, ho, jak poetycko! — pochwalił i kichnął, bo kurz wirował wszędzie, a na dodatek od pergaminu szedł zapach brudnej pleśni.

Pisane w mroku, jakiego nie znał świat, gdy Bóg Wszechmogący odwrócił oczy od kraju biednego.

— A niech to... — Jakub Świnka czuły był na dramatyczne figury retoryczne. Umysł badacza natychmiast przebiegł pismo w poszukiwaniu daty. Niestety, u dołu panowała pleśń. Zaswędział go nos.

— Po kolei, po kolei — zamruczał.

Kiedy umarł król Mieszko II, z najgłębszych borów wyszła na ziemie nasze, chrztem świętym ongiś uświęcone, Stara Krew i sączyć zaczęła się zrazu strumykiem wąskim, by naraz chlusnąć niczym rzeka wezbrana potopem.

— Chryste Przenajświętszy! — jęknął Świnka. — Co to jest?

Kapłani lasu wynieśli z niego przy głośnych dźwiękach piszczałek i rogów na wpół spalone posągi. Mężczyźni i kobiety tańczyli przy nich i wykrzykiwali sprośności przeciw Najwyższemu. Tarzali się po ziemi jak bydlęta, by zmazać z siebie świetlistą pamiątkę chrztu.

— Nieee...

— Tak! — smutno potwierdził głos.

Jakub Świnka przeżegnał się i rzucił na kolana przed krucyfiksem.

— Wybacz mi, Panie... — szeptał gorączkowo — spalę ten pergamin...

Ukrzyżowany odezwał się do niego po raz wtóry:

— Jakubie Świnko! Od czytania nikt się grzechem jeszcze nie zaraził!

Kantor drżał na całym ciele, spod spuchniętych powiek bezwiednie kapały mu łzy.

— Wybacz, Panie, wybacz mnie grzesznemu...

Ale Pan nie mówił do niego więcej, więc Jakub pozbierał się, otarł rękawem łzy i wrócił do złowieszczego pergaminu.

Ciemności okryły ziemię, zwierzyna dzika przestała bać się ludzi, wilki i niedźwiedzie chodziły między nimi, nie czyniąc im krzywdy. Wtedy to przybył do kraju z wygnania starszy brat umarłego króla, a pierworodny syn króla Bolesława, zwanego Chrobrym. Zrazu możni panowie udali się do niego ofiarować mu swe służby, bo imię jego ojca było w największym poważaniu. On jednak, niech na wieki zostanie Bezprymem, odrzucił szlachetne służby druhów swego ojca i zwrócił swą miłość ku dzikim dzieciom lasu. Kiedy zaś taneczne korowody pogan przybyły do świętej ziemi Gniezna, ów wyszedł im na spotkanie. Krew Starych poprowadziła go do gaju, a gdy stanął przed plugawym posągiem Trzygłowa, zdjął z siebie królewską koronę i złożył przed bożkiem. Zgiełk wielki zapanował wśród pogan, bo białe, czerwone i czarne były oczy Trzygłowa. Wśród dymów ognisk, wśród dzikiego tańca królewski syn korzył się przed bezbożnym truchłem. A gdy po wielkiej uczcie wciąż jeszcze ciepłe parowały popioły, lud wziął broń i ruszył na haniebny mord. Mniszki topiono w rzekach. Księży kamienowano. Zakonnikom podrzynano gardła. A on widział to i był temu przychylny. Gdy w żadnym zakątku kraju nie rozbrzmiewał już ni psalm, ni dzwon, ostatni z biskupów wsiadł na łódź, by opuścić niewdzięczną Bogu ziemię. Nim odbił od brzegu, rzucił na królestwo klątwę...

Jakub Świnka poczuł się jak człowiek, który zjadł owoc z drzewa poznania dobra i zła. Zjadł, choć tego nie chciał. Zakręciło mu się w głowie, poczuł mdłości i ratując pergamin przed zniszczeniem, zwymiotował do wiklinowego kosza.

— Nie po to Pan postawił przede mną zadanie, by sprowadzać mnie na stronę ciemności — szepnął ufnie. — Jakubie Świnko! „Od czytania jeszcze się nikt grzechem nie zaraził". Szukaj dalej.

Przepłukał usta wodą, odstawił kosz w najdalszy kąt krypty.

Dokument kończył się pleśnią. Po „Nim odbił od brzegu, rzucił na kraj klątwę..." było jeszcze miejsce na cztery do pięciu linii tekstu. Chciał poznać przede wszystkim datę i autora pisma, bo jego styl zdradzał, iż musiał być to człowiek wykształcony, niewątpliwie utalentowany literacko. I to właśnie podpadało Śwince. Utalentowany. Zatem, czy opis ten, tak sugestywny, nie jest przypadkiem wynikiem fikcji literackiej? Jednocześnie *Kroniki Czasu Przebrzmiałego* sprawiały wrażenie przekazu z pierwszej ręki, zapisu kogoś, kto widział trzy twarze drewnianego bożka i patrzył w trójkolorowe oczy. To po równi niepokoiło kantora. Mnich czy kapłan? Bo przecież piszący te słowa musiał odebrać wykształcenie. Zatem duchowny, który patrzył na rzeź dzieci Kościoła i przeżył? Kim był?

Jakub czuł lęk przed interpretacją pergaminu. Doświadczenie z wcześniej znajdowanymi w tajnej krypcie dokumentami podpowiadało mu, by studiować je łącznie. Wziął w rękę drugi zwój. Wyglądał jak akt nadania ziemi, lecz był całkowicie nieczytelny. I trzeci. Tu nagłówek wskazywał rękę tego samego skryby. *Kroniki Czasu*... — resztę tytułu objadła pleśń, kładąc się włochatą plamą na początku tekstu. Jakub wymierzył zniszczoną część.

— Jakieś siedem linii... — zadrapało go w gardle. — Trudno, czytam, co jest.

...oni to zawiązali tajne przymierze i dla dobra kraju postanowili pozbyć się tego, co przez własne grzechy został Bezprymem. Tak jak nie zadrżała im ręka przyłożona do śmierci ojca, tak żal im się zrobiło syna...

— Och! To Bezprym miał syna?! Ojcze na niebie, nikt nigdy o tym nie wspominał! — Jakubowi Śwince zalśniły w oczach łzy. Jakkolwiek Bezprym, pierworodny Chrobrego, nigdy nie był wspominany dobrze, to jednak syn! Syn takiego króla!...

A ten, niczym bękart, zrodzony był z poganki, która, wydając dziecko na świat, chrztu nie znała...

— Ach!... Więc książę Bezprym wziął sobie pogańską nałożnicę w czasach, gdy kraj objął bunt przeciw Kościołowi...

Matkę jego, że była starego rodu, odesłano ku pokucie do klasztoru Hillersleben. Dziecko zaś ochrzczono i jako oblata ofiarowano w ręce opata klasztoru na Świętej Górze Panonii, nadając mu imię Propateryk, by całym swym życiem odkupił życie ojca...

Śwince zrobiło się gorąco. Do tej pory, jak wszyscy, uznawał, że „Bezprym" to było imię. A tu jest wyjaśnienie najprostsze, choć przeraźliwe: „co przez własne grzechy został Bezprymem". Świnka szeptał gorączkowo, porządkując myśli:

— Każdy uczeń szkoły katedralnej naukę historii zaczynał od pytania: Bezprym? Co to za dziwne imię... Magistrowie wzruszają ramionami i mówią: „Jakieś węgierskie, bo to syn z żony Węgierki", a inni: „Stare, słowiańskie imię, tak stare, że nikt dzisiaj nie pamięta, co miało znaczyć". A to jednak nie imię, lecz celowe zatarcie imienia. Bez-prym. Nikt. Klątwa, o której piszą dawni kronikarze. Klątwa na cały naród i kraj za bunt przeciw prawdziwej wierze. Och, Panie... dziękuję, że dałeś mi tę wiedzę, i przebacz, proszę, jeśli jestem zbyt słaby, by przyjąć ją dzisiaj i pojąć w całej prawdzie.

Jakub Świnka czuł się coraz słabiej, nie miał siły wstać. Zsunął się z ławy na posadzkę krypty. Nasunął na głowę wełniany kaptur, zwinął się w kłębek i zrazu powoli, a potem coraz szybciej zaczął kiwać się w przód i w tył.

— Ciężki to grzech. Bezprym był mnichem w Pereum u świętego Romualda. Porzucił stan duchowny i wrócił na ojczyste ziemie po władzę. A gdy ją dostał, pohańbił straszliwie. Ale czyż człowiek w swej istocie nie jest grzeszny? Czy wina była tak ciężka, że zasłużył na odebranie mu prawdziwego imienia? — Jakub Świnka miał wielkie współczucie dla dzieci pozbawionych rodzicielskiego ciepła. — Kim był? Jak nazwał go ojciec, wielki nasz pierwszy król? Czyż nie dał swemu pierworodnemu własnego imienia? Ach, jeśli tak, to mógł być Bolesław II... A na wieki pozostanie „Bezprymem". Grzech grzechem, ale jakież to przeraźliwie smutne... A jego syn? Propateryk, który uniknął śmierci z rąk spiskowców, by zostać ofiarowanym Bogu... I jeszcze, jak na ironię, wysłali dziecko do najświętszego z węgierskich klasztorów, a babka jego przecież była Węgierką.

Kantor skulił się jeszcze bardziej, jakby ktoś wymierzył mu cios w plecy.

— I tak syn mnicha został mnichem — zaszlochał, wciągając w płuca kurz krypty. — Zupełnie, zupełnie jak ja...

HENRYK, książę wrocławski, wracał w podłym nastroju. Owszem, cieszył go widok tłumów, które od wjazdu do miasta witały swego księcia.

„Lepiej, że wylegli na przyjazd, niż gdyby witały mnie puste, splądrowane ulice" — westchnął w duchu i sięgnął do sakiewki, by rzucić biedakom jałmużnę. Jak wrony rozpierzchli się, by pazurami wydłubać monety z błota. Minął kościół Świętej Marii Magdaleny i skręcił w stronę wyspy. Spojrzał na niedokończoną bryłę przebudowywanego kościoła Świętego Wojciecha, tłum gęstniał, bo byli przy rynku.

„Właściciele i klientela jatek, oto ci, co przyszli tu nie dla mnie, lecz dla sztuki mięsa. I dalej, bywalcy karczmy radzi rzucić na mnie okiem w przerwie między jednym a drugim dzbanem piwa".

Wjechał na most prowadzący do jego rezydencji na Ostrowie Tumskim. Minął kościół Marii Panny na Piasku. Na myśl, że za chwilę spotkać się będzie musiał z całym swoim dworem, zrobiło mu się niedobrze. Nie chciał nikogo widzieć. Pragnął tylko kąpieli, kolacji i snu w ramionach dziewki. I żadnych pytań.

— Szymon i Eberhard, bracia Gallowie! — przywitał swego kasztelana i palatyna. — Jakże dobrze was widzieć! Pakosław Zdzieszyc, mój wierny druh i marszałek! Sambor i Henryk Samborowice, cieszą się oczy moje! Paszko, Pełka, Konrad Reichenbuch! O, i moi dzielni panowie ze Strzelina, po wieki będę wam wdzięczny za krew, jaką przelaliście za mnie. — Pochylił się do ucha Manfreda, dowódcy swej straży przybocznej. — Pogorzelów nie widzę?

— Przyjechali, ale siedzą we dworze komesa Mikory, przy drodze na Głogów, i naradzają się, co robić. Moi ludzie mają ich na oku
odpowiedział mu równie cicho Manfred.

W ośmiobocznej sali reprezentacyjnej płonęły wszystkie ognie, jasno było jak w dzień.

— Panowie! — Henryk z olśniewającym i celowo zmęczonym uśmiechem zwrócił się do swego dworu. — Czułbym się jak bezdomny, gdybym wrócił i was wszystkich tu nie zastał. Uradowaliście me oczy i serce. Ale wiedzcie, że przez wiele miesięcy byłem prawdziwym bezdomnym, więźniem okropnej wieży we Wleniu, potem wcale nie lepiej trzymał mnie stryj w Legnicy. Skoro zobaczyłem was wszystkich, wiernych moich, potrzebuję tylko snu i spokoju. Nad sprawami księstwa będziemy radzić za kilka dni. Zostańcie tutaj i bądźcie moimi najmilszymi gośćmi! Podczaszy!

— Tak, jaśnie książę?

— Każ wytoczyć z piwnic beczkę najdroższego wina i ugość nim moich druhów.

Szymon Gall z niepokojem spojrzał na Henryka.

— Książę, nie chcemy ci odbierać zasłużonego odpoczynku, ale zdrajcy... trzeba szybko ukarać zdrajców.

Henryk podszedł do swego palatyna, położył mu ręce na ramionach i pocałował w czoło.

— Szymonie! Żadnej pochopnej zemsty. Nikt, kto przyłożył rękę do mego porwania, nie uniknie książęcej sprawiedliwości. Ale co nagle, to po diable! — Głos zabrzmiał mu dźwięcznie i nadzwyczaj twardo.

Objął Szymona w pasie i uściskał na oczach wszystkich, po czym zwracając się do reszty swojej rady, krzyknął:

— Szymon Gall zastąpi mnie jeszcze przez dwa dni! Pijcie i radujcie się z mego powrotu, przyjaciele!

Odwrócił się i w towarzystwie Manfreda wyszedł. Gdy szli sami, w kamiennej głuszy korytarza spytał:

— Którzy z Pogorzelów przybyli?

— Bracia Rzeżuchy: Tomasz i Jan, do tego Janusz z Michałowa i ten ich wyrzutek, raubritter Nikosz, którego, jestem pewien, widziałem w Jelczu, nim nas napadli.

Henryk odwrócił się do dowódcy i szepnął, zaciskając szczęki:

— Aresztuj wszystkich dzisiejszej nocy. Razem z giermkami, służbą i ciurami. Wszystkich.

Manfredowi błysnęło oko.

— Jak każesz, panie.

— Zaczekaj — zatrzymał go książę. — Dziewczyna gdzie?

— W twojej sypialni, panie.

Nie widział jej, gdy wszedł. Słudzy wnosili półmiski z wieczerzą, dzbany wina. A on czuł jej zapach i zastanawiał się, gdzie się ukryła. Służba wyszła, a Jemioła odchyliła kotarę jego łoża.

— Witaj, mój panie.

Złamał swoje zasady, karząc Manfredowi przywieźć ją na zamek, ale po tylu miesiącach upokorzeń w dupie miał zasady. Pragnął jej i chciał ją dostać. Zachłysnął się na jej widok.

— Nie poznałbym cię...

Kazał Manfredowi dać jej suknię nie gorszą od tych, jakie noszą damy na jego dworze. W jasnozielonym jedwabiu wyglądała lepiej od większości jego dworek.

— Co zrobiłaś z włosami?

Zaśmiała się.

— Służące chciały zrobić ze mnie damę... ale nie miały jarzębiny...

Jej piękne długie włosy w kolorze orzechów buczyny zwinięte były nad uszami w warkocze. Gdzieniegdzie między splotami błyszczały kamienie.

— Wolę cię w jarzębinie i bez koszuli, ale wybacz, moja piękna, tu jest książęcy dwór.

— Wybaczam — powiedziała śpiewnie, wyciągając do niego dłoń.

Podał jej rękę i zręcznie wyskoczyła z łoża. Skłonił się swojej pięknej dziewce.

— Księżno Jemioło, proszę na wieczerzę.

Uniosła tylko brwi i dała poprowadzić się do stołu. Klasnął, wołając służbę. Jednak rozbawiła go myśl, że ją tu gości, i zechciał, by im usługiwano.

Nie tknął dziewczyny przez całą kolację, napawał się jej widokiem.

— Nie smakuje ci? — Widział, że nie ruszyła pieczeni.

— Nie jem mięsa, książę.

— A ryby?

— Wystarczy chleb albo owoce.

— Mamy chleb? — Henryk zapytał sługi, a Jemiole się przyjrzał. — Pościsz, pani?

— Przeciwnie, książę.

Zanurzała skórkę chleba w winie i ssała ją, to wystarczało, by doprowadzić Henryka do drżenia.

„To ja jestem wyposzczony". Uśmiechnął się do niej.

„Oto moja wolność. Mam ją na wyciągnięcie ręki, ale mogę poczekać".

Dopiero w łaźni, gdy oboje usiedli w olbrzymiej drewnianej balii, w kłębach wonnej pary, puściły wędzidła, które sam sobie nałożył. Przyciągnęło go nagie ciało zanurzonej w ciepłej wodzie Jemioły. Dziewczyna patrzyła mu w oczy i nie czuła się niczym skrępowana. Jej bujne piersi były do połowy zanurzone, gdy poruszała się łagodnie, sutki wynurzały się lub znikały. Patrzył.

— Wstań — rozkazał.

— Poproś — powiedziała.

— Wstań, proszę.

Wstała. Jej skóra parowała niczym tafla jeziora wczesną wiosną. Obrócił Jemiołę, położył jej ramiona na krawędzi balii i stanął za nią. Wydawało mu się, że pragnie wziąć ją powoli, rozkoszować się krągłą gładkością jej pośladków zaczerwienionych od zbyt gorącej wody. Ale wtargnął w nią jak intruz, jak porywacze napadli go w Jelczu. Jęknęła zaskoczona brutalnością księcia, tak jak on nie spodziewał się tamtej nocy napadu. Wchodził w nią gwałtownie, przytrzymując ramiona dziewczyny, krępował ją siłą. Chwycił za włosy. Targnął zwinięte w kłębki warkocze, aż szlachetne kamienie potoczyły się po posadzce łaźni, czerwone niczym krople zastygającej krwi. Owijał ich długie sploty wokół swych nadgarstków, chciał ją spętać jak raubritterzy jego. Wyszedł z niej równie gwałtownie, jak w niej był. Nie panował nad sobą. Zanurzył w wodzie twarz dziewczyny. Padł z nią na kolana i sam siebie topił. Ona wyciągnęła go na powierzchnię. Woda falą skąpała posadzkę. Walczyli ze sobą. Jemioła pojęła i podjęła grę. Teraz ona trzymała go w wodzie, stanęła przed nim i, wysuwając biodra do przodu, zbliżyła łono do jego ust.

— No już! — krzyknęła do Henryka.

A on oplótł ją ramionami. Pieścił dziewczynę, w jego ustach jej słony smak mieszał się z goryczą drugiej wieży, w której go więzili. Z natrętnie pryncypialnym tonem listów jego seniora, króla Přemysla Ottokara II, niech go diabli porwą, złotego Przemyślidy! Jak on śmiał?! W imieniu Henryka negocjował z Rogatką i Tłustym warunki rozejmu i hojną czeską ręką rozdawał jego śląskie ziemie! Henryk nienawidził swego seniora tak bardzo! Tak bardzo!

Wyrwał się Jemiole i położył ją na dnie balii, poderwał jej gładkie uda i zarzucił sobie na barki. Uniosła pośladki. Wody było o połowę mniej, niż gdy wchodzili, więc teraz bez trudu, bez oporu ciepłej cieczy wdarł się w dziewczynę. Brał ją, zaciskając szczęki i powieki, jakby jej łono było Přemyslem, królem Pragi, którego chciał ukarać, któremu chciał się sprzeciwić! A przecież to w imię lojalności wobec niego odmówił Habsburgowi przyjęcia tytułu księcia Rzeszy! A Přemysl? Czym mu się odpłacił? Siedział w Pradze, używał boskiej Kunegundis, głaskał syna po głowie, pił wino i słał cholerne listy! Kto za nim stanął? Książę Starszej Polski i Głogowczycy. Oni jedni dochowali wierności przysięgom! Ale jaka, u diabła, jest lojalność Przemysła, skoro jego wuj w tym czasie stanął na granicy wrocławskiego księstwa?

— Przestań! — syknęła Jemioła.

— Nie przestanę! — krzyknął i uderzył ją w pośladek, jakby chciał jej wymierzyć policzek za tych wszystkich mężczyzn, którzy go zdradzili.

Jak może uwolnić się od poczucia porażki, skoro stracił na rzecz Rogatki kawał ziemi? Niemal jedną trzecią część księstwa? A okup w srebrze, który musi zapłacić stryjowi Przemysła? A Krosno Odrzańskie, które wydarł mu brandenburski margrabia? Był tak spragniony kobiety, a nie mógł skończyć, jakby jego zemsta była ponad potrzeby zmysłów. Dyszał ciężko i coraz wolniej wchodził w Jemiołę. Ona pod wodą wyślizgnęła mu się i został na kolanach, opuszczony i bezradny. Nagle poczuł jej ciało na swych plecach. Przylgnęła do niego ciepła i mokra.

„Zapolowała na mnie" — pomyślał, gdy uchwyciła w dłoń jego oręż. Lekko ugryzła go w szyję, potem w ramię. Dreszcz, jaki rozszedł się w jego ciele od jej ugryzienia, otumanił go. Wypuścił z więzienia. Sam nie wie, kiedy położyła go na dnie balii i dosiadła, niczym jeździec konia. Poddał się, bo z nią w siodle uwalniał swój umysł od morderczych i duszących go wizji. Na chwilę podniósł powieki i zobaczył rozplecione warkocze w kolorze orzechów buczyny, poczuł szum lasu od jej włosów, rwący rozkoszny strumień między swoimi udami. Jęknął, tak. Ale i ona jęknęła, wpadając mu w usta. Wyszeptał do ukrytej groty ucha:

— Dziękuję, że mnie uwolniłaś.

Zasnął, a gdy się zbudził, kazał palić światła w swej sypialni całą noc. Nie chciał mroku, ciemności, półcienia. Nie przeszkadzały mu przesuwające się za kotarami łoża sylwetki dbającej o jego jasność służby. Przeciwnie, w jakiś dziwny sposób podniecało go, że te ciche, służebne cienie im towarzyszą. Jemioła leżała, on usiadł. Wziął jej stopę i położył sobie na obojczyku jak fidel. Przesuwał palcami wzdłuż jej łydki, jakby szukał strun. Zdjął z palca swój złoty pierścień i przymierzał kolejno na każdy jej palec.

— Wiesz, że mój dziad miał sześć palców u lewej stopy?

Jemiołą wstrząsnął dreszcz. Chciała cofnąć nogę, ale przytrzymał ją ze śmiechem.

— Wystraszyłem cię?

— Trochę... — odpowiedziała zmieszana.

— Nasz śląski bohater. Bronił kraju przed Dzikimi.

— Dzikimi? — Jeszcze raz spróbowała zabrać mu nogę.

Bawił go jej lęk.

— Przed Mongołami Ordu, brata wielkiego Batu-chana. Mnie jeszcze nie było na świecie. Wszyscy uciekli, on jeden zebrał rycerstwo i stanął naprzeciw Dzikim. I wiesz co? Nie powinien przegrać tej bitwy. A stracił głowę.

— Dlaczego? — spytała Jemioła, przymykając oczy i odwracając się.

— Dzisiaj już nikt nie dojdzie. To stało się pod Legnicą, tam, gdzie mnie niedawno więzili. Wiesz, prawda jest taka, że opuścili go stronnicy. — Nie poczuł nic, mówiąc te słowa, i wiedział, że to jej zasługa. — Nerwy puściły rycerstwu i część wojsk zbiegła z pola bitwy. Albo celowo chcieli wystawić mojego dziada i po prostu uciekli, wiedząc, że jemu honor nie pozwoli się cofnąć? Ci, co przetrwali, mówili, że Dzicy otumanili ich jakimś piekielnym dymem.

— Co się z nim stało?

— Pojmali go i kazali mu złożyć hołd trupowi jednego z ich wodzów. Odmówił i obcięli mu głowę.

— Straszne... — Jemiole udało się schować nogę.

— Straszne to było, jak Dzicy poprowadzili pościg za resztą rycerstwa. Zabitym obcinano uszy, bo oni znoszą takie trofea swoim chanom. Dziewięć wielkich worków chrześcijańskich uszu. Rozumiesz?

Jemioła znów przymknęła oczy i zsunęła z siebie jedwabną narzutę. Pozwoliła Henrykowi patrzeć na swoje bujne piersi, rozsunęła nogi, by mógł cieszyć się i tym. A potem, wyciągając ramiona, przywołała go do siebie. Henryk wszedł w nią twardo i niemal brutalnie. Zaśmiała się.

— Gdybyś ty stracił głowę, poznałabym cię po twym orężu, panie!

I zacisnęła wokół niego uda. A on zacisnął wokół niej ramiona i pomyślał, że byłby głupcem, gdyby pozwolił jej kiedykolwiek odejść.

PRZEMYSŁ w otoczeniu orszaku wyjechał naprzeciw stryja Bolesława przed Poznań, na drogę kaliską. Powitali się oficjalnie. Stojące lwy na piersiach obu władców Starszej Polski wyprostowały się i wyprężyły.

Przemysł nie unikał wzroku stryja, choć znów czuł się jak szczeniak, który wbrew radom starszych popędził do lasu i nie zauważył chwili, gdy wbiegł na mokradła.

Nie byli sami. W ich orszakach zebrali się wszyscy baronowie księstwa. Zza pleców księcia Bolesława kanclerz kaliski, Sędziwój Zaremba, surowym wzrokiem szukał swych rodowców w otoczeniu Przemysła. Przemysł widział, jak Sędziwój skinął głową Beniaminowi Zarembie, wojewodzie poznańskiemu, i jak wyniośle przywitał Wincentego z rodu Łodziów, jego kanclerza.

„Więc nie dość mi wojen między książętami. Mam jeszcze pojedynek rodów wokół siebie" — kwaśno zauważył Przemysł. Wszystko wokół niego zrobiło się chwiejne i grząskie, czegokolwiek nie tknął myślą, bolało.

Przez Bramę Wielką ruszyli prosto na zamek Przemysła. Jechali ze stryjem bok w bok, nie odzywając się do siebie.

Przemysł wciąż przywoływał z pamięci chwile, gdy w pięknej ośmiobocznej sali zamku wrocławskiego przysięgali sobie z Henrykiem, że unikną losu starych Piastów — kłótników, że nigdy przeciw sobie, a zawsze za siebie, jak równy z równym. Byli natchnieni pieśniami Rycerzy Okrągłego Stołu i to, co miało stać się początkiem nowej epoki, prostą drogą zaprowadziło go w objęcia starej. Ruszył na pomoc Henrykowi i przegrał. Rogatka i jego Tłusty syn zamknęli go z Głogowczykami w wieży. Pusty i gorzki śmiech. Wolność odzyskał dzięki swojemu stryjowi i królowi Czech, Přemyslowi, dwóm nieprzejednanym wrogom. Nikt tak bardzo nie pogardzał Czechami jak jego stryj. On jeden nigdy w żaden sojusz z nimi nie wszedł. Przemysł czuł się, jakby ciągnęły go w dwie strony przeciwstawne siły, a do tego z boków, każdy w swoją stronę, darły jego książęcy płaszcz paszcze możnowładczych rodów.

To przed nimi musi dzisiaj odpowiedzieć. Stając przed swoją książęcą radą i zdając jej sprawę z przyczyn klęski, staje jednocześnie przez stryjem i przed rodowcami. Wyprowadził na śmierć pod Stolcem tylu ludzi...

— Książęta Starszej Polski, senior książę kaliski Bolesław i junior książę poznański Przemysł! — zagrzmiał herold i wespół ze stryjem weszli do Okrągłej Sali.

Czekała na nich duża rada. Patrzyli mu w oczy Zarembowie, Łodziowie, Grzymalici i Nałęczowie. A za ich plecami Poraje, Doliwowie, panowie z Pałuk. Patrzyli i czekali, co powie o śmierci ich braci i synów. Jak obroni tę śmierć, jak obroni interes księstwa.

Usiedli wraz z Bolesławem na dwóch równych sobie książęcych tronach. Ich lwy czujnie stanęły, jakby spodziewały się, że przyjdzie im bronić książąt przed atakami panów.

Przemysł chciał zacząć mówić, gdy ruchem ręki powstrzymał go Bolesław.

— Jesteśmy niepodzielni — zaczął, odbierając mu głos — i nie myślcie, baronowie moi, że bratanek mój postąpił wbrew mej woli i racji stanu księstwa.

Patrzyli zdumieni, szemrali z niedowierzaniem. Przemysł zagryzał wargi, bo spodziewał się wszystkiego, ale nie obrony ze strony stryja. Bolesław ciągnął:

— Dzisiaj wszyscy polscy książęta, oprócz mnie, przystąpili do sojuszu z czeskim Przemyślidą. Nawet nieugięty w tej kwestii wcześniej książę Krakowa. Baronowie nasi! Sama Starsza Polska przeciw Czechom to za mało. Ale czasy już mamy inne i złoty tron Pragi chwieje się pod naporem Rudolfa Habsburga. Nazwijmy to dalekowzroczną polityką wspierania przeciwieństw. Nie rozbijając niepodzielnej jedności naszego księstwa, Przemysł musi wspierać Śląsk i Przemyślidę, a ja będę trwał przy swoim.

— Jaka to jedność, wielki książę?! — gniewnie zakrzyknął Zaremba.

— Taka — odpowiedział mu spokojnie Bolesław — że wspierając przeciwników, nigdy przeciw sobie samym nie wystąpiliśmy i nie wystąpimy.

Przemysł całą siłę włożył w to, by z kamienną twarzą przyjąć oświadczenie stryja. Nic ze sobą wcześniej nie uzgadniali. Oto po raz kolejny stary pokazał mu, jak się robi politykę. Tak, był mu bezbrzeżnie wdzięczny, Bolesław uratował mu twarz przed jego własną radą. Ale ileż razy przysięgał sobie, że będzie rządził tak, aby to jemu coś udowodnić? Jaki rachunek wystawi mu stryj za tę nieoczekiwaną pomoc?

Członkowie rady pochylili głowy do siebie. Łodziowie z Łodziami. Zarembowie z Zarembami. Nałęcze i Grzymalici osobno, zawsze przeciw sobie. Pomniejsze rody patrzyły, co zrobią silniejsi.

Teraz wystąpił najstarszy z Nałęczów, dziad Lasoty, druha Przemysła.

— Czyż nie lepiej dla Starszej Polski wesprzeć teraz Przemyślidę przeciw królowi Niemiec? Pośrednio uderzylibyśmy w naszego największego wroga, Brandenburgię.

— Nie — szybko i stanowczo odpowiedział Przemysł. — Mój książę stryj ma rację, dążąc do wspierania przeciwnych stron. Wesprzeć całą naszą siłą Przemyślidę, oznacza osłabić króla Niemiec. A słaby Rudolf Habsburg to rośnięcie w potęgę margrabiów brandenburskich. Nasza racja stanu wymaga równowagi tak przenikliwie zauważonej przez księcia stryja.

Wiedział, że Zarembowie trzymać będą z Bolesławem. Zawsze tak było. Rodowcy pochylili się ku sobie, szeptali kolejną chwilę, po czym jedni po drugich unieśli w górę prawice na znak poparcia.

Przemysł odetchnął. Teraz powinno pójść łatwiej.

— Stryju — skłonił się Bolesławowi. — Baronowie — zwrócił się do panów. — Król Přemysl Ottokar zaprosił sojuszników na wielki zjazd do Opawy. Będą tam wszyscy książęta Polski, prócz kujawskich i mazowieckich, bo z nimi się nie liczy. I prócz mego czcigodnego stryja, z którym się liczy, ale do którego nie śmie nawet wysłać zaproszenia... — Przerwał mu pełen aprobaty śmiech Zarembów. — Wybierzcie spośród was tych, którzy chcą mi towarzyszyć. Musimy liczyć się także i z tym, że nawet jeśli nie w Opawie, to w drodze ze zjazdu czekać nas może jakaś zasadzka.

Stary kiwnął głową, a Przemysł pomyślał, że albo jego stryj jest tak opanowany, albo i o tym zaproszeniu dowiedział się wcześniej.

„Czy ma na moim dworze szpiegów? Czy ma ich na wrocławskim dworze Henryka?". Spojrzał na Beniamina Zarembę, swego wojewodę, i Michała Zarembę, swego najbliższego druha.

— Co chcesz, jaśnie książę — zaczął hardo Sędziwój Zaremba, kanclerz jego stryja — zyskać na zjeździe z czeskim królem?

Przemysł widział, że tym razem stryj Bolesław milczy i patrzy na niego.

— Chcę zabezpieczyć nasze południowe i zachodnie granice, kanclerzu kaliski. Jasnym dla was wszystkich jest, że jeśli Przemyślida wzmocni książąt śląskich bez mego udziału, to taki sojusz obróci się przeciwko nam. Na Śląsku wciąż jeszcze żywa jest pamięć zdobyczy, jakie Jędrzych Brodaty miał w Wielkopolsce. Ziem, które z gardła wyrwał mu mój świętej pamięci ojciec i świetnej sławy stryj.

Zaremba zamilkł, a rodowcy dali mu znak, by nie wracał do sprawy. Kanclerz Przemysła, Wincenty Łodzia, kiwnął siwą głową na znak poparcia swego pana, a drobniejsze rody zaszemrały to, czego nie chciał wypowiedzieć Przemysł.

— Zarembowie pomnożyli wtedy swoje posiadłości... Zarembowie wzbogacili się na wojnie...

Zarembowie...

— Zarembowie zostali wynagrodzeni za krew przelaną dla niepodzielnego księstwa! — zamknął dyskusję stryj.

Nie było takiego, który by siebie lub syna nie zgłosił do orszaku Przemysła. Książę odetchnął i zaprosił wszystkich na wieczorną ucztę.

Lukardis, strojna w diadem księżnej wysadzany szmaragdami zielonymi jak jej cudne oczy, jasnowłosa i lekko blada, bawiła rozmową stryja. Przemysł zaskoczony był, widząc czarną głowę tura, herb jej meklemburskiego rodu, na sukni. Nie nosiła go od tak dawna, że zapomniał, iż jego mała żona miała jakieś życie w czasach, gdy nie należała do niego.

— Żona moja, księżna Jolenta, rada byłaby widzieć cię, pani. — Stryj pochylał się ku Lukardis, jakby rozmawiał z dzieckiem.

A ona, grzeczna jak dobrze wychowane dziecko, odpowiedziała:

— Chętnie odwiedzę księżną w Gnieźnie czy Kaliszu, ale teraz nie czuję się najlepiej.

Bolesław obrzucił małą Lukardis uważnym spojrzeniem i nie uszło uwagi Przemysła, że na chwilę zatrzymał je na brzuchu jego żony. Suknia, dopasowana na jej drobnych piersiach, rozchodziła się niżej, zgodnie z modą, szerokimi, długimi fałdami.

— Czy stan twój ci na to nie pozwala? — zapytał stryj, a Przemysł poczuł, że ma dość.

— Moja księżna żona ostatnio chorowała. To wszystko. Ja także wolałbym, aby w pełni doszła do sił, nim uda się z wizytą do księżnej Jolenty.

— Może przysłać wam mojego Magistra?

Lukardis na chwilę opuściła głowę, a Przemysł usłyszał wyraźnie, jak gniewnie mruknął jej tur.

— Dziękuję, Magister Mikołaj z Poznania opiekuje się księżną.

Lukardis, nie podnosząc głowy, rzuciła ukradkowe, szybkie spojrzenie mężowi.

— Zmieńmy temat. Moja księżna żona jest istotą subtelną i nie lubi na sobie skupiać uwagi. Muzyka! — Przemysł klasnął w dłonie i minezinger, którego zaprosił, wyszedł przed podwyższenie, gdzie stał ich stół.

Skłonił się, trzymając w jednej ręce smyczek, w drugiej fidel.

— Pieśń, jak sir Galahad, syn sir Lancelota z Jeziora, uwalnia miecz Balina od klątwy!

Przemysł skinął głową na zgodę, a stryj spojrzał mu głęboko w oczy. Gdy minezinger zaczął śpiewać, zapytał:

— Widziałeś?

— Widziałem.

Milczeli.

Rycerz bez skazy, rycerz czysty
Nadejdzie w słońca blasku
Gdy weźmie miecz, zło cofnie się
Nie będzie dlań poklasku...

— Jesteś pewien, stryju, że to pasuje do mnie?

Rycerz bez skazy, rycerz czysty,
w głębokim lesie się narodził
Galahad jego święte imię,
sir Lancelot go spłodził.

— Twój ojciec był pewien.

— Nie mogę zrozumieć, jak ojciec przewidział, że urodzi mu się syn, skoro sam tego nie dożył? — Przemysł wypowiedział to, co dręczyło go od wielu tygodni.

Bolesław pokręcił głową.

— Ja też tego nie rozumiem, Przemyśle. Ale twój ojciec przez ostatnie lata przed śmiercią był mistykiem... częściej rozmawiał z Wszechmogącym niż z ludźmi... Podoba mi się rozmach, z jakim kończysz budowę zamku — zmienił ton i temat stryj. — I widzę, że zacząłeś stawiać mury.

— Tak. — Przemysł zawahał się, ale tylko przez chwilę, bo przecież w tej sprawie nie musiał już mieć przed stryjem tajemnic. — Wizyta we Wrocławiu otworzyła mi oczy, książę. Henryk ufortyfikował swoją siedzibę tak, że przypuszczam, iż Wrocław jest dzisiaj nie do zdobycia.

— Czy to nie nazbyt kosztowne? Rozplanowałeś je potężnie. Mur z cegły, zaprawy, kamień... Wał ziemny jest dużo tańszy.

— I nieskuteczny, stryju. Nie zapomnę trzasku palisady, gdy zdobywaliśmy Drezdenko i Strzelce. Jak łamanie kości... A co do kosztów. Dwadzieścia lat od lokacji miasta minęło, skończyło się dla mieszczan zwolnienie z podatków. W końcu mogę zarabiać na inwestycji ojca. Nie zamierzam spać na tym srebrze, ani tym bardziej go przejeść. Mam dużo wydatków, a budowa zamku i murów miejskich to tylko początek.

Przemysł zobaczył w oku stryja coś, czego się nie spodziewał, coś, co mógł wziąć za cień uznania.

— Słyszałem, że sprowadzasz osadników na bagna? — zapytał po chwili Bolesław.

— To prawda. Widziałem komandorię templariuszy u Barnima. To jest inny świat! Oni z łanu ziemi wyciągają trzy razy tyle co nasi chłopi.

— Ale twoi nowi osadnicy to Niemcy.

— A skąd mam ich brać? Mój ojciec sprowadzał Niemców, by uprawiali nieużytki, i spisali się dobrze. Ja dzisiaj zaczynam zarabiać dzięki pracy, którą on wykonał. Chcę, by mój syn albo synowie za kilkadziesiąt lat czerpali korzyści z tego, co ja zrobię.

— Nie wiedziałem, że taki z ciebie gospodarz. — Stryj znów spojrzał na niego z uznaniem.

Przemysł się roześmiał.

— Ja też nie wiedziałem.

— Kto ci pomaga?

— Tylon, mój notariusz. Jest mieszczaninem i nie lubi wydawać pieniędzy. Lubi je dla mnie pomnażać.

Rozchodzili się późno. Nazajutrz miały zacząć się przygotowania do wyjazdu na zjazd z królem czeskim. Przemysł odwrócił głowę, by powiedzieć żonie, że przyjdzie do niej, i wtedy niespodziewanie stryj przycisnął go z całej siły do piersi.

Młody książę czuł ramiona stryja wokół swych pleców długo. Zapach wosku, który bił z jego dłoni, sprawił, że czuł się, jakby obaj odcisnęli swą pieczęć w tym niespodziewanie serdecznym i bliskim uścisku.

Chciał jednak szybko znaleźć się przy niej, przy Lukardis, swojej małej żonie. Nie od niej, lecz od Magistra Mikołaja dowiedział się, że gdy on przegrywał pod Stolcem, ona poroniła. Rwał włosy z głowy nad dzieckiem, które nie doczekało życia. Ona sama, spłoszona, wylękniona jakaś i jakby nie jego.

— Lukardis?...

— Jestem, mężu.

Miała już rozpuszczone włosy, uwolnione z uścisku diademu luźnymi splotami spadały jej na ramiona. Coś go złapało za serce. Wydała mu się dzieckiem, jeszcze młodszym niż dziewczynka, którą pojął za żonę. Jakby wcale nie dorastała...

— Odpraw swój dwór na chwilę, chcę mówić sam na sam z tobą.

Jej piękne dwórki, siostry jego druhów, ponętne, jędrne i wesołe, złożyły mu ukłon i wyszły z szelestem sukien. Przy kominku kręciła się dziewczyna w zielonej sukni, z twarzą schowaną pod lekkim kapturem. Pokazał żonie głową, by ją też odesłała.

— Czeremcho... wyjdź, proszę — cichutko powiedziała Lukardis.

Dziewczyna ukłoniła im się i zniknęła. Ujął jej jasną drobną twarz w dłonie i uniósł ku sobie.

— Lukardis... co ci, kochana moja?

— Wiesz przecież. Powiedzieli ci. — Spojrzała mu prosto w oczy.

— Wiem. A ty byś mi nie powiedziała?

— Chciałam, ale nie zdążyłam. Magister był szybszy.

— Martwił się o ciebie. Powiedział, że nigdy nie widział, by... — Przemysł przygryzł wargi. Właściwie Magister stwierdził, że po raz pierwszy w życiu widzi coś takiego, coś tak przeraźliwego, i prosił go, by nie mówił o tym żonie.

— By co?... — Dojrzał w jej oczach lęk. — Co takiego?

— By ktoś tak cierpiał jak ty. I powiedział, że wyzdrowiejesz i będziemy mogli mieć jeszcze dzieci. Tylko musisz dojść do siebie, spokojnie.

„Powiedział, że być może kiedyś jeszcze, ale nie ma żadnej pewności".

Przemysł jednak dopiero wtedy uświadomił sobie, jak kocha małą Lukardis i jak bardzo nie chce jej stracić, i z całych sił zaprzeczył wszystkim „być może" i „kiedyś", zamieniając je na „na pewno".

— Wierzysz mu? — spytała. — Temu uczonemu?

— Tak. To dobry lekarz. A ty mu nie ufasz?

— Nie wiem. Nie znam go. Znałam tylko jednego Magistra, na usługach Mechtyldy, żony mego dziadka. A ona była wiedźmą, mówiłam ci — odpowiedziała twardo i pocałowała Przemysła w usta.

Jej wargi były suche i lekkie. To wystarczyło, by obudzić w Przemyśle lwa. Siłą oparł się pożądaniu, bo Magister Mikołaj nakazał mu stanowczo dać żonie spokój nawet przez miesiąc.

— Chcę ci powiedzieć — całował jej oczy — że mamy czas, mnóstwo czasu — całował jej włosy pachnące dymem i tym czymś, czego nigdy nie potrafił określić — i donikąd nam się nie spieszy — pragnął jej tak bardzo, że lizał ciepło bijące spod jej sukni. — Wyjadę teraz, to wiesz — chwycił lekko zębami płatek różowego ucha — ty zdążysz wyzdrowieć i gdy wrócę — nie powstrzymał się i zacisnął palce na jedwabiu ukrywającym jej piersi — będziemy kochać się tak długo, aż zastanie nas świt. — Uklęknął przed Lukardis i wtulił głowę w fałdy jej sukni. Wstał szybko, wyplątując palce małej żony ze swych włosów, bo wiedział, że za chwilę straci nad sobą kontrolę. Ucałował czubki tych palców, ozdobione małymi, ostrymi pazurkami. Wybiegł od niej, zaskakując służki podsłuchujące pod drzwiami.

Gdy wchodził na najwyższe piętro wieży, do swych komnat, zobaczył cień na schodach.

— Książę. — To był Nawoj, w płaszczu, w kapturze, jakby nie zdążył rozebrać się po powrocie z tajnej misji na dwór legnicki, gdzie Przemysł skierował go z listem do swej stryjecznej siostry, Elżbiety.

— Kiedy przyjechałeś?

— Przed chwilą.

Przemysł zabrał go do swej sypialni i kazał słudze podać dzban wina.

— Dowiedziałeś się, kim był Niemiec, który zrzucił mnie z konia w czasie pojedynku z Tłustym?

Twarz Nawoja był nieświeża, nieogolona, ale oczy płonące.

— Nasz znajomy, Przemyśle. — Nawoj uniósł kielich i stuknął się z księciem. — Wielki łowczy Brandenburczyków poluje na ciebie kolejny sezon.

— Jakub de Guntersberg?

— Jakub de Guntersberg.

WŁADYSŁAW, książę brzeskokujawski i dobrzyński herbu Półorzeł Półlew, był tak szczęśliwy, że wuj Bolesław, książę Małej Polski, zabrał go na zjazd książęcy do Opawy, że gdy ciotka Kinga oznajmiła mu to, bez chwili wahania zgodził się pojechać z nią do klarysek na Skale i leżał krzyżem w małej kaplicy, dziękując za szczodry dar. Oto największy zjazd wszystkich książąt od czasów kanonizacji biskupa Stanisława! I choć nie zaproszono żadnego z jego braci, synów pani matki Eufrozyny, to on, Władysław, zwany przez wszystkich Karłem, dostąpi zaszczytu i pojedzie. Gówno go obchodziło, że imiennie to jego też nie zaproszono, ale wuj chce, by mu towarzyszył! Wuj! Jego wielki, szanowany wuj!

„Matko Boska i Ojcze, i Jezu Chryście, dziękuję Wam, że nie zobaczę tam swej zdradzieckiej matki, która wyszła za starego jak świat księcia Wschodniego Pomorza, Mściwoja, czy jak mu tam, i jemu teraz zatruwa życie, nie nam. I Matko Boska, i Ciotko, Święta Kingo, dziękuję Wam, że to ja pojadę z księciem krakowskim na zjazd. I przysięgam na Krzyż i na Hostię, i na mój honor półorła i półlwa, że niczym nie narażę dobrego imienia tych, którzy mi zaufali. I dziękuję za to, że urosłem znów o pół dłoni, i ci, którzy dzisiaj mnie nazywają Karłem, robią to przez czystą złośliwość, a nie dlatego, że wyglądam jak gnom. I przysięgam, że wybaczam moim winowajcom, zwłaszcza tym, którzy tak gadają za moimi plecami, bo nie wiedzą, co czynią. Tym, którzy w oczy mi mówią, że jestem Karłem, nie wybaczam, bo łżą, a to już podpada pod siódme przykazanie i za to będzie ich ścigał Pan Bóg Sprawiedliwy. W imię Ojca i Syna, i Ducha Świętego na wieki wieków. Amen".

— Wuju, czy króla Přemysla Ottokara poznam? Po koronie?

— Poznasz, Władku. Jak go zobaczysz, nie będziesz miał wątpliwości, że to on.

— Ale po koronie na głowie? Po berle?

Władysław nie widział, że wuj odwraca głowę i śmieje się w kaptur. Doświadczył od niego i od Kingi tyle dobrego, że nie mógłby podejrzewać, iż Bolesław, książę krakowski, śmiałby się z niego. Podróż do Opawy minęła im szybko. W orszaku wuja jechał starszy, przyrodni brat Władysława, Leszek Czarny, przez wszystkich nazywany dziedzicem Krakowa. A przecież, jak na razie, tylko książę sieradzki, nic więcej. Za to na miejscu spotkali niemal wszystkich książąt polskich. No, w każdym razie wszystkich tych, który się liczyli!

Przemysł II, książę Starszej Polski. Henryk IV, książę wrocławski. Henryk, książę głogowski, i jego brat Przemko, Władysław, książę opolski, z synami. Wuj Bolesław z Krakowa, książę Małej Polski. Leszek Czarny, dziedzic. I on, Władysław, książę brzeskokujawski i dobrzyński herbu Półorzeł Półlew. Miał wprawdzie przez chwilę ochotę poprosić wuja, by zapowiedziano go jako księcia całych Kujaw, ale zmienił zdanie, kiedy usłyszał, jak książęta żartują, iż król czeski zna granice piastowskich księstw i ich władców wraz z imionami potomstwa i następstwem dziedziczenia lepiej, niż sami Piastowie znają swych licznych kuzynów i krewnych.

A jak wyszedł do nich Přemysl Ottokar II, król z bożej łaski Czech, to Władek wiedział już, o co chodziło wujowi.

Złoto. Wszystko miał ze złota. Płaszcz, koronę, suknię. Nawet włosy. I przez to bogactwo bił od niego taki blask, że trzeba było przymknąć oczy, bo zaczynały boleć. Z każdym z książąt witał się król tak jakby z własnym synem. Niektórzy przyklękali przed nim. Wuj nie klęknął i Przemysł nie klęknął, ale inni owszem. Nawet chyba i Leszkowi zadrżało kolano, chociaż tego Władek całkiem nie był pewien, bo stał obok Leszka i złoty blask Przemyślidy już go wtedy oślepiał. A przy królu szła jego żona. Dziewico Mario, jaka piękna... Henryk, książę wrocławski, to klęknął raz przed królem, jak na *Ojcze nasz*, a raz przed tą piękną żoną, jak na *Zdrowaś Mario*, i nie mógł wstać. Trzymał się jej płaszcza i ten płaszcz nawet całował, a ona mówiła do niego coś po niemiecku i śmiali się, jakby ich to bawiło. A z królem i królową szedł dzieciak ich, syn Václav. Dziwny jakiś. Blady i słaby jak trawa, która rośnie przyciśnięta kamieniem. Dzieciak zwrócił na niego uwagę i zapytał o coś matkę, pokazując palcem wycelowanym prosto w pierś Władysława. Jego matka potargała mu tylko te blade jak wypłukane złoto loczki i zaprzeczyła, i Władysław poczuł w tej samej chwili, że nie lubi tego Václava z całych sił. Co, pewnie gówniarz zapytał: „Czy to karzełek, mamuniu?". A ona odpowiedziała: „Nie, skarbie złocisty, to książę, mały, ale jednak książę". Patrzył w plecy przechodzącego dalej królewicza i przysięgał, że go kiedyś zniszczy. Kiedyś, gdy mały dorośnie, bo bić słabszego to wstyd.

Była uczta z setką dań, z których Władysław wielu nawet z nazwy nie znał. Były wygłupy linoskoczka i taniec panien dworskich, i karzeł w czapce z dzwonkami, ale to akurat nie bawiło Władysława. Były smutne pieśni i wesołe pieśni, najbardziej mu się podobała ta:

Rycerz bez skazy, rycerz czysty,
w głębokim lesie się narodził

Galahad jego święte imię,
sir Lancelot go spłodził.

Bo na Kujawach lasy gęste, że hej, a Władek na wyjazd dostał wszystko czyste, i płaszcz, i suknie, a hełm to sobie sam szorował, aż poobdzierał paluchy, i lśnił mu ten hełm na srebrno, bez jednej skazy.

Wina na uczcie popłynęło tyle, ile wody w Wiśle. Wuj Bolesław pilnował go jednak, by za często po kielich nie sięgał. Chłonął wszystko rozgorączkowanymi oczyma siedemnastolatka i czekał na dzień następny: jego pierwszy turniej.

Obudził się, gdy wszyscy jeszcze spali, ciężcy od wypitego wieczorem wina. On przeciwnie, ciało miał lekkie, głowę i serce czyste. Pobiegł do kaplicy w rotundzie przy lewym skrzydle zamku, żeby poprosić o zwycięstwo w turnieju. Żarliwie, z całego serca modlił się do ciotki Kingi, aż wydało mu się, że czuje ten jej kwietny zapach i widzi czarne loki księżnej, które zwijają się i rozwijają jak wiórki struganej osiny. Wystraszył się, gdy usłyszał coś jakby szelest ciotczynych sukien, tych, co potrafią mienić się wszystkimi odcieniami czerni. Otrzeźwiał i rozejrzał się wokół. Nikogo. Wychylił mocniej, bo może za filarem? I poczuł na policzku uderzenie, lekkie, a upominające.

— Módl się do świętych, nie do mnie, głuptasie! Do rycerzy wyniesionych na ołtarze: Jerzego, Maurycego, Floriana i Marcina! Archanioła Michała, który pokonał smoka! *Tam ta ra ram*!... — zabrzmiał dźwięk małej anielskiej trąbki, który ciotka tak pięknie potrafiła naśladować.

Upomniany i nawrócony skończył przykładnie modlitwy, zamaszyście przeżegnał się i wybiegł. Nie mógł znieść, że tak długo grzebią się ze śniadaniem, że tyle czasu trwa szykowanie trybun i placu turniejowego, a najgorzej znosił oczekiwanie na Zawiszę z Zielonej Dąbrowy, który w imieniu księcia Bolesława układał przeciwników do walki. Dopadł swego mistrza, gdy ten szedł do wuja.

— Z kim? Z kim? — Uczepił się jego rękawa.

— Przemko, młodszy książę Głogowa.

Jęknął:

— A starszy nie chciał?

Zawisza popatrzył na niego poważnie.

— Starszy będzie walczył z Władkiem opolskim.

Władysław przygryzł wargi. Przecież Zawisza tłumaczył mu, że żaden z głównych książąt nie stanie z nim w turnieju, a mimo to Władek marzył, że zdarzy się cud.

— Konno?

— Nie. Zapasy z mieczem.

Władysław się zachłysnął.

— Dziękuję...

— Idź się przebierz i skup. Walcz z Przemkiem, jakby to były ćwiczenia ze mną.

Władek biegł i wiedział, że tak właśnie nie zrobi. Zapasy z Zawiszą to była nauka, jego mistrz był dla niego przewidywalny, jakby chciał mu dać fory i pozwolić co któryś raz wygrać. A Przemko zrobi wszystko, żeby go pokonać szybko i ośmieszyć w oczach publiczności. Giermek wuja pomagał mu się ubrać. Czepiec, kolczuga, mały hełm sekretny. Tunika herbowa z półorłem i półlwem. Bez ostróg. Pas.

Gdy wyszedł na plac turniejowy, oślepiło go złoto kipiące z trybun. Chorągwie płomienistej orlicy lśniły w słońcu żywym, czystym kruszcem. Włosy Přemysla Ottokara, jego żony i syna były podobnej próby. Jedwabne płaszcze, frędzle, diademy, korony. Stado dam niczym szpaki na czereśni. I tłumy możnych. Pokłonił się wujowi. Pokłonił Przemkowi, który szedł na wprost niego smukły i, zdawało się, wiotki, ze śląskim czarnym orłem na piersiach. Przemko odpowiedział na jego ukłon i zwrócił się w stronę trybun, przyklękając na jedno kolano przed jakąś pstrokato wystrojoną panną. Ona podała mu wstążkę.

„Ja nie będę walczył za żadną babę. Chyba że za ciotkę, ale jej tu nie ma" — pomyślał i samo wspomnienie Kingi dodało mu sił.

Słyszał lekki śmiech, gdy herold obwieścił, że „Władysław, książę brzeskokujawski i dobrzyński nie bierze na siebie barw żadnej z dam", ale miał to gdzieś. Leszek Czarny posłał mu pozdrowienie na te słowa. Pod stopami czuł ubity i posypany piaskiem śnieg, kroczył w stronę Przemka pewnie, a miecz trzymał, jak uczył go Zawisza, przy sobie.

Herold odkrzyknął otwarcie walki i w czasie gdy Przemko kłaniał się swej damie, Władysław już stanął przy nim w pozycji Głupca. Przemko zobaczył to i się zaśmiał.

— Tylko głupiec stoi z opuszczonym mieczem!

„Tylko głupiec bierze postawę za walkę!”. Władysław uwielbiał zwodniczość Głupca, gdy stał ze sztychem skierowanym ku dołowi, jakby mierzył nie w człowieka, lecz w ziemię. Potrafił odbić się z tej postawy w Pług i tego nie spodziewał się Przemko, bo gdy Władek błyskawicznie podniósł sztych i, trzymając głownię blisko ciała, wymierzył od dołu w podbródek przeciwnika, Przemko, zaskoczony, zrobił zbyt długi krok w tył i potknął się. Jakaś dama pisnęła jak zarzynana mysz, a Władek, nie ruszając się z miejsca, odwiódł miecz za siebie i, stawiając go niemal za własną piętą, zrobił sobie Ogon. Przemko natarł na niego. Władysław spokojnie przełożył miecz górą i natarł na Przemka postawą Z Dachu. Książę głogowski młodszy górował nad nim wzrostem i Władek wiedział, że nie powinien robić uderzenia Z Dachu. Ale nie mógł sobie odmówić przyjemności zaskoczenia Przemka. Teraz jednak czuł, że albo załatwi go szybko, albo tak cudownie dopisujące mu szczęście może się od niego odwrócić.

„Masz krótkie nogi i krótkie ręce — Zawisza mówił mu czasem rzeczy bolesne — ale jesteś silny jak młody byk. Nie wygrasz w zwarciu na miecze, bo przeciwnik zawsze będzie miał od ciebie dłuższe ramię, więc naucz się go zaskakiwać. Na przykład tak...”.

I Władek zrobił to, czego uczył go Zawisza z Zielonej Dąbrowy, zdzierając mu przy tym skórę i kalecząc palce. Tyle że zamiast robić to wolno, jak na ćwiczeniach, wykonał cały układ szybko, jakby od tego miało zależeć jego całe życie.

Doskoczył do Przemka, trzymając miecz blisko ciała, zwarli się niemal garda w gardę. Władek odskoczył, odrzucił swój miecz w prawo. Przykucnął, schodząc na napiętych udach i gotowych do skoku kolanach, bardzo nisko przed Przemkiem i, chwytając przeciwnika za okryte pod kolczą nogawicą łydki, ostrym wyrzutem podniósł go w górę i, robiąc krok do przodu, odrzucił za siebie. Półorzeł zakrzyczał, zaryczał półlew. Siłą rozpędu przeszedł trzy kroki na ugiętych kolanach. Słyszał, wrzask z trybun, a wcześniej głuche i metaliczne zarazem uderzenie ciała Przemka o ubity jak kamień śnieg. Odwrócił się powoli. Najpierw zobaczył wiwatujących ludzi, króla Přemysla, który kręcił głową, aż złota poświata nie nadążała za nim, dalej jego synalka, Václava, z rozdziawioną gębą. Potem pstrokatą damę zakrywającą sobie dłońmi twarz. A potem swego wuja, jego wielkie lśniące oczy i białe włosy falujące na wietrze, za jego ramieniem uśmiechniętą twarz Kingi, która machała do niego z całych sił, Leszka Czarnego, swego przyrodniego brata, który wiwatował na jego cześć, Henryka, księcia Wrocławia, z otwartymi ustami, Przemysła, księcia Starszej Polski, ze spokojnym, przyjaznym uśmiechem, starszego Głogowczyka z twarzą podłużną i bladą, i na końcu obrotu, jakby to było ćwiczenie, jeden długi, powolny ruch bez końca, zobaczył leżącego na ziemi bez ruchu Przemka. Władysław podniósł w górę obydwa ramiona i krzyknął:

— Zwycięstwooo!...

Bo to było wielkie zwycięstwo. I nie przyćmiło go nic, nawet kwaśna mina i obwiązana głowa Przemka na wieczornej uczcie. A nawet sprawiło Władkowi przyjemność patrzenie na cierpienie i ból tego, który ruszył do walki z nim, z góry przesądzając swą wygraną tylko dlatego, że zechciał popełnić błąd i osądzić Władka po pozorach.

Półorzeł i półlew opierały się o siebie plecami, dumnie wyciągając głowy. Ten wieczór należał do niego, Władysława, księcia brzeskokujawskiego i dobrzyńskiego. Do niego i nikogo więcej.

LUKARDIS odwróciła się, by spojrzeć na swe dwórki. Nie była pewna, czy dobrze robi, wsiadając na koń, mimo iż Magister Mikołaj pozwolił. Anna, Jadwiga i Zbysława stały przy swych klaczach, czekając, aż stajenny pomoże wsiąść księżnej. Gdy Lukardis dobrze ułożyła udo w siodle dla dam, Eufrozyna starannie okryła jej nogi suknią i przypilnowała, by służba efektownie rozłożyła na końskim zadzie fałdy płaszcza księżnej. Po chwili gotowe były i dwórki; orszak Lukardis ruszył z zamku. Ludzie przystawali, kłaniali się księżnej Starszej Polski, a ona z sakiewki rzucała im miedziaki.

„Miłość za jałmużnę" — pomyślała i uśmiechnęła się do kłaniających się przechodniów. Gromady dzieci, niczym stadko wróbli, biegły wzdłuż orszaku, wyciągając umorusane ręce. Rzuciła im resztę miedziaków i odwróciła głowę.

„Nawet najpodlejszy biedak ma dzieci, a ja, księżna Starszej Polski, nie". Szybko jednak poprawiła się w duchu, dodając: „Jeszcze nie", i dzięki temu mogła znów wysoko unieść brodę i uśmiechać się do pozdrawiających swą księżną tłumów.

Przemysł wyjechał do Opawy na zjazd z czeskim królem, gdy Bogusław przysłał gońca do Poznania z zaproszeniem dla Lukardis.

Pragnął widzieć się z nią w jednej z wsi, na terenie komandorii templariuszy. Ona sama chciała, by Bogusław odwiedził ją w Poznaniu, by zobaczył jej piękne pokoje i dwór, ale z treści listu domyśliła się, że on pragnie rozmawiać z nią na neutralnym gruncie.

Wojewoda poznański, Beniamin Zaremba, sprawujący rządy w zastępstwie jej księcia męża, nie zgodził się jednak na wyjazd księżnej pani poza granice. Argumentował to troską o jej bezpieczeństwo, a Lukardis nade wszystko lubiła czuć się bezpiecznie. Stanęło na tym, iż spotkają się w Międzyrzeczu, gdzie kasztelanem był Sędziwój Zaremba, ojciec jej ukochanej Zbysławy. W gruncie rzeczy Lukardis było wszystko jedno. Po raz pierwszy, odkąd została żoną Przemysła, jechała gdzieś sama i to napawało ją niemal zdumieniem.

Chorągwie z czerwonym gryfem zobaczyła z daleka, jeszcze zanim ujrzała obwarowania kasztelanii międzyrzeckiej. Na jej spotkanie wyjechał jednak nie Bogusław, lecz mężczyzna z czarnym półlwem na piersi i, kłaniając się, przywitał:

— Sędziwój Zaremba — przedstawił się. — Księżno Starszej Polski, dumny jestem, że służę ci w swoich progach!

„Bo twój rodowiec nie pozwolił, bym spotykała się z najbliższym krewnym gdzie indziej" — wyrwała się jej jakaś niepokorna myśl. I wtedy zdała sobie sprawę, że tak właśnie odpowiedziałaby dawna Lukardis, dwunastoletnia, złotowłosa księżniczka. Księżna Starszej Polski uśmiechnęła się słodko i rzekła:

— Baronowie mego księcia męża są naszymi przyjaciółmi. Przyjmować służby Zarembów to zaszczyt.

Za jego plecami, w orszaku, który wyszedł jej naprzeciw, widziała wielu możnych z czarnym półlwem na piersi. Zbysława uśmiechała się do nich radośnie, w końcu to jej krewni. Lukardis wypatrywała Bogusława, ciekawa, jakim mężczyzną stał się książę, który był dla niej jak brat.

„Jest!".

Serce zabiło mocniej na widok jego twarzy. Jakby zobaczyła dziadka i brata jednocześnie. Wydoroślał, zmężniał, wyprzystojniał, chociaż jego czoło znaczyła chmurna bruzda.

„Kiedyś popędzilibyśmy konie, zarzuciłabym mu ręce na szyję, a on nazwałby mnie Skowronkiem" — odtworzyła z pamięci dawną siebie.

— Pani. Księżno Lukardis, rad jestem, że cię widzę w dobrym zdrowiu!

— Książę Bogusławie, cieszę się ze spotkania.

Po chwili jednak ich oczy uśmiechnęły się do siebie jak dawniej, ponad dworską etykietą.

Ale uczta była długa, tłum przy stole, kasztelan Sędziwój Zaremba postarał się, by godnie ugościć księżną. Pieśni o wielu zwrotkach łkał dla nich minezinger biegle władający smyczkiem fideli.

Lecz najpierw miecz, Balina miecz, musi wypełnić klątwę
Do końca niech wypali się przekleństwo w nim zamknięte...

Między jednym a drugim daniem wymieniali ukłony i gładkie zdania. Wieczerza dobiegła końca i goście się rozeszli, tylko Sędziwój z najbliższymi sobie dostojnikami nie kwapił się, by zostawić ich samych na chwilę spokojnej rozmowy. Bogusław nachylił się do jej ucha:

— Zrób coś, mnie nie wypada wypraszać ich z sali.

Lukardis roześmiała się w duchu, bo to był dawny Bogusław, niecierpliwy Gryfita, brat, którego niegdyś kochała. Przywołała Zbysławę.

— Szepnij swemu ojcu, że chciałabym na osobności pomówić z księciem.

Zbysława pochyliła się do Sędziwoja i negocjowała z nim chwilę, a Lukardis zauważyła, iż kasztelan był zdumiony jej prośbą.

„Pilnują mnie". Puściła oko do Bogusława bardziej rozbawiona i połechtana tą opieką Zarembów niż niecierpliwa jak on.

W końcu Zbysława wróciła do swej pani i cichutko przekazała:

— Powiedział, że sam na sam nie może was zostawić, bo odpowiada za ciebie, pani, ale...

— ...ale jeśli ty będziesz ze mną, to nie będzie przeciwny? — domyśliła się Lukardis.

Zbysława kiwnęła głową, zawstydzona.

— Powiedz panu ojcu, że jesteś dla mnie jak siostra i zgadzam się.

Zbysława odetchnęła z ulgą. Po chwili Sędziwój i jego ludzie unieśli się i skłonili, żegnając. Za nim wyszła służba i jej dwórki, prócz Zbysławy. Zarembówna uśmiechnęła się nieśmiało do swej pani i, chcąc odsunąć się od nich najdalej, jak to było możliwe, usiadła przy samych drzwiach. To jeszcze bardziej rozbawiło Lukardis, albowiem jej śliczna dwórka nie wyglądała na stróża ani nie czuła się w tej roli dobrze. Sięgnęła po robótkę, by jak najmniej przeszkadzać swej pani.

— Lukardis. — Bogusław zrozumiał w lot, że całkiem sami nie zostaną tego wieczoru.

— Bogusławie, Zbysława jest moją ukochaną panną dworską. Nie mam przed nią tajemnic.

W oku Gryfity zapaliła się mroczna iskra.

— Zmężniałeś. Dorosłeś. — Patrzyła na niego z przyjemnością. — Opowiedz mi o dziadku.

— Barnim ma nowego syna. Nazwał go swoim imieniem.

— To ci uchybiło? Czujesz się zagrożony?

— Nie. Choć nie jestem pewien macochy. Znasz ją, Mechtylda potrafi zamienić życie w piekło. Ojciec ucieka przed nią do templariuszy.

— Ucieka? — Lukardis skrzywiła się, jak zawsze, gdy ktokolwiek, nawet własny syn, kwestionował autorytet jej dziadka.

— Źle się wyraziłem. Barnim ucieka przed podejmowaniem decyzji. A Mechtyldzie jest to na rękę. Ona chętnie rządzi zamiast mego ojca.

— A ty?

— A ja nie mam żadnej możliwości ruchu, póki Barnim żyje.

Lukardis odwróciła się od niego. Wpatrywała się w swoje dłonie ułożone równo na kolanach. Nie wiedziała, co ma odpowiedzieć Bogusławowi. To po to chciał się z nią spotkać, by się poskarżyć, że nie może sobie porządzić? Rozczarowała się. Poprawiła nierówną fałdę sukni.

— Opowiedz mi o sobie, Skowronku. Mąż często cię zostawia samą?

Uniosła na niego oczy.

— Dlaczego tak mówisz?

— Martwię się. — Spojrzał na nią ciepło i niespokojnie. — Często nie ma go w domu, nie macie dzieci, ty...

— Co ja?

— Ty... nie gniewaj się, Lukardis. Muszę to powiedzieć, bo kocham cię jak siostrę. Nikniesz w oczach. Gdzie podziała się moja księżniczka, która niczym drapieżna kocica walczyła z askańską wiedźmą, choć miała ledwie dwanaście lat? Gdzie moja odważna Lukardis?

Roześmiała się szczerze, łagodnie.

— Bogusławie, ja już nie muszę. Ja nie czuję oddechu Mechtyldy na plecach. Askańska wiedźma po prostu zniknęła z mojego życia i na szczęście nikt nie zajął jej miejsca. Nie muszę z nikim walczyć. Mój pan mąż otoczył mnie przepychem, troską i jedyne, o co mogłabym się martwić, to to, by nie stracić tego, co mam. Mój dwór, panny moje. — Uśmiechnęła się w stronę pochłoniętej wyszywaniem Zbysławy.

— Nie poznaję cię — powiedział Bogusław i niespodziewanie pochylił się do jej ucha. Ale nie szepnął w nie nic, tylko dotknął nosem przejrzystej, osłaniającej zwinięte nad uszami warkocze, nałęczki.

— Nawet pachniesz inaczej niż kiedyś — dodał.

— To róże. Przemysł lubi róże.

— A ty? Lukardis, a co lubisz ty? Kiedyś kochałaś leśne kwiaty, drzewa, pamiętasz? Mówiłaś, że uwielbiasz woń kaliny... — Był gwałtowny, a ona nie była pewna, czy wie, skąd bierze się jego złość.

— To było kiedyś — odpowiedziała krótko. — Teraz w moim życiu najważniejsze jest...

— By w niczym nie uchybić panu mężowi? By podobać się jemu i temu twojemu dworowi? To się dla ciebie liczy?

— O co ci chodzi, Bogusławie? Zazdrościsz mi? Mam męża, którego kocham, tak, mam życie, jakiego można pragnąć, i do pełni szczęścia brakuje mi tylko dziecka. Ale Magister Przemysła mówi, że mogę je jeszcze mieć.

Sama nie odważyła się rozmawiać z Magistrem Mikołajem, ale Przemysł powiedział, że takie jest zdanie medyka, więc wierzy mu. Jest jej przykro, że tak się stało, że straciła tamto dziecko, i nie podoba jej się, że Bogusław podważa jej szczęście. Są rzeczy, o których lepiej zbyt długo nie myśleć.

Czerwony gryf na piersi księcia gwałtownie zamachał skrzydłami, jakby chciał wzlecieć w jej stronę. Bogusław położył mu rękę na łbie, uspokajał gryfa. I siebie.

— Wybacz. Po prostu wydawało mi się, że kiedy się spotkamy, będzie tak jak dawniej. Wybacz. Nie chciałem cię zranić. Zresztą na mnie też już czas. Barnim chce, bym wziął żonę.

Zamrugała zaskoczona.

— Mój pan mąż miał szesnaście lat, kiedy wzięliśmy ślub.

Gryf znów zerwał się, gdy drzwi otworzyły się i stanęła w nich, skrywając skromnie twarz w kapturze, Czeremcha. Pochyliła się nisko.

— Księżno pani, pan kasztelan prosi swą córkę do siebie.

Zbysława wstała, odkładając robótkę. Spojrzała na Lukardis; księżna kiwnęła głową i Zbysława, kłaniając się wdzięcznie, wyszła.

— Ja mogę popilnować drzwi — szepnęła gwałtownie Czeremcha i zniknęła za nimi, domykając je szczelnie.

„Popilnować? O co im wszystkim chodzi? Czy mnie naprawdę trzeba pilnować? Czyżby mój mąż mi nie ufał?".

— Lukardis. — Bogusław zerwał się z krzesła, gdy tylko zostali sami. Klęknął przed nią i chwycił ją za oba nadgarstki mocno.

— Bogusławie, co ci?

Patrzył jej w oczy tak, jakby chciał od niej czegoś, jakby w tej jednej chwili miał się zawalić świat. Poczuła się zaskoczona i zmieszana. Próbowała cofnąć ręce, ale trzymał mocno.

— Wiesz, że wszystko mogło się potoczyć inaczej? Wszystko między tobą a mną. To moja wina, byłem za słaby, zbyt uległy ojcu i tym wszystkim obowiązkom, które na mnie nałożył.

— O czym ty mówisz? Uspokój się, Bogusławie. Urodziliśmy się wysoko i musimy wypełnić swoje powinności. Każde z nas...

Rozluźnił uścisk i łagodnie zabrała dłonie. Pogłaskała go po spoconym czole.

— No już, dobrze, nie bądź dziecinny, braciszku... Ożenisz się, może nawet pokochasz swą żonę i odnajdziesz spokój...

Gwałtownie usunął czoło i spojrzał na nią jak ktoś obcy.

— To ty nic nie rozumiesz. Nie poznaję cię, Lukardis! Gdzie się podziała księżniczka Starszej Krwi?

Wzruszyła ramionami.

— Została wielką księżną Starszej Polski — odpowiedziała mu stanowczo.

Drzwi otworzyły się nagle. Zobaczyła Czeremchę próbującą odciągnąć Zbysławę i dwoje zbrojnych sług za nimi. Bogusław szybko usiadł na swoim miejscu.

— Czeremcho! — skarciła łagodnie ulubioną służkę. — Co ty wyprawiasz? Natychmiast zostaw pannę Zbysławę.

Czeremcha puściła dwórkę i skłoniła się nisko, zasapana. Zbysława poprawiła nałęczkę i spojrzała na Lukardis nic nierozumiejącym, ale przepraszającym wzrokiem. Rozłożyła ręce.

— Pani, wybacz. Mój ojciec nie wzywał, to jakieś nieporozumienie. Dziewczyna nie chciała wpuścić mnie z powrotem do ciebie. Wybacz to zajście.

— Nic się nie stało, siadaj z nami, Zbysławo, twoja obecność jest mi miłą — powiedziała z naciskiem, a Czeremcha wycofała się bezszelestnie, nim powtórnie zdążyła ją skarcić. — Książę i ja wspominamy dawne czasy.

Zarembówna chwyciła za robótkę i zajęła się nią, a Lukardis zdała sobie sprawę, iż właściwie ma ochotę udać się na spoczynek. Dalsza rozmowa z Bogusławem ją niepokoiła.

— Lukardis... — szepnął tak cicho, że ledwie go usłyszała, i jednocześnie złapał ją pod stołem za rękę. — Skowronku... inaczej wyobrażałem sobie naszą przyszłość...

Spojrzała zatrwożona w stronę Zbysławy. Dwórka jeszcze niżej pochyliła głowę nad robótką.

— A ja sobie swoją wyobrażałam właśnie tak — odpowiedziała Bogusławowi głośno.

Zabrała rękę, nie chciała, by jej dotykał. Sięgnęła po kielich z niedopitym winem. I pomyślała, że kiedyś, dawno, dawno temu, może i Bogusław był drugim po Barnimie mężczyzną w jej życiu. Ale teraz pierwszym jest Przemysł, jej pan mąż. A ona jest księżną Starszej Polski i to jej wystarcza, nawet jeśli Bogusławowi nie.

JEMIOŁA dusiła się na wrocławskim zamku. Henryk początkowo trzymał ją niczym rajskiego ptaszka w klatce. Kazał dać jej osobną izbę, odwiedzał codziennie, a jak nie przychodził do niej, posyłał giermka, by ją przyprowadził. Gdy wyjeżdżał, nie pozwalał jej opuszczać komnaty. Otwierała drewniane okiennice i wisiała w wąskim otworze okna, próbując złapać choć nieco powietrza. Dzwony kościołów i kaplic przyprawiały ją o ból głowy, dopiero gdy milkły, mogła obserwować życie zamku od strony wewnętrznego dziedzińca. Skrzypienie żurawia studni, stuk chodaków na bruku, szybkie kroki służby i ciche, niemal kocie stąpania urzędników dworskich. Gorączkowe okrzyki kucharza, wyzwiska stajennych, gładki, a pełen jadu język dworzan. Im dłużej tego słuchała, tym bardziej współczuła Henrykowi życia, jakie musi prowadzić. Czasami wracał dopiero w środku nocy. Zmęczony, pokryty siecią zmarszczek. Potrzebował wtedy mocniejszego wina i łagodniejszych pieszczot, by puściły ukryte pod jego wonną, gładką skórą napięte węzły ścięgien. Innym razem po powrocie lśniły mu oczy, nie mógł się uspokoić, opowiadał jej w uniesieniu to czy tamto. Jemioła potakiwała głową, podawała mu piersi do ust i myślała pobłażliwie, że to dziwne tak ekscytować się zwykłą ludzką walką. Znała to, wszyscy mężczyźni, których obsługiwała, byli tacy sami: we własnych snach byli albo zwycięzcami, albo przegranymi. Tyle że to było tylko przepychaniem się z prawdziwym życiem, niczym więcej.

Gdy którejś nocy powiedział, że wyjeżdża na dłużej i chce na czas swej nieobecności odstawić ją do Ludwiny, odetchnęła z ulgą. Ale zaraz złapał ją za gardło lęk, że to mogłoby być odstawienie na zawsze, a ona musi być przy nim, by wypełnić zadanie Dębiny. Patrzyła więc na niego szeroko otwartymi oczami, tańczyła dla niego tak namiętnie, jak nigdy wcześniej, i zaciskała swą pochwę wokół jego miecza tak mocno, aż bolało. Rano pocałował ją w czoło i powiedział, że gdy wróci, Manfred przyjedzie po nią, a izba w jego zamku jest jej i nikt tu nie będzie mieszkał.

I wrócił, choć zupełnie inaczej, niż się spodziewała. Oto bowiem, z orszakiem pełnym gości, zajechał przed „Zieloną Grotę".

Ludwina i dziewczęta dostały znak w południe, że mają usunąć wszystkich klientów, bez obaw o utracony zarobek; książę zapłaci za wszystko.

— Mój pan kazał zadbać o stół i napitek — mówił Fulko, rozmarzonym wzrokiem wodząc za Irgą. — I powiedział, że zjedzie tu z książęcą kompanią.

Ludwina, niezadowolona z niespodzianki, bo akurat dziewczęta obsługiwały kilku czeskich kupców, takich, co płacą srebrem za miłość, a nierzadko zostawiają i kosztowne prezenty, gniewnie sapnęła do młodzieńca:

— Chyba jasne, że jak książę, to z kompanią!

Fulko przełknął ślinę, bo Irga schylała się, podnosząc z podłogi chustkę.

— Nie, nie, pani Ludwino. Książę zjedzie do was z orszakiem innych książąt.

— Co?! Przestań się gapić na nią! Irga, leć sprzątać pokoje, ale Trzmielince i Jeżynce nie przeszkadzaj, niech skończą córuchny. A ty — podeszła do Fulka, jakby chciała go zdzielić ścierką — mów jaśniej, bo czasu mało, a roboty dużo!

Fulko rzucił jeszcze okiem za Irgą biegnącą na górę, lecz gdy zamknęły się za dziewczyną drzwi, została mu tylko rozgniewana Ludwina.

— Pani Ludwino. Przecież mówię: książę Henryk przyjedzie tu dzisiaj zabawić się ze swymi gośćmi. Wracają z pewnego ważnego zjazdu — ściszył głos — w Czechach... i wiadomo, sprawa tajna, nie mogę powiedzieć, skąd dokładnie. Książę chce sprawić radość swym gościom, a wiadomo, że w „Zielonej Grocie" radość kwitnie...

Ludwina nie miała cierpliwości, machnęła szmatą przed nosem giermka:

— Co to za goście i ilu? Konkrety!

Fulko zrobił urażoną minę nieuszanowanego posłańca.

— Książę poznański Przemysł, książęta głogowscy, Henryk i Przemko, książęta opolscy, Władysław i synowie, książę wrocławski Henryk.

— O Matki! — jęknęła Ludwina i poprawiła się natychmiast: — O matko! Dziewcząt mi nie starczy! Każdy taki książę ma swoich przydupasów, a każdy przydupas giermka! Czy nasz pan ukochany oszalał, żeby ich tu wszystkich? Dziewczęta na zmiany będą robić, czy jak on sobie to wyobraża? Przecież „Zielona Grota" to nie podrzędny burdel, tylko przyzwoity przybytek z zasadami!

Jemioła, przysłuchująca się z kuchni rozmowie, parsknęła śmiechem. Fulko poczerwieniał, gdy Ludwina umieściła giermków poniżej przydupasów.

— Mateczko, to książęta, którzy walczyli za jaśnie księcia Henryka — krzyknęła do Ludwiny z kuchni, bo zrozumiała, o co w tym wszystkim chodzi — oprócz tych z Opola, ale najwyraźniej to nowy sojusznik księcia.

— A, rozumiem — Ludwina nadal nie była rada z wizji, że zjedzie jej się tu tyle książąt — wynagrodzenie za wojenne trudy w naturze. Że też zawsze wszystko spada na nas! Klient nasz pan, książę nasz klient. — Zaklaskała. — Dziewczęta, do roboty! Sprzątanie, kąpiel, włosy, ja idę do garów. Ty też! — Wymierzyła spiczasty palec w pierś Fulka. — Pomożesz mi przy gotowaniu, bo sama nie zdążę.

— Ja?!

— A kogo książę Henryk uczynił odpowiedzialnym za przyjęcie, hę? I nie marudź, bo cię przebiorę w zieloną kieckę i będziesz musiał wesprzeć dziewczęta w boju!

Burczała cały czas, przestawiając garnki.

— A biskupów jakichś ze sobą jaśnie książę nie ciągnie? Bo zielone dziewczyny fioletowym nie dają...

— Nie pani, orszak wyłącznie rycerski.

— Pamiętaj, chłopcze, że fioletowego to ja wyczuję nosem, nawet jak się przebierze za kupca. Był tu raz taki jeden, niedawno. Udawał posła, a ja od razu wiedziałam, że leci od niego święconą wodą i kadzidłem. A jak wybrzydzał, mówię ci, chłopcze, jak frymarczył! Solą natrzyj.

— Wybrzydzał? Na nasze panny nadobne?

— Nie na panny, tylko na ceny. Za darmo by chciał! Zaraz sobie pomyślałam, że to jakiś sknerus z Krakowa albo kupiec z Poznania.

— No i co?

— No i miałam rację! Tłuszczem podlej. Nie tu, dziecko, do rynienki! Biskup krakowski to był we własnej, choć przebranej osobie! Tfu!

— Och! Paweł herbu Półkozic?! On słynie z miłości do gładkich pań.

— Mięsa nie przypal. Obracaj rusztem. Czego oni was na tym dworze uczą? A jak ten biskup taki słynny, to co? W Krakowie mu już panny nierządne nie dają? Znam ja takich, paniska, a płacić nie chcą, jakby im się należało. Pogoniłam go, powiedziałam, że dziesięciny w naturze się nie płaci, to raz, a ja jestem inna diecezja, to dwa! Dziewczyny! Córuchny! Jak tam?

Jemioła i jej siostry były gotowe. Gdy goście weszli do „Zielonej Groty", czekały. Jeżyna, piegowata i ruda, opierała się plecami o Trzmielinę, która swe ciemne, bujne włosy rozpuściła luźno. Irga i Wierzbka zaplotły warkocze, jedna jasne, druga niemal czarne, i stały, trzymając się za ręce. Jemioła zaś opierała o biodro kosz czerwonych zimowych jabłek i częstowała nimi gości. Henryk puścił jej oko, ale zaraz po tym przebiegł wzrokiem po pozostałych dziewczętach. Policzył je. Jemioła, tak jak i Ludwina, wiedziała, że jest ich o jedną za mało dla samych książęcych gości.

— Panowie! Druhowie moi! Popatrzcie na te kwiaty! — Henryk szerokim gestem zaprosił książąt.

Z tyłu tłoczyli się równie ciekawi dziewcząt, a ubrani nie mniej godnie od panów ich towarzysze; obszerna izba wypełniła się śmiechem i gorącymi oddechami. Ludwina już zaprzęgła do pomocy służbę księcia i w mgnieniu oka zastawiła stół. Podawała gościom piwo z miną królowej wyciągającej dłoń z pierścieniem do ucałowania.

— „Świdnickie Ciemne"?! — krzyknął książę opolski po wychyleniu kubka.

— Tak — odpowiedziała Ludwina.

— Piwo, któremu nie oparł się papież!

— Tak. — Skinęła głową.

— Synowie moi! — Książę opolski miał wniebowzięty wyraz twarzy. — Pijcie, bo to prawdziwa historia Śląska! Henryku! Ja odstępuję kwiaty synom, ja, jeśli pani pozwoli — chwycił Ludwinę za pulchną dłoń — dotrzymam towarzystwa pani.

— Ale ja daję tylko piwo — uściśliła Ludwina.

— Ależ ja nie pragnę niczego więcej!

Jemioła przyglądała się książętom. A jej przyglądał się ten wysoki, smukły, o włosach w barwie ciemnego bursztynu, ze stojącym lwem na piersi. Widziała też, że jego właśnie największymi względami otacza Henryk, i zastanawiała się, co z tego wyniknie. Goście nasycili głód i coraz mniej uwagi poświęcali piwu, coraz częściej zerkali na siostry. Ten z lwem wstał pierwszy i podszedł do niej.

— Jak ci na imię?

— Jemioła.

— Więc nie kwiat?

Nie odpowiedziała. Uśmiechnęła się. Położył jej lekko rękę na ramieniu i zapytał:

— Idziemy?

Spanikowała. Co robić? Spojrzała pytająco na Henryka.

Zacisnął szczęki na chwilę. Znała ten grymas. Ale opanował się i powiedział do tego z lwem:

— Myślałem, Przemyśle, że wolisz złotowłose.

„A więc to jest Przemysł! No tak, stojący lew! Widziałam ten znak na bramie zamku w Poznaniu. Więc to do niego nosiłam wiadomość...". Zaraz potem przypomniała sobie wszystko, co o Przemyśle mówił Henryk. „Podziwia go i jednocześnie nienawidzi. Są rywalami. No to wpadłam".

— Wolę ją — powiedział głosem nieznoszącym sprzeciwu — jeśli nie masz nic przeciwko temu.

Henryk się roześmiał.

— Skądże! Jesteś moim gościem i ty wybierasz! Mogę tylko dodać, że masz dobry gust! Jemioło! Nie spraw zawodu księciu Przemysłowi i mnie.

Idąc na górę, przemknęło Jemiole przez głowę, czy on nie zawiódł jej, ale odpędziła tę myśl jako dziecinną. „To tylko praca. Moja praca". I wzięła się do roboty.

Przemysł był w miłości mniej wyuzdany od Henryka. Cieszył się nią, jej ciałem, swoim podnieceniem. Niczego jej nie udowadniał i niczego na niej nie odreagowywał. Spragniony jak młody lew. Zapomniała się. Nagle zdała sobie sprawę, że zapomniała się i kochała z nim, zamiast dawać mu miłość. Powinna być w pracy, potęgować jego namiętność, dawać zaspokojenie jak nagrodę. A ona po prostu kochała się z nim i po raz pierwszy od niepamiętnych czasów sama doznawała rozkoszy. On śmiał się do niej, a ona do niego, jakby znali się od lat, jakby ich ciała rozpoznały się po długiej rozłące i pozbawione wzajemnych żądań i roszczeń cieszyły się miłością czystą niczym kąpiel w rzece. Gdy zaś skończyli się kochać, stało się coś, co jeszcze nigdy nie przydarzyło jej się w pracy: zasnęła.

Obudziła się w ramionach Przemysła i zerwała na równe nogi. Roześmiał się.

— Nie uciekaj.

— Wybacz, panie...

— Ja też dopiero się obudziłem. — Wyciągnął po nią rękę. — Połóż się przy mnie, proszę.

— Sprawdzę, co na dole...

— Nie musisz. Jesteś ze mną.

Położyła się przy nim. Otoczył ją ramieniem, a ona odruchowo chwyciła go za rękę. Zawstydziła się i chciała cofnąć dłoń, ale przytrzymał jej palce.

— Masz miękkie dłonie — wymruczał — i stopy. — Zanurkował niespodziewanie pod koc. Pocałował ją w kostkę i ułożył z powrotem. — Wiesz, że mój dziad miał sześć palców u lewej stopy? — powiedział leniwie.

Parsknęła śmiechem. „Henryk mówił mi to samo. Czy to jest ich sposób na kobiety? Opowieść o sześciopalcym dziadku?".

— Z czego się śmiejesz? To był...

— ...śląski bohater... wiem, wiem książę.

— Jesteś dziewczyną Henryka? — domyślił się szybko.

— Teraz jestem twoją dziewczyną.

— A jak wyjadę?

Zamyśliła się.

— Nie wiem, co będzie, jak wyjedziesz. Nie wiem, czy Henryk będzie mnie jeszcze chciał...

„Dlaczego to powiedziałam? Nie powinnam być taka szczera".

— Jeśli nie, to przyjedź do Poznania. Zaopiekuję się tobą.

— Byłam już w Poznaniu.

— I ja cię nie widziałem? Dużo straciłem...

— Nie mów tak, książę, bo ci uwierzę — roześmiała się. — To ja przyniosłam wiadomość o uwięzieniu Henryka. Przekazałam ją twojemu giermkowi, nie śmiałam iść dalej.

— Szkoda...

— Słyszałam za to wiele o twojej pięknej żonie.

Ożywił się.

— Prawda, że jest cudowna? Lukardis... ma na imię Lukardis...

— Tak mówią. Ale nie widziałam księżnej. Kochasz ją — stwierdziła Jemioła.

— Kocham. Jest najsłodszą istotą, jaką znam. Nie gniewaj się... — Odgarnął jej włosy z czoła.

— Panie. Ja jestem tylko...

— Nie, nie. Nie jesteś.

Uniósł się na ramionach i wpatrywał w twarz Jemioły.

— Nie jesteś dziwką. Przynajmniej nie dla mnie.

Pocałowała go i pomyślała, że teraz jej życie skomplikowało się jeszcze bardziej.

JAKUB ŚWINKA miał niespokojne sny. Nawiedzały go wizje rodem z *Kronik Czasu Przebrzmiałego*. Widział w nich Bezpryma i kobietę obok niego, i to biedne dziecko, Propateryka, wysyłanego do klasztoru w głąb Węgier. Nie powinien go tak ujmować los króla wyklętego, a jednak nie potrafił się od tych snów wyzwolić. Znał już niemal na pamięć oba pergaminy, a wciąż nie był nawet o krok bliżej odnalezienia ich autora. Co gorsza, trzeci z pergaminów, które ułożone były razem, ten, który wydawał mu się aktem nadania ziemi, był całkowicie nieczytelny. A on mógł stanowić klucz do zagadki.

Albo chociaż światełko w tunelu — mruczał Jakub, po raz kolejny wpatrując się w rdzawe plamy.

Od dwóch dni pracował z nim już kustosz katedralny Filip i on to właśnie natchnął Jakuba Świnkę pomysłem.

— Braciszkowie z Lądu!

— Co proszę, Filipie? Na co nam tu cystersi?

— Nie oni nam tu, Jakubie drogi, ale my do nich z pergaminami.

— Ach!... Rozumiem...

Cystersi z wielkiego lądzkiego opactwa słynęli z wielu rzeczy: z bogactw, z cudów techniki, z gospodarności i z zaufania księcia Bolesława, jakim się cieszyli. I z pewnego faktu znanego w wąskim gronie osób: umiejętności nad wyraz biegłego podrabiania dokumentów. Mnisi mieli słabość do słowa pisanego. Od początku fundacji klasztoru chcieli mieć wszystko od książąt na piśmie. Nie wystarczało im książęce słowo, nadanie ogłoszone uroczyście po mszy we wszystkich kościołach. Z cysterskim uporem powtarzali, że lud tu rodzimy i pamięć rodzima, a oni, skromni przybysze z dalekiego Altenbergu, z dalekiej Kolonii, wszystko muszą mieć spisane. W tym względzie nie można na nich powiedzieć złego słowa, prowadzili swą kancelarię wzorowo i żadnych nadużyć wobec książąt Starszej Polski nigdy nie czynili. Ale w wąskich kręgach gnieźnieńskiej kapituły mówiło się to i owo. A to, że przybysze z dalekiej Francji potrafią przyjechać do opactwa z prośbą, by cystersi im przygotowali jakiś dokument rzekomo zaginiony w przeszłości. A to ktoś z Niemiec w podobnej sprawie, albo i z Karyntii. Szeptano, że nawet Hiszpanie i Włosi z tajemnymi misjami do cystersów z Lądu przybywają. I przy okazji zaznaczano, że nikt nigdy reklamacji nie składał.

— To są mistrzowie, Jakubie — mówił Filip, gdy byli już w drodze do Lądu. — Jak trzeba zrobić dokument francuski, to przez swych braci ściągną pergamin, jakiego używa się na francuskim dworze. Dokładnie taki sam. A jak dokument ma być stary, to go moczą, brudzą, szorują kamieniem, czyszczą.

— Ach, żeby to jeszcze nie byli Niemcy...

— Jakubie Świnko! Bądź tolerancyjny. Wszyscy wiemy, jakie masz długie zęby na Niemców, ale czasami mógłbyś sobie darować.

— Autentyki z Lądu. — Świnka zaśmiał się nerwowo i przycisnął do piersi swoje pergaminy.

Miał wiele wątpliwości, a najbardziej martwił go fakt, że komukolwiek musi je pokazać. Gdyby miał jakieś wyjście, gdyby znał jakikolwiek inny sposób na odkrycie prawdy o pergaminach, nie wynosiłby ich z krypty.

Położone nad Wartą opactwo cystersów w Lądzie, wraz z kasztelanią lądzką, zwano „wrotami Starszej Polski" i kilkanaście lat temu książę Bolesław wdał się w długą i krwawą wojnę o jej odzyskanie z rąk Kazimierza Kujawskiego, ojca Karła. Nie odpuścił, póki nie wydarł ziemi i nie przyłączył do Starszej Polski całej kasztelanii.

Na dziedzińcu powitał ich Luberyk, opat. Zgodnie ze zwyczajem poszli najpierw się pomodlić, a potem w milczeniu opat poprowadził ich do pracowni skrybów, w północnej wieży klasztoru. Skinieniem głowy przekazał ich w ręce dwóch pracujących tam mnichów.

Jakub Świnka drżącą ręką wyjął pergaminy. Cystersi od razu, bez pytania, ten pokryty niemal w całości pleśnią włożyli do czegoś w rodzaju skrzynki i nakryli szmatką nasączoną w wydzielającym gryzącą woń płynie.

— Bracia. Sprawa, której dotyczą, zostać musi tu, między murami waszego zgromadzenia. To kawałek historii naszego kraju.

Łysy, bardzo wychudzony braciszek pochylił się nad *Kronikami*. Przebiegł tekst wzrokiem i powiedział głosem obojętnym:

— Znam temat. U nas to było w Kronice z Braunweiler.

— I ta, czekaj, jak jej tam, bracie? — wtrącił się zaglądający mu przez ramię drugi mnich, równie chudy jak tamten. — *Kronika węgierska* biskupa Chartiritusa. I jeszcze *Chronica Boëmorum*...

— Kosmasa.

— Tak. Kosmasa.

Kosmasa czytał i Jakub Świnka, ale tamtych kronik nie znał. Zwrócił się do obu chudych cystersów:

— Bracia...

Patrzyli na niego małymi, świdrującymi oczkami, udając, że nie wiedzą, o co chodzi.

— Bracia...

Pierwszy w końcu chrząknął:

— Bez imion, za pozwoleniem.

A drugi dodał:

— Taką mamy zasadę.

Świnka westchnął. Właściwie nie było mu do niczego potrzebne wiedzieć o nich cokolwiek więcej.

— A zatem... bracia. Czy moglibyście w jakikolwiek sposób ustalić, kto i kiedy napisał te dwa pergaminy?

Kiwnęli równocześnie głowami, każdy wziął po jednym i pochylili się nad nimi, nie zwracając żadnej uwagi na Filipa i Jakuba. Za to Jakub Świnka bacznie patrzył na wszystko, co robili, aż Filip syknął na niego, żeby nie przesadzał.

Niezadowolony Jakub usiadł na ławie obok Filipa, i tylko z daleka zerkał z niepokojem, jak cystersi badają pergaminy. Jeden bezceremonialnie zdrapywał pleśń paznokciem. Drugi pod światło oglądał brzegi. A obaj paluchami przejeżdżali po literach, co bardzo martwiło Świnkę, że wytrą pismo. Kiedy zaś ten chudszy bez zastanowienia wylał na pergamin rzadką ciecz z małej butelki, kantor jęknął:

— Boże Wszechmogący! Co ja narobiłem!

— Cicho! — Głos z góry był niczym grom z jasnego nieba. — Kto szuka, nie błądzi!

— W imię Ojca i Syna! — szepnął przerażony Filip. — Słyszałeś to?

Cystersi na chwilę unieśli głowy, zastrzygli uszami i wrócili do pracy.

— Jakubie... — szeptał Filip — słyszałeś to?!

Jakub Świnka zamrugał i nim zdążył odpowiedzieć, odezwali się badacze:

— Jeden i drugi wyszły spod tej samej ręki. Mniszka Floryna, klasztor Hillersleben.

— Co? Kobieta? — Jakub jak wstał, tak usiadł. — Nie pomyliliście się, braciszkowie?

— Nie — odpowiedzieli jednym głosem.

— Roczniki kwedlinburskie też spisywały mniszki... — Filip chciał jakoś podnieść na duchu Jakuba. — W niemieckich klasztorach opatkami były cesarzówny...

— Hillersleben to dom zakonny dla dobrze urodzonych mniszek — potwierdził chudy. — Coś jeszcze? — Wyraźnie chciał zakończyć rozmowę.

— Tak... A można przybliżyć czas powstania dokumentu?

— Lata sześćdziesiąte.

— Którego wieku? — dopytał Filip.

Chudy i chudszy zmierzyli go chłodnym spojrzeniem.

— Jedenastego.

Filip był nieustępliwy:

— A po czym to można stwierdzić?

— Minuskuła w rozkwicie. Wydłużenia górne i dolne liter znacznie ponad normę.

— Zamknięte „g" u dołu. Oddzielone słowa.

Jakub pomyślał o nich z uznaniem. Nic dziwnego, że cała Europa się tu zjeżdża. Sam w życiu nie doszedłby do tego.

— No i trzeci pergamin — przypomniał, wskazując palcem na ten, który włożyli do skrzynki.

Chudy pokręcił głową i pokazał klepsydrę.

— Jeszcze nie czas. Proszę poczekać.

Jakub i Filip siedzieli na ławie, a cystersi wrócili do swojej pracy. Chudszy z koszyka wyjmował kłębki różnobarwnych nici, podawał chudemu, a ten skręcał je z wprawą prządki w sznureczki. Dokładnie takie, jakich używa się do przytwierdzania pieczęci... Gdy zrobili dwa sznurki, jeden w barwach żółtych, zielonych i niebieskich, drugi purpurowo-białych, i Jakub Świnka zaczął się zastanawiać z trwogą, czyje podrobione pieczęcie na nich zawisną, wstali jednocześnie, jak na komendę, i podeszli do skrzynki z pergaminem. Jakub powstał, choć Filip pociągnął go za suknię. Cystersi zdjęli szmatkę z dokumentu. Od spodu była rdzawa, jakby wzięła na siebie całą pleśń. Pergamin zaś odbarwił się na zielono, ale wyłoniły się z niego dość czytelne litery. Chudy osuszył go, bezceremonialnie machając, i rozłożył na stole. Jakub Świnka truchcikiem podbiegł do pergaminu, nie zważając na protesty Filipa. Cystersi odsunęli się od stołu, nie patrząc na treść dokumentu.

— Proszę — powiedział chudszy — nasza robota zrobiona. Zawartość to już wasza sprawa.

A chudy dodał:

— Jest ślad po pieczęci księcia Zbigniewa, brata księcia Bolesława, zwanego Krzywoustym. Ale pieczęci nie ma, pewnie odpadła, bo kancelaria Zbigniewa była kiepska i używali nieutwardzanego ołowiu. Poza tym to akt sprzedaży tylko zatwierdzany u księcia, więc nie dawano pieczęci głównej, jedynie asygnatę.

Jakub ukłonił się obu cystersom. Pomyślał z uznaniem, że mimo iż to Niemcy, to jednak wybitni specjaliści. Pochylił się nad dokumentem. I poprosił o wodę.

Synowie Propateryka zamieniają wieś rodową Świątki na wieś Cielcza...

— A widzisz! — Głos z góry zagrzmiał radosną nutą.

MŚCIWÓJ, książę Wschodniego Pomorza, przeklinał dzień, kiedy ożenił się z półorlicą półlwicą, piekielną wdówką Eufrozyną. Przeklinał Janisa, który podpowiedział mu wdówkę wojewodę słupskiego Święcę, który wpadł na Eufrozynę, i siebie, że jest stary, głupi i podejmuje decyzje zalewane miodem i winem. Eufrozyna była brzydka, to raz. Kłótliwa i swarliwa, to dwa. W łożu niewygodna, koścista, niechętna i wszystko wskazuje na to, że niepłodna. To znaczy aktualnie niepłodna, bo dzieci własnych miała sporo, w tym jednego karła, czego z początku nie chciał jej z powodu dobrego wychowania wypominać, a teraz, gdy darli ze sobą koty, raz po raz zdarzało mu się wymsknąć. Nie znosił baby i tyle. I rwał włosy z głowy, że oto na stare lata zachciało mu się dziedzica i z dynastycznej pazerności wpakował się w tarapaty. Bez przerwy szczuła go na Krzyżaków, jakby bez jej gadania sam ich wystarczająco nie znosił. Wszystko to razem sprawiało, że albo był na polowaniu, albo na objeździe księstwa, byleby tylko nie w domu. I kiedy tak z Żeliborem siedzieli sobie jednego wieczora przy miodzie, przyszło mu do głowy, że można by się tak wypuścić na jakąś wojnę. Jak już wpadł na to, to rozpuścił szpicli, co tam słychać u Brandenburczyków, a jak cisi ludzie wrócili, to Mściwój raz dwa umówił się w Nakle z Bolesławem, księciem Starszej Polski.

— Bolesławie!

— Mściwoju! Jak Krzyżacy?

— Skarżą mnie u papieża.

— A Eufrozyna?

— Ach, książę, gdybym ja tak mógł na nią gdzieś naskarżyć. Piekło w domu.

— Tak źle? Przecież to ledwie trzy lata po ślubie, może się jeszcze dotrzecie...

— Prędzej zatrzemy. Nie mówmy, książę, o czarownicach przed nocą! Mam dla ciebie dużo ciekawsze wieści... Askańczycy się zbroją na potęgę.

— Jedni i drudzy?

— Uhm. Wina coś nie widzę?... Pościsz, książę?...

— Poszczę. Ale tobie nie pożałuję. — Bolesław skinął na służbę.

Mściwój umoczył wydatne wargi w kielichu, na wszelki wypadek pociągnął większy łyk.

— Po zeszłorocznych zjazdach w Opawie złoty Przemyślida zwołał wszystkie swoje książątka pod skrzydła płomienistej orlicy. Nie wiem, co tam w tej sprawie na Śląsku, ale wiem, że obaj Ottonowie brandenburscy szykują wielkie wojska dla Přemysla. Teraz, wiosną pozbierali ludzi i myślę, że lada dzień wyskoczą na południe, do swego czeskiego seniora. Będzie wojna z królem Niemiec, Rudolfem.

— Ślązacy też zbierają hufce dla Czechów. Henryk wrocławski, Głogowczycy, Władzio opolski.

— A twojego bratanka nie ciągną do koalicji? — Mściwój łypnął na Bolesława. Ciekaw był, jak książę radzi sobie z niepokornym Przemysłem.

— Mój bratanek, Mściwoju, ma łeb na karku.

— Gadasz...

Bolesław roześmiał się i poklepał Mściwoja po ramieniu.

— Ręka w rękę, łeb w łeb. Jesteśmy niepodzielni!

— I nie masz mu już za złe tych jego wyskoków do Wrocławia?

— Przeciwnie. Są układy pisane i są słowa honoru. I są racje stanu, ponad wszystkim.

— Mówisz zagadkami. Napiję się.

Mściwój święcie wierzył w swego Magistra, który zalecił mu wino na rozjaśnienie umysłu, mimo iż Magister właśnie wziął i umarł. Wypił i od razu zrozumiał, co ma na myśli Bolesław. Z uznaniem pokiwał głową.

— Aaa! Głębsza sprawa! No, no. Gratuluję.

Teraz zaczął się zastanawiać książę Starszej Polski.

— Powiadasz, niedługo pociągną?

— To nie wszystko. Otto Długi już siedzi w Pradze. Ale za to jego kuzynek, Otto ze Stendal, kłótnik, nie dość że zbiera wojsko dla Czechów, to jeszcze wdał się w wojnę z Magdeburgiem i książątkami Pomorza.

— Bardzo ładnie. Widzę, że współpracujesz z Barnimem?

— Uhm. Chociaż wiesz, że z ciężkim sercem, bo Barnim zalazł mi za skórę niesprawiedliwie...

— Nie zaczynaj — przerwał mu Bolesław. — Wolę wersję poprzednią. Skupmy się, Mściwoju. Łyknij sobie, służy ci to winko, widzę.

— A dziękuję, dziękuję za komplement. Pomyślmy, wielki książę, o Santoku, kluczu i strażnicy twego księstwa.

— Czytałeś *Cronicae et gesta ducum sive principum Polonorum*? — krzyknął zdumiony Bolesław.

Mściwój się otrząsnął.

— Ty mnie obrażasz, książę? Ja nie jestem mnichem, żebym musiał czytać!

— Wybacz. W *Kronice* jest takie właśnie zdanie: „Santok klucz i strażnica królestwa".

— No, to może jakiś mnich mnie podsłuchał i wziął to sobie, i zapisał... — udobruchał się Mściwój.

— Nie, on dawno nie żyje.

— A, to i nie zawracajmy sobie nim głowy, wieczny odpoczynek. Ja zresztą powiedziałem „księstwa", nie „królestwa", chociaż, jeśli o mnie chodzi, to życzę ci jak najbardziej. Jakby tak popatrzeć po Piastach, to, wybacz szczerość, nadajesz się, Bolesławie. I imię masz królewskie.

Książę Starszej Polski polał Mściwojowi i uśmiechnął się.

— Ale ambicji nie mam. Nie ja jestem tym, który odnowi królestwo. Ale, kto wie, może jesteś blisko.

— Ja?! — zakrztusił się Mściwój.

Bolesław nie patrzył w jego stronę, lecz gdzieś daleko.

— Jest taka legenda o orle obudzonym przez lwa... O rycerzu czystego serca, który zdobędzie Graala.

— Graala? To jest to coś z pieśni? Moja poprzednia, świeć Panie nad jej duszą, żona, lubiła minezingerów, lubiła sobie posłuchać. Masz kogoś konkretnego na myśli? — Gdy zadał pytanie, już dotarło do niego, o kim mówi Bolesław.

Zrobiło mu się gorąco. Przypomniał mu się ojciec, Świętopełk, zabójca ostatniego piastowskiego księcia seniora. I przedśmiertne błaganie ojca o zadośćuczynienie krzywdy. O odkupienie jego duszy. Ale jak? Jak?

— Może dzisiaj nie czas jeszcze o tym mówić, Mściwoju. Pewne idee potrzebują się nie tylko wykluć, ale i rozłożyć skrzydła. Gdyby jednak, z jakiegoś powodu, nie starczyło nam czasu na taką rozmowę, chcę skierować twoje przenikliwe oczy na mego bratanka.

Czarny gryf na piersiach Mściwoja skłonił się niespodziewanie.

— No, chętnie bym chłopaka poznał, bo przecież jeszcze się nie złożyło... — Mściwój źle się czuł na grząskim gruncie zagadek, które zbyt blisko łączyły go ze wspomnieniem zbrodni ojca.

— A zatem Santok! — Bolesław wrócił z legend na ziemię. — Skoro Askańczycy mają wielkie wojny na karku, trzeba ruszyć na Santok i odbić z ich rąk klucz i strażnicę królestwa!

Mściwój usłyszał, że książę się przejęzyczył, ale nie zwrócił mu uwagi. I niespodziewanie dla siebie samego ofiarował:

— Chętnie stanę u twego boku, jeśli ruszysz na Santok.

Bolesław dolał do kielicha z wodą kilka kropel wina i wzniósł go w górę.

— Druhu mój! To będzie wyprawa! Stary lew i stary gryf pokażą brandenburskim orlątkom, jak się zdobywa grody!

Mściwój poczuł wiatr w skrzydłach gryfa, świeżutką morską bryzę na gładko wygolonych policzkach.

— Bolesławie! Ty i ja. Miecz, ogień i miecz! Puścimy z dymem czerwonego orła, aż smród palonych piór oznajmi światu, że odzyskałeś Santok!

— Ach, gdyby tak można było cofnąć czas i wypchnąć ich z powrotem za Odrę!

— Kto wie! Rogatka sprzedał im ziemię lubuską, bo potrzebował gotówki na walkę z własnym bratem, ojcem Henryka wrocławskiego. Może, jak się teraz na nim z okupu obłowił, to wykupi ziemię z powrotem?

— Nie, Mściwoju. Dla Brandenburczyków to była transakcja tysiąclecia. Za nic w świecie nie oddadzą ziemi lubuskiej. Bez ulania kropli krwi, płacąc długi Rogatki, przeszli sobie jak panowie na naszą stronę Odry. Do dzisiaj nie mogę dojść, jak można było być tak krótkowzrocznym, by im ją sprzedać?

— Ale może z czasem uda się ich wykurzyć? Jakby kilku książąt skrzyknąć? Kto wie... A swoją drogą to Rogatka teraz jest teściem twojej najstarszej córki, co?

— Cała moja nadzieja w Elżbiecie. Nadzwyczaj rozumna dziewczyna. A syn Rogatki, Henryk, zwany Grubym, okazał się niezłym wodzem.

— Słyszałem, wziął twojego Przemysła w niewolę. A on naprawdę jest taki tłusty, jak mówią? Ode mnie grubszy? — Mściwój odwrócił się do Bolesława profilem.

— Grubszy. I nie jest taki głupi. Kto wie, może jeszcze będzie z niego dobry gospodarz. A w każdym razie liczę na dobrą współpracę z zięciem.

— A jak tam nowa córka? Dobrze się chowa?

— Dobrze. Grzeczniutka.

— A Jadwidze już znalazłeś męża?

— Nie, Jadwinia jest taka dziecinna. Ona chyba nie nadaje się do małżeństwa.

— Ach, co ty gadasz, widziałem ją. Ładna dziewczynka, tylko taka malutka, nieśmiała. Ale na oko, wszystko ma jak trzeba. Henryk wrocławski nie ma żony. Dawaj ją za Henryka.

— Nie, Henryk prawie jak Niemiec, a nie mogę dać dziewczyny za Niemca...

— Coś mi się wydaje, że za bardzo jesteś ojczulkiem, a za mało księciem. Popłacze, popłacze i pokocha.

— Nie, daj spokój, Mściwoju. Niech sobie jeszcze w domu dziewczynka posiedzi. Wracając do Santoka. Widzę to tak: zbierzemy lotne wojsko. Żadnych specjalnych taborów. I uderzymy pod przykryciem, znienacka.

— Ja mogę być gotów za trzy tygodnie.

— I dobrze. Arkenbold Zaremba wystawi mi wojsko równie szybko. Porozumiem się z Barnimem, by oni częściowo wiązali siły Ottonów od północy, wystarczy że będą ich nękać podjazdami. A my poczekamy, aż Brandenburczycy ruszą na pomoc Przemyślidzie, i uderzymy.

Uścisnęli sobie prawice. Oczy starych książąt paliły się do tej wojny, do zwycięstwa.

Mściwoja coś tknęło:

— Weźmiesz ze sobą Przemysła?

Bolesław się uśmiechnął.

— Nie. Mam dla niego inne zadanie.

— I dobrze. Stary lew i stary gryf nie muszą się w walce ścigać z młodymi!

MECHTYLDA ASKAŃSKA z rozkoszą patrzyła na czteroletniego synka, Barnima. Dała mu imię męża, nie z miłości do starego księcia Zachodniego Pomorza, lecz z miłości do władzy. Brzydziła się sentymentalizmem i swoje dzieci wychowywała w trzeźwości umysłu. Lud kochał starego Barnima jak ojca i czcił niczym morskiego boga, więc gdy księcia zabraknie, przeniesie tę miłość na jej syna. Bo lud musi kogoś kochać i kogoś nienawidzić.

— Barnimku, nie wyrywaj ptaszkowi piór ze skrzydeł, bo nie poleci! — skarciła syna z uśmiechem.

— Chcę, żeby nie latał! — Małemu błyszczały oczy. — Chcę, żeby chodził!

Popatrzyła na niego z czułością i nie zabroniła tego niewinnego dziecięcego okrucieństwa. To tylko domowa gęś, zabawka, nic więcej.

Nie martwiła się, że Barnim nie przykłada ręki do wychowania syna. Książę mąż był już stanowczo za stary i nie nadawał się na ojca. Brakowało mu ikry, zapału, ognia, który dać trzeba dzieciom, by niosły w świat zwycięzców. Siedział z templariuszami i kontemplował ich księgi, szukał rozwikłania zagadki życia. Też coś! Mechtylda miała wobec życia własne plany i jak każda czystej krwi Brandenburka szła prosto do wytyczonego celu.

— Pani. Twój kuzyn Otto IV ze Stendal.

„No właśnie!".

Wysunęła stopę w czerwonym obcisłym trzewiku, by Otto widział jej smukły kształt. Z dzieciństwa pamiętała, że ma obsesję na punkcie kobiecych stóp.

— Kuzynie!...

— Mechtyldo...

„Jakie to proste. Całuje mnie w czubki palców, patrząc na szpice mych butów".

— Twój syn wspaniale rośnie. — Obrzucił uważnym wzrokiem Barnima. — Moja żona wciąż nie może począć, prosiła, bym pomówił z tobą, wiesz przecież, jak Heilwiga cię szanuje.

— O tym później, drogi mój. Zdobyłeś?

— Zdobyłem.

Wyjął z rękawa wąski, długi zwój pergaminu.

— Kancelaria Přemysla Ottokara przygotowała to jako wsparcie kampanii wojennej. Odezwa do ludu polskiego.

— Pokaż.

Rozwinęła i rzuciła okiem.

„Badając dokładnie i przezornie wszystkie rodzaje ludów, przekonaliśmy się, że szczególnie podobny nam jest naród rozległej Polski...".

Wybuchła dźwięcznym śmiechem i odłożyła pergamin.

— Synku! Pójdziesz teraz z piastunką, a mamusia będzie za tobą tęskniła. — Ucałowała jego gładkie, wypukłe czółko i strzeliła palcami, by już wyszli. Gdy została sama z Ottonem, usiadła bokiem, żeby nie musiał wykręcać głowy, patrząc na jej stopę ściśle opiętą czerwonym bucikiem.

— Chcę, byś wsparł mego brata w walce o tron czeski.

— Jesteś bardzo bezpośrednia, Mechtyldo — Otton popatrzył na nią z uznaniem — i nad wyraz dalekowzroczna. Tron czeski zajmuje prawowity król Přemysl Ottokar.

— Přemysl wdał się w wojnę, z której nie wyjdzie cało. Ty i mój brat staniecie wiernie przy jego boku, nie dlatego, by on wygrał wojnę, lecz byście wy ugrali własną. Ty, Ottonie, nie masz praw do czeskiego tronu, ale mój brat ma, bo nasza matka była Przemyślidką. To pierwsza część planu. A druga jest taka, że gdy opanujemy Pragę, mój brat i ja wesprzemy ciebie, byś przekroczył Odrę i zajął Starszą Polskę.

Otto wpatrywał się w Mechtyldę, a ona w niego. Znała go, wiedziała, że kuzyn marzy o tym, co ona wypowiada głośno.

— Stworzymy imperium od Pragi do morza, brandenburskiego węża, który będzie połykał ziemie. Dwa cele: złoto Przemyślidów i ziemie Starszej Polski. Dzisiaj ty pomożesz mojemu bratu, zapominając o dawnych urazach, a jutro on pomoże tobie.

Pochylił się do jej dłoni i ucałował je.

— Jak każesz, pani! Jestem gotów. Wpłyń jednak na swego męża, bo nęka mnie podjazdami na Pomorzu. Oczywiście oficjalnie to tylko bezpańscy rycerze albo poddani książątek rugijskich, ale wiadomo, że stary za tym stoi. Tymczasem jest winien dać mi zbrojną drużynę na każdą moją wojnę.

— Barnimem się nie przejmuj. Biorę go na siebie.

— Nieoceniona. A w sprawie delikatnej? W kwestii mojego potomka? Co mogę przekazać żonie?

Mechtylda stanęła przed Ottonem i czubkami palców dotknęła jego brody. Odchyliła głowę i przyglądała mu się spod przymkniętych powiek.

— Zależy mi na każdym nowym askańskim dziecku... — powiedziała wolno i cicho — więc zrobię dla ciebie i twej żony to, co w mojej mocy...

Otto chwycił zębami jej palce i przesunął językiem wokół pierścienia Mechtyldy. Ona postąpiła krok do przodu i postawiła stopę na kolanie kuzyna. Poczuła, jak Otto napina uda.

— Myśl teraz o tym, jak przekazujesz krew, jak twoje nasienie zasila łono...

Uniosła lekko suknie, by mógł zobaczyć śnieżny jedwab jej nogawiczki, by mógł sięgnąć w głąb jej własnego łona. Posadził ją na swoich kolanach jednym ruchem, aż jęknęła z rozkoszy. Och, to, nad czym tyle musiała pracować z własnym mężem, Otto dawał jej na samym początku. To jest prawdziwa askańska krew! Trzymał biodra Mechtyldy i, nie wypuszczając jej palców z ust, wypełniał łono szczelnie. Odchyliła głowę w tył, jęcząc z rozkoszy. On wchodził w nią coraz szybciej i mocniej, aż nałęczka Mechtyldy spadła z włosów na ziemię.

„Heilwiga to idiotka — pomyślała, zaciskając szczęki — gdybym ja miała takiego ogiera w stajni, nie wypuszczałabym go na obce pastwiska". Czerwony orzeł Mechtyldy dosiadł orła Ottona i krzyczał jak jego pani. Kuzyn wczepiał się konwulsyjnie palcami w jej piersi, uderzyła go lekko w twarz, bo nie chciała, aby podarł jej suknię. Chwycił Mechtyldę za biodra i wstał, by skończyli w powietrzu. Jęknęła przeciągle i nisko.

— Och... postaw mnie. Muszę wracać na ziemię.

Podniosła nałęczkę i upięła na włosach, zręcznym ruchem poprawiła suknie i odwróciła się do Ottona.

— A teraz idź i zrób to samo z Heilwigą — powiedziała słodko i okrutnie.

Gdy wyszedł, kazała sobie przynieść pieczoną kaczkę z borówkami i wino. Jedząc, przeglądała posłanie Přemysla Ottokara do Polaków, pergamin, który przyniósł jej Otto.

„Polska bowiem we współbrzmieniu języka zgadza się z nami, z ziemiami naszymi łączy najbliższym sąsiedztwem. Jeżeli niestety wypadłoby nam ulec gwałtowności króla Rudolfa, wtedy nienasycone żądze Niemców...".

Zaśmiała się z pełnymi ustami:

— Nienasycone żądze Niemców! Pyszne!...

„...będą się rozprzestrzeniać i wyciągną Niemcy swe niecne ręce aż po prowincję polską".

Otarła usta z tłuszczu kaczki i popiła mięso winem.

„My, Czesi, jesteśmy bowiem dla was i waszych ziem niby potężna strażnica chroniąca wasze bezpieczeństwo... Dlatego pospieszajcie nam z pomocą i zważcie, że ten, kto broni sąsiedniego domu przed pożarem, ochrania swoją własną siedzibę!".

— Przemyślida ma dobrą kancelarię. — Skrzywiła się. — Jak zaczną to czytać po wszystkich polskich kościołach, to kto wie, co się może wydarzyć. Lud tak głupi, jak ciemny. Niepotrzebny nam spektakularny sukces czeskiego króla!

Odsunęła misę z jedzeniem. Nasyciła głód. Wypiła łyk wina w intencji nasienia Ottona, oczywiście w jej łonie, a nie głupiej Heilwigi, i gwizdnęła na swojego czerwonego orła.

Pokazała mu pergamin Přemysla Ottokara i wydała wyrok:

— Zabić!

Ptak krzyknął i zerwał się do lotu na południe.

PRZEMYSŁ jechał do opactwa w Lądzie ze stojącym lwem na piersi, lecz pod chorągwią z białym orłem piastowskim. Michał mruczał pod nosem, że orzeł nie przyniósł im szczęścia w bitwie pod Stolcem i Przemysł po raz pierwszy spojrzał na niego nie jak na swego druha, ale jak na rodowca Zarembów.

„Oni zawsze wszystko muszą wiedzieć lepiej".

Książę stanął z obozem u kasztelana Lądu, Bodzęty, ale na miejsce obrad wybrał opactwo cystersów. Wielka sala klasztornego refektarza mogła spokojnie pomieścić wszystkich. A zjechać mieli nie tylko książęta Leszek Czarny i Siemomysł, ale i rycerstwo ziemi inowrocławskiej.

— Nie daj Boże zjazd piastowski! — mruknął Michał, gdy dojechali na miejsce. — Ostatnio...

— Przestań! — przerwał mu Przemysł. — Nie możesz przeboleć, że jesteś ze mną tutaj, a nie ze swym wujem Arkenboldem?

— Arkenbold zwołał Zarembów pod broń. Wiesz, co to znaczy? My będziemy tu mędrkować, a oni będą się bić. To nie dziw się, książę, że mi serce pęka, a dusza krwawi. — Wywrócił oczami i rozśmieszył Przemysła.

— Księciu służysz, Wichrze! A twój książę to ja! — Uderzył go w plecy, aż zadudniło.

Wiedział, co planuje stryj i dlaczego jego wojewoda, Arkenbold Zaremba, zwołał ludzi. I choć wolałby się zamienić ze stryjem rolami, to nie miał wątpliwości, że dzisiaj jest na swoim miejscu.

— Książę Starszej Polski Przemysł II! — krzyknął herold, gdy wchodzili do klasztornego refektarza.

Tak jak sobie tego zażyczył wcześniej, piastowskie orły zawisły na kamiennej ścianie za przygotowanym dla niego krzesłem. Zajął miejsce. Przy nim stanął jego kanclerz, Wincenty z rodu Łodziów. Przyjrzał się zgromadzonym. Oto pod znakiem półorła półlwa książęta kujawscy, synowie dawno nieżyjącego Kazimierza: Leszek Czarny, Siemomysł, Władysław, zwany Karłem, i dwóch młodszych, Kazio i Siemek.

„Oto prawdziwy obraz klątwy Wielkiego Rozbicia: jedno maleńkie księstwo i pięciu dziedziców. A jak każdy z nich się rozmnoży, to co? Wydzielą synom z dzielnic dzielnice? Każda z nich będzie mniejsza niż łan".

Z Leszkiem i Władziem spotkał się w Opawie, na królewskim zjeździe Przemyślidy. Karzeł zaskoczył wszystkich, pokonując w turnieju młodszego Głogowczyka. Przemysł spojrzał z uznaniem na jego krępe ciało i kabłąkowate nogi. „Ma krzepę i wydaje mi się, że urósł". W Opawie Přemysl Ottokar otoczył ich splendorem i blaskiem. Podejmował piastowskich książąt jak panów, lał wino i sypał złotymi podarunkami. Przemysła otoczył specjalnymi względami, bo po raz pierwszy książę Starszej Polski znalazł się w jego orszaku.

„I po raz ostatni" — pomyślał wtedy Przemysł, choć zachował tę wiedzę dla siebie.

W gruncie rzeczy cały ten zgiełk, jaki roztoczył wokół tamtego spotkania Przemyślida, służył tylko jednemu: by książęta piastowscy wysłali swe wojska na jego wojnę z Rudolfem Habsburgiem. Owszem, Przemysł chętnie widziałby króla Niemiec słabym, ale jego wrogiem najbliższym i najgroźniejszym nie były Niemcy, lecz Brandenburgia. I Przemysł nie mógł sobie pozwolić na kosztowne ludzkie podarunki dla Przemyślidy. Kiedy więc przyszło do konkretów, zaoferował mu swoje wojsko, ale za cenę srebra.

— Nie zabronię moim ludziom stanąć pod sztandarem płomienistej orlicy, królu. Ale nie zapłacę za twoją wojnę, wybacz. Jeśli więc stać cię na wojsko Starszej Polski, to mogę ci je dać. Lecz zapłacić moim ludziom musisz z góry.

Gdy Przemysł to powiedział, wśród śląskich książąt nastąpiło zamieszanie. Henryk, jego kuzyn i przyjaciel, był wzburzony. Głogowczycy również. A Władek opolski natychmiast podjął sprawę i, tak jak Przemysł, postawił warunki. To samo zrobili Bolesław krakowski i Leszek Czarny, zaznaczając przy tym, że co najwyżej wystawią niewielki hufiec, bo mają Litwinów i Jaćwingów na karku. Stanęło na tym, że Přemysl Ottokar sięgnął do przepastnego skarbca i zapłacić musiał wszystkim. Gdy już było po sprawie i król czeski niezadowolony utyskiwał, że przecież Polska i Czechy powinny iść na Niemców, wspólnego wroga, ramię w ramię, Bolesław, książę krakowski, zapytał go spokojnie:

— A dlaczego uważasz, królu Przemyślido, że ty powinieneś być wodzem połączonych narodów?

— Bo jestem królem, a wy tylko książętami — odpowiedział z rozbrajającą szczerością Přemysl Ottokar.

I wtedy Przemysł i Henryk spojrzeli sobie prosto w oczy przez całą długość kamiennej sali. Czy pomyśleli o tym samym? Książę Starszej Polski nie wiedział, o czym myślał wrocławski kuzyn, ale jego myśli były przy Jakubie Śwince i pośmiertnym przesłaniu swego ojca, które gnieźnieński kantor mu przyniósł.

„Czy jest w naszej mocy pokonać klątwę Wielkiego Rozbicia? Czy jest to w mojej mocy?".

— Książę — kanclerz pochylił się do jego ucha — czas zacząć obrady.

Przemysł wrócił z opawskich wspomnień do klasztoru. Oto po raz pierwszy on, młodszy książę Starszej Polski, zasiada w roli mediatora dzielnicowych sporów. Przed paru laty jego stryj rozsądzał już sprawę Inowrocławia, przejściowo na rzecz Leszka. Wtedy zresztą powiedział mu: „Zapamiętaj, bo kiedyś spadnie to na ciebie". A teraz, gdy wysyłał Przemysła do Lądu, sam zbrojąc wojsko na Brandenburgię, dodał: „Wojna jest łatwiejsza niż pokój".

„Zobaczymy" — pomyślał Przemysł i zwrócił się do zebranych:

— Spotykamy się, by pokojowo ustalić kwestię sprawowania władzy w księstwie inowrocławskim, które prawem dziedziczenia należy do Siemomysła, ale wolą możnych tej ziemi przekazane zostało w zarząd książętom Starszej Polski. Stryj mój, za waszą, panowie, zgodą, powierzył władzę w Inowrocławiu Leszkowi Czarnemu. Dzisiaj zaś książę Siemomysł staje przed wami i prosi, byście mu rządy zwrócili.

Siemomysł, zwany tu przez wszystkich Siemaszko, stanął przed swym rycerstwem i zaczął za sobą przemawiać. Potem wyszedł Leszek i on z kolei przedstawiał swoje racje. Przemysł patrzył na nich obu i myślał, że Siemaszko odziedziczył mazowiecką kłótliwość po ich szalonym dziadku Konradzie Mazowieckim. Leszek zaś, który nie był pieniaczem, nie miał też daru przekonywania do siebie. Był dobrym zarządcą i jeszcze lepszym dowódcą, ale było w nim coś, co sprawiało, że ludzie go nie lubili. Bali się go, ale nie mieli do niego serca. Była w nim jakaś ostentacyjna przesada. Bardzo długie ciemne włosy Leszek nosił rozpuszczone jak panna. Ubierał się w sposób może nazbyt wyszukany. Tak, Przemysł znał plotki na jego temat, ale puszczał je mimo uszu. Z dwojga złego ufał Leszkowi bardziej niż Siemaszce. Lecz potrzebował ich obu.

— Siemomyśle. Ile czasu potrzebujesz, by usunąć niemieckich doradców ze swego otoczenia?

Siemaszko poczerwieniał. Ale Przemysł nie dał mu pola manewru.

— Możesz lokować wsie i miasta na prawie niemieckim, ale wyłącznie za zgodą swego rycerstwa. Musisz pozbyć się niemieckich panów. I jednoznacznie zerwać z popieraniem Krzyżaków. A także powstrzymać swą żonę...

Rycerstwo inowrocławskie ryknęło śmiechem. Salomea, żona Siemaszki, była jego wierną towarzyszką i, niestety, złym duchem.

— Jakiekolwiek wystąpienia za podszeptem Salomei czy bez, przeciwko Mściwojowi, księciu Wschodniego Pomorza, będą przeze mnie traktowane osobiście. Tak jakbyś uderzył na Starszą Polskę.

— A od kiedy książę Pomorze i Starsza Polska to jedno? — żachnął się, urażony do głębi, Siemaszko.

— Tak było kiedyś, przed Wielkim Rozbiciem. I tak będzie dzisiaj. — Przemysł powiedział to, myśląc o stryju i Mściwoju, którzy pewnie są już na brandenburskiej granicy. — Obrady wznowimy jutro.

Kasztelania w Lądzie to wrota do Starszej Polski. Przemysł opuścił klasztor i wraz z kasztelanem Bodzętą objeżdżał cały teren. Mimo iż miał sojusz z Henrykiem, wolał, by południowa granica księstwa była zabezpieczona. Oko wciąż jednak uciekało mu w stronę klasztoru, bo to opactwo cystersów w Lądzie było niczym warowna twierdza. Jeszcze dwadzieścia lat temu jego stryj toczył o kasztelanię zacięte boje z Kazimierzem, ojcem książąt, których dzisiaj rozsądzał. Bolesław wiedział, że bez Lądu Starsza Polska jest otwarta od południa jak skrzynia ze skarbami. I postawił na swoim, mimo iż Kazimierz wcześniej przekupił cystersów, dając im prawo lokowania miasta. Rozprawił się z Kazimierzem i bez sentymentów kazał Ląd zburzyć.

A cystersom dał nieco czasu, by się zdecydowali, po czyjej stoją stronie, i gdy zebrał od nich dowody lojalności, przywrócił im miasto. Dlatego Przemysł na miejsce zjazdu wybrał opactwo. By synowie Kazimierza pamiętali, że tu ich ojciec przegrał.

Wieczorem spotkał się z opatem i Leszkiem Czarnym. Bez udziału Siemaszki ustalili, że Leszek ustąpi mu teraz Inowrocław, o ile brat przyjmie antyniemieckie warunki. Obaj wiedzieli, że Leszek ma dość kłopotów w ziemi sieradzkiej i łęczyckiej, i obowiązki w Małej Polsce, którą właściwie w imieniu jej księcia zarządza. Uścisnęli sobie prawice i wypili za przyjaźń.

— Jak Bolesław z Bolesławem?

— Książęta Starszej i Małej Polski są szwagrami. My, co najwyżej, możemy kiedyś związać swoje dzieci.

Leszek zaprzeczył:

— Nie będę miał dzieci, Przemyśle.

— A ja jeszcze nie mam.

Wypili za kiepski pomysł Przemysła, choć Leszek zdawał się tym w ogóle nie przejmować.

— Od czasu Wielkiego Rozbicia tron krakowski nie jest dziedziczny. Wszyscy zapominacie, że „Tron Seniora" to było kiedyś bojowe zawołanie rycerstwa małopolskiego, a nie prosta droga z łożnicy na paradne krzesło. — Wzruszył ramionami, obracając na szczupłym palcu pierścień. — Zobacz, mój ojciec spłodził pięciu synów, w tym jednego karła. I co? Księstwo kujawskie jest przez to bogatsze? W życiu! Piastowie rozrodzili się jak króliki... — Splunął. — To wszystko miało sens, kiedy mieliśmy króla. — Leszek mówił, wykrzywiając usta, poruszając się ciągle lub na przemian zapadając w bezruch.

— Może wypędzając Bolesława Śmiałego z kraju, Polacy pokazali, że nie dorośli do królestwa? — zastanawiał się Przemysł.

— Wybaczcie, książęta — opat o czerstwej, suchej twarzy wstał — przyrzekłem bezstronność w kwestiach mojej przybranej ojczyzny, więc skoro wchodzicie na tematy piastowskie, pozwólcie, że was opuszczę.

Gdy zostali sami, Leszek pochylił się do Przemysła.

— To nie Polacy stali za wypędzeniem Śmiałego. To był czeski spisek.

— Przesadzasz.

Leszek gorączkowo złapał Przemysła za nadgarstek.

— Nie! Dlaczego król uciekł na Węgry? Dlaczego? Bo wiedział, że tam go nie dosięgną łapy Przemyślidów. A i tak go dopadli i otruli. Dobrze zrobiłeś w Opawie, podobałeś mi się!

— Nie mogę słuchać tego czeskiego gadania o wspólnym wrogu. To niedorzeczne, zwłaszcza że sam Přemysl Ottokar ciągle otacza się Niemcami i o ich koronę walczy.

Leszek zacisnął palce na ręku Przemysła jeszcze mocniej. Czarne włosy niczym krucze skrzydła spadały mu po bokach policzków. Oczy miał rozpalone, dzikie.

— Przemyślida trzyma śląskie książątka na pasku! Jedną ręką daje im prezenty, drugą ich niewoli. Robią, co zechce, i są szczęśliwi, gdy ich poklepie po tyłkach. Uważaj! Uważaj na Henryka... To wrocławski diabeł, gładko wygolony, ubrany w kosztowne suknie, śpiewający pieśni i całkowicie nieszczery...

Przemysł wyrwał rękę.

— Przesadzasz. Zagalopowałeś się, Leszku.

— Może i tak. — Odsunął się, odrzucając na plecy długie włosy. — Może i jestem dziwny, ale ja cię nie zdradzę, a on przyniesie ci zło!

Ciemne oczy Leszka zalśniły. Przemysł, patrząc na niego, pomyślał, że to Leszek jest demoniczny, nie Henryk. Ale jednocześnie zauważył, iż przy Leszku lew na jego piersi stoi spokojnie, a przy Henryku nigdy. W jakiś umykający wytłumaczeniu sposób ufał Leszkowi.

Rozstali się w zgodzie.

Następne dni były pracowite i nudne. Każdy z możnych inowrocławskich chciał coś powiedzieć, wyżalić się. Niewiele brakowało, by zaczęli sami sobie skakać do oczu. Przemysł obłaskawiał ich, niczym koty, to głaśnięciem, to kąskiem rzuconym przypadkiem. Krok po kroku, jakby to były ćwiczenia z fechtunku, ustawiał Siemaszkę i jego rycerstwo, by na koniec doprowadzić do spektakularnej przysięgi i przekazania władzy bratu przez Leszka. Siemaszko musiał wziąć na siebie tak surowe warunki, że na boku śmiano się, iż żona nie wpuści go do domu. Kiedy jednak opijano końcowe zwycięstwo, a cystersi wytłaczali w ołowiu pieczęć pod aktem, do Lądu dotarło dwóch posłańców. Z północy i z południa.

Pierwszy, przeznaczony tylko dla ucha Przemysła, był od stryja Bolesława i przynosił wieści oznaczające zwycięstwo. Wojsko Starszej Polski zdobyło kasztelanię w Santoku, pustosząc Brandenburgię niespodziewanym, szybkim atakiem. Mógłby więc wstać i ogłosić wszem wobec, że oto Starsza Polska wypchnęła Brandenburczyków ze swych granic. Ale z jakiegoś powodu tego nie zrobił.

Drugi posłaniec przyniósł wieści z pola bitwy w dalekiej Austrii.

Nad rzeką Morawą wojska króla Rudolfa Habsburga pokonały siły Přemysla Ottokara. Wielki Przemyślida nie żyje! Przemysł poprosił swego kanclerza, by przeczytał na głos ten list. Zapanowała cisza. A potem jednocześnie dwóch synów Kazimierza wstało i krzyknęło:

— Chwała Bogu!

I nie był to Siemaszko, lecz Leszek Czarny i Karzeł Władysław.

HENRYK, książę wrocławski, stał na wiedeńskim rynku przed trupem swego dawnego protektora. Płomienista orlica na piersi nieboszczyka nadal lśniła złotem, choć twarz króla była już granatowa. Szpeciły ją nabiegłe zaschłą krwią nakłucia, jakby Přemysla przed śmiercią podziobały ptaki. Rudolf Habsburg kazał wystawić zwłoki na widok publiczny, by stało się jasnym wszem wobec, że praski lew nigdy więcej nie zaryczy.

— Nic tu po nas, książę — Manfred dotknął jego ramienia — wracajmy.

Spóźnili się. Henryk, miotany to wściekłością na Přemysla Ottokara, to poczuciem lojalności, dał mu swe wojsko, ale sam został we Wrocławiu. Chodził po pięknej ośmiokątnej sali swego zamku i klął. Po raz pierwszy w życiu nie wiedział, co robić. Gdy chciał razem z wojskiem ruszyć do Přemysla, coś go powstrzymało i zsiadł z konia. Gdy został, nie mógł zaznać spokoju. Walczył ze sobą, nie znajdując rozwiązania. To Přemysl pasował go na rycerza, to on uczył go, jak się posługiwać władzą. Gdy po kilku bezsennych nocach Henryk, czując się jak ostatni zdrajca, szedł przez dziedziniec wrocławskiego zamku, usłyszał z dala pieśń Wolframa:

Król Artur walczy
Król Artur wzywa pomocy...

I wtedy przeważyło. Wezwał osobistą straż i ruszyli tego samego dnia. Ale gdy dotarli na miejsce bitwy, zastali zwłoki wypływające z Morawy, pobojowisko i trupy objadane przez wrony. Wśród poległych widział swoich rycerzy, widział skrwawione czarne orły. Nie musiał jechać aż do Wiednia, ale chciał to zrobić. Chciał stanąć nad ciałem Přemysla i zapłakać.

„Jestem Lancelotem z Jeziora, który nie zdążył uratować swego króla Artura".

Manfred znów próbował go odciągnąć od Przemyślidy.

— Panie, nic tu po nas, wracajmy, zanim ludzie Habsburga zainteresują się nami.

Henryk nie chciał go słuchać, wpadł w jakiś letarg, wpatrując się w czerniejące zwłoki.

— Książę...

— Do diabła z tobą, Manfredzie! Zostaw mnie na chwilę!

Czarny Pan zjawił się jak zawsze na każde zawołanie i odciągnął Manfreda od Henryka.

„Mógłbym ułożyć o nim dobrą pieśń. Zrymowałbym go ze złotem, z blaskiem, z chwałą. A może raczej z butą? Z pazernością? Chciwością na życie. Z manią wielkości, którą się otoczył, jak teraz trupim odorem. Był niczym lubieżny dzik i dokąd go to zaprowadziło? Leży tu teraz i gnije, podczas gdy jego żona, boska Kunegundis, leje łzy. Kto ją pocieszy? Kto weźmie w obronę królową i jej syna? Kto zajmie opuszczony tron?".

— Ty, Henryku... Dlaczegoż by nie ty? — szepnął Czarny Pan wprost do ucha księcia. — W czym jesteś gorszy od tych, którzy tam teraz ruszą?

— W niczym! — głośno oświadczył Henryk, a śląski orzeł na jego szacie z kosztownego hexamitionu wypiął pierś.

Wytarł łzę, którą utoczył nad ciałem Přemysla Ottokara, i splunął nieboszczykowi pod nogi.

— Herzog Heinrich... Mein König Heinrich... — powiedział Czarny Pan, głaszcząc go po włosach.

JAKUB ŚWINKA zabrał się w podróż z plebanem z Pleszewa, który załatwiał w kurii gnieźnieńskiej sprawy swej parafii. Wlekli się wozem zaprzężonym w dwa woły, telepało nim na obie strony, pleban gadał bez ustanku i na dodatek siąpił nieznośny deszcz. Jakub z trwogą patrzył na koleiny w gliniastej drodze, modląc się, by woły miały dość siły, aby wóz z rozmoczonej gliny wyciągnąć, a wóz miał wystarczająco mocne osie, aby to wytrzymać. Słowa plebana odbijały się od niego i spływały niczym deszcz po policzku. Myśli miał zajęte czym innym, jakby oczy jego duszy zamknęły się na wszelką sprawę teraźniejszą i zwróciły w głąb. Czy stare dworzysko jeszcze stoi? Czy wiekowe modrzewie otaczające je od zachodniej strony zostały, czy może wyciął je nowy pan? A kamień? Ten głaz wielki i płaski niczym stół, który spoczywał pod lasem. Kamienia pewnie nie ruszyli...

— Cielcza, panie kantorze! Jesteśmy na miejscu! Nie mówiłem? We dwóch podróż nam minęła jak z bicza trzasnął. Mnie teraz trzeba dalej, na Jarocin i prościutko na Pleszew. Woły zmyślne, drogę znają, aż żal, że dalej jadę sam! Pokazałbym plebanię i pogadalibyśmy sobie, szanowny kantor kształcony, a taki normalny człowiek, wcale nie czuć, że szkoły kończył, za przeproszeniem, bo to pan kantor wie, jak z tymi z kurii...

— Dziękuję ci, człowieku dobry. — Jakub zeskoczył z wozu. — Z Bogiem! — Machnął ręką na pożegnanie, bo nie był zdolny powiedzieć nic więcej.

Z ulgą przyjął skrzypnięcie kół wozu, który tu, na piaskach, nie zapadał się aż po osie.

Deszcz padał dalej, drobny, lecz gęsty i Jakub zamiast naciągnąć kaptur na oczy, zsunął go, by krople obmywały mu policzki. Wciąż nie mógł się przemóc i ruszyć do wsi. Stał na trakcie i patrzył. Nic już nie było tu takie samo, prócz powietrza.

Wieś zdała mu się dużo mniejsza niż w dniu, w którym ją opuszczał, ale rozumiał, że miał wtedy lat dwanaście i cały świat był większy niż dziś. Dwie chałupy przy drodze rozsypały się całkiem. Zostały z nich zręby, a kryty trzciną dach wpadł do środka. Wyglądały jak zdepnięte kurze gniazda. Gdzieś w głębi żałośnie beczała koza. Sprawdził, że dzisiaj Cielcza jest w rękach Zarembów, ale to nie im sprzedała wieś jego babka, tego był pewien. Babka mawiała „od Zarembów i Grzymalitów chroń nas, Panie" i sprzedała Doliwom.

— Niech będzie pochwalony!

Głos wyrwał go z zadumy i choć był drżący ze starości, podziałał na Jakuba jak uderzenie batem.

— Na wieki wieków, amen! — odpowiedział i pomyślał: „Niemożliwe".

— Co, dziwi się panicz, że stara Łochynia żyje jeszcze? — Zachichotała. — Ja was wszystkich przeżyję! — Zatarła dłonie. — A wy nie będzie tego podziwiali, bo pomrzecie!

Naprzeciw Jakuba stała kobiecina tak drobna, że sięgała temu niewysokiemu w końcu mężczyźnie ledwie do ramienia. Zgięta w pół, okutana w chustę, wyglądała niemal tak samo, jak w czasie gdy służyła jego babce, a Jakub był jeszcze chłopaczkiem.

— Łochynia?! Spotkać ciebie tutaj to jak cud — wymamrotał zaskoczony Jakub.

Kobieta zachichotała, odsłaniając poczerniałe zęby.

— Panicz Jonasz to jak coś powie, to zawsze po bożemu, od dziecka taki był religijny!

— Łochynio, jam nie Jonasz, ale jego syn, Jakub. Ja-kub Świn-ka! — powtórzył głośno, niepewny, czy stara dobrze go słyszy.

— Nie krzycz! — fuknęła. — Jakub? Szkoda, że nie Jonasz. — Odwróciła się do niego plecami i zaczęła iść, kolebiąc się z boku na bok.

— Łochynio! Zaczekaj! — Bał się jej dotknąć, chwycić za ramię, więc przebiegł przed kobiecinę i zaszedł jej drogę. — Zaczekaj, proszę. Chciałbym porozmawiać.

Nawet nie podniosła głowy, próbowała go minąć.

— Proszę... przyjechałem tylko po to...

— Po co?

— Szukać śladów, babka nie żyje, ojciec nie żyje, jestem sam jeden...

— Jonasz? Jonasz mały nie żyje? — Poruszyła zamkniętą w chustach głową na prawo i lewo i otrząsnęła się cała. — Mój Jonaszek...

— I w ostatnim liście kazał cię pozdrowić, tylko ciebie, Łochynio. — Jakub zmyślił to, skłamał na poczekaniu, czując, że inaczej nie przekona do siebie staruszki. Wystarczył mu rzut oka na podupadłą wieś, by wiedzieć, w czym tkwi przyczyna jej niechęci. Babka sprzedała Cielczę, by wywianować go na studia. Łochynia, przywiązana do rodziny Świnków, została tu sama i, zdaje się, jego obwinia o wszystko.

— Napisał „Łochynię"? — zapytała chytrze.

— Nie, napisał „moją kochaną bagienną jagódkę". — Brnął w kłamstwo, ale pewien był, że gdyby ojciec, Jonasz Świnka kiedykolwiek raczył do niego napisać list, to tak właśnie by się o niej wyraził.

Zadarła głowę wysoko, by spojrzeć na Jakuba. Rozciągnęła wargi w uśmiechu, pokazując mu, jak mogą wyglądać zęby bardzo starej kobiety. Gdy był mały, bał się tego, i chyba nigdy nie przywykł.

A Łochynia, odkąd sięga pamięcią, zawsze opowiadała mu o ojcu; „moja bagienna jagódko" słyszał setki razy.

— No, to pójdzie za mną. Zobaczy, jak ja teraz żyję — powiedziała i nie oglądając się na niego, ruszyła przed siebie, zbaczając z traktu i wchodząc między chałupy.

Serce mu się ścisnęło, gdy ujrzał zgrzybiałą, pochyloną chatę. Dach przeciekał, okopcone od dymu ściany.

— Siądzie panicz. — Wskazała mu stołek, którego nie śmiał wytrzeć, choć zaścielała go stara i brudna słoma. — Co chce wiedzieć? Jak nam się żyje, odkąd babka panicza wieś Doliwom sprzedała? Kiepsko. Mam nadzieję, że panicz na tych studiach skorzystał i teraz dobrze w świecie zarabia, i szanowanie ma, bo jak nie, to...

— Może mógłbym jakoś Łochyni pomóc? Może...

— Obejdzie się — zachichotała. — Mam siostry... A Jonasz, ojciec twój dawno zmarł?

— Niedawno.

Nawet nie był pewien kiedy. Gdy pięć lat temu napisał do opactwa w Kwedlinburgu, gdzie ojciec był w zgromadzeniu, dostał odpowiedź: „Mnich Jonasz opuścił ziemski padół" i nic więcej. A wcześniej, ilekroć próbował go odnaleźć, odpowiadano: „Mnich Jonasz złożył śluby milczenia i z woli własnej nie życzy sobie kontaktów ze światem".

— Łochynio, ojciec nigdy nie napisał mi, jak to się stało... — Czego ma się wstydzić przed tą starą kobietą? Od dziecka żył w świadomości, że jest mnisim bękartem. Babka nie szczędziła mu przycinków, nazywając go dzieckiem grzechu. Ale oddać jej sprawiedliwość należy, że robiła to tylko w domu.

— A co ty byś chciał wiedzieć, chłopcze? Jak się robi dzieci? Normalnie. — Znów pokazała w chichocie te straszne zęby. — I bękarty robi się tak samo, tyle że potajemnie.

— Ale może tobie babka powiedziała, kim była moja matka? — Sam analizował to po tysiąckroć, w każdą z bezsennych nocy.

— A skąd jaśnie pani to było wiedzieć? Wiesz, że Jonasz przysłał cię tu, do Cielczy, do domu, w koszyku. Dołączył do ciebie pismo, żeś jego syn, żeby cię wychowała, wyprowadziła na ludzi, do szkół posłała. I tylko prosił, by na siłę nie oddawali cię do żadnego zakonu. Widać biedaczyna wiedział, że mnisi chleb w gardle staje Świnkom.

— Dlaczego tak mówisz? Czy przed moim ojcem ktoś z rodziny był w zgromadzeniu?

Łochynia wstrząsnęła ramionami, jakby chciała z nich zrzucić niewidzialny płaszcz.

— Ja tak powiedziałam? Ja nie powiedziałam. Nie wiem nic.

— Może jednak, może coś ci się przypomina?

— Nie. Twój dziadek był porządny i pradziadek porządny, synów mieli, biedna, ale rycerska rodzina.

Tak, znał tę opowieść z ust babki i stryjów. Dziadka nie poznał. W domu zawsze się mówiło, że ród jest skromny, rycerski, wsławiony w służbie książętom. Czyli to, co w każdym normalnym domu. Owszem, babka często wyrzekała na jego bękarctwo, wujowie i stryjowie nazywali Jakuba wylęgańcem, ale zawsze we własnym domu, nigdy przy obcych. A przecież jego pochodzenie było nieprawe po wielokroć, bo dziecko mnicha, który nie opuścił z powodu występku zgromadzenia, to gorzej niż bękart, gorzej niż...

— Nazwisko kazał ci dać, to pamiętam — wpadła mu w tok rozmyślań Łochynia — Jonasz błagał panią, żeby wychowali cię jak prawego syna. — Jej usta rozciągnęły się w sinym uśmiechu. — Boś syn był prawy, tylko matka nieznana. — Zachichotała tak, że zrobiłoby mu się przykro, gdyby nie pamiętał tego śmiechu z dzieciństwa.

— Łochynio moja. — Chciał, by jego głos brzmiał spokojnie, choć wszystko podchodziło mu do gardła. — A czy jest ci wiadomym coś o wsi naszej, wybacz, kiedyś naszej? Od kiedy Cielcza była w naszej rodzinie?

— Wiem kiedy przestała być. — Wystawiła palec oskarżycielsko w jego pierś, ale widząc, iż Jakub patrzy na nią kornie, zmiękła. — Mówili, że od zawsze. — Zaszurała nogami pod stołem. — Głodny może?

— Nie, dziękuję. Nie chcę jeść.

— A jako dzieciak byłeś ciągle głodny. Mamki miałeś dwie, bo jedna nie dała rady.

— Dziękuję. Od zawsze? Jak sądzisz, od kiedy?

Wzruszyła ramionami.

— Od początku świata. Chyba... Nie znam się na liczeniu — wstała, dumnie unosząc głowę — i nie jestem taka stara, żeby takie coś pamiętać!

Rodzina nie miała wielkiego majątku, ot, kilka wsi. Gdy babka sprzedała Cielczę, by Jakuba wyposażyć na studia, wyniosła się do córek, w sieradzkie. Zmarła, dobra kobieta, kiedy Jakub zaczynał *quadrivium.* Myślał o tym wszystkim po wielokroć. Gdy dorastał, złorzeczył ojcu, że mnich spłodził syna i na całe życie pomazał go brudem grzechu poczęcia. Potem dopiero zrozumiał, że jego ojciec, Jonasz, owszem zgrzeszył, ale zrobił, co w jego mocy, by Jakubowi zapewnić byt. I powziął przypuszczenia co do matki. Mogła być mniszką, jak i on, nieboga. Bo jakaż inna kobieta pozwoliłaby sobie odebrać dziecko? I do dziś tak się czyni, choć się o tym nie mówi głośno. Gdy mniszka zostanie brzemienna, odbiera się jej owoc grzechu i daje do obcego zgromadzenia, dziecko zostaje oblatem, ofiarowanym świątyni. A Jonasz Świnka odesłał syna do rodzinnej wsi, do domu. Gdyby tego nie zrobił, Jakub nie byłby dzisiaj Jakubem Świnką, Polakiem, tylko mnichem Jakubem, od dziecka mówiącym po niemiecku i łacinie. Nie znałby swego pochodzenia, bo bękarty go nie mają. A jednak Jonasz Świnka zadał sobie trud, odważył się przyznać rodzinie: tak, spłodziłem syna, choć tym samym złamałem śluby czystości, jakiem składał przed Bogiem. Był w tym cel wyższy, była i troska, choć tak trudno to pojąć dziecku o wyrwanych korzeniach.

— Od początku świata — powtórzył za Łochynią. — Któż zna początki świata?

Stara położyła mu dłoń na głowie i powiedziała nadspodziewanie miękko:

— Ja nie, chłopcze, bo jestem jeszcze młoda. Ale są takie, które pamiętają czasy Floryny.

JEMIOŁA tak długo nie była na Raduni, aż siostry przyniosły jej wiadomość, że Dębina po prostu wzywa ją do siebie. Zadrżała.

— No i doigrałaś się, córuś! — powiedziała Ludwina, zamykając ostatnią beczkę z piwem. — Dębina jest cierpliwa, ale jak kogoś wzywa, to już nie jest dobrze. Mężczyźni! Tfu, zaraza! — Splunęła. — Wszystko przez nich. Masz za miękkie serce, dziewczyno, za miękkie! I powiem ci, co mi mówiła matka: jak która ma miękkie serce, to musi mieć twardą...

— Nie kończ! — Wierzbka umiała udobruchać Ludwinę. — To jej narzędzie pracy, nie krytykuj, bo dobrze się Jemiołka spisuje! — Owinęła się wokół gospodyni i ucałowała ją w oba policzki. — Dębina wzywa, to się Jemioła stawi, wytłumaczy i już!

Szła na Radunię z poczuciem winy, choć wszystko, co miała do powiedzenia, było prawdą. I to, że najpierw siedziała na wrocławskim zamku, i to, że Henryk ją sam oddalił, i to, że na skutek jego częstych, nigdy niezapowiedzianych przyjazdów do „Zielonej Groty" bała się opuszczać przybytek. A jednak nie tylko ona, ale nawet Ludwina i siostry wiedziały, że poza tą prawdą jest inna: Jemioła miała miękkie serce. I w to serce zapadł jej książę Henryk, a potem, niespodziewanie, książę Przemysł.

Henryk wrocławski zaś wpadł w złość po tamtej wizycie; nie mógł mieć żalu do Jemioły, że poszła z Przemysłem, w końcu sam jej kazał, ale nie potrafił jej też wybaczyć. Przyjeżdżał do „Zielonej" znienacka, jakby chciał sprawdzić, czy dziewczyna jest i czeka. A gdy ją brał, mścił się na niej brutalną miłością, zaborczą, pełną pasji. Gdy zaś kończyli się kochać, całował ją najczulej, jak potrafił, choć nigdy nie przepraszał. Zapłacił Ludwinie za to, by Jemioła nie miała poza nim innych klientów, ale na zamek z powrotem jej nie wziął. Wszystko poplątało się, miała być dziewczyną do zadań sekretnych, a stało się na odwrót, została niemal zakładniczką Henryka.

Jednak bardziej niż jego brutalnej namiętności bała się Dębiny. Bo Henryk był tylko człowiekiem, a Dębina była kobietą Starszej Krwi.

Wiatr zacinał nieprzyjemnie, ziemię już trzymał mróz, a pierwszy, jeszcze lekki śnieg tańczył w powiewach wiatru, uciekając Jemiole spod stóp. Chwytała się raz po raz pni drzew, aby się nie poślizgnąć. Zamarznięte źdźbła traw skrzypiały pod jej butami.

— Kto? — Strażniczka z długim łukiem jak zawsze pojawiała się bezszelestnie niczym duch.

— Jemioła do Dębiny.

— Jest w chacie.

Ogień w długim biegnącym środkiem chałupy palenisku sprawiał, że było tam niemal gorąco. Dębina siedziała u jego szczytu, bosonoga, w samej sukni; piękne srebrne włosy obwiązała chustką, której długie końce spadały na jej potężne plecy. Na kolanach trzymała kosz z suszonymi kwiatami lipy; przebierała je, wrzucając raz po raz do ognia te, które nie wydały jej się dość dobre.

— Dębino...

Podniosła na nią świetliste przenikliwe oczy i długo przyglądała się dziewczynie.

— Usiądź przy mnie.

Kląża, jej wnuczka, która, jak się Jemiole zdawało, była w wieku Ludwiny, przyniosła kubek gorącego naparu. Suszone maliny. Ciepło i wonna słodycz rozpłynęły się w ciele Jemioły.

— Sprawy się skomplikowały — powiedziała po chwili Dębina.

Jemioła przytaknęła głową, lecz Dębina zaprzeczyła:

— Jeszcze bardziej, niż myślisz, córko. Piastowie podnoszą głowy. Nasza nieukończona misja wygląda na nieudaną. I, co gorsza, wśród nas jest ktoś, kto nie powinien żyć.

— Wybacz, wybacz mi, zawiodłam!... — rozpłakała się nagle.

— Nie, ty nie zawiodłaś, ty się po prostu zakochałaś. — Dębina, nie patrząc na nią, położyła swą piękną olbrzymią dłoń na jej głowie. Jemioła poczuła spod jej palców chłód tak niespodziewany w nagrzanej izbie. Jakby weszła pod strumień spadający ze skały i skąpała się w źródlanej wodzie. Dębina jakąś nieznaną jej mocą oczyściła Jemiołę z poczucia winy.

— Przysięgałam przed Trzema Matkami, że poświęcę życie Starszej Krwi, ale że nigdy nie użyję przemocy. Brzydzę się brutalnością, choć wiem, że Trzygłów lubił się kąpać we krwi, a jego siła nie brała się wyłącznie z ducha. I znam przesłanie obudzonych kapłanów Starszych: „wzmocnić krew i zbroić się...". Lecz byłam pewna, że moc Matek, moc odwiecznej natury, jest silniejsza od miecza i przelanej krwi. Odkąd prowadzę siostry, żadna nigdy nie użyła przemocy. Ale dzisiaj wygląda na to, że w nasze szeregi wtargnęło obce zło, a wróg rośnie w siłę.

— Babciu... — Kląża przykucnęła przy Dębinie i położyła głowę na jej kolanach. — Babciu...

Jemioła patrzyła na nie i nagle za gardło złapała ją tęsknota za własną babką, cichą i piękną, która odeszła do Nawi tak lekko, jakby szła na spacer po pokrytej kwieciem łące.

— Nie bój się, dziecko. Może jeszcze nie wszystko stracone? Mokosz kazała zrobić porządek, więc go zrobimy.

— Mokosz przemówiła? — zapytała Jemioła z trwogą.

— Przemówiła. Zacząć musimy od oczyszczenia własnych szeregów i to będzie bolesne. Ale tam, gdzie się chce budować nowe życie, nie ma miejsca na starą śmierć.

— Więc to prawda? Nie pomyliłam się?

— Nie. Nos cię nie zawiódł, dziecko. Choć bardzo trudno było nam wytropić wilkołaczycę, siostry ją znalazły. Niestety, jest poza naszym zasięgiem. Żadna z sióstr nie może się do niej zbliżyć. Znów cała nadzieja w tobie.

— We mnie? — Jemioła zadrżała, czując, co usłyszy.

— Tak. Ty jedna nie masz problemu z dojściem do książąt. A wilkołaczyca zaszyła się na poznańskim zamku. Musisz do niej dotrzeć.

Jemioła nie zapytała jak, bo jasnym było, iż Dębina wie o księciu Przemyśle. Poczuła ciężar w żołądku, jakby połknęła wilcze łyko. Zebrało się jej na wymioty, niemal poczuła tamten zapach, woń starej śmierci, krwi zaschniętej na wilczym podniebieniu.

— Dębino. Zrobię, co trzeba, ale nie wiem, czy sobie poradzę...

— Dziecko. Nie dasz rady pozbawić wilkołaka starej duszy. To jest akurat ponad twoje siły. Ty musisz zrobić co innego.

Jemioła wpatrywała się w Dębinę szeroko otwartymi oczyma. Wszystko to, co mówiła, przenosiło ją w świat, o którego istnieniu wiedziała, ale nie spodziewała się, że przyjdzie jej kiedykolwiek zetknąć się z nim osobiście. Sądziła, że całe jej życie upłynie na służbie takiej jak dotąd: zioła, napary, szerzenie wśród ludu wiary, książęta...

— Córko — Dębina przerwała w porę chaotyczny bieg jej myśli — nie dlatego nie dzielę się z wami wszystkimi swoimi troskami, bym wątpiła w wasz rozsądek. Po prostu uważam, że każdy czas ma swoje własne zadania.

— I dajesz nam tylko takie, jakie zdołamy udźwignąć? — Kłąża podstawiła im obu kubki z ciepłym naparem z przebranej przez Dębinę lipy. — A może za mało od nas wymagasz, babciu, a za dużo od siebie?

— Za mało? Olcha nie żyje, Czeremcha przeistoczyła się w wilkołaczycę. To jest mało? Dla mnie strata dwóch sióstr jest bolesna tak, jakbym straciła dwoje własnych dzieci. Tym bardziej że od początku nie zgadzałam się z kapłanami Trzygłowa. Mówiłam im, że na Dziedzica Starszej Krwi jest już za późno, świat zmienił się, a oni, z głębi lasu, nie zauważyli tego w porę.

— Co masz na myśli, Dębino? — Jemioła poczuła niepokój.

— Nic nowego, świat wciąż powtarza te same historie, jakby niczego nie chciał nauczyć się na własnych błędach. Tak samo było u zarania dziejów. Posłuchaj, przed tysiącami lat było wiele plemion. Dzisiaj, wspominając je, mówimy „Starsza Krew", a to był po prostu najstarszy szczep, jaki wyrósł z tej ziemi. Plemiona czciły Matki, bo one są początkiem życia; i oddawały szacunek temu, z czego składa się życie: powietrzu, wodzie, ziemi i ogniu. Kto żyje w zgodzie w Matką, ten może czerpać z niej siły. Rody zbliżały się do siebie i oddalały, kobiety łączyły się z mężczyznami z odległych stron, by dać potomstwu siłę i otwartość na świat. Zdarzały się i spory między plemionami, a z nich czasami wynikały wojny. Matki nigdy im nie sprzyjały, więc mężczyźni powołali do życia boga o trzech twarzach, który kochał kąpać się we krwi i dawał im siłę do walki. Matki przestrzegały swych synów, że Trzygłów nie da im ani szczęścia, ani spokoju. A synowie tłumaczyli Matkom, że idą nowe czasy, czasy wojny. Owszem, coraz częściej przechodzili przez nasze ziemie wojowniczy ludzie, plemiona ciągnące ze wschodu i południa. Zatrzymywali się na kilka lat, czasem na kilkaset. Nasi mężczyźni ginęli, bo kto weźmie do ręki broń, prędzej czy później jej użyje. I kto raz rozsmakuje się we krwi, będzie chciał pić ją bez ustanku. Ale nawet w tamtych czasach ludzie Starszej Krwi nigdy nie mieli królów. Powoływali spośród siebie wodza na czas wojny, a ten oddawał władzę, gdy tylko zapanował pokój. Na tym polega pierwsza najważniejsza różnica między dawnym światem a tym, który nadchodził: żadnych królów, żadnych panów. Ale krew zaczęła się mieszać. Kiedyś kobiety chętnie łączyły się mężczyznami z obcych stron, z miłości. Teraz najeźdźcy brali je siłą i niewolili, a to już nie było to samo. Rodziły się dzieci, które nie miały ojców, lecz nosiły ich skośne oczy, czupryny białe jak śnieg lub czarne niczym węgle wypalone ogniem. Dzieci zrodzone w bólu i poniżeniu, dzieci wojen, nawet jeśli ssały piersi swych matek, to gdy dorastały, szukały ojców. A umiały się do nich zbliżyć tylko przez pożogę, zabijanie i krew. I ta zaczęła płynąć w kółko. Z ran jednych i drugich, naszych i obcych.

Plemiona, dotąd bliskie sobie, zaczęły walczyć nie tylko z najeźdźcami, ale i między sobą. Wodzowie, kiedyś wybierani przez wolnych ludzi tylko na czas zagrożenia, już nie chcieli składać broni po walce, bo ta nigdy się nie kończyła. Matki otworzyły ramiona i w najgłębszym lesie przygarnęły do serca dzieci Starszej Krwi, po raz pierwszy od stworzenia świata lękając się o ich dusze. I wtedy, gdy wydawało się, że świat zmierza ku upadkowi, ku śmierci, którą zada sobie własną ręką, przez zabijających się braci, ojców i synów, wtedy nadeszło zagrożenie ze strony, z której nikt się nie spodziewał. Na nasze ziemie wkroczyli kapłani Chrysta. Skusili ludzi bogiem, który dawał im do ręki władzę. Bogiem, który miał moc naznaczania królów — moc obcą Starszej

Krwi. I wsparli ich Piastowie, szczep, który wyrósł z tej ziemi, ale pierwszy wyrodził się, wyrywając spod władzy Matek. Piastowie własnymi rękami, nie bojąc się klątwy, zabili Trzygłowa i przyjęli Chrysta, obcego boga. Skąd brała się ich siła, skoro wzgardzili mocą Matek? Nie wiem. Może z brutalności? Może z bezwzględności? Ludzie, w których żyłach płynie czysta Starsza Krew, nie byli zdolni do popełniania zbrodni, bo nigdy nie czynili niczego pod przemocą. Piastowie zaś, szybciej niż ktokolwiek zdołał przewidzieć, opanowali te ziemie, nie licząc się z nikim i niczym. Ale choć są drapieżni niczym orły, nie patrzą tak wnikliwie jak ptaki. Nie dostrzegli, że po lasach kryje się wielu potomków Starszej Krwi. Przeoczyli nas. My, zielone kobiety, córki Matek, żyjemy, stąpając po ziemi mocno. Widzimy świat takim, jaki jest. Ale kapłani Trzygłowego obudzili się po wielu latach snu i, nie dostrzegając zmian, zawołali, by powołać do życia Dziedzica Starszej Krwi. Wybrali mężczyznę i kobietę z rodów panujących, w których żyłach płynęło dość Starszej Krwi, by ich potomek mógł być uznany. I nam powierzyli zadanie połączenia ich. Od początku byłam temu przeciwna. Obserwuję świat od tylu dziesięcioleci, że nie wierzyłam, by ich plan miał sens. Ale przegłosowali mnie. I posłałam Olchę. Straciła życie. Posłałam jej siostrę, Czeremchę. Dopadła ją stara śmierć. Dwa życia to dla mnie dość, by mieć pewność, że wizja kapłanów Trzygłowego była mylna jak błędny ogień. Tyle że ja jestem kobietą i potrafię się przyznać do błędu. A kapłani Trzygłowego nie. Zgodnie z wolą Matek uważam, że trzeba działać inaczej. Wystarczy pozbawić płodności wszystkich Piastów, doprowadzić do naturalnego wymarcia wojowniczej dynastii i wtedy można powołać do życia Dziedzica. Nie wcześniej. Dlatego pracujecie wy, moje niezawodne zielone dziewczyny. Powinnam mieć was więcej, posłać na wszystkie piastowskie dwory jednocześnie.

— Babciu — Kląża pogłaskała jej kolana — nowe dziewczyny przychodzą. Będziesz miała z kim pracować.

— Tak, ale potrzebuję jeszcze więcej. Potrzebuję rozesłać kobiety i do prostych ludzi, by uczyły ich powrotu do sił natury, mocy ziół, obrzędów ku czci Matek. Nie widzicie, że świat robi się jakiś leniwy? Ludziom zaczyna wystarczać, że mają co jeść i czym przykryć grzbiet. A nie zastanawiają się, skąd te dary pochodzą!

— Dębino — Jemioła odważyła się wejść jej w słowo — a nie obawiasz się, że siła Matek może stać się przekleństwem? Że pokój, którego uczą, nie pasuje do dzisiejszego świata?

— Obawiam się. — Pokiwała srebrnowłosą głową. — Ale dopóki kobiety rodzą dzieci, a mężczyźni sieją zboże, Matki będą bliższe ich sercu niż jakikolwiek umarły na krzyżu bóg. Jemioło! Wracając do naszej sprawy. Nie możemy pozwolić, by to trwało dłużej. Gdy rzecz jest takiej wagi, nie wolno kierować się uprzedzeniami. Czasami, aby wygrać, trzeba się sprzymierzyć ze swym śmiertelnym wrogiem. Posłuchaj, wśród sług Chrysta jest człowiek, który ma szczególną moc. On będzie wiedział, jak pozbawić życia wilkołaczycę, którą stała się Czeremcha.

— Ale czy zechce? Jak go odnajdę?

— Pójdziesz do Gniezna. Tam, gdzie przed wiekami stała nasza gontyna, dzisiaj pyszni się kościół Chrysta, pamiątka po rzezi wolnych ludzi. Odnajdziesz Jakuba Świnkę i na osobności z nim pomówisz.

— Ale jeśli nie zechce się ze mną widzieć? Toż to sługa katedry!

— Powiesz mu, że przychodzisz w imię Floryny. Wysłucha cię.

LUKARDIS ułożyła trzy palce w dłoni Przemysła i wsparła się łokciem o ramię, które do niej przysunął. Spojrzała w górę na męża, by dodać sobie pewności, i zrobiła krok przez próg.

Kościół Najświętszej Marii Panny w Szczecinie był już pełen ludzi. Szloch i lament przebijały się przez żałobny śpiew. Ale w chwili, gdy księżna i książę Starszej Polski przekroczyli drzwi świątyni, płacz zamarł i zaszemrały ciekawskie szepty.

Tego właśnie nie chciała, tego gadania. Tak samo było, gdy brali tu ślub. Pamięta dobrze syk staruch: „Krwawe wesele" i choć wtedy rzucała hojną ręką jałmużnę, sprawdziło się, wykrakały...

Szli przez długą główną nawę kościoła i dałaby wiele, by to, co czekało na nią przy jej końcu, nie było prawdą. Przemysł lekko uścisnął jej palce, jakby chciał dodać żonie sił. Mechtylda Askańska w wystawnej książęcej sukni stała u wezgłowia trumny. Podbity popielicami płaszcz czynił jej sylwetkę wręcz posągową. Czarna nałęczka kryła włosy, lecz podwika pod brodą lśniła czystym złotem. Po jej prawej stronie stał może sześcioletni chłopiec, który na piersi miał czerwonego orła i czerwonego gryfa, na ręku trzymała niemowlę. Dalej trzy córki, Beatrycze, Hildegarda, Małgorzata, wszystkie Lukardis znała, choć urosły tak bardzo, że trudno było je rozpoznać.

Tyłem do trumny stał mężczyzna w płaszczu z czerwonym gryfem i nim się do nich odwrócił, Lukardis wiedziała, że to Bogusław. Skinął jej głową i zrobił miejsce dla nich obojga przy trumnie.

— Dziadku... — załkała na widok jasnej i spokojnej twarzy Barnima.

Jego długie białe włosy okalały to najukochańsze z lic. Dłonie, pokryte drobnymi plamkami, miał splecione na piersi. Pochyliła się i ucałowała je. I rozpłakała się na dobre. Przemysł złapał ją za ramiona i przytrzymał. Podniósł znad trumny i oparł na swojej piersi.

Zaczęło się nabożeństwo żałobne.

Lukardis odpływała w żal i łzy, nie myśląc o tym, że Mechtylda stoi na wprost niej i te wszystkie dzieci... Teraz była tylko ona i jej własny żal. A kościół wypełniały psalmy.

Zgodnie z ostatnią wolą Barnima chowano do grobu w prostej wełnianej sukni pozbawionej ozdób. Tylko gryf na piersi, nic więcej. Jego złoty diadem Bogusław uroczyście przeciął na trzy części. Jedną podał Mechtyldzie, dla niemowlęcego syna, drugą dał sześciolatkowi, trzecią zostawił sobie. Trumnę na ramiona wzięli templariusze i ponieśli do krypty. Oni też zostali z Barnimem sami na kończącą mszę modlitwę.

Gdy wychodzili z kościoła, zapadał szybki listopadowy zmierzch. Mnóstwo pochodni w tłumie. Mechtylda stanęła na chwilę i jak na komendę ona i jej dzieci rzuciły między lud jałmużnę. I stała się rzecz dziwna, bo tłum nie drgnął. Z głębi słychać było szloch i żałobny śpiew, ale nikt nie pochylił się po rzucone przez księżną monety. Mechtylda podała niemowlę służce i sięgnęła do sakiewki raz jeszcze. Tym razem w blasku pochodni zalśniło srebro. I głucho uderzyło o bruk dziedzińca. Księżna wzruszyła ramionami i wsiadła na konia.

Lukardis i Przemysł jechali bok w bok jak wtedy, w dniu ślubu. Tyle że wówczas spieszyło im się bardzo, a dzisiaj Lukardis nie gnała donikąd.

Zamek w Dąbiu zmienił się nie do poznania i właściwie Lukardis nie odnajdowała w nim nic, co przypominałoby jej dzieciństwo.

— Nie zostanę tu z dziećmi — oświadczyła Mechtylda podczas uczty. — Barnim życzyłby sobie, byśmy przenieśli się do Szczecina. Gdyby nie jego upór w ostatnich latach, zrobilibyśmy to razem, jeszcze za jego życia!

„Bzdura — pomyślała Lukardis. — Barnim obiecał mieszczanom, że będzie mieszkał poza miastem".

— Tak jak z tym pogrzebem! Co to za pomysły, by książę kładł się do grobu jak biedak? Bez diademu, bez pierścienia?

— To zwyczaj templariuszy, księżno macocho — ostro wszedł jej w zdanie Bogusław — jak i wola mojego ojca, a uszanować choćby jego ostatnią decyzję to dla ciebie powinna być rzecz święta!

Przemysł pochylił się do ucha Lukardis i szepnął:

— Nie będzie spokoju w księstwie po śmierci Barnima. Ta kobieta nie odpuści.

— Moja wola, gdzie teraz będę mieszkać! — ostro zwróciła się do Bogusława Mechtylda. — A ze Szczecina najłatwiej będzie mi sprawować regencyjne rządy w imieniu synów nad dwoma częściami księstwa. Chyba nie zamierzasz kwestionować w tym względzie decyzji twego ojca, który przeznaczył ci na siedzibę Wolgast?

— Może u ciebie, w Brandenburgii mówi się Wolgast. U nas mówi się Wołogoszcz i nie zapominaj o tym, zwłaszcza w obecności księcia Starszej Polski. — Bogusław najwyraźniej dążył do zwarcia z macochą.

Ostrze gniewu Mechtyldy zwróciło się w stronę Przemysła.

— Książę Starszej Polski wykazał się dużym nietaktem, przybywając pod mój dach po tym, co jego stryj zrobił latem tego roku mojej rodzinie!

— Księżno wdowo! Jestem towarzyszem mej żony, która przybyła złożyć ostatni pokłon swemu dziadkowi. Jeśli nie masz własnego żalu w sercu po śmierci męża, to uszanuj chociaż jej żałobę i daj spokój kłótniom nad ledwie zamkniętą trumną.

Mechtylda rzuciła Przemysłowi spojrzenie jak sztylet. Czerwony orzeł z jej sukni krzyczał i bił skrzydłami, gdy wychodziła z wysoko uniesioną głową. Słudzy zamknęli za Askanką drzwi.

— Wybaczcie — Bogusław zwrócił się do Lukardis i Przemysła. — To nie jest kobieta, z którą można normalnie rozmawiać. To pozbawiona uczuć jędza.

Lukardis odetchnęła, gdy Mechtylda opuściła komnatę, choć nawet bez niej przy stole wciąż czuła się w Dąbiu nieswojo.

— Dolej mi wina — zwróciła się do służącej, a do Przemysła i Bogusława powiedziała: — Chcę się dzisiaj upić.

Mąż pocałował czubki jej palców skrytych w rękawiczkach, mocniej okrył jej plecy futrem. Mimo ognia w obu wielkich kominkach w komnacie wiał wiatr i było zimno.

— Lukardis ma rację — powiedział Bogusław — napijmy się za pamięć mego ojca!

Przysunęła się do Przemysła i oparła o niego plecami. Sączyła wino, a służka dolewała jej, gdy tylko uniosła kielich w górę. Wybaczyła Bogusławowi to ich nieszczęsne spotkanie w Międzyrzeczu. Nie potrafiła przecież chować urazy długo, a poza tym dzisiaj był z nią pan mąż. Przemysł kilka razy obrzucił ją niespokojnym spojrzeniem, ale ramię, którym ją otoczył, było ciepłe i pewne. Mogła pogrążyć się w swoich myślach, w bezładnych i zamazanych wspomnieniach, a oni, gdzieś w oddali, prowadzili rozmowę.

— Gratuluję zwycięstwa, Przemyśle.

— Chciałbym, ale zwycięstwo odniósł mój stryj.

— I Mściwój.

— Masz taki sam uraz do księcia Wschodniego Pomorza jak twój ojciec?

— Nie. To wymysł Mściwoja. Jestem gotów do pokoju, jeśli o to pytasz. Ale daj mi trochę czasu, Przemyśle, bym mógł uporządkować sprawy po śmierci ojca i, co jeszcze ważniejsze, zobaczyć, co zrobią moi sąsiedzi.

— Największego wroga masz w najbliższej rodzinie, Bogusławie. To Mechtyldzie musisz patrzeć na ręce.

— Wiem, ale ty jej nie znasz. Ona jest przebieglejsza od łasicy i groźniejsza od wilka. To wiedźma w sukniach księżnej.

— Wiem, wiem, Lukardis powtarzała mi to stale.

— Nie dowierzasz?

Lukardis się zerwała.

— Obaj w to nie wierzycie! Ty też, Bogusławie! Gdybyście wierzyli we wszystko, nie siedzielibyście tutaj, popijając wino i obgadując ją na jej własnym dworze! — Ściszyła głos do szeptu. — Ona ma tu wszędzie szpicli, ona słyszy przez ściany...

Bogusław się roześmiał.

— Obudziłaś się, Lukardis! Zatem jest prawdą, że to Mechtylda wyzwala w tobie drapieżnika!

Lukardis przez jedną chwilę zlękła się, że Bogusław czymś jej uchybi, przypominając rozmowę w Międzyrzeczu, ale uspokoiła się szybko, bo od tamtego dnia minęło tak wiele czasu i książę mąż niejeden raz rozmawiał z Zarembami. Gdyby miał jakiekolwiek wątpliwości co do jej zachowania, dałby jej znać. Poza tym ona sobie naprawdę nie miała nic do zarzucenia. Teraz tylko przyjrzał się Bogusławowi i jej, ale niezbyt wnikliwie. Gryfita wzniósł kielich.

— Prawda. Ma szpicli. Dlatego na wasz przyjazd kazałem otoczyć zamek moim zbrojnym. Każda sala tutaj jest strzeżona. Możemy rozmawiać, o czym chcemy, i macie się czuć swobodnie.

— Zbrojni? To za mało — wyszeptała Lukardis. — Mówiłam ci, ona słyszy przez ściany...

— Lukardis zawsze miała taką wyobraźnię — powiedział Bogusław do Przemysła, patrząc na nią z czułością. — Była dla mnie jak siostra, ukochana siostrzyczka. Wychowywaliśmy się razem, wiesz? A dzisiaj ona i ja jesteśmy statecznymi małżonkami. Jak ten czas płynie, prawda Skowronku?

Podniosła się z ramienia męża z mieszanymi uczuciami. Nie była pewna, czego bardziej sobie nie życzy, czy by Mechtylda podsłuchiwała polityczne plany Bogusława i Przemysła, czy jej osobiste sprawy. Wypuściła powietrze i odstawiła kielich.

— Opowiedz mi o swojej żonie.

— Ma na imię Matylda i jest, niestety, krewną askańskiej wiedźmy. Tyle że nie ma z nią nic wspólnego, za to chętnie zgodziłaby się z tobą, Lukardis, w sprawie wszelkich uwag co do swej ciotki. Szczerze jej nie cierpi.

— Dlatego nie przyjechała z tobą?

— Nie. Źle się czuje. — Bogusław podparł się na ramieniu, chyba już mu ciążyła głowa. — Straciła niedawno dziecko.

Lukardis przełknęła ślinę i zamrugała. Przemysł uścisnął jej dłoń pod stołem.

— Wina!

— Twój ojciec był blisko związany z templariuszami — zmienił temat Przemysł.

— Tak. Ostatnie lata właściwie spędził w komandorii. Tam się spotykaliśmy, tam robiliśmy narady.

— Widzisz — przerwała mu Lukardis — Barnim wiedział, że przy Mechtyldzie nie należy nic ważnego mówić.

Bogusław wzruszył ramionami:

— Masz rację, choć demonizujesz.

— To niemowlę dzisiaj na pogrzebie — zaczęła Lukardis, bo wciąż ją to dręczyło — to syn, bo dałeś mu część diademu, tak?

— Urodził się przed samą śmiercią ojca. Starszego nazwali Barnim II, a tego małego Otto. Nie muszę wam mówić, że mi się to nie podoba. Ojciec nie dałby tak dziecku na imię. Ale już go zabrakło i decydowała ona. A ja nie skrzywdzę braci, nawet z brandenburskiej matki. Uszanuję wolę ojca, choć, póki ona żyje, ciężko nam będzie się dzielić władzą.

— Zaproponuj macosze, że ty wychowasz braci — wtrącił się Przemysł. — To normalna praktyka w takiej sytuacji.

Bogusław rozłożył ręce.

— Tak właśnie chcę zrobić, ale przypuszczam, że prędzej wyśle synów na dwór własnych brandenburskich braci, niż odda w moje ręce. Ona nie chce się dzielić władzą, a ja przysiągłem ojcu, że zrobię wszystko, by nie rozdrabniać księstwa.

— Bogusławie, mam dla ciebie propozycję...

Lukardis rzuciła się w stronę męża, zrzucając ze stołu kielich. Zamknęła usta Przemysła gwałtownym pocałunkiem, dłonią pokazując jemu i Bogusławowi okno pod sufitem komnaty.

Przez wielką szparę w drewnianej okiennicy wciskał się do środka łeb czerwonego orła.

HENRYK, książę wrocławski, kazał urządzić na zamku turniej.

Zaprosił dziwki Ludwiny, głogowskich braci, minezingerów i wszystkich swych panów możnych. Z piwnicy wytoczono beczki najprzedniejszego wina.

— To już nie złote, styryjskie? — z odrobiną zgryźliwości zapytał jego palatyn, Szymon Gall, wiedząc, iż było to ulubione wino Przemyślidy.

— Nie, mój drogi! Teraz pijemy wino czerwone jak krew! — Henryk wiedział, o co mu chodzi, ale nie zamierzał psuć sobie humoru utyskiwaniem Szymona. — Drodzy moi! Dzisiaj w południe, w kościele Świętego Krzyża w Legnicy, spoczęły w grobie szacowne zwłoki nieszacownego księcia, Bolesława Rogatki, stryja mego! Wiwat!

Głogowczycy stuknęli się z nim kielichami, aż zagrzmiało, i wszyscy wypili za dobre wieści.

— Umarł skurczybyk we własnym łóżku! Choć wszyscy mu wróżyli, że dźgnie go dziwka albo własny raubritter!

— A przy łożu śmierci Rogatki stał ponoć sam diabeł i się śmiał!

— To akurat nieprawda. — Spoważniał Henryk.

— Skąd wiesz, książę? Byłeś tam?

— Ja? Nie. Ale był Surian, który jest od dzisiaj naszym gościem!

Chudy, niewielki człowieczek w sukni w zielono-czerwone pasy skłonił się wszystkim z krzywym uśmiechem.

— Surian! Zagraj nam! Na wesele!

Każdy z obecnych przynajmniej raz w życiu słyszał pieśni Suriana, bo muzyk był nieodłącznym towarzyszem Rogatki, i tam, gdzie pojawiał się nieżyjący książę, tam był i on. Są i tacy, którzy mówili, że był jedynym prawdziwym przyjacielem zmarłego, choć jego obecność na tej ze wszech miar radosnej stypie powinna temu przeczyć.

Surian przyłożył cieniutki flet do ust i zagrał skoczną melodyjkę.

— Naprawdę gra?! — niedowierzał Przemko. — Hej, Surianie, serce ci pozwala?

Surian odjął flet od ust i powiedział z całkowitą powagą:

— To ukochana melodia Rogatki. Zadość czynię jego duszy, grając ją, bo przy niej upijał się, grzeszył, chędożył dziwki i planował porwania swego brata Konrada, biskupa Tomasza i naszego gospodarza, księcia Henryka. Wszystkie były udane! Nie mógłby sobie wymyślić lepszej stypy.

— Wyprowadzić go! — krzyknął nagle rozjuszony książę.

Manfred skinął na straż, ale Surian szedł sam w stronę drzwi, choć tyłem. Szedł i grał.

— Zabrać mu ten cholerny flet!

Henryk wypił jednym haustem wino. Śmierć Rogatki to najlepsze, co mu się mogło teraz przytrafić, ale poza tym nic się nie składało. Władek opolski nie odpowiedział na jego zaproszenie, a z „Zielonej Groty" Manfred przywiózł wszystkie dziwki poza Jemiołą. Ponoć pojechała odwiedzić umierającą matkę.

„Też coś! Dziwki nie mają matek, tylko klientów! Może Przemysł mi ją podebrał? Gdyby nie była dziwką, kazałbym puścić za nią oddział, ale nie zrobię tego, bo bym się ośmieszył na cały kraj. Wielki książę wrocławski żyć nie może bez zwykłej nierządnicy!".

— Wielki książę wrocławski żyć nie może bez pięknych dam! — krzyknął Pakosław Zdzieszyc, jego marszałek. — Skąd do nas przybyły te urocze istoty?

Dziewczyny wystrojone w dworskie suknie wyglądały rzeczywiście jak księżniczki i Henryk, zamiast jątrzyć, postanowił użyć życia.

Ta blondynka, Irga, zawsze mu się podobała, a nigdy jej nie próbował, choć jego giermek wzdychał do niej i wypłakiwał oczy.

— Te damy — powiedział do Pakosława — to moja sekretna armia, moja drużyna uciech! — Zanurzył dłonie pod spódnicami Irgi i na oczach wszystkich zaczął ją pieścić. — Niezawodna w miłości — Irga, uśmiechając się, próbowała jednak opuścić suknie — niezawodna w obronie — zadarł je jeszcze wyżej, by wszyscy widzieli smukłe uda dziewczyny — Irga zrobiła obrót, wymykając się z rąk Henryka, i stanęła z nim twarzą w twarz, jak w tańcu — szybka w ataku!

Roześmiał się i pocałował ją w usta.

— Goście moi! Ja już wybrałem towarzyszkę wieczoru! Sięgnijcie teraz po ten miód i wy! Ale spieszcie się, bo dla wszystkich nie starczy!

Starszy Głogowczyk posadził sobie na kolanach Wierzbkę, młodszy Trzmielinę, a Henryk zapamiętał dobrze, że wybrali te same dziewczyny, co tamtego wieczoru w „Zielonej Grocie".

Szymon Gall, przyglądając się zabawie, powiedział:

— Książę, który tak kocha kobiety, powinien pomyśleć o żonie.

Henryk roześmiał się znad ust Irgi.

— Zwłaszcza teraz, gdy jego świętej pamięci senior, Přemysl Ottokar nie żyje... — ciągnął swe morały Gall — i nikt nie może mojemu księciu narzucić tego czy innego mariażu. Księstwo wrocławskie potrzebuje dziedzica.

— A co? — Henryk wypił z ust Irgi wino. — Masz jakąś propozycję? Jakąś dynastycznie dobrze skrojoną księżniczkę?

— A może od razu królewnę! — krzyknął Eberhard Gall, brat Szymona, który dowodził wrocławskim wojskiem pod Stolcem i złapał za rękę Jeżynę.

— Dobrze mówisz, Eberhardzie! Po pannie Irdze smakować mi może tylko królewna! Fulko! — Henryk zawołał giermka, widząc, iż chłopak zniknął. — Fulko!... Do mnie!...

Młodzian zjawił się po chwili, spłoniony, unikając patrzenia na księcia i Irgę.

— Gdy pan walczy, ty pilnuj taboru! Dolewaj wina, sprawdzaj, czy pani czegoś nie trzeba!

Irga odwróciła twarz od chłopaka, chowając ją w piersi Henryka, ale on nie ustawał w okrutnej zabawie.

— No, dalej. Nie widzisz, że pani ręce ma zajęte? Odwiąż jej nogawiczki, bo sama nie może.

Fulko klęknął i drżącymi palcami szukał tasiemki pod kolanem dziewczyny. Patrząc w posadzkę, po omacku rozwiązał wstążkę i podał księciu z opuszczoną głową. Henryk zaś wziął jedwabne tasiemki w palce, przyłożył do nosa, powąchał i zarzucił swemu giermkowi na szyję.

— To prezent dla ciebie ode mnie! Zmykaj. Ale już!

Podkomorzy, widząc, co się dzieje, że panowie rozochoceni, a dziewczyn zbyt mało, wezwał na pomoc wrocławskie nierządnice z „Czerwonego Jabłuszka" i „Dzikiej Gąski", dzięki czemu raz-dwa ośmioboczna sala wrocławskiego zamku zapełniła się chichotem, muzyką i oparami wina.

Henryk jednak wcale nie pił dużo, za to dbał o kielichy gości. Gdy uznał, że każdy z nich przynajmniej raz doznał rozkoszy, a co sprawniejsi zdołali i kilka razy zaspokoić żar lędźwi, klasnął na służbę, by wyprowadzono dziewczęta. Manfred każdej po wyjściu odmierzył zapłatę, a że sam nie używał sobie, tylko patrzył, dobrze wiedział, ile której się należy. Książę zaś zebrał gości przy stole i zapytał:

— I co myślicie o Pradze?

— Złote miasto, a tron pusty — powiedział Szymon, walcząc z czkawką.

— Niezdobyte. — Głogowczyk ze swą podłużną ponurą twarzą mógłby popsuć humor nawet błaznowi.

— Ale można próbować układem. — Eberhard został w samej koszuli, gniewnym pijackim ruchem odpędzając sługę, który chciał mu pomóc się ubrać.

— Mądrze mówisz. Jednak pojechać na układy bez wojska byłoby szaleństwem. — Henryk sam lał mu wino. — Czy jesteś w stanie zwołać armię?

— Ja? A kto, jeśli nie ja! — Eberhard uniósł kielich, rozlewając szkarłatny trunek.

— A wy, panowie ze Strzelina? Co wy na to? Ciekawią was skarby Przemyślidy?

— Cieee... cieee... cieeekawią!

— A rycerstwo z Wilczyc? Michale, Zbrosławie?

— Na Pragę! Na Pragę! — Michał wymachiwał pustym dzbanem.

— Hej, służbo moja, co z wami? Komes Michał nie ma wina! Goście moi! Czy jest wśród was ktoś, kto nie chce ruszyć ze mną po złoto Przemyślidów?

Pakosław wskoczył na ławę i darł się:

— Wszyscy chcą, wszyscy!

Przemko też się zerwał, ale odmówiły mu posłuszeństwa nogi i padł na stół. Tylko starszy Głogowczyk siedział z nieruchomą, pełną dezaprobaty twarzą i wpatrywał się w jeden punkt.

Henryk podszedł do niego i pochylił się.

— Książę? A ty?

— On śpi — powiedział, nie ściszając głosu, Manfred — tylko oczy zapomniał zamknąć.

PRZEMYSŁ jechał do Kalisza szybko. Brał ze sobą każdego, kto był pod ręką, kto mógł się przydać. Swego Magistra Mikołaja, notariusza Tylona, dominikanina Teodoryka, który go spowiadał. Z licznej rzeszy urzędników księstwa pojechał z nim tylko kanclerz poznański, Wincenty z Łodziów. Resztę postawił w gotowości, tak aby byli w stanie błyskawicznie dotrzeć na kaliski zamek. To nie było trudne, bo większość, czyli Zarembowie, i tak mieli rodowe siedziby wokół Kalisza. Po prostu zjechali się wszyscy do Jarocina i mieli czekać na sygnał księcia.

Wtedy, w tych gorączkowych chwilach, zdał sobie sprawę, iż po prostu nie wierzył w chorobę starego księcia. Bolesław przecież od nowego roku już w dwóch listach pisał mu, że czuje się coraz gorzej. Ale Przemysł wciąż miał przed oczami stryja jako zwycięzcę Brandenburgii. To było ledwie latem, gdy brawurowo odbił kasztelanię w Santoku. Jak uwierzyć, że latem szarżował na wroga, a zimą zmogły go starcze boleści?

Zlekceważył te jego utyskiwania na zdrowie, bo sądził, iż Bolesław przejął się śmiercią Barnima, a zaraz potem Rogatki. „Odchodzi pokolenie starych książąt" — pisał w liście do bratanka, a Przemysł, czytając to, śmiał się, że stryj tak gada, a jak się zrobi cieplej, to poniesie ich we dwóch, z Mściwojem, i znajdą sobie coś do zdobycia albo odbicia.

Miał teraz kaca, palący wyrzut sumienia, że nie potraktował tego poważnie i dopiero list księżnej Jolenty poderwał go do drogi.

Jechał szybko, bał się, że nie zdąży i zostanie z tymi wyrzutami sumienia sam na sam. Popasy krótkie, raz nawet nie zsiadł z konia.

Zresztą nikt w orszaku nie jęczał i to milczenie dobijało go jeszcze bardziej.

Bramy Kalisza były otwarte, a dziedziniec zamku pełen. Gdyby nie wiedział, że stryj śmiertelnie chory, pomyślałby, że gości zjechało się jak na wesele. Mignęły mu czarne gryfy Mściwoja. Ścisnęło się serce.

— Żyje? — spytał sługę, przeskakując po dwa stopnie schodów.

— Żyje! — odpowiedział chłopak. — Wina woła!

„To z nim krytycznie. Ostatnio właściwie nie pijał".

Przemysł wpadł do komnaty stryja. Zobaczył go siedzącego w koszuli na łożu, a obok niego potężnego łysiejącego mężczyznę z rzadką bródką. Obaj zanosili się śmiechem. Gość stryja miał na piersi równie wypasionego jak on czarnego gryfa. W ręku trzymał kielich i na widok Przemysła uniósł go w górę.

— Witaj, synku!

— Witaj, książę Wschodniego Pomorza... Witaj... stryju?...

— Co masz takie okrągłe oczy, jakbyś ducha zobaczył? — Bolesław wyglądał zupełnie dobrze, tylko był nieco szczuplejszy niż ostatnio. — A, myślałeś pewnie, że nie żyję?

I obaj z Mściwojem wybuchli śmiechem. Stuknęli się kielichami.

— Na zdrowie!

Dopiero teraz w drzwiach stanęli zdyszani towarzysze Przemysła. Bolesław, dławiąc się ze śmiechu, zapraszał ich swobodnym gestem.

— Pozwól, Mściwoju, że ci przedstawię gości! Kanclerz poznański, Wincenty, Teodoryk, spowiednik mego bratanka Przemysła, Tylon, jego notariusz, i Magister Mikołaj, medyk.

Mściwój kiwał głową z udawaną powagą i zasłaniał usta dłonią, by nie parsknąć.

— Miło poznać. Medyk, notariusz, spowiednik, ho, ho, ale delegacja.

Bolesław wziął się pod boki i zadzierając głowę, zapytał:

— A gdzie wojewoda, biskup i cała reszta? Hę?

Przemysł, nic nie rozumiejąc, odpowiedział posłusznie:

— Siedzą w Jarocinie i czekają na sygnał.

— W Jarocinie!... Dobre! Dobre! — Śmiali się z Mściwojem tak, aż łzy płynęły im z oczu.

— Książę, a list? A pismo pilne, co przyszło od księżnej? Myśmy jechali, co koń wyskoczy... — Kanclerz Wincenty, człowiek poważny nad wyraz i zawsze gotowy do pracy, wyciągnął szczupłą dłoń z pergaminem. Bolesław spojrzał na niego i choć Mściwój jeszcze chichotał, książę wziął pergamin, rozwinął i przeczytał na głos:

— „...jeśli jest w tobie choć odrobina wdzięcznego serca, przybywaj, bo mąż mój, a twój stryj na łożu boleści czyni ostatniej woli postanowienia...". Jezu, Jolenta!... — jęknął i odłożył zwój. — Wybaczcie! Kanclerzu, Przemyśle i wy panowie... wybaczcie! To nieporozumienie domowe! — Dobry humor przeszedł mu w jednej chwili, ale poprosił ich: — Siadajcie, nie stójcie, proszę! Wina?

Słudzy napełnili kielichy i Mściwój wzniósł toast:

— Na zdrowie!

Odpowiedzieli:

— Na zdrowie!

Przemysł, wciąż poruszony, chwycił dłoń stryja i ściskał, szczęśliwy, że cała ta podróż okazała się pomyłką. Bolesław kręcił głową z niesmakiem.

— Jolenta i ja pokłóciliśmy się. Poszło o Jadwinię, naszą córcię na wydaniu. Powiedziałem, że czas jej za mąż i że musimy wzmocnić granicę z Kujawami. A ona wpadła w szał, że chcę dziewczynę wydać za Karła. No to ja jej powiedziałem, dla żartu, że jak się o nią starałem, to też była malutka, no i, od słowa do słowa, nagadaliśmy sobie. Ona powiedziała, że bredzę śmiertelnie, i widzisz, wezwała ciebie, pewnie na ratunek.

— Niech będzie pochwalony! — W drzwiach stanął spocony Jakub Świnka.

— Na wieki wieków! — raźno odpowiedział Bolesław i zaprosił kantora.

Jakub wzrokiem równie niepewnym co poznańska kompania przed chwilą potoczył po komnacie.

— Stryju, jadąc do ciebie, posłałem po kantora, bo myślałem...

— Że będziemy śpiewać! — dokończył Mściwój. — Za spotkanie! Za zdrowie księcia! — Uniósł kielich. — Znam jeden ładny kawałek, choć smutny.

Król Artur pogrążony w smutku siedzi wśród swych rycerzy
Nad krajem zapanował mrok głębszy niż lochy wieży...

Urwał, po czym rzekł:

— E, nasz król Artur ma się dobrze, a ja mam gardło do picia, nie do śpiewania — uczciwie ocenił swe talenty.

— A naprawdę chciałeś wydać Jadwigę za Władka? — zapytał Przemysł, gdy wino już go rozluźniło.

— Nie. Ale też nie uważam, że wolno go skreślać tylko dlatego, że ma coś nie tak ze wzrostem.

— W Opawie pokonał Przemka Głogowczyka, który jest zwinny jak żbik. Fechtunek ma w małym palcu, chociaż, jak mi się wydaje, pracował według mistrzów szkoły południowoniemieckiej. — Przemysł wciąż miał w pamięci wyczyn Karła. — To było tak, patrzcie. — Dał kielich do potrzymania Tylonowi i wstał, pokazując. — Głupiec, Ogon, Z Dachu, Pług! Nie, przepraszam, bez Pługa. Z Dachu i samorozbrojenie, doskok do przeciwnika, niskie zejście w kolanach, z zaskoczenia, chwyt za łydki, uniesienie w górę i rzut przez plecy! Mistrzostwo świata, mówię wam, Karzeł po tej akcji urósł w moich oczach o łokieć!

— Ja też mówię: nie oceniaj ludzi po pozorach. Powiem wam przykład, daleko nie sięgając, matka Karła, Eufrozyna. — Mściwój przywołał sługę, bo kielich miał znów pusty. — Jak się z nią żeniłem, to słodka jak miód. A nazajutrz jak piołun gorzka. Woran! Woooran! Powiedz, giermku, że pan twój prawdę mówi.

Giermek stanął za Mściwojem i skinął głową. Przemysł zatrzymał na nim oko na chwilę, bo wydał mu się znajomy: „Kogoś mi przypomina...".

Mściwój ciągnął:

— I pytanie stawiam: czy człowiek tak się może zmienić jednego dnia?!

— Człowiek nie, ale kobieta wszystko może! — powiedział Bolesław, uderzając palcami w pergamin z lamentem księżnej Jolenty.

— Na pogrzebie Barnima, dziadka mojej żony, widziałem kobietę, z którą w życiu nie chciałbym zostać sam na sam!

— Niech zgadnę: Mechtylda Askańska! Orla i czerwona jej mać! — Mściwój splunął i natychmiast zatarł to butem. — Barnim to miał krzyż pański. — I dodał z satysfakcją: — Świeć mu tam, Panie...

— Templariusze go do grobu nieśli.

— O, on nawet na pieczęci miał symbol świątyni!

— Co się dziwisz, książę Pomorza, jak on więcej czasu z braćmi spędzał niż z nią. A mimo to żona jego niemowlę trzymała na pogrzebie przy piersi!

— Syn zmarłego... — melancholijnie wtrącił Jakub Świnka, pociągając długi łyk — to mnie zawsze wzrusza...

— Może i tak, ale wiecie, co się gada na Pomorzu? Że to nie jest Barnima dzieciak, tylko bękart!

— Och! — Kantor podskoczył. — Książę Mściwoju, czy ładnie to tak oskarżać niewinne dzieciątko?

— Bękarctwo to wina matki, nie dziecka — zaoponował kanclerz.

— Ale skutki prawne spadają i na nie — trzeźwo wtrącił notariusz Tylon.

— A ja wam powiem — Magister Mikołaj pił wino długimi, eleganckimi łyczkami, robiąc z ust dzióbek — że my, mężczyźni, to mamy przechlapane. Z medycznego punktu widzenia nie ma szans na określenie prawdziwego ojcostwa.

— Pozostaje zaufanie — uśmiechnął się Przemysł — i miłość!

— Przyznam ogólnie, że jeszcze się nie spotkałem, by ktoś na spowiedzi wyznał małżeńską zdradę. — Teodoryk po raz pierwszy w życiu pił w Wielkim Poście i go po prostu ścięło.

— Dziękuję ci, ojcze spowiedniku! — Przemysł przewrócił oczami. — Nawet nie wiesz, ile to dla mnie znaczy!

— Zważywszy, że od pięciu lat spowiada jego żonę — konfidencjonalnie wyszeptał Bolesław.

— No właśnie. — Mściwój stuknął się z Przemysłem i huknął: — A wy też bezdzietni?

— A tak dobrze się bawiłem! — fuknął na niego Przemysł.

— Nie, bo ja też... Dlatego pytam — brnął na mieliznę Mściwój, a jego gryf czuł, co się święci, i zakrył skrzydłem oczy — po przyjacielsku. Jak się czujesz?

Kanclerz Wincenty, osoba z gruntu poważna, religijna i, jak to bywa, niemająca doświadczenia z taką ilością wina, jaka popłynęła tego wieczoru, chwiał się na krześle i bez namysłu odpowiedział za swego księcia:

— A jak ma się czuć? Jak kurwa w deszcz!

Jakub Świnka przeżegnał się lewą ręką, kwicząc. Przemysł gruchnął najszczerszym śmiechem. Magister Mikołaj trzymał się za brzuch, piszcząc:

— Pijawki dla Mściwoja! Dla gryfa puszczanie krwi!

Bolesław, książę Starszej Polski, tak się śmiał, że opadł na łoże.

— Jak Boga kocham, nie wytrzymam!...

Jego lew, pijany jak i książę, potrząsnął grzywą i zaryczał chropawo. Bolesław zaniósł się kaszlem i z jego ust buchnęła krew.

BOLESŁAW, książę Małej Polski, wyciągnął rękę do Ubogiej Pani.

— Siostro! Długo kazałaś na siebie czekać...

Salome odrzuciła welon i uśmiechnęła się do młodszego brata.

— Niecierpliwy, jak zawsze, chłopczyk mój. — Ucałowała go w czoło. — U mnie czas płynie inaczej, rok jak dzień, sam zobaczysz!

— O niczym nie marzę bardziej, wiesz przecież — żarliwie zapewnił siostrę. — Przepraszam, czy mogłabyś usiąść? Mam zawroty głowy, gdy tak latasz nade mną... źle cię widzę.

Uboga Pani roześmiała się cicho, wzniosła się jeszcze wyżej i skrajem habitu wytarła kurz z wiszącego pod sklepieniem krucyfiksu. Otrzepała spracowane dłonie, sfrunęła lekko i szybko w dół, siadając przy Bolesławie.

— Już jestem. Wybacz, ziemskie przyzwyczajenia... nie umiem tak siedzieć bez roboty. Zawsze sobie coś znajdę, jak w czasach halickich. Ty wiesz, że ja dopiero wtedy odzyskałam zdrowie? Jakeśmy z mym królem mężem zakasali rękawy i poszli w pole? Ach, Bolli, to były piękne czasy, mieliśmy po dwadzieścia lat i zbawialiśmy świat własnymi rękami. Koloman chodził za pługiem, ja rzucałam ziarno. Wieczorami tańczyliśmy z wieśniakami przy ogniskach i głosiliśmy im Słowo Boże.

Salome się rozmarzyła. Choć przybyła dzisiaj do Bolesława w postaci starszej kobiety, takiej, jaką była, gdy umierała, zmieniała się wraz ze wspomnieniami. Teraz siedziała przy nim jako ośmioletnia dziewczynka, zbyt mała, by z królewskiego tronu sięgnąć stopami ziemi. Przy niej zjawił się Koloman, jedenastoletni król małżonek. Czarne madziarskie oczy chłopca były tak podobne do oczu jego żony Kingi.

— Witaj, szwagrze — ucieszył się Bolesław.

Koloman jednak nie odpowiedział, nieruchomo wpatrywał się ciemnymi źrenicami w przestrzeń.

— Jego tu nie ma — szepnęła zawstydzona Salome. — Tak na chwilę go przywołałam, dla ilustracji... — Bolesław usłyszał w jej głosie coś, co brzmiało jak ból.

Siostra na powrót była starszą Ubogą Panią. W spracowanych dłoniach trzymała miskę z suchymi strąkami grochu, łuskając go.

— A tam? Tam, gdzie jesteś, Koloman jest z tobą?

Uniosła brwi i pokręciła głową.

— Nie... jestem sama... Tęsknię za nim, więc czasami pozwalam sobie na takie wspominki — westchnęła. — Wiedziałam, że tak będzie. Mówiłam mu: nie jedź na wojnę, nie zabijaj. A on na to, że Dzikich trzeba bić. Zresztą, sam pamiętasz, bo i Kraków ci wtedy spalili.

Bolesław się wystraszył. Od tylu lat marzy, że po śmierci będą chodzić z Kingą po zielonych polach... Koloman i Salome też byli dziewiczym małżeństwem, jeśli więc ich Pan rozdzielił, co będzie z nimi?... Siostra wyczuła jego lęk i położyła mu dłoń na czole.

— Ciii... nie myśl o tym teraz. Będzie, co ma być. Zresztą twoja żona ma takie posłuchanie u nas, że wszystko może wymodlić, co zechce. Pogadaj z nią, niech się za to weźmie. O ile — Salome znów w mgnieniu oka stała się młodą dziewczyną, tym razem strojną w złotą królewską suknię — o ile zechce! — Zachichotała zalotnie i wzniosła się w górę, wirując. — Pamiętasz Turniej Rycerzy Okrągłego Stołu w Budzie?

— Ciebie tam nie było, siostro!

— I co z tego?!

Salome tańczyła w powietrzu taniec dworski, a wokół niej zobaczył wszystko jak żywe. Plac turniejowy, biało-czerwone chorągwie Arpadów, swego teścia, króla Belę... siebie i Kingę na trybunach, obok Bolesława z Jolentą. Bela kazał na tę okazję zrobić dla nich wszystkich takie same złote diademy, ozdobione scenami z pieśni arturiańskich, i bawili się w turniej na zamku Camelot. Na placu konny rycerz stanął przed trybuną i kłaniał się Kindze, prosząc o wstążkę...

— Salome? Co ty chcesz mi pokazać? Dała mu wstążkę, nic więcej...

Siostra klasnęła w dłonie i ukłoniła się. Opadając na krzesło przy jego łożu, znów była Ubogą Panią w habicie klaryski.

— Nigdy nie miałeś poczucia humoru — powiedziała zasapana po tańcu i wzięła się do grochu. — To był żart, braciszku, żarcik!

— Aaa... a mamusia nasza z tobą jest?

— Jest. Uparła się, że będzie chodzić w czerni. Wiesz, jak to niestosownie wygląda w świetlistej wieczności?

— To tak, jak było tutaj — westchnął Bolesław. — Nigdy nie zdjęła wdowiego welonu, choć od krwawej łaźni w Gąsawie minęło tyle lat. Niektórym kobietom do twarzy w czerni, jak mojej Kindze. Inne zaś kolekcjonują cierpienia jak klejnoty, roztaczając wokół siebie woń łez i wypalonych świec. Grzymisława całe życie nosiła żałobę jak koronę i wypominała mi, że przeszła przez to wszystko tylko dla mnie. Ty nawet nie wiesz, siostro, jak to jest. Byłaś mała, gdy pojechałaś do męża. A ja? Całe życie matki wysłuchiwałem, że dla mnie, przeze mnie, za mnie...

— No dobrze, już nie narzekaj, Bolli. Muszę lecieć, zasiedziałam się.

— Zobaczymy się jeszcze, Salome?

— Zobaczymy. Niebawem.

Gdy Salome zniknęła, Bolesław zrobił rachunek sumienia.

Na pierwszym miejscu mury. No, niestety, Leszek już wie, że będzie musiał się do tego zabrać, bo obaj słyszeli, jak ktoś z otoczenia Henryka wrocławskiego prychnął: „Wawelska wioska". Zwłaszcza że pogańska trójca: Litwini, Prusowie, Jaćwingowie zapuszczają się coraz głębiej w księstwo od północy, a od południa cisi ludzie przynieśli wieści o Mongołach. Ciężkie czasy idą, Kraków musi być gotowy. Kinga wprawdzie mówi, że Leszkowi pisane tryumfy wojenne, ale same nie przyjdą! Panowie krakowscy jako tako udobruchani, biskup też. Testament spisany i zatwierdzony. Leszek trochę mruczał, że Kindze zapisał Sądecczyznę, ale mowy nie ma, by zmienił zdanie. To takie symboliczne, że swej świątobliwości darowuje ziemię będącą drogą na Węgry, do jej ojczyzny. A ona, piękna jego, tak się cieszyła, tak umiała docenić ten gest. Fundacje zabezpieczone, jałmużny wyznaczone, wszystko jest. Swój grób już widział, zrobiono, tak jak zalecił, prościutka kamienna płyta, żadnych zbytków. Kinga położy się u klarysek, on u franciszkanów, będą na wieki złączni symbolem swej mistycznej i braterskiej miłości. Już nie mógł się doczekać. Wprawdzie Salome, psotnica, zasiała w nim ziarnko niepokoju, ale powtarzał za nią: „Będzie, co ma być".

— A kto tu nakruszył grochem, mój mężny? — Kinga weszła do jego sypialni. — A, pewnie twoja siostrzyczka cię odwiedziła, co?

— Świątobliwości moja... — Chciał się unieść, ale ciało odmówiło mu posłuszeństwa i opadł na poduszkę.

— Nie zrywaj się, Bolli.

— Nie wypada, bym leżał, gdy ty stoisz...

— To spróbuj się posunąć, położę się obok ciebie.

— Chciałbym, ale krwawią mi rany i widzisz, zapaskudziło się prześcieradło...

— Ach, mężny mój. Kobiety krwawią co miesiąc i nie robią z tego sensacji. No już, chyba że nie chcesz, bym przy tobie legła?

— Chcę.

Włożył całą siłę swej woli, by posunąć się na skraj wielkiego łoża. Między nim a żoną zawsze musiało być puste miejsce na szerokość łokcia. Udało się, ale plamy krwi zmieszanej z ropą pośrodku łoża wydały mu się wstrętne. Kinga nakryła je swoim płaszczem i rzuciła na niego białą lilię.

— Odświeżanie! — zawołała wesoło jak mała dziewczynka i wskoczyła na łóżko. — Boisz się trochę? — zapytała po chwili całkiem poważnie.

— Nie, moja świątobliwości. Gdy jesteś przy mnie, niczego się nie lękam.

Życie uszło z niego wraz z ostatnim zdaniem.

Kinga wzięła je jako wolę umierającego i zamknęła w złożonych dłoniach. Modliła się tak długo, aż w komnacie zrobiło się jasno i czysto. Aż dusza Bolesława uwolniona z poranionej ziemskiej powłoki przeszła na drugą stronę lekkim młodzieńczym krokiem. Aż zobaczyła go, smukłego, białowłosego, idącego przez zielone pola z ręką wyciągniętą do niej.

Wtedy grzecznie podziękowała Bogu za łaskę i zamknęła ziemskie oczy księcia męża.

A na jego pięknie wykrojonych ustach złożyła pierwszy pocałunek.

1279

kwiecień

PRZEMYSŁ nie opuszczał stryja. Nagle zrozumiał, ile mają sobie do powiedzenia i jak wiele powinni razem zrobić.

— Władcy nie mogą sobie pozwolić na beztroską śmierć — powiedział Bolesław, gdy Przemysł martwił się o to, że ostatnie obowiązki go męczą. — Wzywaj panów. Nie zostawię cię na ich pastwę bez mego błogosławieństwa.

Stawili się wszyscy. Zarembowie. Łodziowie. Grzymalici. Nałęcze.

Przemysł patrzył na nich, jak złamani żalem klękają przed stryjem i całują, zalewając łzami, dłoń swego księcia. Jak przysięgają stryjowi wierność i posłuszeństwo dla Przemysła. „Czy kiedyś pokochają mnie równie mocno jak jego?".

— Starsza Polska, kolebka królestwa, jest niepodzielna. Jedynym jej władcą jest mój bratanek, Przemysł II. Jemu oddaję pełnię władzy, a was, rycerstwo moje, przekazuję w jego ręce. Moją ostatnią wolą jest, byście dołożyli wszelkich starań na rzecz odnowienia arcybiskupstwa. Gdy w Gnieźnie znów zasiądzie pasterz, zjednoczy i poprowadzi owczarnię.

Zaniósł się tym strasznym kaszlem, którego ukoić nie potrafił nawet Magister Mikołaj. Osłabiony zapadł w sen, a Przemysł poprosił panów, by wyszli. Siedział przy stryju z ciotką Jolentą, spowiednikiem Bolesława i Jakubem Świnką. Nad ranem ciotka i ksiądz poszli się zdrzemnąć, a gdy wyszli, stryj się zbudził.

— Przemyśle?...

— Jestem.

— Pamiętasz miecz, którym cię pasowałem na rycerza?

— Tak.

— Twój ojciec przeczytał w *Kronice Piastów* o mieczu Bolesława Chrobrego, wiesz to tam, o Złotej Bramie, opowiadałem ci tę legendę...

— Pamiętam. Szczerbiec, tak?

— Tak. Przemysł miał wiele obsesji w życiu, ten miecz stał się jedną z nich. Uparł się, że go znajdzie i znalazł. Miecz pierwszego króla.

— Więc pasowałeś mnie Szczerbcem?

— Nie. Szczerbiec to tylko legenda wymyślona przez kronikarza. On znalazł prawdziwy miecz Bolesława... Twój ojciec... Różnie się między nami układało. Często było źle...

— Wiem, nie zamartwiaj się tym teraz, to już nieważne...

— Ważne. To Przemysł wymyślił, że musimy być niepodzielni. Wiesz, myśmy składali Starszą Polskę jak rozbity garnek, z kawałków. Za naszego ojca wszystko się rozwaliło... Ale on nigdy nie przestał wierzyć, że nam się uda. Całe życie traktował mnie jak młodszego brata, jak chciałem wybić się na samodzielność, to mnie po prostu zamknął. Uwięził. Wszystko to zrozumiałem dopiero po latach. On miał rację, słusznie robił. Inaczej, kto wie, jakby było z nami, kto wie... Ja też byłem popędliwy za młodu, ja też... Przemysł w ostatnich latach życia wpadł w mistyczny szał, czytał, ciągle czytał stare dokumenty, szukał... Nie miał syna, ale czuł, że jego następca odzyska koronę polską... bez przerwy o tym opowiadał... i znalazł ten miecz.

— Gdzie?

Stryj chwilę milczał i oddychał nierówno. W końcu odpowiedział:

— W grobie.

Jakub Świnka, milczący dotąd, poruszył się i szepnął:

— W imię Ojca i Syna. W królewskim grobie? Toż to świętokradztwo...

— Nie — zaprzeczył stryj — nie grzebał w grobie króla. Wyczytał gdzieś, że król Bolesław podarował miecz swemu rycerzowi i tak go odnalazł. Był zniszczony, mój brat odnowił go, zamówił do niego rękojeść, a na jelcu kazał wyryć, że ten, kto miecz nosi, wygra... Ofiarował mi go cztery lata przed śmiercią na wielkim wiecu rycerskim jako dowód, że daje mi władzę nad moją częścią księstwa. Do tego wciąż prześladowały go wizje korony, a Elżbieta nie dała mu syna... więc mnie obarczył swą nawiedzoną misją... Ale później nastały jeszcze bardziej szalone dni, już tylko pościł i modlił się, ludzie zaczęli traktować go niczym świętego na ziemi... i któregoś dnia przyjechał do mnie, do Kalisza, sam, z gołą głową... Boże, jak ja się wtedy wystraszyłem... Przyjechał i powiedział, że Elżbieta poczęła syna, i wymógł na mnie, bym przysiągł, że przekażę ci ten miecz... Zobacz, on wtedy już wiedział, że narodzisz się ty i że ja nie będę miał synów... a to tyle lat... Potem zaś kazał zamknąć w skrzyni to przesłanie dla ciebie i razem umieściliśmy ją w gnieźnieńskim skarbcu...

Bolesław przerwał, brakowało mu tchu. Przemysł podał mu wodę i stryj chwilę odpoczywał.

— Pasowałem cię nim i chcę, byś miał ten miecz. Leży tutaj. — Wskazał palcem w ciemny kąt komnaty. — Jakubie, idź po niego...

Jakub Świnka niósł miecz nabożnie, jak relikwię. Położył go na wyciągniętych dłoniach Bolesława, a Przemysł przyklęknął na jedno kolano, tak jak w czasie pasowania.

— Niech cię prowadzi, synu...

Zacisnął palce na chłodnej stali. I wstał.

— Ja nazwałem go Agnus Dei, ty możesz mu zmienić imię, jeśli zechcesz...

— Baranek Boży... A mój ojciec? Jak nazwał go on?

— Gladius Dei.

— Miecz Boży?

— Tak. Ja wolałem być barankiem...

Przemysł obracał w dłoniach zdobioną złotem rękojeść. Dotknął skrzydlatego lwa. Zatrzymał wzrok na głowicy.

— Tak, wiem. Sam do końca nie rozszyfrowałem wszystkiego, co twój ojciec tu umieścił... Nie mam nawet pewności, czy ktokolwiek poza nim mógłby to jeszcze zrozumieć... Wiesz, ja jestem prosty Piast. — Roześmiał się i Przemysł zadrżał, że znów dostanie tego koszmarnego, krwawego kaszlu. — Te wszystkie wizje, przesłania, symbole... mi się to podoba, ale bo ja wiem? Trzeba z tym uważać, życie to jednak życie... a mistykom ciężko na świecie... — Odchrząknął. — Zatem, wróćmy na chwilę do poważnych spraw. Proszę cię, dokończ fundację klarysek w Gnieźnie. Jolenta jest trudna we współpracy, wiem. Ale nie bądź jej przeciwny, to było nasze wielkie wspólne marzenie.

— Masz moje słowo, stryju.

— W kwestii dziewczynek. Anna będzie klaryską, Jadwinię wydaj za mąż, koniecznie mając na uwadze Kujawy.

— Władek?

— Przyjrzyj mu się, to wszystko jeszcze dzieci. Zadbaj o nią... Elżbietą też się opiekuj. Tłusty, książę legnicki, jest bitny i jeśli pójdzie w ślady ojca, to nie pożyje długo.

— Co mówisz? Rogatka zmarł dopiero co, jak stateczny starzec, w łożu...

— Tylko przez ironię losu chyba. Chcę powiedzieć, że jeśli Elżbieta owdowieje młodo, to nie zmuszaj jej do ponownego małżeństwa. I tak mam wyrzuty sumienia, że ją tylko na legnicką księżną wyprowadziłem... Ta dziewczyna ma kanclerską... głowę... więc jeśli będzie chciała za mąż, to niech idzie, a jeśli nie, to zgódź się. Niech sama zdecyduje o sobie. Co do urzędów, to zostaw wszystko jak jest. Tyle że będzie jeden kanclerz, nie dwóch. Im mniej wykonasz zmian na stanowiskach po mojej śmierci, tym lepiej. Będą ci przychylniejsi. Jak chcesz kogoś zmienić, to poczekaj trochę. Rok, dwa, ale nie dłużej. Przyznaję, że rozpuściłem Zarembów, musisz ich wziąć teraz w garść. Ale na ręce patrz wszystkim. Nawet swoim druhom. Zdradza zawsze ten, który jest najbliżej.

— Książę — Jakub Świnka starał się być niewidzialny, nie przeszkadzać w tej ostatniej rozmowie — czy podejrzewasz kogoś?

— Nie. Ale nie jestem naiwny. Zresztą, lepiej dmuchać na zimne... Jakubie? Co ci?

Jakub Świnka zaczął się trząść cały, jakby dostał febry. Z oczu płynęły mu łzy.

— Książę... wybacz... ja się za szybko wzruszam... Ty żegnasz się z nami tak...

Bolesław zdobył się na uśmiech.

— Co robić, przed śmiercią nikt nie umknie.

Przemysł trzymał się dobrze, odkąd przyjechał do Kalisza. Zresztą nie chciał ani uwierzyć w umieranie stryja, ani jemu samemu pokazać, że nie jest gotów. Ale łzy Jakuba Świnki ścisnęły go za gardło. Przypadł do dłoni stryja i chwycił ją mocno, jakby to mogło zatrzymać czas. Bolesław poklepał go drugą ręką po głowie, poczochrał mu włosy. Drgnął.

— Jeszcze jedno... ten miecz naprawdę coś w sobie ma... odkąd go dostałem, oni mnie słuchali...

— Kto? Kto taki?

— Oni.

ZAREMBOWIE siedzieli w Brzostkowie i knuli. Zebrało się ich tam ze czterdziestu, ale prym wiedli dwaj: wojewoda poznański Beniamin i podkomorzy kaliski Sędziwój. Jeśli pierwszy był głową, to drugi ramieniem. Gdy Beniamin myślał, Sędziwój działał. Łączyło ich jedno:

— To my jesteśmy niepodzielni!

— Jak śmiał wyprosić nas od umierającego księcia? Nie daruję mu tego! — ryknął Sędziwój.

— Chciał w ostatniej chwili pogadać ze stryjem sam na sam — wziął Przemysła w obronę Michał, jego przyjaciel, jeden z jego Czterech Wichrów. — Nie możecie tego zrozumieć? Kto jak kto, ale Zarembowie szanują więzi rodzinne.

Michał miał ich czasami dosyć. Nie znosili Przemysła tak jak jego ojca i czepiali się go o wszystko. A tamtej ucieczki z Gniezna, sprzed sześciu lat, nie wybaczyli mu nigdy; wiecznie czuli gorycz porażki, że go nie upilnowali, że zawiedli starego księcia Bolesława. I kiedykolwiek rozmowa schodziła na temat młodego księcia, kończyło się na tym, że Arkenbold kwitował ją krótko:

— Nie daruję.

— Więzi rodzinne? Synu, więzi rodzinne to my rozumiemy jak nikt inny, ale gdy chodzi o sprawy księstwa, nie interesuje nas, kto stryj, kto wuj. Szacunek wobec Zarembów musi być. — Beniamin dość spokojnie zakończył dyskusję.

Michał chciał wyjść. Wstał nawet, ale widząc synów Sędziwoja przy drzwiach, usiadł. Skinął na Ochnę, rumianą płomiennowłosą gospodynię, by podała mu wina.

Brzostków nie był główną siedzibą Zarembów. W każdym razie nie był nią oficjalnie. Beniamin miał swój wystawny dwór pod Poznaniem, Sędziwój nieopodal, w Jarocinie, pobudował wieżę, niczym udzielny książę.

Ale to właśnie tutaj, w Brzostkowie, urządzili sobie prawdziwą twierdzę. Z daleka, dla przejeżdżających biegnącym nieopodal traktem, wyglądała jak wiejski folwark. Ale w istocie była rycerskim dworzyskiem obronnym. Po pierwsze: położenie. W samym środku rodowych dóbr ciągnących się od Jarocina na południu i przekraczających Wartę na północy. Od wschodu, tam gdzie biegł gościniec z Jarocina do Pogorzelicy, Zarembowie ustawili niewielkie grodzisko Raszewy, by strzegło dostępu do schowanego w głębi Brzostkowa. Od północy Brzostków otaczała rzeka Lutynia, a z zachodu broniły go mokradła. Od południa osłaniały go niezamieszkane pagórki z dominującą nad nimi małą Łysą Górą. Od niej też, do położonego w niecce dworzyska, płynęły liczne wstęgi strumieni, z których dwa największe wykorzystano niczym naturalne fosy, budując w ich widłach siedzibę. Sędziwój kazał otoczyć ją palisadą z dwóch rzędów zaostrzonych naprzemiennie pali połączonych przesypaną ziemią plecionką. Przed palisadą oczywiście wykopali fosę. Jedna duża brama wjazdowa, przy niej nieustannie trzymana straż. Do tego dwie furty gospodarcze. Wczesną wiosną i w czasie ulewnych deszczów Brzostków zamieniał się w twierdzę nie do zdobycia, wyspę otoczoną wezbranymi strumieniami, mokradłami, z jedną tylko groblą, znaną wyłącznie Zarembom. Za częstokołem byli u siebie tak jak nigdzie indziej. W stajniach mogło stać naraz i czterdzieści koni, potężna stodoła, gdyby zaszła taka potrzeba, mogła stać się mieszkaniem dla setki wojska. Do tego spichlerz, w którym gromadzili zapasy na czas nieurodzaju, i osobno kopana ziemna piwnica, która prócz beczek piwa i wina miała sekretne wejście do składnicy wszelakiej broni. No i oczywiście dworzysko. Na podmurówce z polnego szarego kamienia stał dębowy, wielki dom. W nim duża izba, miejsce ich spotkań, tak obszerna, że i stu Zarembów by się do niej wepchnęło, a czterdziestu siedziało wygodnie i bez ścisku przy ciężkich polerowanych ławach. Osobno ciemna izba z glinianym kapturem osłaniającym paleniska i piecowiskiem, królestwo Ochny, ich płomiennowłosej gospodyni. Trzy osobne alkowy dla głów rodu i jedna mniejsza izba dla ich kobiet, które od czasu do czasu też tu przyjeżdżały.

Na co dzień we dworzysku brzostkowskim przebywała tylko niewielka dwunastoosobowa drużyna i służba, lecz gdy Zarembowie potrzebowali się spotkać we własnym gronie, tak jak dzisiaj, robiło się gwarno. A nad wszystkim czuwała rudowłosa i obrotna Ochna. Z pomocą tuzina wiejskich dziewcząt prowadziła dworzysko i zarządzała majątkiem wiejskim dla Zarembów. I jeszcze jedno: przyjmowała na świat ich synów. W rodzinie był bowiem zwyczaj, że gdy najważniejsi z Zarembów spodziewali się potomka, ich żony przyjeżdżały do Brzostkowa, by Ochna mogła spokojnie sprowadzić go na ten świat. Sędziwój, gdy sobie podpił, żartował, że wyda za Ochnę wszystkich swoich synów, ale dla większości rodowców było jasne, że sypia z nią sam. Teraz upijał się beznadziejnie, mrucząc:

— Mój książę... mój chrzestny ojciec...

Świętej pamięci Bolesław trzymał go do chrztu, a jego ojcu, Jankowi, jedną darowizną dał czternaście wolnych wsi. Michał rozumiał żal Sędziwoja za księciem dobrodziejem, ale starał się być realistą, po pierwsze, i kochał Przemysła jak brata, po drugie. Zawołał:

— Szanowne czarne półlwy! Książę Bolesław pozostanie na zawsze w naszej świętej pamięci...

Przerwał mu toast synów Sędziwoja spod otwartych, dla powietrza, drzwi. Podziękował im skinieniem głowy. Zarembowie od zawsze wołali się „Święta Pamięć".

— Ale przysięgliśmy u łoża umierającego wierność jego bratankowi. Nie ma innego dziedzica Starszej Polski do wyboru. Mamy księcia Przemysła II i pogódźcie się z tym!

Sędziwój jęknął i wzniósł kielich.

— Wieczny odpoczynek!

— Racz mu dać Panie! — odkrzyknęli chórem czterdziestu gardeł.

Beniamin, ojciec Michała, który w przeciwieństwie do Sędziwoja nigdy nie unosił głosu, zmienił temat:

— Nie podoba mi się, że przy księciu kręcą się Korabici. To ludzie znikąd. I Awdańcy wrócili, choć zdawało się, że pozbyliśmy się ich razem z ostatnim królem.

Arkenbold, wojewoda kaliski, brat rodzony Sędziwoja, zaprotestował:

— Nie ma się czego obawiać. Kupili wieś czy dwie, ale nie nazwałbym tego jeszcze powrotem. Za to Grzymalici rosną w siłę, na moje oko.

— A to akurat nie szkodzi. Będą przeciwwagą dla Nałęczów. Sugeruję przyjrzeć się Dryjom. Komes Wojciech za często się przy księciu kręci. Michał!

— Tak, wuju?

— Wybadaj, co się święci z tym Wojciechem Dryją. Co widzę księcia, to przy nim on!

— Jak chcesz coś wiedzieć o młodym komesie, zapytaj swoją córkę, bo mi się wydaje, że on nie przy księciu się kręci, lecz przy dwórkach jego żony. A twoją Zbysławę ma szczególnie na oku. No, mam nadzieję, że tylko na nią patrzy.

Michał z przyjemnością napił się, widząc, jak Sędziwój poczerwieniał. To dzisiejsze jątrzenie i knucie jego kochanej rodziny ciążyło mu już bardziej niż za ciasna kolczuga. Najchętniej wyszedłby w las.

— Zbysława i on? Po moim trupie!

— To uważaj, bo widziałem go na bohurcie. Tęgi gość.

Synowie Sędziwoja mrugnęli do niego, on do nich; najwyraźniej też mieli dość tych rozmów: kto, komu i kogo. I, oczywiście, kto przeciw nim. A przecież prawda była taka, że dzisiaj Zarembom nie mógł zagrozić nikt. Mieli bogactwo dobrze zainwestowane. Wsie zbite w całe rodowe krainy, karczmy przy drogach, kilka brodów. Pofundowali klasztory i kościoły, ot, choćby ostatnio tu, w Brzostkowie. Przede wszystkim zaś mieli czołowe urzędy Starszej Polski. Poza jednym, o którym marzyli: kanclerstwem poznańskim. Ale to dzierżył stary Wincenty herbu Łodzia, stryj Lasoty, drugiego z Czterech Wichrów Przemysła.

Beniamin, ojciec Michała, rzecz jasna nie unosząc głosu, przywołał syna do siebie. Michał przewrócił oczami, ale poszedł, przysięgając sobie w duchu, że wysłucha i wyjdzie.

— Synu. Liczymy na ciebie.

— Tylko tyle? Obiecuję, że będę wiernie służył księciu.

— To oczywiste. Ale tym razem musisz służyć nie tylko wiernie, ale i rozumnie. — Oczy Beniamina nieruchomo wpatrywały się w twarz syna. Michał wzruszył ramionami, bo nienawidził zagadek.

— O co ci chodzi, ojcze?

— O nasz ród. O Świętą Pamięć.

— Nie rozumiem.

— Gdy przyjdzie czas, dowiesz się. Ale dzisiaj chcę, byś przysiągł wierność rodowi.

Michał poczuł, że bliżej mu do porywczego Sędziwoja niż do swego zimnego ojca. Ale opanował się.

— Konkretnie?

— Chcemy wiedzieć, z kim się spotyka książę, co myśli, co planuje. I nie chcemy dowiedzieć się tego za późno.

Zesztywniał. Czuł, że do tego zmierzają, że po to Ochna tak gorliwie polewała mu wina, choć jego ojciec zwykle nie tolerował pijaństwa u syna.

— Powiedz wprost: mam donosić?!

— Nazwij to, jak chcesz. My musimy wiedzieć.

Michał poczuł nagle, że dobre czerwone wino skwaśniało mu w ustach. Odwrócił wzrok od lodowatego spojrzenia ojca. Zobaczył Sędziwoja, pijanego, chwiejącego się nad kielichem. Ochna podeszła do niego, by przytrzymać mu głowę. On ożywił się od ciepłego dotyku gospodyni i zerwał z ławy, krzycząc:

— Mój książę... mój chrzestny... niech odpoczywa w pokoju!...

„Jakie to wszystko małe i podłe! — pomyślał Michał. — Oni myślą, że na Zarembach zaczyna i kończy się świat!".

— I co? Umarł król? Niech żyje król! — Wzruszył ramionami, lekceważąc lamenty Sędziwoja.

Beniamin Zaremba wstał i po raz pierwszy w życiu ryknął:

— Licz się ze słowami! Tylko nie król!

HENRYK, książę wrocławski, na tę podróż po wszystko sprawił sobie nowe suknie w barwach złota, czerni i czerwieni. Surkot bez rękawów z hexamitionu, który wart był prawie tyle co koń. Ale też i oko oderwać od niego było trudno. Jedwabny, tkany wielowarstwowo, wzorzyście i wielobarwnie. A na piersi pysznił się czarny orzeł, którego każde pióro zostało wyszyte oddzielnie. I, zgodnie z projektem Henryka, wokół jego skrzydeł lśniły maleńkie czerwone róże, które wyglądały niczym krople krwi.

— Panie... — Fulko stał z otwartymi ustami i patrzył na księcia — to twój orzeł czy płomienista orlica Przemyślidów?...

— Orzeł, chłopcze! Ale jeśli ktoś zobaczy w nim podobieństwo do orlicy, to znaczy, że trafiłem prosto w serce!

Nawet ogier Henryka dostał nowy kropierz. Złoto-czarny, jak szaty jego pana, z rozsianymi po całej powierzchni słowami „Amor Amori". Oczywiście na drogę do Pragi kosztowny kropierz powędrował do skrzyń, tak jak i złoty surkot Henryka, ale nim wjechali na przedpola miasta, i pan, i koń się przebrali.

Kunegundis nie wyjechała mu na spotkanie, ale i nie oczekiwał tego po królowej wdowie. Niemiły zgrzyt poczuł dopiero, gdy przyjęła go chłodno:

— Herzog Heinrich. Co cię tu sprowadza?

Tylko czarne agaty w złotym diademie świadczyły o żałobie królowej. Przepyszny szmaragd jej sukni i purpura podbitego gronostajem płaszcza oraz jasność jej oczu i lic mówiły raczej o tym, że czuje się dobrze. Przy niej siedział syn, mały wypłosz Václav, którego kręcone włosy były tylko bladym odbiciem złotego majestatu ojca. Tron Přemysla Ottokara, przykryty czarnym suknem, nie stał pusty. Pyszniła się na nim złoto korona Przemyślidów.

— Obowiązki wobec nieżyjącego seniora, pani. — Skłonił się miłości swego życia i wyprostował, by orzeł na jego piersi mógł złapać w skrzydła blask świec. — Przysięgałem Přemyslowi wierność i dochowałem jej — głos mu nie zadrżał — dając mu swe najświetniejsze wojsko.

— Dziękuję ci w imieniu nieżyjącego.

Do jej ucha pochylił się Zawisza z Falkensteinu i szepnął coś szybko. Kunegundis skinęła głową i dodała:

— Wiem, że wojska śląskie były trzecią częścią jego sił. Wiem, że wielu twych rycerzy poległo. Mamy każdego z nich w czułej pamięci. Jednak wojny mego męża nadwyrężyły skarbiec Przemyślidów, więc jeżeli przyjechałeś upomnieć się o zapłatę, nie wiem, czy mogę ci ją dać.

Poczuł, jakby uderzyła go w twarz. Ale w imię miłości wytrwał.

— Nie, pani, nie przyjechałem po zapłatę. Przyjechałem bronić ciebie i twego syna przed długimi ramionami Rudolfa Habsburga.

Zawisza znów szepnął coś do ucha królowej.

— Wybacz, Herzog Heinrich. Źle cię oceniłam. — Uśmiechnęła się do niego lekko. — Ale musisz wiedzieć, że od śmierci Přemysla nie ma dnia, by ktoś nie stanął przede mną i czegoś nie żądał. Każą mi spłacać długi, których nie zaciągałam.

— Jestem tu w innym celu, pani. Gdy przywołasz przed swą duszę twarze każdego z wasali twego męża, nie znajdziesz wśród nich bardziej ci oddanego niż ja. Mogę stać się gwarantem twego bezpieczeństwa, przyjacielem na trudne czasy, oparciem w żałobie. Mogę pomóc ci wychować królewicza Václava, spłacając dług, który mam wobec twej rodziny, bo przecież w moim sieroctwie podporą stał się twój świętej pamięci mąż i król. Królowo Kunegundis! — Skłonił się jej i patrząc w oczy, dokończył: — Przyjmij me służby, a przeprowadzę cię bezpiecznie przez sztorm regencji aż do dnia, gdy twój syn, Václav, będzie gotów samodzielnie zasiąść na tronie.

Nie spodziewała się tego, to pewne. Na jej policzki wystąpił rumieniec i Henryk w myślach zobaczył, jak Kunegundis oddaje mu się w łożu Přemysla Ottokara. Wiedział, że sprosta jej, bo i cóż mogła mieć z życia kobieta tak doskonale piękna jak ona przy starym królu? On da jej młode, jędrne lędźwie, sztukę miłości wyrafinowanej i namiętnej. Miłość miłości. Będzie po kres dni jej Amor Amori. Zawisza szepnął coś królowej na ucho i po chwili powiedziała to, na co Henryk czekał:

— Pomówimy o tym, Herzog Heinrich, wieczorem. Daj mi czas, bym porozmawiała ze swą radą.

Jasnym było, że czas do wieczora będzie mu się dłużył. Jednak by działał na jego korzyść, musiał jej go dać. Poszedł do siebie, choć komnata, którą zwykle zajmował, wydała mu się dzisiaj ciasna i ciemna niczym klatka dla ptaka. Zamiast Mlady usługiwała mu jakaś nowa dziewczyna. To go zirytowało, więc wziął ją, niczym pies sukę, nie pozwalając nawet, by zdjęła suknie. Jego ludzie krążyli po praskim zamku, bo kazał im mieć na oku wszystko, co się dzieje. Jednak wieczorem Manfred nie miał dla niego żadnych interesujących wiadomości.

— Wygląda na to, że ludzie Zawiszy z Falkensteinu obstawili zamek. Są w barwach królowej, ale wszyscy dowódcy, których znam, to zaufani Zawiszy. I nie ma ich za wiele. Gdyby Rudolf Habsburg chciał wziąć odwet na Pradze, miasto rozłoży się przed nim jak dziwka przed brzęczącym srebrem klientem.

— Trzymaj naszych w gotowości. Fulko pójdzie ze mną i jeśli królowa nie zażyczy sobie wieczerzy sam na sam, będę mógł go posłać do ciebie w każdej chwili.

— Możemy zrobić raban. Ale straży zamkowej jest więcej niż naszych ludzi. Do tego mają służbę i są u siebie. Kto wie, być może na gwizdnięcie są w stanie zebrać w mieście posiłki. Uderzenie na zamek, nawet od środka, uważam za posunięcie tyleż ryzykowne, co szalone.

— Nie martw się. Liczę na to, że królowa będzie rozsądna i skorzysta z mojej propozycji. A jeśli tak się stanie, to nowym dowódcą straży zamkowej będziesz ty!

Henryk przejrzał się w zdumionych oczach giermka i ruszył do prywatnych komnat królowej. Nie spodziewał się tego, co zastał.

Kunegundis w lekkiej domowej sukni siedziała wsparta na ramieniu Zawiszy z Falkensteinu. Henryk zmarszczył brwi. Stół był zastawiony na trzy osoby, a Kunegundis, niemal wesoło, zaprosiła go, by usiadł z nimi. Zawisza uśmiechnął się do księcia i pocałował królową w czoło. Henryk zrobił krok w tył.

— Nie bądź dziecinny, Henryku — powiedziała, wyciągając do niego ramię — Chodź, porozmawiamy!

Usiadł sztywno i odmówił wina.

Kunegundis się napiła.

— Jak widzisz, darzę cię większym zaufaniem, niż się spodziewałeś. Tak, to prawda, mój rycerz jest mi bliski. — Zawisza ucałował jej dłoń. — I właśnie za jego radą wzięłam pod uwagę możliwość skorzystania z twojej propozycji...

Zawisza nie pił. Jego skupiona, poważna twarz się nie zmieniła. Był takim, jakim go od lat Henryk znał. Tyle że książę nigdy nie wpadł na to, iż Zawisza jest kochankiem królowej.

— Přemysl Ottokar wiedział? — zapytał Kunegundis.

— Domyślał się. Choć nigdy nie przekroczyliśmy granic dobrego smaku.

— Václav jest synem króla — oświadczył Zawisza.

„W to akurat nie wątpię. Odziedziczył bladozłotą urodę Przemyślidów. Zawisza jest czarny jak kruk".

— Regentką będzie wyłącznie królowa — Zawisza przeszedł do konkretów.

Henrykowi nie podobał się ton, jakim mówił.

— Ty, książę, otrzymałbyś urząd kanclerza królestwa i wraz z Kunegundis kierowałbyś radą. Wymagałoby to jednak twej obecności na naszym dworze, zatem rządy w swym księstwie musiałbyś scedować na kogoś ze swoich zaufanych ludzi.

„Jest protekcjonalny? — pomyślał Henryk, bo nie był pewien. — Nie wygram z nim wyścigu do łożnicy Kunegundis, bo widzę, że siedzi między jej udami niczym zatyczka w bukłaku".

— Ponadto musiałbyś wzmocnić swoje siły w Polsce i to jest pewna trudność. Po śmierci Bolesława tron krakowski wziął Leszek Czarny. A my sugerujemy, że mógłbyś go przejąć ty.

„Chciałem rzucić mu w twarz rękawicą i wyjść. Dobrze, że tego nie zrobiłem. Zaczyna się robić ciekawie".

— Ale nie będziemy cię mogli wspomóc wojskiem, bo po wojenkach Přemysla nasza armia jest rozbita. Więc nim przyjmiesz naszą propozycję, zastanów się dobrze. Jeśli jesteś w stanie zdobyć Małą Polskę i utrzymać swoje księstwo wrocławskie, a do tego zhołdować sobie księstwo głogowskie, to przyłączymy te dzielnice do królestwa czeskiego, a ty zostaniesz ich wielkim księciem.

— A co z kanclerstwem królestwa?

— Będziesz je miał na czas potrzebny do zdobycia i połączenia dzielnic. To da ci siłę, choćby moralną, do podporządkowania sobie książąt piastowskich. A gdy już zasiądziesz na wielkoksiążęcym tronie, Václav pewnie uzyska pełnoletność, więc nie będzie potrzeby wspierania regentki.

Tym razem pozwolił, by Kunegundis poczęstowała go winem i wzniósł z nimi toast.

„Nikt nie jest wieczny. Zawisza ma wielu wrogów. Lepiej, by mnie kochała, niż nienawidziła. Amor Amori".

— Napijmy się za wielkie królestwo! — wzniósł toast, ale zatrzymał kielich, nim dotknął ust. — Mam jednak swoje warunki.

— Jakie? — Kunegundis też powstrzymała się przed wypiciem.

— Václav i wojsko!

Królowa gniewnie odstawiła kielich, uderzając nim w stół.

— Jesteś bezczelny, Herzog Heinrich! Jednak źle cię oceniłam!

Henryk pochylił się w stronę wzburzonej i cudnej w gniewie Kunegundis.

— Za wysoka cena za twój honor, królowo? Za tajemnicę twej alkowy? Po co wam Václav tutaj, by zaglądał do łoża matki i przeżył wstrząs, gdy zastanie tam sługę swego ojca?

Zawisza szybko wyjął zza pasa sztylet i skierował go w stronę gardła Henryka.

— Licz się ze słowami! Mówisz do królowej!

Nim Henryk zdążył odpowiedzieć, straż królewska wdarła się do komnaty.

— Pani! Wojska margrabiego Ottona Długiego wtargnęły na zamek! Biorą nas szturmem! Pięć setek ludzi! Nie obronimy się!

PRZEMYSŁ skończył posiedzenie rady księstwa i jedyne, na co miał ochotę, to się upić. Ale zdał sobie sprawę, iż chyba nie ma z kim. Jeszcze miesiąc, dwa temu tylko mrugnąłby na Płatka i giermek przywołałby do jego komnaty Cztery Wichry. Zasiedliby razem wokół okrągłego stołu, który przesłał mu Henryk w podzięce za to, że ruszył wtedy pod Stolec, i pili do rana, na wesele, smutek i grzech. Ale dzisiaj?

Po tym, jak przez całe popołudnie zamiast być księciem Starszej Polski, był rozjemcą, zresztą nieskutecznym, skłóconych ojców i stryjów swych Czterech Wiatrów, poczuł, że nie ma ochoty na spotkanie z ich synami.

Lukardis pojechała z wizytą do księżnej wdowy Jolenty. I dobrze, bo ostatnimi czasy nie układało się między nimi najlepiej. Przemysł dokładał starań, by jego mała żona zapomniała o poronieniu. Magister Mikołaj mówił, że nie ma przeszkód w tym, by z powrotem zbliżył się do niej cieleśnie, ona jednak się wzbraniała. A przecież nie ma czasu lepszego niż ten, który nadszedł, na to, by począć dziedzica. Oto został władcą całej Starszej Polski i ukoronowaniem tego byłby syn. Kobiety jednak rządzą się czasem własnymi prawami, które trudno pojąć. Pomyślał o Tylonie, ale nim go wezwał, zrezygnował. Dość się już dzisiaj nasłuchał o tym, jak wywyższa mieszczan. Wojewoda Beniamin Zaremba posunął się nawet do tego, że wypomniał mu, iż Tylon był z nim u łoża umierającego stryja. Rzucił wzrokiem na pergaminy piętrzące się na stole. Cisi ludzie donoszą o niepokojach na praskim dworze, wrzeniu w Wiedniu wokół Habsburga i posłach rozesłanych przez księcia Henryka w sprawie rokowań ślubnych. „Sir Lancelot złamie stan kawalerski? Ciekawe gdzie szuka żony?...".

— Książę, masz gościa.

Przemysł się skrzywił. Pękała mu głowa i dość miał pracy na dziś.

— Kto taki?

— Kantor kapituły gnieźnieńskiej, Jakub Świnka.

— Proś!

A może ze Świnką się upić? Jak wtedy, u stryja?

— Książę. — Jakub skłonił się i Przemysł zobaczył w jego małych oczkach wiadomość.

— Dobra czy zła?

Kantor się zmieszał.

— Ale o co pytasz, książę?

— Skoro pojawiasz się u mnie o tej porze, niezapowiedziany, w mokrym od deszczu odzieniu, to znaczy, że masz jakieś niecierpiące zwłoki wieści.

— Ach tak! — Jakub z zawstydzeniem spojrzał na kraj swej sukni. — Mam. Nominat Marcin nie żyje. — Rozłożył ramiona żałośnie.

— Kto?

— Dominikanin, Marcin z Opawy, którego papież Mikołaj wyświęcił na arcybiskupstwo gnieźnieńskie. — Świnka zamrugał, bo był zaskoczony, że Przemysł nie orientuje się w sprawach takiej wagi.

A Przemysł po prostu się przyznał:

— Wiem, że od ośmiu lat jest wakans na stolcu arcybiskupim. Ale te wasze kapituły, te wybory... Stryj nad tym czuwał, ja trzymałem się od tego z daleka.

Jakub Świnka westchnął. Podrapał się w policzek. Popatrzył na Przemysła. Podrapał się w brodę.

— Mogę usiąść? — spytał.

— Proszę, proszę, wybacz mi.

— Przyzwyczaiłem się — mruknął wesoło kantor.

Przemysł chciał nadrobić gościnnością i zawołał na służbę. Po chwili na okrągłym stole zjawiła się wieczerza.

— Książę. Pozwól, że cię wprowadzę. Sprawy obsadzenia arcybiskupstwa gnieźnieńskiego nie mogą być ci obce, bo...

— ...bo kto ma arcybiskupa, ma cały kraj — dokończył Przemysł.

Świnka się obruszył:

— Nieładnie jest tak mówić. Nie powinno się nawet tak myśleć. Ale z drugiej strony — zrobił minę zatroskaną, która niepomiernie rozbawiła księcia — to prawda.

Przemysł przyjrzał się kantorowi i ze zdumieniem stwierdził, że uczony wywołuje w nim instynkty opiekuńcze. Może przez to, że jego postura zdawała się delikatna i krucha? Jakub Świnka miał w sobie jakąś lekkość i przejrzystość, inaczej sam Przemysł nie umiał tego określić.

— No to pomińmy konwenanse i mówmy otwarcie, Jakubie. Jestem zmęczony, panowie możni doprowadzili mnie do rozpaczy.

— Rozumiem. Zatem powiem krótko: kapituła gnieźnieńska, która wybrać powinna arcybiskupa, podzieliła się na dwa stronnictwa. Są sobie tak przeciwne, że nie dojdą do porozumienia. Ta sytuacja zmusiła papieża, a to już piąty papież, który się tą sprawą zajmuje, do podjęcia środków nadzwyczajnych i sam Ojciec Święty wybrał arcybiskupa. Nominatem został Marcin z Opawy, dominikanin. Znałem go, spotkaliśmy się na krótko, gdy wracałem ze swych studiów do kraju. Uczony człowiek. Kapituła nie miała wyjścia, musiała się zgodzić, choć z ciężkim sercem, bo nagle odkryli, że żadna ze stron wobec wyboru człowieka z zewnątrz nie uzyska przewagi. I oto przyszła wiadomość z Rzymu, że nasz nowy arcybiskup w drodze do Gniezna zmarł.

Przemysł zerknął na Jakuba.

— Pech czy morderstwo?

Jakub Świnka westchnął.

— Bóg raczy wiedzieć. Pozostają fakty. Arcybiskupstwo nadal puste. A jego skarbiec za chwilę będzie w całkowitej ruinie, bo zarządza nim skłócona kapituła. Dobra pustoszeją, wpadają w ręce prywatne, a nierzadko stają się łupem pogan.

— Dzikich?

— A co myślałeś, książę, że jak do Starszej Polski nie zajeżdżają z wizytą Mongołowie, Litwini, Prusowie, Tatarzy czy Jaćwingowie, to nie masz już pogan w swej ziemi? Mylisz się. Masz! I, choć brzmi to niewiarygodnie, dostałem sygnał, że masz ich też na własnym dworze.

Przemysł pomyślał, że kantor, którego tak lubi, oszalał. Ale ponieważ chwilę wcześniej bliski już był zrozumieniu, o co chodzi z kapitułą, opanował się i wrócił do tematu, by choć tę jedną lekcję mieć zaliczoną.

— Co dalej w kwestii wyboru? Znów papież?

— Teraz kolej na kapitułę. Zbierze się, pokłóci i nie wiadomo, co z tego wyniknie. Ale gdybyś się, książę, spotkał z jej członkami, oczywiście dyskretnie i z każdym na osobności, to myślę, że miałbyś szansę wpłynąć na nich.

To była jedna z ostatnich rzeczy, na jakie miał ochotę Przemysł. Dość miał spraw na głowie, a każda z nich zaczynała się od „sekretnie spotkać" i kończyła na „wpłynąć na". Rozumiał, że jeśli nic nie zrobi, to może się obudzić z nieprzyjaznym arcybiskupem pod bokiem, więc, nie zastanawiając się wcale, powiedział:

— Jakubie Świnko. Ufam ci bardziej niż komukolwiek w swoim otoczeniu. Zastąp mnie.

Kantor został z otwartymi ustami. Miał minę niesprawiedliwie ukaranego dziecka.

— Książę... Książę... Ja? Ja nie... proszę...

— Dlaczego nie ty?

— Ja... ja... nie lubię polityki. Wybacz. Okropnie nie lubię.

— Ja też — wyznał Przemysł — ale lubię ciebie, Jakubie Świnko, i, jak powiedziałem, ufam ci, a wierz mi, że w ostatnich miesiącach już o niewielu mogę to powiedzieć. Więc pomóż mi, kantorze kapituły gnieźnieńskiej, bo ja, twój książę, czuję się jak ktoś, kto wypadł za burtę we wzburzone morze.

Jakub w jednej chwili zmarszczył brwi.

— Jak Jonasz?

— Jak Jonasz, ale jeszcze mnie żaden wieloryb nie połknął, choć, jeśli się ode mnie odsuniesz, to już tylko kwestia chwil.

Jakub spuścił oczy i chwilę skubał własne palce. Wziął głęboki wdech i odpowiedział:

— Jeśli czujesz się jak Jonasz, to nie mam innego wyjścia. Pomogę ci.

— Dziękuję. Mój notariusz przygotuje ci niezbędne dokumenty.

— Nie, nie trzeba. Będzie niestosownie. Jeśli mi ufasz, książę, to będę działał bez upoważnienia na piśmie.

— Powiesz mi teraz o tych poganach?

— Zwołują się po lasach ludzie Starszej Krwi.

— Starszej Krwi? Ta nazwa coś mi mówi...

— Raz już mieliśmy w kraju wielką rebelię pogan, po śmierci króla Chrobrego, po ucieczce jego syna Mieszka, gdy wrócił do kraju Bezprym. — Głos Świnki zadrżał, kantor szybko napił się wody.

— Wiem, uczyłem się o tym. Skończyło się usunięciem Bezpryma i najazdem Przemyślidów. Złupili nam kraj, spalili Poznań, spustoszyli katedrę w Gnieźnie i ukradli relikwie Wojciecha.

— Z grubsza tak można to ująć. Ale nie należy zapominać, że najazd Czechów to był skutek, a nie przyczyna. Kulty pogańskie raz po raz odżywają po lasach...

— Lud jest czuły na różne bajdy. Parę lat temu sam widziałem, jak nawet poważni ludzie, moi kasztelanowie, bali się rzekomego wilkołaka. Śmieszne!

— Ani nie śmieszne, książę, ani nie dziwne.

Przemysł przyjrzał się Jakubowi z niedowierzaniem.

— No chyba nie chcesz mi powiedzieć, że wierzysz w wilkołaki?!

— Nie, panie. Ja wierzę w Boga. Ale ja poznałem Słowo Boże. A lud? Lud, jak już pójdzie do kościoła, to wyjdzie z niego jeszcze bardziej ogłupiony, niż wszedł. Dlaczego? Bo większość księży gada do niego po niemiecku. A tak! Po niemiecku! I czym się kończy? Że lud do kościoła nie chodzi, bo nie ma po co. Chodzą za to nowi osadnicy, a jakże, bo oni, Niemcy, rozumieją księdza. I czym się to skończy? Że wśród twych poddanych wykształceni i religijni będą tylko Niemcy. A twój lud zostanie z powrotem zepchnięty do lasu, gdzie czekają na niego kapłani Starszej Krwi.

— A dlaczego księża nie mówią po polsku?

— Bo większość zgromadzeń, jakie pracują na naszych ziemiach, to Niemcy. I choć światli książęta, świeć Panie nad ich duszami, słusznie czynili, sprowadzając zakonników, to jednak za bardzo im zaufali. I przespali moment, w którym zniemczyli sobie kler.

— Nie przesadzasz, Jakubie Świnko? Gadają o tobie, że jesteś pierwszy wróg Niemców.

— Nie przesadzam, Przemyśle.

— A możesz coś z tym zrobić?

— Nie. To praca arcybiskupa.

— Czyli jednak możesz. Zajmij się tą kapitułą, niech przyspieszą prace. A dlaczego wspomniałeś o moim dworze?

— Miałem dziwne spotkanie. Ktoś sugeruje, że w otoczeniu twej żony jest, powiedzmy sobie, zły duch.

— Kto odważył się powiedzieć coś takiego?!

— Nikt, kogo byś mógł znać. Nie pytaj, książę, to i tak nie wyjdzie poza mnie. Pozwolisz mi się spotkać z księżną?

— Oczywiście. Ale nie ma jej w Poznaniu. Razem z całym swym dworem pojechała do Kalisza. Możesz pomówić z nią tam.

— Ach. No to ruszam, szkoda czasu.

— Z Bogiem, Jakubie Świnko! Z Bogiem!

Gdy kantor wyszedł, Przemysł zmienił zdanie. Poprosił, by Płatek zawołał Cztery Wichry. Przyszli szybko, choć każdy z nich osobno, a nie, jak kiedyś, razem.

— Michał Zaremba. Nawoj Nałęcz. Bogusza Grzymała. Lasota Łodzia — zrobił to, czego nie robił nigdy: nazwał ich rody. — Wychowaliśmy się razem. Twój stryjeczny dziadek trzymał mnie do chrztu, twój ojciec uczył nas wszystkich fechtunku, twój brat poległ, gdy razem zdobywaliśmy Strzelce. A stryj twej matki doprowadzał nas do łez nauką koniugacji. Nie ma potężniejszych od waszych rodów w moim księstwie. Ale wśród rodowców są zawsze lepsi i gorsi. Jedni wolą urzędy wojewodów, inni kasztelanie, nie zadowolę wszystkich. Jeśli nie odpowiada wam rola, jaką pełnicie przy mnie, rola pierwszych mieczy i pierwszych tarcz księcia, powiedzcie. Każdy z was może odejść, lecz jeśli chcecie to zrobić, niech to będzie dzisiaj. Teraz. W tej chwili.

Patrzyli sobie prosto w oczy i widział, że gryźli się z tym. Gdyby było jak kiedyś, Michał i Lasota zaczęliby się śmiać. Powiedzieliby coś w rodzaju: „Oszalał książę" albo: „Weź się napij". A teraz nie mówili nic. Wiedział, że każdy z nich bije się teraz ze swym ojcem, bratem, wujem. Chciał wygrać tę walkę, ale żeby była uczciwa, nie mógł zrobić nic.

Pierwszy odezwał się Michał Zaremba:

— Chcieli, żebym donosił.

Przemysł zagryzł wargi. Kto pyta, musi być gotów usłyszeć odpowiedź.

— Moi też — mruknął Nawoj Nałęcz.

— Moi do ciebie nic nie mieli, ale chcieli, żebym wykurzył Nawoja — powiedział Bogusza, a Nawoj łypnął na niego i sam odpowiedział:

— Wiadomo. Grzymalici przeciw Nałęczom.

— A moi — odezwał się Lasota — chcieli, żebym przepytywał Michała.

— Chrzanić ich! — powiedział Michał. — Chrzanić starych dziadów, którzy nic już od życia nie chcą poza knuciem i spiskowaniem!

— Płatek! Polej nam!

Giermek stanął przed Przemysłem, ale trzymał dzban przy sobie i nie nalewał.

— Co ci, chłopaku?

Płatek uniósł głowę. W oczach lśniły mu łzy.

— A moi chcieli, żebym przedstawił swoją siostrę księżnej pani, żeby ją wzięła na swój dwór...

Ryknęli śmiechem.

— Czy jest w moim otoczeniu ktoś, kto nie musi nic załatwić? Płatek, przyprowadź tę siostrę. Stój, głuptasie. Nie dzisiaj! Polej nam. Nie, poczekaj chwilę. Za mną! — I poprowadził ich w głąb swej komnaty, do okrągłego stołu, który dostał w prezencie od księcia wrocławskiego.

— Wyjmijcie miecze.

Wyjęli.

— Lasota, ty urodziłeś się na wschód od Poznania?

— Września, książę!

— Stań tutaj. Michał, ty z Jarocina?

— Urodziłem się w Brzostkowie. Ale to niedaleko. — Michał spojrzał na Przemysła spod oka.

— A zatem południe! Stań tu. — Książę pokazał mu miejsce przy stole. — Bogusza?

— Zachód! Skwierzyna, mój panie!

— Więc tutaj. I Nawoj...

— Nawoj Nałęcz, Szamotuły, północ. — Nawoj sam zajął należne mu miejsce.

Przemysł jednym susem wskoczył na stół.

— Przemysł II, Poznań! Płatek! Podaj mi miecz. Ten, który dostałem od stryja!

Wyjął go z pochwy i wzniósł do góry.

— Do tej pory byliście mymi Czterema Wichrami, przyjaciółmi. Mianuję was, zgodnie z miejscem urodzenia, nie z rodem; mianuję was wokół okrągłego stołu, przy którym nigdy nie ma miejsc gorszych i lepszych, bo wszystkie są równe!

Patrzyli na niego, unosząc głowy.

— Dzień zaczyna się od wschodu słońca. Lasoto, zostań mym Wschodnim Wichrem!

Położył mu miecz na ramieniu i Lasota klęknął.

— Michale, bądź mym Południowym Wichrem, moim słońcem w zenicie!

Przemysł przełożył miecz na ramię Michała i ten klęknął na oba kolana.

— Słońce góruje i zachodzi, Boguszo! Stań się Zachodnim Wichrem.

Bogusza klęknął.

— A gdy nadejdzie północ na niebie, nie widać już słońca, ale ono gdzieś musi być. Tam bądź i ty, Nawoju, Północny Wietrze!

Spojrzał z góry na czterech klęczących rycerzy. Zeskoczył na dół i podchodząc do nich kolejno, brał ich w ramiona i całował.

— Jestem twój — powiedział Michał Zaremba.

— I ja.

— Ja też.

— I ja jestem twój, książę.

— A ja jestem wasz, moje Cztery Wichry. Jestem wasz.

— Przysięga okrągłego stołu — szepnął wzruszony giermek — prawdziwa...

— Płatek! Teraz daj nam wina! Napijmy się za przyjaźń!

— I za wierność! — krzyknęły Cztery Wichry jak sztorm.

RIKISSA schowała się małej Marinie za drzewem. Bawiła ją lękliwość młodszej siostry. Marina bezradnie okręcała się wokół siebie.

— Rikisso? Rikissa? Gdzie jesteś?

Policzki Mariny zbladły, a broda zaczęła się trząść. Za chwilę poczerwienieją jej oczy i się rozpłacze. Rikissa lubiła patrzeć, jak mała płacze, choć wcale nie dlatego, by była okrutna, nie! Uwielbiała brać siostrzyczkę w ramiona, tulić do siebie i pocieszać. Lubiła, jak Marina zarzucała jej rączki na szyję i przytulała mokre policzki do jej ust. Była taka słodka! Wciąż jeszcze bandażowano jej główkę, by zyskała ten piękny, lekko wydłużony, królewski kształt. Jasne loczki Mariny wystawały spod ściśle przylegających zawojów, pogłębiając dziecinny wygląd siostrzyczki. Rikissa nie nosiła bandaży już od trzech lat.

— Królewno Rikisso? Królewno Marino? Jaśnie panienki! — Głos piastunki zepsuł całą zabawę. Szła ku nim, wysoko unosząc suknię nad śniegiem. Musiała widzieć między drzewami czerwoną czapkę Mariny, bo kierowała się prosto na nie. Rikissa wyskoczyła zza drzewa, porwała Marinę i wciągnęła za wielki krzak jałowca. Mała, choć przed chwilą chciała płakać, nawet nie pisnęła. Oczy lśniły jej, gotowe do psot.

— Królewny! Proszę do mnie! Mam list od królowej Zofii!

Na dźwięk imienia matki Marina wyskoczyła zza jałowca. Piastunka wiedziała, co robi. Z Rikissą nie poszło jej tak dobrze; choć mała zdradziła ich kryjówkę, ona nie zamierzała wyjść.

— Grzeczna dziewczynka — pochwaliła piastunka Marinę. — Powiedz swojej siostrze, żeby przestała się wygłupiać i poszła z nami na zamek.

— Powiedz piastunce — Rikissa, nie wychodząc zza krzaka, zwróciła się do Mariny — że sama trafię.

— Królewna Rikissa przyjdzie sama — mała często pełniła rolę herolda siostry. — Co napisała mamusia?

Marina dałaby się sprzedać za każdy gest płynący ze strony matki. Rikissa nie. Dla niej matką była Jutta, bo to Jutta pytała ją co dzień, jak się czuje, co ma ochotę robić, a czego nie. I Jutta śpiewała jej do snu i przytulała do piersi, gdy Rikissie zbrzydło życie.

— Rikisso Valdemarsdotter! Koniec wygłupów. Natychmiast wyjdź, bo powiem o twoim niegodnym zachowaniu ojcu!

Odczekała jeszcze chwilę, by nie dać piastunce satysfakcji, i wyszła.

Zamek w Nyköping, w którym teraz mieszkali, nie był ani mały, ani duży. Dwie wieże mieszkalne, drewniany budynek dla służby, mury. Wszystko to na skalistym, porosłym wrzosami wzgórzu. Rikissa jak przez mgłę pamiętała sztokholmską twierdzę Trzy Korony, w której przyszła na świat, surowy splendor królewskiego dworu. Gdy przed kilku laty jej ojciec, król Waldemar, przegrał wojnę z bratem Magnusem, musieli przenieść się do Nyköping. Nie, nie żałuje, nie ma za czym tęsknić. Splendor? Nic takiego, zresztą tu nadal otaczał ich dwór. Podobały jej się rozległe, pagórkowate łąki, skały wystające z trawy niczym z morza grzbiety wielkich ryb. Lubiła spacery z Juttą, gdy nie towarzyszyła im mała Marina, którą tak szybko bolały nóżki, że trzeba ją było nieść; szły hen, daleko, na kopce. Rikissa nazywała je podziemnymi sypialniami królów, bo łagodne, porośnięte trawą pagórki kryły kości wielu walecznych Erykidów, którzy kiedyś wygrywali i przegrywali wojny, a dzisiaj spoczywają w pokoju, przykryci swymi własnymi górami.

Jutta, która nim została kochanką ich ojca, była mniszką w klasztorze w Roskilde, przy każdym z kopców szeptała modlitwę za zmarłych, a kiedy Rikissa śmiała się z niej, że przecież wszyscy ci królowie byli dzikimi, pogańskimi wikingami, Jutta wzruszała ramionami i mówiła: „Tym bardziej muszę się za nich modlić".

W kochance ojca lubiła wszystko. Jasne proste włosy, tak długie, że gdy nie okręciła warkoczy wokół głowy, spadały jej poniżej pośladków; oczy błękitne i czułe; dłonie szczupłe, ale mocne i twarde. Jutta śmiała się, że choć sama była córką króla Danii, w klasztorze pracowała jak prosta mniszka. Ojciec poznał Juttę w dniu swego ślubu z Zofią, jej rodzoną siostrą. Zakochali się w sobie od pierwszego wejrzenia, ale losy były już wyciągnięte i przysięgi złożone. Jutta zamknęła się w klasztorze, a Waldemar odpłynął do Szwecji i starał się być dobrym mężem dla Zofii. Rodziły im się dzieci, wśród nich i Rikissa, czas mijał, a król nie mógł zapomnieć o księżniczce–mniszce. Zofia zaś nie potrafiła pokochać ani swych dzieci, ani króla męża. Zostawiła ich. Zachowała tytuł królowej i odpłynęła na dwór swego duńskiego ojca. Waldemar zaś stracił koronę, zabrakło mu uporu w walce z bratem; sam mówił o sobie, że nie potrafił ani rządzić, ani władać. Lecz uwolniony z królewskiego jarzma odzyskał Juttę, jedyną miłość swego życia, wyswobadzając ją ze ślubów zakonnych. I zamieszkali wszyscy razem, Jutta, Waldemar i dzieci w Nyköping, a Magnus król zajął dumną twierdzę Trzy Korony.

To życie, tutaj, podobało się Rikissie. Jutta nauczyła ją czytać i pisać, mogły chodzić na spacery do woli, jeździć konno po łąkach rozległych jak morza. Dopiero w ostatnich miesiącach król Magnus przypomniał sobie o bratanicach i przysłał do Nyköping cały orszak dam i piastunek, które miały dziewczynki wychować na małe królewny. I, oczywiście, zepsuły wszystko.

Służąca zdjęła z niej uwalany śniegiem płaszcz i zmieniła jej buty. Na ramiona nałożyła Rikissie lekkie sobolowe futro. W zamku, mimo ognia we wszystkich kominkach, było zimno.

— Rikisso Valdemarsdotter i Marino Valdemarsdotter! — Piastunka miała twarz jak wysuszony puszczyk. Rzadkie włosy chowała pod białym czepkiem. — Wasza matka, królowa Zofia, pisze, iż chce spotkać się z wami w Sztokholmie.

— Dlaczego nie przyjedzie tutaj? — oschle spytała Rikissa.

— Wiesz dlaczego — ucięła piastunka.

„Wszyscy w Nyköping kochają Juttę, tak jak ojciec i ja. Tylko te potwory jej nie lubią!".

— Król Magnus, brat waszego ojca, chce zatroszczyć się o waszą przyszłość. Dlatego niedługo zamieszkacie z nim w zamku Trzy Korony!

— Nigdy w życiu! — oświadczyła stanowczo Rikissa.

— Z mamusią? — spytała Marina.

— Tak, z matką.

— To ona wraca? Myślałam, że przypłynie tylko nas zobaczyć... — Rikissa poczuła, że dzieje się coś, czego nie rozumie. I tego tylko była pewna, że się na to nie zgadza.

— Matka i król Magnus zajmą się waszą przyszłością. Sprawy się skomplikowały, bo...

Piastunka uniosła oczy, gdy w drzwiach stanął Waldemar. Złożyła mu ukłon. Ojciec wyciągnął do nich ręce, Marina i Rikissa podbiegły do niego. Rikissa oparła mu głowę na szerokiej piersi.

— Rikisso, masz dziesięć lat, dla mnie jesteś małą dziewczynką — powiedział, unosząc łagodnie jej podbródek — ale dla świata jesteś już niemal kobietą.

Zmarszczyła nos.

— To już? Mam iść za mąż? Za księcia Holsztynu?

Wiedziała o tym, bo zaręczono ją, gdy skończyła trzy lata, więc jej przyszłość nie była żadną tajemnicą. Ojciec pocałował ją w czoło i pokręcił głową, patrząc w niebieskie oczy Rikissy smutno.

— Nie, skarbie. Książęta Holsztynu zerwali właśnie zaręczyny.

Rikissa zachłysnęła się niespodziewanym szczęściem.

— Więc jestem wolna, ojcze?!

Waldemar przyklęknął, by spojrzeć córce prosto w oczy.

— Królewny nigdy nie są wolne. — Pocałował ją w wysokie czoło. — A królewny tak piękne jak wy są zawsze w centrum zainteresowania. Jesteś dziedziczką Folkungów, Rikisso. W naszym herbie są trzy lwy. Przyjrzyj się im. — Odsunął płaszcz ze swej piersi, by mogła lepiej zobaczyć. — Tylko od ciebie zależeć będzie, czy twoje lwy będą skakać, czy leżeć.

Wiedziała, że odkąd ojciec ustąpił tron bratu, nazywano go Leżącym Lwem. Dotknęła palcem piersi Waldemara.

— Lew nie ma nad sobą pana, ojcze — powiedziała i podrapała po łbach trzy lwy.

Spodobało jej się, że przyszłość znów zaczęła być tajemnicą.

JAKUB ŚWINKA przenocował w skromnej izbie gościnnej u braci joannitów, w strzegącej przeprawy przez Wartę Pogorzelicy. Z Gniezna jechał okazją, wozem kupieckim do Wrześni, tam przesiadł się do sług joannitów i po suchych w letniej porze drogach bezpiecznie dotarł do komandorii braci maltańskich w Pogorzelicy. Jako kantora kapituły gnieźnieńskiej przyjęli go gościnnie i z szacunkiem, obiecali nazajutrz przeprawić na drugi brzeg bez opłaty. Podziękował i udał, iż nie dosłyszał grzecznościowych pytań o cel swej podróży. Jakże miałby na nie odpowiedzieć? Że uwierzył dziewczynie o imieniu Jemioła, która bez ogródek przyznała się, iż jest poganką, by potem wyjawić mu, że księżnej pani zagraża wilkołak? Czy też raczej powinien powiedzieć, że zaintrygowało go, iż niepiśmienne panny z lasu znają imię mniszki Floryny z rękopisu ukrytego w katedralnej krypcie? Która z odpowiedzi jest prawdą? A może prawdziwy cel jego podróży tkwi w nim samym, w jego nieustannym poszukiwaniu własnej tożsamości? Stało się i był w drodze, i postąpił dokładnie tak, jak było umówione.

Przeprawił się przez rzekę, przeszedł dwieście kroków traktem, skręcił na polankę i tam czekał, aż ktoś po niego przyjdzie. Ale gdy usiadł na kamieniu, w miejscu, które jak mu się wydało, było „tą polanką", znów dopadły go wątpliwości. Rozum podpowiadał mu, że błądzi, ale to coś w nim, to coś, co było starsze od umysłu, nakazywało mu „idź" i przewrotnie przypominało słowa Pana, że od słuchania czy czytania nikt się jeszcze grzechem nie zaraził.

Widział ludzi zmierzających do przeprawy, kupców, rzemieślników z rodzinami. Wielu z nich zmierzało do Poznania, bo odkąd książę Przemysł zaczął budować mury, przybyło ludzi chętnych, by tam się osiedlić. Nagle poczuł woń żywicy i jednocześnie usłyszał tuż za swymi plecami:

— Mam na imię Tarnina i poprowadzę cię do matki Dębiny.

Odwrócił się jak oparzony i rzeczywiście: dziewczyna, która wypowiedziała te słowa, włosy miała jak ogień. Była do tego wysoka i szczupła, a jej twarz wyrażała rozbawione zaciekawienie. Jakub westchnął boleśnie i naciągnął na oczy kaptur z szarej, grubej wełny.

— Pójdź za mną — powiedziała Tarnina, a on podreptał za rudowłosą. Jeszcze przed chwilą miał nadzieję, że przyjdzie po niego ta dobra dziewczyna, którą poznał poprzednim razem, panna Jemioła; Jakub bowiem, nieśmiały z natury, a do kobiet nieśmiały w dwójnasób, nie lubił poznawać nowych ludzi. Naznaczył się w duchu znakiem krzyża i szepnął:

— Z Bogiem.

Rudowłosa wzruszyła ramionami. A może tylko poprawiła płaszcz?

Szli dobre dwie klepsydry. Potem panna Tarnina gwizdnięciem wywołała z lasu inną pannę, która w sporym koszu na plecach miała świeżo zebrane grzyby.

— To Kruszyna — przedstawiła ją Jakubowi — moja siostra. Dalej pójdziemy razem.

— Dokąd dokładnie idziemy? — zapytał panien.

— Na Łysą Górę, to niedaleko, w zakolu Lutyni.

„Ojoj. Zarembowie".

— Panno Tarnino! Tylko ominimy łukiem Brzostków, jeśli mogę prosić!

Odwróciła się do niego, aż spadł jej kaptur z tych płomienistych włosów. I najbezczelniej w świecie puściła do Jakuba oko.

— Oczywiście, ojczulku!

Gdy zamrugał, dodała ze śmiechem:

— Chyba, że wolisz „braciszku", co?

— Nie, nie wolę — odparł naburmuszony Świnka. — Nie jestem ani jednym, ani drugim.

Szli aż do popołudnia i Jakub ze zdziwieniem zauważył, iż nie męczy się. Dziewczęta nagle skręciły i poprowadziły go wprost nad skryty w gęstej trzcinie brzeg rzeki.

— Tu jest ukryty bród, Lutynia ma tak niski poziom, że bez kłopotu przejdziemy. Tylko buty zdejmij, ojczulku, i podciągnij trochę suknię.

Wydawało mu się, że panna Tarnina znów puściła do niego oko. Przywiązał buty do paska i zatknął za niego poły sukni. Zrobił znak krzyża i wszedł za dziewczętami w wodę. Panna Kruszyna, jako że była dużo niższa od panny Tarniny wysoko podkasała suknię, aż Jakub musiał odwrócić wzrok, bo nieprzystojnie zajaśniały jej nie tylko łydki.

— To wasza święta rzeka? — krzyknął do idącej przed nim Tarniny.

— Tak! Uczyli tego ojczulka w kościele? — zaśmiała się. — Braciszka?

— Nie.

— Nasza woda żywa! — powiedziała Kruszyna, a woda już sięgała jej pasa.

— Będzie głębiej? — zapytał.

— Nie! — odpowiedziały zgodnie.

Rzeczywiście, po chwili dno zaczęło łagodnie się unosić i choć kiedy wyszli na brzeg, Jakub miał mokrą suknię, to słońce grzało przyjemnie i suszyło ją. Dziewczęta w ogóle się tym nie przejmowały.

— Daleko jeszcze? — spytał, widząc iż słońce chyli się ku zachodowi.

— Kawałek. Możemy odpocząć, ale spójrz, ojczulku. — Wskazała łagodne wzgórza. — To już tam.

— Dojdę — powiedział i sam się zdziwił, że jest taki wytrzymały.

A jednak zmrok dopadł ich, nim doszli do Łysej Góry. Wspinali się w ciemności, dziewczęta szły, jakby znały drogę na pamięć, a Jakub po prostu wpatrywał się w jedyny jasny punkt — ich łydki. Zmęczenie w końcu go dopadło i sapał lekko.

„Na co mi to było?" — jęczał w duchu, gdy po raz kolejny potknął się o niewidoczny korzeń. Naraz, nieoczekiwanie zrobiło się zupełnie jasno. Jakub stanął i przetarł oczy, nie wierząc w to, co widzi.

Przed nim płynęła ognista struga. Potok gorejącego ognia. U jego szczytu stała kobieta wielka jak drzewo. Bosonoga, ubrana w płaszcz z orlich piór, srebrzystowłosa. Wpatrywała się w niego świetlistymi oczami.

„Na Dziewicę Marię za stara" — pomyślał Jakub tak trzeźwo, aż się siebie przestraszył.

— Dębina — powiedziała głosem głębokim i czystym.

— Jakub Świnka — odpowiedział i ze zdumieniem usłyszał, iż jego głos brzmi równie mocno i niesie się w koronach drzew.

— Wiem, kim jesteś — odpowiedziała kobieta i ruszyła ku niemu, wchodząc w ogień.

— A ja nie znam ciebie — odpowiedział Jakub i choć nie miał takiego zamiaru, zdjął buty i wyszedł jej naprzeciw.

Wstąpił bosymi stopami w ogień. Spojrzał zdumiony na swoje nogi. Poczuł ciepło, szedł po palącej się wodzie, ale płomienie go nie parzyły. Kobieta utkwiła świetliste spojrzenie w jego twarzy i nie mógł oderwać od niej oczu; nie patrzył więcej pod nogi, przyjął do wiadomości, że ten ogień jest jakimś rodzajem ułudy, skoro może po nim stąpać i nie poparzyć się. Gdy stanęli przed sobą, mógł spojrzeć jej prosto w oczy.

„To dziwne, przecież jestem niski, a ona olbrzymia".

— Jesteś naszym gościem, Jakubie, synu Jonasza. Potomku Matki i...

Jakub jednym krokiem wyszedł z ognistego potoku.

— Co powiedziałaś, kobieto?

Dębina wskazała mu miejsce przy małym, idealnie okrągłym ognisku i uśmiechnęła się.

— Czyż nie po to przyszedłeś, Jakubie? Czyż nie szukasz swych korzeni? A może nie jesteś gotów, by je poznać? — Zdawało mu się, że w głosie Dębiny słyszy przekorę.

— Jestem — odpowiedział, myśląc: „Mam nadzieję". — Czy Propateryk, nieślubny syn Bezpryma ma z tym jakiś związek?

— Dlaczego nieślubny? Bezprym pojął Florynę za żonę, tyle że nie przed ołtarzem Chrysta, a przed Matkami.

Jakub miał wrażenie, że serce chce mu się wyrwać z piersi.

— Florynę?

Nie wpadł na to, choć po wielokroć zastanawiał się nad dokładnością opisu pogańskiej rebelii w *Kronikach Czasu* wskazującą, że autor na własne oczy widział to, co potem przedstawił. A przecież był znak: zapis, że matkę Propateryka odesłano do klasztoru w Hillersleben i pewność cystersów, że autorką jest Floryna, mniszka z tego samego opactwa. Ale skoro tak...

Dębina czekała, aż uspokoi oddech.

— Ona i on nosili inne imiona w tamtych czasach. On był pierworodnym synem króla Bolesława, którego lubicie nazywać Chrobrym, ale jak wiesz, po tym jak przeszedł na naszą stronę, wymazano jego imię i na wieki został Bezprymem. Ją odesłano do Hillersleben i ochrzczono, więc i jej dawne imię także zostało zatarte. Jak się pewnie domyślasz, miała więcej szczęścia od niego i sama wybrała sobie Florynę na patronkę. Została mniszką i całe swe życie poświęciła pokucie...

— Myślisz, że w Hillersleben zmusili ją do tego? Że ochrzczono ją na siłę? — wypowiedział to, co samo cisnęło się na usta.

— Nie, Jakubie. Mimo tego, co się stało, poczuła powołanie do waszego Boga i z własnej woli stała się Floryną. Tego jestem pewna — westchnęła Dębina i dodała: — I wystarczająco długo żyję na tym świecie, by przyjmować do wiadomości nawet rzeczy, z którymi nie chciałabym się zgadzać.

— A Propateryk? — wychrypiał Jakub głosem tak suchym, że ledwie go było słychać.

Dębina podała mu kubek wody z miodem. Wypił.

— Przecież już się domyślasz — odpowiedziała.

„Synowie Propateryka zamienili wieś Świątki na Cielczę".

— Opuścił klasztor na świętej górze Panonii i wrócił do kraju. Porzucił śluby zakonne, założył rodzinę, spłodził synów i... — nie chciało mu to przejść przez gardło — i...

— ...i jesteś jego potomkiem w siódmym pokoleniu. Trochę ponad dwieście lat, niedługo — dokończyła za niego Dębina.

„Chryste Panie! Do tej pory cierpiałem, że jestem synem Jonasza mnicha. Teraz wiem, że moje bękarctwo sięga królewskiego syna!"

— Czekałyśmy na ciebie, Jakubie — Dębina wstała — krwi królów i wolnych ludzi. Mówi się, że dzika krew jest przeklęta. Ja jednak uważam inaczej. Zmieszanie krwi dwóch wielkich ras, starych wolnych ludzi i Piastów nowych ludzi, może oznaczać, iż człowiek dostaje los we własne ręce. Ma wybór, tak jak ty, Jakubie Świnko. I ma wielką moc.

— Jeśli chcesz, Dębino, dać mi do zrozumienia, że mogę przejść na waszą stronę, to jesteś w błędzie. Nie zrobię tego.

Kobieta w płaszczu z orlich piór potrząsnęła głową.

— Wolny wybór, Jakubie Świnko. Niczego nie będę ci sugerować. Zresztą, jesteś ochrzczony. Tego się nie da wyprzeć.

Nigdy mocniej nie poczuł siły chrztu niż w tej chwili. Serce pracowało mu spokojnie i równo, choć zawsze wydawało mu się, że w dniu, w którym odkryje tajemnice swego pochodzenia, zabiją dzwony i zadrży mu ziemia pod stopami. Dowiedział się przed chwilą o sobie więcej, niż mógłby przypuszczać. Bękart królewskiej krwi. Bękart dwóch krwi. A jednak wypełnił go spokój i opanowanie.

— Już wiem, dlaczego musiałem spotkać się z tobą. A teraz powiedz o czym ty, Dębino, chciałaś ze mną rozmawiać?

— Chcę prosić cię o pomoc.

— O pomoc? Mnie?

— Jemioła rozmawiała z tobą, a mimo to nie zrobiłeś nic w sprawie, którą ci powierzyła.

— Wybacz, Dębino, ale osoba, przed którą mnie przestrzegałyście, zniknęła z otoczenia księżnej Lukardis.

Dębina ściągnęła brwi.

— Nie, Jakubie. Wilkołaczyca ukryła się głębiej, niż szukałeś. Twoja księżna pani jest pod jej całkowitym wpływem, ale wilkołaczyca ma instynkt, więc nie udała się ze swą panią do świątobliwych sióstr. Przyczaiła się w mroku i czeka. Wierz mi, Jakubie, nie będzie czekała już długo. Znajdzie właściwy moment i zaatakuje. Ty stracisz księżną, a my...

— Właśnie, wyjaśnij mi to, pani Dębino. Dlaczego wam, kobietom Starszej Krwi, zależy na tym, by usunąć to dziwne stworzenie? Jeśli dobrze rozumiem, pochodzi z waszych czasów?

— Źle rozumiesz — odpowiedziała Dębina ostro. — Wy, kapłani zimnego Chrysta, najchętniej wrzucilibyście do jednego worka złe i dobre duchy, wszystko, co nie jest w waszych oczach święte, co nie jest przez was utopione w chrzcielnej wodzie, wydaje się wam nieczyste i przypisujecie to nam.

„Nie jestem kapłanem" — miał ochotę powiedzieć Jakub, ale ugryzł się w język, bo tutaj, na Łysej Górze, wśród tych kobiet, poczułby się niczym Piotr na zboczu góry Syjon, gdy trzykrotnie zaparł się Jezusa. Zamiast tego zapytał:

— A zatem do jakiego świata należy ten byt, który wy nazywacie wilkołakiem?

— Wilkołaczycą — poprawiła go Dębina, i westchnęła pojednawczo. — Należy do świata ciemności. To stara śmierć, która wróciła. Byt nieczysty. Mógł dotknąć każdego i waszego, ochrzczonego, i naszego, wyznającego miłość do Matki Ziemi. Ale trafiło na naszą siostrę.

Jakub poczuł, że współczuje Dębinie zwłaszcza iż w jej głosie usłyszał także współczucie dla tej istoty, która przemieniła się w, jak to nazwała, byt nieczysty.

„Nie wierzę w wilkołaki, ale wierzę w Boga — powtórzył sobie w duchu. — A Bóg jest miłosierny".

— Dlaczego to ja mam pozbawić tę... wilkołaczycę życia? I czy to jest życie, pani Dębino?

— Trudno orzec, Jakubie. — Dębina wzruszyła potężnymi ramionami. — My nie nazywamy tego życiem, lecz śmiercią, która ciągnie się w smudze między światami. Nie potrafi odejść sama, a będąc między żywymi, czyni zło.

— Ale dlaczego ja? — uparcie dopytywał Świnka.

— Powiedziałam ci dzisiaj: ty masz w sobie moc starych i nowych ludzi, siłę obu krwi — rzekła Dębina, patrząc wprost w siwe oczy Jakuba. — Gdyby wilkołaczyca grasowała pośród moich sióstr, dałabym jej radę. Ale ona zapuściła swój jad w pierś ochrzczonej kobiety. I ja nie mam już nad tym władzy.

Jakub czuł, że jest w tej historii coś, czego nie pojmuje. I zadał pytanie najprostsze:

— A co ta wilkołaczyca robi na dworze mojej księżnej? Czy to nie wy ją tam posłałyście?

Dębina skinęła głową.

— Poczucie misji było w jej wypadku silniejsze niż śmierć. Zapragnęła spełnić je ponad wszystko, ale my nie chcemy, aby dla nas pracował ktoś nieżywy i nieczysty. Czasami sprawy wymykają się spod kontroli, Jakubie. To takie ludzkie!

Świnka się zadumał. Dębina mówiła prawdę, choć nie chciała powiedzieć mu wszystkiego; a on, choć czuł w sobie wielką siłę płynącą z tego, czego się dziś dowiedział, wzbraniał się przed przyjmowaniem na siebie nowych i niepewnych zadań. Kobieta w płaszczu z orlich piór zdawała się wyczuwać jego konsternację, bo powiedziała bez cienia groźby w głosie:

— Jeśli powiesz „nie", będę musiała to przyjąć. Ale wówczas wyślę swoje siostry, by unicestwiły to nieszczęsne stworzenie. Nie mogę zaręczyć, iż nie stanie się przy tym krzywda twojej księżnej.

— A jaką dajesz gwarancję, że jeśli ja to zrobię, nic jej nie będzie?

— Żadną, Jakubie. Ale przynajmniej będziesz miał tę sprawę w swoich rękach.

„Albo niewinną krew na nich" — pomyślał ponuro i wstrząsnął nim dreszcz. I nagle poczuł gniew.

— Czego wy właściwie chcecie?

Dębina oddała kubek czuwającej u jej boku dziewczynie i wstała zaskakująco zwinnie jak na tak potężną i raczej niemłodą osobę. Była wysoka i rozłożysta jak olbrzymie drzewo; patrzyła na Jakuba z góry oczyma niczym dwa płynące strumienie.

— Pokoju.

Wstał, podniósł głowę, by i jej spojrzeć prosto w oczy. I wtedy stało się to samo co przy płonącej strudze — nagle jego twarz znalazła się na wprost jej twarzy. Zerknął w dół, na swe nogi. Stał na ziemi, nie uniósł się w powietrze, a mimo to dorównywał jej wzrostem.

— Dębino — usłyszał, że jego własny głos jest mocny i czysty — pokój zawierają królowie po wojnie. Ani ja nie jestem królem, co najwyżej potomkiem królewskiego bękarta, ani, wybacz mi, nie mam pewności, czy ty jesteś królową Starszej Krwi. I, co więcej, nie prowadzimy między sobą wojny.

— Jesteś ostrożny, nadzwyczaj ostrożny, Jakubie. — Dębina się uśmiechnęła. — Po pierwsze, ludzie Starszej Krwi nie uznają królów. Będziesz mi towarzyszyć? Chcę ci coś pokazać.

Skinął głową i ruszyli w las rozświetlony tylko strzępkiem księżyca i blaskiem bijącym od pochodni, którą niosła w ręku idąca daleko przed nimi dziewczyna. Szli między drzewami, po miękkim mchu, nie było tu żadnej drogi ani nawet ścieżki. Jakubowi przez chwilę wydawało się, że schodzą w dół Łysej Góry, ale wtedy Dębina zatrzymała się i ruchem ręki odprawiła dziewczynę z pochodnią. Zapanował ciemnozielony mrok.

— Podaj mi rękę — powiedziała do niego i gdy to uczynił, poprowadziła go jeszcze parę kroków. Jakub poczuł na twarzy chłodny nocny wiatr i zobaczył, iż stoją na zboczu, patrząc w dół niczym na ciemne fale. — Otwórz oczy, Jakubie Świnko!

— Nie zamykałem ich — obruszył się kantor.

— Wobec tego patrz! — powiedziała Dębina donośnym głosem.

I zobaczył.

W morzu ciemności zajaśniał jeden świetlisty punkt. Za nim następny i następny. Zobaczył wzgórze niższe od tego, na którym stali, lesiste i rozległe. Wokół niego szli ludzie z pochodniami w dłoni. Jakub wiedział, iż to, co widzi, ma naturę snu, albowiem jednocześnie potrafił patrzeć na wzgórze z oddali i dostrzegać najmniejsze źdźbła trawy.

„Kuszenie na pustyni?" — zapytał siebie w duchu i odrzucił tę myśl. Nie czuł się przez nikogo i niczym kuszony. Po prostu patrzył.

Widział, jak ludzie doszli na szczyt wzgórza i pokłonili się Trzem Matkom. Widział, jak tańczą dla swych bogiń przy ogniu, jak składają dary i nadstawiają głowy do błogosławiących matczynych pocałunków. Obraz rozmazał mu się przed oczami i Jakub otarł łzę. Wtedy zobaczył posąg Trzygłowa w miejscu, gdzie stała przed chwilą gontyna Trzech Matek. Dojrzał wojowników, którzy składają Trzygłowemu dary i dostają błogosławieństwo ogniem. Wydawało mu się, że przez chwilę mignęło mu w tłumie ciemnookie, chmurne oblicze kogoś, kto wyglądał znajomo, ale trwało to zbyt krótko, by mógł go rozpoznać. Obraz ponownie się rozmazał, lecz nim Jakub zdążył otrzeć drugą łzę, zobaczył na miejscu posągu Trzygłowa krzyż i małe okrągłe baptysterium. Zachłysnął się i w miejscu chrzcielnicy stanęła wielka katedra gnieźnieńska i otworzyła przed nim swe spiżowe drzwi. Dębina chwyciła go za rękę mocniej, a może wcale go nie puszczała?

— Chcesz zobaczyć, co będzie dalej?

— Nie — odpowiedział Jakub zgodnie z prawdą.

— Jesteś bardzo ostrożny, Jakubie — powiedziała to samo co wcześniej, przy ognisku. I obraz zniknął, a Dębina i Jakub znaleźli się w całkowitej ciemności. — Kiedy powiedziałam ci, że chcę pokoju, odrzekłeś, że nie prowadzimy wojny. To prawda, wy już ją wygraliście. Ale skoro wzięliście we władanie kolebkę naszych Matek, ich pierwszą świątynię, to jesteście odpowiedzialni za to miejsce. Przynajmniej tak długo, póki stoi tam wasz znak.

Jakub poczuł gorący dreszcz na czole. Serce zaczęło bić mu szybciej. W ciemności nie widział oczu Dębiny, która wciąż trzymała go za rękę.

— Chcę pokoju. To znaczy: nie chcę wojny. Są wyjątkowe sytuacje, w których możemy sobie pomagać, a ty jesteś pierwszym kapłanem Chrysta, który ma w żyłach Starszą Krew. Dlatego wiem, że możesz zrozumieć więcej niż ci, którzy noszą krzyże, a nie rozumieją nic.

Jakub znów nie zaprzeczył, gdy nazwała go kapłanem. Wiedział, co kobieta ma na myśli, i zgadzał się z nią.

— Ja wypuściłam w świat dziewczynę o imieniu Czeremcha. Ja dałam jej do spełnienia zadanie przy twej księżnej. Ale nie ja nasłałam na nią wilczą śmierć i od chwili, gdy to się stało, nie mogę zaznać spokoju. I nie mogę jej od tego uwolnić. Gdy wejdę do twego miasta, opuszczą mnie siły lasu. Nie pomogę twej księżnej. Dlatego proszę cię: zrób to ty. A ja w zamian za to wycofam się z misji, jaką kapłani wyznaczyli dla Lukardis. Masz moje słowo, Jakubie.

Uścisnęli sobie dłonie. Jakub wahał się przez chwilę, lecz w końcu zapytał:

— Wiesz, kim jest moja matka?

— Nie. Znałam tylko Florynę.

Jakub potknął się.

— Znałaś ją? To było ponad dwieście lat temu?!

Dębina zaśmiała się w ciemności tak serdecznie, że poczuł się ze swym pytaniem głupio.

— A jak sądzisz, ile mam lat? — Śmiała się dalej. — Starsza Krew im jest czystsza, tym więcej nam daje, Jakubie — powiedziała całkiem poważnie. — Niektórzy z nas żyją doprawdy długo jak drzewa. Inni mają dar leczenia lub widzenia przyszłości i przeszłości. Są i tacy, którzy potrafią nieść pokój albo uzdrawiać serca.

— A?...

— A ty? No cóż, na tym polega wolność Starszej Krwi: każdy sam odkrywa swe moce, Jakubie. Jesteś kapłanem Chrysta i to ty dzisiaj władasz świątynią, która stanęła na kolebce Matek.

„Po raz trzeci nazwała mnie kapłanem. I po raz trzeci się nie zaparłem. Choć myli się dobra kobieta w płaszczu z orlich piór. Ja jestem nikim i niczym nie władam".

MECHTYLDA ASKAŃSKA głaskała po jasnych główkach swe bratanice, Małgosię i Matyldę. Zaczęła się dynastyczna gra i czas był już na to, by wypuściła na polowanie przynajmniej jedną ze swych Orliczek. Obie były ładne, choć ich urodę trudno nazwać porywającą. Matylda, nieco starsza i wyższa, mogłaby już, od biedy, uchodzić za małą kobietkę, lecz Małgosia, zwana w domu Gretą, to wciąż jeszcze dziecko.

— A zatem ty — pocałowała w czoło Matyldę — chodź ze mną!

Zabrała ją do łaźni, gdzie służba przygotowała kąpiel. W czasie gdy panny służebne myły Matyldę, wróciła do swej skrytej za alkową pracowni.

— Greta! Chodź do cioci, pomożesz mi!

W oczach małej córki jej brata Albrechta ujrzała zachwyt. O, o to właśnie chodzi. Bratanice muszą być jej oddane, wierne niczym dobrze ułożone psy.

Nasypała do miski ziół i dała Grecie tłuczek.

— Rozbij to, tylko delikatnie. Na pył.

Sama zaś zajęła się przyrządzeniem mazidła. Delikatny gęsi tłuszcz, wino styryjskie, niedużo.

— Nie grzeb się, Greto, Matylda na nas czeka, no pospiesz się.

Dziewczynka spojrzała na nią łagodnie jak gołębica. Mechtylda nie lubiła ludzi powolnych, ale ta mała miała coś w sobie. Urok uległości?

„Zobaczymy, jak dorośnie. Małe żbiki wyrastają na leniwe kocice, a czasami najsłabsze szczenię z miotu potrafi walczyć o życie bardziej zajadle niż najmocniejsze. Między dzieckiem a kobietą może się zmieścić cały świat".

Powoli, ale dokładnie, Greta roztarła zioła na pył. Mechtylda zręcznym ruchem połączyła je z mazidłem; spakowała do małej skrzynki niezbędne rzeczy i wzięła Gretę za rękę.

— Idziemy do łaźni.

Rączka dziewczynki była ciepła i ufna. Pulchne palce szczelnie przylegly do dłoni Mechtyldy. Poczuła słodki dreszcz, jakiego nie doświadczała przy własnych dzieciach. Wzdrygnęła się.

„Dziwne".

W łaźni były kłęby pary. Mechtylda krytycznym okiem przyjrzała się nagiej sylwetce starszej bratanicy.

„Szczuplutka, ale biodra szerokie. Stopy ładne, piersi, no, kiedyś coś z nich będzie. Plecy ma dobre. Proste".

— Siadaj — pokazała jej stołek — i owiń się tym — podała czyste płótno — zrobimy ci piękne włosy!

Wprawnie nakładała na mokre pasma mazidło, pilnując, by się nie wybrudzić.

— Ty — wskazała młodą służkę — wetrzyj to w jej włosy.

Sama zaś dokładnie umyła dłonie.

— Co to jest, ciociu? — spytała Matylda, unosząc oczy.

Mechtylda się roześmiała.

— Twoja uroda! Siedź grzecznie i się nie kręć.

Mała Greta stanęła przy kuzynce i chwyciła ją za rękę.

— Nie boli, prawda? — zapytała z troską.

— Nie. A nawet jakby bolało, to dla cioci zniosę wszystko!

— Grzeczna dziewczyna — pochwaliła ją Mechtylda — ale robisz to także dla siebie, dziecko.

— Ty — wskazała drugą służkę — umyj jej teraz włosy.

Wyjęła ze swojej skrzynki pęsety i nożyce.

— Teraz będzie bolało — ostrzegła Matyldę, a Greta natychmiast podała rączkę kuzynce.

„Jak to było? — przypominała sobie kształt brwi kobiety, którą widziała raz w życiu. — Chyba tak!" — i zaczęła wyrywać drobne włoski z brwi dziewczynki. Bratanica syknęła, ale tylko raz. Potem zagryzła zęby i zacisnęła powieki.

Mechtylda, nie przerywając operacji, powiedziała do niej:

— Dla urody warto trochę pocierpieć.

Gdy skończyła, z oczu małej płynęły łzy, ale nie pisnęła ani razu. Włosy dziewczynki wyschły i Mechtylda pokiwała głową. Dokładnie taki odcień, jak miał być: ciemne złoto. Zadowolona z siebie, ucałowała Matyldę w czoło.

— Byłaś bardzo dzielna. W nagrodę pojedziesz ze swym ojcem na dwór króla, do Wiednia.

HENRYK, książę wrocławski, wjeżdżając do Wiednia, minął łukiem miejsce, w którym płakał przy zwłokach króla Přemysla Ottokara. Umarł król, niech żyje król.

Rudolf I Habsburg zachował się wobec niego wspaniałomyślnie. Nie ukarał go za tę nieszczęsną próbę zajęcia Pragi i zagarnięcia regencji na czeskim tronie. Przeciwnie, nagrodził go.

Otto Długi, margrabia brandenburski, dostał regencję, ale Henryk z tej pechowej konfrontacji wyszedł bez ujmy na honorze, za to z ziemią kłodzką, którą król niemiecki oderwał od Czech i dał jemu. Książę wrocławski nie był zwolennikiem taktyki małych kroczków. Wobec planów, jakie miał, ziemia kłodzka była kroplą w morzu. Ale była. Tak jak musiał uleczyć się z nieszczęsnej miłości do Kunegundis, nie wyrzekając się jednocześnie jej samej w przyszłości, tak i musiał zadowalać się małymi ziemiami w drodze do wielkoksiążęcego tronu. Bo nim tę praską „wieczerzę prawdy" przerwało im wtargnięcie Ottona Długiego na zamek, usłyszał z ust Zawiszy z Falkensteinu to, co chciał usłyszeć. Mała Polska, księstwo wrocławskie i głogowskie razem. A potem kolejne ziemie, aż jego będzie cały Śląsk. To dobry plan. To dobry początek.

— Herzog Heinrich — Rudolf I Habsburg nie miał dostojeństwa Přemysla Ottokara, ale to on siedział na tronie, a tamten gnił w ziemi — witaj!

Henryk przyklęknął przed królem na jedno kolano i szybko wstał.

— Królu — czarny orzeł Henryka i czarny orzeł Habsburga wpatrywały się w siebie hipnotycznie — zaszczyt to dla mnie gościć tutaj.

— Zaimponowałeś mi, Herzog Heinrich. Zaimponowałeś mi tym, że nie opuściłeś swego króla, a mego wroga, nawet gdy ofiarowałem ci tytuł księcia Rzeszy. Potrafię docenić wierność, bo wierzę, że to stały rys charakteru, a nie przelotny kaprys.

— Gdyby to był kaprys, królu, znaczyłoby, że mam wyjątkowo kosztowne kaprysy.

— Nie, ja wierzę, że ty jesteś prawy. Tak o tobie mówią, słyszałeś?

— Skromność nie pozwala potwierdzić.

— Wiesz, że potrafię docenić i prawość, i męstwo i nigdy nie mszczę się na pokonanych, bo to nie jest cnota rycerska.

„Wiem, że dawnemu stronnikowi Przemyślidy, Ottonowi Długiemu, który walczył przy jego boku przeciw tobie, lekką ręką ofiarowałeś regencję czeską. Albo więc jesteś szalony, królu, albo przebieglejszy niż my wszyscy".

— Ziemia kłodzka jest bogata w surowce. Wiem, że potrafisz zadbać o kopalnie, więc wyciągniesz z niej zyski, które nie tylko pokryją straty, jakie poniosłeś przy boku czeskiego króla, ale i wypracują ci przyszłe nagrody. Mam dla ciebie akt dożywotniej darowizny, ale ty musisz zrzec się wszelkich dążeń do przejęcia regencji nad Václavem. Wiem, że łączy was dalekie pokrewieństwo, ale nie chcę, byś mieszał się w sprawy czeskie.

„Kolejna otwarta rozmowa. A zatem wszyscy mają wobec mnie plany".

— Słucham, królu.

— Zostaw Czechy i skieruj swój wzrok na księstwa śląskie. Strasznie was tam dużo, tych książąt.

— Bracia mego dziada byli nad podziw płodni.

— Właśnie. Co dziedzic, to dzielnica. A ja mam inny plan, bo Śląsk jest mi bliski.

„Każdemu jest bliski Śląsk. Jego srebro, złoto i rudy".

— Ciebie, Henryku, chciałbym mieć za partnera na Śląsku. Ciebie jednego.

— Nie mam w ręku mocy innej niż moi rozrodzeni kuzyni. Mam najsilniejszą dzielnicę, ale nie mam praw do całego Śląska.

— A ja chciałbym, abyś miał. Chciałbym, abyś jako lennik króla Niemiec został królem Śląska.

— Królem Polski. Śląsk nie ma króla.

— Polska też.

— Ale może mieć.

— Śląsk też. Zacznij od Śląska, ambitny Heinrichu. Wierzę, iż znajdziesz sposób, by podporządkować sobie kuzynów. Wszystko w twoich rękach. A jeśli będziesz gotów na więcej, jeśli zhołdujesz sobie którekolwiek spoza śląskich księstw, będziemy mogli wrócić do twojego marzenia.

— A jeśli to nie marzenie, królu, ale mój plan?

— Wszystko zaczyna się od marzeń, Heinrichu. Guta! — zwrócił się do dziewczynki, która w otoczeniu dwórek weszła do sali tronowej. — Córeczko! Poznaj Herzoga Heinricha. Książę, oto moja córka, Guta von Habsburg.

Dziewczynka, na oko dziesięcioletnia, pulchna, o różowej, ale nijakiej twarzy, za to wystrojona w suknię o królewskim kroju, podeszła do niego i podała mu małą rączkę. Przyklęknął i pocałował ją.

Rudolf się roześmiał.

— Złożyłeś pocałunek na dłoni przyszłej królowej Czech. Guta jest zaręczona z Václavem.

„Václav też ma urodę popłuczyn. Pasują do siebie".

— Jestem zaszczycony, pani. Czy przyjmiesz me służby? Czy wolno mi będzie kiedyś ułożyć o tobie pieśń?

Dziewczynka spojrzała na ojca pytająco.

— Zgódź się. Herzog Heinrich jest znanym minezingerem.

— Zgadzam się — potaknęła mała.

— Jestem szczęśliwy, pani. Może kiedyś pozwolisz mi walczyć w twych barwach?

Guta znów spytała ojca, co ma odpowiedzieć.

— Zgódź się, Herzog Heinrich jest świetnym rycerzem.

— A Václav, ojcze? Mój przyszły mąż?

— Królewicz Václav z pewnością będzie dzielny i szlachetny. Jak dorośnie.

— I zasiądziemy na tronie jak król i królowa. I będziemy rządzić szczęśliwie, a poddani będą nas kochali.

Henryk zachował kamienną twarz i skłonił się przed Gutą.

— Tak będzie, pani.

— Dobrze. Więc możesz walczyć w moich barwach tak długo, póki mój przyszły mąż sam nie będzie stawał w szranki.

— Uszczęśliwiłaś mnie, pani.

Guta odeszła w otoczeniu swego dworu, a Rudolf uśmiechnął się do Henryka.

— Słodkie dziecko, prawda? A ty, książę? Kto będzie wybranką twego serca?

„Mojemu sercu nic do tego. Ale sprawa już załatwiona".

— Konstancja, księżniczka opolska. Czeka wraz ze swym ojcem, księciem opolskim Władysławem, byś pobłogosławił nasz związek.

— Księżniczka opolska, powiadasz? Wezwałem jej ojca — podkreślił to — bo nie spodobało mi się, jak pospiesznie uderzył na ziemie czeskie. Mam nadzieję, że jest gotów wycofać się ze swych niesłusznych pretensji do Opawy.

— Jest gotów.

— A zatem zgadzam się na ślub. To pasuje do naszych planów. Zapraszam twego kanclerza do mojej kancelarii, spiszemy stosowne dokumenty. Uroczystości mogą się odbyć choćby jutro.

— Uroczystości?

— Tak. Twój hołd lenny i twój ślub. Sądzę, że jedno i drugie przemyślałeś dobrze.

— Tak, królu.

„Wiedziałem, po co jadę — pomyślał Henryk, zagryzając zęby. — Hołd lenny nie boli, a korzyści, jakie z niego płyną, widziałem najlepiej na dworze Přemysla Ottokara, który jako król Czech był lennikiem niemieckiej korony. Władek opolski oszaleje ze szczęścia, że poślubię jego córkę tutaj. Już go widzę!".

Jedyne, co psuło mu humor, to Konstancja. Wybrał ją po długim namyśle, bo wprawdzie księstwo opolskie było drugim co do wielkości księstwem śląskim po jego własnym, ale Władek miał, jak prawdziwy Ślązak, czterech synów. Henryk zaś nie miał ochoty na krnąbrnych szwagrów ani na niezbyt apetyczną przyszłą żonę. Zostawił ich sobie jednak na później. Dzisiaj myślał daleko, ponad ich głowami.

Opuścił Rudolfa I Habsburga i udał się na spotkanie z Władkiem opolskim. Na dziedzińcu rezydencji królewskiej panował zgiełk. Herold odtrąbił wjazd nowego gościa.

„Zjazd wiedeński. Zameldują się wszyscy" — pomyślał chmurnie Henryk, spojrzał na chorągwie i zaklął.

— Czerwony orzeł!

Otto Długi był ostatnim człowiekiem, z którym miał ochotę się spotkać po tym, co się zdarzyło w Pradze. Jeszcze nie teraz. Jeszcze nie dzisiaj.

Ale stało się. I oto zobaczył butnego Askańczyka, jak na wielkim ogierze wjeżdża na dziedziniec. Serce stanęło mu w piersi. Obok Ottona Długiego jechała konno Kunegundis.

„Nie! To złudzenie. To niemożliwe!".

Była znacznie młodsza od praskiej królowej wdowy, ale jednak. Te same włosy w luźnych splotach, ta sama barwa ciemnego, pełnego złota. Oczy niebieskie z odcieniem zieleni. Brwi delikatne jak dotknięcie czubkiem języka...

Minęli go już, jadąc w stronę stajni Rudolfa. Złapał za rękę sługę z ich orszaku.

— Kim jest towarzyszka margrabiego?

— To jego córka, Matylda brandenburska, panie.

JAKUB ŚWINKA potrzebował czasu, by oswoić siebie. Na Łysej Górze powtórnie się narodził, bo czyż wiedza o swych korzeniach nie jest współistotna do aktu poczęcia? Nie wszystko jeszcze pojmował; wiele jednak myślał o Jonaszu, swym ojcu. Dzięki temu, że babka spełniła jego wolę i sprzedając nieszczęsną Cielczę, wyprawiła Jakuba na studia, uczył się zrazu w Bolonii, a potem w dalekiej Anglii. Tam właśnie zgłębiał historię proroka Jonasza, który myślał, że umknie powołaniu i misji, jaką wyznaczył mu Bóg. Zawsze pochylał się nad nią po wielokroć i ze szczególną uwagą, myśląc, że dzieje biblijnego Jonasza przybliżą mu Jonasza Świnkę, ojca mnicha, którego znał tylko z imienia. Biblijny Jonasz był powołany i prędzej czy później przeznaczenie dopadło go. Ale co jest pierwsze? Przeznaczenie czy wolna wola?

Wciąż brzmiał mu w uszach głos Dębiny, która mówiła o wolnym wyborze, jaki staje przed nim, choć błędnie nazywała go kapłanem. Był tylko sługą, świeckim sługą katedry. Urzędnikiem arcybiskupstwa bez pasterza. I to właśnie ta praca, nie inna, w całości pochłaniała jego czas, nie odciągając bynajmniej myśli Jakuba od próby odkrycia do własnego przeznaczenia.

Szło mu źle. Czuł, że ze wszech miar zawiódł zaufanie księcia Przemysła w tej najważniejszej dzisiaj dla kraju sprawie: wyboru arcybiskupa. I naprawdę nie wiedział, dlaczego tak się stało. Zrobił wszystko, jak trzeba. Pomówił z tym i tamtym członkiem kapituły, przyspieszył jej prace, jak się tylko dało, a dało się. I raz dwa kapituła podjęła zgodną i kanoniczną decyzję o wyborze kanonika gnieźnieńskiego, Włościborza.

Taki był z siebie dumny. Tak się cieszył. Po raz pierwszy od tylu lat zgodna decyzja. I w kurii rzymskiej zeszło całkiem niedługo. Papież nakazał stawić się Włościborzowi przed legatem i nawet tak się złożyło, że legat był niemal pod ręką, bo na Węgrzech. Kanonik Włościborz wraz z delegacją kapituły pojechał, stanął przed papieskim legatem i... zrzekł się nominacji. Jakuba Świnkę na wieść o tym zalała krew.

Zwłaszcza że Włościborz, kandydat nawet jeśli nie doskonały, to jednak całkiem dobry, nie umiał powiedzieć, dlaczego zrobił tak, jak zrobił. Tyle trudu, tyle zachodu na marne. A na koniec, jakby nieszczęść było mało, papież Mikołaj wziął i zmarł.

Jakub Świnka zamknął się w swej krypcie i złapał za głowę.

„Ufam ci, Jakubie Świnko, ufam ci" — jak szyderstwo powtarzał słowa księcia Przemysła. W końcu nie można było dłużej zwlekać, musiał wziąć się w garść, iść do księcia i powiedzieć, o co chodzi.

— Ufam ci, Jakubie Świnko — Przemysł zupełnie nie przejął się rezygnacją Włościborza — dowiodłeś, że tam, gdzie sprawa zależała od ciebie, wywiązałeś się. Co dalej?

— Teraz, zgodnie z prawem, ruch po stronie papieża.

— Który właśnie zmarł?

— Ano tak. I nie ma co się oszukiwać, szybko nowego nie wybiorą.

— No to miej sprawę na oku.

Przemysł, mówiąc „na oku", zamrugał, jakby coś sobie przypomniał.

— Jakubie Świnko, czy zjesz ze mną wieczerzę?

Kantor chrząknął delikatnie i odpowiedział:

— Nie chciałbym, aby wyglądało, że ja tu ciągle stołuję się u księcia.

— Sam na sam?

— No dobrze, jeśli książę nalega.

— Nalegam.

Czuł, o co pytał będzie Przemysł, ale sam sobie był winien. Ma za długi język. Gdyby przed pierwszą rozmową z księciem spotkał się z Dębiną, wszystko mogłoby ułożyć się inaczej. „A jeśli nie?" — zapytał sam siebie.

— Rozmawiałeś z moją księżną żoną?

Wziął głęboki wdech. A to się narobiło.

— Uhm.

— I?...

— A to zależy, o co książę pyta.

Teraz z kolei Przemysł wyglądał na skonsternowanego, rozłożył ręce.

— O wszystko. Lukardis wróciła z Kalisza jakaś odmieniona. Ona nigdy nie miała szczególnego religijnego zacięcia, ot tyle, co każdy... A teraz pości, chce jechać do klarysek do Gniezna...

— A, jeśli w tej sprawie, to nie ja. — Kantor odetchnął z ulgą. — W sprawie klarysek to wpływ twojej ciotki, księżnej wdowy Jolenty.

Przemysł mruknął coś chyba mało pochlebnego, ale niewyraźnie.

— A ty? A co mi powiesz ty? Ostatnio straszyłeś mnie złym duchem w otoczeniu księżnej.

— Nie ma go. Zniknął, tak by można powiedzieć. Ale raczej był.

Jakub Świnka bardzo chciał nie rozmawiać o tym z Przemysłem. Książę najwyraźniej się miotał.

— I co? Nie masz dla mnie żadnej rady? Żadnego pomysłu?

„Ona jest istotą kruchą, o którą walczą więcej niż dwa światy. Jakby wszystkie moce ciemności sprzysięgły się przeciw niej".

— Otocz ją, książę, opieką, zaufaniem. Te klaryski... może to nie jest zła myśl?

— Mam oddać Lukardis do klasztoru? Oszalałeś, kantorze?! To moja żona, księżna, która może dać mi syna!

— A jeśli nie może? Odtrąciłbyś ją?

„Boże święty, co ja powiedziałem? Po co ja to zrobiłem?".

Przemysł siedział skamieniały.

— Myślałem o tym. Potrzebuję dziedzica, Jakubie Świnko, ale nie odsunąłbym jej od siebie, gdyby nie mogła mieć więcej dzieci.

— Więcej? Więc już było jakieś? — Teraz kantor poczuł gdzieś w okolicy serca zimny lęk.

Przemysł kiwnął głową.

— Nie mówimy o tym. Wie tylko Magister Mikołaj i jej dwórki. To właściwie nie było dziecko... Powiem ci. — Książę z determinacją ściszył głos. — Mój Magister to widział, ja siedziałem wtedy w wieży u księcia legnickiego. Mówi, że nigdy nie widział czegoś takiego... Lukardis poroniła płód, który był nie do końca ludzki... był potworny.

Jakub zamrugał i spojrzał mu prosto w oczy.

— Zwierzęcy?

Wszystko, co powiedziała mu Dębina przy ogniu na Łysej Górze, zaczęło się układać w jakąś niekształtną, lecz przejmującą całość.

— Zwierzęco-ludzki. Trudno mu było nawet to opisać.

— Czy księżna wie?

— Nie. Wie tylko, że poroniła.

— Dobrze. Nie potrzeba jej dręczyć. Powiem tak i proszę cię, książę, nie wypytuj mnie więcej: był przy niej zły duch, ale dzisiaj go nie ma. Nie znaczy to, że niebezpieczeństwo jest całkiem zażegnane, po prostu chwilowo odeszło. Gdyby była pod opieką sióstr, można mieć niejako pewność, że nic złego się nie stanie. Jeżeli więc księżna sama, z własnej woli, chce udać się do klarysek, pozwól jej. Przynajmniej na jakiś czas. A potem zobaczymy. Będę myślał o tym.

Przemysł wyglądał na umęczonego tą sprawą. Jakubowi zrobiło się go żal.

— Dobrze. Niech tak będzie. Zwłaszcza że wyjeżdżam na Śląsk i nie mógłbym być przy niej.

— Na Śląsk? Do tego Niemca?!

Książę roześmiał się nieoczekiwanie.

— Nie lubisz księcia wrocławskiego, Jakubie?

— Nie lubię Niemców.

— On nie jest Niemcem, zapewniam cię. Nosi się z niemiecka i tyle.

— E, kto go tam wie. — Jakub Świnka był nieufny.

— A po powrocie chcę spotkać się z Mściwojem, będzie gościł w opactwie w Lubiążu, może byś się przyłączył?

— Z czarnym gryfem? Zawsze chętnie, mój książę. A w Lubiążu co? Jeszcze proces z Krzyżakami, czy już wyrok?

— Powinien zapaść wyrok i dlatego Mściwój chce być, boi się, że nie będzie korzystny.

Rozstali się, ale Jakuba Świnki nie opuszczała myśl o kłopotach księżnej. Nie miał pewności, czy wystarczy im czasu, lecz nie przychodziło mu do głowy inne wyjście. Potrzebował rady doświadczonego kapłana. Usiadł i napisał długi serdeczny list. Do swego przyjaciela ze studiów, Gotfreya, dzisiaj wielkiego opata klasztoru w Winchesterze.

MICHAŁ ZAREMBA jechał do Brzostkowa po długiej nieobecności. Boże Narodzenie spędził przy księciu Przemyśle, ale zaraz po Nowym Roku pojechał pokłonić się swoim rodowcom, zwłaszcza że niebawem wybierał się z księciem na Śląsk. Trafił dobrze, bo akurat do rodzinnego gniazda przybył Mikołaj z żoną, która miała na dniach urodzić. Dzięki temu panowie wujowie, zamiast skupiać się na nim i roztrząsać jego długą nieobecność, zajęli się Mikołajem.

Bo jego żoną zajmowała się Ochna.

— Co tam u księcia, Michale?

— A wujowie moi i pan ojciec jeszcze wam nie donieśli? Przecież tu sami kasztelanowie, podkomorzowie, wojewodowie! Doborowe towarzystwo! — odciął się krótko i rozejrzał za dzbanem. — Miodu nie ma? — Skrzywił się, widząc, że dzbany są, ale puste.

Sędziwój rozłożył ręce.

— Jak widzisz, chłopcze, jak widzisz! Ochna zajęta, nowego Zarembę na świat nam sprowadza, dziewczęta służebne zagoniła do tych spraw, a my tu siedzimy o suchym pysku!

Roześmiał się, bo rzeczywiście miny mieli skwaszone.

— To jak wy chcecie małego rodowca przywitać? To Zaremba będzie czy jakiś zwykły kmiotek?

Mikołaj, młodziutki syn świętej pamięci Janka, blady i niebezpiecznie trzeźwy jak na przyszłego ojca nie przystało, żachnął się:

— Nie mów „kmiotek" na mojego syna!

— A jak ci się córka urodzi?

— Ejże, Michał, nie hulaj! Zarembom pierwszy rodzi się syn!

— Uhm. Oprócz tych, którym rodzi się córka. Dalej, rusz się, Mikołaju, pójdziemy piwniczki brzostkowskie zdobywać, to ci nerwy przejdą.

Mikołaj podniósł się nieszczęśliwy i poszedł za Michałem, a starzy Zarembowie pokręcili głowami z dezaprobatą.

— Żeby mężczyzna sam musiał takie rzeczy załatwiać... — dobiegł ich już zza drzwi głos Marcina, zwanego Lisem.

Michał parsknął śmiechem. Mikołaj pojednawczo klepnął go w ramię.

— No co, nie przyzwyczaiłeś się jeszcze? Tak to u nas jest, Zaremba musi być obsłużony. Chyba że u was, na służbie u księcia, jest inaczej, co?

Nie odpowiedział mu, bo nie chciał się kłócić, skoro ledwie przyjechał. Czuł, że wszyscy młodzi kuzyni zazdroszczą mu miejsca przy boku Przemysła, a jednocześnie robią sobie z tego powód do kpin. Miał to gdzieś. Gdyby oni wiedzieli, ile razy sam książę rusza się, by podać przyjaciołom dzban, to by się zdziwili. Ale tego im akurat nie powie, bo zburzyłoby to ich rodową wiarę w porządek świata.

Piwnice mieli w ziemiance z boku podwórza. Ochna, zajęta, nie zarządziła służbą i nikt nie odśnieżył wejścia. Mikołajowi nie przeszło przez głowę, że mogą to zrobić z Michałem raz-dwa, i zawołał po służbę. Czekali, podskakując sobie i chowając twarze w kaptury przed zimnym styczniowym wiatrem.

W piwnicy było niewiele cieplej. Otworzyli jedną z małych beczek na spróbowanie.

— Za słodki — powiedział Mikołaj — i zimny jak diabli!

— Za słaby — skrytykował Michał. — Dawaj drugą.

Na zgodę zabrali obie beczułki i poszli z nimi do dworzyska. W ciemnej izbie Ochna zostawiła na szczęście jedną dziewuszkę przy piecach. Kazali jej zmieszać i podgrzać miód. Popróbowali wprost z kociołka.

— Pasuje! Lej nam do dzbanów!

Gdy stuknęli się, dobiegły ich krzyki rodzącej żony Mikołaja, Katarzyny. Michał szturchnął kuzyna w bok.

— Nie chcesz być pierwszym, który dziecko zobaczy? Chodź, zerkniemy.

— A jak przyniesiemy pecha? A jak Ochna nas zobaczy?

— Przestań, gospodyni się boisz? Ochna jest dusza człowiek, chodź.

I poszli. Katarzyna rodziła na tyłach dworu. Gdy zjeżdżali się do Brzostkowa wszyscy, najmłodsi spali w stajniach i spichrzu, średni wiekiem w wielkiej sali, pod ścianami, tam, gdzie wcześniej przesiadywali, ucztowali i knuli. A najstarsi mieli swoje trzy osobne izby sypialne. Obok nich znajdował się pokój dla kobiet, nie tak duży jak wspólna sala, nie tak mały jak sypialnie. Tam właśnie Ochna odbierała porody żon Zarembów.

Nikt nie pamiętał, skąd ten zwyczaj, ale ponoć stąd, że staremu Jankowi urodził się kiedyś wyczekiwany syn, którego podmieniła Mamuna, albo inna boginka, na własnego Odmieńca.

Michał poprowadził Mikołaja do sypialni Arkenbolda, przez ścianę sąsiadującej z izbą, w której rodziła jego żona.

— Ty — szepnął Michał — a co się z tym Odmieńcem stało? To przecież twego ojca syn, jakby brat, co?

— Przestań! — Mikołaj się przeżegnał. — To nigdy nie jest ludzkie dziecko. Odmieniec to obcy. A poza tym — pociągnął z dzbana, który przezornie wzięli ze sobą — to było dawno i z pierwszej żony, jeszcze nim narodził się Sędziwój.

— Ale co z nim się stało? — dopytywał Michał, próbując wydrapać mech, który uszczelniał ściany z grubej pachnącej dębiny. Słyszeli krzątające się obok kobiety, ale chcieli jeszcze coś widzieć.

— Normalnie, jak to w takich razach. Ksiądz kazał położyć Odmieńca na gnoju i bić witkami. Jak się taki zacznie drzeć, to Mamuna wraca i nie mogąc znieść krzywdy swego potworka, zabiera, a prawdziwe dziecko zwraca.

— I jesteś pewien, że Sędziwój to nie jest ten Odmieniec?

Mikołaj parsknął śmiechem, a Michał złapał go za usta, żeby uciszyć. Tylko tego brakowało, kiedy już niemal wyskubał porządną szparę, żeby ich Ochna usłyszała!

— Nie, mówiłem ci, że to było przed narodzinami Sędziwoja, długo, długo przed. Jeszcze Brzostkowa wtedy nie mieliśmy, więc to było przed wielkim wiecem w Pogorzelicy. A potem to już Ochny matka albo babka wzięła sprawy w swe ręce, a one znają się na tym jak nikt, bo sam wiesz, że w naszej rodzinie żadne zło się dzieciom nie dzieje.

— Prawda! I za twoje się napijmy!

Ale gdy chcieli przechylić dzban, z izby obok dobiegł ich krzyk i rzucili się do szpary, żeby coś zobaczyć. Katarzyna w samej koszuli leżała na ustawionym pośrodku łożu. A Ochna z krzyżem w dłoni obchodziła ją.

— Jezu... — jęknął Mikołaj — nie żyje...

— Głupi! To ona krzyczała! Rusza się, patrz!

Rzeczywiście, rodząca poruszyła ręką, wskazując w kąt izby.

— Tam... — cicho stęknęła — tam...

Ochna rzuciła się we wskazanym przez nią kierunku z krzyżem w wyciągniętej ręce i krzyknęła:

— Poszła precz! Poszła precz!

Dziewczęta pod przeciwległą ścianą zapiszczały:

— Widziałyście? Mamuna tu była! Widziałyście jej obwisłe piersi, które zarzuciła na plecy?

— To były piersi? Jam myślała, że to garb...

— A nogi psie, owłosione?

Mikołaj się przeżegnał. Michał podał mu dzban.

— Ty, widziałeś coś?

— Nie. A ty?

— Też nie. Pewnie dlatego nie pozwalają nam być przy porodzie, że nic nie widzimy.

— Uhm. — Michał nie był tego taki pewien, ale też nie wiedział, czy chce jeszcze to tajemne widowisko oglądać. I byłby pociągnął Mikołaja z powrotem, gdyby nie to, że z izby doszedł przeciągły jęk Katarzyny, krzyk Ochny i odgłos ulgi z gardeł wszystkich służebnych dziewcząt. Obaj natychmiast przylgnęli do ściany.

— W imię Ojca i Syna, i Ducha! Narodził się! — obwieściła Ochna, trzymając za nóżki jakieś czerwone i sine stworzenie.

— Jezu... — szepnął Mikołaj — to Odmieniec... to nie mój...

— Przeborka! — powiedziała Ochna. — Tnij!

Stara kobieta wyszła z kąta z nożem obwiązanym czerwoną szmatką, a Michałowi stanęło serce. Nie chciał domyślać się, co czuje teraz Mikołaj. Przeborce ręka nie zadrżała, gdy machnęła nożem między Katarzyną a stworzeniem.

— Rodzie, dziękujemy ci, Rodzenice matki, dziękujemy wam — zaśpiewały, kłaniając się służebne dziewczęta. — Dolo, przybądź i obdarz go losem godnym...

— Losem godnym Zarembów! — Ochna wymierzyła stworzeniu klapsa w pośladek, a ono odezwało się najczystszym dziecięcym płaczem.

Wsadziła je do balii z ciepłą wodą i obmyła. A potem zawinęła w białe chusty, obwiązała czerwoną nicią i podała Przeborce. Stara z zawiniątkiem w ręku pokłoniła się w kąt izby, którego nie widzieli. Kobiety napiły się czegoś, podając kubek jedna drugiej. Pusty wsadziły do balii, gdzie wcześniej Ochna myła stworzenie.

— Katarzyno! Oto twój syn! — Uniosła go wysoko i nim podała

matce, okręciła się z nim na cztery strony. Przez chwilę widzieli czerwoną, ale już nie tak obrzydliwą jak na początku twarzyczkę dziecka. Mikołaj ścisnął dłoń Michała.

— Syn! Prawdziwy syn! Pierworodny syn!

Dziecko płakało przy piersi matki, Mikołaj płakał przy piersi Michała, Michał nie mógł oczu oderwać od szpary między belami dębiny. Widział, jak Ochna podsuwa Katarzynie deskę z kupką mąki i soli, a ta polizała je i służebne zakrzyknęły, że będzie miała dużo mleka. Widział, jak dają jej do wypicia kubek brudnej wody z balii, w której kąpały dziecko. Widział, jak nalewają i odstawiają drugi. I jak Katarzyna, z dzieckiem przy piersi, rodzi z cichym jękiem coś jeszcze, coś krwawego i obrzydliwego, co Ochna wrzuca do pieca. Zatrzęsło nim i pomyślał o tej Mamunie, której nie widzieli, i o tych Odmieńcach, i przysiągł sobie, że za nic w świecie nie powie tego Mikołajowi, który siedział przy nim, na szczęście już nie podglądał, tylko pił i płakał. W końcu baby zakrzyknęły:

— Gdzie ojciec dziecka? Ojca wołać!

I Michał jednym ruchem wyciągnął Mikołaja z izby, starannie przymknął drzwi, by się nie zorientowali, że ojciec cały czas tu był, i potulnie stanął z nim pod wejściem do sali położnicy, krzycząc:

— Mikołaj Zaremba czeka na swego syna!

Wtedy otworzyły drzwi, Ochna wyniosła dziecko i podała Mikołajowi.

— Podziękuj Bogu i wszystkim świętym, narodził się! — powiedziała.

Mikołaj bał się wziąć je na ręce. Spytał:

— Zdrów?

— Zdrów, panie.

— I wszystko z nim w porządku? Nie podmieniły go te, wiadomo...

— Ci... — Przeborka za plecami Ochny przestrzegła go przed wypowiadaniem niepotrzebnych słów, podając mu jednocześnie kubek. — Wypij to!

Mikołaj, nie patrząc, co mu tam nalały, wypił jednym haustem. Michał odwrócił twarz z niesmakiem, bo wiedział, co jest w kubku.

— Wszystko w porządku — powiedziała radośnie Ochna — i spójrz, podobny do ciebie jak dwie krople wody!

— Rzeczywiście! — Mikołaj rozpromienił się, patrząc w czerwoną i pomarszczoną twarz nowego Zaremby.

PRZEMYSŁ był wściekły jak rozjuszony lew. „Co ja tu robię? Jak mogło do tego dojść?!".

— Nie daj Boże zjazd piastowski! — Głogowczyk z wisielczym humorem uniósł w górę kielich. — Napijmy się, drodzy krewniacy!

— Nie zatrute aby? — spytał Henryk Brzuchaty, książę legnicki.

— Jeszcze nie — Głogowczykowi najwyraźniej dopisywał humor. — Zatruje dopiero, jak dostanie od nas to, czego chce!

— Albo jak za długo będziemy się wzbraniać — dodał Brzuchaty. — Raz kozie śmierć! Na zdrowie, Piastowie! — Zamknął oczy i wypił.

— My z Przemysłem to już drugi raz wspólnie siedzimy. Ale, co ci będę opowiadał, skoro sam nas wtedy uwięziłeś? Wszystko wiesz! — Głogowczyk polewał sam sobie. — Dobrze, że Przemka ze sobą nie brałem. Chociaż?... — Łyknął sobie. — Kto wie? Mielibyśmy głogowską więzienną koalicję. A tak, co więzień, to inne księstwo!

Przemysł parsknął śmiechem.

— Nigdy nie widziałem cię tak rozmownego, książę głogowski! — powiedział.

— Bo za rzadko się widujemy.

— Zważywszy na okoliczności, nie wiem, czy chciałbym częściej.

— Może wam zaśpiewam? — zaproponował Głogowczyk.

— Jeszcze nie! — uprzedził go Przemysł. — Głos masz niezły, ale te twoje pieśni są koszmarnie ponure.

— Mówisz o tych o przeklętym mieczu czy o tych o śmierci?

— I po co wam to było? — Brzuchaty upijał się z filozoficznym zacięciem. — Gdybyście cztery lata temu nie przyjechali Henrykowi na odsiecz, dzisiaj by was nie uwięził. Było go zostawić u mnie w wieży, w Legnicy. Krzywda by mu się nie stała, a dzisiaj co? Jak się czujecie?

— Nie moralizuj. Przynajmniej oszczędź nam swoich legnickich mądrości.

Głogowczyk dotknął palcami wilgotnego muru i powąchał je.

— Powiem ci, książę legnicki, że w twojej niewoli mieliśmy lepsze warunki. Sucho, ciepło, wino było i dziewkę przysłałeś. Wprawdzie tylko dla Przemysła, ale liczą się gesty!

Przemysł zmartwiał. Rozgadany nagle Głogowczyk mógł sprowadzić kłopoty na głowę Elżbiety.

— Dziewka była w prezencie od mego stryja! — wykrzesał z siebie radosny ton. — Stary Bolesław rozumiał potrzeby bratanka! A wina i tutaj nie brakuje!

Książę legnicki łypnął na Przemysła spod oka, ale nic nie powiedział. Głogowczyk polewał, Gruby pił i niebezpieczeństwo chyba zostało oddalone.

„Jak Elżbieta z nim wytrzymuje? Zawsze była dostojna i delikatna?".

Przemysł nie chciał się z nimi upijać. Siedzieli trzeci dzień w wieży na zamku w Sądowlu, ale nie w lochu, lecz w surowym, pozbawionym wygód i ciepła pomieszczeniu na pierwszej kondygnacji. Czuł, że dzisiaj Henryk przystąpi do negocjacji. Pragnął podejść do nich z czystym umysłem, by jak najklarowniej odczytać intencje księcia wrocławskiego.

Tak, czuł się paskudnie. Kto jak kto, ale Henryk? Ten, za którego Przemysł nadstawił karku, by odbić go z niewoli Rogatki?

„To jakiś koszmar, to mi się śni".

Wieczorem przyszedł Manfred, dowódca osobistej straży Henryka, i zabrał Przemysła na spotkanie ze swym panem.

Książę wrocławski czekał na niego przy suto zastawionym stole. Przemysł poczuł, jak głód rzucił mu się do gardła. Przez te trzy dni nie jadł nic poza kawałkiem chleba. Nie ufał Henrykowi, obawiał się, że jedzenie może być zatrute. Tak bardzo nie spodziewał się uwięzienia na spotkaniu z tym, którego miał za przyjaciela, że teraz gotów był uwierzyć we wszystko.

— Czułem, że masz słabość do porwań. Pamiętasz? Powiedziałem ci to we Wrocławiu, na naszym pierwszym spotkaniu.

Henryk uśmiechnął się ujmująco i, udając, że nie słyszał, zaprosił go do stołu.

— Sarna? Zające w borówkach?

— Nawet nie byłeś oryginalny. Konrad Mazowiecki był pierwszy, gdy porwał Jędrzycha w kościele. Mogłeś wymyślić coś całkiem swojego.

Henryk nie przestawał się uśmiechać.

— Pierwszy był król, Bolesław Śmiały, jak uwięził biskupa. Udziec dzika? Wino?

— Wystarczy chleb.

— Nie bój się, Przemyśle, nie otruję cię.

— Chyba nie sądzisz, że będę ci ufał na słowo.

— Fulko, przynieś chleb dla księcia Starszej Polski.

„Zmienił się na twarzy. Schudł?".

Jadł małymi kęsami. Henryk nalał mu wino do kielicha i dolał sobie. Przemysł odczekał chwilę, aż gospodarz wypije i wtedy dopiero umoczył usta.

— Przemyśle. Przykro mi, że tak się stało. Ale między nami jeszcze nie wszystko stracone. Piastowie potrafili godzić się po większych tarapatach. Zresztą, mam nadzieję, że niczego w wieży ci nie brak?

— Dziwek i lepszego łóżka.

Henryk się roześmiał.

— A, jeśli już o tym mowa. Jemioła wróciła do mnie.

Przemysł wzruszył ramionami.

— To twoja prywatna sprawa, z kim sypiasz. Słyszałem, że twoja opolska żona nie jest zbyt urodziwa.

— Nie zmieniaj tematu. Niepotrzebnie połaszczyłeś się na moją własność.

— Nie rozumiem cię, Henryku.

— Mówię o Jemiole.

— O co ci chodzi? Wtedy chciałeś, żebym sobie wybrał dziewczynę, to wybrałem.

— Udajesz, że nie wiesz, o co chodzi? — Henryk starał się nie unosić głosu, ale Przemysł słyszał, że jest zdenerwowany. — Porwałeś ją.

— Ona ci tak powiedziała?

— Nie musiała. Moi ludzie złapali ją pod Gnieznem. Co, może była z wizytą u rodziny?

— Nie wiem, co Jemioła robiła w moim kraju, ale na pewno nie spotykała się ze mną. A skoro uciekła, to znaczy, że dobrze jej było z tobą?

Teraz dotarło do niego coś innego. Co ludzie Henryka robili pod Gnieznem? Dlaczego nikt o ich pobycie nie wiedział?

„A jeżeli to tylko ja nie wiedziałem? Od granicy z księstwem wrocławskim do Kalisza ciągną się ziemie w większości należące do Zarembów".

Zacisnął zęby. Zabolało.

— Nie kłóćmy się, to tylko dziwka, nic więcej — powiedział ugodowo Henryk. — Chcesz? To ci ją dam.

— Daj spokój. Nie potrzebuję twoich dziewczyn.

— Chciałem zrobić jakiś miły gest, na początek. Ale skoro odmawiasz, nie będę się narzucał. Wróćmy do sprawy ziemi rudzkiej.

— Nie oddam ci ziemi rudzkiej. Oszalałeś?!

— Mój pradziad, Jędrzych Brodaty, miał w swoim księstwie ziemię rudzką.

— Przestań. To był tak samo mój pradziad, jak twój.

— Ale księstwo było śląskie!

— Bo je przemocą wydarł Starszej Polsce! Pamięć tracisz? Czy pamiętasz tylko to, co ci wygodne? O układzie wrocławskim też już zapomniałeś? To ci przypomnę, kuzynie. Przysięgaliśmy sobie, że unikniemy losu naszych dziadów i stryjów i nigdy nie będziemy walczyć przeciw sobie. Pamiętasz? Jak równy z równym! Jeden za drugiego! Ja stanąłem z wojskiem za tobą, gdy Rogatka zawlókł cię do lochu. A ty? Zrobiłeś to samo, co on!

— Ja nie chcę z tobą walczyć, Przemyśle. — Henryk nie tracił panowania nad sobą. Uśmiechał się. — Chcę, żebyś oddał mi ziemię rudzką bez użycia przemocy.

— Nie.

— Manfredzie! Odprowadź księcia Przemysła do jego nowego lokum. W niskim lochu. Ale z honorami!

— Jesteś bydlę! — warknął Przemysł i kopnął w stół, aż kielich Henryka przewrócił się i ochlapał jego kosztowną suknię. Czarny orzeł zachłysnął się winem i zatrzepotał skrzydłami, wzburzony.

Niski loch był tym, czego Przemysł się spodziewał. Sam miał taki u siebie, w Poznaniu. Przeklęte miejsce, w którym zdrowy mężczyzna jest w stanie przeżyć dwa tygodnie, o ile będzie karmiony. Wilgotne, omszałe ściany. Śmierdząca odchodami słoma. I absolutna, skończona ciemność.

— Jest tu kto? — zawołał, gdy Manfred zamknął za nim właz. — Jest tu kto?

Odpowiedział mu pogłos. Powtarzał pytanie jeszcze kilka razy. A potem na czworakach, krok po kroku, obszedł loch dookoła. Zaczął od okręgu wzdłuż muru, przesuwając się do środka. Kręciło mu się w głowie, ale zyskał pewność. Była pusta.

Zrobił to, bo kiedyś Michał opowiadał historię o rycerzu więzionym w wieży, który nie widział, że ma towarzysza niedoli, na wpół gnijącego w łańcuchach, a przekonał się o tym dopiero gdy przypadkiem wdepnął w rozpływające się ciało. „To szczurów tam nie było? Co to za wieża?" — zainteresował się wtedy zawsze trzeźwo myślący Nawoj. „No, kurwa, nie w Kruszwicy! Nie wiem gdzie. U nas, w rodzinie opowiada się takie historie małym chłopcom na dobranoc" — wściekał się Michał.

Przemysł zastanawiał się, co będzie dalej. Nie bał się Henryka; czuł wprawdzie, że stało się z nim coś dziwnego, coś umykającego rozumowi, ale w końcu to nie pierwszy Piast, który miał obsesję władzy. Henryk, chcąc cokolwiek od niego uzyskać, będzie musiał go wypuścić. Martwy książę Starszej Polski byłby dla niego groźniejszy niż żywy. Taka śmierć to początek legendy, która zniszczyłaby Henryka. Ziemia rudzka. To najbardziej wysunięty na południe przyczółek jego księstwa. To język, którym Starsza Polska sięga Małej Polski. A zatem?... Henryk chce zagrać o tron krakowski. A Gruby i Głogowczyk? Od nich zażądał hołdu lennego. Chce być ich seniorem, zwierzchnikiem. W Polsce nikt jeszcze nigdy nie wprowadził stosunków lennych, nawet Statuty Wielkiego Rozbicia nie były nimi w istocie. Niemcy i Czechy to co innego. Przemysłowi zrobiło się gorąco.

Henryk ożenił się z księżniczką opolską. Chce podporządkować sobie cały Śląsk, a od niego wyrwać ziemię rudzką. Skok na krakowski tron i skok po koronę polską? A co innego?! Do diabła!

— Do usług, książę... — usłyszał tuż nad uchem niski, głęboki głos.

— Dziękuję, nie trzeba! — odpowiedział twardo Przemysł w wilgotny, śmierdzący mrok.

LESZEK CZARNY, książę sieradzki i łęczycki, a od niedawna nowy książę krakowski, nigdy nie spodziewał się, że tron zapisany mu przez księcia Bolesława będzie tak niewygodny.

„Sądziłem, że gdy mówił mi o klątwie krakowskiego tronu, miał na myśli którąś ze swych uduchowionych legend. Był w tym dobry. A on po prostu stwierdzał fakt".

Zresztą Leszek nie miał zamiaru podniecać się siedzeniem na tronie. Nie pozwalali mu na to ani pozorni poddani, ani zwyczajowi oponenci. A tym bardziej nowi wrogowie. Wśród tych ostatnich za skórę zalazł mu Lew Daniłowicz, książę halicki, który wziąwszy Litwinów, Tatarów i Rusinów, wtargnął na Lubelszczyznę i obległ mu Sandomierz. Powoływał się przy tym na prawa do spadku po Bolesławie jako jego daleki krewny.

— Taki on krewny księcia Krakowa, jak ja papieża — powiedział wówczas Leszek do swojego wojska i odparł najazd. Odczekał parę miesięcy i swoim zwyczajem zrobił Lwu Daniłowiczowi krwawy odwet. Złupił i zniszczył jego halickie księstewko aż po Lwów. Stał w łunie pożaru i pluł na wiatr, gdy Lew schował tyłek i nawet nie ryknął.

Po powrocie, ledwie zdążył zaznać dnia odpoczynku i nocy rozkoszy w ramionach swego chorążego, rosłego jak dąb Bratomira, już niemal na głowę weszła mu ciotka Kinga.

— László... — szeleściła w swym na poły polskim, na poły madziarskim języku spod kaptura — László...

— Księżno wdowo. Jestem Leszek, nie László.

Przewróciła oczami.

— Wiem przecież. I wcale nie ciebie wołam. Wzywam László, Władysława.

— László to znaczy Władysław?

— Tak. Nie wiedziałeś? Książę krakowski powinien znać język węgierski. Gdzie on jest?

— Mój brat, Karzeł?

— My w Krakowie mówimy Mały Książę. Gdzie on?

— Pojechał na Kujawy, jutro, pojutrze powinien do nas wrócić.

— A, zdawało mi się, że już jest. Wybacz, Leszku. Przy okazji, mój ty książę krakowski. Wybieram się na moje włości.

„Chryste. Do szału doprowadzą mnie jej włości. Bolesław zrobił mi niedźwiedzią przysługę, darowując jej Sądecczyznę. Będzie się tam panoszyć, a mi zwiąże ręce".

— Księżno wdowo. Moglibyśmy pomówić o ziemi sądeckiej? Chętnie przekazałbym ci inną część księstwa, którą zechcesz.

— Nie.

Odwróciła się na pięcie i odeszła, tylko się ciągnęła długa, czarna suknia.

„A niech ją szlag. Nie, to nie!".

— Auuu! — zawył sługa, któremu na głowę spadła ze ściany pochodnia.

Na pomoc ruszył mu drugi, Leszek zdarł z siebie jednym ruchem płaszcz i rzucił, by zdusić ogień.

— Przepraszam, pomyliłam się — cicho powiedziała Kinga.

Leszek rozejrzał się za księżną.

„Jeszcze przed chwilą tu była, słyszałem ją".

Na szczęście sługa nie miał nawet poparzonych rąk. Natomiast wypalił się płaszcz Leszka. Dokładnie pośrodku herbowego półorła półlwa.

— Wielka półdziura — skwitował Bratomir, który zjawił się, słysząc krzyki służby.

— Przestań — warknął do niego przez zęby Leszek. — Chcesz w łeb?

— W łeb nie, ale w lędźwie chętnie — mruknął Bratomir prosto do ucha księcia — tylko może później. Teraz masz pilnego posła.

— Skąd?

— Ze Starszej Polski, od Przemysła.

— Kto?

— Wysoki, jasnowłosy, z pieprzykiem na policzku. Nawoj Nałęcz, brat kasztelana poznańskiego.

— A, Północny Wicher! Stało się coś?

— Henryk wrocławski uwięził Przemysła w Sądowlu.

— Śląski lis. Ostrzegałem Przemysła przed nim.

— Ruszysz z odsieczą?

Leszek nie odpowiedział, spojrzał tylko na Bratomira. Chorąży ruszył za nim, nie pytając, dokąd idą. Po chwili byli w zbrojowni.

— Panie. — Miecznik się ukłonił.

— Odejdź — Leszek odprawił go krótko.

Gdy stary sługa zniknął, Bratomir przesunął ciężką żelazną sztabę w drzwiach. Kopnął je jeszcze, na wszelki wypadek, sprawdzając, czy zamknęły się dobrze.

Leszek szedł wzdłuż ściany, przy której w stojakach spoczywały miecze. Przesuwał dłonią po głowniach.

— Tyle bitew, tyle wojen, każdy z nich to historia śmierci...

— Ale śmiercią kupujemy życie — wszedł mu w słowo Bratomir, stając za plecami Leszka. — Życie twoich poddanych. — Oparł brodę na jego ramieniu. Byli równi wzrostem.

— Nie mam poddanych — ostro odpowiedział Leszek — i nie wierzę w ich wierność.

— To dlaczego walczysz? — przekornie zapytał Bratomir. Znał odpowiedź.

Leszek zacisnął palce na rękojeści wysłużonej broni. Nagle wyjął miecz ze stojaka i odwrócił się tak szybko, że Bratomir się zachwiał. Trzymając miecz w obu rękach za sztych i rękojeść, przerzucił go za plecy Bratomira i przyciągnął chorążego do siebie. Obaj zacisnęli szczęki. Głęboki rowek w pooranym bliznami podbródku Bratomira podniecał Leszka tak bardzo, jak bardzo nie chciał tego okazać. Kłócili się często, ale nigdy na wojnie. Nie potrafili normalnie żyć w czasach pokoju. W Krakowie dusili się obaj i dlatego pytanie kochanka było tak irytujące.

— Chcę stąd wyjechać — syknął Leszek przez zaciśnięte zęby. — Księżna wdowa doprowadza mnie do szału, urzędnicy do rozpaczy. A sądy książęce mnie dobiją.

Bratomir sięgnął do tyłu, do dłoni Leszka na mieczu za jego plecami. Zacisnął na nich palce i nieoczekiwanie miękko pocałował księcia w usta.

Rozbroił go, choć Leszek opierał się, i gdy miecz z brzękiem upadł na kamienną posadzkę zbrojowni, obaj mieli krew na palcach. Bratomir zlizał ją, mrucząc:

— Krew Piastów smakuje królewsko...

Całowali się, mając jej metaliczny smak w ustach, mieszając go ze swą gęstą, słoną śliną. Bratomir złapał rycerski pas Leszka i przyciągnął jego biodra do siebie tak mocno, aż zgrzytnęły kolczugi.

— Skoro chcesz wyjechać, to jedźmy odbić Przemysła.

— Odsiecz — powiedział Leszek, odpinając mu pas.

VÁCLAV, królewicz czeski, pierwszy raz w życiu jechał w tak daleką podróż.

— Taki duży chłopiec i płacze? — powiedziała niemiecka niania, gdy na postoju zobaczyła łzy. Václav rozmazał je brudną ręką po twarzy i wysmarkał nos. — Nie w rękaw. Fe, nieładnie! — skarciła chłopca i wsiedli na koń.

Václav wiedział, że musi być dzielny i że krzywda mu się nie stanie. Tak powiedziała matka, królowa Kunegundis, gdy żegnała syna, wypuszczając go z ramion w Pradze. Stała z Zawiszą z Falkensteinu i machała mu, a margrabia brandenburski, Otto Długi, skinął głową i orszak z królewiczem Václavem ruszył na północ.

— Jesteś przyszłym królem Czech, synku, margrabia zaopiekuje się tobą. Zamieszkasz z nim, a gdy dorośniesz, wrócisz do nas, by objąć tron.

— Dlaczego?

— Tak postanowił król Rudolf, twój teść.

— A moja narzeczona, Guta? Pojedzie ze mną?

— Nie.

Łykał łzy, gdy nikt nie widział. Jak jechali drogą tak wąską, że konie szły jeden za drugim. Albo nocą, kiedy oni spali. Tęsknił za nią, za królową matką, pachnącą i czystą, piękną jak anioły z malowideł na ścianach praskiej katedry. Jej słowa były dla niego zaklęciem świętym, którym zasłaniał się przed lękiem, przed mrokiem lasów, przez które jechali.

— Czy tam, dokąd się udajemy, mieszkają Dzicy? — spytał margrabiego Ottona na postoju, kiedy od dwóch dni nie spotkali w drodze żywego ducha.

— Nie! — roześmiał się margrabia. — To piękny i religijny kraj.

— Jak się nazywa?

— Brandenburgia.

— Aha.

A jednak zwątpił w słowa margrabiego, gdy o zmierzchu drogę przeciął im kondukt wpółnagich ludzi, okładających się nawzajem batami i wykrzykujących ekstatyczne modlitwy. Ludzie Ottona Długiego zepchnęli ich z drogi i Václav, przejeżdżając obok, mógł dostrzec ich dzikie oczy, splątane włosy i ciała poranione do krwi. Wzdrygnął się. Jeden z nich, ubrany w poszarpaną suknię z obciętą górą, tak iż przysłaniała ciało tylko od pasa w dół, z narzuconym na nagie plecy kapturem, wygramolił się z rowu i zwinnym, kocim ruchem dopadł do strzemion Václava.

— Dziedzicu... — wyszeptał. — Dziedzicu... i ty się módl, bo czas kresu jest bliski...

Koń Václava szarpnął, biczownik przewrócił się na plecy, zniszczona płachta kaptura odsłoniła zaschnięte piersi.

— Biczowniczka! To kobieta! — parsknęli słudzy Ottona.

Václav był przerażony, ale ciekawość była silniejsza niż strach. Zamiast odwrócić głowę, nie mógł oderwać oczu od nieszczęśnicy. Po raz pierwszy w życiu widział takie stworzenie i na dodatek miało być kobietą. Wyschnięte worki piersi przykuwały jego wzrok. Jeden ze zbrojnych sług skierował włócznię w pierś biczowniczki, jakby chciał ją przyszpilić do ziemi.

— Dalej, nie zatrzymywać się! — krzyknęły straże do orszaku i koń Václava ruszył.

Królewicz obejrzał się za siebie. Wydawało mu się, że i ona oglądała się za nim. Gdy kawalkada minęła kobietę, strażnik zabrał włócznię i robiąc dyskretnie znak krzyża, puścił ją, nie czyniąc jej krzywdy.

— Boisz się odmieńców, Václavie? — Margrabia nagle znalazł się tuż przy nim.

— Nie — odpowiedział zgodnie z prawdą królewicz. — Brzydzę się trochę, ale...

— Ale co? Fascynują cię? Ciekawią?

Václav pokiwał głową.

— A w Pradze nie widywałeś biczowników?

— Nie. Tylko Hradczany.

— Złote dziecko! — zaśmiał się Otto. — Zapewniam cię, że są i u was. I choć wyglądają jak diabły i mogą przyprawić o dreszcz zgrozy, to ponoć ludzie wielkiej wiary! Biczują się w nieustannej pokucie za grzechy swoje i świata. Więc także za nasze. — Śmiech margrabiego wystraszył Václava. — Tyle że powinni wędrować z krzyżem i księdzem, a ci tutaj nie mieli wśród siebie duchownego, więc kto wie? Kto wie?

— Co, panie? — ledwie słyszalnym, struchlałym głosem spytał Václav.

— Kto wie, czy pobożni, czy przeklęci!

Na horyzoncie zamajaczyło miasto, margrabia Otto kazał otoczyć Václava szczelnym kordonem straży. Ale tylko zatrzymali się w gospodzie na nocleg i rankiem ruszyli dalej. Minęli kolejne miasto i następne. Biczowników więcej nie napotkali w drodze i z czasem Václav uspokoił się, że szept kobiety „czas kresu bliski" nie był żadnym osobistym dla niego przesłaniem. Wysokie wieże kościołów uspokajały go nie mniej niż noclegi w izbach jasnych i czystych. Nabrał otuchy. Aż wreszcie dotarli na miejsce.

— Salzwedel!

Rozglądał się. Nie był to praski zamek, daleko mu było do przepychu siedziby Przemyślidów. Surowy, kamienny; otaczał go mur tak ścisły, że gdy zamknięto za nimi bramy, Václav poczuł, że się dusi. Wysokie wieże mieszkalne miały okna niewielkie, zabite okiennicami niczym zaropiałe oczy niemowlęcia. Na ceglanej podmurówce siedziały trzy wrony i przyglądały mu się milcząco. Nagle, w jednej chwili cały dziedziniec pojaśniał.

— Ottonie! Bracie drogi, czekałam na was!

Piękna Pani w niebieskiej sukni wyszła im naprzeciw. Jej ramiona okrywał wzorzysty płaszcz, a dłoń w zielonej rękawiczce, którą go podtrzymała, zdobna była w pierścienie. Przywitała się z margrabią, a potem pochyliła w jego stronę, wyciągając ku niemu smukłe ramię.

— Václav Przemyślida, nasz królewicz... Jak miło cię widzieć, drogie dziecko.

Rozpromienił się. Nareszcie ktoś nazwał go dzieckiem, nareszcie ktoś czuły i dobry zajmie się nim. Wyciągnął rękę do damy, a ona chwyciła go za palce mocno i pewnie.

— Chodź, Václavie, pokażę ci twój nowy dom.

Gdy szedł z damą za rękę, wnętrze zamku wydawało mu się jasne i piękne. Świeżo przycięty tatarak pachniał, gdy stąpali po nim, korytarze, oświetlone ciepłym blaskiem oliwnych lamp, przytulnie prowadziły go w głąb.

— To będzie twoja komnata!

Weszli do małej niskiej sali. Łoże, stół, ława, nic więcej.

— Podoba ci się, prawda?

Nie wiedział, co odpowiedzieć, więc kiwnął głową.

— A teraz zjemy razem wieczerzę. Tylko ty i ja.

Nie puszczał dłoni damy, bo bał się, że zniknie. Musiał iść szybko, bo ona poruszała się zręcznie i pewnie. Potknął się raz czy dwa, ale nie ustawał. Po ścisku jego komnaty sala jadalna wydała mu się ogromna, choć pamiętał, że gabinet jego ojca byłby od niej większy. Na kominku płonął ogień, jasno ubrana służba podawała do stołu. Usiedli i dama puściła jego dłoń.

„Gdzie zniknął margrabia Otto, niemiecka niania i wszyscy ci ludzie, którzy z nami jechali?".

Spojrzał ufnie w twarz damy, która przyglądała mu się w skupieniu. Kim ona może być?

— Tęsknisz za swoją matką, Václavie?

— Tak, pani. Bardzo!

— Nie będę mogła przebywać tu z tobą stale, ale będę cię odwiedzać tak często, jak tylko się da. A kiedy będę, postaram się zastąpić ci matkę.

— Dziękuję, pani!

— Jestem twoją daleką krewną, królewiczu Václavie. Moja matka była siostrą twego ojca, wiesz?

— Nie wiedziałem, pani. A ty? Jak mam się do ciebie zwracać?

Dama uśmiechnęła się i znów złapała go za rękę.

— Możesz mówić do mnie: ciotko. — Ścisnęła mu lekko palce, to było przyjemne. — Jestem Mechtylda Askańska, siostra margrabiego Ottona.

MŚCIWÓJ, książę Wschodniego Pomorza, miał spuchnięty język. Gryzł się w niego przez dwa dni, bo miał spotkania z brandenburskimi posłami, a ci tak nim zakręcili od początku, że wolał później nic nie mówić. Polityka na Pomorzu wymaga ofiar, ale Mściwój nie chciał ich ponieść zbyt wiele. Miał na głowie kłopot spadkowy, bo jego dwaj nieżyjący stryjowie, ze zwykłej złośliwości, zapisali swe ziemie nie jemu, a zakonowi krzyżackiemu. Fakt, byli rycerzami na służbie zakonu, ale żeby zaraz testamenty robić? Mściwój, dobry gospodarz, ojciec i opiekun Pomorza, zajął te ziemie po stryjach. A Krzyżacy teraz straszą go sądem. Właściwie nawet nie straszą, po prostu pozwali go. I to gdzie? Przed sąd papieski, psiakrew. Krzyżaków stać na łapówki dla legata papieskiego, a on? Wie tylko, że legat bierze, ale ile? Chyba diabli wiedzą. Próbował więc się dowiedzieć, najbliżej złego, u Brandenburczyków, ale po spotkaniu z nimi nie czuł się ani trochę mądrzejszy i jeszcze ten język!

— Woran! Woran! Woooran!

— Panie?

— Wody przynieś.

— Pozwolę sobie przypomnieć, że już się książę mył.

— Nie będę się myć! Chcę pić!

— Wodę? A książę zdrów? Czy Magistra może...

— Rób, co każę, i nie mędrkuj, bo zamiast cię na rycerza wykierować, do klasztoru oddam!

— Już biegnę.

Woran, nawet gdy mówił „biegnę", to tylko szedł.

— Stój. Gdzie Żelibor?

— Dogląda załadunku.

— A Święca?

— Takoż.

— Dobrze. Bo ruszamy o świcie. Moje rzeczy porządnie spakowałeś?

— Tak, książę.

— A nowe suknie?

— Te poszerzone w pasie? Tak.

— Nie w pasie, ale w barach — upomniał giermka książę i huknął: — To nie zauważyłeś, jak ja ostatnio schudłem?!

— Nie, książę. Ale skoro tak mówisz, to na pewno masz rację.

— Bo mam! Gdzie moja woda?

— Już biegnę.

— Guzdrzesz się. Muszę się ostrzej wziąć za ciebie. Pobłażliwy jestem!

— Książę?

— To znowu ty? Czego?

— Książę. To nie on, to ja.

Mściwój ostatnimi czasy kiepsko widział w półmroku. Miał wrażenie, że tak mu jakby śnieży przed oczami, gdy światła było za mało.

— Kto?! — huknął na wszelki wypadek.

— Lasota z rodu Łodziów. Bratanek Wincentego, kanclerza księcia Przemysła.

— A! Południowy Wicher!

— Nie, książę. Południowy to Zaremba. Ja jestem Wschodni Wicher.

— Dobra i tak nie zapamiętam. Poza tym my, władcy Pomorza, wolimy bryzę. Ale witaj, chłopcze, co cię do mnie tak nagle przywiało? Czy nie daj Bóg coś z księciem? — Do Mściwoja nagle dotarło, że Przemysł nigdy nie wysyłał do niego swych przybocznych.

— Książę wrocławski Henryk uwięził Przemysła podczas zjazdu w Sądowlu.

— Co?!

— Na pewno jest z nim książę głogowski i książę legnicki.

— Z kim, z Henrykiem czy z Przemysłem?

— Są uwięzieni razem z Przemysłem.

— Legnicki to ten gruby? — upewnił się Mściwój.

— Tak, książę.

— A ty? Gdzie ty byłeś, jak twego pana zamknęli, hę? Odpowiadaj, chłopaku!

— Byłem przy Przemyśle. Henryk ujął tylko książąt, ich ludzi wypuścił.

— Dziwak śląski. Stary Bolesław wiedział, że nic dobrego z tego Henryka nie będzie. Słuchaj, kanclerski synu...

— Bratanku.

— Dobra, i tak nie zapamiętam. Miałem rano ruszyć do Starszej Polski, do legata. Wobec kłopotów Przemysła ruszę jeszcze dziś. Kanclerz Wincenty ma jakiś pomysł?

— Chce bez zwłoki spotkać się z tobą, książę.

— Pytam konkretniej, jako przyboczny księcia i jako kanclerski wnuk na pewno wiesz. Będziemy negocjować czy odbijać?

— Jako przyboczny księcia mówię: odbijać. Jako kanclerski bratanek wiem, że być może będą chcieli negocjować. Ale jeżeli dołożyłbyś, książę Pomorza, do swego orszaku więcej zbrojnych, to niezależnie od decyzji będziemy przygotowani do działania.

— No i dobrze. Podobasz mi się, Zaremba. Rzeczowy z ciebie gość.

— Łodzia. Lasota Łodzia.

— Otóż to.

JEMIOŁA niemal od roku znów mieszkała we wrocławskim zamku. Ludzie Henryka pochwycili ją, gdy wracała od sióstr na małej Łysej Górze, i przywieźli prosto do księcia. Ostatnimi czasy Dębina wysyłała ją do Starszej Polski coraz częściej. Poważnie myślała o przeniesieniu się do matecznika nieopodal Dębna; nie chciała jednak zostawić Raduni samej. Widziała, iż srebrnowłosą matką targają sprzeczności, orle pióra jej płaszcza ostatnio były nastroszone, a czoło Dębiny chmurne. Jemiołę ciągnęło do Starszej Polski i jednocześnie trzymała się Raduni kurczowo. Tym bardziej serce Jemioły przepełniał żal, że nie może być przy niej, że tkwi tu niczym ptak zamknięty w klatce.

Gdy ją przywiedziono do Henryka, robił jej wymówki, niczym zaborczy mąż, że śmiała opuścić „Zieloną Grotę", i wtedy zrozumiała, że jest zazdrosny o poznańskiego księcia. To jej nie zaskoczyło. Pomyślała, że mężczyźni są tak przewidywalni jak woda w garnku nad paleniskiem. Pozwoliła mu się wygotować.

A potem obdarzała swą miłością i ciałem tak, że mógł uwierzyć, iż jest dziewicą czystą, która nigdy nie znała innych lędźwi niż jego. I nie ważne było, czy on w to wierzył, lecz to, że jego ciału wystarczyło to w zupełności. Tak więc teraz trzymał ją w zamku i nie pozwalał go opuszczać, ale nie pilnował jej i bardzo często wyjeżdżał.

A ona znalazła sposób, by kontaktować się ze światem.

Wiedziała, że niebezpiecznym byłoby korzystać z przysług otaczających ją ludzi Henryka, choć cmokali, gdy przechodziła, i wodzili za nią zamglonym wzrokiem. Żaden nie ośmielił się jej klepnąć w tyłek ani nawet zawołać, od ciury do podczaszego, wszyscy trzymali od niej łapska z daleka. A zatem tajemnicą wieży było, że jest kochanką na wyłączność księcia.

Co innego dziewczęta służebne. Przy studni rozmawiały z nią chętnie, lubiły, gdy pomagała im zrywać jabłka w sadzie, a kiedy jednej z podkuchennych pękł czyrak na nodze i Jemioła w dwa dni ją uleczyła, otworzyły dla niej swe serca. Wiele wśród nich było prostych dziewcząt ze wsi, trochę niebogatych mieszczańskich córek. Jeździły często to na targ, to do innych miasteczek, gdzie którą z posługami puścił stolnik. I wpadały po drodze do „Zielonej Groty" przekazać mateczce Ludwinie to czy tamto.

Jemioła nie po raz pierwszy w życiu stwierdziła, iż bycie oficjalną dziwką jest ze wszech miar wygodne. W zamku wszyscy wiedzieli, ba, darzyli ją z tego właśnie powodu szacunkiem, a przed dziewczętami z kuchni nie musiała wstydzić się, że przekazuje wiadomości do burdelu. Zresztą jedna czy druga, po tym jak odwiedziły w jej imieniu Ludwinę, podpytywały Jemiołę, jak można dostać się do „Zielonej Groty". Uśmiechała się tajemniczo i przecząco kręciła głową.

— Nie można się dostać samemu. Trzeba zostać wybranym, siostry!

Nigdy nikogo nie pytała o księżną Konstancję, bo dziwka wypytująca o żonę swego kochanka byłaby nieprofesjonalna i żałosna. Ale same opowiadały jej chętnie. Zwłaszcza panny pokojowe, a te zabiegały o względy Jemioły, odkąd Peszka, córka dworskiej hafciarki, zaszła w ciążę po ziołach, które od niej dostała.

„Jest miła. Jest grymaśna. Jest złośliwa i gnuśna. Nie, jest cierpliwa, cicha. Smutna" — paplały na przemian.

„Jest nieszczęśliwa. I umiem ją zrozumieć".

Pewnego zimowego poranka Jemioła obudziła się nagle. Usiadła na łóżku, pocierając zapuchnięte powieki. Sięgnęła po wodę, wypiła chłodny łyk, bo po snach dusznych miała wyschnięte usta. Wyjęła z uszu zatyczki z kłębuszków miękkiej wełny, ale włożyła je natychmiast z powrotem. Dzwony jeszcze biły, przyprawiając ją o mdłości i kołatanie serca.

„Brr. Jak można wierzyć w boga, który wzywa, wydając tak okropny ryk?".

Umyła się i ubrała, a gdy była pewna, że dzwony umilkły, wyszła.

Zobaczyła księżną Konstancję z daleka. Drobna i niepozorna dziewczyna, ściśle otoczona kordonem dwórek. Głowę chowała w podbitym futrem kapturze. Jemioła przyjrzała się z daleka i ruszyła za jej orszakiem. Pokiwały jej z podwórca panny pokojowe, puszczając oko. Przesłała im dłonią całus. Zachichotały wdzięcznie.

Chciała coś sprawdzić, nie tyle przyjrzeć się Konstancji, co poczuć ją; choć pragnęła pozostać przez otoczenie księżnej niezauważoną. Och, gdyby żyła babka, wystarczyłoby jej spojrzeć. Babka swymi czułymi wąskimi dłońmi położnej witała dziesiątki dzieci i potrafiła odróżnić kobietę płodną od bezpłodnej na pierwszy rzut oka. A jednak Jemioła, choć się starała, nie poczuła nic. Westchnęła ciężko, bo znaczyło to, iż musi pozostać przy Henryku.

Pomyślała, że najgorsze, co mogłoby się przydarzyć, to gdyby do uszu Konstancji doszło, iż jest na wrocławskim dworze dziewczyna, która leczy ziołami. A gdyby jeszcze domyśliła się, że to dziwka jej męża, mogłaby oskarżyć Jemiołę o czary.

„Muszę mieć się na baczności. W lojalność podkuchennych i pokojowych wierzę, ale wolałabym na niej nie polegać".

Zniknęła, nim którakolwiek z dwórek zdołała ją dostrzec. Zresztą czas był przygotować wiadomość dla Dębiny, bo dziewczęta nazajutrz wybierały się na targ. Siostry z Raduni będą tam z ziołowym piwem, nalewką na porost włosów, z orzechami z buczyny w miodzie, nic prostszego, odnajdą się.

Ciekawa była, czy Jakub Świnka wygrał walkę z wilkołaczycą, czy spotkanie z Dębiną pomogło mu zrozumieć śmierć zaklętą w żywym ciele.

„Dziwny człowieczek ten Świnka. Z pozoru drobny i zagubiony, ale gdy stanęłam przed nim, przejrzał mnie. Rozumiał więcej, niż mówił. Pytał o to, o co nie pyta nikt. Gdyby nie to, że czułam się przy nim bezpieczna, bałabym się go. Czy sprostał obcemu złu? Nie wiem. Ale jeśli nie on, to kto?".

ZAREMBOWIE stawili się w Brzóstkowie. Niemal jak jeden mąż.

Beniamin, wojewoda poznański, milczał. Arkenbold, wojewoda kaliski, milczał. Pieklił się Sędziwój, podkomorzy poznański.

— Henryk chce być wielkim księciem śląskim?! Też mi coś! A kim on jest, żeby mieć takie ambicje?

— Śląsk, bogata kraina. A pełen skarbiec niejednego wyniósł na szczyt.

— Ale tron wielkoksiążęcy? To pewne?

— Pewne. Cisi ludzie donieśli z Wiednia. Może być, że chce i więcej.

— Więcej? Beniaminie, a co taki Henryk może chcieć więcej? — Sędziwój wypił wino, które nalała mu Ochna i zakrztusił się. — Chyba nie... nie koronę królewską?!

— Chyba tak.

Uderzył w stół.

— W głowie się poprzewracało młodym książętom! Wstyd! Jeszcze kości starych się nie rozeschły, a oni już szaleją!

Beniamin kiwnął, by Ochna nie polewała Sędziwojowi więcej. Poczekał, aż ten się wykrzyczy i wstał.

— Atak Henryka na księcia Przemysła ma także dobre strony. Rozważmy je. Nasz młody książę ma szansę zrozumieć, że nie rządzi sam. Że do skutecznych rządów potrzebuje nas. Bo odnoszę wrażenie, że o tym czasami zapomina. Podejmuje decyzje, a nie pyta o zdanie. Ma za to czelność przedstawiać je książęcej radzie do zatwierdzenia. Dajmy mu szansę nauczyć się czegoś.

Arkenbold pokiwał głową.

— Wojewoda ma rację. Zarembowie zawsze słynęli z tego, że są dobrymi wychowawcami. Nauczycielami życia. Dajmy więc szansę wyciągnąć księciu lekcję z tego, powiedzmy sobie szczerze, upokarzającego doświadczenia.

Wyrwał się Sędziwój:

— Nasz ojciec, Arkenboldzie, był wychowawcą Przemysła. Jak widać, nieskutecznym. Może więc nie będziemy się przechwalać, co?

— Był jego wojewodą, ale nie wychowawcą. Przypomnieć ci o Dragomirze herbu Białoskrzydły Smok?

Beniamin, nie unosząc głosu ani o ton, powstrzymał dyskusję.

— Święta pamięć Zarembów to nie wypominki, panowie.

Każdy z nich wołałby nie pamiętać Dragomira, więc usłuchali.

— Powiedziałem wam jedynie o lekcji pierwszej dla księcia. Lekcji pokory, słuchania starszych i polegania na innych. Ale jest i lekcja druga: równowagi sił.

Sędziwój wskazał na okute dębowe drzwi dworzyska. Rozłożył ramiona, jakby chciał objąć nimi cały teren, od skutych lodem strumieni, przez zaostrzony brzostkowski częstokół, jakby chciał pokazać palcem, ilu zbrojnych siedzi przy bramie, i powiedział:

— Beniaminie, jesteśmy tu tylko my. Możesz mówić bez zagadek, wprost.

— Sędziwoju, ależ ja mówię wprost. Jeśli nieco wesprzemy Henryka, to osłabimy Przemysła. A zatem z jednego przypadku wyjdą nam dwie nauczki.

— Zarembowie nie zdradzają — rzekł Arkenbold.

— Ale strzegą — przypomniał stanowczo Beniamin.

— Czego strzegą? — ostro, niemal krzykiem zapytał Michał, który wpadł do izby w tej właśnie chwili, ośnieżony jak zamieć, choć żaden z nich nie usłyszał ani rogu przy bramie, ani rżenia konia na dziedzińcu.

— Nie unoś głosu, synu — Beniamin spojrzał na niego chłodno — i zamknij drzwi, bo śnieg leci.

Michał posłuchał ojca, otrząsnął białą chmurę z płaszcza.

— Czego strzegą Zarembowie? Dowiem się wreszcie? Od dziecka albo „święta pamięć", albo „rodzina", albo „strzeżemy", w kółko i na zmianę. Czy ktoś mi wreszcie wyjaśni, w czym rzecz?

— Jak nadejdzie czas, dowiesz się.

— Czas to się właśnie kończy — rzucił im w twarz Michał. — Leszek Czarny najechał księstwo wrocławskie od południa. Mściwój od północy. W odwecie za naszego księcia. Wśród wojsk nie ma tylko rycerstwa Starszej Polski! A wy? Siedzicie w Brzostkowie, popijacie miód i opowiadacie sobie rodzinne historie?

Beniamin potoczył wzrokiem po obecnych i spokojnie odpowiedział:

— Nie. Nasz książę w potrzebie. Zarembowie, za mną, za wojewodą poznańskim, w bój.

PRZEMYSŁ, siedząc w wieży Henryka, miał wiele czasu na myślenie. Ciemność, która go otaczała, wzbudziła inne zmysły.

„Po pierwsze, nie zwariować".

Wyobrażał sobie, jak idzie wzdłuż granic swego księstwa, krok po kroku. Ruszył od północy, wzdłuż Noteci. Wspomniał wdzięcznie stryja Bolesława, zaliczając w poczet księstwa odbity przez niego Santok, i swoją krwawą mgłę, gdy zdobył Drezdenko. Od Drawy skręcił i zawinął do Brdy. I na południe, wzdłuż dolnej Noteci, w dół, do źródeł Warty i znów na zachód, Odrą i wpadł z powrotem w nurt Noteci. A gdy obrysowywał ten kształt w swej głowie, dostrzegł, że jego księstwo wygląda niczym pisklę orła, które rozkłada skrzydła.

„Po drugie, nie zwątpić".

Miał granice z każdym z piastowskich księstw. Nawet tak niewielkie, jak z Małą Polską, ale miał. Z dawnymi namiestnictwami, Zachodnim i Wschodnim Pomorzem, z drapieżną Brandenburgią. Do niedawna tę ostatnią uważał za najważniejszą i najsilniej ją chronił pasmem grodów, mokradeł i kasztelanii. Jak się okazało, zagrożenie przyszło ze strony, z której się nie spodziewał.

„Po trzecie, pojąć".

Dotarło do niego, że Henryk, nawet jeśli z niemiecką pomocą starał się będzie o koronę, może co najwyżej zostać królem Śląska. Nawet gdyby dysponował wojskiem, jakiego nie ma, siłą, której nie posiada, i odbił mu kawał kraju na południu, nie zabierze mu najcenniejszego: centralnego położenia Starszej Polski, z Poznaniem niczym jajem w gnieździe, z sercem kraju bijącym w arcybiskupstwie gnieźnieńskim. I wyobraził sobie, a może już raczej śnił, bo w mroku wieży sen i jawa zamieniać się potrafiły rolami, że pisklę rozkłada skrzydła i unosi łeb.

„Po czwarte, wrócić".

Gdy przyszedł po niego Manfred, nie okazał mu zniecierpliwienia, nie zasypywał pytaniami. Szedł z dowódcą straży i patrzył w zwrócone mu nagle światło, nie mrużąc oczu.

„Orlica, chcąc sprawdzić, które z piskląt są prawdziwie jej, zabiera je w lot ku słońcu. Albowiem tylko orzeł patrzeć może w blask i nie tracić ostrości widzenia".

— Chcesz, książę, skorzystać z łaźni? Twój giermek przywiózł ci czyste odzienie.

Zanurzył głowę pod wodą, jakby płynął. Stał na kamiennej posadzce, patrząc, jak spływają z niego krople, jak paruje skóra. Pozwalał, by Płatek go ubierał; zarzucał na niego białe płótno koszuli. Wraz z surkotem na jego piersi wspiął się lew.

— Nie dali mi twego pasa, książę. Jeszcze jesteś więźniem.

— Nie, chłopcze. Już jestem wolny — odpowiedział mu Przemysł z uśmiechem.

I spojrzał w ostre, odbite od śniegu słońce.

JAKUB ŚWINKA, gdy dowiedział się o uwięzieniu Przemysła, wrócił do krypty.

„Mój książę siedzi w jakiejś ciemnej wieży, pójdę posiedzieć i ja" — pomyślał sobie i poczuł się swojsko w woni starych pergaminów, chłodnego kamienia i kurzu. Tu, choć tajemnica goniła tajemnicę, wszystko było oswojone, okiełznane. A tam? U góry? Przepychanki członków kapituły, które odważnie wziął na siebie, ciążyły mu. To nie był jego świat.

— Nie jestem stworzony do tego! Ileż to się trzeba nagadać, naprzekonywać, nauśmiechać. Aż szczęki człowieka bolą. Książę prosił, zrobiłem. Ale przecież ja mam pecha, to gołym okiem widać! Jak się za coś wezmę, to... ach, gadać szkoda. Tak się cieszyłem z nominacji Marcina z Opawy. I co? Zmarł biedaczyna. No to tego Włościborza wydeptałem. I co? Wystraszył się i przed legatem papieskim zrzekł się godności. A na koniec jeszcze mi papież zmarł!

— Jakubie Świnko! Przesadziłeś! — Głos był pełen przygany. — Mikołaj III zmarł na dżumę.

Kantor się zachłysnął.

— W imię Ojca i Syna, i Ducha Świętego! Wybacz mi brak pokory, Panie!

Modlił się żarliwie, ale głos nie odezwał się więcej. Drżącymi dłońmi przekładał pergaminy, porządkował je. Robił to odruchowo, bez żadnego celu, po prostu nie wiedząc, co dalej czynić. Składając dokumenty, chciał ogarnąć sam siebie. I, nade wszystko, pokazać przed wszystkowidzącym Panem, że coś robi.

Mimowolnie myśli Jakuba powędrowały do *Kronik Czasu*. Przez ponad trzydzieści lat, w swoim własnym sercu, był bękartem. Teraz, nie odzyskując matki, zyskał linię życia. Korzenie, które sięgały głębiej, niż kiedykolwiek przypuszczał.

„Gdyby książę Bezprym nigdy nie opuścił pustelni, gdyby nie wrócił do kraju po śmierci Chrobrego, może nie byłoby tego czasu strasznego, tego chaosu, gdy ciemności skryły ziemię? Boże drogi, przecież tak to się wszystko źle skończyło... W *Księgach Krakowskich* jest napisane, że gdy zamordowali Bezpryma i kiedy Czesi najechali i spalili nam kraj, zapanował taki mrok, że dzikie zwierzęta założyły tu, w świętej katedrze, legowiska. I jeszcze relikwie Wojciechowe najświętsze nam skradli. Nic nie mamy, korony nie mamy, insygniów nie mamy, nic, ino pusta skrzynia...".

Jakub Świnka zdenerwował się i szukał koszyka z suchym chlebem, żeby przegryźć czymś te smutki.

„Takie piękne mieliśmy początki, takie świetne. Chrobry, co ciało Wojciechowe wykupił za złoto, cesarz tu, w Gnieźnie na kolanach, kraj od morza do morza, oj, Jezu! I nic nam nie zostało! Książę w wieży, ja w krypcie, papież... Przepraszam, Panie, wybacz mi, już nie będę, wybacz... Wyrwało mi się".

Chrupał ten chleb i myślał. Znów o sobie. Jego żywot i żywot jego przodków był pasmem niespełnionych przysiąg. Bezprym, syn Chrobrego, przysięgał być pustelnikiem. Ale na wieść o zwolnionym tronie zrzucił włosiennicę i ruszył po władzę. Jego syn, nieszczęsny Propateryk, miał odkupić los ojca, podarowali go do klasztoru na Świętej Górze i co? Ślubów nie dotrzymał, bo jeszcze nikt takich mniszych ślubów nie wymyślił, z których musiałyby być dzieci. A były. I jego własny ojciec, Jonasz Świnka, co też poszedł za mnicha i zrobił to, co tamci dwaj przed nim — syna. Jakby chęć przedłużenia rodu była w nich wszystkich silniejsza niż rozum.

I nagle go olśniło.

— Chryste Królu! Toż jeśli ja w końcu nie przerwę tego łańcucha zaprzaństw, to los się nigdy nie odmieni. Ja, Jakub Świnka, muszę odkupić winy tych wszystkich synów, co grzeszyli. No bo kto, jeśli nie ja? Bezprym pohańbił koronę polską, kładąc ją przed posągiem bożka. Ja muszę ją odzyskać.

— Na kolana, Jakubie!

Świnka upadł.

— Panie, źle mnie zrozumiałeś! Ja nie chcę korony dla siebie! Nie! Ja pragnę odkupić winy, ja jestem bękart, wylęganiec, gdzie mnie tam do tronu... Ja chcę dla niego, dla prawowitego dziedzica, Przemysła.

— Cicho!

— Już nic nie mówię, Panie...

Przełknął ślinę, zamrugał. Serce wypełniała mu myśl tak wielka, że ze wzruszenia rozsadzało żebra, ale Pan najwyraźniej chciał go dziś ukorzyć. I wreszcie przejrzał na oczy i zobaczył, jakie jest jego przeznaczenie. Dźwiga na swych barkach ciężar dwóch wielkich grzechów: przeciw Bogu i przeciw ojczyźnie. Trzech przodków, którzy pohańbili śluby zakonne, i jeden, który stracił koronę. Aby zmazać jedno i drugie, musi poświęcić własne życie Bogu i odzyskać świętą koronę Królestwa Polskiego dla Przemysła.

— Czy przyjmiesz moje służby, Panie? — szeptał. — Czy pozwolisz, bym wstąpił w progi zakonu i dostąpił święceń?

Od spotkania z Dębiną czuł, jak duszę wypełnia mu powołanie do kapłaństwa. Jak woda chrztu krąży w jego żyłach niczym gorąca rzeka. Czy Bóg go zechce? Czy nie odrzuci Jakuba? Czy przyjmie jego służby zamiast tamtych, którzy się zaparli?

Jego serce uciszyła myśl jasna i czysta, że tak jak człowiek wierzy w Boga, tak i Bóg może uwierzyć w człowieka. Modlił się.

Gdy skończył, siedział w ciszy krypty. I nagle, w tej ciszy usłyszał znajomy chrobot. Od czasu odnalezienia tajemnej biblioteki szanował gryzonie, nawet te większe, których się trochę brzydził. Na kolanach przeszedł przez wybitą ongiś dziurę w murze, kierując się ich głosem. Zapomniał lampy, wrócił się. W jej chybotliwym świetle stanął między wykutymi w kamieniu półkami.

„Żeby to nie było wysoko" — pomyślał, zerkając na połamany i nieudolnie naprawiany przez Filipa szkielet drabiny. Ale było. Ogonek zwieszał się z półki sporo ponad jego głową. Westchnął. Ustawił lampę, podkasał suknię i ostrożnie stawiając stopę na niższych półkach, próbował się podciągnąć. Udało się dopiero za trzecim razem, ale się udało. Szczur zastrzygł wąsami, patrząc Jakubowi prosto w oczy. A kantor zobaczył, że gryzoń bezczelnie zjada pergamin. Wyrwał mu zwój i ledwie łapiąc równowagę, zeskoczył. Serce mu biło, gdy go rozwijał.

Liber de passione S. Adalberti.

— *Księga o męczeństwie świętego Wojciecha* — odczytał nienadgryziony tytuł i rozczarował się. — Znam to. I to w pełnej wersji, a ta tutaj to tylko skrót lub odpis. — Przebiegł oczyma tekst.

Zaprawiony w boju z pergaminami szukał jakiejś zagadki, odkrycia czegoś nowego, dopisku, ale dzieło, które trzymał w ręce, było tym, które znał.

„Wszystko jest. I śmierć chwalebna, i wystawienie głowy męczennika. I orzeł, który jej strzeże, i...".

I nagle do niego dotarło. Bolesław Chrobry, pierwszy król, dostał koronę dzięki kultowi świętego Wojciecha. Jeśli Jakub Świnka pragnie wspomóc Przemysła w odzyskaniu królewskiej godności, musi pójść po jego śladach.

Poskładał pergaminy, pogasił lampy. I nim wyszedł, zostawił koszyk z chlebem, w podzięce.

Nie po raz pierwszy przeznaczenie wyciągnęło po niego ręce, działając w istocie przez stworzenia podłe i małe.

VÁCLAV, królewicz czeski, znów zerwał się w środku nocy.

— Mamo! Mamo! — krzyknął w mroczną czeluść komnaty. — Mamo! Boję się...

Podkulił nogi pod brodę, odsuwając się od mokrego i zimnego środka łóżka. Ostrożnie podniósł głowę i wpatrywał się w ciemność wokół siebie. Wydawało mu się, że pod ścianą przesuwa się jakiś zły cień. Zacisnął powieki.

Zabierają mu światło na noc. Zamykają go w komnacie na klucz, jakby nie wiedzieli, że Václav bardziej się boi wyjść, niż zostać. Dokąd miałby uciec? Straszny zamek jest otoczony murem, bram strzegą uzbrojeni ludzie, a on nawet nie wie, gdzie teraz jest. Już trzeci raz przewożą go z miejsca na miejsce, a każdy kolejny zamek jest tylko gorszy od poprzedniego. A wszystkie tak samo ciasne, tak samo wilgotne i tak samo przerażająco ciemne.

— Mamo... — zaszeptał, bo bał się nie tylko mroku, ale i tej okropnej ciszy.

„Jak kamień w wodę" — w głowie natrętnie pobrzmiewała mu jakaś dziecinna pieśń.

Bał się, że zapomną o nim wszyscy, że po jakiejś nocy nie nadejdzie świt i nie przyjdzie służba, nie otworzy drzwi, nie wpuści światła. Wiedział, że raczej go nie zabiją.

„Raczej" — powtarzał w myśli, choć to słowo nie dodawało mu odwagi. Gdy nie mógł spać, wywoływał w swej głowie obrazy, wspomnienia z dni, kiedy świat ułożony był tak, jak powinien. Czasami nie chciały do niego przyjść i wtedy, by nie pozostawać w czarnej, pozbawionej myśli pustce, przypominał sobie, co robił tego dnia. Przeżywał go po raz drugi. Dzisiaj Smutny Rycerz uczył go pieśni.

Sir Balin, rycerz mroku, pan podstępnego miecza.
Gdziekolwiek swe postawi kroki,
Tam śmierć i krew go gna.

Václav, słuchając jej po raz pierwszy, wyobraził sobie, że rycerz mroku wygląda jak margrabia Otto.

Nikt go ugościć nie chce, nikt widzieć go nie pragnie.
Ponura sława ściga go, łzy sierot i wdów płacz.

Bo czyż nie ścigał margrabiego płacz jego matki, królowej wdowy, Kunegundis?

W progi pięknego zamku wszedł, gdzie królem jest sam Pelles.
Nim minął dzień, już przelał krew, jak chciało przeznaczenie.
— To brat mój był, choć rycerz zły!
— zakrzyknął król gospodarz.
A Balin jak okrutny cień przesunął się po schodach.

Chociaż wizja, że Otto jako rycerz mroku nie szanuje praw gościnności, przerażała go do szpiku kości, to chłonął tę pieśń dalej, czując, że dobro musi zwyciężyć, więc Otto na końcu powinien zginąć.

Uciekał rycerz Balin Zły przed zemstą gospodarza.
Do tajemnego wdarł się miejsca, gdzie złoty blask ołtarza.
Nie uszanował Graala, co lśnił tam w majestacie.
Bał zemsty się, więc sięgnął broń wiszącą przy ornacie.
— Ach, zostaw to! — zakrzyknął król. — To święte są insygnia!
Ta włócznia naznaczona jest i nie przeżyjesz ty dnia!

„I nie przeżyjesz ty dnia" — powtarzał to w duchu jak modlitwę.

Zaśmiał okrutny Balin się i nie usłuchał króla.
Ramieniem zbrojnym w włóczni sztych poranił jego uda.
Ach, damy, co słuchacie mnie, szlachetni tu rycerze!

Co stało się, co działo się, opowiem wam wnet szczerze!
Gdy Balin okaleczył króla, zalśniły błyskawice.
Zagrzmiały grzmoty, wstrząs zniszczył gmach.
Ziemia jałowa, wilków wycie.
Zburzony zamek w gruzach legł.
Król Pelles kona z ran.
Zły Balin w noc w pośpiechu zbiegł.
Przeklęty miecz przy boku miał.

— To już koniec pieśni? — zapytał drżącym głosem, gdy Smutny Rycerz skończył śpiewać i położył fidel na kolanach. — Więc sir Balin przeżył, choć był taki zły?

— W tej pieśni przeżył, bo jego przeznaczenie jeszcze się nie wypełniło — odrzekł Smutny Rycerz niskim, ponurym głosem.

— Ale umrze, tak? Zginie?

— Zginie.

— A jego śmierć będzie straszna, tak?

— Okropna. Przeklęty miecz przyniesie mu zgubę.

— Zaśpiewasz o tym? Nauczysz mnie tej drugiej pieśni?

— Może. Kiedyś.

— Kiedy? Jak długo tu będę?

— Jesteś zakładnikiem, Václavie — powiedział Smutny Rycerz i najwyraźniej nie miał zamiaru dalej śpiewać, bo wstał i oddał fidel ze smyczkiem słudze.

— Jestem królewskim synem! — żachnął się Václav.

— I dlatego jesteś naszym zakładnikiem. Margrabia Otto Długi rządzi teraz w królestwie twego ojca, gdyby zaś Czesi okazali się krnąbrni lub nieposłuszni, zawsze mamy ciebie.

— A moja mama? Ona jest królową, ma na imię Kunegundis...

— Margrabia Otto rządzi razem z twoją mamą. Bądź grzeczny, a nic jej się nie stanie.

Niepotrzebnie więc zamykali go ciągle na klucz. Wystarczyło to jedno zaklęcie: „Bądź grzeczny, a nic jej się nie stanie".

Był grzeczny, choć bał się tak bardzo. Chciał przesypiać te okropne, ciemne noce, ale cóż z tego, kiedy nie mógł? Noc w noc budził go jakiś dźwięk, coś jak dalekie bicie dzwonu. Za każdym razem wydawało mu się, że poznaje, że to dzwon katedry Świętego Wita w Pradze, który bił trzy dni na wieść o śmierci jego ojca pod Suchymi Krutami. Ale dzwon, który go budził, bił inaczej niż po ojcu, melodyjniej, żałośniej, głębiej. I Václav chwytał się za serce, pytając w mrok:

— Mamo? Mamo?

Bo niczego nie bał się tak bardzo jak jej śmierci.

Umówił się ze wszystkimi świętymi, których imiona znał, że jeśli to będzie prawda, jeśli to miałby być dzwon żałobny Kunegundis, to dadzą mu znak. I wtedy, choć tego akurat ze świętymi nie omówił, on odbierze sobie życie. Bo nikt już, ani Smutny Rycerz, ani margrabia Otto, nie będzie mógł go szantażować: „Bądź grzeczny, a nic jej się nie stanie".

W komnacie bez okien jest tak ciemno, że nie wiadomo, kiedy nadchodzi świt. Mógłby liczyć godziny, ale nie wiedział jak. Nauczył się liczb tylko do dziesięciu. Mógłby czytać księgi, ale nie potrafił czytać. Czasami, za dnia, gdy Smutny Rycerz i niemiecka niania pozwalali mu, oglądał przynajmniej obrazki. Na kartach odżywały czasami sceny z życia, jakie znał: król, królowa, rycerze, konie, biskupi, święci. Nazywał ich, jak chciał. Królowe zawsze miały na imię Kunegundis, piękne damy to były Mechtyldy. Dzielni rycerze mieli na imię Zawisza. A do królów mówił „Václav". Zrywał kwiaty zdobiące boki stronic i podarowywał je królowej i damie. Rycerz Zawisza pokonywał Złego Pana, który nazywał się Otto. Jednego razu tak bardzo zajęła go zabawa, barwny turniej wymalowany na kartach książki był tak zacięty, pojedynek w szrankach toczyli rycerz za rycerzem, że przebił paznokciem twardą stronicę. Niania ukarała go za to uderzeniem w twarz. Smutny Rycerz skrępował mu dłonie sznurkiem i zamknęli go za karę w ciemności na trzy dni. Przeziębił się wtedy od kamieni, na których siedział i na które sikał. I uwolnił go dopiero przyjazd Dobrej Pani, Mechtyldy.

Piękna Mechtylda z czerwonym orłem opatrzyła jego rany, kazała go wymyć i przebrać, i przystawiła do pachnącej piersi. Ssał jej słodkie mleko, zapominając o wszystkim, co się wydarzyło, przebaczając każdemu, kto uczynił mu zło.

Ale choć tęsknił za nią równie mocno jak za matką, Dobra Pani nie odwiedzała go często i musiał pogodzić się z myślą, że nie zawsze przybędzie na czas, by wyzwolić go z opresji. Od tamtej pory, gdy Smutny Rycerz uczył go, jak składać wiersze i zamieniać je w pieśni, poświęcał pięknej Mechtyldzie zawsze jedną z nich. Królowej Kunegundis dwie.

Usłyszał kroki pod drzwiami. A więc doczekał się, nadszedł świt! Zaraz otworzą komnatę, wniosą lampę i znów będzie dzień.

Zaskrzypiała ciężka zasuwa. W smużce światła, która wpadła z korytarza, nie zobaczył służącego, lecz długi ciemny cień. Serce zabiło jeszcze szybciej.

Jedna za drugą do komnaty weszły trzy czarne kury. Przysiadły pod jego łóżkiem i oczami okrągłymi jak krople wina wpiły się w oczy Václava.

MŚCIWÓJ, książę Wschodniego Pomorza, ściskał Przemysła z całych sił.

— No i cię mamy, chłopcze!

Przyjrzał mu się badawczo.

— Schudłeś — stwierdził z zazdrością.

— Księstwo schudło. Musiałem Henrykowi oddać część ziemi rudzkiej.

— Ale i tak dużo mniej, niż chciał. Poza tym Zarembowie utargowali z księciem, że się ze swych posiadłości nie ruszą.

— I chwała Bogu. Nie chciałbym mieć jeszcze ich na sumieniu. Dziękuję ci, Mściwoju.

— Obiecałem twemu stryjowi, że tak jak jemu, tak tobie. Zresztą, wiesz, jaka to przyjemność bić się w słusznej sprawie? Wzięliśmy Henryka w dwa ognie. Leszek Czarny z jednej, ja z drugiej.

— Myślałem, że Leszek przyjedzie tu, do nas. Że będziemy świętować razem.

— Nie, on jest jakiś dziwny. Szarżował jak czarny kruk, tylko te jego długie włosy jak skrzydła leciały. Ty wiesz, książę, że strzały go mijają? Nie uwierzyłbym, gdybym nie widział.

Mściwój był pod wielkim wrażeniem, wciąż nie mógł zrozumieć, jak to było możliwe, że Leszek ze swym chorążym przejechał przez chmurę strzał i nic mu się nie stało.

— O Leszku chodzą legendy — powiedział Przemysł — że jest niezniszczalny, jak smok. Wiesz, że razem z bratem zbuntowali się jako młodzi chłopcy przeciw ojcu, z powodu, wybacz, że to powiem, twojej obecnej żony, Eufrozyny.

Mściwój wzruszył ramionami.

— Im gorzej na nią powiesz, tym lepiej. Wdepnąłem w to małżeństwo jak w... wiadomo.

— Eufrozyna była ich macochą, drugą żoną ich ojca. Urodziła Kazimierzowi dzieci...

— W tym Karła.

— Tak, ale i dwóch innych synów. I chcąc swoim młodszym zapewnić sukcesję, wzięła się za starszych. Truła Leszka. On pił jej diabelskie napary i nic. Nic mu nie było. Ale chcąc pokazać, że macocha próbuje go zgładzić, napoił psa podsuwanym przez nią winem i pies zdechł.

— Zdechł pies, a nie Leszek? Dobre! Nie, ja to słyszałem o nim inne opowieści... no wiesz... że mu z żoną nie tego...

— To żadna tajemnica. Gryfina zarzuciła mu impotencję publicznie, na wiecu rycerskim. Ale nie chodziło jej o męskość męża, tylko o Czechów. Była na niego wściekła, że nie przeszedł wtedy na stronę Przemyślidów. Tak więc, Mściwoju drogi. Masz i słuszne zarzuty do swojej Eufrozyny, ale pomyśl, że w porównaniu z Gryfiną twoja żona wcale nie jest taka zła.

„Marna pociecha. Żeby chociaż była zła i ładna. Albo zła, ładna i płodna jak, na przykład, Mechtylda Askańska. A tu ani jedno, ani drugie. Wielki post".

— Jak twój proces, Mściwoju? Masz szansę?

— Z Krzyżakami? Gruba sprawa. Oni otwierają usta i od razu z nich płyną po łacinie paragrafy na mnie. Jakby bekali. Ale walczę. Nie dam się. Gorzej, bo moi cisi ludzie już raz i drugi złapali zabójców, których krzyżowi bracia wysłali. Obawiam się, czy doczekam sprawiedliwego wyroku, a moja śmierć byłaby im bardzo na rękę. Nie mam dziedzica. Zostawiam Pomorze jak owieczkę wilkom na pożarcie.

— To nie zrobiłeś jeszcze testamentu? — zapytał Przemysł. — Zabezpiecz siebie i kraj. W końcu jesteś mężem stanu, książę, a nie jakimś pomorskim watażką.

Mściwój położył dłoń na łbie gryfa. Tak. Tak właśnie o sobie myślał, że jest mężem stanu. Bystry chłopak z tego Przemysła.

— Zastanawiałem się, książę — zaczął z namaszczeniem, jak przystało na męża stanu — jak to ująć. Gdybym dostał rozwód z Eufrozyną i gdybym miał nową żonę, która dałaby mi dziedzica, sprawa byłaby prosta.

— Nie do końca, Mściwoju. Po pierwsze, nim dadzą ci rozwód, minie kilka lat. O ile w ogóle go dostaniesz. Po drugie, twój syn musi jeszcze zdołać się narodzić i dorosnąć.

— Chciałem właśnie to powiedzieć — Mściwój zrobił urażoną minę — ale nie zdążyłem.

Sięgnął po kielich, napił się. Wraz z rozjaśnieniem umysłu znudziło mu się bycie mężem stanu.

— Przemyśle. Skończmy te ceregiele. Ty zostań moim dziedzicem.

HENRYK, książę wrocławski, mianował swego zausznika Szymona Galla kasztelanem zdobytej na Przemyśle ziemi rudzkiej. Ale nie była to nagroda za pomoc w negocjacjach z księciem i panami Starszej Polski, te Henryk wygrał sam. To było wynagrodzenie za coś znacznie, znacznie ważniejszego. Szymon Gall ustalił z legatem papieskim kandydaturę na arcybiskupa gnieźnieńskiego. I, dzięki jego staraniom, tylko czekać, aż nowo wybrany papież Marcin IV ogłosi, iż papieskim nominatem jest Henryk Brene.

Henryk Brene, daleki krewny księcia Henryka. Skarb. Tak więc kasztelania rudzka należy się Szymonowi Gallowi za to, że skarb ten otworzył we właściwym czasie i miejscu.

Książę wrocławski był w doskonałym nastroju. Posłał do króla Rudolfa Habsburga sekretnych ludzi z wiadomością, iż zhołdował sobie dwóch śląskich książąt, legnickiego i głogowskiego. Jedno porwanie, a tyle korzyści! Przemysła zhołdować nie był w stanie, ale przynajmniej go upokorzył i przejął ten drogocenny kawałek ziemi, odcinając swego drogiego kuzyna od Małej Polski. A hołd lenny księcia legnickiego i Głogowczyka cieszył go szczególnie. Zwłaszcza tego pierwszego, bo nie wybaczył mu nigdy wieży we Wleniu ani wieży w Legnicy, w których na rozkaz jego ojca gnił.

Fulko zapowiedział oczekiwanego gościa:

— Książę, złotnik przybył.

— Proś!

— Wolfgangu z Augsburga! Twój talent opiewają w pieśniach!

„Czy to możliwe, by człowiek, który ma paluchy tak krótkie, a oczy małe niczym kret, potrafił robić takie cuda, jak widziałem w Wiedniu?".

— Przywiozłeś to, co zamówiłem?

Złotnik mu się pokłonił.

— Tak, książę.

— Pokaż!

Wolfgang otworzył skrzynkę, z którą przyszedł. Na szkarłatnym jedwabiu pyszniło się dziewięć złotych pierścieni. Każdy z orłem w tarczy herbowej. Henryk wyjął jeden i podszedł do światła. Przyjrzał mu się.

— Wolfgangu z Augsburga. W pełni zasłużyłeś na chwałę, jaka otacza twą sztukę. Kto wie, może niedługo będę miał dla ciebie zlecenie, które będzie ukoronowaniem twego talentu.

„Ukoronowaniem. Pyszne".

Kiwnął, by wypłacono złotnikowi należną zapłatę. I założył sobie na palce dwa pierścienie. Jeden za księstwo głogowskie, drugi za legnickie. Po chwili namysłu wyjął trzeci.

„Konstancja jest moją żoną, Władek opolski będzie uległy, a jego synalków uciszę bez trudu".

Wyprawił dla swych panów wielką ucztę w ośmiobocznej sali zamku wrocławskiego, pił na niej zdrowie każdego z nich. I Henryka Brene, nominata na stanowisko arcybiskupa gnieźnieńskiego. A ten wdzięcznie wznosił toasty za wrocławskiego księcia. Książę zaś nie mógł oderwać oczu od trzech pierścieni na swych palcach. Poruszał nimi i wydawało mu się, że orły wzlatują.

— Drogi Henryku, nasz arcybiskupie...

— Tylko nominacie — skromnie odpowiedział duchowny.

— Wszystko zaczyna się od marzeń — rzekł książę, uśmiechając się do niego. — Jak sądzisz, jaki będzie werdykt sądu w sprawie oskarżeń mego niepokornego biskupa, Tomasza? Rozmawiałeś z legatem?

— Rozmawiałem, książę. Wysłannik papieża zdaje się skłaniać ku argumentom biskupa.

Henryk zdenerwował się i syknął:

— To wpłyń na niego, do diabła! Zrób coś! Niepotrzebny mi teraz konflikt z biskupem!

Nominat Brene zamrugał.

— Książę. Moje możliwości są ograniczone, jestem tylko nominatem... Legat papieski jest niezwykle czuły na wywieranie na siebie presji...

— Może go obraziłeś zbyt skromnym prezentem? Mówiłem ci, że masz się nie liczyć z kosztami.

— Książę. Nie wszystko jest sprawą pieniędzy, wierz mi.

Henryk wstał, bo dość miał już tego towarzystwa, które nie nadąża za jego myślą.

— Henryku Brene, wierz mi, że sprawa biskupa Tomasza jest dla mnie w tej chwili najważniejsza. Nie życzę sobie uchodzić za przegranego w tym sporze. Załatw to, bo pomyślę, że postawiłem na niewłaściwego konia.

Książę wyszedł. Był już na tyle pijany, że mógł iść do Konstancji. Na trzeźwo ciążyła mu jej pokora, jej uniżona nijakość. Księżniczka opolska nie była brzydką kobietą. Przy odrobinie wysiłku mogła być nawet ładna. Ale co z tego, skoro serce Henryka się podzieliło? Jedna część została na praskiej wieczerzy zdradziecko pożarta żywcem przez Kunegundis. Druga zapatrzyła się w lustrzane odbicie królowej, które dojrzał na wiedeńskim dziedzińcu i wraz z córką margrabiego Ottona wyjechała gdzieś w ciemne lasy Brandenburgii. A ciałem księcia bezgranicznie władała dziewczyna o włosach w kolorze orzechów buczyny. Panna nierządna. Boginka leśna. Jemioła.

JAKUB ŚWINKA czytał list od swego przyjaciela, Gotfreya, opata Winchesteru. Był wzruszony. Gotfrey zachował polot, przenikliwość, dowcip, wszystko to, co tak cenił w nim Jakub w czasach, które były ich wspólną młodością. Krótką, ale jakże piękną, jak porywczą.

Jakub na pierwszy szczebel kariery naukowej wspiął się jak większość rodaków w Bolonii. Wraz ze złożeniem egzaminów po *trivium* skończyły mu się pieniądze na naukę. Cielcza — ładna wieś, ale Italia — droga. A Jakubowi marzyły się dalsze studia. Mógł wstąpić do zakonu i tą drogą, zmniejszając koszty, kontynuować naukę. Ale wtedy nie znał jeszcze siły powołania i mając w pamięci Jonasza Świnkę, ojca mnicha, czuł, że nie powinien zamykać za sobą furty. Był trochę jak wolny ptak, a trochę jak bezdomny pies.

Najął się w Bolonii za pomocnika pisarza, do kancelarii biskupiej Giaccoma Boncampiego. Przełożeni wyśmiali jego talenty skryby, bo pisarzami u nich byli magistrowie z dyplomem. Ale doceniając jego pracowitość, młody wiek i przede wszystkim zupełny brak znajomości i koneksji, zrobili sobie z Jakuba Świnki gońca. Przewoził poufne pisma do kurii rzymskiej, bo, jak wyznał mu biskup, wygląda tak mizernie, że nawet najgłupszy złodziej nie chciałby go okraść. Jakub znosił ten brak szacunku pokornie, bo zawsze wydawało mu się, że bękarctwo ma wypisane na czole. Poza tym jedyne, co go rozpalało, to perspektywa dalszej nauki, a za zarobione u biskupa pieniądze mógł ją kiedyś spełnić.

Widział, jak jego rodacy robią w Italii karierę. Widział uczonego Witelona, któremu kłaniano się w pas. Widział Marcina z Opawy, wieczny odpoczynek, jak dla samego papieża spisuje historię świata. A on, Jakub Świnka, w cienkiej sukni biegał to tu, to tam. Zaczynał u biskupa Bolonii, ale szybko wylądował w wiecznie głodnej pracowników kurii rzymskiej. Najczęściej krążył jako posłaniec między kurią a legatem papieskim we Francji, Simonem de Brion. Temu ostatniemu przysłużył się ładnie, gdy w dwa tygodnie obrócił z jego pismem w tę i z powrotem z Rzymu do Paryża. Ach, wstyd przyznać, choć Jakubowi do dziś chce się śmiać, że udało mu się to tylko dlatego, iż w jedną stronę podwiozła go żona kupca korzennego, myśląc, iż Jakub jest zagubionym dzieckiem sierotą, a w drugą stronę zabrał go na wóz szalony sprzedawca podrabianych relikwii. Koniec końców Simon de Brion wziął go do siebie na służbę. A gdy delegacja legatów papieskich płynęła do Anglii, dołączył Jakuba do orszaku kanonika Benedetta Gaetaniego, który przejął nad młodym Świnką kuratelę. Nauczyć to się Jakub przy nim wiele nie nauczył. Ale młody kanonik chętnie wysługiwał się nim w myśl zasady, że niepozorny posłaniec to bezpieczne pismo. A te krążyły między papieskimi urzędnikami nieustannie.

W Anglii Jakub zobaczył wielki uniwersytet w Oksfordzie i nie było już odwrotu. Przypomniał sobie, że nie jest gońcem, tylko niedoszłym uczonym. Zapragnął ponad wszystko studiować tam, gdzie jedno ze skrzydeł potężnego budynku kryło w swym brzuchu bibliotekę wielką jak świat. Wybłagał u swego pracodawcy zwolnienie ze służby i zaległe pobory. Legat najpierw nie chciał go puścić, ale wnet tak go pochłonęły rozgrywki w kurii rzymskiej, że dał Jakubowi wolną rękę, a kanonik Gaetani i tak wracał do Italii, więc pomruczał, pomruczał, lecz się nie sprzeciwił.

Wstępując w progi Oksfordu, Jakub Świnka drżał. I stanął twarzą w twarz z drugim, tak samo jak on wypłoszonym chłopcem. Był nim Gotfrey, dzisiejszy opat Winchesteru. *Quadrivium* minęło im obu szybko jak sen. Tego ostatniego nie mieli zresztą zbyt wiele, bo magistrzy byli wymagający, a koledzy z bogatszych domów często nieuprzejmi. Ale, ramię w ramię, we dwóch, jakoś dali radę. Ach, ileż to wspomnień, ileż wzruszeń! Ileż głodnych dni i zimnych nocy w murach oksfordzkiego konwiktu! W czasie przerw świątecznych w nauce Jakub i Gotfrey udawali się do Londynu. Gotfrey chciał zobaczyć życie wielkiego miasta, bo sam pochodził z wioski na wybrzeżu. A Jakub pragnął stać w kolegiacie Świętego Piotra w Westminsterze i gapić się na wielkie mury. Trzy razy widzieli króla Henryka III Plantageneta, jak w wielkim orszaku swych baronów jechał do kościoła. Widzieli biskupów i arcybiskupa. Widzieli cudną królową Eleonorę Prowansalską z czwórką królewskich dzieci. To zawsze porywało Jakuba. Uroda królowej i potęga króla. Pasjonowali się polityką, plotkowali o wojnach króla z baronami, o Szymonie de Montfort. A potem biegli na uniwersytet i wciskali się do auli na wykład szalonego franciszkanina, doctora mirabilis, Rogera Bacona, który ośmielał się krytykować świętego Tomasza z Akwinu i głosić prymat doświadczenia nad wiarą. Zapierało im dech, po równo od majestatu króla i porywczych nauk Bacona.

Cóż z tego. Pieniędzy zarobionych w kurii i u legata starczyło tylko na ukończenie wydziału sztuk wyzwolonych, ale to i tak było dla Jakuba dużo, błogosławił każdy dzień.

We łzach i obietnicach zachowania serdecznej przyjaźni pożegnał się z Gotfreyem, który dalszą karierę widział w zakonie benedyktynów. Ciągnął Jakuba ze sobą, namawiał, ale on wciąż miał w pamięci ojca mnicha i odmówił stanowczo. Spakował swój skarb największy, dyplom magistra sztuk, i ruszył w drogę do Gniezna.

Nim wsiadł na statek, nim odpłynął z Anglii, po raz ostatni wszedł do wielkiej kolegiaty Świętego Piotra w Westminsterze. Przez te krótkie lata był tu tyle razy i nigdy nie miał dosyć. Trwała kolejna przebudowa. Robotnicy nie zwracali na niego uwagi. Tron koronacyjny świętego króla Edwarda był przysłonięty płótnem. U dołu wystawały spod niego cztery lwy, na których się wspierał. Jakub modlił się żarliwie i w uniesieniu, by kiedyś ten wielki, wspaniały świat, którego mógł zakosztować w Anglii, wrócił do niego.

I wrócił.

Opat Gotfrey pisał:

„Jakubie! Pamiętam o tobie, bracie. Odkąd objąłem opactwo w Winchesterze, wciąż mi się przypominasz, bo po niedawnej przebudowie, w moim kościele spoczęły doczesne szczątki króla Kanuta Wielkiego, a pamiętam, jak żeś się podniecał, że to syn polskiej księżniczki. Zapalam mu świecę od czasu do czasu w twoim imieniu, bo choć dla mnie,

Anglika, to był barbarzyńca, dziki wiking, to jednak po pierwsze król, po drugie wybitny, po trzecie twój ziomek".

— Matko jedyna! Gotfreyu, żebyś ty, bracie, wiedział, że nie tylko ziomek, ale i krewny. Jezusie!

„Nie wiem, czy już doszły cię wieści, że twój dawny pracodawca, legat papieski de Brion, został papieżem. Przyjął imię Marcina IV, niech mu będzie, w końcu jako papież jest nieomylny, nawet jeśli jako człowiek był grzeszny".

— Jejku! Simone de Brion papieżem? A niech to, Jakubie Świnko!

„A w sprawie sekretnej, o której do mnie pisałeś, powiem ci, że nie wygląda to dobrze. U nas także Starsza Krew nie wyginęła, choć żaden biskup ci się do tego nie przyzna. W górach, w niedostępnych lasach, na bagnach, wszędzie tam wciąż można spotkać potomków wolnych ludzi. Nie wiem, czy słusznie, bo nikt tego dotychczas nie sprawdził, ale mówi się, że jedna kropla Starszej Krwi może zepsuć całą dynastię. Zatem bądź czujny, jak mawiał doctor mirabilis, Roger Bacon! A skoro jestem już przy Mistrzu naszej młodości, to ci powiem, że zamknęli go w areszcie domowym. Słowa nie może napisać bez cenzury. Kto wie, Jakubie, może tych kilka naszych wspólnych lat na uniwersytecie było ostatnią epoką wolnego słowa? W kwestii praktycznej, listy od ciebie najszybciej dochodzą, gdy puszczasz je przez kupców stowarzyszonych z Lubeką. To droga pewna. Wprawdzie przyznaję, że śmierdzą starym śledziem, ale przyjemność czytania twych słów — bezcenna".

— No, to skoro ja, prosty kantor gnieźnieński, osobiście znam papieża Marcina IV, to może w końcu będę mógł zrobić coś dla mojego księcia? Filipie! Filipie! — Jakub Świnka wołał kustosza, który kończył naprawiać połamaną przez siebie drabinę. — Filipie, przypomnij mi, jak się nazywa ten nominat, którego popiera Henryk, książę Wrocławia?

Filip uniósł spocone czoło i gniewnie spojrzał na Jakuba. Był lepszym kustoszem niż cieślą.

— A jak ci powiem, darujesz mi naprawę tej drabiny? — mruknął.

1282

luty

PRZEMYSŁ wciąż nie był pewien, dlaczego Mściwój to robi.

Instynktownie ufał mu od pierwszego wejrzenia, gdy zobaczył księcia pomorskiego wraz z lśniącym, pięknie wypasionym gryfem, siedzących na łożu stryja i pijących wino. Ale przygoda z Henrykiem nauczyła go nie ufać swym przeczuciom. Prawości Henryka też był kiedyś pewien.

— Tylonie?

Jego notariusz wciąż siedział pochylony nad umową z Mściwojem. Poprawiał, kreślił, pisał od nowa.

— Tak, panie? — Uniósł głowę i szybko wstał, gdy książę wszedł do kancelarii.

— Jesteś pewien, że dobrze robię?

— Książę, teraz takie czasy, że wszystko zmienić się potrafi w jednej chwili. Umrze niemiecki król, czego mu nie życzę, i konstelacje sojuszy znów zaczną być płynne. Ale tak, na ten moment, umowa, którą zawrzecie z Mściwojem, jest słuszna.

— A gdyby książę pomorski doczekał się syna?

— Umowa przewiduje taką możliwość. Zamieściliśmy w niej formułę, że Mściwój zawiera ją w imieniu własnym i swych dziedziców. Czyli tak czy inaczej pozostajesz, w sensie prawnym, pełnym spadkobiercą Mściwoja. Oczywiście nie można wykluczyć, gdyby pojawił się jakiś syn, że będzie chciał sięgnąć po władzę i wypowiedzieć ci umowę. Ale to też nie jest takie proste, bo umowę zawieracie wobec szeregu świadków, a potem, tak jak ustaliliście, przyjąć ją muszą wiece rycerstwa obu księstw. Jak sam zauważyłeś, książę, rycerstwo pomorskie jest niezwykle przychylne idei połączenia.

Przemysł roześmiał się twardo.

— Tylonie, oni mają na karku Krzyżaków i pretensje brandenburskie! Gdyby kiedykolwiek przyszło do głowy braciom krzyżowym dogadać się z margrabiami, to po śmierci Mściwoja rozgrabiliby Pomorze w tydzień. Tym układem ja biorę na siebie obowiązek obrony ich granic.

— No tak, panie. Bo to za kilka dni będą już twoje granice. Zostajesz panem Pomorza, z pełnymi obowiązkami, ale w pełne władanie obejmiesz je po śmierci księcia Mściwoja.

Książę Starszej Polski chodził po kancelarii. Cieszył się. To był wielki krok naprzód. Znów księstwo, które sięga morza. Ale jednocześnie odpowiedzialność taka, że aż go mroziło. Szukał zagrożeń, chciał je znać, dzisiaj.

— Tylonie. A gdyby wrogowie Mściwoja najechali Pomorze dzień po podpisaniu aktu, ale nim przyjmą go wiece obu księstw? Co wtedy?

— Jest w mocy.

Najbardziej niepokojąca w tym wszystkim była zła sława Mściwoja. Stary czarny gryf uchodził za mistrza niedotrzymanych obietnic, specjalistę od łamania słowa i nagłych zmian zdania. Ale to było kiedyś, przed laty. Odkąd na dobre i złe związał się ze stryjem Bolesławem, wobec książąt Starszej Polski był lojalny. Przemysł, choć pilnował, by w polityce nie brały głosu sentymenty, musiał przyznać, że po prostu lubi Mściwoja i już.

— A gdybym ja ruszył na wojnę, obronił Pomorze, a potem jego rycerstwo nie uznałoby aktu Mściwoja?

— Książę — Tylon spokojnie złożył pergamin — życie zawsze znajdzie sposób, by zaskoczyć prawo. Ale nie musimy się dzisiaj tym martwić, bo w zakresie, który się da przewidzieć, wszystko zostało zrobione.

— No to bądźmy gotowi do drogi. Ruszamy do Kępna.

— Do Kępna? — Tylon nie krył zdziwienia. — A dlaczego umówiliście się z Mściwojem w Kępnie?

Przemysł przeciągnął się, aż strzeliły mu kości i zaśmiał się.

— Bo to tuż przy granicy z wrocławskim księstwem Henryka. Tak czy inaczej cisi ludzie doniosą mu o mojej umowie z Mściwojem. Ale jeśli podpiszemy ją w mieście tuż pod jego nosem, Henryk poczuje się niepewnie. Tego chcę.

— Będziesz tam bezpieczny?

Przemysł się zastanowił. Rok temu czuł się bezpiecznie. Jechał do Sądowla na spotkanie z Henrykiem bez obaw. A książę wrocławski uwięził ich w kościele, w czasie mszy. Kościół był stary, maleńki. Weszli tam sami. Głogowczyk, książę legnicki, Henryk i on. I ksiądz. To miało być specjalne nabożeństwo książęce, bo nawet duchowny był daleko, ale spokrewniony. A wyszły czarne piastowskie nieszpory.

W Kępnie od tygodnia byli jego ludzie. Patrolowali okolicę, mieli rozkaz zaglądać pod każdy krzak. Dowodzenie dał Michałowi i Boguszy, bo Zarembowie, jego najwyżsi rangą urzędnicy, jechali razem z nim.

Mściwój był wzruszony. Nałożył na tę okazje książęcy diadem, choć nigdy wcześniej Przemysł go w nim nie widział. Czarny gryf z jego piersi spoglądał na księcia z powagą i czułością.

Odczytano akt darowania księstwa Wschodniego Pomorza Przemysłowi. Mściwój, jako obdarowujący, podpisał się pierwszy. Przemysł, jako przyjmujący, drugi. Po nich świadkowie. Wojewoda Beniamin, wojewoda Arkenbold, sędzia kaliski, sędzia poznański. Tylko ten ostatni z rodu Łodziów, trzej pierwsi Zarembowie. Ze strony Mściwoja wojewoda tczewski Waysil i spowiednik księcia, dominikanin Piotr.

Mściwój zdjął z głowy diadem i podał Przemysłowi. A książę Starszej Polski z powrotem mu go nałożył. Czuł, jak na piersi pręży mu się lew.

Potem była uczta, pilnie strzeżone przez wojsko pijaństwo. Ale ani jeden, ani drugi książę nie sięgali do kielichów zbyt często. Przemysł spojrzał w bok, na Mściwoja. Ciemne oczy księcia płonęły, a gryf nerwowo przestępował z łapy na łapę.

— Co cię gryzie, książę?

Mściwój złapał go gwałtownie za ramię i pochylił się do jego ucha.

— Chciałbym, byśmy gdzieś pojechali razem, Przemyśle.

Oczy mu płonęły.

— Teraz?

— Teraz. Proszę cię.

— Dokąd?

— Na północ. Weź ze sobą oddział zbrojny, jeśli się mnie obawiasz, ale pozwól, że cel podróży wyjawię ci dopiero na miejscu.

Przemysł się zgodził. Był pełen wątpliwości, ale żadnej z nich nie wyrażał głośno. Czuł, że nie powinien niczego odmówić Mściwojowi w dniu, w którym ten oddał mu pod swe władanie Pomorze. Ruszyli nad ranem.

Przez całą drogę Mściwój nic nie mówił. Nie bacząc na trudny zimowej podróży, na swój wiek, gnał tak, że ogier pod jego masywną sylwetką ledwie wytrzymywał jazdę. Następnego dnia w południe Przemysł domyślił się, dokąd zmierzają.

Gąsawa. Krwawa książęca łaźnia sprzed półwiecza.

Kamień na kamieniu nie został w miejscu nieszczęsnego dworzyska. Śnieżna biała połać, pośrodku dąb. Zsiedli z koni i ruszyli pod to drzewo pieszo, brnąc po kolana w śniegu.

Mściwój wskazał ręką las na horyzoncie.

— Tam stał z oddziałem mój ojciec, namiestnik Pomorza, Świętopełk. A tu był dwór. Widzisz pod śniegiem linie? To był wał. Gdzieś w tym miejscu były izby. W jednej Jędrzych Brodaty, książę Śląska. Zaskoczyli go we śnie. Goły wyskoczył z łoża i siepacze mego ojca zadźgaliby go, gdyby nie to, że zasłonił go swym ciałem Perygryn, jego rycerz. Ale i tak przebili mu płuco i ta jego święta Jadwiga, żona cudem jakimś go odratowała. Spójrz tu, tu musiała być łaźnia. Leszek Biały ponoć bronił się, wskoczył nago na koń, uciekał. Dobili go pod tamtą wsią. Widzisz? Z boku, z lewej.

Gryf Mściwoja zerwał się z jego piersi i bijąc ciężko skrzydłami, unosił się nad drzewem. Książę Pomorza miał szron na rzadkiej bródce. Zdjął futrzane rękawice, wytarł nos.

— Dlaczego mi to wszystko opowiadasz? — spytał Przemysł. — Wiem, że twój ojciec stał za tym mordem, to żadna tajemnica.

Mściwój nagle doskoczył do Przemysła. Położył mu ręce na ramionach.

— Świętopełk błagał mnie na łożu śmierci, abym zadośćuczynił tej zbrodni. Długo nie wiedziałem, jak mam to zrobić. Ale zrozumiałem, wreszcie zrozumiałem! — Oczy płonęły mu niemal dziko, każde słowo wychodziło z ust kłębem białej pary. — Śmierć Leszka Białego skończyła epokę. To był ostatni książę senior, którego władzę szanowała reszta książąt. — Mściwój zaciskał palce na ramionach Przemysła tak mocno, jakby chciał przebić je do krwi. — Ja, syn mordercy, uczyniłem ciebie swoim spadkobiercą. Oddaję ci swój kraj jako pokutę za niego. A ty, syneczku, weź to wielkie księstwo i zrób z niego użytek. Zakończ chaos Wielkiego Rozbicia!

— Niech Świętopełk odpoczywa w pokoju wiecznym — powiedział Przemysł prosto w ciemne oczy księcia. — A wraz z nim Władysław Odonic, mój dziad.

— Odonic? Dlaczego teraz wspomniałeś jego imię?

— Być może tobie ojciec nie powiedział, Mściwoju, ale mnie powiedziała matka. Odonic ukrył Świętopełka po zbrodni w Gąsawie w swoim zamku. Nie uwięził, ukrył.

Mściwojowi zalśniły oczy od mrozu. Złapał Przemysła za ramiona jeszcze mocniej. Krzyknął, niedowierzając:

— Chcesz powiedzieć, że twój dziad mógł działać w zmowie z moim ojcem?

— Nie wiem tego — odpowiedział mu spokojnie Przemysł. — Ale wiem na pewno, że ukrywał twego ojca, gdy wszyscy Piastowie spuścili z łańcucha gończe psy za Świętopełkiem mordercą. Mogę więc przypuszczać, że nie był bez winy.

— Syneczku! Jeśli tak, to staraj się w dwójnasób zdjąć z nas wszystkich klątwę Wielkiego Rozbicia.

Gryf krzyknął trzykrotnie i wylądował na ramieniu Mściwoja. Przemysł klęknął w śniegu i oczy mu zalśniły. Od mrozu.

LUKARDIS czesała swoje złote loki, patrząc na skąpany w świetle księżyca dziedziniec. Odesłała swe dwórki, odesłała panny służebne. Gdzieś w mroku komnaty krzątała się Czeremcha, cicha i uważna jak zwykle.

Była gotowa na przyjście księcia męża, czuła, że tej nocy wydarzy się cud. Wymodliła go w Gnieźnie, wypościła i wyprosiła. Rok się nie dotykali. W surowym wełnianym habicie mniszki klęczała na kamiennych schodach. Śpiewała psalmy w każdą z godzin liturgicznych i skrapiała listy księcia męża kroplami łez. Pisał do niej stale. Ciągle, namiętnie. Pod postacią słów zamykał figury miłosne i gry. Kreślił inkaustem czerwone linie, jakby wodził palcem wokół jej ud. Wyznawał miłość jak wiarę i prosił: wróć.

Wróciła, bo też i nigdy nie zamierzała od niego odchodzić. Zrozumiała, że coś w jej życiu było nie tak i chciała w końcu w spokoju opłakać tamto istnienie, które wypłynęło z niej przez sen. Odmówić liturgie żałobne za życie, które przerwało się, nim zdążyło uformować w człowieka. Potem zaś potrzebowała oczyszczenia. Długich dni pozacielesnego bytu, kąpieli w wodzie trzykroć święconej, odnowienia przysięgi chrztu. I wtedy mogła zacząć modlitwy o syna, o poczęcie dziedzica krwi. Nawet nie wiedziała, że wszystko to trwało aż rok, nie czuła upływu czasu zamknięta w kamiennym łonie klasztoru. Za dnia powierniczką jej była księżna Jolenta, nocami szeptała w ciemną toń. Sny miała puste i mocne, długo dość jałowe. Dopiero potem zaczęła śnić życie.

Książę mąż na wieść, że wraca, przysłał po nią orszak. I klacz o złotej grzywie przykrytą kropierzem, na którym stukrotnie powtórzone było jej imię „Lukardis". I list, który zaczął słowami: „Światło moje".

A jednak życie nie umiało już nią targać tak jak przedtem. Wino nie smakowało niczym więcej niż gronowy sok, miód w słodyczy wydawał się ubogi. Dwórki jej, Zbysława, Jadwiga, Eufemia i Anna wciąż miały dłonie miękkie, ale nie szedł za nimi dreszcz. Piesek szczekał piskliwie, na granicy jazgotu, a jedwabna pościel kryła w sobie ledwie wyczuwalną woń stęchłych liści. Serdecznie przytuliła Czeremchę. Bała się, że ją straci, jak niegdyś Olchę, i widok tej wiernej, czekającej w kącie pokoju sługi uspokoił ją. Wszystko jest na swoim miejscu, wszystko dobrze.

— Lukardis? Mogę wejść?

— Nie pytaj, mężu.

Stanął niepewnie na granicy światła. Widziała, że lew na jego piersi wyprężył się i przyczaił do skoku. Przemysł położył rękę na jego wielkim łbie. Lew mruczał niespokojnie i bił ogonem o boki. Zrobił krok ku niej. Lew warknął. Wystraszyła się.

Przemysł zerwał jednym ruchem pas i ściągnął tunikę herbową, odrzucając daleko w kąt. Stłumiony ryk lwa uwiązł w tkaninie.

— Lukardis... moja mała żono... wybacz, lew tęskni drapieżnie...

I ujął w dłonie jej twarz, powąchał włosy. Przesunęła się w głąb łoża, robiąc mu miejsce. Oparła plecy na poduszkach. Skrzywił się.

— Możesz to zdjąć?

— Co?

— Ten czarny łeb.

Dotknęła jedwabnego czarnego tura. Dwa złote rogi koliście otaczały jej drobne piersi, biorąc na siebie sutki. Uważała, że to piękne i mocne, ale jeśli mężowi się nie podoba...

— Czeremcho! Gdzie jesteś? Podejdź tu, nie wstydź się. Pomożesz mi zdjąć suknię.

— Ciii... — Przemysł zamknął jej usta dłonią. — Nie wołaj jej... nie wołaj nikogo...

Poruszył się cień za zasłoną łoża.

— Odejdź, Czeremcho! — ostro odprawił ją Przemysł.

Dmuchnął w złote loki Lukardis, puścił dłoń i pocałował ją. Wyczuła w jego oddechu jałowiec. Miód. Jabłka. I sól.

Odsuwał jej suknie, jakby chciał ją wygarnąć z nich. Niecierpliwy, nieustępliwie nieznośny. Twardy, ostry, żądający posłuchu. Zakłuło ją, jakby delikatne podwoje łona przebił tępym mieczem. Syknęła, nie usłyszał jej. Miażdżył jej drobny brzuch swymi naprężonymi biodrami, udami kleszczył, więził, zamykał. Osaczył ją, nie miała żadnej ucieczki. Wszędzie był tylko on i on. A przecież mogła uciec, mogła się nie dać, wymknąć. Wystarczyło zamknąć oczy i już była drzewem, liściem w korytarzu wiatru, gałązką lekką, rosą na pąku. Ale on niczym wielki kot wbiegł po nią na czubek drzewa, chwycił w zęby, i zniósł do swego legowiska. Nie chciała tego, ale poddała się mu. Upolował ją. Wypłynęła niczym żółtko z rozbitego pazurem jajka, a on łapczywie ją zlizał. Nakarmiony, a wciąż nie syty. Szukał, znajdował i brał. Drapieżnik, który zapolował na wszystko. Aż zapamiętał się i przekroczył granice. Z pazurami rzucił się na strzegącego jej piersi tura. I tur ryknął, a Lukardis krzyknęła:

— Pomocy!

Kotary łoża rozsunęły się, a na pomoc rzuciła się wilczyca. W głębi komnaty zakrzyczał rajski ptak.

JAKUB ŚWINKA trzymał w ręku pismo legata papieskiego Filipa z Fermo i czytał je na głos członkom kapituły gnieźnieńskiej.

„Niniejszym zaświadczamy, że przed naszą osobą reprezentującą majestat Ojca Świętego Marcina IV nominat Henryk Brene zrzekł się swej kandydatury na arcybiskupa gnieźnieńskiego".

Po zgromadzonych przetoczył się jęk. I Jakub widział, iż prawa strona jęknęła z ulgą, a lewa z żalem. Lewa strona była znacznie mniej liczna.

— Co teraz? — zapytał z prawej strony kanonik Reyner.

— Teraz papież ma prawo samodzielnie naznaczyć kandydata.

— Czyli wyznaczy go legat Filip.

— No tak.

— Tylko nie Filip z Fermo!

— A Brene? — żałośnie i porywczo zapytał ktoś z lewej. — Dlaczego Henryk Brene nie stawił się przed nami i nie wytłumaczył?

— To już drugi nominat, który sam oddalił wybór — ponuro stwierdził kustosz katedralny Filip.

Kustosz siedział z prawej.

— Ciekawe dlaczego?

— Tron arcybiskupi przykryty kirem! Cień nad nami! Złowieszczy cień! — starczym głosem zaszeleścił ktoś z lewej.

Mikołaj, prepozyt katedry gnieźnieńskiej, siwy jak gołąb i słaby niczym mysz, kazał, by go na obrady kapituły przyniesiono na noszach. Jakub pomógł mu wstać i posadził go troskliwie na dostojnym krześle. Mikołaj siedział na nim kruchy jak opłatek, lecz głos wciąż miał niczym gnieźnieński dzwon. Kapituła obradowała w zachodnim skrzydle katedry i kiedy prepozyt się odezwał, aż zadudniło.

— Zamilknij, Janie! Te apokaliptyczne wizje zostaw sobie i ssij w bezsenne noce. Nie naszym zadaniem jest lamentować, lecz złą passę przerwać! Bracia! Dwanaście lat nie mamy arcybiskupa, bo nie możemy się porozumieć. A Bóg Wszechmogący patrzy i liczy nam grzech zaniechania na sąd! Ale my nie możemy liczyć na jego pobłażliwość, o nie! Prostaczkom czystego serca rok się rachuje za rok. A nam, bracia, nam Pan Bóg policzy podwójnie. Bo przez nasze waśnie arcybiskupstwo stoi otworem, wydane na pastwę demonów i zła! Koniec z tym!

Głos Mikołaja długo odbijał się echem od rozciągającej się nad ich głowami empory. Po długiej ciszy odezwał się z prawej strony kanonik Jan:

— Ale, zgodnie z prawem, teraz wyboru dokona papież.

— Czyli legat Filip.

— Tylko nie Filip z Fermo!...

— Tylko nie Filip...

— Jest jeszcze precedens elekcyjny — zauważył Reyner. — Wybiera kapituła i osobiście przedstawia papieżowi elekta, a papież anuluje wybór i z własnej woli mianuje wybranego wcześniej nominata.

— Ale nigdy z niego nie korzystaliśmy — pisnął ktoś z lewej.

— I oto nasz grzech! — huknął prepozyt Mikołaj. — Grzech zaniechania!

— Czy zatem szlachetny prepozyt, szanowany przez nas z racji rozumu i wieku, sugeruje, byśmy sami dokonali wyboru? — zapytał kustosz Filip.

— Tak. I to jeszcze dziś. Wy tego nie rozumiecie, młodzieńcy.

Ale ja, jako ten, który stoi nad grobem, widzę już karzącą rękę boskiej sprawiedliwości!

— Zatem, czy prepozyt Mikołaj zgłasza jakąś kandydaturę?

— Tak. Wnoszę o nominację dla kantora katedry gnieźnieńskiej, Jakuba Świnki.

Jakub skurczył się i zbladł.

W pierwszej chwili przebiegły mu przed oczami obrazy i słowa Dębiny: „Jesteś kapłanem Chrysta i to ty dzisiaj władasz świątynią, która stanęła na kolebce Matek". Ale zaraz potem pomyślał rzeczowo:

„Ja? Ja nie mogę. Ja jestem z nieprawego łoża. Bękart, syn mnicha, syn wyklętego Piasta, króla, którego imię zostało zaprzeczone na wieki. Poza tym właśnie ofiarowałem życie Bogu. Chciałem złożyć śluby".

Czuł, że wzrok wszystkich skupił się na nim. Cisza, jaka zapanowała w miejscu obrad, odebrała mu dech w piersiach. Gorączkowo myślał, co robić. Co robić? Jak powiedzieć, że nie może z przyczyn osobistych?

— Jakub Świnka — grzmiał prepozyt Mikołaj — syn Jonasza Świnki. Polak z krwi i kości...

„Boże kochany, jeszcze jak...".

— Magister siedmiu sztuk wyzwolonych sławnego uniwersytetu w Oksfordzie...

— Magistrów ci u nas dostatek — syknął ktoś z lewej strony.

— Zasłużony w pracy na rzecz książąt, uczony w piśmie, znawca *Żywota Świętego Wojciecha*, naszego patrona, zaufany księcia Przemysła i świętej pamięci księcia Bolesława...

Jakub Świnka z nerwów zacisnął palce u stóp.

„Ofiarowałem życie Bogu i misji odzyskania korony. Jeżeli przyjmę zaszczyt, będę musiał złożyć śluby kapłańskie, więc jedno się wypełni. A gdzie bardziej będę mógł służyć koronie niż jako arcybiskup?".

Kapituła obradowała w zachodniej części katedry, na podwyższeniu pod emporą. Wystarczyło, by wstał, przeszedł wzdłuż stołu i zniknął w mroku za plecami szlachetnego prepozyta. Trzy schody w dół, pięć kroków w przód, w lewo i zejście do północnej kruchty. Wszystko razem nie dłużej niż mgnienie, a byłby u siebie, w świecie tajemnej biblioteki. Z dala od wyzwania, jakie rzucał mu prepozyt. Tak, pragnął służyć, ale nie czuł się godny takiego zaszczytu. Gdy Mikołaj mówił, Jakub w rozgorączkowanych myślach wciąż dodawał po każdym jego zdaniu: „krew Piastów, ich bękart" i czekał, kiedy ma to wypowiedzieć na głos. Zebrał się w sobie, był gotów. I wtedy zobaczył, że za plecami sędziwego, siwego jak gołąb Mikołaja siedzi mysz. Siedzi i wpatruje się w niego, w Jakuba.

„Boże Wszechmogący! Czy to ma być znak?".

— Tak! — głębokim głosem odpowiedzieli wszyscy członkowie kapituły.

Spuścił głowę przed tym werdyktem, od którego nie było ucieczki, a kiedy ją uniósł, zobaczył, że wszyscy wstali, nawet siwy i schorowany prepozyt Mikołaj, i tylko on siedzi. Od sklepienia gnieźnieńskiej katedry odbijały się gromkie krzyki:

— Radzi! Radzi! Radzi!

PRZEMYSŁ zabrał Cztery Wichry i popędził do Gniezna. Nominacja kapituły dla Jakuba Świnki była najlepszą wiadomością, oczywiście, po darowiźnie Mściwoja, jaka go spotkała w ostatnim czasie. Chciał jak najszybciej pogratulować kantorowi i omówić z nim najbliższe plany. Ach, jaka szkoda, że stryj tego nie dożył!

Najpierw zaskoczyło go, gdy słudzy powiedzieli, że nominata Świnki nie ma. Potem, że jest, ale w krypcie. A na końcu to, że gdy tam zszedł, zastał go pogrążonego w smutku.

— Jakubie? Co ty tu robisz? Nie cieszysz się? Boisz się, że cię nie zatwierdzą w kurii rzymskiej?

— Nie, panie. Nie w tym rzecz.

— A w czym?

Jakub spojrzał na niego poważnie i rozwinął stary pergamin.

— Czytaj, książę.

Kroniki czasu przebrzmiałego... pisane w mroku, jakiego nie znał świat... wyszła na ziemie nasze, chrztem świętym ongiś uświęcone, Stara Krew i sączyć zaczęła się zrazu strumykiem wąskim, by naraz chlusnąć niczym rzeka wezbrana potopem...On jednak, niech na wieki zostanie Bezprymem, odrzucił szlachetne służby druhów swego ojca i zwrócił swą miłość ku dzikim dzieciom lasu... a ten, niczym bękart, zrodzony był z poganki, która wydając dziecko na świat, chrztu nie znała... Matkę jego, że była starego rodu, odesłano ku pokucie do klasztoru Hillersleben. Dziecko zaś ochrzczono i jako oblata ofiarowano w ręce opata klasztoru na Świętej Górze Panonii, nadając mu imię Propateryk, by całym swym życiem odkupił życie ojca...

— Jakubie? Co to jest?

— To początek mojej historii, książę. Odkryłem ją niedawno i nim zdążyłem ci ją wyznać, dostałem nominację.

— Czekaj... — do Przemysła zaczęło docierać.

— Tak, panie. Jam jest bękart bękarta. Dzika piastowska krew od czasów Propateryka, który jak i jego ojciec złamał śluby i spłodził syna.

Przemysł usiadł i roześmiał się:

— Do tej pory myślałem, że łączy nas tylko przyjaźń, a teraz widzę, że nawet cząstkę krwi mamy wspólną.

— Książę! Ja jestem bękartem! Wylęgańcem!

Tyle razy zastanawiał się, dlaczego Jakub Świnka wzbudza w nim tak wiele dobrych uczuć, dlaczego kruchość jego osoby wywołuje w nim zaufanie.

— Jakubie Świnko. Tu jest napisane, że żona Bezpryma była wysokiego rodu. Przez dyskrecję nie podano jej rodowego nazwiska. Kto to wie? Ja uznaję cię za swego rodowca. „Jedynego ze znanych mi pozbawionego osobistych ambicji". — I byłoby dla mnie zaszczytem, gdybyś został arcybiskupem Gniezna. Przyjmiesz to?

Jakub Świnka patrzył w oczy Przemysła, mówiąc:

— Tak.

— A papież? Zatwierdzi twoją kandydaturę?

— Papież Marcin IV... tak się składa, że pracowałem dla niego, gdy był legatem. Znamy się.

— To chwała Bogu! Jakubie! Po dwunastu latach wreszcie mamy arcybiskupa i to jakiego!

— No właśnie — mruknął Świnka — jakiego...

— Takiego, którego darzę pełnym zaufaniem — odpowiedział mu Przemysł.

„Stara Krew".

Tknęło go i sięgnął ponownie po pergamin.

— Jakubie, czy Stara Krew i Starsza Krew to jest to samo?

— Tak książę, to tylko kwestia nazwy. Chodzi o to samo.

Przemysł zagryzł wargi i spojrzał prosto w oczy Jakuba.

— To mamy problem. Moja żona jest Starszej Krwi.

— Wiem — odpowiedział Jakub. — Ja też, mój książę. Ja też.

MECHTYLDA ASKAŃSKA nigdy nie była cierpliwa. Ale potrafiła zapaść się w sobie niczym zwierzę w zimowy sen. Miała pod swymi skrzydłami tyle czerwonych orląt, że mogłaby nimi zapełnić połowę tronów w okolicy, ponieważ jednak w grze dynastycznej najważniejsze jest wyczucie czasu i miejsca, pielęgnowała swe orlątka, powściągając własną popędliwość. Ostatnimi nocami nawiedzał ją pewien sen i po przebudzeniu uznała, że już czas, by przywołać do siebie Gretę.

— Księżno ciociu. — Mała Greta, Małgorzata Askańska, córka jej brata Albrechta, skłoniła się tak ślicznie, że za sam ten ukłon należał jej się pocałunek w usta i orzechy w miodzie.

„Pocałunek tak, orzechy nie. Jest zbyt pulchna".

— Podejdź, dziecko.

W jej snach królewna miała głowę wydłużoną, smukłą, czoło wysoko uniesione i włosy tak jasne, aż srebrne, jakby granica między skórą a nimi nie istniała.

— Obróć się bokiem.

Nosek królewny był malutki, wąski, podbródek ładnie zarysowany, uniesiony. Greta miała nos idealny, ale podbródek zbyt miękki.

— Zrób kilka kroków w tył.

Zmrużyła oczy i przyjrzała się bratanicy.

„Królewna".

Wizerunek, który Mechtylda ujrzała we śnie, mógł być Gretą, ale... Po co czekać, jeśli można przyszłości pomóc?

— Skarbie, chodź ze mną — podała jej dłoń.

Rączka Grety robiła na niej zawsze to niezwykłe wrażenie i choć Mechtylda nigdy nie była sentymentalna, lubiła od czasu do czasu poczuć, czy to jeszcze działa.

Służąca wniosła do pracowni lampę i, kłaniając się, zniknęła. Mechtylda rozejrzała się po półkach. Taaak. Wyjęła skrzyknę, a z niej płótno tkane gęsto i mocno. Pociągnęła je. Zbyt mało elastyczne. Garniec z mazią. Uhm.

— Nakładaj mazidło na płótno i wcieraj.

Greta posłusznie wykonała polecenie. Była dokładna, nie opuszczała ani kawałątka materii, pokrywała ją skrupulatnie, kawałek po kawałku. Mechtylda przyjrzała jej się z zadowoleniem i nie mogła się powstrzymać, by nie uszczypnąć małej w ucho.

Gdy płótno było gotowe, uczesała jasne włosy Grety gładko. Pocałowała ją w czubek głowy i ściśle owijać zaczęła czaszkę dziewczynki.

„Jest trochę za duża, ale maź rozgrzeje i zmiękczy jej kości na tyle, że powinny dać się jeszcze ukształtować. Rok, dwa i będzie piękna jak królewna z mojego snu".

Oczy Grety były pełne łez. Pulchny podbródek się trząsł.

— Od dzisiaj nie wolno ci jeść nic poza tym, co dostaniesz ode mnie. — Uszczypnęła dziewczynkę w policzek. — To musi zniknąć. Rozumiesz?

Mała bratanica, wychowana na jej własnej piersi, zrobiła ukłon z gracją pierwszej damy dworu i powiedziała cichutko:

— Rozumiem i dziękuję, księżno ciociu.

HENRYK, książę wrocławski, urządził wielki turniej rycerski w Rudzie jako ukoronowanie spotkania książąt śląskich.

Sprosił na niego wszystkich ulubionych rycerzy. Nie omieszkał wysłać nawet zaproszenia do Przemysła, choć zaznaczył w nim, że zaprasza go nie jako księcia Starszej Polski, lecz jako uczestnika turnieju, a gdyby sam książę nie mógł skorzystać, to prosi, by w jego barwach stanął któryś z jego Wichrów. Jasne dla niego było, że Przemysł nie skorzysta i nikomu nie pozwoli przybyć. Nie o to chodziło, wcale go tu nie chciał widzieć, lecz pragnął pokazać Przemysłowi, że on, Henryk, nie zamierza płakać z powodu Pomorza ani tym bardziej padać przed nim na twarz. Czym jest Pomorze wobec faktu, że jego wspiera Rudolf Habsburg?!

„Choć, nie powiem, chciałbym, żeby Przemysł zobaczył, jak dobrze bawię się w Rudzie, którą musiał mi oddać".

Książę potrzebował miodu, potrzebował wina i rozrywki, by osłodzić sobie gorycz ostatnich dni. Legat papieski Filip z Fermo wydał wyrok niekorzystny dla księcia Henryka, uznający słuszność zażaleń biskupa Tomasza. Henryk się wściekł. Na całej linii zawiódł jego daleki krewny, nominat papieski na arcybiskupa Gniezna, Henryk Brene. Okazał się nieskuteczny. Książę wygarnął mu swe niezadowolenie, rzucił mu w twarz nieudolnością. Później przeprosił. Skoro musiał złożyć na czyjeś ręce przysięgę, że podporządkuje się wyrokowi, wolał, by to były ręce Brene.

Dziwki Ludwiny, piękne jak zwykle, wzmocnione załogą nierządnic z Kluczborka, uwijają się między nimi. Jemiołę trzyma przy sobie, zresztą wszyscy już wiedzą, że po pannę w jarzębinie nie wyciąga się rąk. Mógłby ją przebrać w złoto i jedwabie, mógłby i we Wrocławiu sadzać ją przy sobie na uczcie, nikt by słowem nie pisnął. Ale nie chciał tego robić. Konstancja jest coraz płaczliwsza, coraz bardziej chimeryczna, po co Władek opolski ma mu ciosać kołki na głowie? Władek jak Władek, jego synkowie, szwagrowie, denerwują Henryka bardziej. Ale dla każdego, a dla wrogów najbardziej, znajdzie się miejsce przy jego stole, zwłaszcza gdy ucztują w dawnej kasztelanii Przemysła!

Psuła mu nastrój rezygnacja Henryka Brene z nominacji arcybiskupiej. Stary krewniak wykazał się zbyt dużą samowolą. Owszem, zasłonił się ciężką chorobą, prawda, zaległ na miesiąc, ale czy to powód?

— Napijmy się!

Gruby książę legnicki, przy nim piękna Elżbieta, jego kaliska żona. Głogowczycy, obaj. Dobrze, dobrze.

— Panie... — Fulko ostatnimi czasy robił się natarczywy — panie, obiecałeś, że pasujesz mnie na rycerza.

— Nie dziś, chłopcze, nie dziś!

Jemioła przy jego boku sztywna, choć bije od niej ciepło niczym z pieca. Jej sutki ostre jak kamyczki, kolana okrągłe jak jabłka, lubi je dusić pod stołem, lubi sprawdzać, czy jego Panna Nierządna jest wystarczająco wilgotna, gdy siedzi przy nim. Lubi nożem odkrajać wonną pieczeń, jeść, gdy sok ścieka mu po brodzie i kazać zlizać go Jemiole, przy ludziach, przy stole. Ona wzbrania się, bo nie je mięsa. A jego podniecają jej zaciśnięte szczęki.

Księżna legnicka Elżbieta podnosi się, chłodnym ukłonem żegna, wymawia zmęczeniem, wychodzi.

„Dewotka, po matce!".

— Zdrowie Eberharda! — wzniósł toast Henryk. — Sztych spod pachy był godzien nagrody! Łap!

Rzucił mu złotą zaponę odpiętą ze swego płaszcza. Eberhard, pijany, za wolno zerwał się z miejsca i zapona wylądowała na grzbiecie pieczonego z gruszkami łabędzia.

Śmiech!

— Zdrowie księcia Henryka! Zdrowie!

Podnosi ramię w górę. Lubi patrzeć, jak w blasku świec lśnią, jeden obok drugiego, cztery pierścienie na jego palcach. Mruży oczy, by wyobrazić sobie, jak to będzie, gdy założy wszystkie.

— Panie... Kapituła gnieźnieńska wysłała trzech kanoników do papieża. A z nimi pojechał ten Świnka, nominat. W Poznaniu spodziewają się ich powrotu lada dzień.

Henryk rozczapierzył palce.

— Już? Do Rzymu i z powrotem? To musieli chyba polecieć!

Zaśmiał się, a za nim cały dwór.

— Nie, książę — Bruno, dowódca jego cichych ludzi, był pozbawiony poczucia humoru — pojechali już trzy miesiące temu.

— Papież nie uzna jego wyboru!

— Różnie może być. Ten Świnka ma wielkie wsparcie Przemysła.

Henryk wzruszył ramionami i zaśmiał się:

— A kim dla papieża jest Przemysł?! Co to dla niego za książę?!

I nagle zastanowił się.

— Nie kim jest książę, tylko kim jest ten Świnka?

— Sprawdzimy.

On sprawdził, że Jemioła wyschła. Więc przycisnął jej biodra bliżej, zanurzył palce w fałdach jej sukni i uszczypnął ją. Zadziałało natychmiast. Dał jej wina i wypił je z jej ust. Bruno nie dawał mu spokoju.

— Panie, cisi ludzie wrócili z Wiednia.

— Tak?

— Król Rudolf Habsburg zamierza zakończyć regencję Ottona Długiego w Pradze.

— Mów.

— Czesi tak nienawidzą Brandenburczyka za tych kilka lat rządów, że gotowi są zapłacić mu odszkodowanie złotem, byleby opuścił Pragę.

— Co z małym?

— Václav ponoć jeszcze w tym roku ma wrócić na tron. Jesienią skończy dwanaście lat.

Henryk się zamyślił. Trzeba mu dobrej rady, by ułożyć to wszystko w nowy dobry plan.

— Do usług, mein Herzog Heinrich — zaszemrał mu do ucha zawsze gotów do pracy Czarny Pan.

PRZEMYSŁ nie mógł się doczekać powrotu Jakuba Świnki z Rzymu. Nie wątpił, że kantor wróci z paliuszem, ale wolał już go tu mieć.

Rycerstwo Starszej Polski dostało wraz z umową z Mściwojem wiele nadań na Pomorzu, rycerstwo pomorskie zostało z kolei uhonorowane przez niego. Połączenie dzielnic było ziarnem, które zakiełkowało i wypuściło liście od razu. Mściwój wprawdzie w sądzie kierowanym przez legata papieskiego dostał wyrok raczej kiepski, uznający w znacznej części roszczenia krzyżowych braci, i musiał odstąpić im część ziem po stryjach, lecz, choć bolało, uznali z Przemysłem, że trzeba, bo spokój wokół ich własnej umowy był ważniejszy. Sprawy księstwa ogarniał, nie o to chodzi.

Nie radził sobie z Lukardis. Niewiele pomógł jej pobyt u klarysek w Gnieźnie. Jego żona zmieniła się nie do poznania, a im bardziej pragnął jej pomóc, tym było gorzej. Tak niewiele w ich życiu było dni, które spędzali razem, od czasu poronienia robił jednak, co mógł, by wspólnych chwil przybywało. I choć w sercu wciąż miał obraz małej damy, złotowłosej, zielonookiej i zachwycającej, kobieta, którą odnajdował przy sobie, nie była nią. Była kimś innym, kogo nawet nie potrafił nazwać, wiecznie senną istotą, która zachowała wszelkie formy dworskiej damy, ale jednocześnie była niczym swój własny cień. Unikała rozmów, uśmiechając się mgliście i odchodząc w brzęku złotych kółeczek zdobiących kraj jej płaszcza. Mówiła „mój mężu" albo „mój panie" i składała przed nim ukłon, nie unosząc powiek. Podawała mu dłoń, ale zawsze skrytą w jedwabnej rękawiczce, a on tęsknił za jej ostrymi różowymi pazurkami. Nocą wpuszczała go do łożnicy chętnie, lecz nie odpowiadała, gdy pytał, i nie potwierdzała wyznań miłosnych, jakie jej czynił, a gdy kochali się, raniła go. Potrafiła ugryźć albo drapnąć do krwi. I nie pozwoliła palić światła, kochali się więc w mroku. Nie, nie bał się jej, tylko o nią.

Jakub Świnka obiecał mu kiedyś, że spróbuje jej pomóc. I, szczerze mówiąc, Przemysł liczył już tylko na niego. Doczekał się.

— Książę!

— Arcybiskupie!

Jakub Świnka pokręcił głową.

— Nadal nominacie!

— A więc powiodło się!

— Powiodło! Papież Marcin IV anulował wybór mojej osoby przez kapitułę i następie z powrotem wyznaczył mnie jako swego kandydata. Wszystko zgodnie z prawem.

— Teraz tylko musimy ustalić datę konsekracji!

— I moich święceń kapłańskich. Najpierw muszę je przyjąć.

Przemysł zastanowił się.

— Nie chciałeś być kapłanem?

Jakub Świnka pokręcił głową.

— Znasz moją historię, książę, ty jeden. Całe życie wzbraniałem się przed przystąpieniem do któregokolwiek ze zgromadzeń zakonnych, nie chciałem przyjąć ślubów, jak ci moi przodkowie, którzy je potem łamali. Ale powołanie do kapłaństwa przyszło do mnie równocześnie z odkryciem swego pochodzenia i odkąd je rozpoznałem, pragnąłem przyjąć święcenia kapłańskie. Nie chcę być Jonaszem, który ucieka przed przeznaczeniem, jakie wyznaczył mu Pan. Tak, chcę nieść światło Chrystusa. *Lumen Christi.*

— Amen.

Milczeli chwilę.

— Wigilia świętego Tomasza apostoła to najbliższy termin, książę. W sobotę przyjmę święcenia, w niedzielę konsekracja.

— W Gnieźnie.

— Nie. W Kaliszu. U minorytów. Chcę rozpocząć skromnie. Jak Franciszek z Asyżu, ubogo.

— Ty decydujesz, Jakubie.

Przemysł nie wiedział, jak zacząć. Nagle Jakub Świnka przestał być kantorem, a stał się niemal najważniejszą osobą w księstwie. Za kilka tygodni będzie arcybiskupem.

— Jakubie… pomóż mi.

— Przemyśle, po to biorę na siebie ten ciężar, żeby tobie pomagać.

— Pomóż mi w sprawie mej żony. Ona… Lukardis nie jest sobą… A ja przy niej przestaję być mną.

1283

grudzień

JAKUB ŚWINKA chciał z tym poczekać aż do konsekracji. Gdy wraz z kanonikami kapituły pojechał do Italii po paliusz arcybiskupi, rozmawiał w Rzymie z prefektem sekretnej kapituły i ten, zgodnie z przewidywaniami Jakuba, powiedział mu, że jeśli to demon, to tylko egzorcyzmy. Aby ich użyć, musi być wyświęcony. Ale — Jakub rozmyślał o tym nieustannie — to nie musi być demon. To może być tak, jak powiedziała mu Dębina, a przed nią Jemioła. Obce zło, stara śmierć. Duch z czasów przedchrystusowych. A jeśli tak, to nie ma żadnego znaczenia, czy on jest kapłanem Chrystusa, czy nie. Na wszelki wypadek wolał jednak, by odbyło się to w Gnieźnie.

„Święte miejsce dzisiaj i dawniej. Kiedyś kolebka Matek. Dzisiaj dom Chrystusa".

Zresztą ze względu na bliskość konsekracji nie mógł opuścić swej przyszłej arcybiskupiej stolicy. Jako nominat miał prawo zacząć zarząd diecezją, a uporządkowanie jej spraw po dwunastu latach bez gospodarza przekraczało ludzkie pojęcia. Kustosz Filip i kanonicy, Reynar i Jan, pomagali mu od świtu do zmierzchu. Po nocach siedział sam.

Księżna przyjechała ze swym dworem, Przemysł został w Poznaniu. Jakub zasugerował, iż będzie lepiej, jeśli spotka się z Lukardis bez jego obecności.

„Czy wypada, bym zaprosił księżną tutaj? — Wciąż był Jakubem Świnką. — Nie, lepiej wybiorę się do niej, na zamek. Tu jakoś tak nie po pańsku, ciasno i prząśnie".

— Pani?

— Szlachetny nominat? Jakub Świnka?

— Księżna Lukardis?

— Nie! — Piękna pani zaśmiała się zawstydzona. — Jestem Eufemia, z Nałęczów. Dwórka pani.

— A ja jestem Zbysława, z Zarembów.

— Anna Grzymalitka.

— Jadwiga z Łodziów.

— Kanclerzówna? — Jakubowi zakręciło się w głowie od błękitów, zieleni, szkarłatów i wzorów na sukniach pięknych dwórek.

— Tak, panie. Rade jesteśmy cię widzieć. I w imieniu dworu księżnej pani przyjmij nasze gratulacje. Eminencjo!

— Nominacie.

— Ale za tydzień już eminencjo!

„Jak to możliwe. Piękne panie mówią i śmieją się jednocześnie. Jak stadko ptaszków albo łąka kwiatków, albo... Jakubie Świnko! Weź się w garść!".

— Gdzie księżna?

— Czeka na ciebie, panie.

— Sama?

Dziewczęta wymieniły spojrzenia.

— Jest z nią jedna służka.

Zauważył ich zmieszanie.

— Czy coś panie niepokoi? Panny dwórki?

Znów zerknęły między sobą, gorączkowo, szybko.

— Proszę powiedzieć nominatowi.

Zarembówna była najodważniejsza.

— Panie, nasza księżna jest od jakiegoś czasu odmieniona...

Kanclerska córka zagryzła wargi, ale powiedziała:

— To sprawa tej dziewuchy, Czeremchy — i dodała szeptem: — proszę na nią uważać. Jeśli chce pan poufnie pomówić z księżną, proszę jakoś się jej pozbyć. Ona...

— ...nie opuszcza księżnej na krok...

Dość już mu było tego. Cokolwiek spotka za tymi drzwiami, musi już przekroczyć próg.

Odwrócił się do stadka ptaków, łąki kwiatów.

— Dopilnujcie, moje panie, by nikt nam nie przeszkadzał.

Otworzył drzwi, wszedł i zamknął je za sobą szczelnie.

— Zdejmij kaptur, dziewczyno! — powiedział kategorycznym głosem do postaci, która zastąpiła mu drogę do księżnej. Kątem oka widział Lukardis siedzącą przy ścianie, opartą czołem o krzesło, jakby spała.

Dziewczyna potrząsnęła głową i sukienny kaptur opadł jej na ramiona. Jakub Świnka zobaczył przed sobą najpiękniejszą kobiecą twarz, jaką widział w życiu. Cudne, delikatne rysy skojarzyły mu się z Marią Panną. Bliski był padnięcia przed nią na kolana, ale wstrzymał go zapach. Dziwna woń.

— Kim jesteś? — zapytał. — Podaj swe imię.

Cudna wpatrywała się w niego oczami, które zmieniały kolor. Nie otwierała ust.

— Demonie, podaj imię.

Lukardis jęknęła w głębi komnaty. Przekręciła się na krześle, jakby przez sen.

„Ochronić księżną" — pomyślał i zrobił krok w jej kierunku.

Cudna zastąpiła mu drogę. Wydawało mu się, że nadepnął jej na stopę, ale nie poczuł nic.

— Z drogi, demonie! — Głos Świnki zaskoczył jego samego.

— To nie jest demon — szepnął mu ktoś w głębi głowy. — To tylko Przywra.

„Jezu Chryste. Mówisz do mnie? Czy złe duchy urządziły sobie tu turniej?".

— To nie Jezus. To ja. — Głos w jego głowie był kobiecy.

— Jakie ja?! — krzyknął i wystraszył się siebie.

Lukardis też się zlękła, wstrząsnął nią dreszcz, tylko Cudna wydawała się nieporuszona. Wystarczył jednak ten moment, kiedy Jakub spuścił ją z oka, żeby spojrzeć na księżną, by istota nazwana przed chwilą „Przywrą" z dziewczyny o cudnej twarzy zamieniła się w kosmatą bestię. Jakub poczuł, jak miękną mu nogi w kolanach, gdy zobaczył, że pod płaszczem Cudna pokryta jest wilczym futrem. Tylko twarz miała kobiecą, wszystko, co poniżej, porastała brudna, posklejana sierść. Szedł od niej smród zgnilizny.

„Stara śmierć" — przemknęły mu przez pamięć słowa Dębiny.

— Nie — odezwał się kobiecy głos w jego głowie — nie możesz się jej bać, Jakubie. To tylko Przywra. Bierz ją!

Jakub wyciągnął gwałtownie ramiona i nie zważając na lęk i wstręt, złapał w nie Cudną. Wymknęła się z sykiem i wzleciała w górę. Przez chwilę zawisła nad głową Jakuba, widział wytartą, wilczą sierść na jej nogach, czy raczej łapach, a potem z impetem opadła na kolana Lukardis.

— Ratuj!... — żałośnie jęknęła księżna, lecz Cudna wpiła się ustami w jej usta.

— Jakubie! Odciągnij ją, to Przywra! Wypije z księżnej życie! — Głos w jego głowie był nie mniej realny niż to, co się tu działo.

Cudna nie odrywała ust od Lukardis, ale oczy zatopiła w Jakubie. Wilcze łapy otoczyły szyję księżnej. Zdenerwował się. I ruszył. Chwycił Cudną za ubranie i chciał oderwać. Czuł, że parzy go w ręce, jakby chwycił nie suknię, lecz rozpalone żelazo. Ale nie puszczał, ciągnął. Lukardis bladła. Opadały jej powieki.

— Nie bój się. Oderwij ją, bo się przeistoczy!

Szarpnął. Szarpnął tak mocno, jakby od tego zależało życie. Cudna spadła z kolan księżnej i ryknęła gniewnie. Kopnął ją w twarz. Syknęła i złapała go za but. Jakub się przewrócił. Widział, jak Cudna wznosi się nad nim, jak wyciąga łapy zakończone połamanymi, krzywymi pazurami. Poczuł szarpnięcie w swej głowie. I nagle z szumem myśli z jego własnej czaszki wyleciała kobieta.

„Dziewica Maria".

— Przestań, nie bądź dewotem! — pomyślała do niego.

Cudna wystraszyła się jej. Kobieta jednak była szybsza niż myśl. Wyciągnęła przed siebie ramię i dotknęła palcem piersi Cudnej. Rozległ się syk, jakby kowal wrzucił w wodę rozżarzone żelazo. Lukardis jęknęła tak żałośnie, aż zabolało go serce. Odwrócił się w stronę księżnej. Zobaczył, jak uchodzi z niej życie. W tej samej chwili poczuł swąd palonej sierści. Kobieta zagarniała dym, który ulatniał się z Cudnej, toczyła z niego kulę i zagniatała ją w dłoniach, wpychając tamtej z powrotem do ust. Jakub wierzył, bo widział, ale to, co widział, przekraczało od dawna ludzkie pojęcie. Z Cudnej nie zostało nic. Całkowicie nic.

— Księżno!

Doskoczył do niej, ale Lukardis była martwa. Ponad wszelką wątpliwość martwa.

Usiadł u stóp księżnej i potarł czoło.

— Boże drogi, co się tutaj stało...

— Widzisz, dyplom magistra sztuk nie wystarczy, by zrozumieć życie. — Głos kobiety kpił z niego, nie był jednak złośliwy.

— Nie rozumiem. — Pokręcił bezradnie głową. — Nie rozumiem tego... Dębina mówiła, że to wilkołaczyca, ty, że Przywra, a jedyne, co wiem, to iż kiedy wszedłem, była tu księżna i jej służka...

— Dębina miała rację, to była wilkołaczyca i gdybyś zabrał się za nią wtedy, kiedy zielone kobiety cię o to prosiły, zabiłbyś ją bez większego trudu. Ale ty zawsze byłeś powolny w ważnych sprawach. — Wydawało mu się, iż głos kobiety brzmiał odrobinę ironicznie. — Ta dziewczyna, nie wymieniajmy jej imienia, która stała się wilkołaczycą, była bezgranicznie oddana księżnej. Tak bardzo, że nie śmiała pożywić się jej krwią; wiesz, wilki to honorowe zwierzęta, które respektują hierarchię stada. Zaczęła gasnąć, szczury, którymi się żywiła, wypaczyły jej charakter, a kiedy księżna poroniła, sam chyba rozumiesz, co stało się z jej płodem...

Jakub nie rozumiał, za Boga Ojca nie rozumiał, ale przeczuwał i to musiało mu wystarczyć.

— Potem wierna wilkołaczyca zamieniła się w Przywrę, istotę dużo niższego rzędu, brudny, nijaki byt, który wysysa życie ze swego żywiciela, uzależnia go od siebie, tak jak i on jest uzależniony, aż pozbawi go życia do szczętu.

— A co by się stało, gdyby nikt nie zauważył, gdyby księżna umarła, a ta Przywra została?

Kobieta wzruszyła ramionami i pokręciła głową.

— Cały ty! Mój mały filozof! Przeszłaby na kogoś innego, ale bez obaw, prędzej czy później tajemnicze śmierci ściągnęłyby na siebie czyjąś uwagę. Możesz mi obiecać, że się nieco podszkolisz w tych sprawach?

Spojrzał na nią.

— Kim ty jesteś? Wyszłaś z mojej głowy?

— Tak. W pewnym sensie.

— Dziękuję ci, kobieto. Bez ciebie nie dałbym rady.

— Jakubie. Nawet bękart czasami może polegać na rodzinie.

PRZEMYSŁ w zwłokach Lukardis nie rozpoznał swej małej żony. Ciało zimne i obce, zamknięte przed nim oczy. Jedyne, co pozostało w niej takie samo, to włosy. Jej złote loki. Dotknął ich.

Przyjechał do Gniezna najszybciej, jak się dało, i choć wiadomość o śmierci księżnej była nie do przyjęcia, czuł, że to prawda. Więcej, czuł, że to się musi tak skończyć, już gdy prosił Jakuba o pomoc. On jeden wiedział, co się między nimi działo przez ten ostatni rok, kiedy się kochali. I że to nie było normalne. Dlaczego ją utracił?

Uściskali się z Jakubem w kaplicy. Świnka czuwał przy zmarłej.

— Przykro mi, książę. Nie dałem rady jej uratować. Siły, które walczyły o twą żonę...

— Przepraszam, Jakubie. To ja zrzuciłem ci na barki zadanie ponad ludzkie siły.

— Módlmy się za jej duszę, bo nie jestem pewien, czy Pan zabierze ją do siebie. Wciąż wydaje mi się, że czuję tu obecność tamtych.

Przemysł wciągnął powietrze. Woń świec, kurzu, kamieni. Włosów Lukardis. I nic więcej.

— Nie, Jakubie. Teraz jest już sama. Zniknął zapach sierści.

Zastanawiał się, jak mógł przez dziesięć lat nie rozpoznać zapachu, który towarzyszył Lukardis. Dopiero teraz, kiedy wyjechała. Sypialnia była pusta bez niej. I w nocy obudził się, mając wrażenie, że nagle się przy nim zjawiła. Ale to nie była Lukardis, ani nie był sen. To była jego suka. Gdy polizała mu rękę, zrozumiał.

Milczeli dłuższą chwilę. Przemysł nie mógł się modlić, ale słyszał, jak Jakub szemrze.

— Wiesz, co gadają ludzie?

— Wiem. Jedni mówią, że ja ją zabiłem, drudzy, że jej dwórki.

— Te panny piękne? — Jakub podniósł głowę znad klęcznika. — Ja słyszałem tylko o tobie. Żeś zabił, bo nie mogła mieć dzieci. Pogadają i przestaną.

— Czy możemy ją pochować w poświęconej ziemi?

Jakub przeżegnał się i wstał.

— Ona umarła. Nie targnęła się na własne życie, nawet jeżeli to tak wyglądało. Nie widzę przeszkód, by księżna pani miała spocząć w chrześcijański sposób. Tu, w Gnieźnie, gdzie jest stare i nowe. Pochowaj ją.

Przemysł przebrnął przez uroczystości żałobne, jakby płynął w zimnej mgle. Zresztą taki był właśnie grudzień. Bezśnieżny, wilgotny i dżdżysty. Zamiast śniegu świat bieliła mgła.

To wszystko stało się tak nie w porę. Tydzień przed konsekracją arcybiskupią Świnki. To miało być wielkie święto. A położyła się na nim cieniem jej śmierć.

Tylon pilnował kancelarii. Podsuwał mu dokumenty i palcem pokazywał, gdzie ma podpisać. Wszystko, co mogło poczekać, notariusz oddalał na później.

Cztery Wichry przyszły do niego po pogrzebie wieczorem i Michał spytał:

— Chcesz pić?

Chciał. Więc z nim pili w milczeniu. A potem pojechali razem w noc, konno, na bagna wokół Gniezna. Rozmarzające, śnieżne błoto chlapało w twarz. Rozmazywał je rękawem i wył. A oni wyli z nim.

„Dziesięć lat".

Wrócili, gdy dniało. Spali do południa. Wieczorem łaźnia i gorące kłęby pary, które zmywały z niego tę umarłą miłość.

Rankiem ruszyli do Kalisza na konsekrację arcybiskupa Jakuba Świnki. Miał ze sobą pierścień, który kazał dla niego wykonać już w dniu, gdy dowiedział się o nominacji. Złoto było najczystszej próby, obręcz pierścienia zdobił wizerunek zmartwychwstałego Chrystusa i charyzmatycznego męczennika, ukochanego przez Jakuba świętego Wojciecha. „Syn Boży, który wstaje z martwych i patron najświętszej ojczyzny".

Jan biskup poznański, Tomasz, biskup wrocławski, Wolimir, biskup włocławski, Gosław, biskup płocki wyciągnęli ręce i szeptali błogosławieństwo nad pokornie pochyloną głową nominata. Przed ołtarzem stawał jako Jakub Świnka. Odchodził od niego w sakrze i z pastorałem jako Jakub II.

Przemysł, książę Starszej Polski, wystąpił do niego i nałożył mu na palec pierścień.

— Unieś dłoń i przejrzyj się w nim, Jakubie — szepnął mu na ucho.

Pierścień w miejscu tarczy herbowej miał wielki, ośmiokątny, wypolerowany topaz o barwie przejrzystego złota. Gdy Jakub Świnka spojrzy w niego, zobaczy niczym w lustrze swoją twarz tam, gdzie inni zwykli umieszczać swe rodowe znaki.

Arcybiskup zrobił to i uniósł wzrok na księcia. W oczach obydwu zalśniły łzy.

— Jakubie Świnko — powiedział Przemysł — zwracam ci twój herb.

MŚCIWÓJ, książę Wschodniego Pomorza, pojechał zapolować na dziki. Puszcze wokół Słupska były tłuste od zwierzyny. Ganiali po lesie, czynili zgiełk, wypłaszali dziki z kniei. Gryf latał między drzewami, krzycząc. Święca, kasztelan, a hultaj, sam upolował jednego potężnego knura. Ale książę Mściwój nie został w tyle i przywalił dwóm.

Na noc zjechali wszyscy do kasztelana Święcy. Umęczony gryf nie odpowiadał na zaloty rybogryfa gospodarza. Chrapnął sobie z boku.

— Biedaku! — Mściwój przykrył go książęcym kołpakiem. — Wina, kasztelanie, wina!

Woran podsunął panu miskę.

— Najpierw, książę, coś zjedz.

— Bezczelne chłopaczysko! Widzieliście? Księciu panu rozkazuje! — krzyknął Mściwój i trzepnął giermka w ucho. Ale zjadł. I zaraz popił.

Święca klasnął i służba zaczęła wnosić wieczerzę. Ale nie zawracali sobie głowy kaczuszkami, zajączkami i tym bardziej rybą. Myśliwi czekali na dziki.

— Ten jest mój! Poznaję! — krzyknął książę, gdy wnieśli pierwszego.

Upieczony w całości, na ruszcie, zajął pół stołu. Ale zaraz weszli z drugim, większym.

— Nie! To jest mój! Zabierajcie tego! Ten, ten jest mój!

Posłusznie przenieśli pierwszą pieczeń na niższy stół i przed Mściwojem ustawili drugą. Do komnaty jadalnej weszła dziewczyna. Mściwój spojrzał na nią i zakrztusił się winem. Żelibor z wprawą walnął go między łopatki.

— Córka mojej szwagierki — przedstawił Święca — Sulisława.

Dziewczyna ukłoniła się przed księciem, a Mściwój zastygł z otwartymi ustami. Była piękna. Przepiękna. Miała oczy w kolorze syconego miodu, włosy w tej samej barwie co sos z pieczeni i usteczka małe, ciemnoróżowe jak borówki. Wyobraził sobie natychmiast, że takie same musi mieć sutki. A gdy odwróciła się, by przejść wzdłuż stołu i usiąść, zobaczył, że pośladki miała jędrne jak jabłka.

„Jezu. I na dodatek nie ma więcej niż czternaście lat".

Miała szesnaście. I była dziewicą.

„Trudno" — pomyślał, bo tego akurat w kobietach nie lubił.

Wziął ją tego samego wieczoru. Bo i do końca uczty już o niczym innym nie mógł myśleć.

— Tylko żeby się wuj nie dowiedział — szepnęła do niego, oplatając go udami.

— Przy-się-gam! — obiecał, przebijając jej dziewictwo.

Jej plecy były pokryte najmiększą skórką, jaką w życiu głaskał. Łydki ściskał jak gruszki. A pęcinki zamykał w dłoni. I od nowa, jak wyposzczony mnich.

Nie mógł się nią nacieszyć. Z jej brzucha zrobił sobie legowisko, z łona zagrodę, do której raz po raz zaganiał konie, a na jej piersi padał, by je czcić. I od nowa.

W życiu nic mu tak nie smakowało, w życiu tyle razy się nie posilał, w życiu tyle razy nie spełnił toastu. Zagarniał tę Sulisławę w ramiona i kołysał, a ona mruczała cicho.

Ale rankiem obudził się sam i to było straszne.

Wyskoczył z łoża. Ogarnął wzrokiem izbę. Nie znalazł jej.

— Woran! Woooran! Woooran!

— Biegnę, panie.

— Gdzie dama, która tu ze mną była?

Giermek przecierał zaspane oczy.

— Książę... jaka dama? Ja nic nie wiem. Spałem...

— Ubieraj mnie, szybko!

Przy śniadaniu miał wrażenie, że tylko on jeden jest trzeźwy. Rybogryf Święcy spał kasztelanowi na piersi. Gryf w ogóle się nie znalazł. Ale nie było też jej. I jedząc, nie z głodu, a z nerwów, Mściwój był już gotów pomyśleć, że mu się to wszystko przyśniło. Wtedy jednak, między piwem a zimną pieczenią, kasztelan powiedział:

— A Sulisława, córka mojej szwagierki, coś ją książę wczoraj poznał...

„Jezu. Wydało się...".

— ...bardzo pobożna dziewczyna. Idzie do klasztoru...

Mściwój zakrztusił się kaczką.

„Po moim trupie. Chyba że to będzie mój klasztor!".

— Do jakiego? — zapytał obojętnie.

— Właśnie nie wiemy do jakiego. Do cysterek nie chce. Może gdzieś ją do Niemiec wyślę? Chciałaby do norbertanek.

— A co to, u nas nie ma norbertanek? — zapytał Mściwój, starając się, by to brzmiało obojętnie.

— Nie ma, książę.

— No to będą. Nie mówiłem wam, że marzę, aby mieć takie norbertanki? Nie mówiłem wczoraj? Pewnie zapomniałem przez to polowanie...

Święca spojrzał na księcia z niedowierzaniem.

— Naprawdę? Mógłbyś, panie, ufundować klasztor?

— A co to takiego? Co się będzie dziewczyna po niemieckich klasztorach prosić? Toż to nie wypada. Raz dwa i gotowe. W końcu bardzo to jest nam teraz potrzebne. Zbożne. I na wieki wieków. Amen.

JAKUB ŚWINKA, arcybiskup gnieźnieński, gdy chciał pobyć sam, schodził sobie cichutko do północnej kruchty i zamykał się w skarbcu. Nigdzie nie pracowało mu się tak dobrze jak tutaj. Teraz też myślał nad tym, jak ma ożywić kult świętego Wojciecha, męczennika, i przypomniało mu się, że gdzieś tu był taki pergamin z ładnie i bardzo prosto spisaną legendą świętego. Odnalazł go raz-dwa i choć mógł już wracać, bo miał to, czego potrzebował, posiedział sobie jeszcze chwilkę i podumał.

Może to źle, że zadowolił się ładnie i prosto spisaną legendą. Może właśnie należy szukać czegoś głębszego, czegoś, co mocniej wstrząśnie ludem?

Skoro w krypcie był taki skarb jak *Kroniki Czasu Przebrzmiałego*, o których nikt przecież nigdy nie mówił, to może i o Wojciechu będzie coś nadzwyczajnego?

Westchnął, zakasał suknię i zaczął od naprawy drabiny, bo przez te arcybiskupie sprawy całkiem o najprostszych rzeczach z Filipem zapomnieli.

Kiedy już zamocował od nowa szczeble, kiedy drabina trzymała się dość stabilnie, wspiął się na nią i popatrzył z góry. Ale wzrok jego padł nie na zwoje na najwyższych półkach, lecz na okutą żelazem skrzynkę, którą już kiedyś z Filipem otwierali. Były tam dyplomy i nadania z czasów pierwszego króla, Bolesława Chrobrego. Ponieważ akurat od niego nic nie chcieli, odstawili je na później.

„A przecież to czasy Wojciechowe!" — pomyślał Świnka i wziął się do skrzynki.

— Jakubie? Jesteś tu, Jakubie?

— Na drabinie, Filipie, na drabinie!

— A co arcybiskup robi na drabinie?

— A, szukam czegoś o świętym Wojciechu.

— To nie tu, Jakubie, to gdzie indziej. Tu są same nadania ziemskie. Ja pergaminy z czasów Bolesława powkładałem gdzie indziej. Jak mi arcybiskup potrzyma drabinę, to pokażę.

— Potrzyma.

Po chwili siedzieli obaj, jak za dawnych czasów, zakurzeni, kichający i szczęśliwi.

— O, tu jest taka jakby kronika, zapiski roczne. Ale dopiero od roku 1016. To już Wojciech nie żył od dawna.

— Ale pokaż, Filipie, bo to ciekawe tak zerknąć w dawne czasy.

— No to zerkaj, arcybiskupie, a ja sobie zajrzę gdzie indziej.

— Poczekaj, przeczytam ci coś: „1016 — Król Kanut, siostrzeniec, z pomocą naszą, zdobył tron angielski" — zobacz, Filipie, jak to pięknie brzmi — siostrzeniec. Bo i prawda, siostrzeniec naszego Bolesława był angielskim królem.

— Uhm. Poczytać ci o epidemii na zamku w Kaliszu? Za księcia Mieszka?

— Nie, sam sobie czytaj o chorobach. Ja wolę o królach.

„1017 — przypłynął Edmund, dziedzic angielskiej korony. 1025 — książę Bolesław darował komesowi Edmundowi z okazji koronacji szlachetnej roboty pierścień i ziemię oraz swój miecz".

— Filipie, a w nadaniach miałeś coś dla jakiegoś Edmunda?

— Uhm. Tam, w skrzynce. Przeczytać ci o kobiecie z dwoma głowami, która powiła dziecko z trzema? W Sieradzu. Za czasów Zbigniewa.

— E, sam sobie czytaj o potworach. Mówiłem ci, ja wolę o królach.

Jakub Świnka poszedł po tę skrzynkę i poszperał w niej. Filip też na chwilę oderwał się od swych niezdrowych zainteresowań i zerknął przez ramię Jakuba:

— Jest. Ale tu stoi *filius regis*, syn królewski Edmund, a nie komes. *W nagrodę za zasługi dla domu Bolesława książę uwalnia filius regis Edmund od powinności na rzecz Kanuta... wszem wobec niech będzie wiadome, że Edmund jest naszym wiernym komesem* — a nie, to jednak jest i że syn królewski, i komes księcia, a to dobre! — *za co dostaje we władanie ziemię śląską, on i jego syn Magnus. I powierza mu się opiekę nad naszymi dziećmi i żoną.*

— To ciekawe, bo w tej *Kronice* jest, że z okazji koronacji dostał takie splendory, a tu jeszcze że od księcia, czyli przed koronacją. O, jest i pieczęć tego Edmunda. Filipie! Filipie, zobacz! Zobacz, jaki piękny smok!

— To smok? Nie, to raczej lew. Zobacz, jakie ma pazury! Jak cię drapnie, arcybiskupie, to ho, ho!

— Nie, no smok. Ogon zobacz!

— Przeczytam ci, jak kobieta w Płocku urodziła smoka. Ni to smoka, ni żabę. Wiesz, arcybiskupie, żałuję, że na medyka się nie wykształciłem. Ci to mają ciekawą pracę!

Jakub Świnka nie słuchał już przyjaciela. Zamyślił się. Jeśli w roku swej śmierci król powierzył jakiemuś Edmundowi opiekę nad swymi dziećmi, to bardzo możliwe, że ten Edmund był osiem lat później wśród możnych, którzy, jak stoi w *Kronice Czasu Przebrzmiałego*, przywitali Bezpryma w kraju: *Zrazu możni panowie udali się do niego ofiarować mu swe służby, bo imię jego ojca było w największym poważaniu.* A jeśli tak, to ten sam Edmund musiał być częścią spisku. *...oni to zawiązali tajne przymierze i dla dobra kraju postanowili pozbyć się tego, co przez własne grzechy został Bezprymem. Tak jak nie zadrżała im ręka przyłożona do śmierci ojca, tak żal im się zrobiło syna...*

Krótko mówiąc, szukał czegoś o świętym Wojciechu, a znów trafił na swoje ślady. To dziwne, że tym razem wdarł się w nie ktoś daleki i obcy.

Jakub wziął inkaust i szybko napisał o swym odkryciu do Gotfreya, opata Winchesteru.

ZAREMBOWIE zjechali się do Brzostkowa na wezwanie Sędziwoja krótko po Nowym Roku, zaraz po konsekracji Świnki.

— Gdzie twój syn, Beniaminie? — spytał Sędziwój, widząc, że wojewoda poznański przybył sam.

— Jak to gdzie? Przy księciu. Przemysł nie rozstaje się ze swymi Czterema Wichrami.

— Nie sądzisz, że to dziwne? — drążył Sędziwój. — Zwołujemy zjazd rodowców, a on woli zostać przy księciu?

— Tak jest lepiej dla nas, wierz mi.

Ruda Ochna rzuciła w stronę wojewody niepewne spojrzenie. Jakby chciała go przestrzec. Sędziwój wyraźnie potrzebował zwarcia.

— Lepiej? Wojewodo! Nie ufasz własnemu synowi? Sądzisz, że mógłby nas zdradzić?

Beniamin miał dosyć. Ale wyczerpanie się jego cierpliwości to jeszcze nie był powód, aby uniósł głos.

— Mój syn to nasza krew. Wszyscy solidarnie, jak jeden mąż, odpowiadamy za nasze dzieci. Znasz zasady. Czy muszę ci przypominać, że to ja poręczyłem za twego brata Mikołaja? Że to mnie zawdzięcza stanowisko przy księciu pomorskim? Wykieruję go na wojewodę, o ile ty, Sędziwoju, nie przeszkodzisz mu swą niemądrą podejrzliwością i popędliwością. Ale pamiętaj, że jeśli szkodzisz jednemu z nas, szkodzisz wszystkim.

Arkenbold i Marcin, zwany Lisem, stryjowie Sędziwoja, stanęli za Beniaminem. Żegota, syn Marcina Lisa, wielki łowczy kaliski też. I wtedy Sędziwój wybuchł:

— Andrzej został kanclerzem Przemysła. Ty, Beniaminie, jesteś pierwszym wojewodą! Arkenbold drugim, Mikołaj robi karierę na Pomorzu. Każdy z was jest kimś. A ja?! Kim ja jestem?!

— Jesteś kasztelanem rudzkim. I podkomorzym poznańskim.

Sędziwój zaśmiał się szyderczo:

— Dobre! Bardzo dobre! Czym jest podkomorzy wobec wojewody? Niczym! Kasztelan rudzki? Śmiesz drwić ze mnie? Odkąd kasztelania rudzka trafiła w ręce Henryka, jestem nim tylko nominalnie, bo nikt nie śmiał odebrać mi tytułu! Przemysł z rozmysłem pomija mnie przy nadaniach urzędów, a wy to akceptujecie. Kanclerz! Mamy w końcu swojego kanclerza. Dwóch wojewodów. I żeby miejsca w tym gronie nie było dla mnie?! Dla pierworodnego syna Janka Zaremby? Człowieka, który w Pogorzelicy wyprowadził nasz ród na sam szczyt? Wstyd, Zarembowie. Hańba i wstyd!

Wiedzieli, że to prawda, że Sędziwój ma rację. Ale do tej pory, póki nie wypowiedział tego głośno, udawali, że tak jest lepiej dla rodu. Że ktoś musi się poświęcić, by urząd mógł mieć ktoś. Przecież zyski prywatne powyżej pewnej sumy i tak przekazywali do skarbca w Brzostkowie. To i tak pracowało na nich wszystkich, dla rodziny. Zapomnieli jednak, że Sędziwój ma swoje osobiste ambicje. Że Zaremba musi je mieć. I chociaż większość z nich, a zwłaszcza Beniamin i Arkenbold, czuli, że popędliwość Sędziwoja dzisiaj może stać się wielkim problem jutro, musieli ustąpić przed tym, co w życiu Zarembów pierwsze: honorem rodu.

— Co proponujesz? — spytał Beniamin.

— Przycięcie pazurów stojącemu lwu.

PRZEMYSŁ spotkał się z Leszkiem Czarnym w Sieradzu. Po Nowym Roku, zaraz po konsekracji Świnki. Pretekstem był kolejny arbitraż między Leszkiem a Siemaszką, jego bratem. Ale to był tylko pretekst, bo wiec z książętami kujawskimi miał być najwcześniej jesienią, a Przemysł musiał z księciem krakowskim pomówić jak najszybciej. O dziwo, jego wojewoda i kanclerz wymówili się od spotkania własnym zjazdem rodzinnym. „Trudno" — pomyślał i pojechał bez nich.

Za to Leszkowi, prócz jego przybocznego, towarzyszył wojewoda krakowski, Toporczyk.

— Leszku!

— Przemyśle!

— Mała Polska i Starsza Polska w pół drogi — powiedział Tylon, a Leszek klepnął Przemysła w ramię i uściskali się.

— Gratuluję, Leszku. O twoim zwycięstwie nad Dzikimi śpiewają już pieśni.

Leszek potrząsnął głową. Długie czarne włosy sięgały mu już do pasa.

— Dziękuję. To zasługa moich rycerzy — powiedział i pocałował dłoń siedzącego przy nim dowódcy. — Poznajcie się. Bratomir był moim chorążym, ale teraz dowodzi hufcem.

Bratomir miał włosy długie jak Leszek, ale nosił je związane w węzeł z tyłu głowy. Jego szeroki podbródek żłobiły liczne ślady cięć.

— Mówią, że pobiłeś ich dwa razy. — Przemysł był ciekaw.

— Tak. Wziąłem ich na pozorowaną ucieczkę i pod Rowinami zgnietliśmy Jaćwingów w pył. — Oczy Leszka zapłonęły na chwilę. — Mówię ci, jechaliśmy po nich, nie bacząc na nic, konie rozgniatały kopytami ich serca...

— Trzymałeś kiedyś w ręku bijące serce? — wszedł mu w słowo Bratomir.

— Nie.

— Żałuj — powiedział Leszek Czarny i wyciągnął przed siebie otwartą dłoń. Poruszył palcami trzykrotnie: tadam, tadam, tadam i zatrzymał.

Bratomir przykrył jego dłoń swoją i uścisnął. Spojrzeli sobie w oczy.

— Lepsza od tego jest tylko krwawa mgła — dokończył Leszek i pochylił się, by pocałować swego towarzysza.

— Krwawą mgłę znam — powiedział Przemysł.

— Tak? — Bratomir i Leszek spojrzeli na niego z ciekawością. — Wdychałeś trujące opary?

— Uhm.

Kiwnęli głowami i zamilkli. Każdy z nich, prócz Tylona, rzecz jasna, na chwilę pogrążył się we własnej mgle.

— Leszku — Przemysł wrócił do celu spotkania — powiem ci wprost. Henryk wrocławski będzie robił skok na twój tron.

— Wiem. — Leszek Czarny wzruszył ramionami. — Ale nie odważy się, póki żyję. Zrobi to po mojej śmierci.

— I co? — zapytał Przemysł.

— I nic. Nie obchodzi mnie, co będzie wtedy.

Wojewoda krakowski, który siedział za Leszkiem i Bratomirem, pokiwał głową i zza pleców swego księcia spojrzał na Przemysła.

— Nie wierzę, że to mówisz. Nie ty. Leszku, ty jesteś wodzem. Ty musisz myśleć, co będzie po twojej śmierci.

— Nic nie muszę. Przemyśle, ja nic nie muszę. Nie mam dzieci, nie będę ich miał, nie muszę nic zapisywać i dzielić. Jestem księciem, póki żyję. Umrę i zostanie ze mnie pył.

— Tak? Tak uważasz? A sława?

Trafił w czuły punkt. Leszek Czarny był wojownikiem i jego miłością, prócz Bratomira, była wojenna sława.

— Pomyślę. Ale nie obiecuję — powiedział.

A jednak Przemysł miał wrażenie, że półorzeł i półlew na piersi Leszka rozepchnęły się, gdy wstawał. Wyjechał z Bratomirem krótko po tej rozmowie. Ale wojewoda krakowski został i z nim książę Starszej Polski rozmawiał w cztery oczy jeszcze przez dwa dni. Nim się rozjechali, Tylon przygotował akt nadania. Książę zapisał wojewodzie Toporczykowi trzy wsie nieopodal Gniezna. W uznaniu zasług obecnych i przyszłych.

VÁCLAV, królewicz czeski, zwymiotował ledwie spożytą wieczerzę. Niemiecka niania otarła mu usta chustką i klasnęła w suche dłonie, by służba sprzątnęła po nim. Dzisiaj jednak nie odważyła się wymierzyć mu klapsa. Dzisiaj bowiem był ten dzień, gdy wygasła regencja margrabiego brandenburskiego i Otto Długi odsyłał Václava do Pragi.

Nie było co pakować, nie miał tu żadnych swoich rzeczy, a tych kilka drobiazgów, których używał, nie chciał ze sobą brać. Nie chciał niczego, co będzie mu przypominało brandenburską niewolę. Niczego prócz...

— Václavie!

Piękna Pani. Mechtylda Askańska! Tak! Królewicz gorąco się modlił, by przybyła spotkać się z nim, ją jedną pragnął zachować w sercu na zawsze.

Strzeliła palcami i wszyscy zniknęli. Smutny Rycerz wyszedł ostatni, kłaniając się jej.

— Václavie... wyjedziesz ode mnie daleko... cieszysz się?

Jej suknie pachniały naręczami kwiatów, czerwone jedwabne buciki miały noski wąskie i ozdobione złotym haftem, gdy postawiła stopę przy jego dłoni, zadrżał.

— Cieszę się, że zobaczę Pragę i matkę — odpowiedział, nie mogąc oderwać oczu od jej nóg — ale żałuję, że ciebie, pani, nie będzie przy mnie...

Czubek jej bucika poruszył się niczym nosek łasicy. Dotknął jego uda i nie cofnął się.

— Ja też będę myślała o tobie, Václavie. Mój dzielny królewiczu...

Pochyliła się nad nim tak nisko, że nałęczka spłynęła z jej włosów i zasłoniła niczym welonem twarze ich obojga. Kraj przejrzystej materii dotknął jego policzka, połaskotał go, aż ciałem Václava wstrząsnął przyjemny dreszcz.

— Pani... — Spuścił oczy, bo zawstydził się tego, co chciał powiedzieć, choć jej bliskość dodawała mu śmiałości i jednocześnie zupełnie niewoliła jego wolę. — Pani... może pojedziesz ze mną? Spodobałaby ci się złota Praga, na pewno... Zamieszkałabyś ze mną w naszym wielkim zamku na Hradczanach...

Poczuł gorąco w dole brzucha. Wydawało mu się, że pod suknię wszedł mu wąż. Bał się i jednocześnie pragnął, by to trwało. Cudowny, święty dreszcz, który wędrował między jego nogami. Mimowolnie uniósł biodra w górę. Jeszcze... jeszcze... Usta pani Mechtyldy musiały być blisko jego ust, bo czuł jej gorący oddech na wargach i brodzie. Bał się otworzyć oczy, żeby to nie skończyło się jeszcze... jeszcze...

— Mój królewiczu słodki — szeptała Mechtylda, a on czuł, jak każde z jej słów układa się na jego ustach — nie mogę pojechać z tobą, ale obiecaj, że będziesz o mnie pamiętał, pamiętał, pamiętał...

— Ach! — wyrwało się z piersi Václava, gdy wąż go ukąsił. — Ach!... — I poczuł gorąco płynące między nogami. — Ach!...

Pocałowała go w usta i zniknęła niczym czarodziejka, niczym anioł, niczym sen.

Myślał o niej całą drogę do Pragi, ale gdy przekroczył Wełtawę, gdy wjechał na Hradczany bramą w Białej Wieży, gdy zobaczył matkę, cudną jak zorza Kunegundis, zapomniał.

Zachłysnął się odzyskanym życiem, światem, który na niego czekał i który kładł mu się do stóp. Blaskiem, jasnością, złotem.

Zwymiotował jeszcze przed ucztą, na wszelki wypadek. Tak cieszyły go nowe suknie, jedwabne koszule, nogawice, surkot z hexamitionu z płomienistą orlicą. Otoczyła go skrzydłami, rozgrzała mu piersi.

— To twój brat, Jesek — powiedziała matka, pokazując mu niemowlę.

— Jaki słodki! — zachwycił się Václav i zastanowił na chwilę. — Brat?...

Kunegundis uśmiechnęła się pięknie, tak jak marzył.

— Syn Zawiszy z Falkensteinu. Niebawem weźmiemy ślub.

— To dobrze, jest taki uroczy, szkoda, żeby był bękartem.

Zawisza, potężny i poważny, całkiem taki, jakim Václav wyobrażał go sobie, gdy na kartach ksiąg Ottona bawił się w turnieje i wojny, stanął za matką.

— Václavie. Ty jesteś jedynym dziedzicem króla Přemysla Ottokara, cześć jego pamięci. Mój syn będzie ci służył i nigdy nie stanie ci na drodze do korony. Masz na to me rycerskie słowo.

— Dziękuję, Zawiszo — odpowiedział Václav i zdziwił się, że rycerzowi w ogóle mogło to przejść przez głowę. — Chętnie przyjmę także i twoje służby.

— Zawisza będzie twym wychowawcą. W pełni ufam jego radom, życzę więc sobie, synu, byś i ty obdarzył go miłością.

Václav skłonił się matce.

— Kiedy ślub?

— Twój za dwa lata, tak ustalił król Rudolf. Guta musi jeszcze troszkę dorosnąć. A Zawisza i ja pobierzemy się niebawem.

— Mogę się pobawić z braciszkiem? — spytał, bo bardzo ciągnęło go do słodkiego niemowlęcia.

Kunegundis i Zawisza wymienili się spojrzeniami.

— Może później, synu. Teraz piastunki będą go karmiły.

Václav się uparł.

— Nie. Chcę teraz. Dajcie mi go, proszę.

Królowa wyciągnęła ramiona i podała maleństwo Václavowi.

— Jesek... Jesek... — zawołał, a dziecko się rozpłakało. Zamachało rączkami, jakby chciało pokazać mu coś z tyłu, za jego plecami.

Václav się odwrócił. We wnęce wysokiego okna, jeden przy drugim, siedziały trzy tłuste czarne koty i wpatrywały się w niego świetlistymi oczami. Krzyknął. Przycisnął dziecko do piersi i zaczął uciekać.

JAKUB ŚWINKA wybrał się do Jarocina wozem zaprzężonym w dwa woły i wziął ze sobą trzech młodych kancelistów. Postanowił bowiem solennie, że nim wyda opinię, sam zbada sprawę. Objęcie władzy nad diecezją, która dwanaście lat nie miała pasterza, było chodzeniem po bezdrożach i szukaniem owiec, które oddaliły się od stada. Owszem, za każdą z nich nie mógł iść na własnych nogach, ale przynajmniej niektóre przypadki marnotrawnych synów Kościoła musiał badać osobiście.

Pleban Maciej z Jarocina był jednym z nich i miał w aktach biskupich długą historię. Wcześniej pełnił posługę w Pogorzelicy, wtedy oskarżono go o utrzymywanie konkubiny, przyznał się, wyrok zapadł i Maciej zapłacił do skarbca gnieźnieńskiego grzywnę za niemoralne prowadzenie. Konkubinę, jak zaświadczono, odprawił.

Nie to było w sprawie zaskakujące, niestety, nie jeden Maciej traktował celibat jak możliwość, a nie konieczność, lecz fakt, że dopuścił się tego samego przestępstwa ponownie i, według instygatora, dyscyplinarnego oskarżyciela kurii, tym razem miał na sumieniu nie jedną, a trzy konkubiny!

Jakubowi Śwince wydało się to niemożliwe i posądzał w duchu instygatora o, powiedzmy, złośliwość. Musiał zbadać osobiście, czy moralna upadłość kleru sięga aż tak głęboko. Arcybiskup wysłał do Sędziwoja Zaremby, właściciela Jarocina, posłańca z zapowiedzią swej wizyty i prośbą, by mu swą siedzibę na czas sądzenia udostępnił, bo jeżeli oskarżenia okażą się prawdą, to nie uchodzi mieszkać pod skalanym dachem plebana. On swój rozum ma, ale przecież wiezie ze sobą kleryków!

Gdy dotarli na miejsce, Jakub ze zdumieniem zadarł głowę do góry i obejrzał słynną wieżę Zarembów. Drewniana, owszem, ale jaka wyniosła!

— Witam arcybiskupa w moich skromnych progach! — powiedział, kłaniając się, Sędziwój.

— Nie takie one skromne, szanowny Sędziwoju, iście książęca siedziba!

— Przygotować kazałem dla arcybiskupa Jakuba moją najlepszą salę na sąd.

— Nie, nie trzeba aż tak się kłopotać. Daj mi izbę jakąś, byleby pulpit był do pisania, ława, stołu kawałek. I światła nam będzie trzeba.

Jakub nie chciał, by jego wizyta tutaj została odebrana jak jakieś oficjalne spotkanie. Chciał w spokoju przesłuchać plebana i nie trzeba mu było do tego ciekawości gawiedzi i dworskiej służby Zarembów. Może to wszystko okaże się nieprawdą i tylko złą sławę wyrobi Bogu ducha winnemu plebanowi? Bo przecież, jeśli raz zgrzeszył, pokutę przyjął, to jakże mógł znów wejść na drogę występku?

— Nie może tak być, by arcybiskup w byle izbie pracował, zwłaszcza gdy zaszczycił Zarembów duszpasterską wizytą!

„Nie" — jęknął w duchu Jakub.

— Tak! — rzekł młodszy brat Sędziwoja, Michał Jankowic. — Tak kiedyś bywało, że Zarembowie arcybiskupów gościli!

— Drodzy moi, wybaczcie, ja nie w gości, ale na sądy tu zjechałem, i obstaję przy małej izbie. Plebana mi przywiedźcie, zaraz! — Jakub Świnka uczył się tonu Jakuba II i gdy zobaczył, że Zarembowie nieradzi, ale skłonili mu się i do izby poprowadzili, uznał, że mu się powiodło. Niesiony tym dodał: — I uczty proszę nie wyprawiać z mej przyczyny. Ja i moi klerycy pościmy!

Czekał na niego człowieczek, który w pierwszej chwili wydał mu się nie mężczyzną, ale jakimś pokurczem. Niski, ramię miał krzywe, stopy trzymał jak nieśmiałe dziecko, ku sobie. Oczy niespokojne, błądzące, jakby kaprawe.

„I to ma być ten Maciej? Pogromca kobiecych serc?".

Na widok arcybiskupa padł na kolana.

— Synu, wstań. Pytać cię będziemy.

Sutanna na nim wyglądała jak ścierka. Krzyż miał na piersi i zabolało Jakuba serce na ten nieszczęsny widok.

— Tyś pleban Maciej?

Kiwnął głową jak wiejska niemota i zamiast wstać, na kolanach przesunął się w stronę Jakuba.

— Ojcze! Ojcze, ratuj! Jam padł ofiarą zbrodni!

— Wstań, wstań, synu, opowiedz nam wszystko po kolei.

Ciekło mu z nosa, otarł go rękawem. Zamrugał kaprawymi oczami i wbił je w podłogę.

— Okradziono mnie... Kościół święty okradziono... a mnie niesłusznie się o tę zbrodnię posądza...

— Świętokradztwo?

— Tak! Tak! Świętokradztwo!...

Jakub zerknął szybko w pergamin z oskarżeniem instygatora. O kradzieży w nim nic nie było.

— W skrzyni trzymam srebro, niedużo tego, ale zawsze. Z opłat parafialnych...

— Jakich opłat, Macieju? — spytał Jakub nadzwyczaj spokojnym głosem.

— Za spowiedź, za rozgrzeszenie, za wizytę u chorego...

„Jezu na niebiosach! Skąd mu przyszło do głowy brać od ludzi pieniądze za spowiedź?".

— Odprowadzasz to do biskupa?

Maciej łypnął na niego i spuścił głowę.

— Nie. To moje. Biskup ma dziesięcinę, a ja muszę z czegoś żyć, plebanię utrzymać...

— Kto cię okradł, Macieju? Powiedz nam.

Pleban poruszył się na kolanach i pokręcił głową.

— Zła, zła kobieta. Agnieszka, tu ze wsi. Ona to zaplanowała! Ona z rozmysłem mnie i kościół okradła!

— Spokojnie, synu. Opowiedz, jak to się stało, nie unoś się gniewem.

— W karczmie byłem. Wszyscy mogą poświadczyć. Z rycerzami szlachetnymi piłem, z giermkami, tu, od pana Zaremby. Wszyscy mnie widzieli. Wracałem do domu po zmroku. Nie sam, mam świadków. A tu drzwi chałupy otwarte, ciemno, ogień w piecu wygasł, pies w izbie z miski mi kaszę wyjada. Jakem kaganki zapalił, tak patrzę: skrzynia rozrąbana, srebra nie ma. Nie ma, ojcze! Nie ma!... Zostałem biedakiem na ludzkiej łasce... — Zawył, nie zapłakał, upadł na podłogę i giął się w rozpaczy.

Jakub Świnka odczekał chwilę, aż się uspokoi. I zapytał:

— A skąd wiesz, Macieju, że to ta Agnieszka, skoro, jak mówisz, za rękę jej nie złapałeś?

Pleban uniósł się gniewnie.

— Słowom moim nie wierzysz, ojcze? Agnieszka to była, ona jedna klucze miała! Od kościoła, od plebanii i chałupy! Tylko od skrzyni nie miała, suka wraża, słusznie mnie coś tknęło! A ostrzegały mnie i Jagna, i Zośka, mówiły, że to dziewka sprzedajna, że będzie ze mną tak długo, jak długo będę bogaty! I rację miały! A jam im nie ufał, myślałem, że przez babską zazdrość tak gadają, bo prawda taka, że Agnieszka od nich młodsza, ładniejsza!

— A klucze do kościoła i plebanii też ci ukradła?

Zachmurzył się, otarł nos rękawem.

— Sam jej dałem, bo ufałem jak pierwszy naiwny! Do karczmy nigdy kluczy od kościoła nie noszę, żeby nie zgubić.

— A od dawna ta Agnieszka miała klucze?

— A odkąd ze mną mieszkała, rok będzie.

— Może to jednak nie ona? Może ona tylko klucze komuś dała... Pomyśl, Macieju, mówisz, skrzynia rozrąbana. Gdzie słaba niewiasta miałaby siłę skrzynię porąbać?

— Ojciec jej nie zna! Ona i drwa rąbała do pieca i bić się umiała! Ona to... ona to moich ran winna. — Na te słowa odwrócił się i zadarł habit, pokazując sine pręgi jak od kija na plecach.

— Starczy, Macieju, starczy. — Jakub mówił do niego spokojnie jak do dziecka. — Opuść suknię. Kiedy cię pobiła? Przed kradzieżą?

— Tak. Odgrażała się, że jak jej nie dam pieniędzy, to mnie zabije.

— Masz świadków?

— Mam. Zośka słyszała. Jagna mówi, że spała i nie słyszała, ale musiała słyszeć, bo Agnieszka darła się na pół wsi.

— A na co ona chciała od ciebie pieniądze?

Maciej znów otarł nos.

— Mówiła, że na dzieciaka. Ale ja jej nie wierzę, dziewce! Ona, jak ja byłem zajęty, sama do karczmy chadzała, kto wie, ilu ją miało? Nogi rozkładać umiała, szelma! Tylko ja byłem ślepy i głuchy na ludzkie ostrzeżenia...

— A Zośka i jak jej było?...

— Jagna, arcybiskupie — podpowiedział notujący kleryk.

— A kobiety te od kiedy z tobą na plebanii mieszkają?

— Od Zielonych Świątek. Ale kluczy im nie dałem. Drugi raz taki głupi nie będę! Obiecuję!

Jakub Świnka zebrał się w sobie i powiedział:

— Twe obietnice, Macieju, niemiłe są Bogu, bo raz już je przed sądem składałeś. Poniosłeś karę za to, że żyłeś z kobietą jak świecki. Nim wyjawiłeś nam swe postępki, rzekłeś, że popełniono tu świętokradztwo. I masz rację. Tyle że nie owa Agnieszka się go dopuściła, a ty, plebanie.

Oskarżony patrzył na Jakuba Świnkę z otwartymi ustami i potrząsał głową. Mrugał, jakby nie docierało do niego to, co słyszy.

— Okradałeś swych parafian w imię Boga, bo nie wolno ci pobierać opłat za spowiedź i rozgrzeszenie. Okradałeś Boga, gdy pieniądze pozyskane w jego imieniu wydawałeś na rozpustę i karczmę. Okradałeś te kobiety, z którymi żyłeś, z szansy na porządne, przyzwoite życie. A swych parafian, świadków twych występków, okradałeś z wiary. Bo jakże mają wyznawać ją, gdy przedstawiciel Boga na ziemi takie rzeczy czyni? Jakże mają przed tobą, jawnie grzesznym, spowiadać się z własnych grzechów? I jak zaufać, że popiwszy sobie w karczmie, tajemnic spowiedzi na prawo i lewo przy kielichu nie ujawnisz? Świecki żyjący z kobietą bez sakramentu grzeszy. Wyświęcony kapłan, czyniąc to samo, grzeszy ciężko. Rozumiesz swą winę, człowieku?

Maciej milczał.

— Czy przyznajesz się, że utrzymywałeś trzy konkubiny?

— Dwie — burknął. — Agnieszka poszła precz...

Jakub kazał wyprowadzić plebana. Wyrok musiał być adekwatny do winy. Ale i taki, by społeczność, w której przestępstwo popełnione zostało, odniosło korzyść moralną z bożej sprawiedliwości.

— Spiszcie wszystko dokładnie — powiedział do kleryków. — Przejdę się, głowę przewietrzę.

Na dziedzińcu trwała krzątanina. Sędziwój Zaremba rozprawiał głośno z rzemieślnikami. Widząc Jakuba, odprawił ich i podszedł do niego.

— Winny? — spytał.

— Winny — odpowiedział Jakub ciężko. — Czy w twojej wieży jest loch, Sędziwoju?

— Jest! Mam po ojcu prawo karania i prawo pojedynku sądowego, zimnej wody, gorącego żelaza. Mam i loch. Przyda się?

Jakub jeszcze nie podjął decyzji, uchylił się więc od odpowiedzi. Brama w częstokole otaczającym dworzysko jarocińskie była otwarta na oścież. Chłopi przetaczali przez nią wóz z sianem. Jakub zapatrzył się na pola położone poniżej.

— Piękne dobra. Wspaniały majątek.

— Świętej pamięci książę nasz Bolesław cenił mego ojca, Janka — z dumą odpowiedział Sędziwój.

— Mówiło się kiedyś, że to Zarembom książę Bolesław zawdzięczał księstwo kaliskie — powiedział w przestrzeń, nie patrząc na Sędziwoja.

— Należało się naszemu panu. Starszy brat za długo zwlekał z wydaniem mu ojcowizny.

— Więc prawdą jest, że mieliście w tym swój udział?

— Prawdą jest, że zawsze staliśmy przy naszym księciu.

— A dlaczego Bolesław był waszym księciem, nie Przemysł?

— Nie wiem — twardo odpowiedział Sędziwój. — W czasach wielkiej Pogorzelicy jeszcze nie było mnie na świecie.

— Masz rację, Sędziwoju. Dawne czasy. Teraz mamy nowe, jeden książę, syn tamtego Przemysła i ukochany bratanek waszego Bolesława...

— Zjesz ze mną kolację, arcybiskupie? — spytał Sędziwój. — Nic wystawnego, kazałem tylko ryby upiec, skoro pościsz.

— Nie odmówię gospodarzowi.

— Tędy proszę, schodami w górę wieży.

Jakub wciąż myślał o plebanie. Odczuwał jego grzech gorzko, jakby wypił nalewkę z piołunu. Przecież tu, całkiem niedaleko, spotkał się z Dębiną na małej Łysej Górze. Co kobieta Starszej Krwi powiedziałaby na takiego kapłana? Przed oczami zamajaczyły mu czyste suknie jej dziewcząt i brudny habit Macieja. Zakręciło mu się w głowie, z żalu.

— Ostrożnie, arcybiskupie! Tu stromo — z troską powiedział Sędziwój. — Jesteśmy na miejscu!

Schody prowadziły wprost do dużej sali. Łojowe lampki dawały chybotliwe światło.

W powietrzu unosił się zapach wilgotnej gliny, którą wylepiona była główna ściana. Na glinie majaczyło wielkie ścienne malowidło, przy którym dwóch mężczyzn czyściło coś ściereczkami.

— Proszę. — Sędziwój gestem zaprosił go do zastawionego stołu. — Odejdźcie, wrócicie, jak zawołam. — Odprawił mężczyzn przy ścianie. — Jeszcze nieskończone. Mistrz pracuje tylko za dnia, a oni wieczorami jego roboty pilnują. Tu coś mają podczyścić, tam pomalować. Nie znam się na tym. Moja córka, Dorota!

Jakub dopiero teraz zauważył niezwykle szczupłą, ciemnooką dziewczynę. Podeszła do nich i skłoniła się przed Jakubem. Ubrana w suknię z niebieskiego jedwabiu, na ramieniu trzymała czarne, lśniące zwierzątko.

— To kuna czy łasica? — zapytał Jakub.

— Wydra, arcybiskupie — odpowiedziała cicho.

— Wydra? Myślałem, że one tylko w wodzie...

— Moja córka, arcybiskupie, potrafiłaby oswoić nawet najdziksze zwierzę! Taką już ma rękę, moja Dorota. Jak się podoba nasze malowidło? No, to dopiero początek, ale widać rozmach, prawda?

— Bardzo sugestywne. To będzie święty Jerzy? — zapytał Jakub, patrząc na czarne kontury smoka.

— Nie — odpowiedział Sędziwój.

— Archanioł Michał zabijający bestię! — domyślił się Jakub. — No tak, przecież twojemu młodszemu bratu Michał!

— Tak. Przybocznemu naszego księcia, synowi Beniamina, też.

— No, to macie dwóch smokobójców w rodzie! Bardzo to zacne i rycerskie imiona.

— My, Zarembowie, kochamy tradycje. Święta pamięć.

— Święta prawda, Sędziwoju.

Spożywali w milczeniu. Sędziwój pochłaniał jedzenie nieuważnie, jakby myślami był gdzie indziej. Dorota skubała rybę, ale karmiła nią wydrę, która grzeczna, niczym piesek, patrzyła w jej oczy z prawdziwym oddaniem. Jakub jadł tylko tyle, by nie uchybić gospodarzowi, głowę zaprzątał mu wyrok. W głębi duszy czuł, że Maciej nie zasługuje na kapłańską godność, grzeszył i łamał prawo jednocześnie. Ale Jakub miał świadomość, że to dopiero początek jego porządków w diecezji. „Surowy i sprawiedliwy" — powtarzał sobie cały czas.

— Sędziwoju, chcę, by ten nieszczęśnik karę odbył w twojej wieży, tu, między swymi dawnymi parafianami, gdzie żył i gdzie grzeszył.

— Będzie mu potem ciężko wrócić na plebanię — powiedział Zaremba, przepłukując usta winem.

— On nie wróci tu jako proboszcz. Przed nim długa droga, Sędziwoju Zarembo, jak przed każdym grzesznikiem. Wyrok, kara i najtrudniejsze: zadośćuczynienie.

HENRYK, książę wrocławski, pomyślał, że życie jest krótkie, a obowiązki nudne. Jednak nie musi tak być, któż jemu śmiałby zabronić upiększać to życie i czynić je ciekawszym?

Zaprosił do Nysy całe swe rycerstwo. I wezwał biskupa Tomasza na książęcy sąd. Aby zaś czekanie im się nie dłużyło, zorganizował turniej rycerski. Najpyszniejszym jednak w tej konstrukcji było, iż Nysa należała do biskupa Tomasza. Zatem książę i jego liczni goście, czekając na wielebnego, bawili się na jego koszt.

Dziesiątki bojowych koni zajęły dziedziniec zamkowy, stajnie biskupa nieprzystosowane do takiej ilości zacnych gości! Gospodarza nie było, lecz Henryk, prawem księcia, czuł się jak u siebie. Służbie kazał otworzyć piwnice i wytoczyć beczki miodu, piwa i wina.

— Panie... — sługa nachylił się do jego ucha ostrożnie — nie ma paszy dla tylu koni.

— Biskup Tomasz źle się przygotował na nasz przyjazd! Są tu jeszcze jakieś spichrze?

Manfred przyprowadził podkomorzego bladego jak płótno.

— Są, książę. Na przedmieściach... ale biskup trzyma w nich ziarno na całą zimę...

— Powinno wystarczyć! Otwierać! Książęce konie muszą jeść! Otwierać!...

Nie zabrał ze sobą Jemioły, a Ludwina odmówiła mu dziewcząt z „Zielonej Groty", tłumacząc, że sama ma od lat na pieńku z biskupem, który kazał jej przecież zamknąć w Świdnicy piwnice piwne za rzekomy nierząd. Szkoda, bo z zielonymi pannami bawi się najlepiej, ale w końcu i załoga dziwek z biskupiej Nysy niech też poczuje nad sobą pana i księcia. Tęgie i rumiane, szczuplutkie i blade kręciły się między stołami, wypinając biusty i jędrne tyłki. Po dniu zmagań w szrankach księciu i jego gościom dopisywał apetyt i pragnienie na wszystko.

— Wina!

Bruno przeciskał się przez tłum.

— Książę. Biskup Tomasz zabarykadował się na zamku w Otmuchowie. Mówi, że za Boga Ojca nie wyjdzie i nie stawi się przed twój sąd.

— Pojedziemy po niego? Manfredzie? Co ty na to?

— Czekaj, panie, to nie wszystko. Rzucił na ciebie klątwę. I zagroził, że ogłosi ekskomunikę także we Wrocławiu, żeby wszyscy poddani wiedzieli...

— Zdrowie księcia! Zdrowie!

— Cisi ludzie dowiedzieli się, że Tomasz przyśle tu kogoś, aby ją ogłosił!

„Tchórz. Nie ma odwagi rzucić mi klątwy w twarz. Swoją drogą długo czekał z jej obwieszczeniem. Co knuje ten biskupi lis?".

— Wina! Miodu! Wina!

Henryk wstał, chwiejąc się lekko, i ogłosił zebranym:

— Panowie moi! Oto wznieście toast z księciem wyklętym, Henrykiem, księciem Wrocławia, zwierzchnim panem Śląska!

— Książę! Książę! Książę!

Wydawało mu się, że przez zgiełk przecisnął się czyjś jadowity głos, że jak na razie jest tylko panem Wrocławia, a nie całego Śląska, ale był w dobrym humorze i nie zamierzał się z nikim kłócić.

— Ogłaszam, że jeśli jutro biskup Tomasz nie zgłosi się na zwołany przeze mnie sąd, to dam mu posmakować, co to znaczy bunt przeciw księciu!

Z rozkoszą spędził noc w łożu biskupa, wgniatając między jego poduszki dziewczynę o urodzie Madonny i temperamencie taborowej dziwki. Zasnął między jej pośladkami i śnił o sobie. O swych narodzinach w szczerym polu, pod drzewem, gdy matka powiła go w podróży niczym Maria Panna Jezusa w drodze do Betlejem. Jak Chrystus przyszedł na świat i jak on zwycięży. Henryk Śląski, wybawiciel. Czerń i złoto.

A jednak po przebudzeniu dopadł go kac i złapał za gardło lęk. Klątwa to broń, która potrafi ranić. Nie, nie bał się o Sąd Ostateczny i życie wieczne, cóż to go może w tej chwili obchodzić! Klątwa skutkowała tu, na ziemi, albowiem każdy poddany mógł wypowiedzieć posłuszeństwo wyklętemu księciu. A to już nie było śmieszne. Cokolwiek się dzisiaj wydarzy, postanowił pokazać wszystkim swą władzę.

Biskup Tomasz nie zjawił się, a jakże. Ale ku zaskoczeniu wszystkich przysłał pełnomocnika.

— Kanclerz biskupa wrocławskiego Tomasza, Piotr.

Licznie zgromadzone rycerstwo, ale i kler słusznie zainteresowany przebiegiem sądu, rozstąpili się.

— Książę. — Kanclerz Piotr skłonił się lekko. — Namawiam cię do zaniechania tego bluźnierczego zgromadzenia.

Po zebranych przeszedł szmer.

— Albowiem musi być ci wiadomym, iż biskupa sądzić nie może żaden świecki ani książę, ani król, ani nawet cesarz nie ma jurysdykcji nad urzędnikami świętego Piotra. Pan mój, biskup wrocławski Tomasz, gotów jest stawić się przed każdym, kto będzie w mocy ocenić jego postępki, ale jak ci wiadomym, musi być to naznaczony przez papieża sąd.

— A kim ty jesteś, aby mnie pouczać?

— Jestem kanclerzem biskupa Tomasza, jego pełnomocnikiem — sztywno odpowiedział Piotr.

— Tak? A pełnomocnictwo masz?

— Mam.

— To pokaż!

Piotr rozwinął pergamin, zdobny pieczęcią biskupa, i z daleka pokazał księciu, a potem obecnym.

Zaszemrali:

— Ma!

— Ma... ma.

Henrykowi nie wystarczyło.

— Daj mi je — zażądał.

— Książę, nie mogę ci go dać. Mogę sporządzić kopię.

— Nie chcę kopii. Daj mi to, które masz.

„Kim on jest, że śmie odmawiać mi czegoś na oczach mych poddanych? Chcę ten pergamin i dostanę go!".

— Nie mogę, książę. To oryginał.

— Ja chcę oryginał!

Szymon Gall, jego palatyn, delikatnie ujął Henryka za łokieć i to rozwścieczyło księcia. Nikt nie będzie go powstrzymywał. Henryk wstał i jednym skokiem złapał wysłannika biskupa za suknię na piersi. Ścisnął i popchnął, powalając go na posadzkę.

Przez zgromadzonych przeszedł jęk, ale Henryk nie słuchał tego. Zobaczył, że pergamin wypadł z ręki Piotra, i ruchem głowy pokazał giermkowi, że ma go podnieść. Sam obrócił się spokojnie i wyjął sztylet. Szedł w stronę leżącego kanclerza i czuł, że musi zabić go i posłać jego ścierwo biskupowi jako karę za klątwę. Należy mu się, bo za kogo on się uważa, ten Tomasz? Chce grać rolę świętego Tomasza Becketta? Proszę bardzo. Tamten, by wylądować na ołtarzach, musiał najpierw zginąć. Nagle przed księciem stanął Manfred.

— Nie rób tego, panie — powiedział cicho. — To nie biskup Tomasz, to tylko jego posłaniec.

Chciał odtrącić Manfreda, lecz nagle poczuł, że opuściła go złość.

— Precz mi z oczu! — syknął do leżącego biskupiego kanclerza.

Ktoś pomógł Piotrowi się pozbierać i wyprowadzili go z komnaty.

— Wina! — krzyknął Szymon Gall. — Wina dla księcia, pogromcy biskupa!

— Zdrowie Henryka, księcia prawego!

— Trochę szkoda — syknął mu do ucha Czarny Pan — ale odbijemy sobie później, co nagle, to po diable! — zachichotał.

MŚCIWÓJ, książę Pomorza, był odmienionym człowiekiem. Życie dzięki Sulisławie nabrało smaków i barw. Ufundował w Słupsku ten klasztor norbertanek, premonstraterek, jak uczenie mówił ksiądz. Ale budowa musiała trochę potrwać i spotykał się ze swą ukochaną po cichu. Wojewoda Święca niczego nie podejrzewał, w przeciwieństwie do jego sprytnej bestii, rybogryfa, który lubieżny i całuśny wszędzie potrafił wsadzić pysk. Na szczęście dla księcia Pomorza rybogryf milczał jak zaklęty, sprzyjając tajemnicy i kochankom.

Zakochany bezgranicznie Mściwój do potężnej piersi mógł przycisnąć cały świat. Tym bardziej żal mu było Przemysła, wdowca.

— Jesteś młody, syneczku. I jesteś władcą najpotężniejszego polskiego księstwa. Pomorze i Starsza Polska — toż to kawał ziem! Ja jestem już w wieku, w którym mogę kochać się tylko z miłości, ty musisz zadbać o dziedzictwo połączonych księstw. No, dalej, bierz żonę.

Przemysł przyjrzał się mu badawczo i spytał:

— Z miłości?... Czyżby twe serce drgnęło dla półorlicy półlwicy?

Mściwój się otrząsnął.

— Przestań! Mówiłem ci, że nie staje mi przy Eufrozynie.

— A zatem? Książę Pomorza, ty się rumienisz!

— To widać? — zdziwił się Mściwój i pomyślał, że jeśli to widać, to Święca też się może zorientować.

— Widać. Mów, jestem ciekaw!

— Uhm. Będę starał się o rozwód z Eufrozyną.

Przemysł gwizdnął i spojrzał na Mściwoja z uznaniem.

— Któż to taki, że aż musisz się rozwieść?

— No właśnie, w tym rzecz, syneczku, że to nikt wielki. Zwykła dziewczyna, choć z przyzwoitej rodziny. Nie chcę jej narażać na zemstę mojej piekielnej małżonki.

— Pomów z biskupem. Może znajdzie jakiś sposób.

— Już gadałem. Kazał mi iść do arcybiskupa.

— No to idź.

— Wracając do ciebie. Wiem, że synalek Barnima, Bogusław, oskarża cię, żeś maczał palce w śmierci jego krewniaczki.

— Nie miałem nic wspólnego z jej zgonem.

— A ja to wiem! Znam cię i wiem, że dziewczyny byś nie skrzywdził.

— Nie chcę zatargu z Bogusławem. Lubię go.

— A ja nie — wyrwało się Mściwojowi — ja go nie lubię. Barnim, jego ojciec, wiecznie mi załaził za skórę. Gdzie ja, tam i on, mówię ci.

— Bogusław prędzej czy później zrozumie. Na razie tryumfuje, bo skubnął Ottona brandenburskiego. Razem z resztą książąt Zachodniego Pomorza utarli mu nosa. Ledwie co zawarli pokój i Otto musiał im oddać, co zabrał.

— Otto ma teraz nowy przydomek. Trochę złośliwy, ale trafny.

— Wiem, słyszałem. Otto ze strzałą w oku.

Mściwój zachichotał.

— Wystarczy Otto ze Strzałą. Do końca życia będzie pamiętał, że go słudzy biskupa postrzelili w łeb. Będzie ich dwóch i łatwiej do rozróżnienia. Otto Długi i Otto ze Strzałą. — Mściwój się zastanowił. — A jak sądzisz, dlaczego on jest Otto Długi, przecież aż taki wysoki nie jest?

— Jest, jest. — Przemysł parsknął śmiechem i pokiwał głową.

Mściwojowi teraz wszystko się kojarzyło z jednym.

— Ty się tam z nimi teraz spotykasz, syneczku, z Brandenburczykami.

— Nie, nie spotykam się, tylko wymieniamy listy. Nie mam czasu na wizyty, dość spraw jest w kraju. Moja siostra, Konstancja, była żoną brata Ottona ze Strzałą — Przemysł się uśmiechnął — więc od czasu do czasu udajemy poprawne stosunki, zwłaszcza gdy oni mają własne wojny i nie bardzo patrzą na wschód. Podpisywali pokój z Bogusławem i chcieli, żebym im świadkował. Ale wiesz, mnie to nie na rękę, więc nie pojechałem, dałem tylko swoje pełnomocnictwo. Bogusławowi w obecnej sytuacji musiało dać satysfakcję, że moje imię znalazło się po stronie tych, których on pokonał.

— Bogusławem się nie przejmuj. Zawzięty po Barnimie, ale chyba od niego mądrzejszy. Zaproś go, pogadajcie sobie i niech da spokój z oskarżeniami. Niepotrzebne ci, żeby twoim imieniem ktoś pomiatał.

— Wiesz — Przemysł spojrzał na księcia smutno — tak mnie boli jej śmierć, że nie słyszę tego ludzkiego gadania. Jakby to się działo w jakimś świecie, poza mną, w dalekim kraju...

Mściwój skubnął się w brodę, ale zapomniał, że nie ma brody. Zgolił, bo Sulisławie się nie podobała. Słyszał to i tamto na temat śmierci Lukardis, ale w plotki, że Przemysł przyłożył do tego rękę, nie wierzył, a w te drugie, o wilkołakach, tym bardziej. Ludzie to bzdury potrafią wymyślić i jeszcze w to uwierzyć. Tak na swoje, to przypuszczał, że mała księżna mogła się targnąć na życie albo umrzeć od poronienia. Bo wie, że jakieś wątpliwości co do pogrzebu w święconej ziemi były. Raz, że szybko ją pochowali, dwa, że nie w katedrze, w Poznaniu, tylko w Gnieźnie, trzy, że Świnka musiał swym autorytetem stanąć za księciem, choć to było jeszcze przed jego konsekracją. Konsekracja... Nie lubi tego słowa, bo Sułka go straszy, że ją też konsekrują na dziewicę. Jaką dziewicę?! Jak on osobiście ją tego uciążliwego drobiazgu pozbawił? Ale ona mówi, że ją konsekrują na potem, do dziewiczego życia za klasztornym murem. No, jego w tym głowa, że buduje się wolno.

Przemysł zebrał się w sobie i mówił dalej, Mściwój więc w myślach cmoknął Sułkę w pośladeczek i słuchał.

— A wracając do Bogusława: na razie nie będę się z nim spotykał, moi brandenburscy szwagrowie patrzą mi na ręce. Chcę mieć spokój od zachodu, Mściwoju. Na rok, dwa. Muszę zrobić porządek z Henrykiem śląskim i póki nie skończę z nim sprawy, nie wdam się w konflikt z Brandenburgią. Nie dopuszczę, by wzięto mnie w dwa ognie, a sam wiesz, że Henryk potrafi się z Niemcami dogadać.

— No, twój stryj miał o nim kiepskie zdanie. A co z nową żoną? Nie myśl, że ci odpuszczę, syneczku. Ty tu wprawdzie teraz rządzisz, ale póki żyję, to jeszcze mogę mówić, co myślę. Dziedzica nam trzeba, a sukcesja dla obydwu księstw teraz na twojej głowie.

Uśmiechnął się do gryfa i siebie. Kto wie, może Sulisława mogłaby dać mu syna, ale odkąd ją poznał, zrozumiał, że ani o tym nie myśli, ani tego nie pragnie. Pozałatwiał swoje sprawy, księstwo przekazał Przemysłowi i spotkał miłość życia. I może wchodzić do łoża tylko z miłości! Zarumienił się. Ostatnio nie robili tego wcale w łożu.

— Wiem, wiem. Nie mam ochoty na drugi ślub, ale muszę. Panowie możni też wracają do sprawy. Masz kogoś dla mnie?

Mściwój roześmiał się tubalnie i walnął Przemysła w plecy.

— Z tymi radami to różnie bywa. Mnie przyjaciele podpowiedzieli Eufrozynę, a twój stryj mi ją wyswatał. No, ale nie poróżniłem się z nimi, w końcu nie chcieli dla mnie źle, nawet jeśli wyszła z tego półorlica. Jakieś preferencje? Może Ślązaczka, żeby załatwić z Henrykiem to i tamto?

Przemysł się skrzywił.

— Nie znam piastowskiego małżeństwa, które by spełniło cel. Nie. Ja postanowiłem nigdy nie żenić się z Piastówną. Jeśli masz do tego głowę, pomyśl nad kimś.

— To weź Brandenburkę. Oni ci teraz przychylni.

— Nie, nie. — Przemysł podniósł się i mrugnął. — Nie musimy tego wymyślić dzisiaj. Rycerstwo czeka!

W Nakle zwołali wiec rycerstwa pomorskiego, które miało potwierdzić ich umowę i złożyć Przemysłowi przysięgę na wierność. Złożyli, ślubowali, skończyli i ruszyli popić sobie, na ucztę. Mściwój był głodny. Jednak ledwie usiedli, jak wpadł jeden z tych Wichrów Przemysła, których książę Pomorza nawet nie starał się od siebie rozróżnić, i krzyknął:

— Książę! Kalisz płonie!

PRZEMYSŁ pędził do Kalisza, nie wiedząc prawie nic. Bogusza przyjechał po niego do Nakła i to, co mówił, nie mieściło się Przemysłowi w głowie.

— Miasto spłonęło od pioruna, ale zamek nietknięty. Zawarował się w nim Sędziwój Zaremba, wpuszczając wcześniej ludzi księcia wrocławskiego, Henryka.

— Sędziwój Zaremba? Zdradził?

— Na to wygląda.

— A gdzie Michał?

— Nie wiem, książę. Ale nie chcę wierzyć, że ma z tym coś wspólnego.

— A wojewoda kaliski?

— Arkenbold Zaremba? Powinien czekać z wojskiem pod murami. Beniamin Zaremba, jeśli o niego chcesz spytać, był nieobecny w Poznaniu, gdy dostaliśmy wiadomość. Ja pojechałem od razu do Nakła, po ciebie, a oni mieli się jak najszybciej zebrać.

„Sędziwój Zaremba zawsze mruczał przeciw mnie. Ale nie wierzę, że wystąpił otwarcie. To musi być jakieś nieporozumienie. Zarembowie...".

— Zarembowie to najpotężniejsi ludzie w księstwie. Na nas, Grzymalitów, możesz liczyć.

„Okaże się pod kaliskim zamkiem, na kogo mogę liczyć".

Lało. Całą drogę lało. Kopyta końskie raz po raz ślizgały się w zimnym błocie. Ale Przemysł nie chciał się zatrzymać w drodze. Chciał już tam być i zmierzyć się z tym, co na niego czeka.

„Ciotka wdowa Jolenta z córkami pojechała do klarysek pod Kraków. Chwała Bogu. Sędziwój mógłby mnie nimi szantażować".

Dotarli na miejsce w środku nocy. Rzeczywiście miasto nosiło ślady pożaru, ale nie były to prochy i zgliszcza. Raczej nadpalone domy.

— Deszcz zakończył pożogę. Mieliśmy dużo szczęścia — powitał go Maciej, kasztelan kaliski.

— Jaką masz pewność, że pożar poszedł od pioruna?

— Była burza... — Kasztelan umknął wzrokiem.

„Więc żadną".

— Książę, twój namiot jest gotowy. — Płatek też był gotów. W kolczudze, hełmie.

— Gdzie mój kanclerz?

— Andrzej Zaremba powinien być jutro.

— Wojewoda?

— Który?

„To się nie może powtórzyć. Dwóch głównych wojewodów z tego samego rodu. To jak księstwo w księstwie. Mój stryj ich rozpuścił".

— A który jest?

— Jest tutejszy, kaliski. Arkenbold.

— Poślijcie po poznańskiego. Chcę obu.

— Książę. — Bogusław Domaradzic Grzymała, ojciec Boguszy, kasztelan ujski i dawny sędzia, stanął przy Przemyśle. — Książę, zanim poślesz po Beniamina Zarembę, porozmawiaj z Arkenboldem i dowiedzmy się czegoś. Jeśli to otwarta wojna Zarembów z księciem, to niedobrze jest mieć jednego Zarembę w zamku, a drugiego za plecami. Pamiętaj, że Beniamin jest wojewodą, przyjedzie z wojskiem.

„Ilu ich jest? Czy starczyłoby samych Zarembów, żeby mnie pokonać?".

— Gdzie Michał, gdzie mój Południowy Wicher?

Lasota i Nawoj pokręcili głowami.

— Nikt go nie widział od tygodnia, odkąd ruszyłeś do Nakła.

— Ale to jeszcze przeciw niemu nie świadczy — jęknął jego giermek, Płatek.

Przemysł przeszedł wzdłuż obwałowań zamku. Były mocne, pożar ich nie naruszył. Widział obrońców na wysokim wale, widział załogę na obu bramach i widział w głębi, na zamku, chorągiew z czarnym orłem Henryka, a obok niej sztandar Zarembów. Jak złowieszczo wyglądał dzisiaj ich czarny półlew wyskakujący zza muru.

Przypomniało mu się, jak kiedyś pili z Wichrami i kompletnie pijany Nawoj zapytał Michała: „Ty, a dlaczego wasz Półlew ukrywa się za murem? Starzy go zamknęli, żeby nie polazł na dziwki?". Zarembowie mieli już wtedy swoją wieżę obronną w Jarocinie, jedyną taką wśród możnych Starszej Polski i inni im zazdrościli. Nawet ci, których majątek mógł się z Zarembami równać, nigdy nie odważyli się stawiać sobie wieży, symbolu władzy.

Michał odpowiedział wtedy: „Nie wiem, mówią że ma szpetne lędźwie i dlatego pół dupy mu zakryli". To były ich szczeniackie czasy. Dziesięć? Dwanaście lat temu? Nie więcej. Ale wygląda na to, że zmieniło się wszystko. Przemysł raz jeszcze spojrzał na te dwie chorągwie obok siebie, symbol zdrady. I wtedy skojarzył, że Zarembowie chyba od zawsze nosili półlwa za murem, nawet w czasach, gdy nie mieli ani muru, ani wieży obronnej.

Przed namiotem czekali na niego członkowie rady książęcej. Bez dwóch głównych — kanclerza i wojewody poznańskiego. Przemysł nie bawił się w ceregiele, podszedł do Arkenbolda Zaremby, wojewody kaliskiego.

— Co się tutaj dzieje?

— Sędziwój wydał zamek ludziom księcia Henryka.

— Zdradził? — Przemysł ugryzł się w język.

Powinien stwierdzić, a zapytał. Wojewoda kaliski nie odpowiedział.

BENIAMIN ZAREMBA był bliski wybuchu. A nie chciał tego, bo najważniejsze w życiu są zasady. Jego osobista brzmiała „spokój". Ale nikt na świecie nie potrafił tak go wyprowadzić z równowagi jak jego syn, Michał Zaremba.

— Wypuszczę cię, ale zrobisz, co kazałem.

— Nie.

I tak od tygodnia.

Zamknął go, gdy tylko książę wyjechał do Nakła. Miał dla niego zadanie, ważne ogniwo w łańcuchu zdarzeń, które miały nastąpić. Chciał, by syn już stał się jednym z nich. I rozczarował się srodze — Michał kategorycznie odmówił.

— Synu. My, Zarembowie, jesteśmy niepodzielni. Nigdy nie zostawiamy rodowców bez pomocy. Wszyscy za jednego.

— Nie jestem zdrajcą. I tak dość długo znosiłem wasze sekrety, wasze knucie, wasze tajne zjazdy w Brzostkowie, wasze chore ambicje! — Michał rzucał się jak lew w klatce i choć Beniamin był na niego wściekły, musiał przyznać, że podoba mu się, że gówniarz jest twardy.

Trzymał go pod kluczem, w Brzostkowie właśnie. Bo żaden dwór nie był tak świetnie przygotowany na specjalne okazje.

— Miecz. Nic więcej nie chcę. Jedź do Poznania i przywieź ten miecz.

Zarembowie ponad życie cenili swój honor. Ten wielki miecz miał dla nich niezwykłą wagę, na niego przysięgali wierność zmarłemu księciu i nie chcieli wystąpić przeciw młodemu, gdy przy nim będzie uświęcony przysięgą oręż.

Michał mógł to zrobić, on jeden był tak blisko z Przemysłem, że bez trudu dowiedziałby się, gdzie książę trzyma miecz. Bo że nie ma go w poznańskim skarbcu, wojewoda wiedział. I Michał mógł wynieść miecz, kiedy tylko zechciał. Od śmierci księżnej Lukardis Przemysł nie rozstawał się ze swymi Czterema Wichrami, pili i spali razem, no, oczywiście nie w sensie biblijnym, ale normalnie, jak to młodzi, co przeszarżują z winem i zwalą się pokotem do łóżka. Mógłby, ale musiał chcieć. A tego stanowczo odmawiał.

— Wynajmijcie złodzieja! Albo jeszcze lepiej od razu płatnego zabójcę! Splamcie sobie ręce królobójstwem! — Prychał jak wściekły żbik.

— Przemysł nie jest królem. Jest tylko księciem, licz się, synu, ze słowami. I przestań się unosić, bo wyolbrzymiasz.

— Ja? To po co wam ten miecz?

— Dla zasady, chłopcze. Przecież nie wyobrażasz sobie, że chcielibyśmy nim obciąć głowę twego księcia. Nie bądź dziecinny.

— Nie ufam wam. Nie ufam!

Beniamin nie wytrzymał, w końcu wszystko ma jakieś granice.

— Zastanów się, kogo masz prócz nas. I komu możesz naprawdę zaufać.

A do pilnujących drzwi synów starego Marcina Zaremby, zwanego Lisem, powiedział:

— Mój syn jest wolny. Możecie go puścić. Niech jedzie, dokąd zechce.

Wyszedł, nie patrząc na Michała. Ale przy drzwiach powiedział wystarczająco głośno:

— Ja jadę do księcia. Pod Kalisz.

PRZEMYSŁ niczego nie dowiedział się od Arkenbolda Zaremby. Czuł, że wojewoda kaliski kryje rodowca, ale najwyraźniej o jego zdradzie nie wiedział i się jej nie spodziewał.

Nawoj, jeszcze nim Przemysł dojechał z Nakła, puścił cichych ludzi po okolicy. Wszyscy mówili to samo: Sędziwój przyjechał w gości do Arkenbolda przed pożarem, ze zwykłym orszakiem. Każdy Zaremba, nawet jeśli był tylko tytularnym kasztelanem i zwykłym podkomorzym jak Sędziwój, poruszał się po kraju niczym udzielny książę, więc nikogo to nie zdziwiło. Dopiero po ugaszeniu pożaru pod miastem pojawił się oddział ze śląskim orłem i Sędziwój wpuścił ich do Kalisza. Arkenbold był wówczas nie na zamku, lecz przemierzał zgliszcza, sprawdzając, czy nie ucierpiały kościoły, więc przynajmniej nominalnie nic nie mógł zrobić.

— Ilu wewnątrz jest ludzi?

— Dwie setki.

— Jak na obrońców dużo.

— Dużo.

— Przygotuj szturm. Uderzymy przed świtem.

Łatwo powiedzieć. To nie jest bitwa pod Stolcem, to nie jest zdobywanie wrogiej kasztelanii. To jego własny zamek. A w środku ludzie, którzy są braćmi tych, co mają ich oblegać.

— Książę? Może podłożymy ogień?

— Nie. Nie podpalę zamku. To ukochana siedziba mojego stryja. Wziąć ją ogniem to jak wywołać wojnę domową.

— Książę. Przybył wojewoda poznański, Beniamin Zaremba. Z synem.

Wziął głęboki oddech.

— Niech wejdą.

Płatek rozchylił poły namiotu.

Za plecami Przemysła stały trzy Wichry. Przed nim stanął czwarty. W głębi duszy najbliższy.

— Gdzie byłeś?

— Z ojcem, książę. Ale już jestem z tobą.

„Po pierwsze: być spokojnym".

— Wojewodo? Co masz mi do powiedzenia?

— Stanę przy tobie, panie.

„Po drugie: uczciwym".

— Przeciw swemu rodowcowi?

— Nie. Przeciw wojskom Henryka.

„Po trzecie: być czujnym".

— Co proponujesz?

— Pozwól mi porozmawiać z Sędziwojem. Może będę mógł odwieść go od trzymania z Henrykiem.

„Po czwarte: sprawiedliwym".

— To nie zmienia faktu, że Zaremba zdradził.

— Może tylko zbłądził, książę?

— Może chcesz grać na czas, wojewodo? Może wojska Henryka wrocławskiego idą już od granicy z odsieczą? Może ty jesteś jego zbrojnym ramieniem?

Beniamin Zaremba zacisnął szczęki.

— Pozwól mi porozmawiać z Sędziwojem. Jeśli nie pójdzie na ugodę, odstąpię i będę walczył u twego boku.

— Nawoj! Daj wojewodzie obstawę. Chcę, by rozmawiał ze zdrajcą.

Beniamin wyszedł, ale Michał został.

— Książę?

Teraz Przemysł zacisnął szczęki.

— Tak?

— Mój ojciec jest starym, chrzanionym Zarembą. Ale nie wiedział o zdradzie Sędziwoja. Mogę ci przysiąc.

— A ty?

— Ja? Zwątpiłeś we mnie?

— Nie. Ale nie było cię przy mnie.

Przemysł nie chciał, by padło jakiekolwiek słowo więcej. Dał znak, że później, nie teraz. Zwłaszcza że wbiegł posłaniec od arcybiskupa Świnki. Jakub, choć Przemysł do niego nie posyłał, okazał się czujny. Napisał mu jedno zdanie:

„Twój wierny kanclerz, Andrzej Zaremba, jest ze mną".

„I niech tak zostanie" — odpisał arcybiskupowi równie krótko, natychmiast wyprawiając z listem gońca do Gniezna.

Wojewoda Beniamin wrócił szybko. Był opanowany jak zwykle, może tylko nieco bledszy.

— Sędziwój przeszedł na służbę Henryka. Gotów jest wrócić pod twe rozkazy, jeśli dla siebie dostanie miasto i zamek Kalisz.

Beniamin zrobił długą przerwę i dodał:

— Ma do ciebie żal, że pomijałeś go przy mianowaniu urzędników.

„Podkomorzy i kasztelan to dla Zaremby za mało. Rozumiem, skoro jego ojciec, Janek, dostał za jednym zamachem od mego stryja czternaście wsi. Zaiste, degradacja".

Miał ochotę krzyknąć, lecz udzielił mu się spokój Beniamina Zaremby. Powiedział:

— Przygotować szturm.

Uderzyli o świcie. Lecz szturm bez miotania ogniem, bez podpalania bram był jak próba zabicia lwa gołą dłonią. Odbili się od wałów jak jabłko od trawy.

Obrońcy ostrzelali ich z kusz. Przemysł krzyknął:

— Tarczownicy, wystąp!

Długie, plecione płoty chroniły szeregi. Przed nie wyskoczyli tarczownicy. Za każdym z nich kusznik.

— Strzał!

Zacisnął pięści. Bez ognia byli nieskuteczni, wystawieni na strzały z wałów, widoczni z góry.

— Książę! Puśćmy bramę z dymem!

— Nie!

Liczył na to, że jeśli się nie ugnie, ugnie się Sędziwój. Ale się mylił. Tyle że nie chciał się do tego przyznać.

— Tarczownicy! W przód!

Byli już za blisko. Tor lotu strzały działał przeciwko nim.

— W tył! Cofnąć się! Strzał!

— Książę...

— Nie!

Odwrócił się do wojewody, który w rozpiętym hełmie kierował natarciem.

— Beniaminie! Każ swoim ludziom zdjąć chorągwie Zarembów.

— Tak jest!

Widział, że obrońcy zamku celują tam, gdzie nie widzą czarnego półlwa. To źle wpływało na nacierających, bo na szeregi Grzymalitów, Leszczyców, Dryjów, Łodziów i Nałęczów spadał grad strzał. Na Zarembów nie.

— Przegrupować się!

W zamieszaniu, jakie powstało w jego szeregach, gdy wojska zgodnie z rozkazem Przemysła przemieszczały się, tarczownicy na chwilę odsłonili pozycję księcia. I w jednej chwili spadł na niego grad strzał. Stojący lew rzucił się, by osłonić pana, lecz szybszy od niego był Michał

Zaremba. Ostry bełt wbił się w bark, drugi nisko, pod obojczykiem, przed trzecim osłonił go Nawoj. Książę doskoczył do przyjaciela.

— Michał? Michał? Żyjesz?! Odezwij się!

Jęknął. Ale nie krwawił z ust. Chwała Bogu, płuco całe.

— Zabierzcie go do mojego namiotu!

— Synu? — Beniamin przyklęknął przy nim. — Synu?! — W jego głosie po raz pierwszy w życiu książę usłyszał lęk.

— Będzie zdrów, wojewodo! — Położył mu dłoń na ramieniu Przemysł. — Wracaj, pomóż mi odbić Kalisz!

— Kusznicy! Strzał!

Było już jasno. Październikowe słońce wyjęło z mroku stos trupów pod wałami. Gdy obejrzał się za siebie, zobaczył zgliszcza miasta. Z kościoła Franciszkanów, tam, gdzie rok temu Jakub Świnka przyjmował sakrę arcybiskupią, doszedł go dźwięk dzwonów. Wtedy Kalisz był pełen ludzi, proporców i chorągwi. Wiwatujące tłumy. Gdzie one są? W martwych wypalonych ruinach? Odpowiedziały im dzwony z kościoła Świętego Wojciecha. Te same, które biły, gdy zmarł stryj. Przypomniał sobie jego ostatnie słowa. Miecz, którego „oni" słuchali. I oblał go zimny pot.

Miecz został w skarbcu kaliskiego zamku.

Nie bacząc na to, że jeszcze trwają pojedyncze, zbłąkane ostrzały, Przemysł klęknął i przeżegnał się.

W południe przystąpił do rozmów. W zamian za wyjście wojsk Henryka wrocławskiego z Kalisza oddał mu nowy, ledwie co zbudowany zamek w Ołoboku. I obiecał wypuścić zdrajcę Sędziwoja wolno.

Gdy śląskie orły opuszczały miasto, Michał się ocknął.

Przemysł wbiegł do wieży zamkowej. Na samą górę, do komnaty książęcej. Wnęka w ścianie. Jest. Jest!

Wziął go w rękę. Pocałował głownię. Przyklęknął i oparł czoło o rękojeść.

— Nadaję ci imię... — i wyszeptał je.

WŁADYSŁAW, książę brzeskokujawski i dobrzyński, choć minęło już sześć lat od śmierci Bolesława, księcia Małej Polski, wciąż mu nie mógł przebaczyć, że umarł.

„Gdyby dał mi szansę, gdyby pożył sobie jeszcze parę lat, przekonałby się, że lepiej mnie usynowić niż Leszka".

Mały Książę kręcił się między Brześciem, Dobrzyniem a Sieradzem, pilnując spraw swoich, nie większych niż on sam, włości. I nie był sam. Do dziedzictwa brzesko-dobrzyńskiego było jeszcze dwóch jego młodszych braci. A Leszek? Leszek siedział jak ten pan na krakowskim księstwie.

No, prawdę mówiąc, nie siedział. Ciągle albo bił Prusów, albo Litwinów, albo Jaćwingów. A jak wracał do Krakowa, to zamykał się ze swym chorążym i tyle go widziano.

Władysław, choć znał wszystkie plotki o swym przyrodnim bracie, sam ich nie roznosił. Bo w głębi duszy to trochę go rozumiał. O ileż ciekawiej było dzielić życie z towarzyszem broni niż z jakąś babą. Co do tych spraw, wiadomo jakich, to się Władzio nie mądrzył, bo się na tym nie znał i wcale go do tego nie ciągnęło. Owszem, wiedział, co mężczyzna robi z kobietą, bo w końcu miał już swoje dwadzieścia pięć lat i głupi nie był. Tyle że z tego, co widział, to głównie rzecz była w miętoszeniu i jękach. Ani jedno, ani drugie nie ma w sobie nic ciekawego.

Kiedy więc usłyszał od Leszka, że szykują mu żonę, przeląkł się i postanowił zadziałać. Jedyną osobą, do której mógł w tej sprawie się udać, była ciotka Kinga. Po śmierci wuja Bolesława zbudowała sobie klasztor w Starym Sączu i zamieszkała w nim jako pełna mniszka. Władzio, nie oglądając się na nikogo, pojechał do ciotki i upadł przed nią na kolana.

— Ratuj.

Księżna wdowa patrzyła na niego, mrugając.

— Przed czym?

— Chcą mnie żenić. Z jakąś kobietą.

Kinga zapachniała liliami i roześmiała się:

— To potworne!

Nie wiedział, czemu się śmieje, ale zgodził się z ciotką.

— Właśnie.

— A co, wolałbyś jak Leszek? Z tego nie będzie nic pożytecznego.

— No, ale przynajmniej nie musi spać z obcą babą.

— Władku, jakiś ty dziecinny! Nie nadajesz się nawet na białe małżeństwo — westchnęła i przeskoczyła spory kawałek od niego.

„Stara, a taka sprawna. Ćwiczy?".

— Modli się — odpowiedziała chłodno i poprawiła welon.

Od razu mu się przypomniało, że ciotka podsłuchuje myśli. „Pilnuj się, chłopie!”.

— Ciociu... przyjechałem po prośbie... Czy mogłabyś dla mnie pomówić z Leszkiem?

— W jakiej sprawie?

— O jego śmierci.

— Bój się Boga, Władziu! Jesteś niewychowany!

— Ale co? Ty i wuj ciągle mówiliście o śmierci, co w tym nienormalnego?

Kinga w welonie klaryski wyglądała jak święta na ziemi.

— Masz rację, Mały Książę. Masz rację.

— No właśnie. Leszek nie ma dzieci, a jest już stary. Czterdziestka na karku. Trzyma się dobrze, ale sama wiesz, że niemal kolczugi nie zdejmuje. Ciągle się z kimś bije. A testamentu nie zrobił. I tak: dzieciaków nie ma, a ja jestem jego bratem. Nie najbliższym, bo przyrodnim. Ale z tym rodzonym to on się nie lubi. — Władek wziął głęboki wdech i powiedział, co mu leży na sercu. — I chodzi mi o to, żeby Leszek mnie zapisał Kraków.

Cioteczka uderzyła go w policzek tak szybko, że nie zdążył się zasłonić.

— Auuu!

— Bezczelny Mały Książę!

Władek rozcierał obolały policzek, a ciotka zaśpiewała chóry. „Jezu! Sama jedna?!”.

— Niepokorny, ale nie głupi — powiedziała, gdy on rozglądał się spłoszony po jej mniszej celi.

— Umówmy się tak, Władysławie: ty bądź grzecznym chłopcem, a ja zrobię, co w mojej mocy w twej sprawie. Jednak mam do ciebie małą prośbę.

— Słucham, ciociu?

— Jak wrócisz do Krakowa, znajdź smoczą jamę. Idź tam i pomódl się ładnie. I znajdź mi trzy smocze łuski. Obiecałam Dziewicy Marii ołtarz z obrazem, na którym depcze smoka. Chciałabym, aby był taki wiesz, bardziej jak żywy. Bądź moim rycerzem i zrób to dla Dziewicy Marii i dla mnie.

Władysław wyprężył pierś.

— Będę jak święty Jerzy!

Kinga pokręciła głową:

— Niedouczony głuptas. Święty Jerzy zabił smoka, a ja tobie nic nie każę zabijać! Wawelski gad dawno już nie żyje. Łuski, Władziu, tylko łuski mi przynieś!

JAKUB ŚWINKA, obejmując arcybiskupstwo gnieźnieńskie, nie był dobrej myśli, w końcu wiedział, co bierze. Ale nie dla wygody i nie dla siebie, więc założył jarzmo na kark i pociągnął. Sprawa plebana Macieja dała mu do myślenia, więc po jednym dniu każdego tygodnia przeznaczał na wizytacje diecezji. Ale ponieważ skarbiec miał po dwunastu latach wakansu mocno przewietrzony, więc nie robił z tego wielkiej sprawy. On, dwóch kancelistów i w drogę. Żadnych orszaków, purpur, fioletów i szat pontyfikalnych, skromnie, jak przystało na kapłana w posłudze i gospodarza w pracy. Z racji postury jego mizernej nie raz i nie dwa brano ich nie za tych, kim byli w istocie, ale w końcu nie przybywał z wizytą oficjalną, tylko rozpoznawczą.

Gdy zebrał wnioski z tego, co zobaczył gołym okiem, dodał do nich to, co znał już ze słyszenia, spisał wszystko i przeczytał na głos, złapał się za głowę i podsumował fragmentem z *Kroniki Czasu: Pisane w mroku, jakiego nie znał świat, gdy Bóg Wszechmogący odwrócił oczy od kraju biednego*.

I zwołał synod prowincjonalny w Łęczycy.

Biskup poznański Jan, wrocławski Tomasz, włocławski Wisław, krakowski Paweł i płocki Tomasz zasiedli w długiej sali kapituły gnieźnieńskiej, za nimi ich kanonicy, księża, kanceliści i dwory, a Jakub Świnka wyszedł przed nich, przypomniał sobie słowa Dębiny: „Jesteś odpowiedzialny", i powiedział:

— Bracia! Teraz albo nigdy. Jeśli dzisiaj nie przeprowadzimy głębokiej reformy Kościoła, możemy pakować kufry i wyjeżdżać do ciepłych krajów. Bo na co komu hierarchia kościelna w kraju, w którym niedługo nie będzie chrześcijan?

Biskup krakowski Paweł wydął usta.

— Arcybiskup Jakub II raczył przesadzić.

Pozostali szemrali po bokach. Jakub Świnka spokojnie odpowiedział:

— Przeprowadziłem wyrywkową kontrolę parafii, jeszcze nie miałem czasu wziąć się do kontroli kurii biskupich, ale zważywszy na to, iż każdy pasterz w pełni odpowiada za swą owczarnię, ponosicie, szanowni biskupi, odpowiedzialność za podległych sobie duszpasterzy. I tak — Jakub sięgnął po podręczny pergamin — w skontrolowanych dziesięciu parafiach sześciu proboszczów nie umiało wymienić wszystkich siedmiu sakramentów, siedmiu nie rozumiało tekstu mszy, którą odprawia, pięciu zaś nie rozumie nawet modlitw i przekręca ich słowa. Połowa żyje z kobietami i ma dzieci. — Jakub Świnka uniósł wzrok znad pergaminu, bo zaległa głucha cisza.

Patrzyli na niego bladzi, więc kontynuował:

— Niektórzy księża nie wiedzą, że sakrament pokuty dotyczy także ich samych, sądzili, że tylko wiernych. Aż dziewięciu pobierało opłaty za udzielanie sakramentów! — Uniósł głos, bo jak sobie przypomniał plebana Macieja, który święcie wierzył, że za spowiedź i rozgrzeszenie przysługuje mu wynagrodzenie, to zapłonęły mu gniewem policzki. — Na dodatek wykazują się wielką opieszałością w udzielaniu sakramentów chorym i w większości wypadków człowiek zdążył umrzeć, nim kapłan raczył ruszyć się z parafii. Stwierdzono przypadki zastawiania dóbr kościelnych i, co gorsza, przedmiotów liturgicznych, nawet tak cennych jak księgi! Nie muszę chyba dodawać, że zastawiano je Żydom. Niedopuszczalnym jest, aby kapłan przechowywał Najświętszy Sakrament we własnym domu! Miejscem do tego przeznaczonym jest wyłącznie ołtarz! I, przy tej okazji, każdy z was będzie miał obowiązek sprawdzania czystości na ołtarzu, bo nie chcecie, bracia biskupi, wiedzieć, co można tam spotkać... — Stanął mu przed oczami kościół wiejski, gdzie kura uwiła sobie gniazdko i składała proboszczowi jajka, a ten nie przegonił jej, tylko kielich z Najświętszym Sakramentem przesunął. — Tak samo ważną jest czystość szat kapłanów, bo lud patrzy i widzi, że ci, co mają reprezentować Pana Boga na ziemi, wyglądają, jakby dopiero co z ziemi wyszli!

Filip podał mu wodę, Jakub musiał odsapnąć. Ale nie pozwolił na rozprężenie obrad.

— Sprawa kolejna: wierni. Jak można oczekiwać, że będą żyli według zasad wiary, skoro ani oni tych zasad nie znają, ani ich kapłani? Wśród ludu prostego jedyną czynnością pobożną, jaka jest w miarę w powszechnym użytku, jest zrobienie znaku krzyża. Ale i tak nie wszyscy czynią go prawą ręką. Modlitw ani nie znają, ani tym bardziej nie rozumieją, bo tak się składa, bracia biskupi, że w Polsce lud nie zna łaciny i nie rozumie języka niemieckiego. A nasi kapłani albo pochodzą z Niemiec, albo posługują się językiem liturgicznym. Więzi emocjonalnej pomiędzy nimi a wiernymi nie ma żadnej, bo ośmielę się zauważyć, że dziesięcina to jeszcze nie więź. Sprawą tą zajmować się będziemy później, wiem, że są zakony, które nie przyjmują w swe szeregi Polaków i zamykają zgromadzenia przed naszymi rodakami. To osobny temat.

Jakub wziął większy oddech, by wydać się wyższym, i z naciskiem powiedział:

— Ale dzisiaj, mocą swego autorytetu nakazuję, by w każdej parafii, w niedzielę, podczas sumy, kapłan wyjaśniał wiernym modlitwy *Wierzę w Boga*, *Ojcze nasz* i *Zdrowaś Mario* po polsku. Słowo po słowie i tak długo, aż wierni będą rozumieć, do kogo się modlą i o co! W kościołach diecezjalnych zaś, gdzie spodziewam się, że przed ołtarzem staje kapłan dobrze wykształcony, kazania mają wyjaśniać ludziom także i Pismo Święte!

Zaszumieli. Tego im chyba było za dużo. Świnka się nie przejął.

— Biskupi moi! Wam osobiście tego nie zarzucam, bo wiem, żeście ludzie uczeni w Piśmie i wiecie, że jest tam zapisane, iż posługa wasza, zwana apostolską, po pierwsze polegać ma na nauczaniu. Uczulam jednak, że od teraz będę po prostu tego wymagał, sprawdzał i wyciągał konsekwencje. A tam, gdzie dziać się będzie źle, po prostu wymienię duszpasterzy.

Paweł, biskup krakowski, wstał i purpurowy na twarzy oznajmił:

— Arcybiskupie Jakubie Świnko! Zarzuty, które tu padły, są krzywdzące. Przypomnę, że my tu pracujemy ciężko od lat, gdy ciebie, Jakubie II, jeszcze wśród nas nie było.

— I efekty widać — skwitował Jakub.

— Uznajemy władzę arcybiskupa nad nami — ciągnął rozwścieczony Paweł — ale i ona ma swoje granice! Jak ci wiadomo, Jakubie II, pewne decyzje są wyłącznie w gestii papieża!

— Wiadomo mi, ale tak się składa, że papież Marcin IV zrzekł się na moją rzecz prawa nominowania proboszczów i notariuszy. W mojej kancelarii do waszego wglądu są stosowne upoważnienia i pełnomocnictwa z kurii papieskiej. A, wybaczcie, papież złożył na moje ręce także obowiązek egzaminowania kandydatów na wszelkie stanowiska.

I ogłosił przerwę.

Żeby zaś dali mu odpocząć, wymknął się do północnej kruchty, schodkami w dół, i zamknął się u siebie. Pochrupał chlebka, otarł spocone czoło i sapnął:

— No i powiedziałem im!

Zabrał ze sobą przygotowany wcześniej pergamin. Po przerwie zaczął łagodnie:

— Chcę, aby w postanowieniach naszego synodu zapisać punkt po punkcie wszystko, co naświetliłem wam wcześniej. Bo, jak rozumiem, zgadzamy się w kwestiach zasadniczych?

Filip zdążył mu szepnąć, że każdy z biskupów był w międzyczasie oglądać jego pełnomocnictwa.

Odpowiedzieli cicho:

— Tak.

— Wspaniale. To dobrze rokuje na przyszłość. Tu mam rękopis oficjum o świętym Wojciechu. Rymowany, bardzo ładny i niedługi. Chcę, aby we wszystkich kościołach katedralnych, a także klasztornych, był śpiewany. Nie raz do roku, ale na każdej niedzielnej mszy. W kościołach parafialnych zaś proboszcz wiernym ma o męczenniku opowiadać.

— A dlaczego o świętym Wojciechu, a nie o świętym Stanisławie? — wstał biskup krakowski i powiedział to, czego Jakub się spodziewał.

— Dlatego, biskupi moi, że dzisiaj walczymy o powrót wiernych do Kościoła, a święty Wojciech był misjonarzem. Dzisiaj każdy z nas musi być jak Wojciech, odważny wobec wyzwań, iść między tych, którym obce się stało Słowo Boże!

— Czy to znaczy, arcybiskupie, że zabraniasz szerzenia kultu świętego Stanisława, który też był męczennikiem?

— Gdzieżbym śmiał! Nie chcę jednak wysuwać na pierwsze miejsce kultu, który wiąże się z konfliktem władzy. Chcę nowej chrystianizacji kraju, bez przemocy, z bożą miłością.

Poszemrali i ucichło. Wtedy też wstał biskup wrocławski Tomasz i zabrał głos:

— Czy synod zająć może się i moją sprawą? Jeśli już jesteśmy przy konflikcie władzy.

Świnka jęknął w duchu.

— Twoją sprawę, biskupie Tomaszu, rozważymy wnikliwie, ale odłóżmy ją na jutro. Pierwszą kolejność mają sprawy Kościoła polskiego. Jutro zajmiemy się problemami poszczególnych diecezji.

— Ale moja sprawa to jest właśnie być albo nie być Kościoła polskiego! Czyż nie wiadomo wszystkim, że książę wrocławski Henryk, który tak mnie poniża, tak gnębi, że to jest w gruncie rzeczy nie Polak, a Niemiec?

„Panie! Mam za swoje!".

— Tomaszu biskupie. Książę Henryk to Piast z krwi i kości, a konflikt diecezji wrocławskiej z książętami śląskimi sięga czasów jego dziada. Zatem argument o Niemcach nie ma tu nic do rzeczy.

Tomasz poczerwieniał.

— Chcesz powiedzieć, arcybiskupie, że jesteś przeciwko mnie?

— Nie, biskupie Tomaszu, przeciwnie. Ale nie chcę, byś wciągał nas wszystkich w wojnę. Przemyśl spokojnie do jutra swoje sprawy. Synod wyda i na ich temat stanowisko.

Podniósł się biskup Paweł.

— Czy i problemami Kościoła krakowskiego zajmiemy się tutaj?

— Pytasz biskupie o swój spór z księciem Leszkiem Czarnym?

— Z najbardziej niemoralnym z książąt! — zagrzmiał Paweł.

„Odezwał się najmoralniejszy z biskupów. Ciekawe, czy zamknął ten dom nierządny, który mu służył?".

— Wszystko po kolei. Najpierw sprawy najwyższej wagi — uspokoił zgromadzonych Świnka, widząc, że pozostali biskupi też szykują się do obgadywania swoich książąt. Wziął wdech głęboki aż do trzewi i powiedział im to, czego chyba nie zauważyli:

— Królestwo Polskie od stu czterdziestu lat pogrążone jest w chaosie Wielkiego Rozbicia. Książęta między sobą walczą niczym wilki, niektórzy z nich uciekają się do pomocy obcych królów, przeciw własnym braciom. Jedyne, co zostało nam wspólne, to język i Kościół, który musi być ponad dzielnicami. Jeśli pokonamy rozbicie dzielnicowe Kościoła, pokonamy i klątwę Wielkiego Rozbicia. Jako arcybiskup, zwierzchni władca polskiego Kościoła, mówię wam to ja, Jakub II, tu w Gnieźnie, gdzie przyjęliśmy chrzest i gdzie ukoronowaliśmy wszystkich swoich królów.

Między skłóconymi zaległa cisza. Aż ktoś powiedział:

— Amen.

1285

październik

RIKISSA owijała się płaszczem z foczej skóry, bo przez większość podróży padało. Późna jesień i sztormy na Bałtyku nie sprzyjały żeglarzom. Ale jej przyszły mąż uparł się, że nie chce czekać do wiosny. Przyszły? Właściwie już była mężatką, tyle że w Nyköping nie stanął przed ołtarzem jej książę mąż i nie jemu ślubowała, lecz jego notariuszowi.

— Ale ślub ten jest zawarty wobec Boga i przed nim ważny — powiedział król Magnus, podając jej dłoń panu o imieniu Tylon.

— Jaki on jest, ten mój pan mąż? — spytała notariusza Tylona, gdy oboje skryli się przed wiatrem.

— Jest mężny i prawy — odpowiedział grzecznie pan Tylon.

— A naprawdę?

— Przekonasz się, pani. — Uśmiechnął się do niej i przeprosił.

Statkiem kolebało na boki i notariusz cierpiał na chorobę morską. Rikissie nic nie było.

Zastanawiała się, co by było, gdyby teraz ich statek porwali morscy rozbójnicy. Kto ruszyłby na ratunek? Król Magnus czy jej pan mąż? Wciąż ją to bawiło. Jest mężatką, a nie widziała na oczy małżonka. Pokazali jej jego pieczęć, wizerunek ciężkozbrojnego księcia na koniu z tarczą, na której stał lew. „Co zobaczę, gdy ten książę zdejmie hełm?" Czuła nieznaczny niepokój, w gruncie rzeczy niewielki, zważywszy na przygodę, która zaczęła się w jej życiu.

— Boisz się? — spytała Jutta, nim Rikissa wsiadła na statek.

— Nie boję — odpowiedziała i uszczypnęła się w policzek, by sprawdzić, czy nikt jej nie zaczarował.

Była ciekawa, to prawda. Ciekawa nowego kraju i ludzi. Pierwszy raz zaręczono ją, gdy miała trzy lata, a gdy skończyła dziesięć, książę Holsztynu zerwał zaręczyny. Teraz miała piętnaście i to najlepszy czas, by wyjść za mąż. Powiedziano jej, że on jest tylko trzynaście lat od niej starszy. To nieźle. W królewskich rodach znane są śluby dorosłych kobiet i malutkich chłopców lub, znacznie częściej, młodziutkich dziewczynek i starych dziadów.

„Mam szczęście, mój mąż jest młody".

Wiedziała też, że raz już owdowiał, więc będzie drugą żoną. To też jej się podobało, bo Waldemar, jej ojciec, mówił: „Pierwszą żonę daje królowi ojciec, drugą wybiera sobie sam".

— Więc mnie wybrał... Ciekawe jak?

Owszem, król Magnus po zerwaniu zaręczyn przez księcia Holsztynu kazał zrobić jej wizerunek na malowanej desce, ale na Boga, ten obrazek przedstawiał dziesięcioletnią dziewczynkę.

„Może on lubi takie młode? Może myśli, że będę dzieckiem?" — zaśmiała się do siebie. Dziewczynka na malowanej desce miała oczy wielkie jak sowa, nosek maleńki niczym guzik przy rękawie jej sukni i szyję długą jak łabędź.

„Jeśli zakochał się w czymś takim, to znaczy, że nie jest wybredny".

Wsunęła dłonie w rękawice. Miała ich trzy pary. Pierwsze jedwabne, przylegające do palców niczym skóra. Na nich drugie, wełniane, ciepłe i miękkie. I trzecie, trójpalczaste, z foczej skóry. Nie lubiła ich, bo ograniczały palcom zdolność ruchu, ale chroniły przed wilgocią najlepiej. Z początku nie podobało jej się to, że nie przypłynął po nią osobiście, lecz wysłał notariusza. Stryj Magnus wyjaśnił, iż to dlatego, że prowadzi rokowania pokojowe i sam dogląda spraw swego księstwa. A jej dworskie panny szybko wywiedziały się wśród licznej świty księcia, iż jej pan mąż uchodzi w swym kraju za dzielnego, prawego i przystojnego.

„Całkiem tak jak powiedział pan Tylon, notariusz. No, tylko przystojnego mi darował". Czasu na przygotowania nie miała za wiele, król Magnus, jak się okazało, nie informował jej o rokowaniach przedślubnych tak długo, póki nie podpisał wstępnego kontraktu. Pewnie bał się, że będzie jak z księciem Holsztynu. Potem sprawy przybrały szybki obrót, znaleziono w Sztokholmie starą damę, która znała język Polaków, i zaczęła uczyć Rikissę; ojciec zaś rozmawiał z nią o historii kraju, do którego popłynie. Jednocześnie pakowano do kufrów jej ślubną wyprawę. Nie minęły trzy miesiące, a przybył notariusz Tylon i wziął ją w imieniu swego pana za żonę. I cokolwiek czeka ją w Polonia Major, stało się. Nikt tego ślubu nie cofnie.

Północny wiatr uderzył w żagle, z nieba lunęło i woda w mgnieniu oka zamieniła pokład w zdradliwą, śliską powierzchnię. Rikissa zeszła do ciasnej kajuty i zawołała starą damę, by dała jej kolejną lekcję.

Z pasją powtarzała słowa i słuchała. Nowy język był zabawny, szeleszcząc, łaskotał ją w wargi. Imię jej męża po łacinie brzmiało niczym trzy krople wody spadające na kamienną posadzkę i podobało jej się. A w ich języku, gdy mówił Tylon lub stara dama, było niczym dźwięczny szept, i pomyślała, że chyba nie można go wykrzyczeć.

Dobili do brzegu w mieście portowym Gdańsk. Przywitał ich gruby, stary książę. Przez chwilę wystraszyła się, że to ma być jej mąż, ale zobaczyła, że na jego piersi puszy się czarny gryf, a nie stojący lew, i odetchnęła z ulgą. Przenocowali w niewielkim zamku i rankiem ruszyli na południe. Wkrótce jechali krainą płaską jak dłoń, co niebywale zafrapowało Rikissę. Drzewa stały w barwach złota i czerwieni, i to było naprawdę ładne.

Tylon powiedział, że mąż wyjedzie po nią w pół drogi, i poczuła ciepło, kiedy po dwóch dniach trakt zastąpił im barwny hufiec strojny w chorągwie, na których pysznił się stojący lew. Od orszaku oderwało się pięciu rycerzy w zbrojach przykrytych płaszczami. Jeden z nich jechał przodem i nie miała wątpliwości, że to on. Po prostu z daleka wyglądał jak książę, a na tarczy przy jego siodle był lew.

— Primislaus?

— Rycheza?

„A co będzie, gdy rycerz zdejmie hełm?".

— Rikissa.

— Przemysł.

Miał włosy jak miód albo jak bursztyn prześwietlony słońcem. Oczy szare, w głębi zielone jak morze. Stojący lew wyskoczył z jego płaszcza i obwąchał jej trzy skaczące lwy.

Wprowadził ją do wysokiego kościoła i przed ołtarzem potwierdził, że bierze ją za żonę i ślubuje jej wierność. Ona wzięła jego.

Potem, nie spuszczając z niej oczu, przedstawiał jej szeregi swych baronów i możnych, spośród których zapamiętała tylko maleńkiego arcybiskupa, który zrobił na jej czole znak krzyża, a potem przycisnął ją do piersi jak córkę, mówiąc:

— Witaj w domu!

Odpowiedziała mu grzecznie:

— Ty też.

I jeszcze czterech młodych rycerzy, których Primislaus nazywał imionami Wichrów. A potem dostała swój własny dwór i dworskie panny do usług.

— Anna z Grzymałów.

„Ciemnowłosa, niska".

— Zbysława Zarembówna.

„Rudawa z piegami".

— Eufemia Nałęczówna.

„Jasna jak Marina".

— Jadwiga Łodzia — to Rikissa zapamiętała od razu.

„Płynąca".

Zaprowadziły ją do jej komnat na drugim piętrze wielkiej wieży i spytały, czy chce wziąć kąpiel.

— Pragnie.

Zdjęły z niej sobole futro, płaszcz i kaptur. Poczuła się lekka.

— Co to jest? — pierwsze słowa w ich języku wypowiadała wolno.

— Rajski ptaszek — odpowiedziała Płynąca.

— Brzydki i zły. Rikissa nie chce go.

Spojrzały na siebie niepewnie. Znała to. Panny dworu w Sztokholmie też bały się własnych myśli.

— Wypuśćcie ptaszka z klatki! Niech sobie gdzieś lata, ale nie w domu.

Ciemnowłosa spełniła jej życzenie z ochotą. Płynąca podstawiła jej stołek, otworzyły okiennice i wyrzuciły ptaszka z klatką.

Rikissa w tym czasie się rozebrała. Panny dworskie przypadły do niej:

— Księżno... nie trzeba, my chętnie ci usłużymy...

Wzruszyła nagimi ramionami i roześmiała się.

— Jestem gotowa!

Zawinęły ją z powrotem w futro, by poprowadzić do łaźni. Pomogły wejść do balii. Rikissa przymknęła oczy. Panny dworskie głaskały ją delikatnie. Myjąc jej włosy, dotykały głowy.

— Jaka piękna!

— U nas nikt nie ma takich smukłych głów — powiedziała Ruda.

— U nas też! — odpowiedziała jej Rikissa. — Tylko jak urodzi się królewna, to jej wiążą głowę o tak. — Zawinęła mokre włosy wokół czaszki i pokazała im. — Moja siostra, Marina, jeszcze nosi płótno. Ona piękna jak ty. — Pokazała na Eufemię.

Dwórka zapłoniła się i zawstydzona pomoczyła sobie rękawy sukni. Tamte trzy zaśmiały się z niej.

— Czemu ty się nie rozbierasz do łaźni? Czemu jesteś w sukni?

— Rozebrać się przy najjaśniejszej pani nie wypada.

— Dlaczego to? Ja się rozebrałam przy was.

Zaśmiały się we cztery.

— Tobie, pani, wszystko wolno.

W Nyköping i w Sztokholmie, gdy szła do łaźni, dwórki kąpały się razem z nią.

— Jaka była pierwsza królowa?

— Księżna. U nas nie ma królowych — powiedziała Ruda.

— Jaka była księżna?

Zmieszały się.

— Znałyście ją? Służyłyście dla niej?

Kiwnęły głowami. Rikissa uniosła podbródek Płynącej.

— Kochałyście ją?

— Tak, pani. Bardzo.

— To dobrze — pogłaskała dwórkę po włosach, mocząc je — bo jakbyście nie kochały pierwszej pani, to jak mogłybyście kochać drugą?

Płynąca natarła jej włosy olejkiem z róży.

— Lubiła pierwsza księżna róże?

— Lubiła.

— A Primislaus lubił?

— Lubił.

— A Rikissa ma swoje pachnidła. Przyniesie piękna Anna?

Uwielbiała ambrę. Przywiozła ze sobą cenny olejek. Anna natarła nim włosy i ramiona Rikissy. Powąchała palce.

— Piękny... — I to, co na nich zostało, wtarła Rikissie w piersi.

Owinęły ją czystym płótnem, przykryły futrem i poprowadziły do sypialni.

Pokazała im, którą koszulę chce ubrać. Jutta sama ją dla niej wyszyła.

„Żebyś kochała jak ja i była kochana jak ja".

Wokół szyi i ramion wiły się nordyckie węże. Zakręciła jej się w oku łza, nagle poczuła, jak daleko stąd do Nyköping.

— Pani. Mogę wejść?

— Primislaus. Jesteś mój mąż.

Dziewczęta ukłoniły się jak na komendę i oddaliły.

Patrzyła na niego. A on na nią.

Pomyślała o Jutcie i ojcu. Wyciągnęła do niego rękę.

— Zimno. — Otrząsnęła się.

Poprowadziła go do łoża. Puściła jego dłoń, pytając:

— Rozbierasz się?

A sama podbiegła do kominka zagrzać ręce i stopy. Gdy wróciła, był nagi. Patrzyła zaczarowana:

— Piękny! Piękny jesteś Primislaus, pan mąż!

Pociągnęła go do środka, za kotary.

— Schowamy się przed zimnem?

Podobało jej się całowanie. Miał usta jak poduszeczki, miękkie i wilgotne. Raz po raz chwytał ją zębami za wargę. Opowiadała ugryzieniem w brodę. Językiem wodziła po wgłębieniu, które przecinało jego podbródek niczym strumień dolinę górską. Pokazywała mu pagórki swych piersi, a on wspinał się na nie jak pasterz za stadem. Pasł się na nich i schodził w dół, na hale, na brzuch. Śmiał się, że jej pępek to jezioro, i zębami targał pęki traw okalające jej łono.

— Pastuch! — krzyczała na niego, a on zaczął ją bóść.

— Och! Masz twardy róg! Mój byk i kozioł!

— Moja owieczka...

— Co jest owieczka? — zatrzymała jego dłoń. Nie zrozumiała tego słowa.

— Agnus.

„Agnus. Owieczka. Dreszcze".

— Może być... Mogę być twoją owieczką.

Czuła się właśnie jak jagnię, słodko i bezbronnie, i podobało się jej, jak ją pieścił.

Nie miała ochoty się przeciwstawiać, bo i czemu? Przypłynęła tu jako żona, a on okazał się pięknym mężem, spodobał się jej. Jutta jej wszystko opowiedziała, po kolei, jak będzie, więc nie miała się czego bać. Jeśli nawet chwilę zaboli, to przecież podobno nie bardziej niż wtedy, gdy spadła ze skały i roztrzaskała sobie czoło.

Nie zabolało wcale, a wiedziała, że to było już, bo Primislaus opadł potem na jej piersi i nie ruszał się. Odczekała chwilę i pocałowała go w nagie ramię.

— Mąż? Mężu?

— Tak, Rikisso?

— Żywy?

Roześmiał się i odgarnął sobie włosy z czoła.

— Uhm.

— Dobra miłość? Podobała się?

— Uhm.

— A możesz zrobić dla Rikissy agnus? Chcę znów być tą owieczką...

— Tak?

— Uhm. Tak. Tak... tak...

PRZEMYSŁ nie chciał się z nią rozstawać ani na chwilę, więc zabierał Rikissę ze sobą. Cisi ludzie donieśli mu, że Brandenburczycy mruczą, że wybrał królewnę szwedzką, podczas gdy przedstawiono mu dwie kandydatki; drugą była ich córka. I tak skorzystał z pośrednictwa margrabiów w zawarciu małżeństwa, więc oficjalnie wszystko było w porządku. Jednak znał ich, nie bagatelizował osobistych urazów i ambicji. Miał więc pretekst, by księżna żona jeździła z nim, by nie pozostawiać jej w Poznaniu samej, przypominając wszystkim, że raz mu już w odwecie za żonę chcieli spalić miasto.

— Poznasz nasz kraj, swoje księstwo. — Patrzył, jak lekko siedzi w siodle, jaka jest piękna, gdy długi płaszcz spada kaskadami fałd wzdłuż końskich boków.

— A ty poznasz Rikissę! — Lubiła jeździć szybko, lubiła, by ją gonił.

Miała rację, pragnął ją poznawać każdego ranka, każdej nocy i co dnia. Mógł wpatrywać się w jej delikatny profil, w cerę przejrzystą, jakby utkaną z mgły. Oczy intensywnie niebieskie, świetliste i włosy tak jasne, że niemal srebrne. Ale nie tylko kontemplował urodę Rikissy, był ciekaw jej myśli, jej duszy. Niebywała lekkość i otwartość żony ekscytowała go. Jechali do Sulejowa, na spotkanie z książętami kujawskimi, bok w bok. Czasami, gdy konie zbliżyły się do siebie z powodu węższej drogi, dotykał kolanem jej kolan, a Rikissa się śmiała.

— U nas, w Sverige, lubią słowiańskie żony. Niejedna wasza kobieta nam królowała.

— Ja kocham szwedzką żonę. — Przemysł wyznawał jej miłość na każdym kroku, nawet gdy za jej plecami widział dwóch spośród swych Wichrów, Michała i Nawoja, którzy przewracali oczami, mówiąc mu na boku, że Rikissa ciągnie go jak szczeniaka na smyczy.

— Jak Rikissa płynęła do Primislaus, to król Magnus śmiał się: „Nie zrób im tam drugiej Uppsali!".

— Nie rozumiem.

— A u nas rozumie to każde dziecko! — Śmiała się, pokazując białe ostre ząbki. — U nas była królowa, Storrada. Siostra waszego króla Burizlava.

— Świętosława?

— No, wybacz, Primislaus, u nas nikt tego imienia nie umiał powtórzyć! — Zrobiła minę bezradną i zabawną. — Dlatego dostała nowe imię: Storrada. Ale to właściwie nie imię, to też przezwisko.

— Jakie? Chyba nic złego?

— Nie! Bardzo ładne. „Ostra w gębie".

Teraz parsknęli śmiechem wszyscy, także Wichry, bo oczywiście podsłuchiwali.

— „Ostra w gębie" to nie jest ładnie po polsku, Rikisso.

— Nie? No to może ja źle powiedziałam. To znaczy: że odważna, harda.

— To już lepiej. I co z nią?

— Storrada była żoną naszego króla, Olafa. Ale on był taki nie do końca pobożny i do tego trochę szalony. Chciał syna, swojego i Storrady, spalić na ołtarzu boga Odyna.

— Poganin?

— U nas to się mówi „niedokładnie ochrzczony". I Storrada zezłościła się na niego, zamknęła go w świątyni Odyna w Uppsali i podpaliła, za karę.

Rikissa opowiadała to całkiem poważnie, Michał, z którego oczu płynęły łzy, próbował powstrzymać śmiech, zwłaszcza gdy księżna odwróciła się i zobaczyła go.

— Oj, nie płacz, rycerzu wiatru! Olaf był złym królem. Storrada była znacznie lepszym królem niż on. No i ona nie kochała go. Rozwiodła z nim długo wcześniej.

— Rozwiodła? Wasze królowe mogą się rozwodzić?

— No tak. A wasze nie? — Rikissa miała tak zaskoczoną minę, że i Przemysł, i Wichry ryknęli śmiechem. Przemysł pochylił się nad jej siodłem i ucałował dłoń księżnej.

— Nasze królowe i księżne są z nami do śmierci, kochana.

— Och, Storrada też była z Olafem do śmierci!

— Ale u nas to by się nazywało „spowodować czyjąś śmierć", księżno pani! — wtrącił Bogusza.

— Nie przerywajcie księżnej, bo może my nie wszystko rozumiemy. Rikisso, chcesz powiedzieć, że Świętosława miała innego? Że zdradzała waszego króla?

Rikissa wzruszyła ramionami.

— Jak miała kochanka po rozwodzie, to już nie była zdrada! Najpierw król Olaf, potem syn z Olafem, a dopiero później kochanek, co za problem?

— Teraz rozumiemy, książę, dlaczego nie zostawiasz swej pani w Poznaniu samej. Poważna sprawa.

— Oj, ja nie wiem, dlaczego wy się śmiejecie! To przecież była wasza kobieta, nie ze Sverige.

Zamilkli. Bo rzeczywiście przeoczyli ten szczegół.

W Sulejowie oddał Rikissę jej dwórkom, by nie nudziła się z nim na naradach. Ona przez chwilę była szczerze zainteresowana, zwłaszcza gdy zobaczyła Karła, ale całując jej oczy, usta, wysokie czoło i dłonie, pożegnał się z nią.

„Przecież ja się nie mogę przy niej skupić na niczym innym niż ona sama".

Oglądał się jeszcze za księżną, gdy szła w stronę klasztornego konwiktu, śmiejąc się ze swymi dwórkami. Pozazdrościł im. Płaszcz Rikissy płynął za nią niczym tren, a wiatr, który zawiał nagle, zsunął jej z głowy jedwabny kaptur i srebrzyste włosy rozsypały się.

— Książę?

Odwrócił się i zobaczył, że nie on jeden zapatrzył się na księżną.

Karzeł Władysław stał z otwartymi ustami.

„No i dobrze. Zaraz mu wyswatam żonę. Oczywiście, na jego miarę". Kandydatka była już uzgodniona ze wszystkimi, nawet z księżną wdową Jolentą i tylko sam książę brzeskokujawski i dobrzyński jeszcze nie znał jej imienia. Ale już czas.

— Jadwiga, księżniczka kaliska, córka mego nieżyjącego stryja Bolesława.

Władysław się skrzywił.

„A co mu się wydaje? Czy on nie powinien się cieszyć?".

Księżnę Jolentę, by wydać Jadwinię za Karła, przekonała dopiero jej siostra Kinga. Wcześniej słyszeć o tym nie chciała i rzucała, czym popadło, gdy Przemysł sugerował, iż takie rozwiązanie dla obojga narzeczonych byłoby najlepsze. Jadwinia nie była ani ładna, ani nawet trochę ładna. Drobniutka i, jak mawiał sam stryj, trochę za dziecinna. Tyle że inne panny z tego wyrastały, a Jadwinia Bolesławówna nie. Miała już dziewiętnaście lat i wciąż wydawała się małą dziewczynką, skromną i nieco wystraszoną.

— Nie podoba ci się kandydatka, książę? — zapytał Karła wprost.

— Nie. Nie, że mi się nie podoba — zająknął się Władysław. — Ja po prostu nie lubię bab.

Obecni zaśmiali się głośno, a jego starszy brat, Siemaszko, spytał wprost:

— A co? Idziesz w ślady Leszka? Wolisz towarzyszy broni?

— Cicho! — krzyknął Przemysł, bo wszyscy rżeli, a Władek spuścił głowę. — Nie pozwalam dworować sobie ani z księcia brzeskiego, ani z krakowskiego!

Władysław się wyprostował. I powiedział głośno i wyraźnie:

— Nie. Źle mnie rozumiałeś, bracie. Nie mam skłonności Leszka Czarnego. Tylko, w przeciwieństwie do niektórych książąt, mówię to, co naprawdę myślę. Ożenię się z Jadwigą Bolesławówną i będę miał z nią dużo dzieci, bo to jest wielki honor dla mnie. — Skłonił się Przemysłowi z powagą i odwrócił do brata, mrużąc oczy. — Tobie, Siemaszko, nikt nawet nie zaproponował tak dobrze urodzonej żony.

Siemomysł kujawski poczerwieniał, ale nic nie odpowiedział. A Władysław przyklęknął przed Przemysłem i pochylił głowę.

— Dziękuję, książę, że uznałeś mnie godnym ręki swej stryjecznej siostry. Nie pożałujesz tego. Będziesz ze mnie dumny.

„Ten Karzeł potrafi zaskakiwać. Mały Książę jeszcze mniejszego księstwa, ale jest w nim coś".

Miał z nimi do omówienia sprawę znacznie ważniejszą niż małżeństwo Karła.

Tron krakowski.

Leszek Czarny po ich spotkaniu w Sieradzu wciąż się nie określił i sprawą zupełnie niewiadomą było, komu zapisze Małą Polskę. A cisi ludzie Przemysła przynosili z Krakowa niepokojące wieści. Jedne dotyczyły nieustannego wrzenia wśród krakowskich możnych, gotowych obalić Leszka, drugie zaś sugerowały, iż książę krakowski nie jest zdrów. Przemysł nie chciał być krukiem czekającym na czyjąś śmierć, ale tym bardziej nie chciał zostać nią zaskoczony. Zaproponował książętom kujawskim, w końcu braciom Leszka, sojusz. Otwarty, jeśli chodzi o objęcie nim w przyszłości innych zainteresowanych, a tu przewidywał wiecznych pretendentów do krakowskiego tronu, wnuków po Konradzie mazowieckim. I całkowicie zamknięty na udział w nim księcia śląskiego, Henryka. Byli bliscy porozumienia, gdy Bogusza dał mu znać, że cisi ludzie przynieśli pilne wieści.

— Zdrajca Sędziwój Zaremba ośmielił się przybyć do Starszej Polski. Spotkał się z Beniaminem Zarembą.

— Wiemy gdzie?

— Wiemy.

— Michał zostaje tutaj. Razem z księżną Rikissą. Odpowiada głową za jej bezpieczeństwo. A my natychmiast wyjeżdżamy.

— Nie...

— Nie — uciął książę. — Ufam mu.

PRZEMYSŁ ufał Michałowi, to prawda. I wiedział, że przyjaciel to zrozumie, bo zostawił pod jego opieką to, co miał najcenniejszego. Miłość Przemysła do Rikissy nie była tajemnicą, przeciwnie, Wichry nie raz dawały dowód, że już blisko, by byli o księżną zazdrośni. Nie chciał też, by kiedykolwiek powtórzył się Kalisz, by kiedykolwiek Michał musiał stawać przeciw swoim rodowcom. A teraz mogło chodzić o jego ojca.

Sędziwój miał zakaz wstępu do Starszej Polski, ale poza nim książę nie ukarał żadnego z Zarembów. Nie miał dowodów, że przyłożyli rękę do zdrady Sędziwoja.

Gdyby chodziło o jakiś inny ród, ale nie Zarembów. Nie mógł ich tak po prostu ukarać czy uwięzić. Było ich za dużo i byli zbyt mocni. Więc otoczył ich dyskretną siecią cichych ludzi i czekał.

— Są w domu Beniamina w Poznaniu — powiedział Bogusza, gdy byli już w drodze.

— W którym? — spytał Przemysł, bo wojewoda poznański miał w mieście dwa domy.

— W nowym, przy Bramie Wrocławskiej. Odwiedził ich tam Arkenbold, ale był krótko i pojechał.

Najgorsze, że Przemysł nie miał żadnego planu. Po prostu nie wiedział, co z nimi zrobić. Obecność Sędziwoja była dobrym pretekstem, ale jeszcze nie dowodem. Mógł mieć jedynie zaufanie w Opatrzności.

— Wyślij oddział do Kalisza. Mają aresztować wojewodę Arkenbolda i dowieźć na sąd do Poznania. Tylko żadnej przemocy. Z honorami.

Gdy wjechali do miasta przez Bramę Wrocławską, Przemysł na chwilę zatrzymał oddział. Zsiadł z konia i od siodła odwiązał miecz. Przypasał go sobie i ruszyli. Po chwili byli pod domem wojewody. Cichy człowiek wyszedł z mroku i zamienił dwa zdania z Boguszą.

— Są obaj, w środku. Sędziwój ma ze sobą pięciu ludzi, reszta to słudzy wojewody. Wszystkiego razem piętnastu zbrojnych.

„Nie spodziewał się nas. Czuje się bezpieczny albo bezkarny".

Wtargnęli do środka z obnażoną bronią. Słudzy wojewody rzucili się do walki, ale na widok księcia odwrócili się pytająco w stronę Beniamina. Ten kazał opuścić broń.

— Książę?

— Wojewodo.

— Czemu zawdzięczam twą wizytę?

— Gościsz zdrajcę.

— Goszczę swego krewnego.

— To już rozstrzygnie sędzia. Proszę zabrać wojewodę i jego gościa — zwrócił się do Boguszy — w wieży poczekają na sąd.

— Książę — Beniamin nie tracił zimnej krwi — nie możesz sądzić urzędującego wojewody.

„Prowokuje mnie, żebym go pozbawił urzędu, a on później zarzuci mi bezprawie".

Przemysł nie zamierzał ich sądzić. Poprosił o to księcia Pomorza, Mściwoja.

Lecz nim sąd nastąpił, nie oglądając się na Zarembów, tym, którzy stali przy nim pod Kaliszem, Grzymalitom, Łodziom, Korabitom, Odrowążom, Leszczycom i Awdańcom, nadał dobra ziemskie i mniejsze stanowiska. Nie stać go było na nagłą zmianę na wszystkich najważniejszych urzędach księstwa, ale jasnym było dla niego, że krok po kroku będzie je opróżniał z rodu czarnego półlwa, z rodu, który miał wszystko, a zapragnął jeszcze więcej. Jedynym Zarembą, któremu Przemysł bezgranicznie ufał, był niezmiennie Michał, jego Południowy Wicher.

HENRYK, książę wrocławski, musiał coś zrobić z biskupem Tomaszem.

Sprawa przestała być śmieszna, bo biskup działał w kurii rzymskiej nadzwyczaj skutecznie. Miał tam na miejscu swoich ludzi i nawet jeśli ten Świnka, arcybiskup, nie zawsze i nie bezkrytycznie dawał posłuch Tomaszowi, to jednak papież właśnie zatwierdził klątwę rzuconą na niego przez biskupa, i odesłał potwierdzoną do kraju. Arcybiskup Świnka, i to wiedział Henryk dzięki swoim cichym ludziom w Gnieźnie, zobowiązał biskupów do ogłoszenia we wszystkich diecezjach, że oto on, Henryk, książę wrocławski, jest ekskomunikowany.

— Książę wyklęty! — żachnął się Henryk i wsiadł na konia. — Za mną, pod Czarnym Orłem!

Wierni pozostali mu franciszkanie. Oderwali osiem swych klasztorów od prowincji polskiej i w ten sposób, przynajmniej póki ich papież nie przywoła na łono polskiego Kościoła, mogą księciu służyć. Ale nie o to chodzi. Co mu po franciszkanach, jeśli nadal pozostanie ekskomunikowany? Jak długo utrzyma swe księstwo w ryzach? Tylko patrzeć, jak nieżyczliwi skorzystają z klątwy, by wymówić mu posłuszeństwo.

Pierwszy skorzystał na tym Przemysł. Wysłał zbrojnych i odbił mu zamek w Ołoboku, ten, który tak ładnie Henryk dostał za kaliską przysługę Zarembów. I idąc za ciosem, odzyskał ziemię rudzką, pamiątkę po udanym uwięzieniu go w wieży w Sądowlu.

Henryk nie miał szans zareagować. Ale dosyć już strat przez biskupa. Koniec z niewiernym Tomaszem!

Skoro ten ukrył się przed nim w Raciborzu, trzeba go stamtąd wykurzyć i zmusić do rozmów.

Henryk z wojskiem ruszył pod Racibórz.

— Podłożyć ogień!

Wiatr zrazu mu sprzyjał, bo przeniósł płomienie na bramę i drewnianą strażnicę. Ale gdy tylko po szeregach Henryka uniósł się krzyk tryumfu, lunął deszcz i z prawdziwie jesienną furią zagasił płomienie. Obrońcy tryumfowali, a Henryk schował się przed strumieniami deszczu do książęcego namiotu. Nazajutrz przypuścili szturm, ale o podpalaniu nie było mowy, bo błoto i namoknięte wały pozbawiały złudzeń co do skuteczności ognia. Tylko tyle, że postraszyli obrońców, sami strat nie mieli wiele.

— Ile mają zapasów? Jak myślisz? — Henryk ze ściągniętymi brwiami wypytywał Manfreda.

— Diabli wiedzą. Ale jest po żniwach, stary może mieć pełne spichrze.

— Niedobrze.

— No, niedobrze. Uciekło mi w krzaki przynajmniej piętnastu ludzi. Powiem ci szczerze, książę. Ja w klątwy nie wierzę, ale ty musisz coś z tym gównem zrobić, bo zostaniemy tu we czterech, pod murami: ty, ja, Fulko i czarny orzeł.

— Manfredzie — powiedział po chwili namysłu Henryk — jak skończy padać, przypuść szturm taki, żeby się nas bali. Krótko i bezwzględnie, jakbyśmy tu mieli nie wiadomo ilu ludzi. A zaraz potem poślij cichych z posłaniem do zamku. Niech biskup czeka na mnie w tajemnicy. Będziemy negocjować.

Wiedział, że Tomaszowi zależy na sukcesie nie mniej niż jemu, więc biskup przystał na warunki. Trzy dni pod osłoną niezwykle leniwych szturmów i jeszcze mniej zaciętej obrony wymieniali posłów. Nie pominęli żadnego szczegółu: co, komu, kto, ile.

Pod mury Raciborza zaczęli nadciągać okoliczni chłopi, zwabieni ponoć niezwykle zajadłą bitwą. Już Manfred zadbał o widownię, choć książę mógłby się założyć, że chłopi ciągnęli w nadziei na odzieranie trupów z odzienia i łapanie koni. Ważne, że byli.

Oto bowiem przed ich oczami rozegrało się widowisko! Otworzyły się bramy Raciborza i wyszedł biskup Tomasz ubrany w szaty pontyfikalne, w procesji kanoników. A przed nim niesiono krzyż. Kanonicy śpiewali. Wojsko Henryka zaprzestało natarcia. Kusznicy odłożyli broń i rozstępowali się przed biskupem. A książę wrocławski Henryk wyszedł ze swego namiotu z gołą głową i tknięty łaską Ducha Świętego podążał na spotkanie biskupa. Tomasz uniósł w górę dwa złote relikwiarze, które miał na szyi i, krzycząc:

— Klęknijcie przed relikwiami świętego Tomasza Becketta i świętego Stanisława! — torował sobie drogę.

Henryk przystanął i omal nie zakończył widowiska. Krew go zalała, bo relikwie nie były uzgodnione. A już tym bardziej tych dwóch świętych, męczenników, którzy ponieśli śmierć z ręki swych władców! Przez moment usłyszał, jak Czarny Pan szepce, że można spełnić marzenie biskupa o świętości jednym uderzeniem miecza, ale powstrzymał się, bo nie miał zamiaru być jak król Bolesław Śmiały, który za Stanisława zapłacił banicją. Wziął głęboki wdech i ruszył przed siebie. A gdy byli już blisko, Henryk upadł na kolana przed biskupem i krzyknął jak syn marnotrawny:

— Ojcze, zgrzeszyłem wobec nieba i przeciw tobie i nie jestem godzien zwać się synem twoim.

A biskup Tomasz, zgodnie z ustaleniami, we łzach pochylił się nad nim i uniósł go z kolan, przekazując księciu pocałunek pokoju.

Ramię w ramię, a lud za nimi, udali się do kościoła Świętego Mikołaja, gdzie Tomasz zdjął z Henryka ekskomunikę. I ogłosili, że święty Tomasz Beckett będzie patronem kolegiaty, którą Henryk ufunduje we Wrocławiu na pamiątkę zgody z biskupem. Za to ostatnie Henryk kazał sobie doliczyć rozwód z Konstancją. Tomasz, rozpromieniony sukcesem, powiedział, że ślubu nie udzielał, rozwodu nie musi widzieć.

— Biskupie Tomaszu — Henryk pochylił się do jego ucha, gdy obaj stali pod ołtarzem kościoła świętego Mikołaja — czy tak nie mogło być zawsze?

Biskup, głęboko wzruszony, pokiwał głową.

A Czarny Pan przekazał czarnemu orłowi bluźnierczy pocałunek w skrzydła.

RIKISSA lubiła Poznań, lubiła wody, które opływały miasto, a nade wszystko lubiła swego męża, Przemysła.

— Pojedziesz ze mną do Słupska? Na ważne rozmowy?

— A mały książę Karzeł będzie? Ciekawie jest na niego popatrzeć.

Nie mógł z nią spokojnie rozmawiać, ciągle ją całował.

— Nie, ale będą inni książęta. Mściwój...

— Och, otyły gryf? Lubię go.

— I Bogusław, też gryf, ale czerwony.

— Nie znam.

Przemysł posadził ją sobie na kolanach i zanurzył nos w jej włosy. Ciągle ją wąchał.

— To będzie trudne spotkanie, Rikisso. Bogusław jest bliskim krewnym mojej zmarłej żony.

— I co? On jest zły, że ty masz teraz Rikissę?

— Nie. On do ciebie nic nie ma. On oskarżał mnie o śmierć Lukardis.

— Że ty ją zabiłeś? To znaczy, że jest głupi. Ty nie mógłbyś zabić kobiety.

— Skąd wiesz?

— Ty jesteś kochanek. Nie zbój.

Roześmiał się. I ugryzł ją w usta.

— A gdybym był zazdrosny? Może mógłbym zabić z miłości?

Zastanowiła się.

— To inna sprawa. Z miłości Primislaus mógłby.

Znała te plotki. Tylon jej powiedział, jak płynęli do Polski. Panny dwórki jej powiedziały, kiedy je spytała. Nie wierzy w nie. Każdy, ale nie on.

Dla niej był nordyckim Freyem i Baldurem w jednej postaci. Kochali się od pierwszego wejrzenia i mocno, tak mocno, że nie zostawało miejsca na nic poza tą miłością. Zdobywał ją za każdym razem od nowa. Od ramion po stopy. Zamieniali się w wioślarza i łódź, sarnę i myśliwego, łuk, kołczan i strzałę.

Spodobał jej się książę Czerwony Gryf. Był wysoki, przystojny i chmurny. A ona lubiła chmurnych. Unikał jej, mówił do Przemysła tak, jakby Rikissy obok nie było. Przyglądała mu się cały wieczór i nocą powiedziała do męża:

— On kochał ją.

— Lukardis? Tak, bardzo. Byli jak siostra i brat.

— Niemądry. — Poczochrała jego bursztynowe włosy. — On kochał ją, ale nie jak brat, tylko jak Primislaus Rikissa.

Przemysł spojrzał na nią zdumiony i zmarszczył brwi. A potem kochał się z nią gwałtownie, jak nie on. Zaskoczona, oddała mu się, ale pożałowała tego, bo ten jeden raz to nie był jej mąż. Nie jej Primislaus. Chciała mu to powiedzieć, ale zasnął, i wtedy zrozumiała, że nie wszystko trzeba wypowiadać na głos, że są sprawy, które lepiej przemilczeć. I była to dla niej nowa, dziwna lekcja.

Rankiem puściła go samego na te ich rozmowy i poprosiła, by dał jej trochę ludzi. Chciała pojechać nad morze, byli przecież tak blisko.

Patrzyła w zimne, siwe fale, na północ, w stronę Nyköping i Sztokholmu. Patrzyła, skąd przypłynęła. Dopiero teraz, gdy spojrzała w morze, zrozumiała, że pokochała Przemysła tak głęboko, iż zaczęła go traktować jak siebie. A on, nawet jeśli jej najbliższy, był przecież osobny.

— Tęsknisz za domem, księżno Rikisso? — zapytała Anna, mocno przytrzymując futrzany kaptur, bo wiał zimny północny wiatr.

— Tu jest mój dom — odpowiedziała jej Rikissa i uśmiechnęła

się smutno za morze. — Wracamy, moje piękne! — krzyknęła. — Stęskniłam się za panem mężem!

„Nawet jeśli widziałam go rano".

Zostali w Słupsku jeszcze dwa dni, a kiedy wyjeżdżali, książę Czerwony Gryf skłonił się przed Rikissą. Przemysł powiedział później, że zawarł z nim i z Czarnym Gryfem przymierze na życie i śmierć.

SĘDZIWÓJ ZAREMBA stał i patrzył w górę, na sługę, który zamykał właz do lochu. Chciał, by chłopak czuł na sobie jego wzrok i żeby się bał. Gdy z głuchym łoskotem spadła drewniana klapa, gdy zachrzęściły zasuwy, Sędziwoja osaczyła ciemność. Usiadł na wiązce słomy.

„Stało się. Jeszcze wczoraj bym w to nie uwierzył".

Kiedy Przemysł ujął jego i Beniamina, straż księcia z honorami odprowadziła ich do zamku. Czas do sądu spędzili w strażniczych izbach, pilnowani przez zbrojnych.

Potem był sąd, słuchali ich osobno tak, jak i trzymali wcześniej, ale Sędziwój nie miał wątpliwości, że Beniamin i Arkenbold się nie złamali.

Jego zaś załamał dopiero wyrok, jaki wydał Mściwój. Tylko dla niego utrata urzędu i części majątku. Tylko dla niego trzy lata banicji. I tylko dla niego, Sędziwoja, upokorzenie lochem. Arkenboldowi zabrali wojewodostwo kaliskie. Beniaminowi nie odebrali nic. Ani urzędu, ani majątku, ani wolności. Ścierwa!

Dzisiejszego ranka przyszli po niego i zaprowadzili tu, do lochu pod wieżą zamkową. Ten gówniarz, Bogusza Grzymała, przydupas księcia, oświadczył:

— Panie, jesteś jedynym więźniem książęcej wieży. Wybacz, jeśli doskwierać ci będzie samotność.

I Sędziwój mógłby przysiąc, że w głosie młodego Grzymały brzmiała satysfakcja. Ale Bogusza był tchórzem, bo nie odważył się przyjść tu z nim i własnymi rękami zapakować go do lochu. Eskortę zostawił więziennej straży.

Dla niego zaś wylądowanie w poznańskim lochu było ciosem w podbrzusze.

— Ojciec przewraca się w grobie! — ryknął w mrok.

Przecież nikt inny, a właśnie Janek Zaremba, jego świętej pamięci ojciec, kasztelan i wojewoda kaliski, wojewoda poznański, gdy młody książę Przemysł obrastał w pierwsze męskie piórka, osobiście uczył go sztuki prowadzenia wojen. Ha! Nie kto inny, a Janek nadzorował doskonałe wykończenie poznańskiego lochu, a teraz jego ukochany syn, Sędziwój, ma w nim zgnić!

„Boże! Dojrzyj hańbę moją i ukarz rozbestwione książątko!".

„Książę — mówił przed prawie dwudziestu laty jego ojciec do Przemysła — o więźniów musisz dbać, bo to gwarantowana lokata kapitału. To skarb pod podłogą twej wieży. I... — Sędziwój pamięta to dobrze, pamięta, jak ojciec się zaśmiał: — ...i dla ciebie samego perwersyjna rozrywka, że stąpasz ponad głowami tych, których wtrąciłeś do lochu".

Kopnął w ścianę i syknął. Dlaczego on? Dlaczego jego dosięgło to poniżenie? Teraz nie mógł uwolnić się od obsesyjnej myśli, że gdy trzęsie się z chłodu w wilgotnym lochu, tam, u góry, dokładnie nad nim, książątko baraszkuje w łożu ze szwedzką królewną.

— Psiamać! — Strzyknął śliną w ciemność. — Psiamać! A żeby ci więcej nie stanął, gówniarzu!

Zimno i woda skraplająca się po kamiennym murze nie dokuczały mu tak bardzo, jak duma podeptana przez księcia. Żeby to dotknęło kogokolwiek innego, ale jego? Sędziwoja Zarembę?! Syna Janka?!

Janek prowadził młodego księcia na pierwszą wojenną wyprawę, gdy zdobyli Strzelce i Drezdenko. Janek był ukochanym druhem świętej pamięci księcia Bolesława. Janek był potęgą! A on, Sędziwój, był pierworodnym Janka. Jego jedynego spośród synów swych baronów książę Bolesław trzymał do chrztu. Nikogo innego. I on, jedynie on spośród możnych Starszej Polski miał własną wieżę, w Jarocinie.

— Oszaleję!

Trzymał w niej rzezimieszków, zbójców drobnych przyłapanych na kradzieży koni lub krów. Ostatnio plebana, którego ukarał Świnka. I sam sądził ich, mocą książęcego przywileju, sam wymierzał wyroki. Był panem na jarocińskich włościach, udzielnym niczym książę. A teraz? A teraz czekał, aż oblezie go robactwo, aż szczury zwęszą jego lęk i przyjdą go zjeść.

— Gówno prawda! — warknął i wstał. — Nie poddam się! Jestem Zarembą, panem pamięci! W moich żyłach płynie krew, nie szczyny!

„Mogę zawładnąć swoją własną pamięcią. Mogę nagiąć ją, by służyła mi przeciw niemu".

Szczęknęła żelazna sztaba, jęknęły ciężkie zasuwy i podniósł się właz w suficie.

— Posiłek dla więźnia!

W świetle pochodni rozejrzał się szybko wokół siebie. Jedyna szansa, by zobaczyć, jak wygląda loch. Prawda, jest pusty. Duży, na całą podstawę wieży. Kamień lśni od wilgoci. W ścianie kilka oków z łańcuchami. Przeszedł go dreszcz. „Dobrze, że mnie nie zakuli".

— Sędziwoju, łap! — Sługa pochylił się i spuszczał na sznurze koszyk z jedzeniem.

— Ktoś ty? — spytał Sędziwój, odbierając kosz.

— Nikt, panie. Zwykły sługa.

Przyjrzał mu się, na ile chwiejny blask pochodni pozwalał. Młody chłopak, pryszczaty.

— Więc kto dał ci prawo zwracać się do mnie po imieniu, sługo?

Chłopak się zmieszał.

— Wybacz, panie. Kolejny posiłek jutro. Czy czegoś ci jeszcze trzeba?

— Nie.

Ostatnie, co zobaczył, nim właz się zatrzasnął, to dziurawe buty sługi. Przez chwilę miał do siebie żal, że nie spróbował poprosić o światło, o najmniejszą pochodnię, ale szybko się rozgrzeszył. Po pierwsze nie umiał prosić, zwłaszcza takiego łapciucha w dziurawych butach. Po drugie i tak by mu nie dali. Żelazna zasada. Nie ma ognia dla więźniów. Desperat mógłby chcieć podpalić zalegającą loch słomę i spowodować pożar wieży. Wprawdzie poznańska była solidna, odcięta murem ogniowym od części mieszkalnej powyżej, ale mimo to ognia strzegli się wszyscy.

Usiadł, wziął kosz na kolana i w ciemności namacał w nim chleb, dzban z cienkim piwem, suszoną rybę. Jadł. Nikt go nie widział i nie wstydził się swego głodu. Piwa było sporo. Musiał wstać i wysikać się. Po namyśle przeszedł pod przeciwległą ścianę, licząc kroki. Sześć kroków na wprost dzieli jego sypialnię i jadalnię od latryny.

„A jak się zapomnę i pomylę? I będę spał tam, gdzie naszczałem? Tu wszystko zaczyna już cuchnąć".

„Zasadniczo sprząta się loch po uwolnieniu więźniów. Ale gdybyś ich miał w nadmiarze, należy zalecić służbie więziennej, by przykuwała na czas sprzątania skazańców do ścian, nawet tych, których nie trzymasz w łańcuchach". Na każde zmartwienie miał jakąś radę swego świętej pamięci ojca udzielaną ongiś księciu.

Sam w jarocińskiej wieży trzymał się tych zaleceń. Nagarnął więcej słomy, by umościć sobie legowisko. I pierwszej nocy, choć nim zasnął, sądził, że śnić mu się będzie młody książę i mord, jaki on, Sędziwój, z lubością popełnia w akcie zemsty, przyszła do niego we śnie miłość. Miała rude włosy, bujne piersi i pachniała chlebem. Ochna. Gospodyni brzostkowska, jego kochanka. Pieściła go na tak wymyślne sposoby, jak nigdy jeszcze nie śmiała, albo raczej jak dotąd nie marzył on. Zbudził się, skostniały z zimna i spragniony. I poprzysiągł sobie, że musi podzielić swój czas w lochu na pół. Pół dla planowania zemsty, pół na marzenia o rozkoszach z kobietą. Jedno i drugie połączone razem dawało mu wiele sił.

Pomiędzy nie, mimo iż Sędziwój strzegł swej pamięci, wpadał od czasu do czasu lęk o rodowców. A jeśli surowy wyrok dla niego i łagodny dla nich był podstępem? Próbą poróżnienia Zarembów między sobą? Przemysł uwolnił tamtych dwóch, Arkenbolda zrzucił z urzędu kaliskiego wojewody i może poddaje szykanom? Cokolwiek się zdarzy, będą niepodzielni. Poszukał reszty chleba, przegryzł go. Owszem, Beniamin był przeciwny wprowadzeniu do Kalisza wojsk śląskich. Wojska! Wielkie rzeczy! To był ledwie oddział. Sędziwój zrobił, jak chciał, nikt mu nie będzie rozkazywał, nawet Beniamin. Nawet Arkenbold. Nikt.

— W Pogorzelicy Janek inaczej takie sprawy rozstrzygał! — rzucił z pełnymi ustami w mrok.

Czerstwe okruchy stanęły mu w gardle. Zakaszlał. Popił. Polał się. A jednak piwo skwaśniało od wczoraj. Wczoraj? Może to było dzisiaj. W ciemności trudno liczyć czas. Przełknął je i poczuł ciężar w żołądku jak myśl, że Beniamin i Arkenbold odpowiedzą za jego kaliski zryw, któremu wszak byli niechętni.

„Trudno, jesteśmy niepodzielni i jeden za drugiego ręczymy".

Własnej wieży chcieli przecież wszyscy. Beniamin też. Ale tylko on, Sędziwój, zdecydował, że stanie na jego ziemi. Pragnął, by była murowana, jak w Poznaniu. Książę Bolesław się wściekł. Patrzył mu w oczy i pytał:

— Synu — był jego chrzestnym i czasem tak mówił — synu, na co ci to?! Jesteście pierwszymi baronami Starszej Polski, czy chcecie być ponad mną?

Na szczęście kraj zalała wojna z czeskim królem, wojna, która była posagiem, jaki wniosła do księstwa jego madziarska żona, Jolenta. I Zarembowie stanęli przy swym księciu jak jeden mąż. Bronili i atakowali. Lali swą krew i składali życie synów pod nogi Bolesława. A gdy pożoga umilkła, książę w akcie podzięki dla najwierniejszych z wiernych zgodził się na budowę wieży przez Sędziwoja. Ale drewnianej, nie murowanej. Za to na kamiennym fundamencie, który nie zgnije i nie skruszeje nawet za dwieście lat! A Łodziowie i Grzymalici, Nałęczowie i Doliwowie, panowie z Pałuk i Poraje stali i patrzyli, jak na wieży Sędziwój wieszał chorągiew z czarnym półlwem! Warto było!

Zmienił plan. Podzielił czas, jaki będzie siedział w wieży, na trzy części. Wspomnienia chwały Zarembów, planowanie zemsty na księciu i rozkosz, której wzywał przez sen, na poły wyrywając ją z pamięci, na poły wymyślając. W końcu był tu sam, nikt nie mógł mu niczego zabronić. A jeśli w sennych miłosnych majakach na przemian wzywał pulchne pośladki rudej Ochny i znieważał białe lica szwedzkiej królewny, to jego sprawa. Mógł robić, co chciał.

I dzięki temu wytrwał do końca. Dziesięć dni? Tyle razy przyniesiono mu posiłek, więc może to były dni. Otworzył się właz i Bogusza Grzymała zawołał:

— Sędziwoju Zarembo, wyjdź. Twoje więzienie dobiegło końca. Jesteś wolny, ale na trzy lata musisz opuścić Starszą Polskę.

Stanął i spojrzał w górę, w światło. I nie zmrużył oczu przed słońcem, choć jasność oślepiła go i wciskała się pod powieki ostra jak sztylet. Wychodził po drabinie, a gdy stanął twarzą w twarz z więzienną służbą i Boguszą, popatrzył na nich tak, by to zapamiętali.

Prędzej czy później dopadnie ich wszystkich. Jednego po drugim, nawet ciurę w dziurawych butach. Bo oto on, Sędziwój Zaremba, nie mściwy, lecz sprawiedliwy pan jarocińskiej wieży opuścił poznański loch.

JAKUB ŚWINKA był zaskoczony, gdy sługa powiedział, iż o spotkanie z nim prosi Żyd Menachem z Kalisza. Coś mu to imię mówiło, wiedział, że dzwoni, ale nie pamiętał, w którym kościele, za przeproszeniem. Już przekazał słudze, że przyjmie gościa za dłuższą chwilę, gdy kanonik Filip roześmiał się znad pulpitu w przyległej kancelarii:

— Mennicę księcia Bolesława trzymasz w przedsionku? Dobre! Ale czy się opłaci, Jakubie?

Arcybiskup uderzył się dłonią w czoło.

— Racja! Menachem ibn Israel dzierżawił od świętej pamięci księcia mennicę kaliską. Filipie! Filipie!

— Słucham, arcybiskupie?

— Nie słuchaj, tylko chodźże do mnie! Albo nie, ja do ciebie pójdę, w końcu ty postulaty z synodu spisujesz.

Jakub wstał z wygodnego, wyściełanego arcybiskupiego krzesła i poszedł do przyjaciela.

— A czy ten ibn Israel to nadal mennicę prowadzi? — dopytywał niespokojnie. — Czego on może ode mnie chcieć?

Filip przetarł oczy zmęczone pisaniem i odłożył gęsie pióro, starannie bacząc, by cenny inkaust nie zaplamił pisanej przezeń karty.

— Nie wiem, czy nadal prowadzi, to starszy już chyba człowiek. Od czasu jak świętej pamięci książę wydał prawa dla Żydów, wielu z nich porobiło kariery. A skarb księstwa na tym skorzystał, bezsprzecznie. Zapytaj go, arcybiskupie Jakubie II, w końcu to twój gość. Chyba się innowierców nie boisz? — W oczach Filipa zalśniły filuterne ogniki.

— Ja? — obruszył się Świnka. — Ktoś ci głupot nagadał. A czego mam się bać. — Otrząsnął się, wracając do siebie. — W końcu i Józef święty był Żydem i Maria Dziewica i... hmm... też, jakby nie patrzeć, bo to przecież po matce się dziedziczy...

— Prosić gościa! — krzyknął do sługi. — Albo jeszcze chwilę...

Usadowił się wygodniej, poprawił pektorał na piersi i przeżegnał się:

— Teraz prosić.

Menachem ibn Israel był starszym mężczyzną. Dostojna siwa broda spadała mu na pierś. Na głowie miał spiczastą czapkę, jaką ongiś prawem nakazano nosić starozakonnym, do czego się zresztą rzadko stosowali, a i nikt od nich tego specjalnie nie egzekwował. Na ciemnej sukni nosił szafranowej barwy jedwabny surkot podbity zajęczym futerkiem. Jak większość zamożnych Żydów ubierał się ze smakiem, ukrywając swe bogactwo. Skłonił głowę.

— Witam arcykapłana Jakuba II.

— Tak. Witam. Czemu zawdzięczam twą wizytę, panie?

Menachem przyjrzał się Jakubowi z ciekawością.

— Otrzymałem przesyłkę, która nie była adresowana do mnie — odpowiedział.

Świnka zmarszczył brwi.

— Dlaczego więc trafiła w twe ręce, panie?

— Sprowadzam sukno z Lubeki. — Menachem skłonił się i chwilę milczał.

„Lubeka? Ja nie mam nic do Lubeki... Ach, przecież przez kupców puściłem list do Gotfreya! Niedobrze...".

— I? — grzecznie dopytał.

— I statek mój na Morzu Północnym pomagał żeglarzom z rozbitej angielskiej kogi. Jeden z nich wiózł pisma, niestety sztorm, który zatopił jego łódź, nadwyrężył mu zdrowie, bo mimo iż wyłowiono go z wody, nie przeżył.

— A zatem masz list, który winien był trafić do mnie?

— Tak, arcykapłanie.

Żyd stał bez ruchu i Jakub poczuł się zaniepokojony tym, iż nie oddaje mu listu. Czyżby chciał kupczyć tym pismem? Poza jednym studentem, hiszpańskim Żydem Alfonsem, którego poznał na studiach w Bolonii, nie miał żadnego doświadczenia w kontaktach ze starozakonnymi. Czuł, że są jacyś inni, ale co i jak?

Filip wszedł w samą porę, podsłuchiwał, to pewne, bo stając między Menachemem a Jakubem, powiedział:

— Szlachetny Menachemie, arcybiskup będzie wdzięczny, jeśli podasz mu odnaleziony pergamin.

Menachem ochoczo sięgnął do szerokiego rękawa i wyjął z niego pismo.

„Więc wystarczyło poprosić?".

Filip podał je Jakubowi. Nienaruszona pieczęć opata Winchesteru uspokoiła go.

— Jak mogę ci się odwdzięczyć za wielką przysługę? — Jakub chciał pokazać Filipowi, że sam też się potrafi zachować i że nie ma tych uprzedzeń, o które podejrzewa go przyjaciel.

Menachem ibn Israel uśmiechnął się lekko.

— To nie była przysługa, arcykapłanie. To był mój ludzki obowiązek. Teraz ja chcę ci zaproponować przysługę. — Skłonił się lekko.

Jakub spojrzał na Filipa tryumfalnie: „A widzisz!" i zapytał:

— Jaką?

— Niezawodną. Jak ci wiadomo, arcykapłanie, moi współwyznawcy w całej Europie prowadzą faktorie handlowe i kantory, służąc władcom i wielkim tego świata. Utrzymujemy między sobą regularną i częstą korespondencję. Jeżeli potrzebujesz, by twe pisma dochodziły na czas i miejsce, będzie dla nas zaszczytem służyć ci, panie, pomocą.

Jakub przygryzł wargi, bo najchętniej zerwałby się z miejsca i przeprosił Menachema. Odetchnął.

— A dlaczego chciałbyś wyświadczyć mi tę przysługę? — dopytał przezornie.

— Bo jestem dłużnikiem nieżyjącego księcia Bolesława. Ja i wszyscy moi współwyznawcy poprzysięgliśmy służyć jego domowi i rodowi.

Przez chwilę Jakubowi zrobiło się gorąco, że Żydzi już wiedzą o nim, ale uspokoił sam siebie.

— Tak, książę Bolesław był wybitnym człowiekiem. Mogę cię zapewnić, Menachemie, że jego bratanek, książę Przemysł, jest nie mniej wyjątkowy.

Menachem skłonił się głęboko.

— Domyślam się, arcykapłanie. Dla nas, Żydów, książę Bolesław był jak ojciec, który usynowił obce dzieci. Wydając statuty kaliskie, wziął nas nie tylko pod obronę prawa, ale sprawił, iż pokochaliśmy jego i tę przybraną ojczyznę miłością, która nie ma granic. I poprzysięgliśmy jej służyć. A także wznosić modły w intencji księcia.

— Naprawdę modlicie się za niego? — Gdyby nie to, że im nie wolno, a jemu nie wypada, najchętniej posłuchałby tych modlitw.

Menachem skinął z powagą głową.

— Dziękuję — powiedział Jakub szczerze — dziękuję.

— Z Wenecji do Gniezna cztery tygodnie latem, sześć zimą. Z Rzymu podobnie. Z Paryża czy Rouen cztery. Madryt osiem do czternastu. Rotterdam dwa tygodnie. Londyn, York i inne angielskie miasta wschodniego wybrzeża cztery tygodnie, przy sprzyjających wiatrach trzy. Wszędzie tam, gdzie docieramy drogą morską, a pismo ma specjalną wagę, czas można skracać. O ile oczywiście sztormy nie pokrzyżują planów.

Jakub otwierał oczy szeroko, bo terminy podane przez Żyda były o połowę krótsze od zwykłych, a Menachem mówił dalej:

— Gdy pergamin jest tak wielkiej wartości, że jego zaginięcie mogłoby spowodować nieodwracalne straty, należy wysyłać równolegle dwa. Pierwszy idzie drogą morską, drugi lądową. Jeszcze się nie zdarzyło, by żaden nie dotarł na miejsce.

— Menachemie! Ale usługa taka kosztować musi majątek!

— Nie jest cenniejsza niż to, co dla nas zrobił książę Bolesław. I nie weźmiemy za nią ani denara; będziemy się czuli wystarczająco wynagrodzeni tym, iż możemy uczynić przysługę dla domu panującego.

Jakub Świnka był wzruszony. Ale gdy Menachem wyszedł, zdał sobie sprawę, iż najbardziej chwyciły go za serce te starozakonne modły. Nie odpowiedział na zaczepki Filipa i kanonik wrócił do pulpitu i przepisywania postulatów z synodu gnieźnieńskiego.

A on złamał pieczęć opata Winchesteru i czytał:

„No to się narobiło! Zawsze miałeś słabość do królów i biskupów, ile się przez ciebie wymarzłem pod opactwem Westminster, to tylko ja jeden pamiętam. I proszę: Jakub II, arcybiskup. Z serca ci gratuluję, bracie, bo kto jest bardziej godzien, jeśli nie ty? A w sprawie, o którą pytasz. Ten smok, to *wyvern* z Wessex. Angielska linia dynastii skończyła się słowami: «I upadł Złoty Smok», a rzecz miała się w bitwie pod Hastings, gdy normański Wilhelm pokonał naszych królów. Ale ten sam smok był herbem króla Edmunda, zwanego Żelaznobokim, którego pięćdziesiąt lat wcześniej pokonał wasz Kanut. Gdy Kanut zasiadł na tronie, wziął dwóch pozostałych po Edmundzie synów i wysłał z Anglii precz. Nie chciał splamić rąk królobójstwem, tym bardziej że to były niedorosłe dzieci. Jednego, imieniem Edward, wysłał do Szwecji, do swego przyrodniego brata Olafa, drugiego, po ojcu imieniem Edmund, do swego wuja, Bolesława. U nas się zachowało podanie, że wraz z dziedzicami korony posłał dwa miecze, którymi kazał swym krewnym ich zgładzić. Ale Edward pojawił się później w Kijowie i nawet na Węgrzech, by w sędziwym wieku wrócić do ojczyny jako Edward Wygnaniec. Potomstwa się nie doczekał. Natomiast o wysłanym do waszego króla Edmundzie wieści żadnych nie było. Dlatego, jeśli piszesz, że znalazłeś «królewskiego syna» imieniem Edmund, w roku 1017 i później, i jeśli piszesz, że pojawia się przy nim pieczęć ze smokiem skrzydlatym o łapach i pysku lwa i ogonie węża zakończonym harpunem, to ja całuję twe stopy i mówię ci: Jakubie, jesteś wielki. Odnalazłeś nam króla. Nim jednak odtrąbię na całą Anglię, że nie wymarł ród, to spytam cię: co dalej? Czy możesz podjąć wysiłek i znaleźć potomków? Obiecać ci mogę, że nie zwołam krucjaty, by odbić ich, bo łaskawie nam panującą jest dynastia Plantagenetów, o czym wiesz. Nie pamiętam, jak stałeś ze znajomością rycerskich pieśni, bo obaj w czasach szkolnych uważaliśmy, że arytmetyka jest królową sztuk, ale na wszelki wypadek, chcąc zainspirować cię do dalszych poszukiwań potomków naszych królów, wspomnę, że *wyvern* ten jest znakiem króla Artura. A sam smok wielkie ma osiągnięcia w gromadzeniu i pilnowaniu swych skarbów, rzecz jasna, jeśli to naprawdę nasz król. I co jeszcze mogę powiedzieć, nie dość że w opactwie moim spoczywa wasz Kanut, a ja mu, najeźdźcy, palę lampkę, przez wzgląd na ciebie, to jeszcze ten *wyvern* zdobi wejście do mego kościoła. Jakubie, życie spłatało nam niejedną niespodziankę. Do tej pory pewien byłem, iż spotkaliśmy się w progu uniwersytetu, by pomóc sobie przeżyć studia. Dzisiaj mam przeczucie, że Najwyższemu całkiem inny przyświecał cel. Oddany ci opat Gotfrey".

Jeśli Edmund, syn króla Anglii, był skazanym na zagładę chłopcem, wysłanym do króla Bolesława po własną śmierć, a ten mu zamiast śmierci dał miejsce na swym dworze, trudno się dziwić, że dorosłemu Edmundowi zadrżała ręka, gdy miał zgładzić Propateryka, syna Bezpryma.

„Tylko gdzie ja mam ich szukać?"

— Filipie, Filipie! — zawołał w stronę pulpitu.

— Arcybiskupie?

— Ciii, wzywam cię jako Jakub Świnka.

Filip mrugnął.

— Urywamy się do krypty?

— Nie, nie. Mam pytanie. Gdzie mam szukać smoków?

Filip bez namysłu odpowiedział:

— Czersk i Wawel.

Jakub uderzył się w czoło. No tak!

LESZEK CZARNY wczołgał się na skalną półkę i zastygł. Chciał być wężem przyszpilonym słońcem, smokiem oślepionym światłem. Chciał być niczym, spalić się.

Urodził się w roku najazdu Dzikich, w roku bitwy pod Legnicą. I wiedział, że po to przyszedł na świat. Albo polegnie od ich zatrutych strzał, albo ich pokona. Całe jego życie było walką, w ostatnich latach niemal nie zdejmował zbroi.

Do inwazji Mongołów przygotował się dobrze. Zebrał piętnaście tysięcy zbrojnych, w tym pięć tysięcy jazdy. Przygotował miasta. Sandomierz, Lublin i Kraków mogły się bronić. Instynkt podpowiadał mu, że Dzicy, tak jak robili to wcześniej, znów będą chcieli ich oskrzydlić, rozbić obronę, zmuszając ją do podziału sił. I nie mylił się.

Teleboga uderzył w Sandomierz, Nogaj-bej na Kraków. Leszek zamknął ludność w miastach i dopadł ich w Górach Świętokrzyskich. Zgniótł jak wszy. Szli z Bratomirem ramię w ramię, a Dzicy rozpierzchali się zagonami. Nie chciał wydawać im jednej bitwy, wolał znienacka dopadać oddziały i spychać w mrok. Bratomirowi błyszczały zęby.

Ale Dzicy mnożyli się w oczach i, co gorsza, wyłapywali jego cichych ludzi. Nie wiedział więc, ilu ich jest, jakie zagony mają w odwodach. Nie zdobyli żadnego z miast. Ale czuł, że gdzieś od wschodu idą, czarni jak morze.

— Czarni jak ty. — Bratomir przylegał do jego pleców.

Gdy on spał, Leszek czuwał. Gdy Leszek zasypiał, Bratomir otwierał oczy.

Nie mógł zdać się na los, musiał szukać wsparcia. Najpewniejsze na Węgrzech. Im też zagrażała Złota Orda. Nic tak nie jednoczy jak wspólny wróg.

Zabezpieczył zamki i ruszył do madziarskiego króla po posiłki. Nim wyjechał z Krakowa, Gryfina, jego żona, rzuciła mu się do nóg.

— Weź mnie stąd! Zabierz mnie, błagam cię!

Miał ochotę zakneblować wrażą sukę, która tyle razy go zdradziła, że brakło słów. Ale kto raz zdradzi, zdradzać będzie. Gryfina zostawiona sama w Krakowie to jak ogień podłożony pod dom. Zabrał ją, ale gdy tylko ruszyli w stronę granicy, nie pozostawił Gryfinie złudzeń, gdzie jest jej miejsce. Przy nim było już zajęte. Bratomir. Znalazła pocieszenie w ramionach rycerza z różą na tarczy.

Pędzili niczym Dzicy, nocując w siodle. Po drodze mieli Stary Sącz.

— Chcesz zostać z księżną Kingą u klarysek? — spytał żony.

— Nigdy w życiu! Nie z nią! — odpowiedziała, zaplatając warkocze.

Gdy dojechali do klasztoru na skałach, Kinga zjawiła się przed bramą. Wyciągnęła ramiona. Była chuda i sucha, bez tej irytującej białej lilii.

— Księżno. — Leszek padł przed nią na kolana, bo chociaż po śmierci Bolesława podzieliło ich wiele, to jednak ona nigdy nie przestała być dla niego kimś.

— Leszku. Jedziesz na Węgry?

— Jadę. Tym razem Dzicy ruszyli tylko na nas. Twoi rodacy mogą nas wesprzeć. Jeśli zechcą.

Zacisnęła palce na jego skroniach i powiedziała:

— Zechcą.

— Księżno. Nie zataję przed tobą prawdy. Idą na nas zagony śmierci.

— Wiem, Leszku, wiem. Jestem gotowa na spotkanie z Bogiem.

— A one? — Wskazał na biało-czarne główki klarysek, które wyglądały za swą panią przez furtę.

Wśród nich małe dziewczynki, niedorosłe siostrzyczki w welonach.

— Nie daj im zginąć. Musicie przenieść się na zamek Pieniny. Tutaj jesteście bezbronne.

Kinga zrobiła coś, czego się domyślał, ale nie spodziewał po niej. Zakryła go swoim płaszczem i wznieśli się razem wysoko.

— Zobacz, Leszku! Tu są wojska Nogaj-beja, tu Telebogi. Zobacz, ile mają sił.

Czarne mrowie. Zrobiło mu się niedobrze. Zeszli na ziemię.

— Księżno. Proszę cię, módl się za nas. — Nie wiedział, że to powie, choć przecież po to musiał tu przyjechać. — I obiecaj, że zabierzesz mniszki do Pienin.

— Sama nie dam rady ich przeprowadzić.

— Zostawię ci Bratomira.

Spojrzeli sobie w oczy i skinęła głową.

— W drodze powrotnej przyjadę do was.

— Z Bogiem, Leszku. Zapamiętaj rozstawienie ich zagonów.

— Zapamiętam.

Ciotka ucałowała mu czoło. A Bratomir uścisnął prawicę.

Było tak, jak mu obiecała. Węgrzy dali mu wojsko pod wodzą Jerzego z Sovaru. Przeskoczył z Madziarami góry i przełęczami wrócił do kraju. Dzicy, widząc, iż ciągną za nim nowe oddziały, rozpierzchli się. Przez całą Małą Polskę słychać było świst ich kościanych piszczałek. Jak stado ptaków zerwali się do lotu, do odwrotu na wschód. Uprowadzili ludność w jasyr, podpalili wsie, ale wobec tamtych najazdów sprzed lat ten był niczym zefir do burzy. Leszek wracał jako zwycięzca. Ale nie odetchnął, nie uśmiechnął się ani razu. Pod murami klasztoru w Starym Sączu znalazł ciało Bratomira, nastroszone strzałami Dzikich jak jeż.

Klaryski ocalały, ale jego chorąży nie.

Przeczucie, że ma być pogromcą Dzikich, potwierdziło się. Ale na Boga, za jaką cenę?!

Wrócił do Krakowa, lecz zamiast na wawelski zamek wpełzł do smoczej jamy i zapłakał. Kąsał własną pięść. Nie miał po co żyć. Ostatnie ścięgno, które łączyło go ze światem żywych, pękło pod Starym Sączem przebite mongolską strzałą. Pogromca sam siebie zepchnął w śmierć.

HENRYK, książę wrocławski, odesłał Konstancję braciom. Teść nie żył, jeden kłopot z głowy.

Burzyli się szwagrowie, jednak rzucił im w twarz siedem lat bezpłodnego małżeństwa, a na otarcie łez uchylił swój skarbiec. Uchylił, nie otworzył. Kopalnie srebra pracują, ale wydatków ma sporo. Biskup Tomasz elegancko milczał i nic nie stało na przeszkodzie, by Henryk pojechał po narzeczoną. Nową i od dawna wyśnioną.

Matyldę Askańską, córkę margrabiego Ottona Długiego. Od dnia, gdy zobaczył ją na dziedzińcu wiedeńskiego zamku, pół jego serca należało do niej. A od dwóch lat, gdy w Pradze, przy biciu żałobnych dzwonów złożono do kamiennej krypty ciało Kunegundis, królowej wdowy, całe serce Henryka było przy pięknej Matyldzie.

Marzył o niej, śnił i działał. Wysyłał na Salzwedel pieśni, w których rymował jej włosy z oczami, usta z czołem, w których zwał siebie samego sługą u jej stóp. A jego czarny orzeł nie mógł się doczekać chwili, gdy wzleci z czerwoną orlicą Matyldy wysoko, ponad pułap chmur, gdy rozłożą skrzydła i w godowym locie zawirują wokół siebie, chwytając się pazurami za pazury spadną w miłosnym uścisku w dół. Henryk nie mógł spać z miłości, a czarny orzeł krzyczał nocami, wabiąc swą samicę.

Aż stało się.

Matylda przestąpiła progi wrocławskiego zamku. Włosy ciemnozłote w luźnych zawojach spadały jej na plecy. Diadem trzymał je, choć nie mógł ujarzmić. Przepyszne jedwabie sukien, czerwone, szafirowe i złote lśniły, opinając piersi Matyldy i w kaskadach fałd opadając w dół.

— Olśniewająca... — wyszeptał Henryk, gdy do niego szła.

Matylda trzymała głowę wysoko, lecz oczy spuszczała skromnie. Podała mu dłoń, bladą i drżącą, a on zacisnął na niej palce.

Nie dłużyły mu się godziny uroczystości, mógłby tak trwać, odwracając raz po raz głowę i patrząc na jej cudny profil. Dokładnie taki sam.

„Dwadzieścia lat beznadziejnie kochałem się w Kunegundis, by na koniec splunęła mi moją miłością w twarz. A Matylda jest słodka i czysta, nie ma nawet siedemnastu lat".

Zastanawiał się nawet, czy w ogóle brać ją do łoża, czy nie dać sobie czasu na kontemplację jej urody, dzień, tydzień, miesiąc. Ale gdy skończyli weselną ucztę, zmienił zdanie i, patrząc, co robi jego czarny orzeł czerwonej orlicy, poprowadził żonę do alkowy.

Panny dworskie z cichym szelestem sukien wyszły, gdy on wszedł. Matylda czekała na niego w koszuli tak cienkiej, że zobaczył przez nią wszystko, co dla niego miała. Chciał być dla niej czułym pierwszym kochankiem, wielką miłością, którą wzbudzi w niej od pierwszego dotyku. Tak bardzo podniecały go jej spuszczone powieki, drżące dłonie. Całował je, ona pokrywała się rumieńcem. Uciekała i przyzwalała po chwili. Tak, to było urocze i budujące napięcie, póki przed oczy niespodziewanie nie przyszedł mu obraz królowej Kunegundis z Zawiszą przy boku. Złapał Matyldę za biodra i uderzył. Jęknęła. Rzucił nią na łoże i paznokciami rozdarł przejrzysty jedwab koszuli. Koniec z tym. Musi dostać za swoje. Za tych dwadzieścia lat oczekiwania. Nie, nie tak. Nie zasłużyła, by brał ją jak kobietę. Weźmie ją jak pies sukę.

— Na kolana! — Pchnął.

Jej dziewictwo go rozjuszyło, rozpruł je. Wchodził i wychodził z niej, napawając się, że oto jest jego, należy do niego i może zrobić z nią, co zechce.

Orły krzyczały głośno, wczepione w siebie łapami gdzieś pod wysokim sklepieniem. Pióra czarne i czerwone leciały na Henryka, na obnażone plecy Matyldy.

Jeszcze po trzykroć natarł na nią, nim skończył. Wytrysnął i padł na nią jak nieżywy.

Po chwili poczuł, że dziewczyna wysuwa się spod niego, delikatnie, myśląc, że on śpi. Przez niedomknięte powieki widział ją, jak cicho odchodzi w bok. Usłyszał krople wody spadające na posadzkę. Myła się. Zobaczył biel koszuli, którą się wytarła i odrzuciła w kąt. Bose stopy ostrożnie idące w jego stronę. Zatrzymała się. Pochyliła.

Poczuł nagie piersi, dotyk miękkiej i ciepłej skóry. Usiadła przy nim, podciągnęła jego bezwładne ciało na swoje kolana. Otuliła ramionami i przycisnęła do serca.

Henryk poczuł się jak ostatni zbój.

Zacisnął powieki, by powstrzymać łzy, które słonymi kroplami kapały na nagie uda Matyldy. Ona ich nie widziała. Głaskała go po włosach, szepcząc:

— Wycierpiałeś wiele, mój Herzog Heinrich. Ale już jestem przy tobie. Już jestem. I nie opuszczę cię aż do śmierci.

PRZEMYSŁ dowiedział się o chorobie Leszka Czarnego od wojewody krakowskiego Żegoty. W zwięzłym posłaniu, jakie przywieźli mu ludzie wojewody, nie było miejsca na złudzenia:

„Książę krakowski od tryumfu nad Mongołami nie opuścił łoża".

— Rikisso, pojedziesz ze mną do Małej Polski, do Krakowa?

— Daleka droga?

— Daleka. — Pocałował dłoń żony siedzącej na niskim stołku.

Dwórki zaplatały jej warkocze, więcej przy tym głaszcząc jej świetliste włosy, niż czesząc.

— To nie pojadę.

— Dlaczego? Zaczyna się wiosna, świat budzi się do życia, będziemy jechać przez zieleniejące pola...

Odwróciła ku niemu głowę.

— Rikissa nie będzie wsiadać na koń. Rikissa ma dziecko.

Anna upuściła grzebień, Zbysława i Jadwiga krzyknęły. Przemysł nie wierzył, że to słyszy.

— Dziecko?!

Pokiwała głową całkiem poważnie. I mrugnęła.

— W brzuchu!

Padł przy niej na kolana.

— Chłopiec?...

— Albo nie chłopiec. Wtedy dziewczynka — powiedziała zadowolona i roześmiała się dźwięcznie. — No, ja tego nie widzę, ale jak Primislaus umie zobaczyć, to niech sobie popatrzy.

I wstała, podnosząc do góry ręce i okręcając się. Niedoplecione warkocze zawirowały wokół niej.

Przemysł czuł się, jakby za chwilę miał zwariować. Złapał żonę i pocałował. Dotknął brzucha.

— Naprawdę? Rikisso, naprawdę?

— Nie na żarty. — Poklepała się po wciąż jeszcze płaskim brzuchu. — Mały, co? Na jesień urośnie. Jak jabłko.

Zakręciło mu się w głowie. Za pół roku może mieć syna, dziedzica. Zerwał się.

— Magister Mikołaj musi cię zbadać!

Rikissa wzruszyła ramionami.

— A co on wie o dzieciach? Rikissa zdrowa, świetna. Nie trzeba jej medyka, żeby paluchami dotykał. — Otrząsnęła się.

Przemysł nie wiedział, co robić, był szczęśliwy i całkowicie ogłupiały. Czekał na to tyle lat, że przestał czekać. A przy Rikissie było mu tak dobrze, że zapomniał, iż brał żonę po to, by dała mu dziedzica. Naprawdę zapomniał?

„Naprawdę".

Nagle zaczął się o nią panicznie bać, pomyślał, że każdego dnia może czyhać na nią tyle niebezpieczeństw.

— Nie pojadę do Krakowa, zostanę z tobą.

— Zostań, ale potem jedź. Ty mi niepotrzebny do noszenia dziecka. One, moje piękne, mi wystarczą. — Uśmiechnęła się do swoich dwórek, które podobnie jak Przemysł trwały w osłupieniu. — No, moje piękne, włosy czekają!

Dziewczęta zerwały się i drżącymi dłońmi zabrały się do przerwanego czesania.

Przemysł został z Rikissą jeszcze kilka dni i pojechał do Małej Polski.

Leszek nie wstawał z łoża. Jego czarne, niemożliwie długie włosy w brudnych, bezładnie rozrzuconych strąkach nadawały mu wygląd niemal straszny. Wychudł. Zapadły mu się policzki, odsłaniając twardą linię szczęki. Dłonie o przesadnie zarysowanych kostkach poruszały się mimowolnie.

— Leszku. — Przemysł dotknął jego dłoni. Była rozpalona. — Leszku?

— Żyję — mruknął książę krakowski, otwierając oczy — choć wcale tego nie chcę.

— Przywiozłem ci mojego Magistra Mikołaja. To dobry medyk. Pozwól, by obejrzał twą chorobę.

Leszek roześmiał się złowieszczo.

— Zabierz go. Na moją chorobę nie ma lekarstwa. Umieram, bo nie chcę żyć.

— Przestań. Bluźnisz.

— Mówię prawdę. Gdyby ciotka Kinga nie pilnowała mnie, sam odebrałbym sobie życie.

Przemysł się rozejrzał.

— Ona tu jest? Wróciła od klarysek?

— Jest, ale nie wróciła. Pojawia mi się czasami.

„Bredzi".

Zrobiło mu się żal Leszka. Taki wojownik jak on powinien zginąć z mieczem w ręku, a nie w łożu jak pierwszy lepszy.

— Opowiedział mi twój wojewoda, jak walczyliście z Dzikimi. Dlaczego nie posłałeś do mnie? Dałbym ci posiłki.

Leszek się skrzywił.

— Do Madziarów mi bliżej. Wspólny wróg. Wam, w Starszej Polsce, nigdy nie grozili Dzicy. Wy nawet nie umiecie z nimi walczyć. To jak... daj mi wody, proszę.

Napił się.

— ...to jak polowanie. Polowanie, w którym zwierzyna na ciebie, a nie ty na nią, robi nagonkę. Twoje ciężkie rycerstwo na nic, na nic. To muszą być zagony lekkiej, zwinnej jazdy. Zapamiętaj to sobie, bo jak kiedyś zasiądziesz na krakowskim tronie, to ty możesz mieć Dzikich na karku.

Przemysł przełknął ślinę. Chciał napić się wody z kubka Leszka, ale go odstawił. Wziął sobie inny. Leszek zobaczył ten gest i zaśmiał się ponuro.

— Boisz się... boisz się mojej śmierci...

„Mam po co żyć. Rikissa i dziecko".

— Przemyśle... — Leszek nagle złapał go za nadgarstek tak mocno, że wbił się paznokciami w skórę Przemysła — mam prośbę. Jedną prośbę.

— Mów.

— Zabrałem ciało Bratomira spod Starego Sącza i schowałem w jaskiniach pod wzgórzem. Nie miałem siły go dalej ciągnąć, zresztą oni nie pozwoliliby mi pochować go tak, jak bym chciał. Daj mi wody...

Oddychał ciężko, paskudnie nierówno.

— Proszę cię, idź tam. Pochowaj go. Nie, nie zabieraj go z jaskini. Chcę, by tam miał grób. Zasyp go kamieniami. I postaw mu krzyż.

— Obiecuję.

Leszek podniósł się na poduszkach. Koszulę miał mokrą. Otarł rękawem czoło.

— Idź teraz, od razu.

— Dokąd?

— Do jaskini. Tutaj, w wawelskim wzgórzu, ludzie ci pokażą. Tam jest smocza jama, a w niej leży on, mój on. Tylko musisz wejść głęboko, bo zaciągnąłem go... Idź, błagam cię, idź...

Przemysł wyszedł. Zabrał ze sobą trzy Wichry, bo czwarty, Michał, został przy księżnej.

Ludzie wskazali im smoczą jamę i przeżegnali się. Lasota wzruszył ramionami. Nawoj zaśmiał się twardo:

— Mój stryj, nowy biskup poznański, byłby zachwycony! Oto jego ukochany bratanek idzie do pogańskiej jamy zrobić smoczy pochówek kochankowi krakowskiego księcia.

Przemysł szturchnął go w bok.

— Pochówek będzie chrześcijański, bo ustawimy mu krzyż. Spełniamy dobry uczynek.

— Ostatnia posługa — powiedział Bogusza, wchodząc do jaskini z pochodnią. — Książę przodem!

Jaskinia była wąska przy wejściu. Po godzinie drogi rozszerzała się i kończyła okrągłą jamą. Ale nigdzie nie było ciała Bratomira.

— Może zgubiliśmy jakiś boczny korytarz? Wracamy.

Ale choć przeszli z powrotem, nie znaleźli go. Trochę zasuszonych odchodów, coś, co mogło być starym gniazdem albo legowiskiem, strzępek, dosłownie strzępek zetlałego sukna. Więcej nic.

— Powiedz, książę, Leszkowi, że pochowaliśmy go. Umrze spokojniejszy — poradził Lasota.

— Nie — zaprzeczył Przemysł, zgnębiony i rozczarowany — nie mogę go okłamać. Leszek umiera, ale jeszcze żyje. Co będzie, jak ktoś mu przyniesie za dzień czy dwa zasuszone ciało?

Bogusza się otrząsnął.

— Przecież ten trup miał leżeć tu od roku. Może zżarły go wilki albo coś?

— Albo coś.

— Wracamy.

Leszek czekał na niego z szeroko otwartymi oczami.

— Pochowałeś go?

— Nie. Twojego chorążego nie ma w smoczej jamie. Znalazłem to. — Podał mu kawałek sukna.

Leszek obracał je w palcach i odrzucił w nogi łóżka.

— To moje. To łeb mojego półorła. Poszarpałem tam płaszcz.

Przemysł rozłożył ręce.

— Wybacz. Nic więcej tam nie ma.

Książę krakowski opadł na poduszki. Zamknął oczy i roześmiał się strasznie.

— I teraz nie umrę!...

Po chwili się uspokoił.

— Daj mi pić, proszę... Przyjechałeś po mój testament? Nie zrobiłem go.

— Leszku. Mówiłem ci kiedyś. Musisz zadbać o swoje księstwo.

— Nic nie muszę. I nic nie chcę.

Milczeli.

— Ale gdybym chciał, to zapisałbym tron tobie.

— Zapisz. Za pół roku mogę mieć syna. Rikissa jest brzemienna.

Leszek Czarny otworzył oczy i spojrzał na Przemysła bardzo przytomnie.

— W takim razie nie zapiszę ci księstwa... bo krakowski tron jest bezpłodny...

Gdy Przemysł wychodził od niego, Leszek spał. W chybotliwych płomykach świec wydawało się, iż czarne włosy krakowskiego księcia poruszają się niczym węże, ich długie końce pochłaniał mrok. U wezgłowia czuwał półorzeł półlew i on to skłonił oba łby, żegnając się w imieniu księcia z Przemysłem.

JAKUB ŚWINKA pisał do Gotfreya:

„Opacie Winchesteru, bracie!

Ciężkie zadanie mi wyznaczyłeś, to szukanie waszych złotych smoków. Ale mając w pamięci, że palisz świece przy grobie króla Kanuta, po matce Piastowicza wszakże, poświęciłem się. Jest u nas słynna smocza jama, w mieście Kraków. Ale tam od dawien dawna nikt nie widział smoków, choć kiedyś bywały, tak przynajmniej pamięta prosty lud i tak piszą nasze pierwsze kroniki. Z naocznego źródła wiem, że jama ta jest pusta jak dzban po winie. Nie ma w niej nic. Poszedłem za to drugim tropem, w stronę miasta na wzgórzu, które nazywa się Czersk, bo tam także opowiada się smocze legendy, a książę tej krainy pieczętuje się zielonym smokiem. Tyle że jak się okazało, książę wziął swego wyverna z *Pieśni o Królu Arturze* i tak domknęło się koło mojej wędrówki. Choć nie całkiem. Podległy mi biskup tamtejszej diecezji, bardzo uczony w starożytnościach, opowiedział mi, iż jest u nich pod dawnym zamkiem grób, który odsłonięto niechcący przy budowie, przed trzema dziesiątkami lat. Grób o tyle specjalny, że nieboszczyk w nim zamknięty jest w porządnej dębowej skrzyni, okutej pięknie, co u nas przystoi tylko najwyższym, książęcym rodom. Biskup ów mówił, że ci, co byli podczas otwarcia grobu, przysięgali, iż wysuszone kości należeć musiały chyba do olbrzyma, albowiem były rzadko spotykanej wielkości. Nawet dzieląc ludzkie wspomnienia przez pół, to i tak nieboszczyk musiał być wysoki ponad przeciętność. Co dla ciebie ważne, Gotfreyu, pochowano go ponoć w płaszczu ze znakiem smoka. Ubiór był zapleśniały i biskup powtarzał za świadkami, że smok był czarny. Czy sukno zniszczone czasem? Czy zetlał złoty ongiś smok? Na to już nikt nie odpowie. Na potwierdzenie smoczego śladu jest inny dowód, który mój informator już na własne oczy widział: smok z żelaza na okuciach trumny. Po przebudowie kościoła pochowano tajemniczego olbrzyma po raz drugi, z honorami i po chrześcijańsku przy nowym kościele pod wezwaniem Świętego Marcina. Czy to kości waszego Edmunda, królewskiego potomka? Nie umiem odpowiedzieć. Czy smok na jego płaszczu był złoty, a zniszczył się z czasem? Czy też ze złotego herbu tu, w naszej ziemi potomkowie zrobili herb czarny? Trudno dociec. Jeśli będzie to dla ciebie ponad wszystko ważne, to dopełniwszy wszelakich egzekwii, otworzę grób, ale wolałbym tego nie czynić i nie zaburzać spokoju umarłym.

Z błogosławieństwem

Jakub II".

Skończył pisać i odłożył pióro. Przetarł zaczerwienione powieki i odszedł od pulpitu, bo bolały go plecy. Bolało go też serce, bo nielojalność wobec przyjaciela to grzech i czuł jego ciężar.

Przeszedł się po swej kancelarii. Sprzątnął okruchy chleba, odstawił kielichy. Po cichu, by, broń Boże, odprawiony na odpoczynek sługa nie wrócił do pracy zwabiony hałasem.

Jakub chciał być sam. Chciał przełknąć gorzką prawdę, którą pominął w liście do opata Gotfreya. Biskup Wolimir powiedział mu, że ponoć przy otwarciu trumny tajemniczego olbrzyma był książę Przemysł I. I ponoć zabrał z tej trumny miecz.

A czas Jakub przeliczył już trzykrotnie i wszystko, niestety, zaczynało się składać. Bo skoro to było ponad trzydzieści lat temu, to jest to zapewne ten sam miecz, który Przemysł I podarował bratu, a on przekazał Przemysłowi II. Miecz pierwszego króla, Bolesława. I zastanawiał się już po raz kolejny, co jest ważniejsze, czy to, że ojciec księcia zabrał miecz potomkowi angielskich królów, czy to, że oręż pierwszego władcy wrócił do dynastii. Uznał w końcu, że w tej historii nie ma żadnych pewników i są w życiu sprawy, które należy pozostawić ich własnemu biegowi.

Nie rozgrzeszyło to jego sumienia, ale pokora, jaką nosił w sobie, pokora wobec większych i ważniejszych niż on pozwoliła mu zasnąć. A sen przyniósł słowa, które ostatecznie ukoiły duszę. Wyszeptał je po przebudzeniu i obiecał, że nigdy o nich nie zapomni:

— Sam Wszechpotężny zwrócił Polakom ich zwycięskie znaki.

MŚCIWÓJ, książę Pomorza, sapał jak wieloryb. Woran kładł mu na głowę moczone w ziołach płótna, by ukoić gorączkę, ale równie dobrze mógłby go całego wsadzić w lód, a nie ochłodziłby ognia, który płonął w jego sercu.

— Żmija! Mała żmija! Oszukała mnie!

— Książę się nie złości. — Woran głaskał go po czole. — Panna Sulisława musiała, bo jest porządną dziewczyną...

— Ja nie chcę, żeby była porządna! — zawył Mściwój, zrzucając z głowy okłady. — Ja chcę, żeby była moja! Zdycha czarny gryf! Przez jedną dziewkę zdycha pomorski gryf!...

Gryf zasyczał, wyciągając długi czerwony język i drapiąc swego pana w pierś. Wyglądał świetnie, czarne pióra lśniły. Woran zwrócił na to uwagę księcia, delikatnie.

— Gryf jest w dobrym zdrowiu, książę pan też, tylko nerwy nim szarpią.

— Zabieraj pazury! — Mściwój odtrącił łapę gryfa. — Zdrajca! Wszyscy mnie zdradzają!

— Ja nie — zauważył Woran, kłaniając się swemu panu.

— Co mi po tobie! — żachnął się. — Do łóżka cię nie wezmę! Chociaż? — Ciemne oczy księcia na chwilę zatrzymały się na twarzy giermka. — Gębę masz gładką jak dziewczyna. Ale gdzie tam, a fe, ja nie Leszek. Poszedł precz ze swoimi radami! Świństwa mi będzie proponował, własnym tyłkiem kupczył! Precz! Za chudy jesteś!...

Woran wymknął się niepostrzeżenie, a Mściwój sapał dalej, przeżuwając zdradę Sułki niczym żylaste włókno suszonego mięsa.

Oszukała go. Mówiła, że kocha, a on, stary wyga, dał się na to nabrać. Wystarczyło, że pojawiała się w pobliżu, a jego oręż stawał na baczność i nie było spocznij, póki nie wychędożył dziewczyny podwójnie. Prawda, co jakiś czas wspominała o klasztorze, ale sądził, że to tylko tak, by go miłośnie rozjuszyć. I uśpiła jego czujność, żmija mała, węgorzyca śliska...

— Auuuu — zawył, bo samo skojarzenie przywołało w pamięci cudowną i niezawodną wilgoć między nogami Sułki.

Budowa klasztoru norbertanek w Słupsku dobiegła końca, bo choć przeciągał ją, to dłużej się po prostu nie dało. Zakonnicy przybyli z Trzebiatowa, gdzie mieli filię klasztoru, jeszcze przez Mieszka Starego ufundowaną. Za nimi przyszły i mniszki. Mściwój po królewsku ich uposażył. Wsie, łany, zagony, młyn. Dawał szczodrą ręką, bo czuł, jakby od Pana Boga wykupywał swą ukochaną i nie chciał się tam Najwyższemu okazać skąpy. A ona, żmijka, ni stąd, ni zowąd do tego klasztoru mu zbiegła. Przywdziała surowy biały habit nowicjuszki i zamknęła się za nią furta.

— Auuuu! Jak boli, jak boli!

Przełykał swą klęskę cierpko. Poległ na całej linii.

— Żeby to jeszcze franciszkanie czy inni dominikanie, co latają po mieście, między ludźmi, aż im habity furkoczą. Ale to zakon, co za murami siedzi! Auu...

Świadomość, że może dziewczyny nie zobaczyć nigdy więcej, była mu gorszą od śmierci. Chciało mu się rzygać, nie żyć.

— Głupa z siebie zrobiłem, u Świnki dostałem rozwód z Eufrozyną i na co? Na co to było?

— Panie... — Komes Żelibor wsadził głowę do komnaty boleści. — Panie... pozwól mi wejść.

— Właź. I wina daj, bo zwariuję.

Żelibor rozsiadł się z miną tak zadowoloną, jakby nie wiedział, że tu się dramat rozgrywa. Miłość i śmierć. Polał, podał księciu, polał drugi raz, bo Mściwój chlapnął szybko, polał i trzeci, i gdy dostrzegł, jak wino uspokoiło księcia, rzekł:

— Plan jest taki. Wybijamy dziurę w murze klasztornym od strony ogrodu, wiesz, Mściwoju, tam, nad skarpą. Wpadamy, porywamy pannę Sulisławę i prosto do kościoła Świętego Mikołaja. Daleko nie mamy — zarechotał bezczelnie — w kościele czeka ksiądz i daje wam ślub. I załatwione. Rodzinę panny udobrucha Święca, no w końcu on też rodzina, przecież jest tym brata szwagrem czy siostrzeńcem, czy jakoś tak.

Mściwój, który chciał Żelibora uderzyć, cofnął pięść. Zamyślił się. Komes szybko napełnił jego kielich, żeby książę mógł myśleć jaśniej.

— To Święca wie? — Mściwój błysnął okiem.

Jego gryf rozłożył czarne skrzydła i wydał z siebie głos, który brzmiał niczym lubieżny koci jęk.

— No, wie. — Żelibor zamrugał i odchrząknął sobie. — Wszyscy wiedzą.

— Jezu. To to nie było tajemnicą? Kto nas zdradził?! Zabiję!...

— Sami się zdradziliście, książę. Tobie oczy przy dziewce lśniły jak latarnie morskie, a ona łasiła się do ciebie jak kocica. No, ale pomógł trochę rybogryf Święcy. Bestia wszędzie potrafiła wcisnąć pysk.

— Podglądał nas? Dorwę gada! Albo nie... — rozmyślił się. — To mówisz, Święca wie i rodzinę Sułki bierze na siebie?

— Bierze. Dał słowo.

— A ona? A jak ona przed ołtarzem powie „nie"?

Żelibor zrobił bezradną minę.

— No, to już, książę, w twoich rękach, jak nie jesteś pewien dziewczyny, możemy zaniechać...

— Honoru nie masz! — ryknął Mściwój. — Podważasz moją męskość? O co ci chodzi? Co ja mam zrobić ręką?

— Książę... — jęknął Żelibor — słuchaj mnie uważnie. Nie musimy po porwaniu lecieć od razu do kościoła, możemy dzień poczekać. Będziesz miał czas, żeby namówić dziewczynę do ślubu. Ale tylko dzień, nie więcej, bo inaczej hańba na nią i na ciebie. Jeśli czujesz w lędźwiach moc, by pannę Sulisławę przekonać, to my jesteśmy gotowi już dziś. Narzędzia do rozbicia muru jeszcze z jego budowy zostały, a zaprawa nie skamieniała na dobre. Raz-dwa i dowieziemy ci ją tutaj

— komes rozejrzał się i skrzywił — tylko ogarnąć tu trochę trzeba, bo wygląda jak w, za przeproszeniem, szpitalu albo innym przytułku.

— Woran! Woooran! — Mściwój wyskoczył z łoża jednym susem. — Kąpiel szykuj i szaty nowe dla księcia pana, szybko!

I choć był gotów tego samego wieczoru, musiał czekać aż do następnego dnia, bo zakonnice do ogrodu wychodziły tylko po obiedzie. Chodził po komnacie i targał się za pas. Czy dobrze robi, porywając ją? Błogosławił w myślach Żeliborowi, że nie zostawił mu czasu do namysłu, tylko wziął ludzi i pojechał kuć mur. Tak bardzo kochał Sułkę, że chciał ją dostać bez gwałtu, z jej własnej woli. Pragnął, by ona go chciała, nie musiała, wybrała. Choć z dwojga złego wolał, że go zdradziła z Bogiem niż z jakimś chłystkiem.

Padł na kolana.

— Wszechmocny, wybacz mi szczerość, powiem jak na spowiedzi. Jam ci stawiał ten klasztor, bo nie wierzyłem, że Sułka do niego pójdzie. Chciałem tą budową wykupić dziewczynę z Twych rąk. Ale jeśli ona mi powie w twarz, że mnie nie chce i że jest Twoja, przysięgam, oddam nieruszoną. Choćby mi na wszystkie strony ogień palił lędźwie, oddam ci ją. Ale umówmy się, Panie, że jak powie, iż kocha mnie, to Ty mi ją oddasz, dobrze? A ja dorzucę coś jeszcze, dla klasztoru. To chyba uczciwy układ, prawda, Boże? No co ci po niej, Panie? Taka lubieżna w głębi duszy mniszka i wcale nie dziewica. Siostry by psuła, uwierz mi...

Drzwi otworzyły się z łoskotem i Mściwój nie zdążył się poderwać z kolan. Sulisława w białym habicie nowicjuszki stanęła w nich, a za nią Żelibor, Janis i Święca.

Ten ostatni wystąpił naprzód i powiedział:

— Książę. Oto Sulisława, nowicjuszka zakonu, premonstraterka, rodzona moja. Ślubów zakonnych jeszcze nie złożyła, ale progi klasztoru przestąpiła. Jutro przed zachodem słońca albo zwrócisz ją zgromadzeniu, albo poślubisz jako żonę swą. Ja ręczę honorem za jej nietykalność w tym czasie, ale ponieważ tyś jest mój książę i mój pan, zostawiam was samych, wierząc, iż ty, Mściwoju, nie złamiesz prawa i nie naruszysz dziewczyny.

— Tak będzie — oświadczył z mocą Mściwój, nie podnosząc się z kolan. — Wyjdźcie wszyscy.

Stała przy drzwiach, póki ich nie zamknęli. On spuścił oczy, bo nagle opuściła go wszelka śmiałość. Patrzył na kamienną posadzkę, potem na czubki jej stóp, kraj jasnego habitu. I nieoczekiwanie poczuł wielki błogi spokój, i przez głowę przemknęła mu myśl, że nawet jeśli Sulisława za chwilę powie „nie", to wystarczy mu, że do jutra będzie mógł na nią patrzeć, nic więcej. Habit poruszył się miękko, w jego stronę. Już w nozdrza Mściwoja uderzył zapach kobiety. I usłyszał ten najsłodszy głos:

— No nareszcie! Myślałam, że już się nie doczekam!

Jeszcze nie otrząsnął się z osłupienia, gdy Sulisława zaczęła go łajać:

— Pozwoliłbyś mi tam zaschnąć i sczeznąć? Ileż to razy zastanawiałam się, czy mój książę sobie nowej dziewki do alkowy nie wciągnął, czy nie zapomniał o mnie i mojej miłości. Myślałam: tak, ty tu, Sulisławo, modlisz się i pościsz, włosy ci obcięli, a on tam obraca w łożu rycerskie córki i...

— Przestań! — Złapał ją za kolana. — Przestań! Ja tu szalałem z tęsknoty za tobą, czułem się zdradzony, wystawiony do wiatru, porzucony jak wrak dziurawej łodzi!...

— To ty przestań i to w tej chwili! — Sulisława chwyciła go za włosy i szarpnęła lekko, a on poczuł tak gwałtowny dreszcz, że mało się nie przewrócił. Ale wcześniej coś przysiągł Wszechmocnemu i choćby miało go rozerwać, słowa dotrzyma.

— Chcesz mnie? — zapytał zduszonym głosem. — Sulisławo, chcesz mnie?

— A bo to raz ci miłość wyznałam, mój książę? Co ty, słuch straciłeś czy pamięć? Ja jestem Sulisława, która zdania nie zmienia nigdy. Powiedziałam, że do klasztoru pójdę, więc poszłam. Swój honor mam. A że ciebie pragnęłam bardziej niż habitu, że tobie dziewictwo oddałam pierwszemu, to nie znaczy, bym tamtego miała nie dotrzymać. Ale już. Śluby wypełnione, teraz my możemy brać ślub.

— Sulisławo! — załkał Mściwój w fałdy mniszego habitu. — Księżno pomorska!

Odsunęła go od siebie gwałtownie i padła na kolana, twarzą w twarz z nim.

— Tylko nie to! To jedno musisz mi obiecać! Nie będę żadną księżną! Tylko twoją żoną i już.

VÁCLAV, królewicz czeski, nie dostał od swego teścia, Rudolfa I Habsburga, zgody na koronację królewską, ale warunkowo dostał Gutę.

Zaręczono ich, gdy oboje mieli po pięć lat, potem nastąpiły ciemne czasy regencji po śmierci jego ojca. Gdy wrócił do Pragi, on i Guta mieli niemal po czternaście lat, poślubiono ich sobie. Ale nie dano im prawa do dzielenia łoża. Zabrali mu żonę w dzień po ślubie i uwieźli z powrotem do Wiednia.

— Moja córka nie będzie patrzeć na jawną rozpustę! — krzyknął Rudolf Habsburg i zabrał mu Gutę.

Václav bał się, że powie „jawnogrzesznicę" i wskaże palcem na jego piękną matkę, i wtedy on, jej rycerski syn, będzie musiał stanąć w obronie znieważonego honoru. Bo Zawiszy na uroczystościach weselnych nie było z nimi. Habsburgowie zagrozili zerwaniem zaręczyn, gdyby pan na Falkensteinie się na nich pojawił. Skończyło się tylko skandalem. Matka uspokajała go, on płakał za Gutą, Guta za nim, rycerstwo i panowie możni trzymali się za broń, wycofując na z góry upatrzone pozycje.

Gdy wrócili do Pragi, Zawisza się żachnął:

— Habsburskie świnie. Im nie o Gutę chodzi, nie o niemoralne prowadzenie się twej matki, w końcu jest moją żoną, wzięliśmy przed Bogiem ślub. Im chodzi o to, by cię trzymać w szachu, Václavie.

Wierzył, że Zawisza ma rację. Skoro Kunegundis mu ufała? Matka nie może się mylić, prawda?

Ale nocami tak bardzo tęsknił za Gutą i jednocześnie za koroną, bo powinien ją już nosić jak prawdziwy król. Guta była grzeczna i ładna. Taka w sam raz. I kiedy chwytała go za rękę, czuł, że są mężem i żoną. Wciąż wyobrażał sobie, jak Guta i on w złotych koronach siedzą na tronie, a nad ich głowami płonie Orlica.

— Królewiczu Václavie, stój, proszę, prosto, musimy zmierzyć ci płaszcz.

— Niech będzie długi!

— Jak sobie życzysz.

— Purpurowy! Podbity gronostajem!

— To dopiero, gdy będziesz królem, Václavie.

— Jestem królem! Jestem królem! Jestem!

Bił na oślep pięściami głupiego sługę, który ośmielił się mu przeciwstawić, głupiego wojewodę Moraw, który przypominał mu, że daleki wiedeński teść mógł mu zabrać żonę i zakazać koronacji.

— Panie... — Biskup praski Tobiasz puszył się fioletem szat. — Panie... powiem ci coś.

— Mów! — Václav opadł na łoże, bo zmęczył się okładaniem wojewody. — A wy wszyscy precz!

— Król Rudolf Habsburg chętnie by spełnił twe marzenia...

— Oba?

— Oba. Ale musisz pozbyć się z dworu Zawiszy z Falkensteinu... Zawisza trzyma cię w szachu, królewiczu Václavie. On jest jak zły duch, który sączy do twego ucha truciznę.

„Ha! Zawisza mówił, że to Habsburg trzyma mnie w szachu. Wszyscy mnie trzymają, dobre, dobre!".

— Odejdź, biskupie.

— Królewiczu...

— Chcesz usłyszeć „precz" czy pójdziesz sam?!

Ale w dniu, w którym zmarła jego matka, wszystko się zmieniło. Rozsypały się obrazki z wielkiej księgi Ottona, którą bawił się, gdy go więzili. Zniknęła piękna królowa, a jej miejsce zajęła koścista Śmierć. Václav znów zaczął się bać nocy, ciemności i snów, które odbierają rozum. Ilekroć obudził się, trzy czarne kury stały przy jego łożu i, gdakając, znosiły czarne jajka.

— Ko-ko-ko.

Koszmar nie opuszczał go. Aż pewnej nocy usłyszał wyraźnie, jak kury grzebią pazurami w posadzce. A kiedy się pochylił, by zobaczyć, co tam znalazły, ujrzał wydrapany herb Zawiszy z Falkensteinu — różę o pięciu płatkach.

Rankiem poprosił do siebie biskupa Tobiasza i powiedział mu:

— Zgoda. Zabierzcie go stąd.

Słyszał krzyk Zawiszy, wołanie:

— Do mnie! Do broni!

Ale biskup, nim poszedł po pana na Falkensteinie, uwięził wszystkich jego ludzi, więc Zawisza był sam. No, nie całkiem sam. Miał Jeska. Václav patrzył, jak mały przyrodni brat idzie za swym ojcem prowadzonym przez straże.

— Nie zabijać! — rozkazał biskupowi.

— Jak sobie życzysz, królewiczu Václavie. Uwięzimy ich.

— Nie! Tylko wyprowadźcie ich z Pragi! Zabraniam przemocy!

Biskup Tobiasz, jego nowy doradca, lubił Habsburgów i dotrzymał słowa. W nagrodę za odsunięcie Zawiszy z dworu Václav dostał Gutę.

Gdy położyli się w małżeńskim łożu, Václav zamknął oczy i przypomniał sobie, jak to było, gdy zbliżyła się do niego Piękna Pani. Ten gorący dreszcz. Guta leżała obok niego, trzymali się za ręce i nie było żadnych dreszczy. Wstał i napił się wina. Poczekał, aż jego ciepło rozejdzie się po ciele. Odwrócił się do żony, uśmiechnął się do niej pięknie i wspomnienie Mechtyldy Askańskiej obudziło węża, który stanął między jego nogami. Wąż go poprowadził, a Václav mu posłuszny wszedł na Gutę i zanurzył się w niej. Przysłoniła oczy dłonią i powiedziała cicho:

— Ach.

A on kąsał ją z sykiem. Razzz-razzz-razzz.

Ilekroć brał do ręki kielich z winem, wąż podnosił łeb, a Guta się kładła. Spodobało się Václavowi bycie mężem.

W nagrodę dał biskupowi Tobiaszowi pierścień. I kiedy po nocy spędzonej z Gutą von Habsburg szedł przez praski zamek, uświadomił sobie, że on tu jest panem. Jedynym panem. Ojciec nie żyje od dziesięciu lat, matka nie żyje, Zawiszę wywieźli precz, a on, Václav, właśnie stał się mężczyzną.

Czas najwyższy, by zaczął panować, rządzić i władać. Czas, by wygrał jakąś wojnę.

Wezwał więc biskupa Tobiasza i przystąpił do układów z Habsburgami.

Poświęcił południe, by wygrać północ. W zamian za zrzeczenie się praw do ziem, które jego ojciec posiadał w Austrii, Habsburgowie obiecali mu pomoc, gdy sięgnie na północ, po Polskę. W końcu, jak to mawiał Přemysl Ottokar II, Polska i Czechy to dwie ściany jednej świątyni. Guta Habsburg była przykładną niemiecką żoną. W równe dziewięć miesięcy od nocy poślubnej urodziła Václavowi syna. Nadał mu imię swego ojca: Přemysl, żeby jego butny teść miał o czym myśleć. I, trzymając małego Přemysla do chrztu, Václav pilnie patrzył na północ. Na krakowski tron.

RIKISSA zaczęła rodzić w południe. Po prostu była na spacerze ze swymi dwórkami i nagle poczuła ciepło wokół nóg.

— Anna — chwyciła się ramienia dwórki — zobacz ty...

— Księżno! Płyną z ciebie wody!

— Wracamy do domu.

— Zawołam służbę, zaniosą cię!
— Nie, Rikissa może iść. Nie nogi ją bolą.
— Nie powinnaś! Gdyby stało się coś księżnej i dziecku, książę Przemysł by nas...
— Oj, przestańcie się bać! Nie zgadzam się nikogo wołać, a już na pewno nie męża.
Oparła się na ramionach dwórek i doszła do zamku. Ale po schodach nie dała rady wejść. Tylon, notariusz księcia, szedł właśnie do niego, gdy Rikissa z dziewczętami stanęła u dołu schodów.
— Pani? Czy dobrze się czujesz?
— Bardzo dobrze, drogi mój. Czy zaniesie mnie Tylon na górę? Ja muszę tam urodzić dziecko.
Notariusz zawołał, nim Rikissa zdążyła zaprotestować, i z góry zbiegło dwóch uderzająco podobnych do niego młodzieńców.
— To moi bracia, księżno. Jasiek i Mikołaj. Niesiemy księżną.
— Ale już cicho, bez krzyczenia, na spokój, dobrze?
— Tak. Proszę złapać mnie za szyję.
To ją rozśmieszało, że oni wszyscy tak się bali rodzenia. I nie wiedziała, czy bardziej się boją o dziecko, o nią, czy co im zrobi jej mąż, jeśli coś pójdzie nie tak. A Rikissa czuła, że wszystko będzie dobrze. W jej rodzinie kobiety po prostu rodziły dzieci i już.
— Tylon postawi królową.
— Tak jest, jaśnie pani.
Parsknęła śmiechem i jednocześnie jęknęła, bo przyszedł mocny skurcz.
— Tylon wybaczy, Rikissa myli się, bo u niej była królowa, Tylon wie.
Notariusz i jego młodzi, a już poważni bracia skłonili się do ziemi.
— Dla nas jesteś królową, Rikisso Valdemarsdotter.
Uśmiechnęła się, ale już boleśnie.
— No to idą. Królowa będzie robić dziecko.
Usiadła na brzegu łoża. Jej dwórki stały szeregiem przed nią, blade.
— Eufemia i Anna, rozebrać mnie. Zbyslawa, dać pić. A Płynąca, pomasować mi plecy, o tu.
Ruszyły biegiem. Wstała na chwilę, by zdjęły z niej suknie, a potem znów usiadła na szeroko rozstawionych nogach. Jadwiga masowała jej plecy z wprawą. Rikissa brała oddechy w rytm skurczów. Gdy mijały, wydawała polecenia.

— Niech służba przyniesie wodę. Stać! Zakaz mówienia. Jak będą pytać, mówić, że nie rodzi, tylko śpi, rozumieją? Iść. A, zawołać Tylon i bracia, bo oni już wiedzą. Mają stać pod drzwiami i nie wpuszczać nikogo.

— A księcia Przemysła?

— Tym bardziej. Rikissa rodzi, Primislaus czeka i już.

— Tak jest.

— Anna, przyniesie mój złoty płaszcz w trzy lwy.

— Zimno ci, pani?

— Nie zimno. Niesie! Ach... — Dopadł ją skurcz, jak kopniak w brzuch. — No już, bo urodzę, a ty będziesz gadać...

Przytrzymała się Zbysławy i Eufemii, by Anna mogła podścielić płaszcz. O tak... usiadła na chłodnym, grubym jedwabiu. Tak właśnie ma być. Królewska córka, Rikissa Valdemarsdotter, musi urodzić na królewskim płaszczu.

— Pani — Anna była blada i zlękniona — pozwól zawołać Magistra albo akuszerkę... żadna z nas nigdy nie odbierała porodu... boimy się...

Zacisnęła zęby, bo czuła, jak jej dziecko przebija się na ten świat. Podciągnęła kolana wysoko, z całych sił przytrzymując je rękoma. Pośladki ułożyła na łożu tak, aby dziecko mogło wysunąć się z niej bezpiecznie. Zamknęła oczy i wezwała trzy lwy:

— Bierzcie!

Bolesnym ostatnim skurczem wypchnęła je z siebie.

— Jest! Pani nasza! Królowo nasza! Jest! Urodziłaś!

Pochyliła się i wzięła dziecko na ręce. Czerwone, sine i wymazane śluzem.

— Dziewczynka!

— Moja królewna... — przytuliła córkę do piersi — moja królewna...

Zasnęła na chwilę z nią. Gdy otworzyła oczy, trzymała małą przy piersi, już niemal czystą, lwy kończyły wylizywać dziecko.

Dwórki uwijały się przy niej, obmywały jej uda z krwi.

— Pani... — Płynąca klęczała przy niej — pani... tak się bałyśmy, a ty wszystko sama...

Anna i reszta dziewcząt otoczyły łoże. Ich gładkie buzie lśniły od łez. Trzęsły się ze wzruszenia, ze szczęścia. I wciąż mówiły o lęku. Rikissa się przeciągnęła.

— To u was nie mówią dziewczynom o rodzeniu? Przecież wszystko jasne, jak to jest. Tędy musi wyjść, inaczej nie ma. Ach wy... Piękna moja córka, co?

— Tak!...

— Czy już można zawołać księcia?

— Można. A gdzie on?

— Pod drzwiami.

— To poczekają. Ja wyjdę.

— Ależ, księżno! Musisz leżeć...

— Po co? Rikissa już urodziła. Potrzymasz królewnę?

Zakręciło jej się w głowie, gdy wstała. Ale tylko raz. Anna trzymała dziecko, a Eufemia ze Zbysławą przebrały ją w czystą koszulę. Wzięła córkę z powrotem na ręce i kazała otworzyć drzwi. Gdy stanęła w nich, jej rodowe trzy lwy stały przy niej jak straż.

WŁADYSŁAW, książę brzeskokujawski i dobrzyński, szedł za trumną Leszka pierwszy.

Po starszeństwie, bo po zeszłorocznej śmierci Siemaszki był najstarszym bratem zmarłego.

Jakże dziwnym mu był ten Kraków bez wuja Bolesława i ciotki Kingi. Dla niego Wawel to oni. Leszek? Leszek nigdy nie kojarzył mu się z Krakowem, ciągle gdzieś polował na Dzikich, to na Jaćwingów, to na Litwinów albo Prusów. Leszek tu nie pasował, nie.

Przy Władysławie szła jego żona, Jadwiga Bolesławówna. Była od niego wyższa o głowę, to nie jest źle. Większości rycerzy sięgał do pół piersi. Widział, jak patrzą na niego, jak szepcą i obgadują. Widział i zapamiętywał kto, bo pamięć, dzięki Bogu, miał dobrą. Dzięki Bogu i na przekleństwo swoje. Są rzeczy, których chciałby nie pamiętać. Na przykład Eufrozyna, jego piekielna matka. Chociaż...

Ukłonił się kasztelanowi Sułkowi. Nie za mocno, w końcu to tylko kasztelan, a Władysław książę. I od dziś nie tylko brzeskokujawski i dobrzyński, ale i sieradzki. Po Leszku.

...Wracając do matki. Tłusty książę Pomorza rozwiódł się z nią. Wstyd na całe Kujawy i jeszcze na Mazowsze. Bo gdyby...

Ukłonił się biskupowi Pawłowi z Przemankowa i sprawdził, czy Jadwinia się ukłoniła. Dobrze.

...bo gdyby wygnał Eufrozynę, to mogłaby chociaż podnieść krzyk, że gwałt. Ale on jej nawet nie wygnał. On załatwił sobie z nią prawdziwy rozwód. I jak tylko go dostał, ożenił się z inną, młodą. Władysław, jak się o tym dowiedział, a było to tuż przed pogrzebem, trzymał się za brzuch i się śmiał. Śmiał, śmiał.

Oho. Gryfina, księżna wdowa. Więc jednak się zjawiła. Bezczelna. Tyle zła wyrządziła Leszkowi, a teraz ma czelność pojawiać się na pogrzebie. Jadwinia patrzy na nią zaciekawiona.

— Udawaj, że jej nie widzisz — szepnął do ucha żonie, stając na palcach.

Ciekawe, co wymyśli w sprawie spadkowej. Władek wie, że Gryfina nastawała, żeby Leszek zabrał ciotce Kindze Sądecczyznę i oddał jej. Tyle zobaczy! Tyle! On nie pozwoli skrzywdzić swojej świętej ciotki, o nie! A przecież chyba on będzie wykonawcą testamentu Leszka jako najstarszy brat. Po to tu przyjechał.

Weszli do wnętrza kościoła Dominikanów. Trumna z Leszkiem stanęła pod ołtarzem. Zaczęła się msza. Władek zastanawiał się, jak to teraz będzie. Że zostanie księciem sieradzkim, po Leszku, nikt mu tego nie może odebrać. Boże... księstwo sieradzkie trzy razy większe od jego części księstwa brzeskiego. Teraz to on będzie pan. Na swoim i pan.

Tyle że jeszcze dwa, trzy lata temu przyjąłby to z pocałowaniem ręki i gospodarzył co sił. Ale nie dziś. Dzisiaj stoi jako najstarszy z braci przy trumnie Leszka i myśli, że nawet jeśli tron krakowski nie jest dziedziczny, to dlaczego nie miałby być zdobyczny?

Przeżegnał się zamaszyście i przyjął Komunię Świętą.

Zabrzmiały chóry, zapachniały kwiaty.

Ciocia?

Rozejrzał się. Nigdzie jej nie było. Ale na trumnie Leszka ni stąd, ni zowąd nagle pojawiła się biała lilia. Zawstydził się. Był jej coś winien, a nie znalazł tego.

„Księżno Kingo, jesteś tu?".

Wydawało mu się, że postać Marii Panny na obrazie poruszyła się, ale to mogły być tylko opary ze świec. Mimo to poczuł się skarcony.

Po pogrzebie uroczystym orszakiem wrócili na zamek. Przy okazji zlustrował wawelskie wały. Ładne, Leszek je porządnie wzmocnił przed ostatnim najazdem Dzikich, ale tu i tam można by je podciągnąć.

No, w Poznaniu to mają prawdziwe mury! Ale tu za to jest wzgórze wawelskie. Do uczty było jeszcze trochę czasu, zostawił Jadwinię w komnacie i wymknął się. Wystarczyło, by zdjął uroczysty płaszcz herbowy, a już nikt nie zwracał na niego uwagi. Jakby go nie widzieli. Pobiegł do smoczej jamy.

Zapalił pochodnię, wziął głęboki wdech i wszedł. Był tu już raz. Wtedy, gdy obiecał księżnej Kindze łuski, przyszedł ich szukać. Tyle, że nic nie znalazł. Ale dzisiejsza obecność nieobecnej ciotki przypomniała mu nazbyt dosłownie, że obietnic trzeba dotrzymywać. I wodząc pochodnią wzdłuż skały, na czworakach, krok po kroku, systematycznie posuwał się w głąb jaskini.

Gdy wrócił na zamek, dniało. Jadwinia przebudziła się i przecierając spuchnięte powieki, spytała:

— Czemuś nie był na uczcie?

— A pytali o mnie?

— Nie... ale markotno mi było samej...

— Śpij.

On nie mógłby zasnąć. Nie wie, czy w ogóle kiedykolwiek będzie jeszcze spał. Wdrapał się na wysoki wykusz przy oknie i w świetle wstającego dnia oglądał trzy prawdziwe smocze łuski.

HENRYK, książę wrocławski, był gotów.

Kochał się z Jemiołą całą noc. Odkąd przy jego boku pojawiła się piękna żona, Matylda Askańska, jego potrzeba miłości się wzmogła. Matyldę wielbił i kochał, ale przez to nie potrafił jej pożądać. Ilekroć zanurzał się między jej jedwabiście białymi udami, stawała mu przed oczami Kunegundis martwa, rozkładająca się, gnijąca. I koniec. Po turnieju.

Z Jemiołą to co innego, panna nierządna, boginka leśna, miała swoje tajemne sposoby, by chciał i mógł. I wolał nie pytać jakie, tylko ją brać. Tworzyli dzięki temu nadzwyczaj udane stadło. Matyldę adorował, śpiewał jej pieśni, wielbił i całował jej piękne dłonie. A z Jemiołą kochał się całymi nocami i w każdej z wolnych od pracy chwil. Zastanawiał się, czy Jemioła nie powinna zamieszkać w sypialni jego żony, by mógł patrzeć w cudne lica Matyldy, gdy brał ją. Ale odrzucił ten pomysł jako wyuzdany i niebezpieczny. Ojciec Matyldy, Otto

Długi, nie tracił wpływów na habsburskim dworze, więc gdyby jego słodkiej żonie ten miłosny trójkąt się nie spodobał, mógłby mieć kłopoty. A nie potrzebował ich.

Pożegnał więc obie swe piękne panie osobno, gwizdnął na czarnego orła, który nie mógł się oderwać od czerwonej orlicy, i na czele swych wojsk ruszył na Kraków.

Rycerstwo Małej Polski zrobiło wiec i na władcę wezwało księcia Mazowsza, Bolesława, wnuka Konrada. To było do przewidzenia. Tak jak Konrad Mazowiecki i jego potomkowie nigdy nie wyzbyli się pretensji do krakowskiego tronu, tak i krakowskie rycerstwo nigdy nie wyzbyło się romansu z Mazowszem. Zresztą, Leszek często korzystał z posiłków mazowieckich w tych swoich licznych wojenkach, więc jego panowie byli blisko z Bolesławem. Ale nim się Henryk nadto nie przejmował. Miał swój sekretny plan. W końcu król niemiecki coś mu obiecał. Przez cichych ludzi uzgodnił zawczasu, że bramy Krakowa otworzą mu mieszczanie. Porządni, słowni, niemieccy, krakowscy mieszczanie. Cech rzeźników konkretnie, groźne typy. I druga z jego tajnych, kosztownych broni: kasztelan krakowski Sułko z Niedźwiedzia. W odwodach miał oddziały Głogowczyka, jego brata Przemka i Bolka opolskiego, jednego ze swych byłych szwagrów. Żyć nie umierać! Z wojskiem wrocławskim jechał brać Kraków. I wziął.

Zanim skrzyknęli się zagonowi książęta Kujaw i Mazowsza, pogonił rycerstwo Małej Polski, które nienawidziło go szczerze, i wkroczył na Wawel jako pan.

I zdziwił się.

„O co tyle krzyku?”.

Sala o dwudziestu czterech słupach, owszem, niezła. Ale jego ośmiokątna na Ostrowie Tumskim robi większe wrażenie, zwłaszcza po przebudowie. Murów ceglanych nie ma, tylko wzmocniony wał. Kościoły niczego sobie, ale to tylko kościoły. Samo wzgórze i wąwóz, który prowadzi na górę, o wiele bardziej mu się podobały.

Usiadł na krakowskim tronie i zmienił zdanie.

Pomyślał, że chociaż jest niewygodny, to jest coś w nim.

— Fulko! Przynieś mi moją złotą skrzyneczkę.

— Tak jest, książę.

W ciszy pustej wawelskiej sali sam sobie nałożył kolejny złoty pierścień.

PRZEMYSŁ spowiadał się Jakubowi II, choć arcybiskup tego nie chciał.

Wyznał mu grzechy mroczne i ciemne. Grzechy jak błoto oblepiające jego duszę. Ale potem zapomniał, że to spowiedź, i wyznał Jakubowi Śwince:

— Kocham ją. Jest królową dni moich i nocy moich. Jest panią trzech lwów, która rozsiadła się w moim sercu jak na tronie. Jest władczynią niepodzielną życia mego. Rikissa Valdemarsdotter, księżna moja, matka mojej córki, której nadałem jej imię, by mieć je dwie.

— Przemyśle. W sprawie miłosnej nic ci nie powiem, bo zresztą mnie nie pytasz, cieszę się twoim szczęściem. Nie mamy dziedzica, ale mamy dziedziczkę, a to znaczy, że kto wie, jak Pan Bóg da i królowa Rikissa pozwoli, może i syn przed nami. A...

— Wybacz, ojcze drogi. Ja też się zapominam i mówię na nią królowa.

— Powiedziałem „królowa"? No i widzisz. Co na sercu, to na języku. Niech i tak będzie. Hmm. Słyszałeś jak mnie nazwała na chrzcinach? Powiedziała na mnie: „Ojczulka Finka", a ta twoja malutka wzięła mnie normalnie pociągnęła za płaszcz. O tak, rączką... Słodka dziewczynka, nasza królewna... No to, wracając do spraw. Ja też myślę o Krakowie, cały czas. I wiesz, co uważam? Że nie można dać się zwariować. Trzeba rozsądnie. Ich teraz opętała walka o tron. Niech walczą. A ty poczekaj. Henryk ma srebro, ma kopalnie. Pewne jest, że ma mocny skarb. Ale wojna zjada gotówkę jak myszka suchy chleb. A rzecz nie jest w pieniądzu, tylko w tym, co my uważamy za królestwo, co uważa lud. Kraków został miastem królów, odkąd zamieszkali w nim. Ale póki kraj nasz był silny, siedzibą była Starsza Polska. Tu jest gniazdo. Tu się wszystko zaczęło i stąd wyszedł pierwszy król. Może czas jest wrócić do tego, co było pierwsze, scalone i wielkie? Może czas zatrzymać klątwę Wielkiego Rozbicia?

— Wiesz, co mi powiedział umierający Leszek? Że tron krakowski jest bezpłodny.

— Bo i prawda. Żywot świętego Stanisława jest mistyczny i profetyczny. O rozpadzie kraju po zbrodni króla Bolesława Śmiałego, który zabił biskupa. I że, jak zrosły się członki świętego, tak zrośnie się kraj. Ty zdanie moje znasz, bo jakeśmy się poznali, ja byłem prostym kantorem, a ty juniorem księciem. Prowadziłem badania na rozkaz twego stryja. Czy on był święty, ten biskup Stanisław, to ja wątpię. Dowody świadczą przeciwko niemu. Ale, jak powiedział twój stryj: „Zapomnijcie o tym, papież uznał i trzeba się z tym liczyć". Dyskusji nie ma. Ale mówiłem ci. Klątwa na kraj padła nie przez Krzywoustego, który podzielił, tylko przez mojego, Boże pomiłuj, prapradziada, Bezpryma, który rękę przyłożył do rebelii pogan. A zatem, skoro tak, to weźmy na siebie i grzech, i pokutę, i zadośćuczynienie. W jakimś sensie przerabiamy to na własnym życiu i ja, i ty.

— Wieczny odpoczynek racz jej dać, Panie...

— A światłość wiekuista... Słuchaj. Zacznijmy wszystko od początku. Są dwie drogi do korony. Papieska i cesarska. Pierwszy król, Chrobry, wyznaczył nam szlak. On wybrał drogę papieską, bo był po piastowsku przenikliwy. Wiedział, że oprzeć istnienie państwa na najbliższym potężnym sąsiedzie to błąd. Mógł dostać koronę od cesarza, byleby złożył mu hołd. Ale nie zrobił tego, bo wiedział, że sąsiedztwo albo partnerskie, albo wcale. Jak równy z równym. A Henryk tego nie rozumie. On myśli odwrotnie. On wziąłby od króla Niemiec Polskę w lenno i pocałował w rękę.

Przemysł przerwał arcybiskupowi:

— A jeśli nie doceniasz Henryka? Jeśli on podejmie zabiegi w kurii rzymskiej?

Jakub westchnął.

— Sprawdzę. Niestety, Simone de Brion, papież Marcin IV, umarł, a Mikołaja IV, franciszkanina Girolama Masciego, osobiście nie znam. Ale czegoś się dowiem. A tobie radzę, daj czas Henrykowi. Nie bój się i daj mu czas. Są ludzie, którym wystarczy pozwolić działać, a dzieło ich własnych rąk ich zabije. Oczywiście, mówię w przenośni. Ty, Przemyśle, rób swoje. Umacniaj kraj, budź ludzi ze snu, w którym pogrążyli się od czasów Wielkiego Rozbicia. Patrz na Kraków, ale patrz bez emocji. I rozgrzeszam cię, bo choć widzę w tobie grzech pychy, to nie nazwałbym go śmiertelnym. I nie grzech zaniechania widzę, ale cnotę umiaru. A zazdrość, drogi Przemyśle, jest przywarą ludzką, z której rozgrzeszam cię jako kapłan, a jako przyjaciel rozumiem. A teraz pomódl się w ciszy. I wracaj do żony, królowej naszej Rikissy, i swej słodkiej córki. Amen.

Przemysł, wracając z Gniezna, wjechał przez Ostrów. Przed katedrą poznańską zobaczył straże księżnej i zatrzymał się.

— Żona twoja się modli, panie. Kazała sobie nie przeszkadzać, więc czekamy na nią tutaj — zameldował dowódca.

— Jest sama w katedrze? Masz rozkaz nie spuszczać księżnej z oka. — Przemysł szybko się unosił, gdy chodziło o bezpieczeństwo Rikissy.

— Dwóch moich ludzi w habitach udaje, że czyta psalmy. Jeden przy wejściu, drugi bliżej ołtarza.

— Dobrze.

Zawahał się, czy powinien wchodzić, gdy pani jego pragnęła modlitwy w ciszy. Ale wszedł. Mnich w nasuniętym na oczy kapturze bezszelestnie stanął przy nim. „Czujny" — pochwalił go w myślach książę i skinięciem głowy odprawił. Rikissa stała pośrodku nawy. Czerwony jedwab płaszcza spływał z jej pleców, odcinając się od szarej, kamiennej posadzki. Podszedł do niej.

— Primislaus — szepnęła, nie odwracając się.

— Rikissa.

Przyklęknął przed ołtarzem. Przeżegnał się i dotknął dłonią jej płaszcza.

— Wracasz od Jakuba Świnki?

— Tak. — Wstał. — Nauczyłaś się jego nazwiska. Myślałem, że wciąż mówisz na niego „Finka".

— Bo mówię — jej głos był pogodny, cichy — Finka. Fin. U nas to znaczy czarodziej albo mędrzec. W legendach wszyscy Finowie to czarodzieje, a niektórzy z nich przybierają różne postacie, by wypełnić swe misje. Starej kobiety, orła, renifera, dzika, różnie. Mój dziad, Birger chciał pokonać Finów i ochrzcić ich. Zrobił im wielką wojnę, mówili nawet, że wygrał. Ale wielcy czarodzieje zamienili się w zwierzęta, a gdy wojska Birgera odeszły, wrócili do swych zwykłych postaci i nadal z lodowych jaskiń kierują swym ludem.

Złapała go za rękę.

— Chciałabym po śmierci zamienić się w ptaka. A ty?

Przemysł pochylił się do ucha żony:

— Czy oni cię w tej Szwecji dokładnie ochrzcili, ukochana? Może ojczulek Finka cię dochrzci?

— Nie trzeba. Mówiłam ci, że pochodzę z pobożnej rodziny. Dziad robił krucjaty, kochanka ojca była mniszką...

— Rikisso... — skarcił żonę szepczącą takie rzeczy przed ołtarzem.

— Lubię twoją katedrę — westchnęła. — Mogłabym się tu położyć.

— Mój ojciec i dziad leżą tutaj. A te dwie kamienne płyty kryją naszego pierwszego króla i jego ojca, Mieszka.

— A my Primislaus? Gdzie położymy się my? Obok książąt czy obok króla?

Przemysł przyklęknął i wyszeptał:

— Panie, nie jestem Ciebie godzien...

Rikissa uklękněła obok niego.

— ...ale powiedz tylko słowo, a będzie uzdrowiona dusza moja.

VÁCLAV, królewicz czeski, jedyny spadkobierca potęgi Przemyślidów, wciąż nie miał korony. Rudolf I Habsburg trzymał go w tym względzie na dystans i Václav zaczął się zastanawiać, czy król Niemiec aby nie sprzyja bardziej księciu wrocławskiemu, Henrykowi. Jak inaczej wytłumaczyć to, czego dowiedzieli się cisi ludzie Václava na wiedeńskim dworze? Habsburg obiecał mu to, co wcześniej przyrzekł Henrykowi, wsparcie w walce o tron krakowski. Nieładnie.

Było mu przykro, bo bardzo nie lubił, gdy ktoś go oszukiwał. Czasami, bardzo rzadko, ale myślał sobie, że gdy był zakładnikiem Ottona Długiego, życie było o wiele prostsze niż teraz, gdy wrócił do swego królestwa.

Guta urodziła mu syna, którego nazwał po ojcu Přemysl, ale ten syn zmarł. To było takie smutne. Václav płakał, pocieszał Gutę i siebie, aż znów jej brzuch napełnił się dzieckiem. Medycy zabronili mu kontaktów z ciężarną żoną i chcąc uspokoić Václava, przyprowadzali mu inne dziewczęta. Prawda, czułe uściski koiły jego duszę. Źle sypiał, gdy jego łoże było puste, ale odkąd zadbano o jego spokój, odkąd rozjaśniono jego noce miłością, mógł więcej czasu poświęcać sprawom królestwa.

Dzień w dzień zbierał swoją radę i kazał sobie sprawozdawać każdą, nawet najmniejszą sprawę, czytać wszystkie pisma. Żałował, że jego opiekunowie nauczyli go składać wiersze, ale nie nauczyli czytać. Musiał polegać na kancelistach. Na szczęście Bóg obdarzył go pamięcią i, aby nie dać nikomu się wyprowadzić w pole, Václav każde jedno pismo kazał sobie czytać dwakroć, za każdym razem przez kogoś innego. Dzięki temu nauczył ich, że nie mogą go okłamywać.

Zastanawiał się, co ma począć w sprawie księcia Henryka. Zajął Kraków i Bóg wie, co planuje dalej. Czyż nie kieruje nim nieuzasadniona pycha? Przecież książę Henryk był ledwie wasalem jego ojca.

— Biskupie — spytał swego kanclerza — czy uważasz, że powinienem wybaczyć Henrykowi, że najechał nas tu, w Pradze, po śmierci mego ojca?

— Václavie, gdybyś ty widział, jaki on był butny, jak nastawał na cześć twej matki, królowej Kunegundis!

— Nie miałem o tym pojęcia. Naprawdę uchybił królowej?

— Zaproponował jej, że on będzie regentem. Chciał mieć ciebie pod swymi czarnymi skrzydłami, a królową, wybacz, Václavie, w łożu.

— Moja matka była taka piękna... — rozmarzył się przez chwilę Václav, ale gdy tylko oddalił od siebie wizerunek Kunegundis, zapałał gniewem.

Biskup zaś podsuwał mu kolejne do niego powody:

— Polacy zawsze byli pyszni i raz już zostali przez to ukarani. Ich pierwszy król zbezcześcił naszego księcia, oślepił i zamknął w krakowskim lochu, a sam zasiadł na naszym tronie. Tyle lat walczyliśmy z ich jarzmem, aż nasz wielki Brzetysław zemścił się na jego synu, pozbawiając go męskości, a Polskę spalił żywym ogniem.

— Och, pozbawiając męskości? A jak? — Václav poczuł ciekawość tak wielką, aż jego gorący wąż poruszył się pod suknią. — Jak?

— Normalnie — biskup spuścił oczy. — Skrępowano mu, wiesz co, rzemieniami, aż odeszła krew, i bezwładnie padło.

— Och!... — Václav wyobraził sobie to dokładnie, krok po kroku. — Och... jak boli... och...

Gdy się nieco uspokoił, zaczął planować. Wizja, iż zrobi Henrykowi to samo, podniecała go niepomiernie. Za matkę. Za wszystkie krzywdy. Dodatkowo roznamiętniał go fakt, iż karząc Henryka, ukarze i Ottona Długiego, wszak jego córka była Henryka żoną, czyż nie tak? Jednak po długim namyśle doszedł do wniosku, iż nie wolno mu przedkładać osobistych zniewag ponad sprawy królestwa i zmienił plan.

Henryka należy ukarać, to nie podlega wątpliwościom. Za Kunegundis i za to, że wepchnął się na krakowski tron, który Habsburg obiecał jemu, Václavowi. Ale nie należy stosować metod barbarzyńskich przodków. Świat się zmienił i trzeba za nim nadążać. Václav wysłał swych cichych ludzi do Krakowa, do Wiednia i do kurii rzymskiej. A po namyśle także na Śląsk, do każdego z tamtejszych pomniejszych książąt.

Nocą ze swymi dziewczętami pobawił się w Brzetysława, a rankiem, całował dłonie swej żony Guty, która szczęśliwie powiła bliźnięta. Chłopca nazwał na swą cześć Václavem III, a dziewczynce dał imię sławnej świątobliwej Przemyślidki — Agnieszki.

Medycy powiedzieli, że za dwa miesiące będzie mógł obcować cieleśnie z żoną, co go uradowało. I dzięki temu mógł się spokojnie pochylić nad jeszcze jedną sprawą, która spędzała mu sen z powiek, nad uwięzionym w wieży Zawiszą z Falkensteinu.

PRZEMYSŁ przyglądał się Władysławowi i pomyślał, iż książę brzeskokujawski i dobrzyński, odkąd po śmierci Leszka stał się i księciem sieradzkim, urósł. Jakby powiększenie terenu jego księstwa odbiło się na postaci samego Władka. Wciąż był Małym Księciem, wciąż to, co posiadał, nie było wielkie, ale mimo to Przemysłowi nie przyszło do głowy nazwać go Karłem.

— Sprawa wygląda tak — mówił Władek. — Henryk wrocławski ma miasto, bo wydali mu je mieszczanie, i ma zamek, bo oddał mu go kasztelan. Ale rycerstwo krakowskie jest przeciw niemu i nadal popiera Bolesława z Mazowsza.

— A ty?

— Ja wykurzę Henryka z Krakowa. Kilku małych książąt Kujaw i Mazowsza nie musi być gorszych od Henryka.

„Umknął od odpowiedzi".

— Pytam, czy będziesz wierny Bolesławowi z Mazowsza.

Władek przygryzł wargi, ale uniósł głowę i powiedział:

— Będę.

— To powiedz, co tam się dzieje.

Władysław się ożywił.

— Gorąco. Henryk namiestnikami w Krakowie zrobił głogowskich braci, a sam wrócił do Wrocławia, bo mu król czeski depcze po piętach. Droga z Krakowa do Wrocławia prowadzi przez księstwo bytomskie i ludzie Henryka rozjeżdżają je na kopytach swych koni.

— Henryk okupuje księstwo bytomskie? — To było ciekawe, to rozbijało jego siły.

— Tak i nie. Oficjalnie nie, ale po prawdzie tak.

— Musi więc utrzymywać swe załogi we Wrocławiu, Krakowie i jeszcze w księstwie bytomskim.

— Musi. A my potrzebujemy wojska, żeby raz a dobrze natrzeć na Henryka.

— Jak to widzisz?

— Uderzyć jednocześnie na Kraków i Wrocław.

Przemysł pochylił się nad tym pomysłem i uznał, że jest dobry, ale nierealny. Może wesprzeć koalicjantów rycerstwem, ale nie w takiej liczbie, by stać ich było na obleganie dwóch twierdz.

Przemysł uczył się na własnych błędach. Dwa razy dał się wplątać w piastowskie wojenki, raz, gdy wystąpił w obronie Henryka i skończył jako więzień legnickiego księcia, i drugi raz, gdy jego uwięził Henryk. Trzeciego razu nie będzie. Starsza Polska jest niepodzielna i jest ponad dzielnicowymi wojenkami. Zwłaszcza teraz, gdy Przemysł jest dziedzicem Mściwoja, gdy czeka na niego Pomorze; kiedy zabezpiecza granicę przed szponami Brandenburgii. I wreszcie, gdy od czasu zdrady Sędziwoja Zaremby musi się liczyć z każdym nastrojem wśród swego rycerstwa.

— Napijesz się, Władysławie?

— Napiję.

Ale musiał uciszyć grającą w nim krew. Powściągnąć ambicje. W końcu piastowska wojenka, ale jednak o Kraków.

— Posłuchaj, książę brzeskokujawsko-dobrzyński.

— I sieradzki — przypomniał mu Władysław, odstawiając kielich.

— I sieradzki. Ilu macie zbrojnych?

— Prawie trzystu zbrojnej jazdy. I drugie tyle będzie w pieszych i taborze.

— To łączne siły mazowiecko-kujawskiej koalicji? — zdziwił się Przemysł.

— Tak.

Podjął decyzję.

— W takim razie dostaniesz ode mnie drugie tyle, trzystu ciężkozbrojnych rycerzy Starszej Polski i Pomorza.

Władysław podskoczył, ale natychmiast opanował się i uspokoił.

— Ale to nie jest wojsko do oblegania Krakowa. Zrobisz inaczej: wyciągnij z Wrocławia Henryka i gdy będzie spieszył pod Kraków, zaskocz go na ziemi bytomskiej, i tam wydaj mu bitwę. Pokonasz go i wrócisz pod Kraków, by pobić głogowskich braci. Zresztą, gdy się dowiedzą, że Henryk zgnieciony, może ustąpią sami.

Małemu Księciu lśniły oczy.

— Kiedy mogę ruszać? Kiedy dasz mi wojsko, książę?

— Dwa, trzy dni. Ale to nie wszystko, Władysławie.

Książę brzeskokujawski, dobrzyński i sieradzki zastygł.

„On wiecznie czuwa, jakby bał się podstępu".

— Nie Bolesławowi mazowieckiemu, a tobie powierzę dowództwo nad moim rycerstwem.

Półorzeł i półlew na piersi Małego Księcia wczepiły się w siebie pazurami.

MECHTYLDA ASKAŃSKA ruszyła na polowanie z sokołem.

— Urodziłaś się w siodle, kuzynko! — zawołał z podziwem Otto.

— Nie! Ale mogę umrzeć na koniu! — Odwróciła się, wyprzedzając go.

Wyjechali z lasu w galopie. Potrzebuje otwartej przestrzeni, by puścić swego pupila.

— Łów!

Odbił się od jej rękawicy tak mocno, że przebił grubą skórę. Zaśmiała się i szybko polizała krew.

„Na zimnym od razu stygnie".

Leciał jak strzała wypuszczona z łuku. I jak ona trafił. Załopotał skrzydłami, dopadając kuropatwę w powietrzu.

— Jest! — Mechtylda spięła konia i podjechała do sokoła. — Mój śliczny chłopczyk, mój grzeczny ptaszek.

Zeskoczyła z konia i musiała wyszarpnąć mu zdobycz.

— Kłóci się z panią, zadziorny! A masz! — Uderzyła go lekko rękawiczką po skrzydłach. — Siad!

Otto dojechał do nich i zsiadł.

— Świetny ptak. Kto go szkolił?

— Ja. Łap. — Rzuciła mu zabraną sokołowi kuropatwę.

— A więc jesteś nie tylko dobrą matką, ale i wyśmienitym wychowawcą ptaków. Jak twoje orlęta?

Zalśniła zębami:

— Zależy, o które pytasz. Bo te ze szczecińskiej ptaszarni właśnie uczę polować na wilki.

Otto złapał Mechtyldę od tyłu za ramiona.

— Zacznę się ciebie bać...

Okręciła się.

— Przecież mówię, że będę polować orłami na wilki, a nie orłami na orły, kuzynie!

Polizał ją w ucho.

— A nie mogłabyś nauczyć polować je na lwy?

— Ach, więc pytasz o moje orlice, a nie o ptaszarnię szczecińską. Wolę mówić o prawdziwych ptakach, na razie mam większe osiągnięcia w hodowli — zaśmiała się szczerze, co ją samą zdziwiło. — Dochowałam się młodych sokołów, z tego tu oto bohatera.

Sokół, czując, iż pani mówi o nim, wzleciał i delikatnie usiadł na podsuniętym ramieniu.

— Wiesz, że samica sokoła zabija samca, jeśli się jej nie spodoba? Jest od niego dwa razy większa.

— To tak jak ty. — Ukłonił się jej i został na chwilę przy stopach Mechtyldy ubranych w wysokie twarde buciki do konnej jazdy.

— Przestań! — jęknęła.

— Skoro jesteśmy przy polowaniu. Co robi mój łowczy? — Spojrzała na niego z góry.

— Jakub de Guntersberg? Zastawia sidła, pani. — Wodził ręką po podeszwach jej butów.

— To wiem. Pytam gdzie?

— Na Śląsku. Mało to raubritterów się kręci? Wmieszał się w jedną z wędrownych watach i węszy. — Otto przystawił do ust palec.

— O sukcesach coś cicho — warknęła. — Może powinien zmniejszyć dystans? Albo wziąć przykład z mojego sokoła?

— On jest raczej jak jastrząb, poluje w lesie, nie na otwartej przestrzeni. Niełatwo jest zastawiać sidła na lwa. Trzeba czasu i wytrwałości.

Nie miała ochoty na kuzyna, nie dzisiaj. W końcu to, co miała od niego wziąć, wzięła. Jej ukochany synek Otto miał już dwanaście lat.

Odtrącony od nóg kuzyn wstał, ucałował jej dłoń, tę wolną od sokoła.

— A jak twoje orlice? Jak twoja gra w dwa lustra?

„Kontratakuje".

— Jedno święci tryumfy. Drugie trzymam w kufrze i strzegę jak oka w głowie. Ale muszę ci powiedzieć, że ta mała jest inna.

— Nie nasza? — zaśmiał się przewrotny Otto.

— Nasza, ze wszech miar nasza. Ale inna. Pracuję nad nią.

— A twoja imiennica, śliczna Matylda? Dlaczego jeszcze nie zniosła nam jajeczka do rodowego gniazdka?

Mechtyldę zirytowało to wypytywanie. Uszczypnęła Ottona w policzek, ale patrząc na jego usta, zmieniła zdanie. Poczuła głód. Pomyślała, że w gruncie rzeczy jest mu wdzięczna, bo jej syn to wspaniałe dziecko. Więc strząsnęła sokoła z rękawa i pociągnęła Ottona na siodło. Czerwone orły się połączyły.

WŁADYSŁAW, książę dobrzyński, brzeskokujawski i sieradzki, chociaż w herbie nosił półorła półlwa, walczył jak smok.

Zrobił prawie tak, jak kazał mu Przemysł. Prawie. Bo nie udało mu się wyciągnąć Henryka z Wrocławia, więc wyciągnął z Krakowa głogowskich braci. Tak samo, tylko na odwrót. Reszta się zgadzała, tak jak życzył sobie tego Przemysł, bitwa odbyła się na terenie bytomskiego księstwa. Ale cóż to była za bitwa!

Władysław po raz pierwszy w życiu dowodził całym wojskiem. Bolesław burzył się trochę, ale rozkaz Przemysła, który dał im aż trzystu ludzi, nie pozostawiał wątpliwości. Krzyknął do swych kujawskich rycerzy: „Pod wiatr", do poznańskich: „Niepodzielni", a w duchu, tak aby nikt nie słyszał, dołożył: „Tron seniora". I rzucili się w bój.

Po trzech starciach z długą bronią Władysław, który wolał zwarcie wręcz, wyjął miecz, odrzucił kopię i przystąpił do prawdziwej walki. Jechał na czele wojska z uniesionym mieczem i gdy wpadł w szeregi przeciwnika, czuł się jak smok ziejący śmiercią i krwią. Był tak skupiony, że wydawało mu się, iż ogłuchł. Do jego uszu nie dochodził żaden dźwięk — ani wołanie o litość, ani o pomoc, nic, jechał i ciął. Sztych, sztych, tarcza.

To było wręcz niemożliwe, że to usłyszał i że mimo swej nadludzkiej koncentracji zobaczył. Ale tak się stało. Oto przed nim Przemko, młodszy z głogowskich braci. Poznał go od razu, bo przecież walczyli ze sobą na turnieju w Opawie, Władysław pokonał go wtedy rzutem na ziemię. I teraz Przemko odrzuca hełm, zostaje w samym kapturze kolczugi, ociera spocone czoło, poznaje Władka, pokazuje na niego ręką i śmieje się w głos:

— Konny Karzeł!...

Ścięło mu w żyłach krew. Wbił ostrogi w końskie boki i ruszył prosto na Przemka. Uniósł miecz. Zobaczył zaskoczenie na jego twarzy i usłyszał znów:

— Konny Karzeł...

I wbił mu ten śmiech w usta ostrzem miecza.

Uderzył tak mocno, że Przemko runął z konia, a Władysław za nim, bo nie wypuścił oręża.

„To nie turniej, Przemku z Głogowa. To nie samorozbrojenie. To sztych, który niesie śmierć".

Nie poczuł upadku. Leżał na Przemku i patrzył z bliska, jak z jego ust wypływają bełkotliwe potoki krwi. Oczy młodszego Głogowczyka zaszły mgłą i odwróciły się. Nie żył.

Władysław, książę brzeskokujawski, dobrzyński i sieradzki, wygrał bitwę.

Bolesław mazowiecki stracił poparcie panów małopolskich i wycofał się do Płocka.

Książę bytomski, przerażony krwawą jatką, której widownią było jego księstwo, oddał się pod opiekę czekającego na niego Václava, władcy Czech.

A Mały Książę odbił Sandomierz i ruszył na Kraków. Zdobył szturmem miasto i choć nie udało mu się dostać samego wawelskiego zamku, to pod jego murami utytułował się księciem Krakowa i Sandomierza. Patrzył nocą na wawelskie wzgórze spowite mrokiem i wydawało mu się, że ciotka Kinga głaszcze go po głowie i mówi: „Władysławie, nikt nigdy nie będzie się z ciebie śmiał".

HENRYK, książę wrocławski i krakowski, na wieść o klęsce głogowskich braci westchnął:

— Wszystko ja!

I kazał Manfredowi szykować się do ostatecznej rozprawy. Wiedział, iż tym razem sam musi pójść na czele wojska i jakkolwiek mu się to nie uśmiechało, był gotów, bo nie wyobrażał sobie, by miał zdjąć z palca pierścień, którym się nagrodził, gdy ogłosił się panem Krakowa. I jeszcze jedno: nie pozwoli, by jakieś zagonowe książątko z Kujaw, niewydarzony Karzeł, odebrał mu ten wymarzony tron.

— Matyldo, piękna moja?

— Tak, książę mężu?

— Zaśpiewasz mi? Idę na wojnę, chciałbym mieć w uszach twój głos.

Uśmiechnęła się. Było jej pięknie w złocie i czerwieni. Surkot haftowany w dzikie kwiaty dodawał jej blasku. Wąziutkie rękawy sukni spodniej podkreślały smukłość jej ramion. Siedzieli w ośmiobocznej sali i grali w szachy. Matylda wygrywała, bo on nie mógł się skupić, myśląc o Krakowie i jednocześnie patrząc na cudny zarys jej podbródka. A jeszcze te włosy, włosy w barwie ciemnego złota, splecione w warkocze i zwinięte nad uszami w węzły. Przejrzysty jedwab welonu odsłaniał je i ukrywał jednocześnie.

— Piękna.

Do Krakowa ruszyli w nocy, letnie upały utrudniały jazdę ciężkozbrojnym w dzień. I tym razem bramy otworzyli mu mieszczanie, a on oblegał miasto od środka, wybijając ludzi Władysława i jednocześnie okrążając Kraków, nie pozostawiając wojskom Karła żadnej szansy. Chciał dopaść go osobiście, chciał dać mu odwet za Przemka, zgnieść jak muchę i wyrwać mu skrzydła. Bracia Głogowscy to jego wierni lennicy, a senior ujmuje się za swymi wasalami.

— Znaleźliście go? — krzyknął do Manfreda, który na czele oddziału przeczesywał miasto krok po kroku.

— Nie! Ale wybiliśmy buntowników do końca. Kilkunastu, może dwudziestu ludzi uciekło z miasta, więcej raczej się nie przedostało.

— Ktoś już liczył trupy? Coś mi mało tych obrońców.

Manfred zsunął kaptur kolczugi i podrapał się pod czepcem. Otarł wierzchem dłoni nos. Cały był w krwi.

— Coś ci jest? — zaniepokoił się książę.

— Nie, to nie moja. — Splunął. — Muszę przepytać mieszczan, czy wojska Karła nie mogły się jakoś wydostać. Może i masz rację, książę, że trupów za mało — potoczył wzrokiem wokół — no, mało.

— Nie obstawiliśmy tej części wzgórza, która przylega do Wisły. Ale nie wierzę, by...

— Nie wiem. — Manfred wzruszył ramionami. — Karzeł, nieduża rzecz...

Henryk roześmiał się i poszedł na zamek. Miał ochotę na dobrą kolację po bitwie. W nocy jego ludzie złapali wieśniaka, który powiedział, że widział, jak z klasztoru Franciszkanów na Skale przez okno, po linie, uciekło dziecko.

Henryk zacisnął pięści.

— Uhm. Dziecko! To dziecko ma prawie trzydzieści lat, przetrzebiło moje wojska pod Siewierzem, a księcia Przemka posłało na tamten świat, wbijając mu miecz w usta! Manfred! Idź i przyprowadź mi tu przełożonego franciszkanów. Policzę się z nim. Wypłacę mu dziesięcinę za krycie Karła.

Oczywiście przełożony nie przyszedł, a Henryk, jak tylko minął mu pierwszy gniew, nie kazał Manfredowi stosować wobec franciszkanów przemocy. Miał w pamięci, że w czasach, gdy był księciem wyklętym, ekskomunikowanym przez biskupa Tomasza, franciszkanie wrocławscy nigdy go opuścili. Miał do nich słabość. Przebaczył i poczuł się lepiej.

Nazajutrz zaczął oględziny wawelskiego zamku. Chciał sprawdzić, czy Karzeł nie nakradł, nie ogołocił ścian. Nie, wszystko było na swoim miejscu, a przynajmniej tak, jak to, wyjeżdżając, zostawił. W dawnej sypialni księżnej Kingi znalazł księgę.

Żywot Świętego Stanisława.

Kazał podać sobie kolację do łóżka, dzban wina i postanowił poczytać do snu.

— Królestwo w sobie podzielone skazane jest na zagładę... och, moralizatorska nuda, to święty Łukasz.

Przeleciał wzrokiem o wypędzeniu króla, które było karą za zabójstwo biskupa, i napił się za zdrowie swoje i Tomasza. Znacznie lepiej sypiał, odkąd zdjęto z niego klątwę. Przeleciał o cudownym zrośnięciu członków świętego, które jest proroctwem nadejścia króla. Napił się. Słowo „król" go podniecało, zwłaszcza tu, w Krakowie. Przeczytał, że przyszły władca nadejdzie niczym Aaron i to już mu się nie podobało. Napił się i wstał.

W dawnej komnacie Kingi było tak mało światła, że się nie dało czytać. Zamknął księgę i z kielichem w dłoni ruszył na dziedziniec. Duszna letnia noc pchała go do spacerów. Przy stajni pozdrowił swych ludzi, którzy pili piwo przyniesione im przez krakowskich mieszczan. Poszedł do katedry.

— Pięknie tu...

Napił się pod ołtarzem i odstawił dzban. Stanął przed relikwiami świętego Stanisława i rozkładając szeroko ramiona, krzyknął:

— Czy oto przybył król jak Aaron? Czy widzisz we mnie, święty biskupie, nowego władcę?

Ale biskup nie odpowiadał, gdy umilkło echo, Henryk zaśmiał się, by raz jeszcze usłyszeć własny głos. Chwiejnym krokiem krążył po pustej katedrze. Potknął się o własne nogi i upadł. Na posadzce było coś lepkiego. Błoto? Glina...

— Fulko! Fulko! Fulkooo! — krzyczał.

— Tak, panie?

— Przynieś pochodnie, cztery, pięć i Manfred niech przyjdzie.

— Manfred śpi, książę.

— To go obudź. Drabiny i ludzi. I wino.

Gdy wnętrze katedry rozświetliły pochodnie, Henryk uważnie przyglądał się wszystkim wnękom.

— Nad ołtarzem Marii Panny. Widzicie? Plama świeżo zatartego tynku. Przystawić drabinę i rozkuć to.

— Ależ książę... to świętokradztwo...

Odwrócił się nagle.

— Kto to powiedział?

Fulko był blady.

— Ja, panie...

— W takim razie ty wejdziesz na drabinę i będziesz kuł. Chyba że chcesz...

— Nie, panie. Zrobię, co każesz.

Manfred przecierał opuchnięte oczy.

— Wyciągnąłem cię z ramion jakiejś dziwki? — zaśmiał się Henryk.

— Nie. Spałem jak zabity.

— Jeszcze odeśpisz, nie bój się.

Odsunęli się, bo na głowę poleciało im trochę tynku.

— Coś tu jest! — krzyknął Fulko z góry.

— Co? — Książę podniósł głowę.

Giermek stał na najwyższym szczeblu drabiny, pod samym stropem.

— Nie wiem, worek, chyba worek.

— Co? — Henryk nie dosłyszał.

— Wo-rek! — odkrzyknął Fulko.

— Wyjmij go i znieś!

— Nie mogę, jest za ciężki.

— Wyjmij, mówię!

— Pociągnij!

— Rozkuj większą dziurę.

— Otwórz worek i wyjmij pojedynczo, co tam jest!

Wszyscy zainteresowali się, choć jeszcze przed chwilą nie wierzyli w pomysł Henryka. Otoczyli drabinę kołem i jeden przez drugiego wykrzykiwali dobre rady do stojącego na jej szczycie Fulka. Chłopak zaparł się i zaczął ciągnąć worek, szło opornie, szarpnął i... runął z drabiny na ziemię, a wraz z nim na ich głowy poleciał deszcz srebra.

— Fulko? — Manfred dopadł do giermka, który leżał na plecach z otwartymi oczami.

— Martwy. Skręcił kark.

Henryk zatrzymał wzrok na twarzy chłopca. Zrobiło mu się nieswojo.

— Pozbierajcie srebro — powiedział spokojnie do ludzi — i zabierzcie stąd chłopaka. I zawołajcie mojego kanclerza.

— No i umarł bez pasa — stwierdził bezbarwnym, suchym głosem Manfred.

Na drabinie stał już inny sługa i worek za workiem podawał srebro na dół. Henryk siedział przed ołtarzem i sączył wino.

— Piętnaście tysięcy grzywien srebra — podsumował kanclerz. — Majątek.

— Weź z tego dwanaście i daj wiesz komu. Niech natychmiast rusza do kurii rzymskiej. Resztę spakuj na wozy i pod eskortą zabieramy to do Wrocławia.

— Chcesz wyjechać, panie? — Kanclerz nie nadążał za tokiem myśli księcia.

— Mam dość pieniędzy, by sowicie opłacić nowych namiestników i wojsko, które tym razem upilnuje dla mnie miasta. Teraz wyjadę jako książę Henryk, ale wrócę tu jako król.

— König Heinrich, mein König Heinrich — pochwalił go Czarny Pan.

JAKUB ŚWINKA pracował nad przygotowaniem trzeciego synodu. Dwa poprzednie były dla duchowieństwa niczym sztorm na spokojnym dotychczas jeziorze. Po pierwszym, zwołanym w rok po jego konsekracji, co niektórzy biskupi liczyli, że mu się znudzi. Ale po drugim zaczęli współpracować, widząc, iż nie ma już odwrotu od głębokich reform. I wiedział, że najpierw nazywano to złośliwie „reformy świnki", a potem coraz częściej słyszał „reformy polskie" i był rad. Aż do czasu, kiedy usłyszał za swymi plecami szept „król Jakub II". Ścisnęło go w żołądku, wiadomo co. Potem zaś pomyślał, że jako bękart znosił poniżenia, więc jako arcybiskup słyszy ich echo pod postacią obrazoburczej pochwały. Przecież ci, którzy mówią, nie wiedzą. I niech gadają, co chcą, byle się słuchali.

A słuchali. I ludzie zaczęli wracać do kościołów. Prosta sprawa, rozumieli, co do nich mówi ksiądz. No, nie wszędzie szło tak dobrze jak w Starszej Polsce, ale Jakub nigdzie nie ustępował. Szeregi jego kancelistów przemierzały kraj wszerz i wzdłuż i egzaminowały proboszczów. Jak który nie umiał się przyzwoicie modlić, po polsku, szedł do arcybiskupa na spowiedź. Czasami przysyłano do niego i innych, wyjątkowo odpornych na nauki, gdy wysłannicy arcybiskupa nie dawali sobie rady. Niestety, przykład płynął z góry, często niedobry, a nawet jeśli już, dzięki uporowi Jakuba II, naprawiony, to wciąż pokutujący wśród prostego kleru. Ilekroć musiał interweniować w sprawie celibatu księży, każdy z nich zaczynał od irytującego pytania:

— A Paweł, szanowny biskup krakowski już zamknął swój słynny poza granicami diecezji dom nierządnic?

I Jakub cierpliwie musiał odpowiadać:

— Zamknął. A każdej z kobiet musiał wypłacić odszkodowanie, i nie z kościelnego, lecz z własnego skarbca.

Za każdym kolejnym razem Filip mówił:

— Daj spokój, Jakubie, wykończysz się.

A Jakub odpowiadał:

— Daj spokój, Filipie, dam radę.

Przyjął godność arcybiskupa, odprawiał msze przy ołtarzu w Gnieźnie i był za nich wszystkich odpowiedzialny. I każdemu opornemu klarował, w zależności od potrzeb; jednym o celibacie, innym, dlaczego mają rozmawiać z ludźmi i ich słuchać, a nie zamykać się na plebanii niczym udzielni książęta w wieży.

Krok po kroku, wszystko razem zaczynało przynosić korzyści. Księża modlili się po polsku, kazania głosili po polsku i przestali zdzierać z wiernych za sakramenty. To i wierni zaczęli chodzić do kościoła, dzieci chrzcić chętniej i spowiadać się. No, skoro już nie musieli za to płacić! Gorzej szło z zakonami, których domy macierzyste mieściły się w Niemczech i Czechach. Franciszkanie, na przykład, wydali odgórny zakaz przyjmowania Polaków do zgromadzenia. A na nich, na franciszkanach, szczególnie Jakubowi zależało. Przykład Ubogiego z Asyżu wydawał mu się najbliższy ewangelicznej prawdzie. Nie chciał walczyć z nimi, ale musiał. Bo jeśli zgodzi się na to, nigdy nie dochowa się polskich duchownych. Odsunął pergaminy i inkaust. Dość miał na dzisiaj. Podreptał do krypty, chciał odpisać jeszcze Gotfreyowi na ostatni jego list. Ale ledwie pochylił się i zaczął: „Drogi bracie!", gdy do krypty wszedł spłoszony Filip z Przemysłem.

— Książę nam się tu po podziemiach kręcił, to go przyprowadziłem. — Filip uśmiechnął się przepraszająco.

— Przeszkadzam, arcybiskupie?

Świnka rozłożył ręce.

— Tutaj, Przemyśle, nie sięga moja duszpasterska władza. Jesteśmy pod ziemią. — Widząc wielkie oczy księcia, dodał: — Nie, no skądże, zapraszamy, zapraszamy.

— Dostałem wiadomość, że Henryk czyni starania w kurii rzymskiej o koronę.

— Skąd?

— Cisi ludzie.

— No, Przemyśle, nie spodziewam się, że na poznańskim rynku przy jatkach to ogłosili. Skąd masz tych cichych ludzi, pytam, i z kiedy ta wiadomość?

— Z dworu księcia głogowskiego. A wiadomość właśnie przyszła.

— Aha.

Jakub Świnka pogrzebał w pergaminach zalegających stół krypty.

— To smoki, to Mistrz Wincenty o smokach, to traktat o czyrakach, ach fe, Filipie, zabieraj to paskudztwo, to też twoje, o kobiecie z dwiema głowami, to moje, o zmianach herbów, to o procesach czarownic... badanie za pomocą szpilki? Filipie! Jestem przerażony twoimi upodobaniami...

Filip zabierał szybko swoje zwoje i odburknął:

— A smoki lepsze?

— No ładnie się tu zabawiacie... nie przypuszczałem... teraz już rozumiem, dlaczego kanonik Filip był taki niezadowolony, jak mnie spotkał... Może przyjdę kiedy indziej?

— Nie, no nie żartuj, książę. O, już mam! Posłuchaj:

„...skandal w kurii rzymskiej, gdy odkryto, że Jan, wysłannik Henryka, księcia Wrocławia, złożył w intencji sprawy, którą załatwiał, fałszywe srebro. Mikołaj IV kipiał gniewem i powiedział, że po jego trupie, że nie chce więcej słyszeć o Polakach. Ale Wilhelm de Sancto Geminiano i Piotr, jego przyjaciel, obaj kanceliści, a ten drugi twój rodak nawet, wyjaśnili papieżowi, że Henryk nie reprezentuje interesów Polski, a jedynie własne. Że w Polsce księstwa to jak w Italii rody, Orsinich, Colonnów, Gaetanich, i papież przyjął ich wyjaśnienia, a nawet się uspokoił. Niemniej jednak ów Henryk nie ma co liczyć na życzliwość kurii. W sprawach Habsburga też nadal panuje stagnacja i nie wygląda, by się coś zmieniło. Tymczasem papież korony cesarskiej mu odmawia".

— Jakubie! — Przemysł wstał i zaczął krążyć po krypcie. — Masz takie wiadomości i nic nie mówisz?

— Jak nie mówię. Właśnie ci przeczytałem!

— Ale gdybym nie przyszedł do ciebie?

— To ja jutro bym poszedł do ciebie, książę. Spokojnie. Dzisiaj dopiero list dostałem.

— Fałszywe srebro... nie wierzę, żeby Henryk był tak nierozsądny.

— Ja też. Ktoś musiał go wrobić. Albo postawił na niewłaściwego posłańca, albo tego posłańca oszukał kto inny. Dziwna sprawa. Ale jeśli maczał w tym palce inny gracz, to znaczy, że jest ktoś zainteresowany tronem krakowskim.

— Václav?

— Może i Václav.

— Jakubie Świnko — książę nagle przestał chodzić — a skąd masz tak dobrego informatora w kurii rzymskiej?

Arcybiskup wzruszył drobnymi ramionami.

— Nastał czas drugich szeregów.

— Nie rozumiem.

— Mówiłem ci, książę, że zbierając na studia, pracowałem w kancelariach rzymskich jako goniec. Nie ma się czym chwalić, kariery nie robiłem. Ale za to ci, którzy wówczas dzielili mój los, dzisiaj są czołowymi kancelistami. Bieda łączy ludzi, zachowały się przyjaźnie.

— Bezcenne. Przecież musisz ich jakoś opłacać. Powiedz ile, a ja zajmę się tym.

— Nie, nie, książę, nie trzeba. To doprawdy drobiazgi...

Filip parsknął śmiechem, chrząknął i pochylił się, by wejść do pomieszczenia z pergaminami.

Jakub porządkował zwoje nerwowo.

— No to, tego...

— Arcybiskupie Świnko. Powiesz mi, co tu się dzieje?

Z pomiędzy półek za ścianą dobiegł ich zduszony, ale niepohamowany śmiech Filipa.

Arcybiskup rozłożył drobne ramiona i powiedział:

— Ale niech to zostanie między nami, dobrze?

Przemysł kiwnął głową.

— Piwo.

— Co?!

— Świdnickie Ciemne i Złote Świdnickie — powiedział jednym tchem Jakub.

— Znam to piwo. — Przemysł uniósł brwi. — Ale nie podejrzewałem ciebie, Jakubie, byś bywał w takich przybytkach...

— To nie ja! — Jakub musiał zacząć się bronić, zwłaszcza że Filip za ścianą po prostu wulgarnie rżał. — Biskup wrocławski Tomasz, jak toczył spór z księciem, miał w kurii papieskiej swoich legistów, którzy pilnowali jego spraw. Oni raz na jakiś czas przyjeżdżali do niego. No i to piwo im zasmakowało, więc biskup im wysyłał beczułki. I, tego... rozsmakował kurię rzymską... No i teraz, jak ja wziąłem się za nasze sprawy, to oni do mnie: „Przyślij, proszę, piwo". I co ja miałem robić? To w końcu nie grzech... — Głos mu zadrżał.

— Jakubie, ja wiem, kto robi to piwo.

— Tak? — Starał się nadać swemu głosowi pozór obojętności.

— Ale nie miałem pojęcia, że ty też wiesz! — Ton głosu księcia był wręcz oskarżycielski.

— Wiem, wiem, ale jeśli myślisz, że ja korzystam i z tych usług dodatkowych do piwa, to jesteś w błędzie i obrażasz mnie! — krzyknął na księcia, bo się już zdenerwował. — Powiem ci do końca, jak jesteś taki dociekliwy! Owszem, kanceliści papiescy podczas wizyty w Polsce, a nawet legat jego, Boże zlituj się nad nim, zasmakowali i w piwie, i w zielonych panienkach. Pani Ludwina dawała im takie ziołowe napary do picia i oni po tym czuli się ponoć jak młode wilki. Prawda, prosili i o piwo, i o te zioła. Ja za jedno i drugie uczciwie pani Ludwinie płaciłem i nie z diecezjalnych, a z własnych, Filip może poświadczyć!

— Poświadczam! — krzyknął zza ściany całkiem poważnie Filip i wylazł przez dziurę. — Książę, uroczyście oświadczam, że arcybiskup był nierad tym życzeniom. Ale patrycjat rzymski jest wymagający i nie było wyjścia.

— Ale dziewcząt Ludwiny im nie wysyłaliście? — zapytał Przemysł poważnie.

— Nie! — oświadczyli zgodnie.

— No to dobrze. Jakubie, Filipie, wybaczcie.

— Wybaczamy.

Chwilę milczeli, a potem Przemysł zapytał:

— Co dalej?

— Czekamy, książę. Możemy być spokojni, że Henryk nic nie wskórał w Rzymie. Korony nie będzie. Ja się wybieram do Wrocławia jeszcze przed synodem, mam tam sprawy diecezjalne, może się z księciem spotkam, jeśli będzie mi rad. Od księcia Władysława miałeś jakieś wieści, panie?

— Okopał się w Sandomierzu. Daje sobie radę.

— Twarda kujawska szkoła. On nie odpuści, tak czuję.

— Co się dziwić? Chłopak wychowany na zagonach, które nazywano dumnie księstwami, pięciu braci do podziału.

— No, zostało już ich tylko trzech.

— W tym dwóch skłóconych. A co u królowej Rikissy? Jak tam nasza mała królewna?

— Wspaniała. Mówi w dwóch językach.

— Naraz? Jak piękna mama?

Przemysł się roześmiał.

— Nie, osobno. Chcesz się z nimi spotkać?

— Przyjechała do Gniezna? Z takim małym dzieckiem? Zimą?!

Przemysł rozłożył ręce:

— Powiedz to Rikissie, arcybiskupie!

VÁCLAV, dziedzic czeskiej korony, bardzo nie chciał tego zrobić, a musiał.

Zawisza z Falkensteinu był coraz bardziej niebezpieczny. Gdy kazał go usunąć z dworu, nie był gotów na jego śmierć. W końcu dłonie Zawiszy wciąż pachniały matką. Biskup Tobiasz i Guta mówili:

— Pozbądź się go!

Ale zbywał ich, bo Jesek był małym chłopcem i jakżeby mógł pozbawić go rodzicielskiej troski? Gdy Zawisza ożenił się z królewną węgierską, Elżbietą Kumanką, Václav poczuł lęk.

„Dlaczego od razu z królewną?".

I odpowiedział sam sobie: „Kumanka? Toż to potomkini Dzikich, żadna porządna krew".

Z okazji ich ślubu i on dostał piękne dary, więc powiedział Gucie i biskupowi:

— Wstrzymajcie się. Małostkowość jest przywarą prostaków.

A Václav nade wszystko nie znosił prostactwa. Brzydziło go niczym włos znaleziony w talerzu, niczym mucha krocząca po krawędzi kielicha. I niczym kura. A czarne kury jego nocnych majaków już grzebały ościstymi nogami w sprawie Zawiszy. Bo nie minęło wiele czasu, jak przyszła wieść, że jemu i Elżbiecie Kumance urodził się syn. I nie minęło wiele czasu, jak do uszu Václava dotarły złe wieści, że Zawisza spiskuje przeciw jego żonie, ciężarnej Gucie, i przeciw Habsburgom. Mógł nienawidzić teścia, Rudolfa Habsburga, ale kto mu może dać koronę? Habsburg czy Zawisza z Falkensteinu?

Kiedy więc niewierny kochanek jego matki zaprosił go na chrzciny kumańskiego dziecka, Václav powiedział:

— Dziedzica korony zaprosić można tylko osobiście!

A czarne kury znosiły czarne jajka.

Zawisza znów okazał się rycerzem i przyjechał, pokłonił się mu i powiedział:

— Byłbym rad, gdybyś ty, mój panie, trzymał mego syna do chrztu!

Václav nie lubił odmawiać i ranić ludzi rycerskich, powiedział więc:

— Tak!

A nocą kazał uwięzić Zawiszę i nie pokazywać sobie na oczy. Nie chciał w nie patrzeć.

— Ilu moich możnych jest w spisku z panem z Falkensteinu?

— Nie wiemy — odrzekł zatroskany biskup — ale możemy to sprawdzić.

Mikołaj, książę Opawy, wziął związanego niczym wieprza Zawiszę i jeździł z nim od zamku do zamku. Pokazywał skrępowanego rycerza i krzyczał:

— Kto nie wyda zamku prawowitemu panu, Václavowi, ten tego oto Zawiszę skazuje na śmierć.

I wydawali.

„Zdumiewające — pomyślał Václav — jak wielu miałem nieprzyjaciół, nie wiedząc o tym!”.

Dopiero pan zamku Hluboka, Vitek, brat Zawiszy, powiedział:

— Kocham cię i nie zdradzę! Wierny sprawie!

Naiwny głupiec nie wierzył, że ludzie Václava spełnią, co obiecali. Najpierw więc patrzył na głowę Zawiszy odciętą od tułowia, a potem ugiął się przed Mikołajem, księciem Opawy, który oblegał zamek tak długo, aż zdobył.

Václav zapłakał, gdy opowiadano mu o tym. W końcu to była głowa, którą tyle razy jego ukochana matka kładła na swym ramieniu. Ale cóż! Zdradził ich oboje. Jego, bo spiskował; ją, bo ożenił się z Kumanką.

Jednak mały Jesek nie był niczemu winien. Václav, ojciec trójki dzieci, bliźniąt i zmarłego Přemysla, a także ojciec dziecka w wydętym brzuchu Guty, czuły był na los najmniejszych. Zaopiekował się przyrodnim bratem, oddając go rycerzom z zakonu krzyżackiego na wychowanie. I gdy załatwił sprawy rodzinne, znów mógł się oddać sprawom państwowym. W tym celu wezwał do siebie długobrodych, starozakonnych alchemików z Pragi. Rozmawiał z nimi wiele godzin i choć zastrzegali się, że ich profesją jest szukanie kamienia filozoficznego, nie trucizny, to jednak opowiedzieli Václavowi o substancjach, którymi można zatruć wodę, wino i chleb. Podzielili je na te, które działają od razu, i te, które sączą jad latami. Pogrupowali na pewne i wątpliwe. I wiedząc już, że rozmawiają z człowiekiem wyrafinowanych gustów, podpowiedzieli, które z nich nazywane są królewskimi, a które pospolitymi. Václav był im wdzięczny i obiecał w przyszłości czuwać nad ich niezwykłą pracą.

MICHAŁ ZAREMBA bił się z myślami. Nie widział, jak ma ocenić to, co się stało.

Po zdradzie Sędziwoja w Starszej Polsce mówiono: „Koniec Zarembów” i widział, że wielu to cieszyło. Zacisnął szczęki i nie mówił nic. Zwłaszcza że Przemysł kazał Sędziwojowi opuścić kraj, ale nic więcej przeciw rodzinie nie zrobił. Michał nie rozmawiał od tamtej pory z ojcem. Sprawa miecza stanęła między nimi jak nagie ostrze. Wiedział, że Zarembowie jeżdżą do Brzostkowa, że spotykają się w obronnym dworzysku albo i w jarocińskiej wieży, ale jemu Beniamin nie pozwalał już tam przyjeżdżać.

Później Przemysł ujął ojca i Sędziwoja w Poznaniu. Uwięził ich, Arkenbolda trzeciego, ale aż do sądu trzymał ich po prostu pod strażą, niemal z honorami. Potem był proces i wyrok Mściwoja, o którym trudno powiedzieć, by był surowy. Arkenbold przestał być wojewodą kaliskim, jego ojciec, Beniamin, został na stanowisku. Zdrajcą uznano wyłącznie Sędziwoja, ale wyrok brzmiał nie „śmierć", lecz „banicja", i nie konfiskata całego majątku, a jedynie części jego dóbr. Brzostków i Jarocin, perły w koronie Zarembów, nadal należały do Sędziwoja. Jeśli można mówić o jakimkolwiek upokorzeniu syna Janka, to było nim wyłącznie dziesięć dni w książęcym lochu. Ale prawda jest taka, że gdyby chodziło o kogokolwiek innego, wyrok mógłby brzmieć „śmierć".

Ludzie szemrali na dwie strony.

„Zaremby ukarane. Zaremby ponad prawem. Koniec Zarembów. Zarembom się upiekło".

Bo jedni chcieliby ich wszystkich widzieć wygnanymi i poniżonymi, a drudzy wierzyli w potęgę rodu, która jest nie do obalenia. Wydawało się, że poza Sędziwojem w kraju nie zmieniło się nic. Andrzej Zaremba nadal był kanclerzem księcia.

A jednak dwa lata po wyroku Przemysł nagle mianował wojewodą poznańskim Tomisława Nałęcza, rodzonego brata Nawoja. A w Kaliszu, drugim mieście Starszej Polski, po Arkenboldzie Zarembie wojewodą został Mikołaj Łodzia, krewny Lasoty. Ojcu książę powierzył urząd sędziego i kasztelana gnieźnieńskiego. Po wojewodostwie poznańskim to jednak zesłanie. Ale nawet jeśli, to z informacją: „Beniamin jest człowiekiem honoru. Może sprawować urząd książęcego sędziego". Na dodatek Mikołaj Zaremba, najmłodszy brat Sędziwoja, został w tym samym czasie wojewodą pomorskim przy Mściwoju. I jak to wszystko rozumieć? Kara czy nagroda?

Michał miotał się i bił z myślami. Aż w końcu przełamał się i poszedł do ojca.

— Synu?

— Ojcze.

Beniamin nigdy nie był wylewny. Potrafił zmusić człowieka do mówienia, sam nie wypowiadając ani słowa. Michał nie chciał się na to wziąć. Usiadł. Ojciec patrzył na niego chwilę, a potem wrócił do pracy. Rozwinął pergamin, nad którym siedział, i zaczął czytać.

— Ojcze?

— Synu?

Podniósł na niego oczy i nic więcej. Twarz miał nieruchomą, zamkniętą, ale nie wrogą. Po prostu przyglądał się Michałowi. Wygrał.

— Miałeś coś wspólnego ze zdradą Sędziwoja?

— Nie.

I spokojnie opuścił wzrok, czytając dalej.

— To dlaczego odbyłeś karę? Dlaczego zgodziłeś się z wyrokiem?

— Wyrok nie nazwał mnie zdrajcą. Zostałem ukarany za ugoszczenie banity, zgodnie z prawem.

Michał się poderwał. Nienawidził tego jego spokoju.

— Mogłeś się bronić! Dlaczego tego nie zrobiłeś?! Dlaczego pozwoliłeś, by na naszej rodzinie położył się cień?!

— Miałem się wyprzeć więzów z Sędziwojem? — Beniamin w końcu odłożył pergamin i coś w jego oku drgnęło. — Miałem się wyprzeć rodziny? Nigdy.

Jego palce lekko stuknęły o drewniany blat i zamarły. A ojciec kontynuował całkowicie spokojnym głosem:

— Gdybym ja był na miejscu Mściwoja, zapadłby wyrok taki sam lub surowszy.

— Nie rozumiem cię. Nie rozumiem was! — szczerze odpowiedział Michał.

— Bo nie starasz się zrozumieć. Przypomnij sobie Kalisz. Zasłoniłeś księcia przed bełtami z kuszy. Trafili cię. Miałeś szczęście, dostałeś w ramię i bark, nie w płuco. Wyzdrowiałeś, wróciłeś do sił. Ale gdybyś miał mniej szczęścia, gdybyś został kaleką, który nie może unieść miecza i tarczy? Kim byś dzisiaj był? Ty jeden, Michale, nie masz nic. Masz tylko swojego księcia.

Ojciec patrzył na niego swymi podkrążonymi jasnymi oczami. I nie było w nich ani litości, ani potępienia. Nic. Beniamin Zaremba stwierdzał fakt. Michał wstał, ukłonił się panu ojcu i wyszedł.

Nadal nie rozumiał Zarembów. Ale zaczął ich podziwiać za to, że stali jeden za drugim jak mur.

HENRYK, książę wrocławski i krakowski, kazał wydać turniej rycerski na cześć Matyldy, swej pięknej żony. Osobiście pilnował przygotowań, chciał, by wszystko było w najlepszym gatunku, by czarne orły na jedwabnych proporcach goniły na wietrze czerwone orły Matyldy, by całowały się w powietrzu ostro wyciętymi językami.

Nikomu nie da powodu do szemrania, do obgadywania go za plecami. Manfreda, choć nie lubił się z nim rozstawać, puścił na czele niewielkiego oddziału do Rzymu. Tylko jego zaufany ostry gończy pies może dosięgnąć zdrajcę, który wystawił go na pośmiewisko kurii papieskiej. Żadne przewinienie wobec Henryka nie zostanie bez kary. Żadna zasługa bez nagrody. A on, książę wrocławski i krakowski, nie będzie się przed swymi poddanymi krył. Przeciwnie, olśni ich przepychem turnieju. Jeszcze go na to stać!

Ból brzucha przyszedł nagle i był tak ostry, jakby ktoś wsadził mu sztylet w trzewia i przekręcił nim. Jęknął i się zatoczył.

— Mężu? Książę mężu? — Matylda delikatnym dotknięciem była przy nim. — Co ci jest? Co się stało?

Odsunął ją, bo czuł, że z jego ust chluśnie czymś obrzydliwym, a Matylda miała na sobie jedwabną, biało-błękitną suknię w pasy wyszywaną na piersi drobnymi perłami.

— Służba! — krzyknęła nad podziw ostro i nim stracił przytomność, pomyślał tylko, że nie wiedział, iż tak silny głos jest w tej łagodnej piersi.

Ocknął się i pomyślał:

„Dokonało się. Jestem w piekle".

Wisiał za nogi, głową w dół, ktoś z całej mocy bił go w plecy, a z jego ust kapały kłęby śmierdzącej, kwaśnej piany.

— Książę ocknął się! Opuścić. Na łoże, ostrożnie.

Matylda była przy nim. Ocierała mu usta mokrą, chłodną chusteczką.

— Heinrich... Heinrich...

Zza jej pleców zobaczył zwalistą sylwetkę Magistra Guncelina.

— Trucizna, książę. Ktoś cię otruł.

— Będę żył?

— Tak, panie. Wywołałem wymioty i wyrzuciłeś z siebie wszystko.

— Zawołajcie Manfreda.

— Nie ma go. Wysłałeś go do Rzymu.

— Ach tak. Muszę wstać, turniej... — Próbował się podnieść.

— Panie — Magister pokręcił głową — musisz odpocząć kilka dni. Twoje życie wisiało na włosku.

— Książę mężu, proszę... Bałam się o ciebie... Proszę, posłuchaj Magistra Guncelina.

Henryk usiadł. Zakręciło mu się w głowie.

— Posłucham, ale wieczorem. Rycerze i damy czekają na turniej. A ten, kto czeka na moją śmierć, nie doczekał się. Muszę iść pokazać się moim poddanym.

Miał na tę okazję przygotowaną nową tarczę. Stała w kącie i drwiła z niego. Orzeł w koronie. Miał ochotę ją kopnąć, ale był zbyt słaby. Nie ma korony i póki jej nie będzie, nie ośmieszy się, występując z królewskim symbolem. Rzymska porażka znów stanęła mu przed oczami i odbiła się gorącem w poranionych trzewiach. Fałszowane srebro! Kazał Manfredowi złapać zdrajcę, który go wystawił papieżowi na tak haniebne pośmiewisko, i wypchać prawdziwym srebrem. Prawdziwym i nieobrobionym. Manfred pojechał na polowanie z workiem samorodków i rud, obiecując swemu księciu, że będzie je wpychał do ust zdrajcy tak długo, póki ten nie umrze w męczarniach.

— Ma się zesrać srebrem — przykazał Henryk i wiedział, że Manfred tego dopilnuje. Żałował tylko, że sam nie zobaczy kosztownego widowiska.

Przywołał sługę. Kazał założyć sobie złotą szatę z hexamitionu. Matylda patrzyła na niego z niepokojem, pobladłe policzki dodawały jej powabu. Gdy wchodzili na trybunę, podała mu ramię, by wsparł się na niej. Tyle siły w tak delikatnej kobiecie.

Pozdrowił zebranych. Niewiele widział. Każde uderzenie kopii o puklerz odbijało się w jego głowie. Ale nie zwymiotował. Gdzieś w tłumie mignęła mu zielona suknia Jemioły. Panna nierządna, boginka leśna patrzyła na niego. Nie miał siły jej pragnąć i kiedy zdał sobie z tego sprawę, wystraszył się.

Wieczorem usiadł w ośmiobocznej sali i podniósł w górę kielich:

— Zdrowie rycerza Piotra z Opawy, zwycięzcy turnieju!

Przez chwilę poczuł głód, choć nie wiedział, czy jedzenie przyciąga go, czy odpycha. Służba w długim korowodzie wnosiła parujące półmiski pieczeni. Nagle wprost do ucha usłyszał szept:

— Nie jedz nic prócz chleba.

Podniósł głowę i zobaczył zieloną suknię Jemioły oddalającą się w głąb sali z dzbanem wina, choć nie polewała gościom. Posłała mu z daleka spojrzenie pełne bólu i troski.

„Nawet dziwka się nade mną lituje".

Jednak posłuchał jej. Wyjął z pochwy nóż i ukroił sobie kawałek lśniącego skórką chleba. Żuł go wolno, dziwiąc się, że mu smakuje. Potem opadł na ramię Matyldy.

PRZEMYSŁ przewrócił się w łożu tak, by położyć głowę na piersi Rikissy. Jego lew i trzy lwy żony bawiły się z ich córką.

— Piękna — wyszeptał między jej sutki.

— Ja czy ona? — zaśmiała się Rikissa.

— Obie. Obie piękne. Jak długo będziesz męczyła dziecko tym okręcaniem jej głowy? — Przemysł kochał zmysłowy i niebiański kształt główki swej żony, ale niepokoiło go, że mała Rikissa musi nosić bandaże.

— To nie boli. Rikissa nosiła, Marina, jej siostra, nosiła, matka nosiła. U nas, w Sverige, wszystkie królewny mają królewskie głowy. To nie boli. To grzeje jak czapka.

— Muszę wyjechać. Nie wiem, na jak długo.

Okręciła się i objęła go ramionami.

— No, jak ty nie wiesz na długo, to ja też nie wiem. Niech jedzie piękny mój mąż, my i Rikissa Primislausdotter nie nudzimy się.

— Ale ja nie lubię cię opuszczać...

— No to mnie opuszczasz czy wyjeżdżasz ? Niech się mąż zdecyduje.

— Żebyś mogła uznać to za rozwód? I zawołać tu sobie kochanka? Nigdy. U nas nie ma rozwodów! — śmiał się, całując jej łokcie.

— Nie ma? A otyły gryf się rozwiódł. I wziął nową żonę. Bardzo ładną, podoba mi się.

— Mściwój to inna sprawa. On chciał się rozwieść. I jak nikt inny zasłużył na taką miłość, jaka go teraz spotkała.

— Zadłużył się na miłość? Przez ten klasztor?

— Zasłużył. Mówię, że należała mu się taka miłość.

— A, to tak. Otyły gryf dla ciebie jak ojciec. A jak on będzie miał z nową żoną syna, to ty dostaniesz jego Pomorze?

— Dostanę. Ale Mściwój nie będzie miał dziecka, miał trzy żony i nic.

— Z żoną nic, a z dziewczyną coś! — zachichotała Rikissa, gryząc go w podbródek. — Wytłumacz mi, po co on budował klasztor dla swojej żony, jak on ją z niego zabrał?

— Jesteś niemożliwa. Budował, bo jej obiecał. Sulisława chciała być mniszką, nim poznała Mściwoja.

Rikissa się zamyśliła.

— Jak u mnie.

— Ty? Ty chciałaś być mniszką? Nie uwierzę...

— Nie, ja nie. Jutta, siostra mojej matki i kochanka ojca.

Przemysł chwilami zastanawiał się, jak to możliwe, że Rikissa opowiadała takie rzeczy.

— Mój ojciec, Waldemar, poznał Juttę na swoim ślubie z Zofią, jej siostrą. I zamiast w Zofii zakochał się w Jutcie od pierwszego spojrzenia. A Jutta w nim. I on zabrał żonę do Sverige, a Jutta zamknęła się w klasztorze. Ale kiedy Waldemar przestał być królem, kiedy oddał koronę, Zofia opuściła jego i nas, dzieci. I wtedy popłynął po Juttę, uwolnił ją z klasztoru i zabrał. — Rikissa podniosła się, oparła brodę na łokciach i mówiła, patrząc mężowi w oczy: — Ja myślałam, że matka jest zła, że nas porzuciła. Ja kochałam Juttę z całych sił. Ale po latach powiedzieli mi, że matka odeszła, bo wiedziała, że ojciec jej nie kocha. Że ona sama zrobiła miejsce przy nim dla Jutty. — Westchnęła. — Rikissa nigdy nie przeprosiła matki za złe myśli i żałuje. A teraz, kiedy mam Primislaus i miłość, rozumiem, że czasem pierwsza żona musi odejść, by nadeszła druga. I modlę się za Lukardis.

Przemysł ją pocałował. On rzadko modlił się za Lukardis i teraz poczuł się z tym źle.

— Może pojedziesz ze mną, Rikisso? Tak nie chce mi się z tobą rozstawać.

— Daleka droga?

— Daleka.

— To nie. Rikissa nie może jeździć w dalekie podróże.

Wzięła jego dłoń, położyła na swoim gładkim, naprężonym brzuchu i puściła do niego oko.

— A jak się zrobił syn, to damy mu imię Primislaus, bo ty masz nas dwie i ja chcę też ciebie dwóch.

1290

czerwiec

JAKUB ŚWINKA jechał do Wrocławia pełen obaw.

Obowiązki metropolity wzywały go do śląskiej prowincji, jednak nie był pewien, czy franciszkanie, którzy tyle krwi mu napsuli, zasłużyli już na spotkanie z arcybiskupem. Tak czy inaczej, chciał złapać byka za rogi.

Filip podśmiewał się z niego:

— Z Niemcami będziesz pertraktował?

Jakub się złościł:

— Jeśli o Polskę, to będę!

I pojechał. W głębi duszy myślał, że uda mu się spotkać z księciem Henrykiem, choć nie bardzo wiedział, jakim cudem mógłby wyperswadować mu z głowy koronę. Liczył jedynie na chłodną, rzeczową ocenę sytuacji przez wrocławskiego księcia. Może, gdy powie mu, co na ten temat myśli dzisiaj kuria rzymska, Henryk się opamięta?

Jako Jakub Świnka czuł, że nie chce widzieć Henryka. Ale jako Jakub II, arcybiskup całego Kościoła polskiego, był odpowiedzialny za diecezję krakowską i wrocławską tak samo jak za każdą inną.

— Książę Henryk jest ciężko chory, arcybiskupie — powiedział mu biskup Tomasz. — Mówią, że umiera.

— Co?!

Metropolita wrocławski pokiwał siwą głową.

— Otruli go.

— Kto?! — Jakubowi Śwince nie mieściło się w głowie to, co usłyszał.

— Nie wiadomo. Nie ogłosili się — zażartował biskup Tomasz i Jakubowi wydało się to niestosowne i nawet nieco okrutne.

— Idę do niego!

— Zaczekaj, ojcze! Nie wiadomo, czy zechce cię przyjąć, przecież nie narazisz się na afront...

— Nie jestem papieżem, żebym był nieomylny, ale śmiem sądzić, że mnie przyjmie — oświadczył Jakub, nakładając płaszcz. — Gdzie masz Najświętszy Sakrament?

— W kościele! Zabroniłeś trzymania w domu... — Tomasz się zaniepokoił.

— To idziemy. Pójdę do niego z posługą.

— Ależ, arcybiskupie... on jest chory, nieobliczalny, jeśli znieważy ciebie i Najświętszy Sakrament?

Jakub Świnka spojrzał na Tomasza wzrokiem Jakuba II.

— Synu, Pana Jezusa znieważali więksi od niego i więksi od niego kajali się przed nim. A ja przyjmę w życiu jeszcze niejedną zniewagę i wierz mi, uczynię to z pokorą. Idziesz czy nie?

Wszedł do komnaty księcia Henryka sam.

Przy łożu chorego czuwała kobieta delikatnej książęcej urody. Wstała i podała mu dłoń.

— Matylda Askańska, księżna wrocławska.

A potem nieoczekiwanie pochyliła się do jego ucha i szepnęła tak cicho, że ledwie zrozumiał słowa:

— Ratuj jego duszę.

I wyszła.

Jakub poczuł dziwny niepokój. Na piersi miał złoty krzyż, w jego wnętrzu Najświętszy Sakrament. Henryk leżał z zamkniętymi oczami.

— Książę? Książę?

Nie odpowiedział. Nie poruszył się. Ale oddychał, ciężko, lecz oddychał.

— Wynoś się stąd! — Jakubowi coś świsnęło koło ucha.

Obejrzał się. Jakiś ciemny kształt czaił się pod sufitem. Pomyślał, że to herbowy czarny orzeł księcia zerwał się z jego piersi i czuwa nad swym panem.

— Jestem Jakub II, arcybiskup gnieźnieński — powiedział spokojnym głosem.

— Wiem, kim jesteś. Wiem więcej, niżbyś chciał! — Czarny kształt znów przeleciał przez komnatę tak szybko, że Jakub nie zdążył mu się przyjrzeć.

Słaby, kwilący krzyk orła rozległ się z zupełnie innego miejsca. Spod łóżka księcia. Jakub pochylił się i podniósł niemal martwego ptaka.

— Boże drogi... — Ułożył orła przy jego panu.

— Zostaw go! Nie wtrącaj się! — Świsnęło mu znów nad uchem.
Nagle, jakby zza okna, usłyszał kobiecy głos:
— Stanowczo, Jakubie. On się ciebie boi.
— Mama?
— Nie. Jadwiga z Meranu, księżna śląska.
„Och tak! Święta Jadwiga! Przecież to jej prawnuk!".

Rozejrzał się. I zadrżał. Nagle w nogach księcia usiadł w pełnej postaci nagi i wyniosły Czarny Pan.

— Nie boję się ciebie — syknął.

— Boisz się. — Jakub otworzył złoty krzyż na piersi.

Najświętszy Sakrament zalśnił blaskiem, od którego Czarny Pan krzyknął nieludzko. Jakub zrobił krok w jego stronę, mówiąc pełnym głosem:

— Chwała Ojcu... — Czarny Pan wykręcił się — i Synowi — zasłonił się szponiastymi dłońmi — i Duchowi Świętemu — wydał z siebie wysoki pisk i zamienił się w czarne ziarno. — Jak było na początku — ziarno potoczyło się z łoża Henryka — teraz i zawsze — upadło na posadzkę — i na wieki wieków. — Czarny orzeł księcia jednym skokiem złapał je w złoty dziób i połknął. — Amen.

Orzeł stał na kamiennej posadzce, prostując skrzydła. Jadwiga wzniosła się, pocałowała wnuka w czoło i odeszła. Henryk otworzył oczy.

— Pić... daj mi pić... — szepnął chrapliwie i sucho.

Jakub rozejrzał się i znalazł dzban z winem, obok drugi z wodą. Zmieszał je ze sobą i podał kielich księciu. Podtrzymał mu głowę, Henryk nie miał siły usiąść. Wypił i opadł na poduszki.

— Pojednaj się z Bogiem, synu — powiedział arcybiskup. — Twój czas jest bliski.

Henryk zamrugał. Odwrócił głowę w jedną i drugą stronę.

— Nie szukaj. Już go nie ma.

Książę przymknął powieki, na chwilę.

— Ach. Więc to wszystko prawda? Nie wydawało mi się?

— Prawda. To prawda.

Wyglądało, że zapadł w krótki sen, choć nie zamykał oczu.

— Jestem taki słaby bez niego, taki bezbronny... — jęknął po chwili, jakby się skarżył.

— Ale odzyskałeś imię w uszach Boga Najwyższego. I będziesz mógł przed nim stanąć.

Henryk wykrzywił się i zaśmiał chrapliwie.

— Przed Bogiem? Po co? Żeby skazał mnie na piekielne męki, których doświadczałem za życia? Klecho, czym jest dla mnie śmierć, skoro po niej będę tak samo skazany? Umiesz uwolnić mnie od wyroku? Masz taką moc? — Przekręcił z trudem głowę, by spojrzeć na niego lepiej. — I kim ty właściwie jesteś? Może jednak marą nieczystą, jak i on? Nie znam cię.

— Jestem Jakub II, arcybiskup gnieźnieński. Z woli Najwyższego odpowiadam za każdą z dusz w mojej archidiecezji. Za twoją też.

Książę przyglądał mu się chciwie, mrugał.

— Wybacz, arcybiskupie. Znałem cię tylko ze słyszenia. Przepraszam. — Zamknął oczy.

Jakub Świnka usiadł przy jego łożu, zapowiadało się na długie czuwanie. Po chwili Henryk poruszył się i nie podnosząc powiek, wyszeptał:

— Boję się...

— Przeprowadzę cię. — Jakub dotknął jego dłoni, a Henryk złapał go za place mocno i nie puszczał. — Pojednaj się z Bogiem.

Książę milczał długo, a potem, nie unosząc głowy, powiedział cicho:

— Jestem zbyt słaby, by wyznać wszystkie swoje grzechy... Nie udźwignę nawet ich wspomnienia.

— Wyznaj te, które najbardziej plamią twe sumienie.

Henryk odchrząknął, ciężko łapiąc oddech, i powiedział całkowicie przytomnie i szczerze:

— Czuję, że życie uchodzi ze mnie wraz z każdą chwilą. Nie wiem, czy zdążę... I co z zadośćuczynieniem? Chciałbym jeszcze podyktować ostatnią wolę. Nie załatwiłem żadnej ze spraw księstwa. Ta choroba, ojcze, przyszła nagle... Otruli mnie... — Zaśmiał się chrapliwie — Jak króla!...

Jakub delikatnie wyjął swą rękę spod dłoni Henryka, wstał i przyniósł spod wielkiego stołu przy oknie pergamin i inkaust.

— Spiszę twój testament. Ale najpierw pojednaj się z Bogiem.

Henryk znów jęknął.

— To ponad moje siły. Czy Bóg czeka na mnie? Wybaczy mi? Odpuści te grzechy, które muszę wypowiedzieć? Czy przeciwnie, strąci w czeluść bez dna...

Jakub II krzyknął:

— Czy temu plugastwu, które szeptało ci do ucha przez tyle lat, też zadawałeś tyle pytań o życie po śmierci? Czy tylko Najwyższemu stawiasz warunki?

Uspokoił się i dokończył:

— Henryku! Opamiętaj się i nie trać ostatnich chwil na Ziemi, nim przejdziesz do wieczności! Bóg jest miłosierny i daje szansę nawet największym grzesznikom!

— Nawet największym... — powtórzył Henryk suchymi, spękanymi wargami — nawet największym... Ja chciałem być największy z wielkich. Księstwo to za mało dla takiego wybrańca jak ja. Wiesz, że urodziłem się w drodze? Na pustym polu? Jak Chrystus...

„Opuścił go Czarny Pan, ale nie pycha — pomyślał Jakub. — Ale skoro kazałem mu wyznać winy, to robi to, chociaż w zaskakujący sposób".

Henryk spróbował unieść się na poduszkach. Jakub mu pomógł. Wpółleżąc, wpółsiedząc, książę oddychał równiej. Wychylił jeszcze łyk wody zmieszanej z winem. Oddał Jakubowi kielich. Otarł usta.

— A grzech? Był narzędziem, niczym więcej. Czasem, czasem był tylko okrutną zabawką. Drwiłem z ludzi, nawet, tych, którzy byli mi oddani. Nawet z tych, którzy kochali mnie bez granic.

— Żałujesz? — Jakub musiał spytać, bo nie miał pewności, czy Henryk spowiada się, czy chwali.

— Żałuję. Żałuję też, że tak długo dręczyłem biskupa Tomasza. To było jak pojedynek, efektowne, ale zakończone remisem. Chciałbym na koniec okazać wspaniałomyślność i dać mu upragniony podarek. Wiesz, że na jego zamku w Nysie urządziłem najwystawniejszy turniej rycerski? Wiesz, że brałem w jego łożu dziwki, a...

— Wiem. Możesz mu zadośćuczynić. — Jakub wolał mu przerwać.

— Mogę. I chcę. — Kiwnął głową. — Zapisz, proszę, że pragnę, by po mojej śmierci objął księstwo nyskie. To tylko kasztelania. — Uśmiechnął się do Jakuba krzywo. — Ale napisz, proszę, „księstwo", bo nadaję mu książęce uprawnienia do tej ziemi. Marzył o tym. A ja chciałbym swą ostatnią wolą spełniać cudze marzenia. Być jak...

— Być jak książę, który wspaniałomyślnie oddaje to, co zabrał — Jakub wszedł mu w zdanie szybko, chcąc uchronić Henryka przed bluźnierstwem.

Zanotował zapis na rzecz biskupa Tomasza z ulgą. Wiedział, że tyle lat książę prześladował biskupa, nie tylko Nysą. „Jedno z głowy".

— Moje dziedziczne księstwo wrocławskie niech obejmie Głogowczyk. To zadośćuczynienie za jego wierne służby. Nie zdradził mnie nigdy, choć ja zdradziłem go nieraz. Jego ukochany brat, Przemko, poległ za mnie, podczas gdy ja piłem wino i obściskiwałem dziewki. Nie, właściwie gdy umierał Przemko, byłem tylko z jedną. I to tak blisko sypialni żony...

Jakub szybko notował i tę dyspozycję, ale w duchu modlił się: „Jezu miłosierny, wybacz mu. Wybacz".

Henryk nie szukał ręki Jakuba, jak wcześniej, bo widział przecież, że arcybiskup ma ją zajętą pisaniem. Ale nie wiedział, co zrobić z własnymi dłońmi. Wciąż poruszał palcami.

— Okradłem dominikanów, bo mi się sprzeciwiali w czasach konfliktu z biskupem. Okradłem katedrę wawelską i jeszcze klasztor mej babki, świętej Jadwigi w Trzebnicy.

„Czy jest choć jedno z dziesięciorga przykazań, którego nie podeptał?".

— Jadwiga z Meranu wybaczyła ci, książę — powiedział zgodnie z prawdą.

Przestał ruszać palcami, złapał się jedną ręką za nadgarstek drugiej.

— Skąd wiesz, arcybiskupie? Skąd wiesz?

„Pomogła mi odpędzić Czarnego Pana".

— Wiem. Miała świętą cierpliwość do wnuków.

Skrzywił się, ale równie dobrze mógł być to uśmiech. Jego dłonie znów ruszyły, przekręcał sobie pierścienie na palcach. Jakub zwrócił uwagę, że wszystkie były identyczne.

— A wcześniej, na złość dominikanom, spaliłem jedną babę. Myślałem, że była ich kochanką, trzymali ją w klasztorze. Kazałem wziąć jędzę na stos. Potem okazało się, że była garbata i stara, więc pewnie nie kochanka. Może gospodyni? Któż to już dzisiaj wie.

„Chryste! Czy to Czarny Pan niewolił Henryka, czy książę Czarnego Pana? Chryste! Uwierz mi, że to jednak spowiedź. On wyznaje grzechy, on inaczej nie umie".

Szarpał palcami jedwabne prześcieradła. Robił to odruchowo, niemal konwulsyjnie. Szukał oczu Jakuba, lecz gdy napotykali na siebie wzrokiem, w chwilach gdy Jakub Świnka przestawał notować i podnosił głowę, Henryk przestawał mówić. Arcybiskup miał wrażenie, że książę wpija w niego swe jasne niebieskie oczy, jakby chciał dopowiedzieć to, czego nie wypowiadają usta.

— Arcybiskupie, zapisz. Proszę, by ten, który obejmie po mnie Kraków, zadośćuczynił kościołom i klasztorom, które okradłem. Srebro znajdziecie w moim skarbcu. Co do grzywny trzeba oddać i zaspokoić inne krzywdy. Życia garbatej nie zwrócę, ale może miała jakieś dzieci? Z mojego skarbca, a gwarantuję ci, że jest pełen, wypłaćcie sowite jałmużny. Wybierzcie prawdziwych biedaków, takich, którzy gówno jedzą spod siebie, których życie mogłoby się zakończyć od podmuchu wiatru. I nie dawajcie im po groszu, na chleb, ale tyle, by dali radę stanąć na nogi. Jeśli srebrem, którego przecież nie zabiorę do grobu, uratuję choć jedną rodzinę, moja dusza odetchnie.

„Dzięki ci, Panie!".

Głos Henryka złagodniał. Stał się na krótką chwilę niemal czuły.

— Moja żona Matylda ma zapisaną w umowie ślubnej oprawę wdowią. Ponad to, co jej się prawem należy, z mojego skarbca dać jej jeszcze. A to, co zostanie...

Przerwał na chwilę. Myślał albo liczył.

— Zostanie sporo. Jestem bogaty — zaśmiał się nagle i poprawił — byłem bogaty.

Spoważniał w jednej chwili, jakby dopiero teraz dotarła do niego nieuchronność śmierci. Milczał. Odezwał się spokojnie:

— Resztę, arcybiskupie, zapisuję wrocławskim kościołom. W intencji spokoju mej duszy.

— Amen — z ulgą powiedział Jakub Świnka.

— Jeszcze nie „amen", arcybiskupie. — Głos Henryka zabrzmiał drwiąco. — Został jeszcze tron krakowski.

— Księstwo krakowskie nie podlega dziedziczeniu, książę.

— Ale zdobyłem je! Pieniędzmi i krwią. Wielkim trudem! — Henryk mówił coraz głośniej. — I ja jestem księciem krakowskim! A gdyby nie oszustwo i trucizna, byłbym już dzisiaj królem! Królem! Królem!

Jakub Świnka wystraszył się i dotknął Najświętszego Sakramentu na swej piersi. „Nie, żadne plugastwo nie wróciło. To tylko on, nikt więcej. Demon jego własnych ambicji".

— I, zgodnie z prawem, mogę zapisać tron krakowski komu zechcę. Tyle że mój wybranek stanie później przed wiecem i rycerstwo będzie musiało zatwierdzić ten wybór. Arcybiskupie — głos Henryka zmienił się w jednej chwili — zapomniałem powiedzieć, że uwięziłem biskupa krakowskiego, Pawła. Wypuśćcie go z lochu. — Złagodniał całkowicie. — Proszę. Bardzo proszę... To już stary człowiek, poniżyłem go... Przekaż, że go przepraszam, że jeśli może mi wybaczyć, niech daruje...

Jakub pokiwał głową. Henryk mrugał nerwowo i Jakub pomyślał z nadzieją, że może spod powiek chce uwolnić łzy. Lecz książę otrząsnął się i spojrzał na niego suchymi oczami:

— Na czym skończyliśmy?

— Na tronie krakowskim.

Zaśmiał się ponuro.

— Każdy Piast kończy na tronie krakowskim! Klątwa! Klątwa świętego Stanisława, biskupa posiekanego! Komu zapisać tron przeklęty? Komu? No komu?

— Dość tego, książę. Ty, nawet spowiadając się, grzeszysz! — Jakub odłożył pergamin i wstał. — Nie tobie sądzić, człowieku, co jest klątwą, co nie, bo to sprawa boska. W ostatnich chwilach życia chcesz bluźnić? Czy wykorzystasz szansę, jaką ci dał Wszechmocny, i zaczniesz prawdziwie żałować za grzechy?! Myślałem, że zrozumiałeś, iż spraw ziemskich nie zabierzesz do grobu. Ale ty tylko chciałeś zadośćuczynić sobie! Własnej próżności. Chciałeś, by cię wspominano we łzach wdzięcznych, by modlono się za ciebie i w dziękczynnych strofach powtarzano twe imię! Tak! Masz rację! Sława po człowieku zostaje... — Jakub II przerwał i złapał się za serce. Zabolało go. Jeszcze chwilę temu bliski był wiary, iż oto stał się świadkiem przedśmiertnego przemienienia. A teraz poczuł, że Henryk wszystko to zrobił z miłości własnej.

Usłyszeli kwilenie. Czarny orzeł ostatnimi siłami podniósł się z miejsca przy boku swego pana. Słaniając i ciągnąc za sobą bezwładne skrzydła, próbował wejść Henrykowi na kolana. Książę, równie słaby jak orzeł, położył mu rękę na łbie i spojrzał Jakubowi w oczy.

— Umieram, arcybiskupie — powiedział, szeroko rozwierając powieki. — Ja, książę wrocławski i krakowski, Henryk IV, zwycięzca turniejów, opiewany w pieśniach, umieram w łożu, bez miecza w dłoni i bez korony. Nie mam już żadnego wpływu na to, jak będziecie mnie wspominać. Ale przyjmij ode mnie, kapłanie, wyznanie grzechów i wiary. I błaganie o wybaczenie.

Nie zamykał oczu, gdy Jakub II czynił na jego czole świętym olejem znak krzyża. Odetchnął, gdy arcybiskup skończył:

— Zdążyłem...

I poprosił, by wezwał jego żonę, kanclerza i baronów.

Nim weszli, skonał czarny orzeł, ale książę nie zabrał dłoni, którą trzymał na jego stygnącej głowie. Matylda klęknęła przy nim, łkając. Cichym głosem powtórzył zgromadzonym treść testamentu i gdy doszedł do końca tego, co zapisał wcześniej Jakub Świnka, poprosił, by kanclerz notował jego słowa.

— Moją ostatnią wolą jest, by dążąc do zjednoczenia dawnego królestwa, tron krakowski objął książę Przemysł II.

— Dokonało się. — Jakub zamknął martwe powieki Henryka.

Osłonił źrenice, które zobaczyły śmierć i stanęły nagie przed Panem.

„Żył, jak chciał, ale umarł jak mąż stanu".

PRZEMYSŁ na pogrzebie Henryka szedł za jego trumną, podtrzymując za ramię wdowę, księżną Matyldę Askańską. Jako najstarszy z Piastów poprowadził uroczystości żałobne.

— On wiedział, że buduje sobie grób — powiedziała Matylda, wskazując na kolegiatę Świętego Krzyża, do której zmierzali — tylko nie wiedział, że spocznie w nim tak szybko.

Zadrżała jej broda, przysłoniła oczy welonem.

— Miał tyle wielkich planów...

— Wiem — odpowiedział Przemysł.

„To te plany go zabiły, to one były trucizną" — pomyślał gorzko.

— Nie daj Boże zjazd piastowski — mruknął jeszcze bardziej ponury niż zwykle Głogowczyk, gdy usiedli za stołem do uczty pogrzebowej. — Zauważyłeś, że zawsze spotykamy się w koszmarnych okolicznościach? — dodał, gdy wznieśli toast za pamięć zmarłego.

— Czerń i złoto! Czerń i złoto! — skandowali goście.

— My, Piastowie, nie umiemy inaczej się kochać niż tylko na śmierć — ciągnął dalej swe upiorne rozważania.

„Siedemnaście lat temu Henryk i ja tu, w tej ośmiobocznej sali, przysięgaliśmy sobie to zmienić" — pomyślał Przemysł i ku zdumieniu obecnych wzniósł pierwszy toast za pamięć sir Lancelota z Jeziora, a drugi za Galahada.

— Księżno Matyldo — Głogowczyk zwrócił się do wdowy — przypadło mi w udziale po twym szlachetnym mężu księstwo wrocławskie. Czy uznasz, że jestem godny odziedziczyć jego fidel?

Matylda spojrzała na Głogowczyka, jakby nie rozumiała, o czym mówi. Jej dwórka powtórzyła prośbę księcia. Wdowa skinęła głową i kazała przynieść instrument.

— Rację ma książę Przemysł. Mój mąż kochał pieśni o Lancelocie.

Głogowczyk przejechał smyczkiem po strunach.

— Gdy świętej pamięci Henryk uczynił mnie namiestnikiem Krakowa, śpiewaliśmy o zaklętym mieczu. To była ostatnia pieśń, jakiej mnie nauczył.

I nie pytając, czy chcą słuchać, czy nie, zaczął:

Zielone lasy, ciemne wzgórza, cieniste wstęgi rzek
Przeklęty rycerz, przeklęty miecz dopłynął na ten brzeg
Los ścigał go już wiele lat, zaklęty w ostrzu miecza
On szukał zguby, szukał śmierci, szukał własnego cienia...

Matylda siedziała sztywno i Przemysł pomyślał, że jeśli słucha, może być jej przykro, bo Głogowczyk, choć głos ma dobry, nawet w połowie nie włada instrumentem tak dobrze, jak robił to Henryk.

— Kim jesteś? — zapytali go rycerze na turnieju
— Me imię niech okryje mrok, jak tarcza na ramieniu
— Czy stanąć chcesz do walki tu, gdzie my toczymy boje?
Gdzie Czarny Rycerz trzeci dzień gubi ofiary swoje?

Instrument pod naciskiem smyczka wydawał dźwięk nazbyt niski, jakby struny jęczały z bólu od twardej ręki Głogowczyka. Przemysł pomyślał, że książę Głogowa jest jednym z najdziwniejszych ludzi, jakich spotkał.

I starli się mieczem o miecz, tarczą o ciężką zbroję
Trysnęła krew, zakrakał ptak, raniło się tych dwoje
Złamał się miecz, skrwawił się sztych, pękł hełm
Czarnego Rycerza
— Ach nie! — zakrzyknął przybysz — me oczy w to nie uwierzą!

Ponury i okrutny, ale bezwzględnie lojalny. Henryka nie opuścił nigdy, nawet gdy ten zamknął ich razem w lochu i zmusił Głogowczyka do złożenia sobie hołdu lennego.

Jeden i drugi zdjęli hełmy
Spojrzeli w oczy swoje
Załkali gorzko w godzinie śmierci
Balin i Belin, bracia dwoje...

„Henryk głogowski i Henryk wrocławski. Byli imiennikami, ale gdy występowali obok siebie, do Głogowczyka nikt nie śmiał zwracać się po imieniu".

Cóż za przeklęty miecz?
Cóż za przeklęte ramię?
Walczyli przeciw sobie, braterską lejąc krew
Nie znając imion, nie znając twarzy, do grobu przywiedli się...

Twarz śpiewającego była czerwona z wysiłku, jakby to on właśnie umierał od przeklętego miecza. Przemysł zastanawiał się, czy Głogowczyk tą pieśnią rozprawia się ze swym seniorem i testamentowym dobrodziejem.

Wtem Merlin czarodziej, magów król
Pojawił się na brzegu
Rozwiany włos, rozwiana szata, rozwiana broda biała...

Czy też śpiewa ją dla ukochanego brata, Przemka, który poległ, walcząc po stronie Henryka?

— Klątwa miecza Boleści dopełnić się tu miała
Nie lejcie łez, nie rwijcie szat, pogrzebcie zwłoki braci
I patrzcie na poranka blask, nadchodzi rycerz czysty
Rycerz bez skazy, który Graala dla świata blask odzyska.

Głogowczyk ukłonił się księżnej wdowie, Przemysłowi i baronom wrocławskim. Od dzisiaj to jego baronowie. Powiedział do nich wszystkich:

— Nie lejcie łez, nie rwijcie szat, pogrzebcie zwłoki braci! Każda klątwa ma swój koniec. Nawet najstraszliwsza. — I usiadł.

W ośmiobocznej sali zapanowała konsternacja. Ktoś z głębi krzyknął:

— Zdrowie księcia Henryka!

I odpowiedział mu inny głos, skryty za filarem:

— Którego? Umarłego seniora czy ponurego następcy?

Pojedyncze śmiechy. Księżna Matylda uniosła kielich.

— Zdrowie baronów mego zmarłego męża. Ufam, że uszanują testament.

Wypili toast swej księżnej i po chwili uczta rozbujała się na nowo. Przemysł pomyślał jeszcze, że nie tak łatwo będzie Głogowczykowi ujarzmić baronów Henryka.

Nagle służąca nalewająca mu wino pochyliła się i szepnęła mu do ucha:

— Nie jedz chleba i mięsa. Używaj tylko własnego noża, ale najpierw go wytrzyj tym — zwinnym ruchem położyła mu na kolanach szmatkę. Dotknęła przy tym jego uda i Przemysł zadrżał.

— Jemioła?

Zobaczył tylko zieloną sukienkę znikającą w drzwiach dla służby.

— Pójdę do klasztoru, książę — powiedziała ni stąd, ni zowąd Matylda, księżna wdowa. — Na tobie spoczywa testament mego męża.

— Zabezpieczył ci dostani byt, pani. Możesz zrobić, co zechcesz.

— Chcę zniknąć przed światem. Już nic nie muszę.

„A ja teraz muszę wszystko".

Przemysł się napił. Henryk uczynił go prawdziwym wykonawcą swego testamentu. Dziedziczne księstwo wrocławskie zapisał Głogowczykowi, ale krakowskie jemu.

To, o którym napisał w testamencie, że zdobyte wielkim kosztem, trudem i daniną krwi.

„Byliśmy przeciwnikami od dnia, kiedy przyznał się, że pragnie Krakowa. Choć nigdy nie stanęliśmy w bitwie twarzą w twarz, walczył ze mną podstępem. Uwięził mnie, wymusił ziemię rudzką. Potem nastawił przeciw mnie Zarembów i ich rękami zajął Kalisz. Tyle zła stanęło między nami. A teraz? W godzinie śmierci to mi przekazał tron krakowski. Kim on naprawdę był? Czy był tym, z którym toczyłem rycerski pojedynek na kopie, jeden do jednego? Czy tym, który zamykał mnie w gnijącym lochu? Czuję się, jakbym znał dwóch różnych Henryków".

Prosto z Wrocławia Przemysł ruszył do Krakowa.

Chciał posłać Michała do Rikissy, by jego Wicher był przy księżnej; wyjeżdżając z Poznania, nie spodziewał się przecież, że nie wróci od razu. Ale się wstrzymał. Napisał do niej długi i pełen miłości list, powierzył ją opiece Jakuba Świnki, a Michała zostawił przy sobie. Jeśli ma wkroczyć do Krakowa, muszą być przy nim wszystkie Cztery Wichry.

— Książę krakowsko-starszopolski — kłaniał mu się Lasota — najpierw na Wawel czy najpierw do smoczej jamy?

— O nie! — Nawoj wstrzymał konia. — Jak mój stryj, biskup poznański, dowie się, że znów tam byłem, to mnie wyklnie!

— To po co mu mówiłeś? Co ty, dzieciak jesteś czy donosisz na księcia?

— Wziął mnie na spowiedź i się przyznałem — odburknął czerwony ze wstydu Nawoj.

— Co za smok? O co ten krzyk? — dopytywał Michał, którego nie było z nimi w Krakowie w czasie, gdy umierał Leszek.

Bogusza opowiedział mu o wyprawie w poszukiwaniu zwłok Bratomira. Michał się zapalił:

— Ja bym chciał zobaczyć legowisko smoka.

— Co ty, smoki to tam były tysiąc lat temu. Nic nie zostało. Kupa śmieci.

— A kochanka Leszka Czarnego kto pożarł? Co, myślicie, że się rozpłynął w powietrzu?

Nawoj całkiem blady pokręcił głową.

— Ja sądziłem, że wilki...

Śmiali się i do końca podróży przezywali go biskupim synalkiem.

Na ostatnim popasie przed Krakowem Przemysł ich zawołał. Objęli się ramionami, pochylili.

— Kraków przyszedł do mnie, gdy przestałem go pragnąć. Nie zdobywałem go we krwi i, cokolwiek się przydarzy, nie będę za niego przelewał krwi. Ale o tym wiecie tylko wy czterej, nikt więcej. Henryk przekazał mi tron, ale prawda jest taka, że Krakowa nie można ani odziedziczyć, ani dostać w testamencie. Księcia tutaj powołuje i strąca wiec. Kasztelan Żegota jest po naszej stronie, jeszcze od czasów Leszka. Biskup krakowski też. Nikogo więcej dzisiaj nie jestem pewien. Chcę połączyć Małą i Starszą Polskę, ale nie zrobię tego za wszelką cenę.

I uścisnął swoim druhom prawice.

Przypasał miecz i wjechali do miasta.

Czekali na nich: kasztelan Żegota, wojewoda krakowski Mikołaj, biskup Paweł z Przemankowa, blady, niedawno wypuszczony z więzienia, duchowieństwo, skarbnik, stolnik, cześnik, służba zamkowa. I choć nieliczne, ale jednak rycerstwo.

Przemysł przywitał ich, a oni powitali w nim księcia.

„Przynajmniej do czasu wiecu".

MICHAŁA ZAREMBĘ nosiło po wawelskim zamku.

Ustalili z księciem, że zawsze dwóch z nich jest przy Przemyśle, dzień i noc, a dwóch może robić, co zechce. No, nie do końca; tak naprawdę mieli dokładnie obejrzeć zamek, okolicę i być okiem i uchem księcia na wszystko. Przemysł, mimo że możni krakowscy uznali w nim pana, że powiedli go na tron i włożyli mu na skronie diadem księcia, nie ufał im do końca.

Michał też. W ciągu ostatnich lat pokazali, że potrafią zmieniać zdanie.

Południowy Wicher źle spał na krakowskim zamku. Wydawało mu się, że te mury go duszą. Tej nocy miał wolne i wyszedł na dziedziniec. Ciepła letnia noc powiodła go nad Wisłę. Zamienił kilka zdań ze strażami, przeszedł się wzdłuż rzeki pod ciemną i wielką sylwetą wzgórza. Spojrzał na nie z dołu.

— Co u licha? Światło?

Wydawało mu się, że coś zamigotało w połowie wawelskiej góry. Ruszył w tamtą stronę. Zaczął wspinać się po chropowatej skale, ale zrezygnował. Przypomniało mu się, że gdzieś tu jest ścieżka, tak przynajmniej mówił Bogusza, gdy umawiali się, że pójdą razem do smoczej jamy. Księżyc w połowie pełny oświetlił mu drogę i znalazł wąski skalny szlak.

— To musi być tu.

Stanął przed wejściem do jaskini. Z głębi szła cisza taka, aż dudniło. Nie miał przy sobie pochodni, ale się nie zawahał. Wszedł.

Otoczyła go ciemność. Zrazu nie widział nic. Stał i bał się zrobić krok, by nie runąć w jakąś jamę czy przepaść. Ale po chwili mrok przestał być jednolity i czarny. Podzielił się na odcienie szarości i wiele smug sunących cieni. Ruszył przed siebie.

Pochylił się, gdy korytarz zaczął robić się niski. Szedł na kolanach. Aż dostrzegł przed sobą światło. W owalnej wnęce, która kończyła jaskinię niczym komnata, lśniło złoto. Przysłonił oczy dłonią.

Złoty smok, dwuskrzydły, z ostro zakończonym ogonem, stał na wprost Michała Zaremby na swych potężnych łapach. To on był źródłem światła, bo poza nim w jaskini nie było nic.

Patrzył ciemnymi jak dwie otchłanie oczyma w jego oczy. I nagle wyciągnął potężne łapsko i pazurem musnął jego pierś.

Czarny półlew, drapnięty, ryknął nie żałośnie, lecz pokornie, i z paszczy gada wydobył się syk:

— Kundel...

Smok rozłożył złote skrzydła i uderzył nimi. Podmuch wiatru, jaki wzbudził, wypchnął Michała w tył. Leciał przez korytarz jak strzała wypuszczona z kuszy, aż spadł na plecy na miękką trawę.

I obudził się.

Leżał nad Wisłą, księżyc powoli zachodził, niebo jaśniało złotem, różem i fioletem.

— Jezu Chryste — jęknął Michał, zrywając się na równe nogi — to był sen...

VÁCLAV, władca Czech, ucałował swą ciotkę Gryfinę i przyglądając się jej, pomyślał:

„Jaka ona podobna do Kunegundis. I jak dobrze, że moja piękna matka nie dożyła starości. Umarła w kwiecie wieku".

Gryfina, wdowa po Leszku Czarnym, z urodzenia księżna halicka, czy była jeszcze piękna, czy już nie, dała Václavowi to, czego potrzebował: pretekst.

„Ja, Gryfina, księżna krakowska i sandomierska, darowuję memu ukochanemu siostrzeńcowi, Václavowi ziemie należne mi w spadku po zmarłym mężu, to jest księstwo krakowskie i sandomierskie. I zobowiązuję mego drogiego siostrzeńca Václava, by odebrał te ziemie każdemu uzurpatorowi, kimkolwiek będzie i jakimkolwiek tytułem się będzie bezprawnie zasłaniał".

Biskup Tobiasz mówił, że to się nie ostoi, że dziedziczenia po kądzieli w tej sytuacji przeprowadzić żadną miarą nie można, ale pretekst był i o nic więcej Václavowi nie chodziło. Henryk zniknął w grobie, synów nie miał, nikogo nie miał. Zapisał tron krakowski Przemysłowi. Łatwiej walczyć z jednym księciem Starszej Polski niż ze zgrają książątek śląskich, które niczym psy kąsają bokami.

Václav wierzył w wojsko zaciężne. Rycerstwo dobrze opłacone, wykarmione i uzbrojone jest warte więcej niż zbierane po dzielnicach hufce. Za złoto Przemyślidów można wygrać niejedną wojnę i kupić wielu możnych. Niezdecydowanych możnych krakowskich, którym cisi ludzie Václava będą sączyć do ucha przykrą dla Przemysła prawdę:

„Książę Starszej Polski przywiezie wam Zarembów, Nałęczów, Grzymalitów i Łodziów. Jego možni panowie będą wami rządzić...".

Albo tak:

„Przemysł II obsadzi urzędy Małej Polski tymi, którzy się nie napaśli przy nim. Zasadzi tu Doliwów, Leszczyców, Odrowążów, Dryjów i innych rycerzyków, a oni będą spijać z waszego mleka śmietankę...".

Albo tak:

„Czy w Starszej Polsce szanuje się rycerstwo? Nie. Tam rządzi książę i trzyma wszystkich za pysk. Czy ten książę liczy się z panami? Nie. Ten książę panów zamknął do lochu i wydał na nich wyroki jak na pospolitych jakichś łotrzyków. Taki pan wam potrzebny?...".

I jeszcze można tak:

„Obcy książęta przyjeżdżają wzbogacić się na Krakowie, obrabować skarbce. Co zrobił Henryk w katedrze? Okradł ją... Co zrobił w małopolskich kościołach? Zrabował... Co jeszcze macie do oddania obcym książętom? Václav Przemyślida nie zabierze krakowskiego srebra, bo ma go pod dostatkiem. Václav Przemyślida przywiezie czeskie złoto do was, dla Krakowa i dla wiernych mu panów...".

— To ostatnie spodoba im się najbardziej, Václavku — powiedziała Guta, krzywiąc się, bo była znów tuż przed porodem, rozdęta i obolała.

— Uważasz? A ja myślę, że i pierwsze, i ostatnie. — Václav ucałował dłoń żony. — Wybacz, moja droga, wzywają mnie obowiązki.

Guta podniosła na niego swą białą, opuchniętą twarz i spytała:

— Czy to prawda, że fundujesz klasztor Cystersów w Zbrasławiu?

— Prawda, pani.

— Czy to prawda, że w intencji pokutnej, za śmierć Zawiszy z Falkensteinu?

— To plotki, pani. Wierutne plotki.

Guta von Habsburg skrzywiła się, bolało ją w krzyżu.

— Dobrze. Bo już się bałam, że zdewociałeś do reszty.

Tego było za wiele. Václav krzyknął na żonę:

— Mogę robić, co zechcę! Nic nikomu do tego, nawet tobie!

Guta nie przejęła się jego uniesionym głosem, wzruszyła okrągłymi ramionami:

— Możesz. Ale ja z tobą nie będę w tym relikwiarzu spała. Jeszcze nie zwariowałam.

— Nie będziesz! — Václav tupnął. — Bo cię tam nie zaproszę!

Powstrzymał złość i dodał, wychodząc:

— Zresztą nie zmieściłabyś się, moja droga.

Miał spotkanie rady, ale je odwołał. Na przekór wścibskiej żonie poszedł do swej sypialni. Otworzył drewnianą skrzynię. Uklęknął. Patrzył. Potem przejechał palcami po relikwiarzach. Święty Idzi, święty Tomasz Beckett, święty Stanisław, święty Václav, święta Ludmiła. Oni go ochronią. Wszedł do skrzyni, ułożył głowę na jedwabnej poduszce, zamknął wieko i zasnął.

WŁADYSŁAW, książę brzeskokujawski, dobrzyński i sieradzki, trzymał Sandomierz w ręku i nie puszczał.

Trudno, musiał uciec z Krakowa, musiał uciec jak szczur, po murze, po linie, ale się nie dał. Jadwigę odesłał do jej matki, do klasztoru w Gnieźnie. Jakoś nie chciał, by pośród jego braci i kuzynów siedziała sama na Kujawach. Kto wie, ona teraz księżna dobrzyńska, brzeska i sieradzka, jeszcze by jej krzywdę zrobili?

Okopał się w Sandomierzu, mury wzmocnił i nie będzie go łatwo stąd ruszyć. Nie dał się i nie da się.

— Książę, Przemysł objął Kraków. Otworzyli mu bramy miasta i zamku.

— Kto?

— Kasztelan, biskup, panowie.

„A mnie nie dali. Bolesława mazowieckiego wezwali na księcia, ja walczyłem za niego i dla niego, ja pod Siewierzem roztrzaskałem wojska śląskie, a mimo to mnie nie dali. Piekielne, kujawskie «Pod wiatr» to nie zawołanie, to moja klątwa".

— Wiec rycerstwa już był? — zapytał tonem, który miał być obojętny.

— Nie. Wiecu nie było.

— Jak wiecu nie było, to jeszcze Kraków nie jest księcia Starszej Polski. Tu się trzeba i na wiecu przyjąć, i siłą zdobyć.

„Odziedziczył po Henryku. Też coś. A jakie Henryk miał prawa do Krakowa? Takie same jak ja. Albo i mniejsze, bo ja jestem brat Leszka".

— To nie wszystko, książę. — Wojewoda sandomierski pilnie obserwował Władka.

— Tak?

— Ludzie Przemyślidy krążą po księstwie.

— Václava?

— Tak.

— Zbrojni?

— Nie. To znaczy tak, zbrojni w złoto.

„Nienawidzę go. Bladozłoty wymoczek. Śmiał się ze mnie na turnieju w Opawie, pamiętam to".

— I co? Na kogo knują? Na mnie czy na Przemysła?

— Na razie na Przemysła.

„Nie widzi mnie Václav Przemyślida. Jestem dla niego zbyt mały".

Zagryzł wargi. Dopił piwo. I powiedział wojewodzie:

— Wołaj mojego kanclerza!

— Ale my nie mamy kanclerza, książę!

— No to kto tu umie listy pisać?

— A, o to chodzi. To ksiądz.

— Dawaj go.

Za dwa dni była odpowiedź Przemysła. Taka, jak się Władysław spodziewał, a nawet jeszcze lepsza. Przyjechał bowiem po niego druh księcia, zwany Południowy Wicher.

— Michał Zaremba, książę.

— Władysław, książę brzeskokujawski, dobrzyński i sieradzki. I sandomierski — dodał, rozkładając ramiona i pokazując ziemię, którą zdobył.

— Książę Przemysł chce z tobą mówić, panie, o liście, któryś wysłał. Mam być twoją eskortą, byś nie nadwyrężał załogi Sandomierza.

„Dobrze. Szanuje mnie".

Po drodze Michał rozmawiał z nim jak równy z równym i to spodobało się Władkowi.

— Co ci się najbardziej podoba w Krakowie, książę?

Władysław się zamyślił.

„Smocza jama, wieża ciotki Kingi, jej kościół".

— Katedra i wzgórze — odpowiedział, żeby jakoś zabrzmiało.

— Legendy opowiadają o twoim wyjściu z Krakowa. Mówią, żeś wyprowadził pod nosem Henryka trzy setki ludzi.

Władysław roześmiał się szczerze i klepnął w udo.

— Dobre!

Michał spojrzał na niego z uznaniem.

— Dobre. Wiemy, że nie mogłeś ocalić więcej niż pięćdziesięciu, ale nikogo nie wyprowadzamy z błędu. Niech myślą, niech się boją. O bitwie z Głogowczykami mówili nam nasi rycerze.

Władysław zagryzł wargi i udał obojętność.

— Co mówią?

— Że jesteś dobry wódz. Choć nieobliczalny.

„To komplement? Chyba tak".

— Doliwowie nie mogą się ciebie nachwalić — dodał po chwili Michał.

— Doliwa, dobry rycerz — odpowiedział Władysław.

„I niedoceniony przez Przemysła" — dodał w duchu. Oczywiście nie miał zamiaru dzielić się z przybocznym księcia swą wiedzą. A w czasie tamtej wyprawy dowiedział się dużo. Przemysł dał mu trzystu zbrojnych, a on z pocałowaniem ręki przyjął ten dar i Bóg świadkiem, że spożytkował dobrze. Choć żałował po stokroć, że jego dawny mistrz, Zawisza z Zielonej Dąbrowy, dzisiaj kasztelan kaliski księcia Przemysła, nie przybył razem z tym hufcem. Rycerze Starszej Polski byli wierni swemu księciu, ale to nie znaczy, że wieczorem, przy dzbanie piwa ten i ów się nie pożalił. Jednak na księcia Przemysła żalił się tylko jeden: Doliwa. Opowiadał Władkowi o Nałęczach, którzy opanowują kościelne urzędy, o Łodziach, posiadających na własność kilka dużych miast, o Grzymalitach, których nikt nie lubi, a którzy potrafią u księcia załatwić wszystko, no i oczywiście o Zarembach, rodzie stojącym ponad prawem. I Doliwach, wiernych, prawych, wiecznie niedocenianych. Wiecznie w cieniu. Władek wstał wtedy, a byli w namiocie tylko we dwóch, bo służba akurat wyszła, i powiedział do Doliwy: „Widzisz mój cień?". Rycerz, pijany zdrowo, zerknął na płachtę namiotu i odpowiedział szczerze: „Niewielki". A Władysław rzekł do niego: „Właśnie. Zapamiętaj, dzielny Doliwo. Jam jest książę, który nikogo nie zostawia w cieniu".

Zerknął w bok na Michała Zarembę, Południowy Wicher. Przyboczny księcia był sam w sobie wielki jak góra.

Wjeżdżali do Krakowa i gdy Władek widział, jak patrzą na niego krakowscy rycerze, zrozumiał, dlaczego Przemysł przysłał z Michałem dwudziestu zbrojnych.

„Nie lubią mnie tu".

— Książę brzeskokujawski, dobrzyński i sieradzki, Władysław Kazimierzowic — oznajmił herold jego wejście do sali o dwudziestu czterech kolumnach.

— I sandomierski! — dodał Władysław, żeby wszyscy słyszeli.

Przemysł siedział na krześle wuja Bolesława.

„Uff. Więc jednak nie usiadł na krakowskim tronie. Wybrał książęce krzesło wuja".

— Władysławie!

— Przemyśle!

Siadał tu kiedyś na stopniu, u nóg ciotki Kingi. A teraz stoi poniżej, przez co wydaje się jeszcze mniejszy, niż jest. W dodatku Przemysł, wysoki z natury, wstał.

„A niech cię!" — pomyślał Władek i zadarł głowę do góry.

— Chodźmy na wieczerzę — powiedział Przemysł i zszedł — tędy.

„Wiem którędy"

Usiedli, wraz z nimi Cztery Wichry, ale nie było biskupa ani kasztelana.

„I dobrze. Nie będą się na mnie gapić i przepytywać".

— Wina? Miodu?

— Piwa. Jeśli macie.

Mieli, ale nie pili. Służba przyniosła.

— Jak się miewa Jadwiga?

— Dobrze. Odesłałem ją do matki.

Przemysł uniósł brwi i Władysław natychmiast się poprawił:

— Ja tu jestem na wojnie, a to kobieta, nie chcę jej narażać.

— Słusznie.

Półorzeł i półlew na piersi Władka poruszały się niespokojnie. W końcu nie wytrzymał i wpatrując się w Przemysła, zapytał:

— Jak to jest być władcą kraju od morza do gór?

Książę Starszej Polski uśmiechnął się, patrząc na swych druhów.

— To tak, jakby niosły mnie cztery wiatry.

Władek chyba zrozumiał. Ale nie był pewien, napił się. Po chwili powiedział, siląc się na obojętny ton:

— Zwołali już wiec?

— Nie. Jeszcze się zastanawiają.

— To teraz wiesz, książę, dlaczego. Mój kanclerz — podkreślił to — napisał ci. Rozważają ofertę Przemyślidy.

— Wiem.

— I co?

— I nic.

Tego Władysław nie rozumiał. On na jego miejscu już coś by robił, coś, cokolwiek.

— Jeśli Václav przekupi rycerstwo i możni wybiorą go na księcia krakowskiego, nie przebiję jego ceny. Nie mam kopalni złota. Poza tym to byłoby niegodne. Nie uważasz?

— Uważam... nie... Nie rozumiem cię, Przemyśle — powiedział szczerze Władysław.

— Władza to nie jest trzymanie za mordę. To równowaga między szacunkiem a oddaniem. To moralne prawo wsparte ludzką wolą. To naznaczenie przez Boga — mówił Przemysł, trzymając dłoń na łbie swego stojącego lwa.

I półlew i półorzeł Władka, niespodziewanie dla niego samego, klęknęły przed lwem.

Władek nie wiedział, co powiedzieć. Odstawił kielich. Poprawił płaszcz. Chrząknął.

— Jestem za tobą, Przemyśle. — Wstał, położył dłoń na piersi. — Jeśli Václav przyjdzie pod Sandomierz, będę się z nim bił w twoim imieniu.

— Václav przyjdzie przez Śląsk, Władysławie — powiedział spokojnie Przemysł. — Wejdzie przez księstewko bytomskie, bo Kazimierz, książę bytomski, złożył mu hołd lenny. Tylko patrzeć, jak zrobią to inni, opolscy, cieszyńscy, raciborscy...

— Jezu! — krzyknął Władysław. — Zrobią to?

— Zrobią.

— A ty, wielki książę? Co ty zrobisz?

— Nie wiem. Nie zamierzam nikogo hołdować. To obcy zwyczaj i niegodny.

„Niegodny. Muszę zapamiętać to słowo".

Władysław poczuł, że dławią go łzy. Wiedział, że w walce o władzę nie ma miejsca na łzy, ale co z tego, kiedy spotkanie z Przemysłem go poruszyło? Miał wrażenie, że całe życie szukał tego jednego pojęcia: „Niegodny".

— Choć przywykło się traktować ziemię krakowską i sandomierską jako jedno, ja nie zamierzam podważać twego tytułu do Sandomierza. Zdobyłeś go krwią i uznaję to.

— Nie wiem, czy jestem godny twego zaufania. — Głos Władysława zadrżał.

— Jesteś, książę brzeskokujawski, dobrzyński, sieradzki i sandomierski — powiedział Przemysł, książę Małej i Starszej Polski.

— I Pomorza — dodał lew.

PRZEMYSŁ wysyłał listy do Rikissy i Jakuba Świnki. Do kanclerza, Andrzeja Zaremby. Do Mściwoja. Wiedział, że nie może teraz opuścić Krakowa, mimo iż niepokoiło go tak długie zostawianie Starszej Polski samej. Wyjeżdżał z Poznania przed śmiercią Henryka, u progu lata. Teraz złociła się jesień. Wyobrażał sobie brzuch Rikissy. Gdy była w ciąży z królewną, bez przerwy się kochali. Magister zabraniał, ale Rikissa pozwalała. Mówiła:

— Rikissa musi jeść za dwóch i kochać za dwóch! No, Primislaus! Daj mi za dwóch!

A gdy naprawdę się o nią bał, złościła się:

— Kobiecie w ciąży nie wolno odmówić! Bo to grzech i klątwa!

On niczego jej nie odmawiał, kochał ją tak jak nigdy nikogo i gdyby tylko mógł, dałby jej jeszcze więcej.

„Rikissa czuje się dobrze. Mała Rikissa też dobrze, jest psotna. Brzuch twej żonie rośnie jak skała na morzu. Poznań bez Primislaus jest nudny. Tylon miły i jego opieka dobra, ale nieciekawa. Gryf przysłał dla Rikissy pieska. Najciekawsza z wszystkiego jest nowa dziewczyna. Opowiada o ziołach, uczy kwiatów. Za naszyjnik Rikissa dziękuje, bardzo ładny, ale dziewczyna ciekawsza. Naszyjnik zdobi szyję, a Kalina zajmuje znudzone myśli i tęsknoty. Całuję mego męża w jego piękny brzuch i w jego piękny miecz. Tęsknię za mieczem w pochwie. Twoja Rikissa Valdemarsdotter na zawsze".

Przez chwilę zaniepokoił się, ale potem wzruszył ramionami:

— To częste imię. Kalina... nic takiego. A gdyby nawet? To co?

— Wspomnienie dziewczyny, która, choć kusiła, nie chciała dać mu miłości, ale nie zawahała się pomóc mu w wyjściu na wolność, kiedy stryj więził go w Gnieźnie, przepłynęło gorącą falą przez jego piersi. Jednak czasy przed nastaniem Rikissy nie liczyły się w jego życiu. On ich nie liczył.

Poszedł do krakowskiej katedry modlić się o zdrowie żony, córki i dziecka pączkującego w jej brzuchu. Jeśli potrafił liczyć, to orlątko wykluje się po nowym roku...

Wieczorami czytał *Żywot Świętego Stanisława.*

„Królestwo podzielone w sobie skazane jest na zagładę... Tak jak on posiekał ciało męczennika na wiele części i rozrzucił na wszystkie strony, tak Pan podzielił jego królestwo i dopuścił, aby wielu książąt w nim rządziło i, jak to z winy grzechów naszych teraz widzimy, wydał to królestwo samo w sobie podzielone na podeptanie i zniszczenie".

— Kiedy mistrz Wincenty to napisał? Pewnie na kanonizację... niemal czterdzieści lat temu.

Przypomniał sobie opowieść stryja, jak byli z jego ojcem na uroczystościach ku czci świętego Stanisława. Więc nawet tutaj, w Krakowie, widzi ślady ojca.

„Bóg karze grzechy rodziców do trzeciego i czwartego pokolenia".

— Bolesław Śmiały, Mieszko, Krzywousty, Mieszko, zwany Starym, Władysław Odonic, Przemysł I, ja... jestem szóstym pokoleniem, licząc od ostatniego króla. A czwartym od Wielkiego Rozbicia. Jakub Świnka liczy zaś klątwę jeszcze wcześniej, od Bezpryma, syna pierwszego króla... Kto ma rację? I czy ktokolwiek ją ma?

Nazajutrz porządkował sprawy, które zapisał mu w testamencie Henryk. Prosił, by w jego imieniu i w intencji spokoju jego duszy Przemysł zwrócił katedrze srebro, a innym małopolskim kościołom skarby, które stąd wywiózł.

Przemysł spojrzał z wawelskiego wzgórza w dół, na wstęgę Wisły.

„Czy wszystko, co zapisał mi Henryk w testamencie, będę musiał zwrócić?".

Potem poszedł do kancelarii i oglądał pieczęć, którą kazał wybić dla siebie. Miał na niej na tarczy nie stojącego lwa, lecz orła w koronie.

„Znaki pierwszych królów".

Jego lew obwąchał pieczęć, ryknął i odwrócił się. Ale wieczorem, gdy Przemysł znów czytał mistrza Wincentego, lew wrócił do niego, niespokojnie bijąc ogonem o boki.

— „Królewskie insygnia czekają w skarbcu katedry, aż przyjdzie ten, który niczym Aaron jest powołany przez Boga i dla którego są one odłożone".

Lew pociągnął go za suknię. Przemysł wstał i poszedł za nim.

Biskup krakowski, Paweł, stał w drzwiach katedry. Siwy, postarzały, w niczym nie przypominał dawnego biskupa, o którym małopolskie dziewki opowiadały najsprośniejsze legendy. Ale to nie loch, do którego wsadził go książę Henryk, tak odmienił biskupa, lecz pokuta, którą poprzysiągł Jakubowi Śwince i co do dnia wypełnił. Starzec o rzadkich, siwych włosach wspierał się na sękatym kiju. Przemysł zobaczył, iż wyrzekł się nawet złotego łańcucha, krzyż na jego piersi był z wypolerowanej kości i jedynym klejnotem, jaki posiadał, był biskupi pierścień na chudym, obciągniętym cienką skórą, palcu.

— Czekałem na ciebie, książę.

Przemysł powiedział zgodnie z prawdą:

— Ale ja jeszcze przed chwilą nie wiedziałem, że przyjdę.

— Czekałem na ciebie od dawna. — Paweł patrzył Przemysłowi w oczy. — Po dwustu latach przyszedł ten, który w jednym ręku zjednoczył kraj od Bałtyku do Tatr.

Weszli razem. Biskup poprowadził go do skarbca.

Otworzył wieko skrzyni kluczem, który zdjął z piersi.

Skrzynia była dokładnie taka sama jak ta w Gnieźnie. Nawet klucz był podobny, z orłem.

— Korona i berło. Włócznię trzymamy osobno.

Na purpurowych poduszkach zalśniły królewskie insygnia.

Lew ryknął, wbił mu się pazurami w pas, odbił od niego i skoczył do skrzyni.

Biskup Paweł powiedział cicho:

— Dzisiaj możni krakowscy wysłali do Václava Przemyślidy poselstwo. Zapraszają go na tron.

Przemysł wziął oddech:

— Więc jednak. Kasztelan i wojewoda też?

— Nie, oni są tobie wierni. Kanclerz też. Ale pozostali podpisali się jak jeden mąż.

— Mógłbym ściągnąć ze Starszej Polski i Pomorza całe swoje rycerstwo. Ale wtedy odsłoniłbym kraj Brandenburczykom i Przemyślida pewnie wie, że nie zrobię tego. Muszę pojechać do Poznania i dostać, albo nie dostać, zgodę swych możnych na wojnę.

— Tak uczyniłby król, Przemyśle — odpowiedział biskup. — I tak zrobisz ty. Jednak nie wiemy, co zadecydują twoi panowie. Nie wiemy, czy dzień po twoim wyjeździe z Krakowa nie wejdzie tu Przemyślida. Królewskie insygnia czekały w skarbcu na tego, któremu są przeznaczone. Nie każ im czekać dłużej. Ja, biskup krakowski, wydaję ci je z dobrej woli, wierząc, że czynię to z woli Najwyższego.

— A czy z woli ludu?

— Bierz je, Przemyśle, książę Starszej Polski. Bo wierz mi, Václav Przemyślida nie zada mi żadnego z tych pytań, które dręczą ciebie. Z Bogiem, synu ojca. Z Bogiem i na chwałę Jego.

MECHTYLDA ASKAŃSKA rzuciła o ścianę pięknym zielonym kielichem z frankońskiego szkła. Rozprysł się na dziesiątki kawałków, które tak jak jej wściekłość iskrzyły.

— Nieee!

Szła przez komnaty niczym sztorm, niczym huragan, który powala wszystko, czego dotknie.

Służba pochowała się po kątach przed gniewem księżnej pani. Nawet czerwony orzeł wzleciał w górę, bojąc się, by nie wyrwała mu piór.

— Jak on śmiał?! Jak mógł?! Jak? Jak? Jak?!!!

Jej boski brat, Otto Długi nadal był tylko margrabią brandenburskim, panem na Salzwedel, a Przemysł, krok po kroku, rozsiadł się na trzech tronach! Chwycił w garść trzy najważniejsze ziemie, od wybrzeża po góry. Dokąd jeszcze sięgnie jego bezczelna dłoń?

Arcybiskup gnieźnieński zwołał synod polskiego Kościoła. Nad czym będą radzić? Nad czym? Nawet nie kryją się, by zamaskować swe wielkopańskie plany! Może jeszcze koronę mu na głowę włożą?!

— Nieee!

Chwyciła się za serce, bo bała się, że wyskoczy z jej piersi jak drapieżny ptak, jak strzała z kuszy, jak...

— Ach...

Zatoczyła się na ławę, zmęczona, złamana.

I na domiar wszystkiego, jego żona, jego szwedzka królewna, którą wybrał zamiast słodkiej Grety, zamiast jej ukochanego ptaszka, pokazuje całemu światu ciężarny brzuch, jakby chciała powiedzieć: tu mieszka dziedzic królestwa!

Ciałem Mechtyldy wstrząsnął dreszcz. Poczuła dławienie w gardle, ucisk w nosie i stała się rzecz niesłychana: Mechtylda Askańska zapłakała. Załkała jak zranione do głębi dziecko.

Łzy zaskoczyły ją samą, patrzyła na swoje mokre dłonie, na plamy na jedwabiu sukni, jakby wyszła na deszcz. Nie zatrzymała tego spazmu, pozwoliła, by przepłynął przez nią jak fala i jak fala rozbił się o brzeg. Ostatnia łza skapnęła z brody na suknię i Mechtylda Askańska podniosła głowę.

Pod ścianami stały służki i słudzy, nie wierząc w to, co widzą. W płaczącą panią. Wstała, pstryknęła palcami i nie patrząc na nich, poszła do siebie. Gdy dochodziła do drzwi swej komnaty, usłyszała paniczne krzyki służby, która dopiero teraz zorientowała się, że nie może się ruszyć. Mechtylda Askańska zaśmiała się pełną piersią i pstryknęła dwa razy.

— Poszli!

Była spokojna i cicha. Wyjęła francuski pergamin, czerwony inkaust i wyczarowała obrazek, na którym Piękna Pani z czerwonym orłem otwiera ramiona przed chłopcem, nie, zmieniła to szybko, przed rycerzem z płomienistą orlicą. A obok głowy rycerza wyrysowała równiutko dwie korony.

Potem wzięła normalny pergamin i czarny inkaust i napisała rzeczowy, zwięzły list do kanclerza Václava, biskupa Tobiasza z Pragi.

JAKUB ŚWINKA I PRZEMYSŁ zeszli do gnieźnieńskiej krypty.

Arcybiskup otworzył Skrzynię Królów, a książę Starszej Polski, Pomorza i Małej Polski włożył do niej koronę Bolesława Śmiałego i berło. Na szerokiej złotej podstawie dziewięć dużych lilii, które, kiedy patrzyło się na nie z dołu, wyglądały niczym orły z rozłożonymi skrzydłami. Pośrodku korony lśnił wielki czerwony rubin, a wokół, u podstawy każdego kwiatu, otwierała się śnieżnym okiem perła.

— Niezwykła — powiedział Jakub.

Berło króla było złotą buławą. Było ramieniem władcy z zaciśniętą pięścią, a jednocześnie świętą laską kapłana. W jego szczycie jaśniał przejrzysty kryształ górski bez najmniejszej skazy.

— Niezwykłe — powtórzył Przemysł.

— A święta włócznia? Nie wziąłeś jej.

— Nie. Pomyślałem, że gdyby, nie daj Boże, coś mi się stało, chcę, aby w krakowskim skarbcu pozostał jakiś znak. Coś nienaruszalnego. Wiesz, arcybiskupie, Leszek Czarny przed śmiercią opowiadał mi, jak walczył z Dzikimi. Mongolskie hordy zawsze są łase na wawelski gród. Niech ta święta włócznia broni Krakowa, to oręż na Dzikich. A ja mam przecież miecz pierwszego króla.

Arcybiskup pokiwał głową i zamknęli gnieźnieński skarbiec.

— Siądźmy do mapy.

Jakub Świnka wsadził rękę w piętrzące się wszędzie zwoje i wyciągnął pergamin.

— Z czasów Chrobrego — uśmiechnął się skromnie — może być?

— Może.

Wschodnie Pomorze, Starsza Polska, Mała Polska. Po prawej ziemia sandomierska. Mazowsze i Kujawy.

— Władek jest z nami. Ale nad resztą książąt mazowieckich i kujawskich muszę popracować, bo Mały Książę jest pozbawiony daru przekonywania nawet we własnej rodzinie. Nie ma zdolności koalicyjnych. — Przemysł się uśmiechnął.

— Ty pierwszy wsparłeś Bolesława Mazowieckiego, powinien być ci wierny.

— Powinien.

— Małżeństwo Władka z naszą Jadwinią wzmacnia zdolność do sojuszy węgierskich. Może powinieneś mówić z księżną Jolentą? Nie jest w najlepszych stosunkach z rodziną, ale jej imię na Węgrzech dużo znaczy.

— Pomówię i to szybko. Obie są teraz u klarysek, w Gnieźnie. Może nawet dzisiaj?

— No to idziemy na zachodnią stronę. Głogowczyk po testamencie Henryka urósł. Ma i księstwo głogowskie, i wrocławskie.

— Nie, już nie ma — powiedział ostro Przemysł. — Elżbieta przysłała mi cichego człowieka. Jej mąż, książę legnicki, przy pomocy zbuntowanych przeciw Głogowczykowi możnych zajął Wrocław.

Jakub Świnka się przeżegnał.

— To pewne?

— Pewne. Zrobili sobie śląską świętą wojnę.

— I co teraz?

— Wesprę Głogowczyka.

— A co z Elżbietą? Gruby legnicki to poniekąd twój szwagier, jej mąż.

— Nie mam wyboru, Jakubie. — Przemysł rozłożył ręce. — Elżbieta też mi go nie dała, a tym bardziej jej mąż. Ona tylko wysłała wiadomość, żebym wiedział, co się święci. I chwała Bogu, lecz nie zmienia to faktu, że z Głogowczykiem łączy mnie testament Henryka, a mąż Elżbiety właśnie go podeptał. Zajmując Wrocław, w świetle prawa jest uzurpatorem. Nie mogę go wspierać.

Jakub Świnka pokiwał głową w zadumie.

— Smutne, że najbliższa rodzina, jak ty i Elżbieta, stajecie po przeciwnych stronach.

— Może mój świętej pamięci stryj zbyt pochopnie wydał ją za księcia legnickiego? Przeciw Henrykowi właśnie?

— I obaj już nie żyją. Wieczny odpoczynek.

— Z Głogowczykiem łączy mnie i to, że dwa razy wspólnie siedzieliśmy w wieży.

— Z Grubym legnickim tylko raz — przypomniał mu Jakub.

Przemysł się zaśmiał.

— Oni się tak nienawidzą, że nie umiem ci tego opisać. Co nie znaczy, że jeśli dzisiaj pozyskam w Głogowczyku stronnika, nie dogadam się w przyszłości z Grubym legnickim. Tyle że musi minąć sporo czasu.

— Może udałoby się ich pogodzić? — spytał Świnka.

— Dzisiaj? Wykluczone. Ale kiedyś? Kto wie. Liczę na pomoc Elżbiety, choćby tylko taką jak dotąd, w informowaniu mnie. Jej pozycja przy mężu wkrótce wzrośnie. Urodziła syna.

— Przemyśle — Jakub Świnka spoważniał — pierwszy podjąłeś próbę jednoczenia książąt, bez najazdów, bez podbojów, bez rozlewu krwi. To jest zupełnie nowe.

— Całkowicie bez rozlewu krwi raczej się nie da. Muszę patrzeć, co zrobi Václav. Zwołałem wielki wiec rycerstwa Starszej Polski i Pomorza. Zobaczymy, co o mojej polityce powiedzą baronowie. Czy zechcą stanąć do wojny z Václavem o Kraków? Uczę się na błędach, na własnych najszybciej. Poza tym jestem realistą, nie wyniszczę własnego księstwa w imię ambicji.

— No właśnie. Skoro jesteśmy przy ambicjach. — Jakub Świnka spojrzał na Skrzynię Królów. — Połączyłeś Starszą i Małą Polskę z Pomorzem. Korona jest, wróciła, skąd wyszła. Miecz Bolesława masz przy pasie. Czas zacząć starania o koronację.

RIKISSA goniła trzy lwy, a one królewnę. Małe i gibkie jak koty wciąż były o skok przed nimi.

Błonia nad Wartą wciąż jeszcze były zielone, jakby jesień nie chciała tego roku nadejść. Odesłała Annę i Zbysławę do zamku, by przyprowadziły maleńką białą klacz jej córki. Została z ulubionymi dwórkami, Eufemią Nałęczówną, jasną jak jej siostra Marina, i Jadwigą z Łodziów, którą nazywała Płynącą. I Kaliną, swą nową służką. W oddali majaczyły jasne płaszcze i wysokie sylwetki straży książęcej. Czy jej się to podobało, czy nie, Przemysł nakazał, by towarzyszyli jej wszędzie.

Zmęczyła się biegiem.

— Kalina! Ty złap lwy i królewnę. Przyprowadź, bo Rikissa nie może złapać tchu.

Siadła na podbitym wiewiórczym futrem płaszczu podsuniętym jej przez Eufemię.

— Dobrze się czujesz, księżno? — spytała Płynąca, zsuwając ciepły kaptur z głowy.

— Dobrze, tylko jestem zdyszana. Zaraz przejdzie.

— Książę najdalej jutro będzie w Poznaniu. — Eufemia przytuliła się do jej ramienia, by Rikissa mogła się na niej oprzeć.

— Rikissa już nie może się go doczekać. Jej agnus także.

— Owieczka? — uniosła brwi Płynąca.

Rikissa zdjęła rękawiczkę i położyła sobie na łonie. Płynąca zawstydziła się, rumieniąc aż po nasadę jasnych włosów.

— Wybacz, pani...

— Nie. Jeszcze raz muszę cię zawstydzić, bo ty czerwieniejesz tak pięknie jak moja Marina!

— Tęsknisz za domem, księżno? — spytała Eufemia, gładząc włosy Rikissy.

Tęskniła. Za Juttą i Mariną. Za ojcem, który całymi dniami zgłębiał dzieje Swerkerydów i Erykidów, rysując smoki, lwy i węże. Za zdetronizowanym królem, który potrafił w chłodny zimowy poranek wyjść na dziedziniec w Nyköping w samej koszuli, wziąć topór i porąbać drewno. A potem wejść z pachnącym mrozem naręczem szczap do sypialni, w której Rikissa i Marina siedziały w łóżku Jutty, rozpalić w kominku i usiąść na brzegu łoża, całując je wszystkie w czoła. Jej mała Rikissa, jej dwuletnia córka, była jej Mariną.

— Jak mnie głaszczesz, to tęsknię mniej — odpowiedziała dwórce.

Ciemnowłosa Kalina szła z królewną za rączkę. Śmiały się. Ta dziewczyna jej się podobała. Była śmiała i żywa, a Rikissa chciała takiej właśnie piastunki dla dziecka. Nie starej sowy, jak ta, którą przysłał do Nyköping Magnus z Trzech Koron. Rikissa podniosła się, Płynąca podała jej rękę. Nagle zapragnęła przytulić rumianą i roześmianą córkę.

— Konik! Mój konik! — Królewna dostrzegła Annę i Zbysławę idące z białą klaczą.

Ruszyła w ich stronę, omijając czekającą na pocałunek dziecka matkę, więc Rikissa roześmiała się, rozkładając ręce:

— Wichrzyca! Ach, złapię cię!

I ruszyła biegiem za nią. Dwórki, podnosząc wysoko suknie, też.

Maleńka klacz, widząc swą maleńką panią, niczym pies wyrwała się Annie i Zbysławie i ruszyła w stronę dziewczynki. Rikissa poczuła gwałtowny skurcz pod sercem. Zobaczyła kopyta konika nad głową córki. Zachwiała się, ale rzuciła do przodu ratować dziecko. Nie! Mała wciąż biegła i klacz jeszcze jej nie dosięgła.

„Przewidziało mi się!" — pomyślała Rikissa, lecz znów szarpnęło ją pod sercem, a nagły chłód niczym zimna fala liznął jej podbrzusze.

— Pani! — ze strachem wyszeptała Płynąca i chciała podtrzymać ją, chwycić za ramię.

— Nie! — krzyknęła Rikissa, wyrywając się dwórce. — Dziecko, nie!...

Ale nie zdołała powstrzymać córki, która pędziła do swej klaczy. Dziewczynka potknęła się o zbyt długie suknie i wywróciła na trawę, wprost pod końskie kopyta. Serce Rikissy stanęło, biło w niej już tylko siłą rozpędu niewielkie serduszko dziecka ukrytego w łonie. Oddech księżnej zamienił się w obłok pary wraz z ostatnim krzykiem. „Dziecko, nie!" i z jej ust nie wydobyło się nic więcej.

Martwiejącymi oczyma zobaczyła jeszcze, jak Kalina skacze niczym goniona sarna, chwyta małą Rikissę w ramiona i odbija w bok tuż przed rozpędzonym konikiem.

„Bezpieczna" — pomyślała Rikissa z wdzięcznością i upadła na trawę, która pożółkła nagle, jakby lato odeszło w tej chwili.

PRZEMYSŁ leżał przy Rikissie i obejmował żonę ramionami.

— Nie możesz odejść, nie możesz odejść... — powtarzał to jak zaklęcie od wczoraj.

Jednak księżna nie odzyskała przytomności, wciąż miała zamknięte powieki. Ale jej pierś i brzuch z ich dzieckiem w środku unosiły się miarowo.

— To może być skutek silnego wzruszenia.

Magister Mikołaj skończył ją badać i dodał:

— Wszystko w rękach Boga — ale sam rozłożył ręce.

„Bóg mi jej nie zabierze" — pomyślał z ulgą Przemysł. Tego jednego był pewien.

Wpatrywał się w jej profil. Wysokie, wypukłe czoło, nosek mały i ostry. Pocałował ją w usta. Były miękkie i nie odpowiedziały na pocałunek. Czasami lubiła się tak z nim bawić.

Udawała, że śpi. Głaskał jej srebrzyste włosy, przesypywał je między palcami. Nic. Dotykał jasnych piersi, widział, że drżała, ale wciąż udawała, że śpi, a on udawał, że w to wierzy. Rozcierał jej brzuch, wciskał usta w puchar pępka. Naprężała biodra, ale nie otwierała oczu. Gdy kciukiem przesuwał wzdłuż ud, otwierała się przed nim, ale dopiero kiedy wchodził w nią, otwierała oczy, krzycząc: „ Żyję!".

Zaplatała nogi na jego plecach i kochali się. Opowiadał jej to wszystko teraz, przypominał. Chciał, by słyszała jego słowa przez swój nieprzytomny sen.

— Żyjesz, żyjesz, żyjesz — powtarzał wprost do wypukłych, bladych ust.

— Żyję... — odpowiedziała bardzo cicho.

Wyprężyła się i nie otwierając oczu, umarła.

Przemysł objął ją ramionami i leżał z nią. Teraz on udawał, że śpi, że nic się nie stało, że to nieprawda. Rozgrzewał jej stygnące ciało, okrywał dłonie, brzuch. Chciał zapaść się w sen jak w wodę. I nade wszystko nie chciał się obudzić.

— Primislaus. — Ktoś dotknął jego ramienia. — Primislaus?

Przez chwilę trwał jeszcze w majakach sennych, choć wiedział, że to nie może być Rikissa, bo jej zimne ciało zaciskał w ramionach, to jednak łudził się. Chciał się łudzić.

— Tato? — to naprawdę była Rikissa, jego mała córka. — Mamusia nie żyje — powiedziała do niego, jakby to ona chciała mu przekazać prawdę.

Za nią stała dziewczyna.

— To ty? — Przemysł potarł spuchnięte powieki.

— Ja — odpowiedziała Kalina. — Jest mi z powodu księżnej tak źle, że nie potrafię powiedzieć.

Kiwnął głową i odwrócił się, nie wypuszczając zmarłej z ramion. Leżał tak chwilę.

— Tato. Jest mi zimno.

Wstał i wziął córkę na kolana. Objął ramionami.

— Czy mama jest teraz ptakiem? Czy jej dusza ulatuje do nieba?

„Bóg mi jej nie odbierze".

— Jest w tobie, bo nosisz jej imię, i we mnie, bo kocham ją ponad życie.

— Kalina mówi, że zmarłe matki opiekują się swymi dziećmi z nieba.

„A co z osieroconymi mężami? Co z dziećmi, które zmarły w łonie?".

— Książę... — dziewczyna odezwała się cicho. — Pamiętasz nasze ostatnie spotkanie? W Gnieźnie?

— Tak.

— Obiecałeś spełnić jedno moje życzenie.

— Mów.

— Chcę być piastunką twojej córki.

Przemysł popatrzył na nią twardo:

— Co, już wtedy o tym myślałaś? Gdy nie miałem ani Rikissy, ani dziecka?

— Nie, książę. Wtedy pragnęłam czegoś zupełnie innego. Ale nie znałam jeszcze ani księżnej Rikissy, ani księżniczki. Dzisiaj chcę swoje jedno życzenie wykorzystać inaczej, niż zrobiłaby to tamta Kalina, która pomogła ci uciec z Gniezna.

— Dlaczego chcesz zostać piastunką?

Kalina spojrzała na niego śmiało, ale nie tak hardo, jak wtedy, przed laty. I powiedziała:

— Bo księżna Rikissa tego by sobie życzyła.

VÁCLAV nie miał zamiaru jechać do Krakowa osobiście. W każdym razie nie teraz. Na razie szacownym i gościnnym panom małopolskim wystarczyć musiał biskup bamberski, Arnold, który w jego imieniu miał wziąć władzę, złożyć obietnice i wypłacić srebro. Oczywiście biskup nie szedł na Kraków sam, lecz na czele wojska. Zbrojne hufce nie tyle były potrzebne do objęcia Małej Polski, bo Václav nie spodziewał się zasadzki ze strony zapraszających go na tron, ile dla pokazania, że Przemyślida je ma i użyje ich, jeśli tylko zajdzie ku temu potrzeba.

Biskup Arnold wziął ze sobą sztab ćwiczonych w szybkim marszu gońców i Václav, siedząc w zaciszu praskiego zamku, co dnia wysłuchiwał relacji z podróży.

Podobało mu się, że jego wojska przepuścił sprzyjający mu książę legnicki, zwany Grubym, a potem dołączyły do biskupa Arnolda hufce książątek śląskich; bytomskiego, który już złożył mu hołd lenny, i jego trzech braci: opolskiego, cieszyńskiego i raciborskiego. Tym bardziej cieszyły go te nowe zdobycze, że to dawni szwagrowie księcia wrocławskiego Henryka. Same księstwa? Cóż, zagony.

— Jak każdy z nich będzie miał dwóch synów i podzielą między nich to, co mają, to, kto wie, może młodzi książęta, wstając rano, będą niechcący deptać po ziemi brata? — zaśmiewał się wraz z Gutą.

Guta wyjątkowo nie była w ciąży. Po czwartym dziecku, Agnieszce, powiedziała, żeby dał jej spokój. Może wciąż trochę gniewała się o jego skrzynię? Może o dziewczęta? A może medyk miał rację, mówiąc, iż czworo dzieci w cztery lata to dużo?

Obiecał żonie, że skoro nie jest brzemienna, może odwiedzić swego ojca w Wiedniu, bo ponoć rozchorował się nagle. Nawet jeśli prawdą jest, co mówią, że donosi Habsburgom na niego, to jakie to ma znaczenie? Habsburg mógł mieć na jego dworze i stu ludzi. Dopóki nie dadzą Václavowi korony, będzie dla nich ukochanym zięciem. Będzie ich słodkim złotym Václavem z Pragi.

A potem się zobaczy.

Gdy Guta wyjechała, znów więcej czasu poświęcał pracy.

Przygotował swoją siostrę Kunegundę do małżeństwa z księciem mazowieckim. Udzielał jej braterskich rad i wskazówek.

Właściwie to był tylko książę płocki, ale Václav wolał, że duma przyszłego szwagra kazała mu się tytułować mazowieckim. Mariaż ten był tym cenniejszy, że Bolesław jeszcze niedawno był wybrankiem panów krakowskich do ich tronu. To będzie bardzo ładnie odebrane. Václav, książę krakowski, i jego szwagier Bolesław, książę mazowiecki. Zastanawiał się, co z robić z tym drugim, butnym Piastem, który zajął ziemię sandomierską. Przez chwilę myślał, czy to by nie było interesujące mieć i Karła w rodzinie, ale zrezygnował. Nie wypada, by ktoś taki jak Przemyślida pokazywał się w towarzystwie karłów. Zresztą Władysław był już żonaty i to niekorzystnie, z bliską krewną Przemysła.

I w ten sposób myśli Václava zatoczyły krąg i stanęły przed rzeczywistym, realnym problemem. Co zrobić z księciem Starszej Polski i Pomorza? Jak pozbyć się ostatecznie jego wpływów w Krakowie. Jak zmusić go, by zrezygnował z tytułu księcia Małej Polski?

PRZEMYSŁ poszedł tuż przed świtem w stronę wież poznańskiej katedry. Mostem przeszedł na Ostrów Tumski, ale nie wchodził do środka świątyni. Podszedł pod wzgórze, na którym wznosiło się stare palatium pierwszego króla. Stanął przed wielkim, płaskim kamieniem wmurowanym w ścianę pałacowej kaplicy. Przed wiecowym tronem Mieszka i Chrobrego. Przed skałą, na której siadali dwaj pierwsi wodzowie. Uklęknął i oparł o niego czoło. Czekał na świt.

Gdy wzeszło słońce, wstał. Przypasał miecz i poszedł do Okrągłej Sali.

Stanął przed swą dużą i małą radą, najważniejszym zgromadzeniem obu połączonych księstw. Aby wygrać wiec z rycerstwem całego kraju, musi najpierw stoczyć batalię z baronami. Po obu jego bokach usiedli arcybiskup Jakub II i książę Pomorza, Mściwój. Kanclerz krakowski Prokop i kasztelan krakowski Żegota zajęli miejsca gości.

— Od śmierci Henryka IV, księcia Wrocławia, mocą jego testamentu zostałem księciem Małej Polski i Krakowa. Jednak wiec rycerstwa krakowskiego przywołał na tron Václava Przemyślidę, a możni oddali się w jego opiekę. Staję przed wami, moi panowie, by zapytać was, czy chcecie wesprzeć mnie w walce o krakowski tron.

Zapanowała cisza. Głos zabrał kanclerz krakowski Prokop:

— Panowie Starszej Polski, baronowie Pomorza! Václav Przemyślida jest obcym władcą, uzurpatorem, który podpiera się złotem i srebrem z czeskich kopalni. Książę Przemysł był dla nas tym, który przyszedł w pokoju, któremu radzi otworzyliśmy miasto.

— Ciągle je komuś otwieracie! — krzyknął Mikołaj Zaremba, wojewoda tczewski.

— Albo zamykacie! — dodał wojewoda poznański.

Po Okrągłej Sali przeszedł śmiech. Kanclerz Przemysła uciszył panów możnych.

— Nie chcemy się bić o Kraków, bo gdy uwolnimy was od Václava, wy zaczniecie myśleć, jak uwolnić się od nas.

— Czy wasza wola, kanclerzu Prokopie i kasztelanie Żegoto, jest wolą całego krakowskiego rycerstwa? — zapytał Jakub II.

— Nie — odpowiedział kanclerz i dodał szybko — ale jest wyrazem naszych głębokich pragnień.

— Panowie. — Przemysł wsparł swych krakowskich sojuszników. — Kraj zjednoczony od morza do gór jest złamaniem klątwy Wielkiego Rozbicia. Nie oddalajcie tego marzenia zbyt pochopnie. Rozważmy wszystko. Kasztelanowie południa! Powiedzcie, jak dzisiaj wygląda sytuacja na Śląsku.

Dobrogost z Przemętu wystąpił w imieniu ich wszystkich:

— Granicy nikt nam nie rusza, patrolujemy ją stale. Ale za naszą granicą wrze. Między Głogowem a Wrocławiem książę głogowski i książe legnicki biją się o każde miasto i wieś. Mniejsi książęta, za przykładem Kazimierza z Bytomia, już złożyli hołd Václavowi Przemyślidzie. Bytom, Opole, Cieszyn, Racibórz, więc księstewka przylegające do Małej Polski, są całkowicie podporządkowane Czechom. Dalej Wrocław, zajęty przez księcia legnickiego, też im sprzyja, choć sam książę nie złożył hołdu Václavowi. Jedyny punkt oporu przeciw Czechom na Śląsku to księstwo głogowskie.

— Sandomierszczyzna wciąż we władaniu Małego Księcia — nieśmiało wtrącił wojewoda krakowski, a Przemysł nie wypominał mu, że gdy był jeszcze w Krakowie, ten sam wojewoda robił mu wyrzuty, iż nie wydarł Karłowi Sandomierza.

— Za to Mazowsze wchodzi w orbitę wpływów Przemyślidy. Ożenił swą siostrę z księciem płockim.

Przemysł nie zamierzał rezygnować z Krakowa, ale jasno i wyraźnie zdał sobie sprawę z faktów. Powiedział:

— Zamykam posiedzenie wielkiej rady do jutra. Małą radę proszę o pozostanie.

Nie chciał, by to, co ma do powiedzenia, trafiło do uszu wszystkich.

— Wspieramy księcia Głogowa z zachodu. Ze wchodu Władysława w Sandomierzu. Pracujemy nad odzyskaniem wpływu na Mazowsze. Kraków i Górny Śląsk są dzisiaj w rękach Przemyślidy. Jeśli ruszę tam z wojskiem, damy się wciągnąć w wojnę, której nie wywołaliśmy.

Książę Pomorza, Mściwój powiedział:

— Skórka niewarta wyprawki.

Wojewoda gdański Święca dodał:

— Wizja piękna, od morza do Tatr. Ale nie dla rycerstwa pomorskiego. To nie nasza wojna.

Wojewoda poznański Tomisław Nałęcz, wojewoda kaliski i gnieźnieński Mikołaj Łodzia:

— Nam bliżej do Krakowa niż wam. Ale Starsza Polska to dom, którego trzeba bronić. Jeśli Mała Polska nas nie chce i woli Czechów, nie będziemy się pchali siłą.

Andrzej Zaremba, kanclerz, westchnął:

— Jeden kraj, ach! Ale prawda, nie możemy zmuszać nikogo.

Przemysł skwitował:

— Jesteśmy niepodzielni.

Wtedy wstał arcybiskup Jakub II i powiedział:

— Na naszych oczach dzisiaj odrodziło się królestwo. Bo mając wiele, po raz pierwszy nie zachcieliśmy mieć wszystkiego.

Mściwój odstawił kielich i westchnął:

— Lepiej bym tego nie ujął.

Jakub II skinął mu głową i dokończył:

— Zwróćmy się do papieża z supliką o koronę dla Królestwa Polskiego. Dla księcia Przemysła.

Mściwój krzyknął:

— Mogę umierać!

A widząc niewyraźne miny wszystkich, dodał:

— Dla dobra królestwa! — I nieoczekiwanie się zaśmiał. — Będę pierwszy, wy dopiero po mnie!

Trzej wojewodowie powiedzieli jednym głosem:

— Korona! Korona! Korona!

I zakrzyknęli:

— Radzi jesteśmy!

A kanclerz Andrzej Zaremba pobladł, oparł głowę na dłoniach i wyszeptał:

— Boże, o ile się zgodzą.

JAKUB ŚWINKA skonstruował suplikę do papieża Mikołaja IV, żałując, że to nie świętej pamięci Marcin IV i że nie może dołączyć do prośby oficjalnej listu prywatnego. Gdy pismo było już opieczętowane i Jakub pomodlił się nad nim, spadł grom z jasnego nieba:

— Papież umarł!

Jakub Świnka złapał się za serce. Zmówił pacierze za spokój duszy zmarłego, złamał swą pieczęć i zniszczył list.

I natychmiast napisał drugi, do swych przyjaciół, kancelistów w kurii.

„Jeden papież umarł, to i zaraz wybiorą nowego. I nie wolno zaniedbywać pracy, która odbywa się w papieskich przedpokojach. Nawet jeśli chwilowo stolica apostolska pusta".

Jednocześnie posłał do pani Ludwiny po beczki i, niestety, czekał na nie długo, bo niespokojna sytuacja na Śląsku uniemożliwiła szybą podróż bezcennego załącznika. Gdy w końcu wszystko było gotowe, ubezpieczył ładunek ludźmi księcia i wysłał, korzystając z najszybszej i jak dotąd niezawodnej drogi do Rzymu: Menachema ibn Israela i sieci żydowskich faktorii. Pozostawało czekać.

Ale nie bezczynnie.

Wśród wielu pilnych spraw dwie były najważniejsze: odrywanie diecezji chełmińskiej od Kościoła polskiego przez zakon krzyżacki i znalezienie żony dla Przemysła.

Albowiem jego ukochany książę zaczął budować sobie grób. Tak, grób. Kaplicę w katedrze poznańskiej, gdzie złożył ciało Rikissy i gdzie, jak oznajmił wszystkim, ma zostać pochowany on. I jakkolwiek Jakub kochał zmarłą księżną miłością ojcowską, przyjacielską i żywiołową, to jednak nie mógł pozwolić, by Przemysł duchowo odszedł wraz z nią. W obu sprawach postanowił porozmawiać z Mściwojem.

Książę Pomorza zaprosił go do Słupska, bo nie czuł się najlepiej.

— Wyglądasz bardzo dobrze! — powiedział Jakub Świnka, witając się z nim.

— Schudłem?

— Schudłeś.

— Nie wiem, co to za powód do dumy! — żachnęła się Sulisława, tuląc się do ramienia księcia.

— Księżno! — Jakub Świnka i ją przycisnął do piersi.

— O nie! Tylko nie, księżno! Jestem żoną Mściwoja i nic więcej. Tytuły to wie arcybiskup, gdzie ja mam!

— Gdzie? — bo nie zrozumiał.

— Tylko nie pokazuj! — Mściwój pogroził żonie palcem. — Jest krnąbrna, nieusłuchana i stawia na swoim — ostrzegł Jakuba, ale zapomniał ściszyć głos. — Rządzi się.

— Bo pójdę do swojego klasztoru!

— O! Widzisz, arcybiskupie? Klasztorem mnie straszy. Ja też ją postraszę: bo ci umrę! Ha, ha, ha!

Sulisława się rozpłakała. Mściwój ją przepraszał. Jak skończyli, Jakub powiedział:

— Ja właśnie w tej sprawie. Tylko na odwrót — wytłumaczył, bo widział, że nie zrozumieli. — Chodzi o księcia Przemysła.

— Książę chce do klasztoru? — zdziwiła się Sulisława i zaraz domyśliła się: — Z żalu za księżną Rikissą?

— Tak. Ale nie, nie do klasztoru. Z żalu za Rikissą buduje sobie grób.

— Jezu! — jęknął Mściwój.

— Widzisz? To jest miłość! A nie to twoje odchudzanie! — Sulisława znów się rozpłakała.

— Ty masz szczęśliwą rękę, Mściwoju. Tyś wypatrzył Rikissę za morzem. Proszę cię, znajdź mu nową żonę. Zaczęliśmy walkę o koronę. Król musi mieć królową.

— Królowa była jedna, Rikissa Trzy Lwy. — Mściwój napił się za nią. — Ale masz rację, mnie przy Sulisławie od nowa zachciało się żyć. — Pocałował żonę w usta i pogłaskał po głowie. — Idź, piękna moja, idź. Ja tu z arcybiskupem będę teraz o Krzyżakach rozmawiał, to cię nudzi.

— Nieprawda, nie nudzi!

— O parafiach chełmińskich, o dziesięcinie i o...

— No dobrze, masz rację, mój gryfie. To mnie jednak nudzi. Ale gdybyście znów mieli rozmawiać o Przemyśle i Rikissie, to zawołajcie.

— Zawołamy! — odpowiedzieli jednym głosem, a gdy tylko wyszła, pochylili się ku sobie i zaczęli szeptać.

— To pilne, Mściwoju. To sprawa państwowej wagi. Wielkie koło zostało wprawione w ruch, pisma do Rzymu poszły, bo choć papieża nie ma, niedługo wybiorą nowego. Przemysł ma małą królewnę, ale nie ma dziedzica. Połączone księstwo Pomorza i Starszej Polski! Nawet bez Krakowa mamy największe księstwo w ręku. A wśród dzielnicowych książąt nie ma drugiego takiego jak on, który byłby w stanie to wszystko dalej poprowadzić. Nie ma! Tak wielki wysiłek nie może zostać zaprzepaszczony!

— Jest jeszcze coś, Jakubie II...

— Mów: Jakubie.

— Dziękuję... Jakubie. Jakoś tak nie śmiałem.

— Mściwoju, a to nie pamiętasz, jakeśmy na łożu śmierci księcia Bolesława wszyscy siedzieli i...

— To były czasy! Ale czy nam się wtedy śniło, że nastaną takie? Gdy już nie o księstwa, a o koronę będziemy walczyli? Jakubie! Brandenburczycy po mojej śmierci przypuszczą szturm na Wschodnie Pomorze. Moje rycerstwo stanie za Przemysłem jak jeden mąż. W końcu od dziesięciu lat Przemysł współrządzi ze mną. Jestem ich pewien. Ale Brandenburczyków nie. Pamiętasz? Gdy staraliśmy się o Rikissę, trzeba było ich prosić o pośrednictwo, bo oni tam skoligaceni...

Jakub złapał się za serce, coś mu przyszło do głowy.

— Siostra Rikissy?

— Nie. Już zamężna. Przypomnij sobie, Jakubie, Otto Długi zaproponował swoją bratanicę i Rikissę, Przemysł wybrał Rikissę, oni trochę byli urażeni, ale jakoś przełknęli. Ta mała, jego bratanica, jest wolna. Poprośmy od razu o nią.

— Niemka... — jęknął Jakub Świnka.

— A Rikissa co? Polka? A jaka była cudna...

— Racja. I racja stanu.

— Lepiej bym tego nie ujął. I jedyna szansa, że czerwone orły przełkną faktyczne złączenie Pomorza po mojej śmierci. Jak tu panią będzie ich córka.

Jakub mimo to gryzł wargi. W myślach robił przegląd innych dworów.

— Książęta mazowieccy i kujawscy żenią się od lat z ruskimi i litewskimi księżniczkami, bo tam ich granica.

— Ruski szwagier to dopiero atut w wojnie z braćmi!

— Niestety... ale nam nic do tego. Śląscy Piastowie, niespokojne wichry, albo Czeszki, albo Niemki, trzymają się blisko granic.

— Ale Rusinki też lubią.

— Zdarza się. Książęta Pomorza, jak ty, Mściwoju, Bogusław, a wcześniej Barnim, też dbaliście o sąsiedzkie stosunki małżeńskie...

— Ja to miałem jedną niemiecką żonę, Judytę.

— I?

— I nic. Dałem radę — pochwalił się Mściwój. — To co, pisać do Ottona?

Jakub Świnka czuł, że nie ma wyjścia.

— A jak ona ma na imię?

— Greta.

Skrzywił się. Ale w końcu racja stanu.

— To po naszemu jak będzie: Małgorzata?

Mściwój nie tracił optymizmu.

— Nie musi po imieniu. Będzie do niej mówił „żono" i już! To ładna dziewczynka była, nie martw się.

ZAREMBOWIE zjechali do Brzostkowa sporo przed Wielkanocą.

Od czasów oblężenia Kalisza wzmocnili straże wokół i tak świetnie ufortyfikowanego dworzyska. Dwudziestu młodych Zarembów pod dowództwem dwóch doświadczonych bez ustanku pełniło wartę wokół majątku. Ochna i jej służebne dziewczęta utyskiwały na ten wojenny sznyt, bo przeszkadzał im w wypełnianiu domowych obowiązków. A przed świętami miały co robić!

Pod nieobecność Sędziwoja Arkenbold był tu gospodarzem, choć nawet najmniejszej z narad nie zaczynano bez Beniamina.

— Panie — Ochna wobec wojewody poznańskiego nie była tak śmiała — jutro śniadanie podajemy później, bo cała służba idzie na ciemną jutrznię.

— Wielka Środa? Jak ten czas leci! — westchnął Arkenbold. — Siedzimy tu od tygodnia i nic nie ustaliliśmy.

Beniamin wzruszył ramionami.

— Co nagle, to po diable.

Ochna zbladła i przeżegnała się.

— Panie! Nie wolno imion nieczystych w Wielkim Tygodniu wypowiadać! Nie wolno! To przynosi pecha!

— Pecha mamy z powodu niesubordynacji Sędziwoja — odciął się gospodyni Beniamin. — A na ciemną jutrznię my się też wybierzemy, więc śniadaniem się nie przejmuj.

— I tak mi już śledź wychodzi bokiem, a od picia wody z czosnkiem mam czkawkę — zademonstrował stary Marcin, zwany Lisem.

— Nic innego nie będzie! — okręciła się Ochna na pięcie i wyszła.

Po ciemnej jutrzni było jeszcze gorzej, bo gospodyni trzymała się Wielkiego Postu ściśle i oznajmiła Zarembom, że ona im nic innego aż do niedzieli nie poda, żeby śmiertelnego grzechu na własną głowę nie brać. W dodatku była zła, bo ksiądz po raz pierwszy nie pozwolił zrobić kukły Judasza — Żyda i spalić jej po nabożeństwie. Szymon, ojciec Andrzeja, kanonika kaliskiego, jako najbliższy nowości kościelnych zapowiadał wprawdzie, że tak będzie, że arcybiskup Świnka zabroni kukły Żydów palić. Ale przed ciemną jutrznią Ochna mu nie wierzyła, a po, kiedy nie pozwolono jej zdrajcy Jezusa osobiście podpalić i wyszarpać, była tak wściekła, że wodę do picia przesoliła i dała do niej prócz czosnku ocet.

— Jakby to była moja wina! — wzdychał Szymon, rozkładając ręce, a osiemdziesięciu Zarembów pluło.

Zjawiła się po śniadaniu, z twarzą nadętą z żalu. Skołtunione rude włosy schowała pod chustką. To akurat nikomu nie przeszkadzało, nikt ze służby nie odważył się czesać przez cały Wielki Post.

— Chcę, aby sobie pojechali — powiedziała cicho.

— Co? — Beniamin Zaremba, jakkolwiek był człowiekiem opanowanym, zaczynał tracić cierpliwość do nieznośnej brzostkowskiej gospodyni.

— Pojechali precz, na cały dzień.

— Kto?

— Wy, wszyscy chłopi — powiedziała nieustępliwie, a widząc, że wojewoda zmarszczył brwi, poprawiła się — mężczyźni wszyscy. Już środa, ja muszę jaja zdobić, a wy mi tu zawadzacie.

Beniamin westchnął. Nie pierwsza to Wielkanoc w Brzostkowie i rok w rok to samo. Tyle że kiedy jest Sędziwój, Ochna nie wydaje się taka groźna. Jego banicja zaczynała im ciążyć. Zwłaszcza że powinien był już wrócić, a nie dawał znaku życia.

— Do Jarocina, panowie! Na koń! — Zwrócił się do Ochny z przesadną uprzejmością: — Z wieczerzą, pani, nie czekaj.

Gospodyni wzruszyła ramionami, udobruchana wyraźnie.

— Kasza będzie, jak wrócą głodni, sami zjedzą.

— Ale dwudziestu na strażach zostaje. — Arkenbold odwrócił się spod drzwi i mrugnął do Beniamina.

Ochna fuknęła, aż Arkenbold się wytłumaczył:

— Okolicę będą patrolować. Nikt ci do dworzyska nie wejdzie.

Skinęła sztywno głową i stała tak, aż wyszli. Widzieli ją jeszcze na dziedzińcu, jak okutana chustą patrzy za nimi nieufnie, czy aby jej nie oszukają i nie wrócą znienacka.

Dopiero gdy straże za dworzyskiem dęciem w róg pożegnały Zarembów, Ochna zaklaskała na cały zagon służebnych i dziewczęta raz dwa wzięły się do jaj. W glinianych garach od rana ważyły pędy młodego żyta, osobno buraczany sok, korę młodej jabłoni i cebulowe łupiny. Małe dziewczynki stały na czatach, pilnując, żeby się jakiś chłop, a jeszcze gorzej Zaremba ze straży, nie przypałętał, a ich starsze siostry, matki i babki słomką umoczoną w ciepłym wosku jaja zdobiły. Ochna była jednak nerwowa, jakaś nieswoja. Nakrzyczała na panny, że płatków malwy nie nawarzyły, a fioletowe jajka zawsze najbardziej lubił Sędziwój.

— Zielone będą, złote będą, czerwone, a fioletowych nie będzie! — Tupnęła i z oczu poleciały jej łzy.

Stara Przeborka pogłaskała Ochnę po głowie.

— Idź, gospodyni, utop Morenę, a może i do ciebie przyjedzie twój Jary Pan. Ja jajek pilnuję pięćdziesiąt lat, dopilnuję i tego roku. Wszystko będzie jak trzeba i pan Jezus wykluje się niczym złote kurczę.

Łzy raz wypuszczone przez Ochnę nie chciały przestać płynąć. Szlochała:

— Kąty wymiecione, skrzynie przewietrzone, placki popieczone. A jego jak nie ma, tak nie ma...

Stara przycisnęła ją do pachnącej rozgrzanym woskiem i octem piersi. Szorstką dłonią poklepała po plecach. Wepchnęła Ochnie w rękę coś zawiniętego w szmatkę.

— Wykąp to w żywej wodzie, w ciepłym jak dotyk mężczyzny źródle, ucałuj i zakop przy miedzy. A potem pomódl się do dziewicy Marii, która patronuje miłości.

Ochna kiwnęła głową Przeborce. Palcami wymacała kształt figurki z twardej wołowej kości. Wsadziła ją głęboko, do sakwy, aby nie zgubić, i poszła przez dziedziniec do furty wiodącej w stronę strumieni. Pilnował jej od zewnętrznej strony młody chłopak, który, jak wszyscy tutaj, traktował Ochnę niczym udzielną panią. Pozdrowił ją, choć nie odpowiedziała. Gdy wyszła za częstokół, owionął ją chłodny wiatr i woń palonych gałęzi. Za brzostkowskim dworzyskiem były bagniska i wzgórze. W jego połowie, niczym na tarasie, stał kościół. Ze szczytu spływały wartkie po roztopach strumienie niczym warkocze zrzucone z góry na dół. Ponad kościołem, na szczycie wzgórza chłopi i chłopcy palili ognie. Dziewczęta szły z kukłą Moreny do wody, by topić zimową zmorę i by nadejść mógł Jary Pan. Patrzyła na nich długą chwilę, aż kukła z wolna odpłynęła z biegiem strumienia. Ochna skierowała się do ciepłego źródła, do wody żywej, wyjęła figurkę i wsadziła do wody. A potem, pociągając nosem, poszła w stronę południowej miedzy. Wołali ją chłopcy, by razem z nimi weszła w chłodny nurt, ale ona, jako dobra chrześcijanka, zostawiała to na Wielki Piątek. Minęła kościelne wzgórze, dym ognisk przestał drażnić jej nos. Nie słyszała już śpiewów dziewcząt ani nawoływań chłopców, zrobiło się cicho. Nogi grzęzły w rozmiękłej czarnej ziemi, gdy szła do granicy pól. Z tyłu zamajaczyła sylwetka małej Łysej Góry i zerwał się lekki wiosenny wiatr.

Na miedzy stanęła okrakiem. Pocałowała kościaną figurkę mężczyzny właśnie tam, gdzie chciała całować Sędziwoja, i zakopała w ziemi, głową w stronę brzostkowskiego dworu.

— W imię Ojca i Syna, i Ducha Świętego, niech wraz z Jarym Świętem wróci mój Jary Pan, mój Sędziwój ukochany. O to proszę cię, dziewico Mario! Jak pierwsza wiosenna burza zapładnia ziemię, tak i niech me łono dłużej nie stoi puste! Jak zmartwychwstaje Chrystus, niczym kurczę wyklute z jajka, niech mój ukochany wróci do domu!

Stała tak chwilę z przymkniętymi oczami, modląc się żarliwie. Czuła, że czegoś jej jeszcze brakuje. Ach tak, kropla święconej wody pomogłaby bardzo! Otworzyła oczy, by biec do kościoła, gdy na jej rozpaloną twarz spadły pierwsze krople deszczu. Złapała się za serce, szczęśliwa.

— Ach, Mokosz, Mokosz! Wodą dajesz znak! Matko przenajświętsza, Mario, dziękuję ci!

Pokłoniła się jednej i przeżegnała dla drugiej, i dopiero dostrzegła, że z oddali przygląda się jej wysoka, płomiennowłosa jak ona sama, dziewczyna. Pomachała jej, bo szczęśliwa była tak, że cały świat mogła przygarnąć do piersi. Biegiem wróciła do dworu.

Reszta dni przedświątecznych minęła niczym sen. W Wielki Piątek obmywali się w rzece wszyscy, nawet proboszcz zamoczył kropidło. Umyła i rozczesała swe długie rude włosy. Pod nałęczkę założyła wianek z pierwszego ziela. W Wielką Sobotę wieczorem okadziła z Arkenboldem cały dwór. Zarembowie przybili do drzwi śledzia, a chłopcy stajenni, robiąc wielki hałas, zakopali postny żur. W procesji rezurekcyjnej szli wszyscy, jak jeden mąż. Proboszcz śpiewał psalmy w języku kościelnym, Zarembowie z nim, ludzie na końcu procesji kłaniali się Jarowitowi w pokryte zieloną mgiełką pola, dzwonił dzwon. Chłopcy śmigali wierzbowymi witkami dziewczęta w łydki, a te co śmielsze podskakiwały, by pokazać im kawałeczek ciała. Chrystus Zmartwychwstał!

— Chrystus Zmartwychwstał! — krzyknął Arkenbold, gdy zasiedli do jarej uczty, i stuknął się pisanką z Beniaminem.

— Zaprawdę zmartwychwstał! — obwieścił tubalny męski głos i otworzyły się drzwi.

Stanął w nich Sędziwój Zaremba, a Ochna pisnęła:

— Wrócił, wrócił Jary Pan!

I pozwoliła mu się lać zimną wodą do woli cały następny dzień. I nie zmieniała sukni, choć było jej zimno, by widział kształt jej pełnych piersi pod mokrą wełną. By widział krople spływające z rudych pukli wprost pod koszulę. Wieczorem zaniosła resztki z wielkanocnej uczty na groby. Zakopała jajka dla duszy matki i ojca, oby zmartwychwstali jak Chrystus i pobłogosławili plonom jak Jary Pan. Gdy nocą Sędziwój brał ją do łoża, mocno oplotła go ramionami. A potem zsunęła się niżej, by pocałować tam, gdzie całowała jego wizerunek zakopany na miedzy. I z radością zauważyła, że był równie twardy jak wołowa kość.

PRZEMYSŁ zobaczył Rikissę.

W futrze ze srebrnych wiewiórek, w ciemnoniebieskiej sukni, szła dziedzińcem klasztoru Cysterek w Owińskach. Rozpłynęła się w powietrzu. Ciągle mu to robiła i czasami nie był przygotowany. Przytrzymał się muru.

— Bracie? — Anna pochyliła się nad jego ramieniem. — Bracie?

— Nic mi nie jest, siostro.

Przyjechał do swej siostry Anny, która właśnie składała rezygnację z funkcji ksieni klasztoru. Tutaj też, pod okiem zakonnic, naznaczył mu spotkanie ze swą bratanicą Otto Długi.

— Anno, nie chcę się żenić.

Patrzyła na niego jasnymi oczami ich matki. Była do niej taka podobna. Położyła mu chłodną suchą dłoń na ramieniu. Usiedli w ciszy refektarza.

— Pamiętasz ojca? Opowiedz mi o nim.

— Pamiętam wysokiego, pięknego mężczyznę ze stojącym lwem na piersi. Ale nie lubił, byśmy dotykały tego lwa. Melancholijny, patrzył i nie widział nas. — Anna uścisnęła brata. — Mama mówiła, że to dlatego, iż wypatruje ciebie. Pięknie śpiewał, choć nigdy nie wiedziałam, czy gdy śpiewa, cierpi, czy się uwalnia. Był zagadkowy, Przemyśle. Zagadkowy. Gdy dzisiaj wszedłeś do klasztoru, zadrżało mi serce, bo pomyślałam, że to on. Naprawdę. Stań nad wodą, spójrz w jej lustro, a zobaczysz ojca, Przemyśle.

— Powiedz, Anno — to dręczyło go od lat — sama wybrałaś klasztor, czy rodzice cię zmusili?

— Narodziny bliźniąt to zawsze jest cud. Urodziłyśmy się z Eufemią równo ze świtem. Matka mówiła, że najpierw zobaczyła smugę wschodzącego słońca, potem usłyszała jeden krzyk, a za nim drugi. I takie jest moje życie, ciągnę do jasności. Nie, nikt mnie nie zmuszał. Zresztą wiesz, ojciec zmarł, matka wiodła życie niemal zakonne. A my przy niej. Nauczyłyśmy się czytać w wieku sześciu lat. W klasztorze były księgi i to był świat o wiele ciekawszy niż ten za jego murami. Eufemia przez rok, może dwa się wahała, ale ja nigdy. Pokażesz mi swoją córkę?

— Tak, jest z piastunką na spacerze.

— No to chodźmy do nich, Przemyśle, pokażę ci nasze sady.

Za ogrodzeniem rozciągały się pola cysterek. W chłodnym powietrzu, w ostrym świetle przedwiośnia krzątały się mniszki. Na białe habity miały zarzucone proste, ciemne fartuchy.

— Szykujemy pola pod zasiewy — Anna zatoczyła ręką — ale nasz prawdziwy skarb to sad. — Córka margrabiego przyjechała przedwczoraj. — Siostra chwyciła go za ramię. — Musisz ją zobaczyć.

— Wiem. Po to tu jestem. — Przemysł odwrócił wzrok, szukając małej Rikissy, bo już słyszał z daleka jej śmiech.

— To ona? Nie płacze po stracie matki? — zdziwiła się Anna.

— Płacze. Ale jak jest z piastunką, potrafi się śmiać!

Rikissa i Kalina wybiegły zza kępy drzewa. Córka wskoczyła mu na ramiona. Pocałował jasną główkę i postawił na ziemi.

— To twoja ciocia, Rikisso, przywitaj się.

Mała złożyła ukłon.

— Rikissa Primislausdotter. Ryksa Przemysłówna. Królewna.

— Anna Przemysłówna. Ksieni opactwa w Owińskach. Cysterka.

Siostra przykucnęła, by znaleźć się twarzą w twarz z jego córką.

— Małgorzata Askańska, córka Albrechta z Brandenburgii. — Dziewczyna stanęła przy nich, jakby wyrosła spod ziemi.

Anna uniosła głowę i uśmiechnęła się. Przemysł zamarł. A Rikissa podeszła do niej i zadarła głowę.

— Jesteś siostrą mojej mamy? Masz na imię Marina?

— Nie. Mam na imię Małgorzata. — Uśmiechnęła się.

— A mogę myśleć, że masz na imię Marina? — dopytywała Rikissa, podczas gdy Przemysł nie był w stanie nic powiedzieć.

— A mogę sprawdzić, czy masz ciepłe ręce? — odpowiedziała pytaniem na pytanie Małgorzata i przykucnęła przy Rikissie, która rzeczywiście nie miała rękawiczek.

— Mam! Zawsze mam!

— Ja też. — Podała dłoń dziecku, a Rikissa chwyciła ją.

Przemysł zobaczył, że Kalina wpatruje się w Małgorzatę tak samo jak on.

Przeprosił je wszystkie i odszedł. Niedaleko był mały staw, skierował się tam. Patrzył w chwiejne lustro wody, jak kazała mu Anna.

„Ojcze, jeśli to, co widzę, jest odbiciem ciebie, to umiem to zrozumieć. Ale dlaczego ta kobieta jest odbiciem mojej żony? Tego nie pojmuję".

Ani woda, ani trzciny, ani wiatr. Nikt nie odpowiadał. Nie chciał, nie chciał nikogo poza prawdziwą Rikissą Valdemarsdotter. Podobieństwo Askanki do jego nieżyjącej żony poraziło go i dotknęło jednocześnie.

„Król ma prawo owdowieć — w głowie wciąż słyszał spokojny głos Jakuba Świnki — ale książę bez żony nie jest poważnym kandydatem do królewskiej korony. Nie dla siebie masz się ożenić, ale dla przyszłego królestwa".

Odwrócił się, mając jakąś obłąkaną nadzieję, że arcybiskup naprawdę stoi teraz za nim i że odwoła to wszystko. Ale zobaczył swą córkę, Rikissę idącą z tą kobietą za rękę.

„Niech się tak stanie".

WŁADYSŁAW, książę brzeskokujawski i dobrzyński, już nie sandomierski, ale jeszcze sieradzki, wypuszczał z łuku strzałę za strzałą. Wyobrażał sobie, że ten słomiany chochoł to Václav Przemyślida, a on jest Władysławem Mściwym. Władysławem Zwycięskim.

Wściekł się.

Wszystko szło tak dobrze. I zepsuło się tak nagle.

Przemysł dotrzymał słowa i choć rycerstwu Małej Polski to było nie w smak, nie odebrał mu ziemi sandomierskiej ani siłą, ani podstępem, choć stać go było na jedno i drugie. Póki siedział na Wawelu, tytułował się panem Krakowa, a jego, Władysława, panem Sandomierza. Ale Václav Przemyślida nie miał w sobie ani krzty prawości. Ledwie opanował Kraków, a już wysłał swoje wojska na Władka.

Bronili się zaciekle, choć siły mieli nierówne. I nie pomogły nawet madziarskie hufce, które Władysław dostał dzięki psalmom ciotki Kingi, wpływom matki Jadwigi na węgierskim dworze i w końcu dzięki temu, że puścił siostrzenicę za mąż za Andrzeja, słabowitego, ale jednak węgierskiego króla. Sam się z tym źle czuł, że madziarskie wojsko dostał dzięki babom. A zresztą, nic mu to wojsko nie pomogło. Grób, krwawa jatka. Czesi wyparli Władka z Sandomierza. Uciekł do Sieradza. Oblegali Sieradz. I zdobyli go. No zdobyli.

Był przy nim tylko Kazio, jego młodszy brat. Wzięli ich do niewoli jak powiązane za skoki zające. Czuje wstyd, do dziś czuje wstyd. Nie dlatego, że ich złapali, ale dlatego, że Václav go zhołdował.

„Jezu. Naprawdę".

A w pamięci miał spotkanie z Przemysłem, który mówił „to niegodne".

— Ale co ja miałem zrobić?! — Władek z wściekłości przestał szyć z łuku i rozwalił chochoła kopniakiem.

Jedyne, co mu się udało załatwić, to że przy podpisywaniu ugody był arcybiskup Świnka, bo przecież Czesi chcieli go obedrzeć ze skóry i posolić żywcem. Wojska Przemysła stanęły na granicy księstwa sieradzkiego i pilnowały, by hufce Przemyślidy nie posunęły się za daleko w roszczeniach na rzecz swego pana. A Jakub Świnka pomógł w układach na tyle, że obaj z Kaziem zostali przy swych kujawskich ziemiach, jak z nich wyszli. Z Sieradzem, ale bez Sandomierza. I podpisać musiał Władek, że się zrzeka wszelkich pretensji do Małej Polski. Podpisał. Stali mu nad głową i podpisał.

Dzirżko, dowódca jego osobistej straży, stanął przy Władku i krytycznym okiem spojrzał na rozciągniętego po błocie chochoła.

— Książę, czas jechać do Kalisza.

W Kaliszu czekała na niego żona. Przywitał się, pocałował. Przebrał i ruszył na rozmowy.

Z księciem Przemysłem i Jakubem Świnką. No i z Kaziem, bratem, co z nim przyjechał.

Siedzieli do rana. Ale wyszedł szczęśliwy, jak dawno nie był. Odmieniony. Znów życie zaczęło wyglądać godnie. Po cichu wszedł do sypialni Jadwigi. Rozebrał się i położył przy żonie. Przycisnął ją z całych sił do piersi, aż się przebudziła.

— Władziu, co ty?

— Kocham cię, Jadwigo.

Przekręciła się i potarła zaspane powieki. Usiadła na łóżku, w rozpuszczonych włosach, w koszuli, jak dziewczynka.

— A więc jedziesz na wojnę?

— Nie.

— To czegoś taki szczęśliwy?

„Zna mnie, bystra".

— Bo właśnie ją zaplanowaliśmy. O Kraków.

— O Kraków? Władysławie, ty już się tyle razy biłeś o Kraków. — Jadwiga ziewnęła. — Nie mówisz mi prawdy. Przemysł nie chce wojny o Kraków, więc nie mógł się na nią z tobą umówić.

— Umówił się za mną na wiele więcej. — Władek zrobił tajemniczą minę. — A wojny chce, tylko się nie chce do tego przyznać.

PRZEMYSŁ przycisnął Elżbietę do piersi. Nagły przyjazd jego stryjecznej siostry był zaskoczeniem, a jej blada wymęczona twarz zwiastowała złe nowiny. Elżbieta zmieniła się tak bardzo od ich ostatniego spotkania, że mógłby jej nie poznać. Została z niej dystynkcja, pięknie uniesiony podbródek. Ale włosy, ciemne po księżnej Jolencie, miała całkiem przyprószone siwizną.

— Przemyśle, błagam cię, zrób coś z tym potworem! Ty się z nim bratasz, a to jest diabeł w ludzkiej skórze.

Wiedział, że mówi o Głogowczyku. I wiedział, że chodzi o Henryka Brzuchatego, księcia Legnicy.

— Uspokój się, Elżbieto. Wiem, że uwięził twego męża. Porozmawiam z nim, żeby go uwolnił.

— Porozmawiasz? Porozmawiasz? Załatwisz z nim swoje sprawy, a o mnie zapomnisz! — Konwulsyjnie wczepiała się szczupłymi palcami w jego ramię.

Kilka miesięcy temu zawarł twardy sojusz z Głogowczykiem. Z nim i z Władkiem, choć zupełnie osobno. Jak przeciwwagi. Gdy ściskali sobie dłonie po podpisaniu dokumentów, gdy ich kanclerze ściskali sobie prawice i gdy biskupi wymieniali uściski, Głogowczyk pochylił się do jego ucha i powiedział: „Nie martw się, ja się z Grubym policzę za wieżę w Legnicy. Za nas obu. I za jego uśmiechy do czeskiego Václava, uzurpatora Przemyślidy". Pomyślał wtedy, że Głogowczyk jest dziwny, ale to nie było nic odkrywczego, od zawsze wiedział, że jest w nim rys szaleństwa.

— Elżbieto. Moje sprawy to jedno, ale twoje kłopoty drugie. Nie zapominaj, że twój mąż nie uszanował testamentu księcia Henryka, który dziedzicem Wrocławia uczynił Głogowczyka, i napadł na niego, zabierając mu to, co Henryk zapisał. Zaczął z nim wojnę, a Głogowczyk jest pamiętliwy.

— Pamiętliwy? Przemyśle! To jest bestia. Co wiesz o uwięzieniu mego męża?

— Że siedzi w głogowskiej wieży.

— Tyle?

— Tak.

Elżbieta zamknęła oczy i powiedziała ściśniętym głosem:

— To nic nie wiesz.

Nie podniosła powiek, mówiła równo, jakby całkiem wyparowały z niej emocje:

— Porwali go z łaźni. Wydał go niejaki Lewko, którego Henryk traktował jak przyjaciela. Zadźgali nożami jego sługi jak wieprze. Nagiego wrzucili na koński grzbiet, okryli płaszczem jak derką. Najpierw zawieźli go do Sądowla, tam, gdzie siedzieliście razem w niewoli Henryka wrocławskiego.

„Jeśli wrzucili go do niskiego lochu, to współczuję".

— Potem zabrali do Głogowa. A tam ten demon, twój druh i stronnik na śmierć i życie, przygotował dla niego miejsce kaźni.

Przerwała na chwilę.

— Mój mąż, książę Legnicy, siedzi w żelaznej klatce. Na drewnianej skrzyni, w której jest otwór, żeby mógł się wypróżniać. Klatka jest tak mała, że nie ma możliwości ruchu. Pożywienie podają mu przez kraty. W jego ciele zalęgło się robactwo i zżera go za życia, bo zaczął już gnić.

— Jezu Chryste! Elżbieto! Czy to prawda? Skąd to wiesz?

Otworzyła oczy.

— Czy gdyby to nie była prawda, przyjechałabym do ciebie, sama, nocą, z kilkoma sługami? Wiem z pewnego źródła.

— A czego chce od niego Głogowczyk?

Elżbieta odwróciła głowę.

— A czego może chcieć? Ziemi! I srebra.

— Wyślę jeszcze dzisiaj mojego zaufanego człowieka do Głogowczyka. Obiecuję ci, siostro, że zrobię wszystko, by uwolnić twego męża. Nie wiem jednak, czy uda się to bez zwrotu ziem, których żąda od niego książę Głogowa. Pamiętaj, że stoi za nim testament Henryka. W świetle prawa twój mąż był uzurpatorem.

— Przemyśle, ja nie chcę żadnej z tych ziem i nigdy nie chciałam. Do niedawna liczyłam dni, kiedy będę mogła przestać być żoną, a zacząć być wdową, by zacząć życie niezależne, na własny rachunek. By nikt nie mówił mi, co mam, czego nie mam i co mi wolno. Księżna wdowa? Czyż to nie doskonałe miejsce dla kobiety wydanej za mąż bez miłości?

Przemysł spojrzał na Elżbietę i zmartwiał. Nigdy wcześniej nie myślał tak o niej. Była mu oddaną siostrą, przyjaciółką. Nieraz dzięki wiadomości, którą mu wysłała, wiedział wcześniej o tym, o czym nie wiedzieli inni. Nie zastanawiał się, czy ona jest szczęśliwa, czy nie, i nigdy o tym nie rozmawiali. A może pogrążony we własnych miłościach był ślepy na brak miłości w życiu innych? Przedwcześnie posiwiałe włosy Elżbiety dodawały jej powagi.

„Srebrna księżna".

— Ale teraz, po tym, co się stało, pragnę, by mój mąż żył. By zdążył czegoś jeszcze nauczyć naszych synów.

— Synów? Masz przecież tylko małego Bolka.

Elżbieta położyła wąską dłoń na brzuchu i spojrzała na niego z boku.

— Jesteś brzemienna?

Skinęła głową.

— To była pierwsza wiadomość, jaką przesłałam mężowi do lochu. Chciałam, by wiedział, że spodziewam się dziecka.

Skrzydełka jej nosa się poruszyły.

— Pierworodnego nazwaliśmy Bolko. Po moim ojcu i po ojcu męża. Ten, którego noszę w łonie, będzie miał imię swego ojca. Pierwszy syn na chwałę rodu. Drugi syn mściciel.

Przemysł jej przerwał:

— Chyba nie myślisz o krwawej zemście?

Zacisnęła usta.

— Uwolnij go, zrób, co w twojej mocy, w imię miłości, która kiedyś nas łączyła.

— Elżbieto. Zawsze byliśmy jak brat i siostra, nic się nie zmieniło.

— I znów mówisz tylko o sobie, Przemyśle — uniosła na chwilę powieki i zobaczył jej płonące źrenice — mój lwie — wyciągnęła szczupłe palce w stronę jego piersi.

Ale jego lew mruknął ostrzegawczo i uderzył ogonem o boki. Srebrna księżna cofnęła dłoń i zamknęła powieki.

— Mój lwie.

JEMIOŁA weszła do Gniezna nie jako panna nierządna, lecz jako kupcowa z ładunkiem dla arcybiskupa Świnki. Wymyśliła sobie męża, dała mu na imię Jasiek, uśmierciła go w myślach, przywdziała skromny wdowi welon i miała święty spokój. Miała swój wóz i kilku ludzi służby, a oni mówili do niej „kupcowo" albo „pani Jaśkowo" i żałowała, że nie wpadła na to szybciej.

Po śmierci Henryka poczuła się wolna i pusta. Tyle lat służyła na wrocławskim dworze, że niemal zapomniała, jak to jest przekroczyć miejski mur. Jakub Świnka chciał zabrać ją stamtąd jeszcze tego dnia, gdy był u umierającego księcia. Powiedział:

— Córko, pójdź za mną. Nawet Maria z Magdali wyzwoliła się ze swego rzemiosła.

Lubiła Świnkę bardzo, była zmęczona swoją pracą, ale nie miała zamiaru się chrzcić i nawracać. A przecież wiedziała, że do tego dobry kapłan zmierza. Podziękowała, odczekała do pogrzebu, bo była wierną dziwką, i wróciła do Ludwiny.

Cieszyła się siostrami, cieszyła się wolnością. Srebra miała dzięki Henrykowi tyle, że nie musiała pracować. Dołożyła część Ludwinie do interesu, stać je było na kupno cechowego pozwolenia i otworzyły małą warzelnię piwa. Zaczęły też robić zielony miód, który mógł w beczkach leżakować dłużej i był wytrzymalszy na dalekie podróże niż słynne piwo Ludwiny. Myślała, że właściwie tak mogłoby wyglądać jej życie. Aż do dnia, gdy wezwała ją Dębina.

— Córko? Bardzo jesteś zmęczona?

— Staję na nogi. Ludwina i siostry dbają o mnie.

— Jesteś moją najskuteczniejszą zieloną dziewczyną. Matki cię chwalą.

— Dziękuję.

— I dają ci nowe zadanie.

Nie wytrzymała, po raz pierwszy nie wytrzymała:

— Dębino, nie chcę już rozkładać nóg. Jestem na to za stara.

Zaśmiała się.

— Ale tylko ty jedna wiesz, ile masz lat. I nikomu nie mów, bo nie uwierzą. Zmęczenie zniknie. Zostaniesz z nami kilka dni.

Oczyściły ją. Najpierw w ogniu zdarły z niej ślady łap Czarnego Pana, który nieraz wstępował wespół z Henrykiem do jej łoża. Potem w wodzie umyły jej ciało ze śladów nasienia i śliny, z odcisków księcia, który rzadko bywał delikatny, choć w swej brutalności potrafił być nawet czuły. W powietrzu oczyściły jej duszę ze zwątpienia, lęku, zniechęcenia, czarnowidztwa i mroku. Z tęsknoty za rodziną; babką, która tak pięknie odchodziła do Nawi, za bliźniaczym bratem, z którym się rozłączyła. A na końcu położyły ją nagą na ciepłej wiosennej ziemi, by nabrała od Matek siły. I w czystą Jemiołę wstąpiła woda deszczu, powietrze z wiatru, który ją wysuszył, i ogień, przez który przeszła bosą stopą niczym przez wrota między było a będzie. I nastało dziś.

Kupcowa — wdowa w Gnieźnie. Podeszła pod katedralne wzgórze, w duchu oddając cześć tym, których krwią spłynęło, by mogli wbić w nie krzyż; minęła z lewej strony zwalistą bryłę katedry i skierowała się w stronę zabudowań kanonii.

— Ładunek dla wielebnego kanonika Filipa — oznajmiła słudze, który otworzył jej bramę.

— Proszę tędy. Pani Jaśkowa?

— Tak. — Rozglądała się po dziedzińcu ciekawie, choć niechętnie.

— Proszę poczekać, słudzy wielebnego zaraz zejdą.

— Ale nie za długo! Nie będę tu stała wiecznie!

Kręcąc się w pobliżu kościoła, zawsze prędzej czy później musiała usłyszeć dzwony. Nie, żeby ją to miało zabić, nie była dziką, zieloną dewotką. Ale po prostu nie lubiła. Głowa jej od tego pękała.

Oczywiście wyszedł do niej Filip, nie żaden sługa.

— Pani Je...

— Jaśkowa — weszła mu w słowo, bo zapomniała, że przydomek jest nowy.

— Jaśkowa! Tak! Proszę bardzo. Tędy.

— Tylko sprawmy się szybko, mam inne sprawy.

— Tak, tak. Ale arcybiskup prosił, by pani na niego poczekała, chciałby porozmawiać.

Skrzywiła się.

— To może kiedy indziej? Gdzie indziej?

— Oj, to nie uchodzi, by arcybiskup chadzał po mieście...

— A uchodzi, by była dziwka chadzała do arcybiskupa?

— Ciii... panno Je... Jaśkowo. Ci...

I, oczywiście, musiało się stać. Z daleka zobaczyła księcia Przemysła, jak wychodzi ze Świnką i idzie przez dziedziniec. A on zobaczył ją. I poznał, mimo iż nie miała na sobie zielonej kiecki. Ale czyż to nie było częścią planu Dębiny?

— Zastanawiałem się, co się z tobą dzieje — powiedział wieczorem, gdy leżeli w łóżku, w sypialni księcia na gnieźnieńskim zamku.

— Przecież widzieliśmy się na pogrzebie Henryka.

— Nie miałem okazji ci podziękować. — Pocałował ją w czoło. — Jedzenie było zatrute?

— Ale tylko to, które stawiali przed tobą. Komuś bardzo zależało, żebyś nie dostał tego, co zapisał ci Henryk.

— A Głogowczyk? Obok mnie siedział drugi testamentowy dziedzic. Jego też chcieli otruć?

— Nie. Tylko księcia Krakowa.

— Skąd wiesz?

— Kręciłam się po kuchni. Niestety, za późno się zorientowałam, co tam się święci, i nie uratowałam Henryka.

— Żałujesz?

— Byłam wierną dziwką.

— Mówiłem ci, dla mnie nie jesteś dziwką.

— Dla ciebie nie. Nie wezmę od ciebie zapłaty — roześmiała się. „Właściwie, choć robię to całe życie, jestem wierniejsza niż niejedna żona".

Przekręciła się na bok. Pogładziła brzuch Przemysła.

„Dziesięć? Dwanaście lat?".

Przyciągnęła go do siebie, oplotła nogami. I przylgnęła do niego, nie robiąc nic. Nie była w pracy. W każdym razie nie w tamtej pracy.

Wdychała zapach jego skóry, suchy i ciepły. Cieszyła się bliskością, przykładając policzek do jego piersi.

„Jak pisklę w gnieździe".

Zasnęła. Niczego bardziej nie pragnęła, niż po raz drugi w życiu zasnąć przy mężczyźnie. Gdy otworzyła oczy, było jeszcze ciemno. Poruszyła się. Przytrzymał ją ramionami.

— Nie śpisz?

— Nie.

— Zrobiłeś to, gdy ja spałam?

— Nie.

— Nie masz ochoty?

— Sprawdź.

Miał. Ale nie odpowiadał na żadną z pieszczot, więc puściła go.

— Właściwie to ja też nie mam. Ale zapytałam z przyzwoitości.

Roześmiali się jednocześnie. Potem leżeli w ciemności.

— Masz nową żonę. Słyszałam, że poprzednia była bardzo piękna.

— Kiedy się spotkaliśmy pierwszy raz, mówiłaś to samo.

— Racja. Ani jednej, ani drugiej nie widziałam, powtarzam tylko za ludźmi. Opowiesz mi o tej drugiej?

— Drugiej... Boże Święty, ona nie żyje, a dla mnie wciąż jest pierwsza...

Jemioła przekręciła się niespokojnie.

— Miała na imię Rikissa. Właściwie ma, bo daliśmy tak samo na imię naszej córce, a ona jest taka podobna do matki.

— Po raz drugi owdowiałeś. Jak?

— Normalnie.

Ta odpowiedź wystarczyła jej aż nadto. Wiedziała przecież o księżnej Lukardis.

— A ta nowa żona?

— Jest uderzająco podobna do Rikissy. I mała Rikissa ją lubi.

— To dziwne, co? Że taka podobna.

— Nie rozumiem tego, Jemioło. Nie ogarniam.

— Kochasz ją?

— Kocham Rikissę. A Małgorzata zajęła jej miejsce u mego boku.

Jemioła za to pojęła dużo więcej. I zastanowiła się, czy jej misja w łożu księcia jest w ogóle potrzebna.

„Matki są mądre, ale być może nie przewidziały tego, że książę nie żyje z żoną?".

Postanowiła dać sobie czas i ostrożnie to wszystko przemyśleć. Dębina postawiła jej dwa zadania, jeśli nawet odpadał książę, wciąż pozostawał matecznik. Córki Matek przenosiły się do Dębna. Mokosz powiedziała, że muszą być tam, gdzie bić znów zaczęło serce całego kraju. W Starszej Polsce.

ANDRZEJ ZAREMBA, prepozyt poznański i wielki kanclerz księcia Przemysła, powiedział:

— Mamy papieża!

W Brzostkowie siedziało ich niemal stu. Na głównych miejscach Beniamin, Sędziwój i Arkenbold. Kanclerz wpadł spóźniony, ale za to z jaką nowiną. Po obecnych przeszedł szept.

— Kto taki? — spytał Sędziwój.

— Pietro del Murrone, jako Celestyn V.

— Nie znam — mruknął Arkenbold.

— Benedyktyn, potem mistyk i pustelnik, wsławił się tym, że pieszo przyszedł kiedyś na synod. Z Monte Palleno do Lyonu. To kawał drogi. Franciszkańscy spirytuałowie widzą w nim spełnienie przepowiedni o anielskim papieżu. Bez żadnych koneksji — zreferował kanclerz.

— To się nie utrzyma — krótko podsumował Beniamin.

— Ale arcybiskup Świnka wysłał już suplikę koronacyjną. Tego samego dnia, kiedy dostaliśmy wiadomość z Rzymu.

Sędziwój zmarkotniał. Skończył się czas banicji, wrócił, ale nie umiał sobie znaleźć miejsca. Pozbawiony urzędów i godności gorzkniał z dnia na dzień. Siedział głównie w Brzostkowie, bo jarocińska wieża od czasów poznańskiego lochu go mierziła. Była jak drwina, jak przekleństwo. Póki jeszcze żył Henryk, od czasu do czasu jechał na Śląsk. Teraz nikt i nigdzie go nie zapraszał. Był jak ogień, który przygasa, by rozpalić się od ledwie podmuchu.

— Nie wierzę, by cokolwiek wskórali — odrzekł chłodno Beniamin. — Jakub Świnka jest wybitny, ale jego kontakty chyba nie sięgają tak daleko.

Andrzej Zaremba, który współpracował z Jakubem II najbliżej, robiąc świetną karierę w poznańskiej i gnieźnieńskiej kurii, usiadł i pokręcił głową.

— Możesz być w błędzie, Beniaminie. Jakub II jest, jak powiedziałeś, wybitny i, jak to widzę od środka, niezwykle ustosunkowany. Z papieżem Marcinem IV wymieniał listy.

Beniamin uniósł brwi i zastanowił się, a Arkenbold dodał uspokajająco:

— Marcin IV nie żyje. A Celestyna V pewnie nie zna, skoro, jak mówisz, to eremita i mistyk.

— Tu masz rację. Tacy nie siedzą w kurii. — Beniamin spojrzał na rodowca.

— To nie wszystko, bracia. To, że urzędujący arcybiskup, który w przeszłości studiował w Italii, zna tego i owego w kurii rzymskiej, to jeszcze nic nadzwyczajnego. Ale nasz arcybiskup, czym się powszechnie nie chwali, studiował w Królestwie Anglii.

Sędziwój się poderwał.

— Nie!...

— Tak. I ostatnio dostał list od opata Winchesteru.

— No to jesteśmy w domu, Zarembowie — powiedział Beniamin, błogosławiąc, iż nie ma z nimi w Brzóstkowie jego syna, Michała.

VÁCLAV był zdenerwowany. Bardzo nie lubił, gdy ktoś mu coś obiecał, a nie dotrzymał słowa. Trudno zresztą, by nie brał tego osobiście. Jego teść, Rudolf I Habsburg, obiecał mu koronę. I nie zdążył jej dać, bo umarł. Bo walczył z elektorami Rzeszy w sprawach swego syna, bo lata życia poświęcił, by go dobrze usadzić na tronie. I ani jednego nie załatwił, ani drugiego. Zamiast jego syna, Habsburga, elektorzy wybrali na tron niemiecki Adolfa z Nassau, a Václav, wierny zięć i wasal, został bez korony.

— Panie, a co to ma za znacznie, że nie zostałeś koronowany — biskup Tobiasz uspokajał Václava — skoro Czechy są królestwem i władasz nimi jako król? Skoro jesteś jedynym dziedzicem, synem króla? Twój ojciec, Přemysl Ottokar, też nie koronował się od razu, też dopiero po latach.

— Jak mu cesarz łaskawie pozwolił? — Václav usposobiony był bojowo.

— Nie nazwałbym tego tak ostro. Raczej, aż zaszły sprzyjające okoliczności. Czechy są suwerennym państwem w granicach Cesarstwa Niemieckiego. No, takie fakty.

— Ale obiecał, a nie dał.

— Bo nie zdążył. Adolf z Nassau da ci koronę, a jeśli się nie utrzyma, a zanosi się na to, to wróci na tron twój szwagier i on ci da. Zobaczysz, że dostaniesz, Václavie, królu nasz z koroną czy bez, najjaśniejszy.

Biskup Tobiasz był niemożliwie zmęczony, a rozmowy z Václavem go wykańczały.

— Jesteś teraz panem Krakowa... — Chciał pomówić z nim o sprawach polskich, wymagających uwagi.

— Właśnie! — Václav w jednej chwili z nadąsanego zmienił się w człowieka, który odkrył coś nadzwyczajnego, a oczywistego. — Właśnie! Przecież mogę w oczekiwaniu na czeską koronę ukoronować się na króla Polski!

Biskup jęknął, ale władca tego nie zauważył.

— Czy dusze pierwszych Przemyślidów byłyby rade, gdybym ja, ich potomek, został królem Polski, która tak bardzo nas poniżyła?

Biskup odchrząknął:

— To było dawno. Nikt o tym nie pamięta.

— Ale dusze? Dusze są nieśmiertelne, biskupie.

— Dusze tak... Ja raczej myślę o tobie, panie, o dzisiejszych czasach. Nie zagłębiam się aż tak wnikliwie jak ty w przeszłości.

— No to koronuję się. Na Wawelu. Tak jak ich Bolesław na Hradczanach. Zacznij przygotowania, Tobiaszu. Będę ci zawsze pamiętał, iż to ty byłeś pierwszy. Może nawet zostałbyś moim koronatorem?

Biskup Tobiasz, jakkolwiek nie było dla niego zaszczytu nie do przyjęcia, poczuł, że wdepnął na koszmarnie grząski grunt.

— Hmm, Václavie, to nie tak, jak myślisz, to trochę bardziej skomplikowane.

Václav nic znosił spraw skomplikowanych, dlatego lubił rozwiązywać problemy szybko i skutecznie.

— Mów.

— Po pierwsze, koronatorem króla Polski może być tylko jej arcybiskup. Po drugie, polscy królowie koronują się w Gnieźnie, a nie na Wawelu, po trzecie o polską koronę musisz wystąpić do papieża.

— Coś ty?! A nie do cesarza? Czy do papieża dlatego, że aktualnie Niemcy nie mają cesarza?

— Nie. Królestwo Polskie dostaje koronę wprost z Rzymu, cesarzowi nic do tego, w sensie prawnym oczywiście. Bo w sensie prawnym Królestwo Polskie nie podlega żadnemu innemu królestwu.

Biskup Tobiasz sięgnął po kielich z winem, żeby się uspokoić. Obawiał się wybuchu Václava. Młody Przemyślida był nieprzewidywalny i chimeryczny. Ciężkie dzieciństwo, rozdzielenie z matką, niewola brandenburska, wszystko to odcisnęło piętno na władcy. Nie nauczono go czytać w dzieciństwie, trzymano z daleka od dworu królewskiego, wtedy gdy były na naukę najlepsze lata. W gruncie rzeczy nawet biskup Tobiasz nie wiedział, co Václav o świecie wie, a czego nie. Uczył się szybko i był nad wyraz inteligentny, ale brak gruntownego wykształcenia sprawiał, iż potrafił zadawać pytania oczywiste i nie wiedzieć rzeczy, które każdemu wydawały się normalne. Za to miał bezbłędny słuch do języków, przejawiał religijność wręcz ekstatyczną i zmysł taktyczny na poziomie ponadprzeciętnym. I do tego wykazywał się czasami niebywałym kojarzeniem z pozoru nic nieznaczących faktów.

Wypił łyk, drugi, a Václav nie krzyczał. Odważył się spojrzeć na niego.

Stał przy oprawnym w złoto relikwiarzu świętego Václava, który wyjątkowo sobie ukochał.

— Wybierz spośród zaufanych nam ludzi najlepszego znawcę prawa i dyplomatę. Wyślemy go do Rzymu, by przywiózł nam tę zgodę na koronację. A przy okazji chciałbym, aby jedna z moich córek, może Anna, może Gutka, wyszła za mąż za prawdziwego rzymskiego patrycjusza. Takiego wiesz, z najlepszych. Bo bardzo nie podoba mi się, że nie mam takiego wpływu na politykę króla Niemiec, jak powinienem. Muszę zatem zacząć dbać o swe interesy nawet tam, gdzie się mnie nie spodziewają. — Václav stuknął palcami w oprawę relikwiarza. — Gutka jest ładniejsza, więcej krwi Przemyślidów niż Habsburgów. Gutka.

Zatarł dłonie i wyglądał niemal na zadowolonego.

— Gutka to niemowlę... — wyrwało się biskupowi.

Václav zignorował to.

— Biskupie? Jakieś pytania? Niejasności? Coś mam ci jeszcze wyjaśnić?

— Nie, panie. Jestem pod wrażeniem. I chyba mam odpowiedniego kandydata.

— Bardzo dobrze. Znam go? Poczekaj, sam powiem: nie znam go, bo inaczej byś już podał jego imię.

— Nie znasz go, panie, bo spędził lata w Rzymie. Studia, potem praca w kurii. Wrócił niedawno i jestem pewien, że z radością podejmie się zajęcia, bo słyszałem, jak narzekał, że musi spłacać długi swego ojca.

— No to mu pomożemy, oczywiście, jeśli się ładnie spisze. Jak imię?

— Aleksy. Legista Aleksy.

— Nieciekawie, ale trudno. Tacy nieciekawi są zwykle ambitniejsi. Prawda, biskupie? — Václav spojrzał Tobiaszowi prosto w oczy z bliska i jak zwykle w takich chwilach biskup praski nie wiedział, czy to komplement, czy już groźba.

PRZEMYSŁ jechał do Gdańska w pośpiechu.

Choroba Mściwoja nie zaskoczyła go, przeciwnie. Stary gryf niedomagał od dawna, tyle że właśnie przyzwyczaił wszystkich do swojego stękania i nawet Sulisława zdawała się nie zwracać na to jojczenie uwagi. „Otyły gryf" — mówiła Rikissa, która go uwielbiała, i mała Rikissa kochała go równie żywiołowo jak matka. Kazał Kalinie zabrać małą, niewielki kobiecy dwór i jechać za nim. Gdyby to miało być to, chce, by Rikissa zdążyła sprawić mu radość swym widokiem. Grety nie zabrał, za to przywołał Jemiołę, która osiedliła się gdzieś niedaleko, koło Jarocina czy Pogorzelicy. Pamiętał, że dziewczyna zna się na leczeniu. I wziął Magistra Mikołaja, jeżeli kobiety nie pomogą, może on? Najchętniej poprosiłby i Jakuba Świnkę, ale już widział, co powie na taką delegację Mściwój. Więc arcybiskupa zaniechał.

Woran czekał na niego na dziedzińcu.

„Ten chłopak nie zmienił się przez tyle lat. Był chłopakiem i jest chłopakiem. Jakby zatrzymał się dla niego czas".

— Książę w dużej sali.

— Nie w łożu?

— Nie. Kazał dać jeść.

— To dobrze! To bardzo dobrze! Przyjedzie moja córka, trochę dwórek, nakaż, proszę, służbie, żeby przygotowała izby. I jeszcze pewna kobieta, zielarka. Jak tylko się pojawi, daj mi znać.

— Jak jej imię?

— Jemioła.

— Książę żartuje?

— Nie. — Spojrzał na giermka, który znosił największe szaleństwa Mściwoja bez drgnienia powieki, a teraz wydał się tak zaskoczony. — Jemioła. Daj mi znać.

— Mściwoju!

— Przemyśle!

„Otyły gryf jest szczupły. Niedobrze. W trzy miesiące tak schudł".

— Czy mogę się przysiąść?

— Siadaj, syneczku, nie pytaj. U siebie jesteś!

Przemysł rozejrzał się po wnętrzu. W obu kominkach buzował ogień, w komnacie było niemal gorąco. Na ławie stały półmiski z dziczyzną. Jeden obok drugiego, combry sarnie, udźce dorodnych dzików szpikowane słoniną, stosy dzikiego ptactwa nadzianego jasną kaszą, gruszki i orzechy w miodzie.

— Gdzie piękna Sulisława? Nie widuje się was osobno.

Mściwój machnął ręką.

— Poszła sobie trochę popłakać. Napijemy się? Woran! Wooooran! Okropne chłopaczysko. Niczego się przy mnie nie nauczył.

— Pan wzywał?

— Tak. A zaraz będzie wyzywał. Wino przynieś!

Woran skłonił się z wdziękiem.

— Pani Sulisława zabrała i wino, i klucze do piwniczki. Kazała przekazać, że po jej trupie.

Mściwój sapnął nisko.

— Po moim trupie będzie sobie tu rządzić jako księżna wdowa. A teraz klucze do piwniczki albo rozwód.

Woran skłonił się ponownie i bez zająknięcia powiedział:

— Pani Sulisława rzekła przewidująco, że jak książę powie rozwód, to mam powiedzieć w jej imieniu: tak.

Mściwój był rozjuszony. Rzucił w Worana nożem wyjętym z pieczeni. Giermek, zaprawiony w służbie, uchylił się zręcznie.

— Komu ty służysz? Komu?

— Księciu Wschodniego Pomorza, Mściwojowi II.

— To do piwniczki biegiem. Bo zabiję jak psa! Poszedł precz!

Woran wyszedł bez pośpiechu, a Mściwój sapnął:

— Użeram się z nimi od miesiąca. Zamknęli przede mną piwnice i zdycham jak ryba wyrzucona na piasek. Gdyby nie to, że ona mnie kocha, to pomyślałbym, że chce mnie dobić.

— Dasz się zbadać mojemu Magistrowi? Proszę cię.

— Dam. Bo mój wziął i zszedł, i nie sprawiłem sobie nowego. Stary był dobry, mówił, żebym wino pił na rozjaśnienie umysłu i mi pomagało. Jeśli i twój będzie tak samo uczony, to poślemy go do Sulisławy po kluczyk! Do zdrowia! Ha! Dawaj medyka!

W czasie gdy Magister Mikołaj badał Mściwoja, Woran dał znać, że przyjechała Jemioła. Przemysł wyszedł do niej i zamienili parę słów. Pocałował ją w czoło. Była domyślna jak mało kto. Prócz swych ziół przywiozła beczkę zielonego miodu i dwie świdnickiego.

Tymczasem Magister Mikołaj usiadł z nimi do stołu i zwilżając językiem suche wargi, powiedział:

— Książę Pomorza może pić.

Mściwój uderzył go między łopatki z radości. Magister ugryzł się w wysunięty język. Pierwszy raz badał księcia Pomorza i nie spodziewał się.

— Mądry, choć chudy! — skwitował jego diagnozę. — Bo ja nie lubię chudych. Powiem wam: siebie też nie lubię, jak schudłem. Kłamałem Sułkę, że dla niej się odchudzam, a ja po prostu nie mogłem jeść. Tu mi stawało — pokazał, gdyby mieli wątpliwości. — Tu. Ale dzisiaj zaparłem się i kazałem nagotować. Zjem, wypiję, bo Magister Mikołaj mi kazał, i albo zdechnę, albo będę zdrów. A jak to pierwsze, to przynajmniej syty i szczęśliwy. Pełną piersią gryf, no nie?!

— Skoro Magister kazał — zaczął Przemysł, a Mikołaj mu przerwał:

— Ostrożnie pozwolił...

— To ja mam dla ciebie lek, Mściwoju. Pozwól.

— Pozwalam. I nie jestem taki ostrożny jak Magister. Dawaj.

Przemysł zawołał Jemiołę, a ona wraz z Woranem wniosła beczułkę.

Mściwój walnął Mikołaja w plecy po raz drugi.

— Jezu. Podwójnie widzę. Uszczypnij mnie, medyku.

Przemysł parsknął śmiechem i zamarł. Woran i Jemioła byli do siebie podobni jak dwie krople wody. Magister pokręcił głową, wymówił się złym samopoczuciem i wyszedł.

Mściwój trącił Przemysła:

— Niby uczony o zdrowiu, ale ledwie dycha, niech idzie, tylko nam nastrój psuł. Woran! Kto to jest? Twoja powtórka?

— Nie, książę. Moja siostra.

— Taka ładna i ją chowałeś przed księciem?

— Jemioła? — Przemysł widział, ale sądził, że się przesłyszał.

— Tak, panie. Nawet nie wiedziałam, że brat żyje. To wielkie szczęście.

— Przemyśle, jak Woran jest moim giermkiem, to jego siostra kim dla ciebie jest?

— Idźcie, idźcie. Umiem otworzyć beczkę. — Przemysł z niedowierzaniem patrzył na tę dwójkę. — Mściwoju, posmakuj, a zachce ci się żyć. Odwołasz umieranie.

Sam nalał księciu Pomorza piwa. Gryf wypił, Mściwój wypił i powiedział:

— Odwołuję.

Nie gadali. Pili Złote Świdnickie, potem Ciemne. W końcu Mściwój powiedział:

— Żałuję tak wielu rzeczy. Jakbym pół życia przeżył w sztormie, wiało z każdej ze stron. Dzisiaj wszystko to, co tak mnie złościło, wydaje mi się małe. Tak samo jak i to, czego pragnąłem gorąco. Ale są sprawy, które mi się udały, które wspominam z rozkoszą.

Oczy zalśniły mu, oblizał wargi mokre od piwa i liczył na palcach:

— Sulisława, każde wypite wino, polowanie z psami, twój ślub z Rikissą i ostatnia bitwa mego życia, jak z twym stryjem złupiliśmy Brandenburgię w osiem dni.

Zaśmiał się chropawo i rozczapierzył dłoń.

— Widzisz, syneczku, piękne rzeczy można na koniec zmieścić w jednym zdaniu.

Wyciągnął tę dłoń przez stół do Przemysła i uścisnęli sobie prawice. Mściwój nie puścił go.

— Ale to nie wszystko. Kiedy myślę o sobie, o starym odchodzącym w mrok gryfie, to pierwsze, co mi przychodzi do serca, to ty. Że robiłem rzeczy niemądre, okrutne i nawet głupie. Że większość życia mówili o mnie, że łamię przysięgi, nim zdążę je złożyć. Ale dzięki naszemu spotkaniu coś się przełamało. Połączyliśmy Pomorze ze Starszą Polską. Pierwszy krok do zmazania klątwy Wielkiego Rozbicia.

Sapnął wzruszony. Było mu niewygodnie w tym wychyleniu przez stół. Przemysł puścił jego dłoń, a Mściwój opadł na oparcie książęcego krzesła.

— Zimno tu. — Otrząsnął się.

— Przynieść ci płaszcz? — spytał Przemysł, czując, że w komnacie jest ciepło.

Mściwój jednak nie odpowiedział. Przymknął powieki i snuł dalej tym samym, uroczystym tonem:

— Ty zrobisz krok drugi. A ja w zaświatach będę stał prosty jak maszt wielkiej łodzi, kiedy włożysz na głowę koronę. I będę szeptał: syneczku. A pan Bóg powie: „Mściwoju, jesteś mężem stanu". A ja powiem mu: „Tak, jestem". Daj mi mój miecz, Przemyśle, chcę umierać. I zawołaj moją piękną Sulisławę, bo chcę, żeby mnie w tym czasie całowała. W usta!

Gryf wzbił się ciężko w powietrze, gubiąc czarne pióra, i usiadł na rękojeści miecza Mściwoja.

Przemysł po cichu otworzył drzwi, by weszli. Sulisława, spowiednik, wojewodowie Pomorza.

Ostatni wślizgnął się do izby Woran z ciepłym, podbitym futrem płaszczem. I okrył odchodzącego w zaświaty księcia.

JEMIOŁA patrzyła w twarz Worana jak w lustro wody.

— Bracie, tęskniłam.

Śmiał się do niej, nie wierzył w to spotkanie.

— Ja też.

— Matka? Ojciec? Co z nimi?

Jemioła wyszła z domu jako ledwie podrosła dziewczynka. Matka, zgodnie ze zwyczajem, wysłała ją na Radunię, do sióstr.

Woran pokręcił głową.

— Nie żyją. Oboje odeszli do Nawi w spokoju. Szukałem cię, ale nie mogłem trafić na twój ślad. Poszedłem w puszcze, do Jaćwingów. Obejrzeli mnie, sprawdzili i powiedzieli, że nie nadaję się do walki — uśmiechnął się łagodnie — ale zaprowadzili do swej Matki. Ona dostrzegła we mnie coś, powiedziała, że jestem rozpołowiony, choć nie wiedziała, że mam siostrę bliźniaczkę. Wzięła mnie na służbę do gontyny. I tak się zaczęło. Potem były wojny z książętami. Bracia Jaćwingowie potrzebowali ludzi, którzy będą dla nich pracować w sekrecie, tu, w polskich księstwach. Posłali mnie. Najpierw na Mazowsze, a potem dalej, na Pomorze. Służyłem u pana Bronisława, rycerza ze Słupska, który w herbie miał rybę złotą. Usynowił mnie i poległ, zasłaniając przed strzałą z kuszy, przeznaczoną dla księcia Mściwoja, a stary gryf wziął mnie na swego giermka. Mściwój był bardzo szanowany przez naszych. Wiesz, że potajemnie zbroił Jaćwingów i Prusów, gdy walczyli z Krzyżakami? Ukrywał u siebie zbiegów poszukiwanych przez zakon żelaznych braci, osłaniał ich.

Jemioła przerwała bratu:

— Woranie, ja wiem wiele o książętach, ale nie interesują mnie ich wojny. Moim zadaniem jest służba Matkom, a to nie ma nic wspólnego z ciągłym zabijaniem się.

— Źle mnie zrozumiałaś. Ja też służę Matce. Właśnie dlatego byłem przy Mściwoju tyle lat.

Przyjrzała się mu. Rzeczywiście, choć miał na sobie skórzany kaftan, nogawice i pas, nie miał za nim broni.

— Mów.

— Ale tu nie ma nic do opowiadania! — Woran się roześmiał. — Jaćwieska Matka, za pozwoleniem wiecu wolnych ludzi, kazała mi być przy czarnym gryfie i go strzec. W nagrodę za to, że kiedyś wsparł naszych w wojnie z krzyżowymi braćmi. To wszystko. Dwadzieścia lat byłem przy nim, służyłem mu i chroniłem przed ludźmi, którzy czyhali na jego życie.

— I chcesz powiedzieć, że chroniąc swego pana, nie zabijałeś nikogo?

Woran śmiał się:

— Nie. On miał dość swoich rycerzy i zabijaków. Ja strzegłem go na swój sposób, przed trucizną, przed zły okiem, przed złą kobietą, tych akurat naprawdę przewinęło się wokół niego dużo, bo lubił. A bywały lata, że roboty były pełne ręce. Jest taka księżna w Szczecinie, czerwona orlica, ta to na wszelkie sposoby starała się usunąć Mściwoja z drogi, najpierw dla swego męża, a potem dla synów. Potem jego żona, Eufrozyna. Okropny człowiek, wydała się za mego pana, licząc, że ten szybko umrze i zostanie wdową na włościach. Też mu ciągle sypała do wina. Albo jego zięć. A jak nie oni, to brandenburscy margrabiowie. Siostrzyczko, było co robić, mówię ci. Ale nie narzekałem, przeciwnie. Mściwój był dobrym panem i opieka mu się należała. Dożył siedemdziesięciu czterech lat, jak na księcia piękny wiek. Przed starością i chorobą już nie mogłem go dłużej chronić. Parę lat udało się przeciągnąć, ale już był widać czas.

— I co teraz, bracie? Co dalej zrobisz?

— Wrócę do Matki na Jaćwież. A ona pewnie wyśle mnie na nowe służby. Ale najpierw muszę zakończyć sprawy mego zmarłego księcia.

Woran miał najłagodniejszy uśmiech, jaki Jemioła widziała w życiu. Chciałaby, tak bardzo by chciała zatrzymać tego odnalezionego brata dla siebie. Ale to na nic. Życie bliźniąt, które narodzą się w świętą noc Kupały, nie należy do nich. Są cudem natury i jej muszą służyć. Matkom i Starszej Krwi płynącej w ich żyłach od pokoleń.

PRZEMYSŁ poprowadził uroczystości pogrzebowe Mściwoja i gdy ciało księcia spoczęło w opactwie cystersów w Oliwie, poczuł na sobie czyjś wzrok.

Baronowie Bałtyku patrzyli na niego: wojewodowie pomorscy, kasztelanowie, komesi. Podawali mu na uczcie wino i miód, skłaniali się szczerze, gdy wchodził, sprawy księstwa sprawozdawali nienagannie. Mimo to czuł się tak, jakby czegoś nie dopełnił.

W noc po pogrzebie obudził się nagle spocony.

W komnacie było ciepło; służba Mściwoja, przyzwyczajona do tego, że w ostatnich tygodniach życia starego księcia paliła w kominkach ognie wielkie jak na noc Kupały, taką samą dbałością otoczyła Przemysła. Wyskoczył z łóżka. W tej samej chwili drzwi książęcej sypialni uchyliły się i wszedł Woran.

— Już czas, panie. Już czas.

Pomógł mu się ubrać, przypasał miecz i okrył płaszczem. Stojący lew mruknął, lecz Woran nie wystraszył się, jedynie delikatnie uchylił.

Na dziedzińcu było pusto, ale czekały na nich osiodłane konie. Woran powiedział:

— Poprowadzę, panie.

I ruszyli. Sypał gęsty śnieg, gdy minęli zabudowania, zerwał się wiatr i w jego podmuchach płatki z dużych i lepkich zmieniły się w ostre, kłujące niczym igły. Wciąż jednak widział przed sobą Worana i słyszał tętent jego konia. Zresztą wiedział, dokąd jadą. Śnił to. Przez jedną chwilę wydało mu się, że ta nocna podróż z giermkiem Mściwoja to sen, ale mroźne powietrze każdym oddechem rzeźwiło go i nie miał wątpliwości, że to się naprawdę dzieje.

Wjechali na jasną, szeroką plażę. Śnieg leżał na piasku, a wiatr targnął grzywą jego ogiera.

Zeskoczył z konia, a Woran przywiązał go do łodzi wyciągniętej przez rybaków na łachę. Wiatr rozwiał chmury, śnieg ustał, a na zimowym niebie stanęły ostatnie zachodzące gwiazdy. Przybrzeżne wody były zamarznięte, ale słyszał tam, w głębi przed sobą, uderzające o lód fale. Woran pomógł mu się rozebrać i przytrzymał lwa, który w pierwszej chwili chciał iść za księciem.

— Lew zostaje — krótko stwierdził Przemysł.

Było mu zimno, ale w głębi ciała wciąż czuł gorąco komnaty Mściwoja. Żeby wejść do morza, musiał iść po lodzie. Czuł jego grudy pod stopami, ślizgał się. Tylko na chwilę zatrzymał się na szczycie kry, nim wskoczył do wody. I popłynął.

Najpierw zmroziło mu piersi, potem poczuł zwielokrotniony chłód w czaszce, jak stukanie. Ale miarowe wyrzuty ramion i nóg sprawiały, że zgubił poczucie, czy woda jest lodowata, czy gorąca. Po prostu otaczała go gęsta niczym stygnąca krew. Gdzieniegdzie rozbijał ramionami leżące na wodzie skorupki cienkiego lodu niczym morskie pajęczyny. Wdychał powietrze nosem i powoli zaczął czuć je niczym wąskie ostrza sztyletu. Wnikały w głąb, do serca.

„Dostałem Pomorze jak przymierze, bez jednej kropli krwi. Ale chcąc nim teraz władać, muszę najpierw pokonać zimne morze. Albo ono pokona mnie".

Czuł, że coraz ciężej jest mu wyrzucać ramiona, zmuszać ciało, by trzymało się prosto. Nogi ciągnęły go w dół, próbował poruszyć palcami stóp, ale były skostniałe, sztywne niczym płetwy. Obrócił się na plecy, by odpocząć. Mrugał, by nie zamarzły mu powieki. Zobaczył, że niebo po jego lewej stronie rozjaśnia się różową łuną wschodu.

„Dzień. Wpłynąłem w dzień" — pomyślał i zawrócił do brzegu. Przez jedną chwilę, w czasie obrotu, głowa Przemysła znalazła się pod wodą. Wynurzył się gwałtownym uderzeniem ramion.

„Nie mogę się zatrzymać. Muszę płynąć".

Woda parowała, a on gubił granicę między nią a równie zimnym powietrzem. Już widział białą linię lodu, choć w tej samej chwili zaczął sypać drobny śnieg. Najtrudniejsze okazało się wyjście. Gdy złapał się kry, nogi ciągnęło mu pod nią. Zaparł się rękami i ostatnim wysiłkiem wyskoczył na taflę lodu. Zakołysała się pod jego ciężarem.

Dopiero teraz poczuł chłód, wiatr smagnął go przez plecy i zamarzł w mokrych włosach. Śnieg osiadał na jego skórze niczym biała, skrząca się kryształami szata. Szedł, czując, jak stopy przywierają do zamarzniętej powłoki morza.

Był jego władcą. Był gotów być królem. Korona ze śniegu na jego włosach stopniała w jednej chwili, gdy na brzegu zobaczył małą sylwetkę dziewczynki. Jego ukochanej, pomniejszonej w postaci córki. Odgarnął sztywniejące włosy.

— Tato!

— Rikisso!

Woran okrył śnieżną nagość króla morza płaszczem, a Przemysł wziął dziecko na ręce. W oddali, na wydmie zobaczył czekających na niego baronów Pomorza. Zsiedli z koni i złożyli mu pokłon.

JAKUB ŚWINKA uścisnął dłoń Menachema ibn Israela, który osobiście dostarczył mu zwoje, pożegnał starozakonnego i krzyknął:

— Mamy papieża!

Filip wystraszył się i omal nie spadł z drabiny.

— Znowuż? Przecież ledwie co wybrali.

— Słuchaj, bracie!

„Świątobliwy papież Celestyn V, pustelnik i eremita, zwany anielskim papieżem, na uroczystym konsystorzu odczytał formułę abdykacji, zdjął szaty pontyfikalne i stał się na powrót mnichem Piotrem Morrone. I ze łzami w oczach prosił kardynałów, by jak najszybciej wybrali nowego papieża, by wakans na stolicy Piotrowej nie trwał tak długo, jak przed jego wyborem. Bo Celestyn V był papieżem pięć miesięcy, a dwa lata i dwa miesiące przed nim tron papieski stał pusty, gdy konklawe się kłóciło".

Filip wytarł ubrudzone inkaustem ręce i zajrzał Jakubowi przez ramię.

— To Piotr nie napisał, kogo wybrali? A mówiłeś, że mamy papieża?

— Po kolei, to będzie w tym drugim pergaminie.

— A skąd wiesz, jak go nie otworzyłeś?

— Po sznureczku! — I błysnął okiem do Filipa. — Chodź, pokażę ci.

Wygarnął z przegródek kilka różnych pergaminów spośród tych, które w ostatnich latach tak licznie krążyły między Gnieznem a Rzymem i Neapolem.

— Zobacz: tu masz pismo, że zmarł papież Honoriusz IV, tu że Mikołaj IV. Sznureczki?

— Zielony z białym.

— Tu, że wybrano Celestyna, tu że wybrano Honoriusza i Mikołaja. Sznureczki?

— Zielony z czerwonym.

— A tu, jeszcze nieotwarte, od Piotra, naszego człowieka w kurii. Przyszły razem, to, co czytałem o abdykacji Celestyna, i to z zielono-czerwonym, znaczy, że będzie wiadomość, kto jest papieżem.

Filip spojrzał na pozostałe zwoje. A tam sznureczki niebieskie z białym, białe z czerwonym, żółte z czerwonym. I zwykłe szare, konopne.

— Jakubie? Czuję się, jakbym odkrywał cię na nowo. — Pokręcił głową z podziwem.

Jakub Świnka rozłożył ramiona.

— Uczę się. Kiedy byliśmy u cystersów w Lądzie, przypomniało mi się, jak pracowałem w kurii i dla legata. Że pisma miały różne kolory sznurków. Nie zwracałem na to uwagi, aż do chwili, gdy popatrzyłem, jak chudzi mnisi zwijali te sznureczki. Wtedy przyszło mi do głowy, że to może być tajemny kod. Pieczęć można podrobić. Sznureczek tym bardziej. Ale jeśli czytający wie, że odpowiednie zestawienie barw na sznurku przynależy do kategorii wiadomości, to...

— Jasne. Jakbyś dostał wiadomość o nowym papieżu, a sznurek nie zielono-czerwony, tobyś wiedział, że ktoś chce wprowadzić cię w błąd. — Filip na chwilę odsunął się i zadał pytanie przyjacielowi: — Ale to nie ma nic wspólnego z nieufnością do starozakonnych?

Jakub przewrócił oczami:

— Ulegasz jakimś zabobonom, kanoniku Filipie. Powinieneś być nowoczesny i bardziej tolerancyjny.

Filip chciał odpowiedzieć, ale machnął ręką. Jakub był w emocjach.

— Widzisz, my i tak dostaniemy oficjalne zawiadomienie o wyborze nowego papieża. Ale ten czas, zanim ono przyjdzie do nas, już mógłby pracować na naszą rzecz. Pamiętasz skandal z posłem księcia Henryka, wieczny odpoczynek racz mu dać, Panie?

— Tym, co miał mu załatwić koronę, a sfałszował srebro?

— Uhm. Jakeśmy dwa lata temu podjęli decyzję, że występujemy z supliką o koronę dla Przemysła, pomyślałem: Boże, a jeśli i nas ktoś oszuka? I postanowiłem działać.

— No, wiem. Listy krążą jak jaskółki, zielony miód pani Ludwiny też. Ponoć i Żydzi zainteresowali się beczułkami i chcieli zamawiać, ale Ludwina powiedziała, że koszernego nie robi.

— Właśnie. Dwa lata, Filipie! Kto by przypuszczał, że tak długo kardynałowie nie będą mogli się dogadać. Wolałem nie zaniedbywać stosunków, bo to mogło stać się każdego dnia. Skoro dwa lata poiliśmy ich zielonym miodem na zmianę ze świdnickim jasnym i ciemnym, a papieża, jak nie było, tak nie było, co zresztą nie jest winą naszych przyjaciół kancelistów, to w tym samym czasie pracowałem nad udoskonaleniem przekazu informacji. I wpadłem na te sznurki.

— No dobrze, Jakubie. Ale my tu gadamy, a pergamin z zielono-czerwonym zalakowany. Nie ciekawi cię, kto został papieżem po Celestynie V?

Jakub Świnka uśmiechnął się i pokazał Filipowi już otwarty zwój z najzwyklejszym szarym konopnym sznureczkiem.

— Ja już wiem.

Kustosz Filip pokręcił głową i złamał pieczęć z zielono-czerwonym sznurkiem.

— Benedetto Gaetani jako Bonifacy VIII.

Podrapał się w rzedniejące włosy.

— To ten Gaetani? Dlatego tak promieniejesz?

Jakub kiwnął głową i uśmiechnął się:

— Ten, w którego orszaku znalazł się młody Jakub Świnka, jeden z wielu szeregowych pracowników kancelarii, gdy legaci papiescy płynęli do Anglii. Ten, który zwolnił mnie ze służby, bym mógł pójść na uniwersytet i dokończyć studia. Ten sam.

Filip przysiadł i patrzył na Jakuba, mrugając.

— Jakubie Świnko, jesteś w czepku urodzony.

Jakub pomyślał, że tego już się raczej nie dowie. Ale i nie było to aż tak ważne, liczyły się fakty.

— Spójrz, Filipie, na daty, bo mnie to przejmuje jakimś mistycznym dreszczem. Gaetani został wybrany w wigilię Narodzenia Pańskiego, a dzień później zmarł świętej pamięci Mściwój i Przemysł objął pełnię władzy nad Wschodnim Pomorzem. Czy to nie znak? Jeśli po dwóch latach odbijania się z naszą supliką od pustych papieskich pokoi jednego dnia mamy i papieża, i wielkie księstwo?

— Znaki — kiwnął głową Filip. — Zwycięskie znaki.

— No to do roboty, Filipie. Nim Bonifacy VIII wjedzie na białym koniu do Rzymu, nasze pisma muszą być gotowe!

— Na białym koniu? Nie poniosło cię, przyjacielu?

— Nie. Masz, doczytaj sobie resztę, ale szybko, bo robota czeka.

I Jakub Świnka podał przyjacielowi zwój z szarym konopnym sznurkiem.

ALEKSY nasunął kaptur na głowę i krzyknął na sługę:

— Idziemy!

Pietro, młody rzymski najemnik, skinął głową i wziął pochodnię, by oświetlić swemu panu drogę w ciemności. Aleksy wzdrygnął się, wychodząc z zaułka. Gdzieś w oddali słyszeli okrzyki pijanych żołdaków Orsinich i Colonnów. Wojna z zaciszy pałacowych gabinetów przeniosła się na ulice i zaułki Rzymu. Stronnicy odsuniętych od władzy rodów, pijani i rządni srebra, szukali zwady i zaczepki. Aleksy od kilku miesięcy bał się chodzić po Rzymie, bał się nawet własnego cienia. Niestety, szczęście opuściło go wraz z gotówką i ze słonecznej willi położonej nieopodal Piazza del Popolo musiał przenieść się na ubogie, zapchlone i wiecznie mokre Zatybrze.

— Weneckie dziewczęta, neapolitańskie panny i prawdziwe, twarde rzymskie dziwki! — Stręczyciel zaszedł im drogę, ale gdy Pietro uniósł pochodnię i dojrzał poszarpany płaszcz Aleksego, skręcił w lewo.

— Wyglądam na takiego, którego nie stać nawet na tanią dziwkę — mruknął do siebie Aleksy i jeszcze głębiej nasunął kaptur.

— Że też dzieciak musiał umrzeć akurat teraz! Co za pech! Przecież mógłbym się odkuć, los gracza zmienia się każdego dnia! Jeszcze wtedy było mnie na to stać! Noc w tawernie i mógłbym z powrotem być bogaczem.

Przemyślidzi są złośliwi i pamiętliwi. A on akurat dla nich podjął się podwójnego zadania. Miał związać córkę Václava, niemowlę Gutkę, z trzylatkiem senatora Orsiniego, a w kurii papieskiej załatwić zgodę dla Václava na koronację w Krakowie. Jeszcze rok temu był świetnie zapowiadającym się legistą. Wykształcony, obyty i ustosunkowany.

Wszystko szło dobrze, a najszybciej pieniądze Przemyślidy. Zgubiła go jedna gra w kości. Wygrał. Postawił. Wygrał. Wieczór dopiero się zaczynał, a on już był bogaczem. Który na jego miejscu by się wycofał? No, który? Poszedł na całość. I przegrał całość. A potem posypało się wszystko.

Gutka, którą wydawał za mąż, zmarła, papież Celestyn abdykował, Václav słał natarczywe listy, on odpisywał uspokajająco, że sprawy w drodze, że na dobrej drodze, że już całkiem blisko. A tymczasem musiał opuścić słoneczną willę, wierzyciele ścigali go po całym Rzymie za długi i niczym szczur przemykał wieczorami z jednym tylko Pietrem, choć jeszcze niedawno miał cały zastęp sług i porządnego konia.

Sprzeniewierzył złoto przeznaczone na załatwienie koronacji Václava, od Orsinich nie wyciągnie nawet miedziaka, bo ślubu nie będzie. Co dnia chodził jednak do papieskiego pałacu, przygładzał przybrudzony jedwab sukni i kręcił się to tu, to tam, licząc, że któryś z dawnych znajomych zaprosi go na kolację. Nie wiedzieli o jego kłopotach, nikomu nie pochwalił się, że sypia w obskurnej klitce na Zatybrzu, gdy pytano, dlaczego opuścił willę przy Piazza del Popolo, mówił:

— Przeniosłem się na wieś, rzymskie powietrze mi szkodzi.

Wciąż jeszcze witano go chętnie, wśród nowo mianowanych kancelistów papieża Bonifacego miał naprawdę dobre kontakty, ale wiedział, że korony nie załatwi, bo po prostu nie ma na to ani grosza, podczas gdy to kosztuje dziesięć do piętnastu tysięcy. I tylko modlił się, żeby się nie rozniosło po kurii, że legista Aleksy jest bankrutem, którego za długi ściga trzech wierzycieli. Bo wtedy nie ma czego szukać w Rzymie.

— To tutaj, *signore*.

Pietro pochodnią wskazał mu dość przyzwoitą tawernę „Dwie Korony".

Rzymscy kanceliści umawiali się raczej rzadko w takich miejscach, ale dzisiaj zaprosili go na dzban wina Wilhelm de Sancto Geminiano i Piotr z Polski. Darowanemu koniowi w zęby się nie zagląda, więc i Aleksy powiedział, że chętnie przyjdzie. Może wina będzie więcej niż dzban i oderwie się od ponurych myśli? Zdjął swój poszarpany płaszcz i dał słudze, by go pilnował. Nie wypada wchodzić w czymś takim.

— Panowie.
— Aleksy! Nasz drogi Aleksy! Siadaj, przyjacielu!
— Wino i pieczone gęsi! Tylko dużo i szybko, panienko!

Poczuł burczenie w żołądku. Głowę owiały mu opary unoszące się z każdego kąta. Śmiechy gości zagłuszały grajków, a skoczna muzyka chciała przebić się ponad gwar. Usiadł i dostrzegł przy stole naprzeciw nich dwóch ponurych mężczyzn grających w kości. Ścisnęło mu się serce i odwrócił głowę.

— Aleksy, przyjacielu, napij się.
— Mamy dla ciebie pewną propozycję.

MICHAŁ ZAREMBA chciał powiedzieć ojcu: „A nie mówiłem?", ale nie ośmieliłby się tego zrobić. Zwłaszcza że ponowne powołanie Beniamina na urząd wojewody poznańskiego z niewiadomych nawet dla niego przyczyn odbyło się niemal znienacka. Książę powiedział do Michała:

— Czy twój pan ojciec jest w Gnieźnie czy w Poznaniu?
— W Poznaniu, książę.
— To powiedz, że go proszę do siebie. Dzisiaj, od razu.

Beniamin przyjął to z kamienną twarzą, ale Michał widział, iż ojcu drżały dłonie, kiedy zakładał pas.

Przemysł przyjął ich w obecności małej rady. Byli więc wojewoda poznański Tomisław Nałęcz, wojewoda gnieźnieńsko-kaliski Mikołaj Łodzia, kanclerz księcia Andrzej Zaremba, wojewoda gdański Święca i arcybiskup Świnka, bo akurat gościł w Poznaniu, i jeszcze notariusz Przemysła, Tylon.

Michał był zdziwiony, bo gdy szedł po ojca, nic nie zapowiadało tak oficjalnego spotkania.

— Beniaminie Zarembo. Chcę powierzyć ci ponownie urząd wojewody poznańskiego — powiedział bez jakichkolwiek wstępów Przemysł.

Ojciec spojrzał na księcia, spojrzał na Nałęcza.

— Tomisław zrzeka się urzędu, a ja bez zwłoki powierzam go tobie.

I wtedy Michał zobaczył, że ojciec jest zaskoczony. Po prostu zobaczył to. Po raz pierwszy w życiu.

— To zaszczyt, książę. Czy pozwolisz, że się zastanowię?

— Nie. Chcę, aby mój wojewoda objął obowiązki od razu. Mamy pilne sprawy.

Beniaminowi drgnęły skrzydełka nosa. Nikt pewnie tego nie widział, ale Michał go znał. Ojciec się wahał. Urażona duma?

— Przyjmuję, książę.

Przemysł wstał i założył Beniaminowi na szyję łańcuch wojewody.

— Tomisławie, zostań z nami. Przekażesz obowiązki Beniaminowi. Otwieram posiedzenie rady.

Arcybiskup Świnka powiedział:

— Suplika koronacyjna księcia Przemysła została już przedstawiona Ojcu Świętemu Bonifacemu VIII. Odpowiedź w tej sprawie powinna być szybko. Z racji na intensywne działania Václava Przemyślidy w Małej Polsce, powinniśmy już zacząć przygotowania do koronacji.

Tomisław powiedział do Beniamina Zaremby:

— Stanowisko wojewody poznańskiego było, oczywiście, przychylne. Wszyscy członkowie małej rady poparli projekt koronacji.

Michał ze zdumieniem widział, że jego ojciec zesztywniał. Beniamin, który tak doskonale panował nad emocjami, ukrywał je i teraz, tyle że dla Michała były one widoczne jak na dłoni.

— Chcesz powiedzieć, Tomisławie, że nie mam w tej sprawie już nic do powiedzenia?

— Nie spodziewam się, byś mógł mieć inne zdanie niż cała rada — odparł zaskoczony były wojewoda. — Czyżbyś nie popierał planu koronacji?

Zapadła cisza, bo Zaremba nie odpowiadał. W końcu jednak usłyszeli:

— Zgadzam się.

— Wobec tego przejdźmy do szczegółów — powiedział niepewnie kanclerz.

Beniamin uniósł głowę:

— Książę, arcybiskupie, rado. Jaką mamy pewność, że papież zgodzi się? Skoro, jak powiadacie, Václav Przemyślida także czyni starania o koronę polską, jaką mamy szansę, że papież nie przychyli się do prośby Czechów? Zwłaszcza że zależy mu na dobrych stosunkach z nimi po to, by osłabić króla rzymskiego?

— Słusznie, Beniaminie. Ale równie dobrze można przyjąć kontrargument, że papież nie będzie chciał mieć na tronie Polski, która bezpośrednio podlega Stolicy Apostolskiej, lennika Rzeszy, Václava Przemyślidy, bo to nadmiernie wzmacnia Rzeszę Niemiecką, a osłabia tym samym papiestwo — powiedział Jakub Świnka.

— A na dodatek żaden z nas nie powiedział, że Václav stara się o koronę polską — dodał książę.

„Jezu, co tu się dzieje?" — pomyślał Michał i pożałował, że nie wyszedł wcześniej. Nie był członkiem rady, nie musiał tu być. Po prostu został, a oni go nie wyprosili. Ojciec udawał, że uwaga księcia go nie obeszła. Stwierdził:

— To się rozumie samo przez się. Polityka Stolicy Apostolskiej jest zawiła, i ja uważam, że obecnie papież będzie raczej sprzyjał Czechom niż nam. To chciałem powiedzieć.

— Okaże się niebawem. Liczę, że Bonifacy VIII będzie światłym człowiekiem, który dostrzeże, iż po dwustu latach przezwyciężamy klątwę Wielkiego Rozbicia, i dla dobra ojczyzny zwróci nam utraconą koronę — powiedział arcybiskup. — Koronacja, wzorem wszystkich poprzednich, odbyć się musi w katedrze gnieźnieńskiej. W miarę możliwości uczestniczyć powinni w niej wszyscy biskupi, by podkreślić ponaddzielnicową ideę królestwa. Co do książąt piastowskich, to zaprosić należy wszystkich, przy czym tych, którzy mogą nam chcieć szkodzić, zaprosimy w ostatniej chwili. Wojewodo, w twoich rękach będzie bezpieczeństwo uroczystości.

— Stanę na wysokości zadania — powiedział Beniamin i tego akurat Michał był pewien. — Chciałbym tylko zapytać, czym ukoronujemy naszego króla, skoro insygnia Bolesława Śmiałego są w Krakowie?

— Korona i berło są w gnieźnieńskim skarbcu, tam, gdzie ich miejsce — powiedział Przemysł — a mieczem koronacyjnym będzie ten miecz.

I wzniósł go w górę.

A Beniamin się ukłonił.

BENIAMIN ZAREMBA drżał. Napił się wody.

— Synu. Wiedziałeś o tym, że insygnia królewskie zostały przywiezione z Krakowa?

— Nie, ojcze.

Spojrzeli sobie w oczy i Beniamin zobaczył, że Michał nie kłamie.

— Powiesz mi, o co chodzi?

— Powiem. — Położył rękę na ramieniu syna. — I przyznam od razu, iż żałuję, że dopiero dziś. To moja wina, uważałem, że jesteś niedojrzały. Siadaj.

Patrzył chwilę w jego jasnoniebieskie oczy. Szukał w nich siebie sprzed lat, szukał Beniamina, któremu ojciec otwierał świat.

— Pytałeś zawsze, czego strzegą Zarembowie. Odpowiedź jest najprostsza: siebie.

Wziął wdech i powiedział dalej:

— Synu, przed prawie trzystu laty nasi przodkowie byli królami.

Michał drgnął. A Beniamin uśmiechnął się w duszy: „Tak jak ja kiedyś. Obudził się w nim smok".

— Nie tutaj, nigdy na tej ziemi, która miała być naszym zesłaniem na śmierć, a okazała się wybawieniem. Nasi przodkowie byli królami Anglii, ze starej dynastii Cedryka. Król Edmund II dostał przydomek Żelaznoboki, bo tak dzielnie bronił kraju przed inwazją Duńczyków. Bronił, ale nie dał rady potędze króla Kanuta Wielkiego. Jednak Duńczyk uszanował jego męstwo i pozwolił mu do końca życia panować w hrabstwie Wessex. Edmund w tajemnicy zbierał siły, by zrzucić z tronu uzurpatora. Nie zdążył. Kanut obiecał mu życie, ale w tajemnicy przyniósł mu śmierć. Wysłał do niego zabójców, którzy zasztyletowali Edmunda w łaźni. I przejął władzę w całej Anglii. Po Edmundzie zostało dwóch synów, Edward i imiennik ojca, Edmund. Kanut nie chciał zabić ich w Anglii, bał się, że to wzburzy lud. Wysłał chłopców do swych krewnych. Edward popłynął do Uppsali, do Olafa, przyrodniego brata Kanuta. Edmund do Polski, do wówczas jeszcze tylko księcia, ale już zwanego Chrobrym, Bolesława. Bolesław nie posłuchał wezwania swego siostrzeńca, Kanuta, i nie splamił sobie rąk zabójstwem dziecka. Przeciwnie, wychowywał go jak syna. Edmund odziedziczył po przodkach odwagę i szybko wsławił się przy Bolesławie w jego ruskich, czeskich i niemieckich wojnach. I przed swoją koronacją Bolesław wywyższył Edmunda, nadając mu we władanie cały Śląsk. A gdy krótko po tym umierał, powierzył Edmundowi, jako swemu najwierniejszemu z wiernych, opiekę nad królestwem i swymi dziećmi. W dowód miłości podarował mu miecz. Ale nastały straszne czasy, syn Bolesława, Mieszko II, umarł, a przez kraj zaczęła się przetaczać fala pogan, którzy wcześniej ukryci w świętych gajach zbierali siły. Nie było króla. Kraju broniili dawni przyjaciele Bolesława, w tym Edmund. Aż przyszedł Ten, którego imienia nikt nie wymawia...

— Syn z nieprawego łoża?

— Z prawego łoża nieprawy syn — Beniamin wolał prawdę od wygodnego kłamstwa.

Michał spojrzał na ojca niepewnie, a gdy doliczył się, o którego chodzi, stary Zaremba kontynuował:

— Miał być mnichem, król Bolesław nie chciał go widzieć w kraju, czuł w nim dziką, nieokiełzaną krew i, jak się okazało, nie mylił się. On jednak na wiadomość o śmierci ojca porzucił erem i wjechał do kraju na białym koniu, jak król. Edmund i inni panowie króla Bolesława przyjęli go. Ofiarowali mu swe służby. On jednak nie potrafił docenić ich, nie umiał nawet podziękować, że bronili ojczyny przed chaosem pogan. Aż popełnił bluźnierstwo i świętokradztwo. Wziął sobie na nałożnicę ich kapłankę i królową, zieloną kobietę. Spłodził z nią syna i uznał ich bożków, aż...

Beniamin nie mógł złapać tchu, syn podał mu wodę z wykutego w krysztale kielicha. Napił się i odczekał, aż wróci mu oddech.

— Aż posunął się do tego, że królewską koronę, zdobytą takim wysiłkiem przez jego ojca, Bolesława, pierwszego króla, złożył pod posągiem trójgłowego boga. Tego było za wiele. Ostatni świadkowie potęgi Bolesława, jego panowie możni, a wśród nich i Edmund, musieli dla dobra królestwa zabić piekielny pomiot. Zawiązali pod przysięgą tajne stowarzyszenie. Ciągnęli losy. Bóg chciał, by mścicielem został Edmund. Lecz on niósł w sercu swoją historię. On przecież był tym, którego obcy król skazał na zagładę, a którego od wyroku uwolnił Bolesław. Edmund zabił plugawego dziedzica, tego, którego imię jest wymazane na wieki, ale nie mógł zabić jego dziecka. Wiedział, że tego nie wybaczyłby mu sprawiedliwy Bóg. I poprosił możnych, by uwolnili go od przysięgi. Postanowiono więc, by dziecko i jego matkę podarować Bogu. Ochrzczono ich i wysłano do najświętszych klasztorów. A Edmund szczęśliwie dożył dnia, gdy do kraju powrócił z wygnania Kazimierz, wnuk Bolesława. Gdy odnawiać się zaczęło podupadłe królestwo. Synowie Edmunda, choć udzielni baronowie Śląska, musieli zmierzyć się z niebezpieczeństwem płynącym z pierwszej ojczyzny. Oto bowiem inny najeźdźca, Wilhelm, zwany Zdobywcą, podbił Anglię. I panowanie zaczął od węszenia za potomkami dawnych królów. Jak każdy uzurpator, który władzę bierze siłą, a pomazanie boskie wymusza, panicznie bał się rozpryśniętej po świecie królewskiej krwi. Ktoś musiał mu donieść, że synowie złotego smoka mieszkają tutaj. Nasłał zabójców. Ujęto ich. I wtedy synowie Edmunda podjęli decyzję, że aby ustrzec ród, trzeba zmienić znaki. Trzy złote lwy były herbem angielskich królów, złoty smok herbem dynastii. Zmieniono królewskie złoto na czerń, która przystoi strażnikom pamięci, a smoka z lwią głową do połowy ukryto za murem. I znak się zwie półlew, a tylko my, Zarembowie, wiemy, że półlwa widać, a półsmoka kryjemy.

— A nazwisko? Skąd Zaremba?

— Od mordu, któremu zapobieżono. Od ocalałej dynastii.

Twarz syna pulsowała. Mierzył się z własną przeszłością, z ciągiem zdarzeń, który go ukształtował, nawet jeśli ich nie znał. Beniamin był szczęśliwy. Czuł się, jakby po raz drugi urodził mu się syn. Nagle Michał wstał i zapytał:

— W takim razie, dlaczego jesteście przeciwni koronacji Przemysła? Jako ukryty smok powinniśmy strzec króla i królestwa.

Beniamin zdębiał. Poczuł się, jakby dostał od syna w twarz.

— Nie rozumiesz? W nas płynie królewska krew!

— Ale wyrzekliście się swego kraju, boście nigdy do Anglii nie wrócili.

Beniamin Zaremba wstał. Twarzą w twarz mierzył się z synem. Okiem w oko.

— Lecz nie wyrzekliśmy się swego królewskiego pochodzenia.

I Michał ustąpił. Spuścił głowę, zacisnął mocno szczęki. Myślał. Beniamin dawał mu czas, bo wiedział, że to walka w życiu każdego z Zarembów najważniejsza. W końcu jego syn zapytał:

— A miecz? Dlaczego wtedy chcieliście jego miecz?

— Przecież wiesz.

— Ty mi to powiedz.

— To jest od stuleci jeden i ten sam miecz. Edmund dostał go od Chrobrego. I nim wykonał wyrok na jego synu, na królu, którego imię będzie wymazane na wieki.

Michałem wstrząsnął dreszcz.

„Dobrze" — pomyślał Beniamin.

— Odrąbał głowę królowi — z niedowierzaniem powiedział jego syn.

— Wykonał wyrok.

Michał spojrzał na niego tak, jak wojewoda tego nie lubił. I zapytał kpiącym, nieprzystającym do tej uroczystej chwili tonem:

— To jak ten miecz wrócił do księcia Bolesława?

— Ojciec Przemysła popełnił świętokradztwo i wyjął oręż z grobu.

— Świętokradztwo? — przedrzeźnił go syn. — Jesteś pewien, że to on popełnił świętokradztwo, ojcze?

„Młodość jest przewrotna. Młodość jest butna. Syn musi pokonać ojca, by stać się mężczyzną".

— Dynastie na tronie mogą się zmieniać, synu. My nadal strzeżemy królestwa. Tyle że teraz ty, Michale, musisz się zastanowić, kim jesteś. Potomkiem królów czy ich sługą. Decyzję każdy Zaremba podejmuje sam.

JAKUB ŚWINKA trzymał w ręku skarb. Pergamin z szarym sznurkiem obwieszczał, że jest zgoda. Nie bacząc na to, że arcybiskup nie rozkazuje księciu, Jezu, przyszłemu królowi, posłał po Przemysła. Oczywiście, siedział w krypcie.

— Jest?

— Jest!

— Oficjalna?

— Tak! Czekaj, to nie to pismo. — Jakub odłożył pergamin z szarym sznurkiem i wręczył księciu zapieczętowany zwój ozdobiony pieczęcią papieskiej kurii na biało-złotym sznurze.

Przemysł spojrzał na niego niepewnie.

— Nie otwierałeś?

— Nie. Chcę, żebyś ty sam.

— To skąd wiesz?

Jakub zamachał ręką.

— No, Przemyśle, złam pieczęć!

I gdy książę czytał, Jakub nagle usłyszał echo pewnej nocy, sprzed wielu lat. Gdy po raz pierwszy Najwyższy zaingerował w jego pracę. Trzymał wtedy na kolanach pergamin, który bał się otworzyć, i usłyszał z góry: „Złam to". W środku były Statuty Wielkiego Rozbicia. Dopiero teraz dotarło do niego, że Najwyższy już wtedy powierzył mu zadanie, i nie chodziło o banalne otwarcie pieczęci, lecz przełamanie klątwy Wielkiego Rozbicia.

„Boże. A wszystko tu, w tej krypcie, pod katedrą, w czasach gdy byłem kantorem Jakubem Świnką, który nic nie wiedział o swej przeszłości i przyszłości".

— Václav już wie?

— Myślę, że tak.

— To nie mamy co zwlekać z koronacją. Najbliższy możliwy termin?

— Święto Jana Chrzciciela. Przypada w tygodniu, więc niedziela po święcie. Dwudziesty piąty czerwca. Za cztery tygodnie. Mało czasu.

— Myślisz, że zdążę się przygotować, Jakubie?

Arcybiskup popatrzył na księcia.

— Sądzę, że jesteś od dawna gotowy, Przemyśle.

— Muszę oddać zbrojmistrzowi miecz.

Jakub się zamyślił. Ten miecz od dawna obciążał jego sumienie. Ale to był miecz pierwszego króla, jego siła zaklęta w żelazie.

— Masz rację, książę. Nim stanie się mieczem koronacyjnym, wyryj na nim swój znak.

VÁCLAV PRZEMYŚLIDA, gdy dowiedział się, co się stało, nie wybuchnął, nie zaczął krzyczeć.

Kazał minezingerowi kontynuować przerwaną pieśń.

Pieśń o mieczu, co kieruje dłonią
Silniejszy niż rycerz, co dzierżyć go chciał...

W końcu to była ostatnia zwrotka i tak właśnie postąpiłby jego ojciec, król Přemysl Ottokar II, który mawiał, że król panuje nie tylko nad swym ludem, ale przede wszystkim nad własnymi nerwami.

Ciemna i mroczna, jak klątwa sprzed wieków
Pieśń o mieczu wykutym, by zadawał ból
Mieczem Boleści nazwany
Powinien zwać się mieczem zamienionych ról.

Wstał, pożegnał poddanych i wyszedł. Ruszył spokojnie do swojej sypialni, wszedł do skrzyni i zamknął wieko. Gdy odgrodziły go od świata najświętsze relikwie Idziego, Tomasza Becketta, Stanisława, Václava i Ludmiły, poskarżył się im, co mu zrobiono, i zapłakał. Łkał i łkał, aż wypłynęła z niego żółć skrzywdzonego dziecka, aż dostał od świętych patronów siłę mężczyzny.

— „Powinien zwać się mieczem zamienionych ról" — zanucił. — Nie pozwolę, by ktokolwiek zamieniał się ze mną rolami — postanowił.

Otworzył wieko relikwiarzowej skrzyni, wstał i wyszedł.

— Po pierwsze, ten śmieć, ten zdrajca Aleksy musi zapłacić za to, co uczynił.

— Václavie, nie wiemy, ile wziął srebra od Polaków — rozłożył ręce biskup.

— Nie zrozumiałeś mnie, Tobiaszu. Nie o taką zapłatę mi chodzi. Zdradził. Miał załatwić koronę dla mnie, a pomógł ją zdobyć Przemysłowi. Teraz już nie liczą się pieniądze. Chcę dla niego śmierci tak nikczemnej, jak nikczemny był jego uczynek.

Biskup zbladł, chwycił się za serce i powiedział:

— Trzeba wysłać, za przeproszeniem, zabójców.

Václav zmierzył swego biskupa pogardliwym wzrokiem.

— Nie. Nie chcę zwykłych zabójców. Chcę sekretnych ludzi. Wiesz co, Tobiaszu? Nie zawracaj sobie tym głowy.

Biskup zmartwiał. To znów zabrzmiało jak groźba.

Ale Václav nie przejmował się tym, co myślał biskup. Miał tylko jeden cel — zemsta. I musiała być doskonała. W takich sprawach nie należy ufać duchownym.

— Ty, biskupie, wzbij się na wyżyny swej dyplomacji i napisz list protestacyjny, jeden do papieża, w którym oskarżysz Przemysła, że ukradł mi z Krakowa koronę i posłużył się podstępem przy załatwianiu zgody w kurii. Drugi zaś do niego samego. W tonie wyniosłym i oburzonym. Zażądaj wydania nam insygniów i natychmiastowej rezygnacji z korony. Oba pisma wyślij jak najszybciej. A Aleksym zajmę się sam.

Szczęście mu sprzyjało. Otto Długi, margrabia brandenburski, był w zasięgu ręki. Mogli się spotkać i pomówić. Václav nie wybaczył mu nigdy swego dzieciństwa, ale nauczył się z tym żyć. Czas leczył rany, choć w jego przypadku leczył je wybiórczo. Jedne tak, drugie nie. Otto Długi dowiódł swej przydatności niedawno, gdy Václav wezwał posiłki brandenburskie, by wyrzucić Karła z Małej Polski. Czuł więc, że jest między nimi jakaś więź, coś w rodzaju porozumienia.

— Ottonie, wiesz już?

— Wiem. I szczerze ci współczuję.

Václav odwrócił się od margrabiego i chwilę wpatrywał w wizerunki rycerzy i dam wymalowane na ścianie. Nie spodziewał się jednak, że spotkanie z Ottonem będzie dla niego takim przeżyciem. Jego pamięć sprawiła mu zawód, bo zamiast służyć Václavowi i zamknąć się na chwilę, niczym wieko skrzyni, jeden za drugim podsuwała obrazy przeszłości. Ciemne zamki, wieże, Smutny Rycerz, niemiecka niania... Wziął się w garść i zwrócił do margrabiego:

— Cieszysz się? Twoja bratanica zostanie koronowana razem z Przemysłem. Będziesz miał w rodzinie królową Polski.

— Tak, z tego jednego jestem rad. Udała nam się córka. — Otto ukłonił się z uśmiechem.

— To prawda, że wychowywała ją Piękna Pani?

— Kogo masz na myśli? — Uniósł brwi. — Bo chyba nie jej matkę?

Václav roześmiał się szczerze: „Rodzina! Jak to wiele dla nich znaczy!".

— No dobrze, nie spotkaliśmy się tu, by tobie gratulować ani aby mi współczuć. Potrzebuję sekretnego człowieka, który rozprawi się z moim niewiernym posłem tak, jak na to zasłużył.

Otto Długi pilnie wpatrywał się w twarz Václava, który wytrzymał jego spojrzenie z najłagodniejszym wyrazem twarzy, na jaki go było stać.

— Pewnie mogę ci pomóc. Jest taki człowiek, którego nazywamy łowczym — zaczął margrabia. Václav skinął głową, by mówił dalej. Słowo „łowczy" zafrapowało go.

— Ty wybierasz sposób, on go realizuje. Chcesz trucizny? Poda ją. Chcesz sztyletu? Wsadzi go osobiście. Żadnych pośredników, żadnej pomyłki.

„Dlaczego on ma takich ludzi na wyciągnięcie ręki, a ja nie? Czyżbym przeoczył jakieś ogniwo w łańcuchu sprawowania władzy?".

Uśmiechnął się olśniewająco.

— Ottonie! Jesteś nieoceniony. — I wyciągnął rękę w jego stronę.

Margrabia zrobił krok w przód i chciał uścisnąć podaną mu dłoń. Nie zdążył, Václav zmienił zdanie i cofnął ją. Otto Długi ukłonił się.

— Do usług, Václavie. Czerwony orzeł i płomienista orlica mogą latać wspólnie, prawda? — Głos margrabiego przybrał ciepły, niespotykany u niego ton. Otto wyprostował się i równie łagodnie, niemal przymilnie dokończył:

— Zwłaszcza że jesteśmy sobie tak bliscy, moja matka była...

— Tak, wiem, daruj mi te historie rodzinne. Zajmuję się teraz czym innym. Jak jego imię?

— Czyje, Václavie?

— Łowczego.

— Jakub de Guntersberg.

— Zatem wyślij go i powiedz, że Aleksy ma umrzeć jak szczur.

1295

czerwiec

PRZEMYSŁ był gotów od dawna.

I nie uczyniły tego ostatnie dni przygotowań do koronacji, nie sprawiło żadne pojedyncze wyjęte z ramy wydarzenie. To był ciąg zdarzeń, niczym droga przeliczana na kroki. Od dnia, gdy stryj i Jakub Świnka pokazali mu pustą Skrzynię Królów, do dnia, kiedy przywiózł z Krakowa insygnia. Pomiędzy jednym a drugim minęło prawie dwadzieścia lat i pisklę się wykluło.

Tydzień modlitw w stroju pokutnym. Jałmużny, kontemplacje, post.

W niedzielę rano po raz pierwszy od ośmiu dniu nie przywdział szat pokutnika. O świcie u jego łoża stanęli biskupi i wojewodowie, by pełnić przy nim posługę. Biskup poznański w otoczeniu kanoników ubrał go w strój ceremonialny. Na śnieżny, wyszywany w złote lilie kaftan wojewoda poznański włożył mu specjalnie rozciętą na plecach i piersi kolczugę, a na nią napierśnik pokryty polerowanym złotem. Wojewoda gnieźnieński otoczył jego biodra pasem. Wojewoda gdański założył mu złociste ostrogi. Dłonie zamknięto mu w rękawicach z dwóch warstw jedwabiu zbrojonych złotym drutem. Tylko złoto i biel.

Z gołą głową wyszedł na dziedziniec. Ostre czerwcowe słońce wpadło mu w źrenice i nie odwrócił wzorku.

Orlica bierze swe młode na podniebny lot, by sprawdzić, które z nich jest prawdziwie jej. Bo słońce nie spali Orłów, przeciwnie, wlewa w nie życiodajne siły.

Na ramionach upięto mu śnieżny płaszcz podbity futrem białych popielic. Gdy rozkołysały się serca dzwonów, ruszyli do katedry. Pieszo, bo pierwszą lekcją przyszłego króla ma być pokora.

„Sługa sług".

Michał, jego Południowy Wicher, niósł chorągiew ze stojącym lwem.

„W tę stronę idę jako ja, książę Przemysł II".

Małgorzata bledziutka i skupiona wzięła za rączkę Rikissę, poszły za Przemysłem.

„Jasnowłose jak siostry".

Z przodu orszaku szedł wojewoda gnieźnieński, Mikołaj Łodzia, z koroną na purpurowej poduszce. Potem wojewoda poznański, Beniamin Zaremba, niósł miecz. Święca, wojewoda gdański, berło. Andrzej Zaremba, kanclerz, niósł złożony płaszcz. A trzy Wichry zwinięte i przewiązane złotym sznurem chorągwie.

Wzdłuż drogi tłumy ludzi, kwiaty, wieńce z liści, ścisk. Droga usłana płatkami kwiatów i gałązkami ziela. Okrzyki, pojedyncze ledwie, bo choć tłum wydawał z siebie nieustanny szmer, to jednak nabożnie milczał. Stanęli przed zamkniętymi drzwiami katedry gnieźnieńskiej. Po obu stronach wielkich drzwi czekali kasztelanowie.

— Przyszliśmy ukoronować wybranego króla! — krzyknął niosący chorągiew Michał, a Przemysł usłyszał w jego głosie drgnienie łzy.

Kasztelanowie odkrzyknęli:

— Taka jest i nasza wola!

I uchwyciwszy wbite w pyski lwów kołatki, wolno, lecz z mocą, otwierali potężne spiżowe drzwi. *Porta Regna.*

— Panie! Drzwi królewskie otworzyły przed tobą swoje podwoje! — krzyknął Michał.

Stał w nich Jakub II ze złotym pastorałem w dłoni. Korale inkrustujące krzywaśń arcybiskupiej laski lśniły w słońcu niczym krople krwi.

— Przemyśle, wstąp w progi świątyni. I zostaw przed jej wrotami księcia, by wyjść stąd mógł król.

Na te słowa biskupi zdjęli z jego ramion śnieżnobiały płaszcz. Stojący złoty lew zeskoczył z niego i ryknął, żegnając się ze swym księciem. Biskupi unieśli płaszcz w górę, by wszyscy mogli zobaczyć jego pustą tarczę herbową. Zakrzyknął lud, zagłuszając ryk lwa. Przemysł położył mu rękę na złocistym łbie i lew zamilkł, kładąc się u wrót katedry. Pożegnali się przecież już wcześniej, tydzień postów i modlitw był dla nich dzień po dniu rozstaniem z przeszłością.

Przemysł stał jeszcze i czekał, aż herbowy lew spokojnie zamieni się w kamień. Gdy wiatr przestał poruszać stwardniałą grzywą, gdy oko zwierzęcia stanęło, przekroczył próg koronacyjnej świątyni polskich królów.

Wojewodowie złożyli już insygnia na ołtarzu świętego Wojciecha, a Jakub stanął przed nim, by wysłuchać jego spowiedzi. I udzielił mu rozgrzeszenia, mówiąc:

— Odpuszczam grzechy tobie, Przemyśle, ale i odpuszczam je ojczyźnie naszej i tym, którzy byli przed tobą, aż do piątego pokolenia. Oto nadszedł czas, gdy Bóg zmiłował się nad narodem, bo przyszedł niczym Aaron, ten, który jest godzien odrodzić królestwo.

I poprowadził Przemysła do tronu stojącego przed ołtarzem.

Zaśpiewały chóry, jakby zerwał się wiatr.

Jakub II prowadził mszę, celebrował ją słowo po słowie, zatapiając się w każdym geście.

— Królestwo to dar święty, którego strata kosztowała nas wiele łez i krwi. Bóg dał koronę pierwszemu królowi, lecz królestwo rozbiliśmy sami, gdy brat stanął przeciw bratu z mieczem w dłoni i życzeniem śmierci na ustach. I dwieście ponad lat ciążyła nad nami klątwa odebranej narodowi korony. Ale oto za nami zostaje czas głuchych lat, dwustu z górą lat, podzielonego narodu. Dzisiaj bowiem dobiega końca klątwa Wielkiego Rozbicia! Starsza Polska i Pomorze już się połączyły, a to dopiero początek wielkiego dzieła odnowienia królestwa.

Jakub Świnka był drobnym człowiekiem. Jakub II wydawał się olbrzymem.

— Radujcie się i weselcie, bo oto Bóg dał nam władcę, na którego czekaliśmy! Królestwo bez króla jest łodzią bez sternika rzuconą w sztorm; jest koniem bez jeźdźca, mieczem bez dłoni zdolnej nim władać! Ale królestwo to coś więcej niż król! To naród skupiony w krąg swego władcy niczym rodzina wokół głowy rodu. Połączeni pod świętą koroną, zespoleni więzami pochodzenia dajemy czytelny znak, że iść pragniemy za pasterzem stada. Że zdolni jesteśmy do zgody, że wspólny przyświeca nam cel. A on ma imię nadane mu przez pierwszego króla: Polska! Co to znaczy? To wyznanie wiary, że chcemy być wspólnotą, że wspierać potrafimy się w chwilach zwątpienia i smutku, że podtrzymać się umiemy na duchu, że radować się możemy wspólnie, dzielić ze sobą i wino, i chleb. I łzy, jeśli przyjdzie ich czas. I świętą pamięć przodków. I śmiech, gdy urodzą się nam nowe dzieci. Bóg wskazał nam drogę światłości, honor nas prowadzi, a celem naszym ojczyzna!

W katedrze zapadła cisza, jakby zebrani wstrzymali oddech, choć Przemysł mógłby przysiąc, że słyszy odległy kamienny ryk lwa.

„Musiałem cię porzucić, tak jak porzucam siebie".

Jakub rozłożył ramiona niczym konary prastarego dębu.

— A wy, zebrani tutaj, czy będziecie służyć wiernie nowemu królowi?

I odpowiedział mu trzykrotny okrzyk:

— Radzi!

Gdy umilkli, Jakub II zapytał Przemysła:

— Jaki jest cel twej władzy?

— Odrodzenie królestwa. Zachowanie świętej wiary. Zaprowadzenie sprawiedliwości. Troska o mój lud.

— Przysięgasz celu tego dochować?

Przemysł uklęknął przed arcybiskupem i przysiągł.

— Przyjmij błogosławieństwo!

I czterech biskupów pod wodzą arcykapłana wyciągnęło nad nim swe ręce, przewodząc wprost z nieba boską moc.

Szarpnęło nim, jakby grom dotknął jego głowy. Poczuł szum własnych myśli.

„Czy jeszcze należą do mnie, Panie?".

A gdy wstał, chór zaintonował Litanię do Wszystkich Świętych, błagając ich, by wspierali króla. W czasie gdy wzywano imion świętych dziewic, męczenników i rycerzy broniących wiary, biskupi przynieśli oleje, a służba liturgiczna z pomocą dwóch giermków obnażała króla. Bo przed Wszechmocnym człowiek jest nagi. Czuł już słodką woń ucałowanych przez Jakuba olejów.

Święty Michale, Święty Gabrielu, Święty Rafale...

Odpinali mu kryty złotem napierśnik, rozwiązali specjalnie rozciętą na piersi i plecach kolczugę i sznurowany w obu miejscach biały kaftan.

Wszyscy święci Aniołowie i Archaniołowie
Wszystkie święte Duchy niebieskie
Święty Janie Chrzcicielu...

Przemysł klęczał z obnażoną piersią i plecami.

Święci Apostołowie i Ewangeliści...

Jakub II zanurzył palce w złotej czarze ze świętym olejem. I namaszczając czoło Przemysła, powiedział:

— Oto prawdziwa korona. Niewidzialna dla oczu. — Zatoczył trzema palcami krąg wokół jego głowy. — Jedyna, której nikt nigdy nie może strącić. Znak, że zostałeś Bożym pomazańcem. Na wieki wieków. Amen.

Naznaczył jego nagie piersi i plecy, dłonie i prawe ramię.

Święty Sylwestrze, Święty Grzegorzu, Święty Augustynie...

Chóry śpiewały łagodnie niczym szemrząca woda, gdy na powrót odziewano Przemysła, uspakajając się w *Kyrie eleison*.

Jakub II wziął miecz z ołtarza i podał Przemysłowi.

„Mieczu pierwszego króla, mieczu mego ojca i stryja. Mieczu, któremu nadałem imię".

Na wypolerowanym ostrzu tuż pod jelcem szukał znaku. I znalazł. Niczym odbicie w zwierciadle, które wyryło się w mieczu na wieki. Przemysł po trzykroć uczynił mieczem znak krzyża i oddał Jakubowi, by mu go przypasał.

„Mieczu, którym pasowano mnie na rycerza, wracasz do mnie, jako znak królestwa".

I wtedy arcybiskup zdjął z ołtarza koronę i wraz z czterema biskupami nałożył mu na skronie.

„Korona, złocisty cierń, który przebije mi skronie. Akt wywyższenia jest aktem całkowitego poddania. Oto jestem królem, sługą sług".

Słodki śpiew był jak złoty deszcz. Wzmocnił się, unosząc falami coraz wyżej i wyżej, by opaść w gwałtownym *Te Deum laudamus*, gdy chwycił w dłonie berło.

I w ciszy gnieźnieńskiej katedry krzyknął Jakub II:

— Niech żyje król Przemysł!

A zebrani odpowiedzieli jak grzmot:

— Niech żyje król!

— Niech żyje król!

— Niech żyje król!

Przemysł odwrócił się od ołtarza ku zgromadzonym i wzniósł w górę berło, mówiąc:

— Oto Najwyższy zwrócił nam królestwo i te zwycięskie znaki!

Arcybiskup okrył jego plecy purpurowym płaszczem podbijanym białym futrem soboli i przekazał mu pocałunek pokoju. „Stara i nowa krew".

Gdy wiedli go do tronu ustawionego przed ołtarzem, z jedwabiu ceremonialnego płaszcza zerwał się biały orzeł i wzniecając wiatr, usiadł, kładąc olbrzymie łapy na ramionach Przemysła. Krzyknął, rozkładając potężne skrzydła, jakby pierwszy od dwustu lat król zrywał się do lotu.

— Uskrzydlony król, uskrzydlony król... — zaszemrali ludzie, przyklękając przed jego majestatem.

Usiadł na tronie. W koronie, w królewskim płaszczu. Pod orlimi skrzydłami. A w sercu mignęło jak sen wspomnienie, gdy klęczał przed kamiennym tronem Mieszka i Chrobrego. „Przed szarym głazem, z którego powstał ten kraj".

Chóry nie milkły. Patrzył, jak arcybiskup koronuje Małgorzatę. Jej biała szata i rozpuszczone dziewicze włosy były czymś więcej niż ceremoniałem. Gdy podeszła do niego wśród okrzyków: „Niech żyje królowa!", wstał i podał jej rękę. Uścisnęła mu dłoń i powiedziała:

— Czy mogę pocałować króla?

Odpowiedział jej:

— Tak.

Ale ich usta połączyły się tylko na chwilę ulotną. Krótszą niż blask słońca przemykający po orlim piórze. Korona w koronę.

Z katedry wychodzili osobno, w procesji, z majestatem. Serce dzwonu biło, niosąc radosną wieść. Jakub II prowadził króla do ludu przez spiżowe gnieźnieńskie drzwi. Przywiedziono przed nie białego konia. Pobrzękiwały złote dzwonki w ogłowiu, lśnił ceremonialny kropierz i ziele wplecione w grzywę. Cztery Wichry rozwinęły nowe królewskie chorągwie. Na purpurze załopotały białe orły w złotych koronach.

„Orzeł uskrzydlił króla, król ukoronował orła".

Koń parsknął, zatańczyło słońce w jego białej grzywie. Lew był kamieniem pilnującym drzwi. Orły z głowami wzniesionymi prosto w słońce zrywały się do lotu, a lud krzyczał:

— Niech żyje król! Niech żyje korona!

Przemysł wsiadł na konia i zawołał:

— Niech żyje mój lud! Niech żyje odrodzone Królestwo Polskie!

WŁADYSŁAW zajął wyznaczone mu miejsce na uczcie koronacyjnej. Dobre, wysokie miejsce. Nie był głodny, nie chciał jeść. Serce waliło mu jak oszalałe.

„Godne. To było takie godne" — powtarzał w duchu.

Patrzył na króla Przemysła jak w ołtarz. Nie mógł oderwać wzroku. Na królewskim stole, na śnieżnobiałym obrusie leżał tylko chleb. Przy nim sól i wino. Nic więcej.

— Też bym nic nie przełknął z nerwów.

— Co mówisz, Władysławie? — Jadwiga pochyliła się do jego boku.

— Nic, nic.

— Głogowczyk nie przyjechał. Pewnie dlatego, że jest księżna Elżbieta, moja siostra — powiedziała Jadwiga. — To ta wysoka, w srebrnych włosach. Była najpiękniejsza z nas trzech, najbardziej podobna do matki. I zobacz, Władysławie, co nieszczęście zrobiło z jej urodą.

— Uhm.

— A wiesz, że jej mąż, książę legnicki, po tej okropnej niewoli u Głogowczyka już nie odzyskał sił? Dlatego Elżbieta przyjechała sama. On nie wstaje z łóżka. Straszne... — głos Jadwini zadrżał — żywcem robaki go jadły w żelaznej klatce... że też takie rzeczy się dzieją na świecie...

— Uhm.

„Nawet jakby był zdrów, to by nie przyjechał. Nie przełknąłby koronacji Przemysła tak jak żaden ze śląskich książąt".

— I biskupa krakowskiego nie było.

— Muskata spiskuje z Václavem.

— A wrocławski biskup też? Bo i on nie przyjechał.

— Też. Na pewno. Oni wszyscy spiskują.

— Ale dlaczego, mężu?

— Bo takie jest życie, żono.

— Piękne te białe orły w złotych koronach, prawda, Władku? Serce mi stanęło, jak...

Nie słuchał Jadwigi. Jemu też stanęło, ale nie przyszło mu do głowy, by o tym mówić. Są jakieś granice.

— ...a te dwie mniszki, jedna obok drugiej, to siostry króla, Anna i Eufemia. Bliźniaczki, zobacz, jak dwie krople wody. Klaryska z Wrocławia i cysterka z Owińsk. Dostały specjalną dyspensę, żeby mogły opuścić klasztor. Ja wolę klaryski, bo moja mama jest... ach!...

I Władysław zobaczył ją w tej samej chwili. Pomyślał: „Ciotka Kinga", choć wiedział, że Kinga nie żyje od trzech lat.

— Mama!

— Księżna wdowa Jolenta, mniszka świętej Klary.

— Więc i mama dostała dyspensę!

Jadwini łzy zakręciły się w oczach, gdyby nie to, że nie wypada, pewnie zerwałaby się i pobiegła do matki. Władysław skinął teściowej głową, z szacunkiem. Była tak podobna do ciotki Kingi. Tak jak krakowska księżna potrafiła sunąć pięknie, tylko nie pachniała liliami, a normalnie, jak ludzie. Zajęła miejsce obok arcybiskupa i choć w wielkiej komnacie było jasno od pochodni, służba od razu odpaliła więcej świec.

„Jakich świec?!".

— Władek, a ja jestem też poniekąd siostrą króla? Stryjeczną, ale siostrą. Więc ty jesteś królewskim szwagrem, prawda?

Władysław się wyprostował:

— Prawda.

Jadwiga chwilę milczała, bo wnoszono potrawy, jedną piękniejszą od drugiej. Łabędzie na srebrnych tacach, upieczone w całości, w wianuszkach gruszek z miodem. Sarny i dziki w koralach jałowców i kwaśnych żurawin, słodkie złote kołacze. Władek pozwalał sobie nakładać na talerz, bo nie wypada, by szwagier króla nie miał apetytu, choć nie miał.

— Mała królewna jest bardzo ładna, prawda, Władku? A królowa, jak ci się podoba?

— To Niemka.

— Ale królowa. Pierwsza królowa od tylu lat.

— Pierwszy król, Jadwigo. To jest najważniejsze.

Jadwiga zacisnęła usta i nie wiedział, co tam sobie myślała. On zaś zastanawiał się, czy Przemysł teraz, gdy został królem, wycofa dawny układ z Głogowczykiem. Bo jakby co, to Głogowczyk dziedziczy Starszą Polskę, Przemysł powiedział mu o tym.

„Ale to był sojusz z czasów, gdy zmarła Rikissa, gdy nie miał nowej żony i kiedy nie był królem. Ze mną zawarł jeszcze lepszy sojusz, na Małą Polskę. Teraz pewnie będzie wszystko zmieniał, po królewsku. Ale na zawsze zapamięta, że na koronacji byłem ja, a nie książę Głogowa. Liczy się, co jest, a nie, co było kiedyś. Ja teraz królewski szwagier".

Wojewodowie jeden obok drugiego, ich wystrojone wysokie żony. Niżej kasztelanowie. Dwóch minezingerów na zmianę śpiewało pieśni. Spojrzał na Jadwinię. Przesuwała jedzenie na talerzu, ale nie próbowała nawet. Opuszczona głowa zdradzała, że żona łyka łzy. Zagadał do niej:

— Lochy otworzą z okazji koronacji. Łaska królewska dla więźniów, wyroki anulowane. Nie wiem, czy to dobrze, ale taki jest zwyczaj. I jałmużna dla biedaków. A na błoniach wielka uczta dla całego ludu. Ponoć i z Kalisza, i z Poznania ludzie na koronację zjechali, i znad morza nawet! Bo morze jest znowu nasze!

— Nie nasze, tylko Przemysła.

— Nasze, Królestwa Polskiego — powiedział żonie z naciskiem.

— Ach, no tak. Masz rację. No tak.

— A jutro będzie hołd mieszczan na rynku.

— Tu, w Gnieźnie?

— Tak, a potem w Poznaniu i w każdym mieście. Król pojedzie do ludu i wszędzie odbierze przysięgi na wierność.

— No to się najeździ, nasz Przemysł i nasza królowa — powiedziała ze współczuciem Jadwiga.

— To nie jest już nasz Przemysł, Jadwiniu. Od dzisiaj to jest nasz król.

ZAREMBOWIE zebrali się w Brzostkowie. Wszyscy jak jeden mąż.

Na ścianie obronnego dworzyska pyszniła się chorągiew z czarnym półlwem za murem.

Przy wojewodzie Beniaminie siedział jego syn, Michał, chorąży króla. Dalej kanclerz koronny Andrzej, wojewoda tczewski Mikołaj, Sędziwój przywrócony na urząd, wprawdzie tylko podkomorzego kaliskiego, ale jednak. Przy nim jego młodszy brat Michał, podczaszy kaliski, dalej skarbnik Abraham, Albert kasztelan santocki i inni, zajmujący pomniejsze urzędy.

— No to mamy królestwo — powiedział Beniamin i napił się.

— I upadł złoty smok! — dodał Sędziwój, wychylając kielich.

— Dlaczego upadł? — przerwał im Mikołaj. — Mamy dwóch wojewodów i pierwszego w historii rodu kanclerza koronnego! Złoty smok nigdy nie trzymał pod skrzydłami tylu urzędów!

— Złoty smok miał na sobie koronę, gwoli ścisłości. To nasz czarny półlew nie miał nigdy tylu urzędów — poprawił kanclerz i napił się.

— Pijecie przed wieczerzą! — Ochna stanęła pośrodku i wzięła się pod boki. — Więc panowie Zarembowie chcą skończyć wieczór, nim go zaczęli?

— Nie złość się! — Sędziwój wyciągnął rękę do gospodyni, łapiąc ją za pierś, ale się wymknęła.

— Proszę odstawić kielichy. Dziewczęta! — Klasnęła w dłonie. — Wnosić!

— Gulasz nazwany przez świętej pamięci stolnika Bogumiła Zarembę „dzikim ostępem"! — krzyknęła Ochna, gdy służebne niosły olbrzymie garnki. — Oto garnek niczym drużyna zbrojna, a w nim wojownicy: na czele karkówka z niedźwiedzia, w poczcie udziec dziczy i comber sarni, a w ogonie, ogon! Bobrowy, proszę bardzo! Wszystko to w sosie zaprawianym jałowcem, ziołem leśnym i przełożone grzybami. Panowie Zarembowie, Ochna i kuchnia brzostkowska do usług!

— A bobry z Pogorzelicy? — zapytał kanclerz, wąchając gulasz.

— Z Pogorzelicy — potwierdziła Ochna. — Sędziwój polował.

— A miód leśny jest?

— Jest! Oto i miód!

Dziewczęta wniosły dzbany trunku, a każdy dzban miał ucho na kształt smoczego ogona. Beniamin poczekał, aż mu naleją, i podniósł kielich:

— Za rodzinę!

— Za rodzinę! — odpowiedzieli wszyscy.

— Za świętą pamięć!

— Za pamięć!

— Za niepodzielność rodu!

— Niepodzielni!

— No i upiją się, nim zjedzą — mruknęła rozzłoszczona Ochna i wyszła.

— Zarembowie? — krzyknął Beniamin.

— Strzegą! — odpowiedzieli jak jeden mąż, wypili i zaczęli jeść.

Ochna wróciła. Patrzyła na najpiękniejszy widok pod słońcem: stu milczących, jedzących Zarembów. Ich czarne półlwy mlaskały bezczelnie.

Gdy nasycili pierwszy głód, zaczęli gadać.

— Więc co zrobimy, panowie? — spytał Sędziwój.

Beniamin uniósł wzrok znad miski i zmierzył Sędziwoja. Michał miał wrażenie, że ojciec chce wepchnąć Sędziwojowi to pytanie z powrotem do gardła. Zamiast tego odpowiedział głośno:

— Już zrobiliśmy. Ślubowaliśmy królowi.

Chwilę mierzyli się wzrokiem, a cała reszta Zarembów przestała jeść. Sędziwój się roześmiał:

— Zawsze byłeś poważny. A teraz, drogi Beniaminie, zrobiłeś się po prostu ponury. Czyżby koronacja tak cię zasmuciła?

— Nie. Za to pamięć mam dobrą i ona mi podpowiada, że twój brak powagi już nieraz ściągnął na nasze głowy kłopoty.

Stary Marcin Lis potrząsnął siwą głową i wyciągnął rękę z pustym kielichem. Ochna nalała mu, on popił i powiedział:

— Nie unoś się, Beniaminie.

Michał, Południowy Wicher, myślał, że się przesłyszał. „Nie unoś się, Beniaminie?".

— Sędziwój, pytając: „Co robimy", miał na myśli wieżę w Jarocinie — ciągnął stary Marcin. — Rozmawialiśmy o tym, nim ty i twój syn, chorąży, dojechaliście do nas. Zarządca mówi, że wiatry uszkodziły dach wieży i potrzebna jej naprawa.

— Otóż to! Nic więcej! — roześmiał się Sędziwój, stukając kubkiem z Marcinem Lisem. — Nie wszystko kręci się wokół księcia! Przepraszam: króla! Poza sprawami państwowymi mamy też swoje rodzinne sprawy. Kiedyś były dla nas najważniejsze.

Siedzący nieco dalej pomniejsi Zarembowie wznieśli toast za rodzinę, a gęsty i słodki miód z brzostkowskiej piwniczki rozproszył chmury, które na chwilę zebrały się nad nimi. Beniamin, dużo spokojniejszym tonem, powiedział polubownie:

— Chciałem tylko przypomnieć, że Zarembowie nie łamią przysiąg, a ślubowaliśmy Przemysłowi na miecz.

Któryś z najmłodszych chłopaków zaczął śpiewać, starsi próbowali pociągnąć dziewczęta Ochny do tańca, ale gdy w wielkiej izbie byli wszyscy Zarembowie, niemal stu, to ścisk nie pozwalał na takie swawole. Pociągnięta za suknię dziewczyna wylądowała z piskiem na kolanach chłopaka.

Sędziwój śmiał się, patrząc na nich, i od niechcenia powiedział:

— Nie wszyscy. Są wśród nas tacy, których nie było na koronacji i którzy byli zbyt młodzi, kiedyśmy ślubowali staremu księciu.

Michał niespokojnie uniósł głowę znad miski. Odsunął ją od siebie, jakby nagle stracił apetyt.

— Co masz na myśli, Sędziwoju? — spytał, chrząknięciem próbując przywołać obojętny ton.

— Nic. Stwierdzam fakt.

Beniamin spojrzał w oczy syna i odwrócił głowę, szukając Ochny.

— Polej mi.

Sędziwój nie tracił czasu:

— Kto jedzie ze mną do Jarocina?

— Ja — szybko odpowiedział młodszy syn Sędziwoja, Wawrzyniec.

— Ja chętnie się ruszę — dodał stary Marcin Lis. Kiedyś kasztelan międzyrzecki i zbąszyński, kiedyś włodarz księcia Bolesława. Stryj Sędziwoja.

— I ja — dodał Arkenbold, dawny wojewoda kaliski, kiedyś kasztelan i sędzia. Dzisiaj starzec i jak zawsze, stryj Sędziwoja.

— Ja nie mogę, muszę wracać do Poznania. Mam obowiązki w kurii — powiedział Andrzej, prepozyt poznański i jednocześnie kanclerz króla Przemysła.

— A ja, za pozwoleniem prepozyta Andrzeja, zapowiedziałem, że wrócę dopiero po nowym roku. Chętnie więc się wybiorę — grzecznie jak zawsze oznajmił Filip, archidiakon gnieźnieński, brat Sędziwoja.

Beniamin i Michał śledzili wzrokiem każdego ze zgłaszających się.

— Muszę wracać po żonę, Krajna niedługo będzie rodzić, czas ją przywieźć do Brzostkowa, w ręce naszej Ochny — opowiedział się najmłodszy z braci Sędziwoja, Michał, podczaszy kaliski, i mrugnął do rudej gospodyni.

Mikołaj, drugi z młodszych braci Sędziwoja, ten, którego syna Ochna odbierała, podczas gdy on sam pił z Michałem, klepnął brata w plecy i mrugnął do chorążego króla:

— Och, wszystko przed tobą! Znajdź sobie tylko dobrego towarzysza, bo jak ci wszyscy wyjadą do Jarocina i sam będziesz czekał na dziecko, to cię Mamuny zbałamucą.

Ochna spojrzała na niego gniewnie i sapnęła:

— Wojewoda tczewski składa jakieś zażalenia co do syna?

Mikołaj skończył jeść i roześmiał się:

— Ani do gulaszu, ani tym bardziej do syna! — Pochylił się do rąk Ochny i ucałował je. — Staram się z moją Katarzyną, by znów móc do ciebie przyjechać. Nie ma to jak dzieci zrodzone w Brzostkowie! Prawdziwa Zarembów krew!

— Jedziesz czy nie? — przerwał mu Sędziwój.

— Jadę, bracie, ale do Tczewa. Obowiązki wzywają. Wybaczcie.
Południowy Wicher wstał, ocierając usta.

— Jadę do Gniezna. Obiecałem mojemu królowi, że wrócę do niego jak najszybciej.

— Skoro obiecałeś, to musisz dotrzymać słowa — odrzekł wolno Marcin Lis.

— Są wśród nas inni... ci, którzy nie składali przysięgi... — cicho i tryumfalnie dokończył Sędziwój.

— Którzy poświęcą swój czas, by naprawić jarocińską wieżę, jak sądzę? — poprawił go Beniamin ostro.

Nawet Michał drgnął na tak radykalny ton ojca.

Sędziwój jednak nie przejął się, przeciwnie. Nacisnął na niego:

— A ty, Beniaminie? A ty?

— Ja niosłem miecz królewski do katedry w dniu koronacji. — Beniamin wyprostował się, aż wydał się im wszystkim niemal olbrzymem. — Miejsce wojewody poznańskiego jest przy królu.

PRZEMYSŁ przysiągł sobie, że nie będzie obcował z Małgorzatą aż do koronacji. Powiedział jej o tym w dniu ślubu i widział, że dotknęło ją to. Ale nie bardziej niż fakt, że w tym samym dniu nadał na własność wieś katedrze poznańskiej w intencji palenia wiecznej lampki u grobu Rikissy. Światła, które miało płonąć aż do końca świata. I ponowił zapis, że po śmierci ma być pochowany właśnie z nią.

„Nigdy nie zostawię cię w ciemności, miłości moja. Nie liczy się cena, została mi tylko pamięć, moja pamięć to ty".

Nie, nie chciał ranić Małgorzaty. Pojął ją za żonę dobrowolnie, nikt go nie zmuszał. Ale nie ożenił się dla siebie, lecz dla królestwa, w które już wtedy wstępował. Tak, wiedział, że król musi mieć swą królową, a korona dziedzica. A on przecież miał tylko Rikissę. Więc zrobił to, co do niego należało. Poślubił Małgorzatę, uspokoił Brandenburczyków, otoczył żonę troską, opieką i splendorem poznańskiego dworu. Towarzyszyła mu w czasie każdej uroczystości i tylko nie nawiedzał jej łożnicy.

Znosiła to bez urazy. Bez wyniosłego milczenia, bez skargi. I była w tym tak naturalna, że nie wiedział, czy naprawdę było to dla niej wyrzeczeniem, czy ją to bolało, czy nie. Po prostu nie mówili o tym nigdy.

Rikissa za to traktowała Małgorzatę jak kogoś najbliższego, choć nigdy nie mówiła do niej „mamo". Mówiła „Greto", „Małgorzato" lub czasami „Marino" i Przemysł widział w więzi, która między nimi powstaje, odbicie tej, o której opowiadała mu Rikissa, między Juttą, kochanką jej ojca, a nią samą. Nie oddalili jednak Kaliny, jej piastunki, mimo iż Małgorzata przywiozła ze sobą panny dworskie, bo mała Rikissa nie życzyła sobie tego. A ze zdaniem małej królewny Trzy Lwy liczyli się wszyscy. Nawet on. Nawet dzisiaj jako król. W Kaliszu zatrzymali się w zamku stryja Bolesława, tym samym, o który kiedyś walczył z Sędziwojem Zarembą. Wieczorem Rikissa powiedziała:

— Królewna śpi dzisiaj sama, a król z królową, prawda?

Spojrzał na dziecko i spojrzał na Małgorzatę. Żona spuściła oczy i zaczerwieniła się. W tym różniła się od Rikissy, jego ukochana nigdy nie spuszczała oczu. Zresztą z czasem zauważył, że ich niezwykłe podobieństwo jest powierzchowne. Włosy, oczy, podbródek, mały nosek, wydłużona głowa. Ale inne dłonie, inny odcień źrenic, inny sposób poruszania się.

— Prawda — odpowiedział córce i poprowadził Małgorzatę do sypialni.

— Nie musisz ulegać dziecku — powiedziała cicho, gdy weszli. — Możesz iść do siebie, nie powiem jej. Moje dwórki też zachowają tajemnicę.

— Chcę zostać — powiedział i zastanawiał się, czy to prawda.

Uniosła oczy i widział, że nawet ona mu niedowierza, choć jej usta szepcą:

— Więc zostań.

Od dnia ich ślubu nie nosiła czerwonego orła. Gdy o to zapytał, powiedziała:

— Porzucam dom, z którego wyszłam, bo chcę być twoja.

Zaimponowało mu to i tym bardziej odczuł, że sprawił ból pasmem wyrzeczeń, które na nią potem nałożył. Ale stało się i nie było odwrotu. Od dwóch lat są małżeństwem i musi zacząć z nią obcować, bo dał koronie królową, ale nie dał jej dziedzica.

Patrzył jak Anna, Zbysława, Jadwiga i Eufemia zdejmują z Małgorzaty suknie. Jak wkładają do szkatuły jej klejnoty, jak czeszą włosy.

„Cztery damy, które z takim samym oddaniem służą już trzeciej z moich żon. Ponad dwadzieścia lat spędziły w mojej alkowie. Więcej niż każda z kobiet, które kochałem".

Jadwiga spytała cicho:

— Królu, czy tobie także możemy usłużyć?

Skinął głową, bo wydało się to ciągiem tej samej ceremonii. Podnosił ramiona, a one z wprawą rozbierały go, jakby to był dworski taniec, w którym wszystko z góry jest ustalone.

— Dziękuję, odejdźcie.

„Skończyłem trzydzieści osiem lat, mam trzecią żonę. Do łożnicy wchodzę jak chłopak, spięty".

Kochał się z nią, zamykając oczy, by nie dawać sobie prawa do natrętnych porównań, by nie prowokować ich. Wzgórki piersi pod jego palcami były zaskakująco miękkie, brzuch łagodną linią prowadził go między gładkie i ciepłe uda. Gdyby palce mogły wydawać werdykt, Małgorzata byłaby najdelikatniejszą z jego żon. Oddawała mu dziewictwo w rytmicznym wtórze ciepłego oddechu jak kwiat, który się otwiera przed słońcem. Z zamkniętymi oczami szukał jej ust, trafił na podbródek, potem wprost między rozchylone miękkie wargi. Dotknął językiem jej zębów, nie zaciskała ich. Został przy jej ustach, oddychali jedno drugiemu do wnętrza. Zaciskał powieki z całych sił, tak bardzo chciał je wtedy właśnie otworzyć. Ale to Małgorzata otworzyła się przed nim i wpłynął w nią. Wbrew sobie jęknął.

„Ciało i natura są silniejsze od duszy? Jeśli tak, to jest nadzieja na dziedzica królestwa".

Chwilę leżeli jedno przy drugim, a potem wstał i ubrał się. Przyjrzał się jej dopiero wtedy. Naciągnęła jedwabną kapę pod samą brodę, wstydziła się. Na czole miała krople potu. Pocałował je.

Powiedział:

— Jestem ci wdzięczny, Małgorzato.

— Za co? — wyszeptała zaskoczona.

— Za wszystko. Będzie tylko lepiej, zobaczysz.

— Mamy na to całe życie, Przemyśle. — Uśmiechnęła się.

VÁCLAV PRZEMYŚLIDA i Guta von Habsburg patrzyli na gromadkę swych dzieci.

Václav zawsze widział je wszystkie, także te, które umarły, Guta nie. Dla niego więc bawiło się w ogrodzie ośmioro dzieci, Guta widziała tylko pięcioro. Gdy on mówił:

— Václavku, nie zabieraj Přemyslowi konika!

Guta bladła i syczała:

— Przestań! Přemysl nie żyje od siedmiu lat! Nie mów tak!

Gdy wołał Janka, miał na myśli starszego, a ona tego małego, niemowlę. Dla niego obaj Jankowie byli niemowlętami, bo pierwszy zmarł tuż po narodzinach i w pamięci Václava zawsze pozostał mały. Guta przeżywała bardzo, kiedy zmarła córka nosząca jej imię, a on, choć płakał po niej tak samo rzewnie jak po każdym z dzieci, w głębi duszy był rad, że Václavek, sześciolatek, żyje.

„Coś w tym jest, że widzimy w dzieciach siebie, coś w tym jest".

Pocałował żonę w nabrzmiałe policzki. Przyzwyczaił się, że tak wygląda, bo odkąd zostali prawdziwym mężem i żoną, Guta ciągle była w ciąży. W tym jednym była niezawodna.

Gdy chciał sobie popatrzeć na inne kobiety, najpierw zamykał oczy i wywoływał z pamięci obraz Kunegundis, jego matki, a potem Pięknej Pani. W jego wyobraźni Mechtylda Askańska nie starzała się. Była wciąż zachwycająca, jak wtedy, gdy z taką troską opiekowała się nim. A gdy potrzebował pieszczot, wołał dziewczęta, które dla niego pieczołowicie wybierano w całym królestwie. Nie widział w tym nic zdrożnego, w końcu jest prawdziwym mężczyzną i potrzebuje miłości, a jego ciężarna żona nie może dawać mu wszystkiego, i potomków, i rozkoszy. A jeżeli czasami dopadły go wyrzuty sumienia, choć akurat z powodu dziewcząt rzadko, to zamykał się w klasztorze w Zbrasławiu i oddawał pokucie. Czuł się wtedy cudownie marnym prochem, pyłem u stopy żebraka, ostrogą pokutnego pasa, wędzidłem, za które potrafił trzymać sam siebie. Przynajmniej tak długo, póki trwała pokuta.

Pocałował żonę, pozdrowił ośmioro dzieci, choć ona widziała z nich tylko pięcioro, i oddalił się w zacisze swego gabinetu, bo czekał tam na niego specjalny gość.

— A więc to ciebie nazywają łowczym?

Przyjrzał mu się. Doprawdy, sekretny człowiek. Taki, który nie wyróżnia się niczym. Odwrócił wzrok.

„Ach! I już nie pamiętam, jak wygląda. Czy miał włosy ciemne, czy jasne? Wysoki czy raczej niski? Udane! Doskonałe!".

— Do usług, królu Václavie.

„Świetnie wychowany".

Usiadł na rzeźbionym w lwie łapy królewskim krześle. Tym samym, z którego jego ojciec wydawał rozkazy podboju kolejnych ziem. Jedwab na poduszce oparcia był nieco przetarty, ale nie pozwolił go zmienić. Głęboko wierzył w tajemną moc martwych z pozoru rzeczy.

„Jeszcze nie teraz. Dopiero gdy sam zostanę królem".

— Opowiedz mi, jak skończył Aleksy?

— Tak, jak sobie życzyłeś, królu. Jak szczur.

„Nigdy nie był dworakiem. Nie umie się podlizywać i stroszyć piórek. Jakie to ujmujące".

— Jakieś szczegóły?

Łowczy miał twarz pozbawioną emocji. Mówił krótko, bez poetyzmów.

— W rzymskim kanale ściekowym.

— W kanale? To oni mają tam takie wielkie kanały? — Václav wiele słyszał o Rzymie i jego zmyślnych starożytnych urządzeniach. Ale o tym akurat nie.

— Tak królu. Pełne odpadków.

— Jakich?

Jakub de Guntersberg się zawahał.

— Nie bój się, mój łowczy, mów! Królowie są jak zwykli ludzie! — zachęcił go. Podnieciło go, że jest coś, na czym potknął się prostolinijny łowczy.

— Gówno, szczyny i resztki jedzenia.

Václav odwrócił się i zwymiotował. Sługa otarł mu usta jedwabną chusteczką.

— Nie, nie przejmuj się, to nie twoja wina. Mam bardzo delikatny żołądek. Wracając do tej sprawy. Tu jest zapłata za szczura. Przelicz.

Był ciekaw, czy łowczy to zrobi. Zrobił i kiwnął głową.

— Zgadza się.

— A tu — Václav wskazał na drugi worek, znacznie większy — jest nagroda za twoją następną ofiarę. Zechcesz sprawdzić?

Zechciał. I starannie zawiązał worek z powrotem.

— Kto jest wart aż tyle złota? — zapytał łowczy.

— Król. Polski król.

Jakub de Guntersberg nie mrugnął nawet, ale długą chwilę stał i myślał.

„Ciekawe, o czym. Ale nawet gdybym zaoferował mu drugie tyle, nie powiedziałby mi".

— Zgoda. Jak ma skończyć?

Václav się zastanowił. Właściwie tego pytania nie przewidział. Podjął decyzję szybko i wspaniałomyślnie.

— Jak król.

SĘDZIWÓJ ZAREMBA jechał na czele orszaku złożonego z samych Zarembów. Cudowne, z niczym niezrównane uczucie. Pod chorągwią z Półlwem Czarnym. Jak dawno temu, jak kiedyś. Stryjowie, choć wiekowi, zgodzili się w imię świętej pamięci nadłożyć drogi i telepać dłużej na końskich grzbietach, bo wśród tych, co jechali z nimi, wielu było tak młodych, że historię znali tylko z opowiadań.

Z Brzostkowa ruszyli na północ, minęli strzegące go od nieproszonych gości grodzisko w Raszewach, pojechali wzdłuż rozlewiska Lutyni, rozmiękłego po jesiennych deszczach. Ale Sędziwój znał te tereny jak nikt, wprawną ręką prowadził konia, a za nim jechali inni. Na przedzie Wawrzyniec, jego osiemnastoletni syn, z chorągwią. Zatrzymał orszak przy przeprawie przez Wartę, pozdrowił braci joannitów z daleka, widząc ich czerwone krzyże na płaszczach. Oni zaś, jak zawsze, pokłonili się, patrząc na jego herb. Rycerze Świętego Jana widzieli więcej niż inni. Umieli dojrzeć, co półlew chowa za murem. I jednocześnie dochować tajemnicy.

Poczekał, aż dojadą wszyscy, i gdy dwudziestu Zarembów ustawiło półkolem konie, krzyknął:

— Stryjowie moi, Arkenboldzie i Marcinie, wystąpcie!

Dwaj starzy Zarembowie, obaj na kasztanowych, pysznej urody ogierach wyjechali naprzód i stanęli po obu bokach Sędziwoja. Ten, głośno, by wszyscy słyszeli, mówił:

— Ponad czterdzieści lat temu, tu, na tych polach pod Pogorzelicą, przesądził się bieg historii. Mój ojciec, Janek Zaremba, opowiadał mi o tym, odkąd się urodziłem, codziennie, bo tak się kiedyś uczyło synów życia! Dbało się o ich wychowanie nie przy pulpitach, lecz na wojnie. Nie w ciepłych izbach, lecz w namiotach, na posłaniu z liści i mchu! Dwaj książęta Starszej Polski, starszy, Przemysł I, i młodszy, Bolesław, przyjechali tu, do Pogorzelicy, by wsłuchać się w głos swego rycerstwa. A było nas tu wtedy tylu, że namioty przysłoniły całe błonia i w miesiąc nawet trawa nie mogła się podnieść. To my, rycerstwo Starszej Polski, decydowaliśmy wtedy, jak będzie wyglądał kraj.

A my, Zarembowie, byliśmy kwiatem tamtego rycerstwa, to nasze głosy zdecydowały, że książę Bolesław dostał od starszego brata, co mu się należało! Bo my, Zarembowie, chcieliśmy służyć jemu, nie jego bratu! A wola nasza była święta!

— Święta pamięć! — krzyknął porywczy jak ojciec Wawrzyniec.

— Zarembowie strzegą! — odpowiedzieli mu pozostali młodzi.

Sędziwój kiwnął głową, zadowolony.

— To Pogorzelica wyniosła nas na szczyt potęgi i dlatego musicie patrzeć na te pola jak na kobierzec, po którym Zarembowie kroczą...

— Sława!

— Chwała!

— Zarembowie!

— Strzegą!

Sędziwój uciszył młodych gestem dłoni. Na jego rękawicy pysznił się nabity złotymi płytkami smok.

— ...do tronu! Brak wśród nas Janka Zaremby, mego ojca, który był wtedy głową rodu. Brak jego brata Szymona. Ale są Marcin Lis i Arkenbold!...

— Sława! Sława! Sława!

— Zarembowie! — odezwał się Arkenbold. Młodzi ucichli, bo głos starca był drżący. — Patrzcie na te pola! To tutaj zmusiliśmy księcia Przemysła, by oddał wydarty naszym przodkom miecz w ręce młodszego brata. Tego, któregośmy wybrali! I zrobił to! Posłuchał nas! Nas, Zarembów!

Dwudziestu młodych, bez wezwania, wyjęło z pochew swoje miecze i uderzali nimi w tarcze, czyniąc słodki dla uszu Sędziwoja zgiełk.

— Czy jego syn nie okazał się tak samo butny jak ukarany przez nas ojciec? Czy spytał nas o zgodę na koronację? Czy też podstępem wymusił ją na Beniaminie i Andrzeju, licząc na to, że wszyscy Zarembowie staną za tymi dwoma? Czyż nie rozbija naszej rodziny, mamiąc niektórych spośród nas urzędami i tytułami?

Zapadła cisza. Młodzi Zarembowie stali z nagimi mieczami w dłoniach i Sędziwój przez chwilę, jedną chwilę miał ochotę wskazać dłonią Poznań i krzyknąć: „Nasz jest tron!". Ale przełknął ślinę. Ochłodził głowę i napawając się tym widokiem, powiedział:

— Do Jarocina! Co koń wyskoczy!

Zawrócili na południe, dojechali nocą bezksiężycową i ciemną. Czarny półlew w czarnej nocy nie spał jednak na bramie i łopotał na powitanie swych panów. Masywna sylweta wieży lśniła wilgocią od niedawnego deszczu. Na dziedzińcu stajenni odbierali od nich konie. Wielkie kałuże odbijały sylwetki Zarembów, sprawiając, iż było ich nagle dwakroć tylu. Dorota, z czarną wydrą na ręku, wyszła powitać ojca. Ucałował córkę w czoło i odesłał do jej pokojów, szepcząc coś dziewczynie na ucho. W milczeniu, jeden za drugim, wspinali się na okalające wieżę schody, kierując do sali, zwanej „Sercem Edmunda". Dwie ze ścian zdobiły chorągwie z półlwem, ale malowidłem na trzeciej władał złoty smok.

Dwaj najstarsi, Marcin Lis i Arkenbold, zajęli szlachetne miejsca u szczytu stołu. Sędziwój przy nich. Gestem dłoni wstrzymał służbę, która chciała wnosić wieczerzę.

— Tylko wino! Szybko!

Odczekał, aż dzbany i kielichy staną przed każdym, i wyszedł na środek.

— Widzieliście Pogorzelicę. Znacie naszą historię. Nikomu z was nie muszę tłumaczyć, że nie zgadzamy się na to, by Przemysł rządził nami jako król. Trzeba z tym skończyć. A jednak trzyma nas przysięga. Jednych tamta sprzed lat, innych nowa. Zarembowie nie łamią danego słowa... Dlatego chcę poznać imiona tych, którzy jej nigdy nie składali. Niech wystąpią!

Powstał brat Sędziwoja Filip, archidiakon gnieźnieński.

— Ja. Byłem chory w czasie koronacji.

Przy nim stanął o lasce stary Piotr, kuzyn jego ojca i stryjów.

— Ja, bo teraz nie mogłem się zwlec. A wtedy, przed laty, pilnowałem rodzinnego dworu.

I jeszcze Wawrzyniec, syn Sędziwoja:

— Ja. Bo ojciec nie pozwolił mi jechać.

— Wolni od przysięgi — powiedział Arkenbold.

— No to mamy jasność — rozstrzygnął stary Marcin Lis. — Filipie, ty jesteś duchownym, naszym kandydatem na biskupa, oczywiście po kanclerzu Andrzeju. Piotrze, tyś już dowiódł męstwa w tylu bojach, że czas ci patrzeć, jak się spisują młodzi. Pozostaje Wawrzyniec.

— Mój syn! — powiedział, z rozkoszą przeciągając słowa Sędziwój. — Niech to zrobi mój syn!...

Wawrzyniec przyklęknął, a starzy Zarembowie kolejno błogosławili mu.

— Sam jest sobie winien, bo nie uszanował symboli — powiedział cicho do Arkenbolda stary Marcin, gdy już usiedli.

— Tak, bracie, tak. — Głowa Arkenbolda się chwiała. — W Pogorzelicy, w dniu naszego wielkiego tryumfu, patrzyłem w kaplicy joannitów na wizerunek świętego Jana Chrzciciela. Janek był przy mnie i ty.

— I Szymon — przypomniał mu Marcin Lis.

— I Szymon. Wszyscy widzieliśmy głowę świętego na tacy...

— A młody Przemysł, koronując się w święto Jana Chrzciciela, podał nam własną...

Półlew zalśnił i z sykiem wysunął zza muru złoty, ostro zakończony ogon, przepalając mięsisty jedwab chorągwi.

MECHTYLDA ASKAŃSKA patrzyła na swego syna, Ottona, jak ćwiczy z mieczem. Ruszał się niczym dziki kot. Zamierał w miejscu tylko na chwilę, by odparować cios. Jasne włosy spadały mu na oczy, lecz ich nie odgarniał. Widziała rumieńce, wysoko, na policzkach i czole. Czuła woń jego słonego potu.

Był już mężczyzną. Miał siedemnaście lat, imię wiadomo po kim, po nim też dzikość, ale po niej rozum.

Wciąż paliła ją złość na wspomnienie starszego syna, Barnima II, który dał się zamordować mężowi swej kochanki. W lesie, jak zwierzę. Serce krwawiło jej długo niczym z otwartej rany, ale w końcu powiedziała sobie „dość".

Nie może prowadzić za rękę dorosłych synów. Skoro Barnim II był na tyle głupi, by dać się zabić, nie nadawał się do spełnienia wielkich planów matki. Życie jest wymagające i trzeba umieć osłaniać się przed ciosami. O tak!

— Ottonie! Pięknie odparowałeś!

Syn skłonił się jej i wrócił do ćwiczeń. Na dziedziniec wjechał jej kuzyn, Otto ze Stendal.

„Otto ze Strzałą" — pomyślała, patrząc jednocześnie na niego i syna. „Uderzające podobieństwo".

— Mechtyldo! — Skłonił się i zapatrzył na jej stopy.

— Ottonie, chodźmy na górę.

— Czy twój brat, Otto Długi, jeszcze pyszni się po ukoronowaniu jego bratanicy na królową Polski? — spytał kuzyn, zdejmując rękawice i oddając słudze podbity futrem płaszcz.

— Jesteś zawistny? Nie wypada. — Zaśmiała się. — Greta pracuje dla nas wszystkich. Wina?

— Dziękuję. Na razie efektów nie widać. Nie dała nam jeszcze dziedzica.

— Potrzebuje czasu.

Złapał ją za rękę.

— Mechtyldo! Czas działa na naszą niekorzyść. Przemysł zanadto się przyzwyczai do korony i obrośnie w piórka. A my potrzebujemy dostępu do morza. Musimy go wypchnąć z Gdańska. Teraz, już! Czy ty wiesz, że od koronacji był tam już dwa razy? Nie ma na co czekać!

Mechtylda wyrwała mu dłoń. Nie znosiła, gdy ktoś dotykał jej, kiedy ona tego nie chciała. A dzisiaj nie chciała i nie życzyła sobie. Na dodatek czuła, że Otto ma rację, że jego popędliwość to tym razem nie charakter, ale racja stanu. Brandenburska racja stanu. Odwróciła się nagle i chwyciła Ottona za twarz. Nie przypadkiem wcisnęła palec w czerwoną dziurę zabliźnionej rany od strzały.

— Dobrze. Ale przysięgnij tu i teraz, że jak odzyskamy Pomorze, to jego księciem będzie mój syn!

— Nasz syn!

— Nasz. Ale w świetle prawa tylko mój.

Pocałował ją w usta i powiedział:

— Zgoda.

Puściła go i okręciła się, chcąc złapać oddech. Przez wąskie okno zobaczyła, jak młody Otto zrzuca z siebie przepoconą koszulę i leje ceber wody na głowę. Otrząsnął się jak pies. Ona też. Krzyknęła przez okno:

— Synu! Pada śnieg. Opanuj się z tą wodą!

I odwróciła do kuzyna:

— Ottonie, daj mi chwilę, przygotuję to. Myślę, że Przemysł powinien nam podpisać przy świadkach zrzeczenie się Pomorza od razu na rzecz mego syna. To będzie dla niego łatwiejsze do przełknięcia, bo odda je władcy Zachodniego Pomorza, a nie, wedle swoich uważań, Brandenburgii.

— Otto nie jest księciem całego Pomorza. Współwłada z Bogusławem.

— No i co z tego. — Wzruszyła ramionami. — Jak dostanie Gdańsk, będzie nie do obalenia.

— Jak zamierzasz to zrobić? Zaprosisz go do nas na święta, z żoną? — zaśmiał się przewrotnie Otto.

— Nie. Wyjedzie z żoną po świętach i spotka się z nami na neutralnym gruncie. Greta wcześniej go przygotuje.

— Jesteś szalona, Mechtyldo, i kocham cię taką. Ale przyjedzie z wojskiem i to się może skończyć wojną.

— Nie. Ja nie mówię, że Greta przygotuje go na spotkanie z nami. My przygotujemy spotkanie z nim, a jej głowa w tym, aby on na nie dotarł z jak najmniejszą świtą.

— Słodka zasadzka... niespodzianka w zapusty... pomorski karnawał...

— Jesteś niemądry, Ottonie. To się nie może zdarzyć na Pomorzu.

Kuzyn i kochanek, ojciec jej syna, spojrzał na nią zaskoczony.

— Więc gdzie?

— Po prostu przy granicy. Która kasztelania najsłabsza?

— Santok i Drezdenko nietykalne. Czarnków też.

— A Rogoźno?

— Nieobwarowane. Ale to za głęboko, daleko od granicy.

— Po zamarzniętej rzece? — Mechtylda zmierzyła Ottona nieprzychylnym spojrzeniem, a on, zamiast się obrazić, zrozumiał.

Obeszła komnatę dookoła tanecznym krokiem, chwytając fałdy sukien. Ale nie patrzyła na niego, lecz w bok. Zbierała myśli wzburzone jego nagłym przyjazdem.

— Czy mój łowczy jest teraz u ciebie? — Zatrzymała się w miejscu nagle i poprawiła sobie podwikę pod brodą.

— Nie.

— To znajdź i przywołaj go do mnie. Będę potrzebowała pomocy, a on nadaje się do niej jak nikt inny.

— Do usług, pani!

Gwizdnęła na swego czerwonego orła i nie oglądając się na Ottona, wyszła na dziedziniec, do syna. Ptak leciał nad jej głową i osłaniał skrzydłami przed padającym śniegiem, krzykiem ostrzegając służbę, by zeszła jego pani z drogi.

PRZEMYSŁ swe pierwsze królewskie Boże Narodzenie spędził w Gnieźnie. Potem ruszył do Poznania, gdzie umówił się z Władysławem.

Mały Książę parł, by ruszyć na Kraków jak najszybciej.

— Królu! Czy nie brakuje ci Wawelu? Nie tęsknisz za nim? Za salą o dwudziestu czterech słupach? Za wieżami?

— Nie. Ale ty chyba bardzo.

Władysław się zmieszał.

— Wiesz, że jestem ci wierny. Nie ruszę na Kraków, jeśli mi nie pozwolisz.

— Poczekaj, książę, poczekaj. Chcesz odbić się od Wawelu kolejny raz? Arcybiskup Jakub pracuje nad biskupem Muskatą, dajmy mu czas.

— Muskata to zdrajca. Intrygant! — Władek zapalał się w gniewie i zaciskał pięści.

Cała jego drobna sylwetka składała się z samych węzłów, jakby pod skórą ktoś zaplątał mu ścięgna.

— Władysławie. Wrócimy do tej rozmowy po Wielkanocy. Nie wcześniej.

Opuścił głowę i mruknął:

— Dobrze, mój królu.

Wieczorem siedzieli w Okrągłej Sali. Minezinger bawił ich pieśnią:

Czarodziej Merlin, magów król
Co zna zaklęcia wszystkie
Powiedział, że nadejdzie dzień
Gdy klątwa miecza pryśnie...

Małgorzata, książę Władysław z Jadwigą, Cztery Wichry, wojewoda gdański, trochę rycerzy. Rikissa goniła trzy lwy.

Rycerz bez skazy, rycerz czysty
Nadejdzie w słońca blasku
Gdy weźmie miecz, zło cofnie się
Nie będzie dlań poklasku...

— Gdzie spędzisz zapusty, królu? — spytał Mały Książę.

— Jeszcze nie zdecydowałem — odpowiedział Przemysł.

Rikissa znudziła się zabawą. Teraz powtarzała za minezingerem jak wyliczankę, przechodząc i wskazując na siedzących wokół króla:

— Rycerz bez skazy, rycerz czysty...

Nawoj skłonił się królewnie, ona szła dalej.

— Gdy weźmie miecz, zło cofnie się...

Michał, w którego pierś wycelowała tym wersem, pokręcił głową i skończył:

— Nie będzie dlań poklasku.

Minezinger ukłonił się Rikissie:

— Królewna ma wielki talent do pieśni.

Dziewczynka nie usłyszała go, była już gdzie indziej.

— Może dasz się, królu, zaprosić do Gdańska? — spytał Święca, a jego rybogryf zafalował ogonem. — Wielki byłby to zaszczyt.

— Dziękuję, wojewodo. Ale nie chcę zimą podróżować tak daleko z Rikissą.

Małgorzata uniosła na niego oczy.

Zachodni Wicher, Bogusza, pokłonił się Przemysłowi.

— Królu! W Gdańsku gościłeś już dwa razy od koronacji. Mój kuzyn, Domaradzic, dawny kasztelan Rogoźna, dopytuje uniżenie, czy król przyjedzie zobaczyć ten modrzewiowy dwór, który kazał kiedyś wystawić. Pamiętasz biczowników?

— Pamiętam! Kto jest teraz kasztelanem w Rogoźnie?

— Mój stryj, królu. Sulisław Nałęcz — odpowiedział Lasota.

— A Domaradzic został? — Przemysł się uśmiechnął. — To już Nałęczowie i Grzymalici nie są sobie nie radzi?

— Odkąd moja siostra wyszła za bratanka Nawoja, jakoś się tolerują — odpowiedział Bogusza i przepił do Nawoja Nałęcza.

— To taka ładna dziewczyna, że zapadła decyzja, że możemy ich brać! — Nawoj przepił do Boguszy.

— Teraz to my weźmiemy was, Północny Wichrze, bo mój ojciec kończy się dogadywać z Nałęczem z Szamotuł o żonę dla pana Boguszy! — Bogusza przepił Nawoja.

— A ja słyszałem, że piękna panna kasztelanówna Nałęczówna pójdzie za Zarembę! — wtrącił się Michał.

— I tylko ja zostanę bezżenny jak mnich! — wykrzywił się Lasota. — I za to się napiję!

— Rikissa! Chcesz jechać do Rogoźna? — zapytał córkę Przemysł.

— Chcę!

— A może zostanie ze mną, w Poznaniu? — szybko spytała Małgorzata. — Chciałabym się nacieszyć królewną, a ostatnio tyle było wyjazdów. Pozwól nam!

— A ty nie jedziesz? — Przemysł spojrzał na żonę zaskoczony.

— Nie... Nie czuję się najlepiej. — Zawstydziła się. — Weź wszystkich swoich ludzi, nawet cały hufiec, obsiądźcie Rogoźno i bawcie się jak mężczyźni.

— Słyszysz, Jadwigo? — Władek uniósł brwi. — Nie każda kobieta chce wszędzie jeździć za mężem.

— Ciii... Nie mów tak... jeszcze ktoś usłyszy... — Jadwinia się zarumieniła i spuściła szybko głowę, co nadało jej wygląd skarconej dziewczynki.

Przemysł pocałował Małgorzatę w rękę. Podobał mu się ten pomysł, ale przede wszystkim intrygowało go, czy niedyspozycja żony była tym, czym pragnął ją widzieć. Ostatnio rzeczywiście bywała często blada i zamyślona, jakby nieobecna.

— Rikissa! Zostaniesz z królową w Poznaniu?

— Zostanę!

— Bogusza, Nawoj, ślijcie do kasztelana. Król i jego rycerze będą zdobywać modrzewiowy dwór!

MICHAŁ ZAREMBA bił się z myślami. Nie mógł patrzeć na Wawrzyńca Zarembę, syna Sędziwoja, który przebojem wdarł się w łaski dworu i teraz nie opuszczał króla niemal na krok. Wawrzyniec starał się być wciąż pod ręką Przemysła, a Michał nie spuszczał go z oka, czując, że za jego obecnością na dworze kryje się coś niedobrego.

„Po co ja to robię? Muszę się zdecydować, nie można stać na dwóch wieżach jednocześnie".

Ale nie potrafił podjąć decyzji. Był i Południowym Wichrem, chorążym swego króla, i Michałem Zarembą, ukrytym za murem smokiem. Gdy zapadła decyzja o zapustach w Rogoźnie, widział błysk w oku Wawrzyńca i choć młody nikomu nie dawał jakichkolwiek powodów do nieufności, Michał czuł, że za jego zapałem czai się zapalczywość Sędziwoja.

Przemysł, nie wiedząc o tym, że Zarembowie jeszcze niedawno jątrzyli przeciw niemu, wykładał się im tym wyjazdem niczym chleb położony do pokrojenia na pustym stole. Michał, choć był jednym z nich, postanowił zdwoić czujność.

Mieli ruszyć do Rogoźna o poranku, Michał kończył się ubierać, gdy przyszedł do niego Płatek.

— Król prosi cię, panie, do siebie — powiedział giermek, a Michał Zaremba poczuł pod sercem lód.

Przemysł stał przy okrągłym stole z pergaminem w ręku, gdy Michał wszedł, rzucił nim, aż ten z suchym trzaskiem się zwinął.

— Michale — król miał bruzdę między brwiami — nie spałem.

— Widzę — odpowiedział Zaremba. — Stało się coś?

— Jeszcze nie. Ale mam złe przeczucia, druhu.

Michał poczuł, że jest mu zimno, jakby od serca aż do gardła zamarzał mu oddech.

— Nie jest dobrze zostawiać królową i królewnę same. — Przemysł potarł dłonią czoło.

— Królu! Zostają w Poznaniu. Nie masz lepszej twierdzy w całej Starszej Polsce!

— Wiem — Przemysł wszedł mu w słowo. — Wiem. Zobacz — wskazał dłonią zwój, który odrzucił, gdy Michał wszedł — cisi ludzie donoszą, że Brandenburczycy wykonują jakieś ruchy.

— Królowa Małgorzata jest ich krewną. Chyba nie myślisz panie, że...

Przemysł złapał Michała za ramiona.

— Właśnie, nie myślę! Ja to czuję. Jakbym myślał, to by mi przez głowę nie przyszło bać się o nie, gdy zostawiam je w Poznaniu, za murami, z wojskiem. Śniła mi się... — spojrzał na Michała — wybacz... śniła mi się Małgorzata na brandenburskim dworze, płacząca. I Rikissa w czerwonej sukience, na śniegu. Michał! — Przemysł trzymał go tak mocno, jakby chciał zacisnąć go w ramionach. — Michale, nikomu innemu nie powiedziałbym o złych przeczuciach z powodu snu, być może głupiego. Król nie powinien ulegać takim marom. Ale ty to co innego, jesteś moim Południowym Wichrem. Gdy Rikissa żyła, tylko z tobą mogłem ją zostawić bezpiecznie! Ja o tym ciągle myślę, że wtedy, gdybyś był przy niej na błoniach, kiedy ta klacz się zerwała, nigdy by do tego nie doszło, Rikissa byłaby z nami do dziś... Michał. Wybaczysz mi?

— Królu. — Michał bliski był łez. — Przemyśle. Jestem twój. Chcesz, żebym został z królową i królewną? Zostanę.

Przemysł uściskał go z całych sił i odetchnął. Bruzda między jego brwiami zniknęła.

— Przeczytaj to później. — Wskazał ręką na pergamin, który zwinięty w rulon kołysał się na stole. — Jeśli trzeba, to puść kolejnych cichych ludzi w stronę granic.

Michał zabrał pergamin i poszedł do siebie wydać polecenia swojej służbie, która przecież była już gotowa do wyjazdu. Zszedł na dziedziniec, pożegnać odjeżdżających. Przemysł uśmiechnął się do niego, wsiadając na konia. Złapał zdumione spojrzenia Lasoty i Nawoja.

— Południowy nie jedzie?

— Ręka mu od kopii odwykła, nie chce stracić tytułu! — zadrwił Bogusza — Nie bój się, przyłożę w twoim imieniu Nawojowi na bohurcie! Chcesz?

— Chcę! — krzyknął Michał i śmiech zamarł mu na ustach.

Rikissa wybiegła na dziedziniec zamku, by pożegnać ojca. Poczuł, że ściska mu się serce. Dziewczynka w czerwonej sukience na śniegu. Jasnowłosa, jasnooka jak jej matka. Michał uniósł wzrok na Przemysła, ale król patrzył w inną stronę. Za królewną biegła dwórka z płaszczem. Dogoniła dziecko i okryła, Rikissę spowił błękit. I nieoczekiwanie mała zamiast do Przemysła podeszła do niego, wyciągnęła ramiona i spytała:

— Czy rycerz Michał weźmie królewnę Rikissę na ręce?

Poczuł, że ma miękkie kolana, przyklęknął więc przed nią i powiedział:

— Rozkazuj.

— Podnieś mnie w górę. Chcę pocałować króla.

I uniósł ją, i jak gówniarzowi zakręciły mu się w oczach łzy, które schował w fałdach płaszcza dziewczynki. „To przypadek, to zwykły przypadek".

Postawił ją na śniegu.

— Czy rycerz zaprowadzi Rikissę do Grety?

Usłyszał za plecami głos Przemysła:

— Będzie mi ciebie brakowało!

I ruszyli przez bramę, aż grudy śniegu prysły spod końskich kopyt. A Rikissa chwyciła go za rękę. Puściła. Zdjęła mu rękawicę i chwyciła znów.

— No to chodźmy.

Małgorzata zbladła, gdy zobaczyła go z królewną.

— Michale! Dlaczego nie jesteś z królem?!

Ukłonił się:

— Królewna miała życzenie, bym odprowadził ją do ciebie, pani.

— Rikisso! Nie powinnaś zatrzymywać rycerza, który musi być przy swoim królu! — Po raz pierwszy usłyszał, by Askanka skarciła dziecko.

— To moja wina, królowo. Królewna Rikissa od dawna powinna mieć swego własnego rycerza. Powinienem o to zadbać. — Silił się na żartobliwy ton.

Ale córka Przemysła nie puszczała jego ręki, pociągnęła go:

— Nic straconego, rycerzu Wichrów. Ślubuj mi teraz, tutaj.

Michał spojrzał na Małgorzatę. Królowa była blada, położyła dłoń na sercu i skinęła głową.

Przyklęknął więc przed dzieckiem na jedno kolano i powiedział:

— Ślubuję ci, Rikisso.

— Nie tak! To jakieś dziecinne. Powiedz, co mi ślubujesz! — Mała spojrzała na niego oczyma swojej matki.

Michałowi krew zastygła w żyłach.

— Ślubuję służyć ci, królewno Rikisso, bronić cię i walczyć dla ciebie. A jeśli przyjdzie taki czas, zginąć z twym imieniem na ustach.

Siedmioletnia córka króla spojrzała na niego bez cienia uśmiechu, wzrokiem dorosłej kobiety i pocałowała go prosto w usta. A potem położyła mu dłoń na czole i powiedziała:

— I ja ciebie nie opuszczę aż do śmierci.

JAKUB DE GUNTERSBERG nie pił wina.

Margrabiowie: Otto, zwany od rany w głowie Ottonem ze Strzałą, jego brat Konrad i synowie Konrada, Otto, Jan i Waldemar, pili za to na umór. Od tygodnia siedzieli w grodzie Brzezina i tylko zamarznięta połać Noteci dzieliła ich od granicy.

Po raz pierwszy w jego pracy zdarzyło się tak, że trzej mocodawcy wydali mu zlecenie uśmierccenia tego samego człowieka. Nie, właściwie nie. Tylko dwaj kazali go zabić, trzeci życzył sobie uprowadzenia i dowiezienia w umówione miejsce.

Wziął potrójną zaliczkę, ale czy odbierze potrójną nagrodę? Dwa zlecenia wykluczają to trzecie. Mechtylda powinna być dla niego najważniejsza. Ona jest panią jego ukrytych pragnień. Ale nikt nie jest wieczny i askańska wiedźma też nie. Nie starzeje się wprawdzie, fakt, ale któregoś dnia zacznie.

Podniecała go ta historia niezwykle. Jego przewrotny umysł przez chwilę wytworzył czwarte rozwiązanie: pójdzie do Przemysła i powie mu, kto pragnie jego śmierci, i podejmie się misji zgładzenia zleceniodawców. Oczywiście za właściwą cenę.

Ale to był tylko wytwór jego wyobraźni, nie zrobi tego nigdy.

Albowiem z Przemysłem od wielu lat łączy go subtelna, niewidzialna nić. I właściwie to on mógłby wynająć zabójcę w tym samym celu. Zaśmiał się, aż na chwilę umilkli pijani margrabiowie.

Kogo miałby wynająć on, najlepszy z najlepszych? Sekretny człowiek ufa wyłącznie sobie. Wymienił spojrzenie ze swym sługą stojącym przy drzwiach. „W porządku". Wolał pilnować się sam, margrabiowie pili na umór i w jego oczach nie byli wiarygodni. Potarł dawno zabliźnioną ranę na czole. Swędziała go. Przykrył ją szarymi sterczącymi włosami.

Lukardis mogła być jego.

Wspinał się po stopniach kariery na dworze Barnima. Stary książę kochał i poważał go, a los dziewczyny, której ojciec zawieruszył się w Ziemi Świętej, był niepewny. Wyczekał na właściwy moment. Stanął przed księciem i poprosił o nią. Ale gdy wypowiedział swe marzenie i obiecał, że rzuci dziewczynie świat to stóp, czerwony gryf z piersi Barnima zerwał się i wbił pazurami w jego czoło.

— Wracaj! — skarcił gryfa książę, a do niego powiedział: — Chłopcze. Przeliczyłeś się. Lukardis jest nie dla ciebie.

Tamtego dnia przeszedł na stronę Mechtyldy i zaprzedał jej duszę jak diablicy, którą zresztą pewnie była. Wykonywał dla niej najbrudniejsze przysługi, a ona od początku zdając sobie sprawę z uczucia, jakim darzy Lukardis Złotowłosą, przeznaczyła go na zabójcę Przemysła.

Dlaczego teraz zmieniła zdanie? Dlaczego to ona jedna zapłaciła za jego życie, nie za śmierć?

Jego człowiek przy drzwiach podniósł rękę do oka. Jakub wstał.

— Już czas — powiedział margrabiom.

Pijany Otto z siną blizną na czole ugryzł kawał mięsa, aż sok spłynął mu po wgłębieniu w brodzie niczym po rynnie.

— A zatem jedź, Jakubie, i przywieź nam królewski podarunek!

Jakub wyszedł na śnieg. Słońce zaszło i chwycił mroczny mróz. Dwudziestu ludzi zbrojnych w kordy, puginały i tasaki. Na rękojeściach tasaków puklerze. Żadnych mieczy, kopii i innych rycerskich wynalazków. Małe tarcze, długie ostrza to broń sekretnych ludzi. Skuteczna, szybka i śmiertelna. Skórzane kaftany, kolczugi, na nich ciemne płaszcze, żadnych znaków. Konie uczone szybkiej jazdy, zwrotne i wytrzymałe. Twarze osłonięte. Nie, nie dlatego, by nikt ich nie rozpoznał! Każdy z nich ma oblicze podobne dokładnie do nikogo, w końcu Jakub wybierał ich osobiście. Twarze osłonięte przed mrozem. Jego sfora.

— W drogę! — krzyknął i ruszyli.

Margrabiowie wytoczyli się pijani na dziedziniec, ale Jakub de Guntersberg nie patrzył na nich, lecz przed siebie, na śnieżny, niewidoczny szlak.

MICHAŁ ZAREMBA trzy dni, jak potępiony duch, krążył po zamku. Przeczytał raport cichych ludzi, który zostawił mu król. Myślał nad nim, ale od którejkolwiek strony by go nie rozważał, nie widział większego zagrożenia w tym, że Brandenburczycy się zbroją. Po pierwsze, oni są do wojny nieustannie gotowi, po drugie, im dłużej się nad ich ruchami zastanawiał, tym bardziej dochodził do wniosku, że jeśli cokolwiek mają w tej chwili na oku, to księstwo zachodniopomorskie. Posłał więc cichych do księcia Bogusława, żeby przyjrzał się lepiej swej macosze, Mechtyldzie i poprosił o zwrotne wieści. Po namyśle puścił też gońców do kasztelanów przy zachodniej granicy, żeby zdwoili straże. Ale czegokolwiek nie zrobił, nie czuł ulgi, przeciwnie, z chwili na chwilę czuł się coraz gorzej. Nie spał. Myślał o Wawrzyńcu, o tym, że syn Sędziwoja jest teraz blisko króla. Życie w zamku jakby zamarło, królowa źle się czuła i zamknęła się w swych pokojach. Mała królewna była przy niej. A Michał krążył po murach, patrząc w śnieg. Powtarzał sobie w głowie: „Król kazał mi zostać. To król chciał, bym pilnował królowej i dziecka", ale to nie przynosiło mu ukojenia, bo drugi głos mówił w nim: „Król nie wie, że może mieć w swym otoczeniu zdrajcę. Zdrajcę z czarnym półlwem na piersi".

Zobaczył ruch na dziedzińcu zamkowym i zszedł sprawdzić, co tam się dzieje. Zbysława, dwórka królowej i najstarsza córka Sędziwoja, szła w otoczeniu służby, a ze stajni wyprowadzono konie.

„Zaczynała służbę przy księżnej Lukardis jako dziewczyna, a teraz to dojrzała kobieta. Ani ona, ani ja nie założyliśmy własnych rodzin. Ja jeszcze mogę, ale dla niej już chyba za późno."

Wciąż była ładna, dojrzałość jej służyła, nie traciła urody, ale była w niej jakaś surowość, chłód kobiety, która żyje nie swoim, a cudzym życiem. Kiedy ich Przemysł nazwał Czterema Wichrami, o dwórkach księżnej mówiono Cztery Kwitnące. Ostatnio zaniechano tego, bo ktoś doniósł, że młodzi giermkowie przy kielichu w karczmie „Dwie Pieczenie" zrobili z nich Więdnące. Królowa Małgorzata nie życzyła sobie jednak zmieniać dam osobistego dworu.

— Zbysławo! — zawołał do niej.

Odwróciła się tak nagle, jakby ją wystraszył.

— Wybierasz się gdzieś? — spytał.

— Ojciec prosi, bym przyjechała pilnie do Jarocina — rzuciła przez ramię i nawet się nie zatrzymywała.

— Coś się stało? — zapytał, choć nawet nie potrzebował jej odpowiedzi, by wiedzieć.

— Nie, skądże. Pani mnie puściła, nie jestem jej potrzebna. Wybacz, spieszę się.

Nie mógł jej zatrzymać, ale w jednej chwili zrozumiał, że się nie mylił.

„Sędziwój wzywa swoje dzieci do siebie".

Rzucił okiem na jej skrzynie, które służba targała na wóz. Za duże jak na krótką podróż.

— Przekaż ojcu, że jeden z nas popełnił straszny błąd — powiedział, gdy stajenny podsadzał Zbysławę na konia.

Nie był pewien, czy go usłyszała. Ale gdy spojrzała na niego z góry, jej twarz była spłoszona i szara. Skinęła mu głową na pożegnanie.

Odwrócił się i póki nie zniknął kobiecie z oczu, szedł wolno, jakby nigdy nic. Potem był już Wichrem. Zwołał dwunastkę ludzi, oddział, jaki mógł zabrać z Poznania bez naruszania obsady zamku, i pobiegł do królowej.

— Pani się modli — powiedziała Anna, ale widząc jego minę, dodała: — Wejdź.

Małgorzata wstawała z klęcznika. Była blada. Zobaczywszy Michała, złapała się za serce. Przyklęknął na jedno kolano.

— Pani. Król dał mi rozkaz pilnować ciebie i królewny, ja proszę cię, byś ty mnie z niego zwolniła.

Małgorzata wyprostowała się i nie zadając jakichkolwiek pytań, powiedziała:

— Rozkazuję ci, Michale Zarembo. Jedź! Jedź najszybciej, jak możesz.

A mała królewna wyszła zza jej pleców i po raz drugi w ciągu trzech dni pocałowała go w usta.

1296

luty

PRZEMYSŁ był śmiertelnie zmęczony.

Trzy dni w Rogoźnie minęły niczym jeden nieustanny turniej. Gdy zostawił Michała w Poznaniu, uspokoił się, a dzięki Małgorzacie, dzięki jej wspaniałomyślnej decyzji, że nie jedzie z nimi, urządzili sobie prawdziwie męskie zapusty. Żadnych kobiet, nawet służba była wyłącznie męska.

— Rycerze króla Artura są wolni od pokus cielesnych!

I bawili się jak Rycerze Okrągłego Stołu. Toczyli pojedynki każdy z każdym i na wszystkie bronie. Pili, ucztowali, śpiewali pieśni i stawali w szranki. Od śniegu odbijały się czerwone królewskie chorągwie. Nawoj śmiał się, że pierwszego z królewskich chorążych wygryzie jego rodowiec, Wawrzyniec, syn Sędziwoja, który wygrywał walkę za walką. Miecz króla wbity w śnieg wyznaczał środek turniejowego pola. A Przemysł konno kruszył kopie z Lasotą.

Ach, czuł, że tego właśnie brakowało mu w życiu!

— Kto przegrywa, za karę śpiewa! — krzyknął Bogusza.

Nawoj skrzywił się i zastrzegł:

— Sami chcieliście!

Ciemna i mroczna jak klątwa sprzed wieków
Pieśń o mieczu wykutym, by zadawał ból
Mieczem Boleści nazwany
Powinien zwać się Mieczem zamienionych ról...

Nawoj Nałęcz, Północny Wicher, miał głos niezły, ale specjalnie fałszował, na złość Boguszy.

— Nawoj, śpiewasz jak ponury książę Głogowa! — krzyknął Lasota i wywrócił oczami, rozciągając szczękę, by upodobnić się do Głogowczyka. Wcisnął też głowę w ramiona i łypał teraz spod oka na prawo i lewo. — Ja znam pieśń godną Henryka głogowskiego, a na dodatek przegrałem z królem. Śpiewam!

Zaśpiewam pieśń o mieczu złym
Ostrzu z przeklętej stali
O głowni, która kryje czar
Co wprost do czarnych wiedzie mar!

Fałszował złośliwie, wykrzywiając się, i rzeczywiście udawał Głogowczyka doskonale. Młody Wawrzyniec Zaremba, tak jak i jego ojciec, Sędziwój, nieznający się na żartach, powiedział, że to grzech śpiewać ciągle o mieczach przeklętych, i zamiast tego zaczął nucić *Rycerza bez skazy*.

Przemysł z Nawojem się napili.

— Za naszą młodość!

Odkąd zmarł stryj Bolesław, nie miał się przeciw komu buntować, a dorosłe życie księcia było nie pasmem zwycięskich bitew, lecz mądrych kompromisów, w których wygrywał, owszem, lecz tracił pasję życia.

„Jednak Odrodzone Królestwo warte jest poświęceń".

— Królu, czy gdybyś mógł cofnąć czas, chciałbyś znów być księciem, który urwał się swej straży i popędził w las, nie oglądając się za siebie? — spytał Nawoj.

— Właśnie to robię, druhu. Tu, z wami. Cofam czas.

Na ostatni dzień zapustów zaplanowali szaleńczy bohurt. Już zdążyli nacieszyć się walką na miecze, kopie, zapasami w zbroi. Teraz był czas na walkę poza wszelkimi zasadami. Uzbroili się w fiszbinowe, ćwiczebne miecze i stanęli na polu, jedni przeciw drugim.

— Wina! — krzyknął Przemysł, który za chwilę miał przestać być królem, a stać się jednym z wielu, równym pośród równych. — Wina!

I giermkowie wnieśli dzbany na udeptany śnieg, a oni wypili i z krzykiem ruszyli na siebie. Ogarnął go ten doskonale znany mu szał. Równać się z nim mogły jedynie chwile spełnienia z Rikissą. Jedno i drugie po prostu nie miało granic.

A gdy padli na ziemię, dostrzegli, że śnieg pod ich stopami zamienił się w ciepłe błoto i śmiali się, i nurzali w nim.

— Do łóżek, panowie! Jutro zaczyna się Wielki Post!

Potem w gorącej balii zmył z siebie pot, brud i grudki zaschniętej krwi, a Płatek przebrał go w czystą koszulę. Ostatnią jego myślą, nim zapadł w sen, było zimne morze, to samo, w którym płynął po śmierci Mściwoja. Korona ze śniegu.

Obudziło go szarpnięcie. We śnie właśnie wychodził bosą stopą na lód i z dala widział małą sylwetkę Rikissy, córki.

Padł na śnieg. Otworzył oczy. Usłyszał szczęk broni. Na krtani poczuł zimny nóż. Ktoś stał nad nim i mierzył prosto w jego gardło. Twarz znajoma, choć rozmazywała mu się. Usłyszał:

— Na koń!

I mężczyzna pociągnął go za ramiona. Przemysł otrzeźwiał. Na dziedzińcu przed dworem trwała walka lub raczej rzeź. Ludzie, których nie znał, dobijali jego rycerzy, a jego samego ciągnęli w stronę stajni.

— Na koń!

Szarpnął i wyrwał się, rzucając w stronę otwartych drzwi. Przeskoczył schody i dopadł swej sypialni, jednym susem sięgnął łoża i spod wezgłowia wyciągnął miecz. Napastnik był już przy nim, ale tylko z puginałem. Miecz króla był o trzykroć dłuższy. Przemysł natarł na niego, krzycząc:

— Czy wiesz, kim jestem?

— Wiem! — syknął napastnik, cofając się, i niczym dziki kot okrążał sypialnię.

Przemysł trzymał go na długość miecza.

— Dlaczego chcesz mnie zabić?

— Nie chcę! Chcę cię gdzieś zawieźć!

Zadał mu cios pod obojczyk. Ostrze ześlizgnęło się. „Ma pod kolczugą kaftan z wszytymi płytkami stali".

— Dokąd? — spytał Przemysł, wciąż trzymając go na dystans.

Mężczyzna nie zachwiał się nawet. Nie spuszczali z siebie oczu.

— To tajemnica. Dowiesz się na miejscu, królu. Poddaj się. Twoi ludzie nie żyją. Jesteś sam.

Rzeczywiście, od kilku chwil odgłosy rzezi z podwórca ucichły i słyszał jedynie szczęk broni, jakby ktoś miecze rzucał na jeden stos. „Sprzątają po sobie. Sprzątają po nas".

— Nie! — krzyknął Przemysł i natarł na niego.

Trafił w ramię, wytrącił mu puginał. Napastnik przewrócił się. Przemysł pochylił się nad leżącym i, celując w jego pierś, zapytał:

— Kto kazał ci mnie zabić?! Mów!

I w tej samej chwili poczuł uderzenie w plecy. Dokładnie między łopatkami.

„Coś twardego. Rękojeść".

Osunął się na kolana i dotarło do niego, z kim walczył. Jakub de Guntersberg. Łowczy Konstancji, który uciekł mu spod Santoka. Ten, który pod Stolcem przerwał jego walkę z księciem legnickim. Jakub de Guntersberg.

„Przynajmniej walczył ze mną. Kto zadał mi cios w plecy?".

Zachwiał się na kolanach i upadając, z całych sił wykręcił się, by spojrzeć w twarz tego, kto dźgnął go od tyłu.

Wawrzyniec Zaremba.

— Nie! — krzyknął i postanowił, że nie może tak umrzeć. — Boże! Chroń króla!

Ostatnie, co poczuł, to czyjeś ręce ciągnące go w górę.

MICHAŁ ZAREMBA z dwunastką zbrojnych ludzi pędził do Rogoźna.

Był niczym Chrystus, który wstąpił do piekieł, by dotknąć dna śmierci. Lecz niczym Chrystus zmartwychwstał i odbił się od lodowej otchłani.

„Zdążę, będę pierwszy".

Gdy w końcu podjął w swym sercu decyzję, był niczym nawałnica. Nie do powstrzymania. Wbijał ostrogi w końskie boki. Tak zapamiętał się w tej jeździe, że chwilami odwracał się, by sprawdzić, czy oddział nadąża za nim. Południowy Wicher gnał na północ.

„Musiałem złamać rozkaz, by spełnić swą powinność".

Ale gdy dojeżdżali do Rogoźna, już z daleka zobaczył łunę pożaru i śnieg pod kopytami jego konia stopniał w jednej chwili, tak jak zamarło serce Michała. Wpadł na dziedziniec. Trupy. Wszędzie trupy. Wbiegł do środka. Martwe ciała, nagie, w samych koszulach.

— Szukać żywych! — krzyknął do swych ludzi.

„Boże Wszechmocny! Nawet jeśli to Wawrzyniec, to nie mógł tego zrobić sam. Taka jatka... Ktokolwiek to był, uderzył na śpiących".

Ta myśl uspokoiła go, choć brodził we krwi. Uspokoiła, bo cokolwiek mógł myśleć o Sędziwoju i jego synu, nigdy, nawet w najczarniejszych snach nie posądziłby ich o tak zdradziecki mord. Ruszył na górę, do sypialni króla. Pusto. Puste łoże i zaplątany w prześcieradła królewski miecz. Uniósł go. Zobaczył krew na ostrzu.

„Bronił się".

Zastygła wzdłuż zbrocza. „Musiał potem unieść miecz do góry, skoro spłynęła aż do jelca".

I wtedy zobaczył, że pod samym jelcem, na mieczu jest znak, którego kiedyś nie było. Głowa w królewskiej koronie. W rowkach znaku zastygła krew, znacząc królewską głowę złowróżbnie. „Oddał go zbrojmistrzowi przed koronacją" — przeleciało przez głowę Michała.

Poczuł ciężar świętego żelaza w dłoni.

„Miecz królów i miecz Zarembów. Jeden i ten sam".

Przypasał go sobie, zbiegając na dół, na dziedziniec.

— Uprowadzili króla! — jęknął Bogusza, znacząc śnieg krwią, która wypływała mu z gardła.

— Dokąd?

— Na południe!

— Kto?

Bogusza twarzą pocałował śnieg.

— Na koń! Za mną! Porwali króla! — krzyknął do swych ludzi.

„Ilu ich mogło być? Czy tych dwunastu wystarczy?".

Ruszyli południową bramą. Szukał śladów. Jest! Śnieg zbroczony krwią. Ale jeźdźców musiało być wielu, co najmniej dwudziestu. Przez serce przemknęła mu pewność, że to nie Wawrzyniec, że kto inny.

„Syn Sędziwoja działaby sam".

— Jazda!

„Uprowadzili króla, więc jeszcze żyje".

Nadchodził świt. Różowa poświata kładła się na śniegu, jego koń oddychał głośno. Zamajaczyła mu przed oczami ciemna plama.

„Ludzie".

A po chwili usłyszał stamtąd krzyki.

— Broń w gotowości! — krzyknął do oddziału, a do swego ogiera wyszeptał: — Bądź skrzydlatym koniem, błagam cię!

I śnieg spod jego kopyt zrobił zamieć.

Zobaczył piętnastu konnych, bez znaków. I za nimi Wawrzyńca Zarembę z czarnym półlwem na płaszczu. Na jego oczach rodowiec dopadł uciekających konnych, zajechał im drogę i ściągnął z końskiego grzbietu niemal bezwładne ciało. Sam zeskoczył na ziemię.

— Król!

„Jeszcze dwadzieścia skoków, jedź, błagam cię, pędź!".

Król na śniegu, nagi. Wawrzyniec próbuje mieczem trafić w króla. Konny odtrąca nogą Wawrzyńca, pochyla się w siodle, unosi króla z ziemi i wrzuca na grzbiet swego konia.

Michał wyjął miecz z pochwy, był już blisko, jeszcze cztery, pięć skoków i dopadnie ich. Już go widzą. Odwrócił się, jego jeźdźcy zostali w tyle, ale zaraz tu będą.

Nagie plecy króla przewieszone przez koński grzbiet broczyły krwią. Wawrzyniec podniósł się i zamierzył w nie. Michał był szybszy, wziął zamach królewskim mieczem i odciął w biegu głowę Wawrzyńca Zaremby. Zobaczył krew, która chlusnęła z szyi, i zamarłą twarz upadającą w śnieg. Koń Michała nie mógł wyhamować cwału, dopiero po chwili udało mu się zawrócić go. Wracał szybko.

Usłyszał:

— Giń jak król!

I zobaczył, że konny wbija Przemysłowi sztylet w szyję i zrzuca z końskiego grzbietu, krzycząc:

— Odwrót!

Jego ludzie już dojeżdżali, krzyknął, wskazując uciekających:

— Bierzcie ich!

Zeskoczył w biegu, przewrócił się. Wstał, dobiegł do Przemysła.

Włosy króla były biało-purpurowe, zamarznięta korona śniegu i krwi. Oczy zachodziły mgłą. Sztywniał mu na rękach, charcząc:

— Chroń Królestwo i ją...

Michał wsunął Przemysłowi do ręki jego miecz, zbryzgany krwią młodego Zaremby, zacisnął sztywniejące palce na głowicy i pochylając się nad oddającym życie, wyszeptał:

— Przysięgam, mój królu.

BENIAMIN ZAREMBA wstał, gdy wszedł Michał. Czekał na syna, odkąd ciało króla wróciło do Poznania. Wiedział, że Michał najpierw uda się na zamek, najpierw spełni swe obowiązki; więc czekał. Daleko było mu jednak do cierpliwości, a jego słynny kamienny spokój w ostatnich dniach rozsypał się w proch.

— Synu! — przycisnął go do piersi. — Synu!

— Nie obroniłem króla, ojcze... zmarł w moich ramionach.

Beniamin podał mu kielich z mocnym winem, ale Michał go odtrącił. Dopiero teraz zobaczył, że syn ma spękane wargi, jakby nic nie brał do ust od dawna.

— Ojcze... — Michał usiadł i patrzył na niego oczami, których Beniamin chciałby nigdy nie ujrzeć.

Na ławie położył miecz. Beniamin wyciągnął do niego rękę i cofnął.

— Czy to?...

— Tak. To ten miecz.

— Więc?...

— Ściąłem nim głowę Wawrzyńca Zaremby.

Beniamin zerwał się na równe nogi.

— Jezus Maria!...

Tak, wiedział, że znaleziono ciało Wawrzyńca bez głowy, ale wieść niosła, że syn Sędziwoja zginął, broniąc króla. Teraz dopiero do Beniamina zaczęło docierać, co się naprawdę zdarzyło w Rogoźnie.

— Najemnicy porwali króla, a Wawrzyniec chciał go wyrwać najemnikom i zabić. Wtedy nadjechałem ja. Za późno, by uratować króla. W sam raz, by zabić swego rodowca mordercę.

Naraz Michał zaczął się strasznie śmiać, jakby siedział w nim kto inny, ktoś obcy, nie jego syn.

— Czyż niesłusznie nadałeś mi na chrzcie imię smokobójcy archanioła Michała? Zabiłem smoka!... Z własnej krwi... A mimo to będę przeklęty na wieki.

Beniamin zbierał się w sobie szybko. Nawet jeśli nie jest już skałą, syn potrzebuje go teraz bardziej niż kiedykolwiek w życiu. Złapał go za ramiona i potrząsnął.

— Nie! To nie ty jesteś przeklęty, tylko ten miecz... Byłeś ręką, którą kierował miecz...

— Ojcze. — Michał spojrzał na niego spokojnie i przytomnie, jakby przed chwilą nie śmiał się piekielnie. — Ojcze, nie możemy zrzucać własnych i cudzych grzechów na jedno stare ostrze. To tylko miecz.

— Synu, ten miecz stał się przekleństwem Zarembów. Jak nie wierzyć w jego moc? Tylko że przez lata rozumieliśmy ją błędnie, pragnęliśmy, by miecz wrócił do nas, nie rozumiejąc, że ten miecz to śmierć. Przecież skoro przypłynął z Anglii razem z Edmundem, to było ostrze, którym król Bolesław miał odebrać życie naszemu przodkowi. Czyż nie tak?... do tego miecz był przeznaczony, a my kierowani pychą...

— Mówiłeś, że król podarował Edmundowi miecz wraz z godnością i zwróconym życiem.

— Byliśmy ślepcami, synu. Widzieliśmy to, co chcieliśmy widzieć. — Beniamin potarł czoło. — Popędliwy Sędziwój mógł na to nie zwrócić uwagi, nigdy nie miał cierpliwości do ksiąg. Ale dlaczego ja nie zrozumiałem tego wcześniej? Dlaczego to przeoczyłem?

Michał oparł zmęczoną brudną głowę na ławie. Nic nie mówił. W końcu się podniósł.

— Może masz rację. Może to jednak klątwa? Jeśli tak, to wypełniła się w sposób straszny. Nie obroniłem króla, ale zabiłem krew z naszej krwi. Ściągnąłem na siebie grzech śmiertelny.

— Synu, Bóg stawia nas czasami nad przepaścią i nie pozostawia wyboru. Wszyscy Zarembowie mają do odkupienia wielki grzech. Nawet nie wiem, czy kiedykolwiek zdołamy zadośćuczynić. Nie wiem, czy istnieje sposób, by wymodlić oczyszczenie naszych dusz...

Spojrzał na syna, bo Michał wyjął sztylet i położył na stole, ostrze kierując w stronę swojej piersi.

— Nawet o tym nie myśl! Samobójstwo to jedyny grzech, którego w żaden sposób nie można odkupić.

— A królobójstwo nie? — Syn spojrzał na niego.

— Temu akurat chciałeś zapobiec.

Michał wstał, schował sztylet do pochwy.

— Nie martw się — powiedział do Beniamina — tego nie zrobię. Moje życie już nie należy do mnie, więc nie odbiorę go sobie, choćbym chciał.

— Synu, trzeba zniszczyć ten miecz. Dość już uczynił złego. Skończmy z tym. Złamać i przetopić, by nikt nigdy...

Michał jednak wziął go w rękę.

— On nie należy do nas, ojcze. To miecz króla i należy do królestwa. A moje życie należy do Rikissy, córki Przemysła. Przysięgałem jemu i jej. Dzisiaj rano królewna ponownie przypomniała mi tę przysięgę i kazała przynieść miecz.

BIAŁY ORZEŁ osłaniał go skrzydłami, a stojący lew poprowadził Przemysła w krainę cieni. Majestatyczna ciemność przykryła ich niczym płaszcz purpurowy ramiona króla.

Gdy Przemysł przekroczył jej płynną granicę, dostrzegł ławę umarłych. Mściwoj i równy mu wzrostem czarny gryf, stryj Bolesław z lwem obok siebie, przy nim ojciec. Poznał go od razu, w końcu to tak, jakby patrzył w lustro wody.

„Więc musiałem umrzeć, by cię zobaczyć".

Przemysł I przyjrzał mu się ciekawie i skinął głową, dotykając głowicy miecza.

W drugiej ławie półorzeł i półlew i czarne, nawet po śmierci długie włosy Leszka. Przy nim wysoki, białowłosy mężczyzna o spiczastych uszach. „Książę krakowski Bolesław". Gdzieś dalej załopotał skrzydłami czerwony gryf i zobaczył brodate oblicze Barnima.

I przejrzyste twarze książąt i księżnych, których nigdy nie spotkał, a których potrafił teraz nazwać po imieniu. Poczuł delikatne dotknięcie i odwrócił się.

Rikissa chwyciła jego dłoń.

— W krainie cienia znów ja jestem twoją żoną. Gdy żyłeś, nie mogłam przyjść, bo zaślubiłeś drugą. Teraz Primislaus jest mój. — I uśmiechnęła się do niego tak, jak za tym tęsknił. — To nasza piękna, wieczna miłość po śmierci!

Trzy lwy stanęły przy jej bokach, mrucząc do jego lwa. Pod błękitną materią jej sukni dostrzegł śpiące niemowlę, nie większe niż orle pisklę. Zatrzymał wzrok na dziecku, które nie zdążyło się narodzić, odchodząc wraz z nią. Chciał spytać o nie, ale Rikissa przyłożyła palec do ust:

— Ciii... on śpi. Nie wolno go budzić.

Wskazała Przemysłowi dłonią drogę.

„Ma taką białą skórę czy to rękawiczka?".

— Ty tam! Ja będę czekała!

— Dlaczego nie idziesz ze mną? — spytał.

— To nawa królów!

Teraz ciemność ustąpiła jasności i zobaczył pięć tronów.

Na pierwszym siedział potężny Bolesław Chrobry. Na drugim syn jego, Mieszko. Trzeci był pusty, leżało na nim tylko świetliste berło, wokół którego owijała się gałązka dzikiego ziela.

„Więc imię Bezpryma wymazane jest nawet w świecie umarłych".

Na czwartym siedział Bolesław Śmiały i wskazywał mu ręką jego miejsce. Piąty tron.

Pokłonił się Umarłym Królom i zobaczył, że żaden z nich nie ma na głowie złota, lecz jedynie ślad namaszczenia olejem świętym.

„Niewidzialna korona" — przypomniał sobie słowa arcybiskupa z obrzędu koronacji. Nim usiadł, obejrzał się za siebie. Za pięcioma tronami stały następne, puste. Jeden, drugi, trzeci, im głębiej patrzył, tym więcej złotych tronów czekało na przyszłych władców. Uśmiechnął się i usiadł.

W katedrze zagrzmiały żałobne chóry. Spojrzał w dół.

W mroku kamiennej nawy wojewodowie wnosili chorągwie, a lechickie orły zrywały się do lotu, choć skrzydła ich były spętane jedwabiem do królewskich stanic.

Na jego ciele, w złotem kutej trumnie, był tylko cień miecza. Cofnął się, bo zobaczył, że jego córka uniosła głowę.

Biały orzeł załopotał skrzydłami, wzlatując od ciała Przemysła do jego ducha w nawie królów. W połowie drogi, przez wysokie okno wpadł w oko orła promień i ptak, który zwycięża śmierć, spojrzał wprost w jasność boską. I krzyknął, rozpościerając skrzydła, które dotknęły wszystkich granic królestwa, także tych, które dopiero czekały na niego. A Jakub Świnka celebrujący pogrzeb tak pieczołowicie jak królewską koronację, namaszczając ciało Przemysła, szepnął:

— Galahad, rycerz czysty, gdy zdobył Graala, został żywcem wzięty do nieba.

I zawołali baronowie, kasztelanowie, wojewodowie:

— Nie żyje król! Nie żyje król! Nie żyje król!

A Jakub II zebranym w żałobie krzyknął wielkim głosem:

— Straciliśmy króla! Ale odzyskaliśmy królestwo!

RODY

Piastowie Starszej Polski

Linia: wywodzą się od księcia Mieszka Starego.
Zawołanie: „Niepodzielni".

→ {**Przemysł I**} — książę, syn Władysława Odonica i Jadwigi.
→ {**Elżbieta**} — żona Przemysła I, księżniczka wrocławska.

- → **Konstancja** — córka Przemysła I i Elżbiety, żona margrabiego brandenburskiego Konrada.
- → **Eufrozyna** — córka Przemysła I i Elżbiety, ksieni cysterek w Trzebnicy.
- → **Anna** — córka Przemysła I i Elżbiety, ksieni cysterek w Owińskach.
- → **Eufemia** — córka Przemysła I i Elżbiety, klaryska.
- → **Przemysł II** — syn Przemysła I i Elżbiety, książę.
  - → **Lukardis** — pierwsza żona Przemysła II, księżniczka meklemburska.
  - → **Rikissa Valdemarsdotter** — druga żona Przemysła II, królewna szwedzka.
    - → **Rikissa** — córka Przemysła II i Rikissy.
  - → **Małgorzata Askańska** — trzecia żona Przemysła II, księżniczka brandenburska.

→ **Bolesław zwany Pobożnym** — książę, syn Władysława Odonica i Jadwigi.
→ **Jolenta z Arpadów** — żona Bolesława, królewna węgierska.

- → **Elżbieta** — córka Bolesława i Jolenty, żona Henryka Brzuchatego.
- → **Jadwiga** — córka Bolesława i Jolenty, żona Władysława zwanego Karłem.
- → **Anna** — córka Bolesława i Jolenty, klaryska.

Piastowie Małej Polski

Linia: wywodzą się od Kazimierza Sprawiedliwego.
Zawołanie: „Tron seniora”.

→ {**Leszek Biały**} — ostatni senior, zginął w „krwawej łaźni w Gąsawie”.
→ {**Grzymisława z Rurykowiczów**} — żona Leszka Białego.

→ **Salomea** — córka Leszka Białego i Grzymisławy, błogosławiona dziewica.
→ **Bolesław zwany Wstydliwym** — syn Leszka Białego i Grzymisławy, książę.
→ **Kinga z Arpadów** — żona Bolesława, święta.
→ **Leszek Czarny** — herbu Półorzeł Półlew, adoptowany syn Bolesława i Kingi.
→ **Gryfina** — żona Leszka Czarnego, księżna halicka.

Piastowie Mazowsza

Linia: wywodzą się od Bolesława Kędzierzawego, linia główna wygasła na jego synu. Dzielnica przekazana Kazimierzowi Sprawiedliwemu (władcy Małej Polski), co spowodowało późniejsze pretensje kolejnych jego potomków do tronu krakowskiego. Tak zwana linia młodsza wywodzi się od Konrada, zwanego Szalonym Piastem z Mazowsza, jego syn Kazimierz utworzył linię kujawską.

Piastowie kujawscy

Zawołanie: „Pod wiatr".

→ {**Kazimierz zwany Kujawskim**} — książę kujawski.

→ {**Jadwiga**} — pierwsza żona Kazimierza, córka Władysława Odonica, księżniczka Starszej Polski.

→ {**Konstancja**} — druga żona Kazimierza, księżniczka śląska.

→ **Leszek Czarny** — syn Kazimierza i Konstancji, później adoptowany syn Bolesława, księcia Małej Polski.

→ **Gryfina** — żona Leszka Czarnego, księżna halicka.

→ **Siemomysł zwany Siemieszką** — syn Kazimierza i Konstancji.

→ **Eufrozyna zwana Piekielną Wdówką** — trzecia żona Kazimierza.

→ **Władysław zwany Karłem** — syn Kazimierza i Eufrozyny, książę brzeskokujawski i dobrzyński.

→ **Jadwiga** — żona Władysława, córka Bolesława, księcia Starszej Polski.

→ **Kazimierz** — syn Kazimierza i Eufrozyny.

→ **Siemowit** — syn Kazimierza i Eufrozyny.

→ **Eufemia** — córka Kazimierza i Eufrozyny.

Piastowie Śląscy

Linia: wywodzą się od księcia Władysława Wygnańca. Stanowili najszybciej rozdrabniająca się dzielnicę.
Zawołanie: „Czerń i złoto".

→ {**Henryk Brodaty zwany Jędrzychem**} — założyciel monarchii Henryków śląskich.
→ {**Jadwiga z Meranu**} — żona Henryka Brodatego, święta.

Czterech synów i cztery córki Henryka i Jadwigi, w tym:
→ {**Henryk** po śmierci **zwany Pobożnym**} — syn Henryka Brodatego i Jadwigi, wsławiony obroną Legnicy przed Dzikimi, ścięty przez nich po bitwie, jego śmierć zakończyła krótki żywot monarchii Henryków śląskich.
→ **Anna Przemyślidka** — żona Henryka Pobożnego, błogosławiona.

Pięciu synów i pięć córek Henryka Pobożnego i Anny, w tym:
→ **Bolesław Rogatka** — pierworodny syn Henryka Pobożnego i Anny, twórca linii legnickiej.
→ **Jadwiga Anhalcka** — żona Bolesława Rogatki.
→ **Henryk Brzuchaty** — syn Bolesława Rogatki i Jadwigi, książę legnicki.
→ **Elżbieta** — żona Henryka Brzuchatego, córka Bolesława, księcia Starszej Polski.

Trzech synów i pięć córek Henryka i Elżbiety.

→ **Władysław** — syn Henryka Pobożnego i Anny, biskup wrocławski i salzburski, opiekun Henryka, księcia wrocławskiego.
→ **Elżbieta** — córka Henryka Pobożnego i Anny, żona Przemysła I, księcia Starszej Polski, matka Przemysła II.

→ **Henryk Biały** — syn Henryka Pobożnego i Anny, ojciec Henryka, księcia wrocławskiego.

→ **Henryk zwany Probus** — syn Henryka Białego, książę wrocławski.

→ **Konstancja** — pierwsza żona Henryka, księżniczka opolska.

→ **Matylda Askańska** — druga żona Henryka, księżniczka brandenburska.

→ **Henryk zwany Głogowczykiem** — książę Głogowa, wasal księcia wrocławskiego.

Pięciu synów i trzy córki Henryka Głogowczyka.

→ **Przemko Głogowczyk** — młodszy brat Henryka Głogowczyka, książę Żagania, wasal księcia wrocławskiego.

→ **Władysław Opolski.**

Czterech synów i jedna córka Władysława Opolskiego, w tym:

→ **Konstancja** — córka Władysława Opolskiego, żona Henryka, księcia wrocławskiego.

Przemyślidzi

Linia: stara czeska dynastia królewska.

→ **Přemysl Ottokar** — król Czech.
→ **Małgorzata Babenberg** — pierwsza żona Přemysla, małżeństwo zakończone rozwodem.
→ **Kunegundis** — druga żona Přemysla, księżniczka halicka.

→ **Václav II** — syn Přemysla i Kunegundis, następca tronu.
→ **Guta von Habsburg** — żona Václava II, poślubiona w dzieciństwie, córka króla Niemiec.

Pięciu synów i osiem córek.

Askańczycy

Linia: niemiecka dynastia wywodząca się od Albrechta Niedźwiedzia. W Brandenburgii funkcjonował podział na rody:

z Salzwedel

→ **Otto V Długi** — spokrewniony przez matkę z Przemyślidami, stryj Małgorzaty Askańskiej, trzeciej żony Przemysła II.

→ **Matylda** — córka Ottona V Długiego, żona Henryka, księcia wrocławskiego.

→ **Mechtylda Askańska** — siostra Ottona V Długiego, trzecia żona księcia Zachodniego Pomorza, Barnima.

→ **Beatrycze** — córka Mechtyldy.
→ **Hildegarda** — córka Mechtyldy.
→ **Małgorzata** — corka Mechtyldy.
→ **Barnim II** — syn Mechtyldy.
→ **Otton I** — syn Mechtyldy.

ze Stendal

→ **Otto IV ze Strzałą** — margrabia brandenburski na Stendal, kuzyn Ottona V Długiego.

→ **Konrad** — brat Ottona IV, mąż Konstancji, siostry Przemysła II.

→ **Jan** — syn Konrada.
→ **Otton** — syn Konrada.
→ **Waldemar** — syn Konrada.

Gryfici

Książęta Zachodniego Pomorza

Linia: dynastia książęca o legendarnym pochodzeniu. Bolesław Krzywousty uczynił ich swymi namiestnikami na Zachodnim Pomorzu.

→ **Barnim I** — książę Zachodniego Pomorza, konfrater templariuszy.

→ **Mechtylda Askańska** — trzecia żona Barnima I, siostra Ottona V Długiego.

Trzech synów i siedem córek Barnima I, w tym:

→ **Bogusław IV** — syn Barnima I, dziedzic części księstwa.

→ **Anastazja** — córka Barnima I, żona Henryka I Pielgrzyma, księcia meklemburskiego, pojmanego przez Saracenów podczas pielgrzymki do Jerozolimy.

Dwóch synów i jedna córka Henryka i Anastazji, w tym:

→ **Lukardis** — córka Henryka i Anastazji, pierwsza żona Przemysła II, księcia Starszej Polski.

Sobiesławice

Książęta Wschodniego Pomorza

Linia: dynastia książęca o legendarnym pochodzeniu. Od czasów Wielkiego Rozbicia namiestnicy książąt seniorów na Wschodnim Pomorzu.

- **Mściwój II** — książę pomorski.
  - **Judyta** — pierwsza żona Mściwoja II.
  - **Eufrozyna zwana Piekielną Wdówką** — druga żona Mściwoja II.
  - **Sulisława** — trzecia żona Mściwoja II.

Zarembowie

Zawołanie: „Święta pamięć".

→ {**Albert**} — syn Jana, kasztelan poznański.

→ **Arkenbold** — syn Alberta, sędzia poznański, kasztelan kaliski, wojewoda kaliski.

→ **Janko** — syn Alberta, wojewoda kaliski, kasztelan kaliski, wojewoda poznański.

→ **Filip** — syn Janka, kanonik krakowski, archidiakon gnieźnieński.

→ **Albert** — syn Janka, kasztelan ostrowski, kasztelan santocki.

→ **Mikołaj** — syn Janka, wojewoda pomorski, wojewoda kaliski.

→ **Michał** — syn Janka, podczaszy kaliski, wojewoda kaliski,

→ **Sędziwój** — syn Janka, podkomorzy kaliski, podkomorzy poznański, podkomorzy kaliski, kasztelan rudzki.

→ **Janko** — syn Sędziwoja.

→ **Marcin** — syn Sędziwoja, wojewoda gnieźnieński, wojewoda kaliski.

→ **Filip** — syn Sędziwoja.

→ **Beniamin** — syn Sędziwoja.

→ **Wawrzyniec** — syn Sędziwoja.

→ **Dorota** — córka Sędziwoja.

→ **Zbysława** — córka Sędziwoja.

→ **Szymon** — syn Alberta, cześnik kaliski, kasztelan gnieźnieński.

→ **Andrzej** — syn Szymona, archidiakon kaliski, kanclerz Przemysła II, kanc. królewski, prepozyt poznański, bp poznański.

→ **Abraham** — syn Szymona, skarbnik gnieźnieński.

→ **Marcin** — syn Alberta, włodarz Bolesława, księcia Starszej Polski, kasztelan międzyrzecki, kasztelan zbąszyński.

→ **Żegota** — syn Marcina, kasztelan wilkowyjski, stolnik kaliski, łowczy kaliski, łowczy gnieźnieński, sędzia kaliski.
→ **Wacław** — syn Marcina, starosta sieradzki, kasztelan sieradzki.

→ {**Wawrzyniec**} — syn Jana, łowczy poznański.

→ **Beniamin** — syn Wawrzyńca, marszałek/podkomorzy Bolesława, księcia Starszej Polski, kasztelan radzimski, kasztelan przemęcki, kasztelan międzyrzecki, wojewoda poznański, sędzia gnieźnieński, kasztelan gnieźnieński, wojewoda poznański.

→ **Andrzej** — syn Beniamina, kanonik gnieźnieński, archidiakon pomorski.
→ **Beniamin** — syn Beniamina.
→ **Wacław** — syn Beniamina.
→ **Michał** — syn Beniamina, przyboczny Przemysła II, Południowy Wicher, chorąży królewski.

→ **Andrzej** — syn Wawrzyńca, sędzia Bolesława, księcia Starszej Polski, sędzia gnieźnieński i kaliski.

PODZIĘKOWANIA

Korona śniegu i krwi postawiła mnie przed wieloma wyzwaniami, jakim nie sprostałabym bez pomocy i życzliwości ludzi, którzy poruszają się po trzynastym wieku niczym po własnym domu.

Profesor Tomasz Jurek, niekwestionowany autorytet w zagadnieniach rozbicia dzielnicowego, okazał się na dodatek człowiekiem wielkiej cierpliwości, nawet wobec pytań zakrawających na absurdalne. Jego rozległej wiedzy zawdzięczam wiele niezwykłych faktów, których mogłam użyć, inkrustując życiorysy bohaterów, ale także, co w mojej pracy szczególnie cenne, uzyskałam dzięki jego pomocy również swobodę działań tam, gdzie historia milczy.

Z kolei Tomasz Łuczewski i profesor Jan Skuratowicz, specjalista od architektury wielkopolskiej, pomogli mi w zrozumieniu tego, jak mógł wyglądać Poznań w czasach Przemysła. W rozświetleniu epoki niezwykle ważne było także spotkanie z wybitnym mediewistą, profesorem Tomaszem Jasińskim, z doktorem Jerzym Łojkiem oraz długie rozmowy z doktorem Bronisławem Nowakiem, historykiem Akademii Pomorskiej w Słupsku.

Marcin Bąk, dziennikarz Radia Plus, był dla mnie nieocenionym wsparciem w walce (w sensie jak najbardziej dosłownym), bowiem jego wiedzy zawdzięczam nie tylko fachowe uzbrojenie moich bohaterów, ale i możliwość przeprowadzenia na kartach książki turniejów, pojedynków i bitew — zgodnie ze wszelkimi zasadami trzynastowiecznej sztuki wojennej. Marcin jest instruktorem szermierki w warszawskiej Akademii Broni i jednocześnie badaczem militarnej historii Europy.

Emilia Rzepka ze Słupska oraz Agnieszka Ostrowska z Gryfic pomogły mi ubrać i rozebrać piękne księżne i dzielnych książąt zgodnie z wymogami ówczesnej mody.

Agnieszka Budzińska-Bennett i Marc Lewon przełożyli wiersz „Herzoga Heinricha", czyli Henryka Probusa z *Codeksu Manesse,* dzięki czemu Czytelnicy będą mogli poczuć prawdziwy rytm poezji minezingerów.

Wśród ludzi, do których mogłam dzwonić jak po ogień byli także: doktor Jakub Morawiec z Zakładu Historii Średniowiecznej Uniwersytetu Śląskiego oraz ksiądz Henryk Romanik, biblista.

Na końcu to, co było na początku: mój Wydawca. Bez zaangażowania i wielkiej pasji Tadeusza Zyska ta książka po prostu by nie powstała. Stoją za nią długie godziny dyskusji, setki przeczytanych stron i wyprawy rozpoznawcze w miejsca akcji książki, wśród których jest ta niezapomniana w poszukiwaniu małej Łysej Góry. Ta powieść stała się naszą wspólną przygodą.

Kłaniam się nisko Jankowi Grzegorczykowi i Tomkowi Zyskowi, całemu zespołowi redakcyjnemu, a także tym wszystkim, którzy kłócili się z tą książką, nim jeszcze na dobre powstała, i tym, którzy ją wspierali od pierwszego zdania.

OD AUTORKI

Ta książka miała być sensacyjną opowieścią, która rozgrywa się na niezbyt uczęszczanym zakręcie historii. Mało znany król, trudny do ogarnięcia czas, zawieruchy rozbicia dzielnicowego. Mój Wydawca powiedział: „Czy mogłaby się Pani temu przyjrzeć? To może być polska gra o tron, gra o Polskę w tym kształcie, jaką ją teraz znamy" i, aby mnie przekonać, dodał: „To przecież Piastowie". Wiadomo, że lecę na Piastów.

Obłożyłam się książkami i dostałam gorączki. Nie przytoczę słów, które wykrzykiwałam, wskakując w kolejne zaułki tej opowieści. To było jak film, jak sensacyjny scenariusz, któremu temperatury dodawał fakt, iż nie było mowy o „przypadkowym podobieństwie do osób rzeczywistych", ani tym bardziej „o fikcyjnych wydarzeniach". Jezu, to nasza historia, nasi, z krwi i kości, książęta dzielnicowi. Nasi Piastowie!

Posłuchajcie: porywają się w czasie mszy sprzed ołtarzy, mordują po łaźniach, na członków rodu nasyłają dziwki z nożem, jak im brakuje kasy na wojnę to rabują kościoły lub klasztory, nawet wtedy, gdy przypadkiem to klasztor własnej — świętej już — prababki. Gdy brakuje im sióstr i córek na wydaniu, by zmajstrować dynastyczne mariaże, porywają wyświęcone mniszki i wiodą je przed małżeńskie ołtarze. Najdzielniejszy z dzielnych to homoseksualista, który zdaje się wcale z tym nie kryć, a najwaleczniejszy okazuje się karzeł; obaj zresztą są przyrodnimi braćmi.

Czasy upadku są jednocześnie okresem intensywnego wzrostu. Na chłonny, polski rynek napływa myśl techniczna, rolnictwo doskonalą cystersi i templariusze, zaczynają się rozwijać miasta i każdy, co bystrzejszy książę zamienia nieopłacalne świadczenia na żywą gotówkę, na kapitał ukryty w prawach miejskich, koncesjach i dzierżawach. Na polskich dworach słychać arturiańskie pieśni i rodzi się etos rycerski.

Kobiety? Czy na pewno są tylko bezwolnym, dynastycznym towarem? Narzędziem w rękach ojców i braci? To czas wysypu polskich świętych. Tak, nie wszystkie były rodzime, część właśnie poprzez małżeństwa importowaliśmy. Ale i Piastówny zaczynają podążać tą drogą. Czy celibat jest wyłącznie grą małżeńską? Ucieczką od seksualnych zobowiązań narzucanych dziewczętom zbyt wcześnie? Nie sądzę. Święta Jadwiga urodziła ośmioro dzieci i dopiero wtedy dojrzała do celibatu. Namówiła swego męża Henryka Brodatego. Zgodził się. Sam był głęboko religijny, fundował kościoły i klasztory, co zresztą nie uchroniło go od kościelnych klątw, gdy wszedł na drogę walki politycznej.

Klątwy to osobny temat. Pomijam te kościelne, rzucane i zdejmowane, trudno orzec — nonszalancko czy z rozmachem. Niewielu władców tego okresu było od nich wolnych, a taki Barnim — nie Piast wprawdzie, ale książę Zachodniego Pomorza — miał nawet ten zaszczyt, iż na niego klątwę rzucił sam Albert Wielki, święty doktor kościoła. Wracam myślą do owych mitycznych klątw ciążących nad polskim królestwem. Powstały o nich całe książki, bo rzeczywiście nasza historia tak się poukładała, że można snuć na ten temat rozmaite fantazje, wywodząc je a to od Bolesława Śmiałego i nieszczęsnego zarąbanego biskupa, świętego czy też zdrajcy; lub też wcześniej od bezbożnego Bezpryma, ongiś mnicha, a tak czy inaczej pierworodnego syna naszego (mojego) ukochanego króla Bolesława Chrobrego.

I, tak właśnie, przebiegał mój proces wchodzenia w tę książkę. Przeskakiwałam z tematu na temat: z Piastów śląskich na kujawskich, coraz głębiej wchodząc w dynastie, bo to były opowieści nie tylko szkatułkowe, ale z zapadniami. A sam król? Uczciwie, przyznajcie, kto poza poznaniakami pamięta dziś o Przemyśle II? No dobra, Kraszewski. Napisał taką straszną książkę *Pogrobek*, ale Kraszewski niemal żadnemu królowi nie przepuścił i ja pewnie też tak skończę, jak się nie uwolnię od kompulsywnego czytania historii.

Wróćmy do Przemysła II. Dlaczego tak łatwo o nim zapominamy? Dlatego, że panował krótko, ledwie dwieście dwadzieścia osiem dni? Ale to właśnie on po dwustu ponad latach odzyskał utraconą przez Bolesława Śmiałego koronę polską to nic?! Więcej, dokonał tego niemal (podkreślam to słowo) pokojowo.

Choć końcówka wyścigu po koronę była brawurowa. Pokonał w niej najpierw swego kuzyna i rywala, dawnego przyjaciela, księcia wrocławskiego Henryka, a potem króla Czech, Václava II. Historia ma kilka wersji tego finału, w każdej z nich występuje przekupstwo, zdrada i rozmaite trucizny, ale o dziwo, nie obciąża się nimi Przemysła.

I druga rzecz: oto po dwustu latach mamy wreszcie króla. Pierwszy krok do odrodzonego królestwa. Ale po wspomnianych ledwie dwustu dniach rządów król nasz staje się ofiarą zamachu. Porwania, które przerodziło się w zabójstwo? Zamierzonego mordu? Królobójstwa? Kroniki podają kilka podpowiedzi, osądzają winnych. Jeżeli będziecie chcieli, odszukacie hipotezy dawnych śledczych. Ja wybrałam jedną z nich i owinęłam w materię swojej opowieści. Podobnie jak zagadkową śmierć pierwszej żony króla, wówczas tylko księcia. Można by rzec, że Przemysł kronikarsko najbardziej znany był właśnie z powodu śmierci żony.

Są różne przepisy, dość mądre i zręczne, na pisanie powieści historycznej. Mój brzmi raczej prosto: wycisnąć z faktografii ile się da i tchnąć w bohaterów życie oraz dodać coś niezwykłego.

Pisząc *Grę w kości* powiedziałam, że szukam języka, jakim powinnam komunikować się z Czytelnikiem, gdy opowiadam o światach sprzed setek lat. Tym razem pociągnęła mnie pewna wizja, można powiedzieć: inspirowana literaturą fantasy lub równie dobrze: inspirowana czystym średniowieczem. Zresztą to jedno i to samo, bowiem fantasy czerpie bogactwo formy właśnie stamtąd, z epoki w której żyli obok siebie święci i rycerze. Czasami, w których ludzie wierzyli w cuda tak samo mocno, jak w smoki i bestie. A kiedy dodamy do tego fakt, iż pogaństwo w Polsce wciąż trzymało się twardo, iż ludyczne chrześcijaństwo pełne było dualizmów, otrzymamy świat wielobarwny i wielopoziomowy. Świat żywych, martwych i żyjących mimo śmierci. Postanowiłam potraktować to bardziej dosłownie niż kiedykolwiek. Naprawdę ożywić duchy i bestie, jednocześnie nie łamiąc wyznawanej powyżej zasady „nie przekręcania historii".

Zatrzymajmy się na chwilę na momencie koronacji. Nie, nie napiszę teraz o niej nic więcej, wszystko, co miałam do powiedzenia, jest w książce. Bolesław Chrobry, pierwszy król, wiedział, ile znaczy królewska korona. Walczył o nią całe, długie życie. Jego prawnuk utracił ją szybko i przez ponad dwieście lat nie mieliśmy króla, a w międzyczasie w mentalności ludzkiej następowały zmiany i ideologia królewska obrastała w swą własną, kultową mitologię. Jakże pełnym magii musiał być moment tej pierwszej po latach koronacji, gdy pomazaniec boży zstępował między swój lud. Wierzcie mi, żałuję, że mnie tam nie było, zatem choćby dla tej jednej chwili musiałam napisać tę książkę. Pytanie, czy Przemysł był czwartym, czy piątym królem pozostawiam otwarte, choć swą własną wizję wskazuję Wam w scenie z Ławą Królów.

Tak więc mnie w tej historii ekscytowało wszystko: od obyczaju poprzez galerię szalonych, nieco zakurzonych Piastów, aż do wielkiego finału, gdy z chaosu wyłania się królestwo. Ta książka, która miała być z początku sensacyjną opowieścią o mniej znanym fragmencie historii, rozrosła się we mnie jak drzewo. Z dnia na dzień przybywało gałęzi i konarów. Nowi bohaterowie rozkwitali w mojej wyobraźni i choć nie podejrzewałam siebie o sentymentalizm, śmierć każdego z nich dotykała mnie coraz mocniej.

Na koniec zostałam sama w pustym pokoju. Uprzątnęłam notatki, książki, atlasy, zamknęłam wszystko razem w dwóch skrzyniach. Umarł król. Ale odzyskaliśmy koronę. Mamy nową opowieść o odrodzonym królestwie.

www.cherezinska.pl

„Co ja mam, na litość boską, napisać o książce Cherezińskiej? Że jest fantastyczna, to rozumie samo przez się. Że dzięki niej Polacy mniej więcej zrozumieją, o co chodziło w rozbiciu dzielnicowym, wiadomo. Że nadaje się do sfilmowania (lecz nie przez Polaków, Boże uchowaj!) — tak, zdecydowanie tak”. *zielonacytryna.blogspot.com*